다시 읽는

천주교
미담

1911-1957

편저자

김윤선(金玩宣 Kim, Yun Sun 데레사)
현재 고려대학교 인문대학 부교수로 재직 중이다. 서울대교구 노원 천주교회 본당 신자로 교회에서는 한국 가톨릭여성연구원과 대전가톨릭대학교에서 주로 활동하고 있다. 저서로는『한국현대소설과 섹슈얼리티』(월인, 2006)가 있으며, 공저로『제국신문과 근대』(현실문화, 2014),『젠더와 번역』(소명출판, 2013),『페미니즘 비평』(한국문화사, 2012),『그녀들은 자유로운 영혼을 사랑했다』(한길사, 2011),『한국근대일상생활과 매체』(단국대 출판부, 2009),『미래를 여는 가정공동체』(가톨릭대 출판부, 2008),『도전받는 가정공동체』(가톨릭대 출판부, 2006) 등 다수가 있다. 최근 논문으로「천주교 박해 체험의 서사화—'군난 때 미담'의 전개와 의미」(2014)가 있으며 앞으로 한국 천주교 문학 연구를 이어갈 예정이다.

다시 읽는 천주교 미담 1911-1957

교회인가 2016년 4월 27일(서울대교구)
초판인쇄 2016년 5월 18일 **초판발행** 2016년 5월 31일
엮고지은이 김윤선 **펴낸이** 박성모 **펴낸곳** 소명출판 **출판등록** 제13-522호
주소 서울시 서초구 서초중앙로6길 15, 1층
전화 02-585-7840 **팩스** 02-585-7848
전자우편 somyungbooks@daum.net **홈페이지** www.somyong.co.kr

값 65,500원   ⓒ 김윤선, 2016
ISBN 979-11-5905-060-2 93800

본 저서는 가톨릭대학교 강엘리사벳 연구기금의 연구비 지원에 의해 작성되었음.

다시 읽는

천주교 미담

1911–1957

김윤선 엮고지음

소명출판

†

더 세상 안으로
덜 세속적으로
plus in hoc mundo,
minus de hoc mundo

천주교의 아름다운 이야기, 천주교 미담

이 책은 한국 천주교 미담집입니다. 천주교 미담 작품 자료집이면서 해설을 겸한 주석서이며, 연구서이기도 합니다. 천주교 미담은 『경향신문』이 정간 당한 후 『경향잡지』가 발행되면서 1911년 1월호부터 1957년까지 『경향잡지』에 '미담' 난과 '군난 때 미담' 난을 통해 소개되었던 약 300여 편에 이르는 작품들입니다. 이 책에서는 이 작품들을 현대 한국어에 가깝게 표기법을 정리하여 옮기고 주석과 해설을 덧붙였습니다. 원문에 충실하되 2000년대 한국인들이라면 누구나 읽을 수 있고 이해할 수 있는 글로 옮기는 것이 이 책을 집필하면서 삼은 기본 원칙입니다. 즉 이 책은 연구자뿐 아니라 일반 독자 특히 한국의 천주교인들을 위한 책입니다. 그것이 100여 년 전, 현재의 출판 상황과는 비교도 할 수 없을 정도로 어려운 여건 속에서도 『경향잡지』에 천주교 미담을 엮고 펴냈던 이들의 뜻을 이어가는 것이라 여겼기 때문입니다.

천주교 미담은 평범한 천주교인들을 위한 글이었습니다. 그들이 서로 돌려 읽고 혹은 읽어주며 자신들의 삶과 신앙을 키워나갔던 이야기입니다. 때문에 약 한 세기 전의 글을 다시 펴낸다면 이 역시 이 시대의 평범한 이들과 나눌 수 있는 책이어야 합니다. 그래서 이 책은 긴 시간이 가로막은 장애를 걷어내는 작업을 출발로 삼았습니다. 달라진 한국어 표기법과 한국어 어휘의 뜻을 풀어 원문을 옮기고, 천주교와 관련된 지식과 신앙 관련 내용을 덧붙여 가독성과 이해를 도왔습니다. 다만 원문의 정취를 살리려는 노력도 잊지 않았습니다. 현대어로 완전히 바꾸기보다는 현대어에 가깝게 옮겼습니다. 무엇보다 독자들이 작품 한 편 한 편을 소리 내어 읽기를 권합니다. 낭독이 옛글의 정취를 살리면서도 문장 이해에 도움이 될 것입니다. 또한 한국문학 연구자에 앞서 천주교인이기도 한 저의 해설을 작품마다 덧붙였습니다. 해설은 작품 이해의 길라잡이로, 때로는 천주교인의 입장에서 쓴 성찰과 고백의 기록으로 서술하였습니다. 이를 통해 천주교 미담의 가치와 의미를 이해하는 데 천주교인이 아닌 연구자에게는 도움이 되고, 천주교인들과는 공감의 장이 될 수 있기를 바랍니다. 혹 해설이 작품의 감상과 연구를 방해한다면 이 부분을 건너뛰고 작품과 독자적으로 만나는 것도 무방합니다. 연구자라면 2부와 개별 작품을, 일반 독자라면 서문을 읽은 후 작품과 해설을 기술한 1부를 먼저 읽을 것을 권합니다.

천주교 미담에 대한 전반적인 이해는 2부에서 다루었습니다. 2부는 이미 발표되었던 필자의 연구 논문인 「『경향잡지』 게재 천주교 미담의 전개 양상 및 가치」를 바탕으로 이후의 연구를 반영해서 수정 보완하여 집필하였습니다. 추후 한국 천주교 미담을 비롯하여 한국 천주교 서사문학에 관한 연구서를 발행할 계획입니다. 부록에서는 작품 목록과 용어를 정리하였습니다. 연구서에 앞서 일반 독자들과 한국 문학 및 천주교 관련 연구자들에게 작품을 소개하는 것이 우선이라 여겨 미담집부터 출판합니다. 한국 현대소설을 전공한 저는 이 책이 한국 천주교 서사문학 연구에 기여할 수 있기를 희망합니다. 그것은 작품에 대한 관심과 무엇보다 여러 연구자들의 협력을 통해 가능합니다.

천주교가 이 땅에서 한국인과 함께 한 지도 230여 년이 지났습니다. 외래 학문이자 서양의 종교였던 천주교가 이제는 한국에서 세 번째로 많은 이들이 믿는 종교가 되었습니다. 개신교와 천주교를 합한다면 그리스도교는 한국인들이 가장 많이 믿는 종교입니다. 특히 근대 이후 그리스도교 즉 기독교가 한국 사회와 한국인에게 끼친 영향력은 지대합니다. 때문에 기독교와 관련된 연구, 천주교 관련 제반 연구가 외래 종교나 학문으로서만이 아니라 한국학의 하나로 탐구되어야 합니다. 또 우리의 삶과 신앙으로 표현할 수 있는 한국의 기독교 담론 생산 역시 중요합니다.

그러나 천주교 담론을 비롯한 기독교 담론은 다른 학문 분야에서와 마찬가지로 서구 이론과 담론에 의존하는 경향이 짙습니다. 한국 천주교의 경우 천주교회에서 주로 교회사를 중심으로 한국 천주교 연구에 대한 논의가 이어지고 있지만 다른 분야 특히 문학 연구와 창작은 부진합니다. 천주교를 포함하여 현재 한국 기독교 문학에서 종교를 통한 인간의 성숙과 세상에 대한 깊이 있는 통찰을 바탕으로 한 작품을 찾기는 쉽지 않습니다. 오히려 '불신지옥 예수천국'과 같은 단순하고 저급한 담론이 여전히 회자됩니다. 교회는 많고 신자 수는 늘었지만 기독교의 피상성은 그리스도인들의 삶뿐 아니라 한국 사회 곳곳에 부정적 영향력을 끼치기도 합니다.

한 종교의 성숙은 언어를 통해 발현될 수밖에 없습니다. 더구나 말씀의 종교인 기독교는 더욱 그러합니다. 때문에 언어를 매개로 한 문학과 종교는 그 어느 분야보다 서로에게 끼치는 영향력이 지대합니다. 문학과 종교의 성숙은 문학과 종교 각각의 영역에 발현되며, 특히 종교 문학을 비롯한 종교 담론을 통해 정점에 이릅니다. 제가 천주교 미담을 주목한 이유입니다. 한국 천주교 문학으로는 천주가사, 성인전, 편지 그리고 군난소설『은화』등이 알려져 있습니다. 천주교 미담은 한국 천주교회에서마저 존재조차 잊혔습니다. 그러나 천주교 미담은 천주교 서사문학의 전개와 발전 및 한국 천주교 담론 형성에서 빠질 수 없습니다. 천주교 미담에 대한 연구를 통해 천주교 서사문학사는 온전히 그 맥을 기술할 수 있습니다.

천주교 미담은 한국 천주교 문학의 맥을 잇는 서사문학 양식입니다. 서사문학으로서 천주교 미담은 실재담에서 허구담으로, 전근대의 문학 양식에서 근대적인 문학 양식으로의 과도기적 특성을 보여줍니다. 또한 번역, 번안, 창작 등

복합적인 면모를 포함하고 있어서 천주교 미담의 양식상 특징을 규정하는 데 어려움도 있습니다. 성인전이 전(傳)이라는 동양적 글쓰기에 익숙한 글이었다면 천주교 미담은 설화나 고전소설과 유사한 양식에서 출발하여 천주교가 지향하는 종교적 가치를 담았습니다. 무엇보다 천주교 미담을 통해 천주교라는 외래 종교와 사상이 우리의 삶을 통해 우리의 이야기로 탄생합니다.

이 책에서는 1911년 1월부터 1957년 6월까지 『경향잡지』에 소개된 천주교 미담이 소개되어 있습니다. 천주교 미담(美談)을 글자 그대로 풀이한다면 천주교의 아름다운 이야기입니다. 사전적 의미로 미담이란 '사람들을 감동시킬 만큼 아름다운 내용을 가진 이야기'라는 뜻이니 천주교 미담이란 천주교에서 사람들을 감동시킬 만큼 아름다운 내용을 담은 이야기라 할 수 있습니다. 그런데 이 정의는 그 뜻이 매우 포괄적입니다. 때문에 이 책에서 소개한 천주교 미담은 『경향잡지』의 '미담' 난과 '군난 때 미담' 난을 통해 발표된 작품들로 한정합니다. 당시 이 미담들은 『경향잡지』를 통해 처음으로 '미담'이라는 규정하에 활자화되어 소개됩니다. 우리는 이 이야기들을 통해 근대화 과정에서 한국 천주교인들의 삶과 지향을 만날 수 있습니다. 이를 다시 읽고 지금의 언어로 바꾸어 이해하는 과정은 그 이야기가 전하는 아름다움을 기억하는 일입니다. 또한 천주교 서사문학의 공백기와 같은 일제 강점기 천주교 문학의 이행 과정을 규명하고 이를 통해 한국의 천주교 담론 성숙의 기반을 확보하는 일입니다.

천주교 미담에는 지금은 쓰지 않는 종교어 및 당시의 일상어들이 가득합니다. 이 언어들을 복원하여 그 의미를 밝히고 자료화하는 일은 이 땅에서 사라졌지만 이야기로 남은 이들과 대화하는 일입니다. 우리들의 이야기의 전통, 서사문학의 역사를 기록하는 일이고, 이 기록은 다시 훗날의 독자를, 연구자를 기다리는 일이기도 합니다. 특히 천주교인들이 이 책을 통해 하루에 한 편씩 천천히 미담을 읽으며 우리의 신앙 유산을 기억할 수 있기를 바랍니다.

길고 고독했지만 감사했던 여정, 7년

이 책을 위한 연구와 작업은 2008년에 시작되었습니다. 당시 시간 강사로 생계를 이어가던 차라 연구 과제를 찾고서도 쉽게 착수하지 못하였습니다. 마침 강엘리사벳 학술연구기금 공모를 보고 과제를 제출하였고, 2009년에 선정됨으로써 본격적으로 천주교 미담에 대한 연구를 시작할 수 있었습니다. 그러나 착수 한 달 보름 만에 덕성여자대학교 초빙교수로 임용되면서 연구에 몰두할 수 있는 시간적 여유가 산술적으로 부족할 수밖에 없었습니다. 서문을 통해서나마 이 연구를 선정해주시고 7년여의 시간을 기다려주신 강엘리사벳 학술연구기금 운영위원회에 감사와 사죄의 말씀을 드리고 싶습니다. 그분들의 선정과 기다림이 없었다면 이 연구는 더 늦게 출간되었거나 아예 시작조차 못하였을 것입니다. 특히 이 연구기금을 마련해주신 故 강 엘리사벳 님께도 감사드립니다. 그분을 직접 뵌 적은 없지만 시장에서 장사를 하며 모은 재산을 천주교 연구를 위한 기금으로 기탁하셨다고 들었습니다. 이 책이 그분의 뜻을 잇는 연구가 되었기를 바랍니다. 연구는 책상 위에서만이 아니라 삶의 현장에서 굵은 땀방울을 흘리며 살아가는 분들과 함께 할 수 있어야 함을 기억하는 연구자로 살고 싶습니다. 글로든 삶으로든 그분들에 대한 존경을 잊지 않겠습니다.

이 책은 저의 두 번째 단독 저서입니다. 2006년 『한국 현대 소설과 섹슈얼리티』를 출간한 후 10년 만에 다시 한 권의 책을 엮어냅니다. 당시만 해도 제 연구의 주제는 한국소설 및 근대 담론에 나타난 섹슈얼리티와 관련된 여성 연구였습니다. 이를 위해 꾸준히 여성 잡지와 근대 매체를 연구하던 차에 저는 『경향잡지』를 발견하였습니다. 『신여성』, 『개벽』, 『별건곤』, 『삼천리』, 『사상계』까지 그리고 다시 거슬러 『제국신문』과 『황성신문』 등 근대 잡지와 신문을 함께 강독하고 연구하던 연구자 모임이 없었다면 저는 『경향잡지』를 만나지도 또 천주교 미담을 연구하지도 못했을 것입니다. 일주일 혹은 격주에 한 번씩 함께 모여 빛바랜 종이와 뭉겨진 활자들을 확인하며 더디고 지루한 강독과 담론 연구를 함께 했던 연구자 선생님들께도 감사드립니다.

그러나 천주교 미담 연구를 위한『경향잡지』강독과 연구는 홀로 해야 했던 고독한 작업이었습니다. 이 책의 출판이 늦어진 이유이기도 합니다.『경향잡지』라는 제호를 보고 도서관에서 호기심으로 이 책을 펼쳐보았던 날의 마주침! 일제 강점기 한국 천주교회에 대해 특히『경향잡지』에 대해 친일과 관련된 선입견을 지녔던 제게 그날의 만남은 오늘의 연구를 가능하게 한 전환점이었습니다. 무엇보다 거기서 발견한 미담 때문이었습니다.『경향잡지』에 발표되던 미담은 한국문학에서뿐 아니라 교회에서도 한 번도 들어본 적도 없었습니다. 그런데 미담에는 '놀라운 이야기'들이 차고 넘쳤습니다. 무엇보다도 신앙 선조들이 함께 읽고 나누었던 글들이기에 그 자체만으로도 천주교인인 저에게는 의미있는 텍스트였습니다. 천주교 미담을 읽는 것은 그들을 만나는 일이기도 하였기 때문입니다.

천주교 미담은 한국 근대문학 연구자에게도 중요한 담론입니다. 종교담이라는 특성 때문에 천주교 미담은 근대문학 연구자이면서 천주교인이 아니라면 접근과 이해가 어려운 텍스트입니다. 그러나 종교담 역시 특정 종교에 대한 글로서의 가치뿐 아니라 문학과 종교, 문학과 사상의 관련 속에서 한 지역 공동체가 생산한 담론입니다. 고전문학의 경우 불교나 유교, 토착신앙과 관련된 연구 분야가 있는 것과 마찬가지로 근대화 이후 천주교를 비롯한 기독교 연구를 한국학 연구의 제반 분야에서 학적으로 접근할 필요가 있습니다. 저는 이 책과 저의 연구가 이에 기여할 수 있기를 기대합니다.

덕성여자대학교 초빙교수로 임용되어 얻은 제 인생의 첫 개인 연구실. 그곳에서 띄어쓰기도 되어 있지 않고 맞춤법을 비롯해서 표기법이 지금과는 다른

1910년대 미담들을 한 자 한 자 새로 입력하던 시간이 새롭습니다. 계획했던 1년은 3년여로 이어졌고, 현대어로 바꾼 원문과 논문으로 결과보고서를 제출하여 통과한 후, 추가 작업을 다시 시작하였습니다. 그대로 출판하는 것보다는 보완이 필요했기 때문입니다. 특히 연구 과정 중에 경향잡지사에서 경향잡지 웹진이 발행되었습니다. 원문 접근성은 용이해졌고, 그렇다면 현대어로 표기법을 바꾸는 것뿐 아니라 연구자를 위해서라도 꼼꼼한 주석서로서의 자료집이 요긴하다 여겨졌습니다. 정확하고 세밀한 원문 비교와 원문의 결을 살린 현대역, 원문과 현대역 사이의 관계를 드러낼 수 있는 주석 작업 그리고 해설을 쓰는 일. 이 책의 출판이 늦어진 두 번째 이유입니다. 특히 논설이 아닌 미담이기에 빈번하게 등장하는 생활어의 주석 작업은 때로는 하나의 단어 때문에 하루를 혹은 며칠을 보내야 했습니다.

자료를 하나하나 다시 읽는 작업, 주해를 하는 작업, 해설을 고치고 다듬는 작업들. 긴 호흡으로 장기적인 연구에 집중하기 어려운 한국의 연구 풍토와 현실은 저의 부족함을 더욱 부추겼습니다. 강의나 초빙교수로서 수행해야 했던 교육 프로그램 개발 및 운영 외에도 불안정한 신분은 취업을 위한 소논문 제출을 병행해야 했기 때문입니다. 몇 년에 걸친 연구보다는 매해 몇 편의 논문으로 임용과 계약을 갱신해야 하는 한국의 연구자들이 처한 어려움은 제게도 예외가 아니었습니다. 이 책에는 저를 비롯하여 열악한 현실에서 살아가는 한국의 인문학 연구자의 고단했던 일상이 배어 있습니다.

2013년 고려대학교 세종캠퍼스로 자리를 옮겼습니다. 이를 계기로 다른 무엇보다 천주교 미담에 대한 연구를 종결짓고자 결심했습니다. 이 책에서 싣지 못한 군난 때 미담에 대한 연구 논문도 발표하였습니다. 미담집 해제를 하기 위해서는 미담에 대한 연구가 병행되어야 합니다. 이 책을 쓰는 과정에서 연구에 대한 다급함이 없지 않았지만 마지막 1년 동안은 논문 작업도 중단한 채 이 책을 위한 시간으로 채웠습니다. 제가 하고 싶은 연구에 집중할 수 있었던 것은 저의 기쁨이기도 했지만 아직은 감수해야 할 작은 희생이었을지도 모릅니다. 논문을 쓰지 못할 때의 불안함은 한국의 연구자라면 쉽게 공감할 수 있을 것입니다. 이 책은 이런 불안의 흔적이자 최소한의 연구 여건이 허락해준 기회이기도 하였습니다. 보잘 것 없는 책이지만 안정된 연구 환경이 이 땅의 연구자들에게 허락되기를 바라는 희구가 이 책 사이사이에 숨어 있습니다.

2014년 소명출판에서 『한불자전』이 출간되었습니다. 이 사전은 미담집을 다시 처음부터 확인해야 하는 부담과 수고를 주었지만 해독이 어려웠던 몇몇 어휘들의 난제를 해결해 주었습니다. 『한불자전』뿐만 아니라 이 책은 『한국가톨릭대사전』, 『표준국어대사전』, 『천주교용어사전』, 『전례사전』의 도움을 통해 완성될 수 있었습니다. 주석과 해설 작업에서는 다른 연구서들보다는 사전을 이용하여 최소한의 객관성을 확보하고 다른 해석과 연구의 가능성을 남겨두고자 하였습니다. 홀로 하는 연구라도 홀로 할 수 없음을 절감합니다. 고독했지만 선행 연구자들의 노고에 빚지는 일은 연구자가 누리는 기쁨입니다. 다시 한번 선행 연구자들께 감사드립니다. 오랜 작업이었지만 부족한 부분들과 미완의 과제는 앞으로의 연구와 다른 분들과의 연대를 통해 보완해 나가겠습니다. 언젠가는 천주교 미담을 비롯하여 이 땅에서 이어진 천주교 문학의 역사를 문학사로 완성하고 싶습니다.

신앙, 새로운 담론을 꿈꾸며

현재 한국 천주교회에서는 많은 이야기들이 회자됩니다. 주장과 비판의 목소리도 높습니다. 세련되고 정갈한 문장과 섬세한 문제의식이 빛나는 담론들도 있습니다. 그에 비하면 이 책에서 소개하는 미담들은 참으로 투박하고 단순하고 때로는 유치하게 읽히는 글들도 여럿입니다. 그런데 읽다 보면 세월의 두께를 건너 다가오는 빛이 있습니다. 신앙의 자유는 얻었을지언정 국가를 잃고 식민지 백성의 종교인으로 살아야 했던 당시 천주교인들의 애환과 지향으로 밝힌 빛의 이야기, 그것이 천주교 미담입니다. 그 빛을 향해 가는 길은 그들이 추구한 천주교 신앙의 근원, 신앙을 통해 버텨내고자 했던 지평, 신과 인간에 대한 이해 그리고 예수의 삶을 자신의 삶으로 살고자 한 이들의 사랑을 따라가는 여정입니다.

천주교 미담은 종교적인 상징뿐 아니라 문학적인 수사를 통해 창작되고 향유된 '또 다른 박해기'의 신앙 표현이기도 했습니다. 일제 강점기는 한국 천주교사에서는 박해기가 끝나고 찾은 신앙의 자유기로 불립니다. 그러나 그것은 프랑스 외방 전교회 소속 선교 사제들을 비롯한 사제들과 선교사들이 이 땅에서 '죽지 않고' 선교할 수 있었던 만큼의 자유였습니다. 조선인이 성당에서 기도할 수 있었던 만큼의 자유였습니다. 사회 비판적이었던 『경향신문』 대신 순종교지로서의 『경향잡지』 발행을 '허락받았던' 만큼의 자유였습니다. 무엇보다 종교의 자유를 얻었으되 그마저도 맘껏 기뻐하며 누릴 수 없었던 자유였습니다. 신앙이 관념적이고 추상적인 것이 아니라 삶 구석구석에서 생활과 실천으로 이어져야 한다면 일제 강점기는 조선인에게는 결코 '신앙의 자유기'일 수 없었습니다. 조선 천주교인으로서의 신심을 더 '은밀하게' 숨겨야 했던 시기, 믿는 대로 살 수 없거나 그리 하기 힘들었던 통제와 검열의 시기, 신앙이 깊을수록 고통스러웠을 '숨겨진' 고난의 시기이기도 하였습니다. 그 시대에 쓰고 읽힌 천주교 미담은 당시 천주교인들의 도피처이자 은닉처가 되기도 하였습니다. 때문에 천주교 미담을 읽는 일은 신앙의 자유를 얻었으되 식민지 백성이 된 이 땅의 천주교인으로서의 모순된 삶을, 그들의 또 다른 어둠을 만나는 일이기도 합니다. 성인전의 주인공처럼 비범한 성인이 아니라 보통 사람들의 이야기, 신앙과 일상 사이에서의 괴리, 이야기의 형식이 아니고는 고백할 수 없었던 그들의 신앙을 '발견'하는 일입니다.

책을 쓰면서 『경향잡지』를 펴냈던 분들의 노고를 상기하곤 했습니다. 특히 『경향잡지』를 펴낸 분들은 『경향신문』의 「보감」과 『경향잡지』만큼은 독자들이 보관하여 세세손손 오래도록 읽히기를 원하셨습니다. 이 책이 그분들의 뜻을 잇고 그분들의 헌신을 기억하며 후손이 드리는 뒤늦은 응답이요 작은 보답이라도 되었기를 바랍니다.

일제 말기에는 친일적인 기사까지 발표함으로써 『경향잡지』는 한국의 최장수 잡지라는 명예만큼이나 치명적인 오욕의 흔적까지 남겼습니다. 그것은 누구보다 한국의 천주교인으로서 우리가 잊지 않아야 할, 또 속죄하여야 할 상처이며, 종교의 자유를 얻었으되 민족의 주권을 잃었던 역사가 남긴 불행입니다. 『경향잡지』는 한국 천주교 주교회의의 기관지로 현재도 발행되고 있습니다. 『경향잡지』가 100여 년을 함께 한 역사뿐 아니라 그에 맞갖은 매체로 이어질 수 있기를 희망합니다. 특히 『경향신문』에서 『경향잡지』로 이행한 과정에서 일제라는 권력의 강압이 있었음을 상기한다면 『경향신문』이 표방했던 지향도 담아낼 수 있는 잡지여야 합니다. 통제와 검열의 역사를 잊지 않으며 언론의 자유와 신앙의 가치를 중심으로 교회 안팎에 진리와 시대정신을 밝히는 역할을 수행해야 합니다.

신앙의 박해기와 국가의 식민화를 겪으며 서구와는 다른 차원에서 정치권력의 영향을 받았던 한국 천주교회는 앞으로 한국 천주교가 써야 할 아름다운 이야기가 무엇이어야 하는가를 누구보다 잘 알고 있습니다. 그것은 권력자보다는 약하고 선한 이들이 주인공인 이야기입니다. 이는 성경만이 아니라 천주교 미

담을 비롯한 한국의 천주교 담론이 이 땅의 천주교인에게 부여한 이야기의 계
명입니다. 이 책을 쓰던 2009년부터 지금까지 한국 사회에서는 한진 노동자,
4대강, 강정 해군 기지, 쌍용자동차, 콜트콜택, 밀양 송전탑, 한국사 교과서 국
정화, 노동법 문제 그리고 무엇보다도 세월호 사건 등 유난히도 힘없고 가난한
이들에게 고통스러웠던 사건사고가 이어졌습니다. 알려지지 않은 고통의 자리
와 신음하는 이웃들은 더욱 많았을 것입니다. 최근에는 공권력에 의한 물대포
로 가톨릭 농민회원이기도 한 백남기 임마누엘님이 쓰러져 지금도 사경을 헤매
고 계십니다. 그분들과 함께 나누는 이야기, '고난 받는 종'의 탄식과 기도, 그
들의 숨은 사연과 침묵까지 담아내는 이야기로 천주교 서사문학의 전통이 이어
지길 바랍니다.

천주교 미담은 삶의 아름다움을 발견하는 이야기이자 삶을 더 아름답게 바꾸
어 나가는 이야기입니다. 문학을 비롯한 예술이 그러하듯이 개인에게서나 사회
에서나 괴롭고 불의한 자리는 그만큼 더 많은 아름다움을 필요로 합니다. 우리
사회의 불의와 불행과 불운과 불쾌는 모두 아름다움[美]으로 변모되어야 할 자
리이며 이에 능동적으로 참여하는 이들이 천주교인임을 천주교 미담은 알려줍
니다. 이 같은 아름다운 이야기와 함께 교회는 존재합니다. 그러하기에 우리의
신앙 체험을 언어화하고 한 편의 이야기로 엮어내는 것은 곧 천주교 공동체를
비롯하여 우리의 삶을 한 치만큼이라도 더 아름답고 따뜻하게 만들어가는 일이
라 믿습니다. 이 책의 남은 과제 역시 여기에서 시작되어야 할 것입니다.

어려운 여건 속에서도 출판의 기회를 마련해 주신 박성모 사장님과 고된 편
집을 맡아 주신 편집부 여러분과 소명출판에 감사드립니다. 연구라는 핑계로
함께 하지 못한 가족들과 지인 분들께 용서를 청합니다. 부족한 제자의 글에 추
천사로 함께 해주신 류양선 선생님, 문학과 신앙으로 밝혀주신 30년의 사은을

이 책으로나마 기리고 싶습니다. 저를 설레게 하고 제게는 늘 과분한 제자들, 특히 한국 천주교 문학으로 함께했던 대전가톨릭대학교 제자들에게 선생이자 벗으로 이 책을 전할 수 있었으면 좋겠습니다. 이 땅에서 삶과 죽음으로 신앙을 증거했던 선조들과 지금도 아름다운 이야기를 삶의 현장 곳곳에서 쓰고 계신 분들께, 진정으로 아름다운 당신께 이 책을 헌정합니다. 제게는 숨쉴 때마다 피어나는 이야기꽃, 예수님께도.

'자비의 희년'을 시작하며
한국 교회의 수호자, 원죄 없이 잉태되신 동정 마리아 대축일에
조치원(鳥致院) 연구실에서
김윤선

『다시 읽는 천주교 미담』의 간행을 맞아 기쁘고 감사한 마음을 금할 수 없습니다. 저는 이 책을 엮고 지은 김윤선 교수가 보내온 교정지를 읽으면서, 1911년부터 1957년까지 『경향잡지』에 실렸던 천주교 미담들을 처음 접해 보고, 일제 강점기에도 면면히 흘러 온 한국 천주교 신앙과 우리 신앙 선조들의 삶의 애환을 느낄 수 있었습니다. 또한 이 미담들은 번역과 번안, 그리고 창작이 어우러진 과도기적 양식을 보여 주고 있어, 한국문학사의 맥락에서 볼 때는 애국계몽기 서사문학의 전통을 잇는 것으로 생각됩니다.

그러니까 『다시 읽는 천주교 미담』은 한 세기 이전의 종교문학을 복원한 것입니다. 이 책에는 오랜 기간에 걸친 김윤선 교수의 땀과 정성이 글자마다 구절마다 배어 있습니다. 김 교수는 이 책의 제1부에서, 오늘을 살아가는 우리가 쉽게 읽을 수 있도록 수백 편에 이르는 미담들을 모두 현대어로 바꾸고 일일이 주석과 해설을 붙였습니다. 그리고 제2부에서는 천주교 미담들에 대한 깊이 있는 학문적 성찰을 하고 있습니다. 이 책은 신앙적 열정과 문학적 수련이 결합되지 않으면 결코 이룰 수 없는 참으로 귀중한 성과입니다.

중국이나 일본의 경우 외국인 선교사들에 의해 천주교가 전교된 것과는 달리, 한국에서는 당시 조선인들이 자발적으로 천주교를 받아들였습니다. 명나라에서 편찬된 서양 서적들의 영향으로 실학운동을 일으킨 조선의 선비들이 점차 '서학(西學)'을 연구하면서 스스로 천주교회를 창립하는 기적과도 같은 일을 이룬 것입니다. 그러나 이렇게 세워진 조선의 천주교회는 신유박해(1801), 기해박해(1839), 병오박해(1846), 병인박해(1866) 등의 거듭된 박해로 수많은 신자들이 순교하는 엄청난 교난(敎難)을 겪게 됩니다.

이 책에 수록된 「군난 때 미담」은 병인박해 시기가 배경이 된 것으로, 한국 천주교의 고유한 사정을 소재로 한 서사문학입니다. 일제 강점기라는 어둠의 시대를 살아갔던 천주교 신자들은, 병인박해 시기 순교자들의 미담을 통해 신앙 선조들의 이야기를 읽고, 당시의 참담한 현실을 견뎌내는 영적인 힘을 지닐 수 있었습니다. 마찬가지로, 오늘을 살아가는 우리도 이 책에 실린 미담들을 읽고 더욱 굳건해진 신앙으로 우리 시대의 어둠을 이겨내는 용기를 얻을 수 있을 것입니다. 마침 올해는 병인년 순교 150주년이 되는 해입니다.

『다시 읽는 천주교 미담』은 신앙의 측면에서만이 아니라, 문학의 측면에서도 상당히 큰 의미를 지니고 있습니다. 사실 종교적 진리와 신앙의 깊이는 무엇보다 문학의 옷을 입어야만 생생한 실감으로 전달될 수 있는 것입니다. 아무쪼록 이 책이 널리 읽혀서, 천주교 미담들에 담긴 영성적 가치가 오늘 우리의 삶에 새롭게 조명될 수 있기를 바랍니다. 그리하여 우리 신앙 선조들이 지녔던 참된 사랑의 빛이, 나날이 메말라가는 우리 사회를 촉촉이 적셔주는 한 줄기 맑은 샘물로 솟아나기를 바라는 마음 간절합니다.

2016년 3월

가톨릭대학교 인문학부 국어국문학 전공 교수

류양선

1부 | 천주교 미담집

━━━━━ 1910년대 미담

1920년대 미담

─────── 군난 때 미담

—————— 1930년대 미담

1. 이 책은 1911년부터 1957년까지 경향잡지사가 발행한 『경향잡지』에 실린 천주교 미담 전 작품을 모두 수록한 천주교 미담집이다.

2. 이 책의 구성은 1부, 2부 및 부록으로 나뉜다. 1부는 발표된 시대 순으로 옮긴 천주교 미담집이다. 작품을 현대어로 옮겨 소개하고 주석과 해설을 함께 실었다.

3. 이 책에 실린 천주교 미담의 판본은 한국교회사연구소에서 펴낸 『경향잡지』 영인본(태학사, 1984)이다. 이를 경향잡지사 홈페이지(http://zine.cbck.or.kr)에 탑재되어 있는 경향잡지 PDF와 비교하여 정리하였다.

4. 1부에서는 각각의 작품마다 "현대어로 고친 제목 – 원제목 – 미담 작품 – 주석 – 해설 – 더 알아보기" 순으로 구성하였다. 원제목이 현대어로 고친 제목과 같은 경우엔 원제목을 생략하였다.

5. 미담 작품은 현대어 표기에 맞게 맞춤법과 띄어쓰기, 문장부호를 이용하여 옮기되, 원문의 어휘와 표현을 충실히 살리도록 하였다. 원문과 현대어문의 차이를 밝혀야 하는 경우는 주석을 이용하여 변화과정을 확인할 수 있도록 하였다.

6. 미담 작품의 주석을 위해 활용한 사전은 『표준국어대사전』(국립국어원)과 『한불자전』(리델, 이은령 외 역, 소명출판, 2014), 『한국가톨릭대사전』(한국교회사연구소, 2006), 『전례사전』(주비언 피터 랑, 박영식 역, 가톨릭출판사, 2005), 『천주교 용어사전』(최형락, 작은예수, 2010), 『미디어 종사자를 위한 천주교 용어·자료집』(주교회의 매스컴위원회 편, 2011)이다. 『표준국어대사전』 외 다른 사전에서 인용한 경우 각각 한불, 가, 전례, 용어, 자료로 그 출전을 표기하였다.

7. 미담 원문에서는 외국어의 경우 우측에 이중실선을 표시하였다. 당시 『경향잡지』는 세로쓰기였으며 현재의 표기는 가로쓰기 형태다. 때문에 이 책에서는 이를 고려하여 원문의 우측 실선 두 개의 표시가 부기된 외국어의 경우 고딕체로 바꾸었고 현대어 표기를 밝힐 수 있는 경우는 위첨자를 이용해서 함께 병기하여 가독성을 높였다.
예) 말디나마르떠나, 마두마태오, 소피아, 법국프랑스

8. 대화에 해당되는 내용은 인용부호를 이용하여 내용을 구분하였다. 미담 원문의 경우 '미담 54'부터 대화를 인용할 때 간헐적으로 「 」기호가 등장하기 시작한다. 이 책에서는 이를 인용부호(" ")로 바꾸어 옮겼다. 원문과의 기호를 구분해야 하는 경우는 주석을 이용하여 밝혔다.

9. 주석의 경우 앞에서 나온 어휘라 하더라도 독자의 편의를 위해 매 작품마다 반복하여 뜻을 밝히는 것을 원칙으로 하였다. 다만 같은 작품 안에서의 반복은 피하였다.

10. 【더 알아보기】에서는 주석보다 더 자세한 설명이 필요한 어휘를 종교어 중심으로 정리하되 한번 나온 어휘는 ☞ 기호를 이용하여 찾아 읽을 수 있도록 도왔다.

11. 발표순으로 정리하되 1920년대 군난 때 미담 난을 통해 소개된 미담은 따로 구분하여 옮겼다.

12. 부록에서는 이 책에 소개된 천주교 미담 목록을 주제 개요 및 키워드, 시공간적 배경과 함께 정리하였다. 또한 인명, 지명, 종교어 관련 어휘들을 일괄적으로 정리하였다.

13. 찾아보기에는 인명, 지명, 내용 순으로 구분하여 제시하였으며 이를 통한 작품 및 내용 검색의 편의를 도모하였다.

14. 미담 작품 정본의 원칙

   ① 맞춤법은 현대 한국어 표기법에 따라 바꾸어 싣는다.
     예) 텬쥬ㅣ→천주가, 잇는쟈를→있는 자를, 쫄→딸

   ② 띄어쓰기는 현대어 표준 맞춤법에 따른다. 단 지금은 사용하지 않는 어휘의 경우 문맥의 활용을 고려하여 쓰는 것을 원칙으로 한다.

   ③ 용언의 표기 형태는 현대어 표준맞춤법에 따른다.
     예) 잇섯다→있었다

   ④ 종결어미의 경우 원문 표현을 살려 어미의 형태를 그대로 쓰는 것을 원칙으로 한다. 맞춤법이나 띄어쓰기는 변경할 수 있다.
     예) 가히알지라→가히 알지라. * '알 수 있다'로 의역하거나 변형하지 않는다.

   ⑤ 외래어 표기의 경우 원문 표현대로 쓰는 것을 원칙으로 하고 현대어 표기를 병기한다.

   ⑥ 방언과 속어는 그 표현을 살린다.

   ⑦ 구두점은 현대어 표준맞춤법에 따른다.

   ⑧ 한자어로 표기된 숫자는 아라비아 숫자로 바꾼다.

1부

천주교
미담집

1910년대
미담

천주가 위태한 지경에 있는 자를 안위하심

텬쥬ㅣ위틱흔디경에잇는쟈를안위ᄒ심

대개 신덕의[1] 은혜는 주가 친히 주심으로써[2] 모든 위태한 지경에[3] 있는 자를 안위하시니,[4] 그런즉 우리는 마땅히 부지런함으로써 얻고 굳게 지킬 것임을 가히 알지라.

이에 옛적 일 한 가지를 기록하여서 우리 표양을 삼나니, 주 강생 1614년에 일본에 한 벼슬 다니는 사람이 있어 성교를[5] 준행하니,[6] 이름이 제독이라. 국왕이 본디 이단을 믿어 성교를 용납지 아니하는 고로, 조정에서 사실하여[7] 제독이 봉교하는[8] 줄을 알고, 삭탈관직[9]하여 백성으로 삼은지라.[10] 그 아내 마리아가 두 아들과 한 딸을 낳으니, 맏아들 시몬은 16세요, 딸 말디나마르티나는 14세요 어린 아들 마두마태오는 9세러라.

제독이 이런 곤란을 당하였으되 안색이 변하지 아니한 고로, 오직 가사를[11] 그치고 열심으로 주를 섬기는데 며칠이 못 되어 왕이 사람을 보내어 가로되, "네 어린 아들을 잡아[12] 보내라" 하거늘, 부모가 듣고 심히 애통하였으니 이는 그 아들이 아직 어리고 힘이 약하여 배교할까 두려워함이라. 그러나 왕의 명을 어기지 못하여 마두마태오를

---

1 신덕(信德) : 향주 삼덕의 하나. 하느님의 가르침을 굳게 믿는 덕.
2 주셔서, 주심으로써, 주시니. 원문은 '주샤써'. 여기서는 의미를 살려 '주심으로써'로 옮겼다.
3 위태한 처지에 있는. 지경(地境) : 형편, 경우, 정도의 뜻을 나타내는 말.
4 안위(安慰)하다 : 몸을 편안하게 하고 마음을 위로하다.
5 가톨릭교, 천주교. 성교(聖敎) : 성스러운 종교, 가톨릭교(『한불자전』).
6 믿으니, 따르니. 준행(遵行)하다 : 전례나 명령 따위를 그대로 좇아서 행하다.
7 조사하여. 사실(査實)하다 : 사실을 조사하여 알아보다.
8 봉교(奉敎) : 가톨릭을 믿고 그 교리를 좇아 행함.
9 삭탈관직(削奪官職) : 죄를 지은 자의 벼슬과 품계를 빼앗고 벼슬아치의 명부에서 그 이름을 지우던 일.
10 '백성으로'의 원문은 '빅셩을'. 여기서는 삭탈관직하고 일반 백성으로 강등시켰다는 의미를 살려 '을'을 '으로'로 옮겼다.
11 집안일(『한불자전』). 원문은 '가ᄉ'. 가사(家事) : 살림살이에 관한 일. 한 집안의 사사로운 일.
12 원문은 '잡혀'. 여기서는 '잡아'로 옮겼다.

불러 안고 가만히 왕의 뜻을 알게 한 후 천주께 구하여 이르되, "은총으로 이 어린 아들 마두^{마태오}가 예수를 위하여 치명하게[13] 하소서" 하고 강복하여 보내었더니, 수일 후에 왕이 또 사람을 보내어 가로되, "네 어린 자식이 나의 명을[14] 듣지 아니하여서[15] 이미 죽였으니, 네 딸 말디나^{마르티나}를 보내라" 하거늘 제독이 생각하되, 어린 아들이 이미 죽고 또 딸의 성명[16]을 보존하기 어려운 줄로 여기나, 그러나 제독이 애주하는 정이 성하여,[17] 골육의 정을[18] 떼기 어려워 아니하고 또 강복하여 보내었더니, 수일 후에 왕이 또 사람을 보내어 가로되, "네 딸이 나의 명을 어기어[19] 네 아들과 같이 죽였으니 또 네 맏아들을 보내라" 하거늘 부모가 듣고 눈물이 비 오듯하여 깊이 그 왕의 사나움[20]을 아파하나, 제독의 신덕이 마치 오래 단련한 금과 같아 호발도[21] 마음에 거리끼지 아니하니 이는, 애주하는 정이 아들 사랑하는 정에서 더함일러라.

이에 맏아들을 불러 양순히 훈계하여 가로되, "네가 만일 주를 배반하고 살기를 도모하면 지옥영고[22]를 받을 것이요, 네가 주를 위하여 치명하면 천당영복을 누릴지니, 너의 누이와 아우와 한가지로[23] 한자리에서 내가 가기를 기다리라" 하였는데,[24] 그 아들도 또한 치명하기를 원하는지라. 이에 또한 그를 강복하여 보내었더니 수일 후에 왕이 또 사람을 보내어 가로되, "네 맏아들이 내 명을 듣지 아니하는 고로 전과 같이 죽였으니 네 아내를 보내라" 하거늘, 아내 듣고 흔연히[25] 가는지라. 이때에 제독이 적적히 홀로 빈 집에 있음에 초창함이[26] 심할 것이로되, 그가[27] 심중에 헤아려 이르되,

---

13 치명(致命) : '순교'를 전에 이르던 말.

14 명령을.

15 원문은 '듯지아니하기로'.

16 생명.

17 주를 사랑하는 정이 많아. 애주(愛主) : 주를 사랑하다.

18 육친의 정을. 골육(骨肉) : 부자, 형제 등의 육친(肉親).

19 어겨서, 어기기에. 원문은 '어긔기로'.

20 원문은 '사오나움'.

21 조금도. 호발(毫髮) : 가늘고 짧은 털. 곧 아주 작은 물건을 이른다.

22 영원한 고통.

23 함께, 같이.

24 원문은 '흔딕'. 과거시제를 풀어서 '하였는데'로 옮겼다.

25 기쁘거나 반가워 기분이 좋게. 흔연(欣然)하다.

26 초창(悄愴)하다 : 한탄스러우며 슬프다. 마음이 근심스럽고 슬프다는 뜻.

"내가 당초에 나기도 주은이거니와[28] 주를 위하여 죽어 영원히 천복을 누림은 더욱 주은이로다" 하여 이같이 경황없는 때를 당하였을지라도 감격함을 이기지 못하고 못 내 주은을 감사하더니, 왕의 사자가 또 와서 가로되, "네 아내가 왕의 명을 어김으로 또 죽였으니 네가 오히려[29] 고집하여 배교를 하지 아니하겠느냐. 너도 또한 스스로 가자" 하거늘 제독이 혼연히 대답하여 가로되, "내 마음이 죽는 듯함이 네 번이라. 이 제 치명총은이[30] 내게 미쳤거늘 내 무엇을 두려워 가지 아니하리오?" 하고 왕에게 이르니[31] 왕이 가로되, "네가 오히려[32] 배교치 못하겠느냐?" 하는지라. 제독이 바로 못 하겠노라 대답하니, 왕이 대노하여[33] 엄히 형벌하되, 제독이 탁연하야[34] 조금도 마음 이 움직이지 아니하니 왕이 그 굳세고 용감하여 짐짓[35] 굴치[36] 아니함을 보고, 드디어 좌우를 명하여[37] 제독의 온 집 사람을 불러 세우고 위로하여 가로되, "내가 너희 마음 이 굳셈을 보고 너희들을 사하여[38] 집으로 보내노니, 이후에는 네 마음대로 봉교하 라.[39] 다시 금치 아니하리라" 하거늘 때에 제독이 처자 네 사람이 다 무고함을 보고 기꺼워하여[40] 거느리고, 집에 돌아와 살다가 선종하였으니, 이로 보면 사람이 스스로 신덕을 잃을진대[41] 공심판[42] 때에 어찌 부끄럽지 아니하리오.

---

27 원문은 '저가'. 여기서는 '그가'로 옮겼다. '저'는 앞에서 이미 말하였거나 나온 바 있는 사람을 도로 가리키는 3인칭 대명사. 자기가. 그가.
28 주은(主恩) : 주님의 은혜, 원문은 '쥬은이여니와'.
29 여기서는 '차라리'의 의미.
30 치명의 은총을 '치명총은(致命寵恩)'이라 함.
31 원문은 '니르다'. 이르다, 도착하다는 뜻.
32 차라리 ☞ 주 29.
33 대노(大怒)하다 : 크게 화를 내다.
34 탁연(卓然)하다 : 여럿 가운데 빼어나게 뛰어나 의젓하다.
35 일부러.
36 굴하다 : 맞서지 못하고 자신의 의지나 주장을 누그러뜨리거나 철회하다.
37 좌우에게 명하여, 여기서 '좌우'는 좌우에 있는 신하들이라 할 수 있다.
38 용서하여. 사(赦)하다 : 지은 죄나 허물을 용서하다.
39 가톨릭을 믿고 그 교리를 좇아 행하라 ☞ 주 8.
40 마음 속으로 은근히 기쁘게 여기다. 원문은 '깃거'. 깃거하다 → 기꺼하다, 기꺼워하다.
41 잃게 되면.
42 공심판(公審判) : (기독교) 최후의 심판.

하느님께서 위태한 지경에 있는 자를 편하게 하시고 위로하신다는 제목으로『경향잡지』에 소개된 첫 번째 미담입니다. 안위(安慰)는 몸을 편하게 하고 마음을 위로한다는 뜻입니다. 제목에서 '위태함'과 '안위'가 대조를 이룹니다. 인간이 처한 처지는 위태함이고 하느님이 주시는 것은 안위 즉 몸의 편안함과 마음의 위로입니다. 몸과 마음을 둘 다 돌보시는 하느님의 자애가 돋보이는 제목이기도 합니다.

본 내용은 주제를 제시하면서 시작됩니다. 미담에서는 대개 주제에 해당하는 글이 먼저 제시됩니다. 이 미담도 신덕의 은혜는 주님이 직접 주시는 것이니 위태한 때일수록 더욱 더 그분께 신덕의 은혜를 구하고 믿음을 지켜나가야 한다는 서두의 내용이 주제입니다. 또한 이 미담은 일본의 천주교 박해시기인 1614년 일본을 배경으로 배교를 강요당한 한 가족의 이야기입니다. 주인공인 제독의 굳센 믿음이 위기를 극복하고 자신뿐 아니라 가족 모두를 살릴 수 있었습니다.

예나 지금이나 국가 권력은 신앙인을 위협할 때가 있습니다. 박해 시절 우리의 선조들이 그러하였듯이 국가 권력 앞에서 의연하게 자신의 신앙을 고백한 이 미담의 주인공인 제독은 오늘도 하느님을 따르는 천주교인에게 위기의 순간에 왕이냐 하느님이냐, 국가 권력이 먼저냐 하느님께 대한 신앙이 먼저냐를 묻고 있습니다. 권력으로부터 위협받을 때, 거기서 벗어날 수 있는 길은 배교가 아니라 굳센 믿음이라고 이 미담은 은연중에 강조합니다.

『경향잡지』에 소개된 첫 번째 미담이 일본을 배경으로 한 점이 일제 강점기『경향잡지』 통제의 주체였던 일본을 의식한 것이라 여겨질 수 있습니다. 신앙인의 모범까지 일본인에게서 찾은 것은 아닌가 하여 친일적이라 비판할 수도 있습니다. 그러나 이 미담은 식민지 조선의 종주국인 일본 제국의 국민을 등장시켰다 하더라도 그를 특정 국가의 국민으로서보다는 국가 권력에 굴하지 않았던 신앙인의 모범으로 강조하였습니다. 게다가 국가 권력에 굴하지 말라 하였으니, 일제 강점기에 첫 번째 미담으로 발표된 이 작품의 진의는 더욱 빛납니다.

신덕 표① (信德) (가톨릭) 향주 삼덕의 하나. 하느님의 가르침을 굳게 믿는 덕이다. 참고 어휘 : 망덕(望德), 애덕(愛德). ② (神德) 신의 공덕. 신덕을 입다. 한불 믿음의 덕, 신뢰. *이 글에서 신덕이 信德인지 神德인지 한자어가 없어 구분할 수 없다. 사전에서는 가톨릭의 경우 信德으로 설명하고 있다. 그러나 이 미담에서는 두 의미를 살려 읽을 수 있다.

다만 ⓗ의 용례를 따를 경우 향주 삼덕의 하나인 信德이 맞다.

성교 ㉮ 성교(聖敎)란 거룩한 교회. 가톨릭 교회를 말한다. *지금은 그 음 때문에 잘 사용하지 않고, '성교' 대신에 '성교회(聖敎會)'라 한다.

봉교(奉敎) ㉮ 천주교가 들어온 뒤부터 '봉교'라는 용어는 가톨릭 교회에서 사용되기 시작하여, 천주교를 봉행하는 일을 지칭하는 말로 고착되었다. 이 옛말의 뜻을 『한불자전(韓佛字典)』(1880)에서 보면, 주로 천주교의 용어로서만 풀이하고 있으며, 한국의 정치제도상의 말로서는 등재시키지 않고 있다. 즉 '봉교하다'는 ① 그리스도교 신자가 되다(chretien), ② 그리스도교의 계명을 지키다(pratiquer la religion chretienne)의 의미로 쓰인다고 밝혔다. 이리하여 '봉교'라는 말은 천주교의 교리를 믿고, 지키는 것들을 몸소 받들어 행함을 지칭하는 말이라고 볼 수 있다. ⓗ 봉교ᄒ다 : 기독교 신자, 기독교 의례를 지키다. ㉘ 가톨릭교를 믿고 그 교리를 좇아 행하는 일.

어릴 때부터 단정한 자는 반드시 구원받음

조아시로단졍ᄒ쟈는반ᄃ시구령홈[1]

무릇 사람이 비록 교에[2] 나오는 은혜를 입지 못하였을지라도 어려서부터 단정하여 본래 허물이 없는 자는 반드시 천주의 인도하심을 입어 성교요리를[3] 알아 구령승천하는도다.[4]

천주강생 후 1596년에 조선국에 한 사람이 있었으니 그 사람이 본디[5] 정도[6]를 생각하여 행실이 정리에 합하고,[7] 간절히 사후영복을 생각하여[8] 세상 영화와 재물을 탐하지 아니하며,[9] 또 세상의 헛된 것이 자기 마음에 합하지[10] 아니함을 보고,[11] 그윽한 산간에[12] 들어가 가만히 생각하되, '무슨 착한 도를 하여야 가히 신후영복을 얻을꼬?'[13] 하더라. 그 사람이 산간에서 어느 하루 밤은[14] 꿈을 꾸었는데 한 귀한 사람이 와서 말하되, "1년 후에는 네 소원을 이루리라" 하거늘, 이 사람이 놀라 깨니 꿈이었다. 꿈은 헛된 것이라 하고 도리[15] 밖의 일이라 여기니, 오래지 아니하여 일본 왕이

---

1   제목에서 '조아시'는 '自兒時'로 '어릴 때부터'라고 옮길 수 있다.

2   교에 → 교회에.

3   성교(聖敎) : 성스러운 종교, 가톨릭교(『한불자전』).

4   구령승천(救靈昇天) : 성교회의 교리를 알아 구원받고 승천한다.

5   원문은 '본듸'. 본디, 본래.

6   정도(正道) : 바른 도.

7   정리(正理)에 합(合)하고 : 바르고 이치에 맞으며.

8   진심으로 죽은 후의 영원한 복을 생각하여. 死後永福.

9   원문은 '탐치아니며'.

10   원문은 '합지'.

11   자기 마음과 같지 않음을 깨달아.

12   깊은 산에.

13   죽은 후에 영복을 얻을 수 있을까. 身後永福.

14   어느 날 밤.

군사 20만 명을 발하여[16] 조선국을 칠 때, 그때 장수가 열심 있는[17] 교우라. 조선 사람들을 사로잡는 중에 또한 이 사람이 사로 잡혀 일본에 가서 경도성에 거하는데, 이 땅은 당시에 그 나라 서울이라. 성중에[18] 한 크고 아름다운 집이 있으니 이는 불도를 숭상하는 절일레라.[19]

이 사람이 들음에,[20] 그 절 사람들의 준수한 명성이 낭자하거늘,[21] 이것이 혹 정도인가[22] 하여 그 절에 가서 거처할 때,[23] 공연히 마음이 불안하여 병이 날 지경이러니, 일야에는[24] 꿈에 그 집이 불꽃 가운데 있어 사면으로 불이 붙거늘, 놀라 깨여 집 밖에 뛰어나가 사면으로 살펴보되 불꽃의 흔적이 없는지라. 도로 들어와 자더니 또한 한 영해가[25] 와서 이르되, "오래지 아니하여 네 소원을 이루리라" 하는지라. 이 사람이 기뻐하며 놀라 깨어 자세히 보니, 아무 흔적이 없음에 또 헛된 꿈이라 하고 자더니, 그 후부터는 그 집에 거처하기가 울울하여,[26] 있지 못하고 정도를[27] 상고할[28] 길이 없어 또 다른 곳에 가는데, 이에 다행히 천주의 은혜를 입어 길에서 한 교우를 만났더라.

이 사람의 본성이 정직하여 자기 소원은 휘하지 아니하고,[29] 그 교우에게 바로 말하니, 그 교우가 이 사람을 데리고 예수회 성당에 가서 정도를 가르치더니 오래지 아니하여 영세하고 열심이 출중한지라.[30] 그 당[31]의 수사가 예수성상을 주니 이 사람이 깨

---

15 도리(道理) : 사람이 마땅히 행하여야 할 바른 길.
16 발(發)하여 : 일으켜.
17 열심이 있는. 열심 : 어떤 일에 온 정성을 다하여 골똘하게 힘씀. 또는 그런 마음.
18 성중(城中)에 : 성 안에, 성 가운데에.
19 원문은 '절일너라'. 여기서 어미 '―ㄹ너라'는 동사, 형용사 어간 뒤어 붙으며 '―ㄹ레라'의 옛말이다.
20 들으니. 원문은 '드르매'.
21 원문은 '랑쟈ᄒ거늘'. 낭자(狼藉)하다 : 알려지다, 폭로되다, 널리 알려지다, (소식이) 소란스럽게 하다(『한불자전』).
22 정도(正道) : 바른 도.
23 거처하는 동안. 원문은 '시', '시'는 '사이'의 옛말로 한때로부터 다른 때까지의 동안. 때.
24 어느 날 밤에는. 一夜.
25 어린 아이가.
26 울울(鬱鬱)하다 : 마음이 상쾌하지 않고 매우 답답하다.
27 정도(正道)를 ☞ 주 6.
28 고찰할.
29 밖으로 말하기를 꺼리지 아니하고. 원문은 '휘치'. 휘(諱)하다 : 입 밖에 내어 말하기를 꺼리다.
30 출중(出衆)하다 : 여러 사람 가운데서 특별히 두드러지다.

달아 가로되, "이것이 참 산 중에서 꿈에 보던 귀인이로다" 하고, 이로부터 덕을 닦고 공을 세워 마침내 위주치명하였으니,[32] 천주의 거룩한 도와 큰 은혜는 정직한 사람이 었나니라.

　제목이 고어투여서 생소하게 느껴지지만 미담 중에서도 수작으로 꼽고 싶은 작품입니다. 제목을 윤색할 경우 "단정한 사람, 예수님을 만나다" 혹은 "꿈에 나타난 예수님"이라고 부치고 싶습니다. 이 미담의 주인공은 1596년 일본으로 건너간 조선 사람으로, 『경향잡지』 '미담' 난에 소개된 작품들 중에서 조선인이 등장하는 몇 안 되는 작품 중 하나입니다. 이 미담의 주제는 모태신앙을 지닌 이가 아니라 하더라도 단정하고 허물이 없는 자라면, 주님이 그를 인도하신다는 것입니다. 미담의 배경인 1596년은 임진왜란 시기입니다. 일본의 식민지 침략 이후 얼마 지나지 않은 1911년에, 임진왜란을 배경으로 한 이 미담을 읽었을 당시 천주교인들의 마음이 어떠하였을까 상상해 봅니다. 어찌 살아가야 할지 막막했을 그들이 찾았을 답을, 이 미담을 통해 얻을 수 있습니다.

　1592년부터 1598년까지 두 차례에 걸쳐 일본이 조선을 침략하여 벌어진 임진왜란 때, 조선의 많은 백성들이 일본으로 끌려갑니다. 그런데 그곳에서 성인이 된 이들도 있습니다. 오다 줄리아(大田 줄리아 : ?~1651) 성녀는 그중 한 분입니다. 임진왜란 당시 3살이었던 오다 줄리아는 일본의 포로로 끌려가 왜장의 양녀가 되어 세례를 받습니다. 양부모가 죽은 후 천주교 박해령으로 일본의 많은 천주교인들이 처형당했을 때, 그녀는 배교를 거부하고 40년 동안 유배생활을 하다가 죽습니다.

　이 미담의 주인공도 '일본 왕이 군사 20만 명을 발하여 조선국을 칠 때 사로 잡혀' 일본국에 끌려간 조선인입니다. 주인공은 평소에 바른 도(正道)를 생각하고 영복을 지향했는데 꿈에서 한 귀인을 만나 자신의 소망이 이루어지리라는 예언을 듣습니다. 이후 일본에 가서 우여곡절 끝에 예수회 성당에서 세례를 받고 위주치명합니다. 주를 위해 생명을 바침은 천주교인들에게는 최고의 영광이었습니다. 천주교 미담은 '치명'의 이야기들을 자주 소개합니다. 꿈에서 자신을 늘 인도했던 귀인이 예수성상의 모습과 일치하게 됨을 발견한다는 미담 결

31　교회당, 성당. 이 글에서는 '성당'을 뜻한다. 堂.
32　위주치명(爲主致命) : 하느님을 위해서 순교함.

말 부분이 흥미롭습니다. 천주교인이 아닌 이들에게는 허황된 이야기이겠지만, 천주교인들에게는 허황되지만은 않습니다. 꿈에서라도 만나고 싶은 예수님! 단정한 이는 반드시 그분이 구원하신다는 이 이야기처럼 당시의 천주교인들은 '단정함'으로 신앙의 길을 가고자 하였고, 죽음으로까지 신앙을 증거하려 했습니다. 그것이 제국의 침략으로 인한 그 어떤 고난의 길에서도 그들이 가고자 한 삶의 지향이었습니다. 하느님의 거룩한 도와 은혜는 누구보다 정직하고 단정한 이에게 드리워지나니. 이 미담을 읽으며 지금 우리의 모습을 돌아볼 일입니다.

더 알아보기

성교요리 가 천주교의 교리를 문답식으로 풀이한 일종의 교리서. 오늘날까지 필사본으로 전해져 내려오고 있는 한글본 『성교요리』는 예수회원인 로벨리(Andreas Lobelli, 陸安德, 1610~1683)의 저서인 한문본 『聖敎要理』의 번역이다. 그런데 이 한글역 필사본은 1876년 5월 13일 자의 블랑(Blanc, 白圭三) 주교의 서명이 적혀 있는 것이 전해지고 있어, 블랑 주교의 조선 입국일자가 1876년 5월 5일인 점으로 미루어 『성교요리』는 그보다 훨씬 전에 번역되었으리라고 생각되며 역자는 미상이다. 그 내용을 보면, "뉘 천지만물을 조성하시뇨?"로 시작하여, "다른 사람과 혼인을 정하였다 함은 어찌한 말이뇨?"에 이르기까지 총 425여 조목으로 나누어 천지창조, 원조, 성교총론, 종도신경, 삼위일체, 천주강생, 예수수난, 예수부활, 공심판, 천주경, 성모경, 천주십계, 성체, 성세성사, 견진성사, 종부성사, 신품성사, 혼배성사 등 천주교의 모든 근본교리를 문답식으로 풀이하고 있다. 원래 블랑 주교는 보다 나은 교리서의 개혁을 위해 당시에 있었던 여러 한문본 교리서의 번역작업을 추진하여, 이를 목판인쇄로 간행했으나, 이 『성교요리』는 그 번역이 뜻에 맞지 않아서인지 끝내 간행되지 않고 다만 필사본만이 전해진다.

구령(救靈) 가 『한불자전(韓佛字典)』에 수록되어 있는 교회용어. 그리스도를 믿고 그리스도의 모범을 따라 생활하여 영혼의 구원을 받는다는 뜻으로 현재에는 구원(救援)이라는 말을 사용하고 있다. 표 신앙의 힘으로 영혼을 구원하는 일. 구령하다: 신앙의 힘으로 영혼을 구원하다. 한불 구원. 구원받을 수 있도록 바르게 살다.

영복 가 천주교 용어로서 한국이나 일본에서 오래전부터 쓰여 왔으나 오늘날에는 잘 쓰이지 않는 말이다. '영복'이란 본래 '영원한 복락(福樂)'의 약어(略語)로서 만들어진 말인데, 뜻은 천당에서 받는 영원한 복락을 가리킨다. 이 말의 반대말에 해당하는 것은 '영벌(永罰,

damnation)' 즉 '영원한 벌'이다. '영복'을 받는 사람은 의인(義人), 또는 죄를 짓지 않고 애덕(愛德)의 생활을 하다가 숨진 사람으로서, 이들은 그리스도의 판결로 영원한 생명의 나라 즉 천국에 들어가서 비로소 이 영원한 복락을 누릴 수 있다. 하느님에게서의 축복을 받은 사람만이 즐길 수 있는 끝이 없는 행복의 상태를 말한다. 이 표현은 영원히 행복이 계속된다는 것만이 아니라, 생명의 충만도 의미한다. 이러한 생명의 충만을 신자는 이미 이 세상에서 그리스도의 생명에 참가함으로써 가지고 있다. 天主教①천국의 성인들의 영화와 행복, 또는 영광스러운 행복, ②영원한 행복(bonheur eterenel).

예수회 表Jesus會. 1534년에 에스파냐의 로욜라가 세워 1540년에 교황의 승인을 받은 남자 수도회. 세계적인 포교에 힘쓰며, 특히 교육의 발전에 이바지하고 있다 ≒ 제수이트회.

위주치명(爲主致命) 加한국 천주교회가 박해를 당하던 시기에 교우들에 의해 만들어진 말로 주를 위해 목숨을 바친다는 의미, 즉 순교(殉敎)를 의미하며 줄여서 치명(致命)이라고 하였다. 현재는 잘 쓰이지 않는 말이다. 表한국 가톨릭 교회가 박해를 당하던 시기에 하느님을 위하여 순교함.

체약한 자라도 신덕이 있으면 두려울 것 없음

테약흔쟈라도신덕이잇스면두려울것업슴[1]

대저[2] 120여 년 전에 법국^{프랑스}에 (때는 대혁명 시대라) 천주교인들이 군난을 당하여 극고만난을[3] 당함을 가히 형용할 수 없도다.[4]

그때에 신부들이 성사와 미사 등 일을[5] 마음대로 행치 못하고, 깊이 자취[6]를 숨겨 열심교우 집에서 미사를 행하더라. 마침 그때 리옹 부근 방에 한 과부가 있으니, 일찍이 세 딸을 두었으며 열심 있는 교우라. 그 여교우가 여러 달 동안 여러 신부를 숨겨 두었으니 이로[7] 인하여 애매히 무함을[8] 입어 잡혀 갔는데, 옥에 갇힌 지 한 달 만에 사형에 치하였더라. 그 세 딸이 이 광경을 당함에 늙은 유모를 데리고 한 궁벽한 촌에 피신하여, 그 딸들도 또한 숨어 있는 신부로 하여금 본집에서[9] 주일날마다 미사를 지내게 할 때,[10] 그 집 아래층에서는 교우들이 운집하여 문답과 성교[11] 책을 숙습하고[12] 위층에는 성체를 모셔[13] 두어 오래 태평히 지내었더라.

---

1 인터넷으로 탑재한 『경향잡지』 목차 색인에는 '톄약'이 '예약'으로 표기되어 있다. 이는 잘못된 현대어 표기이다. '체약'으로 해야 한다. 그 뜻은 '몸이 약한 자라도'이다.

2 대저(大抵) : 대체로 보아서. 대컨. 비슷한 말은 무릇. 『한불자전』에서는 이 단어를 '약, 거의, 그처럼, 책에서 이 단어는, 문장 첫 머리에서 명백히라는 라틴어에 부합한다'로 풀이한다.

3 극고만난(極苦萬難) : 극심한 고생과 온갖 어려움.

4 묘사할 수 없도다. 형용(形容)하다 : 말이나 글, 몸짓 따위로 사물이나 사람의 모양을 나타낸다.

5 원문은 '스를' → 스(事) = 일.

6 원문은 'ㅈ쵯'.

7 원문은 '일노'.

8 무함(誣陷) : 없는 사실을 그럴듯하게 꾸며서 남을 어려운 지경에 빠지게 함. 모함(謀陷).

9 이 글에서는 '딸들의 집에서'를 의미한다.

10 원문은 '식'. 이후 '식'는 문맥에 따라 '때'나 '동안'으로 옮긴다.

11 가톨릭교, 천주교. 성교(聖敎) : 성스러운 종교, 가톨릭교(『한불자전』).

12 숙습(熟習)하고 : 익숙하도록 잘 익히고.

한 주일날에는 교우들이 미사참례를 하고 나아가는데, 불행히 말을 탄 헌병 넷이 그 동리를 지나다가 많은 사람이 한 집에서 나옴을 보고 의혹하여, 곧 그 집을 에워싸고 향내 나는 위층 방으로 들어가려 하니, 문이 잠긴지라. 헌병이 이 주인을 불러 문 열기를 독촉하나, 주인 노파는 열쇠를 잃은 모양으로 주저하는지라. 헌병이 나아가려 하다가 그 모양을 보고, 문을 파상한[14] 후 들어가니, 때에[15] 벌써[16] 다른 사람이 성체 등잔불을 껐으나, 그러나 아직도 연기가 남을 보고, 사방으로 찾아 마침내 성체성합을 방구석에서 얻으니, 이에 헌병이 그 성체 모심을 알고 주인을 불러 준책한[17] 후에, 그 성합을 가방에 넣어 말에[18] 실어가지고 주마하여[19] 빨리 간지라.[20]

때에[21] 집사람들의 근심이 첩첩한 중, 그 세 새악시 중 하나는 마리아 소피아라. 그녀가[22] 자책하여 이 위태한 지경에 성체를 잘 간직하지 못함을 한하더니,[23] 마침 한 묘한 계교를 생각하고 동생에게 부탁하여 천주께 기구하게[24] 하고, 한 동무를 데리고 바삐 헌병을 좇아가려 할 때,[25] 헌병들은 벌써 한 주막에 이르러 말을 마판에 매고 방에 들어가 술을 먹더라.

소피아가 그 기미를 알고 변복한 후 또 동무와 한가지로 좇아가면서, 다만 천주를 의지하고 빨리 그 주막에 당도하여 곧 주막 주인의 딸 새악시를 불러, 헌병의[26] 거동과 말이 있는 곳을 안 후에 말하기를, "너희 아버님께 여쭈어 우리가 성체를 찾는 동안에 헌병에게 술을 잘 먹이라" 하니 (이는 그 주인이 열심교우인 줄 앎이라) 그가[27] 또

---

13 원문은 '뫼셔'.
14 파상(破傷)하다 : 물건, 건물 따위가 부서져서 상하다.
15 그때에.
16 원문은 '발셔'.
17 준책(峻責)하다 : 준엄하게 꾸짖다.
18 원문은 '물쎄'. 馬에.
19 말을 달리게 하여. 走馬하여.
20 빨리 갔다. '간지라'에서 받침 'ㄴ'은 과거 시제를 의미한다.
21 그때에.
22 원문은 '뎌ㅣ'. 저가, 그(녀)가.
23 한(恨)하다 : 몹시 억울하거나 원통하여 원망스럽게 생각하다.
24 기도하게.
25 원문은 '홀시'.
26 원문은 '헌병에'.

한 응낙하는지라.

이에 소피아가 방에 가서 먼저 두 말의 안장을 뒤여[28] 찾지 못함에, 다시 다른 말에게로 갈 즈음에 문 여는 소리를 듣고 겁이 나서 도망하다가 자책하고 다시 들어간즉, 주인 새악시가 즉금[29] 헌병이 나아가려 한다 하나, 그들이 그 말을 불계하고[30] 각각 한 말에 올라가 가방을 뒤여 찾을 동안, 동무[31]의 말이, "여기 있다" 하는지라. 소피아가 얼른 도끼[32]로 그 가방을 째여 찢고[33] 성체를 꺼내어 가지고 막 달음박질[34]하여 도망할 때, 헌병이 문을 활짝 열면서 문득 그 두 여인의 도망함과 안장과 가방이 흩어짐[35]을 보고 분[36]을 내여, 그중에 하나가 말을 타고 쫓아오거늘 그들이 밭을 향하여 급히 밀밭에 숨으니, 헌병이 암만 애를 써 찾으나 부지거처임에[37] 하릴없이[38] 도로 가더라.

소피아가 동무와 한가지로[39] 밭을 떠나 한참 가다가 속빈 고목을 만나서 동무를 그 속에 숨기고, 자기는 헌병이 본집에 오기 전에 귀가하여 얼른 동생을 데리고 삼림 속으로[40] 달아나니라. (그 삼림 중에는 초막이 있고 그 속에 신부가 있더라) 이에 신부에게 전후 일을[41] 품달하고[42] 그러구러[43] 밤이 됨에, 그 동무가 성체를 모셨다가 신부에게 드렸더라. 그날에 헌병이 새악시의 집에 들어가 그 유모를 잡아 재판소에 보내니,

---

27 뎌 | ☞ 주 22.
28 뒤이다 : '뒤지다'의 방언(제주).
29 즉금(卽今) : 말 하는 바로 이때에. 또는 지금 곧. '명사'로는 바로 지금의 때.
30 불계(不計)하다 : 옳고 그른 것이나 이롭고 해로운 것 따위의 사정을 가려 따지지 아니하다.
31 원문은 '동모'.
32 원문은 '독기'.
33 원문은 '쫏고'.
34 원문은 '다람박질'.
35 원문은 '헛허짐'.
36 억울하고 원통한 마음.
37 간 곳을 알지 못함. 원문은 '부지거쳐이매'.
38 달리 어떻게 할 도리가 없이, 할 수 없이. 원문은 '홀일업시'.
39 함께.
40 삼림(森林) : 수풀 속. 원문은 '속에'. 여기서 '-에'를 '으로'로 옮겼다. 수풀 속으로.
41 전후 사정을. 前後 일.
42 웃어른이나 상사에게 여쭈다. 원문은 '픔달'.
43 그럭저럭.

판사가 그를 여러 날 가두고 무수히 심문하되, 그 새악시의 간 곳을 대지[44] 아니함에, 하릴없이 방송하였는데,[45] 오래지 아니하여 천주가 벌하시어 그 네 헌병을 불한당의[46] 수중에 맡겨 죽게 하시니라.

마리아 소피아가 그 소문을 듣고 귀가하여 사니, 불과 몇 해에 법국^{프랑스}이 태평건곤이 되어 세화년풍 함에,[47] 소피아가 수녀원에 들어가 일생을 착히 닦아 공덕이 가득하여 강생 후 1836년에 세상을 버리고 승천향복하니라. 아름답다 소피아여, 그가 성체성사에 숨어 계신 천주를 위하여 생명을 바치고자[48] 하더니 이제는 바로 천주를 뵈옵는도다.

『경향잡지』에 소개된 천주교 미담 중에는 프랑스를 배경으로 한 미담이 다수입니다. 이는 당시 한국에서 활동하신 사제들의 대다수가 프랑스인 신부님이셨기 때문입니다. 『경향잡지』도 프랑스인 드망즈(Dmange, 安世華) 신부님이 발행인 겸 편집인이셨습니다. 1898년 프랑스에서 사제서품을 받은 후 한국에 오신 드망즈 신부님은 1906년 10월 19일 『경향신문』의 창간과 함께 경향신문의 경영과 편집을, 『경향신문』이 일제에 의해 정간된 후에는 1911년 창간 때부터 『경향잡지』의 발행과 편집을 맡으셨습니다. 드망즈 신부님은 대구교구 교구장을 지내셨고, 1925년 로마에서 거행된 조선 순교자 79위 시복식에도 참석하셨던 분이십니다.

프랑스를 배경으로 한 미담은 프랑스 신부님들이 전해주시는 그분 나라의 소식들처럼 읽힙니다. 당시 조선 교우들도 마찬가지였겠지요. 이런 미담들을 통해 조선의 천주교인들은 신부님들의 조국인 프랑스를 접하고, 조선 밖 교회 공동체를 알 수 있었습니다. 또 이들을 통해 프랑스의 교회와 조선의 교회가 만나는 경험을 할 수 있었습니다. 특히 박해를 배경으로 한 경우, 프랑스 교회 공동체와 조선 교회 공동체의 동질감은 더욱 커졌을 것입니다. 그래

---

44 원문은 '다히다'. 다히다 : '대다'의 옛말.
45 방송(放送)하다 : 죄인을 감옥에서 나가도록 풀어 주다.
46 남 괴롭히는 것을 일삼는 파렴치한 사람들의 무리. 원문은 '불안당'.
47 여러 해 동안 계속 풍년이 들어. 歲華連豐 함에.
48 원문은 '밧치고져'.

서인지 프랑스를 배경으로 처음으로 소개된 이 미담은 박해 시절 이야기입니다.

이 미담은 프랑스의 천주교 박해 시절을 배경으로 '소피아'라는 한 소녀의 신앙을 소개합니다. 소피아가 헌병에게 빼앗긴 성체성합을 가져오기 위해 변복까지 하고 헌병들의 추격에서 벗어나는 장면이 박진감 있게 묘사되어 있습니다. 박해 시절 프랑스 천주교 공동체의 모습은 박해 시절 조선 교회의 모습과 비슷합니다. 성사를 마음대로 행하지 못해 숨어서 지내던 모습, 신부님들도 몰래 숨어 살아야했던 어려움, 헌병과의 갈등. 그 가운데서도 신앙의 꽃은 피어납니다. 소피아도 그러하였습니다. 과부의 딸로 지내다 어머니마저 처형당한 후에도 소피아는 신앙을 버리지 않았습니다. 어머니처럼 모든 어려움을 불사하고 성체성합을 지켜냅니다.

'소피아'는 '지혜'라는 뜻이지요. 성체성사에 숨어계신 예수님을 위해서라면 생명까지도 바치고자 했던 용기와, 힘으로는 이길 수 없었지만 연약함을 물리친 지혜로, 소피아는 헌병에게 빼앗긴 성체를 되찾아옵니다. 성체가 예수님이라 믿었기 때문입니다. 제목처럼 소피아는 몸이 약한 여성이었지만 그녀의 신덕은 박해를 감수하고도 남을 '체력'이 되었습니다. 말(馬)에 올라가 도끼로 가방을 찢어 성체를 찾아내는 소피아, 성체성합을 들고 달음박질치는 소피아를 만나 보십시오. 신앙은 그녀를 연약한 여성으로서가 아니라 두려울 것 없이 강건한 여성으로 살게 했습니다.

군난(窘難) 〔가〕 라틴어 persecutio, 영어 persecution. 박해를 뜻하는 옛말. 우리나라 천주교회는 창설 이래 연달아 수많은 군난을 겪어야 했는데, 신유(辛酉)박해, 을해(乙亥)박해, 정해(丁亥)박해, 기해(己亥)박해 등을 모두 군난이라고 칭하였다.

문답(問答) 〔가〕 교리서(敎理書)를 가리키던 옛말. 『성교요리문답』(1864), 『성교백문답』(1884), 『고신경문답』, 『천주교요리문답』(1934) 등 한국 천주교회 대부분의 교리서들이 제목 그대로인 질문과 대답의 문답형식으로 주요 교리를 서술하고 있기 때문에 옛 교우들은 문답이란 말을 교리서의 의미로 사용하였다. 그러나 1967년 『가톨릭 교리서』의 간행 이후 문답이란 말은 교리서라는 말로 대치되어 현재 문답이란 말은 거의 사용되지 않고 있다.

성합(聖盒) 〔가〕 성체(聖體)를 담아 두거나 사제(司祭)가 환자에게 성체를 영(領)해주기 위해 성체를 모셔갈 때 쓰는 제구(祭具). 성작(聖爵)과 비슷한 형태이나 뚜껑이 있고 성작과 마찬가지로 금속으로 만들며 내부를 도금한 것이다.

기구(祈求) ㉮ 기도. ㉤ 원하는 바가 실현되도록 빌고 바람. * 옛글에는 기도 대신 '기구'라는
단어를 썼다.

승천향복(昇天享福) ㉤ 죽은 후 복을 누림.

성체성사(聖體聖事) ㉮ 가톨릭 교회의 일곱 성사 가운데 하나. 사제가 최후의 만찬 때 하신
예수님의 말씀을 그대로 반복함으로써 빵과 포도주가 예수님의 몸과 피로 축성되어 성체
성사가 이루어진다. 교회는 미사에서 성체성사가 거행될 때, 축성된 빵과 포도주의 외적
형태는 그대로 남아 있지만, 그 실체는 그리스도의 몸과 피인 성체와 성혈로 변화된다고
가르친다. 신자들은 한 분이신 예수님의 몸과 피를 나눔으로써 그리스도와 일치함은
물론 교회 안에서 모든 형제자매와 서로 일치하게 된다. ㉤ 가톨릭에서 성체를 받는
성사.

깊은 도리는 너무 캐지 말 일

집흔도리는너무킈지말일

이에 한 성적[1]을 기록하여, 우리가 이 세상에 거할[2] 때에 능히 성삼의[3] 오묘한 도리를 다 사맛지[4] 못하게 함을 알게 하노라.

옛적에 아미푸가에 한 성인이 있었으니 이름은[5] 안스딩아우구스티노이라. 지식이 출중하고 박학함이 유명하여 평생에 글을 지어 성교요리를[6] 풀 때, 매양 저녁 때면 바닷가에 다니며 구경하면서 조화묘리[7]를 생각하더니, 하루는 바닷가에 혼자 다니는데 멀리 한 아이가 있음을 보고 가까이 가보니, 그 모양이 아름다워 천신과[8] 같은네, 그 아이가[9] 땅에 작은 구멍[10]을 파고 작은 그릇으로 바닷물을 길어다가 붓거늘, 성인이 물어 가로되 "어찌하여 그리하느뇨?" 아이의 대답이 "내가 이 바닷물을 이 구멍에 다 부은 후에야 마음이 쾌하겠노라"[11] 하는지라. 성인이 듣고 곧 웃어 가로되, "진실로 어리

---

1 성적(聖蹟) : 기적, 경이(『한불자전』). 『표준국어대사전』에서는 성적(聖蹟)이 성스러운 사적이나 고적으로 풀이되어 있다. 본문에서 '성적'은 문맥상 『한불자전』의 풀이대로 이해하는 것이 타당하다. 즉 기적. 원문은 '셩격'.
2 거(居)하다 : 사람이 일정한 곳에 머물러 살다.
3 성삼(聖三) = 천주성삼(天主聖三). 삼위일체이신 하느님의 거룩한 세 위격, 즉 성부와 성자와 성령(『가톨릭대사전』).
4 사맛다 → 삼다 : 인정하거나 생각하다. 되게 하다.
5 원문은 '일홈'.
6 성교요리(聖敎要理) : 천주교의 교리를 문답식으로 풀이한 일종의 교리서(『가톨릭대사전』) ☞ 미담 2.
7 조화묘리(造化妙理) : 만물을 창조하고 기르는 대자연의 묘한 이치.
8 천신 → 천사.
9 원문에는 '뎌ㅣ'. 여기서는 3인칭 대명서로 '저가'로 판단, 의미를 명확히 전달하기 위하여 '그 아이가'로 옮겼다.
10 원문은 '구녕'.
11 쾌(快)하다 : 유쾌하고 시원하다.

석은 아이로다” 하시니, 이 아이 가로되, “내가 하고자 하는 일도 어리석으나 네가 하고자[12] 하는 일에 비하면 오히려 쉬운 일이니라” 하거늘, 성인이 가로되, “나의 하고자 하는 일을 네가 무슨 일인지 아느냐?” 아이 대답하되, “네가 성삼의 오묘한 도리를 알아 작은[13] 책 가운데 다 풀고자 함이 이 바닷물을 이 작은 구멍에 다 붓고자 함과 같으니 네가 능히 할 듯하냐?” 하고 곧 보이지[14] 아니하거늘, 성인이 마침내 황연히[15] 깨달으시니라.

대저[16] 이 아이는 곧 천신이니, 그가 발현하시어 세상 사람이 능히 천주성삼의[17] 오묘한 도리를 다 알 수 없음을 알게 함이니라.

해설

이 미담은 현재에도 천주교 신자들 사이에서 회자되는 아우구스티노 성인의 일화를 소개합니다. 우리가 알고 있는 이야기가 100여 년 전에도 한 편의 미담으로 선조들에게 읽혔던 것입니다. 『경향잡지』에 소개된 천주교 미담 중에는 이 이야기처럼 성인들의 일화를 다룬 작품들이 있습니다. 이들 작품들은 짧지만 감동적인 이야기를 통해 성인의 단면을 소개해 줍니다.

이 미담의 주인공 아우구스티노(Aurelius Augustinus, 354~430)는 북아프리카 히포(Hippo)의 주교이자 교회학자였으며, 모니카 성녀의 아들이었습니다. 정신적 방황과 방탕한 생활 후에 회개하고 387년 세례를 받은 이후 교회를 위해 사신 분이십니다. 『고백록(告白錄, Confessiones)』과 『신국론(神國論)』, 『삼위일체에 관하여(De Trinitate)』 등의 저술을 남겼습니다. 이 미담은 성인이 삼위일체를 어떻게 이해할 것인가를 고민하던 중 체험한 이야기로 아우구스티노 전기에도 등장하는 내용입니다.

바닷가에서 저녁 산책을 하던 성인은 천사와 같은 한 아이를 만납니다. 아이는 땅에 구멍을

---

12 원문은 ‘하고져’.

13 원문은 ‘젹은’.

14 원문은 ‘뵈이지’.

15 황연(晃然)히 : 환히.

16 대저(大抵) : 대체로 보아서. 대컨. 비슷한 말은 무릇. 『한불자전』에서는 이 단어를 ‘약, 거의, 그처럼, 책에서 이 단어는, 문장 첫 머리에서 명백히라는 라틴어에 부합한다’로 풀이한다.

17 ☞ 주 3.

파고 거기에 바닷물을 붓고 있었습니다. 왜 그리 하냐는 성인의 질문에 "이 바닷물을 이 구멍에 다 부은 후에야 마음이 시원하겠다"고 대답합니다. 성인은 아이에게 어리석다 질책하지만 오히려 아이는 성인을 위해서 나타난 천사였습니다. 자연의 오묘한 이치, 하느님의 깊은 뜻을 자신의 이성으로만 이해하려는 태도의 무모함을 알려주기 위해서였습니다. 실제로 이 미담의 배경인 티레누스의 치비타베키아와 오르베텔로 사이의 해변, 안세도니아에는 지금도 '성아우루스티노의 모래사장'이라는 곳이 있다고 합니다. 여러 화가들도 이 이야기를 화폭에 담습니다.

  미담이 전하듯 '천주성삼의 오묘한 도리'를 다 알 수는 없습니다. '깊은 도리는 너무 캐지 말 일'이라는 제목 역시 인간이 자신의 이성에만 의지하고자 함을 경계합니다. 아우구스티노가 천사의 만남으로 이를 깨우쳐 겸손한 학자요 주교로 살아갈 수 있었듯이 우리 역시 천주성삼의 오묘한 도리를 이해하고자 하는 노력 못지않게 천주성삼을 믿고 따를 수 있는 겸손함을 청해야 할 것입니다.

"나의 주 하느님이시여, 유일한 희망이시여!
 당신 면전에 내 지식과 무지함을 세워두나이다." — 성 아우구스티노

더 알아보기

아우구스티노 〔가〕 아우렐리오(Aurelius A. 354~430). 성인, 히포(Hippo)의 주교, 교회학자. 축일 8월 28일. 북아프리카 타가스테(Tagaste) 출신. 모친 성녀 모니카(St. Monica)가 그리스도교 신자였으므로 그는 신앙의 분위기에서 성장, 카르타고대학에서 수사학(修辭學)을 공부했는데 이 당시 그리스도교를 떠나 정신적 방황을 하였다. 15년간 지속된 방탕생활에서 아데오다투스(Adeodatus)라는 아들을 보게 되었다. 치체로(Cicero)의 *Hortensius*를 읽고 감명받았으며(373년), 마니교를 통해 진리를 얻으려고 9년간이나 시도, 383년에는 수사학 교사로 로마에 갔다. 이듬해 밀라노로 이주, 그곳에서 만난 성 암브로시오의 영향, 신플라톤주의, 그리고 성 바울로에 대한 독서를 통해 개종을 결심, 카시치아쿰(Cassiciacum)에서의 침잠 후 387년 부활 전야에 세례 받았다. 388년 타가스테에 일종의 수도원을 세우고 유명한 성 아우구스티노 수도규칙을 만들었다. 391년 고향의 연로한 주교 발레리우스(Valerius)에게서 서품, 수도원 생활을 계속하였으나 곧 아프리카 교회문제의 중요 인물이 되어 395년 발레리우스의 보좌주교를, 396년부터 사망

때까지는 그곳 주교를 지냈다.

그의 탁월성은 그리스도교 진리에 대한 날카로운 이해에 있다. 사제기간 중 크게 3가지의 이단 즉, Donatus 이단, Pelagius 이단, Manichaeism 문제와 대결, 이를 통해 자신의 신학을 형성하였다. 교회와 성사, 성사적 은총 등의 문제와 관련된 교의를 획기적으로 발전시켜 이를 통해 서양 신학이 형성되었다. 그에 의하면, 교회는 구성원들의 상호 자선행위를 통해 하나를 이루며 그 구성원 때문이 아니라 목적에 의해 신성하다. 교회 안에는 선한 자와 악한 자가 모두 있으며 최후의 심판 때까지 악한 자는 남아 있을 것이다. 교회 밖에도 선한 이들이 있지만 죽기 전에 교회 안으로 들어오지 않으면 구원되지 않을 것이라고 생각했다. 또한 성사의 집행에 있어서의 '합법성'과 '규칙' 사이의 구분을 발전시켰다. 속권을 신국(神國)의 일부로 받아들이나 그것은 진정한 신에 대한 숭배와 정의에 기초를 두고 있는 한에 있어서이며, 이단과 분열을 극복하기 위하여 국가의 조력을 인정하나 사형제(死刑制)는 간곡히 금하였다. 후기에는 펠라지오주의 논쟁에 종사, 타락과 원죄, 그리고 예정설(豫定說)에 대한 교의를 발전시켰는데 특히 예정설은 말기의 저서에서 형식을 갖추어 뒷날에 루터·칼빈을 비롯한 종교개혁가에게 영향을 주었다. 이단과의 논쟁을 통한 저서 외에『고백록(告白錄, *Confessiones*)』(400?)과『신국론(神國論)』등의 대작이 남아있는데, 전자는 개종까지의 자서전이며, 후자는 로마가 알라릭에 의해 함락(410년)된 이후에 최초의 역사철학서이다. 방대한『삼위일체에 관하여(*De Trinitate*)』와 자신의 문학작품을 정리한 *Retractation* 등도 전하고 있다. 후대 철학에 대한 성 아우구스티노의 영향은 지대하여서 중세기부터 13세기에 이르는 철학의 전 내용과 서양 신학의 현재의 모습을 결정짓게 하였다.

성교요리 ☞ 미담 2.

천주가 영적으로 성교를 증거하심

텬주 | 령적으로성교를증거ᄒ심

옛적에 한 성인이 있으니 이름이 가다고이라. 원장(院長) 소임에 거하여[1] 덕이 출중함에, 천주가 더욱 총애하사 성덕을[2] 많이 행하게 하시니, 그 명성이 일세[3]에 장하더라.[4]

때에 한 무당이 있어 사술을[5] 숭상하더니 심중에 성인의 덕을 의심하여, 가서 시험하여 만일 성덕을 행치 못하면 반드시 훼방하여 그 명성을 상해오리라 하고[6] 그 원에[7] 가서 성인에게 은근히 뵈옵기를 청하거늘, 성인이 그 뜻을 아시고[8] 잘 대접하시니, 때는 엄동인 고로[9] 낙엽이 되어 나무에 잎새가[10] 없더라. 무당이 성인과 한가지로[11] 밖에 나아가서 마른 나무를 가리켜[12] 성인께 가로되, "청하나니, 주의 능을 의지하여 이 마른 나무를 명하여 잎새 나게 하소서" 하거늘, 성인이 그가[13] 혹 회개할까[14] 하여 손을 들어 나무를 향하여 성호를 그으시니 마른 나무에 곧 잎새 나는지라. 무당이 이 영

---

1   원장으로 살며. 거(居)하다 : 사람이 일정한 곳에 머물며 살다.
2   성덕(聖德) : 성인(聖人)의 덕.
3   일세(一世) : 시대나 한 세대.
4   장(長)하다 : 어떤 일에 매우 능하다.
5   사술(邪術) : 바르지 못한 수단을 잘 둘러대는 요사스러운 술법. 원문은 '샤슐'.
6   상하게 하리라. 상(傷)하다 : 상처가 나다.
7   여기서 '원'은 수도원이다.
8   원문은 '알으시고'.
9   몹시 추운 겨울이기 때문에. 嚴冬인 고로.
10   잎사귀. 원문은 '입새'.
11   여기서는 '함께', '같이'라는 의미. 원문은 'ᄒ 가지'. 한가지 : 명사, 형태, 성질, 동작 따위가 서로 같은 것.
12   원문은 '가르쳐'. 여기서는 손가락 따위로 대상을 집어서 보이거나 말하는 '가리키다'로 옮겼다.
13   원문은 '뎌가'.
14   원문은 '회개할가'.

적을[15] 보고 안색에 부끄러움이 나타나더라. 이런 영적을 봄에 그가 마땅히[16] 성교[17]를 흠숭할[18] 것이로되, 마음이 그렇지 아니하여 생각하기를 '마른 나무에 잎새는 나게 하였거니와 어찌 또 꽃이야 피게 하겠느냐?' 하고 성인께 가로되, "꽃을 피게 하소서." 성인이 또 그의 소청을 허락하여 성호를 그으니 꽃이 피는지라. 무당이 생각하되, '꽃을 피게 하니 또 열매를 일우게[19] 하리로다' 하여 성인께 청하거늘, 성인이 또 성호를 그으니 과연 열매가 맺음에[20] 그 실과를 취하여 그와 한가지로 맛보시니라. 이에 무당이 혀를 거두어 아무 말도 못하고 가서 전에 성교를 훼방하던 입으로 성교의 정덕을 숭앙하여[21] 전 악습을 고치고[22] 공을 세웠으니 가히 후세에 표양이 되고

또 옛적에 두 탁덕이 있어 인도국으로부터 다른 나라에 전교하는데 하루는 이교 하는 국왕 앞에서 강론하여 가로되, "천주교가 진실로 참교[23]이오. 그 모든 규계[24] 다 정결하다" 하니 국왕이 또한 귀를 기울여 듣더라.

그 국왕이 강론을 들으나 마음이 바르지[25] 아니하여 모든 신하에게 물으니 신하들이 각기 다 저 하는 교가[26] 참교라 하거늘, 왕이 그 여러 교 중에서 어느 교가 참교이며 어느 교가 거짓교인지 분간을 할 수 없음에 시험하여 보리라 하고, 이에 각 교의 묘리[27]를 종잇조각에 써서 섞어 한 그릇에 담고 원숭이 하나를 데려다 놓고 어느 교가 참교인지 시험할 때,[28] 원숭이 처음에 한 종이[29] 조각을 취하니, 곧 외교[30] 사신(邪

---

15 영적(靈蹟) : 기적의 옛말(『가톨릭대사전』).

16 원문은 '맛당히'.

17 성교(聖敎) : 천주교.

18 흠숭(欽崇) = 흠숭지례(欽崇之禮). (가톨릭) 하느님에게만 드리는 흠모와 공경.

19 열매를 맺게.

20 원문은 '매지매'.

21 숭앙(崇仰)하다 : 공경하여 우러러보다. 원문은 '숭양ᄒ다'.

22 전(前)의 악습을 고치고.

23 참 교(敎).

24 규계(規戒) : 법, 규범, 규칙(『한불자전』). 여기서는 규칙(規則)과 계율(戒律)을 이르는 말. 『표준국어』에서는 '바르게 경계함'으로 풀이. 이 문맥에서는 『한불자전』의 풀이를 따르는 게 적절.

25 원문은 '뎡치' → 정(正)하지, 바르지.

26 '자신들이 믿는 종교가'로 해석해야 한다.

27 묘한 이치.

神)[31]의 글이라. 원숭이 가지고[32] 더러운 냄새를 맡는 것 같이 하더니, 드디어 땅에 놓고 발로 밟으며 이를 웅그리고 발톱을 들어 분내는 것 같이[33] 하고, 또 한 조각을 취하니 정교[34]의 묘리 아니라. 원숭이 발로 밟아 능욕을 하고 또 한쪽을 취하니 고교[35] 모이스모세라. 원숭이 땅에 놓고 경만히[36] 아니하고 또 한쪽을 취하니 마침 예수시라. 원숭이 진주를 아는 것 같이 기쁨을 이기지 못하며 공경하는 뜻을 나타내니 보는 자가 다 심복하고[37] 왕이 비록 기뻐하나, 죄악에 굳어 능히[38] 봉교하지[39] 못하고 오히려 시험하고자 하여 다시 모든 교의 묘리를 한 그릇에 담고 원숭이로 하여금 낱낱이[40] 취하게[41] 하는데, 마침 예수의 거룩하신 이름이 없으니, 이는 한 신하가 가져감이라. 원숭이 주저하며 마음이 좋지 아니한 모양이 있거늘 모든 신하가 바삐[42] 취하기를 위협하니, 원숭이 모든 신하 앞에 가서 낱낱이 맡아보고[43] 또 우러러 오래 보다가, 마침내 예수성명[44]을 가져간 신하 앞에 이르러 두 발로 그 손을 잡고 완연히[45] 무슨 물건을 찾는 모양이라. 그 신하가 예수성명을 내어주니 원숭이 기뻐하여 뛰고 춤추는지라. 왕과 뭇 신하가 더욱 흠숭하여[46] 내외에 반포하되, 무릇 전교자를 조당치 말고[47] 호위

하며,[48] 또 그중[49] 봉교하고자 하는 자를 금치 말라 하고 신하와 백성이 많이 입교영세하되, 왕은 홀로 죄악에 빠져 마침내 따르지[50] 아니하니라.

이로[51] 보면, 성교가 진실로 별다르니 어찌 밝은 증거 없이 공연히 준행하리오.

하나의 제목으로 두 개의 미담이 실렸습니다. 두 미담이 모두 이적, 즉 자연에서 일어나는 기적과 관련된 미담입니다. 첫 번째 이야기는 식물계에서 나타난 기적이고, 두 번째 이야기는 동물계에서 일어난 기적입니다. 그런데 이 미담을 쓴 저자는 두 기적이 모두 하느님이 천주교를 증거하신 것으로 여겨, 제목을 '천주가 영적으로 성교를 증거하심'이라고 제시했습니다.

첫 번째 미담의 주인공은 성인 가다고입니다. 이름은 일본인 이름인데 내용은 아시시의 프란치스코 성인을 보는 듯합니다. 한 겨울에 무당이 성인을 찾아가 그를 시험하기 위해 '주의 능을 의지하여' 나무에 잎과 꽃과 열매를 보여 달라고 청합니다. 성인은 그의 회개를 바라며 마른 나무에서 잎과 꽃과 열매를 보여주십니다.

두 번째 미담에서는 인도국에서 천주교가 참 종교라 전교하던 두 신부님이 겪으신 기적이 소개됩니다. 왕은 어느 종교가 참 종교인지 분간하기 위해 원숭이를 이용합니다. 원숭이가 예수님의 이름을 알아보고 경배를 하고 이를 계기로 왕이 천주교를 허락함으로써 많은 이들이 천주교를 믿고 따르게 됩니다. 그런데도 왕은 악에 빠져 천주교를 믿지 않습니다.

이처럼 『경향잡지』 미담 난에는 기적 이야기들이 종종 나옵니다. 기적의 사실 여부보다는 이야기가 전하고자 하는 진의를 통해 작품을 즐길 수 있을 것입니다. 원숭이가 어떻게 예수님을 알아보는지 주목해보십시오. 『이솝우화』의 동화를 읽는 것처럼 재미있습니다.

왕이 기적을 경험하고서도 천주교를 믿지 않은 이유를 생각해 봅니다. 평범한 일상 안에서 예수님을 알아볼 수 없다면 기적을 통해서도 그분을 만날 수 없는 건 아닐까요? 이 미담의 저자는 천주교가 참 종교이며, 그 증거는 인간만이 아니라 식물과 동물도 이미 알고 있다고 전합니다. 식물계와 동물계 즉 온 세상의 주인인 하느님이 밝히 보여주시는 증거, 오늘도 우

---

48 호위(護衛)하다 : 따라다니며 곁에서 보호하고 지키다.
49 그중에서. 원문은 '극중'. 이는 '그중'의 오자인 듯하여 여기서는 '그중'으로 옮겼다.
50 원문은 '좃지'.
51 원문은 '일로'.

리는 그 증거들 속에서 살아가고 있습니다.

성덕(聖德) ㉮ 성성(聖性)을 구현함. 그리스도교의 성성은 하느님께 기원을 두고 있다(레위 19 : 2). 하느님의 거룩하심은 그의 능력과 지혜와 자비와 정의와 사랑에서 나타나고 그 역사적 표현은 구세사이고 예수 그리스도의 사건이다. 죄스런 인간의 구원을 위하여 강생하신 그리스도는 모든 거룩함의 근원이요 종착점이며, 우리에게 성성을 가르치신 스승이요 모범이시고, 성령을 보내시어 우리에게 성성을 구현할 능력을 주신 분이다(로마 12 : 2, 2베드 1 : 3-11 참조). "하늘에 계신 아버지께서 완전하신 것같이 너희도 완전한 사람이 되어라"(마태 5 : 48) 하신 말씀에서 알 수 있듯이 성성의 본질은 대인(對人)관계인 윤리적 차원을 넘어서 하느님과의 관계를 완성하는 것이다. 그러므로 성덕은 단순한 윤리적 선행이 아니고 완덕(完德)의 추구이다. 이 완덕은 하느님의 뜻을 따르는 것이요(마태 19 : 20-21) 그분을 가까이 닮는 것을 의미하며(에페 4 : 13, 필립 3 : 8-17), 하느님 사랑과(마르 12 : 30) 이웃사랑(마르 12 : 31)으로 표현된다.

성교 ☞ 미담 1.

탁덕(鐸德) ㉮ 신부(神父)를 지칭하는 옛말. 원뜻은 덕(德)을 행할 수 있도록 지도하는 사람이라는 뜻으로 사탁(司鐸), 서사(西士), 신사(神士) 등과 함께 신부를 지칭하는 말로 사용되었다. 현재는 별로 사용되지 않고 있다. '탁덕(鐸德)'은 '사람들을 올바른 삶으로 이끄는 스승'이란 뜻으로 조선시대 천주교 신자들은 신부를 '탁덕'이라 불렀다. ㉠ (가톨릭) 예전에, 덕을 행할 수 있도록 지도하는 사람이라는 뜻으로, '신부(神父)'를 이르던 말.

봉교 ☞ 미담 1.

성명(聖名) ㉮ ① 세례명, ② 예수의 이름. 예수성명. ㉠ (가톨릭) 하느님, 천사, 성인의 거룩한 이름. 그리스도나 성모 마리아의 거룩한 이름. 세례명.

조당(阻擋; 阻攩) ㉮『한불자전(韓佛字典)』(1880)에 따르면 방해, 지장, 장애 등의 뜻으로 '조당'을 '阻擋'으로 표기하고 있으나 일부 국어사전에선 '阻黨'으로도 사용하고 있는 옛말이다. 혼배성사를 성립시키지 못하는 자연법적, 교회법적 조건, 일반적으로 '혼배조당'을 지칭한다. 근본적으로 혼배를 성립시키지 못하는 착위(錯位)조당, 협박(脅迫)조당, 강탈(强奪)조당, 연기(年期)조당, 불능(不能)조당, 허원(許願)조당, 신품(神品)조당, 결배(結配)조당, 지친(至親)조당, 사친(査親)조당, 가혼(假婚)조당, 간악(奸惡)조당, 외교(外敎)

조당, 비밀(秘密)조당들이 있어 이들을 무효(無效)조당이라 하고, 혼배가 성립되기는 하지만 교회법적으로 범법이 되는 금령(禁令)조당, 열교(裂敎)조당, 예사허원(例事許願)조당, 법친(法親)조당들이 있어 이들을 금지(禁止)조당이라고 한다. 표 (阻擋; 阻攩) ① 나아가거나 다가오는 것을 막아서 가림, ② (가톨릭) '혼인 장애'의 이전 용어. 한불 조당(阻擋) : 혼배조당, 방해, 대립, 장애. 조당하다 : 방해하다.

준행(遵行) ☞ 미담 1.

마귀를 물리치는 표양

마귀를물니치는표양

　지극히 두려워할 것은 마귀라. 그 계교가 많고 공교하여 사람으로 하여금 마귀 계교인 줄을 알아 물리치지 못하게 하는지라. 전에 서반아국스페인에 한 수사가 있으니 곧 성의회 총수원장이라. 신공이[1] 정밀하고 덕이 출중하여 사람마다 공경하더라. 하루는 두 탁덕이[2] 와서 잔치에[3] 가기를 청하거늘, 이 원장이 그 잔치에 가서 즐기고 잔치를 다한 후에 뭇 사람의 앞에서 강론하여 가로되, "탁덕이 죄를 지으면 다른 사람보다 죄가 더 중하다" 함에, 그중에 한 탁덕이 마음이 감동하여 자기 영혼 일이 타당치 못함을 깨달으니, 대저[4] 그 원장은 뭇 사람을 대상하여[5] 예사로이 한 말이나 그 탁덕은 그 말이 자기 모병에[6] 적당하여 자기를 위하여 한 말보다 더하더라.

　이에 원장이 강론을 마침에 탁덕이 그를[7] 청하여 고해를 하거늘, 원장이 탁덕을 경계하여 이르되, "다시는 그렇게 하지 말지어다. 대저 주의 벌이 하루[8] 사이에 있나니라" 하였으나, 그가 불구에[9] 또 전과 같이 범죄하여 스스로 주의 벌을 부른지라. 홀연[10] 몸에 한 열병이[11] 위중이 들어 운명할 지경이거늘,[12] 탁덕이 영혼 일에 타당치

1　신공(神功) : (가톨릭) 기도와 선공(善功)을 통틀어 이르는 말.

2　탁덕(鐸德) : 신부 ☞ 미담 5.

3　원문은 '잔치'.

4　대저(大抵) : 대체로 보아서. 대컨. 비슷한 말은 무릇. 『한불자전』에서는 이 단어를 '약, 거의, 그처럼, 책에서 이 단어는, 문장 첫 머리에서 명백히라는 라틴어에 부합한다'로 풀이한다.

5　원문은 '뎨셩하여'. 이를 '대상(對象) 하여'로 옮겨, 뭇 사람을 대상으로의 의미로 파악하였다.

6　모병(毛病) : 결여, 악, 나쁜 습관.

7　원문은 '저를'.

8　원문은 '하로'.

9　불구(不久)에 : 오래지 아니하여

10　뜻하지 아니하게, 갑자기.

못함을 염려하여 사람으로 하여금 그 원장을 청하여 고해하기를 원하더라.

공교하다 마귀의 계교여. 그 원장이 오기 전에 마귀가 예수성영을[13] 빌어 큰 광채를 발하고 방에 들어와 제 수족과 늑방에[14] 상처를 보이며[15] 가로되, "내가 너를 위하여 수고 수난하였으니 이제 네가 내 인자함만 믿을 것이요 고해를 할 것은 없나니 이는 네가 통회로 내 마음이 감동한 고로 내가 온전히 네 죄를 사하노라" 하여 마귀 이렇게 사죄하고 간 후에 원장이 와서 고해하기를 권하였는데[16] 탁덕이 흔연히[17] 대답하여 가로되, "아까 예수가 친히 임하시어 죄를 사하여 주셨으니 내 마음에 의심이 없노라" 하는지라. 이에 원장의 신목이[18] 황연하여 그 마귀 계교에 빠짐을 알고 가로되, "옛적에 예수가 말씀하시되 무릇[19] 사람이 죄 있으면 마땅히 탁덕에게 고해하라 하셨나니라" 하니 탁덕이 듣고 다시 고해하려 한즉, 혹독하다 마귀의 사나움이여.[20] 이 탁덕이 다시 고해 예비함을 보고 전에 베푼 계교가[21] 쓸데없을까 하여 친히 원장의 모상과 음성을 모본하여가지고[22] 들어와 례하고[23] 탁덕더러 왈, "그를 어떤 사람으로 아느냐. 그 사람이 곧 마귀인데 내 모상을 하였다" 하고 또 원장을 꾸짖어 바삐 가라 하거늘 원장이 스스로 몸을 낮추어 가로되, "나는 본디 죄인이라. 마귀 실상 내 모상을 모본하였으나 네가 잠깐 이 영혼을 속일 뿐이오. 능히 그르치게 하겠느냐?" 하였는데,[24] 마귀 가로되, "네가 이 영혼을 속이는도다. 예수가 친히 임하셔 친히 사하셨거늘 네가 또 고해하라 하느냐?" 하는지라. 원장이 다시 탁덕에게 말하여 왈, "저것은[25] 마귀의

---

11 장티푸스.
12 원문은 '지경이여늘'.
13 성영(聖嬰) : 아기 예수.
14 심장. 원문은 '륵방'. 현재 표준국어대사전에는 단어 '늑방'이 빠져 있다.
15 원문은 '뵈이며'.
16 원문은 '권흔듸'.
17 기쁘거나 반가워, 기분이 좋게.
18 신목(神目) : 영신(靈神)을 보는 눈.
19 대체로 헤아려 생각하건대. 원문은 '므릇'.
20 원문은 '사오나움'.
21 계교(計巧) : 요리조리 헤아려 보고 생각해 낸 꾀.
22 모본하다 : 모방하다.
23 인사하고. 여기서 '례하고'는 '경례하고'의 준말.
24 원문은 '흔되'.

환술이요, 내가 참원장이로라" 하나 병탁이[26] 듣고 신목이[27] 이미[28] 어두워 누가 마귀인지 누가 원장인지 분변치 못하는지라. 마귀 그 마음을 어렵게 하여 원장을 쫓아 보내라 하거늘, 원장이 그 혼미함을 불쌍히 여겨 꿇어 탁덕의 손을 친구하고[29] 깊이 자기 죄를 뉘우치고 간절히 천주께 빌어 가로되, "나는 본디 죄인이라. 생각하오니 이 탁덕의 손이 자주 오 주의 성체를 거행하였는데,[30] 내가 공이 없이 친구하오니, 빌건대 오 주는 내 죄를 사하시고 내 영혼을 어여삐 보소서." 빌기를 마침에 탁덕이 마귀를 향하여 가로되, "너도 이와 같이 친구하라" 하였는데[31] 마귀 온몸을 떨고 가로되, "주가 나를 사하실 것도 없고 나도 사함을 바랄 것도 없나니 대저[32] 주는 내게 득죄하였을지라도 나는 그에게 득죄함이 없노라" 하고 검은 연기가 되어 가는지라. 이때에 병탁의 신목이 밝아 고해성사를[33] 타당하게[34] 받잡고 죽었으니, 이로 보면 가히 두려워할 것은 마귀유감이요 잘 예비할 것은 선종이니,[35] 그러므로 평상시에 삼가 행실을 닦음으로써 임종 때에 선인을 얻어 임종 도움을 바랄지어다.

마귀를 경계하자는 미담입니다. 그런데 주인공은 수도원장 수사신부님과 또 다른 신부님입니다. 여기서는 '병탁'이라고 썼습니다. 병든 신부님이라는 뜻이지요. 그렇다고 이 미담이 신부님들도 쉽게 마귀에 빠진다는 것을 보여주는 미담은 아닙니다. 신부님들도 식별하기 어려울 정도로 공교하고 치밀한 게 마귀의 계교임을 강조합니다. 그렇다면 어떻게 마귀인지

---

25 원문은 '뎌는'.

26 '병든 탁덕'을 줄여서 한 말. 탁덕 ☞ 주 2.

27 영신(靈神)의 일을 보는 눈 ☞ 주 18.

28 원문은 '이믜'.

29 친구(親口) : (가톨릭) 숭경의 대상에 대하여 존경과 복종을 나타내려고 입을 맞춤. 또는 그런 행동.

30 원문은 '거힝ᄒᆞ엿습ᄂᆞᄃᆡ'.

31 원문은 'ᄒᆞᄃᆡ'.

32 대체로 보아서 ☞ 주 4.

33 (가톨릭) 세례 받은 신자가 지은 죄를 뉘우치고 신부를 통하여 하느님에게 고백하여 용서받는 일.

34 '타당히'를 '타당하게'로 옮겼다.

35 선종(善終) : (가톨릭) 임종 때에 성사를 받아 큰 죄가 없는 상태에서 죽는 일.

아닌지 식별할 수 있을까요? 이 미담에서 그 지혜 중 하나를 얻을 수 있습니다. 이를 찾아보며 읽는 것도 이 미담을 읽는 방법입니다.

옛 미담을 읽으면서 우리는 선조들이 사용했던 예전의 신앙어를 만날 수 있습니다. 이 미담에는 '탁덕'이라는 용어가 나옵니다. 지금은 사용하지 않는 단어이지만, 탁덕은 우리의 신앙 선조들이 신부님을 부르던 호칭어였습니다. 한자어의 뜻을 풀어 설명한다면, 탁(鐸)은 방울 탁, 덕(德)은 덕 덕, 어진이 덕입니다. 방울들, 묵주와 같은 것들을 매달고 다니셨던 신부님 모습이 연상되는 단어이기도 하지만, 딸랑딸랑 방울 소리를 내며 하느님께 가는 여정을 우리 앞에서 인도해주시는 덕이 많은 어진이, 스승이라는 뜻으로 탁덕이라 하였습니다. 신부님이라는 호칭이 나쁜 것은 아니지만, 이런 모습과 소리를 연상시켜 주는 '탁덕'이라는 호칭어도 아름답습니다. 언어도 시대와 함께 성장 소멸하는 것이 상례이니 다시 쓰기는 어렵겠지만, 옛글에서나마 탁덕과 같은 옛 신앙어를 통해 선조들이 남겨주신 믿음의 향기에 젖어 볼 수 있는 것 역시 미담을 읽는 즐거움 중 하나입니다.

작품의 마지막에 원장 신부님과 마귀의 모습이 대조적으로 나옵니다. 원장 신부님은 자신의 죄를 병든 신부님께 꿇고 고백하는 반면에 예수의 영을 모방했던 마귀는 이렇게 말합니다. "주가 나를 사하실 것도 없고 나도 사함을 바랄 것도 없나니 대저 주는 내게 득죄하였을지라도 나는 그에게 득죄함이 없노라."

죽음의 순간까지도 우리는 유혹받을 수 있습니다. 유혹을 식별하여 그분을 알아볼 수 있는 눈(神目)을 청해야 하겠습니다. 오만함을 버리고 겸손할 수 있는 은총과 스스로 꿇어 자신의 내면을 바라볼 수 있는 겸양, 그리고 기꺼이 자신을 드러내는 고백이 우리의 삶을 선종(善終)으로 이끌 수 있음을 이 미담은 알려줍니다.

더 알아보기

탁덕(鐸德) ☞ 미담 5.

성영(聖嬰) ㉮ 프랑스어 Saint enfant, l'Enfant-Jesus. 【관련단어】 무죄한 어린이들의 순교 축일. 『한불자전(韓佛字典)』(1880)에 수록된 말로 ① 예수아기, ② 예수 아기를 죽이려던 헤로데와의 음모로 인해 무죄하게 숨진 아기들을 말한다(마태 3 : 16-18). ㉵ 성영(聖嬰) : 성스러운 아기, 어린 예수.

늑방(肋芳) 예수님의 갈비뼈 부분, 옆구리를 늑방이라고 불렀다. 지금은 사용하지 않는 단어. 『가톨릭대사전』과 『표준국어대사전』에 등재되어 있지 않다. ㉵ 륵방(肋芳) : 몸의 옆면,

옆구리.

친구(親口) 가 숭경(崇敬)의 대상에 대해 경의를 표하거나, 평화와 사랑을 나누기 위해 입 맞추는 것을 말한다. 성서의 기록을 보면 얼굴, 손, 입에 입 맞추는 것은 혈연(창세 27 : 26, 29 : 11), 우애(1사무 20 : 41), 화해(2사무 14 : 33, 루가 15 : 20), 사랑(아가 1 : 1), 환영(루가 7 : 45), 존경과 복종(1사무 10 : 1) 등의 상징이었다. 또 물건에 입 맞추는 행위는 속죄, 회개, 기원, 경건의 의식으로서 신전(神殿)의 문지방, 제단에 입 맞추었다. 그리스도교에서는 이것과 함께 성체배령 전 성체, 순교자의 묘, 성유물(聖遺物)에도 입 맞추었다. 제2차 바티칸 공의회 이후 전례에서는 미사 시작 때와 미사 끝날 때 사제가 제단에 입맞추고 복음낭독 뒤에는 복음서에 입 맞춘다고 되어 있다. 그리고 신자들은 신자 상호간의 일치를 통한 평화와 그리스도에 대한 사랑의 상징으로 서로 입 맞춘다. 즉 공식 의식서에서는 다음과 같이 기록하고 있다. 상황에 따라 부제나 사제가 "서로 평화의 인사를 나누십시오"라고 하면, 모든 신자는 각 지방의 관습에 따라 평화와 사랑을 표현한다. 이때 사제는 부제나 봉사자와 입 맞춘다. 우리나라에서는 이때 입맞춤을 하는 것이 아니라 절을 한다. 또 축복된 물건을 분배할 때(초나 종려나무가지) 먼저 입 맞추고 난 뒤 분배하는데, 이때 받는 사람은 분배자의 손이나 반지에 입 맞춘다. 임종 때에는 십자가에 입 맞춘다. 이상의 모든 행위가 친구다. 한불 입 맞추다, 입술로 접촉하다.

고해성사(告解聖事) 가 성세성사를 받은 신자로 하여금 성세 받은 이후에 지은 죄에 대하여 하느님께 그 용서를 받으며 교회와 화해하도록 해 주는 성사.

선종(善終) 가 『한불자전(韓佛字典)』에 의하면 '착한 죽음', '거룩한 죽음'을 의미한다. 한국 천주교 초창기부터 지금까지 교회에서 애용되는 용어로서 원래는 '선생복종(善生福終)', 즉 착하게 살다가 복되게 끝마치는 것을 의미하였던 것 같다.

호수천신을 공경하는 효험

호슈텬신을공경ᄒᄂᆞ효험

　천주가[1] 사람에게 호수천신[2]을 주심은 그 사람을 이끌어 천당 바른길로 인도함을 위하심이니, 죄를 피하며 그를 더욱 공경할수록 더욱 특은을 받는도다.

　옛적에 공스당디 노볼니스성에 한 사람이 있었으니 이름은 발니고라. 그가[3] 특별히 호수천신을 공경하는 뜻으로 평생에 헛말을 아니하기로 허원하였더니[4] 하루는 어떤 사람과 다투어 서로 지지 않으려 하여, 드디어 발니고가 그 사람을 칼로 찔러 죽이고 그 일을 본 사람이 없음에 숨기고 말 아니하였더라. 그러나 오래지 아니하여 발니고가 그 사람을 죽였나[5] 의심하는 자가 있어 인하여[6] 이 일로 그가 잡히어 갇힌 후 관가에서 사실할[7] 때, 이 일을 본 이가 없는 고로 증거할 수 없는지라. 이에 발니고더러[8] 물어 가로되, "네가 과연 이 사람을 죽였느냐?" 하거늘 발니고가 생각하되, '만일 바로 말하면 죽을 것이요 헛말을 하면 호수천신께 배반함이라' 하여 망설이다가 드디어 바로 말하니 법관이 사형에 처하였더라.

　수일 후에 관졸이 그를 이끌어 법장에[9] 나가버릴 때,[10] 구경꾼이[11] 많이 늘어선 중

1　원문은 '텬쥬'.
2　수호천사.
3　원문은 '뎌가'. 이후 모두 '그가'로 옮긴다.
4　허원(許願) : 서원(誓願)의 옛날 용어.
5　원문은 '죽이가'.
6　인(因)하여 : 때문에. 어떤 사실로 말미암아.
7　사실(査實)하다 : 사실을 조사하여 알아보다.
8　발니고에게.
9　법장(法場) : 사형장.
10　원문은 '나아가버힐식'.
11　원문은 '구경군'.

에 관졸이 칼을 **빼어** 베려 하니[12] 그 칼이 발니고 머리에 이르기 전에 호수천신이 그 팔을 붙들고 금하는 중, 관졸이 또 베려 하거늘 호수천신이 꾸짖어 왈, "네가 만일 베면 너도 또한 죽으리라" 하시나 그가 세 네 번 베고자 하다가 베지 못하였으니, 발니고가 천신의 보호하심을 힘입어 마침내 해를 면하였더라. 그런데 마침 피살한 자의 친척이 있어 분히 여겨 천신을 보지 못하고 그 칼을 **빼앗아** 죽이고자 하더니, 홀연 천신이 나타난 꾸짖어 왈, "네가 만일 다시 죽이려 하면 네가 또한 죽으리라. 대저[13] 이 사람은 내가 보호하노니, 이 사람이 헛말 아니하기로 허원한 고로 온전히 나를 공경하여 바로 말함으로써 죽을 형벌을 당한즉, 내가 그를 호위하여 죽음을 면케 하노라" 하시는지라. 어시에[14] 이 사람들이 기뻐하여 흩어져 돌아간 후에 발니고가 곧 수원[15]에 들어가 더욱 천신을 공경하고, 또한 다른 사람을 권하며 같이 공경하게 하며, 일생을 천신과 같이 살다가 죽은 후에도 천신과 같이 승천향복하니라.[16]

해설

　　사형수의 목숨을 지켜 준 수호천사에 대한 미담입니다. 하느님은 그분의 자녀들 한 명 한 명에게 그들이 태어날 때부터 수호천사를 주셨다고 합니다. 수호천사들은 자신에게 맡겨진 사람들을 보호하는 하느님의 사랑입니다. 우리는 수호천사에게 도움을 청하기도 하고, 그들을 공경하기도 합니다. 교회에서는 10월 2일을 수호천사를 기념하는 축일로 지냅니다. 그러나 일상에서는 수호천사를 잊고 지내는 경우가 많습니다.

　　이 미담의 주인공 '발니고'는 그렇지 않았습니다. 살인자였지만 수호천사를 사랑했고 하느님과의 약속을 지키려 했습니다. 수호천사를 공경하는 뜻으로 헛말을 안 하기로 서원을 하였고, 그 서원 때문에 자신에게 불리한 상황을 감수합니다. 미담에는 '배반'이라는 단어가 나오는데, 그가 거짓증언을 하지 않은 것은 수호천사를 배반할 수 없었기 때문이었습니다.

---

12 원문은 '버히려ᄒᆞ니'.

13 대저(大抵) : 대체로 보아서. 대컨. 비슷한 말은 무릇. 『한불자전』에서는 이 단어를 '약, 거의, 그처럼, 책에서 이 단어는, 문장 첫 머리에서 명백히라는 라틴어에 부합한다'로 풀이한다.

14 어시에(於是-) : 여기에 있어서.

15 수도원.

16 승천향복(昇天享福) : 승천해서 복을 누림.

우리는 발니고처럼 살인자는 아니지만, 말로 이웃들에게 고통을 주기도 합니다. 하느님께 헛맹세를 할 때도 있습니다. 발니고가 평생 헛말을 하지 않겠다고 서원한 것처럼 '말(言語)' 에 대해서 성찰할 수 있었으면 합니다. 내가 말하는 중에 헛말은 얼마나 많은지, 이 미담을 읽으며 돌아보았으면 합니다.

　발니고는 자의든 타의든, 고의였든 우연이었든, 살인자였습니다. 천벌을 받을 것 같은 살인자인 발니고가 보여주는 수호천사와 하느님께 향한 진실한 모습이, 또 살인자인 발니고를 구하기 위한 수호천사의 포기하지 않는 노력이 또 하나의 울림으로 이 미담을 통해 전해집니다.

"그분께서 당신 천사들에게 명령하시여,
　네 모든 길에서 너를 지키게 하시리라."(시편 91.11)

더 알아보기

호수천신(護守天神) ⑦ 수호천사. 하느님의 명에 따라 사람을 보호하는 임무를 맡은 천사. 표 (가톨릭) '수호천사'의 전 용어.

허원(許願) ⑦ 서원의 옛말. 선하고 훌륭하게 살겠다고 하느님에게 약속하는 행위. 한불 허원ᄒ 다 : (許願) 바치다, 소원을 빌다, 헌신하다, 어떤 것을 약속하다.

천신(天神) ⑦ 천사. 천사라는 말은 하느님의 심부름을 하는 영적 존재들의 직명(職名)이지 그들의 본성(本性)을 가리키는 말이 아니다. 그래서 중국과 한국에서는 오랫동안 천신(天神)이라는 본성을 가리키는 이름을 사용하였다. 그러나 본래 메신저를 뜻하는 천사라는 말이 중세 초기부터 일반화되어 오늘에 이르고 있다. 표 (가톨릭) '천사'의 이전 용어. 한불 텬신 : (天神) 천국의 영, 천사.

수원(修院) 표 수도원의 준말. 한불 슈원 : (修院) 수도원의 종류, 여러 사람이 공부하기 위해, 수련하기 위해 모이는 시설, 수도원(기독교 어휘). *『한불자전』에는 '수도원(슈도원)' 이라는 표제어는 등재되어 있지 않다. 당시에는 수도원을 '수원'으로 칭했음을 알 수 있다.

동정의 귀함

동정의귀흠

대저[1] 정결함은 예수성영의[2] 지극히 기뻐하시는 바이니, 이에 한 유동[3]이 정결함을[4] 보존하려 하여 치명까지 함을 기록하노라.

옛적에 회회교[5]를 봉행하는[6] 왕이 성교인과[7] 싸워 승전하고 교우들을 사로잡아 종을 삼으니, 그중에 한 주교가 있어 일찍[8] 다른 종을 대신하고 그 속량하기를[9] 청하였는데,[10] 왕이 허락하거늘, 주교가 그 종이 오기 전에 자기 어린 조카로[11] 볼모 삼기를 청한즉, 왕이 또한 허락하고 주교를 놓아주고[12] 그 조카를 하옥하여 어언간[13] 삼년 반 동안을 지내었더라.

그 아이의 이름은 피지엘이니 그때에 나이는 겨우 10세라. 그 영신이[14] 항상 천상에 있어 항상 기도하고 재를[15] 떳떳이 지키며 그 용모가 단아하고 언어가 온후화평한[16]

---

1   대체로 보아서. 『한불자전』에서는 이 단어를 '약, 거의, 그처럼, 책에서 이 단어는, 문장 첫 머리에서 명백히라는 라틴어에 부합한다'로 풀이되어 있다.

2   성영(聖嬰) : 아기 예수 ☞ 미담 6. 여기서 '의'는 주격으로 해석해야 한다. '예수성영께서.'

3   유동이라는 말은 현재는 쓰지 않는 단어이다. 여기서는 幼童으로 '어린 아이'를 이르는 말.

4   정결(貞潔)하다 : 정조가 굳고 행실이 깨끗하다 ☞【더 알아보기】 정결.

5   회회교(回回敎) : 이슬람교.

6   봉행(奉行)하다 : 뜻을 받들어 행하다.

7   천주교인과. 성교(聖敎) : 천주교, 성교인 : 천주교인.

8   원문은 '일즉'.

9   다른 종이 대신해서 속죄하기를. 속량(贖良)하다 : (기독교) 속죄하다.

10 원문은 '청흔대'.

11 원문은 '족하'.

12 원문은 '노코'.

13 어느덧.

14 영신(靈神) : 영혼.

15 재(齋) : 소재, 대재. 단식, 금육을 지키는 것.

고로, 항상 인심을 감발하여[17] 성훈[18]을 굽어듣더라.[19] 하루는 그 왕이 큰 잔치를 배설하고[20] 군신을 모아 노는 동안[21] 마침 한 신하가 말하되, "주교의 어린 조카가 음용이[22] 단아하고 항상 거룩한 말로 인심을 감발케 하더라"[23] 하니, 왕이 기뻐하여 드디어 좋은 옷을 입혀 입시하기를[24] 명하고 왕이 친히 그에게 가로되, "네가 배교하라. 네가 배교하면 크게 부귀를 누리리라" 하거늘 이 아이가 많이 생각하다가 의연히 대답하여 왈, "천주가 내게 주시고자 하는 것이 왕의 준 것보다 더 큽니다"[25] 하나, 그를[26] 사랑하는 까닭으로 그 말에 노하지 아니할 뿐더러 자기 곁에 앉히고 손을 펴 안고 그 면상에[27] 친구하고자 함에, 이 아이 노하여 꾸짖어 왈, "왕이 음란한 낯으로[28] 나의 동정 낯을 친구하려 하느냐?" 하고 손으로 막으며 화려한 의복을 찢어 던지니, 왕이 이에 관원에게 분부하여 달래어 입히고자 하나 입힐 수 없는지라. 관원이 그대로 고하니 왕이 대노하여 소리를 가다듬어 왈, "만일 명을 따르지[29] 아니하면 편태로[30] 죽이리라" 하고 드디어 형역에게[31] 부쳐 편태를 무도히[32] 하였는데,[33] 이 아이 안색을 변치 아니하고[34]

---

16 온후하고 화평한. 온후(溫厚)하다 : 성격이 온화하고 덕이 많다. 화평(和平)하다 : 화목하고 평온하다.
17 감발(感發)하다 : 감동하여 분발하다.
18 성훈(聖訓) : 성인이나 임금의 교훈
19 원문은 '굽어듯더라'. 지금은 안 쓰는 단어이지만 '굽어듣다'는 '굽어 살피다'라는 말이 있는 것처럼 아주 상세하게 듣는 것을 이른다.
20 배설(排設)하다 : 연회나 의식에 쓰는 물건을 차려 놓다. 여기서는 '연회를 베풀다'의 의미로 쓰였다.
21 원문은 '놀 식'.
22 음용(音容) : 음성과 용모
23 감동하여 분발케 하더라☞주 17.
24 입시(入侍)하다 : 대궐에 들어가 임금을 뵙다.
25 원문은 '크니이다'.
26 원문은 '뎌를'. 뎌→저→그. 여기서는 '피지엘'을 지시한다.
27 면상(面像) : 얼굴의 상. 얼굴.
28 원문은 '낫'.
29 원문은 '좇지'.
30 편태(鞭笞) : 회초리.
31 형벌을 맡은 자. 현재는 사용하지 않는 단어. 『한불자전』에 등재되어 있지 않으며, 『표준국어대사전』에서는 '형역(形役)'이 이 글의 문맥과는 다른 뜻(정신이 물질의 지배를 받음, 공명과 잇속에 얽매임)으로 풀이되어 있다.
32 무도(無道)히 : 말이나 행동이 인간으로서 지켜야 할 도리에 어긋나서 막되게.
33 원문은 '한뒤'.
34 안색이 변하지 않고.

다시 그 괴로움[35] 더하기를 원하니 왕이 그 뜻을 알고 명하여, 살을 찢어버리고 칼로 그 몸을 베라[36] 하였는데, 형역이 명령과[37] 같이 하여, 그 두 발을 끊고 전신을 상하여 유혈이 낭자하되, 세 시 동안까지 그 아이 안색을 변치 않고 또한 두 손을 들어 천주께 기구하여[38] 왈, "천주여 나를 도와주소서" 하니, 형역이 그 손과 머리를 베여 그 시체를 하수에 버리고 갔음에, 이에 교우들이 그 시체를 거두어 장사하였더라.

착하다 이 아이여, 나이 비록 적으나 모든 고난 중에 금석 같이[39] 굳어 마침내 그 정결을 잃지 아니하니, 무릇 유동들은 다 그 정결을 본받아서 성영의 마음을 즐겁게 할 것이오 유동의 나이를[40] 지낸 자[41]는 그 정결을 더욱 본받을지니라.

정결(精潔)에 관한 미담입니다. 정결은 인간의 성욕을 절제하고 규율하는 윤리덕으로, 복음삼덕(福音三德)의 하나이기도 합니다. 이 미담의 서두에도 정결함이 아기 예수님이 지극히 기뻐하는 것이라고 그 의미를 분명하게 밝힙니다.

주인공은 피지엘이라는 10세 소년으로 주교의 조카입니다. 그리고 그 반대편에 이슬람교의 임금이 등장합니다. 여기서 이슬람교는 그리스도교의 반대편 세력을 상징하는 존재로 여겨야 합니다. 이 미담으로 현재의 이슬람교를 편파적으로 비난하는 우를 범해서는 안 됩니다. 소년은 주교를 대신하여 3년 반 동안이나 이슬람교의 감옥에 볼모로 갇혀 있습니다. 피지엘이 어떻게 신앙을 알고 따를 수 있었는지는 알 수 없지만 '주교의 조카'라는 설정을 통해 그의 신앙을 압축적으로 드러내고 있습니다. 피지엘은 주교의 조카답게 감옥에서도 천상을 바라며 살아갑니다. 그렇게 아름답고 성스러운 피지엘이 임금의 음란함 때문에 죽게 되는 이야기가 이 미담이기도 합니다. 이 작품에서는 '음란한 낯'과 '동정 낯'이 극명하게 대조를 이룹니다.

---

35 원문은 '고로옴'.
36 원문은 '버히라'.
37 원문은 '명'.
38 기도하여.
39 금과 돌같이. 금석(金石) : 금과 돌, 금과 돌처럼 굳센 것을 비유하는 말.
40 원문은 '낫세를'.
41 아이의 나이가 지난 자, 이제 어른이 된 자.

10세 소년 피지엘은 모든 유혹을 뿌리치고 죽음으로까지 자신의 정결함을 지킵니다. 실로 소년이 할 수 없는 일을 했던 셈입니다. 그러나 실제 사건으로 대치해 보면 피지엘은 왕으로 대변되는 음란한 어른 때문에 처참하게 죽은 소년입니다. 그는 동정은 지켰지만 편태로 맞은 후에 목이 베여 시체마저 하수구에 버려집니다. 우리에게도 이런 이야기들이 현재 벌어지고 있습니다. 수많은 10대 청소년들이 음란하고 사악한 어른들의 세상에서 자신들의 정결함을, 심지어 생명까지 잃어가고 있습니다.

소년 소녀들의 정결을 지켜줄 수 있는 어른들의 굳센 믿음과 정결함이 필요한 사회입니다. 정결은 우리 사회의 가능성이고, 사랑의 민낯이며, 특히 그리스도인에게는 어린 시절 예수님의 현현입니다. 또 다른 피지엘의 죽음이 이어져서는 안 됩니다. "천주여 나를 도와주소서"라고 한 피지엘의 기도가 아픔으로 전해지는 미담입니다. 미담의 제목처럼 동정의 귀함을 알고, 그 귀함을 지켜줄 수 있는 지도자와 어른이 필요합니다.

더 알아보기

성영(聖嬰) 표 어린 아이 때의 예수. 한불 셩영 : (聖嬰) 성스러운 아기, 어린 예수 ☞ 미담 6.

재(齋) 가 라틴어 abstinentia, 영어 abstinence. 【관련단어】 대재, 소재. 재라는 말은 『한불자전』에 따르면, 식음의 절제(節制) 또는 전폐를 지칭하며 '재일(齋日)'이란 단식 또는 절식(節食)을 하는 날이라고 풀이하고 있다. 일반적으로 재라는 할 때는 ① 심신의 건전관리를 위한 절식, ② 대재(大齋)에 대응하여 소재(小齋)를 뜻하며, ③ 절주(節酒), 금주(禁酒)까지도 포함하여 이르는 말이다. 소재는 작은 재 즉 육식을 하지 않는 재이고, 대재는 큰 재 즉 단식을 하는 재로서 신자에게 예수고난을 상기케 하여 준행하도록 한다. 연중 지키는 횟수는 각국의 교회관례에 따라서 다르다. 한불 지(齋) : 한자어로 절제. 지일(齋日) : 금육의, 단식하는 날.

치명(致命) 위주치명(爲主致命) ☞ 미담 2.

정결(貞潔) 가 라틴어 castitas, 영어 chastity. 인간의 성욕을 절제하고 규율하는 윤리덕. 고대 이교도들은 성(性)의 이중성(ambiguity)을 체험하고 있었는데 그리스도교 역시 이를 강조하여 성은 본래 선한 것이나 잘못 사용하면 악한 것이 된다고 하였다. 창세기는 성의 구별과 결합을 인간 안에 있는 하느님의 모상이라는 관점에서 보고 있다. 사람들은 그 안에서 생산력을 발견했으며(창세 1 : 28) 상호 예속성 안에서 서로를 보완하고 있음을 보았다(창세 2 : 13). 하느님과 인간의 눈에 가장 좋게 보이는 세 가지 중 하나를, 집회서

(25 : 1)는 온전히 화합한 남자와 여자라 한다. 한편 그리스도(마태 19 : 10-12)와 사도들은(1고린 7 : 33-35) 동정과 독신을 귀하게 여겼다. 이는 결혼을 경시해서가 아니라 그것이 하느님 나라와 사도직 봉사에 전념할 수 있게 하기 때문이다(마태 19 : 12). 성세성사를 받아 '그리스도를 입은' 그리스도인은 그 몸이 성령의 궁전이 되었다(1고린 6 : 15-20). 그러므로 사람은 누구나 자기 성생활을 가치 있게 영위해야 하고 "존경하는 마음을 가지고 거룩하게 자신의 몸을 자제해야 한다"(성윤리에 관한 선언문 4 : 4). 정결은 독신자나 기혼자를 불문하고 요구되는 것이나 양자의 정결은 성질상 다르다. 기혼자의 정결은 후기 지혜문학에서 찬양되었고(지혜 3 : 13), 요셉(창세 39 : 9)과 수산나(다니 13 : 22-23)는 그 모범인들이다. 신약성서에서 정결은 성령의 열매이며(갈라 5 : 23, 1데살 4 : 3-8), 성덕과 도덕적인 이상으로 되풀이 강조되었다. 이는 마음 안에 자리 잡고 있을 뿐 아니라(마르 7 : 14-23), 행동으로 드러나는 것이다(필립 4 : 8).

교부들은 성서의 가르침을 발전시켜 정결을 성(性)의 성화(聖化)로 보았다. 동방교부들은 그 신비적 초월적 성격을, 서방교부들은 실제적 측면을 강조하였다. 그러므로 성을 그릇 사용하면 하느님의 계획을 모독하고 성령의 성전인 인간의 품위를 손상시키므로 정결을 실천해야 한다. 그 방안으로 '거슬러 행동하라(agere contra)'는 고전적인 원칙도 유의할 만하겠으나 오히려 그리스도 안에서의 충만한 삶을 마음속에 품고(필립 4 : 8 참조), 그 삶에 몰두하는 것이 바람직하다. 뉴먼 추기경은 순결문제로 고민하는 젊은이를 위한 기도에서 하느님을 '순결을 사랑하는 이'로서가 아니라 '참된 사랑을 사랑하는 이'로서 불러 호소하였던 것이다. 그리스도인의 정결이란 스토아적인 고립된 개념이 아니라 애덕으로부터 힘과 아름다움을 이끌어 내고 또 역으로 확고한 힘으로 애덕을 보전하는 그러한 그리스도와의 닮음의 일면이기 때문이다.

치명자들은 예수의 강생구속하신 은혜를 생각함으로써
힘입어 담대히 목숨을 버림

치명자들은예수의강싱구쇽ᄒ신은혜를싱각홈으로써힘닙어담대히목숨을ᄇ림

옛적 일본에 한 봉교하던[1] 장수(본명은 도마^{토마}라)가 있었으니, 진심갈력하여[2] 국가를 돌보며 충성을 다하여 임금을 섬기는 중, 특별히 성교를[3] 봉행하되,[4] 국왕이 심히[5] 믿어 일을 맡기더라. 그러나 왕이 이단에 미혹하여[6] 성교를 엄금해서[7] 백가지로 달래되, 장군의 마음이 금석같이 굳어 마침내[8] 배교하지 아니하는지라. 하루는 왕이 장군이[9] 혹독히 형벌 받음을 보고 깊이 애통하여 가로되, "네가 만일 배교하면 살 뿐 아니라 전과 같이 군사를 거느리게 할 터이니 이것이 어찌 좋지 아니하냐?" 장군이 성총을[10] 가득히 입어 굴하지[11] 아니하고 비유를 들어 이르되, "내가 군사를 거느리고 적국을 칠 때 군사를 버리고 기를 들어 적국에로 가려 하면 왕이 반드시 버릴지니 이를 생각하면 나도 예수의 용맹한 군사라. 예수를 배반하면 곧 천주 나를 위하여 강생하신 은혜를 저버림인즉, 충성이 어디 있사오리까?" 국왕이 어찌 할 수 없어 다시 말을 못하고 관원을 명하여 죽이려 하더라.

이에 장군의 벗이 와 지성으로 권하며 밤에 도망하라 하니 장군이 왈, "내가 무엇을

---

1 봉교(奉敎) : 가톨릭을 믿고 그 교리를 좇아 행함.
2 진심갈력(盡心竭力) : 마음과 힘을 있는 대로 다함.
3 가톨릭교, 천주교. 성교(聖敎) : 성스러운 종교, 가톨릭교(『한불자전』).
4 가톨릭을 믿고 그 교리를 따라 행하되.
5 매우.
6 미혹(迷惑) : 무엇에 홀려 정신을 차리지 못함.
7 원문은 '엄금할식'.
8 여기서는 '끝까지'의 의미.
9 원문은 '장군의'.
10 성총(聖寵) : 은총. 천주가 내리는 은총.
11 원문은 '굴치'. 여기서는 '굽히지'의 의미.

두려워하여[12] 도망하리오. 만일 군사를 거느리고 적군을 대하였다가 스스로[13] 도망하면, 벗이여 어찌 용맹한 군사라 하며 죽기를 면하겠느뇨. 오 주 예수를 만유 위에 초월히 사랑하니 아무도[14] 내 뜻을 **빼앗지** 못할 것이오. 또 설사 오늘날 봉서가[15] 있어 나를 일본 국왕을 삼으면 어떤 경사이리오마는, 오 주 예수를 위하여 치명함만 못한지라. 설령 내가 멀리 있다가 치명할 영화로운 말을 들으면 곧 발섭하고[16] 올 것인데, 이제 다행히 만났거늘 가히 도망하겠는고?[17] 벗아 달리[18] 말하라" 하니, 그 벗이 이르되[19], "네가 스스로 너를 구하는 것은 고사하고 네 모친과 처자 구할 법을 생각하라" 함에, 장군이 왈, "내가 그들을 사랑하니 어찌 그 진복을[20] **빼앗으리오**" 한즉, 벗이 그 마음을 변개하지[21] 못할 줄을 알고 상을 찡그리고 가니라.

장군이 죽을 기한이 멀지 않음을[22] 알고 영혼 일을 온전히 예비한지 수일 후에 관원의 사자가 와 말하되, "장사할 배를 짓고자 하니 오라" 하거늘, 장군이 그 거짓말을 알고 온 집 사람에게 말한 후 친척을 이별하고 가니 관원이 후대하여 융숭한 예로 대접하고, 배 지을 일을 의논한 후에 연석에서 놀 때 관원이 칼을 가지고 장군을 향하여 가로되, "사람의 머리를 베면 좋겠다" 하는지라. 장군이 칼을 받아 자세히 보다가 "내 머리를 베어도 좋지 않음이 없겠다" 한즉, 관원이 곧 칼을 **빼앗아** 그 복통을 찔러 죽이니라.

그 장군의 모친은 말다^{마르타}요 아내는 누시아^{루시아}이니 그가 일찍 두 아들과 한 딸을 교훈하여 열심으로 주를 공경케 하더니, 장군이 치명한 후에 관차가[23] 그 집에 와

---

12 원문은 '두려'.
13 원문은 '스스로'.
14 원문은 '아모도'.
15 봉셔 → 봉서. 봉서(封書) : 임금이 내린 서신.
16 발섭(跋涉)하다 : 산을 넘고 물을 건너 길을 감. 여러 곳을 두루 돌아다니다.
17 치명할 수 있다는 소식을 들으면 멀리서도 올 텐데, 이제 치명할 수 있는 처지가 되었거늘 왜 도망가 겠냐는 의미.
18 원문은 '달니'.
19 원문은 '닐ᄋ딕'.
20 진복(眞福) : (가톨릭) 참된 행복.
21 변개(變改) : 변경
22 원문은 '머지 아님'.
23 관차(官差) : 관아에서 파견하던 사령 따위의 아전. 원문은 '관치'.

서 왈, "장군이 배교치 않음으로 그 아우와 한가지로[24] 죽였으나 이제 또 그 아들과 모친을 죽인다" 하거늘, 말다[마르타]가 듣고 기뻐하여 깊이 천주가 그 아들에게 치명은혜를 주사 승천케 하심을 감사하고, 이제 또 이런 은혜가 내게 미쳤다 하여 흔연히 두 손자를 불러 왈, "네 아비와 삼촌이 이미 위주치명하였으니[25] 너희들도 나와 한가지로 법장에[26] 가서 치명하자" 함에, 이때 맏손자는 11세요 둘째는 겨우 9세라. 그 조모의 말을 듣고 두려워 아니하고 기뻐하는 빛이 있으며, 너희 어미를 이별하고 오라함에 두 아이 명대로 가서 제 모든 물건을 유모와 동유들에게[27] 나눠주더라.[28]

말다[마르타]가 흰옷 한 벌을 지어입고 두 손자에게도 각각 흰옷을 한 벌씩을 입힌 후에, 그 며느리의 강복을 구하게 하니, 그 모친이 두 아들을 보고 비통한 정을 이기지 못하여 끌어안고 낯을 서로 대며[29] 눈물을 흘려 가로되, "내가 너와 한가지로 가서 죽지 못함이 원통하다. 이제 너희 부친과 숙부가 하늘에서 너희들을 기다리니 불구에[30] 너는 그곳에 갈 것이요, 또 오 주 예수가 너를 위하여 죽으셨으니 너희 또한 그 은혜를 갚아 치명할지라. 너희들이 법장에 가서 마땅히 두세 번 예수마리아성명을 외우고, 마땅히 너희 옷깃을 풀고 목을 느려[31] 형벌을 받으라" 하더라. 때에 관차가 그들을 잡아 수레에 앉히니 말다[마르타]가 길에서 경을 외우고 천주께 간절히 기구하며[32] 그 손자들더러도 외우라 명하더라. 법장에 가서 아이들이 뭇 사람의 모임을[33] 보고, 조금도 두려워하지 않을[34] 뿐 아니라 뭇 사람 중에 어디 형역이[35] 있는가 살피다가 형역을 보고 곧 그 앞에 가 꿇어[36] 합장하고 공순히 예수성모성명을 부르고,[37] 제 모친의 말과

---

24 같이, 함께.
25 위주치명(爲主致命) : 하느님을 위해서 순교함.
26 법장(法場) : 사형장.
27 동무.
28 원문은 '눈화주더라'.
29 원문은 '대히며'.
30 불구(不久)에 : 오래지 않아.
31 늘어뜨려.
32 기도하며.
33 많은 사람들이 모여 있음을 보고. 원문은 '모힘'.
34 원문은 '아닐'.
35 형벌을 맡은 자. 현재는 사용하지 않는 단어.
36 원문은 '굴어'.

같이 스스로 옷깃을 풀고 목을 느려 형벌을 받으니, 형역이 칼로 그 어린 아이의 머리를 베어[38] 그 형의 앞에 떨어지되, 호발도[39] 두려워하는 빛이 없음에,[40] 이때 구름같이 모여 보는 자가 다 놀라고 아파 아니할 자가 없고, 형역도 또한 마음이 연약하여 감히 연하여[41] 베지 못하고 담력이 커지기를 오래 기다리다가, 그의 형과 그 조모를 다 베였으니, 아름답고 아름답다 천상과 인간에 거룩한 겨레로다.

일본의 장군 토마와 토마 가족의 신앙을 소개한 미담입니다. 이 미담은 토마를 중심으로 여러 인물들이 등장합니다. 임금, 토마의 벗, 관원이 한 편에 있고, 다른 한 편에는 토마와 토마의 어머니 마르타, 토마의 아내 루시아, 토마의 두 아들이 등장합니다. 이 작품은 이 인물들이 서로 주고받는 대화를 중심으로 전개됩니다. 따라서 이 미담을 잘 감상하기 위해서는 대화를 따라가는 것이 한 방법입니다.

이들의 대화는 적대적이기보다는 부드럽고 따뜻합니다. 토마와 반대편 인물들 역시 토마를 아끼는 인물들이기 때문입니다. 임금은 토마 때문에 애통하여 그를 설득하려 하고, 토마의 벗은 토마를 지키고자 지성으로 그를 찾아 애걸합니다. 심지어 그를 죽인 관원조차도 토마를 융숭한 예로 대접합니다. 이런 모습을 통해 간접적으로나마 토마의 인물됨을 추측할 수 있습니다. 반대편 사람들에게조차 신망을 받았던 인물, 그가 바로 이 작품의 주인공 토마입니다. 토마가 자신의 믿음을 장군으로서의 전투에 비유하여 대답하는 부분에 주목해 보십시오. 자신의 직무에 충실했던 토마의 모습을 보는 듯합니다.

도망이라도 가서 살게 하려는 벗의 권고, 그마저 안 되니 가족의 안위를 상기시키는 벗의 이야기는 참으로 실감납니다. "너를 구하는 것은 고사하고 네 모친과 처자를 구할 법을 생각하라."

토마에게는 그를 아까워하는 임금, 죄인이 된 이후에도 자신을 찾아 안위를 걱정해주는 벗이 있었습니다. 토마 역시 그들을 미워하지 않았을 것입니다. 그래서 그들과 다른 길을 가는

---

37 호칭기도로 볼 수 있다. 예수나 성모님의 이름을 부르는 것을 호칭기도라 한다☞【더 알아보기】.

38 원문은 '버혀'.

39 호발(毫髮)도: 조금도.

40 조금도 두려워하는 빛이 없음에. 원문은 '두리는'('두리다'는 두려워하다의 옛말).

41 계속해서.

것이 더욱 어려웠을 테지요. 하지만 토마에게는 진복의 길을 함께 걷고 그 삶을 함께 지향하는 가족이 있었습니다. 그에게 가족은 그들을 위해 자신의 신앙을 포기해야 하는 존재가 아니었습니다. 함께 사는 것뿐 아니라 함께 죽을 수도 있는 가족이었습니다. 신앙으로 결속된 가족. 우리는 그 가족의 모습을 이 미담을 통해 만날 수 있습니다. 토마 가족의 신앙 고백인 이 미담은 '천상과 인간의 거룩한 겨레', '아름답고 아름다운 겨레'가 가족이라고 알려줍니다.

더 알아보기

예수성모성명 ☞ 호칭기도(呼稱祈禱). 라틴어 litania. 〔가〕일련의 탄원기도로서, 사제나 부제, 성가대 등이 선창하고 신자들이 응답하는 형태의 기도. 선창자가 여러 가지 탄원의 기도를 하면 그때마다 고정된 기도, 예를 들면 "예수여 우리의 기도를 들어 주소서", "우리를 구하소서", "우리를 불쌍히 여기소서" 등이 뒤따르는 형태와, 선창자가 선창하는 내용 그대로를 신자들이 다시 반복하는 형태(예를 들면 kyrie, 즉 자비를 구하는 기도)도 있다. 구약성서에 이미 그 전형(典型)이 보인다(시편 118, 136, 다니 3 : 51-90). 4세기에 동방 교회에서 시작되어 5세기 말에 로마로 전해졌고 교황 성 젤라시오(St. Gelasius) 1세(재위 : 492~496)는 호칭기도를 미사경문에 삽입했고 행렬이나 특별한 의식에 사용하였다. 르네상스시대 이후로는 성가대에 의해 다성(多聲)으로 노래되었다.

로마 전례에 있어서 이 기도는 모든 행렬, 부활성야제의 성세 예식, 서품식과 서원식, 임종경 등에 사용되며, 여러 종류가 있지만 공통의 구조를 갖고 있다. 즉 삼위일체의 하느님께 기도하고, 특정한 주제에 상응하는 탄원의 기도를 드리며, "천주의 어린양 세상의 죄를 없애시는 주여(Agnus Dei)"를 세 번 외고 탄원을 요약하는 짧은 기도로 끝이 나는 것이다. 또한 응답의 형태는 하느님께 드리는 탄원일 경우는 "우리를 구하소서", "우리의 기도를 들어 주소서" 등이나 성모와 성인들께 드리는 탄원일 경우는 "우리를 위하여 빌으소서"로 명백히 구별된다. 종류로는 '모든 성인들의 호칭기도', '성모 호칭기도', '예수성명 호칭기도', '예수성심 호칭기도', '성 요셉 호칭기도' 등이 공식적인 신심으로 인가되었다.

제2차 바티칸 공의회 이후 이들 호칭기도는 정식으로 대사(大赦)를 얻게 되어 매번 바쳐질 때마다 전대사(全大赦)가 허락되었다. 이 밖에도 대사는 얻지 못하나 교황에 의해 인가되어 국가별로 사용되는 100여 개의 호칭기도가 있다. 동방 정교에서도 많은 호칭기도가 사용되는데 특히 성찬의 전례에 사용됨이 특징이다. 암브로시오 전례에서는 사순절 동안 매주일에 '대영광송' 대신 '호칭기도'를 드린다. 영국 국교에서는 성인 호칭기도는 없으나 다른 호칭기도가 아침기도의 끝기도로 사용된다.

고난 중에 예수 수난을 묵상한 표

고난중에예수슈난을묵샹ᄒ표

무릇 일본국에 위주치명한[1] 자를 가히 이기어[2] 세지[3] 못하되, 그중에 한 사람이 있으니 이름은 조나요나이라.

그가 항상 예수의 수난을 우러러 그 구속하신 은혜를 갚고 모든 극고를 받으니 본다[4] 일본에 부귀한 집이라. 열심으로 주를 공경하여 심상함에[5] 초월하니, 하릴없다[6] 덕이 높은 자에게는 훼방이 스스로[7] 오는지라. 일찍 악인의 질투함을 만나 남의 은전을 갚지 아니한 줄로 관가에 무소함을[8] 받으니, 관가에서 조나요나를 곧 잡아 사실함에[9] 실상 애매함으로 곧 놓을 것이나[10] 그러나 천주교를 받듦으로 왕이 명하되, "먼저 그 배교하고 아니함을 물어 배교를 하면 놓을 것이요 그렇지 않거든 가두라" 하더라.

조나요나가 그 말을 듣고 곧 배교치 않겠노라 대답하니, 드디어 명하여 철편으로[11] 그 엄지 손가락을 부수고 다시 물어 왈, "이제는 배교하겠느냐?" 또 못 한다 대답하니, 또 명하여 그 다음 손가락을 부순 후에도 굳셈이 여전하거늘, 그 다섯 손가락을 다 부서 파상하고 하옥한 후, 재삼차 다시 묻되 굳셈이 여전한지라. 이에 명하여 관에 물로

---

1 위주치명(爲主致命) : 하느님을 위해서 순교함.
2 여기어.
3 원문은 '혜지'(혜다 : 세다의 옛말).
4 원문은 '본디'.
5 대수롭지 않고 예사롭게.
6 달리 어떻게 할 도리가 없이. 원문은 '할일없다'.
7 여기서는 '저절로'의 의미에 가깝다.
8 무소(誣訴)하다 : 없는 일을 꾸며서 관청에 고소하다.
9 사실을 조사하여 알아봄에. 사실(査實)하다.
10 여기서는 '풀어 줄', '놓아 줄'의 의미.
11 쇳조각.

써 입에 흘려 점점 부어 배에 가득하여 다시 들어갈 수가 없게 하여 땅에 누이고, 한 널판을 배 위에 놓고 형역으로[12] 하여금 널판 위에 올라서게 함에, 배의[13] 물과 피가 눈과 입과 코로 쏟아져 나오는지라. 조나요나가 거의 죽게 됨에 또 옥중에 가두었다가 다시 문초하되, 안색이 변하지 아니하고 예수의 고난을 생각하여 스스로 괴로움[14] 더 하기를 원하고, 후에 또 문초하되 여전하니, 이에 나무 위에 달고 노끈으로 그 수족을 묶고 좌우로 요동하여 전체가 불편하게 하니, 그 괴로움이 극진한지라.

이때에 오 주가 신탁으로써 주사 당신이 십자가에 달리실 때에 위로 없음과 같지 아니하게 하시며, 친히 풍류를 듣게 하시고[15] 또 일찍 치명한 아내로 하여금 와서 위로하여 죽은 후에 충성을 다하리로다 권하게 하시니, 이로 그가 더욱 굳세게 혹독한 형벌로 죽을 지경이 됨에, 하옥하여 두 달 동안이나 아무 말도 없더라.

조나요나의 생각에 아마 내 죄로 이러한가 보다 의심하여, 항상 주의 관유하심을[16] 구하며, 매 주일에 세 번씩 대재를[17] 지키고 의복 속에 고의와 고대를[18] 입고 또 매일에 세 번씩 편태하여[19] 가죽이 헤어지고 피가 흐르는 고로, 등에 상처에서 벌레가 많이 나되, 조나요나가 예수의 고난을 생각하고 힘을 다하여 은혜 갚기를 도모하는 고로, 사랑의 불이 염염(불이 성하는 모양이라)하여 그 괴로움을 깨닫지 못하고, 오직 천주께 치명은혜 주시기를 열심으로 바라고, 항상 천주께 기구하여[20] 일시도 간단치[21] 아니하는지라. 천주가 그 기구함을 굽어보시어 치명은혜를 윤허하시니, 옥졸이 그를 옥에서 이끌어내어 죽인 후에 그 시체를 소화하여 형적도[22] 없게 하니라.

조나요나의 치명이 이 같으니, 대저[23] 이 같은 괴로움을 받음은 주의 수난지은[24] 갚

---

12 형벌을 맡은 자. 현재는 사용하지 않는 단어.
13 원문은 '배에'. 여기서는 문맥의 의미를 살려 '배의'로 옮겼다.
14 원문은 '고로움'.
15 원문은 '들니시고'.
16 관유(寬裕) : 너그럽고 넉넉함.
17 대재(大齋) : 단식재의 예전 용어. 단식하며 마음과 몸을 깨끗이 하는 일.
18 고행을 하기 위한 고통스러운 옷과 띠. 苦衣와 苦帶.
19 편태(鞭笞) : 회초리.
20 기도하다.
21 간단(間斷)하다 : 잠시 그치거나 끊어지다.
22 형적(形跡; 形迹) : 사물의 형상과 자취를 아울러 이르는 말. 또는 남은 흔적.

기를 위함이라. 무릇 승천하고자 하는 자는 마땅히 괴로움을 받음으로써[25] 범죄 함을 면할지어다.

　일본을 배경으로 한 미담입니다. 1910년대 미담에는 일본을 배경으로 한 미담이 여러 차례 소개됩니다. 일본의 침략으로 식민화된 당시 조선에서, 일본을 배경으로 일인이 등장하는 미담들이 비호감으로 읽힐 수 있습니다. 그러나 이러한 미담들을 소개한 배경과 목적을 헤아리며, 당시 독자였던 조선 천주교 교우들과 공감하고자 하는 노력도 잊어서는 안 됩니다.

　일본을 배경으로 일인이 등장하는 미담들의 빈번한 소개가 당시 조선 천주교의 친일 경향을 드러내주는 현상의 하나라고 주장할 수도 있습니다. 선하고 바람직한 일인 천주교인의 등장은 천주교의 친일 경향을 보여주는 것 같아 거북합니다. 그러나 『경향잡지』의 발간을 전후한 사정을 고려한다면 속단은 피해야 합니다. 『경향잡지』의 미담은 『경향잡지』의 전신인 『경향신문』 쇼셜(소설)과의 연계성 속에서 발표된 작품들입니다. 『경향신문』의 대사회적 발언들이 결국 신문의 정간, 즉 발행정지를 이끌었고, 사회비판적 성격이 강했던 '쇼셜(소설)'은 미담으로 대체될 수밖에 없었습니다. 이는 불가피한 변화와 그 변화를 통해 이어가고자 했던 의지의 표현이기도 했습니다. 때문에 의지를 이면적 주제로 읽어내는 것이 미담을 읽을 때 견지해야 할 태도이기도 합니다.

　일본인으로서가 아니라 조선의 선조라 상상한다면 이 미담의 주인공 요나의 삶을 어떻게 조명해 볼 수 있을까요? 실제로 이 미담에서 일본은 배경으로 언급되었을 뿐 일본인 요나의 특이성이나 민족성이 구체적으로 표현된 부분은 찾을 수 없습니다. 조선의 박해 시절을 배경으로 한 미담이었다 하더라도 이야기의 흐름은 달라지지 않았을 것입니다.

　이 작품은 요나의 고난을 보여줍니다. 그 고난은 크게 두 가지로 나눌 수 있는데, 외부로부터 닥친 고난과 다른 하나는 스스로 선택한 고난입니다. 세 번째 단락까지 전반부가 외부로부터 요나에게 온 고난이라면, 후반부는 요나 스스로 선택한 고난 즉 고행을 보여줍니다. 물고문 장면이 세세하게 묘사되어 있는 세 번째 단락에 주목해 보십시오. 형역은 관으로 물을

23　대저(大抵) : 대체로 보아서. 대컨. 비슷한 말은 무릇. 『한불자전』에서는 이 단어를 '약, 거의, 그처럼, 책에서 이 단어는, 문장 첫 머리에서 명백히라는 라틴어에 부합한다'로 풀이한다.

24　수난지은(受難之恩) : 수난의 은혜.

25　원문은 '밧아써'. 밧다 → 받다. 여기서는 의미를 살려 '받음으로써'로 옮겼다.

요나의 배에 가득 넣은 후 배 위에 올라섭니다. 몸 속에 있던 물과 피가 눈, 코, 입으로 쏟아져 나오는 요나의 모습은 너무나도 처참합니다. 오직 주님의 위로만이 함께 하였지만 이후에도 요나는 이 위로에 머물지 않습니다. 오히려 스스로 고난을 선택합니다. 이것이 다섯 번째 단락부터 이어지는 이 작품의 후반부입니다.

　요나는 감옥에서도 매주 세 번씩 단식하고, 고통스러운 옷과 띠를 입고 매일 세 번씩 자기 스스로 편태하는 고행을 행합니다. 자신의 고난을 통해 예수 수난의 은혜를 갚기 위해서였습니다. 요나는 외부로부터의 고난에서 자신이 스스로 선택하는 고행의 삶으로 옮아갔습니다. 고난이든 고행이든, 고통이야말로 주님에게 가는 가장 쉬운 지름길임을 믿었기 때문입니다. 고통을 통해 예수님의 수난에 동참하고자 하는 지향으로 살다 치명한 요나. 그를 만난 조선의 천주교인들 역시 고난이든 고행이든 자신들이 가야 할 고통의 삶을 잊을 수는 없었을 것입니다.

편태(鞭笞) 고행(苦行) 가 채찍이나 회초리를 가리키는 말이다. 그러나 '편태'라는 말은 동사화한 개념으로도 사용되어, 『한불자전』에 보면, ① 태형(笞刑) 즉 편형(鞭刑)을 가하다, ② 채찍이나 몽둥이로 매를 때리다 등의 의미를 나타내었다. 초기 박해시대에 그리스도교인들이 받은 혹독한 형벌 중의 하나가 바로 이 볼기를 치던 편형이었다. 일반적으로 편형 집행 때 사용하는 채찍 또는 몽둥이를 '편태'라고 지칭하였다. 이 미담에서는 '고행'의 의미로 사용되었다. 가 고행(苦行, austerity)이란 자기가 지은 죄에 대한 사면을 얻고자 고해(告解)를 하기 위한 준비, 또는 다시금 얻는 성총을 길이 간직하기 위한 자발적인 수덕(修德)으로서, 내면적 속죄의식이 외면으로 나타난 표징을 말한다. 여기에는 공적인 것과 사적인 것의 두 가지 양식이 있으며, 그 형식에 있어서도 혹은 세밀한 규율에 따라야 하는 것과, 혹은 자유로이 선택할 수 있는 것의 두 가지가 있는데, 일반적으로는 기도, 단식, 삭발, 속죄를 위한 헌금, 속죄행렬 등으로 이루어진다. 수도자들이 일부러 고의(苦衣)를 입고 고행(苦行)의 하나로 스스로 편태(鞭笞)를 하는 경우도 있었다고 한다.

연령이 받는 괴로움이 중함

련령이밧는고로움이즁흠

예수가 부활하신 후에 연옥에 이르러[1] 뭇 영혼을 구하여 천국에 올리시니, 이 아래 말을 보면, 당시에 연령들이 어떻게 쾌하게[2] 여길는지 알리로다. 대저[3] 연옥에 괴로움이 극심한 고로, 그곳을 떠나기를 매우 좋아하는지라.

옛적에 두 수사가[4] 있었으니, 서로 친밀히 사귀어[5] 무릇 모든 수사들이 한가지로[6] 당에[7] 모여 일과를 염할 시간에는, 이 두 사람이 반드시 먼저 이르니, 대개 이 두 사람들은 마음이 같고 덕이 같아 열심으로 주께 기구하며,[8] 오롯이 사람을 구하고 권면하여,[9] 한가지로 덕을 닦으니, 마치 완한[10] 돌에 옥을 갈아, 더욱 채색을 이루는[11] 것 같더라.

뜻밖에 그 두 사람 중 하나가 중병이 들어 병세가 낫지 못하더니, 홀연 예수가 한 천신을[12] 보내어 일러 가라사대, "네가 죽은 후에 만일 네 벗이 너를 위하여 미사를

---

1   원문은 '니르샤'.

2   쾌(快)하다 : 유쾌하게.

3   대저(大抵) : 대체로 보아서. 대컨. 비슷한 말은 무릇. 『한불자전』에서는 이 단어를 '약, 거의, 그처럼, 책에서 이 단어는, 문장 첫 머리에서 명백히라는 라틴어에 부합한다'로 풀이한다.

4   수사(修士) : (가톨릭) 청빈·정결·순명을 서약하고 독신으로 수도하는 남자. 수도회에 들어가 수도 생활을 한다. 수도사. 여성의 경우, 수녀(修女)라고 부른다. 원문은 '슈스'.

5   원문은 '사괴여'.

6   함께.

7   성당에.

8   기도하다.

9   격려하여. 권면(勸勉)하다 : 알아듣도록 권하고 격려하며 힘쓰게 하다.

10   완(刓)하다 : 도장이나 책판(冊版) 따위에 새긴 글자가 닳아서 희미하다.

11   원문은 '일우는'.

12   천사. 천신(天神)은 천사의 옛말이다.

드리면 바야흐로 네게 승천함을 주어 공덕을 갚아 주리라" 하시는지라. 병자가[13] 듣고
기쁨을 이기지 못하여 곧 벗에게[14] 청하여 이 복음을 알게 하고 죽은 후에 미사 드리기
를 간절히 구하는지라. 벗이 또한 허락하였더니, 그 이튿날 신시에[15] 주가 그 영혼을
거두심에 그 벗이 곧 망자를[16] 위하여 미사를 거행하고 마친 후 바야흐로 주께 사례하
니, 그 영혼이 홀연 나타나 가로되, "네가 어찌하여 배약함이[17] 이 같으뇨? 내가 연옥
에 있은 지가 1년이 되었노라" 하더라.

그가 놀라고 이상히 여겨 그 영혼에게 일러 가라대, "내가 어찌 배약하였으리오. 네
가 겨우 임종함에 내가 곧 제의청에[18] 가서 제의를 입고 너를 위하여 정성으로 미사를
거행하여 이제 겨우 마쳤고, 또 네 시체가 오히려 평상에 있도다" 함에, 어시에[19] 연령
이 그 배약하지 않은 줄을 알았으니, 대저[20] 실로 그 괴로움이 비할 데 없어 비록 잠깐
사이라도 매우 오랜 줄을 깨달을지니, 이로 말미암아 말하건대, 우리 사람이 세상에
있을 때에 공을 세우고 고초를 사양치 말아서[21] 연옥 괴로움을 면할지로다.

해설

연옥과 연옥영혼에 관한 미담입니다. 천주교에서는 연옥이 있다고 믿습니다. 연옥은 죽은
사람이 천당에 들어가기 전에 죄를 정화(淨化)하는 곳입니다. 죽은 후에 천국으로 직행할
수 있다면 좋겠지만, 대부분의 사람들은 연옥을 거쳐야 합니다. 그런데 이곳에서의 고통이
무척 크다고 하지요. 그래서 연옥이 '지옥'과 비슷한 곳으로 여겨집니다. 그러나 '연옥'이
'지옥'과 다른 점은 고통의 유무나 고통의 강도보다는 천국으로 갈 수 있느냐의 유무에 달려
있습니다. 연옥은 천국으로 갈 수 있는 희망의 장소인 반면 지옥은 그 희망마저 사라진 곳입

---

13 병자(病者) : 환자, 병인.

14 원문에는 '벗을'. 여기서는 조사 '―을'을 '―에게'로 옮겼다.

15 신시(申時) : 오후 3시 반에서 4시 반까지.

16 망자(亡者) : 망인(亡人), 죽은 사람.

17 배약(背約)하다 : 약속을 저버리다.

18 원문은 '제의텽'. 지금의 제의실.

19 여기에 있어서.

20 ☞ 주 3.

21 말음으로써. 원문은 '말아써'.

니다. 구원에 대한 희망, 천국에 대한 희망이 없다는 것, 그것이 아마 가장 큰 고통임을 연옥 이야기를 읽을 때마다 되새기게 됩니다.

이 작품 첫 단락에서는 '연옥'의 의미를 밝혀줍니다. 예수님에게 연옥은 영혼들을 만나러 오셔서 그들을 천국으로 이끄는 장소인 반면, 영혼들에게는 그분의 이끌림을 하루라도 빨리 얻고 싶은 곳이라 할 수 있습니다. 연옥의 고통이 극심하기 때문입니다. 고통이 얼마나 극심한지는 교회의 이야기들 속에서 이어져오곤 하는데, 이 미담에서는 고통의 강도나 종류를 묘사하는 대신에 시간을 통해 연옥 고통의 처절함을 보여줍니다. 미담에 등장하는 죽은 수사의 이야기에 따르면 이승에서 하루도 지나지 않은 시간이 연옥에서는 1년이 지난 시간과 같습니다. 그러니 아무리 작은 고통일지라도 그 지속 시간 때문에 견디기가 어려운 곳이 연옥입니다.

미담의 등장인물인 수사님의 말에 따르면, 연옥에서의 시간은 이곳에서 내가 살아낸 삶과 서로를 위한 기도를 통해 결정됩니다. 고통을 감내하며 잘 사는 것 못지않게, 우리의 부족함을 채워줄 수 있는 타인의 기도가 필요합니다. 내가 죽은 후에도 나를 위해 기도해 줄 수 있는 이들이 있는 곳, 그곳이 교회이기도 합니다.

교회의 기도는 이승을 위한 기도에 그치지 않고 저 멀리 보이지 않는 연옥영혼들을 위해서까지 확장됩니다. 죄 많은 인생을 살았다 해도, 부족함이 많은 삶을 뒤로 한 채 죽게 된다 해도, 기도가 있기에, 교회가 있기에 연옥행 정거장을 조금은 덜 두려운 마음으로 향할 수 있지 않을까 싶습니다. 물론 그 어떤 이유보다도 우리를 구하러 연옥까지 오실 예수님이 계시다는 게 가장 큰 위안이 되겠지요. 이 미담의 저자는 이와 더불어 이승에서의 고초를 사양하지 말고 달게 받을 것을 당부합니다. 공을 세우고, 고난을 달게 받고, 그리고 기도하는 것, 이것이 이 미담이 알려주는 그리스도인의 삶입니다.

더 알아보기

연옥(煉獄) 카 라틴어 purgatorium, 영어 purgatory. 가톨릭에 있어서의 연옥은 일반적으로 세상에서 죄를 풀지 못하고 죽은 사람이 천국으로 들어가기 전에, 불에 의해서 죄를 정화(淨化)한다고 하는, 천국과 지옥(地獄, infernum)과의 사이에 있는 상태 또는 장소를 말한다. 대죄(大罪)를 지은 사람은 지옥으로 가지만, 대죄를 모르고서 지은 자 또는 소죄(小罪)를 지은 의인의 영혼은 그 죄를 정화함으로써 천국에 도달하게 된다. 바로 이 '일시적인 정화(satispassio)'를 필요로 하는 상태 및 체류지가 '연옥'이다. 가톨릭의 연옥론(煉獄

論)은 하느님의 성성(聖性), 정의, 예지, 자비를 명백히 보여주며, 인간을 절망과 윤리적인 경솔함으로부터 지켜주고, 더구나 죽은 사람도 도울 수 있다는 가능성을 보증하여 줌으로써 많은 위로와 도움을 주고 있다.

연옥의 영혼은, 이 세상에서의 경우 은총의 도움에 의해서 행하여진 애덕(愛德)에 따른 통회(痛悔)와 기도에 의하여 소죄가 정화되는 것과 마찬가지로, 연옥에 있어서도 소죄가 정화된다. 하지만 죄에 대한 슬퍼함이 벌에 영향을 주지는 않는다. 즉 여기서는 적극적으로 착한 일을 하거나 공덕을 쌓는 상태가 아니라, 단지 하느님의 정의에 의해서 내려진 벌의 고통을 견디는 것만으로 정화와 속죄가 되는 상태이다. 내세(來世)에서는 공덕을 쌓을 수가 없기 때문이다. 연옥의 영혼은, 신이 내리는 고통을 즐겁게 수용함으로써 죄에 대한 유한적인 벌의 보상을 하면 확실하게 정화되는 것이다. 연옥의 고통이란 모든 사람에게 동일한 것이 아니고, 각자의 죄에 상응하는 것임은 물론이다. 그 고통의 기간이나 엄중함도, 지상의 신자의 기도와 선업(善業) 즉 신자의 전구에 의해서 단축 또는 경감된다.

천국(天國) 〔가〕 라틴어 coelum, 영어 heaven. 성서에서는 '천국'이라는 말로 ① 물질적인 천체(天體), ② 하느님의 거처, ③ 천국에 사는 자의 상태를 나타낸다. '천주의 나라'(하느님의 나라, Regnum Dei)를 천국(하늘나라, Regnum coelorum)이란 우회적인 표현으로 사용하고 있는 것은 마태오 복음서만의 특색이다. 교리적(敎理的)으로는 그리스도의 승천(昇天)과의 관련에서, 그리고 인간의 사후 상태와의 관계에서 다루어지고 있다. 그리스도가 오르신 천국이란 '천주의 어좌(御座)'를 말하며, '하느님의 오른편'(사도 2 : 23, 7 : 55 · 56)이란 영광의 자리를 의미한다. 인간의 사후에 대하여, 가톨릭 교회에서는 천국과 지옥 말고도, 중간상태로서 연옥(煉獄), '임보(limbo)' 등이 있음을 가르치고 있고, 프로테스탄트 교회에서는 일반적으로 천국과 지옥 이외에는 아무것도 인정하지 않는다. 천국은 무엇보다도 먼저 희망의 대상이요, 하느님의 직접 간여로 수행되는 공심판(公審判)이나 육신 부활 후에 의인이 영원히 사는 곳이다. 다시 말해서, 천국은 의인이 공심판 뒤에 들어가는(마태 25 : 46) '영원한 생명(eternal life)' 즉 끝남이 없는 행복의 상태이다. '천당(天堂)'은 '천국'의 옛말이다.

연령(煉靈) 〔가〕 라틴어 animae purgatorii, 영어 holy souls. 연옥에서 단련받고 있는 영혼들. 이들은 하느님의 은총 속에서 세상을 떠났으나, 세상에서 지은 경죄나 용서받은 사죄(死罪)에 대한 잠벌을 미처 보속하지 못하고 떠났으므로 연옥에서 일정기간 동안 단련을 받는다. 단련 기간을 채우고 영혼의 정화가 이루어지면 천당에 들어갈 영혼들이다. 세상의 신자들은 하느님의 은총에 협력하여 기도와 사랑의 실천 등으로 세운 공로를 연령을 위하여 양도할 수 있으며, 이로써 단련 기간을 단축시킬 수 있다. 연옥은 수동적으로 단련을 받기만 하는 곳이지만 세상은 공로를 세울 수 있는 곳이기 때문이며 세상과 연옥과 천당에 있는 교회의 성원들은 서로 공(功)을 통(通)하기 때문이다(성인의 통공). 교회에서는 일상적인 기도 가운데 연령을 위하여 기도하는 외에 11월 2일을 모든 연령을 위한 축일로 정하고 특별히 기도한다.

영복부활

무릇 사람이 오 주의 영복부활을 얻어 한가지로[1] 천국에 오르고자 하는 자는 반드시 생시에[2] 예수를 위하여 모든 괴로움을 받을지니라.

옛적에 일본국에 봉교하는[3] 관원이 열넷이 있으니, 그중에 왕의 친척 하나가 있어 본명은 요왕^{요한}이라. 품위와 명망이[4] 높되 천주를 믿음으로 원방에[5] 귀향 가서 고난을 갖추[6] 겪으나, 그러나 기꺼함을[7] 마지아니하여 조정영화[8] 중에 있을 때보다 낫게 여기니, 왕이 이 말을 듣고 혹독한 형벌을 더하여, 손가락과 발가락을 다 끊고서, 홍철(불에 달은 쇠)로[9] 그 이마 위에 한 십자를 그으니 그 괴로움은 형언하기 어려우나, 요왕^{요한}이 다 즐겨 받을 뿐 아니라 또한 주를 위하는 뜻으로 괴로움 더하기를[10] 바람에, 미구에[11] 자연히 괴로움을 더할 기틀이[12] 나더라.

요왕^{요한}에게 한 종이 있는데, 그 어린 것을 길러 심복지인이[13] 되었더니, 요왕^{요한}

---

1 여기서는 '한 뜻으로'의 의미로 볼 수 있다.
2 살아있을 때에.
3 봉교(奉敎)하다 : 가톨릭을 믿고 그 교리를 좇아 행하다 ☞ 미담 1.
4 명망(名望) : 명성(名聲)과 인망(人望)을 아울러 이르는 말.
5 원방(遠方) : 먼 지방. 또는 먼 곳.
6 고루 있는 대로. 원문은 '가초'.
7 마음 속으로 은근히 기쁘게 여기다. 원문은 '깃거'. 깃거하다→기꺼하다, 기꺼워하다.
8 원문은 '죠뎡영화'. 여기서는 '조정에서 영화롭게 지내던 때'라는 의미로 쓰였다.
9 원문은 '노'.
10 원문은 '더으기를'.
11 미구(未久)에 : 오래지 않아.
12 문맥상 '기회가', 혹은 '기운이, 힘이'의 뜻으로 이해할 수 있다.
13 심복지인(心腹之人) : 심복. 마음 놓고 부리거나 일을 맡길 수 있는 사람.

이 귀향한 후에 살 길이 없는 중, 차차 방탕하여 사욕에[14] 빠져 상전을 배반하고 또한 해하기를 도모하더라.

요왕요한이 입성하여 경성 옥에 갇힘에, 경성에 있는 예수회와 성 방지거회프란치스코회 전교사들이[15] 일제히 잡혀 갇히니, 다 이 종의 모해러라.[16] 이에 옥중에 교우 50인이 있어 다 위주치명하기를[17] 원하더니 수일 후에 다 불에 태워 죽일 형벌로 정하고, 옥중에서 끌어내어 법장에로[18] 가니, 그 법장이 조정에서 멀지 아닌지라.[19] 사람이 많이 모여 구경하니, 그중 교우 47은 걸어 행하고 수사 두 위는[20] 말을 타고 행하고, 또한 요왕요한도 말을 타고 가니, 이는 왕의 친척이요 또한 두 발을 끊어 행할 수 없는 연고이러라. 이미 법장에 이름에 방을 써서 부쳤으되, 이 사람들이 천주교를 믿어 따르니[21] 마땅히 죽일 죄라 하고, 수십 명을 요왕요한의 목전에서[22] 태워 죽이니, 이는 너도 이와 같이 죽을 터이니 자세히 보라는 뜻이라.

그러나 요왕요한이 호발도[23] 두려워 아니하고,[24] 더욱 그 수십 명이 죽을 때에 다 흔연히[25] 손을 들어 주께 구하고 공경스럽게[26] 예수성명을 외우며,[27] 죽는 것을 보고 희색이[28] 얼굴에 띠어, 이에 이때를 타 뭇 사람[29] 앞에서 강론하여 가로되, "너희가 다 알거니와 나는 왕의 친척으로 봉교함을[30] 인하여[31] 죽노니, 나의 영광과 복락이 조

---

14 사욕(邪慾) : 바르지 못한 잘못된 욕망.
15 선교사. '전교하다', '전교사' 이들 용어는 현재는 주로 불교 용어로 사용되며, 기독교의 경우 '선교하다', '선교사'로 대체되었다.
16 모함이었다.
17 위주치명(爲主致命) : 하느님을 위해서 순교함.
18 사형장으로.
19 멀지 않았다.
20 수사 두 분은. 여기서 위(位)는 지위, 등급을 가리킴.
21 원문은 '조츠니'.
22 눈앞에서. 목전(目前)에서.
23 조금도
24 원문은 '두려아니하고'.
25 혼연(欣然)히 : 기쁘거나 반가워 기분이 좋게. 여기서는 '흐뭇한 마음으로' 정도로 해석할 수 있다.
26 원문은 '공경스라이'.
27 예수성명 호칭기도라 할 수 있다☞ 미담 9.
28 희색(喜色)이 : 기뻐하는 얼굴빛.
29 원문은 '사람의'.

정에 비하면 배로 더 한지라. 너희도 예수를 믿어야 구령승천[32] 하리라" 하니, 듣는 자가 마음이 감동하여 슬피 우는 자가 많더라.

때에 관원이 민심이 변할까 두려, 다시 말하지 못하게 한즉, 요왕^{요한}이 불을 가까이 하여 손을 펴 불을 안고자 하다가, 이에 조용히 화염 속에 들어가 죽었으니, 이 요왕^{요한}은 이미 위주치명하였으니[33] 응당히 일후에[34] 영복부활을 얻으리로다.

우리 사람이 차세에[35] 거하여[36] 행선입공하여[37] 후일에 영화와 상 얻기를 바랄지로다.

해설

첫 단락은 이 미담의 주제부입니다. 첫 단락을 주제로 시작해서 미담을 소개하고 마지막 단락에는 교훈으로 마무리 되는 구조가 초기 미담의 가장 대표적인 형식입니다. 이 미담 역시 마찬가지입니다.

이 미담은 영복부활에 대한 내용입니다. 영복부활(永福復活)은 죽은 후 천국에서 누리는 영원한 행복과 부활을 이릅니다. 영복부활을 믿고 희망하는 이들이 천주교인이기도 합니다. 그런데 이러한 영복부활을 얻기 위해 필요한 것이 있습니다. 그것을 이 미담은 '고통'이라고 알려줍니다. 고통을 통해 영복부활을 얻을 수 있습니다. 때문에 영복부활을 믿고 바라면서 도 현세의 고통을 외면한다면 이는 이율배반인 셈입니다.

영복부활을 얻기 위해 고통을 달게 받은 이가 이 미담의 주인공입니다. 그는 일본 국왕의 친척이었지만 현세의 복락보다는 천국의 영복을 바라며 배교하지 않고 두려움 없이 고통을 달게 받습니다. 현세에서의 고통은 배교의 이유가 아니라 오히려 신앙의 이유가 됨을 이 미담은 강조합니다.

---

30 봉교(奉敎) : 가톨릭을 믿고 그 교리를 좇아 행함.
31 봉교함 때문에.
32 구령승천(救靈昇天) : 성교회의 교리를 알아 구원받고 승천한다.
33 위주치명(爲主致命) : 하느님을 위해서 순교함. 원문은 '위주치명하였은즉'.
34 나중에.
35 차세(此世) : 이승. 지금 살고 있는 세상.
36 머물러 살면서.
37 행선입공(行善入貢) : 선을 행하고 공을 바치다.

영복(永福) ☞ 미담 2.

천국 ☞ 미담 11.

예수회 ☞ 미담 2.

프란치스코회 가 라틴어 Ordo Fratrum Minorum, 영어 Franciscan Order, 약칭 O.F.M.. 1223년 9월 27일 아시시(Assisi)의 성 프란치스코(1182?~1226)에 의하여 창설된 최초의 탁발 수도회. 프란치스코는 1182년 이탈리아의 부유한 집에 태어나 귀족적인 환경에서 자랐으나, 어느 날 다미아노 성당에서 기도하던 중 "무너져 가는 주님의 성전을 고쳐라"는 계시를 받고, 모든 재산을 버린 뒤 거룩한 복음에 따라 1206년부터 기도와 보속의 회개생활을 시작하였다. 그런데 그의 모범적인 수도생활을 따르려는 형제자매들이 날이 갈수록 늘어가자 결국 공동생활이 필요하게 되어 1209년 4월 16일 교황 인노첸시오 3세로부터 간단한 회칙을 구두로 인준받기에 이르렀다. 프란치스코 성인은 '제2의 그리스도'라고 불릴 만큼 철저히 가난과 겸손의 길을 걸었으므로, 다른 수도회와는 달리 명칭도 겸손하게 '작은 형제회(Ordo Fratrum Minorum)'라고 하였다. 이 회의 정신은 복음을 완전무결하게 생활화하는데 있다. 즉 가난하고 십자가에 못 박힌 그리스도께서 성인에게 계시하신 것처럼 하느님에게 반대되는 모든 이기적인 경향, '육의 정신'을 버리고 주님의 정신대로 사는 것이 형제들의 이상인 것이다. 16세기에 이르러 프란치스코회 내에는 세 수도회가 분립(分立)한다. '작은 형제회'와 1517년에 독립한 '꼰벤투알회(O.F.M. Con.)', 1528년에 독립한 '카푸친회(O.F.M. Cap.)', 이 세 갈레의 수도회가 프란치스코회의 제1회이다.

전교(傳敎), 전교사(傳敎師) 가 복음의 가르침을 널리 전한다는 뜻으로 선교(宣敎)와 같은 뜻. 현 전교ᄒ다 : 복음을 전파하다, 포교하다, 기독교인의 성사를 집행하다, 종교를 퍼뜨리다(선교사).

수사(修士) 가 라틴어 Frater 영어 Brother 신앙생활에 자신의 모든 것을 바치기 위해 수도회에 입회하여, 수도서약(修道誓約)을 하고 수도회의 규칙과 수도회 장상(長上)의 명에 따라 생활하는 남자 수도자를 가리키는데 수사가 신품성사를 받으면 성직수사(혹은 수도사제, 수사신부), 그렇지 않으면 평수사라고 부른다.

예수성명 ☞ 호칭기도. 미담 9.

성 차 야고버의 치명승천

성츠야고버의치명승턴

무릇 예수의 승천하심을 알아 치명을 달게 한 자는[1] 성 종도[2] 차야고버^{야고보}[3] 라. 예수가 전교하실 때에 항상 모셔,[4] 그 언행과 성적을[5] 다 친히 보고 친히 들어서 항상 친히 먼저 행하고, 후에 말하기로 근본을 삼은지라. 오 주가 승천하신 후에 모든 종도가 성신을[6] 가득히 입으사 예수의 훈계를 따르는 호여,[7] 각 지방에 가서 전교를 할 때 차야고버가 예루사름^{에루살렘}에 머물러[8] 전교하시니, 그 신공의[9] 정밀함을 의논하려면 만분의 일도 가히 측량키 어렵도다. 그밖에 들어난 덕행을 누가 감히 미칠 자가 있으리오. 오 종시토록[10] 육찬을[11] 맛보지 아니하실[12] 뿐 아니라 평생에 엄재를[13] 지키

---

1 치명을 달게 받은 자는.

2 사도, 제자. 종도(宗徒) : 가톨릭에서 예전에 사도(使道)를 이르던 말. 사도의 옛말. 사도는 거룩한 일을 위하여 헌신하는 사람. 예수가 복음을 널리 전하기 위하여 특별히 뽑은 열두 제자.

3 한국에서는 야고보 성인을 차(次)야고보라 부름☞【더 알아보기】.

4 원문은 '뫼셔'.

5 성적(聖蹟) : 기적, 경이(『한불자전』). 『표준국어대사전』에서는 성적(聖蹟)이 성스러운 사적이나 고적으로 풀이되어 있다. 본문에서 '성적'은 문맥상 『한불자전』의 풀이대로 이해하는 것이 타당하다. 즉 기적. 원문은 '셩젹'.

6 성령을 이르던 말.

7 무리여. 문맥상 무리, 공동체가 되었다는 의미로 해석할 수 있다. 원래는 '호(弧)여'로 부채꼴 모양으로 무리 지어 있는 모습을 형상화한 표현으로 보인다.

8 원문은 '류ᄒ샤'.

9 신공(神功) : 기도와 선공(善功)을 통틀어 이르는 말.

10 처음부터 끝까지, 항상.

11 육찬(肉饌) : 고기반찬.

12 원문은 '아니실'.

13 재란 심신의 건전한 관리를 위해 절식, 절주 내지는 금식, 금주하는 것을 말한다. 교회에서는 금식을 대재(大齋)라 하여 재의 수요일과 성금요일에 지키도록 하고 있다. 여기서 '엄재'는 엄격하게 재를 지킨다는 의미.

시어,[14] 스스로 괴롭게 하고[15] 몸을 이겨[16] 오직 밀떡을 잡수시고[17] 맑은 물을 마시며, 주야로[18] 백번씩 주께 기구하는 고로,[19] 두 무릎에 못이 박이고 또 기구하실 때에 머리를 항상 땅에 대는[20] 고로, 이마에 못이 박이니 당시에 이 같은 열심을 모든 사람이 다 아는지라.

유대[21] 사람 중에서 이를 보고 감동하여 예수신교를 좇는[22] 자가 많은 것을 고교 장로들이[23] 보고 투기하여 해하고자[24] 하나, 많은 백성이 흠앙하는[25] 고로 감히 일을 서두르지[26] 못하고, 거짓 존중하는 뜻으로 청하여 가로되, "만일 스승이 선한 덕으로 백성을 권하시면 그 효험이 빠를 것이니, 대저[27] 우리 교는 모이스모세로조차[28] 전한 교이라. 스승은 백성을 가르쳐 구교를 버리고 새 교를 받들지 말게 하시면 큰 다행이 겠습니다.[29] 이제 바스과파스카 대첨례가[30] 가까이 왔으니,[31] 장차 사람이 많이 모일지 니, 스승은 이날에 도리를 벽파하사[32] 모이스모세교 받들게 하소서" 하고 기약이 이름 에, 성인을 청하여 대에 올라 도를 강론할 때, 성인이 가득히 성신의[33] 총으로[34] 비추

---

14 원문은 '직희샤'.

15 원문은 '고롭게'.

16 원문은 '이긔여'. 이긔다 : 이기다, 승리하다. 저항하다, 복종시키다(『한불자전』).

17 원문은 '잡스시고'.

18 주야(晝夜)로 : 밤낮으로.

19 '기도했다. 그러므로', '기도하는 까닭에'. 기구하다 : 기도하다.

20 원문은 '대히는'.

21 원문은 '유데아' → 유대. 유다.

22 따르는.

23 여기서는 모세교를 지칭. 고교(古敎) : 모세교(『표준』). 『한불자전(韓佛字典)』에 수록된 옛 교회용 어로 구약(舊約), 또는 구약성서(舊約聖書)를 의미하며 이 밖에 모세의 율법(律法)을 의미하기도 하였다. 현재는 사용하지 않는 말이다. (가톨릭) 구가톨릭교.

24 해(害)하다 : 이롭지 아니하게 하거나 손상을 입히다. 해치다.

25 흠앙(欽仰) : 공경하여 우러러 사모함.

26 원문은 '서둘지'.

27 대저(大抵) : 대체로 보아서. 대컨. 비슷한 말은 무릇. 『한불자전』에서는 이 단어를 '약, 거의, 그처럼, 책에서 이 단어는, 문장 첫 머리에서 명백히라는 라틴어에 부합한다'로 풀이한다.

28 모세로부터.

29 원문은 '다힝이겟습ᄂ이다'.

30 대축일.

31 원문은 '가까왓슨즉'.

32 벽파(劈破)하다 : 쪼개어 깨뜨리다.

심을 입어 의연히 가르쳐 가라사대, "예수는 이에 참천주이시라. 이미 승천하사 성부 우편에 좌정하여 같이 사시고[35] 같이 영화를 누리시며, 일후에[36] 저리로 조차[37] 오셔 산 이와 죽은 이를 심판하시리라" 하심에, 고교 장로들이 듣고 꾸짖어 왈, "네 덕은 비록 높으나 네 말은 그르다"[38] 하고, 드디어 비도로[39] 더불어 성인을 대에서 밀쳐 아래로 던진지라.[40] 성인의 머리 깨지고,[41] 몸이 박상하여[42] 엎어져[43] 일어나지 못하시나, 신색[44]은 태연하여 원망치 아니하시고[45] 오직 예수의 원수 사랑하시는 덕을 호법하여,[46] 주께 원수의 죄 관유하시기를[47] 구하시더라. 하릴없다[48] 저 장로들이여. 그 마음이 감동치 아니하고 도리어[49] 분한함을[50] 더하여, 또한 막대로[51] 성인의 머리를 중히[52] 치니, 이에 성인이 치명승천하사 복을 누리시나니라.

해설

야고보 성인을 소개한 미담입니다. 성인 관련 미담으로는 처음 등장한 미담이기도 합니다.

---

33 성령의. 현재는 '성신' 대신에 '성령'을 사용한다.

34 총애(寵愛), '은총'으로의 의미. 하느님의 사랑으로.

35 원문은 '살으시고'.

36 뒷날에.

37 조차(造次) : 조차간. 얼마 되지 않는 짧은 시간. 아주 급작스러운 때.

38 원문은 '그르도다'.

39 비도(匪徒) : 무리를 가지고 떼를 지어 다니면서 사람을 해치거나 재물을 빼앗는 무리.

40 던졌다.

41 원문은 '씌여지고'.

42 박상(剝喪)하다 : 벗겨져 없어지다.

43 원문은 '업더져'. 업더지다 → 엎어지다.

44 신색(身色) : 몸빛.

45 원문은 '아니시고'.

46 호법(護法) : 지키어. 원문은 '효법'.

47 관유(寬裕)하다 : 마음이 넓고 이해심이 많다.

48 하릴없다 : 어떻게 할 도리가 없다. 조금도 틀림이 없다. 원문은 '할일없다'.

49 원문은 '도로혀' → 도리어, 오히려.

50 분한(憤恨) : 분하고 한스러움, 원한.

51 막대기로.

52 대단히 크게, 무겁게. 원문은 '중히'.

이 미담에 소개된 차 야고버 성인은 작은 야고보, 소야고보로 불리기도 했습니다. 마르코 복음 15장 40절, 16장 1절, 마태복음 27장 56절, 루가복음 24장 10절에 등장하는 성인입니다. 성인의 어머니인 마리아가 예수님의 모친이신 성모 마리아와 자매이거나 친척이었기 때문에 '주님의 동기'로 불리기도 했습니다.

이 미담에 따르면, 야고보 성인은 예루살렘에서 전교하였으며, '먼저 행하고 후에 말하기'로 근본을 삼았습니다. 말보다 행동이 먼저였으며, 실천이 없는 믿음을 살지 않은 분입니다. 무엇보다 평생 고통을 마다하지 않고 기도하였습니다. 특히 주야로 기도하던 그의 모습이 미담에 생생하게 묘사되어 있습니다. 무릎에 못이 박이고, 이마에까지 못이 박일 정도였다고 전합니다.

또한 모세를 따르던 모세교 즉 당시의 구교와 예수님을 따르던 신교 사이에서 야고보 성인은 구교 지도자들에게 위협적인 존재였습니다. 그를 보고 신교 즉 예수님을 따르는 이가 많아졌기 때문입니다. 구교 지도자들의 간구와 위협에도 불구하고 그는 당당하게 예수님을 참 천주로 고백하며 치명승천의 길을 갑니다. 예수님이 살아계실 때는 그분과 함께 한 제자로, 그분이 돌아가신 후에는 기도와 전교로, 죽음 앞에서는 치명으로 사도의 길을 간 야고보 성인. 너무나 쉽게 기도하고, 너무나 쉽게 예수님을 고백하며, 너무나 쉽게 현세의 복을 누리고자 하지는 않는지, 우리의 신앙이 이 미담을 읽으며 부끄러워집니다.

더 알아보기

야고보 〔가〕 열두 사도의 하나이며 알패오의 아들. 고대 전승은 작은 야고보(마르 15 : 40, 16 : 1, 마태 27 : 56, 루가 24 : 10)와 동일 인물로 보는데 '작은(minor)'이란 신장이나 나이를 두고 하는 말이다. 한국 천주교회에서는 차(次)야고보라 불러 왔다. 야고보는 62년(Flavius Josephus) 혹은 66년경(Hegesippus)에 순교하였다. 〔전례〕? ~62. 소야고보는 알페오 또는 글레오파의 아들이며 아마 첫 가톨릭 서간의 저자일 것이다. 그의 어머니 마리아는 복되신 동정 마리아의 자매이거나 가까운 친척이었다. 이 때문에 소야고보는 이따금 '주님의 동기'로 불리기도 하였다. 이 사도는 예루살렘의 초기 그리스도교 공동체에서 분명한 위치를 차지하였다. 사도 바오로는 그를 두고 교회의 '기둥'이라 부르며 그가 그리스도의 부활의 증인이라고 말한다. 전통적으로 야고보 사도는 예루살렘의 첫 주교로 알려져 있으며 50년경에 열린 예루살렘 사도회의에 참석하였다. 그는 62년 봄에 신앙을 증거하며 유다인들에 의해 순교하였다. 유다인들은 사도 야고보를 크게 존경하며 그에게 '정의의 야고보'라는 이름까지 지어 줄 정도였으나 결국 그를 희생시키고 말았다. 그는 마전장이들과 모자 제조업자들의 수호성인이다. 전례 거행은 5월 3일(성 필립보와 함께 지내는 기념일)이며 주제는 부활하신 그리스도를 증거함이다.

파스카 가 라틴어 Pascha, 영어 passover, 히랍어 Pesah. 과월제, 유월제(逾越祭), 혹은 빠스카 라고 한다. 과월제는 유태인들의 3절기(節氣) 중 봄의 철기(春節)인 과월절에 지내는 축제, 혹은 제사를 말한다. 과월제를 의미하는 히브리어 Pesah는 '통과하다(보고도 그냥 지나치다)'라는 동사에서 유래된 말이다. 처음에는 가축의 맏새끼를 잡아서 바치던 유목 민족의 축제였는데, 여기에 가나안 농경민족의 축제 풍습인 누룩 넣지 않은 빵을 먹는 관습이 결합하였다는 것이 출애급 이전의 과월제에 대한 일반적인 견해이다. 여기에 다시 출애급의 과정을 거치면서 의미가 부과된다. 즉 야훼가 이집트민족의 모든 장자(長子)들을 멸하실 때 이스라엘 민족의 집을 통과했다는 역사적 의의가 첨가되면서 이집트에 서 해방된 출애급을 기념하는 중요한 축제로 되었다. 니산(nisan, 정월)의 10일에 그해 태어난 흠 없는 양을 고르고 14일에는 그것을 잡아 그 피를 문설주와 인방(引枋)에 바른다. 고기는 수족(手足)과 내장까지 모두 구워서 누룩 없는 빵, 쓴 나물과 함께 먹는다. 그리고 식탁에 앉은 사람은 모두 허리띠를 두르고, 신을 신은 채, 지팡이를 가지고 급히 음식을 먹는다. 아침이 될 때까지 집안에서 한 발짝도 나가지 않는다. 식사 도중 지명된 아들이 의식상 질문을 한다. "왜 오늘 밤은 다른 밤과 구별되는가"라는 물음에 이집트에서 해방되 던 이야기와 현재의 로마 지배하에서 해방되어야 함을 기도형식으로 대답한다. 즉 과월제 는 하느님의 구속사업에 대한 거룩한 축하행사다. 또 해방을 기념하는 동시에 해방을 염원하는 행사이기도 하다. 예수는 제자들과 함께 과월제를 지키고, 이날에 성찬식을 거행하기로 결정하였다(마르 14 : 10-16). 이와 함께 과월제 양은 그리스도의 구속을 나타내는 전조(前兆)로 되고, 이것은 그리스도의 희생을 통하여 성취되고, 성체제정(聖體 制定)의 만찬과 과월제는 결합(요한 19 : 36)하게 된다. 그리스도는 진실한 과월제의 고양(羔羊)이 되었다(1고린 5 : 7).

첨례 가 축일(祝日)의 옛말. 하느님과 구세주, 천사와 성인들, 거룩한 신비와 구세사적 사건들 등을 기념하거나 특별히 공경하도록 교회가 별도로 정한 날. 축일 중에는 예수성탄 대축일 이나 성모의 원죄없는 잉태 대축일처럼 특정일로 고정된 것과, 전례주년에 따라 며칠씩 빠르거나 늦어지는 등 유동적인 것이 있다. 제2차 바티칸 공의회 이래 축일은 대축일 (sollemnitas), 축일(festum), 기념일(memoria) 등 세 등급으로 구분되며 기념일은 다시 필수적 기념일과 선택적 기념일로 나뉜다. 이보다 하위 등급에 위치하는 것이 특별한 전례적 서열을 갖지 않는 평일이다. 이러한 서열 가운데에 연중 주일이 있고 대림절이나 사순절처럼 다양한 전례시기가 있다. 이 모든 축일은 구세사를 표현하는 것이며 그 목적은 신자들로 하여금 일 년 내내 그리스도교회 중심적인 신비와 인물들을 상기시키는 데 있다.

예수고상의 성적으로 일후 심판의 그 엄위를 앎

예수고상의성적으로일후심판의그엄위를앎

공심판 때에 예수성용이[1] 어떻게 엄숙하실지 알고자[2] 할진대, 가히 전에 예수고상의 성적을[3] 보고 그 만분지일을[4] 측량할 만하다.

전에 베루국페루이 서반아스페인로 더불어 여러 번 싸워 여러 번 패하니 국왕이 괴이히[5] 여겨 왈, "어찌하여 적국은 항상 이기나 우리는 항상 패하는고?" 할 즈음에, 한 사람이 있어 가로되, "저들은 천주를 공경하는 연고이니다"[6] 하거늘, 왕이 듣고 그 천주의 형상을 보고자 하나 얻을 수 없더니, 하루는 한 사람이 인도국으로부터 왔는데 그가 영세입교하여 예수고상을 모신지라. 왕이 듣고 심히[7] 기뻐하여 곧 명당에 어좌하고 신하와 군사 합 백여 명이 좌우에 모셔 선후 그 서인도(西印度) 교우를 입시시길 때,[8] 천주상이 그에게 있다 함으로 왕이 그를 심히 공경하고 두려워하여[9] 물어 왈, "천주상이 어디 있느뇨?" 교우가 곧 예수고상을 내어 봉헌하였는데[10] 왕이 깊이 의혹하여 왈, "천주의 상이 그러하냐? 실로 곤핍한[11] 자 같으니. 나 또한 감히 만모하겠다"[12]

---

1   예수의 얼굴이. 聖容.

2   원문은 '알고저'.

3   성적(聖蹟) : 기적, 경이(『한불자전』). 『표준국어대사전』에서는 성적(聖蹟)이 성스러운 사적이나 고적으로 풀이되어 있다. 본문에서 '성적'은 문맥상 『한불자전』의 풀이대로 이해하는 것이 타당하다. 즉 기적. 원문은 '셩적'.

4   만분지일(萬分之一) : 만분의 일, 아주 적은 경우를 이르는 말.

5   이상하게.

6   까닭이다. 때문이다.

7   매우.

8   입시(入侍) : 대궐에 들어가서 임금을 뵙던 일. 원문은 '입시시길식'.

9   원문은 '두려하여'.

10 원문은 '봉헌한디'.

11 곤핍(困乏)하다 : 기력이 없을 만큼 지쳐 몹시 고단하다.

하고, 드디어[13] 고상에 춤을[14] 빼앗아 땅에 던졌는데,[15] 교우가 그 고상을 집어 가지고 나갈 때[16] 그 고상이 노한 눈으로 왕과 그 신하들을 돌아보니, 그들이 땅에 엎어져[17] 삼 점[18] 종치기까지 능히 움직이지 못하다가 깨기를 마치 죽었다가 깨여남 같더라. 어시에[19] 일제히 소리를 높여 가로되, "크다 천주여, 너를 만모하는 자는[20] 살기를 용납지 못하리로다" 하고, 드디어 한 큰 당을[21] 세우고 그 고상을 모시려 하나 거룩한 규구를[22] 알지 못하여, 이 교우에게 물었는데[23] 왈, "소인도 또한 신문교이라[24] 정식을 알지[25] 못하오니 우리나라에 전교사에게[26] 가서 물으소서."[27] 왕이 이에 대신 여섯과 육 세 된 태자를 데리고 여러 날 만에 그 나라 예수회당에 득달하여[28] 원장을 보고 이에 탁덕[29]을 보내어, 자기 나라에 전교함을 간구하되 원장이 대답하여 말하기를,[30] "이 일에 대하여는 상관하시는 어른이 계시오니, 신이 편지하여 두 달 후에 가히 회답을 보내겠나이다" 하니, 이에 왕이 타국에 오래 있으면 나라가 어지러울까 하여, 두 달 후에 다시 오기로 언약한 후, 원장을 하직하고 태자를 머물러 두고 갔더니, 불구에[31] 그 태자가 성교요리를[32] 배워 영세한지라.[33] 수월이[34] 지난 후, 왕이 다시 그곳에

---

12 나도 이만은 하겠다. 만모(慢侮) : 거만한 태도로 남을 업신여김.

13 원문은 '드듸여'.

14 고상을 잡고 있는 손을 혹은 사이를 쳐서. 춤 : 가늘고 기름한 물건을 한 손으로 쥘 만한 분량.

15 원문은 '더진듸'. '던진데'에서 'ㄴ'을 빠뜨린 듯하다.

16 원문은 '나아갈시'.

17 원문은 '업더져'.

18 점 : 예전에 시각을 세던 단위. 괘종시계의 종 치는 횟수로 세었다.

19 어시(於是)에 : 여기에 있어서.

20 업신여기는 자는. 만모(慢侮)하다 : 거만한 태도로 남을 업신여기다.

21 교회당, 성당.

22 규구(規矩) : 일상생활에서 지켜야 할 법도. 규범, 법, 규칙(『한불자전』).

23 원문은 '교우더러 무른듸듸'.

24 신문교(新門敎) : 신문교우, 새로 입교한 교우. 새신자.

25 원문은 '아지'.

26 전교사(傳敎師) : 지금의 선교사와 같은 사람.

27 원문은 '무르시압쇼셔'.

28 득달(得達)하여 : 목적한 곳에 도착하여.

29 신부.

30 원문은 '대왈'. 이를 '대답하여 말하기를'로 옮겼다.

31 오래지 않아.

이르러 탁덕을 찾아 도리를 상고할[35] 때,[36] 홀연 중병을 얻어 장차 죽을지라.[37] 드디어 영세하고 불구에 태연히 세상을 버렸더라.

슬프다, 예수고상이 노한 눈으로 왕의 삼백 인을 돌아봄에 다 땅에 엎디어졌으니,[38] 공심판 때에 구름을 타시고 혁혁히[39] 강림하실 때에는 그 위엄이 어떠하시리오.

해설

천주교인들은 예수님의 모습과 공심판에 대해 궁금해 합니다. 이 두 개의 궁금증을 이 미담은 하나의 이야기로 구성하여 전해줍니다. 이 미담에 등장하는 예수고상이란 현재에는 십자고상 혹은 고상으로 불립니다. 십자가 형틀에 못 박히신 예수님의 고통스러운 모습을 담은 성물입니다. 예수성용(聖容)이란 예수님의 얼굴, 즉 성면(聖面)을 가리킵니다. 천주교에서 잘 알려진 성녀 소화 데레사의 수도명이 '성면의 아기 예수의 데레사'였습니다. 예수님의 모습, 그분의 얼굴에 대한 신심은 지금도 이어져서 종종 그분의 얼굴 그림을 교회에서나 신자의 집에서 볼 수 있습니다. 이러한 사진이나 그림이 예수님의 현존을 느끼는 데 도움이 될 수도 있습니다. 그림이나 사진에서 예수님의 얼굴은 대부분 인자하고 아름다운 모습입니다.

그런데 이 미담에서는 예수님의 모습을 고상을 통해 이야기합니다. 예수님의 얼굴이, 그분의 모습이 궁금하다면 고상을 보라는 미담 저자의 의도가 읽힙니다. 흥미로운 점은 미담의 내용이 본격적으로 전개되면서 예수님의 모습 그 자체에 대한 묘사보다는 천주 공경의 한 방법으로 예수고상을 공경해야 함을 강조하는 이야기로 전개되고 있다는 점입니다. 페루국의 왕과 신하들이 예수고상을 공경하지 않고 오히려 예수고상을 땅에 내던지자 고상 속 예수님이 '노한 눈'으로 왕과 신하들을 쳐다보았고, 왕과 신하들은 모두 벌을 받아 땅에 엎디어져 움직이지 못하게 됩니다.

천주교인들이라면 이 미담에 등장하는 왕이나 신하들처럼 예수님의 고상을 함부로 하지는

---

32 성교요리(聖敎要理) : 천주교의 교리를 문답식으로 풀이한 일종의 교리서(『가톨릭대사전』) ☞ 미담 2.
33 영세하였다.
34 수월(數月)이 : 여러 달이.
35 상고(詳考)하다 : 꼼꼼하게 따져서 검토하거나 참고하다.
36 원문은 '식'.
37 죽게 되었다.
38 원문은 '업뎌졋스니'.
39 밝고 빛나게. 매우 크고 아름답게.

않을 것입니다. 그러나 더 중요한 것은 그분처럼 사는 일입니다. 그분의 현존을 믿고 그대로 살지 않는다면 우리 역시 공심판 때에 예수님의 분노한 눈을 피하지 못하리라는 것을 이 미담은 전해 줍니다. 고상 속 예수님의 모습은 '곤핍한 모습', 즉 지치고 고단한 모습이십니다. 그 모습을 잊고 살 때, 공심판 때 만나게 될 예수님의 눈은 '분노의 눈빛'일지도 모릅니다. 그렇게 된다면 벌을 받아 당연하고 통쾌한 게 아니라, 이 미담의 저자가 한탄하는 바처럼 '슬픈 일'이 될 것입니다.

공심판 가 세상 종말에 모든 인류를 대상으로 그리스도가 행하는 최후의 심판. 이는 인류의 구원자로서 구원사업을 완성시키는 행위요 하느님이 인간 역사에 마지막으로 간섭하는 사건이다. 이 사건의 측면을 성서는 육신부활과 주의 재림과 공심판으로 표현한다(마태 25 : 31-34). 그리스도 교인은 그리스도께서 "산 이와 죽은 이를 심판하러 오시리라"(사도신경) 믿는다. 공심판의 대상에는 모든 인간 즉 선한 자나 악한 자, 생존자나 사망자를 막론하고 포함되며 공심판의 시기는 세상 종말일 뿐 그 정확한 날짜는 하늘의 성부 외에는 아무도 모른다. 공심판의 심판관은 사람이신 그리스도이다. "하느님께서 자기를 산 이와 죽은 이의 심판자로 정하셨다"(사도10 : 42). 그 심판의 기준은 사랑의 실천이다. 하느님과 이웃을 온 마음을 다하여 사랑했느냐 아니냐에 따라 의인(義人)과 악인(惡人)으로 구분된다.

고상 가 ☞ 십자가. 가로와 세로의 십자(十字) 모양으로 교차되는 2개의 나무로 이루어진 것으로 십자가는 원래 이집트, 카르타고 등의 고대 동방(東方)에서 죄인의 양 팔과 발에 못을 박고 매달아 처형하던 도구였으나 이 형벌이 로마제국에 유입된 뒤 그리스도가 십자가 위에서 죽임을 당하자 그 후로는 십자가는 인류의 속죄를 위한 희생 제단, 죽음과 지옥에 대한 승리, 그리스도를 신앙함으로써 당해야 하는 고통 등을 상징하게 되었다.

십자가에 대한 공경은 4세기초 그리스도교가 공인된 뒤부터 시작되었는데, 성녀 헬레나(Helena)에게 십자가가 발현하고, 이어 320년에서 345년 사이에 골고타에서 예수가 2명의 도둑과 함께 못 박혔던 2개의 십자가가 발견되어 이를 안치할 십자가성당과 부활성당이 예루살렘에 건축되었고, 335년 9월 14일이 양 성당의 헌당식 축일로 제정되자 십자가는 그리스도교의 공경 대상으로 인정되기 시작했고, 그레고리오 대교황 때엔 로마 교회에도 전해졌다. 그 뒤 692년 트룰라눔(Trullanum) 교회회의를 통해 십자가 공경은 강화되었고 787년 제2차 니체아 공의회에서 공식적으로 인정되어 오늘에 이르고 있다. 십자가의 모양은 시대와 지역에 따라 매우 다양한데, 먼저 동방과 그리스도교 고대 미술에 존재했던 卍형 십자가, 소아시아의 원형십자가, 이집트의 콥트교회에서 사용하던 십자가 (우), 그리스십자가(+), 라틴십자가(✝), 안토니우스십자가(T), 베드로십자가, 안드레 아십자가(X), Y형십자가, 켈트십자가 등과 이밖에 많은 복합적인 십자가 등이 있었고 또 많은 왕족, 귀족, 교황들의 문장(紋章)으로 사용된 십자가들과 15~16세기에 나타난 교황십자가, 대주교십자가 등이 있었다.

성교요리 ☞ 미답 2.

교우(教友) 沏 라틴어 Christianus, 영어 Christian. 그리스도교 신앙을 믿고 따르며 가톨릭 교회에 소속된 사람. 신약성서에 따르면(사도 11 : 26, 26 : 28, 1베드 4 : 16) '그리스도를 열렬하게 지지하는 자'라는 의미를 갖고 있다. 'Christianus'는 박해기에 이방인들로부터 증오의 대상이 되었고, 콘스탄티누스대제가 그리스도교를 공인한 이후에는 자랑스러운 이름이 되었다. 초기에는 'Christianus'가 교우로 번역되어 사용되었다. 그러나 신자(信者), 신도(信徒)라고 번역되기도 한다. 일반적인 견해에 따르면, 그리스도교적 이웃사랑 이라는 측면에서 교우라는 말이 더 적절하다. 교우는 세례를 받고, 사도신경을 믿으며, 가톨릭 교리를 인정해야 한다.

성신이 백합 모양으로 발현하셔서 주교를 선택하심

성신이빅합모샹으로발현ㅎ샤쥬교를션퇵ㅎ심

옛적에 공스당딩콘스탄틴에 속한 고을에 주교가 세상을 버린지라.[1] 그 위[2] 이을 자를 의논할 때, 공론이 같지 아니하여 시비가 일어나 장차 싸울 지경에 이르렀더니, 때에 공스당딩콘스탄틴왕이 한 대신을 그 고을에 보내어 그 일을 정지케 하니, 이 대신이 또한 열심교우이다.

이미 그 고을에 이르러 두어 위 주교와[3] 상의하여, 먼저 마땅히 주께 기구함으로[4] 근본을 삼고 모든 교우에게 효유하여[5] 삼일재를 지키고[6] 한가지로 당에 들어가[7] 누가 위에 오를 자인지 주께 열어 밝히심을 구하더니, 기도한[8] 지 제2일에 마침 오품[9] 수사 한 위 있으니,[10] 이름은 애복초라. 로마로부터 그 고을에 있는 형제를 찾으러 온지가 오래지 아니한지라. 그가 도로 가고자 하는데, 한 사람이 만류하여 내일 아침에 누가 주교위를 잇는지 보고 가라함으로 그 집에 유숙하고, 익일[11] 아침에 뭇사람과 같이 당에 가서 주께 기구할 때, 애복초가 당문[12] 아래 앉았더니, 성신이 백합(白鴿)[13] 모양

1　버렸다.
2　位. 여기서는 주교 직위.
3　두 명쯤 되는 주교와.
4　기도함으로. 기구(祈求) : 기도의 옛 용어.
5　효유(曉諭)하다 : 깨달아 알아듣도록 타이르다.
6　3일 동안 단식하고.
7　함께 성당에 들어가.
8　원문은 '긔도'.
9　오품(五品)은 차부제품. 원문은 '오픔'.
10　오품 수사 한 분이 있으니.
11　다음날.
12　성당문.

으로 편편히(나는 모양) 날아 문으로 들어와, 오품 수사 애복초의 머리에 앉거늘,[14] 애복초가 스스로 겸손하여 감히 총은을[15] 받잡기에 당치 못하다 하여 쫓아 날아가게 하니, 이때에 모든 사람이 애복초를 들어 주교를 삼고자 하나, 오히려 의심하는 자가 있어 왈, "백합이 애복초의 머리에 앉은 것을 여러 사람이 다 보지 못하였다" 하거늘, 여러 주교가 드디어 뭇사람을 명하여 전과 같이 주께 구함에, 성신이[16] 다시 백합 모양으로 문으로 들어와 애복초의 이마에 앉는지라. 이러므로 모든 사람의 의심이 다 풀려, 천주가 친히 빼심[17]을 알더라. 그러나 '어찌 다만 형제를 찾으러 왔고 아무 다른 뜻이 없는 자가 선택함을 입었으리오?' 하여, 전일에[18] 들어 주교를 삼고자 하던 두 사람과 및 애복초 세 사람으로 하여금 제대 앞에 가서 있게 하고, 또 주께 구하되, 이 세 사람 중에 누가 주교가 되어야 할지 열어 밝히심을 구하니, 다시 성신이 백합 모양으로 바로 날아 문으로 들어와 애복초를 찾는 모양으로 배회하다가, 보지 못함에 먼저 두 사람의 머리에 앉으려 하더니, 그 사람을 보고 곧 날아가 이 두 사람이 주교 되지 못할 줄로 보고, 마침 애복초의 이마 위에 이르러 날개를 거두고 앉는지라. 드디어 축성하여 탁덕을 삼고 이어 주교품에[19] 올리니, 그가 위를 이어[20] 소임을 받음에 그 큰 덕이 신으로 더불어 방불하여[21] 당시에 현저하더라.[22]

콘스탄틴 지역의 주교가 선종한 후, 새로운 주교를 성령이 직접 선택해 주셨다는 미담입니다. 이 미담에는 주교 선출과 관련해서 당시 교회 공동체가 성령의 선택을 바라며 기도하는

---

13 집 비둘기.
14 원문은 '안거늘'.
15 총은 : 은총(恩寵), 하느님의 사랑.
16 성령이.
17 빠다 → 빼다 : 빼어내다. 뽑다의 의미.
18 예전에.
19 주교직에.
20 주교직을 이어.
21 신을 방불케 하다는 의미. 신과 같다고 느껴질 정도로.
22 뚜렷하더라. 뚜렷하였다.

모습과 성령의 이끄심을 보여주는 표징이 드러나 있습니다. 주교를 선출하기 위해 모든 교우가 삼일재를 지키고, 주께 기도하며 성령에 이끄심을 기다리는 모습이 인상적입니다. 그 과정에서 사람들의 예상과는 달리 새로운 인물이 주교로 선출됩니다. 사람들의 판단이 아니라 성령의 이끄심이 주교를 선출한 것이지요. 성령의 선택을 보여주는 표징으로는 비둘기가 등장합니다. 비둘기는 천주교회에서 성령의 모습을 상징합니다.

  지도자는 예나 지금이나, 교회에서나 다른 곳에서나 중요합니다. 오늘날에는 민주화 사회가 되면서 지도자들을 선출할 수 있는 권한이 많은 사람들에게 부여되었습니다. 때문에 사람들의 지혜와 옳은 판단이 무엇보다 필요합니다. 뿐만 아니라 이 미담에서처럼 천주교인들은 하느님의 선택을 바라고 기다리는 사람들이기도 합니다. 때문에 우리에게는 성령의 이끄심을 알아볼 수 있는 믿음과 지혜 역시 필요합니다.

  이 미담을 읽으며 좋은 지도자를 바라고 따르고자 했던 신앙 공동체의 믿음과 지혜를 배울 수 있었으면 합니다. 하느님 마음에 드는 지도자를 맞이하기 위해 단식까지 하면서 간절히 기도하는 모습, 성령의 이끄심을 청하고 따르는 모습, 그 안에서 선출된 지도자와 그가 펴는 인정(仁政)과 덕망(德望), 이러한 이야기들이 천주교회뿐 아니라 한국 사회에서도 실재하기를 기도합니다.

더 알아보기

품 갸 칠품(七品), 그리스도의 대리자로서 성사를 집행할 수 있는 성직에 오르기 위하여 서품되어야 할 7가지 품(品). 1품은 수문품(守門品), 2품은 강경품(講經品), 3품은 구마품(驅魔品), 4품은 시종품(侍從品), 5품은 차부제품(次副祭品), 6품은 부제품(副祭品), 7품은 사제품(司祭品) 혹은 신품(神品)이라 하여 제7품을 합당하게 받아야만 정식으로 사제가 될 수 있다.

현재 한국에서는 대신학교(大神學校)에 정당하게 입학한 뒤 소정의 교육을 받고 교회가 정하는 자격에 합당한 자는 각 품급을 차례로 받을 수 있다. 1품부터 4품까지를 소품(小品), 5품부터 7품까지를 대품(大品)이라고 하는데 소품을 대품과 함께 또는 2개의 대품을 같은 날 동시에 수여할 수는 없다. 또 소품을 전부 동시에 받을 수도 없다. 아울러 품급의 순서가 바뀌어 서품될 수도 없다. 반드시 각 품에 정해져 있는 법정 기간과 법정 연령에 준하여 서품되어야 하며, 신학교에 정주하지 않는 사람은 어떠한 서품도 받을 수 없다. 각 품급에 오르려는 자는 모두 서품 전에 상당한 기간에 걸쳐 스스로 혹은 대리인에 의해서 주교 혹은 서품에 관하여 주교 대리를 하는 자에게 자신의 의사를 분명히 밝혀야 하며, 교회가 정한 부적격자는 서품될 수 없다. 제2차 바티칸 공의회 이후 칠품 중 부제품과 사제품을 제외한 모든 소품을 없이하고, 평신도들도 참여할 수 있는 시종직(侍從職)·독서직(讀書職)만을 두고 있다. 그러므로 삭발례를 받은 이후부터 성직(聖職)에 들어가던 예전과는 달리 현재는 부제품을 받은 이후 성직에 들어간다.

주교(主敎), 감목(監牧) 가 라틴어 episcopus, 영어 bishop. 하느님의 제정하심에 따라 성령을 받아 사도들의 지위를 계승하는 주교 즉 감목(監牧)은 교회 안에서 세워진 목자들로서 교리의 스승들이요 거룩한 예배의 사제들이며 통치의 봉사자들이다(교회법 375조 ①). 신약성서에 주교를 일컫는 대표적인 단어로 그리스어 프레스비테로스(presbuteros)와 에피스코포스(episkopos)이며 공동번역에서는 '원로(장로)'와 '감독자'로 각각 번역되어 있다(디도 1 : 5-9 참조). epischopos(라틴어로 episcopus)는 '감독하는 자', '관리자', '지도자' 등을 의미하며 그러한 직책을 가진 세속의 공직자를 지칭하는 용어였는데 초대 교회에서 '사도의 후계자'들을 뜻하는 용어로 채용되었다. presbuteros(라틴어 presbyter)는 유태인 공동체의 집단 지도자를 뜻하는 단어였으며, 그리스도교로 개종한 유태인들이 그들의 새로운 신앙공동체의 집단 지도자를 지칭하는 말이기도 하였다. 이는 초대 교회에서 '사도의 후계자'를 뜻하는 용어로 사용되다가 2세기말부터 '사도의 후계자의 보조자'를 뜻하였는데 오늘날에는 사제(司祭)를 가리키는 말이 되었다. 초대 교회에서는 주교를 파파(papa)라고도 불렀다. 이는 '아버지'라는 뜻을 지닌 라틴어에서 유래한 말이며 원래 '사도의 후계자'와 자치 수도원의 원장들을 지칭하는 말이었으나 5세기 이래 베드로의 후계자인 교황만을 지칭하는 용어로 한정되었다. 이밖에 주교를 가리키는 용어로는 '윗자리에서 지도하는 자(antistites, praesules, principes, praepositi)', '사제들 중 최상급자(sacerdotes primi ordinis, summi sacerdotes, sacerdos Magnus)', '다리 놓는 자(pontifices)', '목자(pastores)', '가르치는 자(doctores)' 등이 있다. 처음에는 집단 지도체제였던 교회가 2세기부터 단일 지도체제로 되었는데 이때부터 사도의 후계자로서 지역단위 교회를 이끌어 나가는 이를 에피스코푸스(eposcopus)라고 부르는 것이 정식 호칭이 되었고, 마침내 교회법전의 공식용어로 쓰이게 되었다. 이를 일본에서는 사교(司敎), 중국과 한국에서는 주교 또는 감목이라 한다. '감독하는 목자' 또는 '감목이며 목자'라는 뜻을 지닌 감목은 에피스코푸스를 적절히 번역한 단어이다. 이는 마테오 리치 신부시대(1600년경) 이후 중국과 한국에서 사용되어 왔으나 한국에서는 1960년 이후 사용례가 줄어들고 있다. 한편 '주교'라는 용어는 한국에서 약 400년간 사용해 왔으나 에피스코푸스를 나타내기에 부적합한 말이다.

감독과 장로와 부제는 민중에 의하여 선출되기도 하고(사도 6 : 3) 사도들이나 그 후계자들이 임명하기도 하였지만(디도 1 : 15), 언제나 성령의 은총을 주는 안수로써 그 직무를 수여받았고(1디모 1 : 18, 4 : 14, 5 : 22, 2디모 1 : 6, 디도 1 : 5), 성령께서 그들을 감독으로 세우셔서 당신 교회를 보살피게 하셨다(사도 20 : 28, 1베드 5 : 2). 이 안수의 예식은 단순한 축복의 뜻만 가진 것이 아니고 실제로 성령의 은총을 주는 것으로 초대 교회에서부터 인정해 오고 있다. 트리엔트 공의회도 디모테오 후서 1장 6~7절을 신품성사의 근거로 명시하고 있다(Denz, 1766). 여기서 가톨릭 교회의 교계제도가 그리스도교 발전과정에서 자연발생적으로 생겨난 것이 아니고 예수님과 사도들에게서 유래하는 신품권(神品權)을 가진 제도임을 알 수 있다.

축성(祝聖) ㉮ 라틴어 consecratio, 영어 consecration. 준성사(準聖事)의 하나로 사람이나 물건을 하느님에게 봉헌하여 성스럽게 하는 것을 축성이라 하고, 이러한 교회의 의식을 축성식이라고 한다. 축성은 다음의 경우, 즉 빵과 포도주를 그리스도의 몸과 피로 변화시킬 때, 사제를 주교로 성성할 때, 성당, 미사용 제구, 종, 교회 묘지 등을 성스럽게 할 때 행한다. 축성되는 사람이나 물건은 축성을 통하여 세속적인 것에서 성스러운 것으로 되기 때문에 하느님을 위한 목적으로만 사용되어야 하고, 세속적인 목적이나 용도로 사용될 수 없다. 만약 세속적인 목적으로 사용하면 독성죄(瀆聖罪)를 구성한다. 강복식(Benediction)의 행위도 축성이라고 부르지만 이것은 축복이라 하는 것이 정확하다.

탁덕(鐸德) ☞ 미담 5.

일본인 네오의 위주치명

일본인네오의위쥬치명

이에 한 사적을[1] 기록하여 차라리 죽을지언정 공교를[2] 배반치 못함을 증거하노라.

옛적에 일본국에 한 용맹한 장수가 있었으니 이름은 네오라. 열심수계하는 중 신덕이[3] 출중하더라. 그가 사람으로 더불어 담화할 때에 항상 신후영복[4]을 말하고 온전히 영혼 일을 힘쓰는데[5], 때로 벗이 오면 맞아 노는 중에 가로되, "내 마음은 신후영원한 일을 경영하니 가히 이 잠세에[6] 내 영혼을 예비할지라. 어찌 감히 한가히 놀아 허송세월을 하리오" 하더니, 불구에 왕이 그 봉교하는[7] 줄을 알고 불러 가로되, "네가 배교하지 않으면[8] 죽으리라" 하거늘, 네오가 굳세어 마음을 변치 아니하니, 친한 벗이 권하여 가로되, "네가 만일 배교하지만 아니하면[9] 그만이니, 친구의 낯을 보아 헛말로라도 대답하라" 함에, 장군이 바로 대답하여 왈, "용맹한 장수는 죽기를 두려워아니하고 봉교인은[10] 천국에 오름을 바라니, 내가 몸이 본디[11] 귀하여 천한 데를 극히 삼가 그 귀함을 잃을까[12] 하거늘, 어찌 이제 헛말하는 천한 일을 하리오. 모든 벗은 어찌 나를

---

1 사적(史跡; 史蹟) : 역사적으로 중요한 사건이나 시설의 자취.
2 공교(公敎) : '가톨릭교'를 달리 이르는 말. '공변된 종교'라는 뜻.
3 신덕(信德) : 향주 삼덕의 하나. 하느님의 가르침을 굳게 믿는 덕.
4 신후영복(身後永福) : 사후에 받는 영원한 복락.
5 원문은 '힘쓸시'.
6 여기서는 문맥상 잠시의 세상을 의미한다.
7 봉교(奉敎) : 가톨릭을 믿고 그 교리를 좇아 행함.
8 원문은 '배교치 아니면'.
9 원문은 '아니면'.
10 천주교인은. 봉교인 : 당시 신앙인을 부르던 지칭.
11 원문은 '본디'.
12 원문은 '잃을가'.

천함을 하라 하고 귀함은 하지 못하게 하느냐. 만일 어떤 벗이 공교한[13] 말로 헛되이 왕께 전함을 내가 알면, 반드시 왕[14] 앞에 가서 배교치 아니함을 발명하겠노라.[15]" 하여, 이같이 용맹히 그 꾀를 물리치니, 왕이 그 마음을 변치 못할 줄 알고 드디어 사형에 처하고 수일 후에 병정 여덟을 보내어 죽이게 하니, 병정이 이미 그 집에 이름에 장군이 병정에게 일러 왈, "우리나라에 장수된 자는 다 세력을 믿고 사람을 어거하되[16] 나는 어거치 아니하고 감심으로[17] 죽으리라" 한 후, 빛이 나는[18] 옷을 입고 자기 아내를 이별할 때, 아내는 봉교치 아니한 고로,[19] 아내더러 이르되 "네가 만일 나를 사랑하면 또한 마땅히 나와 같이 봉교하여야 신후에 가히 같이 천당에 올라 하나는 천당에 있고 하나는 지옥에 있는 한을 이루지 아니하리라" 하고, 또 그 맏아들(17세)을 이별하여 왈, "너는 마땅히 나의 행함을 본받아 죽어도 신덕을[20] 보존하라" 하고, 또 어린 아들을 이별하니 겨우 7세라 안고 가로되, "이후에 네가 마땅히 네 아비 표양을 잘 이어라. 어찌 배교하고 목숨을 도모하여 천당에 오르지 아니하리오?" 하고, 다 이별한 후 허리에 찼던 칼을 떼어놓고 공순히 묵주[21]를 가지고 병졸더러 왈, "나를 데리고 큰 거리 뭇사람 앞에서 죽여 뭇사람으로 하여금 나 죽는 연고를[22] 알게 하라" 하니, 병졸이 그 말대로 큰 거리에 가서 죽이니라.

해설

　　네오라는 일본인 장군의 위주치명 사적 미담입니다. 배교하라는 왕의 명령도, 헛말로라도 배교한다 하고 목숨을 구하라는 친한 벗의 권고도 마다하고, 네오 장군은 묵주를 쥐고 당당

---

13 공교(工巧)하다 : 교묘하다.
14 원문은 '왕의'.
15 발명(發明)하다 : 죄나 잘못이 없음을 말하여 밝히다.
16 어거하다 : 바른 길로 나아가게 하다. 여기서는 '이끌다' 정도의 의미로 쓰임.
17 감심(甘心) : 괴로움이나 책망 따위를 기꺼이 받아들임. 또는 그런 마음.
18 원문은 '빗난'.
19 천주교를 믿지 아니한 까닭에.
20 하느님의 가르침을 굳게 믿는 덕 ☞ 주 1.
21 원문은 '묵쥬'.
22 죽는 까닭을.

하게 치명을 선택합니다. 죽기 전에 그는 아내와 두 아들에게 자신의 표양을 따를 것을 당부하며 사형장으로 갑니다. 배교하여 목숨을 구하는 것보다는 신앙을 지키는 길을 선택한 네오 장군. 자신뿐 아니라 자신의 가족들에게까지도 그 길을 함께 할 것을 당부하는 모습이나, 병졸에게 끌려가기보다는 스스로 많은 사람 앞에 나가 죽겠다며 사형장으로 나아가는 모습이 처절하면서도 비장하게 느껴집니다. 물론 이런 장면은 위주치명 관련 미담에서 자주 등장하는 내용이기도 합니다.

현재는 위주치명을 할 만큼 종교 박해 시대는 아니지만, 현세적인 가치보다 더 큰 가치를 위해 우리는 여전히 도전받고 있습니다. 네오 장군의 용맹함과 결단이 신앙인에게도 필요합니다. "용맹한 장수는 죽기를 두려워아니하고 봉교인은 천국에 오름을 바라니, 내가 몸이 본디 귀하여 천한 데를 극히 삼가 그 귀함을 잃을까 하거늘, 어찌 이제 헛말하는 천한 일을 하리오." 네오 장군의 단호함이 전해지는 대사입니다. 순간순간 헛말과 자기 합리화로 천국의 길을 늦추고 있지는 않은지 이 미담은 오늘도 우리에게 묻고 있습니다.

더 알아보기

묵주(默珠) ☞ 로사리오. 〔가〕 라틴어 rosarium, 영어 rosary. '장미화관', '장미 꽃다발'이란 뜻을 지닌 라틴어이며 묵주(默珠), 혹은 묵주의 기도를 가리키는 말. 묵주란 구슬이나 나무알을 열 개씩 구분하여 여섯 마디로 엮은 염주형식의 것으로 십자가가 달려 있는 물건이며, 이를 사용하여 성모 마리아께 드리는 기도를 묵주의 기도라 한다. 로사리오의 기원에 관해서는 여러 가지 설이 있다. 도미니코 성인(St. Dominicus, 1170~1221)이 선교하는데 어려움을 당하여 성모께 도와주시기를 기도하던 중, 성모님이 나타나서 묵주를 주시고 묵주의 기도를 널리 전하라고 하셨다는 전설(Alan de la Roche의 Apologia에서), 도미니코회원이 신앙의 진리를 연속하여 설교할 때 작은 주제가 끝날 때마다 주의 기도와 성모송을 합송하였던 설교방식에 유래한다는 설, 12세기 문맹자들이 전례에서 시편의 구절을 읽는 대신 주의 기도 150회를 3부분으로 나누어 암송하던 관습에서 발전되었다는 설 등이다. 그 뒤로 여러 교황은 로사리오의 역사적 진리를 가르치기 위해서가 아니라 신심을 증진시키기 위해서 칙서를 통하여 로사리오를 널리 권장하였다.

로사리오는 예수 그리스도의 신비를 묵상하면서 염경기도를 드리는 것이요, 가장 먼저, 가장 깊은 체험으로 예수 그리스도의 신비를 사신 성모를 통하여 그분의 신비를 접근하고 친밀해지며 구원의 신비와 일치하면서 성모처럼 인류 구원의 협조자 구실을 할 수 있는 방법이 된다. 성모는 1858년 루르드(Lourdes)에서, 1917년 파티마(Fatima)에서 각각 발현하여 로사리오를 열심히 바치라고 당부하였다. 교회는 로사리오 축일을 지내고 로사리오 성월을 정하여 로사리오에 의한 신심을 장려한다.

선인이 서로 통공함

선인이서로통공홈

대저[1] 착한 사람의 선공이[2] 크게 주 대전에 능력이 있어, 능히 죄인으로 통회개과[3] 하게 하나니, 옛적 일본에 한 봉교하는[4] 사람이 있으니 본래[5] 행실이 타당치 못하고 또 빚으로 아주 비싼 이자를 받더라.[6]

다행히 한 아들이 있으니 나이 13세라. 깊이 사주구령[7]하는 도리를 알아, 실로 많은 사람의 표준이 되고, 그 아비 영신의 스승이 될 뿐 아니라 그 신공을[8] 잘함으로, 항상 범죄할 기회를 방비하여,[9] 항상 그 아비의 불의의 재물 모음을 보고 마음에 간절히 염려하여, 항상 그를 위하여 주께 기구하여[10] 통회정개하는[11] 은혜 베풀어주시기를 바라더니, 하루는 기도하여[12] 자연히 성신의[13] 묵조하심[14]을 깨닫고, 곧 일어나 그 부친

1　대저(大抵) : 대체로 보아서. 대컨. 비슷한 말은 무릇. 『한불자전』에서는 이 단어를 '약, 거의, 그처럼, 책에서 이 단어는, 문장 첫 머리에서 명백히라는 라틴어에 부합한다'로 풀이한다.

2　선공(善功) : 좋은 결과를 낳는 공덕.

3　통회개과(痛悔改過) : 잘못이나 허물을 뉘우쳐 고침.

4　봉교(奉敎) : 가톨릭을 믿고 그 교리를 좇아 행함.

5　원문은 '본디'.

6　원문은 '빗노하중변을받더라'. 여기서 '하'는 매우, 몹시의 뜻, 중변(重邊)은 비싼 이자. 즉 돈을 빌려 주고 비싼 이자를 받았다는 의미.

7　사주구령(事主救靈) : 하느님을 섬기며 영혼을 구원하는 일.

8　신공(神功) : (가톨릭) 기도와 선공(善功)을 통틀어 이르는 말.

9　방비(防備)하다 : 미리 지키고 대비하다. 원문은 '방비할식'. '식'는 'ㅅㅣ'로 직역하면 '방비하는 것 이'로 풀어쓸 수 있다.

10　기도하여. 원문은 '기구하여써'. 직역하면 기도함으로써.

11　통회하고 정개함. 통회(痛悔) : (가톨릭)자기가 지은 죄를 뉘우치고 다시는 죄를 짓지 아니하겠다고 결심함. 또는 그런 일. 정개(定改) : 다시 죄를 짓지 아니하기로 결심하는 일. 고해성사의 다섯 요건 중 하나.

12　원문은 '기도할식'.

을 이끌고 궁벽한 곳에 가서 가로되, "부친은 누구를 위하여 많은 재물을 모으시나이까?" 함에, 그 아비 대답이, "내가 재물을 모음은 어찌 나만을 위하여 하는 것이리오. 너도 위하여 함이라" 하거늘,

그 아이가 듣고 놀라 가로되, "부친이여 부친이여 나는 실로 재물에 마음이 없거든, 하물며 이 불의의 재물을 원하리이까? 만일 나를 위하여 하면 반드시 우리 부자를 이끌어 영고[15]지옥에 들어가게 하는 것이니, 차라리 이 재물이 없이 승천하는 것만 같지 못하다" 하고, 기기재률(두려워떠는 모양)[16] 하여, 다시 간절히 간하여[17]아비 마음을 돌이키려 하니, 그 아비 이미 감동하여 다시 말을 말라 하고, 곧 그 아들을 향하여 아파하고 울며 왈, "내가 본디 재물을 모와 불의의 이를 취함은 실로 너를 사랑하는 연고로 함이러니, 이제 네 말을 들은즉 내 마음이 감동하여 장차 영복을 얻고자 하니, 네 말이 아니면 내가 깨닫지 못할 뻔 하였도다" 하고, 이에 불의의 재물을 흩어 본 임자에게[18] 준 후, 곧 예수회당에 가서 고해를 타당이[19] 행하고, 그 후로는 뜻을 세워 정개하여[20] 다시 악습을 밟아 행치 아니하였으니, 아름답다 이 아이의 열심이여, 그 아비는 아들의 생명을 주고, 그 아들은 아비에게 영신생명을 주었으니, 크다 선인의 공이여, 능히 죄인으로 허물을 고치게 하는도다.

해설

일본을 배경으로 일본인 부자(父子)를 소개한 감동적인 미담입니다. 이 미담의 인물인 아버지와 아들은 모두 신앙인이었지만, 아버지는 신앙인에 합당하지 못한 생활을 이어갑니다. 그중에서도 이 미담은 '빚으로 아주 비싼 이자를 받는 일'에 주목합니다. 13세의 아들은 불

---

13 성령의.
14 마음이나 정신 따위를 밝히다.
15 영고(永苦) : 영원한 고통.
16 원문은 '긔긔재률'. 의미는 원문의 괄호 안에 적혀있다.
17 간(諫)하다 : 어른이나 임금에게 옳지 못하거나 잘못된 일을 고치도록 말하다.
18 본래 주인들에게.
19 원문은 '타당히'.
20 정개(定改) : 다시 죄를 짓지 아니하기로 결심하는 일. 고해성사의 다섯 요건 중 하나.

의하게 재물을 모으는 아버지에게 통회정개 하는 은혜를 베풀어주시기를 하느님께 항상 기도합니다. 그리고 그 힘에 의지하여, 아버지께 직언하는 것을 마다하지 않습니다. 이후 이어지는 아들과 아버지의 대화에 주목해 보십시오. 그들의 대화를 읽다보면 이 두 부자의 서로에 대한 사랑과 그 사랑의 바탕이 된 하느님에 대한 사랑을 느낄 수 있습니다.

2000년대 한국 사회에서는 가난한 아버지가 살아가기 힘든 때입니다. 경제력이 없으면 부모 노릇도 불가한 시절을 살고 있습니다. 그래서인지 이 미담이 옛 사람들에게보다는 지금 우리들에게 더욱 필요한 메시지를 담고 있는 것 같습니다. 경제력이 중요하지만 그것보다 더 중요한 가치가 있음을 이 미담은 전하고 있기 때문입니다. 아들의 순수하고 맑은 마음, 무엇보다 욕심이 없는 가난한 마음과 굳센 신앙이 아버지의 잘못된 삶을 돌이킬 수 있었습니다. 이것이 아들이 보여준 '착한 행실', 선공입니다. 물론 아버지 역시 착한 사람은 아니었을까 싶습니다. 어린 사람, 어린 아들의 말을 따를 수 있는 것은 더욱 어렵기 때문입니다.

아버지는 어린 아들의 말에 귀 기울이고 아들의 충심어린 직언을 따릅니다. 이런 겸손함이야말로 아버지가 보여준 사랑입니다. 백여 년의 시간을 넘어 이 미담은 비싼 이자는커녕 기꺼이 꾸어줄 수 있는 사람, 무상으로 베풀어 줄 수 있는 사람, 그런 신앙인의 사랑과 선함을 기억해야 한다고 어린 아들의 목소리로 우리에게 촉구합니다. 이 자본주의 사회에서 말입니다. 돈과 신앙, 어느 것이 먼저입니까? 미담의 제목처럼 우리는 서로 공을 나누는 선인(善人)입니까? 우리의 선공(善功)은 무엇입니까?

더 알아보기

통공(通功) 㴋 라틴어 communio sanctorum, 영어 communion (of saints). 모든 성인의 통공을 말한다. 곧, 교회 공동체의 모든 구성원이 공로(功勞)를 서로 나누고 공유함을 뜻한다. 지상의 순례자로 있는 사람들, 죄의 용서와 정화(淨化)가 필요한 죽은 이들, 하늘에 있는 복된 분들이 모두 그리스도 안에서 결합되어 오직 하나의 교회를 이루면서 자신의 선행과 공로를 나누고, 기도 안에서 영적 도움을 주고받음을 말한다.

☞ 성인의 통공 㯐 세상에 살고 있는 신자들과 천국에서 천상의 영광을 누리는 이들과 연옥에서 단련받고 있는 이들이 모두 교회를 구성하는 일원인데, 이들이 기도와 희생과 선행으로 서로 도울 수 있게 결합되어 있는 현상. 교회는 전통적으로 "모든 성인의 통공을 믿으며"(사도신경) 신앙 고백을 하여 왔다. 세상에 살고 있는 신자들은 동일한 신앙을 고백하며 동일한 권위에 복종하고 있는 신자 상호간에 기도와 선행으로 서로 돕고 또한 천국에

있는 성인들을 공경하며 그들의 영광에 참여할 수 있도록 도움을 청하고 성덕(聖德)을 본받으려고 노력하며 연옥에 있는 영혼들을 기도와 희생을 통하여 도울 수 있다. 이 '성인들의 통공'에 대한 믿음에서 '위령성월'(11월 2일)과 '모든 성인들의 축일'(11월 1일)을 기념하는 것이다.

통회(痛悔) 〔가〕 라틴어 contritio, 영어 contrition. 자신이 범한 죄를 뉘우치고, 슬퍼함과 동시에 다시는 죄를 범하지 않겠다고 결심하는 덕(德)의 행위. 이 통회가 유효하기 위한 4개의 조건이 있다. ① 일시적 기분이나 감정으로 통회를 하는 것이 아니라 마음 속 깊은 곳에서 통회의 마음이 우러나와야 한다. ② 그래서 하느님의 은총에 의해서 죄가 사해지도록 해야 한다. ③ 지금까지 지은 모든 대죄(大罪)를 슬퍼하여 고해성사를 통해 죄가 사해지도록 해야한다. ④ 주체적으로 자신이 지은 죄가 최대의 악임을 인식하고 여기에 합당한 보속을 한다는 마음가짐이 되어 있어야 한다. 이러한 통회에는 완전통회(完全痛悔 혹은 上等痛悔), 불완전통회(不完全痛悔 혹은 下等痛悔)가 있다. 마지막으로 통회에서 가장 중요한 사실은 다시는 죄를 범하지 않겠다는 결심이다. 따라서 통회 이후는 하느님이 정해준 법에 따라 생활하며 절대로 죄를 범하지 않도록 애써야 한다.

사주구령(事主救靈) 〔가〕 그리스도를 신앙하고 그리스도의 모범을 따라 생활하여 영혼을 구한다는 뜻으로 옛 교우들이 흔히 사용하던 말이었으나 현재에는 잘 쓰이지 않고, 대신에 구원(救援)이라는 말이 사용되고 있다. 구원.

묵조(黙照) 〔가〕 『한불자전(韓佛字典)』에 따르면, '묵조하다'에서 온 말로서 ① 계시, 영감, 마음에서 일어나는 빛, 정신적인 광명을 의미하는 한국 가톨릭 초기 시대부터 사용해온 어휘 중의 하나이다. 본디 '묵조하다'는 ① 마음이나 정신 따위를 밝히다, ② 영감을 불러 일으키다의 뜻으로 써 온 말인데, 이것이 '묵조'로 명사화한 경우는, 천주의 계시 또는 영감(靈感)과 같은 의미영역을 담았다. 현대에 와선 잘 안 쓴다.

사죄지권

샤죄지권

사람이 비록 중대한 죄를 지었을지라도 실망치 말지니, 대저 천주가 탁덕에게[1] 큰 권을[2] 주사 능히 죄를 사하게 하시니라.

옛적에 서반아국스페인에 한 부자가 있어 잡기를[3] 좋아하여 오래 그 버릇을 고치지 아니하니, 주가 벌하여서[4] 노름에[5] 번번이[6] 잃어 재물을 탕진할 뿐 아니라, 곧 빈궁함을 견디지 못하게 되니, 이 사람이 분한하여[7] 천주께 돕지 아니심을 원망하고, 이에 악한 마음으로 방탕하여 무릇[8] 천주께 죄 얻을 계교가 있으면 힘을 다하여 행하더니, 하루는 신공하는[9] 글을 보다가, 모고해 하면[10] 천주께 죄를 더 얻는다 함을 보고, 곧 가서 모고해 함으로써,[11] 그 죄를 범하고 한번 모고해 함이 부족하다 하여 여러 번 모고해 함으로 천주께 원망하는 마음을 나타내고, 또 하루는 모고해 하는데 탁덕이 이 사람의 마음이 바다 물결 같이 어지러움을 보고, 곧 온공한[12] 말로 위로하여 가로되,

"네가 방심하라,[13] 온전히 네 죄를 사하시나니 염려 말라, 천주가 지극히 인자하사

---

1 신부에게.
2 큰 권한. 여기서는 고해성사의 권한을 말한다.
3 잡기(雜技) : 잡다한 놀이의 기술이나 재주. 잡스러운 여러 가지 노름.
4 원문은 '벌하스'.
5 원문은 '놀음'.
6 원문은 '번번히'.
7 분하고 원통하여. 憤恨하여.
8 무릇 : 대체로 헤아려 생각하건대. 원문은 '무릇'.
9 신공(神功) : (가톨릭) 기도와 선공(善功)을 통틀어 이르는 말.
10 고해성사를 모독하는 행위. 고해성사 중에 고의로 자신의 죄를 숨기는 것.
11 원문은 'ㅎ야써'.
12 온화하고 공순한.

고해성사를 세우시고 탁덕에게 사죄하는 권을 주셨나니라" 하니, 이 사람이 듣고 마음이 감동하여 아파하고 울며 왈, "내가 많고 많은 중죄를 범하였으니 어찌 오히려 주의 관사하심을[14] 얻으리오?" 하는지라. 탁덕이 가로되, "천주의 인자하심이 무한하사 사람이 통절히 고죄하고 회개하면 천주가 반드시 애련히 관사하시나니라."

이 사람이 곧 눈물이 비 같이 흐르며 진실히 자기 죄를 고하고 회개하여 세속을 떠나 수원에[15] 들어가, 3년 동안 통회보속을 끊이지 아니하더니, 육신이 쇠약하여 중병이 듦에, 항상 천주께 기구하며 손으로 예수의 고상을 받들고 가로되, "나를 구하신 천주여, 내가 네게 득죄하였사옴으로 이제 스스로 아파하오니, 네 무한하신 인자가 아니면 어찌 나를 긍련히[16] 여기시리이까?"[17] 하여, 정히[18] 그렇게 말하다가 선종함을 얻었으니, 이로 보면 사람이 비록 죄를 삼삼(많은 모양)히 지었을지라도, 천주의 인자하심을 우러러 바라고 진심으로 탁덕에게 고죄함이 당연하니라.

미담의 제목 '사죄지권(赦罪之權)'은 죄를 용서하는 권한이라는 뜻으로, 이 미담은 고해성사에 대한 내용입니다. 미담의 주인공은 스페인의 한 부자(富者)입니다. 성서에서처럼 미담에서도 부자가 등장하는 이야기는 경계(警戒)와 관련된 내용인 경우가 많습니다. 그만큼 부자가 죄를 짓지 않고 살기는 더욱 힘들기 때문입니다.

미담의 주인공인 부자는 자신의 재산을 유용하게 사용하기보다는 노름에 빠져 모두 탕진합니다. 그는 이를 반성하기는커녕 하느님을 원망하며 모고해까지 합니다. 모고해란 고해성사를 제대로 하지 않는 것을 이릅니다. 그러나 모고해 과정에서 주인공은 신부님의 말씀에 감동하여 회개한 후 통회 보속의 삶을 살다가 선종합니다.

미담의 후반부에서 미담의 저자는 아무리 죄가 커도 천주의 인자하심을 바라고 신부님께

---

13 여기서는 '안심하라'라는 뜻.
14 관사(寬赦) : 너그럽게 용서함. 지금은 쓰지 않는 단어.
15 수도원.
16 긍련(矜憐)히 : 불쌍하고 가엾게.
17 원문은 '넉이시릿가'.
18 진정으로, 정성을 들여서 거칠지 아니하고 매우 곱게.

고해해야 함을 강조합니다. '비록 죄를 삼삼히 지었을지라도'라는 표현이 재미있습니다. '너'라는 표현도 흥미롭습니다. 이 미담에서 주인공은 하느님을 '너'라고 호명합니다. 이런 표현들이 옛 미담을 읽는 소소한 재미이자 당시 신앙 선조들의 신앙생활을 느낄 수 있는 계기가 됩니다. 그들은 하느님, 예수님을 바로 앞에 있는 2인칭으로 호명할 수 있을 정도로, 그렇게 가깝게 느끼며 살아간 것이 아닐까요?

2인칭으로 부를 수 있었던 하느님, 예수님은 죄인인 내 죄를 함께 나눌 수 있는 분, 내가 죄로부터 해방되기를 기다리고 고대하시며 이를 용서하기 위해 내 바로 앞에 계신 분이십니다. "나를 구하신 천주여, 내가 네게 득죄하였사옴으로 이제 스스로 아파하오니, 네 무한하신 인자가 아니면 어찌 나를 긍련히 여기시리이까?"

모고해(冒告解) ㉮ 라틴어 Confessio sacrilega, 영어 sacrilegious Confession. 고해성사를 모독하는 것. 모고해가 성립되는 경우는 고해자가 고해신부 앞에서 죄의 고백을 할 때 기억에 떠오르는 사죄(死罪)들 중 어느 것을 고의로 숨기거나 사죄의 종류 혹은 회수를 은폐시킬 때, 그리고 사죄의 어느 것에 대하여 하등통회조차 하지 않고 고백할 때이다. 모고해의 결과 고해자의 죄의 고백과 고해신부의 사죄(赦罪)는 모두 효력이 없으며 고해자는 독성죄(瀆聖罪)를 범하게 된다. 그러므로 고해자는 다시 온전한 고해를 해야 할 뿐 아니라 독성죄까지 통회하고 고백해야 한다.

선종(善終) ☞ 미담 6.

보속(補贖) ㉮ 라틴어 satisfactio, 영어 satisfaction. 넓은 의미로 끼친 손해의 배상(compen-satio) 및 보환(restitutio)을 뜻하나 그리스도교 신학에서는 죄로 인하여 하느님의 벌을 받음을 의미한다. 이는 성 안셀모(St. Anselmus)가 그리스도의 죽음이 세상의 죄를 충분히 보속한다고 주석한 데서 비롯한다. 가톨릭 윤리신학상의 보속은 고백성사의 본질적 요건의 하나로서 이미 지은 죄를 징계하는 벌이요, 영혼의 허약함을 치료하여 다시 범죄하지 않도록 하는 약이다. 세례 받기 전에 범한 죄는 성세성사로써 벌까지도 다 사하지만 세례 후에 범한 죄는 고백성사로써 사하여진다. 그러나 그 죄의 벌까지도 다 사하여지는 것이 아니고 지옥벌만 사하여질 뿐 잠벌은 남아 있게 된다. 잠벌이란 영원한 벌에 대하여 일시적인 벌, 혹은 연옥벌이란 뜻이며 이는 우리 자신이 기워 갚아야 하는 것이므로 자연히 보속이라는 것이 필요하게 된다. 교회는 그리스도의 보속이 우리에게 적용되어 "당신들이 회개했다는 증거를 행실로써 보이시오"(마태3 : 8)라는 말씀대로 보속이 필요하다고 하였다. 초대 교회에서는 보속이 너무 엄하였다. 이 엄한 보속은 세월이 지나면서 약이 되지 못하고 오히려 무거운 짐이 되었다. 사람들의 생각도 하느님의 공의보다는 사랑을 강조하게 됨에 따라 보속은 점차 가벼운 것으로 변하였다. 전통적으로 자선, 금식, 기도는 보속행위의 새 유형이다. 이 행위들에 의하여 우리는 우리의 재물, 신체, 영혼에 있어서 하느님 앞에 겸손해진다. 보속은 자신의 죄로 인한 정신적인 상처나 물질적인 손해를 진정으로 기워 갚고자 하는 정신으로 실행되어야 하므로 응보적이며 다시는 같은 실수를 되풀이하지 않도록 하는 예방적인 의미를 가질 뿐 아니라 보속이 자발적으로 실천되는 한 그것은 공로를 세우는 바 되기도 한다.

육신 부활의 증거

대저 공심판 때에 천주가 당신 전능으로 재와 티끌로 조차[1] 죽은 자를 부활시키실 일이 어렵지 아니하시니, 이에 한 성적을[2] 들어 밝히 증거하노라.

옛적에 스다니실나오^{스타니슬라오} 주교가 일찍이 베드루^{베드로}에게 밭 몇 마지기를 사서 성당 공비[3]에 보충케 하였더니, 베드로가 죽은 지 삼년 후에 그 손자 세 사람이 협잡하여 그 땅을 빼앗고자 하더라.

이때에 스다니실나오^{스타니슬라오} 주교는 왕이 잘못함을 누누이 간하니, 왕이 주교를 미워하기늘 그 사람들이 이 기회를 타 왕께 고하되, 주교가 자기들[4] 땅을 늑탈하고[5] 값을 아니 준다 무소하거늘,[6] 왕이 주교를 불러 밭 산 일을 묻는데, 그때에 매매하는 것을 목도한 이가 많되, 다 왕을 두려[7] 감히 증거치 못하는지라.

이에 스다니실나오^{스타니슬라오}가 왕에게 말씀하되, "이 일을 밝히기 어려우니 청컨대 왕은 삼일 동안만 연기하시면 내가 반드시 베드루^{베드로}를 명하여 친히 와서 증거케 하리이다" 하니, 왕이 베드루^{베드로}의 죽은 지 이미 삼년이 됨을 알고, 곧 웃으며

---

1   이미 어떤 것이 포함되고 그 위에 더함의 뜻을 나타내는 보조사. 일반적으로 예상하기 어려운 극단의 경우까지 양보하여 포함함을 나타낸다. 여기서는 '심지어 재와 티끌로부터' 정도로 해석할 수 있다.

2   성적(聖蹟) : 기적, 경이(『한불자전』). 『표준국어대사전』에서는 성적(聖蹟)이 성스러운 사적이나 고적으로 풀이되어 있다. 본문에서 '성적'은 문맥상 『한불자전』의 풀이대로 이해하는 것이 타당하다. 즉 기적. 원문은 '셩적'.

3   공비(公費) : 관청이나 공공 단체에서 쓰는 비용. 일반 사회 구성원이 공적인 목적으로 쓰는 비용.

4   원문은 '뎌희'. '저희', '그의'로 옮겨야 하나 여기서는 의미의 혼동을 막기 위해 의역해서 '자기들'로 옮겼다. 앞에 나와 있는 '그 사람들'을 가리키는 지시대명사.

5   폭력이나 위력을 써서 강제로 빼앗고. 원문은 '륵탈ᄒ고'.

6   무소(誣訴)하다 : 없는 일을 꾸며서 관청에 고소하다.

7   두려워해서.

허락하니, 이는 그 기한 날이[8] 지나면 방사히[9] 조롱하고 욕하고자 함이다.

주교가 즉시 도로 와, 모든 탁덕과 협동하여 엄재를[10] 지키고, 천주께 은혜 베푸심을 간구하고 죽은 자로써 부활하여 그 일을 증거케 하심을 구하더니, 기약이 참에,[11] 모든 탁덕과 함께 뭇 백성을 영솔하기를[12] 마치 성체대례 때와[13] 같이 하고, 베드루베드로 묘에[14] 가 그 무덤[15]을 열게 한 후 장궤하고,[16] 머리를 들어 하늘을 향하여 천주께 간구하고, 지팡이[17]로 죽은 자의 유골을 치니, 모든 재와 티끌이 그 벽에 붙는지라. 성 스다니실나오스타니슬라오가 삼위일체신 이름을 인하여[18] 부활함을 명하심에, 베드루베드로가 소리를 응하여 일어나서, 한가지로[19] 주께 사례하더라.

후에 주교가 베드루베드로를 명하여 왕에게 가 그 일을 증거하게 하니 그가 허락하고 갈 때[20] 무수한 사람이 뒤에 좇더라.[21]

때에[22] 한 사람이 조정에 추창하여[23] 이 일을 왕에게 고하나 왕이 믿지 아니하더니, 베드루베드로가 왕의 앞에 와 증거하여 밭값을 받았노라 하고, 세 손자를 엄히 꾸짖어 왈, "너희가 일후에[24] 또 만일 말을 지어 일을 일으킬 지경이면, 마땅히 천주의 엄하신 벌을 당하여 반드시 죽으리라" 하는지라. 스다니실나오스타니슬라오가 왕 앞에서 말씀

---

8 기약한 날이.
9 제멋대로. 방사(放肆)하다 : 제멋대로 행동하며 거리끼고 어려워하는 데가 없다.
10 재란 심신의 건전한 관리를 위해 절식, 절주 내지는 금식, 금주하는 것을 말한다. 교회에서는 금식을 대재(大齋)라 하여 재의 수요일과 성금요일에 지키도록 하고 있다. 여기서 '엄재'는 엄격하게 재를 지킨다는 의미.
11 차다, 기약이 다 됨에.
12 영솔(領率)하다 : 부하, 식구, 제자 등을 거느리다.
13 '성체성사 세우실 때처럼'의 의미 ☞【더 알아보기】.
14 원문은 '뫼'.
15 원문은 '뭇엄'.
16 허리를 꼿꼿이 세우고 꿇어앉다.
17 원문은 '집힝이'.
18 삼위일체신 이름을 인하여 : 성부, 성자, 성령의 이름으로.
19 함께.
20 원문은 '시'.
21 원문은 '좃더라' → 따르더라.
22 그때에, 마침.
23 빨리 걸어가서, 추창(趨蹌)하다 : 예도에 맞게 허리를 굽히고 빨리 걸어가다.
24 나중에, 뒷날.

하되, "천주가 죽은 자로 부활하여 이 일을 증거케 하시니, 그 말이 지극히 참되어 헛 말이 되지 못할지라. 일후는 이 영적을 잊어 망령되이 밭값을 받지 아니하였다 하지 마소서[25]" 하니, 왕과 모든 신하가 이 큰 영적을 보고 다 묵연히[26] 있더라. 어시에[27] 주교가 베드루^{베드로}를 데리고 도로 와, 뭇사람들의 앞에서 물어 가로되, "네가[28] 두어 해 동안 이 세상에 더 머물러 있음을 원하느냐?" 베드루^{베드로}가 가로되, "내가 이제 오히려 연옥에 있으나 천당이 가까오니 어찌 세상을 즐겨 하여 다시 영혼을 위험하게 하리오. 청컨대 주교와 모든 교우들은 나를 위하여 천주께 기구하여 일찍 승천하게 함이 다행이로다" 하거늘, 주교가 무리를 거느리고 임종경을 염하여 마치 새로 죽는 자의 예절과 같이 하니, 베드루^{베드로}가 단정이 걸어 무덤에로 들어가 죽으니, 이를 말 미암아 추론컨대, 베드루^{베드로}가 죽은 지 이미 삼 년이 되어 흙만 남아 있으되, 천주가 명하사 곧 부활케 하시니 공심판 때에 뭇사람을 부활케 하심이 어찌 어려우시리오.

이 미담의 등장인물은 스타니슬라오 주교와 그를 싫어하는 왕, 자신의 이익을 위해 스타니슬라오 주교를 속이고 왕에게 거짓을 고하는 베드로의 손자들입니다. 미담에 따르면 스타니슬라오 주교는 왕의 잘못함을 왕에게 고해서 왕이 싫어하는 인물입니다. 교회사에서 폴란드의 주교였던 스타니슬라오 주교는 왕을 탄핵하였으며, 이 때문에 반역 죄인이 되어 왕에게 살해당한 분입니다. 이 미담의 등장인물과 동일인이거나 그를 염두에 두고 등장한 인물입니다.

스타니슬라오를 주인공으로 한 이 미담에서도 왕과 스타니슬라오 주교의 갈등이 나타나있습니다. 이를 이용하여 자신들의 이익을 얻고자 한 베드로의 손자들과 진실을 알면서도 침묵을 지키는 이들이 왕과 함께 그를 위기로 몰고 갑니다. 자신을 미워하거나 이용하는 자들, 그리고 자신을 변호해 주지 않는 이들 사이에서 스타니슬라오 주교가 고난을 벗어날 수 있었던 것은 무엇이었을까요? 그의 위기 극복의 서사가 이 미담의 내용입니다.

스타니슬라오 주교의 위기 극복담은 그의 유일한 증인이지만 이미 죽은 지 3년이 된 베드

---

25 원문은 '말으소서'.
26 잠잠히 말이 없다. 원문은 '믁연이'.
27 어시(於是)에 : 여기에 있어서.
28 원문은 '너ㅣ'.

로가 무덤에서 다시 살아나는 부활 기적의 서사로 이어집니다. 베드로가 다시 살아남으로써 스타니슬라오 주교는 위기에서 벗어날 수 있었습니다. 흙과 재만 남아 있던 베드로의 육신이 다시 살아날 수 있었던 것처럼 우리 역시 공심판 때 부활할 수 있음을 미담의 저자는 고백합니다.

베드로의 부활 장면에서 스타니슬라오 주교가 베드로의 무덤에 가서 죽은 자의 유골을 지팡이로 치는 장면, 모든 재와 티끌이 지팡이에 붙는 모습, 삼위일체의 하느님 이름을 부르며 부활함을 명하시던 목소리, 베드로가 그 소리에 응답하며 일어나는 장면을 상상해 보십시오. 다시 살아난 베드로가 천당을 기리며 돌아가겠다고 고백하는 장면도 흥미롭습니다. 이 미담은 천주교인들의 부활을 보여주는 미담을 통해 부활에 대한 독자들의 관심과 믿음을 권고합니다.

미담 205, 「천주가 선인의 받는 망중을 벗겨주기 위하사 큰 영적을 행하심」(1932, 2, 728호)에 이 내용의 미담이 다시 소개됩니다. 비슷한 내용이지만 달라진 표현들이 있어서 이 작품과 비교하면서 읽는 것도 흥미롭습니다.

공심판 ☞ 미담 14.

스타니슬라오(Stanislaus, St., 1030~1079) 전례 폴란드 사제 스타니슬라오는 크라코우의 주교로 임명되었다. 스타니슬라오 주교에게 파면당한 국왕 볼레슬라오가 미사를 거행하는 그를 살해하였다. 가 성인. 축일은 4월 11일. 폴란드의 보호성인. 슈체파노우(Szczepanow)에서 태어나 크라카우(Cracow)에서 세상을 떠났다. 당시에 수도 그네즈노(Gniezno) 대성당 부속학교를 마치고 파리에 유학, 후에 크라카우 주교좌 성당 참사회원 및 설교자가 되었다. 1072년 교황 알렉산테르 2세에 의해 크라카우 주교관구 주교로 임명되었다. 당시 폴란드 왕 불레슬라우스 2세는 키에프 대공(大公)에 대한 장기간에 걸친 원정 때문에 정치적 불안을 조성하고 있었다. 스타니슬라오는 왕제(王弟) 라디슬라우스가 영도하는 반대파에 가담, 왕을 탄핵하였다. 왕은 그를 반역죄로 몰아 능지처참형을 선고, 스타니슬라오는 크라카우의 성 미카엘 성당에서 왕으로부터 직접 척살(刺殺)당해 순교하였다. 이 행위로 인해 왕은 실권하고 헝가리로 도망, 오시아크(Osiak)의 베네딕토회 수도원에서 회오(悔悟)로써 여생을 마쳤다. 1088년 스타니슬라오의 유해는 크라카우의 대성당에 이장되었다. 1253년 교황 인노첸시오 4세에 의해 시성(聖)되었다.

성체대례☞ 건립성체대례. ㉮ 성목요일을 가리키는 옛말. 건립 성체란 예수 그리스도에 의한 성체성사의 설정을 뜻한다. 성목요일.

일본인의 두 부자 치명

일본인의두부ᄌ치명

무릇[1] 예수의 진실한 제자가 되고자 하려면[2] 마땅히 세상 간난을[3] 감수할지니

옛적에 일본 국왕이 있어 성교를[4] 엄금하여, 잡혀 갇힌 교우가 많으니 그중에 미가엘 미카엘과 요왕요한 두 사람이 가장 오래 갇혔는데, 그 옥이 처마가 없어 풍우한서를[5] 피치 못하고 아래는 극히 협착하여 용신할 수 없으며, 또 측간이[6] 없음으로 더러운 것을 버리지 못하여 먹을 때에 먹을 수 없고 잘 때에 잘 곳이 없어 괴로움[7]이 자심하더라.[8]

미가엘미카엘과 요왕요한이 4년 동안을 이 같은 괴로움을 받다가 왕이 드디어 죽이기로 명함을 듣고, 심히 기뻐하여 형역더러[9] 물어 가로되, "우리가 무슨 형벌에 죽느냐?" 하니, 대답하되 "참수하여 죽이리라" 하거늘, 미가엘미카엘이 가로되, "예수와 같이 십자가에 죽는 것만 같지 못하다" 하고 요왕요한은 가로되, "내 몸을 만조각에 내여 괴로움을 더하여, 오 주를 갚음만 못하다" 하였는데[10] 형역이 허락하고 이끌어[11] 법장에[12] 나아갈 때 미가엘미카엘은 정신이 더욱 쾌활하여 먼저 따라 빨리 가고, 요왕요한은

---

1 원문은 '므릇'.
2 원문은 '홀진대'.
3 간난(艱難) : 몹시 힘들고 고생스러움.
4 가톨릭을.
5 풍우한서(風雨寒暑) : 바람과 비와 추위와 더위.
6 측간(厠間) : 변소. 화장실.
7 원문은 '고로움'.
8 더욱 심하더라.
9 형벌을 맡은 자. 현재는 사용하지 않는 단어. 『한불자전』에 등재되어 있지 않으며, 『표준국어』에서는 '형역(形役)'이 이 글의 문맥과는 다른 뜻(정신이 물질의 지배를 받음, 공명과 잇속에 얽매임)으로 풀이되어 있다.
10 원문은 '한듸'.
11 원문은 '이ᄭ을어'.

중병이 조금 나으나 아직 힘이 약하여 행보가 어려운 중, 더욱 단단한 노흐로[13] 목을 맨 고로,[14] 천천히 따라 뒤에 가더라.

이 두 사람이 각각 한 아들을 두었으니 미가엘미카엘의 아들은 도마토마이니 나이 12세라. 치명을 할 원의가[15] 천주성의에[16] 박힌 것 같아, 평일에 집에 있을 때에 우연히 마음에 붙잡힌 일이 있어 울거늘, 부모가 이르되, "네가 저리하면 치명 못 하겠다" 함에, 곧 그치더니 이제 치명하는 좋은 날이 이름을[17] 듣고, 빛난 옷을 입고 형역 앞에 달려가[18] 말을 하되, "나를 결박하여다가 우리 부친과 한가지로 형벌을 받게 하라" 하는지라. 이에 형역이 그를 그 부친 있는 곳에로 보내니, 도마토마가 그 아비를 보고 기뻐함을 마지못하여 가로되, "부친이여 부친이여 도마토마가 여기 있사오니 오늘 부친과 한가지로 치명승천하리이다" 하더라. 성문 밖에 이름에[19] 구경꾼들이 구름같이 모여 드는지라. 형역이 백성들의 많이 모임을 보고 무슨 난이 있을까 하여 드디어 그곳에서 벨 때[20] 미가엘미카엘이 그 아들을 좀 멀리 하고자 하니 도마토마가 도리어[21] 아비를 가까이 하여 희색이 만연하여, 정성으로 오 주와 성모의 성명을 외고, 목을 느려 한가지로 형벌을 받으니라.

또한 그때에 요왕요한이 참수치명하였으니, 자기 아들 베드루베드로가 나이 6세라. 치명원의가[22] 간절하나, 그 부친이 갇혔을 때에 병이 중하여 감당키 어려워 천주께 속히 치명승천하는 은혜 주시기를 바라더라. 그 아비 법장에서 치명할 때에 베드루베드로가 그곳에 있지 아니하고 그 조부의 집에서 자더니 형역이 그를 불러 왈, "너는 일어나 네 부친과 같이 형벌을 받으라" 하였는데[23] 아이[24] 조금도 놀라지 아니하고 속히

---

12 사형장에.

13 노: 실이나 삼 또는 질긴 종이 따위로 가늘게 비비거나 꼰 줄.

14 맨 까닭으로, 매었기 때문에.

15 원의(願意): 바라는 생각.

16 천주성의(天主聖意): 천주의 거룩한 뜻. 하느님의 뜻.

17 이르렀음을. 원문은 '니름'.

18 원문은 '드라가'.

19 이르렀음에, 도착함에.

20 원문은 '버힐식'.

21 원문은 '도로혀'.

22 치명하고자 바라는 마음이.

23 원문은 '한듸'.

24 원문은 '아히'.

일어나 희색을[25] 띠고 따라가더라.

형역이 그 손을 붙들고 이끌어 법장에[26] 이름에,[27] 베드루^{베드로}가 곧 꿇어 기쁜 빛으로 목을 늘여 베임을[28] 기다리나, 형역이 그 나이 어림을 보고 손이 떨려 능히 베지 못할 뿐더러 곁에서 보는 자가 다 통곡하며 말하되, "이 같은 어린 아이 무슨 죄를 범하여 죽는 벌을 받는고" 하거늘, 이에 관원이 다른 형역을 명하여 죽이라 하였는데,[29] 또한 차마 못하여 삼경에 이르도록 형역들이 손을 들지[30] 못하더니, 마침 조선국에서 포로 된 자를 명하여 죽이라 하였는데, 그 사람도 또한 담겁하여[31] 처음에는 그 어깨를 쳐서 죽지 아니함에, 다시 여러 번을 쳐 그 머리를 베었으나, 머리가 떨어지지 아니하고 다만 중히 상하여 죽었으니, 한 때에 두 부자가 치명하니라.

참수치명 미담으로, 일본의 박해 시절을 배경으로 한 작품입니다. 4년 동안 옥에 갇혀 있던 미카엘과 요한은 치명을 당하는 날을 맞아 기쁘게 형장으로 끌려갑니다. 미카엘의 아들 토마와 요한의 아들 베드로는 각각 12세와 6세였는데, 아버지들이 치명 당하던 날 함께 기쁘게 치명을 맞이합니다. 치명하는 날 더욱 빛난 옷을 입고, 어른들보다 더 용감하게 치명을 받고자 하는 아이들이 모습이 인상적으로 그려졌습니다.

순수한 아이들을 차마 죽이지 못하던 형역들의 망설임, 그 가운데 그들은 조선에서 온 포로를 시켜 아이들을 죽이게 하였습니다. 조선인 포로의 심정이 어떠하였을지 상상해 봅니다. 포로가 또 다른 포로를 죽이게 하고, 피압박자들이 서로 괴롭히는 형국, 치명의 현장에서도 예외가 아니었나 봅니다. 그 가운데 가장 어리고 약한 존재들이 희생자가 됩니다. 이 미담에서 토마와 베드로도 마찬가지였습니다.

---

25 기뻐하는 얼굴 빛으로.

26 법장(法場)에 : 사형장에.

27 도착함에.

28 원문은 '버힘',

29 원문은 '흔디'.

30 원문은 '드지'.

31 무서워서.

일본인의 치명

　일본 군난[1] 때에 한 임금이 즉위한 후 성교를[2] 엄금하니 치명자가 발꿈치를 이었더라.[3] 그중 투철한 자는 시메온이니 나이 19세라. 그 평생 범절을 보건대, 오직 영세성사만 받을 뿐이오, 한 번도 성당에서 참예치 못하고, 고해와 성체 등 성사를 받지 못하였으나, 영혼이 정결하고 열심이 출중하니,[4] 집에 있을 때에 항상 엄재를[5] 지키고 자기를 편태[6]하여 피가 나기에 이르며 주야로 경을 외워, 기운이 고요하고 심신이 화하여, 마음이 밖에 있지 아니하며 눈을 들어 곁을 돌아보지 아니하여, 천주를 대월함에[7] 순일하더라.[8]

　하루는 한 귀객이[9] 집에 이름에, 그 부친은 관곡히[10] 대접하되, 시메온은 오직 경을

1　군난(窘亂) : 박해를 뜻하는 옛말☞【더 알아보기】.

2　가톨릭교, 천주교. 성교(聖敎) : 성스러운 종교, 가톨릭교(『한불자전』).

3　'발꿈치를 이었더라'는 현재 잘 쓰지 않는 표현으로, 그 의미는 '나타났다', '은거하던 사람이 나타났다'는 의미로 해석할 수 있다. 이런 표현의 예로 『정조실록』 1777년 1월 11일에 "옛날 효종(孝宗)께서 새로 즉위하고 나서는 암혈(巖穴)에 은거하고 있던 선비들이 발꿈치를 이어 조정으로 나아 왔었습니다"라는 글이 있다. 원문은 '니엇더라'.

4　여러 사람 가운데 특별히 두드러지다. 원문은 '츌등ᄒ니'.

5　재란 심신의 건전한 관리를 위해 절식, 절주 내지는 금식, 금주하는 것을 말한다. 교회에서는 금식을 대재(大齋)라 하여 재의 수요일과 성금요일에 지키도록 하고 있다. 여기서 '엄재'는 엄격하게 재를 지킨다는 의미.

6　회초리.

7　대월(對越). 대월은 현재 사전에 등재되어 있지 않다. 다만 대월의 의미는 고전 등에서 보인 '대월상제'와 용법이 같다. 때문에 여기서의 의미는 '천주님을 공경하고 지성으로 모심에'로 해석할 수 있다. 원문은 '디월홈'.

8　순일(純一) : 다른 것이 섞이지 않고 순수함.

9　귀한 손님, 귀빈.

10　매우 정답고 친절하게.

염하여 주께 기구함으로 접객하는 일을 주선치 못하였더니,[11] 그 손님이[12] 간 후에 부친이 그를 꾸짖거늘, 시메온이 대답하되, "귀객이 집에 왔을[13] 때에 마땅히 관대하고 더불어 말하여 즐겁게 할 것이나, 그러나 어찌 손의 귀함이 천주의 귀하심만 하며, 어찌 천주와 더불어 은밀히 담화하여 그 은택을 입을 만하리까?" 하거늘, 그 부친이 그가 천주와 은밀히 사귐을 알고 다시 말을 못하고, 간혹 사람을 대하여 말하되, "시메온은 참 육신 있는 천신이라고, 그 마음이 정결하고 광명하여, 주께 기구하는 정성이 참 세상에서 보기 드물다" 하더라.

그 후에 국왕이 그가[14] 봉교하는[15] 줄을 알고 군사를 보내어 잡아다가, 그 형과 한가지로 일 년을 가두니,[16] 기간[17] 고난은 형언치 못할러라.[18]

일 년이 지난 후에 왕이 관원에게 압송하여 사실케[19] 할 때, 본 집이 그 가는 길거리라. 부친이 길가에 있다가 고편(苦鞭)[20]과 의복을 주니, 편만 받고 의복은 사양하여 왈, "고편은 내가 다시 쓸데가 있으되, 내가 형벌을 받아 죽을 것이니 의복이야 무엇에 쓰리오" 하고, 관가에 이르렀더라. 관원이 백계로[21] 달래고 놀랍게 하되 의연히 변치 아니하니, 관원이 이끌고 산상에 올라 형벌하려 할 때, 이 산은 읍에서 이십 리 허에[22] 있는 명산이라. 그 산꼭대기에 큰 골짜기가[23] 넷이 있어 물이 끓어[24] 솟으니, 만일 사람이 그 물에 빠지면 즉시 재가 되는 고로, 극히 위험하고, 이 물에 때로 솟아날 침으로

---

11 여러 가지 방법으로 힘쓰지 못하였더니.
12 원문은 '손이'.
13 원문은 '온'.
14 원문은 '뎌의'. 이는 3인칭 대명사 '저'와 '의'로 현대어로 표기할 수 있지만, 문장에서의 의미를 살려 '그가'로 고쳤다.
15 봉교(奉敎) : 가톨릭을 믿고 그 교리를 좇아 행함.
16 원문은 '가도니'.
17 그 기간 동안.
18 형언치 못할 정도였다의 의미.
19 사실(査實)하다 : 사실을 조사하여 알아보다.
20 고편(苦鞭) : 극기하기 위하여 수도자가 자기 몸을 스스로 때리는 채찍.
21 백계(百計) : 온갖 계교, 여러 가지 꾀.
22 허 : 그 거리쯤 되는 곳이라는 의미를 더해주는 말.
23 원문은 '큰골즉이'.
24 원문은 '쓸허'.

유황기운이 발하여 그 산에서 좀 멀리 있는 사람이라도 그 해를 받는 고로, 이름을 지옥어구라 하더라.

시메온이 그 산으로[25] 올라가며 이 산에서 형벌 받게 됨을 크게 기뻐하여 희색을 띠워 사람의 마음을 감동케 하고, 미처 그 산상에 이르기 전에 길에서 배교한 사람 다섯을 만나 엄책하니, 관원이 좋은 말로 달래여 왈, "너도 필연 형벌을 받기 어려울 것이니 일찍이 배교함만 같지 못하리라." 시메온이 그를 책하여[26] 왈, "너희 마음대로 극고를 내게 더할지라도 나의 천주를 흠숭하는[27] 본뜻을 고치지 못하리라" 하였는데,[28] 관원이 노하여 혹독히 형벌하고 산에 이르러 큰 돌을 그 목에 달고 옷을 벗긴 후 그 독한 물을 발라 씻기나 시메온이 오히려 기쁜 마음으로 참아 받더니, 마침내 통고가 지극하여 몸의 힘이 쇠진하고 정신이 없어 엎드려지는지라.[29] (미완)

해설

일본의 천주교 박해 시절 미담입니다. 미담의 서두 부분에 서술된 '일본 군난 때'라는 말은 일본 박해 시절을 이릅니다. '박해' 대신 '군난'이라는 용어가 당시 통용되었습니다. 지난 호에 이어서 일본을 배경으로 한 몇 편의 미담이 이어집니다. 일본이 배경이어서인지 치명터가 화산으로 나오는데, 그곳을 묘사하는 장면이 인상적입니다. 지금은 화산 근처가 온천지로 유명하겠지만 당시 이곳은 이 미담의 표현대로 '지옥어구'와 같은 곳으로 불렸고, 천주교를 금하는 지배자들에게는 더할 나위 없이 적당한 치명터였습니다. 실제로 일본 천주교 박해사에서는 '열탕 고문'이라는 것이 있었습니다.

일본의 박해 시절 미담이지만, 내용을 통해 천주교 신앙인의 모습과 생활을 알 수 있습니다. 천주교 미담에 소개된 치명 관련 미담에는 그 나라가 어디이든 한결 같이 괴로움을 달게 받으며 배교하지 않은 신앙인의 모습이 비장하게 묘사됩니다. 이 미담 역시 마찬가지입니다. 평소에도 늘 천주를 제일로 섬겼던 시메온은 아버지에게 '육신 있는 천신' 즉 천사와 같

---

25 원문은 '에로'.

26 책망하여.

27 흠숭(欽崇) = 흠숭지례(欽崇之禮). (가톨릭) 하느님에게만 드리는 흠모와 공경.

28 원문은 '흔디'.

29 원문은 '업더지는지라'. 업디다 → 엎디다 : 엎드리다의 준말.

은 존재로 불립니다. 아들이어서가 아니라 시메온이 '천주와 은밀히 사귀는 존재'였기 때문입니다.

고난 중에도 평상시의 믿음이 달라지지 않았습니다. "너희 마음대로 극고를 내게 더할지라도 나의 천주를 흠숭하는 본뜻은 고치지 못하리라" 하며 큰 돌을 목에 달고 옷을 벗긴 채, 독한 물로 씻음을 당하는 형벌의 통고를 감수합니다. "오히려 기쁜 마음으로" 참아 받았다는 표현처럼 쓰러지는 그 순간까지 '오히려 기쁜 마음으로' 고통을 감내합니다. 과연 시메온은 어떻게 되었을까요? 이후의 이야기가 다음 편에 이어집니다.

더 알아보기

군난(窘難) ☞ 미담 3.

일본인의 치명 (속)

일본인의치명 (속)

관원이 물을 먹여 이끌어다가 초막에 누이고, 깨어나기를 기다리더니, 얼마 후 깨어남에[1] 좋은 말로 밤이 새도록 권하되 유익이 없더라. 그 이튿날에는 제 형이 혹형을 두려하여 배교하고 그 아우가 정신을 차린 때에 그 일을 말하니, 시메온이 그 배은망덕함을 통절이 꾸짖고 통회하여 사하심을 구하라 권하고 이르되, "너는 배교할지라도 나는 배교치 아니리라" 하는지라. 관원이 이 말을 듣고 그 굳세어 굴하지 않을 줄을 알고, 드디어 그 이튿날 또 전과 같이 그 물로 씻기고 바르니 시메온이 근력이 쇠진하여 땅에 엎더져[2] 죽은 것 같고 입과 입술이 이상하여 음식을 먹지 못할레라.[3]

관원이 명하여 초막으로 이끌고 가 깬 후에 또 형벌하고자 하더니, 시메온이 깨어남에 형역이[4] 앞에 와 위로하여 왈, "이제 네 곤고가[5] 심하니 관가에서 잘 대접하라 한다" 하며, 음식을 풍후히[6] 주거늘, 시메온이 그 간교를 알고 곧 이르되, "네 법이 좋으나 내가 배교함은 바라지 말라" 하는지라. 관원이 듣고 대노하여 형역을 재촉하여 의복을 벗기고 또 전과 같이 형벌하니 시메온이 그 전에 받은 형벌의 상처가 낫지 아니하였는데,[7] 또 이 형벌을 당함에 나머지 힘이[8] 핍진하고, 전신에 성한 곳이 없이 살

---

1   원문은 '끼여나매'.
2   엎어져, 엎디어져. 원문은 '업더져'.
3   못하게 되었다. 원문은 '못흘너라'.
4   형벌을 맡은 자. 현재는 사용하지 않는 단어. 『한불자전』에 등재되어 있지 않으며, 『표준국어』에서는 '형역(形役)'이 이 글의 문맥과는 다른 뜻(정신이 물질의 지배를 받음, 공명과 잇속에 얽매임)으로 풀이되어 있다.
5   곤고(困苦)하다 : 형편이나 처지 따위가 딱하고 어렵다.
6   아주 넉넉하도록 많이.
7   원문 '낫지아니흔디'.
8   원문은 '늠아지 힘'.

과 가죽이 다 헤어지니, 대개 열네 번째 이 같은 형벌을 받은 고로, 등 위에 피가 림리(흐르는 모양) 하고, 살이 다 썩어 냄새 나며 벌레가 많이 나니, 형벌을 더 하고자 해도 더 할 수 없음[9]에 관원이 속히 죽을까 염려하여 명의를 청하여 치료코자 하니 의원이 그의 너무 상함을 보고 고칠 수 없다 하더라.

관원이 시메온 더러 왈, "네가 잠깐 집에 가 조리하고 조금 낫거든 다시 와서 형벌을 받으라" 하거늘, 시메온이 감심으로[10] 허락하고 집에 도로 오니, 집사람이 평상과 이불로 평안이 하고자 한즉, 그가 굳이 사양하다가 마지못하여 평상에 누우니 친한 사람이 다 와서 위로하고, 또 주를 위하여 수고함을 칭찬하였는데, 시메온은 본디[11] 겸손지덕이[12] 많아 그 칭찬함이 당치 않다 하여, 문을 닫고 사람들을 드리지 못하게 하더라.

이때에 친척이 간혹 내왕하며 본즉, 그가 평상에 누워 잠잠히 거룩한 도리를 묵상하고 받은 고난을 예수께 드려 가로되, "내 받은 괴로움은[13] 미하고 경한지라.[14] 주의 수고하심에 비하면 괴로움 받지 않은[15] 것 같다" 하며, 또 그 신목이[16] 하늘을 향하고 마음이 온전히 주께 돌아가 항상 주의 극고 중에 자기 영혼 거두시기를 바라더니, 삼일 후에 자기 면상이[17] 피와 때로 조찰하지 않음을[18] 알고, 부친에게 물로 씻겨 주기를 청하였는데[19] 부친이 왈, "네 면상이 상하였으니 어찌 씻기리오. 만일 상한 것이 더 중하리라." 시메온이 가로되, "부친이 삼가 씻기시면 무방할 것이니 부친이여 내 승천함을 보시려 아니하시나이까?" 하고, 드디어 고상을 친구하고 손을 들어 주께 긍련히[20] 여기심을 구한 후, 공손히 예수마리아성명을 외우니[21] 천주가 곧 그 영혼을 거두

---

9   원문은 '더흐고져흐라더흘수업스매'. '하라'를 '해도'로 의역함.

10   감심(甘心) : 괴로움이나 책망 따위를 기꺼이 받아들임, 또는 그런 마음.

11   원문은 '본디'.

12   겸손지덕(謙遜之德) : 겸손의 덕.

13   원문은 '고로움'.

14   작고 가벼운 지라.

15   원문은 '아닌'.

16   신목(神目) : 영신을 보는 눈.

17   면상(面相) : 얼굴.

18   조찰(澡擦)하다 : 죄를 씻고 닦다. 원문은 '조찰치아님을'.

19   원문은 '쳥흔디'.

20   긍련(矜憐)히, 긍련하다 : 불쌍하고 가엾다. '주여, 우리를 긍련히 여기소서.' 원문은 '긍년히'.

21   원문은 '외오니'.

시어[22] 무궁한 영복을 주시니라.

이때에 부모와 친척이 다 일희일비하되,[23] 그 형벌을 받아 운명하기에 이름을 생각하면 육정으로 심히 슬퍼하나, 그러나 그 위주치명함을[24] 생각하고 감격하여 감사하더라.

시메온은 화산의 뜨거운 물고문과 같은 형벌을 열 네 번이나 계속 받습니다. 배교를 권하는 관원의 명령도 따르지 않습니다. 몸은 성한 데가 없고 의원도 더 이상은 고칠 수 없다고 말합니다. 만신창이가 된 시메온은 몸이 나으면 다시 와서 형벌을 받으라는 명령과 함께 겨우 집으로 돌아갈 수 있었습니다. 아내를 비롯하여 가족과 친척이 모두 시메온의 굳은 신앙을 우러르며 칭찬하고 위로하여도, 시메온은 주님의 수고를 생각하며 자신의 괴로움이 미진하다 여깁니다.

3일 후 시메온의 아버지는 피와 때로 얼룩진 아들의 얼굴을 씻겨줍니다. 아버지가 아들의 얼굴을 씻겨주는 장면이 이 미담에서 가장 가슴 아픈 장면입니다. 아버지는 얼굴이 상할까 하여 씻겨주지 않으려 했지만, 아들은 자신의 얼굴을 씻겨 달라 아버지께 청합니다. 천주를 만날 생각을 한 것이지요. 이 작품에서는 서술되어 있지 않지만 상처 난 아들의 얼굴을 씻겼을 아버지의 심정과 천국으로 갈 아들의 얼굴을 씻겨주었을 아버지의 손길을 상상해 보십시오. 이후 시메온은 고상에 친구하고 자신을 불쌍히 여겨달라는 기도와 함께 예수마리아성명을 외우며 숨을 거둡니다. 이승의 아버지 손에 의해 얼굴 씻김을 받고 시메온은 영원한 아버지의 품으로 돌아간 것입니다.

고통을 자세하게 묘사하고 소개한 이 미담의 마지막 단락에서는 시메온이 죽은 후, 가족들의 감회가 후기로 짧게 서술되어 있습니다. 육정으로는 슬퍼하였지만 위주치명함을 감사하였다는 것입니다. 박해 시절에는 치명이 오직 자신들의 신앙을 고백할 수 있는 최고의 길이었는지도 모릅니다. 박해 시절을 배경으로 한 미담은 지금도 우리가 기억해야 할 고통과 죽음, 우리가 희생해야 할 수고로움과 아픔을 돌아보게 합니다. 때와 피로 얼룩진 시메온의 얼

---

22 원문은 '거두샤'.
23 일희일비(一喜一悲) : 한편으로는 기뻐하고 한편으로는 슬퍼함.
24 위주치명(爲主致命) : 하느님을 위해서 순교함.

굴이 예수님의 얼굴과 포개어집니다.

더 알아보기

친구(親口) ☞ 미담 6.

일본인의 치명

옛적에 일본 국왕이 전국에 령을[1] 내려 천주교인을 다 귀향 보내고자 하여, 관원으로 하여금 백성의 성명을 성책하고,[2] 각 사람의 행하는 교를 기록케 하니, 이는 사실하기에[3] 편하게[4] 함이러라.

이때에 성책을 따라 천주교인을 잡을 때,[5] 포졸이 한 귀한 집에 이르니, 마침 그 집 주인의 아들 방지거^{프란치스코}는 시골로 피하였더라. 방지거^{프란치스코} 16세에 비로소 입교하여[6] 열심과 공덕이 날로 더하니, 여러 차례 엄재를[7] 지키며 고편으로[8] 몸을 괴롭게 하여 자책하고 강론하기를 좋아하여, 항상 눈물을 흘리고 매양 천주께 바라더라. 포졸이 노복더러[9] "여기 봉교하는[10] 자가 있느냐?" 물음에 복의[11] 대답이 "이곳에는 봉교인이[12] 없노라" 하였더니, 방지거^{프란치스코}가 집에 돌아와 그 말을 듣고, 노복을 간절히 꾸짖고 곧 편지로 관가에 보하여[13] 왈, "전에 노복이 망령되이 말하였기로, 이

---

1   여기서 '령'은 '명령'을 의미한다.
2   성책(成冊)하다 : 책을 만들다.
3   사실(査實)하다 : 사실을 조사하여 알아보다.
4   원문은 '편케'.
5   원문은 '잡을시'.
6   입교(入敎) : 천주교 세례를 받아 정식으로 신자가 되어 교회의 구성원이 되는 일.
7   재란 심신의 건전한 관리를 위해 절식, 절주 내지는 금식, 금주하는 것을 말한다. 교회에서는 금식을 대재(大齋)라 하여 재의 수요일과 성금요일에 지키도록 하고 있다. 여기서 '엄재'는 엄격하게 재를 지킨다는 의미.
8   극기하기 위하여 자기 몸을 스스로 때리는 채찍.
9   사내종에게. 원문은 '노복다려'.
10 봉교(奉敎) : 가톨릭을 믿고 그 교리를 좇아 행함.
11 종의.
12 봉교인(奉敎人) : 가톨릭 신자.

에 발명하노니[14] 죽어도 천주를 공경하여 변치 못하겠노라” 하였거늘, 국왕이 이 일을 알고 그 집이 귀하고 풍후하며 지혜가 초월함으로 기뻐 아니하더라.

이에 그 친척을 명하여 권하고 달래되 방지거^{프란치스코}의 마음이 금석 같아 친척의 꾐이[15] 월여에[16] 이르러도 무익하더라.[17] 때에 방지거^{프란치스코}의 친척 중에 조정에 있어 국권을 잡은 자가 많으니, 왕이 그들을 명하여 달래라 하였는데, 그들이 각각 편지로써 “네가 국왕의 받드시는 교를 행하고 천주교를 행치 아니하면 높은 벼슬과 후한 녹을 얻으리라” 하였거늘, 방지거^{프란치스코}는 편지를 받아봄에, 다 세상 영화로 달래는 말이라. 한 장만 보고 다른 편지는 다 불 사르니,[18] 곁에서 보는 사람들이 다 놀라며 이상히 여겨 왈, “이런 영화를 조금도 마음에 생각지 아니하고 어찌 이렇게 버리는고” 하더라.

수일 후에 왕이 사람 넷으로 하여금 그 하는 행동이 어떠함을 탐문할 때, 방지거^{프란치스코}가 가로되, “나는 죽어도 받드는 천주 예수를 배반치 아니리라” 하니, 그 네 사람이 그대로 왕께 아뢰었는데,[19] 왕이 마음에 기뻐 아니하고 망설여[20] 스스로 결단키 어려움에, 신하들로 더불어 의논한 후에 세 신하를 명하여 보내었더니, 세 신하가 군사를 거느리고 방지거^{프란치스코}의 집에 이르러 물어 왈,[21] “네가 국왕의 받드시는 교를 좇겠냐,[22] 만일 그러하지 않으면[23] 죽으리라.” 방지거^{프란치스코}가 가로되, “왕의 명이 천주의 성의에 합하면 어찌 듣지 아니리오마는, 그렇지 아니한즉 죽어도 변치 못하겠노라. 너희들은 마땅히 알지어다. 오 주 예수가 천상천하에 총왕이 되시니[24] 마땅히

---

13 보(報)하여 : 알리어.
14 발명(發明)하다 : 죄나 잘못이 없음을 말하여 밝히다.
15 원문은 ‘꾀옴’.
16 월여(月餘) : 한 달이 조금 넘는 기간. 유의어는 달포.
17 소용이 없더라.
18 원문은 ‘불에살오니’.
19 원문은 ‘알왼디’.
20 망설이다. 원문은 ‘망셔려’.
21 원문은 ‘문왈’. 이를 풀어서 ‘물어 왈’로 옮겼다.
22 따르겠느냐?
23 원문은 ‘그러치아니면’.
24 여기서 총왕은 ‘전체를 아우르는 왕’, ‘제1의 왕’이라는 의미이다.

공경하고 좇을 것이니라.” 신하가 왈, “네가 굳이 천주를 받들면 왕명에 죽으라 하셨나니라.” 방지거^{프란치스코}가 왈, “내 마음에 기쁜 것이 너희 말에서 낳은 것이[25] 없는지라. 너희 중에 나를 죽이려 온 사람이 있으면 내 실로 감격함이 지극하여 이 사람을 내 원수로 여기지 않을 뿐더러 곧 아비라 하리라” 하고, 드디어 가서 그 모친을 이별하니, 모친이 안고 그 낮에[26] 친구하고 마음을 위로하더니, “이제 네가 장차 죽으면 내가 뉘게[27] 의탁하리오. 그러나 네 치명승천하는 경사와 다행을[28] 어찌 다 말하겠느냐. 네가 날로[29] 천주께 상 주심을 바라고 기구하더니[30] 이제 하루아침에 얻었도다” 하더라.

방지거^{프란치스코}가 모친께 강복함을 구한 후, 또 가서 그 아내를 이별하니, 아내가 통곡하거늘 방지거^{프란치스코}가 위로하여 왈, “네가 이제까지 마땅히 예수를 마음에 새겨두고[31] 소홀히 말라” 부탁하고 말을 마침에, 나아와 화평한 안색으로 모든 사람을 보고 위로하니, 세 신하가 이렇게 좋은 사람을 보고 마음에 아파하여[32] 눈물을 흘리더라. 방지거^{프란치스코}가 꿇어 경을 외우고 온전히 자기를 천주께 드리니, 마침 한 신하가 칼을 가지고 앞으로 오거늘 방지거^{프란치스코}가 목을 늘여 베임을 받으니, 나이는 24세요 때는 강생 후 1624년이러라.

해설

이 미담의 제목은 앞서 소개했던 미담과 같은 제목인 '일본인의 치명'입니다. 그 내용 역시 일본 천주교 박해 시절을 배경으로 한 위주치명입니다. 이 작품 마지막에 구체적인 시기인 1624년이 제시되어 있습니다. 1624년은 일본에서 천주교 금지령이 반포된 후 11년이 된 해입니다.

---

25 문맥상, '너의 말에서 나온 것이'.
26 얼굴에.
27 누구에게.
28 다행(多幸) : 뜻밖에 일이 잘 되어 운이 좋음. 여기서는 글자 그대로 직역한 '많은 행복'이라는 뜻.
29 매일매일.
30 기도하더니.
31 원문은 '삭여두고'.
32 원문은 '앓하ᄒ야'.

선교사에 의해 천주교가 전해진 후 일본의 지도자들 즉 당시 막부들은 종교 그 자체에 대한 관심보다는 이를 이용해서 외국과의 무역을 통해 이익을 취하고자 했습니다. 그래서 처음에는 천주교의 전파를 묵인하였지만, 천주교인들의 모반을 염려하여 1613년 전국에 천주교 금지령이 내려집니다. 이 시절부터가 일본의 천주교 박해 시절입니다. 당시 많은 천주교인들이 고문과 죽음을 당하게 됩니다. 이 미담 역시 그 시절의 상황을 알 수 있는 미담입니다.

16세에 입교한 프란치스코라는 24살의 청년입니다. 그는 스스로 자신이 천주교인임을 밝히고 배교만 하면 부귀영화를 누릴 수 있는 길을 마다하고 치명의 길을 선택합니다. 이 미담에서는 그 여정이 구체적으로 서술되어 있습니다. 특히 다른 미담에서처럼 주인공의 변치 않는 믿음을 보여주기 위해 대화법을 이용합니다. "너희 중에 나를 죽이러 온 사람이 있으면 내 실로 감격함이 지극하여 이 사람을 내 원수로 여기지 않을뿐더러 곧 아비라 하리라" 하는 프란치스코의 고백은 그의 깊은 신심을 그대로 보여줍니다. 자신을 죽이려고 온 사람을 원수가 아닌 아버지로 여길 수 있는 마음, 그것은 바로 천국을 향한 자만이 할 수 있는 고백이기 때문입니다.

이 미담의 마지막 단락에는 프란치스코를 반대하는 신하마저도 그의 죽음을 슬퍼했다는 내용이 있습니다. 그들은 프란치스코에게 감동하여 그가 죽어야 한다는 사실에 아파하고 눈물을 흘렸습니다. 치명의 여정에서 프란치스코가 보여주었던 말과 행동이 이미 천국을 본 사람이 할 수 있는 언행이었습니다.

더 알아보기

봉교 ☞ 미담 1.
친구 ☞ 미담 6.

천주가 선인에게 천복을 주시는 증거

텬쥬 | 선인의게텬복을주시는증거

옛적에 성 도밍고회^{도미티코회} 수사 벨나도^{베르나르도}라 하는 이 있어 본원에 일을 맡아볼 때, 그 원에[1] 어린 아이 둘이 있어 성품이 온화하고 순박하니, 벨나도^{베르나르도}가 마음에 사랑하여 항상 경문을 가르쳐 열심으로 외우게 하고, 또 매일 성당에 와서 보미사하기를[2] 명하니, 두 아이가 순명하여 매일[3] 일찍 일어나 먹을 것을 가지고 당에[4] 와서 보미사한 후 작은[5] 방에 가 쉬더라.

이 방에는 항상 성모포영상본을[6] 모셨는데 두 아이가 매양 이 상본 앞에서 가지고 온 실과등물을[7] 먹을 때, 하루는 홀연히 영해예수가[8] 성모의 손을 떠나 그 아이들과 한가지로[9] 잡수시니, 예수가 이 아이들을 어떻게 총애하시며 보존한 정경이[10] 어떠함을 가히 알리로다. 예수가 그 아이들의 것을 비록 여러 번 잡수시나 아이들이 마침 말하지 아니하고, 오직 이 일을 스승 벨나도^{베르나르도}에게 말하여 가로되, "그 영해가 항상 와서 우리와 같이 먹되, 우리를 주는 것이 없으니 우리가 마땅히 어떻게 할고?" 하거늘, 벨나도^{베르나르도}가 듣고 간절히 오 주의 자애하심을 기이히 여겨 가로되, "만일

---

1 수도원에.
2 미사를 돕기를. 보미사 : 미사를 돕는 것.
3 원문은 '미일에'.
4 성당에.
5 원문은 '적은'.
6 성모가 아기 예수를 안은 모습을 담은 상 또는 상본.
7 과일 같은 것들을. 실과(實果) : 과일, 등물 : 같은 종류의 물건.
8 영해(嬰孩)예수 : 아기 예수.
9 함께, 같이.
10 매우 사랑하시고 보호하는 모습이.

영해가 또 오시어 너희와 같이 잡수시거든 너희가 이르되, 우리가 여러 번 너와 같이 먹었으나 네가 우리에게 먹을 것을 주지 아니하셨으니, 청컨대 네가 우리 스승과 우리 둘을 네 부의 자애에[11] 누리게 하소서" 하라 하였더니, 이튿날 이 아이들이 명과 같이 말씀하니, 영해예수 가라사대, "이제 승천첨례가[12] 가까이 왔는지라.[13] 이 날에 내가 장차 너희들과 및 너희 스승을 한가지로 한 자리에 앉게 하리니, 너희 스승에게 고하여 선종하기를 잘 예비하라" 하시거늘, 두 아이 혼연히[14] 그 말씀을 스승에게 고한지라.[15]

벨나도^{베르나르도}가 이에 자기 영혼을 천주가 장차 거두실 줄 알고, 선종 예비를 타당이 하고 성당 물건을 간수하며, 또 두 아이 말을 자기 고해신부께 품한[16] 후 예수승천첨례날이[17] 이름에,[18] 일찍이 일어나 일과를 외운 후 제의를 입고 미사를 거행할 때, 이 두 아이가 보미사하더니 미사를 마침에, 세 사람이 다 제대 앞에 꿇어 주께 감사하였는데, 천주가 그 영혼을 거두사 천당영복을[19] 누리게 하시니라. 때에 수사들이 그 시체들을 공경하여 거두어 예로[20] 장사하니, 꽃다운 향기 발하여 그치지 아니하더라.

해설

아름다운 미담입니다. 베르나르도라는 수사와 수사가 사랑했던 아이들에게 예수님이 발현하신 기적 이야기입니다. 베르나르도 수사를 도와 성당에 와서 복사를 하던 두 아이가 미사 후에 발현하신 아기 예수님과 함께 과일을 먹는 장면이 인상적입니다. 아이들은 미사 복사를 한 후에 작은 방에 가서 과일을 먹으며 쉽니다. 그 방에는 성모자상 상본이 있는데, 상본 속의 어린 예수님이 발현하셔서 아이들과 함께 먹고 담소를 나눕니다. 두 아이와 어린

---

11 부(父)의 자애(慈愛)에 : 아버지의 사랑에, 즉 하느님의 사랑에.
12 승천축일. 예수승천대축일.
13 원문은 '가까온지라'.
14 기쁘게.
15 알렸다.
16 품(稟)하다 : 웃어른이나 상사에게 어떤 일의 가부나 의견 따위를 글이나 말로 묻다.
17 예수승천대축일.
18 원문은 '니르매'.
19 천당에서 받는 영원한 복락, ^{天堂永福}.
20 예(禮)로 : 사람이 마땅히 지켜야 할 도리, 예식, 예법으로. 원문은 '례'.

예수님, 이렇게 세 아이들이 오순도순 간식을 먹는 장면이 정겹습니다.

이 미담처럼 아이들에게 발현하신 예수님이 아이들과 함께 이야기를 나누며 먹을 것을 나누는 장면을 다룬 영화가 있습니다. "마르셀리노의 기적"이라는 영화입니다. 수도원에서 수사님 손에 성장하던 마르셀리노가 고상 속의 예수님이 배고프고 추울까봐 먹을 것과 담요를 갖다 드리며 예수님과 마음을 나누는 사이가 됩니다. 어느 날 고상 속의 예수님이 실제로 살아 나와서 마르셀리노와 함께 이야기를 하는 모습을 아름답게 극화한 영화입니다. 이 미담에서처럼 영화에서도 예수님은 마르셀리노의 소원을 들어주십니다. 영화의 중요한 모티브가 바로 이 미담에서 비롯된 것은 아닐지 궁금합니다.

자신의 엄마와 예수님의 엄마를 보고 싶다고 한 마르셀리노의 소망을 들어주신 예수님은 이 미담에서는 하느님의 사랑 안에 머물고 싶다는 두 아이와 수사님의 소원을 들어주십니다. 그들 모두 예수님과 함께 하늘나라로 가는 기적의 주인공이 됩니다. 아이들을 사랑하시는 예수님, 아이들과 먹고 마시는 어린 아이 예수님. 지금도 누구보다 어린 아이들과 함께 그분이 계실 것입니다.

더 알아보기

보미사(補美祀) 〔가〕 미사 예식을 돕는 사람, 혹은 돕는 행위를 가리킨다. 보미사하는 사람을 일반적으로 복사(服事)라고 한다.

성모포영상본 지금은 쓰지 않는 단어이다. 사전에도 등재되어 있지 않으나 문맥상 성모포영상본이다. 한자어로 성모포영(聖母抱嬰)인데 이는 아기 예수를 안은 성모라는 뜻이다. 즉 성모포영상본은 아기 예수를 안은 성모님을 그린 상본을 말한다.

상본(像本) 〔가〕 그리스도나 성모 마리아, 혹은 이 밖의 다른 성인들의 화상(holy picture)이나 성스러운 문구를 담은 카드(holy card). 보통 기도서나 성서의 책갈피 사이에 끼울 수 있는 작은 크기로 제작되어 있다. 기원은 5세기경부터 동방교회에서 많이 만들어져 신자들의 특별한 공경의 대상이 되었던 성화상(Icon)에 있다.

첨례(瞻禮) ☞ 미담 13.

선종(善終) ☞ 미담 6.

고해신부(告解神父) 〔가〕 라틴어 confessarius, 영어 confessor. 신자의 성사적 고백을 들어주고 사죄해 주는 사제를 말한다. 고해신부는 죄를 지은 후 사죄(赦罪)와 영성적 도움을 얻기 위해 찾아오는 참회자들에게 그리스도를 대리하여 재판관으로서 또 영혼의 의사로서의 역할을 하며, 신자들은 고해성사를 통하여 하느님께 죄의 용서를 받고 교회와 화해한다. 고해신부는 신품성사를 받은 성직자이며, 양심의 법정에서 하느님의 정의에 입각하여 참회자의 고백 내용을 판단하고 보속을 부과할 뿐 아니라, 하느님의 자비와 사랑의 정신으로 참회자에게 범죄의 기회를 피하도록 친절하게 훈계를 하고 거룩한 삶을 영위하도록 도와주며 죄의 용서를 베푼다. 그러므로 고해신부는 성덕과 지혜와 지식을 두루 갖추어야 한다. 이밖에 고해신부가 사죄권을 행사하기 위해서는 재치권이 주어져야 한다. 이 재치권은 사도단을 계승하는 주교단의 맺고 푸는 권한에 참여하는 것이며 지역 재치권자가 고해신부에게 부여하는 것이 보통이다.

예수승천 첨례날 ☞ 예수승천 대축일. ㉮ 그리스도가 부활하여 하늘에 오른 것을 기념하는 대축일. 예수의 승천은 사도들에 의해 목격되었는데(마르 16 : 19, 루가 14 : 51, 사도 1 : 9) 전승에 의하면 올리브 산에서 일어났다고 한다. 대체로 사도행전(1 : 3)에 따라 부활 40일째 되는 날에 승천한 것으로 믿어지고 있다. 요한복음은 이 사건 자체를 설명하고 있지는 않지만 이에 대하여 분명한 언급을 하고 있으며 신약성서의 나머지 책들에서도 암시적인 부분이 보인다(필립 4 : 8-10, 히브 4 : 14, 7 : 26, 8 : 1, 1베드 3 : 22, 1디모 3 : 16). 예수승천 대축일은 그리스도교 신자의 주된 축일 중에 하나인데 부활주일로부터 6번째 목요일, 즉 40일째 되는 날에 기념된다. 그러나 이날이 의무적 축일이 아닌 나라에서는 다음 일요일에 지내며 한국에서도 그렇게 하고 있다.

죽을지언정 천주께 죄짓지 못함

죽을지언뎡텬쥬의득죄치못흠

옛적에 일본서 백성 중 귀한 집이 많이 성교를[1] 봉행하니, 왕이 알고 사실한 후,[2] 전교를[3] 내리되, 천주교인이 만일 불교의 글을 목에 걸고[4] 다니면 그것을 배교한 증거로 삼아 죽이지 아니하리라 하니, 그때에 교우들이 말하기를, 이 글을 비록 목에 걸지라도 관계가 없고 또는 배교하는 빙거가[5] 없다 하여 목에 걸고 다니는 자가 많은지라. 예수회 탁덕이 이 일을 알고 곧 엄금하여, 그 후로는 다시 못하게 하니 교우들이 비로소 그 계교에 빠진 줄을 알고, 다시 불서를[6] 목에 걸지 아니하더라.

마침 그때에 한 귀한 집 사람이 있으니 본명은 요왕요한이라. 그가 본디[7] 관장과[8] 친밀하나 신덕이[9] 여일하여[10] 왕명을 좇지[11] 아니함으로, 관원이 잡기는 하였으나 차마 해를 끼치지 못하고, 백계로[12] 달래어 성교를 배반케 하니, 요왕요한이 마침내 듣지 아니하거늘 관원이 일어서며 조정에 가 왕께 고하리라 하고 나간 후, 태부(太傅 높은 벼슬이라)가 있어 곧 요왕요한을 강박하여 끌고 한 사묘에[13] 가서, 그 수족을 결박하고

---

1   가톨릭교, 천주교. 성교(聖敎) : 성스러운 종교, 가톨릭교(『한불자전』).
2   사실을 조사하여 알아본 후.
3   전교(傳敎) : 임금이 명령을 내림.
4   원문은 '글고'.
5   빙거(憑據) : 사실을 증명할 근거를 댐. 또는 그 근거.
6   불서(佛書) : 불교 서적, 불교의 글.
7   원문은 '본디'.
8   관장(官長) : 관가의 장.
9   신덕(信德) : 향주 삼덕의 하나. 하느님의 가르침을 굳게 믿는 덕.
10 여일(如一)하다 : 처음부터 끝까지 한결같다.
11 따르지.
12 여러 가지 꾀로, 온갖 계교로.

이단의 글을 목에 다니, 요왕요한이 어찌 할 수 없어, 그 글에 춤을[14] 빼앗고 굴복하지 아니함을 밝히고자 하니, 입을 막아 말을 못하게 하였다가 놓아 보내었는지라.[15] 요왕요한이 집에 돌아옴에 관원이 사람을 보내어 물어 왈, "네가 사묘에서 글을 목에 달아 배교하는 뜻을 드러내었다 하니 과연 그러하냐?" 함에, 요왕요한이 빨리 대답하되, "아니라, 내 수족을 결박하여 한 일이오. 내 몸으로는 만 번 죽어도 아니하겠노니, 네가 가서 나의 말대로 관원에게 보하라[16]" 하거늘, 그 사람이 돌아가 그대로 회보하였는데,[17] 관원이 다시 요왕요한을 불러 국왕의 뜻을 순히[18] 하고, 그 노를[19] 촉범치[20] 말라 권하니, 이는 요왕요한이 귀가후예가[21] 됨을 존중이 여겨 하는 말이러라. 요왕요한이 이에 대하여 말하되, "만일 내 재백[22]이나 생명을 왕을 위하여 드리라 하면 순종하려니와, 주께 득죄할 경우이면[23] 죽어도 듣지 못하겠노라" 하니, 관원이 차마 노하는[24] 빛이 없고, 오히려 잔치를 배설하여[25] 잘 대접하되, 요왕요한의 마음이 한결같아서 변치 아니하는지라. 이에 관원이 그대로 국왕께 아뢰니 하교에,[26] 요왕요한은 처참하고[27] 그 가족과 족속은 죽이라 하였거늘, 관원이 그 분부를 요왕요한에게 말한즉 요왕요한이 이르되, "내가 나의 처자들이 다 위주치명할[28] 마음이 있는 줄을 아는 고로, 나도 또한 즐겨 형벌을 받겠노라" 하는지라. 관원이 요왕요한을 이끌고 당으로[29] 가서

---

13 여기서는 사당(祠堂)을 뜻한다.
14 가늘고 긴 물건을 한 손으로 쥐어 세는 단위.
15 원문은 '노하보낸지라'.
16 알리라.
17 회보(回報) : 어떤 문제에 관한 물음이나 요구에 대하여 대답으로 보고함. 또는 그런 보고.
18 순(順)히 : 순조롭게, 고집스럽지 않게, 순조로이.
19 분노를.
20 촉범(觸犯) : 꺼리고 피해야 할 일을 저지름.
21 귀가후예(貴家後裔) : 귀한 집안의 후손.
22 재백(財帛) : 재화와 포백(布帛 : 베와 비단)을 아울러 이르는 말.
23 죄를 지을 경우이면, 죄를 얻을 경우이면.
24 화내는, 분노하는.
25 배설(排設) : 연회나 의식에 필요한 물건을 차려놓음. 즉 '잔치를 배설하여'는 '잔치를 베풀어', '잔치를 열어'의 뜻.
26 하교(下敎)에 : 가르침을 베풀기를, 여기서는 명령하기를.
27 처참(處斬) : 목을 베어 죽이는 형벌에 처함. 즉 참수시킴.
28 위주치명(爲主致命) : 하느님을 위해서 순교함.

말할 즈음에, 병정 둘이 칼을 가지고 와서 가로되, "국명에 너로 하여금 내려가 끓으라 하신다" 함에, 요왕^{요한}이 내려가 장궤하고 공손히 예수마리아성명을 외우며 목을 늘리어 베임을 받으니, 나이 33세러라.

일본 박해 시절을 배경으로 한 미담입니다. 일본 박해 시절을 배경으로 한 다른 미담들처럼 이 작품에서도 배교 권고에 응하지 않고 가족과 함께 치명하는 인물이 등장합니다. 이 작품을 통해 일본의 천주교 박해 시절, 국왕을 비롯한 지배자들이 어떻게 신자들을 배교시키려 했는지를 알 수 있습니다. 그들은 배교의 증표로 불교의 글들을 목에 걸고 다니게 했습니다.

일본 천주교 박해 시절, 실제로 배교의 증거로 불교 관련 글들을 목에 걸고 다니게 하였습니다. 예수님이나 성모님의 얼굴이 그려진 그림을 밟게 하는 일도 있었습니다. 이 같은 예는 일본의 소설가 엔도 슈샤크의 소설『침묵』을 통해서도 알 수 있습니다.

미담의 주인공 요한은 주께 죄를 짓는 일은 하지 않겠다고 자신의 뜻을 밝히고 형벌을 받습니다. "주께 득죄할 경우이면 죽어도 듣지 못하겠노라" 한 요한의 목소리를 새겨봅니다. 요한인들 이 세상에 대한 애착이 왜 없었겠습니까?

---

29 성당으로.

실망한 자의 벌

이 기록한 성적은[1] 실망한 자가 모든 괴로움을 말미암아 비로삼을[2] 봄이라. 옛적에 회회왕이[3] 성처(聖處 유데아유대에 예수가 나시고 죽으신 곳)를 점령하려 함에 교종이[4] 군사를 발하여 대적할 때, 은재로[5] 돕는 교우에게 대사를[6] 놓으셨더라.

이때에 남의 은량을[7] 속여 부요한 사람 하나가 있으니, 많은 사람들이 그 사람을 권하여 은재로 도우라 함에, 이 사람이 은재를 많이 내어[8] 교종을 도울 만하되, 성품이 탐인함으로[9] 겨우 네 은전을 내고 십자성의를[10] 얻었으나, 그 도움이 본심으로 한 것 아니라 남의 권함을 마지못하여 함이러라.[11] 그리 한지 며칠 후에 그 사람이 차 파는 전에[12] 가 놀다가, 교종을 위하여 싸우러[13] 가는 자를 보고 꾸짖어 왈, "너희들이 어찌

---

1 성적(聖蹟) : 기적, 경이(『한불자전』). 『표준국어대사전』에서는 성적(聖蹟)이 성스러운 사적이나 고적으로 풀이되어 있다. 본문에서 '성적'은 문맥상 『한불자전』의 풀이대로 이해하는 것이 타당하다. 즉 기적. 원문은 '셩젹'.

2 '비로삼'은 현재에는 쓰지 않는 단어이나 『한불자전』에는 등재되어 있다. 『한불자전』에 따르면 '비로슴'은 시초, 원리, 시작을 뜻한다. 이 뜻대로 해석하면 이 문장은 '실망한 자가 모든 괴로움에서 비롯된 시초(시작)를 보게 되었다'로 풀이할 수 있다. 즉 괴로움의 시원, 발상지를 보게 되었다는 의미이다. 원문은 '비로슴'.

3 회회(回回)왕 : 이슬람 왕.

4 교종(敎宗) : 지금은 교황이라는 단어를 보편적으로 사용한다.

5 은화재물(銀貨財物)의 뜻으로 은재이다.

6 대사(大赦) : 고해성사를 통해 죄가 사면된 후에 남아 있는 벌을 교황이나 주교가 면제하여 줌. 또는 그런 일. 전대사와 한대사가 있다.

7 주 5에서 언급한 은재와 관련해서 은재의 양, 은전의 양을 이른다.

8 돈을 많이 내어.

9 탐인(貪吝) : '탐욕과 인색함'을 줄인 말.

10 십자가의 거룩한 옷.

11 마지못해 하였다.

하여 많은 재물을 허비하고 그 일을 도우며 또 먼 길을 발섭하여[14] 이런 고생을 겪고 도적을 대적함으로 죽기를 두려워하지[15] 아니하느뇨. 보라 나의 적은 재물을 허비하고 이 차 파는 전에서 평안이 있는 것만 같지 못하도다” 하는지라. 싸우러 가는 사람들은 들은 체 아니하고 지나가나, 천주께서는 들으시고 깊이 슬퍼하시니, 간사한 마귀가 때를 타 해하되,[16] 그가 그 손에 벗어나지 못하더라.

하루 밤에는 그 사람이 집사람과 한가지로 자는데, 홀연 한 방에서 맷돌 돌리는 소리가 나거늘, 아들을 불러 가 보라 하였는데, 그 아들이 맷돌 있는 방에 가 문을 열고, 까마귀같이 검은 형상이 있음을 보고, 곧 놀라 도로 오는지라. 아비가 무슨 일이 있느냐 물음에, 문을 열어본즉 검은 형상이 있음으로 놀라 왔으니, 무슨 일인지 알지 못하겠다 하거늘, 그 사람이 일어나 가로되, “비록 마귀 있을지라도 내가 가 보리라” 하고, 성의를 입고 맷돌 있는 방에로 가니, 검은 말 둘이 있어 맷돌을 돌리는데, 검은 사람 하나가 곁에 서서 말하되, “나는 너를 위하여 이 말을 예비하였으니 네가 마땅히 십자성의를 벗고 이 말을 타라” 하는지라.

이 사람이 본즉, 말 두 필이 다 검은 빛이오, 또 검은 사람이 이렇게 말을 함에 정신이 현황하고[17] 몸이 떨려 감히 아무 말을 못하고 있으니, 그 검은 사람이 다시 강박하여[18] 말을 타게 하는지라. 그가 어찌 할 수 없어 십자성의를 벗고 섰음에, 검은 사람이 또 강박하여 그 말을 한 필에는 그 사람을 태우고 한 필에는 자기가[19] 타고, 한 형벌하는 곳으로 가거늘, 그곳에 이르러 본즉, 제 부모가 다 그곳에 있고, 한 전사한 병정이 누런 소 두 뿔 위에 가로타고 있는데, 검은 사람이 창으로 그 등을 찌름을 보고 그 연고를 물으니, 그가 생시에 한 과부의 소를 빼앗은 고로 그리한다 하는지라.

본즉 또 불로 만든 한 자리가 있는데 검은 사람이 그것을 가리키며[20] 이르되, “삼일

---

12 전(廛) : 시장, 가게.
13 원문은 ‘싸호려’.
14 발섭(跋涉)하다 : 산을 넘고 물얼 건너 길을 가다. 여러 곳을 두루 돌아다니다.
15 원문은 ‘두리지’.
16 ‘그때를 이용하여 해하되’의 의미로 해석할 수 있다.
17 현황(眩慌; 炫煌)하다 : 정신이 어지럽고 황홀하다.
18 강요하여, 자기 뜻을 억지로 따르게 하여.
19 원문은 ‘저가’. 3인칭 대명사 ‘저’를 현대어로 고쳐서 의미의 혼동을 피하기 위해 ‘자기가’로 옮겼다.

후에 네 여기 앉으리라" 하고, 드디어 데려다가 본집 맷돌 있는 방에 두고 가는지라. 그 처자들이 어디 있느냐 묻되,[21] 이 사람은 놀람이 심하여 땅에 누워서 거의 죽게 된 고로 말을 못하거늘, 처자들이 안고, 방에 들어와서 간절히 권하여 가로되, "네 죄 비록 많고 중하나 진심으로 통회고해하면 천주가 인자하사 반드시 관유하시리라"[22] 하나, 병자가 이미 실망하여 다시 주의 긍련히[23] 여기심을 바라지 아니하는 고로, 탁덕이 비록 순순히[24] 권하나 유익이 없고, 그는 근심하고 답답히 지내다가 삼일 만에 죽어 마귀 말대로 그 불 자리에 앉으니라.[25]

　　다섯 단락으로 구성된 이 작품은 주제면에서 특히 주목할 만한 미담입니다. 제목에서도 확인할 수 있듯이 이 미담은 '실망'에 대한 이야기입니다. 실망이야말로 가장 큰 죄라는 것이 이 미담의 주제입니다.

　　1단락에는 이 미담의 제재와 배경이 제시되어 있습니다. 군대와 대사, 십자성의에 대한 내용으로 보아 이 미담은 십자군전쟁을 배경으로 합니다. 2단락에서는 이 미담의 인물을 예화를 통해 소개합니다. 주인공은 남을 속여 부자가 되었음에도 불구하고 교종 즉 교황으로 대표되는 교회를 돕기보다는 남들의 시선 때문에 마지못해 은전 넷으로 생색만 내고 편안히 지내는 인물입니다. 게다가 이러한 자신의 행동거지를 자랑스러워하고 교종을 위해 전장으로 향하는 다른 이들을 비웃습니다. 그런데 이에 대한 반응이 흥미롭습니다. 다른 사람들은 그의 말을 무시했고 천주는 슬퍼했으며, 마귀는 이를 이용했습니다.

　　3단락부터 5단락은 마귀가 이 인물을 어떻게 이용하였는가를 사건을 통해 전개합니다. 한밤 중의 한 방에서 맷돌소리가 들려옵니다. 그 소리를 따라 방에 가보니 거기에는 검은 말 둘이 맷돌을 돌리고 있고 검은 사람이 그가 입고 있는 십자성의를 벗고 말을 타라고 유혹합니다. 결국 그 사람의 강권 때문에 말을 탄 주인공은 형벌하는 곳에 도착하여 자신의 부모를

20　원문은 '가르치며'.
21　원문은 '무르딕'.
22　너그럽게 용서하시리라. 관유(寬宥)하다 = 관면(寬免)하다. 죄나 허물 따위를 너그럽게 용서하다.
23　불쌍하고 가엾게. 긍련(矜憐)하다 : 불쌍하고 가엾다.
24　순순(諄諄)히 : 타이르는 태도로 아주 다정하고 친절하게.
25　앉게 되었다. 원문은 '안치니라'.

비롯하여 고통 중에 있는 사람들을 보게 됩니다. 그곳은 첫 단락에 나와 있는 모든 괴로움이 시작되는 곳 즉 지옥입니다. 이 광경을 보고 깜짝 놀란 주인공에게 검은 사람은 3일 후 주인공도 여기에 오리라는 예언을 한 후 그를 집으로 돌려보내줍니다.

지옥을 보고 돌아온 그에게 가족들은 통회고해하고 천주의 너그러움과 용서하심을 믿으라하지만 주인공은 이를 따르지 않고 결국 자신이 보았던 불 자리로 표현된 지옥에 가게 됩니다. 그가 이미 실망했기 때문입니다. 실망이 죄가 될까요? 이 미담에 따르면 실망하는 것은 지옥불로 갈 정도로 큰 죄입니다. 통회와 고해성사는 천주교인들에게는 하느님과의 화해의 성사이기도 하지만, 실망에서 희망으로 건너오는 성사입니다. 어떤 처지에서도 실망하지 않는 것이 신앙입니다.

더 알아보기

교종(敎宗) 〔가〕 교회의 근본이며 으뜸이라는 뜻으로 주로 교회 내에서, 특히 기도서에서 교황(敎皇)을 지칭할 때 사용하던 말. 〔한불〕 교황, 로마교황. 『한불자전』에는 '교황'이라는 표제어는 등재되어 있지 않다. 교종(敎宗)과 교화황(敎化皇), 이 두 단어가 등재되어 있는데, 뜻은 모두 지금의 교황이다.

대사(大赦) 〔한불〕 ☞ 대샤, 큰 관용, 큰 용서, 전체 사면. 〔가〕 죄를 지은 사람이 진정으로 자신의 죄를 뉘우치고 다시는 죄를 범하지 않겠다고 결심한 사람에게 교회는 고백성사를 통하여 죄는 사면되었다 할지라도 그 죄에 따른 벌, 즉 잠벌(暫罰)은 여전히 남아 있다. 이 잠벌은 자신의 죄를 속죄하는 보속(補贖)을 통하여 사면될 수 있는데, 현세에서 보속을 하지 못한 경우 연옥에서 보속을 하지 않으면 안 된다고 교회는 가르치고 있다. 그런데 이 보속을 면제해 주는 것을 대사라고 한다. 대사는 교황이나 주교들이 줄 수 있다. 이러한 대사는 보통 전대사(全大赦, indulgentiae plenariae)와 한대사(限大赦, indulgentiae partiales)로 나눠진다. 전대사란 죄인이 받아야 할 벌을 전부 없애 주는 것이고, 한대사란 그 벌의 일부분을 없애 주는 것을 말한다. 이러한 전대사나 한대사를 연옥에서 고통 받는 영혼들을 위해 대신 받을 때 그것을 대원(代願, suffrage)이라고 부른다.

대사제도는 초대 교회 박해시대 때부터 시작되었다. 십자군운동이 일어나면서 대사는 십자군에 참가하는 자나 십자군을 위하여 재산을 기부하는 자에게 주어졌다. 십자군운동이 끝난 후에는 일정의 공익사업을 위해 기부하는 자에게도 대사가 주어졌다. 중세 말이 되면 소위 '대사설교가'라는 사람들이 나타나 대사를 남용하면서 '면죄부'라고 알려진

증서를 발매하기에 이르렀다. 이후 트리엔트 공의회는 규정을 만들어 대사의 남용을 규제하였으며, 교황 바오로 6세는 대사에 대한 법을 제정하며 대사의 의미와 규정을 명확히 하였다. 이에 따라 대사를 받기 위해 신자들이 해야 할 의무들도 대폭 완화되었다.

애덕을 발하는 법 (1)

익덕을발하는법

이 성적은[1] 실로 천주를 사랑하는 자가 감심으로[2] 참아 죄를 범치 아니하고 애덕으로써 치명선종함을 증거함이라.

옛적에 일본 한 임금이 모든 귀한 신하를 명하여 천주교인을 배교시키고,[3] 그 배교한 증거로 이단의 글을 목에 달게 하라 한지라.

그 귀한 신하 중에 시몬이라 하는 이가 있으니, 일본에 명장으로 공을 위하여 사를[4] 잊고, 나라를 위하여 집을 잊을 뿐더러[5] 관장의 친한 벗이 되는 고로, 관장이 천백계교로써[6] 그 생명보존하기를 힘쓸 때,[7] 이에 세 가지 계교를 내여 시몬으로 하여금 마음대로 하나를 가리게 하니,[8] 하나는[9] 시몬이 다른 사람으로 하여금 자기 이름을 빌어 글을 목에 달아 죄를 다른 사람에게 돌려보냄이오, 하나는 집에 있다가 밤중에 중이 오거든 글을 목에 담이오, 하나는 절에 가서 중에게 재물을 줌이라. 이 세 가지 중 하나를 행하면 죽기를 면하리라 하는데, 시몬이 대답하기를 이 세 가지 중 한 가지도 행할

---

1 성적(聖蹟) : 기적, 경이(『한불자전』). 『표준국어대사전』에서는 성적(聖蹟)이 성스러운 사적이나 고적으로 풀이되어 있다. 본문에서 '성적'은 문맥상 『한불자전』의 풀이대로 이해하는 것이 타당하다. 즉 기적. 원문은 '셩젹'.

2 감심(甘心) : 괴로움이나 책망 따위를 기꺼이 받아들임. 또는 그런 마음.

3 원문은 '비교시기고'.

4 사(私) : 개인이나 개인의 집안에 관한 사사로운 것. 일 처리에서 안면이나 정실(情實)에 매여 공평하지 못하게 처리하는 일. 원문은 '亽'.

5 여기서는 '잊을 뿐만 아니라'의 의미.

6 천백계교(千百計巧) : 갖가지 꾀.

7 원문은 '식'.

8 원문은 '골회게ᄒ니'. 갈희다 : '가리다'의 방언.

9 원문은 'ᄒ나흔'.

것이 없노라 하고, 관장을 이별한 후 집에로 도로 가는지라.

관장이 시몬과 지기상합한[10] 터인 고로, 괴로움을 아끼지[11] 아니하고 권하였으나, 오히려 권고하는 정을 마지못하여,[12] 친히 시몬의 집에 가, 시몬과 그 모친을 보고 말하다가 눈물을 흘리며 권하되 듣지 아니함에, 시몬의 모친을 향하여 왈, "시몬을 어려서부터 교육하셨으니 이제 나를 위하여 대신 국왕의 명을 순종하게 하소서" 하거늘, 그 모친이 답 왈, "인정을 생각하면 그대의 말을 듣지 아니할 수 없으나, 대저 배교함은 곧 천주를 배반함이라. 이제 시몬이 정성으로 천주를 섬겨 감심으로 위주치명[13]하려 하니, 내 마음이 심히 기쁨은 그가 일찍이 천국에 올라가 나의 장차 가 앉을 자리를 예비하고, 나도 그와 같이 치명하여 한가지로 천당에서 영원히 즐기기를 바라노라" 하더라.

관장이 이 말을 듣고 대노하여 임금께 도로와 그 일을 고하니, 임금이 즉시 사형에 처하라 하는지라. 관장이 한 관원을 불러 편지를 주며 시몬에게 전하고 그를 죽이라 하니, 그 관원이 명을 받아 그 집에 이르니, 때는 이미 밤이 깊어 문을 두드리되 잠이 다 깊이 들어 문을 여는 자가 없더니, 홀로 시몬이 듣고 문을 열고 영접하거늘, 관원이 그 편지를 전함에 시몬이 받아 보고 비록 자기를 죽일 사람이 왔으나 흔연히 이르되, "내 마음의 즐거운 것이 네 전하는 소식에서 더 좋은 것이 없노라" 하고, 곧 방에 들어가고 상 앞에 엎디어 주께 우러러 자기를 드리고, 이에 그 모친과 아내를 깨워 편지 사연을 말하고 곧 물을 데워 머리를 목욕하니, 이는 일본서 경사대례에[14] 다 행하는 풍속이러라. (미완)

일본 박해시대를 배경으로 한 미담입니다. 천주를 위하여 치명한 시몬과 그 가족 이야기인

---

10 지기상합(志氣相合) : 두 사람 사이의 의지와 기개가 서로 잘 맞음. 지기투합.
11 문맥의 의미는 괴로움을 피하지 않고. 원문은 '앗기지'. 앗기다 : 아끼다, 삼가다의 옛말.
12 그만 두지 못하여.
13 위주치명(爲主致命) : 하느님을 위해서 순교함.
14 경사대례(慶事大禮) : 축하할 만한 기쁜 일을 치르는 큰 예식.

데 이 미담은 253호부터 4회에 걸쳐 연재됩니다. 그런데 이 작품인 「애덕을 발하는 법」이라는 제목으로 253호와 254호로 연재되고, 그 다음인 255호와 256호는 「애덕의 표양」으로 연재됩니다. 또 이 미담들은 더 넓게는 251호에서 발표했던 「죽을지언정 천주께 죄짓지 못함」이라는 미담과도 연결되는 내용입니다. 그러니까 5편의 미담이 모두 같은 배경으로 같은 인물들로 구성된 작품들이라 한 작품으로 간주할 수도 있으나, 3개의 제목으로 연재된 것입니다. 그중 이번 호는 주인공인 시몬이 치명을 당하기 직전까지의 장면입니다.

「죽을지언정 천주께 죄짓지 못함」(미담 25, 1912.4, 251호)에서 나왔듯이 일본 박해 시절에 배교의 증표로 요구되던 행위가 두 번째 단락과 세 번째 단락에 소개되어 있습니다. 일본의 명장이었던 시몬은 그를 아끼는 관장의 도움으로 배교의 증거를 보여주는 행위를 함으로써 목숨을 보존할 수 있었습니다. 관장은 시몬을 설득할 수 없자 그의 모친을 설득하지만, 이 역시 실패합니다. 그 어머니에 그 아들이었습니다.

마지막 단락에서 치명의 순간, 시몬의 고백과 행동이 이 미담의 제목과 주제를 구체적으로 보여줍니다. 사형에 처한다는 왕의 편지를 받은 시몬은 이를 전달해 준 관원에게 다음과 같이 고백합니다. "내 마음의 즐거운 것이 네 전하는 소식에서 더 좋은 것이 없노라." 이 고백이야 말고 그가 자신이 믿는 천주께 드리는 사랑의 고백이었습니다. 주님을 위해 치명하게 된 소식보다 더 좋은 것이 없다는 반진. 그리하기에 그는 경사스런 예식을 치르는 사람처럼 치명의 순간을 맞이합니다. (다음 편에 계속)

애덕을 발하는 법 (2)

익덕을발하는법

　시몬이 이에 빛난 의복을 입고 치명한 후에, 집 재물이 적몰될[1] 줄을 앎에, 곧 집안 재물의 수효를 써 문에 부친지라. 시몬과 친절한 교우 3인이 있어 시몬이 불구에[2] 치명할 줄을 알고 시몬에게 와 주께 기구하기를[3] 간청하니, 시몬이 자기 모친께 강복하기를 구하고 그 아내에게 이별하니, 모친과 아내가 박절히[4] 통곡하더라.

　시몬이 아내를 향하여 이르되,[5] "네가 나의 장차 천당 얻음을 경하하지[6] 않고, 도리어[7] 참으로 죽는 자와 같이 나를 곡하니, 네 신덕이[8] 어찌 이러하뇨?" 하거늘, 그 아내가 마음이 위로되어 머리털을 베어[9] 이후에 다시 혼배[10] 아니할 증거를 삼고자 하여, 남편 앞에 꿇고 베기를 청하니 시몬이 왈, "나 죽은 후에 네 마음대로 할 것이니라. 삭발을 못하겠노라" 하는지라. 그 아내 간구하여 왈, "만일 허락지 아니하면 마침내 일어나지 아니하겠노라" 하였는데,[11] 그 시모가[12] 수절할 뜻이 있는 줄을 알고 아들을 권하니, 시몬이 그 머리를 깎아 일후[13] 증거를 삼고, 그가 꿇어 경을 외워 성의를[14] 묵

1　적몰(籍沒) : 중죄인(重罪人)의 재산을 몰수하고 가족까지도 처벌하던 일.
2　오래지 않아.
3　기구(祈求)하다 : 기도하다.
4　다급히.
5　원문은 '닐ᄋ딕'.
6　원문은 '경하치'. 여기서는 이를 '경하(慶賀) + 하지'의 축약으로 보고, 관련 구절을 '공경하며 축하하지 않고'로 해석한다.
7　도리어. 오히려. 원문은 '도로혀'.
8　신덕(信德) : 향주 삼덕의 하나. 하느님의 가르침을 굳게 믿는 덕.
9　원문은 '버혀'.
10　혼인성사. 원문은 '혼빅'.
11　원문은 '흔딕'.
12　시모(媤母) : 시어머니.

계한[15] 후, 한 벗은 예수의 자관과[16] 고상을[17] 공순히 받들고, 그 곁에는 다른 사람이 촛불을[18] 잡고, 그 모친과 아내는 시몬의 좌우에 서고, 그 뒤에는 시몬을 죽이러 온 신하와 종 두어 사람이 서, 한 가지로 대청에로[19] 가, 형벌을 받을 때,[20] 시몬이 먼저 예수고상을 꿇어 공경하고, 다시 주모경 각 세 번을 외운 후, 집안사람과 친구를 이별하고, 성해[21] 하나는 모친께 드리고, 묵주는[22] 아내에게 주더라.

이때에 한 배교한 사람이 있어 시몬이 장차 죽는다는 말을 듣고 이별하러 오니, 시몬의 친한 벗이라. 얼굴에 근심하는 빛이 있음에 시몬이 이르되, "네가 배교하여 천주의 홍은을[23] 저버림으로 장차 지옥영고를[24] 받을 것이니 마땅히 근심할 것이오. 나는 참 복된 사람이로라" 하였는데[25] 이 사람이 시몬에게 간청하되, "네가 묵주 하나 주기를 바라노라." 시몬이 왈, "네가 진실로 전에 잘못함을 회개하면 주리라" 하니, 이 사람이 시몬의 신덕이[26] 견고하고 열심이 지극함을 보고 마음이 감동하여 허락하거늘, 시몬이 곧 묵주 하나를 준 후, 곧 꿇어 엎디어 주께 기구하고[27] 공순히 예수마리아성명을 외우고 스스로 그 옷을 풀어 베임을[28] 받으니, 나이는 35세오, 때는 천주강생 1603년이라.

---

13 일후(日後) : 뒷날.

14 성의(聖意) : 하느님의 거룩한 뜻.

15 내부적으로 조용히 드러내다. 영감을 불러일으키다, 영감으로 자극하다(『한불자전』). 『표준국어대사전』에서는 말 없는 가운데 뜻이 서로 맞다, 또는 그렇게 하여 약속이 성립하다로 풀이한다. 원문은 '믁계ᄒᆞ다'.

16 자관(刺冠) : 가시관, 가시면류관.

17 고상(苦像) : 십자고상.

18 원문은 '쵹불'.

19 대청으로. 대청(大廳) : 한옥에서, 몸채의 방과 방 사이에 있는 큰 마루.

20 원문은 '시'.

21 성해(聖骸) : 성인의 유골. 원문은 '성히'.

22 원문은 '믁쥬'.

23 홍은(鴻恩) : 넓고 큰 은혜.

24 여기서는 지옥영고(地獄永苦). 즉 지옥에서의 영원한 고통.

25 원문은 'ᄒᆞᆫ디'.

26 신덕(信德) : 향주 삼덕의 하나. 하느님의 가르침을 굳게 믿는 덕.

27 기도하고. 기구(祈求) : 기도.

28 목이 베였다는 의미. 원문은 '버힘'.

시몬이 죽음에 모친이 그 머리를 받들어 제대 위에 놓고 꿇어 친구하여 왈, "가히 사랑하올 우리 아이여,[29] 일생에 거룩한 도리를 준행하여 감히 배반치 아니하였도다. 가히 경하하올 시몬이여, 위주치명[30]하여 천당영상[31]을 받았도다. 오호라 천주여, 네 우리를 위하여 일찍 성자를 제헌하셨으니[32] 나도 이제 내 아들을 제헌하여 너를 위하나이다. 구하나니 주는 내게 특별한 은혜를 주사 더불어 한가지로 거하여[33] 즐기게 하소서" 하고, 그 아내는 꿇어 친구하여 왈, "가히 사랑하올 우리 지아비여, 이제로부터 후는[34] 네 착한 표양을 따르리니[35] 바라건대 너는 은혜를 간구하여 마침내 함께 거하게[36] 하여지이다" 하고, 드디어 공경하여 장사하고, 시몬의 온 집안이 다 위주치명하기로 원함에 인자하신 천주가 굽어,[37] 구함을 윤허하셨으니,[38] 차차 기록하겠노라.

전편에서부터 이어지는 미담인데, 원문 제목에는 '속(續)'과 같은 표시를 하지 않아 편의상 여기서는 (2)라고 제목 옆에 붙였습니다. 1603년 35세의 나이에 치명하게 된 시몬, 그가 치명을 앞두고 행한 행적과 가족들의 반응이 자세하게 묘사되어 있습니다. 이 미담에서는 가시관, 고상, 촛불, 성해, 묵주 등 교회 관련 제구들과 성물들이 등장합니다. 특히 시몬은 아내와 회개하고자 하는 배교자에게 묵주를 선물합니다. 평상시 시몬이 묵주를 지니고 다녔을 뿐 아니라, 묵주 기도를 얼마나 소중히 여겼는가를 알 수 있는 장면입니다.

마지막 단락에서는 시몬을 잃은 어머니와 아내의 고백과 기도가 절절하게 기술되어 있습니다. 어머니와 아내 모두 시몬을 자랑스러워하며, 그의 뒤를 따를 수 있기를 하느님께 청원

---

29 원문은 '아히'.
30 위주치명(爲主致命) : 하느님을 위해서 순교함.
31 천당영상(天堂永賞) : 천당에서의 영원한 상.
32 제헌(祭獻) : '봉헌(奉獻)'의 예전 용어.
33 거(居)하여 : 있게.
34 후(後) : 앞으로는.
35 원문은 '짜로리니'.
36 거(居)하게 : 있게.
37 여기서 '굽어'는 '굽어살펴', 즉 '헤아려서'의 의미.
38 윤허(允許)하다 : 임금이 신하의 청을 허락하다.

하는 내용입니다. 슬픔이나 회한보다는 자랑스러움과 약속으로서의 기원이 가슴 아프게 전해집니다. 어머니의 기도에서 천주가 우리를 위해 예수님을 제헌하신 것처럼 자신도 아들을 제헌한다는 고백은 신앙의 관점에서 삶의 아픔을 승화시키는 모친의 심정을 고스란히 전해줍니다. (다음 편에 계속)

더 알아보기

교우☞미담 14.
묵주☞미담 16.

애덕의 표양

익덕의표양

　이왕에 말한 바 요왕^{요한}과 시몬이 치명한 후에,[1] 왕이 그 집사람을 못 박아 죽이기로 판단하였으나, 요왕^{요한}의 아내와 시몬의 모친은 전연히[2] 알지 못하더니, 하루 밤에는 시몬의 모친 요안나와 그 아내 아그네스^{아녜스}가 방에서 우는데, 마침 한 배교한 사람이 와 보고 어찌하여 우느냐 묻거늘, 요안나 대답하되, "우리가 우는 것은[3] 시몬을 위함이 아니라 우리가 실로 공이 없어 능히, 치명은혜를 얻지 못할까 염려함이로라" 하니, 그 사람이 이르되, "관가에서 그대들을 죽을 죄안으로[4] 정하였거늘 듣지 못하였느뇨?" 하더라.

　그 사람이 다시 이르되, 요왕^{요한}의 아내 요안나가 이 말을 듣고, "이것이 무슨 말이뇨?" 하였는데, "막다리나^{막달레나}와 그 어린 아들 루스^{루도비코}와 그대들을 다 못 박아 죽이기로 정하였나니라" 하는지라. 요안나와 며느리가[5] 이 말을 듣고 괴로움이 변하여 즐거움이 되고 슬픔이 변하여 기쁨이 되여 흔연히[6] 말하더라. 동방이 밝으면 이 날

1　여기서 요왕은 「죽을지언정 천주께 죄짓지 못함」(1912.4, 251호, 미담 25)의 주인공이었던 요왕을 말한다. 이 미담은 미담 25편과 27편, 28편과 연결된다. 그러나 제목은 바뀌었다. 즉 이 미담은 미담 25, 27, 28, 29, 30편과 같은 배경과 같은 인물로 구성된 한 편의 미담이라 볼 수도 있다.

2　전연(全然)히 : (주로 부정하는 뜻을 나타내는 낱말과 함께 쓰여) 전혀.

3　원문은 '옮은'. 이를 '우는 것은'으로 옮겼다.

4　원문 '죄안'을 그대로 옮겼다. '죄인'의 오타일 수도 있다. '죄안'이 맞을 경우 죄안(罪案)의 뜻은 '범죄 사실을 적은 기록'이다.

5　요안나와 그 며느리가 누구를 지시하는지 분명하지 않다. 앞 문장에서는 요안나가 요한의 아내라고 했다. 그렇다면 어머니의 이름도 요안나, 며느리 이름도 요안나인지, 아니면 어디인가 잘못 적은 것인지 분별할 수 없다. 게다가 요안나는 시몬의 어머니도 요안나이다. 인물의 이름들을 거론하는 데 있어서 미담 작성자의 혼동이 있었던 것 같다.

6　흔연(欣然)히 : 기쁘거나 반가워 기분이 좋게.

이 마지막 날이라 하고 함께 성모상 앞에 꿇어 공순히 성모도문과[7] 같은 여러 경을 외우고 성모께 보호하심을 간구하는데, 이때에 요왕^{요한}의 아내가 그 어린 아들을 데리고 시몬의 집으로 와서[8] 어진 여인들이 서로 만나 웃으며 말하고, 서로 안아 친애한[9] 정을 표하며 용약하야[10] 왈, "이런 홍은을[11] 우리가 어떻게 얻었는고?" 하며, 이 여인은 왈, "시몬의 이룬 바로다"[12] 하고, 저 여인은 왈, "진실로 요왕^{요한}의 이룬 바로다" 하여, 서로 이렇게 말할 즈음에, 관차가[13] 와서 법장에[14] 가 죽음을 받으라 하고, 탈 것 셋을 준비하여가지고 타기를 재촉하더라. 이에 그 부인들이 다 극히 빛난 옷을 입어 혼배대례와 같이 하고 아그네스^{아네스}는 그 집에 친한 사람 셋을 청하여, 하나는 예수자관상을[15] 받들고 둘은 촛불을 들려 한가지로[16] 가는데, 그들에게[17] 천주께 대신으로 기구함을[18] 청하고 가다가, 아그네스^{아네스}가 이르되, "전에 예수는 산에 올라 죽음을 받으실 때 걸어 행하셨거늘 우리는 어찌 타고 가리오?" 하며 내리고자 하되 다 듣지 아니하였으니,[19] 이는 관원이 시몬을 사랑하는 정으로 그 처자를 대접함이러라.

부인들이 법장에 이름에, 예수자관상에 꿇어 고백하고 위주치명하게[20] 한 은혜를 감사한 후에 보니, 십자가 넷을 세웠는지라. 형역이 먼저 시몬의 모친을 결박하니 요안나가 형역더러 이르되, "옛적에 예수가 십자가에 계실 때에 큰 쇠못을 박아 계시거늘 어찌 내 수족 결박하기를 이렇게 너그러이 하느뇨? 나는 오 주를 호법하여[21] 괴로

---

7   성모 호칭기도. 도문(禱文) : 호칭기도의 옛말(『가톨릭대사전』).

8   원문은 '집에로와서'. 여기서 '−에로'를 '−으로'로 풀어 옮겼다.

9   친애(親愛) : 친밀히 사랑함. 또는 그 사랑.

10   용약(踊躍)하다 : 좋아서 뛰다.

11   홍은(鴻恩) : 넓고 큰 은혜.

12   시몬이 이룬 바이다.

13   관차(官差) : 관아에서 파견하던 군뢰(軍牢), 사령(使令) 따위의 아전. 원문은 '관치가'.

14   법장(法場) : 사형장.

15   여기서 '자관(刺冠)'이 가시 면류관이라는 뜻이니 예수자관상은 예수 가시면류관상을 지칭한다. 성 모상처럼 가시면류관을 한 예수님상이다☞【더 알아보기】.

16   함께.

17   원문은 '뎌희게'.

18   기도함을.

19   여기서 '듣지 아니하였으되'는 내리려고 했지만 내리지 못하게 하였다는 말.

20   위주치명(爲主致命) : 하느님을 위해서 순교함. 원문은 '위쥬치명케흔'.

21   호법(護法)하다 : 따르다, 본받다. 원문은 '효법하여'.

움 더하기를[22] 간절히 원하고, 다만 목을 너그러이 매어 내 숨이 끊어지기에 이르도록 경을 외우게 하기를 천만 바라노라" 하여, 형역이 원대로 하니, 또 눈을 들어 곁에 있는 자들을 보고, "나는 이제 죽으니 너희는 다 내말을 진실로 믿으라. 이제 나는 너희에게 밝히 말하노니, 자기 영혼을 구하고자 하면[23] 오직 천주교가 능히 하느니라" 하더라. (미완)

이 작품에서 요왕은 「죽을지언정 천주께 죄짓지 못함」(미담 25, 1912.4, 251호)의 주인공이었던 요왕을 말합니다. 이 미담은 미담 25편과 27편, 28편과 연결되고 30편으로 이어집니다. 그래서 크게는 한 편의 미담으로 간주할 수도 있으나 각각 제목이 달라 세 편의 미담(25편 · 27~28편 · 29~30편)으로 간주할 수도 있습니다. 이렇게 연결되는 내용이면서 제목을 바꾼 것은 주인공과 관련이 깊습니다. 박해 시절의 두 가족의 이야기를 다루면서도 25편 미담이 요한이 주인공이라면 27편과 28편은 시몬이, 그리고 29편인 이 작품과 그 속편이라고 지시한 30편은 요한과 시몬의 어머니 요한나와 부인인 아녜스가 주인공입니다.

이 미담들에 나오는 등장인물을 정리하면 다음과 같습니다. 25편에서 주인공 시몬과 27편 28편에서 주인공 요한, 이 둘은 모두 치명합니다. 그리고 각각의 가족으로 시몬의 어머니 요안나와 부인 아녜스, 요한의 어머니와 요한의 아내 요안나, 그리고 미담 29편인 이 작품에서 갑자기 등장한 막달레나와 그 어린 아들 루도비코입니다. 막달레나와 그 아들 루도비코가 시몬이나 요한 중 누구와 연관이 있는 것인지 분명하지 않습니다. 다만 요한의 어머니 이름이 제시되어 있지 않아 요한의 어머니가 막달레나로 할 수도 있으나 '그 어린 아들 루스(루도비코)'가 걸립니다. 이 루도비코가 요한의 아들인지 아니면 요한의 형제인지가 분명하지 않습니다. 이는 미담의 저자가 혼동하여 쓴 것일 수도 있으나 이야기가 길어지고 여러 편이 중첩되면서 미담의 저자 역시 간파하지 못한 부분일 수 있습니다.

시몬과 요한을 중심으로 한 치명 가족사에 대한 미담이 25편에서부터 이어진 이 미담들입니다. 이 미담 「애덕의 표양」은 여러 인물들이 등장하면서 관계도를 정리하는 것이 쉽지 않습니다. 그것이 앞서 지적한 것처럼 미담 저자의 혼동일 수도 있고, 아니면 시몬과 요한뿐

---

22 원문은 '더으기'.
23 원문은 '구ᄒ고져홀진대'.

아니라 다른 가족들이 등장하면서 관계도를 분명하게 제시하지 못해 독자들이 혼동스러워
진 부분일 수도 있습니다.

이 미담은 앞서 다른 미담에서 등장한 인물인 요한과 시몬이 치명한 후, 남겨진 가족들 특
히 요한의 아내가 어린 아들과 함께 시몬의 집에 와서 시몬의 아내와 상봉하는 장면이 인상
적입니다. '어진 여인들이 서로 만나 웃으며 말하고, 서로 안아 친애한 정을 표하며 용약하'
였다는 부분은 마치 예수님의 어머님 마리아가 임신을 하고 요한의 어머니 엘리사벳의 집을
방문해서 함께 상봉하는 장면과 흡사합니다. 요한과 시몬의 아내는 비록 남편의 치명 후였
지만, 하늘나라에서의 새로운 탄생을 서로 축하하고 위로하며 자신들도 위주치명의 길을 함
께 갑니다. 특히 마지막 단락에서는 시몬의 어머니 요안나가 치명하면서 괴로움이 더하기를
원하며 죽는 순간까지 기도문을 외우고, 천주교 신앙을 증언하는 장면이 생동감 있게 묘사
되어 있습니다.

'다만 목을 너그러이 매어 내 숨이 끊어지기에 이르도록 경을 외우게 하기를 천만 바라노라'
라는 고백에서 죽는 순간까지 조금이라도 더 기도하기를 원하는 요안나의 신앙을 느낄 수 있
습니다. 어진 여인들, 그들은 자신들의 가시밭길을 신앙의 여정으로, 예수님의 가시관을 자신
의 삶으로 고백하며, 치명자의 가족으로 살다 자신들 역시 치명자로 죽음을 맞습니다.

더 알아보기

예수 자관상(刺冠象) 예수 가시면류관상을 지칭한다. 성모상처럼 가시면류관을 한 예수님상이다.

☞　가시관 [가] 라틴어 corona spinarum, 영어 crown of thorns. 복음서에는 가시관이
　　빌라도의 군사에 의해 예수께 씌워졌다고 기록되어 있다(마르 15 : 16-20, 마태 27 :
　　27-31, 요한 19 : 1-3). 이 사건은 총독관저에서 일어났는데(마르 15 : 16, 마태 27
　　: 27), 그 장소는 시의 서부에 있는 헤롯왕의 궁전이거나 신전 (temple)의 북서부의
　　안토니아로 추정된다. 헤롯왕의 군사들에 의해 예수가 조롱당하는 장면이 루가복음 23장
　　11절에 기록되어 있고, 마르코복음 14장 65절에는 대사제의 시종들에 의한 것으로 기록
　　되어 있으나 이들은 모두 한 가지 사건에 대한 기록으로 간주되며 예수가 복음서에 기록된
　　이들 세 그룹 모두에 의해 모욕을 당했으리라고 추정된다.
　　가시관에 쓰인 나무는 당시 예루살렘 지역에 흔했던 대추나무의 일종인데 그 뒤 이 나무는
　　'그리스도의 대추나무(zizyphus spina Christi)'라고 불리고 있다. 이 가시관은 수 세기
　　동안 유물로 예루살렘에 보관되어 오다가 1063년에 비잔틴으로 옮겨졌고, 1238년에

볼드윈 2세가 이를 프랑스의 성 루이에게 전하였다. 1248년 이 유물을 공경하기 위해 프랑스에 생 샤펠(Sainte-Chapelle)이 세워져 그곳에서 보관되고 예배가 행해지고 있다. 이 진짜 가시관 외에 이것에 닿았던 많은 별개의 가시덤불들이 유물로서 공경되고 있다.

애덕의 표양 (속)

이덕의표양 (속)

이때 형역이[1] 뭇사람의[2] 마음이 감동됨을 보고 난이[3] 일어날까 염려하여, 드디어 장창을[4] 가지고 찌르나 그 늑방에[5] 미치지 못함에, 다시 찔러 늑방으로 어깨까지 사마차[6] 죽고 그 다음에는 요왕의 아내 막다리나막달레나라. 그 아들이 자신의[7] 모친이 십자가에 달림을 보고 달려가 십자가 앞에 서서 형역더러 이르되, "너희 나를 결박하여 우리 모친과 감심으로[8] 예수를 위하여 치명케 하라" 하거늘, 형역이 곧 그 아이를 십자가에 결박하여 그의[9] 모친 앞에 세웠는지라. 막다리나막달레나 가 항상 예수마리아성명 외우기를 가르치니 루수루도비코가 모친의 열심 훈계를 들어 항상 예수마리아성명 외우기를 그치지 아니하여, 모친과 서로 계와 응하는 모양으로 하니,[10] 곁에 보는 사

---

1 형벌을 맡은 자. 현재는 사용하지 않는 단어. 『한불자전』에 등재되어 있지 않으며, 『표준국어』에서는 '형역(形役)'이 이 글의 문맥과는 다른 뜻(정신이 물질의 지배를 받음, 공명과 잇속에 얽매임)으로 풀이되어 있다.

2 많은 사람의.

3 난(亂) : 난리.

4 긴 창. 장창(長槍) : 예전에, 긴 자루에 날을 붙여 군사들이 무기로 쓰던 칼. 전체 길이는 4m 안팎이며, 창날 길이는 약 40cm이다.

5 가슴에, 심장에. 지금은 쓰지 않는 단어.

6 원문은 '스모차'. '사마 + 차'의 형태. '늑방으로 어깨를 삼게 해서' 죽었다는 의미. 즉 늑방에 찌른 창으로 늑방이 어깨에 이르게 됐다는 의미이다. 이 모습을 상상하면 참으로 처참하다.

7 원문은 '뎌의'. 뎌→저. '저'는 3인칭 대명사. 즉 '그의' 이 문맥에서의 의미를 정확하게 표현하기 위해 '자신의'로 옮겼다.

8 감심(甘心) : 괴로움이나 책망 따위를 기꺼이 받아들임. 또는 그런 마음.

9 원문은 '뎌희'.

10 현재에도 천주교회에서 응송기도 할 때 자주 볼 수 있는 모습. '계(啓)'는 공식적인 기도문이나 성가를 두 사람 이상이 번갈아 노래하거나 외울 때에 시작하는 첫 부분, '응(應)'은 기도문을 교송(交誦)하거나 교창(交唱)할 때, 계(啓)에 대답하는 일. 또는 그런 부분.

람들의 마음이 감동하여 눈물을 금치 못하더라.

한 군사가 장창으로 루수^{루도비코}의 늑방을 찔러 죽이려 하는데, 창을 잘 쓰지 못함으로 그 늑방에 미치지 못하니, 루수^{루도비코} 비록 나이 어리고 이런 악형을 전에 보지 못하였으나 놀라지 아니하고[11] 소리도 아니하며, 그 모친이 급히 자기와 같이 예수마리아성명을 외우라 함에 루수^{루도비코}가 모친과 같이 성명을 외움에, 심신이 정하고[12] 담이 장하여[13] 안연이[14] 다시 찌르기를 기다리니, 군사가 또 그 늑방을 찔러 죽인지라. 막다뤼나^{막달레나}가 그 아들의 이 치명함을 보고 이에 마음을 안정하더라.

군사가 다시 창을 들어 그 늑방을 찔러 즉시 기절하니, 곁에 보던 사람이 다 완연히 대곡하여[15] 왈, "이같이 귀한 집 여자와 이같이 어린 루수^{루도비코}가 다만 천주교만 받들 뿐이오, 무슨 법을 범함이 없거늘 어찌하여 그런 혹형을 받는고?" 하더라.

이때에 시몬의 아내 아그네스^{아녜스}는 아직 형벌을 받지 아니하고 탄 것을[16] 내려 땅에 엎디어 경을 외우며 주께 사례한 후 다시 일어나 형역더러 이르되, "너희는 어찌 나를 못 박지 아니하느뇨?" 하니, 형역들이 한가지[17] 통곡하고 차마 죽이지 못하는지라. 아그네스^{아녜스} 스스로 십자가에 누워 군사가 와 결박하기를 기다리니, 마침내 한 백성이 있어 형역이 차마 죽이지 못함을 보고 드디어 그 꾀를 얻고자하여 아그네스^{아녜스}를 가상에[18] 긴절히 결박하여 세우니, 뭇사람이 다 애통하여 그 십가가를 우러러 보고 우는 자도 있고, 혹은 차마 보지 못하여 외면하고 우는 자도 있더라. 아그네스^{아녜스}가 하늘을 우러러 위로 사랑하는 정을 발하니,[19] 군사들은 다 차마 형벌하지 못하고, 그 백성이 서투른 창질로 여러 번 늑방을 찌르되 오히려 죽지 아니하여, 예수자관

---

11 원문은 '아니코'.
12 마음과 몸이 정(正)하고 : 바르고.
13 담력(膽力)이 장(壯)하여 : 커서.
14 안연(晏然)하다 : 불안해하거나 초조해하지 아니하고 차분하고 침착하다. 평화롭고 걱정 없이 편안하다.
15 대곡(大哭)하다 : 큰 소리로 슬프게 울다. 큰 소리를 내어 곡하다.
16 '탄 것'은 교통수단을 말함. 앞의 미담 29에서 이들은 '탈 것을 타고' 법장(사형장)으로 왔다. 죄수용 마차와 같은 것.
17 함께.
18 가상(街上)에 : 길거리 위에.
19 발(發)하다 : 어떤 내용을 공개적으로 펴서 알리다.

상을 보고 예수마리아성명을 외우다가, 마침내 중상함을[20] 받아 죽으니, 많은 사람이 봄에 그 치명할 때에 이상한 빛이 그 몸에 둘리었더라 하더라.

해설

　요왕의 아내 막달레나와 그의 아들 루도비코 그리고 시몬의 아내 아그네스의 치명 장면으로 앞의 미담의 결말입니다. 막달레나와 14살의 어린 아들 루도비코가 처형 당하면서도 마지막까지 계송으로 예수마리아성명을 부르며 호칭기도 하는 장면이 눈물겹습니다. 이 광경을 보던 군중들도 그들이 단지 천주교를 믿기 때문에 받는 혹형에 안타까워합니다. 그래서인지 아그네스의 처형을 집행하지 못하는 군인들. 그러자 아그네스는 스스로 십자가에 누워 처형의 때를 기다립니다. 그녀 역시 예수님의 가시관을 보며 예수마리아성명을 부르면서 죽어갑니다.

　긴 창이 가슴을 찌르고, 그 가슴이 어깨에 이르기까지 창이 꽂혔을 때, 막달레나와 어린 아들 루도비코의 고통이 어떠했을지 감히 상상할 수 없고, 읽는 것만으로도 고통을 외면하고 싶어집니다. 그러나 이들은 그 고통을 달게 받고 의연히 죽어갑니다. 순교자들이 그러하였듯이 이들 역시 신앙 때문에 죽음을 두려워하지 않고 오히려 기쁜 마음으로 마지막을 맞습니다. 한국의 초기 천주교회 역시 마찬가지였습니다. 박해 시절, 신앙 선조들이 보여주었던 용기와 믿음이 천주교 신앙의 초석임을 잊어서는 안 됩니다.

더 알아보기

예수자관상 ☞ 미담 29.

20　중상(重傷)하다 : 아주 심하게 다치다.

남을 사랑할지어다

늡을ᄉ랑홀지어다

　이 기록한 바 영적은[1] 족히[2] 모든 교우의 사람 사랑함과, 사람의 급함을[3] 구휼함과,[4] 사람의 영혼 구함을 보리로다.

　옛적 서반아국스페인에 한 성인이 있으니 본명은 요왕요한이라. 일찍이 세속군사의 장수가 되었더니, 마침 오 주 예수 군사의 장수가 되어 의연이[5] 모든 간난을[6] 참아 받고, 육신을 괴롭게 함으로 예수의 수난하신 공로를 갚고자 하여 감심으로[7] 병원에 들어가 종이 되었더라.[8]

　하루는 그 병원에 불이 나서 방에 있는 병자들이 타 죽을 위험이 있으니, 성인이 창황[9] 급박하여, 화염을 무릅쓰고 급히 방에 들어가 병자를 업어내어 평안한 곳에 두고 모든 물건을 문으로 내쳐, 이같이 불 가운데 출입하며 병자 구원하기를 이각동안이나[10] 하되, 호말도[11] 상하지 아니하니 뭇사람이 그 성덕을 감읍하여[12] 천주를 송앙하더라.[13]

1　영적(靈蹟) : 신령스러운 사적(史跡). 또는 그런 내력이 있는 곳.

2　족(足)히 : 수량이나 정도 따위가 넉넉하게. 모자람이 없다고 여겨 더 바라는 바가 없이.

3　여기서 '급함'은 사정이나 형편이 조금도 지체할 겨를이 없이 빨리 처리하여야 할 상태, 급박한 상황.

4　구휼(救恤) : 사회적 또는 국가적 차원에서 재난을 당한 사람이나 빈민에게 금품을 주어 구제함.

5　의연(毅然)히 : 의지가 굳세어서 끄떡없이. 원문은 '의연이'.

6　몹시 힘들고 고생스러움.

7　괴로움이나 책망 따위를 기꺼이 받아들임. 또는 그런 마음으로.

8　원문은 '되엿더라'.

9　창황(蒼黃; 倉皇) = 창졸(倉卒) : 미처 어찌할 사이 없이 매우 급작스러움.

10　이각(二刻) : 한 시간을 넷으로 나눈 둘째의 시각. 30분을 이른다.

11　호말(毫末)도 : 조금도.

12　감읍(感泣)하다 : 감격하여 목메어 울다.

성인이 사람 구하기를 하루도 간단치[14] 아니하고, 성인의 남을 구하며 남은 힘을 그치지 아니하는데, 일작[15] 한 여인에게 여러 번 구걸하였으니 그 여인이 면투도[16] 주고 혹 돈도 주어 집에 있는 대로 애긍을 하더니, 일일은[17] 성인이 또 무슨 물건주기를 구함에 그 여인이 줄 것이 없음으로 소금을 주니 성인이 받아 갔더라.

그 여인의 간절히 사랑하는 아들 하나가 있는데 병정에[18] 들기를 원하여 서반아스페인로조차[19] 이태리에 가서 병정이 되었더니, 불구에[20] 그 직무를 버리고 도로 올 때,[21] 길이 멂으로 노비가[22] 다하여 걸식을 하며 집에 도착함에,[23] 여인이 자기 사랑하는 아들의 돌아옴을 보고 기쁨을 이기지 못하여 하루 저녁은 밤이 새도록 이야기를 하니, 그 여인이 아들더러 병정으로 있을 때와 및 돌아올 때에 정황을 물었는데,[24] 아들의 대답이 어느 때에는 빌어먹는데 사람이 면투를 주고 어느 때에는 돈을 주고 어느 때에는 소금을 주더라 하거늘, 그 모친이 그 다소와 번수를 물으니 아들이 일일이[25] 말하는지라. 이에 그 여인이 이왕 애긍한[26] 일을 자세히 생각하고 황연히[27] 깨달아 왈, "내가 성인에게 준 것을 천주가 아들에게 갚으심이니 예수의 이르신 바, 애긍하는 자는 애긍함을 받으리라 하심이 곧 이 세상에 증험이[28] 되는도다" 하더라.

성인의 빈핍함을[29] 구제하는 마음이 날로 더하여, 하루는 또 모든 가난한[30] 병자를

---

13 송앙(頌仰)하다 : 칭송하여 우러르다. 현재는 북한어. 원문은 '숑앙하다'.

14 간단(間斷) : 잠시 그치거나 끊어짐.

15 일작(日昨) : 며칠 전, 일전.

16 면투(麵頭) : 밀로 만든 빵, 과자(『한불자전』). 지금은 쓰지 않는 말. '빵'과 같은 것. '누룩 없는 면투를 먹다'와 같이 쓰였다.

17 하루는.

18 병정(兵丁) : 병역에 복무하는 장정.

19 서반아로부터. 즉 스페인으로부터.

20 오래지 않아.

21 원문은 '도로올시'.

22 여비가. 노비(路費)=노자(路費).

23 원문은 '집에 이름에'이나 여기서는 그 뜻을 풀어 '도착함에'로 옮겼다.

24 원문은 '무른디'.

25 일마다 모두, 하나씩 하나씩. 원문은 '일일히'.

26 애긍(哀矜) : 불쌍히 여김.

27 환히 깨닫는 모양.

28 증험(證驗) : 실지로 사실을 경험함. 또는 증거로 삼을 만한 경험.

위하여 한 부잣집에 구걸하니, 이때에 마침 부자가 한 부귀한 사람과 장기하기를 내기 하다가 성인더러 왈, "너가 좋지 못한 때에 왔도다. 내가 장차 내기 하여 사람을 이기려 하거늘 이때에 내게 돈을 취하려 왔느냐?" 한 후, 금전 이십이를 갖다가 주고 성인이 받아가지고 나아감에, 이 부자가 성인이 시사를[31] 어떻게 하는가 시험하고자[32] 하여, 옷을 갈아입고 지름길로 먼저 가서 성인 오기를 기다리다가 이름에[33] 성인을 향하여 가로되, "내가 본래[34] 멀리[35] 있어 집은 부요하나 무슨 송사할 일이 있음으로 왔다가 노자가 핍진한 고로 간청하노니 천주를 위하여 내게 돈을 시사하라" 하였는데,[36] 성인이 듣고 측은히 여겨 곧 금전 이십이를 주니 (미완)

이 미담은 연재 미담으로 그중 전편에 해당됩니다. 주제는 제목과 첫 단락에 제시되어 있습니다. 교우 간에 서로 사랑하고 특히 도움이 급히 필요한 사람이 있을 때 '즉시' 도와 구제해주고 이를 통해 사람의 영혼을 구하라는 미담입니다. 배경은 스페인이고 주인공은 요한 성인입니다. 실제로 스페인에는 가르멜회의 요한 성인, 즉 십자가의 요한 성인이 계십니다. 미담 속의 주인공이 십자가의 요한 성인인지는 확실하지 않으나, 그분을 연상시키는 미담입니다.

이 미담에서 특히 주목할 점은 사람을 도와주고 사랑하는 데 있어서 도움이 필요한 사람에게 주저하지 않고 바로 도움을 베푼다는 점입니다. 또 이런 애덕의 행위가 현세에서도 통공이 될 수 있음을 보여줍니다. 요한 성인이 병자를 구하기 위해 한 여인에게 구걸을 하였을 때, 여인은 요한 성인을 돕습니다. 그런데 여인의 아들 역시 어려움 중에 타인으로부터 애덕의 베풂을 받습니다. 마지막 단락에서 성인에게 자비를 베푼 한 부자가 요한 성인을 시험하기 위해 변장하고 돈을 구걸하는 장면이 나옵니다. 요한 성인은 부자에게 받았던 은전 22전

---

29 빈핍(貧乏) : 가난하여 아무것도 없음. 원문은 '빙핍'.

30 원문은 '간난(艱難)'.

31 시사(施舍) : 은덕을 베풀어 줌.

32 원문은 '시험코져'.

33 도착함에. 이르다.

34 원문은 '본딕'.

35 원문은 '멀니'.

36 원문은 '흔딕'.

을 모두 변장한 부자에게 줍니다. 요한 성인은 급하게 자신에게 도움을 청하는 손을 뿌리치지 않습니다. 요한 성인을 시험해 보았던 부자는 어떻게 되었을까요? 다음 편에 이어집니다.

남을 사랑할지어다 (속)

늠을ᄉ랑ᄒᆞ지어다 (속)

부자가 집에 도로 와서 이 성인의 시사하는 덕이 간절함을 믿고 종더러 왈, "내가 병원에 가서 보리니 너가 가서 요왕^{요한}에게 말하여라" 하여, 종이 명을[1] 전하니 부자가 친히 가서 성인더러 이르되, "내가 들은즉 네 일전에 길에서 도적을 만나 금전을 다 빼앗겼다 하니 이것이 참말이뇨?" 성인이 가로되, "아니라, 빈핍한 자가 나를 만나 천주의 이름으로 구함에 내가 금전을 다 주었노라" 하더라. 부자가 이 말을 듣고 다른 사람들을 향하여 그 일을 다 말한 후, 그 금전 이십이를 도로 주고 또 오십 원을 더 주며, 성인더러 이르되, "내 집 재물을 다 네게 줄 것이니 때로[2] 와서 가져가라" 하거늘, 성인이 그로부터 부자의 재물을 많이 갖다가 빈핍한 자에게 시사하니라.

성인 다만 재물로만 시사할 뿐 아니라 또한 병자를 업고 다니다가 오 주의 갚으심을 얻었으니, 하루는 성인이 먼 길을 가다가 길에서 어린 아이를 만나니 용모가 아름답고 발을 벗었는데 얼음에 발이 상하여 가지 못하는지라. 성인이 애련히 여겨 업고 갈 때, 이 아이를 업음에 점점 무거워 얼굴과 등에 땀이 임리하니[3] 이 아이가 수건으로 씻더라.

이같이 오래 행보함에 성인의 힘도 다하고 목이 말라 견딜 수 없더니, 마침 샘을[4] 만나 아이를 놓고 일러 왈, "여기서 좀 기다리라. 내가 물을 먹고 또 와서 너를 업으리라" 한 후 성인이 물을 먹으려 가는데 이 아이 신색이 크게 변하여 몸에 큰 빛이 두루

---

1   명령을.
2   경우에 따라서, 잦지 아니하게 이따금.
3   임리(淋漓)하다 : 피, 땀, 물 따위의 액체가 흘러 흥건하다. 원문은 '림리하다'.
4   원문은 '새암'.

쏘이고 손에 한 석류를 가졌는데, 실과[5] 가운데 십자가 있는지라. 일러 가라사대 성인이 "이 석류는 네 거하는[6] 고을을 표함이요 십자가는 네 지는 것을 표함이니, 네가[7] 이 고을에 거하여 괴로움을 받아 공을 세우라" 하시고 말씀을 마치시며 보이지 아니하시니, 성인이 이에 예수 형상을 빌어 나타나신 줄을 알고 감격함을 이기지 못하더라.

무릇 성인이 사람의 육신 구함을 의논하면 부자의 마음을 감동케 하고, 또 오 주가 나타나셨으니 그 형애긍의 덕[8]은 극진하거니와 그 신애긍 덕을[9] 의논하면 더욱 깊고 간절하니, 이에 대략 한 끝을 들어 말하건대, 성인이 좋지 못한 여인을 권화하기를 간절히 원하여 슬프고 간절한 말로 그 마음을 감동케 하니, 그 여인이 곧 마음이 감동하여 깊이 자기 죄를 뉘우치고[10] 개과천선하였는데, 성인이 죽은 후에 그 성인의 훈계를 받은 여인이 다른 여인과 희롱하며 몇 마디[11] 말로 여인을 권함에, 그 여인이 곧 통회하였으니 강론하는 자는 희롱처럼 하였으되 듣는 자는 이미 마음에 감동되어 진심으로 회개하여 뭇사람 앞에 꿇어 스스로 고하니, 족히 성인의 신형애긍의[12] 덕이 풍부함을 알지니, 천주의 인자하심을 감발하여[13] 죽은 후 희롱할 때에 좋지 못한 여인을 회개케 함으로 지금까지 덕택이 흐르는도다.

전편에 이어서 요한 성인의 일화를 소개합니다. 전편에서는 두 편의 일화가, 이번에는 전

---

5 과일.

6 사는. 거(居)하다 : 머물러 살다.

7 원문은 '네'. 여기서는 의미를 명확하게 하기 위해 '네가'로 옮겼다.

8 형애긍(形哀矜) : 이웃에 베푸는 물질적인 자선. 주린 이를 먹이고, 목마른 이를 마시게 하고, 벗은 이를 입히고, 병든 이와 갇힌 이를 돌아보고, 나그네를 대접하고, 사로잡힌 이를 속량하고, 죽은 이를 장사하는 일곱 가지 선행이다.

9 신애긍(神哀矜) : 이웃에게 베푸는 일곱 가지 정신적 자선. 훈몽(訓蒙), 훈우(訓愚), 위환(慰患), 위수(慰愁), 관서(寬恕), 인모(忍侮), 애구(愛仇)를 이른다.

10 원문은 '뉘웃고'.

11 원문은 '마듸'.

12 신애긍과 형애긍. 주 8 · 9 참조.

13 감발(感發)하다 : 감동하여 분발하다.

편과 이어지는 일화를 마무리 한 후, 다시 두 개의 일화가 이어집니다. 첫 번째 단락은 전편의 부자와 관련된 일화를 마무리 하는 단락으로 부자는 결국 요한 성인에게 감동되어 구걸해서 받은 22전뿐 아니라 50원을 더 주고 또 이후에도 자신의 재물을 요한 성인에게 주었으며 요한 성인은 그 재물로 빈핍한 자들을 도와줍니다.

그 다음 일화는 주님을 만난 일화입니다. 어린 병자 아이를 업고 갔는데 알고보니 그 병자 아이가 주님이었습니다. 마지막 하나는 행실이 좋지 못한 여인을 회개하게 하였는데, 성인이 죽은 후에도 이 여인이 다른 여인을 회개하게 했다는 이야기입니다.

이러한 일화들을 통해 이 미담은 요한 성인이 예수님과 형제들을 사랑한 모범을 전해줍니다. 도움이 필요한 이를 즉시 도와주고, 부자에게 구걸하여 가난한 이들에게 은혜를 베풀었을 뿐 아니라, 아프고 어린 아이를 몸으로 업고 가다 예수님을 만난 요한 성인은 죽은 이후에도 그의 은혜를 받은 여인을 통해 그 사랑을 이어나갔습니다. 훈계로, 자선으로, 행동으로, 마음으로 사랑을 실천했던 요한 성인의 미담은 오늘 우리의 사랑은 어떠한지를 묻는 듯합니다.

어린 아이의 항심

어린♀희의홍심

이 기록한 사적은 중국에 한 봉교하는[1] 어린 아이가 항심으로써 십계를 지키어 죽을 지경에도 변치 아니함이라.

옛적에 중국 광동에 성교가[2] 처음 일어날 때, 한 사람이 아들을 데리고 오문마카오에 가니 이때에 오문마카오이 이미 포도국포르투갈에 속한 바 되였는지라. 주교와 탁덕이[3] 거기 있어 성교를 베풀어 백성을 권화하여 진주를 믿어[4] 받들게 하니, 이 아이 오문마카오에 온지 불구에[5] 천주 성우를[6] 입어 마음이 감동하여 예수회 성당에 잠깐[7] 거하는데,[8] 예수회 탁덕이 성교요리를 보이고 또 다른 사람이 요긴한 경문을 가르쳐 불구에 영세하였더니, 그 아이의 부친이 아들 있는 곳을 찾아와서 입교함을 좋아 아니하여 배교하고 집으로 가자 하니, 아들이 다 듣지 아니하더라.

이에 그 부친이 깊이 포도국포르투갈 사람을 한하고,[9] 또 전교 탁덕을 원한할뿐더러[10] 원수 갚을 마음이 간절하며, 반드시 아들을 배교시켜 광동으로 도로 가게 하고야 말리라 하여, 행장을 차려 가지고 먼저 광동으로 가서 관가에 가 고하였는데,[11] 포도

---

1   천주교를 믿고 행하는. 봉교(奉教) : 가톨릭을 믿고 그 교리를 좇아 행함 ☞ 미담 1.
2   가톨릭교, 천주교. 성교(聖教) : 성스러운 종교, 가톨릭교(『한불자전』).
3   신부.
4   진실로 주를 믿어, 혹은 참천주의 의미. 眞主.
5   불구(不久)에 : 오래지 않아.
6   성우(聖佑) : 하느님의 특별한 은혜와 사랑.
7   원문은 '잠간'.
8   머무는데.
9   한(恨)하다 : 원망스럽게 생각하다.
10 원망할뿐더러. 원한(怨恨)하다.
11 알렸는데. 원문은 '고흔딩'.

국^{포르투갈} 사람이 아들을 속이고 아오로[12] 전교사가[13] 유인하여[14] 그 못 박혀 죽은 자의 교를 받들게 하고 본국교를 버리게 한다 하니, 관원이 듣고 대노하여 드디어 명령을[15] 내리되, 오문^{마카오}에 있는 장사하는 사람으로 매매를 못하게 하며 재물을 호조하라는[16] 표지를 거두고, 이 아이를 돌려보낸 후에야 다시 주리라 하니, 이에 장사하는 외국인들이 속히 오문^{마카오}에 가서 영사관에 보도하였는데,[17] 영사가 주교께 고하고 이 아이를 보낼까 말까 의논할 즈음에, 그 아이가 이 일을 알고 밖에 있다가 곧 주교 앞에 와서 위로하여 왈, "안심하소서. 내가 마침내 배교는 아니할 것이니 다시 의심마옵소서" 하거늘 주교가 듣고 마음이 놓여[18] 드디어 돌려보내니라.

이 아이가 광동에 이름에[19] 관원이 친히 국문하는데[20] 나이 어림으로[21] 좋은 말로 달래되 종시 듣지 아니함에, 관원이 형벌로 위협하면 나이 어린즉 형벌을 두려워해서[22] 배교하리라 하여 명하여 곤장 이십사도를[23] 치는데, 이 아이가 곤장 하나를 칠 때 마다 곧 이르되, "나는 죽어도 교우라" 하며 찼던[24] 고상을 친구하니, 관원이 그 굴하지[25] 아니함을 보고 명하여 지극히 괴로운 옥에 가두고 자주 궁문하되,[26] 죽어도 변치 아니함에 드디어 귀양 보내거늘, 이 아이 의연이 오문^{마카오}으로 와서 예수회당으로 돌아오니, 그 아비가 아들을 찾고자 하여 관가에 고하였으나 관가에서 귀양을 보냄으로 아들을 잃으니, 천주가 이 아이를 호위하시고[27] 그 아비를 버리게 하심이 어찌

---

12 아오로 : '아울러'의 옛말. 그리고, 게다가, 그리고 또(『한불자전』).

13 지금의 선교사.

14 선교사가 꾀어내어.

15 원문은 '령'.

16 도우라는. 호조(互助)하다 : 서로 돕다.

17 소식을 알렸는데. 원문은 '보흔되'.

18 원문은 '놓이여'.

19 도착함에. 이르다 : 도착하다.

20 신문하는데. 국문(鞫問)하다 : 중죄인을 신문하다.

21 나이가 어리니까.

22 원문은 '두려'. 여기서는 의미를 살펴 풀어서 '두려워해서'로 옮겼다.

23 스물네 번. 원문에서 '도(度)'는 정도나 횟수를 가리키는 단위.

24 차고 있던. 원문은 '촛던'.

25 굴하지, 굴복하지. 원문은 '굴치'.

26 엄중히 따져묻되, 窮問.

27 따라다니며 지키시고. 호위(護衛)하다 : 따라다니며 곁에서 보호하고 지키다.

마땅치 아니하리오.

이 아이 성총을 많이 얻은 바는 많은 고난을 순히 받고 변치 아니함이라.[28] 일로 보면,[29] 어찌 사람이 세상에 적은 낙을 취하여 주의 명을 범할까 싶으뇨.[30]

해설

첫 단락과 마지막 단락이 이 미담의 주제부이며, 이 미담의 배경은 중국에 천주교가 전래되던 시절입니다. 오문과 같은 지명이 특이합니다. 당시 마카오를 이렇게 불렀습니다. 중국은 예수회 선교사를 통해 천주교가 전파되었습니다. 이 미담에서도 예수회 성당과 예수회 신부님이 등장합니다. 세 번째 단락에서는 포르투갈 사람들이 언급되는데, 당시 중국이 천주교회를 승인한 것은 포르투갈과의 무역 때문이기도 하였습니다.

미담의 주인공은 어린 아이입니다. 아이는 광동에서 살다가 잠시 마카오에서 지내게 되었을 때, 부모의 허락 없이 예수회 신부님께 영세를 받습니다. 부모는 이에 화가 나서 포르투갈 사람들과 선교 신부님들에게 원한을 갖고 아들을 배교시키려 관가에 가서 고발합니다. 아버지는 관가에서 위협하면 아이가 배교할 줄 알았던 것입니다. 그러나 아이는 죽을 위협을 받으면서도 배교하지 않고, 아버지보다는 천주를 따르는 귀양길을 떠난다는 내용입니다.

미담의 후반부에서 주인공 아이의 아버지와 천주가 대조적으로 서술되는 부분에 주목해 보십시오. 아이 아버지는 아들을 찾고자 하였으나 잃었고, 천주는 이 아이를 호위하여 아이가 아버지를 버리게 하셨다는 것이 그것입니다. 다른 미담에서 주로 한 가족이 같이 천주교를 증거하다 순교하던 이야기와는 구별되는 내용이기도 합니다.

나이도 이름도 알 수 없는 이 미담의 아이는 변치 않는 믿음, 항구한 마음으로 고난을 기꺼이 감수함으로써 성총을 받았다고 합니다. 무엇이 이 아이에게 이런 힘을 줄 수 있었을까요? 미담 마지막에서 강조하듯이 세상의 작은 낙 때문에 주님의 뜻보다는 제 이익을 찾으려 하는 어른들이 부끄럽습니다. 항심과 믿음에는 세상의 나이가 기준이 아님을 이 미담은 전해 줍니다.

---

28 이 아이가 하느님의 은총을 많이 받은 것은 고난을 순순히 받고 믿음이 변하지 않았기 때문이다.

29 이것으로 보면, 이 이야기에서 보듯이.

30 '어찌 사람이 세상의 작은 낙 때문에 주의 명을 범하고 싶겠느냐?'의 의미. 원문은 '범흘가시부뇨'.

성교요리☞미담 2.

예수회☞미담 2.

고상☞미담 14.

천주 성총을 믿을지어다

천주성총을믿을지어다

이 기록한 바 사적을[1] 보고 천주의 성총을[2] 믿으면 곧 신력이[3] 더하여 범죄 할 연유를[4] 피하고, 규계를[5] 삼가 지킬 줄을 가히 알지라.[6]

옛적에 일본에 한 교우가 있으니 본명이 바오로요, 그 아내는 아가다라. 집이 본디[7] 부귀하고 아들 삼형제가 있는데 가장 작은 아들은 이나시오이냐시오러라. 그 집안이 다 봉교함으로[8] 옥중에 갇혔더니, 하루는 관원이 형벌을 할 때에 반로바오로[9]더러 물어 가로되,[10] "네 맏아들의 손가락을 자를 터인데, 손가락 몇을 자르랴?" 하거늘, 반로바오로가 대답하되, "이 일은 관원에게 달렸고 나의 말할 바는 아니라" 하니, 형역이[11]

---

1 사적(事績) : 역사, 역사의 진술, 회고록(『한불자전』). 『표준국어』의 경우 같은 단어를 '일의 실적이나 공적'으로 풀이함. 문맥상 『한불자전』의 풀이처럼 역사의 진술, 회고록으로 보는 게 적절하다. 원문은 'ㅅ젹'.

2 은총. 성총(聖寵) : (가톨릭) 은총(恩寵), 천주가 내리는 초성(超性) 은혜. '생명의 은총'과 '도움의 은총'이 있다. 『한불자전』에서는 은혜, 글자 그대로 성스러운 사랑으로 풀이. 여기서는 현재 가톨릭 교회에서 사용하는 '은총'의 옛말로 보는 게 타당하다. 원문은 '셩춍'.

3 신력(神力) : 영혼의 힘, 정신적인 힘(『한불자전』). 『표준국어』에서는 신의 위력, 신묘한 도력으로 풀이.

4 사유를, 일의 까닭을. 緣由.

5 규계(規戒) : 법, 규범, 규칙(『한불자전』). 『표준국어』에서는 '바르게 경계함'으로 풀이. 이 문맥에서는 『한불자전』의 풀이를 따르는 게 적절.

6 능히 알 수 있다. 가(可)히 : 능히, 넉넉히, 과연, 마땅히.

7 원래, 처음부터. 원문은 '본디'.

8 봉교(奉敎)하다 : 가톨릭을 믿고 그 교리를 좇아 행하다.

9 앞에서는 '바오로'로 표기, 이 부분에서는 '반로'로 표기. 표기의 혼선이 보이지만 모두 본명 '바오로'이다.

10 가로되 : '말하다'를 예스럽게 이르는 말. 원문은 '글ㅇ딕'.

11 형벌을 맡은 자. 현재는 사용하지 않는 단어. 『한불자전』에 등재되어 있지 않으며, 『표준국어』에서는 '형역(形役)'이 이 글의 문맥과는 다른 뜻(정신이 물질의 지배를 받음, 공명과 잇속에 얽매임)으

두 손에서 손가락 셋을 끊은지라. 둘째 아들이 이를 보고 그 형더러 이르되, "형님이여, 내가 형님의 손가락 잃음을 봄에,[12] 내 마음이 어떻게 기쁜지 헤아리기 어려우니 형님의 손이 진실로 아름답도다" 하더라.

둘째 아들이 이 말을 마치고 스스로 자기의 손도 끊기를 바라는 모양을 보이니, 형역이 즉시 그 사람의 손가락을 다 끊어 하나도 남기지 아니하고 그 어린 아우 이나시오^{이나시오}에게 미치니[13] 나이 겨우 오세라. 형역이 그 아이의 나이 어림에 각 손에서 하나씩을 끊어 그 끊은 손가락을 주며 이르되, "네 손가락도 아름다우냐?" 하더라. 기이하다. 성총의 신력이여.[14] 어린 아이가 그 혹형[15] 당하는 것을 곁에서 보는 사람들은 차마 보지 못하여 물러가되, 그 어린 아이는 조금도 슬퍼하고 두려워하는 기색이 없더라.

이때는 엄동설한[16] 추운 때라. 관원이 명하여 바로^{바오로}와 그 아들 삼형제를 작은[17] 배에 실어다가 바다에 가 얼려 죽이게 하니, 형역이 바다에 이르러[18] 그 맏아들을 먼저 노끈으로[19] 동여[20] 바다에 던지는지라.[21] 이 사람이 추위를 견디지 못하여 전신이 떨림에, 도로 배로 끌어 내여 놓거늘, 이 사람이 스스로 자기를 꾸짖어 이르되, "내 몸이 이렇게 약하냐? 한번 바다에 던지는데 이렇게 떨리는고?" 하더라. 두세 번 바다에 던짐에, 반은 죽고 반은 살아 자기 부친을 청하여 한가지로[22] 주은을[23] 사례하고, 네

로 풀이되어 있다.

12 보니.

13 원문은 '니르니'. 니르다 : ~에 이르다, ~에 도달하다, ~에 미치다(『한불자전』). '이르다'의 옛말, 어떤 정도나 범위에 미치다. 여기서는 그 뜻을 살려 '미치니'로 풀어 옮겼다.

14 현대어로 풀면 '은총의 힘이여'라 할 수 있다 ☞ 주 2와 주 3 참조.

15 가혹한 형벌. 酷刑.

16 엄동설한(嚴冬雪寒) : 눈 내리는 깊은 겨울의 심한 추위.

17 원문은 '젹은'.

18 원문은 '니르러' ☞ 주 13.

19 원문대로 옮기면 '노로'이나 의미를 명확하게 하기 위해 '노끈으로'로 옮겼다. 원문은 '노흐로'. 노흐 →노 : 실, 삼, 종이 따위를 가늘게 비비거나 꼬아 만든 줄.

20 묶어. 동이다 : 끈이나 실 따위로 감거나 둘러 묶다.

21 원문은 '더지는지라'. '더'에서 받침 'ㄴ'이 탈락되어 있다.

22 함께.

23 주님의 은혜. 주은(主恩) : (가톨릭) 주님의 은혜.

번째 바다에 던짐에 드디어 죽으니라. 그 아우도 이와 같이 하여 죽이고, 또 그 아우 이나시오^{이나시오}는 두세 번 바다에 던지되, 여상하여[24] 조금도 변하지 아니하고 배 돛대에 반시[25] 동안을 달아 놓았으되, 오히려 죽지 아니함에, 마침내 돌을 달아 바다에 던져 죽이더라.

보로^{바오로}가 그 세 아들이 이 같이 위주치명함을[26] 보고 마음에 기꺼워하여[27] 한가지로[28] 속속히[29] 승천하기를 바라더니, 보로^{바오로}는 바다에 던져[30] 죽이지 아니하고 이끌고 산으로[31] 가니, 이는 그 산에 독한 물 나는 골이[32] 있음에, 그 물에 던져 죽이고자 함이라. 보로^{바오로}를 끌어다가 곧 그 물에 던지니 온몸이 상하여 거의 죽게 됨에, 형역이 보로^{바오로}를 일어나게 하니, 이는 구원할 뜻으로 하는 뜻이 아니라, 일어나 조금 나으면 다시 던져 괴로움을 더할 뜻이러라.[33] 불구에[34] 보로^{바오로}는 죽었다가 다시 깨어나 곧 예수성체를 찬양하여 왈,[35] "가히[36] 사랑하올 예수성체여, 내 마음에 항상 흠숭하고[37] 찬미하나이다"[38] 하거늘, 형역이 그 조금 나음을 보고 또 그 물에 던져 미구에[39] 죽게 됨에, 또 당기어 이러나게 하나 보로^{바오로}가 손가락이 이미 없어지고 면상이[40] 다 상하였는데, 또 이런 형벌을 받으니 어찌 오래 살리오. 형역이 다시 물에

---

24 평소와 다름이 없어, 여상(如常)하다.

25 반시(半時) : 반 시간(유럽 시간의 1시간에 해당된다. 조선의 1시간의 4/8, 즉 유럽 시간의 4/4) 즉 현재의 30분이 아니라 1시간인 것이다. 『표준국어』에서는 같은 단어(半時)를 아주 짧은 시간으로 풀이해 놓았다. 여기서는 『한불자전』의 풀이에 따라야 한다.

26 위주치명(爲主致命) : 하느님을 위해서 순교함.

27 마음속으로 은근히 기뻐하여. 기꺼워하다.

28 함께.

29 속속(速速)히 : 속속, 매우 빨리.

30 원문은 '더져'.

31 원문은 '산에로'.

32 골짜기가.

33 뜻이었다.

34 오래지 아니하여, 불구(不久)에.

35 왈(曰) : 말하기를, 가로되, 가라사대.

36 가(可)히 : 능히, 넉넉히.

37 흠숭(欽崇) = 흠숭지례(欽崇之禮). (가톨릭) 하느님에게만 드리는 흠모와 공경.

38 찬미(讚美) : 아름답고 훌륭한 것이나 위대한 것 따위를 기리어 칭송함. 찬송.

39 미구(未久)에 : 오래지 않아,

40 면상(面相) : 얼굴.

던져 바로^{바오로}가 전체가 상하여 죽으니, 때는 천주강생 후 일천육백삼십년이러라.

　1630년 일본의 순교자 미담으로 주인공은 바오로와 그의 아들 셋입니다. 고문과정과 치명의 순간이 매우 자세하게 묘사되어 있어 그 처참함이 그대로 전해질 듯합니다. 아이들의 손가락을 자르기도 하고 아이들의 얼굴을 바닷물에 넣었다 빼냈다 하는 장면은 상상만으로도 처참합니다. 또 화산에서 뜨거운 물로 죽이는 과정을 한 단계 한 단계 이 미담을 통해 알 수 있습니다.

　바오로의 막내아들 이나시오는 5세밖에 되지 않았지만, 혹형을 당하면서도 슬퍼하거나 두려워하지 않았다고 합니다. 바다에 던져졌다 건져지는 것을 반복하는 과정에서도 평소와 다름이 없었다고 하니, 이 미담이 사실이라면 어떻게 그것이 가능할 수 있었는지 신기합니다.

　미담 저자는 이 미담을 통해 일본에서 행해진 박해 시절의 처형과정뿐 아니라 그 과정에서 한 가족 특히 아이들의 순교를 전함으로써 이 모든 고난의 극복이 '신력' 즉 영혼의 힘 덕분이었음을 강조합니다. 미담 서두에서 제시된 '신력'이라는 말의 의미가 중요합니다. 신력이란 영혼의 힘, 정신적인 힘입니다. 신의 힘은 우리 영혼의 힘을 통해 발현된다고 할 수 있습니다. 이 미담에 의하면 믿음은 고난을 피하기보다는 고난을 두려워하지 않을 수 있는 영혼의 힘을 줍니다.

　남편과 아이들의 처형과정과 죽음을 모두 지켜 본 바오로의 아내 아가다는 어떻게 되었을지 궁금합니다. 이 미담에서는 아가다의 이야기는 전혀 전하지 않고 있습니다.

미사참례는 영육의 큰 은혜

미사참예는령육의큰은혜

    칠월 팔일 첨례[1] 엘니사벳^{엘리사벳} 성후의[2] 행적을 보건대, 성후는 본이[3] 아라고니^{아라곤} 공주로서, 포도아국^{포르투갈} 후가[4] 되어 몸이 비록 구중궁궐에[5] 있으나 금의옥식과[6] 세상 영화를[7] 다 가볍게[8] 여기시고, 오직 빈궁고독한[9] 자에게 애긍시사하기를[10] 힘쓰시니, 한 열심[11] 있는 관인이[12] 있어 그 신공을[13] 돕더라. 그러나 남의 선행을 질투함은 소인[14] 간신의[15] 떳떳한 버릇이라. 한 대신이 국왕께 참소하여 아뢰되, "아모 관인이 국후를[16] 도와 빈궁한 자 구제함을 빙자하고 국고금을[17] 낭비하니 이 일을 장차 어찌 하리까?"[18] 왕이 비록 그 관인의 착한 행위를 이미 아나, 또한 아당하

---

1 첨례(瞻禮) : (가톨릭) 축일의 예전 용어.

2 여기서 '성후'는 한자어로 '성스러운 여왕'을 이른다. 聖后.

3 여기서는 근본이, 본(本) : 관향(貫鄕), 한 집안의 시조가 난 땅.

4 후(后)가 : 왕이, 왕비가.

5 구중궁궐(九重宮闕) : 겹겹이 문으로 막은 깊은 궁궐이라는 뜻으로, 임금이 있는 대궐 안을 이르는 말.

6 금의옥식(錦衣玉食) : 비단옷과 흰쌀밥이라는 뜻으로, 호화스럽고 사치스러운 생활을 이르는 말.

7 영화(榮華) : 몸이 귀하게 되어 이름이 세상에 빛남.

8 원문은 '경히'. 여기서는 경(輕)의 의미를 풀어 '가볍게'로 옮겼다.

9 빈궁고독(貧窮孤獨)한 : 가난하고 궁색하고 외로운.

10 애긍시사(哀矜施舍) : 불쌍히 여겨 은덕을 베풀어 줌. 자선.

11 열심(熱心) : 어떤 일에 온 정성을 다하여 골똘하게 힘씀. 또는 그런 마음.

12 관리가. 官人.

13 신공(神功) : (가톨릭) 기도와 선공(善功)을 통틀어 이르는 말.

14 도량이 좁고 간사한 사람. 小人.

15 간사한 신하. 奸臣.

16 왕비. 國后.

17 나랏돈. 國庫金.

18 원문은 '엇지ㅎ리잇가'.

는[19] 대신의 참소에 더욱 기우러져, 그 신하에게 계책을 물었는데[20] 아뢰되, "그 관인을 아무도 모르게 처치함이 가하오니,[21] 청컨대 왕은 밖에 회[22] 굽는 자를 불러 분부하시되, 아모 날에 누가 너한테 와서 묻기를 왕의 명하신 일을 행하였느냐 하거든 두 말 없이 그 사람을 붙잡아 회가마에[23] 넣어 죽이라 하소서" 하거늘, 왕이 이와 같이 언약하고 그 관인을 불러 분부하되, "경은[24] 오늘 성 밖에 나가 회 굽는 자에게 물어보기를 왕의 명하신 일을 행하였느냐 하라" 하는지라. 그 열심 있는 관인이 왕명을 받잡고 성 밖에를 나가니, 자기는 몰라도 스스로 사지에[25] 나아감이러라.

성 밖으로[26] 나가다가 한 성당 앞으로 지나니, 미사를 드리는 방울 소리가 들리거늘, 성당에 들어가서 미사를 참예하고 나니, 다른 탁덕[27] 둘이 또 미사를 차례로 드리거늘 그 미사 세 대를 다 참예한 후, 성 밖으로 나가노라니 자연 지체되었더라. 그동안에 왕이 혼자 헤아리되[28] '그 관인이 성 밖에 가서 일정[29] 죽었을 터인데 회 굽는 자가 어찌하여 회보를[30] 아니하는고?' 하고 심히[31] 답답하여 그 참소하던 신하를 성 밖에 보내어 회 굽는 자가 왕명을 준행하고 혹 준행치 않음을[32] 탐문하게 하니, 그 대신이 성 밖에 나가서 회 굽는 자에게 묻되, "왕의 명하신 일을 행하였느냐?" 한즉, 회 굽는 자가 두 말 없이 그 대신을 잡아 지옥불 같은 회가마에 잡어 넣으니, 속담에 이른 바, 남 잡이 제[33] 잡이가 되었더라.[34]

---

19 아당(阿黨)하다 : 남의 비위를 맞추거나 환심을 사려고 아첨하다.

20 원문은 '무른디'. 과거 시제를 살려 '물었는데로'로 풀어 옮겼다.

21 가(可)하오니 : 가능하니.

22 여기서 회(灰)는 석회를 말한다.

23 회를 굽는 가마. 가마 : 숯, 도자기, 기와, 벽돌 등을 구워내는 시설.

24 경(卿) : 임금이 이품 이상의 신하를 가리키던 2인칭 대명사.

25 사지(死地)에 : 죽음의 땅에.

26 원문은 '셩밧게로'. '-에로'를 '으로'로 옮겼다.

27 탁덕(鐸德) : 신부.

28 생각하되. 혜다 : '생각하다'의 옛말.

29 일정(一定) : 확실히(『한불자전』). 원문은 '일뎡'.

30 회보(回報) : 어떤 문제에 관한 물음이나 요구에 대하여 대답으로 보고함. 또는 그런 보고. 돌아와서 보고함. 또는 그런 보고.

31 심(甚)히 : 매우.

32 원문은 '아님을'. 이 부분을 현대어로 옮기면, 그대로 행하고 행하지 않음을.

33 원문은 '뎌'. 뎌→저.

그 열심 있는 관인은 미사 세 대를 참예하고 이제야 비로소 성 밖에 나가서 회 굽는 자를 보고 왕의 명하신 일을 행하였느냐 물으니 대답하되, "즉금[35] 곧 행하였나이다"[36] 하는지라. 이에 대궐에 도로 와 회 굽는 자의 행한 일을 왕께 아뢰니, 왕이 천만 뜻밖에 그 관인이 살아옴을 보고 대신이 대신 죽은 줄을 짐작하더라. 그러나 다른 말은 아니하고 다만 묻기를 "어찌하여 이렇듯이 지체되었느뇨?"[37] 아뢰되, "신이[38] 비록 왕명을 받잡고 나아갔사오나, 신의 아비가 죽을 때에 천만 당부한 유언을 차마 거역하지 못하여서[39] 이와 같이 늦었나이다." "무슨 유언이더냐?" 대답하되, "신의 아비가 생시와 또한 임종 시에 정녕히[40] 유언하기를, '네가 아무 때든지 미사 드리는 것을 보거든 아무리 급하고 바쁜 일이 있을지라도 몇 대 미사든지 다 참예하고 다른 일을 보라' 하였나이다." 왕이 이에 그 관인의 효성을 기특히 여기고 또한 그 참소하던 신하를 괘씸히[41] 여기니라.

이 사적을[42] 보건대, 그 열심 있는 관인이 미사 참예함으로 영혼과 육신에 큰 은혜를 받았으니, 우리도 즉금[43] 농시를[44] 당하여,[45] 일이 바쁠지라도 주일과 파공첨례를[46] 당하거든 열심으로 미사를 참예하고, 또한 부모의 어진 훈계와 유언을 진심으로 봉행하여 효자가 될지로다.

---

34 속담 '남 잡이가 제 잡이' : 남을 해하려다가 오히려 자기가 당하게 되는 경우를 이르는 말. 남 잡으려다가 제가 잡힌다.

35 즉금(卽金) : 말하는 바로 이때에, 지금 곧.

36 원문은 '힝하엿ᄂ니다'.

37 원문은 '이러틋시지쳬되엿ᄂ뇨'.

38 신(臣) : 신하가 임금을 상대하여 자기를 가리키는 1인칭 대명사.

39 원문은 '못ᄒ기로'.

40 정녕(丁寧)히 : 충고하거나 알리는 태도가 매우 간곡하게. 친절하게. 원문은 '뎡녕히'.

41 원문은 '괘심히'.

42 사적(事績) : 역사, 역사의 진술, 회고록(『한불자전』). 원문은 'ᄉ젹'.

43 지금 당장 ☞ 주 35.

44 농시(農時) : 농사철.

45 농사철을 맞이하여.

46 파공첨례(罷工瞻禮) : 의무적 축일의 옛말(『가톨릭대사전』).

미사참례의 은혜를 강조한 미담인데 내용이 흥미진진합니다. 특히 대화법을 통해 사건을 전개하면서 박진감이 느껴집니다. 남을 해하려다가 자신이 당하게 되는 반전도 재미있습니다.

이 미담의 주인공은 미사에 참례한 덕분에 목숨을 잃을 위기에서 벗어납니다. 배경은 포르투갈의 성녀 엘리사벳 여왕 시절로 그녀를 보필하던 착한 관원이 주인공입니다. 그의 아버지는 아무리 바쁠지라도 미사 드리는 것을 보면 꼭 참례할 것을 아들에게 유언으로 남깁니다. 주인공인 아들은 아버지의 유언을 따르다 자신의 목숨을 구할 수 있었습니다. 신앙을 유언으로 남겨준 아버지, 그 아버지의 말씀을 그대로 지킨 아들. 아버지는 죽은 후에도 아들의 목숨을 구했고, 아들은 영혼과 육신의 은혜를 받을 수 있었습니다.

천주교인들에게는 이 미담의 주인공 아버지처럼 자식을 비롯하여 후손에게 죽는 순간까지 미사참례의 소중함과 신앙의 가치를 전하는 것이 부모 역할입니다. 그런데 이 일이 갈수록 어려워집니다. 미사참례의 기쁨과 추억을 전할 수 있는 부모 세대가 되어야 하겠습니다. 명령이나 강요가 아니라 우리부터 미사를 삶의 중심으로 지켜야 하겠습니다.

엘리사벳(Elizabeth) 〔가〕 축일 7월 4일. 성녀. 신분 여왕, 3회원. 활동지역 : 포르투갈(Portugal), 활동연도 : 1271~1336. 에스파냐 아라곤(Aragun)의 왕 페드로 3세(Pedro III)와 시칠리아(Sicilia)의 왕 만프레디(Manfredi)의 딸인 콘스탄스(Constance) 사이에서 태어난 그녀는 자신의 고모할머니인 헝가리의 성녀 엘리사벳(Elisabeth, 11월 17일)을 따라 같은 이름을 지었다. 12세의 어린 나이에 포르투갈의 왕 디니스 1세(Dinis I)와 결혼하여 오랫동안 자녀를 낳지 못하다가 결혼 7년째 되던 해에 자녀를 얻었다고 한다.

한편 디니스 1세는 능력 있는 강력한 통치자였지만 남편으로서는 칭찬받지 못할 사람이었다. 성녀 엘리사벳은 남편의 불신앙을 감내하면서 자신이 낳지 않은 서자들의 교육까지 담당하였으며, 끊임없이 기도와 경건한 삶을 추구하여 병원, 고아원, 매춘 여성들의 보호소, 양로원 등을 설립하였다. 성녀 엘리사벳은 남편의 냉대와 불신앙을 인내심을 가지고 대하였다. 그리고 1297년 이복형제들에게 관대한 아버지의 행동에 분개하던 아들 아폰소 4세(Afonso IV)와 남편 디니스 1세 사이의 대립을 중재하고 조정하는데 중요한 역할을 하였다.

그녀의 정치적 영향력 때문에 오해를 받아 한때 알랑케(Alenquer)로 추방되기도 했던 그녀는 1324년 남편 디니스 1세가 병을 얻자 헌신적으로 간호해 주었다. 극진한 그녀의 정성에 감동한 남편은 회심하였지만 이듬해 사망하고 말았다. 남편이 사망한 후 성녀 엘리사벳은 코임브라(Coimbra)의 집으로 은거하였는데, 그곳에는 자신이 세운 성녀 클라라(Clara)의 가난한 자매 수도회가 있어서 인근의 사람들에게 그리스도의 사랑을 펴기 위함이었다. 또한 그녀는 수녀가 되겠다는 이상을 포기하고 작은 형제회 3회원이 되어 엄격한 보속생활과 봉사활동을 하였다. 그녀는 1336년 7월 4일 에스트레모스 (Estremoz)에서 사망하여 코임브라의 수도회 성당에 묻혔다. 성녀 엘리사벳은 1516년 교황 레오 10세(Leo X)에 의해 복녀로 선언됨으로써 코임브라 교구에서 공식적으로 공경 예절이 허락되었으며, 1626년 교황 우르바누스 8세(Urbanus VIII)에 의해 시성되 었다. 1630년 로마 순교록에 성녀의 축일이 7월 4일로 수록되어 있었으나 1695년에 교황 인노켄티우스 12세(Innocentius XII)가 7월 8일로 바꾸었다. 하지만 지금은 이 두 날을 모두 축일로 인정하면서 그중 하나를 선택하여 기념하도록 하고 있다. 그녀는 흔히 포르투갈의 이사벨라로 알려져 있다.

성수의 효험

성슈의효험

이 사적은[1] 성교회에서[2] 쓰는 바, 성수의 기이한 능이[3] 외교에[4] 쓰는 사술보다[5] 멀리 초월함을 보임이니,[6] 성수의 효험을 다 말할 수 없으나, 대개 몇 가지만 들어 말하노라. 이전에 중국에서 전교한[7] 탁덕[8] 하나가 있으니, 본명은 스더왕스테파노이라. 자기의[9] 맡은 지방 한 곳에 충재[10]가 생김에, 교우들을 불쌍히 여겨 하루는 교우의 전답에 가서 공손히[11] 성상을[12] 모시고 정성으로 성모도문과[13] 성교회가[14] 정한 모든 경문을[15] 외우고 곧 성수를 뿌리며 천주께 그 재앙을 면하게 하심을 구하는데, 겨우[16] 성수 뿌리기를 시작함에 황충이[17] 공중으로 날아 외교인[18]의 전답으로 가니, 이때에 한 이

---

1 사적(事績) : 역사, 역사의 진술, 회고록(『한불자전』). 『표준국어』의 경우 같은 단어를 '일의 실적이나 공적'으로 풀이함. 문맥상 『한불자전』의 풀이처럼 역사의 진술, 회고록으로 보는 게 적절하다. 원문은 '亽젹'.
2 가톨릭 교회에서.
3 능(能) : 힘, 능력(『한불자전』).
4 여기서 '외교'는 천주교가 아닌 다른 종교를 이른다.
5 사술(邪術) : 요술, 마법, 책략 등(『한불자전』). 바르지 못한 수단을 잘 둘러대는 요사스러운 술법 (『표준국어』).
6 '멀리 초월함을 보임이니'는 '아주 먼 곳까지 그 힘(능력, 영향력)을 미친다(끼친다)'는 의미.
7 전교했던. 전교(傳敎) : 선교(宣敎), 복음 전파.
8 탁덕(鐸德) : 신부.
9 원문은 '자긔'.
10 충재(蟲災) : 벌레의 재앙.
11 원문은 '공슌이'.
12 성상(聖像) : 그리스도나 성모의 상(像).
13 성모도문(聖母禱文) : 성모 호칭기도. 도문(禱文) : 호칭기도의 옛말(『가톨릭대사전』).
14 성교회(聖敎會) : 가톨릭 교회, 천주교회. 원문은 '셩교회의'. 여기서는 조사 '의'를 '가'로 옮겼다.
15 경문(經文) : 기도문의 예전 용어.
16 기껏해야 고작.

단하는 자가 보고 가로되, "이 사람이 사술로써[19] 충재를 없이 하려 하니 과연 능히 없이하랴?"[20] 하더니, 성수를 뿌린 후에는 그 전답의 황충이 다 날아 나고[21] 이단자의 전답에 충재 더욱 많은지라. 이제 그 사람이 탁덕을 비방한 것을 뉘우치나 드디어 충재를 면치 못하였고, 또 전에 리마두[마태오리치]가[22] 중국에서 처음 전교할 때에 마땅한 곳을 가려[23] 거하며[24] 전교하려 하니, 한 관원이 리마두[마태오리치]더러 이르되, "아무[25] 곳에 큰 집 하나가 있으니, 그대가 거하고자 하면 내가 주리라" 하고 "그 집에 사귀가[26] 있어 밤으로[27] 사람을 놀라게 하여[28] 사람이 다 황겁하고[29] 혹 장담[30] 있는 자가 거하면, 또한 그 해를[31] 받아 전체가 다 상한다" 하는지라. 리마두[마태오리치]가 그 말을 듣고 이르되, "성교를[32] 봉행하는[33] 사람은 오직 주의 성우를[34] 믿고 사마를[35] 두려워 아니하니, 내가 거하기를 원하노라" 함에 관원이 곧 허급하거늘,[36] 리마두[마태오리치] 즉시 그 집에 거하는데, 먼저 방에 제대를 배설한[37] 후에, 그 앞에서 경을 염하여[38] 주께 기구하고,[39] 방방이 성수를 뿌리고 이날 밤에 유숙하니,[40] 관원과 백성들이 밤중에 멀

---

17 황충(蝗蟲) : 벌레, 풀무치.
18 천주교인이 아닌 사람.
19 요술, 마법 ☞ 주 5.
20 과연 없이 할 수 있을까?
21 날아가고. 날다 + 나다(나가다, 밖으로 가다, 나타나다, 오다).
22 리마두(利瑪竇)는 마태오리치의 중국 이름이다 ☞【더 알아보기】.
23 원문은 '굴희여'.
24 거(居)하다 : 머물러 살다.
25 아모→아무
26 사귀(邪鬼) : 요사스러운 귀신
27 밤에.
28 원문은 '놀래여'. 이를 풀어서 '놀라게 하여'로 옮겼다.
29 황겁(惶怯)하다 : 겁이 나서 얼떨떨하다.
30 장담(壯膽) : 씩씩한 담력. 원문은 '쟝담'.
31 해(害) : 해로움.
32 가톨릭교, 천주교. 성교(聖敎) : 성스러운 종교, 가톨릭교(『한불자전』).
33 봉행(奉行)하다 : 뜻을 받들어 행하다.
34 성우(聖佑) : 하느님의 특별한 사랑과 은혜.
35 사마((邪魔) : 수행을 방해하는 마귀 ☞ 주 26.
36 허급(許給)하다 : 달라는 대로 허락하여 베풀어 주다.
37 설치한. 배설(排設)하다 : 연회나 의식에 쓰는 물건을 차려 놓다.
38 '경을 염하여'는 '기도문을 외어' 즉 '기도하여'라는 의미.

리서 경황이 어떠한가 봄에, 마침내 아무 일 없이 평안하거늘 여러 사람이 이를 보고 다 놀라고 탄복하여 성교를 우러러 공경하였으니, 이를 보면 성수가 능히 마귀를 제어하는 줄을 알지라.[41] (미완)

이번 미담(미담 36)과 다음 호의 미담(미담 37)은 중국을 배경으로 한 미담으로 성수의 효능을 보여주는 내용입니다. 성수(聖水)란 종교적인 용도를 위해 사제가 교회의 이름으로 축성한 물입니다. 성수는 지금도 축성과 축복, 헌당식, 구마식, 장례 예절 등에 사용되고 있습니다. 특히 성전 입구에 있는 성수대의 성수를 찍어 기도를 하며 우리는 몸과 마음의 정화를 빌고 성전에 들어가는 예를 갖춥니다.

이 미담에는 스테파노라는 인물과 중국 선교의 창설자라 할 수 있는 마태오 리치 신부님이 등장합니다. 스더왕은 스테파노, 리마두(利瑪竇)는 마태오 리치의 중국식 이름입니다. 스테파노는 중국 선교사 신부로 등장하는데, 성수로 전답의 벌레를 몰아냈으며, 마태오 리치 신부는 성수로 마귀가 들끓던 집에서 편안할 수 있었습니다. 현재에도 신자 중에서는 성수의 효험을 믿고 사용하는 경우가 있는데, 이는 믿음에서 나오는 행위여야 할 것입니다. 이에 대한 미담 저자의 주장이 속편인 다음 호 미담(미담 37)을 통해 이어집니다.

리마두(利瑪竇) ☞ 이마두, 마태오 리치(Ricci, Matteo). ㉮ 명 만력(萬曆) 연간(1573~1619)에 예수교 선교사 마태오 리치(1552~1610, 利瑪竇)가 중국 선교에 첫발을 디뎠다. 마태오 리치는 유학자가 입는 옷을 입고, 유학자가 쓰는 관을 쓰고, 중국어를 배우고 한학을 연구하였으며, 아울러 서방과학지식을 매체로 하여 중국 사대부와 교제하였다. 이로 말미암아 만력 황제의 에우를 받았다. 마태오 리치에 이어 천주교의 많은 선교사들이 중국에 들어와 선교활동을 하였으며, 더욱 더 조정과 사대부계층의 신임을 얻어 10여

---

39 기구(祈求)하다 : 기도하다의 옛 용어.

40 묵으니. 유숙(留宿)하다.

41 알 수 있다.

개의 성(省)에서 선교의 자유를 승인 받았는데, 이로 인해 천주교 세력은 더욱 **빠르게** 발전하였다.

마태오 리치(Ricci, Matteo, 1552~1610) 예수회 선교사. 한자명은 이마두(利瑪竇), 자는 서태(西泰). 중국 교회의 창설자이며 유럽과 중국 사이에 문화적인 유대의 다리를 놓았다. 이탈리아 안코네(Ancone)주 마체라타(Macerata) 출신. 1571년 과학적 탐구와 신세계 탐험 등에 특별한 자부심을 갖고 있는 회원들이 많은 예수회에 입회하고 로마 대학에서 수학, 천문 등 자연과학 제분야에 대해 공부하였는데 특히 수학자 클라비우스(Clavius)에게서 천문·지리를 배웠다. 극동 선교를 자원하여 1578년 인도의 고아로 파견되어 1580년 서품, 1582년 중국 선교사로 정식 임명받아 마카오(Macao, 澳門)에 도착, 중국어 및 문화를 집중적으로 깨치면서 1583년 광동성(廣東省)의 조경(肇慶)에, 1589년 소주(韶州)에, 1595년 남경(南京)에, 1601년 드디어 북경(北京)에 진출, 궁정학자(宮廷學者)로 봉사하는 한편 그리스도의 사도로 활약하였다.

그는 중국에서 세계지도인 〈만국여도(萬國興圖)〉를 만들어 중국의 우주관에 큰 충격을 주었으며, 베네치아의 프리즘, 해시계, 자명종, 유럽의 서적 등을 중국 지식층에 소개, 태서학자(泰西學者, 서양학자)로 불렸다. 선교에 있어서는 그리스도교를 먼저 중국인의 문화생활 속에 침투시키는 문화적인 적응주의를 택하였다. 즉, 그리스도교를 중국인들에게 침투시키기 전에 먼저 중국의 생활 습관을 따랐으며 이교적 우상숭배의 혐의가 없는 한 공자숭배와 조상숭배 등을 중국식 전통 계승 방법으로 인정하였다. 문인·관리 등과도 널리 교제, 또한 중국인들이 그리스도교적인 의미에서 하느님을 숭배하지는 않았지만, 수준 높은 종교 생활을 해온 민족임을 간파, 스콜라철학적인 신 개념으로써 그들의 '상제(上帝)'가 바로 천주(天主)임을 가르쳤다. 그의 이와 같은 보유론적(補儒論的) 선교방식은 성공을 거두어 사망 당시 2,000여 명의 개종자가 있었다. 그중에는 당대의 대유학자 구태소(瞿太素), 이지조(李之藻), 서광계(徐光啓) 등이 있었고, 이들은 리치가 20여종의 중국어 교리서를 쓰는데 있어 큰 도움이 되었다. 특히 리치는 『사서(四書)』를 라틴어로 번역하였으며, 동서양에 걸쳐 그 진가가 인정된 『천주실의(天主實義)』(1595)를 집필하였다. 리치의 보유론적 선교방법과 그가 저술한 서적들은 천주교의 조선 전래에 큰 힘이 되었다. 리치의 세계지도는 1603년 북경 사행원(使行員) 이광정(李光庭)에 의해 조선에 전래되었으며, 『천주실의』도 이 무렵에 전래되어 이들에 대한 논평이 이수광(李晬光, 1563~1628)의 『지봉유설(芝峰類說)』 속에 실려 있다. 이밖에 『천주실의』를 읽고 기록을 남긴 이들이 수다하였다(李晬光, 柳寅夢, 李瀷, 愼後聃, 安鼎福, 李獻慶, 蔡濟恭, 李基慶,

李檗, 李家煥). 그리고 리치의 『교우론(交友論)』, 『변학유독(辨學遺牘)』, 『기하원본(幾何原本)』 등의 한역서학서가 사대(事大) 사행원들에 의해 계속 유입되었다. 이를 통해 조선의 신진학자들 사이에 '서학(西學)'이 일어나 그들은 서양의 학문·기술·사상·종교 등을 관심있게 연구하게 되었으며, 이는 천주교 수용의 계기가 되었다.

성수(聖水) 가 특별히 종교적인 용도를 위해 사제(司祭)가 교회의 이름으로 축성(祝聖)한 물. 물은 종교적 정화(淨化)의 상징으로 그리스도교뿐만 아니라 힌두교, 이집트의 고대 종교 등에서도 제단에 오르기 전에 몸을 씻는데, 부정(不淨)을 쫓는데 등 종교적인 목적으로 사용되었다. 그리스도교에서의 성수의 사용은 구약시대부터 유래되어(출애 30 : 18-21), 2세기에 이미 집을 축성하기 위해 성수를 사용한 기록이 남아있다. 동방교회에서는 4세기에, 서방교회에서는 5세기에 보편화되었다. 그리스도교 신자들은 신체적인 위험과 유혹의 순간에 악령(惡靈)의 힘을 물리치고 하느님의 은총을 얻기 위해 성수를 사용한다. 특별히 성당에 들어가기 전 성당 입구에 놓인 성수반(聖水盤)에 채워진 성수를 손에 찍어 성호를 긋는다. 옛날에는 주일미사 전에, 사제가 큰 성수채로 신자들에게 성수를 뿌리는 성수예절을 거행했었다.

성수는 사제의 축성과 축복, 헌당식, 구마식, 장례 예절 등에 사용되며, 교회는 신자들이 각 가정에서도 성수를 사용할 것을 장려한다. 성수에는 그 용도에 따라 보통의 성수(구약시대에 예언자 엘리세오가 하듯이 방부제로 약간의 소금이 섞여진다)와 성세성사(聖洗聖事)에 쓰이는 성세수, 부활절에 특별한 예식으로 축성되는 부활절 성수 등으로 나눌 수 있다.

성수의 효험 (속)

성슈의효험 (속)

  그러나 성수가 마귀를 제어함은 떳떳한 일이요 능히[1] 사람의 병도 다스리니,[2] 옛적에 중국에[3] 한 여교우가 아들을 심히[4] 사랑하는데, 우연히 그 아들의 눈에 혹이 나서 미구에[5] 눈이 멀게 되는지라.[6] 외교인이 이를 보고 훼방하여 이르되, "네가 공경하는 주가 능히 낫게 하겠느냐? 예물을 예비하여 사묘에[7] 가 빌면 가히 나리라" 하거늘 이 여인이 그 말을 듣고 이는 외교의[8] 사망한[9] 말이라 하고 들은 체 아니하였더니, 이 아이의 성한 눈이 또한 머는지라.[10] 외교자가[11] 이를 보고 더욱 조롱하니, 그 아이의 모친이 주께 긍련히[12] 여기심을 구하여,[13] "외교인으로 성교를[14] 만모하고[15] 능욕치[16]

---

1 능(能)히 : 능력이 있어 쉽게.
2 '능히 사람의 병도 다스리니'라는 구절은 현대 국어로는 '사람의 병도 다스릴 수 있으니'라 할 수 있다.
3 원문은 '중국'. 여기에서는 '－에'를 덧붙여 그 의미를 분명하게 했다.
4 매우, 심(甚)히.
5 오래지 않아, 미구(未久)에.
6 원문은 '되는지라'. 현재형 어미 '－는'을 반영하여 이 구절을 의역하면, '－눈이 멀게 되는 중이었다.'
7 사묘(邪廟) : 사원의 탑, 절, 수호신을 모신 사원(『한불자전』). 『표준국어』에서는 사묘(四廟)로 고조부모, 증조부모, 조부모, 부모 등 4대 조상의 신위를 모신 사당이 등재되어 있다. 여기서는 한불자전의 풀이를 따르는 것이 적절하다. 문맥상 사묘(邪廟)를 한자어의 뜻 그대로 '사악한 묘', '사귀(邪鬼, 요사스러운 귀신)를 모시는 묘'로 풀이하는 것도 가능하다. 원문은 '샤묘'.
8 외교(外敎) : 천주교가 아닌 다른 교. 이교(異敎)를 달리 이르는 말.
9 사망(邪亡) : 미신, 무익하고 해로운 숭배(『한불자전』). 원문은 '샤망'.
10 멀게 되었다.
11 외교자(外敎者)가, 외교인이. 즉 천주교인이 아닌 사람이, 이교인이.
12 긍련(矜憐)하다 : 불쌍하고 가엾다.
13 이 구절을 의역하면, 불쌍히 여기심을 구하여.
14 가톨릭교, 천주교. 성교(聖敎) : 성스러운 종교, 가톨릭교(『한불자전』).
15 만모(慢侮)하다 : 거만한 태도로 남을 업신여기다.

못하게 하소서" 한 후, 이에 그 신덕으로[17] 성수 두어 방울을 눈에 바르니, 기이하다! 성수가 먼 눈에 이름에[18] 두 눈이 곧 밝으니, 외교자가[19] 이 영적을[20] 보고 놀라며 이상히 여겨 마음이 감복하여[21] 감히 다시 조롱하지 못하고, 그 여교우는 아들을 데리고 이웃 벗에게 가서 보이고 아들의 눈 나은 연유를 말하니, 다 성교를[22] 탄복하여 사도를[23] 버리고 진교로[24] 도로 오더라.

또 중국에 한 봉교하는[25] 아이 있었으니 본명은 분도^{베네딕도}이라. 어려서부터 뜻이 정결하고 심신이 맑아 세속에 물들지[26] 아니하고, 아오로[27] 효성이 지극하여 그 모친을 섬기되 남은 힘이 없더니, 그 모친이 병들어 죽음에[28] 분도^{베네딕도}가 애통박절한[29] 정이 지극하니, 이는 그 어버이의 은혜 갚지 못함을 인함일 뿐 아니라[30] 그 모친이 고해를[31] 못하고 죽음을 애통함이라. 친척붕우가[32] 다 와서 초종을[33] 예비하는데, 분도^{베네딕도}가 마음이 답답하여 모친을 위하여 주께 기구하더니,[34] 홀연히 천주가 크게 감동하시어[35] 이르시되, "어미가 비록 죽었으나 장차 부활하리라" 하심을 마음에서 깨

---

16 능욕(凌辱) : 남을 업신여겨 욕보임.

17 신덕(信德) : 향주 삼덕의 하나. 하느님의 가르침을 굳게 믿는 덕.

18 원문은 '니르매'. 니르다→이르다. 여기서는 '성수가 먼 눈에 닿자~'로 의역할 수 있다.

19 이교인이 ☞ 주 11.

20 영적(靈蹟) : 신령스러운 사적. 기적의 옛말(『가톨릭대사전』).

21 감복(感服)하다 : 감동하여 충심으로 탄복하다.

22 가톨릭교, 천주교 ☞ 주 14.

23 사도(邪道) : 미신, 불순한 교리, 악으로 이끄는 나쁜 교리 (『한불자전』). 『표준국어』에서는 '올바르지 못한 길이나 사악한 도리 = 사교(邪敎)'로 풀이.

24 진교(眞敎) : (가톨릭) 참된 종교라는 뜻으로, '가톨릭교'를 달리 이르는 말. 진정한 교의, 가톨릭교 (『한불자전』).

25 봉교(奉敎)하다 : 가톨릭을 믿고 그 교리를 좇아 행하다.

26 원문은 '무들지'. 무두다→물들다 : 스며들다, 물들다, 더럽혀지다, 타락하다(『한불자전』).

27 '아울러'의 옛말. 그리고 또.

28 죽어서, 죽었기 때문에.

29 애통(哀痛)하고 박절(迫切)하다. 슬퍼하고 가슴아파하고 인정이 없고 쌀쌀하다.

30 ~못했기 때문일 뿐 아니라. 인(因)하다 : 어떤 사실로 말미암다.

31 현재의 고백성사.

32 친척붕우(親戚朋友)가 : 친척과 벗들이.

33 초종(初終) = 초종장사(初終葬事) : 초상이 난 뒤부터 졸곡까지 치르는 온갖 일이나 예식.

34 기도하였더니. 기구(祈求) : 기도의 옛말.

35 원문은 '감동ᄒ샤'.

닫고, 친척붕우에게 간청하여 열심으로 그의[36] 모친에게 부활할 은혜 주심을 기구하라 하여, 모든 이 다 기구하게 하고 분도^{베네딕도}도 곧 성수를 모친 입에 뿌리니 곧 다시 살아나는지라. 뭇 외교인이[37] 이를 보고 기이히 여겨 900인이 즉시 진교에[38] 나아오니, 이는 분도^{베네딕도}가 지극한 정성으로 주를 감동하게 하고 또 성수의 능을[39] 믿어 그 어버이를 부활하게 하였으니,[40] 우리 교우가 또한 여러 번 성수를 썼으되, 과연 그 유익을 얻었느뇨? 오직 주를 믿는 정으로 통회하여야 이에 가히[41] 그 유익을 얻으리로다.

해설

앞의 미담에 이어 성수와 관련된 미담입니다. 앞 미담은 성수를 통해 벌레와 마귀를 쫓아낸 내용이었고, 이 미담은 성수를 통해 사람의 병을 고치고 심지어 사람을 부활하게 할 수 있었던 사건을 소개합니다. 성수의 효능이 벌레에서부터 마귀, 그리고 사람의 병과 죽음까지 미칠 수 있음을 점층적으로 보여줍니다.

이 미담에서 전반부는 중국의 한 여교우가 성수를 통해 아들의 눈을 고친 이야기입니다. 후반부는 베네딕도라는 아이가 돌아가신 어머니 입에 성수를 뿌리자 어머니가 부활했다는 이야기입니다.

둘 다 믿을 수 없는 내용입니다. 그래서 그런지 미담의 저자는 미담의 마지막 부분에서 주님에 대한 '믿음'이 무엇보다 우선해야 함을 강조합니다. 물 혹은 성수 그 자체가 아니라 믿음이 성수를 통한 기적을 가능하게 할 수 있었다는 것입니다.

---

36 원문은 '뎌희'. 뎌 → 저 → 그(3인칭 대명사).

37 천주교인이 아닌 사람이 ☞ 주 11.

38 ☞ 주 24.

39 능력(能力)을, 힘을. 能.

40 원문은 '부활케ᄒ엿시니'.

41 가(可)히 : 능히, 넉넉히.

주명을 순종하는 표양

쥬명을순죵ᄒᆞᄂᆞᆫ표양

　9월 20일 성 에스다키오^{에우스타키오}는 로마에 유명한 무관이라.[1] 아직 천주를 공경하지 아니하고 일찍이 사냥[2]하기를 좋아하더니, 하루는 큰 사슴을 쫓아 갈 때 가까이 가봄에,[3] 그 뿔 위에 예수의 십자가가 나타나고, 또 그 이름을 불러 꾸짖어 가로되,[4] "네가 어찌하여 나를 핍박하느뇨?" 에스다키오^{에우스타키오}가 말에서[5] 내려 부복하여[6] 이르되, "네가 뉘시며 또 나로 하여금 무엇 하기를 명하시나이까?" 대답하되, "나는 너를 위하여 수고수난한[7] 예수로라. 네 성에[8] 들어가 처자와[9] 함께 영세입교하고[10] 다시 이곳으로 오라. 네가 장차 할 것을 가르쳐주리라" 하고 그 발현하던[11] 바가 홀연 보이지 아니하더라.

　에스다키오^{에우스타키오}는 성에 도로와[12] 처자를 이끌고 주교께 나아가 도리를[13] 배워 영세한 후에, 다시 산에 들어가 기구함에[14] 예수가 발현하사 면려하여[15] 이르시

1　무관(武官)이라 : 장군이다.
2　원문은 '산양'.
3　가보니.
4　이 부분을 정확하게 의역하면, '예수의 십자가가 나타나서 그의 이름을 불러 꾸짖어 가로되(말하되)'이다.
5　원문은 '믈쎄'.
6　부복(俯伏)하다 : 고개를 숙이고 엎드리다.
7　수고하고 수난한.
8　성(城)에.
9　처자(妻子)와 : 아내와 자식과.
10　영세입교(領洗入敎) : 세례를 받아 정식으로 신자가 되어 교회의 구성원이 되는 일.
11　발현(發現)하다 : 속에 있거나 숨은 것이 밖으로 나타나다. 또는 나타나게 하다. 현발하다.
12　도로 와서, 돌아와서.
13　여기서 '도리(道理)'는 현재 사용하고 있는 '교리(敎理)'의 의미이다.

되,[16] "덕행은 고난 중에 이루고 충성은 난시에[17] 나타나니, 네가 나의 성우를[18] 의지하고, 독실하게[19] 규구를[20] 지키라. 마귀가 비록 천방백계로[21] 너를 칠지라도 반드시 이겨[22] 성공하리니 의심치 말고 두리지[23] 말라" 하시는지라. 성인이 사례하고 도로와 처자로 더불어[24] 고요히 닦으며 주명을[25] 기다리시더니, 불과 수월에[26] 노복은[27] 염병에[28] 죽고, 우양은[29] 악질에[30] 몰사하여 재산과 영화가 일조에[31] 탕진함에,[32] 평생에 적선적덕한[33] 효험이[34] 일호도[35] 없음 같더라. 성인이 이에 아내 테오비스다테오피스테와 아들 아가비도아가피투스와 테오비스도테오피스투스 형제를 이끌고 에집도이집트로 피신하여, 본향[36] 사람의 훼뿌리는[37] 욕을 면하고자 하루는 길을 행하여 가다가 배에 올랐더니, 뱃사람이 성인의 아내를 보고 돌연히 불량한 마음을 일으켜 비록 그 계

---

14 기도함에. 기구(祈求) : 기도의 예전 용어.
15 면려(勉勵)하다 : 남을 고무하여 힘쓰게 하다.
16 원문은 '닐ᄋ시디'.
17 난시(亂視)에 : 세상이 어지러울 때에.
18 성우(聖佑) : 하느님의 특별한 은혜와 사랑.
19 독실(篤實)하게 : 믿음이 두텁고 성실하게. 원문은 '독실히'.
20 규구(規矩) : 일상생활에서 지켜야 할 법도. 규범, 법, 규칙(『한불자전』).
21 천방백계(千方百計) : 천 가지 방책과 백 가지 계략이라는 뜻으로, 온갖 꾀를 이르는 말.
22 원문은 '이기여'.
23 두려워하지 말라. 두리다 : '두려워하다'의 옛말.
24 처자와 함께.
25 주명(主命) : 하느님(예수님)의 명령.
26 수월(數月)에 : 몇 개월에.
27 여기서 '노복'은 사내종 혹은 늙은 사내종을 이른다. 奴僕, 老僕.
28 염병(染病) : '장티푸스'를 속되게 이르는 말. (의학) 전염병.
29 우양(牛羊) : 소와 양을 아울러 이르는 말.
30 악질(惡疾) : 고치기 힘든 병. 악병.
31 하루 아침에. 일조(一朝) : 하루 아침이라는 뜻으로, 갑작스럽도록 짧은 사이를 이르는 말.
32 탕진(蕩盡)해서, 다 써 버려서.
33 적선적덕(積善積德) : 착한 일을 많이 하고 은혜를 많이 베풀어 덕을 쌓음.
34 보람이. 효험(效驗) : 일의 좋은 보람, 또는 어떤 작용의 결과.
35 조금도. 일호(一毫) : 한 가닥의 털이라는 뜻으로, 극히 작은 정도를 이르는 말.
36 본향(本鄕) : 본디의 고향, 본토.
37 '훼뿌리다'라는 말이 사전에 등재되어 있지 않다. 이 말이 '훼방하다'와 연관이 있다면 '비방하고 헐뜯는'으로 풀이할 수 있고, 혹은 '홰 뿌리다'의 이형일 수도 있다. 이 경우, '홰'는 '화(火, 언짢아서 나는 성)'이므로 '홰뿌리다'의 의미는 '화나게 하는, 성나게 하는' 정도로 이해할 수 있다. 여기서는 문맥상 '비방하고 헐뜯는' 정도로 이해하는 것이 타당하다.

교를 이루지 못하고 급사하였으나 성인은 아내를 잃었더라. 하릴없이[38] 두 아들을 데리고 가다가 큰 내를[39] 당하여 배가 없으니, 먼저 한 아들을 업고 건너가 강 저편 언덕에 갖다 두고 또 다른 아들을 건너게 할[40] 차로[41] 돌아올 때,[42] 강 한가운데서 바라보니 큰 사자가 건너게 하려는[43] 아들을 물고 가는지라. 스스로 헤아리되,[44] 가히 구할 묘책이 없으니 이미 건너게 하여 둔[45] 아들이나 데리고 가리라 하여 돌아와 보니[46] 큰 싀랑이[47] 와 물고 가는지라.

슬프다, 순식간에 아내와 두 아들을 잃었으니 누가 이 지경을 당하여 감정을 일으키지 아니리오만은,[48] 성인은 다만 땅에 엎디어 주은을[49] 사례할 뿐이며, 혈혈단신으로 타향에 유리하며[50] 노동으로 생명을 부지하여, 이같이 15년을 지냄에, 공덕이[51] 이미 깊어 큰 공훈을 이룰 때가 되었더라.

　　이번 미담도 다음호에 이어지는 연재 미담입니다. 미담의 주인공은 에우스타키오인데, 그는 실제로 9월 20일 축일을 지내는 에우스타키오 성인과 동일인입니다. 이 미담의 내용은 성인에 관한 전설과 유사합니다.

　　이 미담의 주인공인 에우스타키오는 로마의 무관으로 사냥을 하던 중 예수님의 발현을 목

38　할 수 없이, 달리 어떻게 할 도리가 없이. 원문은 '홀일업시'.

39　시내보다는 크지만 강보다는 작은 물줄기. 개천.

40　원문은 '건넬'. 건네다 : 건너다의 사동사.

41　차(次)로. 차(次) : 번, 차례의 뜻을 나타내는 말.

42　원문은 '도로올시'. '시'를 여기서는 '때'로 옮겼다.

43　원문은 '건네려ᄒᆞᄂᆞᆫ'.

44　생각하되. 원문은 '혜아리되'. 혜다 : '생각하다'의 옛말.

45　원문은 '건네여둔' ☞ 주 40.

46　원문은 '도로와보니'. 도로오다 → 돌아오다.

47　싀랑 : 개와 닮은 야생 동물 일종의 이름, 아마도 늑대(『한불자전』). 여기서 '싀랑이'는 '승냥이'인 듯하다.

48　원문은 '니ᄅᆞ키지아니리오마는'.

49　주은(主恩) : 주님의 은혜.

50　유리(遊離)하며 : 일정한 집과 직업이 없이 이곳저곳으로 떠돌아다니며.

51　공덕(功德) : 착한 일을 하여 쌓은 업적과 어진 덕.

격합니다. 예수님은 그에게 영세 입교할 것을 명합니다. 에우스타키오는 이후 가족과 함께 세례를 받았으며 또 다시 발현하신 예수님은 그에게 독실하게 신앙을 지킬 것을 명하십니다. 그로부터 몇 개월 후 에우스타키오는 노복이 죽고, 양이 몰사하였으며, 재산과 영화가 다 사라지는 참변을 당합니다. 아내와 두 아들마저 모두 잃게 됩니다. 그러나 발현하신 주님을 만났던 에우스타키오는 혈혈단신으로 타향에서 목숨을 부지하면서도 주님을 향한 믿음을 15년 동안이나 지켜나갑니다. 이후 어떻게 되었을까요? 다음 편에 이야기가 이어집니다.

더 알아보기

에우스타키오(Eustachius) ☞ 에우스타치오, 에우스타치우스, 에우스타키우스, 유스터스. ㉮ 축일 9월 20일. 성인, 순교자. 활동지역 : + 118년경. 불확실한 전설이긴 하지만 이 전설에 따르면 성 에우스타키우스(또는 에우스타키오)는 트라야누스 황제 치하에서 플라치두스(Placidus)란 이름을 가졌던 로마 장군이었다. 그는 이탈리아의 괄다뇰로에서 사냥을 하던 중 목표물인 사슴 앞에 십자가에 달린 예수 그리스도의 모습이 달린 또 다른 수사슴을 보고 그리스도교로 개종하였다고 전해온다. 이때 그는 자신의 이름을 에우스타키우스로 개명하였다.

그러나 이 개종으로 인하여 세속적인 운이 점점 멀어져 갔는데, 특히 그의 아내 성녀 테오피스테(Theopistes)와 아들 성 아가피투스(Agapitus)와 테오피스투스(Theopistus)가 그를 멀리하였다. 그가 다시 군대에 불려갔다가 큰 전쟁에서 승리를 거두었다. 그러나 화려한 승리 축하식에서 신들에게 제사지내기를 거부함으로써 온 가족이 처참한 죽음을 당하였다. 그런데 그는 로마 순교록에는 올라 있지 않지만 동서방의 교회는 초대 교회 때부터 늘 그를 공경해 오고 있다.

주명을 순종하는 표양 (속)

쥬명을순종ᄒᄂᆞ표양

　그때에 성인의 본국에서 홀연 큰 병란을[1] 당하여 국가의 흥망이 삽시에[2] 달렸으되, 대장 자격이 없어 황황망조하더니[3] 본래 성인의 병법이[4] 정밀한 줄을 이미 아는 바이라. 사방에 사신을 파송하여 다행히 성인을 만나 조정에 돌아오기를[5] 명하거늘, 성인이 헤아려[6] 생각하다가 주명이[7] 계신 줄을 알고 사신을 따라 조정에 돌아오니, 왕이 융성한 예로[8] 대접하고 즉시 대장을 삼거늘, 성인이 병진을[9] 거느리고 전장에 나가 불과 일삭에[10] 적병을 대파하여 난리를 평정한 후 승전가를 부르며 돌아올 때, 한 들에 이으러 군사의 곤핍함을[11] 생각하고 병진을 머물러 3일을 쉬게 하니, 군사들이 각각 한가로이 쉬며 이야기 하더라.

　그중에 한 군사가 스스로 말하되, "이전에 우리 부친은 유명한 장수로서 가솔을[12] 거느리고 타국으로 가다가 불행히 우리 모친을 잃고, 다만 우리 형제를 데리고 강을 건너는데 먼저 내 아우를 업어 건너게 하고, 또 나를 업으려 돌아오실 때, 싀랑이[13]

1　병란(兵亂) : 나라 안에서 싸움질 하는 난리.
2　삽시(霎時) : 삽시간의 준말. 매우 짧은 시간.
3　황황망조(遑遑罔措) : 마음이 급하여 어찌할 줄을 모르고 허둥지둥함.
4　병법(兵法) : 군사를 지휘하여 전쟁하는 방법.
5　원문은 '도로오기를'.
6　원문은 '혜아려'. 혜다 : '생각하다'의 옛말.
7　주명(主命) : 하느님의 명령.
8　예(禮)로 : 예절로.
9　병진(兵陣) : 군대. 군사들.
10　일삭(一朔) : 한 달.
11　곤핍(困乏)하다 : 아무것도 할 기력이 없을 만큼 지쳐 몹시 고단하다.
12　가솔(家率) : 식구.

내 아우를 물어가고 나는 또한 사자에게 물려가다가 다행히[14] 목자들이 나를 구완하여[15] 살렸다" 하니, 옆에서 듣던 한 군사가 반가이 달려들어 이르되, "네가 내 형이요 나는 너의 아우로다. 나는 싀랑에게 물려 가다가 한 농부의 구원한 은혜로 살아났다" 하니, 이 사정을 듣는 군사가 다 신기하게 여기지 않는 자가 없더라.[16]

그 모친은 서로 갈린 후로[17] 그 근처에서 유리개걸[18]하다가, 홀연 그 말을 듣고 달려와[19] 자세히 탐지하니,[20] 사정이 여합부절[21] 하는지라. 이에 모자형제가[22] 다시 만나니 마치 죽었다가 서로 만남 같더라. 모자 3인이 대장께 나아가 전후사정을 다 자세히 아뢰고, 함께 돌아가기를 청하였는데,[23] 성인이 천만 뜻밖에 아내와 아들형제를 만남에 감사하는 눈물을 금치 못하며,[24] 기쁨을 이기지 못하고 함께 돌아오니라. 그러나 옛 임금이 승하하고[25] 새 임금이 즉위하여, 비록 성인의 공훈을 아나 본디 이단을 숭상하는지라. 승전한 공을 사신에게[26] 돌려보내거늘, 성인이 정도로써 간하되 효험이 없고 도리어[27] 왕이 노하여[28] 성인의 부부와 아들 형제 합 네 사람을 사자 우리에 넣어도 호발도[29] 해를 받지 않음을[30] 보고, 구리로 소를[31] 만들어 그 속에 네 사람을 넣고

---

13 싀랑 : 개와 닮은 야생 동물 일종의 이름, 아마도 늑대(『한불자전』). 여기서 '싀랑이'는 '승냥이'인 듯하다.

14 원문은 '다행이'.

15 구완하다 : 아픈 사람이나 해산한 사람을 간호하다.

16 원문은 '신긔이녁이지아닛는쟈ㅣ 업더라'.

17 헤어진 후로.

18 유리개걸(遊離丐乞) = 유리걸식(遊離乞食) : 정처 없이 떠돌아다니며 빌어먹음.

19 원문은 '다라와'.

20 탐지(探知)하다 : 드러나지 않은 사실이나 물건 따위를 더듬어 찾아 알아내다.

21 여합부절(如合符節) : 사물이 똑 들어맞음.

22 모자형제(母子兄弟) : 어머니와 아들, 형제가.

23 원문은 '쳥흔듸'.

24 금(禁)치 못하며 : 참지 못하며.

25 세상을 떠나고. 승하(昇遐)하다.

26 원문은 '샤신'. 악마, 마신. 이교도들의 신(『한불자전』).

27 도리어, 오히려. 원문은 '도로혀'.

28 노(怒)하다 : 성내다, 화내다.

29 조금도. 호발(毫髮) : 아주 조금, 머리카락 한 올, 조금, 조금이라도(『한불자전』).

30 원문은 '아님을'.

31 소(沼) : 심연, 물 속의 매우 깊은 곳(『한불자전』). 늪(『표준국어』).

맹렬한 불로 달옴에[32] 성인의 네 식구가 의연히 치명하시니라.[33]

이 성인의 행적을 보건대, 우리가 평안하나 괴로우나, 간난하나[34] 부귀하나, 사나 죽으나, 도무지 한결 같이 주명을[35] 순종하여 감수인내하면,[36] 마침내 천상에서 화관을[37] 받으리로다.

「주 명을 순종하는 표양 (속)」편으로 앞의 미담에서 이어지는 내용입니다. 반전의 반전이 이어지면서 독자의 흥미를 끄는 전개입니다. 아내와 두 아들마저 잃고 15년을 타향에서 보낸 에우스타키오는 본국에 전쟁이 나자 본국으로 돌아와서 한 달 만에 난리를 평정합니다. 승전가를 부르며 전쟁에서 돌아오던 중 그는 기적처럼 죽었던 두 아들과 부인을 다시 만납니다. 모든 고난 중에도 주님을 믿으며 신앙을 지켰던 에우스타키오 성인의 행복을 보는 듯한 장면입니다.

그러나 이 미담은 여기에서 끝나지 않습니다. 지상에서의 해피엔딩이라 여겨지는 순간 또 다른 반전이 이어집니다. 에우스타키오가 누렸던 지상에서의 행복은 잠시였고 곧이어 새 임금이 즉위하면서 현세에서의 고난이 다시 그에게 닥칩니다. 새로 즉위한 임금은 이단을 숭상하였기에 에우스타키오 성인의 부부와 아들을 구리로 만든 늪에 넣어 불을 때서 그들을 처형합니다. 뜨거워진 구리액 속에서 죽어갔을 에우스타키오 가족의 모습은 상상만으로도 끔찍합니다. 결국 에우스타키오 가족은 치명함으로써 지상에서의 삶을 마칩니다.

미담의 마지막 단락은 이 미담의 주제부입니다. 이 미담은 주를 믿고 고난을 이김으로써 현세에서의 행복한 결말을 보여주고자 한 것이 아니라, 평안하든 괴롭든 가난하든 부유하든, 살든 죽든 언제나 주를 따라야 하며, 그 결과는 현세에서가 아니라 천국에서의 화관으로 보답 받을 수 있음을 강조합니다. 현세적인 기복 신앙을 넘어서는 자리, 거기에 천주교 신앙

---

32 달오다 : '달구다'의 옛말. 타지 않는 고체인 쇠나 돌 따위를 불에 대어 뜨겁게 하다. 방 따위에 불을 때어 몹시 덥게 하다.

33 치명(致命) : (가톨릭) 순교를 이르던 옛말.

34 간난(艱難)하다 : 몹시 힘들고 고생스럽다. 가난하고 어렵다.

35 주명(主命)을 : 하느님의 명령을☞주 7.

36 달갑게 받아들이고 참으면. 甘受忍耐.

37 화관(花冠) : 아름답게 장식된 관.

의 아름다움이 있습니다. 이를 잘 보여주는 미담이 에우스타키오 성인의 삶을 소재로 한 이 작품입니다.

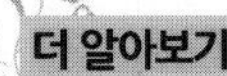

더 알아보기

에우스타키오(Eustachius) ☞ 미담 38.

금년에 된 루르드에 영적

금년에된루르드에령적

영적은[1] 천주교가 진교[2] 됨을 증거하나니, 마치 어인을[3] 찍은[4] 문적을[5] 보면 왕의 글인 줄 앎과 같이, 천주도 당신이 하시는 행적에 신묘한 인을[6] 치시어 우리로 하여금 천주의 행적과 사람의 행적을 분별하게 하시는도다. 천주가 성교회를[7] 세우실 때,[8] 가히 진교로 알아볼 만한 인을 치셨음에, 오 주 예수도 영적으로써 당신이 천주께로부터[9] 강생하심을[10] 증거 하시고, 종도들도[11] 이런 영적 행하는 권을[12] 오 주 예수께 받았는지라. 그러나 영적은 열교인의[13] 말과 같이 성교가[14] 시초할[15] 때에만 있는 것이

---

1 영적(靈蹟) : 신령스러운 사적. 기적의 옛말(『가톨릭대사전』).

2 진교(眞敎) : (가톨릭) 참된 종교라는 뜻으로, '가톨릭교'를 달리 이르는 말. 진정한 교의, 가톨릭교 (『한불자전』).

3 어인(御印) : 임금의 도장.

4 원문은 '마진'이다. 여기서는 문맥의 의미를 살려 이 부분을 '어인을 찍은'으로 옮겼다. 원문 '마진' 은 현대 국어에서 '맞은'에 해당된다. 여기서 '맞다'는 '한 물체가 어떤 물체에 닿다, 또는 그런 물체 에 닿음을 입다'의 뜻이다. 의미의 혼동을 피하기 위해 '어인을 맞은'을 '어인을 찍은'으로 옮겼음을 밝힌다.

5 문적(文籍) : 책.

6 인(印) = 도장(圖章).

7 가톨릭 교회를. 성교회(聖敎會) : 가톨릭교, 천주교.

8 원문은 '시' → 때, 동안.

9 원문은 '텬쥬씌로조차'. −조차☞ 부터.

10 강생(降生) : 신이 인간으로 태어남.

11 종도(宗徒) : 가톨릭에서 예전에 사도(使道)를 이르던 말. 사도는 거룩한 일을 위하여 헌신하는 사람. 예수가 복음을 널리 전하기 위하여 특별히 뽑은 열두 제자.

12 권한을.

13 열교(裂敎) : 한국 가톨릭 교회에서 '개신교'를 이르는 말. 가톨릭 교회에서 분열되어 나간 교회라는 뜻이다. 열교인(裂敎人) : 개신교인.

14 성교(聖敎) : 가톨릭교.

15 시초(始初)할, 시작할.

아니요, 오직 그 후 세세대대로 연하여[16] 오늘까지 우리 천주 성교에 영적이[17] 무수하니, 이를 보면 천주가 항상 당신 성교회와 함께 계신 줄을 모든 이가 다 알지라. 이러므로 가히 생각하건대 좋은 마음으로 정도를[18] 찾는 사람들에게 천주가 마치 이르시되, "너희들이 진교가[19] 어디 있는지 모르거든 내가 영적의 인을[20] 어디 두었는지 찾으라. 내 영적이 있는 곳에 곧 진교가 있다 하심 같도다."

금년에도 루르드읍에서 허다한[21] 영적이 났으니 그중 하나를 아래에[22] 기록하노라.

법국^{프랑스} 비치(Vichy)라 하는 읍에 한 과부가 있으니, 이름은 마리아 뒤그로스(Maria Ducros)라.[23] 1906년부터 병들어 앓을 때, 이 병자를 치료하던 의사가 금년 7월 18일에 문적으로써[24] 증거하여 이르되, "이 부인이 네 가지 죽을 병으로 앓는 중, 그중 더 중한 병은 폐결핵병(肺結核病 허파에 멍우리 선 병)과 위양(胃瘍 식통에 창질) 병이니,[25] 고칠 바람이[26] 없고, 오직 미구에[27] 죽을 위험이 있다 한지라.[28] 그 부인이 인력으로는[29] 고칠 수 없는 줄을 알고 루르드읍으로[30] 가기를 정하니, 이는 성모께 병 낫기를 구함이 아니라 오직 죽기 전에 성모가 발현하신 유명한 곳을 보고자 함이러라.[31]

이와 같이 죽어가는 부인이 스무 시간[32] 동안 철도 길의 어려움과 병의 아픔과 심한

---

16 연(連)하여 : ~이어져서.

17 기적이 ☞ 주 1.

18 정도(正道) : 올바른 길, 바른 도리.

19 가톨릭교 ☞ 주 2.

20 영적의 도장을. 비유적 표현 ☞ 주 1 · 주 6.

21 많은, 허다(許多)한.

22 아래에, 다음에. 예전에는 세로 표기였기 때문에 다음에 오는 부분을 '좌'로 표시할 수 있었으나 현재는 가로 표기이기 때문에 여기서는 '아래'로 옮겼다. 원문은 '좌에'.

23 처음으로 영어 알파벳이 활용되어 기재되고 있다. 편집에 서양 사람이 간여하기 시작했는지?

24 책으로써. ☞ 주 5.

25 위궤양(胃潰瘍).

26 희망이. 바람 : 어떤 일이 이루어지기를 기다리는 간절한 마음.

27 미구(未久)에 : 오래지 않아.

28 있다 하였다.

29 인력(人力)으로는 : 사람의 힘으로는.

30 원문은 '-에로'.

31 병을 고치려는 마음이 먼저가 아니라 성모님을 뵙고자 하는 마음이 먼저.

32 원문은 '스므시'. 여기서 '시(時)'를 '시간'으로 옮겼다.

더위를 상관하지 아니하고 기차에 실리니 그 용맹한 마음과 열절한[33] 신덕을[34] 가히 알러라. 금년 8월 5일에 루르드읍에 득달하여[35] 즉시 병원에 입원하니 반생반사한[36] 모양이라. 그날 저녁때에 마리아 뒤그로스 부인의 그 원의대로[37] 마사비엘 굴 앞에 떠메어오니,[38] 마침내 성모 마리아의 발현하시던 곳을 목도하였더라.[39] 그러나 이 날에는 아무 효험이[40] 없고 도리어[41] 죽은 모양으로 다시 병원으로 돌아가니라.

그날에 조금도 잠을 이루지 못하고 8월 6일에 다시 굴 앞으로 떠메다가[42] 못 가운데 넣었더니 별안간에 온몸이 선뜩하여[43] 마치 무슨 기묘한 기운이 전신을 사마차[44] 지나가는 것 같은데, 못에서 나와 보니 그 발의 상처가 온전히 나았더라. 다시 굴 앞에 와서 한 잠을 곤히 자고 깸에, 아픈 데가 도무지 없는 고로 이에 소리 질러 자기가 온전히 나음을 설명하나, 가까이 있던 자들은 믿지 아니하더라. 그 부인은 비록 혼자 걸어다니기를 원하나, 사람들이 다시 교자에[45] 태워 못 가까이 성체거동하는[46] 데로 데려오니라. 7년 동안이나 면투를[47] 먹지 못하였으되 이에 음식을 청하여 면투를 먹어도 신통히 조금도 아파하지 아니하는 것을 모든 이가 보고 이에 영적으로[48] 믿으니라.

8월 8일에 의사들에게 가서 그 병 나음을 증거하게 하니, 유명한 의학 박사 봐싸리

---

33 열절ᄒ다(熱切) : 열의, 열심, 열정, 열심이다, 열성적이다. 열렬하다(『한불자전』).

34 신덕(信德) : 향주 삼덕의 하나. 하느님의 가르침을 굳게 믿는 덕.

35 득달(得達)하다 : 목적한 곳에 도달하다.

36 반생반사(半生半死) : 거의 죽게 되어 죽을지 살지 모를 지경에 이름.

37 원의(願意) : 바라는 생각.

38 떠메다 : 무거운 짐 따위를 쳐들어서 어깨에 걸치거나 올려놓다.

39 목도(目睹) : 목격. 눈으로 직접 보다.

40 효험(效驗) : 일의 좋은 보람. 또는 어떤 작용의 결과.

41 원문은 '도로혀'.

42 원문은 '쩌메여다가'.

43 선뜩하다 : 갑자기 서늘한 느낌이 있다. 갑자기 놀라서 마음에 서늘한 느낌이 있다.

44 사마차(士馬車) : 병마차(兵馬車). 병사와 군마차(軍馬車)를 아우르는 말. 사전에는 등재되어 있지 않고 사마(士馬) + 마차(馬車)의 조합으로 이해하여 풀이하였다. 사마(士馬) : 병사와 군마. 마차(馬車) : 말이 끄는 수레.

45 교ᄌ(轎子) : 가마(『한불자전』).

46 성체거동(聖體擧動) : (가톨릭) 성체를 모시고 성당 밖을 행렬하는 행사.

47 빵. 면투 : 면두(麵頭). 지금은 쓰지 않는 단어. 밀로 만든 빵, 과자(『한불자전』).

48 기적으로, 영적 ☞ 주 1.

(Boissarrie)와 및 다른 의원들이 자세히 진찰한 후 온전히 나음을 증명하니라. 그 부인은 온몸과 형용이[49] 날마다 더욱 나아지며, 그 등에는 전에 화침을[50] 맞아 매우 험상하게[51] 상하였더니, 이제는 온전히 낫고 얼굴에 파리한 기색이 없어지고 발의 부증이[52] 내리고, 아무 상처의 흔적이 보이지 아니하며 몸이 날로 부대하여[53] 온전히 나으니라. [54]

이런 영적을 몇천 명이 목도하고[55] 증참하였으니,[56] 누가 감히 헛말이라 하리오. 이런 영적은 우리 천주교가 진교[57] 됨을 증거하고[58] 또한 천주가 무한히 우리를 사랑하시는 빙거가[59] 되니 대저[60] 행적으로[61] 증거하는 것이 말로 증거하는 것보다 더욱 힘이 있음이니라.

이러므로 영적이 없다 하는 자들은 루르드 읍내에 가보면 우리 천주가 어떻게 전선하시고[62] 어떻게 전능하심을[63] 가히 알리리다.

루르드의 기적을 소개한 미담입니다. 내용이 다른 미담에 비해 깁니다. 첫 단락과 마지막 단락은 기적에 대한 미담 저자의 입장을 밝히고 있으며, 첫 단락과 마지막 단락은 액자의

---

49 모습이. 형용(形容) : 사람의 생김새나 모습.

50 화침(火針) : 종기를 따기 위해 뜨겁게 달군 침.

51 험상(險狀)하다 : 모양이나 상태가 거칠고 험하다. 원문은 '험상히'.

52 부증(浮症) : (한의학) 부종(浮腫). 몸이 붓는 증상.

53 부대(富大)하다 : 몸이 뚱뚱하고 크다. 여기서는 몸이 좋아졌다는 의미.

54 나은 병세를 아주 자세하게 묘사.

55 지켜보고 ☞ 목도 : 주 39.

56 증참(證參)하다 : 증인으로 참석하다.

57 참된 종교 ☞ 주 2.

58 이 당시 유난히 진교함을 증거하는 식의 표현이 많다. 천주교가 진교라는 주장.

59 빙거(憑據) : 사실을 증명할 근거.

60 대저(大抵) : 대체로 보아서. 대컨. 비슷한 말은 무릇.『한불자전』에서는 이 단어를 '약, 거의, 그처럼, 책에서 이 단어는, 문장 첫 머리에서 명백히라는 라틴어에 부합한다'로 풀이한다.

61 행적(行蹟)으로 : 행위의 실적이나 자취로.

62 완전히 선하시고. 전선(全善)하다 : 완전히 선하다, 완전한 선함. 아주 선하다(『한불자전』).

63 완전히 능하심을, 전능(全能)하다 : 어떤 일에나 못함이 없이 능하다.

틀과 같은 역할을 합니다. 이 부분에서는 천주교인들이 신앙을 어떻게 이해해야 하는가에 대해 미담 저자의 의견에 제시되어 있습니다. 기적에 대한 독자들의 오해와 몰이해를 막기 위해서였을 것입니다.

영적은 기적의 옛말입니다. 이 글에 따르면, 영적 즉 기적이란 천주교가 참된 종교임을 보여주는 증거입니다. 임금의 글인지 아닌지 알 수 있는 것이 그 글에 찍힌 임금의 도장인 것처럼 기적은 하느님이 성교회에 찍은 도장과 같다는 첫 단락에 나온 표현이 참 멋집니다. 또한 교회에서는 기적이 세세대대로 셀 수 없이 이어지는데 이는 하느님이 항상 성교회와 함께 하시기 때문이라고 서술합니다. 교회에 대한 하느님의 사랑과 그 사랑에 대한 천주교인들의 자부심이 깃들어 있음을 알 수 있습니다.

천주교가 어디 있는지 모르거든 주님이 찍으신 영적의 도장이 어디 있는지를 찾으라는 권고와 함께 이 미담은 루르드 이야기로 이어집니다. 루르드에 찍으신 하느님의 도장을 찾아보라는 것이지요. 1906년부터 병에 걸렸던 마리아 뒤그로서는 폐결핵과 위장병으로 죽을 위험에 처합니다. 그녀는 병을 고칠 수 없음을 알고 루르드에 갑니다. 그녀가 루르드에 간 목적은 죽기 전에 성모님이 발현한 곳인 루르드를 보고 싶은 마음 때문이었습니다. 병을 고치고자 하는 마음보다 성모님의 발현지, 즉 그곳에 찍힌 하느님의 도장을 보고 싶은 마음이 먼저였습니다!

환자의 몸이었지만 열절한 신앙의 힘으로 마리아는 루르드의 성모님 발현지를 볼 수 있었습니다. 8월 5일에 루르드의 성모님 발현지 도착한 마리아는 8월 7일에 병 치유의 기적을 체험하게 되고 8월 8일에는 의사로부터 병 치유의 확증을 받습니다. 몇천 명의 사람들이 함께 보고 증거하였다는 보도를 통해 이 작품의 저자는 이 기적이 사실임을 강조합니다. 기적이 없다고 여기는 사람들은 루르드에 가면 지금도 실재하는 기적을 볼 수 있음도 언급합니다. 기적은 하느님이 선(善)과 전능(全能), 그리고 사랑으로 우리의 믿음과 신목(神目) 위에 찍으신 도장입니다.

더 알아보기

루르드의 성모 ㉠ 1858년 2월 11일부터 7월 16일까지 18회에 걸쳐 루르드에 발현하신 성모 마리아. 이 기간 동안 복되신 동정 마리아는 프랑스 루르드에 있는 마사비엘르의 동굴 위에서 14세 된 시골 소녀 베르나데타(Bernadette Soubirous, 1933년 12월 8일 성녀 베르나데타로 시성)에게 발현하였다. 마지막 회의 발현 때 성모는 자신을 일컬어 "나는 원죄없는 잉태이다"라고 하였다. 이 발현이 있기 4년 전(1854년) 교회의 교도권은 성모께서 원죄 없이 잉태되었다는 신앙을 교의로 선포한 바 있었다.

발현이 있었던 자리에 샘물이 솟아났으며 이 샘물로 목욕하거나 이곳에서 성체강복 예절을 할 때 질병 치유의 기적이 일어날 뿐 아니라, 영적 생활에 있어서 기적적인 회개와 은총을 체험하는 등 신앙적인 기적이 일어나곤 하였다. 교회는 1862년 이 발현을 공식적으로 인정하였고 발현하신 성모의 요청에 따라 성당을 건립하였는데 이 성당은 남 프랑스의 가장 웅장한 성당의 하나가 되어 있으며 루르드는 유명한 성지가 되어 세계 도처에서 수많은 순례자들이 모여든다. 이 발현을 기념하기 위하여 1891년 루르드의 성모 축일이 제정되고(2월 11일) 1907년 교황 성 비오 10세에 의하여 전교회의 축일로 지내게 되었다. 오늘날 여기에 병원을 설치하여 기적적인 치유의 진정성(眞正性)을 조사하고 있다. 이 병원은 자원 봉사자들로 구성된 세계적 조직을 갖고 있으며 봉사자들은 해마다 며칠씩 모여 환자들을 들것으로 운반하고 지체 부자유자들을 휠체어에 태워 샘물의 목욕을 시켜준다. 매년 600만 명의 인파가 루르드를 순례하고 있는데 이 숫자의 변동상황은 소설가 프란츠 베르펠(Franz Werfel)이 「베르나데타(Bernadette)」를 통하여 발표하고 있다.

루르드에서 부활한 부인

루르드의셔부활흔부인

　　작년 8월 31일에 루르드에서 다른 영적보다[1] 가히 크게 놀랍고 기이한 영적이 있으니, 실로 부활하였다 할 만하게 병이 나음이라. 그 병자는 마리아자곱^{마리아야곱}이라 하는 부인인데 백이의국^{벨기에} 안배르쓰 저자[2] 근처 볼게론후로레 35호에 살고, 나이는 34세이며 병증은 폐결핵(肺結核)인데, 더구나 제3기에 속하여 물론 고치지 못할 중증이라.[3] 그의 폐장뿐[4] 아니라 이미 목구멍까지[5] 썩어 가는데, 몇 달 전부터 안배르쓰 저자 병원에 입원하였으니, 그곳 신문기자 레네가엘 씨는 그 부인 병 나음에 대하여 아래와[6] 같이 기록하였더라.

　　나는 8월에 자주 병원에 가서 마리아자곱^{마리아야곱}의 간호부에게 그 병자의 증세를 물으니 간호부가 대답하기를, "가련한 병자는 시시로[7] 반사지경에[8] 이르러 번번이 죽은 줄로 알기를 몇 번하였는데, 웬일인지 이상하게 오히려 살아있으니, 그 숨넘어가는 소리를 할 때는 그만 절명한 줄로 알았다" 하고 그의 임종이 너무 김을[9] 간호부들은 놀라고 비참히 여긴지라. 나도 동정의 눈물을 금치 못하여 날마다 그

1　영적(靈蹟) : 신령스러운 사적. 기적의 옛말(『가톨릭대사전』).
2　저자 : 시장을 예스럽게 이르는 말. 작은 규모의 시장. 져즈 : 져재, 시장, 장터(『한불자전』).
3　중증(重症) : 매우 위중한 병세.
4　폐장(肺腸) : 폐와 창자.
5　원문은 '목구녁'.
6　원문은 '좌와 같이'. 여기서는 가로쓰기이기 때문에 '아래'로 고쳐 옮겼다.
7　시시(時時)로 : 때때로.
8　반사지경(半死之境) : 반죽음이 된 상태.
9　원문은 '김'.

병원에 가서 간호부의 말을 들으니, 병자가 이제는 말도 못하고 루르드의 물을 마실 힘도 없다 함으로, 나는 미구에[10] 죽을 줄로 알고 자주 가 물은즉, 간호부는 아직 그대로 있다고만 하는데, 한 번은 서로 말하기를 이런 병자가 루르드 성모의 보호하심을 입어 나으면 실로 기이한 일이겠으나, 그러나 루르드의 물을 몇 번이나 먹어도 조금도 효험이 없다 하였노라.

백이의국^{벨기에} 사람이 매년에 루르드에 참례하기 위하여 타는 기차는 8월 27일 오전 11시 25분에[11] 떠나는데, 그 병자의 부부는 크게 신덕이[12] 있는 고로, 그 남편은 이런 병자라도 루르드에 가면 반드시 나으리라 하여, 명이[13] 경각에[14] 있는 그 아내에게 말하였더라.

병자는[15] 크게 기뻐하여 그 겨우 남은 힘을 다하여 모기 소리 같은 목소리로 꼭 가고 싶다고 자주 청하거늘, 이에 27일에 그 남편은 자동차를 세 내어 자기의 아내가 기절을 하든지 곧 죽든지 그런 염려는 조금도 않고 자동차에 실어가지고, 안배르쓰 정거장으로 급히 달려간즉, 불행히 기차는 겨우 2, 3분 전에 떠난지라. 이 지경을 당함에, 천주의 성의가[16] 아니라 하고 낙심천만할[17] 터인데, 이때 병자는 겨우 기운을 차려 극히 괴로워하는[18] 미소한[19] 소리로 아무쪼록 가자하는 고로, 이제는 자동차를 뿌릭샐로 향하여 이번에는 기차를 쫓아가리라 하고 차가 뛰놀도록 극속력으로 달리니, 길이 험악하여 자동차는 격렬히 흔들려 병자는 기절을 하고 세상을 아지 못하니, 그 남편은 곁에 있어 그 모양만 보고 있는데 전혀[20] 시체와 같은지라. 그 시체와 같은 몸

---

10 미구(未久)에 : 오래지 않아.

11 원문 표기가 특이하다. 원문은 '팔월二十七일오견열흔시二十五분에'이다. 한글과 한자를 혼용해서 숫자를 표기했다.

12 신덕(信德) : 향주 삼덕의 하나. 하느님의 가르침을 굳게 믿는 덕.

13 명(命)이 : 목숨이.

14 경각(頃刻) : 눈 깜짝할 사이. 아주 짧은 시간.

15 병자(病者)는 : 환자는.

16 성의(聖意) : 천주의 거룩한 뜻.

17 낙심천만(落心千萬) : 바라던 일을 이루지 못하여 마음이 몹시 상함.

18 원문은 '고로와하는'.

19 미소(微少)한 : 아주 작은.

을 3천여 리나 되는[21] 먼 루르드까지 어찌 달려가리오, 하는 그 비참한 생각은 비할 데 없더라.

천신만고하여[22] 겨우 뿌릭샐부에 이르니, 그런 번화한 도회에 자동차가 많으나 그와 같이 속력으로 달리는 차는 없는데, 정거장에 이른즉,[23] 루르드에 가는 기차는 또 몇 분 전에 그 병자를 버리고 떠난지라. 실로 실망하지 아니할 수 없으나, 그러나 병자는 다시 작은 목소리로 "어디까지든지 그곳에 가기를 바라노라" 하니, 그때에 뿌릭샐에서 파리경으로 가는 급행차가 있음에, 급히 이등표 두 장을 사서 조금 나은 아내를 차에 올리고, 자기는 가난한 직공이나[24] 아내 구하기를 원하여 열심으로 성모 마리아께 구하였더라.

파리 북편 정거장에 온즉 루르드 가는 기차는 파리 저자 밖을 도는 철도를 지나서 루르드에 통행하는 철도와 연락을 하는 쉬비시 정거장으로 간다 하는 고로, 급히 자동차를 얻어 쉬비시 정거장으로 달려가는데, 이번에 또 차가 떠난 뒤에 가면 쓸데없는 고로, "항상 성모 마리아는 우리를 위하여 빌으소서" 하고 빌었더니, 다행히 루르드 가는 차가 아직 떠나지 아니하였더라. 그 기절하여 죽은 자와 같은 병자를 차에 실을 때에는, 모든 승객 중에 놀라지 아니한 자가 없었으니, "무슨 까닭으로 저런 병자를 기차에 싣고 더구나 멀고먼 루르드에까지 데리고 가려하는고. 분명히 중로에서[25] 죽을 것을" 하며 다 조소하니,[26] 그때에 그 남편은 대답하였는데, "나의 아내가 꼭 가기로 결심하니 이후에 어찌되는 것은 나에게 상관이 없고 성모 마리아께서 돌보심에 있다" 하더라.

아아, 저 신덕이[27] 어떻게 깊은고. 이 시체가 다 된 병자는 루르드에 이르기 전에

---

20 매우.
21 원문은 '되게'. 여기서는 문맥의 의미를 살려 '되는'으로 고쳐 옮겼다.
22 천신만고(千辛萬苦) : 천 가지 매운 것과 만 가지 쓴 것이라는 뜻으로, 온갖 어려운 고비를 다 겪으며 심하게 고생함을 이르는 말.
23 도착한즉. 니르다 → 이르다.
24 직공이지만.
25 중로(中路)에서 : 가는 도중에서, 가는 중에.
26 조소(嘲笑)하니 : 흉을 보듯이 빈정거리거나 업신여기니.
27 신덕(信德) : 향주 삼덕의 하나. 하느님의 가르침을 굳게 믿는 덕.

반드시 죽을 터인 고로 승객 중에 한 신부는 그에게 종부성사를[28] 행하였더라.

매년 8월 31일 오후 5시에는[29] 루르드 굴 주위로 성체거동을[30] 행하는데, 그때 성체거동하시는 어로[31] 좌우에 메어다 놓은 큰 병자가 무릇[32] 800명이요, 또 참배자는 거의 2만 명이라.

마리아자곱^{마리아야곱}은 굴 성모상 앞에 죽은 자와 같이 겨우 눈만 뜨고 누었는지라. 성체를 모신 탁덕은[33] 행렬을 따라 굴 앞에 이르렀는데, 마침 그 불쌍한 병자 앞에 조금 머물렀으니, 이것은 오 주 예수 그리스도께서 그를 불쌍히 여기신 것 같더라. 그러나 아직 예수가 불쌍히 여기심이 나타나지 아니하고, 그 탁덕은 그 굴에 들어가 성체를 제대상에 모셨더라.

그때에 마리아자곱^{마리아야곱}의 곁에 있던 의사가 후에 말하기를, "그때에 그 부인은 숨이 자주 끊어지고[34] 얼굴빛은 자줏빛 같은데 땀이 흐르고 입시울은[35] 희고 푸르며, 눈동자는 흩어지고, 맥은 있는 듯 없는 듯하여 전혀[36] 임종할 때와 같더라" 하더라.

성체가 휴감실[37]에 계실 때에 수만 인 참배자의 기구하는 소리는 우레와 같이 울리니, "예수는 우리를 긍련히[38] 여기소서, 예수여 낫게 해 주옵소서.[39] 마리아는 우리를 위하여 빌으소서" 하더라.

마리아자곱^{마리아야곱}은 그때에 보이지 않는 손으로 목을 잠매는 것 같이[40] 깨닫고,

---

28 종부성사(終傅聖事): '병자성사'의 전 용어☞【더 알아보기】.

29 원문은 '八月三十一日오후다슷시'.

30 성체거동(聖體擧動): 성체를 모시고 성당 밖을 행렬하는 행사☞【더 알아보기】.

31 어로(御輅): 임금이 타던 수레.

32 대체로.

33 탁덕(鐸德)은: 신부는.

34 원문은 '슨히고'. 여기서는 의미를 분명히 하기 위해 '끊어지고'로 옮겼다.

35 입시울: 입술의 옛말.

36 매우, 아주.

37 붉은 감실. '휴감실'에서 '휴'가 무슨 뜻인지 분명하지 않다. 사전에서도 찾을 수 없다. 여기서는 감실의 등이 붉다는 것을 고려하여 휴를 璃로 적용, 붉은 감실로 풀이한다. 감실(龕室)은 성당 안에 성체를 모셔 둔 곳.

38 긍련(矜憐)히: 불쌍히.

39 원문은 '예수여나하주옵쇼셔'. '나하'를 그 뜻을 살려 '낫게 해'로 옮겼다.

40 졸라매는 것 같이. 줌미다→쫌매다: '졸라매다'의 방언.

곧 소생한 것 같이[41] 즐거움을 깨달았으며, 새로이 혈액이 전신에 돌고, 한 이상한 힘이 머리로부터 발끝까지 뻗치는 것 같아 전혀[42] 나은 폐장에는[43] 공기가 능히 출입하는지라. 마리아자곱^마리아야곱이 곧 일어나서 성체를 향하여 감사함을 마지아니하고 무릎을 꿇고 부복하더라.[44]

수만 인의 참배자는 이를 보고 크게 놀라 다만 정신없이 보고 있을 뿐이러니, 곧 예수마리아를 부르고[45] 감사하더라.

이리한지 한 시 쯤 지내어 후쓰 박사와 바르멘지에 박사와 쓰푸린 박사와 되리 박사 등 4인은 번갈아 그 부인을 진찰하였는데, 병의 기운 같은 것은[46] 극소한 미증이라도[47] 발견하지 못하였으니, 그 부인은 순식간에 그 고칠 수 없는 병의 나음을 입었더라.[48]

이 영적을[49] 입은 부인은 전혀[50] 건전한 사람이 되었으니, 그가 병으로 인하여 심히 척골이[51] 된 고로, 아이와 같이 60근에[52] 지나지 못하였으나, 그 힘은 다른 사람과 같아 몇 시간을 연하여[53] 타인으로 더불어[54] 영적 입은 일을 말하든지 걸음을 걷든지, 조금도 피곤한 줄을 알지 못하더라.

해설

앞서 소개한 미담에 이어 이 작품도 루르드의 기적을 소개한 미담으로, 마리아 야곱이라는

---

41 거의 죽어가다가 다시 살아나는 것 같이, 회생하는 것 같이. 소생(蘇生)하다.
42 완전히.
43 폐와 창자에는 ☞ 주 4.
44 부복(俯伏)하더라 : 고개를 숙이고 엎드리더라.
45 그 당시 기도가 예수마리아 이름을 부르는 것.
46 원문은 '병긔석라온것은'. 병기(病氣) : 병의 기운.
47 미증(微症) : 작은 증상.
48 은혜를 입었다는 의미에서 '병의 나음을 입었더라'라고 표현.
49 신령스러운 사적 ☞ 주 1.
50 완전히.
51 척골(瘠骨) : 훼척골립(毁瘠骨立)의 준말. 너무 슬퍼하여 몸이 바짝 마르고 뼈가 앙상하게 드러남.
52 근 : 무게의 단위. 한 근은 고기의 경우 600g. 60근은 약 36kg.
53 연(聯)하여 : 이어서.
54 타인과 함께, 다른 사람과 함께.

폐병 환자가 남편과 함께 루르드에 방문하여 치유의 기적을 체험한 내용입니다. 다른 작품에 비해 분량도 무척 길고 인물이나 사건에 대한 묘사도 구체적입니다. 루르드로 가는 여정에 대한 묘사나 또 마리아 야곱이 치유되는 때 일어난 몸의 변화를 생생하게 전달하고 있습니다. 벨기에 출신인 마리아 야곱은 신부님도 종부성사를 줄 정도로 병세가 무척 심한 환자였지만, 믿음으로 루르드에 가서 치유의 은총을 받은 후, 자신이 입은 기적의 은총을 전하는 데 지칠 줄 몰랐다고 합니다.

루르드에 가기를 원하는 병든 아내를 위해 어려움을 하나하나 해결하면서 그녀와 동행했던 남편의 모습이 감동적입니다. "나의 아내가 꼭 가기로 결심하니 이후에 어찌되는 것은 나에게 상관이 없고 성모 마리아께서 돌보심에 있다"는 그의 고백에는 결과에 연연하지 않으면서 성모님께 온전히 의탁하는 신앙인의 모습이 배어 있습니다.

이 미담의 중간 부분에는 루르드에 모인 환자들의 기도문이 나옵니다. 첫 번째 기도문인 "예수는 우리를 긍련히 여기소서. 예수여 낫게 하소서. 마리아는 우리를 위하여 빌으소서"는 성모님께 의탁하면서도 기적을 베푸는 분은 예수님임을 분명히 제시하고 있습니다. 또 하나의 기도는 예수마리아 호칭기도입니다. 기적의 현장을 목격한 수많은 참배자들은 크게 놀란 후, "예수마리아를 부르고 감사"하였습니다. 앞의 기도가 청원의 기도였다면 기적 후 예수님과 마리아를 부른 것은 감사기도라 할 수 있습니다. 이름을 부르는 것만으로도 기도였음을 알 수 있는 대목입니다. 이렇게 이름을 부르는 기도가 교회의 오랜 전통 중 하나인 '성명기도' 지금은 '예수성명 호칭기도', '성모 호칭기도'라 불리는 기도입니다.

오늘날에도 많은 환자들이 고통 중에 있습니다. 루르드의 기적 미담은 루르드에서만이 아니라 우리 마음 안에서, 우리 지역 안에서 이어져야 할 이야기입니다. 그분께 자비를 구하고 그분의 이름을 부르며 환자들의 고통과 치유에 함께 할 수 있는 가족, 그리고 이웃이 필요합니다. 그것이 루르드의 기적 안에 계신 예수님과 성모님의 마음이기도 합니다.

루르드의 성모 ☞ 미담 40.

종부성사(終傅聖事) 〔가〕 라틴어 Extrema Unctio, 영어 Sacrament of Extreme Unction. 성체성사를 받고 의사능력(意思能力)이 있는 신자가 병이나 노쇠로 인하여 죽을 위험에 놓였을 때 받는 성사. 수세기 동안 죽음에 임박한 중환자만이 이 성사를 받게 하는 경향이 있었고 이 성사를 종부성사 즉 '마지막 도유(extrema unctio)'라 불렀다. 그러나 제2차 바티칸 공의회 이래 이를 '병자의 성사(sacramentum unctionis infirmorum)'라 부른다. "종부를 더 적절히 표현하자면 '병자의 도유(unctio infirmorum)'라고 할 수 있으니, 이는 죽을 위험이 임박한 이들만을 위한 성사가 아니다. 그러므로 신자가 병이나 노쇠로 죽을 위험이 엿보이면 벌써 이 성사를 받기에 합당한 시기가 된 것이다"(전례헌장 73). 병자성사.

성체거동(聖體擧動) ☞ 성체행렬. 가 지금은 성체행렬이라고 한다. 성체를 모시고 하는 행렬로, 초대 교회 때부터 행한 대표적인 신심 행사이다. 지침서에 교구장은 성체에 대한 마땅한 존경을 유지하고, 현실적인 환경을 고려하여 거행하라고 하였다. 그리고 특히 성체행렬을 하기 전에 미사를 거행하고, 그 거동에 모실 성체를 이때 축성하며, 미사 후에 성체 조배를 한 다음, 거동을 하도록 하고 있다.

오늘날에 와서 성체행렬의 예식은 집회로 발전하였다. 교회는 성체 신심을 어떤 주제와 연결시켜, 일정한 관점에서 성체 신비의 공경을 드리기 위해, 성체 대회 행사를 지역별 국가별로 행할 수 있도록 배려하고 있다. 전 세계적인 행사로는 세계 성체 대회가 있다.

마술의 해로움

마술의해로움

이 사적은 마술을[1] 의뢰하여 이를 도모하는 자가 도리어[2] 마귀의 해를 입음이라.

옛적에 로마부에 한 소년이[3] 이욕에[4] 방사하여[5] 자기 영혼을 돌아보지 아니하고 오래 고치지 아니하니, 인하여[6] 재물이 없어져 하고자 하는 바를 못하니 그 벗이 보고 가로되, "네 집 토굴 속에 금은광이 있으니 너가 어찌 취하여 쓰지 아니하느뇨?"이 소년이 듣고 심히[7] 기뻐하며 마술을 빌어 얻고자 하여 항상 마귀에게 도움을 구하되, 천주가 그 영혼을 애련이 여기사 차마 마귀가 와해하지[8] 못하게 하신 고로 제 소원대로 되지 아니하더라.

이 소년이 마침내 미혹하여[9] 깨닫지 못하고 또 마귀에게 와서 재물을 얻는데 도와주기를 구함으로, 천주가 이에 버리시어[10] 소원대로 하게 하시니, 하루 밤은 이 소년이 평안히 자는데 홀연 문 두드리는 소리가 나거늘, 급히 나가 누구냐 물으니 그가 대답하되, "네가 재물을 얻기 위하여 도와주기를 바라던 자이로라" 하는지라. 소년이 금은 얻기에 욕심이 간절하여 옷을 걷어들고 일어나 놀랍고 기뻐하여 성모상을 목에 걸

---

1   여기서는 '주술'의 의미. 마귀의 술책.

2   원문은 '도로혀'.

3   청년. 원문은 '쇼년' → 소년(少年) : 젊음, 청년기(『한불자전』). 당시에는 청년을 소년으로 지칭하였다.

4   이욕(利慾) : 사사로운 이익을 탐내는 욕심.

5   방사(放射)하다 : 중심에서 사방으로 내뻗치다.

6   인(因)하다 : (—으로) (흔히 인하여, 인한 꼴로 쓰여) 어떤 사실로 말미암아.

7   매우.

8   와해(瓦解)하다 : 조직이나 계획 따위가 산산이 무너지고 흩어지다. 기와가 깨진다는 뜻에서 나온 말.

9   미혹(迷惑)하다 : 정신을 차리지 못하다.

10   원문은 '브리샤'.

고 칼을 가지고 나가니, 마귀가 토굴 속으로 점점 들어가거늘 소년이 따라 들어가니 허다한[11] 금은보배가 있는지라. 이 사람이 마땅히 취하기에 믿지 못할까 할 것이로되, 이미 놀람이 심하여 전체가 떨려 마음대로 못하고 도로 방에 와서 누워 삼일 만에 놀라[12] 죽었으니, 일로[13] 보면 마귀를 빌어 재물을 얻고자 하는 자 오히려 마귀로 하여금 제 생명을 잃은즉, 사람이 반드시 마술을 믿지 않을[14] 것이오, 또 재물을 탐치 아닐 것이니라.

　이 작품부터 미담 47까지는 신앙생활에서 조심해야 할 것들과 따라야 할 것들에 대한 미담들이 이어집니다. 각각의 작품마다 첫 문장에 주제를 제시하여 독자가 내용을 이해하는 데 도움을 주고 있습니다. 그중 첫 번째인 이 미담은 마귀와 재물을 조심하라는 미담입니다. 마귀의 힘을 빌어서라도 재물을 얻고자 한 이 작품의 주인공인 소년은 마귀를 따르다가 결국 목숨을 잃고 맙니다. 특이한 것은 그가 마귀를 따라 토굴로 가면서도 목에는 성모상을 걸고 있었다는 점입니다.

　소년은 천주교 신자이면서도 마귀의 힘으로 재물을 얻고자 한 인물이었을지도 모릅니다. 이 미담은 현세의 이익을 위해서라면 천주든 마귀든 분별하지 못하는 어리석음과 영혼보다는 재물을 탐하는 자의 종말을 보여줌으로써 신앙에 충실할 것을 권고합니다. 동시에 영혼과 재물, 천주와 마귀가 각각 쌍을 이루면서 영혼을 살피고 천주를 믿는 자와 재물을 추구하고 마귀를 따르는 자가 양립할 수 없음을 보여줍니다.

11　허다(許多)하다 : 수효가 매우 많다.
12　원문은 '놀내어'.
13　일로 : '이리로'의 준말.
14　원문은 '아닐'.

헛맹세를 말라

헛밍셰를맒이라

이 기록한 사적은 헛맹세를 발하면[1] 밝히[2] 천주께 중벌 받음을 나타냄이다.

옛적에 이태리이탈리아 국가에 바다 섬 하나가 있으니, 섬 중에 한 과부가 그 지아비 죽은 후에 은전 삼백이 끼쳐있는지라.[3] 혹 도적의 환이[4] 있을까 하여, 그 이웃 사람에게 부탁하여 간수케 하였는데 과부가 성품이 정직한 고로 문서를 아니하였더니[5] 그 후에 자기 딸을 출가시킬 때에 그 맡은 사람에게 그 은전을 달라 한즉, 그 사람이 생억하여[6] 이르되, "내가 언제 네 은전을 맡았느뇨? 네가 과연 은전을 찾고자 하거든 관가로 가자" 하니, 이 여인이 원통함을 이기지 못하나 증거가 없고 그 일을 아는 이는 오직 그 사람의 아내이나, 그 아내가 밝히지 아니함으로 어찌할 길 없어, 그 사람과 한가지로[7] 관가에 가니 관원이 밝히 알 수 없음에 그 은전 가진 자더러 맹세를 하라 하는지라. 그 사람이 양심을 속여 맹세하되, "내가 만일 그 은전을 가졌으면 온 집이 다 함몰하리라" 하고, 그 아내도 또한 그와 같이 맹세하거늘, 관원이 이에 돌려보내니 천주의 벌이 곧 내리는지라. 그 아내 세 아들이 있으니 가장 어린 아이는 겨우 두 달이요, 가운데 아이는 5세요 맏아들은 25세라. 겨우 집에 돌아온즉 어린 아이가 이미 눌려 죽었거

---

1   발(發)하다 : 어떤 내용을 공개적으로 펴서 알리다.
2   똑똑하고 분명하게, 환하게.
3   여기서는 '남아 있는지라'의 의미. 끼치다 : 어떤 일을 후세에 남기다. 영향 은혜 따위를 당하거나 입게 하다.
4   환난(患難) : 근심이나 재난.
5   여기서는 문권(文券)으로 기록하지 않았다는 뜻. 즉, 땅이나 집 따위의 소유권이나 그밖의 권리를 증명하는 문서로 작성하지 않았다는 뜻이다.
6   지금은 쓰지 않는 단어. '생하다'와 '억하다'의 합성어로 이해하여 해석하면, '응하지 아니하고 감정이 북받쳐서 가슴이 막히는 듯하며'로 추측할 수 있다.
7   함께.

늘 그 어미가 원통함을 이기지 못하여 그 가운데 아이를 죽였더니, 그 지아비 와서 그 아내의 한 소위를 보고 대노하여 그 칼을 빼앗아 아내를 죽이니, 이에 이웃 사람이 많이 모여 크게 요란할 즈음에 관차가[8] 그 집에 와서 그 손에 칼이 오히려 있음을 보고 곧 관가로 압송하여 죽일 형벌로 정하니, 그 땅에 사람 죽일 형역이[9] 없더니, 그 맏아들이 어미 죽음을 보고 마음에 통한하여[10] 그 아비를 원수로 하여 제 손으로 아비를 죽인지라. 그러나 천주의 벌이 오히려 그치지 아니하여 그 아들이 제 손으로 아비를 죽이고 마음이 불안하고 전에 잘못함을 통한하여 또한 칼을 가지고 스스로 죽으니, 일로 황연히[11] 천주의 벌이 관가에서 맹세한 말과 같이 되니라.

해설

이 미담은 맹세를 헛되이 하면 벌을 받는다는 내용입니다. 배경은 이탈리아의 어느 섬이고 주요 인물은 과부와 과부의 은전을 맡아두었던 이웃입니다. 과부는 자신의 도적이 두려워 가까운 이웃에게 은전 삼백을 맡겨두었는데, 딸의 혼사를 앞두고 이를 되찾으려 하였으나 맡겼던 이웃 부부가 이를 외면합니다. 홀로 딸을 키우며 이웃을 믿고 자신의 재물을 맡겼던 과부가 얼마나 상심하고 고통스러워했을지 가히 짐작할 수 있습니다. 이웃집 남편은 자신의 결백함을 증명하기 위해 헛맹세까지 합니다. 그런데 그 맹세처럼 그의 두 달 된 막내아들은 눌려 죽고, 아내는 둘째 아들을 죽이고, 그는 아내를 죽이고, 또 맏아들은 그 아비를 죽이고 자결함으로써 온 가족이 모두 죽는다는 끔찍한 내용입니다.

이 미담은 일상생활을 하면서 작든 크든 거짓된 말과 행동, 특히 하늘에 대고 하는 헛된 맹세를 조심해야 함을 강조합니다. 작품에서 가해자 가족은 하느님의 중벌을 받은 것으로 제시되어 있지만 내용상 자신이 자신의 화를 자초한 것이기도 하니, 무엇보다 우리는 스스로 언행을 조심하고 하늘 무서운 줄 알고 살아가던 옛 사람들의 지혜를 배워야 합니다. 또한 그것이 누구보다 천주교인들의 신앙생활이기도 하였음을 기억해야 합니다.

---

8 관차(官差) : 관아에서 파견하던 군뢰, 사령 따위의 아전. 원문은 '관채'.

9 형벌을 맡은 자. 현재는 사용하지 않는 단어. 『한불자전』에 등재되어 있지 않으며, 『표준국어』에서는 '형역(形役)'이 이 글의 문맥과는 다른 뜻(정신이 물질의 지배를 받음, 공명과 잇속에 얽매임)으로 풀이되어 있다.

10 몹시 분하고 억울하여 한스럽게 여겨.

11 환히, 밝게. 원문은 '황연이'.

천주의 성명을 훼욕하지 말라

텬쥬셩명을훼욕ᄒ지맕이라

이 사적은 천주성명을[1] 훼욕하는[2] 자는 반드시 주의 벌을 받음이라.

옛적에 한 사람이 적악이[3] 심하여 관가에 잡혀 갇혔으나, 오래도록 방사하여[4] 고치지 아니하는지라. 마침 예수고난주일을 당하여 한 탁덕이[5] 그 영혼을 불쌍히 여겨 옥중에 가서 통회하기를 권하고 또 천주를 욕하던 행실을 속히 고치라 하니, 그 사람이 듣지 아니할 뿐 아니라 도리어[6] 노하여 꾸짖어 왈, "이후에는 전보다 더 하리라" 하고 돌아서서 고치지 아니할 뜻을 보임으로, 탁덕이 부득이하여 도로 왔더니 천주의 벌이 곧 내리는지라.

하루 밤에는 그 사람이 땅에 누웠으니 마귀 둘이 하나는 등불을 가지고 하나는 빈손으로 와서, 빈손[7]으로 온 마귀가 그 사람을 공중에 던져[8] 마치 죽[9] 방울 받는듯하여 내려올 때마다 그 입시울을[10] 받아 입시울이 다 깨어져 반은 죽었으되, 마귀의 해가 오히려 그치지 아니하여 그 혀를 매여 말을 못하게 하니, 비록 의원을 청하여 고치려 하나 치료할 법이 없는지라. 이에 탁덕을 청하여 고해하려 하니 혀가 맺혀[11] 고해를

---

1   성명(聖名) : 거룩한 이름. 하느님, 천사, 성인의 거룩한 이름. 그리스도나 성모 마리아의 거룩한 이름.
2   헐뜯어 욕하는.
3   적악(積惡) : 남에게 악한 짓을 많이 함.
4   방사(放肆)하다 : 제멋대로 행동하며 거리끼고 어려워하는 데가 없다.
5   신부(神父)가.
6   원문은 '도로혀'.
7   원문에 앞에서는 '뷘손' 뒤에는 '븬손'으로 나와 있다. 하나는 오타인 듯. 모두 '빈손'이라는 뜻.
8   원문은 '더져'. 더지다 → 던지다. '더지다'는 '던지다'의 함경도 방언.
9   계속해서, 한 줄로 끊어지지 않고 이어지는 모양.
10   입술.
11   원문은 '매쳐'.

못하고 드디어 통고[12] 중에 죽으니, 무릇 이런 악습을 고치지 않으면[13] 천주의 의노를 면치 못하는지라. 이때 불란서^{프랑스} 국왕이 천주께 기구하되,[14] "우리 백성을 보사 그 평안한 복을 누리게 하소서" 하였더니, 천주 친히 가라사대,[15] "네 나라 백성 중에 천주성명을 훼욕하는[16] 자가 있으면 비록 평안하고자 하나 얻지[17] 못하리라" 하시니, 이로 보면 천주가 이런 죄를 벌하심이 어떻게 중하신고.[18]

이 미담은 천주의 거룩한 이름을 욕하는 자는 벌을 받는다는 내용입니다. 천주의 이름을 욕하는 것은 어떤 것일까요? 이 미담에 따르면 회개하지 않고 악습을 고치지 않는 행동을 이릅니다. 이 미담의 주인공은 교회에서 1년 중 가장 성스러운 주간이 시작되는 예수고난주일에 그런 악습을 행합니다.

첫 단락은 주제부, 두 번째 단락은 천주성명을 욕되게 한 일화, 세 번째 단락은 주인공이 벌을 받는 모습을 소개합니다. 프랑스를 배경으로 한 이 미담의 주인공은 남에게 악한 짓을 하고 관가에 갇힌 사람입니다. 그 영혼을 불쌍히 여긴 신부님이 예수고난주일에 통회할 것을 권하나 따르기는커녕 앞으로 더 하겠다고 으름장을 놓습니다. 결국 그는 마귀의 해를 받고 뒤늦게 고해를 하고자 하나 혀가 뭉쳐서 고통 중에 죽고 맙니다. 특히 마지막 단락에서 주인공이 마귀의 해를 받는 장면이 인상적입니다. 등불을 가지고 온 마귀와 빈손으로 온 마귀가 주인공을 공중에 던져 주거니 받거니 하는데 받아낼 때는 그의 입술을 받아 입술이 깨어지는 장면을 상상해 보십시오. 입으로 죄를 지은 주인공은 입술의 벌부터 받아서 결국은 혀가 매어지고 그 입 때문에 고해를 할 수 없게 됩니다. 입으로 짓는 죄를, 특히 회개하지 않고 막말을 하는 입을 조심해야 한다는 미담입니다.

---

12 고통.

13 원문은 '아니면'.

14 기도하되.

15 말씀하시되.

16 헐뜯어 욕하는.

17 원문은 '엇지'.

18 얼마나 크신고.

예수고난주일 〔가〕지금은 예수수난 성지주일로 칭한다. 부활절 바로 전의 주일로 예수가 수난 전에 예루살렘에 입성한 것을 기념하며, 이날부터 성(聖)주간이 시작된다. 이날 교회는 성지 축성과 성지 행렬의 전례를 거행하는데, 이는 예수의 예루살렘 입성 때 백성들이 승리의 상징으로 종려나무 혹은 올리브나무 가지로 예수가 가는 길바닥에 깔았던 일에서 연유한다. 원칙적으로 성지 축성과 분배는 성당 밖에서 행해지며 성지 행렬의 복음 낭독 (루가 19 : 28-40) 후 향을 피우며 십자가를 앞세우고 성지를 손에 든 사제와 신자들이 행렬을 이루어 성당에 들어 가 미사는 개회식이 생략되고 본기도에서부터 시작된다. 이 날 축성된 성지는 1년 동안 잘 보관하였다가 다음 해에 태워서 재의 수요일 예절에 사용된다.

미사참례의 이익

미사참예의리익

이 기록한 성적은[1] 평일에 항상 미사참례[2]하는 자는 홍은을[3] 입음이라.

옛적에 한 사람이 손재주로 생애하는데[4] 열심이 있음으로 매일 미사에 참례하더라. 하루는 새벽에 나가 누가 일을 시킬까 하여 오래 기다리되, 아무도 청하는 이 없고 마침 종소리가 나거늘 드디어 성당에 가 미사참례하고 마친 후에 당에서[5] 나와 본즉, 다른 장인은[6] 다 불려가 일을 하고 한 사람도 없는지라. 부득이 집으로[7] 도로 오는데, 길에서 한 부자를 만나 부자가 물어 가로되, "네가[8] 어찌하여 좋지 아니한 빛이 있는 듯하뇨?" 이 사람이 그 연고를 말하니 부자가 자세히 보다가 그 열심교우인 줄을 알고 곧 일러 가로되, "네가 가서 나를 위하여 미사참례하면 내가 네게 일한 품값을 주리라." 이 사람이 드디어 성당에 가서 미사참례할 때[9] 그 성당에서 미사 드리는 대로 다 참례하고 돌아옴에 부자가 140은전을 주거늘, 이 사람이 받아가지고 도로 오는데 이 사람이[10] 집에 이르지 못하여 길에서 한 기이한 사람을 만나 자세히 본즉, 몸에 아름

---

1   성적(聖蹟) : 기적, 경이(『한불자전』). 『표준국어대사전』에서는 성적(聖蹟)이 성스러운 사적이나 고적으로 풀이되어 있다. 본문에서 '성적'은 문맥상 『한불자전』의 풀이대로 이해하는 것이 타당하다. 즉 기적. 원문은 '셩젹'.

2   참례(參禮) : 미사에 참여함. 원문은 '참예'.

3   홍은(鴻恩) : 넓고 큰 은혜.

4   생계를 꾸리는데. 여기서 '생애'는 생계(生計)의 의미.

5   성당에서.

6   장인(匠人) : 손으로 물건 만드는 일을 업으로 하는 사람.

7   원문은 '에로'.

8   원문은 '너가'. 여기서는 '너ㅣ'를 '네가'로 옮긴다.

9   원문은 '시'.

10   원문은 '취'. 이는 '차 + 이'. '차'는 대명사 '이'의 뜻으로 앞에 있는 이 사람을 지시한다. 그래서 여기서는 의미를 분명하게 전하기 위해 '이 사람이'라고 옮겼다.

다운 옷을 입었으니 이는 오 주 예수가 그 미사참례한 공을 갚고자 하사 특별히 강림하여 발현하심이러라. 곧 물어 왈, "네가 오늘 새벽에 부자를 위하여 미사참례한 값을 얼마나 얻었느뇨?" 대답하되, "140은전을 얻었나이다." 예수가 이상히 여겨 가라사대,[11] "어찌하여 이같이 적게 받았느냐? 네 공의 값이 부족하도다. 네가 그 부자에게 가서 길에서 만난[12] 말을 하고 더 달라 하라." 이 사람이 곧 부자에게 가서 그 만난 말을 하고 더 주기를 청하니, 부자가 60전을 더 주거늘, 이 사람이 받아가지고 도로 올 때 길에서 또 그 사람이 나타나 물어 왈, "부자가 얼마나 더 주더냐?" 대답하되, "60전을 더 주더이다." 그 사람이 또 가로되, "어찌 이같이 적게 주더냐? 네가 또 가서 부자를 보고 두렵게 하는 말로 말하며, 길에서 만나 한 일을 말하고 더 달라 하라." 이 사람이 또 부자에게 가서 그 일을 말하니 부자가 두렵게 하는 말을 듣고 이상히 여겨 이에 돈 천전과 또 옷 한 벌을 주거늘, 이 사람이 기뻐하여 집에로 돌아가니라. 이를 보건대 미사참례를 잘 하면 갚으심이[13] 이러하니, 어찌 사람이 가히 미사참례를 아니하리오. 또한 미사참례함은 오직 자기만 그 갚음을[14] 얻을 뿐 아니라 다른 사람을 위하여 참례하여도 다른 사람이 그 신익을[15] 얻느니,[16] 이 사람이 부자를 위하여 참례함으로 그 부자가 크게 신익을 얻었나니라. 대저[17] 이날 밤에 그 부자의 꿈에 예수가 나타나시어[18] 가라사대, "네가 중죄 있어 본디[19] 오늘 밤에 죽을 것이로되, 지난 새벽에 그 장인을[20] 시켜 대신으로 미사참례함으로 면함을 얻었나니라" 하시니, 그 부자가 전죄를[21] 통회하고 날로 새롭게 하여 마침내 선종을[22] 얻었나니라.

---

11 말씀하시되. '가로되'보다 높임의 뜻을 나타낸다.
12 원문은 '맛난' → 만난. 맛나다 : 만나다의 옛말.
13 원문은 '갑흐심'.
14 원문은 '갑흠'.
15 신익(神益) : 신령한 이익.
16 원문은 '얻ᄂ니'.
17 대저(大抵) : 대체로 보아서. 대컨. 비슷한 말은 무릇. 『한불자전』에서는 이 단어를 '약, 거의, 그처럼, 책에서 이 단어는, 문장 첫 머리에서 명백히라는 라틴어에 부합한다'로 풀이한다.
18 원문은 '나타나샤'.
19 원문은 '본디'.
20 ☞ 주 6.
21 전죄(全罪) : 모든 죄를.
22 선종(善終) : 임종 때에 성사를 받아 큰 죄가 없는 상태에서 죽는 일 ☞【더 알아보기】.

　이 미담은 미사참례의 이로움에 대한 것으로 특히 평일 미사참례를 권하는 내용입니다. 앞의 미담들이 하지 말아야 할 것들과 그것을 행하여 벌을 받는 내용이었다면 이 작품과 미담 46, 미담 47은 행하면 좋은 일들과 그 때문에 받게 되는 은총에 대해 소개합니다. 첫 번째로 이 작품에서 권하는 것이 매일 미사참례입니다. 주제부와 미담부로 구성된 이 미담의 특징은 대화를 통해 사건을 전개한다는 점입니다. 이 미담의 주인공인 장인과 부자의 대화, 장인과 예수님의 대화, 부자와 예수님의 대화가 이어집니다.

　장인과 부자의 대화는 이 미담의 발단이라 할 수 있습니다. 미사를 참례하는 바람에 일을 놓친 장인은 길에서 우연히 부자를 만나 이야기를 나누게 됩니다. 그의 사정을 알게 된 부자는 장인에게 자신을 위해 미사를 참례해주면 품값을 주겠다고 약속하고 그 약속대로 140은전을 미사 값으로 장인에게 줍니다. 장인은 다시 길에서 강림한 예수님을 만나 미사 값에 대해 이야기합니다. 예수님은 미사참례한 값으로 얻은 140전이 적다고 하고 더 받으라고 권합니다. 장인은 부자에게 다시 청해 돈 천 전과 옷 한 벌을 얻습니다. 마지막 대화는 꿈에서 부자가 예수님을 만나 이야기를 하는 장면입니다. 예수님은 꿈에 나타나 부자가 중죄를 얻어 죽을 뻔했는데 장인이 대신 미사를 참례함으로써 그 벌을 면하게 되었음을 알려줍니다.

　이 미담은 미사참례가 미사를 참례한 본인뿐 아니라 다른 사람에게도 도움이 될 수 있음을 전합니다. 일을 못한 장인에게 미사 값으로 은전을 베푼 부자가 은인 같지만, 더 큰 은혜는 부자가 받습니다. 미사 덕분에 장인은 생계를 해결할 수 있었고, 부자는 목숨을 구합니다. 이 작품은 미사참례를 삶의 중심에 놓고 은총의 근원으로 삼았던 천주교인들의 신앙 고백이라고도 할 수 있습니다.

선종(善終) ☞ 미담 6.

미사 ㉮ 라틴어 Missa, 영어 Mass. 미사(초기 원시교회에서는 '빵나눔', 2~3세기에는 '감사기도, 감사', 4세기에는 '제사, 봉헌, 성무, 집회' 등으로 불러왔다)라는 용어는 라틴어의 'Missa'에서 유래됐으며, 중국어(彌一)나 한국어로 그 발음을 딴 것이다. 이 용어는 5세기부터 서방 라틴교회에서 예수 그리스도의 십자가상 제사를 재현하며 최후만찬의 양식으로 그리스도 친히 당신 교회 안에 물려 준 가톨릭 교회의 유일한 만찬제사를 지칭하는 말로 통용되었다. 'Missa'라는 라틴어는 '보내다', '떠나보내다', '파견하다'의 뜻을 가진

'Mittere' 동사에서 파생되었다. 본래 'Missa'라는 용어는 교회 안에서 처음 사용된 것이 아니라, 로마시대 일반 사회에서 통용되던 것이다. 즉 'Ite, Missa est'라는 관용어는 법정에서 '재판이 끝났다'는 것을 선포한다든지 혹은 황제나 제후, 고관대작들을 알현한 뒤 '알현이 끝났다'는 것을 알려주는 말이었다. 이것을 교회가 받아들여 거룩한 집회인 미사성제(聖祭)가 끝났음을 선포하는 말이었다. 이러한 의미에서 신자들이 함께 모이는 집회의 대당적(對當的)인 뜻을 표시하는 모임의 해체를 의미한다고 하겠다. 또한 Missa는 '파견한다'는 뜻도 지니고 있다. 즉 신자들은 미사성제에 참여하여 하느님의 말씀을 듣고 무한한 구원의 은총에 감싸였으므로 이제 하느님의 진리의 말씀과 구원의 희소식을 모든 사람에게 전파하기 위하여 파견된다는 의미도 지니고 있다.

미사는 가톨릭 교회인 천주교의 거룩한 제사다. (…중략…) 7세기 중엽에 와서는 오늘날의 서방 라틴교회 미사 형태가 거의 완성되었으며, 8~10세기에 북구라파 지방에서 낮은 목소리로 하는 사적 기도들이 특히 입당과 봉헌과 영성체 부분에 삽입됐을 뿐이다. 그 뒤 트리엔트 공의회(1545~1563)의 전례쇄신 의도에 따라 새로 정비된 성 비오 5세의 통일 미사경본이 1570년에 출간되었다. 이 미사경본으로써 로마 라틴교회는 제2차 바티칸 공의회의 전례쇄신에 의한 미사경본이 출간 될 때(1969)까지 400년간 통일적이며 고정된 미사성제를 거행하여 왔다. 16세기 말엽에 동양에 전주교가 전래될 때 이 고정화된 통일 미사경본을 사용해야만 했고, 따라서 18세기 말엽 중국을 통해 한국에 전래된 천주교회도 이 미사경본에 따라 미사성제를 거행하였다. 당시에는 토착화(土着化)의 가능성이 주어지지 않았을 뿐 아니라, 전례용어로서 라틴어를 고수함으로써 신자들이 미사성제의 내용을 알아들을 수도 없었다. 그럼에도 한국 천주교회는 1935년 덕원(德源)에서 미사경본이 한국어로 번역되어 대본으로 사용되게 됨으로써 신자들의 미사참여에 있어 큰 도움을 주었다.

제2차 바티칸 공의회 뒤 전례쇄신의 일환으로 개정된 바오로 6세의 미사경본에는 성찬기도 3개가 새로 첨가되었을 뿐 아니라, 모국어 사용을 허용함으로써 모든 신자들이 능동적으로 참여할 수 있게 되었고, 복음과 구원 진리를 선교적 선포의 강조로 성서봉독의 폭을 대폭 늘려 3년 주기로 봉독하게 하였고, 신자들의 적극적 참여를 위하여 미사 중의 역할을 분담케 하였다. 예수 그리스도의 수난과 죽음, 부활 승천을 기념하며 그의 몸과 피를 받아 모시는 성찬의 잔치를 베푸는 미사성제는 가톨릭 신자들의 그리스도교적 생활의 중심이며 원동력이다. 미사성제로써 하느님 아버지께 그리스도를 통하여 성신의 힘으로 최대의 찬미와 영광을 드리며 그리스도께서 다시 오실 때까지 그의 죽으심과 부활하심을 선포하고 증거하는 그리스도 신자들에게는, 제사와 잔치의 성격을 조화시켜 우리의 것으로 만드는 토착화의 과제가 부과되어 있다. (崔允煥)

부모를 효도로 섬김이라

부모를효도로섬김이라

이 기록한 사적은[1] 사람이 마땅히 효도로 그 어버이를 봉양함이라.

전에 일본국 한 가난한 집에 아들 셋이 있어 효성이 지극하니 주야로 근고하여[2] 그 모친을 공양할 때, 비록 심히 근고하나 일용이 항상 부족하여 근심하더라. 하루는 세 아들이 한 계교를 내니, 이때 국왕이 령을[3] 내리되 무릇 도적을 잡아 오는 자면[4] 후한 상을 주리라 하거늘, 세 아들이 이 기회를 얻음에 서로 공론하고 삼 형제 중에서 하나를 도적놈으로 정하고, 누가 도적놈이 되는지 제비를[5] 뽑으니 막동 아우가 뽑힌지라. 그 아우를 거짓도적이라 하여 관가로 압송하니 관가에서 후히 상을 주고 그 아우를 옥중에 가두는지라. 두 형이 돌아올 때 옥에 가서 그 아우를 이별할 제,[6] 서로 안고 서로 친구하고[7] 또한 서로 울 때 마침 관원이 멀리서 보고 이상히 여겨 왈, "저들이[8] 도적이라 하더니 어찌 그렇게 사랑하는고?" 하여, 관졸을 명하여 두 사람을 따라가서 그 일을 사실하라[9] 하였더라. 관졸이 따라가 본즉 두 사람이 그 모친에게 가서 그 일을 자세히 말하니, 그 모친 듣고 슬퍼함을 이기지 못하여 그 두 아들더러 왈, "너희가 관가

1　여기서 기록한 공적은. 사적(事績) : 일의 실적이나 공적.
2　근고(勤苦) : 마음과 몸을 다하여 애씀. 그런 일.
3　명령.
4　원문은 '쟈ㅣ면'.
5　원문은 '져비'.
6　'적에'의 준말.
7　입을 맞추고. 친구(親口) : 가톨릭에서는 숭경의 대상에 대해 존경과 복종의 의미로 입을 맞추거나 그런 행동. 이 글에서는 가까운 사이에서 주고받는 인사로 여기면 된다.
8　원문은 '뎌희가'.
9　조사하라. 사실하다 : 사실을 조사하여 알아보다.

에 가서 어린 아우를 데려오라.[10] 그렇지 않으면[11] 내가 굶어 죽으리라" 하는지라. 관차가[12] 밖에 있어 듣고 곧 관가에 돌아와 보하니,[13] 관원이 듣고 의혹하여 이에 옥에 가, 친아우를 불러 친히 물은즉, 아우가 그 일을 자세히 말하거늘 관원이 그 일을 왕께 고하니, 왕이 가 친아우를 불러 보고 그 효성을 심히 아름답게[14] 여기고 그 빈핍함을[15] 불쌍히 여겨, 그 아우에게 벼슬을 주어 매년에 1,500은을 받게 하고, 그 두 형은 각각 500은을 주어 해마다 이같이 하니, 이에 세 아들이 다 그 어미를 봉양하기에 빈핍치 아니하였으니, 무릇 도적을 꾸며 관가에 고함은 위태한 일이나, 그 뜻인즉 효성으로조차 온 고로[16] 천주가 오히려 갚으셨으니, 이로 보면 사람이 그 어버이를 효경함이 심히 밝은[17] 일이오, 또 효도하는 자는 주의 후히 갚으심을 받음이 또한 심히 밝은 일이니라.

부모에게 효도하라는 미담입니다. 일본을 배경으로 한 미담으로 효성이 지극한 세 형제가 어머니에게 효도하기 위해 막내 동생을 도적이라고 속이고 상을 받았으나 이를 알게 된 왕이 그들의 효심을 보고 그들에게 오히려 상을 내렸다는 내용입니다. 특히 과거 동양 사회에서 무엇보다 중히 여겼던 '효(孝)'는 십계명 중에서도 한국인을 비롯하여 동양인들이 가장 쉽게 수용할 수 있었던 계명입니다. 그러나 지금은 우리 사회에서도 효가 경시됩니다.

이 미담은 효는 하느님의 갚음을 받을 수 있음을 강조합니다. 자식에게조차 버려지는 노인이 늘어나는 현대 사회에서 하느님을 섬기듯 부모와 노인을 섬기는 이들과 교회가 더욱 필요합니다. 자식이 부모로부터 받은 은혜를 갚기 위해 효도를 다함은 당연한 일이지만, 이 미담은 부모께 드리는 효도를 하느님이 잊지 않으심을 믿었던 옛 신앙 선조들의 신앙을 전해 줍니다. 지금 우리에게도 필요한 지혜이자 믿음입니다.

---

10 원문은 '다려오라'.
11 원문은 '아니면'.
12 원문 '관치'. 관차 + 가. '관차'는 관아에서 파견하던 군뢰(軍牢), 사령(使令) 따위의 아전.
13 보(報)하니 : 알리니.
14 원문은 '아름다히'.
15 빈핍(貧乏) : 가난하여 아무것도 없음.
16 효성에서부터 비롯된 것이므로.
17 매우 좋은.

첨례날을 잘 지키면 주의 은총을 입음이라

첨례날을잘직희면쥬의은총을닙음이라

이 기록한 사적은[1] 사람이 정성으로 첨례날을[2] 지키면 반드시 은총 입음을 보임이라.

옛적 일본국 왕의 조카딸이 있으니 이름은 매승작이라. 성교를[3] 정성으로 받들어 주를 부지런히 섬기는데, 나이 겨우 12세에 동정 지킬 원의가[4] 있어 탁덕[5]에게 품하니[6] 탁덕이 가로되, "네 나이 어리니 아직 천천히 하라." 이 여자의 열심이 날로 더하여 여러 번 탁덕에게 박절이[7] 청하고 또 그 조모에게 간청하여 그 원의의 준허를[8] 구하니, 마침 다 허락하는지라.

이 여자가 이 원의를 얻음에 기쁨을 이기지 못하여 특별히 예수를 경모하는[9] 뜻을 나타내어 항상 미사를 참례하고 항상 묵상하고 항상 영성체하여, 미사참례할 때에 전심으로[10] 주를 묵상하고, 영성체 후에는 매양 한시 동안씩 심신이 잠잠하여 다른 일을 깨닫지 못하는지라. 그러나 그 열심 있는 증거가 이뿐 아니라 또 성경을 맞들어 기쁨을 이기지 못하여, 가끔 눈물 흘리고 또 성모성상 보기를 좋아하는데, 매양 볼 때에 기쁨을 이기지 못하여 우니, 가히 그 성모를 공경하는 열심을 볼러라.[11]

1　사적(事績) : 일의 실적이나 공적.
2　가톨릭에서 축일(祝日)을 불렀던 옛 용어.
3　가톨릭교, 천주교. 성교(聖敎) : 성스러운 종교, 가톨릭교(『한불자전』).
4　원의(願意) : 바라는 생각.
5　신부(神父).
6　품(稟)하다 : 웃어른이나 상사에게 일의 가부나 의견 따위를 글이나 말로 묻다.
7　박절히, 다급히.
8　준허(準許) : 허가, 허락.
9　원문에 '하'가 빠진 듯하다. 문자 없이 빈 칸이 있어 여기서는 '경모하는'으로 옮겼다.
10　전심(全心)으로 : 온 마음으로.
11　'열심인 모습을 보는 듯하더라'를 의미.

또 예수나 성모나 다못[12] 주보성인의 첨례를 당하면 별로[13] 열심의 증거를 나타내어 첨례 전후 3일에 엄재를[14] 지키어 송경하며[15] 선공을[16] 행하고, 예수성탄 전 한 달 동안은 항상 엄재를 지키고 잠을 적게 하며 모든 신공과[17] 고공을[18] 더하여 미처 못할 것 같이 하니, 탁덕이 그 과도히 함을 금하면 다 순명하더라.

그 몸이 비록 부귀 가운데 있으나 마음은 번화한 지경 밖에 있어, 항상 예수와 성모의 감빈하신[19] 덕을 효법하여[20] 여러 번 그 어버이에게 고하여 빛난 옷을 바꿔[21] 해어진 옷 주기를 청하는데, 하루는 헌옷을 입어 걸인 모양같이 하고 이르되, "내가 항상 이같이 하여도 오 주와 성모를 효법치[22] 못하는도다" 하더니, 후에 18세가 되어 몸을 괴롭게 함이 오래임에[23] 드디어 중병을 얻어 넉 달 동안에 통고가[24] 말할 수 없이 심하더라. 그러나 혹 영복 얻을 말로써 위로하면 곧 기뻐하고, 예수 고난을 생각하여 전혀 자기 괴로움을 잊으며 또 주께만 배나[25] 괴로움 더 주시기를 구하고, 자주 고상을 향하여 이르되, "예수여 네가 친히 십자가를 지고 모든 통고를 받으심은 실로 나를 위하심이라. 이제 나는 네 십자가 아래 엎디어 내 영혼 구하심을 구하나이다" 하고, 마침내 정성을 다하여 온전한 마음으로 주께 드리고 불구에[26] 주의 권고하심을[27] 입어 선종함을 얻으니라.

---

12 다못의 뜻은 '다만'이지만 여기서는 '예수와 성모와 주보성인'으로 해석할 수 있다.
13 여기서는 '별나게, 특별히'의 의미이다.
14 재란 심신의 건전한 관리를 위해 절식, 절주 내지는 금식, 금주하는 것을 말한다. 교회에서는 금식을 대재(大齋)라 하여 재의 수요일과 성금요일에 지키도록 하고 있다. 여기서 '엄재'는 엄격하게 재를 지킨다는 의미.
15 경(성경)을 암송하며.
16 선공(善功) : 좋은 결과를 낳는 공덕. 선행.
17 신공(神功) : 기도와 선공.
18 고통을 달게 받는 것. 일부러 고통을 당하는 것으로 수행의 한 방법.
19 청빈하신.
20 효성으로 지키며.
21 원문은 '밧고아'.
22 본받지, 따르지.
23 원문은 '오래매'.
24 고통.
25 두 배(倍)나, 두 곱절이나.
26 오래지 않아.
27 여기서 '권고하심'은 권고(眷顧)하다에서 온 말로, 관심을 가지고 보살핌을 받는다는 뜻이다.

첨례날은 축일의 옛말입니다. 이 미담의 주제는 축일을 정성으로 지키면 은총을 받는다는 것입니다. 그런데 이 미담에서 은총의 결과는 '선종'입니다. 겨우 선종이냐고 시시하게 여기는 사람이 있을지 모르지만 하느님 안에서 죽을 수 있는 것만큼 큰 은혜도 없습니다.

주제는 축일을 지켜 은총을 받는 것이지만 실제 내용은 이 미담의 주인공이 축일을 얼마나 정성껏 지냈는지에 대해 소개합니다. 12살의 일본인 소녀인 이 미담의 주인공은 항상 미사를 참례하고, 묵상, 영성체, 성경 읽기, 성모 성상 보기, 성모 공경을 행합니다. 첨례 전후 3일에 엄재를 지키고 선공과 고공을 행하며, 탁덕에게 순명하고, 청빈하게 살며 중병 중에도 예수 고난을 묵상하여 더 큰 고통을 달라고 기도합니다. 그렇게 6년을 지내다 18세에 선종합니다.

축일을 정성껏 지내기는커녕 미사참례 하나도 의무감으로 행하고 있지는 않은지 이 미담은 우리에게 묻습니다. 선공, 고공, 신공 등 할 수 있는 모든 행동을 통해 정성스런 마음으로 축일을 준비하고 지냈던 이 미담의 주인공은 '정성'이야말로 '축일'을 지키는 가장 중요한 예물임을 우리에게 알려줍니다.

첨례날☞ 축일(祝日). ㉮ 라틴어 festum, 영어 feast. 하느님과 구세주, 천사와 성인들, 거룩한 신비와 구세사적 사건들 등을 기념하거나 특별히 공경하도록 교회가 별도로 정한 날. 축일 중에는 예수성탄 대축일이나 성모의 원죄없는 잉태 대축일처럼 특정일로 고정된 것과, 전례주년에 따라 며칠씩 빠르거나 늦어지는 등 유동적인 것이 있다. 제2차 바티칸 공의회 이래 축일은 대축일(sollemnitas), 축일(festum), 기념일(memoria) 등 세 등급으로 구분되며 기념일은 다시 필수적 기념일과 선택적 기념일로 나누어진다. 이보다 하위 등급에 위치하는 것이 특별한 전례적 서열을 갖지 않는 평일이다. 이러한 서열 가운데에 연중 주일이 있고 대림절이나 사순절처럼 다양한 전례시기가 있다. 이 모든 축일은 구세사를 표현하는 것이며 그 목적은 신자들로 하여금 일 년 내내 그리스도교회 중심적인 신비와 인물들을 상기시키는 데 있다.

가히 두려운 현벌[1]

가히두려운현벌

어떤 신부가 서반아국스페인 한 잡지에 가히 놀라온 사정 하나를 기록하여 이르되, "본년 4월 24일에 서반아국스페인 몬시라 하는 도 리보웅 지방에서 우연히 큰 바람이 일어나며 뇌성벽력이 대작하고 급한 소나기가 내리부어,[2] 별안간에 산에서부터[3] 큰 물이 내리 닥쳐 전답이 다 파락되고[4] 촌집이 무너지는지라. 백성들이 황황망조하여[5] 근처 성당 안으로 모여 가니, 신부들이 권면하고[6] 위로하는지라. 이에 천주의 허락하심인 줄로 여겨 아무 원망이 없으되, 오직 한 패류의[7] 악인이 있어 이 광경을 보고 성내여, 안심 순명하는 교우들을 기롱하며[8] 천주께 능욕하고, 또 창을 가지고 모든 이에게 보이며 맹서하여, 천주로 더불어 원수를 맺노라 하더니, 홀연 공중에로 조차[9] 벽력 소리가[10] 나고 그 악인은 즉시 땅에 자빠져 두 손을 하늘로 향하고 두 눈을 부릅뜨며

---

1   하늘의 당연한 처벌, 분명하고 초자연적인 벌. 여기서 현벌은 顯罰로 표준국어대사전에 쓰여 있는 懸罰이 아니다. 현벌(懸罰)은 궁중에서 죄가 있는 사람의 두 손을 묶어 나무에 매달던 형벌인데, 그 의미로 해석되지 않는다. 한불자전에 의하면 현벌(顯罰)은 '하늘의 당연한 처벌', '분명하고 초자연적인 벌', '가시적인 벌'이라는 뜻이다. 이 미담에서는 하느님으로부터 받은 벌로 의역할 수 있다.
2   원문은 'ㄴ리부어'.
3   원문은 '산에로 조차'.
4   파락(破落) : 파괴되어 몰락함.
5   황황망조(遑遑罔措) : 마음이 급하여 어찌할 줄을 모르고 허둥지둥함.
6   권면(勸勉)하다 : 알아듣도록 권하고 격려하여 힘쓰게 하다.
7   패류(悖類) : 말이나 행실이 도리에 어긋나고 거칠며 염치없는 무리.
8   놀리며. 원문은 '긔롱하다'. 기롱하다의 한자어는 두 개가 있다. 하나는 '기롱(欺弄)하다'로 '남을 속이거나 비웃으며 놀리다'의 뜻이고, 다른 하나는 '기롱(譏弄)하다'로 '실없는 말로 놀리다'이다. 여기서는 후자가 적절하다. 『한불자전』에도 후자인 '긔롱ㅎ다(譏弄)'가 기재되어 있으며 그 뜻을 '방탕하다, 방종하다, 놀리다, 희롱하다, 장난치다'로 풀이한다.
9   공중에서부터.
10   벽력(霹靂) : 벼락.

얼굴과 입은 흉측하게[11] 비꾸러져[12] 보기에 참혹한지라. 사람들이 구하여 주고자 하여도 할 수 없고 두 팔은 나무와 같이 굳어서 굽힐 수 없으며 두 눈도 부릅뜬 것이 아주 흉측한지라. 그 광경을 보는 사람들은 이는 천주께 능욕하다가[13] 현벌을 받았다 하여 놀라지 아니하는 이 없었다" 하였더라.

해설

이 미담은 스페인 잡지에 실린 글을 소개합니다. 그 기사에 따르면 자연의 재난 앞에서 천주교인과 천주교인이 아닌 자의 모습이 대조적입니다. 천주교인들은 천재지변이 닥치자 성당으로 피신하고 신부님의 권고에 따라 주님을 원망하지 않고 서로 위로하며 재난을 받아들입니다. 그에 비해 악인의 무리는 이러한 교우들을 놀리고 주님을 능욕하며 그분을 원수로 여깁니다. 물론 이 미담은 그러한 악인들이 벌을 받는 장면을 극적으로 묘사하면서 끝납니다.

이 작품은 벌을 받는 악인들의 무리를 강조하면서 그들의 모습을 흉하고도 비참하게 그리고 있지만, 그 모습뿐 아니라 교우들의 모습에 주목해 보는 것도 좋을 듯합니다. 지금도 천재지변과 같은 재난이 닥쳤을 때 하느님을 원망하는 이들이 있습니다. 신이 계시다면 왜 이런 고난을 주시냐고 하느님의 존재를 거부하기도 합니다. 이에 비해 이 미담에서 교우들은 자연의 재난이 닥쳤을 때 원망보다는 천주의 뜻을 헤아리고 서로서로 위로하며 대처합니다. 천재지변 앞에서 우리가 어떤 모습을 취해야 할지 이 미담에서 배울 수 있습니다.

---

11 모습이 보기에 언짢을 만큼 고약하게. 원문은 '흉측ᄒ게'.
12 원문은 '빗구러져'.
13 능욕(凌辱)하다가 : 천주를 업신여겨 욕보이다가.

배교한 자는 현벌을 받음

배교훈쟈 | 현벌을밧음

천주가 비록 지인지자하사[1] 죄인의 개과천선하기를 기다리시나 또한 가끔 현벌로써[2] 대죄인을 벌하시어[3] 후의[4] 사람을 경계하시느니라.[5] 사기를[6] 상고하건대[7] 예전[8] 법국프랑스에 두어 교우가 술집에 있더니, 한 배교한 자가 있어 신후영혼의[9] 영생이나 혹 영벌[10] 받음을 믿지 아니하는 뜻으로 모든 이에게 이르되, "사람이 죽은 후에 어찌 영혼이 불사불멸하리오"[11] 하거늘, 모든 교우가 다 그 미침을 책망하더라. 마침 마귀가 나그네 형상으로 나타나 술을 마시며 물어 가로되, "그대들은 무슨 사정을 논란하느뇨?" 모든 이가 대답하되, 영혼의 불사불멸함을 의논하노라 할 즈음에, 배교한 자는 이르되, "영혼이 다 무엇이냐? 누가 만일 내 영혼을 사고자 하면 그 값을 받아 술과 안주를 사서 여기서 여럿이 한번 즐기리라" 하는지라. 모든 이는 그 불신한 말을 꾸짖

---

1   지인지자(至仁至慈) : 더없이 인자함.
2   하늘의 당연한 처벌, 분명하고 초자연적인 벌. 여기서 현벌은 顯罰로 표준국어대사전에 쓰여 있는 懸罰이 아니다. 현벌(懸罰)은 궁중에서 죄가 있는 사람의 두 손을 묶어 나무에 매달던 형벌인데, 그 의미로 해석되지 않는다. 한불자전에 의하면 현벌(顯罰)은 '하늘의 당연한 처벌', '분명하고 초자연적인 벌', '가시적인 벌'이라는 뜻이다. 이 미담에서는 하느님으로부터 받은 벌로 의역할 수 있다.
3   원문은 '벌하샤'.
4   원문은 '후ㅅ사름'.
5   원문은 '경계ㅎ시ㄴ니라'.
6   여기서 '사기'는 사기(事記)로 사건의 기록을 뜻한다.
7   상고((詳考)하다 : 꼼꼼하게 따져서 검토하거나 참고하다.
8   원문은 '녜젼'.
9   죽은 후의 영혼. 신후(身後) : 사후(死後).
10   영벌(永罰) : 지옥에서 받는 영원한 벌.
11   불사불멸(不死不滅) : 영원히 죽지도 않고 없어지지도 아니함. 죽지도 않고 없어지지도 않는 하느님의 특성.

고 마귀 나그네는 이르되, "나는 그대의 영혼을 사고자 하니 그 값을 얼마나 요구하느뇨?" 배교한 자가 대답하되, "얼마를 요구하노라." 마귀가 즉시 값을 냄에 배교한 자는 그 값으로써 주효를[12] 사서 마시며 웃고 말하기를 자약히[13] 하더라. 날이 장차 저물어[14] 마귀 나그네가 이르되, "날이 이미 저물어 내가 불가불[15] 갈 터이나 청컨대 묻노니, 비컨대[16] 객이[17] 말을 사서 저 버드나무에 매였으면 그 말을 잡아 맨 고삐도[18] 말 산 사람의 물건이 아니뇨?" 하니, 이는 말로써 영혼을 비유하고 고삐로써 그 육신을 비유함이러라. 모든 이 대답하되, "말고삐도 말 산 사람에게 속한 물건이라" 하니 나그네[19] 마귀가 즉시 영혼 판 사람을 잡아가지고 공중으로[20] 솟더니 미구에[21] 배교한 자의 육신이 아래로 떨어지자 땅이 터져 지옥에로 내려가는 형상이 있는지라.[22] 모든 이가 겁내고 놀라다가 마침내 그 나그네는 마귀인데, 주명으로써[23] 나타나 배교한 자를 현벌한 줄로 알고, 서로 경계하며 그 사기를[24] 후세에 전하니라.

1910년대의 미담은 고전 소설이 그러하였듯이 권선징악의 구조가 대부분입니다. 물론 이들 미담에서는 권선징악을 행하는 주체가 하느님으로 분명하게 제시되어 있습니다. 하느님을 따르는 자는 은총을 받고 하느님을 따르지 않는 자는 벌을 받습니다. 이 미담 역시 배교한 자가 벌을 받는다는 내용입니다.

---

12 주효(酒肴) : 술과 안주를 아울러 이르는 말.
13 자약(自若)히 : 큰일을 당해서도 놀라지 아니하고 보통 때처럼 침착하게.
14 날이 점차로 어두워졌을 때. 원문은 '저믈매'.
15 부득불, 하지 아니할 수 없어, 마지못하여.
16 비(比)—컨대 : 비교하여 보건대. 또는 비유하자면.
17 객(客) : 찾아온 사람, 집을 떠나 여행길을 가는 사람.
18 원문은 '곳비'.
19 원문은 '나그내'.
20 원문은 '공중에로'.
21 미구(未久)에 : 얼마 오래지 아니하여.
22 영혼과 육신을 말과 고삐로 비유한 것이 특이한 서사.
23 주명(主命) : 주의 명령. 하느님의 명령.
24 사건의 기록.

이 미담의 서두에서는 더없이 인자하신 천주가 죄인에게 벌을 내리시는 것은 사람들에게 경계하기 위해서라고 합니다. 다른 미담들에서 두드러지듯이 대화를 통한 사건 전개가 특징입니다. 프랑스의 술집을 배경으로 교우와 배교자의 대화, 배교자와 나그네로 변장한 마귀의 대화가 내용의 골격입니다. 특히 나그네로 변장한 마귀의 말에서 말과 고삐를 각각 영혼과 육신으로 비유한 점이 흥미롭습니다. 배교한 자가 벌을 받는 장면을 그의 육신이 아래로 떨어져 땅이 터져 지옥으로 내려가는 모습으로 그린 점도 인상적입니다. 이는 악인 즉 배교자는 땅 밑 지옥으로 떨어진다는 당시 천주교인들의 믿음을 반영한 것으로 보입니다. 또한 하느님의 명령을 받은 마귀가 나그네로 나타나 배교한 자를 현벌하였다고 서술한 미담의 마지막 부분도 마귀까지 제어하고 지배하는 하느님의 권능을 보여준 것이라 할 수 있습니다.

이 미담에 따르면 영혼을 믿지 않는 자는 영혼을 마귀에게 파는 자와 같습니다. 육신은 그 영혼을 매는 고삐입니다. 따라서 영혼, 영생을 믿지 않는 자는 마귀에게 자신의 몸까지도 내어 맡기는 자입니다. 영혼의 불사불멸, 그것이 이 미담이 전하는 천주교 신앙의 요체였습니다. 이를 믿지 않는 자는 현세가 이미 지옥이었습니다.

헛맹세를 조심할 일

헛밍셔를조심홀일

헛맹세를 발하는[2] 자를 천주가 현벌로써 징계하시나니라. 강생 후 1600여 년에 법국프랑스 아이부에 두 소년이[3] 있어 서로 사귀여 놀기를 좋아하며, 항상 경홀히[4] 헛맹세를 예사로 하더라. 하루는 두 소년이 무슨 내기를 하며 승부를 다툴 때, 각각 입을 방종히[5] 하여 천주성명을 불러 헛맹세를 발하더니, 그때에 천주가 먼저 헛맹세를 발하던 자를 벌하시어, 졸지에 땅에 거꾸러져 죽게 하시니, 한 소년은 그 연고를 알지 못하고 다만 우연히 폭사한[6] 줄로 여기다가 그 시체를 자세히 살펴보니, 전신이 괴이하게[7] 더럽고 또한 상흔[8] 흔적은 창검으로 무수난자한[9] 모양이라. 그제야 비로소 천주의 현벌인 줄을 깨닫고 드디어 놀라고 두려워하여 세속을 끊고 수도회에 들어가 전죄를[10] 통회보속하기로 허원을[11] 발하였더라. 허원을 발할 때에 홀연히[12] 보니 전에 현벌 받은 친구 소년이 방에 나타나 보이거늘 혼겁하여[13] 그 자세한 연고를 물었는데,

---

1 『경향잡지』 인터넷 웹진에서는 이 호가 1915년 9월 335호로 되어 있으나, 이는 1915년 10월이 맞다. 이 호의 첫 페이지가 영인이 잘못된 채 인터넷에 올라와 있다.

2 공개적으로 펴서 알리다.

3 청년. 원문은 '쇼년' → 소년(少年) : 젊음, 청년기(『한불자전』). 당시에는 청년을 소년으로 지칭하였다.

4 경홀(輕忽)히 : 가볍고 탐탁하지 않은 말이나 행동으로, 경솔하게.

5 제멋대로 행동하여 거리낌이 없이. '방종하다'에서 온 말.

6 폭사(暴死) : 갑자기 참혹하게 죽음.

7 이상야릇하게.

8 상처를 입은 자리에 남은 흔적.

9 무수난자(無數亂刺) : 칼이나 창 따위로 무수하게 찔림.

10 여기서는 모든 죄라는 뜻의 전죄(全罪).

11 허원(許願) : 서원(誓願)의 옛날 용어.

12 뜻하지 않게 갑자기.

대답하되, "슬프다. 내가 일찍이 헛맹세를 마구 발하여 천주의 성명을 설독한[14] 고로[15] 천주가 나를 영고지옥에[16] 벌하셨으니 지금은 뉘우쳐도 하릴없노라.[17] 너도 만일 뉘우치고 개과함이 없었다면 거의 나로 더불어 같은 지경에 이를 뻔하였느니라" 하고 말이 마침에[18] 홀연 보이지 아니하는지라. 이 소년이 더욱 경척하여[19] 허원한대로 수도회에 들어가서 착한 수사가 되었다 하였으니, 오호라 마구 헛맹세를 발하는 자는 어찌 경척하지 아니하며 어찌 개과하지[20] 아니하리오.[21]

미담 43에서처럼 이 미담도 헛맹세를 하면 천주로부터 벌을 받는다는 내용을 주제로 합니다. 프랑스의 한 소년이 천주성명을 부르며 헛맹세를 하였는데, 그는 이후 창검이 무수하게 찔린 채 땅에 거꾸러져 죽습니다. 이를 목격한 소년의 친구는 소년의 죽음이 천주의 벌인 줄 깨닫고 수도회에 들어가 통회 보속하기로 합니다. 소년이 이를 허원하는 날 죽은 친구가 그에게 나타나 천주의 성명을 모욕하고 헛맹세한 자신이 받은 지옥영벌을 알려줍니다.

천주교인이라고 하더라도 현대인에게는 믿기지 않는 이야기입니다. 이 미담은 내용의 진위 여부를 떠나 당시 천주교 공동체가 헛맹세를 얼마나 경계하고 두려워하였는가를 알려줍니다.

---

13 혼겁(魂怯)하여 : 혼이 빠지도록 겁을 내어.

14 설독(褻瀆)하다 : 직접적으로, 또는 성인(聖人)이나 성물(聖物)을 통하여 하느님을 모욕하다.

15 이유로.

16 영원한 고통의 지옥, 지옥영고(地獄永苦). 즉 지옥에서의 영원한 고통.

17 할 수 없다. 원문은 '홀일업노라'.

18 말이 끝나자.

19 몹시 놀라. 경척(驚惕)하다 : 몹시 놀라고 두렵게 하다. 지금은 북한어.

20 개과(改過)하다 : 잘못이나 허물을 뉘우쳐 고치다.

21 원문은 모두 '아니며'. 여기서는 '아니하며'로 옮겼다.

흉년도 주의 벌

흉년도쥬의벌

브리다니아(영국) 놀폴시아도에 한 해는 연사를[1] 매우 장하여[2] 실염의[3] 추수를 풍성히 거둘 줄로 뭇 백성이 여기고 바라더니, 뜻밖에 유별한 떼 파리가[4] 모여들어 장한 전답의 소출을 다 일조에[5] 먹어 없이하는지라. 그곳 농군들이[6] 하도 이상이 여겨 파리 몇 마리를 잡아 날개를 벌리고 보니[7] 양편 날개 속에 '천주의 의노이라'[8] 뚜렷한 글자가 있는지라. 그 지방 백성이 이에 천주의 벌인 줄을 깨달았느니라.[9]

해설

영국을 배경으로 한 짧은 미담입니다. 파리 떼가 전답의 소출을 먹어 치워 농부들이 수확의 피해를 당합니다. 그런데 파리 날개에 '천주의 의노'라는 글자가 있었다는 이적 사화가 삽입되어 있습니다. 이적 즉 자연에서 일어나는 기적은 『경향잡지』 미담 난에 종종 등장하곤 하는데 사실의 진위 여부보다는 미담의 수사적 특징으로 여기고 그 의미를 이해해야 합니다.

---

1   원문은 '년ᄉ' → 연사(年事) = 농형(農形) : 농사가 잘되고 못된 형편. 또는 농사가 되어 가는 형편. '연사'는 현재 북한어.
2   농사가 잘 되어. 장하다 : 크고 성대하다. 능하다. 『한불자전』은 '아름답고 풍부하다, 아주 크다'로 풀이한다.
3   지금은 쓰지 않는 말. 『한불자전』에 의하면, 실염(實捻)ᄒ다는 여물다, 무르익다의 뜻.
4   파리 떼.
5   일조(一朝)에 : 하루아침에.
6   농민들이.
7   원문은 '버리고보니'.
8   의로운 분노. 義怒.
9   원문은 '끽ᄃ르니라'. 여기서는 '깨달았느니라'로 옮겼다.

　자연의 폐해 때문에 절망한 농부들이 재앙마저도 천주의 의로운 분노로 여기며, 그분의 뜻을 찾았을 모습을 상상해 봅니다. 모든 것을 천주의 은혜 혹은 벌로 여기며 땅을 일구고 씨를 뿌리며 수확을 기다리는 농부들의 마음에 살아계신 하느님이 함께 하심이 이 미담의 전하고자 한 메시지입니다.

벌들이 성체조배

벌들이성테죠비

어떤 여자가 벌을[1] 많이 치더니 불행히 전염병으로 벌들이 많이 죽는지라. 무당이 말하되 성체를 모셔다가 벌통에 넣으면 그 병이 가신다 하거늘, 이 여자가 그 요망한 말을 듣고 성당에 가 영성체하는 체하고 제 수건에 성체를 싸가지고 돌아와서 벌통에 넣었더니, 무령한[2] 벌들이 즉시 꿀개로[3] 제대를 세우고 감실을 만들어 성체를 모시고 제역사도하니[4] 주가 저 벌들에게 강복하시더라.

며칠 후에 그 여자가 벌통을 열어보니, 신기하고 묘한 성당에 종각과 지붕과 벽과 창문 등이 뚜렷한 중 여러 벌들이 성체 앞에 조배하는지라. 이에 여자가 놀라고 황송하여 그 지방 신부께 가 된 바를 다 고하니, 신부가 백성들과 함께 성체를 모셔 성전으로[5] 돌아오며 성체거동하여 찬양하니라. 이런 영적은[6] 불신한 사람을 책함이오, 또한 인자하신 천주가 무령한 짐승으로써 당신을 찬송케 하심이니라.

해설

성체와 관련된 영적입니다. 첫 단락은 성체를 악용한 이야기, 둘째 단락에는 벌들이 보여 준 성체 이적 이야기입니다. 마지막에는 이 같은 영적의 의미를 분명히 밝힙니다. 동물들이

---

1 여기서는 곤충 벌을 뜻한다. 꿀벌.
2 지금은 쓰지 않는 말. 무령(無靈)하다 : 영혼이 없다. 한불자전에 '무령무각(無靈無覺)ᄒ다'라는 단어가 게재되어 있다. 뜻은 재치가 없다, 영혼이 없다.
3 벌집으로. 개 : 꿀벌이 그 유충을 기르거나 꽃꿀, 꽃가루 따위를 저장하기 위하여 만든 벌집.
4 이를 풀어보면 '저가 역시 사도하다'로 볼 수 있다. '저가 즉 벌들이 역시 도를 지키니'.
5 원문은 '에로'.
6 영적(靈蹟) : 신령스러운 사적. 기적의 옛말(『가톨릭대사전』).

보여주는 이적 이야기는 앞의 미담인 미담 51뿐 아니라 미담 5 「천주가 영적으로 성교를 증거하심」(1911.3, 225호)에서도 나온 바 있습니다. 이러한 이적은 하늘과 땅, 세상 만물의 주인이 하느님이심을 고백하고 증거하는 미담이라 할 수 있습니다.

더 알아보기

성체조배(聖體朝拜) ㉮ 라틴어 Visitatio SSmi Sacramenti, 영어 Visit to the Blessed Sacrament. 성체 앞에서 특별한 존경을 바치는 신심행위. 가톨릭 교회는 신자들이 가끔 성당에 와서 감실에 모셔진 성체 앞에 무릎을 꿇고 성체조배를 함으로써 성체에 현존하는 그리스도께 흠숭(欽崇)과 사랑을 표현하고 성체의 신비를 더욱 깊이 깨달을 수 있기를 권장하고 있다.

성체거동 ☞ 미담 41.

동정녀의 묘책

동정녀의묘칙

옛적에 성녀 냐파시아는 일찍이 천주 대전에 종신토록 동정 지키기를 허원하였더니,[1] 불행히 군난[2] 때를 당하여 관원이 성녀를 잡아다가 형역에게[3] 맡겨 그 몸을 더럽게 하고자[4] 하더라.

그러나 성녀가 이미 천주께 동정허원한[5] 것을 어찌 감히 배반하여[6] 지금까지 보존한 정덕[7]을 손상하리오마는 한낱 여자의 섬섬약질로도[8] 어떻게 능히 강포한 악당을 저당하리오.[9] 정히 위급한 시를[10] 당하였더니, 성녀가 홀연 주의 묵계를[11] 받아 형역에게[12] 이르시되, "나는 평생에 동정 지키기를 허원하였으니 네가 어찌 감히 나를 욕되게[13] 하겠느뇨? 네가 만일 잠시 나를 보호하여 주면 나는 반드시 기묘한 약으로써

---

1 허원(許願) : 서원(誓願)의 옛날 용어.

2 군난(窘亂) : 박해를 뜻하는 옛말 ☞ 미담 3.

3 형벌을 맡은 자. 현재는 사용하지 않는 단어. 『한불자전』에 등재되어 있지 않으며, 『표준국어』에서는 '형역(形役)'이 이 글의 문맥과는 다른 뜻(정신이 물질의 지배를 받음, 공명과 잇속에 얽매임)으로 풀이되어 있다.

4 원문은 '더러이게코져'.

5 동정서원의 전 용어. 하느님을 위하여 동정을 지키기로 약속하는 서원.

6 배반함으로써. 원문은 '반하여써'.

7 정결하고 정숙한 덕.

8 섬섬약질(纖纖弱質) : 가냘프고 여리며 약한 체질.

9 맞서서 겨루리오. 저당(抵當)하다 : 맞서서 겨루다.

10 때를.

11 묵계(默契) : 말 없는 가운데 뜻이 서로 맞음. 또는 그렇게 하여 성립된 약속. 묵약(默約). 원문은 '믁계'. 믁계ㅎ다→묵계하다 : 내부적으로 조용히 드러내다. 영감을 불러일으키다, 영감으로 자극하다(『한불자전』). 『표준국어대사전』에서는 '말 없는 가운데 뜻이 서로 맞다, 또는 그렇게 하여 약속이 성립하다'로 풀이하고 있다.

12 형역(形役) : 형벌을 맡은 소임. 형벌을 맡은 자. 지금은 쓰지 않는 단어.

너를 후히 갚으리라." 형역이 이르되, "무슨 약이뇨?" 성녀가 이르시되, "상함을[14] 받지 못하게 하는 약이니 아무 풀과 아무 풀을 함께 짓찧어[15] 그 즙을 몸에 바르면 비록 탄환과 창검을 받아도 조금도 상치 아니하나니라. 네가 이미 병정의 출신이니 전장에 나가기도 쉽고 혹 무슨 불측지변을[16] 당하기도 쉬우니 특별히 너를 위하여 만분[17] 필요한 약이니라." 형역이 이르되,[18] "진실로 네 말과 같을진대 내가 네게 욕을[19] 끼치지 아닐 뿐 아니라 반드시 너를 보호하리라." 성녀가 가라사대, "네가 만일 조금이라도 의심하거든 지금 당장 네 눈으로 보고 믿으라" 하시고 즉시 그 근처 나무 밑에 가서 두어 가지 풀을 뜯어다가 짓찧어 그 즙으로써 당신 목에 바르시고 형역더러 이르되, "네가 힘을 다하여 칼로써 내 목을 찍어 실지로[20] 시험하여 보고 믿으라" 하시니, 형역이 조금도 의심치 아니하고 제 환도로써 힘껏 성녀의 목을 찍으니 성녀가 이에 동정화관에 치명화관을 겸하시고 승천하시니라.

　　기묘하다 동정녀의 의량이여,[21] 강의하다[22] 성녀의 용덕이여,[23] 간절하다 성녀의 정덕을 사랑하시는 정성이여. 졸연한[24] 의량으로써 욕을 면하시고 동정을 보존하시며, 겸하여 치명의 화관을 받으셨도다. 이 세상에 이렇듯이 아름다운 정덕을 귀중히 여기지 아니하고 도리어[25] 부정한 쾌락을 도모하는 자는 이 성녀의 행적을 보고 놀라 법 받을지어다.

13　원문은 '욕되히'.

14　상(傷)하다 : 몸을 다쳐 상처를 입다.

15　원문은 '즛찌어' → 짓찧어. 짓찧다 : 함부로 몹시 찧다.

16　불측지변(不測之變) : 미리 생각하지 못하였던 재앙이나 사고.

17　매우 아주, 아주 충분히, 백분을 강조하는 말. 백분은 십분을 강조하는 말이다. 십분의 뜻은 아주 충분히.

18　원문은 '닐ᄋ시디'.

19　욕(辱) : 부끄럽고 치욕적이고 불명예스러운 일.

20　원문은 '실디로' → 실지로 : 실제로.

21　의량(意量) : 생각과 도량을 아울러 이르는 말.

22　강의(剛毅)하다 : 의지가 굳세고 강직하여 굽힘이 없다.

23　용덕(勇德) : 사추덕(四樞德)의 하나. 어떠한 위험이라도 무릅쓰고 착한 일을 하는 덕을 이른다.

24　졸연(猝然; 卒然)하다 : 어떤 일의 상태가 갑작스럽다. 쉽게 할 수 있는 상태에 있다.

25　원문은 '도로혀'.

　위기에 처해서도 지혜롭게 동정서원을 지키고 치명한 성녀 냐파시아의 미담입니다. 동정을 지키는 것은 오랫동안 하느님께 자신을 봉헌하는 방법의 하나로 이어져 오고 있습니다. 동정을 지키기 위해 죽음을 감수한 성인성녀들이 있었습니다. 이 미담의 주인공도 마찬가지입니다.

　이 미담은 도입 단락, 전개 및 위기 단락, 주인공에 대한 찬양 단락으로 구성되어 있습니다. 도입부에서는 주인공과 배경이 제시되어 있습니다. 박해 시절 냐파시아라는 성녀는 동정서원을 지키지 못할 위기에 처합니다. 그러나 냐파시아는 지혜롭게 위기를 모면하고 동정과 치명의 화관을 받습니다. 연약한 여성이었지만 자신의 서원을 지키기 위해 형역과 대적하여 그를 설득하고 죽음도 두려워하지 않고 치명한 주인공의 모습이 형역과의 대화를 통해 구체적으로 묘사되어 있습니다. 미담 저자는 마지막 단락에서 미담의 주인공인 냐파시아 성녀를 찬양하고 그녀를 본받아 정덕을 따를 것을 권고합니다.

　미담의 주인공처럼 치명까지 하지는 않더라도 혹은 수도자나 성직자로 봉헌생활을 하지 않더라도 그리스도인이라면 성을 쾌락의 도구가 아닌 하느님의 축복으로 삼을 수 있어야 하겠습니다. 그것이 천주교인들이 지키는 동정이며, 동정을 하느님께 봉헌하는 이유일 것입니다.

동정(童貞) 동정성(童貞性). 가 남녀 모두 신체적으로 순결성을 지키는 상태를 말한다. 이것은 신체적인 경우와 정신적인 경우, 그리고 현실적인 경우와 의도적인 경우로 구분된다. 동정성은 신체적인 순결에 죄가 될 만한 성욕의 만족감을 전혀 경험하지 않은 것이라고 규정되고 있다. (…중략…) 현실적으로 동정성이라는 것은 그때까지 성적 쾌락을 구하지 않고, 그것에 빠지지 않았던 것을 의미하며, 의향에 있어서의 동정성은 성적 쾌락을 결코 구할 뜻이 없는 것을 의미한다. 동정생활은 '하늘나라를 위하여' 하는 것이고, 그리스도에 의해 장려되었으며, 번거로운 세속으로부터 벗어나 하느님께 마음을 바칠 수 있기 때문에 바울로의 찬양을 받았다. 가톨릭 교회에서 자발적으로 하느님께 바치는 동정을 지키는 자는 성직자나 수도자인 것이 보통이다. 사제직과 가톨릭 교회의 수도생활은 동정생활을 요구하고 있다.

기구의 효력

긔구의효력

　　성 오상 방지거^프란치스코는[1] 밤에도 항상 기구[2]하실 때[3] 그 기구의 효력은 능히 성인의 영혼만 천상에 들어 올릴 뿐 아니라 그 육신도 가끔 공중에 솟게 하였더라.

　　성인이 가끔 알벌노 산상에서[4] 레오 수사 외에는 아무도 모르게 계실 때, 레오 수사로 하여금 하루 두 번씩만 오게 하시니, 낮에 물과 면투를[5] 가져오기 위하여 한 번이요,[6] 밤에 경본[7] 보기 위하여 한 번이더라.[8] 레오 수사가 성인 계신 데 가서 경본을[9] 시작하여 이르되, "주여 내 입을 열어주소서"[10] 하면 성인은 응하여 이르되 "또 내 입이 네 영광을 전파하리이다" 하여, 이와 같이 경본을 염하여[11] 마치고, 만일 아무 대답이 없으면 레오 수사가 그저 돌아오니 이는 성인이 흔히 주야에 깊은 묵상에 잠착하심이더라.[12] 하루 밤은 레오 수사가 수풀 속에 감추어[13] 엿보니, 성인이 얼굴을 하늘로

1　오상(五傷) : 그리스도가 수난 때 입은 양손, 양발, 옆구리의 다섯 상처. 오상 방지거는 아시시의 프란치스코 성인을 말한다.

2　기구(祈求) = 기도. 원하는 바가 실현되도록 빌고 바람.

3　원문은 '식'. 이후 '식'는 '때'로 옮겼다.

4　산상(山上)에서 : 산 위에서.

5　면투(麵頭) : 밀로 만든 빵, 과자(『한불자전』). 지금은 쓰지 않는 단어.

6　원문은 '한번이오'. 여기서는 연결형 어미를 사용해서 '—이요'로 옮겼다.

7　경본(經本) : 미사와 성직자의 기도문을 적은 책.

8　원문은 '한번이러라'. '—러라'는 '더라'의 옛말.

9　경본 : 미사와 성직자의 기도문을 적은 책.

10　이번 호부터 원문에서 대화 부분의 앞뒤에 다른 내용과 구분하기 위해 낫표(「」)가 이용된다. 이 글에서는 대화 앞뒤의 낫표를 모두 인용부호(" ")로 옮겼다. 낫표의 정확한 활용을 확인하고자 하는 연구자는 원문을 대조하길 바란다.

11　원문은 '념ᄒ여'. 염하다 : 조용히 불경이나 진언(眞言) 따위를 암송하다. 『한불자전』에서는 '암송하다.'

12　잠착(潛着)하다 : '참척하다'의 원말. 한 가지 일에만 정신을 골똘하게 쓰다. 한 가지 일에만 정신을 골똘하게 쏟아 다른 생각이 없다.

향하고 자주 이르되 "지극한 달이신[14] 내 주 천주여, 너는 누구시며 나 같은 작은 벌레
며 가난한 네 종은 어떠한 것이오니까" 하여 이 말만 하시고 다른 말은 아니하시더라.
별안간에 천상에서부터[15] 빛난 광채 성인을 삼았고, 그 광채 속에서 성인에게 말함에,
성인이 세 번 손을 광채를 향하여 뻗치더라. 홀연 광채가 없어지고 레오 수사는 몰래
나오려 하더니, 성인이 그 발자취 소리를 들으시고 이르시되, "누구냐, 내가 예수 그리
스도의 덕능으로써[16] 명하노니 서 있으라." 레오 대답하되, "신부여 나이올시다." 성
인이 이르시되, "무엇하려 여기 왔더냐? 나를 엿보려 왔더냐? 그러나 나는 순명지덕
으로써[17] 네게 명하노니, 네가 만일 무엇을 보았거든 말하라." 레오가 성인의 발아래
부복하여[18] 그 본 바를 다 아뢰며 그 뜻을 풀어주시기를 간청하였는데,[19] 성인이 본래
레오 수사를 매우 사랑하심은 그 정결하고 양순함이라. 성인이 신목으로[20] 보신 바를
말씀하시되, "두 광채는 곧 조물주 천주를 알아봄과 및 나의 비천함을 알아봄이오. 세
번 손을 뻗침은 천주가 내게 세 가지 예물을 청하시기에 내 말이 주여 나는 온전히
네[21] 것이옵고 두루마기와 고대까지라도 다 네 것이오며 하늘과 땅과 불과 물 같은
것도 다 네 것이외다. 광채 속에서 소리 나되 네 품안을 더듬어 얻는 바를 내게 바치라.
내가 나의 품안을 더듬어 본즉 금전이 있는데 맑고 아름다워 처음으로 보는 바이라.
천주께 바쳤더니 또 이렇게 두어 번 명하시는지라. 내가 이르되 이런 금전을 사랑치도
않고 원치도 않고 다만 너를 사랑하기로 모든 것을 다 천답하였나이다.[22] 만일 내 품

---

13 감초다 → 감추다. 원문은 '금초여'로 표기했으나 여기서는 의미상 '감추어져 있어'의 의미로 '감추
어'로 옮겼다.

14 원문은 '지극히둘으신'. '둘'은 '달(月)'을 뜻하고, '지극히'는 '지극ᄒᆞ다'에서 온 말로 '훌륭하다, 최
고의 열성적이다, 열렬하다'를 뜻한다(『한불자전』).

15 원문은 '텬상에로조차'.

16 현재는 쓰지 않는 단어. 『한불자전』에 의하면, '덕능(德能)'은 '미덕과 권력, 미덕과 위력, 미덕과
기지'이다.

17 순명지덕(順命之德) : 순명의 덕. 순명(順命) : 명령에 복종함.

18 부복(俯伏)하여 : 고개를 숙이고 엎드려.

19 원문은 '근청ᄒᆞ되'.

20 신목(神目) : 영신(靈神)을 보는 눈.

21 원문에 '네'를 그대로 옮겼다. 현대에는 하느님을 '너', '네'로 부르지 않지만 당시 2인칭으로 지시한
그대로 옮겨 원문의 느낌을 살렸다. 현대어에서는 이 경우 '당신'이라 지칭할 수 있다.

22 천답(踐踏) : 발로 짓밟음.

안에서 무엇이든지 얻어내는 것이 곧 네 것이로소이다 하여 삼차[23] 금전예물을 주께
바쳤노라.

천주가 세 금전을 내 품에서 받으심은 순명, 결정,[24] 가난 세 허원이니[25] 주가 내게
주신 것인데 다시 주께 드렸노라” 하셨으니, 성인이 신공과[26] 기구로써[27] 아름다운 예
물을 주께 드림이더라.[28]

성 오상 방지거 즉 아시시의 프란치스코 성인을 주인공으로 한 미담입니다. 프란치스코 성
인은 산 위에서 홀로 기도하곤 하였는데 어느 날 레오 수사가 이를 엿봅니다. 이후 프란치스
코 성인은 레오 수사에게 기도 중 일어난 사건들이 뜻하는 바를 풀이해 줍니다.

이 미담을 통해 하늘의 광채가 성인에게 내려온 모습과 신비스러운 현상을 신앙의 눈으로
깨닫고 다시 주님께 순명과 정결과 가난을 허원하는 프란치스코 성인을 만날 수 있습니다.
항상 기도하고 세상의 재물에 마음을 두지 않으며 자신의 것을 모두 하느님의 것으로 고백
했던 프란치스코 성인, 그분에게 기도는 주님을 향한 자신의 원의와 주님의 축복이 함께 하
는 시간이었습니다.

이 작품에서 보듯이 기도는 하느님과의 만남이요 그분과의 대화입니다. 하느님께 드리는
예물 봉헌의 시간입니다. 프란치스코 성인의 삶에 견주어 본다면, 기도는 실천입니다. 성인
이 기도 안에서 주님께 드렸던 순명, 정결, 가난이라는 아름다운 예물은 그분의 삶으로 완성
되었기 때문입니다.

오상(五傷) 방지거. ☞ 프란치스코(Franciscus). 까 아시시의 프란치스코(F. Assisiensis, 1182?

---

23 세 번째에도.
24 ‘정결’을 당시에는 ‘결정’이라고 했다.
25 허원(許願) : 서원(誓願)의 옛날 용어.
26 신공(神功) : (가톨릭) 기도와 선공(善功)을 통틀어 이르는 말.
27 기구(祈求) : 기도.
28 원문은 ‘드림이러라’.

~1226). 성인, 프란치스코회 창설자. 축일 10월 4일. 너그러움, 단순하고 천진한 신앙심, 신과 인간을 향한 헌신, 자연에 대한 사랑과 진실한 겸손 등으로 인해 중세기에 나타난 가장 사랑받는 성인 중의 한 사람으로 비오(Pius) 11세는 그를 "또 하나의 그리스도(alter Christus)"라고 불렀다(1926년). 부유한 직물업자의 아들로 태어나 자유분방하고 야심 많은 청년기를 보내던 중 일련의 계시와 나환자와의 만남을 통해 23세에 개종하였다. 2년 뒤 아시시 근처 산 다미아노(San Damiano) 성당에 있는 십자가상(像)으로부터 "가서 무너지려고 하는 나의 집을 돌봐라" 하는 목소리를 듣고 소명을 자각하였으며, 1209년에는 마태오 복음 10장 5~14절의 그리스도의 말씀을 실천하는 '작은 형제회'를 창설하였다.

수도회의 창립 후 그 회의 영성적 성장을 위해 편지와 훈시를 보내는 것을 게을리 하지 않았으며 선교를 위해 시리아(1212년)와 스페인(1213~1214년), 심지어는 근동(1219년)에까지 여행하였지만 틈이 날 때마다 외딴 곳에서 혼자 기도하며 명상하는 것을 결코 소홀히 하지 않았다. 말년은 아시시 근방에서 보냈는데 눈이 먼 데다가 중병을 앓았다. 영면 뒤 아시시의 성 지오르지오(St. Giorgio) 성당에 안장되었다. 1228년 교황 그레고리오(Gregorius) 9세에 의해 시성되었다.

⟦전⟧ 프란치스코는 주님의 총애로 오상을 받았고 천사적 성인으로 알려져 있다. 하느님과 인간 그리고 하느님의 모든 피조물에 대한 사랑, 그의 단순성과 솔직성과 한 마음, 그의 삶에서 우러나는 서정적 측면들로 인해 그는 다른 종교를 신봉하는 모든 이들의 마음을 사로잡았다. 프란치스코는 폭넓은 영적 통찰력과 인내를 가진 사람이었고, 말하고 행하는 모든 것에서 그리스도와 구원된 피조물에 대한 무한한 사랑을 뿜어 낸 사람이었다. 그는 가톨릭 운동과 생태학자들과 상인들의 수호성인이다.

교오하다가 겸손함

교오ᄒ다가겸손홈

옛적 서국에[1] 한 왕이 있으니 심히 교오하여[2] 하루는 성경을 볼 때[3] 말했으되[4] "마음 뜻이 거오한[5] 자를 흩으셨으며 권세 있는 자를 좌에서[6] 내치시고 비천한 자를 들어 올리셨도다" 하였는지라.[7] 이 구절이 왕의 마음에 심히 불합한[8] 고로 이에 말하되,[9] "이 구절을 성경에서 삭하여[10] 없이하라. 내가 지금 왕의 위에[11] 있으니 누가 능히 나를 내치며 또 누가 능히 나보다 더 높으리오" 하나, 그러나 신하들은 능히 그 교오한[12] 왕을 간하여[13] 광정(匡正)치[14] 못하더라.

수일 후에 왕이 대장과 대신으로 옹위하고[15] 온천에 거동하여 한 방에 들어가 곤룡

---

1   서국(西國) : 서양국, 유럽과 아메리카에 위치한 여러 나라.

2   교오(驕傲)하다 : 교만하고 건방지다.

3   원문은 '식'.

4   원문은 '닐넛스되'. '닐넛다'라는 말은 찾을 수 없다. 다만 『한불자전』에 '닐너주다(말하다)'와 '닐ᄋ다(말하다)'의 표제어가 소개되어 있다. 이를 참고하고 과거 시제 'ㅅ' 및 문맥을 고려하여 '말했으되'로 옮겼다. 성경에 나와 있는 말이라는 의미로 이후 성경 구절을 인용하고 있다.

5   거오(倨傲)하다 : 성격, 태도 따위가 거만하고 오만하다.

6   자리에서. 좌(座) : 앉을 자리나 지위.

7   원문은 '흔지라'.

8   불합(不合)하다 : 불협하다. 뜻이 서로 맞지 아니하다.

9   원문은 '닐ᄋ되'.

10   삭제(削除)하여.

11   위(位) : 지위(地位)에 있으니.

12   교만하고 건방진.

13   간(諫)하다 : 옳지 못하거나 잘못된 일을 고치도록 말하다.

14   광정(匡正) : 잘못된 것이나 부정(不正) 따위를 바로잡아 고침.

15   옹위(擁衛)하다 : 좌우에서 부축하며 지키고 보호하다. 『한불자전』에서는 우두머리를 에워싸다. 왕, 장군의 주위를 둘러싸다.

포와 모든 복장을 벗어 놓고 목욕실에 들어간 지 미구에,[16] 주의 천신이[17] 온전히[18] 왕의 모상을[19] 빌어 그 곤룡포와 모든 복장을 떨치고 나서니, 대신과 대장과 모든 시위병이 즉시 와서 모시고[20] 조금도 의심 없이 궁궐로 돌아갔더라. 천신이 왕의 복장은 당신이 다 입고 그 대신 걸인의 헌털뱅이[21] 의복 한 벌을 머물러[22] 두셨더니, 왕이 오랫동안에 목욕을 다하고 의복을 입으려다가 본즉, 자기 복장은 하나도 없고 헌털뱅이 의복 한 벌뿐이오, 또 모시는 신하와 시위병을 아무리 불러도 하나도 오지 아니함에, 심히 괴이하고[23] 답답하나, 그러나 하릴없이[24] 걸인의 남루한 털뱅이를[25] 강잉하여[26] 입고, 단독일신 걸인으로 주적주적[27] 궁궐을 찾아가서, 궐문으로[28] 들어가려 하니, 궐문 수직군이[29] 버럭같이[30] 호령하여 내모는지라. 하릴없이 궐문 근처에 쭈그리고[31] 앉았더니, 마침 전에 가장 친절한 대신 하나가 조회하고[32] 대궐에서 나오는데, 다솔하인[33]하고 위의가[34] 늠름하여[35] 심히 부럽기도 하며 또한 반갑기도 측량없는지라.[36] 다가가서 "네가 나를 아느냐?" 하였는데[37] 대신이 이르되, "너는 웬[38] 놈인데[39] 감히

---

16 미구(未久)에 : 얼마 오래지 아니하여.

17 천사가.

18 본바탕 그대로 고스란히, 잘못된 것이 없이 바르거나 옳게. 원문은 '온전이'.

19 모상(貌相) : 모양.

20 원문은 '뫼시다'.

21 헌것을 속되게 이르는 말. 원문은 '헌털방이'.

22 원문은 '머믈너'.

23 괴이(怪異)하고 : 이상야릇하고.

24 할 수 없이. 달리 어떻게 할 도리가 없이. 원문은 '홀일업시'.

25 헌옷을.

26 강잉(强仍)하여 : 억지로 참고, 마지못하여.

27 자꾸 느리게 어정어정 걷는 모양.

28 원문은 '궐문에로'.

29 수직원을 낮잡아 이르는 말. 수직 임무를 맡아 수행하는 사람.

30 원문은 '벼력ᄀᆞ히' → 버럭같이. 버럭 : 성이 나서 갑자기 기를 쓰거나 소리를 냅다 지르는 모양.

31 원문은 '쑥구리고'.

32 조회(朝會)하다 : 든 벼슬아치가 함께 정전에 모여 임금에게 문안드리고 정사를 아뢰다.

33 다솔하인(多率下人) : 많은 하인을 거느림.

34 위의(威儀) : 위엄이 있고 엄숙한 태도나 차림새. 예법에 맞는 몸가짐.

35 원문은 '름름하여'.

36 측량(測量)없다 : 한이나 끝이 없다.

37 원문은 '흔디'.

대신께 가까이 와 무례히 말하느냐?" 왕이 기가 막혀 다시 이르되,[40] "내가 너의 왕인 줄을 모르느냐?" 하니, 하인들이 질욕하며[41] 이르되, "웬 미친놈이 와서 망상스럽게[42] 구느냐" 하고 발길로 차며 등을 밀어 내치는지라. 왕은 독불장군이오,[43] 호소무처라,[44] 가히 변백할[45] 묘책이 만무하더라.[46]

왕이 이에 며칠 동안 빌어먹으며 스스로 깨닫고 뉘우쳐, 전일에[47] 교오한 죄를 통회하며 고치기로 정지하고[48] 천주께 사하심을 구할 때, 전일의 영광과 금일의 고욕을[49] 생각하고 애통하기를 마지않더라. 천신이 이에 왕의 겸손되이 회개함을 보시고 깊은 밤에 비밀히 다시 왕을 궁중에로 데려다가 앞에 앉히고 물으시되, "네가 이제야 너의 이전 교오한 죄를 깨닫고 회개하느냐?" 대답하되, "깨닫고 회개하나이다." 천신이 다시 이르시되, "금세[50] 나라와 및 국권을 주고 혹 빼앗음은 온전히 천주의 권능에 매인 줄을 믿느냐?" 대답하되, "눈으로 친히 보고 몸으로 친히 실지 시험을 당하였사오니 어찌 감히 의심하리이까." 천신이 가라사대,[51] "실로 그러할진대 이에 네 옷을 다시 입고 네 위에[52] 다시 올라 이후에는 천주의 권능을 믿어 공경하며 교오함으로써 영앙을[53] 자청하지[54] 말라" 하시고 말을 마침에 홀연 보이지 아니하니, 왕이 이에 이전 왕

---

38 원문은 '우엔'.
39 원문은 '놈아완디'.
40 원문은 '닐으디'.
41 원문은 '즐욕ᄒ며'. 질욕(叱辱)하다 : 꾸짖으며 욕함.
42 원문은 '망상스러이' → 망상스럽게. 망상스럽다 : 요망하고 깜찍한 데가 있다.
43 독불장군(獨不將軍) : 여기서는 '다른 사람에게 따돌림을 받는 외로운 사람'이라는 뜻.
44 호소무처(呼訴無處) : 지금은 쓰지 않는 단어. '여기서는 호소할 곳이 없다'라는 뜻. 원문은 '호소무쳐'.
45 변백(辨白) : 변명.
46 만무(萬無)하다 : 절대로 없다.
47 전일(前日)에 : 전날에, 이전에, 예전에.
48 정지(情知)하다 : 명확하게 알다.
49 고욕(苦辱) : 견디기 어려운 불명예스러운 일.
50 바로 지금. '금시에'의 준말.
51 원문은 '갈으샤디'. 말씀하시되.
52 자리에, 위(位)에.
53 영앙(永殃) : 지금은 쓰지 않는 단어. 영원(永遠)한 재앙(災殃)의 준말. 『한불자전』에 의하면, 영원한 벌, 영원한 고통.
54 원문은 '츳청하지'. 여기서는 '자청(自請)하다'로 옮겼다. 스스로 청하지.

이라. 이 일은 다만 천신과 왕만 알고 다른 이는 도무지[55] 모르게 된 일이나 그러나 그 왕이 후에 이 일을 스스로 말하고 후세에 전하여 경계를 삼으니라.[56] 우리는 이 표양을 보고 천주 대전에나 사람 앞에 항상 겸손할지니 천주가 겸손한 자들에게 성총을[57] 주시고 교오한 자들을 물리치심이니라.

해설

'옛날 서양에서'로 시작하는 이 작품은 현재는 잘 사용하지 않는 어휘들이 많아 가독성이 떨어지지만, 내용은 동화 한 편을 읽는 것처럼 재미있습니다. 첫 단락은 도입 단락으로 배경 및 인물을 소개합니다. 두 번째 단락은 교만한 왕과 천사의 대립과 갈등을 보여주는 전개 및 위기 단락으로 천사가 왕으로 변신하고 왕은 걸인 신세가 되는 부분입니다. 마지막 단락은 왕이 회개하여 자신의 자리로 돌아가게 되는 결말 및 후일담과 이 미담의 주제부입니다. '교오하다가 겸손함'이라는 이 미담의 제목은 왕의 처지를 그대로 보여줍니다. 또한 독자들인 우리 역시 교만해지다가도 다시 겸손해질 수 있어야 함을 강조한 제목이기도 합니다.

사건의 발단은 교만한 왕이 성경의 한 구절이 맘에 들지 않아 그것을 삭제하라고 하면서 비롯됩니다. "마음 뜻이 거오한 자를 흩으셨으며 권세 있는 자를 좌에서 내치시고 비천한 자를 들어 올리셨다.(루가1, 51-52)"는 지금도 '마리아의 노래'로 불리는 아름다운 말씀입니다. 그런데 교만한 왕에게는 이 말씀이 오히려 거슬렸습니다. 이후 천사의 출현으로 왕은 위기를 맞고 이 위기가 해소되면서 작품은 해피엔딩으로 마무리됩니다. 온천에 갔던 왕이 목욕실에 나오자 옷도 신하도 보이지 않습니다. 천사가 왕의 모습으로 나타나 왕의 의복을 모두 입고 신하들과 함께 궁궐로 돌아갔기 때문입니다. 걸인이 되어 수모를 당하던 왕의 모습이 흥미롭습니다.

성경에서 누구보다 겸손했던 성모님, 이 작품에서 인용된 성경 말씀이자 마리아의 노래로 전해지는 루가복음 1장의 말씀을 기억하며 성모님의 겸손함을 닮을 수 있기를 기도합니다. "내 영혼이 주님을 찬송하고 내 마음이 나의 구원자 하느님 안에서 기뻐 뛰니 그분께서 당신 종의 비천함을 굽어보셨기 때문입니다. 이제부터 과연 모든 세대가 나를 행복하다 하리니

---

55 원문은 '도모지'.
56 경계(警戒)를 삼다 : 옳지 않은 일이나 잘못된 일들을 하지 않도록 타일러서 주의하게 하다.
57 성총(聖寵) : 은총(恩寵).

전능하신 분께서 나에게 큰일을 하셨기 때문입니다. 그분의 이름은 거룩하고 그분의 자비는 대대로 당신을 경외하는 이들에게 미칩니다. 그분께서는 당신 팔로 권능을 떨치시어 마음속 생각이 교만한 자들을 흩으셨습니다. 통치자들을 왕좌에서 끌어내리시고 비천한 이들을 들어 높이셨으며 굶주린 이들을 좋은 것으로 배불리시고 부유한 자들을 빈손으로 내치셨습니다……."

마리아의 노래☞ 마니피캇(magnificat). [가] 복된 동정녀 마리아가 천사로부터 예수의 잉태를 예고 받고 예수를 잉태한 몸으로 엘리사벳을 방문하여 부른 노래(루가 1 : 46-55). 하느님께서 자신을 통하여 역사하신 위대한 일과 이스라엘에 베푸신 구원에 감사하고 찬양한 내용이다. "내 영혼이 주님을 찬양하며"(루가 1 : 46)로 시작되는 이 노래는 불가타 역본에서 '찬양한다'를 뜻하는 라틴어 마니피캇(magnificat)으로 시작되므로 마니피캇이 마침내 이 노래를 지칭하는 곡명이 되었다. 이는 성무일도에 인용되어 있고 전례를 집전하는 여러 경우에 곡을 붙여 부르기도 한다. 마니피캇의 내용은 세 부분으로 나눌 수 있다. 마리아가 구세주 하느님을 찬양하고(1 : 46-50), 이스라엘에 베푸신 하느님의 업적을 회상하며(1 : 51-53), 아브라함에게 예언한 하느님의 계획이 자신을 통하여 이루어졌음을 감사하는 내용(1 : 54-55)이 그것이다.

사랑의 포도

스랑의포도

울울창창한[1] 산림 속에서 평원 광야를 내다보고 멀리 해양의 파도 소리를 듣는 곳에 수십 년 된 수도원이 있더라.

아름다운 석양빛이 불그레[2] 비추일 때에 이 산림에서 날개를 버리고 유유(悠悠)히 날아다니는 새의 무리는 멀리서 보기에 그림과 같은데, 하루는 손[3] 하나가 손에는 포도 넣은 바구니를 들고 이 수도원에 찾아왔더라.

객은[4] 원장을 심방하고[5] 그 포도를 내어 놓으며 이르되,[6] "더운데 잡수어 보시오" 하거늘 원장은 감사하고 받았더니 객이 도로[7] 간 뒤에 봄에, 매우 아름답고 좋은 포도인데 둥근 자줏빛 수정과 같이 말갛게 비추이고 단물이 가득하여 먹음직하여 보이는지라. 아하 참 좋은 포도로구나 하며 손으로 한 개를 집고자 하더니 문득 생각하기를 '아니라 아니라, 내가 육십오 년 동안에 오늘날까지 어려움과 괴로운 공부를 행하여 육신을 괴롭게 하였는데 이제 이르러 이 포도 한 개로써 다년 공덕을 헛되게 함은 차마 할 수 없는 일이로다. 내가 이 포도를 받기는 하였으나 이것을 입에 대는 것은 불가한즉, 차라리 저 옆방에서 일주일 전부터 병들어 누운 벗에게 주면 다소간에 이로우리라' 하고 원장은 곧 그 병실로 가서 문병한즉, 병자는 감사하며 이르되 "별로 괴로운[8]

---

1   울울창창(鬱鬱蒼蒼)하다 : 큰 나무들이 아주 **빽빽**하고 푸르게 우거져 있다.
2   엷게 붉그스름한 모양. 원문은 '붉으레'.
3   손님.
4   객(客) : 찾아온 사람, 객자, 손님.
5   심방(尋訪)하다 : 방문하여 찾아보다.
6   원문은 '닐ㅇ딕'.
7   되돌아서.
8   원문은 '고로운'.

줄을 모르겠습니다. 이 모양으로 매일 오 주 예수의 고난을 묵상하고 있음에 병고를 잊어버리나이다" 하더라.

원장은 매우 좋은 일이라 하며 가까이 가서 "이것은 내가 어떤 손에게 받은 것인데 보기에 매우 좋은 것이기에 나같이 몸 성한 사람이 먹기가 무엇하여 그대를 위하여 가지고 왔노라" 하고 바구니째 머리맡에 놓았더라. 병자는 감사하고 천주께서는 어떻게 이런 아름다운 것을 내셨는고 하니, 원장은 이런 적은 열매까지라도 조물주의 영광을 드러내니 감사로운 일이라 하고 돌아 간 후 병자는 머리맡에 있는 그 아름다운 포도를 보고 있더라.

포도가 이슬방울과 같아 건드리면 쏟아질 듯한데 그때에 마침 창문으로조차[9] 비추는 석양 광선에 반사됨에 이 세상 물건이 아닌 것같이 아름다운지라. 병자가 마침 목이 마른 듯하여 그 좋은 선물로 마음이 향하였으나 생각하기를 '나는 사십 년간 몸을 단속하여 조금도 용서함이 없었으니 산에 오르는 것으로 치면 십 분의 팔분이나 올라 간 때라. 병을 못 이기어서 이 포도 한 송이를 먹는 것은 약한 것이로다. 먹은 뒤에 남는 것은 다만 희생을 잊어버린 슬픔뿐이리니 이것을 내가 먹는 이보다 내게 항상 신세를 끼치는 옆에 방 사람에게 보내어 감사하는 뜻을 표하는 것이 낫겠다' 하여 이와 같이 생각하고 있는데 마침 옆에 방 사람이 들어와서 무슨 심부름시키실 것이나 없습니까 하고 묻거늘, 없다 대답하고 이르되, "내가 그대에게 항상 신세를 끼치니 참 미안하오. 지금 마침 이 포도를 누구에게 받았는데 이것을 그대에게 보내고자 하였소" 하고 주더라.

그 사람은 손을 내저으며 "아니올시다. 나같이 건강한 자가 그런 좋은 것을 받기 미안합니다" 하고 받지 아니하니, 병자는 이르되, "나의 병에는 포도가 이롭지 못하고 또 이렇게 두고 보면 나의 마음을 유인하니 부디 가져가라" 함에, 옆방 사람이 이르되 "그러면 가져가겠노라" 하고 그 포도를 가져갔더라. 이 수도자는 젊은 사람이고 또한 일기가[10] 심히 더운 고로 먹고자 하였으나, 그러나 이 수사의 생각에도 그와 같은 생각이 있어 비록 사소한 일이라도 자기는 희생으로 삼고 남을 기쁘게 함은 극히 높은

덕이라 생각하여, 그 포도를 차마 먹지 못하고 다시 그 옆방 수사에게 갖다 주었더라. 이와 같이 이 이상한 포도는 수도원 방방에로[11] 두루 다녔는데 어느 수사이든지 다 그와 같은 생각을 두었더라. 필경 맨 나중에는 이 포도가 다시 원장에게로 가니 원장의 놀람은 측량키 어려웠더라. 그 연유를 들은 뒤에는 그 놀라던 것이 변하여 큰 즐거움이 되어 원장은 진실로 눈물을 흘리며 기뻐하였더라. 자기 수도원 동포들이 이와 같이 깊은 애덕에 잠김을 생각함에 이 포도를 그대로 둘 수 없다 하여 원장은 이상스러이 한 알도 감하지 아니한 포도와 겸하여, 신령한 사랑의 선물 같은 이상한 포도를 가지고 곧 성당에 가 천주 대전에 공경스러히 바치고 아래와[12] 같이 열심으로 기구하여[13] 이르되

"아아 전능하시고 지극히 사랑하오신 천주여, 지금 이 포도 한 송이를 주 대전에 드리나이다. 이 한 송이 포도는 우리 동포가 어떻게 애덕에 충만함을 지금 주 대전에 드러내나이다. 이 기묘한 포도로써 남을 기쁘게 하고 자기는 희생으로 삼는 아름다운 마음은 이 포도의 아름다움보다도 또한[14] 승하지[15] 아니하오리까. 이런 마음은 주가 기뻐하실 것이외다."

하고 원장은 넘치는 감사를 봉헌한 후 그 기쁜 은혜를 갚기 위하여 자기가 스스로 한 개를 떼어 먹었더라.

바닷가의 한 오래된 수도원에서 사랑을 실천하는 수사님들의 아름다운 애덕을 보여주는 미담입니다. 미담 서두의 두 단락은 이 미담의 배경인 수도원의 풍광을 묘사합니다. 수도원의 형제들을 '동포'라고 지칭한 부분도 특이합니다. 아름다운 경치와 수사님들이 같은 동포들과 나눈 아름다운 애덕을 주제로 한 이 작품은 '미담' 중에 미담이라 할 만합니다.

11　방방으로.
12　원문은 '자와'. 자와는 '좌(左)와'로 '왼쪽과 같이'로 옮길 수 있다. 이는 세로쓰기였던 당시 표기에서 '왼쪽과 같이'의 의미로 쓴 것이기에 여기서는 '아래와 같이'로 옮겼다.
13　기도하여.
14　원문은 '우'. 이는 우(又)로 '또, 또한'의 뜻이며 여기서는 '또한'으로 옮겼다.
15　승(勝)하다 : 재주나 능력이 뛰어나다, 어떤 특성이 두드러지다, 의기 따위가 높다.

　수도원의 원장은 손님에게 아름답고 단물이 가득한 포도 한 송이를 받습니다. 그리고 그것을 먹지 않고 옆방에 있는 병든 수사에게 줍니다. 수사는 옆 방 신세진 수사에게 전해주고 그 수사는 또 다른 수사에게 전해주어 결국 포도송이는 원장에게 다시 돌아옵니다. 모두들 맞난 포도송이를 앞에 두고도 자신은 희생하고 형제를 사랑하는 마음이 앞섰기 때문에 일어난 결과였습니다. 원장은 돌아온 포도송이를 보며 크게 기뻐하고 천주께 감사드리며, 포도보다 더 충만한 수도원 형제들의 애덕을 주님께 봉헌합니다.

　자기를 희생하고 남을 기쁘게 하는 아름다운 마음. 그 마음이 포도송이처럼 탐스럽게 맺힌 수도원의 수사님들. 그분들이야말로 주님 포도밭에 탐스럽게 익은 '사랑의 포도'라 할 수 있습니다.

신덕으로써 병이 나음

신덕으로써병이나흠

　법국프랑스 갈바도스리시우 땅에 사는 여자 항으리엣은 10세까지 아무 병 없이 잘 자라 몸이 부대하고[1] 건강하더니, 불행히 폐결핵 병이 들어 날과 달로[2] 허약하여 감으로 부모의 심려는 비할 데 없는데, 16세부터는 자리에 누워 몸을 임의로[3] 쓰지 못하더라.

　한 가지 병이 발하면 백병이 따라 발한다 함과 같이 폐결핵뿐 아니라 위병이[4] 겸하여 음식을 먹지 못하니, 만일 먹기만 하면 곧 토하고 설사가 나며 위장에서는 피가 나는 고로 갖가지로[5] 치료를 하나 조금도 효험이 없어 드디어 의사가 단념하였더라.

　음식으로 말하면 물이나 삼판[6] 포도주 외에는 아무것도 먹지 못함에 몸이 점점 파리하여 나중에는 뼈만 남아 실로 눈으로 볼 수 없는지라. 10세 때에는 몸이 중량이 66근 반이더니 20세 때에는 몸의 중량이 27근밖에 아니 되었으니 그 모친은 그를[7] 어린 아이와 같이 안았다 누웠다 하였더라.

　1908년에 갈바도스 교우들이 루르드에 참배하기 위하여 단체를 조직할 때에 항으리엣도 그 단체에 참례하기를 간절히 원하나, 이때에 몸이 심히 쇠약하였음으로 먼 길을 가기가 어렵다 하여 허락을 얻지 못하다가, 성모께 기구하여 병이 조금 나음으로 그 단체에 참례케 되었더라. 그러나 모든 이는 항으리엣의 모양을 보고 이 아이를 먼

1　부대(富大)하다 : 몸뚱이가 뚱뚱하고 크다.
2　날이 가고 달이 갈수록, 날이 가고 달이 감에 따라. 원문은 '날과돌노'.
3　하고 싶은 대로.
4　위병(胃病) : 위장병. 원문은 '위ㅅ병'.
5　원문은 '각가지'.
6　지명이나 상품명을 뜻하는 고유명사. 원문에서는 고유명사 표시로 '삼판' 옆에 줄이 그어져 있다.
7　원문은 '뎌를'. 여기서는 '항으리엣'을 지시하는 지시대명사로 현대어로 옮긴다면 '그녀를'이 적절하다.

길에 데리고 가는 것은 곧 죽이는 것이라 하는 말을 듣고 항으리엣은 이르되 "만일 죽을 터이면 성모 마리아 곁에서 죽는 것이 나의 소원이라" 하더라.

루르드에 이른 때는[8] 1908년 9월 8일인데 기차로 서른여섯 시간을 간 고로 항으리엣은 비상히[9] 괴로워 거의 죽은 모양이라. 루르드에 이르며 곧 병원으로[10] 메어다가[11] 놓고 우선 샘물 한 그릇을 주었더니 이 물을 마시고는 토하지 아니하였더라.

오후에 굴에 가서 샘물에 목욕하였더니 그만 설사는 그치고 이튿날 성체거동 시에는 정신이 나서 확실히 나은 것 같아, 전에는 물과 포도주를 조금밖에 먹지 못하였는데 홀연 과자와 전과[12] 같은 것을 먹게 되었더라.

항으리엣이 친히 자신의[13] 병 나음을 기록하여 빠사리 의학 박사에게 보내었는데 아래와[14] 같더라.

병인들이[15] 매괴성당 앞에 버려 있는 중 나는 왼편에 있었는데 성체를 모신 주교가 병인을 위하여 기구하실[16] 때에 왼편에서부터 시작하신지라. 주교가 나의 앞에 오사 성체를 모시고 기구하실 때에 나는 초성한[17] 감동이 자연 발하여 "나앗으니 일어나겠다…… 은혜를 베푸신 우리 천주여" 하고 울부짖었노라.

내 옆에 섰던 간호부가 주교의 눈짓하심에 의하여 내가 들것에서 일어나려함을 만류하였는데, 나는 즐거운 눈물을 흘리면서 배고프다 아 배고프다 하였으니, 전에는 이와 같이 배고픔을 깨달은 적이 없었도다. 이를 본 간호부는 초콜릿이라 하는[18] 과자

---

8 도착한 때는.

9 예사롭지 아니하게.

10 원문은 '에로'.

11 메고 가서.

12 전과(煎果) : 정과(正果). 온갖 과일, 생강, 연근 따위를 꿀이나 설탕물에 조려 만든 음식.

13 원문은 '뎌의'이나 여기서는 의미를 살려 '자신의'로 옮겼다.

14 원문은 '자'. 이는 '좌(左)'로 '왼쪽과 같더라'의 의미. 여기서는 세로쓰기에서 가로쓰기로 편집이 바뀐 것을 고려해서 '아래와 같더라'로 옮겼다.

15 병자들이.

16 기도하실.

17 원문은 '쵸셩하다'. 『한불자전』에 따르면, 이는 '초성(超性)하다'로 초자연적이다라는 뜻이다.

를 주었는데, 나는 즐겨 먹고 물도 마셨노라.

성체거동이 마칠 때에 검증소로 가서는 남에게 수고를 끼치지 않고 들것에서 내려 지팡이도 짚지 않고 가서 의사 앞에 이르니, 의사들은 뼈만 남은 자로서 혼자 걸어감을 보고 놀랐으며 검증소장 빠사리 박사도 두려운 목소리로 이르되 "걸어앉아라.[19] 그렇지 아니하면 몸이 다 물러난다" 하였도다. 의사들이 나의 몸을 자세히 진찰한 후 박사가 이르기를 "이는 영적으로 온전히 나을 뿐 아니라 전혀[20] 육신 하나가 부활한 것이라" 하였는데 이 진찰을 받을 동안에 배가 고파서 차마 견디지 못하였고, 겨우 석양에 병원에 돌아와 우유와 소의 고기를 먹었으나 비위가 안온하여[21] 토할 듯싶지도 않고[22] 설사도 그쳤으며 그날 밤은 잠을 잘 잤노라. 익일에도[23] 조금도 괴로움이 없이 병실에서 나와 성당에 들어가 성체를 영하고 얼마 동안 장궤를[24] 하였으며 낮에는 국수를 먹었노라. 그날에는 여러 번 검증소에 불려가 갖가지[25] 진찰을 받을 뿐 아니라 의사들은 나의 수척한 몸을 사진 박았도다.[26]

항으리엣이 병이 나은지 두 달 후 즉 12월 23일에 신체가 다시 부대하여짐을 또 그 박사에게 보고하여 이르되, "나의 몸이 지금은 80근 11량 중이나[27] 되었으니 만일 나를 만나시면 알아보지 못하리다" 하였더라. 이와 같이 잠시간에[28] 불치의 병이 나음은 전혀[29] 주 성모의 은혜임은 물론이거니와[30] 그의[31] 신덕이 또한 자신을[32] 구하였다

---

18 원문은 '초골나라하는'.

19 원문은 '걸어안지라'.

20 '완전히, 매우, 아주, 정말로'라는 뜻의 부사.

21 안온(安穩)하다 : 조용하고 편안하다.

22 원문은 '토홀 듯십으도안코'.

23 익일(翌日) : 다음날, 이튿날.

24 장궤(長跪) : 몸을 세운 채 꿇어앉는 자세로 존경을 나타냄. 또는 그런 자세.

25 원문은 '각가지'.

26 사진을 찍었다.

27 근, 량은 무게의 단위다.

28 잠시(暫時) : 짧은 시간, 짧은 시간에.

29 원문은 '젼혀' ☞ 주 20.

30 원문은 '물론이여니와'.

31 원문에는 '뎌의'.

32 원문에는 '뎌를'. 의미를 분명하게 하기 위해 '자신의'로 옮겼다.

하리로다.

해설

　병자의 치유 기적은 예수님 시절부터 복음에서 빠질 수 없는 내용입니다. 미담에서도 마찬가지입니다. 특히 병자의 치유와 관련해서 자주 등장하는 장소가 루르드입니다. 앞서 루르드에서의 치유 기적을 다룬 미담 40과 미담 41에 이어 이 작품도 루르드를 배경으로 한 치유 기적 미담입니다. 이 미담도 치유 과정을 자세하게 소개하고, 기적을 가능하게 한 환자의 믿음, 즉 '신덕'을 강조합니다. 루르드 관련 미담들은 다른 미담들에 비교해서 분량이 긴 작품들이 대부분입니다.

　주인공은 항으리엣이라는 20살 처녀입니다. 건강하던 그녀는 폐결핵이 걸려 16세부터는 몸을 자유롭게 할 수 없었고 위장병까지 겹쳐 의사도 그녀의 치료를 단념할 정도로 위중한 환자입니다. 1908년 루르드로 가는 단체가 조직되자 항으리엣은 죽더라도 성모님 곁에서 죽겠다며 루르드로 향합니다. 서른여섯 시간만에 루르드에 도착한 항으리엣은 결국 그곳에서 치유의 은사를 받습니다.

　작품의 후반부는 항으리엣이 치유의 은사를 받는 장면과 이후 검증소에서 검사받는 장면, 또 건강해진 항으리엣의 모습을 묘사합니다. 이 과정에서 그녀의 몸무게를 수치화하여 구체적으로 비교하는 표현이 재미있습니다. 이는 기적의 사실성을 높이기 위한 서사 전략입니다. 우유, 소고기, 국수 등 항으리엣이 먹은 음식 이름이 등장하기도 합니다. 27근이었던 체중이 80근 11량이 된 항으리엣, 그녀는 건강해지고 뚱뚱해진 몸으로 성모님의 은혜를 증언합니다. 무엇보다 먹고 싶었던 것을 마음껏 먹게 되었을 때의 기쁨이 얼마나 컸을지 항의리엣의 몸무게를 통해 상상해보는 것도 작품의 흥미를 배가시킵니다.

더 알아보기

루르드 ☞ 미담 40.

라자로의 부활과 같은 영적

라자로의부활과ᄀᆺ흔령적

에르네스딘이라 하는 여자는 1906년 2월에 결핵성 복막염(結核性 腹膜炎)이란 병이 들었는데, 자리에 누운지 두 달이 지나도 낫지 못하고 마음대로 기동을 못하였더라.

그 후에 병중이 변하여 중한 복막염이 되었는데 이때부터는 우유밖에 아무것도 먹지 못하였으며, 두어 달 후에는 우유도 먹지 못하고 겨우 물약만 조금씩 먹게 되었더라.

이 같이 중한 병이 몸에 있건마는 남의 집에 가 아픔을 참아가며 억지로 전신의 힘을 다하여 일을 한 고로, 기운이 쇠진하고 살이 다 빠져 그 형용은[1] 보기에 실로 처참하더라. 그런데 1908년 2월 11일에는 에르네스딘의 몸이 극히 쇠약하여지고 결핵은 이미 뱃속을 점점 먹어 독이 전신에 퍼졌다는 진단을 받게 되었고, 몸을 조금만 건드려도 심히 아파하여 요동을 못하는지라. 에르네스딘을 진단한 의학 박사는 진단서 끝에 말하기를 "내 청으로 진찰한 수명 의사의 말은 다 이병은 아무 치료도 할 수 없는 결핵병이라" 한다고 말하였더라.

그해 4월 13일에 니올 병원에서도 그와 같은 진단을 받았는데 한 의사는 수술을 하자 하였으나 마론 박사는 이와 같이 신체 조직이 조금만 건드리면 다 무너질[2] 위험이 있는 것을 무슨 수술을 하겠느냐고 거절하였더라. 이 두려운 병은 시를 머무르지 않고[3] 위장을 깊이 먹어 들어감으로 속히 썩어 말할 수 없는 더러운 것이 가득함에 나을 바람이 호말도[4] 없다고 결단되고 살은 문정문정하고[5] 뼈는 감할 뿐인즉[6] 병원에

---

1   형용(形容) : 사람의 생김새나 모양, 말이나 글, 몸짓 따위로 사물이나 사람의 모양을 나타냄.
2   원문은 '문허질'.
3   여기서 시는 시(時), 시간. '시를 머무르지 않고'는 '때를 멈추지 않고'의 의미.
4   아주 작은 일이나 적은 양을 비유적으로 이르는 말. 조금도.
5   문적문적 : 무르고 연한 물건 따위가 조금만 건드려도 자꾸 뚝뚝 끊어지거나 잘라지는 모양.

있어야 쓸데없다 하여 집으로[7] 도로 갔더라.

　발나무로살 의학 박사는 에르네스딘을 진찰하고 친구로 더불어[8] 이상이 여겨 이르되 "어찌하여 그와 같이 썩은 육신이 오히려 생명을 보존하고 있는가" 하였는지라.[9] 그와 같은 병자는 온 세상에 드믄 고로, 홀연 세상에 전파되어 무덤에서[10] 파낸 시체보다도 보기 싫어도[11] 오히려 숨기가[12] 있는 이 사람을 보고자 하여 원근에서 구경하러 오는 자가 심히[13] 많더라.

　이 숨기만 있는 송장은 오월부터 비상히[14] 아파하여 수일 동안은 인사불성이요, 정신이 좀 날 때에는 다만 천주께 향하여 괴로움을 경케하여[15] 주소서 하고 구할 뿐이라. 마침 그곳 빠지에 동리 교우 단체는 모든 이의 신덕을 흥기하게[16] 하기 위하여 열절한[17] 마음으로써 루르드 성모 참배단체를 조직하고 병자도 많이 데리고 가려함으로, 사경에 이른 에르네스딘은 이 말을 듣고 모기 소리 같은 말로 자기도 함께 가기를 간구하더라. 참배단체는 이를 허락하였는데 이 말을 들은 사람들은 다 간담이 서늘하여 어떤 자는 이르되 이렇게 쇠약한 병자를 데리고 가는 것은 대죄라 하고 미친놈들이라 하며 그 여자는 이제 피살된다 하여, 에르네스딘의 친척 붕우와[18] 및 그와[19] 안면이 있는 자는 다 정거장에까지 전송하고 그 모친은 마치 친척 고구의[20] 장사에 참예함과 같이 슬퍼하며 딸 옆에 부쫓아가니[21] 그 심중에 비탄함이 어떠할고 하여 전송하는 자

6　뼈가 줄어지고 적어질 뿐이므로.

7　원문은 '집에로'.

8　친구와 함께.

9　원문은 '한지라'.

10　원문은 '뭇엄'.

11　원문은 '슬희여도'.

12　숨의 기운이. 원문은 '숨ㅅ긔'.

13　매우.

14　비상(非常)히 : 예사롭지 아니하게.

15　가볍게 하여.

16　원문은 '홍긔케'. 홍긔ᄒ다 : 깨어나다, 졸음에서 벗어나다, 번영하다, 번성하다(『한불자전』).

17　열절(熱切)ᄒ다 : 열의, 열심, 열정, 열심이다, 열성적이다, 열렬하다(『한불자전』).

18　붕우(朋友) : 친구, 벗.

19　원문은 '뎌와'.

20　고구(故舊) : 사귄 지 오래된 친구.

21　따라가니.

가 다 눈물을 흘렸더라.

이제 기차는 즐거움이 가득한 사람들을 태울 때에 또한 아무 감각도 없으며, 거의 다 죽고 겨우 숨기[22]만 있는 이 해골도 태워가지고 살같이[23] 닷더라.[24] 모친은 처량한 기색으로 기구하면서[25] 간호를 하는 중 가끔 딸의 입에 거울을 대여 숨기의 유무를 시험하는데 숨기가 극히 미소하여 거의 생명이 끊어짐과 같음을 보고 슬피 울었으니, 이는 병이 위독하여 움인지[26] 이미 죽었음으로 움인지 자기도 분변치 못하더라.

이 모양으로 8월 25일 아침에 루르드에 이르렀는데 기차에서 내릴 때에 처참이 여기지 아니하는 자가 없고 어떤 이는 그 형용이 눈에 현연하여 "이와 같이 중한 병을 성모께 고쳐 달라함은 억지의 소원이 아닐까" 하는 자도 있더라.

그는[27] 곧 병원으로 갔는데 병원에 있는 병자들은 보고 다 놀랐으니 대저[28] 병자는 남의 고통에는 냉담하고 자기 고통만 생각하는 것이 예사인데 병자들까지도 그와 같이 놀람을 보면 그 모양이 무서웠음은 족히 알지라.

"전에 보지 못하던 두렵고 처참한 얼굴은 귀신인지도 모르겠도다. 수족과 전체가 다 말라 뼈와 가죽뿐이니 그 모양으로 어떻게 살아있는가" 함은 병자들의 말이라. 실로 에르네스딘의 형상은 무슨 귀신의 형상과 같다 할 만하였으니 한번 본 사람은 그 살아있음을 의심하게 되었더라. 혈구 주사와 소다 주사와 바닷물[29] 주사와 그 외에 의학상 적당한 치료를 다하였으나 조금도 효험이 없고 실낱같은 생명을 이어갔는데 음식이라고는 겨우 얼음 탄 라무네 한두 방울 밖에는 없더라. 병원에 있을 동안에 혹 정신 난 때도 있었으나 3일 동안은 전혀 무서운 꿈을 꿈과 같이 자기의 유무를 알지 못하고 살아있었고, 병원에서 굴로[30] 메여[31] 갈 때에는 보는 사람마다 살지 못한다고

말 아니 한 자가 없었고, 그 옆에 따라다니는 이는 염포를[32] 예비하였더라. 그러나 그는[33] 몸이 극히 초췌하고[34] 기식이[35] 없는 중에도 굴에 참배를 할 것을 잊지 않고 항상 귀를 그 입에 대지 아니하면 들리지 아니하는 목소리로 "나를 데려다 주시오" 하는지라. 27일째[36] 환희 날에 성체거동을 거행하였는데 에르네스딘은 그 거동시에 아무 말도 아니하고 또한 조금도 운동치 아니하여 삼만 인 참배자의 기구하는 소리도 그를[37] 깨우치지[38] 못하고 가만히 있음으로, 모친은 이제는 임종이 되나보다 하고 오히려 기뻐하는 어조로 이르되, "이제야 딸이 고통에서 구원되었다" 하더라. (미완)

해설

이 작품도 앞의 작품에 이어 루르드 기적을 다룬 미담입니다. 1910년대 중반 이후 미담은 배경 묘사나 사건 전개도 치밀해지고 전체적으로 내용이 풍부해지면서 서사문학으로서의 작품성을 갖추어나갑니다. 이 미담도 마찬가지입니다. 루르드 관련 미담들이 내용이 긴 경우가 대부분이지만 이 작품은 그중에서도 제일 긴 작품으로 다음 호까지 연재로 발표됩니다.

이번 호에는 주인공인 에르네스딘의 발병에서부터 그녀가 루르드에 도착하여 성체거동을 보는 장면까지입니다. 날짜별로 그녀의 발병과 병의 진행, 루르드까지의 여정을 구체적으로 제시해줍니다. 1906년 2월에 복막염 발병, 두 달 후에는 우유도 못 먹고 물만 먹게 됨, 1908년 결핵으로 뱃속 독으로 전신에 퍼짐, 2월 11일 의학박사의 진단, 4월 13일 니올 병원에서 마론 박사의 진단, 발나무로살 의학박사의 진단, 빠지에 동리교우 단체가 루르드 성모 참배 단체 조직, 죽기를 각오하고 루르드 행을 감행, 8월 25일 루르드에 도착. 27일 성체거동시 움직이지 못하고 있는 에르네스딘의 모습이 전개됩니다.

어머니마저 그녀가 죽는 줄로 생각합니다. '기뻐하는 어조로'라는 말에는 딸의 고통을 보

---

31 메다 : 어깨에 걸치거나 올려놓다.

32 염포(殮布) : 염습할 때에 시체를 묶는 베.

33 원문은 '뎌는'.

34 초췌하다 : 병, 근심, 고생 따위로 몸이 여위고 파리하다. 원문은 '초최ᄒ고'.

35 기식(氣息) : 숨을 쉼. 숨을 쉬는 기운.

36 원문은 '지'. 지 : 기수를 서수로 만드는 곡용. 셋지(『한불자전』).

37 원문은 '뎌를'.

38 원문은 '끠오치지', 끠오다 = 끠우다 : 깨어나게 하다, 깨우다(『한불자전』).

기 힘들었던 어머니의 심정이 드러나 있습니다. 과연 주인공인 에르네스딘은 어떻게 되었을까요? 다음 호에 이어집니다.

더 알아보기

루르드 ☞ 미담 40.

라자로의 부활과 같은 영적 (속)

라자로의부활과ㄱᆺ흔령젹 (속)

그러나 에르네스딘은 실상 죽지 아니하고 혹독히 아픔이 시작되어 밤중에는 너무 심함으로 사람마다 다 "이는 마지막 가는 밤이라" 하더라. 그럼으로 모든 이는 다 그를 위하여 임종기구를[1] 하고 방안에 있는 간호부와 다른 병자는 이제 참 죽는다 하며, 이 때까지 참고 참아 있던 그 모친은 모든 것을 다 잊어버리고 시체와 같은 딸의 누운 상 앞에 장궤하고 이튿날 아침까지 울고 있었더라.

아침 다섯 시 경에 그 모친은 우연히 생기가 좀 돌았는가 하고 딸의 얼굴을 들여다 보니 딸은 기운 없는 소리로 "어머니 왜[2] 우셔요"[3] 하는 고로 모친은 사지를 떨며 기뻐 하여 입에 귀를 대고 들은즉 "나는 지금 굴에 가고 싶어요" 하나, 그러나 이 원의를 이룰 수 있는 것인가. 병원 신부는 이 말을 듣고 오히려 숨기가[4] 있음을 다행히 여겨 성체를 영케 하려 한즉 에르네스딘은 의외에 온순한 말로써 거절하여 "굴에서" 하거 늘 신부가 그 쇠약함을 보고 여기서 영하는 것이 좋다 하여 알아듣도록 힘을 쓰나 듣 지 아니하고 "원컨대 굴에서" 하니 그 열심은 모든 이로 하여금 깊이 감동케 하는지라. 그러면 가야할는지 말아야 할는지 하고 분분하다가 어찌 되었든 데리고 가보자 하고 결단하였더라.

이 말을 들은 의사는 힘써 못 가게 하고, 이런 행동은 전혀[5] 살인범과 같은 것이라 하였도다. 신부는 성체를 다시 뫼시고[6] 오겠다 하나 여전히 듣지 아니하고 "부디 나를

---

1 임종기도. 원문은 '림죵긔구'.
2 원문은 '우에'.
3 원문은 '울으셔요'.
4 숨의 기운이. 원문은 '숨ㅅ긔'.
5 완전히, 아주.

굴로 데려다가 주시오" 하더라.

아아 이것은 다만 에르네스딘의 바람뿐 아니라 천주의 명인지도 알 수 없도다. 그럼으로 생각이 있는 사람은 의원의 반대를 불계하고[7] 데리고 가기로 결단하였더라.

이 날 8시에 거동을 시작하여 에르네스딘을 들것에 메여가지고 갔는데 몸은 죽은 사람과 같이 전혀 맥이 없고 입은 굳게[8] 다물었으며 귀는 막힌 것 같으며 거울에는 숨기의 흔적이 없더라. 문득 사면에로부터 일어나는 찬미가[9] 소리는 우뢰와 같이 울려 루르드 천지에 충만한데, 미사가 이제 마쳐 성체는 매괴성당으로[10] 환어하시려[11] 하여 종소리가 은은한 중, 주교는 성체를 뫼시고 중인의[12] 앞으로 지나시는데 에르네스딘의 침대 앞에 이르러 머무르심으로 곁에 있던 모친은 성체대전에 부복하여 열심으로 간구하더라.

생활하신[13] 오 주 예수는 지나가시고 그 모친은 마음의 아픔을 위로하여 주시기를 바라며 눈에 보이지 아니하는 성신을[14] 찾는 것 같이 굴을 향하여 머리를 돌이키자 홀연 깜짝 놀랐도다. 그는 의외에 일을 목격하였으니 누워 있던 딸은 침대에 있지 아니하고 살이 빠져 뼈만 남은 것이 몇 보밖에 가서 선지라. 이를 보고 놀라서 혼도하였다가[15] 겨우 정신을 차려 닉이 보나[16] 그 연유를 알지 못하더니 사면에서 중인은[17] 용약하여[18] 갈채하며 다 자기 딸을 향하여 손을 듦을 보고서야, 비로소 딸이 쾌복된 줄을 알고 어떻게 감격되었든지 급히 혈액의 순환이 그쳐 일시는 몸의 아픔을 개달았더라. 에르네스딘은 혼자 걸어서 모친 앞에 왔다가 즉시 매괴성당에까지 갔으나 조금도

---

6   모시다의 옛말.
7   불계(不計)하다 : 옳고 그른 것이나 이롭고 해로운 것 따위의 사정을 가려 따지지 아니하다.
8   원문은 '굿히'.
9   찬미하는 노래, 찬미(讚美) : 아름답고 훌륭한 것이나 위대한 것 따위를 기리어 칭송함.=찬송
10 에로→으로
11 환어(還御)하다=환궁하다, 대궐로 돌아오다. 여기서는 '성당으로 돌아오다'의 뜻으로 쓰였다.
12 중인(衆人)=뭇사람. 많은 사람.
13 살아 계신(『한불자전』). 원문은 '싱활ᄒ다'.
14 성령을. 지금은 '성신'이라는 용어 대신 '성령'을 사용한다.
15 혼도(昏倒)하다 : 정신이 어지러워 쓰러지다.
16 여기서는 '겨우 보나'의 의미로 쓰였다. 닉이다 : 익숙해지다, ～을 도야하다. 연습하다(『한불자전』).
17 여러 사람이 ☞ 주 12.
18 용약(踊躍)하다 : 좋아서 뛰다.

피곤한 빛이 없으니, 중인은 성모찬천주가를 노래하며 뒤에 따르고 서로 입과 편지로 써 이 영적을 원근에[19] 전파하더라.

에르네스딘이 검증소에 가서 여러 시간 동안 여러 의사의 진찰을 받고 건강한 자와 같이 걸어갔다가 앉았다가 하기를 자유로 하고 조금도 어려워하는 빛이 없었으니, 속이 다 썩어버리고 뼈만 남은 사람을 이와 같이 즉각에 다시 살리사 곧 활동하게[20] 하심은 예전에 라자로에게[21] 부활하여라 명령하심과 같은 명령이 아니면 될 수 없는 일이로다.

앞에서 이어지는 후반부는 루르드에서의 치유 과정을 보여줍니다. 시체와 같았던 에르네스딘은 루르드에서 치유 받고 살아납니다. 신부님조차 에르네스딘에게 굴에 가지 말고 병원에서 성체를 영하라 하지만 에르네스딘은 굴에 가서 하겠다고 완강히 주장합니다. 결국 그녀는 들것에 실린 채로 굴로 가서 성체거동을 목격합니다. 그리고 치유의 기적을 체험합니다. 치유 후에는 검증소에 가서 확인하는 이야기가 이어집니다. 속이 다 썩어버리고 뼈만 남았던 에르네스딘이 한 순간에 살아난 것은 라자로의 부활과 같은 사건으로 비견됩니다.

루르드를 배경으로 한 미담들은 1910년대 천주교 미담에서 대표적인 치유 기적 이야기입니다. 1900년대 초에 있었던 루르드에서의 사건이 10년도 안 돼 몇 년의 시간차를 두고 조선에 바로 소개될 수 있었음은 당시 선교사들로 활동하고 계셨던 파리 외방전교회 신부님들 때문이었습니다. 당시 조선에도 치유의 기적이 필요한 환자들이 많이 있었을 것입니다. 루르드의 치유 기적 미담을 읽다보면 고통 중에 있었을 조선의 가난한 병자들이 겹쳐져 눈시울이 뜨거워집니다. 지금도 가난하고 병든 수많은 에르네스딘들이 우리 곁에 있습니다.

더 알아보기

루르드 ☞ 미담 40.

---

19 원근(遠近) : 멀고 가까움. 먼 곳과 가까운 곳. 또는 그곳의 사람.
20 원문은 '활동케'.
21 원문은 '의게'.

유명한 소경 음악사의 눈이 나음

유명훈소경음악ᄉ의눈이나흠

유명한 소경 음악사 갈올노 아오스딩가를로 아우구스티노은 1856년에 법국프랑스 바리파리경에서[1] 태어났는데,[2] 난지[3] 여덟 달만에 눈곱이 많이 나는 병이 생겨 아무리 치료를 하여도 효험이 없고, 왼편 눈은 아주 멀어 보지 못하며 오른 편 눈은 아주 멀지는 아니하였으나 역시 아무것도 잘 보지 못하고 겨우 주야를 분변할[4] 뿐이라.

그러므로 1868년 1월 3일에 바리파리전아베글이라 하는 맹아학교에 입학하여, 전혀[5] 음악을 연구하더니[6] 성적이 매우 좋아 76년에 졸업을 하고 특별시험을 보아 상을 받았으며, 또 수년 전에 죽은 유명한 고난도라 하는 음악곡조를 만든 사람의 제자가 되었고 후에는 유명한 노래를 지었더라.

1887년에 모배 중학교의 음악교사가 되어 9년 동안 근무하며 그 이웃 동리 그레이 성당 풍금수(風琴手)를[7] 겸하여 보고 있는데, 1904년에 모배 교우들이 단체를 조직하고 루르드에 참배할 준비를 하여 갈올노 아오스딩가를로 아우구스티노에게 찬미가를[8] 만들어 달라고 청하는 고로 만들어 주었으나 자기는 루르드에 참배할 생각을 두지 아니하였더라.

---

1 파리 근처에서.
2 원문은 '낫는데'. 나다 : 태어나다, 탄생하다 (『한불자전』). 여기서는 의미의 혼동을 피하기 위해 '태어나다'로 옮겼다.
3 태어난 지.
4 구별할, 분별할.
5 전혀 : 완전히, 모두(『한불자전』). 여기서는 '오로지'의 의미로 이해할 수 있다.
6 공부하더니.
7 풍금 반주자.
8 찬미하는 노래. 찬미(讚美) : 아름답고 훌륭한 것이나 위대한 것 따위를 기리어 칭송함. 찬송.

그런데 신부와 백작 더무리아스 부인이 그 눈먼 것을 가엾이[9] 여겨, 상의한 후 여비를 판비하여[10] 루르드에 참배하게 하려 한즉, 갈올노^{가를로}는 사양하여 이르되 "후하신 뜻은 감사하외다마는 나는 루르드에 참배할 생각은 없어요. 그 까닭을 말하면 내가 소경일지라도 보지 못하는 대신에 음악으로써 참는 힘을 주신 까닭이외다. 만일 내가 소경이 아니 되었다면 이런 특성이 없었을 줄로 여깁니다" 하더라.

신부는 이런 초성한[11] 말에 대하여 할 말이 없으나 다시 이르기를 "백작 부인의 좋은 뜻을 저버리면 도리어[12] 실례가 될 터이니 부디 루르드에 가기로 뜻을 정하라" 권함에, "그러면 말씀대로 좇아 행하겠으나 결코 소경된 눈이 낫기는 원치 아니 합니다" 대답하고, 모배 단체에 참예하여 1904년 8월 31일에 루르드에 이르렀으나 이미 말함과 같이 눈 낫기를 위하여 기구도 아니하고 참배인이 성당에서부터 굴에로 갈 때에 찬미가와 병인의 신음하는 소리가 자연 마음에 울려서 묵묵히 있기가 어려움으로 여관으로[13] 도로 갔더라.

이튿날에는 아무리 권하는 사람이 있어도 듣지 않고 종일 방 속에 들어앉아 풍금으로 벗을 삼고 홀로 노래로 날을 보냈으며,[14] 사흘 되던 날에도 역시 밖에 나지[15] 않고 홀로 노래에 재미를 붙이고[16] 있는데, 그레이 화족[17] 모리스더메 씨가 재삼 권함으로 억지로 거동에 참례하여 굴에 이르렀더라.

모리스더메 씨가 샘물로써 눈을 씻어줌에 갈올노^{가를로}는 눈이 조금 보이는 것 같되,[18] 심상히[19] 여기고 여관에로 도로 와 익일[20] 새벽에는 집으로 도로 갈 터인 고로

9　원문은 '가히업시'.

10　판비(辦備)하다 : 변통하여 준비하다.

11　초성(超性) : 가톨릭에서 '초자연'을 이르는 말. 쵸셩ᄒ다 : 초자연적이다(『한불자전』).

12　원문은 '도로혀'.

13　원문은 '에로'.

14　원문은 '보내엿스며'.

15　나가지.

16　원문은 '부치고'.

17　화족(華族) : 지체가 높은 사람이나 나라에 공훈이 있는 사람의 집안이나 자손들.

18　원문은 '같으되'.

19　대수롭지 않고 예사롭게.

20　다음날.

그날 저녁에는 일찍이 잤더라.

　신부는 갈올노^{가를로}와 한 방에서 유하였는데[21] 갈올노^{가를로}가 자리에 누울 때에 신공을[22] 다 마치지 못한 고로 갈올노^{가를로}가 잘 동안에 신공을 하려 한지라. 12시에야 신공을 시작하여 매양 3시만 되면 일어나는 고로 그날 밤에는 한잠도 이루지 못하고 책보기에 골몰하는데, 갈올노^{가를로}가 몸을 움직이며 자리 속에서 자주 말을 시작하려 함으로, 신부는 잠꼬대를[23] 하는가 하고 심상히 여기더니 또 그와 같이 하는지라. 재미있게 책 보는데 방해가 됨에 귀찮게 여겨 한번 꾸짖고자 할 때 갈올노^{가를로}가 소리를 높여 "신부님 30분 전부터 말씀하려 하였으나 어찌하여 몸이……" 하고 뒷말은 아니하거늘, 신부가 이 말을 듣고 머리를 돌이켜[24] 본즉 "아침 광채는 아름답다" 하는지라. 신부가 참으로 잠꼬대를 하는가 보다 하고, "그렇게[25] 광채가 어떻게[26] 아름다와" 한 후 다시 책을 보려 한즉, 또 말을 이어 "신부님이 방에 램프[27]를 가져오셨습니까" 신부가 참으로 귀찮게[28] 여기며 (미완)

　이 미담도 루르드의 치유 기적 미담으로 다음 호까지 이어집니다. 주인공은 소경 음악사 가를로 아우구스티노입니다. 루르드를 배경으로 한 다른 치유 기적 미담의 주인공과 이 작품의 주인공은 다른 점이 있습니다. 가를로는 소경이었지만 음악을 통해 자신의 병을 받아들이고 굳이 치유를 소망하지 않았다는 점입니다. 태어난 지 여덟 달 만에 소경이 된 가를로가 자신의 처지를 비관하기보다는 그것을 극복하고 음악으로 주님을 찬미하는 삶을 살았다는 점에 주목해서 이 작품을 읽는다면 가를로를 좀더 깊이 만날 수 있을 것입니다.

　'음악으로써 참는 힘을 주신 까닭이외다'라는 가를로의 고백이 감동적이면서도 가슴 아픕

21　머물렀는데.
22　신공(神功) : 기도와 선공(善功)을 통틀어 이르는 말.
23　원문은 '잠고더'.
24　원문은 '두루켜'. 돌이키다 : 원래 향하고 있던 방향에서 반대쪽으로 돌리다.
25　원문은 '그러헤'.
26　원문은 '엇더케'.
27　원문은 '람포'.
28　원문은 '귀치안케'.

니다. 자신의 아픔에 머물기보다는 하느님의 주신 은총을 감사하며 살아가는 가를로의 모습이 비쳐집니다. 그런 그였기에 신부님의 권고로 루르드에 가서도 병자들의 신음하는 소리가 마음에 울려서 묵묵히 있기가 어려웠습니다. 병자들의 울음소리가 자신의 울음처럼 느껴졌을 테니까요.

　여관에서만 머물던 가를로에게도 기적의 은총이 내려집니다. 전반부는 가를로가 새 빛을 보는 장면으로 끝납니다. 이후 가를로는 어떻게 되었을지 궁금합니다. 여기까지 읽고 다음 호를 기다렸을 당시 독자들을 상상해 보십시오. 1910년대 『경향잡지』는 한 달에 두 번 발행되었습니다. 당시 독자들은 보름 정도를 기다려야 했습니다.

유명한 소경 음악사의 눈이 나음 (속)

유명흔소경음악亽의눈이나흠 (속)

"아니 다만 촛불 두 개를 켰어.[1] 한 개로는 볼 수가 없어서" 하고 다시 또 책을 봄에 또 말을 하려 하는 고로 귀찮음을 견딜 수가 없어 책을 놓고 일어서서 그를 돌아보니 그가 이르되,

"신부님 나는 신부를 똑똑히 잘 봅니다. 신부가 서 계십니다. 팔을 펴셨습니다. 아 아 감사하여라. 무엇이든지 보게 되었구나. 다 잘 보이여" 하고 부르짖는지라.[2]

신부는 이제야 비로소 갈올노가를로가 꿈을 꾸지 않고 과연 그 눈으로 보는 줄을 알고 놀라워 방 가운데에 우두커니 섰더라.

그때에 갈올노가를로는 팔을 들어 방구석을 가리키고[3] 떨면서 "저기 있는 것이 무엇이오." 신부가 이상히 여겨 그 가리키는 편을 본즉, 벽에 비치는 그림자가 있는데, 본디[4] 소경이던 갈올노가를로는 물건의 그림자를 도무지 보지 못하였음으로 그 그림자를 보고 물어본 것이라.

신부가 자기 목전에 영적이[5] 일어남을[6] 보고 감사함을 마지아니하여 눈물을 머금고, 갈올노가를로는 어찌 감격하였든지 말도 능히 이루지[7] 못하였는데, 신부가 묵주를 내어 신공을[8] 시작하니 갈올노가를로가 응을[9] 받고자 하되 소리가 입 밖에 나지 아니하

1　원문은 '혓서'. 혀다: '켜다'의 옛말.
2　원문은 '불으지지는지라'.
3　원문은 'ᄀᆞ르치고'.
4　원문은 '본디'.
5　영적(靈蹟) : 신령스러운 사적. 기적의 옛말(『가톨릭대사전』).
6　원문은 '일우임을'. 의미를 명확히 하기 위해 '일어남'으로 옮겼다.
7　원문은 '일우다'. '말도 완벽하게 하지', '말도 완전하게 하지'의 의미. 말도 못했다는 것.
8　신공(申供) : 정성을 드려 소원을 빎.

여 한 꿰미를[10] 마친 후에야 비로소 "아아 점점 똑똑하게 보여 온다"는 소리를 발하고 3시까지 매괴경을[11] 외우고 3시에 신부를 따라 성당에 가 미사에 참례하고 영성체하였더라.

갈올노가를로가 밝기 전까지는 촛불을 보고 다만 아름답다는 말만 하더니 미사 후에는 차차 밝아져 태양의 광채를 보고 실로 형용할 수 없는 감동이 일어났다 하였으나, 두 눈이 다 온전히 나은 것은 아니니 즉 왼편 눈은 희미하고 오른편 눈은 완전치는 못하나 잔글씨를 보게 되였더라.

바리파리 맹아학교에 들어갈 때에 그 학교 의사의 진단서를 본즉 갈올노 안오스딩가를로 아우구스티노의 눈에는 나을 수 없는 병이 있다 하였는데, 루르드에 갔던 그 익년에 바리파리 안과 전문 의사 불 박사의 진단서를 본즉 오른편 눈은 삼분의 일이 나았고 왼편 눈은 겨우 나음을 얻었다 하였더라.

어찌 되었든지 48년 동안 아주 소경으로 있어 치료할 생각도 못하던 눈이 이와 같이 순식간에 보게 된 것은 도저히 학술상으로 설명할 수 없는 것이라. 그가 불 박사의 집에서 나올 때에 말하기를, "나는 바리파리에서 생장하였으나[12] 바리파리를 본 날은 오늘이라" 하였더라.

그가 처음에 눈 낫기를 원치 아니한 것은 눈이 나으면 음악의 천성을 잃어버릴까 두려워함인데 루르드에서 돌아올 때에도 이를 심히 근심하였으나, 집으로 와서 올강(풍금)을 대함에 별로 그 천성을 잃지 아니하였음으로 성모께 일층 더 감사하였더라.

해설

전편에 이어 이번 호에서는 가를로가 드디어 눈이 나아 감탄하는 장면들과 그의 눈 나음을 증명하는 장면, 그리고 후일담이 이어집니다. 루르드의 치유 기적 미담에는 반드시 의사에

---

9 응(應) : 기도문을 교송(交誦)하거나 교창(交唱)할 때, 계(啓)에 대답하는 일. 또는 그런 부분.

10 묵주의 한 단. 물건을 꿰는 데 쓰는 끈이나 꼬챙이 따위. 끈 따위로 꿰어서 다루는 물건을 세는 단위. 지금은 꿰미 대신에 '단'이라는 표현을 쓴다. 원문은 '쭴이'.

11 매괴경(玫瑰經) : 묵주 기도의 예전 용어.

12 생장(生長)하다 : 나서 자라다.

게 가거나 검증소에 가서 병 치유를 확인하는 여정이 삽입이 되어 있습니다. 이 미담에서도 가를로는 그의 눈이 치유 받았음을 의사를 통해 확인하는 대목이 나옵니다. 의과 전문 의사 불 박사의 진단을 통해 가를로는 치유받았음을 입증할 수 있었지만 그것은 '학술상으로 설명할 수 없는 것'이었다는 대목에서처럼 의학이나 과학이 아닌 기적의 결과였습니다.

이 미담에는 기적에서 치유된 사실 못지않게 아름다운 대목들이 있습니다. 이런 대목이야말로 미담이 지닌 문학적 면모이기도 합니다. 이런 부분들을 간파하고 감상할 수 있을 때 미담 읽기의 즐거움이 배가 됩니다. 우선 이 작품의 처음 부분에서 가를로가 신부님과의 대화를 통해 시력을 회복하는 과정입니다. 대화를 이용하는 전략은 천주교 미담의 서술 전략 중 가장 두드러진 특징입니다. 이 미담에서도 시력을 회복하고 세상을 보게 된 가를로의 감동적인 장면을 대화를 통해 기술하였습니다.

또 기도하는 장면도 눈여겨 볼만한 대목입니다. 기적 체험 이후 가를로와 신부님은 그 감동과 감사를 묵주 신공으로 이어갑니다. 방에서 함께 응송으로 묵주 기도를 하는 장면을 상상해 보십시오. 기도 중간 중간에 너무 감격해서 응송을 제대로 소리 낼 수조차 없었던 가를로의 모습이 인상적입니다. 게다가 루르드는 성모님이 묵주를 들고 발현하신 곳이니 그곳에서 묵주 기도를 드리는 이 장면은 더욱 감동적으로 전해집니다.

48년 동안 소경으로 지내다 치료할 생각도 하지 못한 채 루르드에 가서도 성당이나 굴을 찾지도 않고 자기 방에서 홀로 오르간을 연주하며 보냈던 가를로에게도 루르드의 기적은 이어졌습니다. 한 순간에 찾아온 '빛'의 감격을 그는 다음과 같이 고백합니다.

"나는 파리에서 태어나 자랐으나 파리를 본 날은 오늘입니다!"

그가 48년 만에 본 파리는 그의 고향이자 삶의 터전이었습니다. 가를로가 비로소 보게 된 은총의 빛, 하느님 나라의 광채였습니다.

더 알아보기

매괴경(玫瑰經) 〔가〕『한불자전』에 나오는 말로 '로사리오 기도'를 말한다. 『한불자전』에 따르면 '매괴(玫瑰)'란 ① 장미 ② 염주(念珠)를 의미하는 옛말로서 흔히 아름다운 구슬을 지칭한다. 천주교의 용어로는 '로사리오' 즉 묵주(默珠)의 뜻으로 사용해 온 말이다.

묵주신공(默珠神功) 〔가〕옛 교우들이 사용하던 말로 현재 '로사리오 기도'란 표현으로 바뀌었다.

☞ 묵주(默珠) : 〔용〕묵주란 매괴(枚塊)라고도 하는데 이는 중국에 많이 나는 장미과의 낙엽관목(落葉灌木)으로, 향기가 나는 떼찔레를 말한다. 또 묵주란 성모님께 기도를 드리기

위해 구슬을 열 개씩 구분하여, 보통 다섯 마디로 엮은 염주 형식의 환(環)을 말한다. 묵주 기도를 로사리오(Rosarium)라고도 하는데, 이는 로사리오라는 말이 장미 꽃다발(花冠)을 뜻하기 때문이다. 결국 묵주 기도란 예수 그리스도 구원의 신비 속에서 성모님께 드리는 장미 꽃다발이다. 따라서 묵주는 염주와는 무관하다. 초세기 이교인(異敎人)들에게는 자신을 신에게 바친다는 의미로 머리에 장미꽃으로 엮은 관을 쓰는 관습이 있었다. 그런데 초대 교회 신자들도 이 관습을 따라, 기도 대신 장미꽃을 하느님께 바치곤 하였다. 특히 순교 때 머리에 장미꽃으로 엮은 관을 썼다. 이는 하느님을 뵙고 자신을 하느님께 바친다는 예모(禮帽)라고 생각했기 때문이다. 그래서 신자들은 밤중에 몰래 순교자들이 썼던 장미관을 한데 모아 놓고, 그 꽃송이마다 기도를 한 가지씩 올리곤 하였다. 한편 이집트 사막의 은수자(隱修者)들은 작은 돌멩이나 곡식 낱알을 둥글게 엮어 하나씩 굴리면서 기도의 횟수를 세곤 하였다. 죽은 자들을 위해 시편 50편이나 100편을 외웠는데, 글을 모르는 사람은 시편 대신 주님의 기도를 그만큼 바쳤다. 이때 그 수를 세기가 불편하므로 열매나 구슬 150개를 끈이나 가는 줄에 꿰어 사용하였다.

12세기에 이르러 삼종 기도가 널리 보급되면서, 성모님께 대한 신심도 깊어져, 주님의 기도 대신 성모송을 50번이나 150번을 위와 같은 식으로 하였다. 그러다가 열 번째는 좀더 큰 열매나 구슬을 사용하여 시편의 후렴처럼 주님의 기도를 바쳤다. 성모님에 대한 신심이 깊어지자, 성모님의 다섯 가지의 기쁨, 즉 성모 영보(주님 탄생 예고), 예수성탄, 부활, 승천, 성모 승천 등과 관련지어 묵상하기 시작하였다. 그리고 후에는 성모 칠락(七樂)을 묵상하다가는 급기야는 열다섯 가지 기쁨을 묵상하기도 하였다.

13세기에는 영광송이 삽입되었다. 성모송 10번마다 영광송을 하였는데, 이는 성무 일도 시편을 외울 때마다 하는 영광송을 본뜬 것이다. 그런데 당시 알비파 이교인들이 툴르즈 지방을 침략하자, 성 도미니코는 묵주 기도란 마리아께서 직접 가르쳐 주신 기도라면서, 적극적으로 권장하였다. 이때 드디어 초대 교회의 신심과 연결된 장미 꽃다발, 즉 '로사리오'라는 말이 등장하였다.

15세기에 이르러서는 두 가지 형태의 묵주 기도가 등장한다. 하나는 도미니코 묵주 기도로 150번의 성모송을 연속적으로 바치면서, 예수님이나 마리아 생애 중 중요한 순간들을 묵상하는 것이었다. 그러다가 1464년 알랑 드 뤼프 수사는 그 신비들을 강생과 수난, 부활에 따른 환희, 고통과 영광 등 세 가지 신비로 묶어 묵상하였다. 그 후 이 기도는 급속도로 퍼져 나가 전통적인 신비 15가지로 자리 잡았다. 한편 프란치스코 묵주 기도는 알랑의 경우보다 앞섰지만 잘 알려지지 않았다. 이 기도는 주로 성모님의 칠락을 묵상하였는데, 오늘날 '칠락 묵주 기도'만 전해지고 있을 뿐이다.

묵주 기도는 만민의 구원을 위해 사람이 되시고 십자가에 달려 죽으시고 부활하신 주님을 마리아와 함께 묵상한다. 뿐만 아니라 성모님을 통하여 예수 그리스도 구원의 신비를 묵상한다. 이 신심의 본격적인 전파는 1830년 성모님이 발현하시어 열심히 이 기도를 바칠 것을 호소하면서부터이다. 1830년 파리에 처음으로 15개의 보석으로 꾸며진 반지를 끼고 성모님이 발현하셨고, 1846년은 라살레트에서 머리, 가슴, 발에 오색찬란한 꽃(薔薇)으로 만든 화관을 두르고 발현하셨다. 그리고 1858년에 루르드에 발현하셨을 때는 묵주를 들고 나타나시어 베르나데타에게 직접 기도를 가르쳐 주기도 하셨다.

1883년 교황 레오 13세는 세계 평화와 죄인들의 회개를 위해 묵주 기도를 바칠 것을 호소하였고, 교황 비오 10세는 묵주 기도만큼 아름답고 은총을 많이 내리게 하는 기도가 없다고 하였다. 그 후 1917년 파티마에 6번이나 성모님이 나타나시어, 매일 묵주 기도를 15단씩 바치면 전쟁이 끝나고 죄인들이 회개할 것이라고 하셨다. 그중 세 번째 발현하셨을 때는 각 단(端)을 바친 후, 구원을 비는 기도(救援誦)를 바치라고 하셨으며, 마지막 발현에서는 당신 자신을 '매괴의 모후'라고 선언하셨다. 묵주 기도는 이처럼 마리아께서 가장 기뻐하는 선물이다. 그리고 언제 어디서라도 바칠 수 있는 기도이다. 특히 교회에서 본보기로 정한 15가지 신비에 얽매이기보다는 자연스럽게 지향을 두고 다양하게 그 신비를 묵상하는 것도 매우 유익할 것이다 ☞ 미답 16.

예수영해를 먹인 상급

예수영히를먹인상급

　성 도민고도미니코 수도회 신부 한 위의[1] 이름은 베르나르도니, 예수와 성모께 열심이 비상하여[2] 날마다 열심으로 미사성제를 드릴 때에 매양[3] 무죄하고 정결하고 순박한 두 동자로[4] 하여금 보미사를[5] 거행케 하더라. 이 두 동자의 집은 성당에서 적이[6] 새 뜬[7] 고로, 매양 조반을[8] 싸가지고 와서 성모포영상[9] 앞에 밥그릇을 걸어두었다가 보미사를 다한 후에 성모포영상 앞에서 밥그릇을 내려놓고 두 착한 동자들이 밥을 먹을 때마다 성모 품에 안기셨던 예수영해가[10] 내려오사 그 두 동자들과 함께 잡수시니, 두 동자들이 이 신기한 일을 여러 달 동안 누설하지[11] 아니하다가, 마침내 선생 신부 베르나르도에게 여쭈었는데[12] 베르나르도 신부가 기이하게[13] 여겨 주 모 전에[14] 감사하고 두 동자에게 이르되, "이후에도 그 아이가 와서 너희와 함께 먹거든 그에게[15] 말

1　여기서 '위'는 '분'의 의미. 한 위의 = 한 분의.
2　비상(非常)하여 : 평범하지 않고 뛰어나.
3　빈번이.
4　동자(童子) : 남자 아이.
5　복사. 미사 예식을 돕는 사람(『가톨릭대사전』).
6　꽤. 적이 : 꽤 어지간한 정도로.
7　사이가 떨어지다. 즉 '꽤 먼'이라는 뜻.
8　조반(朝飯) : 아침밥.
9　성모자상.
10　영해(嬰孩) : 어린 아이.
11　누설하다 : 자세히 말하다. 여러 번 말하다. 원문은 '루셜ᄒ다' : 다른 사람에게 말하다, 토로하다(『한불자전』).
12　원문은 '엿준딕'.
13　원문은 '귀이히' → 기이하다 : 기묘하고 이상하다.
14　주의 어머니 앞에.
15　원문은 '뎌의게'. '뎌'는 3인칭 대명사. 여기서는 의미의 혼동을 막기 위해 '그에게'로 옮겼다.

하기를, ‘이 아이야 너는 항상 우리 음식만 얻어먹고 네 음식은 한 번도 우리와 및 우리 선생님께 맛보이지 아니하느냐?’ 하라” 부탁하였더라. 그 이튿날도 두 아이들이 밥을 먹을 때 예수영해도 와서 함께 잡수시거늘, 두 아이들이 베르나르도 신부의 명한대로 이르되, “이 아이야, 너는 항상 우리 음식만 얻어먹고 네 음식은 한 번도 우리와 및 우리 선생님께 맛보이지 아니하느냐?” 예수영해 대답하시되, “너희 둘과 너희 선생 베르나르도 신부가 예수승천날에 내 잔치에 참례하리라” 하시는지라. 이 아이들이 즉시 스승 베르나르도 신부께 고했는데,[16] 베르나르도 신부가 예수영해의 말씀을 알아듣고 즉시 두 동자로 하여금 고해영성체를 타당이 시키고[17] 자기도 선종 예비를 열심으로 하다가 과연 예수승천첨례날을[18] 당하여 3인이 선종승천하여 천상 잔치에 참례하니라.

  한 편의 동화 같은 미담입니다. 영화로도 상영되었던 〈마르셀리노의 기적〉의 한 장면 같기도 합니다. 〈마르셀리노의 기적〉에서 주인공인 여섯 살 소년 마르셀리노는 십자고상의 예수님께 빵과 포도주를 드리고 예수님은 환생하여 마르셀리노가 가져다 준 빵과 포도주를 드십니다. 이 미담에서는 베르나르도 신부님의 미사를 돕던 어린 복사 두 아이들이 미사 후에 밥을 먹을 때 성모자상의 어린 예수님이 내려와 아이들과 함께 밥을 먹습니다. 세 아이들이 오순도순 밥도 먹고 이야기도 나누는 정겨운 장면을 상상해 볼 수 있는 미담입니다. 마치 예수님의 어린 시절을 보는 듯한 장면이기도 합니다.

  결말은 아이들과 신부님의 죽음입니다. 여러 달이 지난 후 이를 알게 된 베르나르도 신부님과 함께 아이들이 선종 승천하여 하늘나라의 천상잔치에 참례하였다는 것, 즉 두 아이들과 신부님이 선종합니다. 〈마르셀리노의 기적〉에서도 빵과 포도주를 드리고 예수님과 대화를 나누던 마르셀리노는 보고 싶은 어머니와 예수님의 어머니를 만나러 예수님 품에서 천상의 길로 떠납니다. 참 슬프면서도 감동적인 장면이었습니다. 그렇다고 새드엔딩(sad ending)은 아닙니다. 신앙은 우리에게 살아서 예수님을 만났던 사람들이 이승을 떠난 후 천상잔치

---

16 원문은 ‘고한디’.
17 원문은 ‘식이고’.
18 예수승천축일.

에서 예수님과 함께한다고 알려줍니다. 믿는 이들에게 선종은 '상급'으로 가는 문지방입니다. 이 미담의 제목 역시 예수 아이를 먹인 '상급'입니다. 그래서 이 미담은 해피엔딩입니다. 이 점이 다른 서사문학과 구별되는 천주교 미담의 특징이기도 합니다.

더 알아보기

보미사 ☞ 미담 24. 【관련단어】 복사(服事).

☞　복사(服事) 〈가〉 미사, 성체강복식, 혼인성사, 성체성사 등을 거행할 때 집전하는 사제를 도와 의식이 원활하게 진행될 수 있도록 보조하는 사람으로 보미사라고도 불렀다. 원래 이 일은 하급 제3급에 속하는 시종직(侍從職, acolythus)을 받은 자가 담당하였으나 이 성품이 폐지된 이후는 평신도인 복사가 이 일을 하게 되었다. 9세기부터 시종직의 일을 복사가 대행한 것으로 보인다. 당시 마인츠(Mainz) 공의회는 "모든 성직자는 미사를 원활하게 진행시키기 위해서 서간경과 독서를 하거나, 미사 응답송을 부를 성직자나 소년을 둘 수 있다"고 규정하고 있음이 이를 입증해 준다. 그러므로 복사는 성소(聖召)의 부르심을 받은 자라기보다는 업무 때문에 생겨난 직책을 담당하는 자라고 보는 편이 좋다. 복사의 선출은 본당 단위로 이뤄지며, 총명하고 신앙심 깊은 10~11세의 소년이 그 대상이 된다. 복사는 중백의(中白衣, Surplice)를 입는다.
한국의 초대교회에서 복사는 성인(成人)으로 미사를 보조하는 역할 이외에도 프랑스 선교사의 한국어 교사, 길 안내자, 번역가, 하인의 역할까지 모두 복사가 담당하였고, 아예 선교사와 함께 숙식을 같이 하기도 하였다. 성인 황석두(黃錫斗, 루가) 같은 이가 초대교회 복사의 대표적인 인물이다.

주일을 지키지 아니하는 자의 벌

쥬일을직희지아니ᄒᆞᄂᆞ쟈의벌

태서[1] 베르스부에 한 사람이 있으니, 무릇 주일 첨례[2] 파공날을[3] 당하면 도무지 지키지 아니하고 아침부터 말을 타고 나가 놀거나 혹 세속사무에 골몰하더라. 어떤 주일날은 아침에 성당에서 종소리가 남에 모든 교우들은 구름같이 성당에로 향하여 때에 미치지 못할까 두리되,[4] 이 사람은 종소리를 들은 체도 아니하고 말을 타고 나갈 때, 한 마귀가 형상을 빌어 나타나 그 사람을 말에서 잡아 내리고 이르되,[5] "네가 이제 성당에 가서 모든 교우로 더불어 미사에 참례하여 기구하며[6] 강론을 들을 것이거늘 도리어[7] 지옥으로[8] 가서 악인들로 더불어 절치 통곡하는[9] 소리를 듣고자 하느냐?" 하고 말을 마친 후, 그 머리를 끊고[10] 그 영혼을 잡아갔는데 이제까지 그 죽은 형적이[11] 있는지라. 거기 비석을 세우고 그 사적을[12] 새겨[13] 기록함으로써[14] 후세 사람으로[15] 하

---

1 태서(泰西) : 서양을 예스럽게 이르는 말.

2 축일.

3 파공(罷工) : 가톨릭에서 주일과 지정된 대축일에 육체노동을 금함. 쉬는 날. 안식일의 의미.

4 제때에 도착하지 못할까 두려워하되. 두리다 : 두려워하다, 무섭다, 무서워하다(『한불자전』).

5 원문은 '닐으되'.

6 기도하여.

7 원문은 '도로혀'.

8 원문은 '에로'.

9 절치(切齒) : 몹시 분하여 이를 갊. 통곡(痛哭) : 슬피 움.

10 목숨을 끊어. 원문은 '씃코'.

11 형적(形跡; 形迹) : 사물의 형상과 자취를 아울러 이르는 말. 또는 남은 흔적.

12 사적(史跡; 史蹟) : 역사적으로 중요한 사건이나 시설의 자취.

13 원문은 '삭여'.

14 원문은 '긔록ᄒᆞ야써'.

15 원문은 '훗사람'.

여금 주일 첨례 지키지 아니함을 경계하니라.[16]

해설

　주일, 축일, 안식일을 지키자는 주제의 미담입니다. 주일을 지키지 않고 세속사무에 골몰하던 주인공이 마귀에게 잡혀가 죽게 되었다는 내용입니다. 마귀의 역할도 재미있고, 죽는 것을 '머리를 끊고 그 영혼을 잡아갔다'고 표현한 부분도 흥미롭습니다. 이런 결말이 천주교 미담에서는 새드엔딩입니다. 짧으면서도 교훈성이 강한 훈계조 미담이기도 합니다. 훈계는 강렬하고 짧을수록 좋겠지요?

16 　경계(警戒)하다 : 옳지 않은 일이나 잘못된 일들을 하지 않도록 타일러서 주의하게 하다.

불효자의 벌

불효ᄌ의벌

　강생 후 1250년에 바로나 지방에 한 과부가 있어 다만 한 외아들이 있는지라. 애지중지하여 길렀더니, 그 아들이 모친의 명을 거역하고 불효 패역하여[1] 떠돌아다니며 주색잡기에 방탕하여 집에 돌아올 생각을 아니하는지라. 하루는 그 모친이 찾아 나가서 저자[2] 거리에서 만나 경계하니,[3] 그 아들이 도리어 모친을 능욕하는지라.[4] 그 모친이 분하여 저주(咀呪 악담)하여[5] 이르되, "네가 자식으로서 어미를 몰라보니 천주가 너를 벌하사 집에 돌아오지 못하고 필경 남의 손에 죽으리라" 하였더라.

　그 저자 거리에 또 한 불효자 하나가 있어 그 부친이 정리로써[6] 경계하였는데,[7] 그 불효자가 분하여 제 부친의 뺨을 치는지라. 그 부친이 노하여 벌하여 이르되, "네가 자식으로서 아비의 뺨을 치니 천주가 너를 벌하사 내 뺨 친 손이 장차 남에게 베임을[8] 받으리라" 하였더라.

　사람은 본디[9] 유유상종이라. 위에 말한 두 불효자들이 벗이 되어 어깨를 엇메고[10]

1　패역(悖逆) : 사람으로서 마땅히 하여야 할 도리에 어긋나고 순리를 거슬러 불순함.
2　저자 : 시장을 예스럽게 이르는 말.
3　경계(警戒)하다 : 조심하여 단속하다, 옳지 않은 일이나 잘못된 일들을 하지 않도록 타일러서 주의하게 하다.
4　능욕(凌辱)하다 : 남을 업신여겨 욕보이다. 여자를 강간하여 욕보이다.
5　'저주(咀呪 악담)'는 원문에서 괄호 처리 후 한자어와 유의어가 표기되어 있는 것을 그대로 옮긴 것이다.
6　정리(情理) : 인정과 도리.
7　원문은 '흔디'.
8　원문은 '버힘'.
9　원문은 '본디'.
10　이쪽 어깨에서 저쪽 겨드랑이 밑으로 걸어서 메다.

다니며 술 먹고 놀더니, 하루는 둘이 서로 싸우다가 제 부친께 저주를 받은 불효자가 칼로써 과부의 불효자를 죽인지라. 모든 사람이 그 광경을 보고 살인한 자를 잡으려 할 때 그 살인한 자가 칼을 휘둘러 잡지 못하게 하거늘 그중에 한 관리가 있다가 칼로써 그 자의 손을 찍으니 이는 제 부친의 뺨을 치던 손이러라. 이에 결박하여 관가에 바쳤더니 3일 후에 사형에 처하여 죽이니라.

이 사적을 보건대 두 불효자가 그 부모의 벌한 대로 다 악하게[11] 죽었으니, 이 세상에 자식 된 자가 어찌 그 부모를 조금이라도 거스르며[12] 불효하리오. 부모는 천주의 권을[13] 받아 자식을 낳고 기르고 가르치기로 힘써 본분을 다한즉, 자식 된 자가 어찌 부모의 은공을 생각하고 보답치 아니하리오.

효(孝)와 관련된 미담입니다. 모친을 능욕한 아들과 부친의 뺨을 때리기까지 한 아들, 이 둘은 친구였는데 부모의 저주대로 비극적 죽음을 맞았다는 내용입니다. 두 사람의 부모인 모친이나 부친이 자신들의 아들들을 향해 '천주가 너를 벌하사'라고 이야기한 부분이 똑같습니다. 자식에게 당한 억울함을 천주께 고백하고 자식들에게 저주와 같은 예언을 던진 부모, 그 부모의 말대로 자식들은 천주로부터 벌을 받습니다.

이 작품은 부모의 뜻을 거스르지 말라는 주제를 전달한 미담입니다. 불효자는 자신들도 불행하지만 하느님의 벌을 피할 수 없으니 그 부모 역시 불행할 수밖에 없습니다. 그래서 그들은 진정 불효자입니다. 자식들의 불행을 기뻐할 부모는 없을 테니까요.

---

11 나쁘게. 원문은 '악히'.
12 원문은 '거스리며'. 거스리다 : 어기다, 위반하다, 거역하다(『한불자전』).
13 권한을.

다이스

옛적에 알렉산드리아^{알렉산드리아}(에집도^{이집트} 북편에 큰 도회) 도시에 유명한 창기가[1] 있었으니 이름은 다이스라. 그 용모가 아름다움은 물론이오, 그 천성은 괴악하여[2] 남자를 많이 미혹케[3] 하더라.

그의 거처를 논하면 왕후로도 믿지 못할 금전옥루에[4] 거하여 마치 궁전에 여왕과 같이 하고 있는데, 항상 좌우에 시녀를 두고 출입할 때에는 하인이 심히[5] 많아 그 형세가 심히 놀랍더라.

그러므로 당시 알렉산드리아^{알렉산드리아} 부자들은 서로 다투어가며 그 재물을 다이스에게 빼앗겼으니, 다이스의 한번 웃음을 보기 위하여[6] 아무것이라도 사양치 아니하고 그 생명까지라도 앗기지 아니하게 되었더라.

무릇[7] 이 다이스라 하는 여자는 성세를[8] 받은 신자이나 어렸을 때에 그 부친이 죽고 모친의 손에 자랐는데[9] 사욕에 빠지기 쉬운 것은 사람이라. 성품이 비루한[10] 그 모친은 그 딸로[11] 생명을 즐겁게 보내어보고자 하는 생각이 들어 드디어 다이스로 창녀를

---

1   몸을 파는 천한 기생.
2   괴악(怪惡)하다 : 말이나 행동이 이상야릇하고 흉악하다.
3   미혹(迷惑)하다 : 무엇에 홀려 정신을 차리지 못하다. 정신이 헷갈리어 갈팡질팡 헤매다.
4   금전옥루(金殿玉樓) : 크고 화려하게 지은 전각과 누대.
5   매우.
6   원문은 '위ᄒ야는'.
7   원문은 '므릇'.
8   성세(聖洗) : 영세.
9   원문은 '길넛ᄂ듸'. 의미를 명확하게 하기 위해 '자랐는데'로 옮겼다.
10 비루(鄙陋)하다 : 행동이나 성질이 너절하고 더럽다.
11 딸을 통해서, 딸을 이용해서. 원문은 'ᄯᆯ노써'.

삼았더라.

이제 그의[12] 소문은 당시 알렉산드리아^{알렉산드리아}에서 아침[13] 날이 떠오름과 같은 형세로 극도에 달하여, 드디어 세상에 모친 된 자로 하여금 아들 낳음을 부끄러워하고 딸 낳음을 자랑하게 되었도다.

그때에 애급^{이집트} 사막에 바고니움이라 하는 성인이 살았으니, 이 성인은 덕망이 넓음으로 세상을 감화시켜 그 이름을 모르는 자가 없는지라. 성인이 우연히 다이스의 소문을 듣고 심중에 비상히 슬픔과 아픔을 깨달았으니, 지극히 높으신 오 주 예수의 신자로서 구차히 도적과 같은 생애를 하여 세상에 소문이 높으니 이 무슨 비루한 일인고 하여, 이 대죄인 다이스를 위하여 날과 밤으로 기구하기를 마지아니하고 어떻게 하든지 이 부패한 영혼을 타락한 지경에서 구하여 내리라 하여, 드디어 금치 못할 측은한 생각으로써 하루는 그 사막을 나서[14] 친히 다이스를 경계하기로[15] 결심하였더라.

성인이 문득[16] 알렉산드리아^{알렉산드리아}에 이르러 곧 다이스의 집을 찾아간즉, 듣던 말보다도 굉장하고 놀라운 집에 거쳐하니 대리석으로 세운 둥근 기둥과 모든 건축을 한번 봄에 곧 사치하는 여왕의 궁궐과 같은지라.

바고니움 성인이 인도함을 따라 응접실에 들어가니 그곳은 눈 아래에 녹음이 가득한 정원이 있어 말할 수 없는 좋은 향기가 배회하고, 방안에 설비한[17] 분수는 은반에 떨어지고 아름다운 음악을 아뢰더라.

이제 성인의 앉은 앞으로[18] 아름답고 좋은 비단의 문채가[19] 움직임과 같은 것이 언뜻 눈에 보이더니, 별안간 천상 여자와 같은 부인의 형체가 나타나며 두 뺨에 웃음을 머금은 얼굴로 매우 숙친한[20] 모양으로 또한 극히 존경하는 태도를 가지고 급히 오더니,

---

12 원문은 '뎌의' → 저의, 그의, '저'는 3인칭 대명사.
13 원문은 '아참'.
14 사막에서 나와.
15 경계(警戒)하다 : 조심하여 단속하다, 옳지 않은 일이나 잘못된 일들을 하지 않도록 타일러서 주의하게 하다.
16 문득 : 갑자기, 뜻밖에, 빨리(『한불자전』).
17 설비(設備)하다 : 필요한 것을 베풀어서 갖추다. 설치하다.
18 원문은 '압헤로'.
19 문채(文彩) : 아름다운 광채, 무늬.
20 숙친(熟親)하다 : 오래 사귀어 친분이 아주 가깝다.

"아아 친애하온 성인이여."

하며 성인 앞에 장궤하는지라. 성인은 묵묵히 있는데 다이스의 청량한[21] 눈이 성인의 눈과 마주 뜨임에 잠깐 성인의 마음은 일찍이 깨닫지 못하던 상쾌함을 깨달아

"아아 이 눈이로구나."

하고 성인은 곧 머리를 끄덕였고, 다이스는 이와 아주 상반되는 감상이 있었으니, 성인의 강한 안광의[22] 힘이 비로소 저의 영혼을 비춤에,[23] 다이스는 일찍이 알지 못하던 존숭한 생각이 어디에서[24] 부름과 같이 발하였더라.[25]

성인 : "당신이 다이스라 하는 이시오? 나는 바고니움이라는 사람이오. 오늘 멀고
　　　먼 사막을 떠나서 그대를 찾아보러 왔오."

다이스 : "아아 참 매우 즐겁고 감사하온 일이올시다. 이런 천한 자의 집에 성인께
　　　서 들어오시게 함은 천벌을 당할 일이올시다."

하고, 다이스는 이와 같이 진실하고 겸손된 모양을 가졌더라.

성인 : "옳소. 당신은 벌을 받을지라. 그리스도의 신자라는 거룩한 이름을[26] 더럽혔
　　　으니[27] 실로 벌을 입으리로다. 이교인이라도 싫어하는[28] 일을 기탄없이 하고
　　　이런 좋은 집에 거처하여 사치와 음악으로 세월을 보내나, 그 아름다운 맛이
　　　있는 실과는 다 두려운 죄의 나무에[29] 열린 실과인[30] 줄을 생각하지 못하시
　　　오? 사람을 속여서 돈을 다 빼앗는 것은 투도죄요,[31] 몸을 팔아 절조를 더럽

---

21 청랑(淸朗)하다 : 맑고 명랑하다.

22 안광(眼光) : 눈의 정기.

23 원문은 '비최이매'.

24 원문은 '어듸셔'.

25 어디에서 부르는 것과 같이 생겼더라. 발(發)하다 : 꽃 따위가 피다. 빛, 소리, 냄새, 열, 기운, 감정
　　따위가 일어나다. 또는 그렇게 되게 하다.

26 원문은 '일홈'.

27 원문은 '더러혓스니'.

28 원문은 '슬희여ᄒᆞᄂᆞ'.

29 원문은 '나모'.

30 실과(實果) : 열매.

31 투도(偸盜) : 남의 물건을 몰래 훔침. 또는 그렇게 한 사람. '투도죄'는 현재는 절도죄.

히는 것은 사음죄요,[32] 거룩한 세를[33] 받은 몸으로서 천주를 부끄럽게 함은 성신을[34] 설독하는[35] 죄요, 감언이설로써 남을 속여 함정에 빠뜨리는[36] 것은 망중의 죄로다.[37]

보시오. 죄라 하는 모든 죄는 당신이 기탄없이 다 범하였으니 두려운 지옥불에다가 날과 달로 기름을 붓는도다. 내가 사막에서 교중자매 중 한 사람이 이와 같이 살고 있다 함을 듣고 나의 마음은 슬프고 두려워서 몸이 떨렸노라. 나는 자매 중 한 사람이 지옥문에 들어가는 괴로움을 차마 보고 있을 수 없어요. 다이스여 개과천선하시오. 당신은 옛적 성녀 마리아 막다리나^{마리아 막달레나}를 아시겠지요? 그 성녀는 진실로 넘치는 눈물로써 오 주 예수의 발을 씻기셨소. 아름다운 얼굴을 무엇에 쓰오. 썩어서 백골로 변하면 그만이오. 청랑한 눈을 무엇에 쓰겠소? 벌레와 구더기의 몫이 될 것이오. 때가 오면 마른 풀과 같이 시들어 버릴지니 먼저 천주를 두려워하고 지옥문을 무서워하시오. 개과천선하시오."

성인이 이같이 제성함에[38] 다이스가 잠잠히 듣고 있더니, 급하고 맹렬하게 무엇이 찌름과 같이 꿈에도 알지 못하던 두려운 생각이 마음속에 발하여,[39] 이때까지 많은 남자를 유인하여 그 재산을 탕진케 하고 싸우고 다투어[40] 살인까지 하게 한 두려운 죄가 눈앞에 현연히[41] 나타나고, 이때까지 가시 속에서 두려운 생활을 하다가 그 가시를 다 집어치우고 아름답고 맑은 꽃망울이 돋음을 보는 것 같은 생각이 나는지라.

---

32 간음, 간통(『한불자전』). '사음죄'는 '간음죄'. 원문은 '샤음'.

33 영세를.

34 성신(聖神) : 성령(聖靈). 삼위일체 중의 하나인 하느님의 영.

35 설독(褻瀆) : 직접적으로, 또는 성인(聖人)이나 성물(聖物)을 통하여 하느님을 모욕하는 일. '설독죄'는 '천주 모욕죄'.

36 원문은 '쌔치우는'. 빠치다 : 빠뜨리다.

37 '망중의 죄'는 중생을 망하게 하는 죄라는 뜻의 한자어로 보인다. 亡衆의 죄.

38 제성(提醒)하다 : 잊어버렸던 것을 생각하여 깨우치게 하다.

39 생겨서.

40 원문은 '다토와'.

41 현연(顯然)히 : 분명하게 나타나거나 알려지는 정도가 뚜렷하게.

다이스 눈에는 눈물이 솟더니 별안간 두 손으로 얼굴을 가리고[42] 통곡하였으니, 무한하신 천주의 자애는 이 추루한[43] 다이스의 몸에도 내리셨도다. 이로부터 그는 아주 딴 사람이 되었으니 황금과 진주로만 단 목도리와 모든 귀한 장식물, 사치품, 수다한 비단 의복 등 물건을[44] 다 헌신짝 같이 버려 알렉산드리아^{알렉산드리아} 공지에[45] 산과 같이 쌓아놓고 불살라 버렸도다.

무슨 일이 생겼는가 하여 구경하려 모인 사람들은 봄에,[46] 그곳에 유명한 창녀 다이스가 그 아름다운 의복을 다 버리고 남루한 의복을 입고 섰는지라. 다이스가 중인에게[47] 향하여 진실히 통회한 것을 드러내어 이르되,

"아아 내가 어떠한 두려운 죄 속에서 살았는고? 이 여러 중인 중에 만일 나로 인하여 몸을 그릇한[48] 이가 있으면 청컨대 내 죄를 사하고 이제부터 나와 같이 참 길로 나아가시기를 원하나이다. 나를 좇는 자는 어둔 데로 행치 아니한다 함은 오 주 예수의 말씀인데 나는 오 주를 좇지 않고 이제까지 죄가 깊은 두렵고 어둔 길로만 행하였나이다" 하였더라.

구경꾼은 다이스가 실진한[49] 줄로 여겨 웃고 조롱하는 자도 있고, 그중에 다이스와 관계가 있는 귀공자는 이별하기를 애석히 여겨 눈물을 흘렸으니, "아아 왜[50] 다이스가 저렇게 미친 짓을 하는고. 내가 가 일것[51] 사준 진주 목도리를 태워 버리지 아니하여도 좋을 듯하도다. 다시 저 아름답고 웃는 얼굴과 온순한 접대는 받지 못할까?" 하는 자도 있고, 또한 다이스의 행함을 보고 진실로 눈을 뜨고 정신을 차린 자도 있더라.

각설.[52] 다이스는 바고니움을 따라 수도원에 들어가서 그런 품행이 좋지 못하게 지

---

42 원문은 'ᄀ리우고'.
43 추루(醜陋)하다 : 누추하다.
44 원문은 '물을'. 의미의 혼동을 막기 위해 '물건을'로 옮겼다. 物.
45 공지(空地) : 공터.
46 모인 사람들이 보니.
47 중인(衆人) : 많은 사람들, 여러 사람들.
48 좋지 아니하게 된, 그르친.
49 실진(失眞)하다 : 실성하다.
50 원문은 '우에'.
51 여기서 '일것'은 문맥상 '기껏'으로 해석할 수도 있으나 정확한 뜻은 확인이 되지 않는다.
52 각설(却說) : 말이나 글 따위에서, 이제까지 다루던 내용을 그만두고 화제를 다른 쪽으로 돌림.

내던 자가 들어 있는 특별한 방으로 즐겨 들어갔으니, 이 방은 돌로 만든 옥과 같은 것이라. 다만 한편에 작은[53] 창문이 있어 그리로 음식을 들여보내니 물론 밖에는 한 걸음도 나가지 못하는지라. 다이스는 이 좁고 어둔 방을 갇히어[54] 그곳에서 종일 통회하기로 결심하였더라.

엄한 바고니움 수사는 다이스에게 염경하기를 엄금하였으니 이는 그런 더러운 입으로써 천주의 이름을 부름은 심히 부당한 일이라 함이오, 또 결코 손을 들어 하늘로 향하기를 금하였으니 이는 그런 더러운 손을 하늘로 향하여 닭은 천주의 어좌를 더럽힘이라 하여, 다만 동편을 향하여 이르되,

"나를 조성하셨으니[55] 나를 긍련히[56] 여기소서."

하라 하는 이 한마디 말만 허락하였는데, 다이스는 즐겨 겸손되이 그 명대로 좇았더라.

3년 동안 이 방에 들어 있어 창문으로 들여보내는 면투와[57] 물로써 연명하고 주야 분별이 없이 다만 이르되, "나를 조성하였으니 나를 긍련히 여기소서" 하기를 그치지 아니하였더라. 3년이 지난 후에 바고니움 성인이 성 안도니오^{안토니오}께 다이스가 그 죄 사함을 입었는가 문의하기 위하여 그 은수소로[58] 가보니, 성 안도니오^{안토니오}는 다만 묵묵히 제자들과 함께 기구를[59] 하였는데 그때에 동편에서 광채가 있고 정결한 부인이 있음을 보았으니, 이는 즉 다이스의 죄가 사함을 입었다는 천주의 묵시인[60] 줄을 알았더라.

이제 바고니움은 심중에[61] 무한히 즐거워하며 수원에[62] 도로 와 곧 돌로 지은 집의 자물쇠를 벗기고 문을 연즉, 그 속에 형용이 초췌하고 뼈만 남아 해골과 같은 다이스가

---

53 원문은 '적은'.

54 어둔 방에 갇히어. 여기서 조사 '을'은 '에'의 의미. '갇히어'의 원문은 '긑희여'.

55 조성(造成)하다 : 만들어서 이루다.

56 긍련(矜憐)히 : 불쌍하고 가엾게.

57 면투 = 면두(麵頭) : 지금은 쓰지 않는 단어. 밀로 만든 빵, 과자(『한불자전』).

58 은수소(隱修所) : 숨어서 도를 닦는 장소.

59 기구(祈求) : 기도.

60 묵시(黙示) : 하느님이 계시를 내려 그의 뜻이나 진리를 알게 해 주는 일.

61 마음속으로.

62 수도원.

서서 있으니 그 아름다운 얼굴은 자취도 없고 전신은 더러운 때 속에 묻혀 있는지라.

"다이스여, 당신의 죄는 다 사하여졌으니 오늘부터 이곳에서 나와도 가하외다"[63] 하니, 다이스는 별로 기뻐하는 빛도 없이, "나는 도리어 어느 때까지든지 이곳에 있고 싶으외다. 이 방을 물러나가기는 섭섭하여요. 이왕 지낸 예전 일을 생각한즉, 다만 꿈과 같고 이제 어떻다 할 수 없는 위로를 얻나이다."

하더라. 그러나 바고니움의 명령으로 이 방에서 나갔는데, 그 후 겨우 2주일 동안 이 세상에 유하다가[64] 그 영혼은 높이 천국을 향하여 올라갔더라. 지금 동방교회에서는[65] 9월 8일로써 그 첨례를 정하였으니, 다행하다,[66] 이 타락한 구렁에서 피어난 악한 꽃은 천주의 깊은 자애의 우로지택으로써[67] 빛과 향기가 맑은 흰 옥잠화로 변하여, 그 꽃답고 향기로운 냄새는[68] 오래 이 세상에 전하였도다.

해설

　지금까지 『경향잡지』에 실린 미담 중에서 분량이 가장 긴 작품입니다. 창녀 다이스의 회개를 주제로 한 작품으로 성경에서 막달레나 성녀의 이야기와 비슷하고 타이스(Thais) 성녀를 모델로 한 작품이라 할 수 있습니다. 미담의 마지막 부분에 의하면 다이스 성녀는 동방교회에서 9월 8일 축일을 지내는 성녀로 소개되어 있습니다. 천주교에서 타이스 성녀는 10월 8일을 축일로 하며, 그녀에 대한 전설이 짧게 전해집니다. 그녀는 4~5세기경 인물로 통회자이자 성녀입니다. 타이스 성녀는 그리스도인으로 성장하였지만 이집트의 알렉산드리아(Alexandria)에서 유명한 고급 매춘부로 변신하였습니다. 그러나 성 파프누티우스(Paphnutius, 9월 11일)의 방문을 받고는 자신의 죄스런 생활을 청산하기로 결정하고, 자신이 모은 모든 재산을 없애버린 후 성인이 정해준 수도원으로 들어가 성덕을 쌓았다고 합니다. 이 미담의 내용과 거의 동일합니다. 미담에서 바고니움은 타이스 성녀를 회개시켰던

63　가(可)하다 : 옳거나 좋다.

64　유(留)하다 : 머물다.

65　동방교회(東方敎會) : 그리스 정교회 ☞【더 알아보기】.

66　여기서 '다행하다'는 '다행이로구나'로 옮길 수 있다. 감탄의 의미.

67　우로지택(雨露之澤) : 이슬과 비의 덕택이라는 뜻으로, 왕의 넓고 큰 은혜를 이르는 말.

68　원문은 '내음새'.

파프누티우스 성인이라 할 수 있습니다. 이 작품은 지금은 알 수 없는 타이스 성녀에 대한 정보를 구체적으로 전해줄 뿐 아니라 미적 성취를 이룬 작품입니다.

전반부에는 배경을 제시하고 인물을 소개합니다. 또한 다이스가 창기가 된 연원을 밝힙니다. 다이스는 용모는 아름다웠지만 많은 남성들을 미혹케 한 알렉산드리아 지역의 유명한 창기였습니다. 그녀 때문에 재물도 빼앗기고 생명까지 빼앗긴 사람들이 여럿이었습니다. 그녀가 창기가 된 것은 어머니 때문이었는데 그녀의 어머니는 남편이 죽자 그녀를 이용해 즐겁게 살고자 딸을 창녀가 되게 했던 것입니다. 작품에서는 이렇게 묘사되었지만 남편 없이 살면서 생계의 어려움 때문에 다이스가 창녀가 될 수밖에 없었을 수도 있습니다. 이 미담을 읽었을 1910년대 조선에서도 가난 때문에 창녀 혹은 기생이 되는 여성들이 있었습니다. 동기가 어쨌든 창녀가 된 다이스와 그녀의 모친은 부귀를 누리며 호화롭게 살았고 심지어 뭇 사람들의 부러움까지 산 것으로 작품은 말합니다. 그러나 다이스를 불쌍히 여긴 한 인물이 있었으니 그 인물이 다이스의 회개를 이끈 바고니움이라는 성인입니다.

바고니움과의 만남을 중심으로 이 미담은 다이스의 회개담으로 이어집니다. 바고니움은 다이스의 소문을 듣고 영세까지 받은 다이스가 도적과 같은 생애를 살아가는 것을 슬퍼하고 아파합니다. 그리고 그녀를 위해 기도하였고 그녀를 만나러 사막에서 다이스가 있는 도시로 갑니다. 한 번도 본 적 없는 죄인의 회개를 아파하고 슬퍼하며 그를 위해 기도하고 행동하는 바고니움 성인의 모습이 감동적입니다. 그런 인물이었기에 창녀 다이스 역시 변할 수 있었을 것입니다. 다이스와 바고니움의 만남은 이 미담의 중심입니다. 그들이 나눈 대화와 사건 및 인물 묘사가 구체적이고 상세하게 서술되어 있습니다. 특히 성인이 다이스에게 그녀의 죄를 조목조목 알려주는 대목은 거침이 없으면서도 권위가 있는 모습으로 다가옵니다. 또 막달레나 성녀를 소개하면서 다이스에게 회개를 설득하는 대사 역시 인상적입니다. 듣기 거북했을 이런 말을 중심으로 알아들을 수 있었던 다이스 역시 용기 있는 여성으로 비쳐집니다. 자신을 위해 사막에서부터 먼 길을 찾아온 성인의 충심을 그녀는 알아들을 수 있었습니다. 어쩌면 그녀에게 바고니움 성인은 막달라 여자 마리아에게 예수님과 같은 존재로 여겨졌을 것입니다.

작품의 후반부는 그녀가 이후 수도원에서 지낸 3년 동안의 회개의 삶과 후일담을 전합니다. 특히 그녀의 기도문이 인상적입니다. 그녀는 오직 '나를 조성하셨으니, 나를 긍련히 여기소서'라는 단순한 문장 하나로 기도하며 천주의 옥잠화로 새로 태어날 수 있었습니다. 염경기도나 몸짓 하나도 다 금지 당한 채 그녀가 허락받은 단 한 문장, '나를 조성하셨으니, 나를 긍련히 여기소서'라는 이 기도 하나로 그녀는 천국으로 올라갈 수 있었다고 합니다. 우리에게도 단순한 기도가 필요한 것은 아닐까요? 창조주 하느님께 지난 삶을 회개하고 그

분이 창조한 본래의 나를 되찾기 위해 주님의 자비를 청해야겠습니다.

다이스 ☞ 타이스(Thais). 가 축일 10월 8일. 성녀, 통회자. 활동연도 : 4~5세기경. 전설에 의하면 성녀 타이스는 원래 그리스도인으로 성장하였지만 이집트의 알렉산드리아(Alexandria)에서도 유명한 고급 매춘부로 변신하였다. 그러나 성 파프누티우스(Paphnutius, 9월 11일)의 방문을 받고는 자신의 죄스런 생활을 청산하기로 결정하고, 자신이 모은 모든 재산을 없애버린 후 성인이 정해준 수도원으로 들어갔다. 그 후 성 파프누티우스는 성 안토니우스(Antonius, 1월 17일) 충고를 받아들여 그녀를 다른 수도자들과 함께 생활하도록 하였는데, 이때 그녀는 놀라운 성덕을 쌓았다고 한다. 그녀는 타이시스(Thasis) 또는 타이시아(Thasia)로도 불린다.

동방교회(東方敎會) 라틴어 ecclesia orientalis. 가 동방(東方)교회, 서방(西方)교회라는 명칭은 고대 교회에서는 지리적 의미가 있었지만 오늘에는 오히려 역사적 유래에 의하여 호칭된다. 그리스도교는 예루살렘에서 시작되어 당시의 로마제국(帝國)의 동부지역인 시리아, 소아시아, 그리스반도, 이집트 등지로 전파되었고, 로마제국의 국경을 넘어서 갈데아 지방과 아르메니아 등지로 확산되었다. 기원후 400년경에는 제국의 동부지역에 약 1천만 명의 그리스도 교인들이 있었으니 이들을 동방교회라고 하였다. 한편 그리스도교는 1세기 중엽에 제국의 수도 로마에 전해졌고 거기서 제국의 서부 즉 서유럽에 전파되었으며, 400년경에는 약 500만 명의 신자들이 있었는데 이들을 서방교회라고 한다. 서방교회에서는 유일한 종교·문화·정치의 중심지였기 때문에 로마교회의 고리신학, 전례, 법제, 관습들이 서방교회 전체에 확산되어서 서방교회는 외형적으로도 상당히 통일된 단일체제를 유지하고 있었다. 그러나 동방에는 로마시대 이전부터 이집트의 알렉산드리아, 시리아의 안티오키아, 소아시아의 에페소, 그리스의 아테네 등등 정치·문화·교역·학문의 중심지들이 여러 군데 있었으므로 동방에 전파된 그리스도교도 자연히 이러한 대도시를 중심으로 몇 개의 서클이 형성되었으며, 특히 알렉산드리아와 안티오키아는 그 신자수와 신학적 권위로 쌍벽을 이루고 있었다. 박해가 끝나고 콘스탄티누스 대제가 제국의 수도 로마를 교황에게 맡기고 자기는 동방의 비잔틴(콘스탄티노플)으로 옮긴 뒤부터(330년) 비잔틴은 황제의 후광을 업고 영향력을 증대하여 끝내 알렉산드리아, 안티오키아, 예루살렘의 총주교좌가 공인되었다.

두렵도다 불목이여

두렵도다불목이여

　예전에 두 사람이 있어 우연히 한번 불목한[1] 후는[2] 서로 풀지 않고 평생에 원수로 지내는지라. 탁덕이[3] 매양 권면하고[4] 강론하여 그 서로 화목하기를 권하되, 두 사람이 다 각각 대답하되, "나는 차라리 산 이로[5] 지옥에 떨어져 괴로움을 받을지언정 서로 용서하고 화목할 수 없노라" 하더니, 앙화로[6] 다 그 두 사람이 미구에[7] 다 원수를 풀치 못하고 죽었더라.

　화목 부치기로[8] 진심갈력하던[9] 탁덕은 한탄하기를 마지아니하고, 그 영혼사정이 어떻게 되었는고 하여 잠잠히 생각하더니, 홀연 한 천신이[10] 발현하여 그 탁덕을 이끌고 한 곳에 이르게 하거늘 탁덕이 봄에, 밑 없는 한 구덩이가 있고 그 가운데 맹렬한 불이 치성한데,[11] 전에 서로 불목하고 풀지 아니하던 자 둘이 다 그 불 가운데 있다가 그 불구덩이 옆에로 나와서 서로 칼을 가지고 몸의 살을 깎아내는데, 마귀들은 그 옆에 있다가 그 져며 낸 살 조각을 주어다가 지옥불에 사르고, 그 두 사람은 그 불가마에

1　불목(不睦)하다 : 서로 사이가 좋지 아니하다.
2　사이가 나빠진 후로는.
3　신부님이. 탁덕(鐸德) : 예전에 덕을 행할 수 있도록 지도하는 사람이라는 뜻으로, '신부(神父)'를 이르던 말.
4　알아듣도록 권하고 격려하며 힘쓰게 하여. 권면(勸勉)하다.
5　산 사람으로.
6　앙화(殃禍) : 어떤 일로 인하여 생기는 재난. 지은 죄의 앙갚음으로 받는 재앙.
7　오래지 않아, 곧.
8　화목하게 하려고.
9　진심갈력(盡心竭力) : 마음과 힘을 있는 대로 다함.
10　천사가.
11　불길이 성하게 일어나는데. 치성(熾盛)하다.

들어갔다 나왔다 하며 이와 같이 하기를 그치지 아니하더라.

천신이 탁덕에게 고하여 이르되, "이는 저들이 세상에서 힘써 화목치 아니하고 원수를 풀지 아니한 벌이라" 하고 말을 마치며 홀연 보이지 아니하였으니, 이는 유형한[12] 모양으로써 그 불목하던 자들이 지옥에서 벌 받음을 탁덕에게 보임으로써,[13] 세상에 모든 불목하는 자들을 경계함이러라.[14]

성경에 오 주 예수 이르시되, '화목하는 자는 진복자이로다.[15] 그들이 이 천주의 아들이라 일컬으리라' 하셨으니, 불목하는 자는 진화자이로다.[16] 그들이 마귀의 자식 됨이 당연한 이치니, 불목하는 자는 마땅히 스스로 경계할진저.

앞의 미담 「다이스」에서 다이스가 바고나움 성인의 권고를 받아들여 회개하여 천국에 갈 수 있었던 인물이었다면 이 미담 「두렵도다 불목이여」의 두 사람은 신부님의 권고를 끝내 받아들이지 않고 불목하다가 결국 지옥의 화를 당하게 되는 인물입니다. 이 미담의 주제는 불목에 대해서이지만 또 하나의 주제를 찾는다면 완고함입니다. 이 미담의 불목한 자들이 보여 준 완고한 마음은 타인에 대한 불목과 결국은 자신까지도 지옥에 떨어지는 불행을 가져온 원인이었습니다. 완고한 마음은 불목의 시작이요, 화목과 회개의 방해물입니다.

두 번째 단락에서 탁덕이 보게 된 지옥 광경이 생생하게 묘사한 부분을 놓치지 마십시오. 불구덩이 속에서 칼이 나와 살을 깎아내고, 그 살 조각을 마귀들이 져며서 지옥 불에 사르는 장면은 괴기 영화를 보는 듯합니다. 불목의 벌을 지옥의 정황을 통해 극렬하게 표현한 이 미담은 '네 이웃을 내 몸 같이 사랑하라'는 계명을 배경으로 한 미담입니다. 이웃 사랑은 그리스도인의 본분이자 의무입니다. 이웃을 사랑하지 않는 것은 죄입니다.

---

12 유형(有形)한 : 형체가 있는.

13 원문은 '보여써'.

14 경계(警戒)하다 : 옳지 않은 일이나 잘못된 일들을 하지 않도록 타일러서 주의하게 하다.

15 진복자(眞福者) : 가톨릭에서 예수가 선언한 복된 사람. 여덟 가지의 참된 행복을 누리는 사람으로서 이들만이 하느님의 나라를 차지할 수 있다고 한다.

16 진화자(眞禍者) : 사전에는 없지만 한자어로 참으로 화를 일으키는 사람이라는 뜻. 진복자의 반대 개념이다.

음탐한 죄의 벌[1]

음탐흔죄의벌

    태서에[2] 한 열심 수사가 있더니, 임종 시에 천신이[3] 그 영혼을 인도하여 지옥의 형벌을 보게 하는지라. 수사 보고 심히 두려워하더니, 떼마귀들이 한 영혼을 잡아가지고 희희낙락하며 와서 마귀대왕께 고하여 이르되, "우리 친애하는 벗이 이에 오나이다" 하였는데,[4] 마왕이 대희하여[5] 나아가 영접하며 위로하여 이르되, "우리등이[6] 그대의 자리를 예비하고 기다린지 이미 오래로라" 하고, 이에 불 자리에 앉히고 술을 나오라 하여, 구리 녹인 것을 갖다가 마시게 하니,[7] 그 전체가 불에 달은 쇠와 같더라. 이에 평상을 예비하라 하여 붉게 달은 쇠평상에 누이고 독충과 독사로써 금침을 삼아주니, 모든 독충이 너흘어[8] 한 가지 괴로움도 빠짐이 없이 영원무궁지세에[9] 괴롭게 하더라.

    천신이 이에 수사의 영혼을 인도하여 세상에 보내어 하여금 세상에 음란한 사람을 경계케[10] 하니라.

---

1   음탐(淫貪) : 음란한 것을 좋아함.
2   서양에. 태서(泰西) : 서양을 예스럽게 이르는 말.
3   천사가.
4   원문은 '흔디'.
5   크게 기뻐하여. 大喜.
6   우리들이. 등(等) : 무리, 우리등 = 우리들(『한불자전』).
7   원문은 '마시우니'.
8   모든 독충이 물어. 너흘다 : '물다'의 옛말.
9   영원무궁지세(永遠無窮之世)에 : 영원하여 끝이 없는 세상에.
10   경계(警戒)하다 : 옳지 않은 일이나 잘못된 일들을 하지 않도록 타일러서 주의하게 하다.

이 미담도 지옥을 묘사한 작품입니다. 한 수사에게 천사의 인도로 지옥의 형벌을 볼 수 있는 기회가 주어집니다. 그것은 세상의 음란한 사람들이 받게 될 지옥의 형벌이 어떠한지를 알려줄 수 있도록 수사에게 베풀어진 은총이었습니다.

미담 서두 부분에서 음란한 자가 지옥에 도착했을 때 그를 맞이하는 지옥의 형상이 다른 죄를 지은 사람들이 맞이하는 지옥의 형상과 구분됩니다. 떼마귀들이 마귀대왕께 고하고, 마귀대왕은 크게 기뻐하며 그를 영접합니다. 음란한 자에게 구리 녹인 물을 마시게 하고 불에 달군 쇠와 같은 평상에 누여 독충과 독사의 금침을 맞힙니다. 음란한 자들은 뜨거운 평상에서 독충과 독사의 침을 맞으며 영원토록 괴롭힘을 당합니다. 몸으로 죄를 지은 자 몸으로 벌을 받는 형상입니다.

이 미담은 음란에 대해 천주교인들이 지녔던 철저한 신앙적 태도가 부각된 미담입니다. 지금도 성범죄를 비롯하여 음란에 대한, 성(性)에 대한 경계가 필요합니다.

매괴경의 은혜

미괴경의은혜[1]

한 선비가 도덕을 사모하여 세속을 하직하고, 한 이름난 수도회에 들어가 얼마 동안 수도하여 세월이 이미 오램에, 마귀 유감을[2] 입어,[3] 그 수도원 규구의[4] 엄함과 및 항상 고요하고 적적함을 한탄하며, 다시 세속에로 돌아갈 차로 성모당에 가서 하직하며, 마지막 매괴경을[5] 외우다가 홀연 잠이 들었더라. 비몽사몽간에 성모가 예수영해를 품에 안으시고 광채를 발하시며 발현하사 불러 가라사대, "가히 불쌍하다. 너의 유감 입음이여, 이 유감으로써 이전 공로를 중도에 폐하고 영복을 잃으려 하는도다. 내가 너의 이왕[6] 정성을 생각하고 또한 네가 날마다 매괴경 외움을 기특히 여겨 특별히 너를 구하여 주며 너의 미혹함을 깨우쳐 주노니, 이후는 매괴경 염하기를 게을리 말라. 네가 죽을 때에 내가 와서 너를 영접하여 천당 만복소에[7] 인도하리라" 하시고, 인하여[8] 한 보람을 주실 때, 그 수사를 명하사, "손바닥을 펴라" 하시고 그 손바닥에 성모 포영상을 박아 주시니 수사가 크게 놀라고 기이히 여겨, 즉시 원장께 달려가 자기가 유감 입은 사정과 성모의 발현하신 일을 낱낱이 품달하고,[9] 인하여 그 크게 잘못함을

---

1 매괴경(玫瑰經) : 묵주 기도의 예전 용어.
2 유감(誘感)ᄒ다 : 유혹하다.
3 마귀의 유혹을 당하여.
4 규구(規矩) : 일상생활에서 지켜야 할 법도. 규범, 법, 규칙(『한불자전』).
5 묵주 기도☞ 주 1.
6 예전의.
7 여기서 '만복소'는 천당을 말한다. 천주가사 〈천당이라〉에서는 다음과 같은 구절이 있다. "가사이다 가사이다 천당으로 가사이다 / 천당은 어디던고 만복지소 여기로다."
8 인(因)하여 : 당연한 결과로 어떤 일에 이어지거나 뒤를 따라.
9 품달(稟達)하다 : 웃어른이나 상사에게 여쭈다, 고하다.

통절히[10] 뉘우치고, 다시 뜻을 맹서하여 엄히 도덕을 닦으며 열심으로 날마다 매괴 십오단을 염하다가 마침내 선종승천하니라.

해설

　매괴경이란 묵주 기도의 옛 표현입니다. 묵주 기도를 즐겨하던 수사가 마귀의 유혹으로 수도원을 나가고자 했을 때 성모님이 그에게 발현하십니다. 그가 이 같은 은혜를 받음은 무엇보다 묵주 기도 때문이었음을 이 미담은 강조합니다.

　묵주 기도의 정성을 성모님이 잊지 않으심은 천주교의 오랜 믿음입니다. 이 미담에도 이러한 믿음이 성모님의 음성을 통해 서술되어 있습니다.

더 알아보기

매괴경 ☞ 미담 61.

10　뼈에 사무치게, 절실하게.

비리의 재물을 모은 벌

비리의지물을모흔벌

태서에[1] 한 열심한 탁덕이[2] 있어 하루는 깊이 묵상할 즈음에, 한 천신이[3] 그 탁덕을 인도하여 지옥의 형벌을 보게 할 때, 이에 보니 한 사람이 불바다에 가로 누었는데 그 배에 지극히 큰 나무 한 주가[4] 나고, 그 무수한 가지에는 무수한 남녀가 거꾸로 매달려 모두 불빛인데,[5] 그 나무뿌리 되는 사람은 지옥 형벌을 받는지라. 탁덕이 괴이히[6] 여겨, 그 형벌의 연고를 천신께 물었는데 천신이 대답하되, "그 나무뿌리 되는 사람은 그 거꾸로 매달린 사람들의 조상인데 세상에서 비리의 재물을 많이 모아 그 자손들에게 끼쳐 주었더니, 그 자손들이 또한 비리의 재물을 더 보태어 그 조상을 본받은지라." 이에 이와 같이 형벌을 받는다 하고, 천신이 홀연 보이지 아니하니라. 이는 다 형상을 빌어 지옥 괴로움을 보임인데, 대저[7] 악이 한 뿌리로조차[8] 천만가지에 뻗치는 고로 형벌을 받음도 또한 그 모양으로 받는도다. 부모가 비리의 재물을 자손에게 끼쳐주면 그 자손이 또한 본받아 부전자전하며 악으로[9] 내려가다가 필경은[10] 지옥불의 섶이[11] 되나니라.

1　서양에. 태서(泰西) : 서양을 예스럽게 이르는 말.
2　탁덕 : 신부.
3　천사가.
4　그루가.
5　원문은 '불빗친듸'.
6　이상하고 묘하게.
7　대저(大抵) : 대체로 보아서. 대컨. 비슷한 말은 무릇. 『한불자전』에서는 이 단어를 '약, 거의, 그처럼, 책에서 이 단어는, 문장 첫 머리에서 명백히라는 라틴어에 부합한다'로 풀이한다.
8　뿌리에서부터.
9　악(惡)으로.
10　필경(畢竟)은 : 끝장에 가서는, 마침내는.
11　자른 나뭇가지, 땔나무, 작은 땔나무. 원문은 '섭'.

미담 66이나 미담 67과 비교하면서 읽으면 재미있습니다. 이 미담도 앞의 미담들처럼 지옥의 모습을 보여줍니다. 이번 미담은 비리로 재물을 모은 자가 맞게 될 지옥의 형상입니다. 지옥을 주제로 한 미담들은 죄인들의 종류에 따라 지옥의 형상을 달리 표현한 점이 돋보입니다. 죄의 특성과 본질을 파악하고 그 특성에 맞게 벌을 묘사한 점들이 지옥을 다룬 미담들의 특징입니다.

이 미담의 저자는 비리로 재물을 모으는 자는 그 해가 자손에게까지 미치며 자손들 역시 조상들에게 받은 재물에 만족하기보다는 오히려 그 본을 받아 비리로 재물을 더욱 축적한다고 파악합니다. 그래서 그들이 가게 될 지옥의 모습은 조상을 나무뿌리로 하고 모두 거꾸려 매달린 가지가 되어 불바다의 형벌을 받는 것입니다. 이 미담은 부모가 비리의 재물을 자손에게 남기면 자손 또한 부전자적으로 악으로 내려가 함께 모두 지옥불의 땔감이 되니 비리의 재물을 경계하라고 강조합니다. 오늘날 비리로 재물을 모으는 정치가와 권력자들, 경제인들에게 들려주고 싶은 미담입니다. 물론 쇠귀에 경 읽기겠지요.

망증의 벌

망증의벌

　태서에[1] 한 성인이 있으니, 이름은 나에시신^{나에시시오}라. 덕이 높고 성품이 강직하여 세상 사람의 악한 행실을 보시면 곧 선책하시고[2] 경계하여[3] 간사한 무리의 훼방을 두리지[4] 아니하시더라.

　때에 세 악인이 있어 성인의 선책을 싫어하고[5] 한하여[6] 한 괴악한[7] 사정으로써 모든 이 앞에 성인을 망증하되,[8] 사람들이 혹 자기의[9] 말을 믿지 아니할까 두려워, 각각 맹세로써 자기의 망증하는 말을 증거하고자[10] 할 때, 그 하나는[11] 이르되, “내 말이 만일 거짓말이면 원컨대 독한 창질이 내 이마로부터 내 발꿈치까지 썩게 하리라” 하고, 그 둘째는[12] 이르되, “내가 만일 거짓말을 하였으면 원컨대 내가 가 곧 불에 타죽게 되리라” 하고, 그 셋째는[13] 이르되, “내가 만일 거짓말로 훼방하였으면 나의 두 눈이 당장 멀리라” 하여, 셋이[14] 다 그 망증을 헛맹세로써 증거하더라.

1　서양에. 태서(泰西) : 서양을 예스럽게 이르는 말.
2　먼저 책망하시고, 먼저 꾸짖고. 先責.
3　경계(警戒)하다 : 옳지 않은 일이나 잘못된 일들을 하지 않도록 타일러서 주의하게 하다.
4　‘두려워하다’의 옛말.
5　원문은 ‘슬희여ᄒ고’. 슬희여ᄒ다 : 내키지 않다. 원하지 않다. 좋아하지 않다. 질색하다(『한불자전』).
6　원망하여. 한(恨)하다 : 몹시 억울하거나 원통하여 원망스럽게 생각하다.
7　말이나 행동이 이상야릇하고 흉악하다.
8　망증(妄證)하다 : 늙거나 정신이 흐려서 정상을 벗어난 증언을 하다.
9　원문은 ‘뎌의’. 뎌→저→자기.
10　원문은 ‘증거코져’.
11　원문은 ‘한아혼’.
12　원문은 ‘둘데’.
13　원문은 ‘셋데’.
14　원문은 ‘세히’.

그러나 성인의 덕이 본디[15] 추월ᄒ신[16] 고로 사람들이 다 여일히[17] 복종하고, 저 3인의 망증을 믿지 아니하나, 성인은 자연 싫어하여[18] 이에 깊은 산중에 들어가 3년 동안 은수하사 써[19] 악인의 방자하는[20] 입을 피하시더라.

망증이란 거짓 증언으로 헛맹세와 같은 것입니다. 따라서 미담의 제목을 보면 거짓으로 증언하고 헛 맹세한 사람들이 받게 될 벌에 대한 미담이라 예측하게 되는데, 실제로 이 미담에는 구체적인 벌에 대해서는 언급되지 않고 있습니다. 나에시시오 성인과 세 악인이 대조적입니다. 성인은 덕이 높고 성품이 강직하며 무엇보다 악한 행실을 보면 꾸짖어 말하는 것을 꺼리지 않습니다. 이렇게 할 말을 하는 사람을 세상은 좋아하지 않습니다. 회개하고 개선하기보다는 오히려 의인의 적이 됩니다. 이 미담에 등장하는 세 악인은 그런 사람을 대표합니다. 그들은 성인의 꾸짖음을 거부할 뿐 아니라 성인을 거짓 증언과 맹세로 모독합니다.

그들이 어떤 벌을 받는가에 대해 기대했다면 독자는 실망할 것입니다. 이 미담은 제목과는 달리 그들이 받은 벌에 대해서는 언급하지 않습니다. 오히려 이러한 위증과 모함을 받은 성인이 그들의 입을 피하기 위해 3년 동안 은수하였다 하니, "똥이 무서워 피하나 더러워 피하지"라는 속담과 같은 미담입니다. 의인으로부터 외면당하는 것, 상대할 가치도 없다고 여겨지는 것이 망증한 자들이 받은 벌이라고 이 미담은 은연중에 강조하는 셈이기도 합니다.

---

15 원문은 '본듸'.

16 추월(追越)하다 : 뒤에서 따라잡아서 앞의 것보다 먼저 나아가다.

17 여일(如一)히 : 처음부터 끝까지 한결같이.

18 원문은 '슬회여ᄒ샤' ☞ 주 5.

19 '그것을 가지고', '그것으로 인하여'의 뜻을 지닌 접속 부사. 한문의 '以'에 해당하는 말로 문어체에서 주로 쓴다.

20 방자(放恣)하다 : 어려워하거나 조심스러워하는 태도가 없이 무례하고 건방지다. 제멋대로 거리낌 없이 노는 태도가 있다.

평화의 값

평화의갑

성탄 임시하여는[1] 바리^파리에도 다섯 시가량 되면 날이 저물기 시작하고, 찬바람이 맹렬하며 겸하여 백설이[2] 분분하여[3] 시중이[4] 적적하였는데,[5] 혹간 왕래하는 사람들은 다 외투주머니에 손을 넣고 허리를 꾸부리고 급히 행보하는 중, 바리^파리성 내[6] 성삼성당 옆에 있는 신부의 거쳐하는 방 창문에는 희미하게 불빛이 비춰었으니, 그 3층에 있는 방 하나가[7] 물넴 신부의 방이라. 그 방을 보면 아무 치장하여 놓은 것이 없고, 헌 난로 한 개에 불을 피여 놓았고 책상 주위에는 교의[8] 서너 개[9] 뿐이라.

신부는 이제 고요히 경본을[10] 보고 있는데, 한번 봄에 50세쯤 되어 보이고 그 얼굴에는 정직하고 인자한 모양이 현저하더라. 물넴 신부는 본디 부호가에[11] 났으나[12] 젊었을 때부터 세속을 떠났으므로 자기에게 있는 바, 물건을 아끼지 않고 빈한한 사람에게 시사하기를[13] 즐긴지라.[14] 그러므로 재산은 다 없어지고 이제는 아무것도 없는 빈

---

1   임시(臨時)하다 : 정해진 시간에 이르다. '성탄절이 다가오면'으로 옮길 수 있다.

2   흰 눈이. 백설(白雪) : 하얀 눈.

3   분분(紛紛)하다 : 여럿이 뒤섞여 어수선하다. 떠들썩하고 뒤숭숭하다.

4   시중(市中) : 도시의 안.

5   적적(寂寂)하다 : 조용하고 쓸쓸하다. '하였는데'의 원문은 '한듸'.

6   파리 성 안에. 內.

7   원문은 '방흔아히'.

8   교의(交椅) : 의자.

9   원문은 '세네개'.

10   경본(經本) : 미사와 성직자의 기도문을 적은 책.

11   부호가(富戶家) : 부잣집.

12   나다 : 태어나다(『한불자전』).

13   시사(施舍)하다 : 은덕을 베풀어 주다.

14   '즐겼다'는 의미. 과거시제 어미 'ㄴ'에 주의해야 한다.

한한 신부가 되어 이 성삼성당의 본당[15] 신부로서 오히려 자애와 시사로써[16] 여년을[17] 보내는 터이러라.

신부는 경본책을 덮고[18] 무엇을 생각하고 그리하는지 탄식함을 마지아니하니, 이는 곧 신부 눈앞에 일전에 산에서 떨어져 죽은 석수의[19] 가족의 불쌍한 정경을 현연하게[20] 생각함이라. 이 추위에 굶고 떨고 있는 비참한 그 식구들을 생각함에 차마 견딜 수 없이 고통을 깨닫겠고 신부도 빈한함으로 아무것도 줄 것이 없어 더욱 괴로운지라.[21] 성탄첨례를[22] 당하여 세상이 다 경사로이 지내는데 그 집안 식구는 홀로 비탄한 마음에 쌓이어 굶고 떨며 있으리로다[23] 하여, 신부의 눈에는 눈물까지 흐른다. '이런 불쌍한 사람들을 구제하려면 천주께서 무슨 특별할 영적을[24] 행하지 아니하시면 못 되겠도다. 암만하여도 나의 힘만으로는 어찌 할 수가 없다. 아아 어찌하면 좋은고?'

이와 같이 할 즈음에 별안간 손이[25] 와서 부르는 방울소리가 들리니, "아이 어떤 사람이 왔는고?" 하고 물넴 신부가 일어나 문에까지 나아가 봄에, 한 번도 보지 못하던 몸이 비대한 자가 섰는지라.

"당신이 물넴 신부이시오니까?"

"예, 나이올시다."

"아, 그러하십니까?"

---

15 '본당'이라는 단어가 『한불자전』에는 등재되어 있지 않다. 천주교 미담에서 '본당'이라는 단어가 처음 등장한다. 본당 신부(本堂神父) ☞ 【더 알아보기】.

16 시사(施舍) : 은덕을 베풀어 줌.

17 여년(餘年) : 여생.

18 원문은 '덥고'.

19 석수(石手) : 돌을 다루어 물건을 만드는 사람. 돌장이, 석각장이, 석공.

20 현연(顯然)ᄒ다 : 분명하다, 보이다(『한불자전』).

21 괴로웠다. 과거시제어미 'ㄴ'.

22 성탄첨례 : 성탄대축일.

23 있겠구나.

24 영적(靈蹟) : 신령스러운 사적. 기적의 옛말(『가톨릭대사전』).

25 손님이. 손 : 다른 곳에서 찾아온 사람.

하고 안심하는 모양으로, "과연 조금 큰 일이 있어서 말씀하고자 하여 왔습니다. 실례이올시다마는 잠깐 폐를 좀 시킬 수밖에 없습니다."[26]

물넴 신부는 '무슨 일인고?' 하고 심중으로[27] 생각하다가, 방으로 인도하고 "무슨 일이냐?" 하니 객은[28] 교의에[29] 걸어앉아,

"돌연히 찾아 뵈오려 왔으니 실례가 많습니다. 실상은 조금 비밀한 일이올시다. 십 년 전에 이 바리[파리]에 유명한 은행가로서 그 은행돈을 가지고 도망한 일이 있는데 기억하십니까?"

이렇게 물음에 대하여[30] 신부는 이 사람이 그 사건에 대하여 무엇을 조사하기 위하여 온 정탐이라 하고

"예, 기억합니다. 과연 그 사람은 아지 못하나 그 은행가의 부인은 압니다. 매우 열심이요[31] 정숙한 부인이러니[32] 불행히 일찍 작고하였습니다. 아아 그 부인은 전혀[33] 자기 남편의 호수천신이었지요.[34] 그 주인은 레노델이라 하는 사람인데 부인이 생존하였을 때에는 매우 착하더니 부인이 작고한 뒤로는 급히 방탕하여져서 드디어 공전을[35] 가지고 도망하였어요."[36]

객은 이 말을 듣고 "신부님" 하면서 신부 앞으로[37] 다가앉아,

"그 레노델이라 하는 자는 즉 나이올시다."

"예이" 하고 신부는 놀라서,

"노형이[38] 레노델이시오? 아, 그것 참" 하고 신부는 눈을 둥그렇게 뜬다.

---

26 '폐를 좀 끼칠 수밖에 없습니다'의 의미.

27 마음속으로. 心中.

28 손님. 客.

29 의자에 ☞ 주 8.

30 '물음에 답하여'의 의미.

31 원문은 '―이오'이나 연결형 어미를 살려서 여기서는 '―이요'로 옮겼다.

32 부인이었으나.

33 매우, 정말, 강조를 나타내는 부사.

34 '호수천신'은 현대어로 바꾸면 '수호천사.'

35 공전(公錢) : 공금(公金).

36 원문은 '도망ᄒ엿셔오'.

37 원문은 '압헤로'.

38 노형(老兄) : 남자 어른이 자기보다 나이를 여남은 살 더 먹은 비슷한 지위의 남자를 높여 이르는

"이렇게 놀라시는 것이 괴이치 아니함이다.[39] 그러나 나는 신부를 믿고 왔습니다. 지금 나의 비밀한 사정을 밝히 말씀하고 소청할 일이 있으니 부디 들어주십시오.

내가 그 후에 하리손이라고 변명하고[40] 아메리가^{아메리카}로 멀리 도망하였습니다. 그 뒤로는 얼굴도 변한 고로, 지금 누가 보든지 옛날 나를 알아볼 사람이 없을 터이외다. 그러므로 이번에 귀국한 것은 가지고 도망한 돈을 다 도로 갚고자 함이니 부디[41] 여기 가지고 온 돈을 신부가 은행에 갖다가 주어주십시오.[42] 나는 지금 한 시 후에 기차로 곧 아메리가^{아메리카}로 도로 가야 하겠습니다. 원컨대 이를 들어주십시오."

신부는 묵연히[43] 몸도 움직이지 않고 있더라.

"신부님 이 일을 조금도 의심하실 것이 아니올시다. 안심하고 갚아 주십시오. 이 돈은 내가 십 년 동안 힘써 번 것이오. 이만한 돈은 일 년만 신고하면[44] 모읍니다. 그뿐 아니라 이 돈을 갚고자 함은 전혀[45] 내 마음의 평화함을 사기 위함이니, 즉 평화의 값이올시다. 내가 공전을[46] 가지고 도망하여 법국^{프랑스}을 떠난 뒤로는 하루도 마음이 편안한 때가 없었습니다. 과연 몸이 가루가 되도록 힘써 벌었으나 그러나 남에게 해를 끼친 까닭으로 조금도 안심이 되지 아니하여요. 특별히 작년 성탄날 저녁에는 아메리가^{아메리카} 풍속으로 돈이 있는 사람은 다 집안이[47] 모여서 성탄을 축하합니다. 아이들은 다 즐겁게 노는데 나도 즐거워하고자 하나 즐거워지지 아니합데다.[48] 아이들은 나의 동정을[49] 보고 "아버지 왜[50] 이리 하셔요?" 하고 자주 걱정을 하였습니다. 내 마음

2인칭 대명사. 처음 만났거나 그다지 가깝지 않은 남자 어른들 사이에서, 상대편을 높여 이르는 2인칭 대명사.

39 놀라는 것이 당연하다는 의미. 놀라는 것이 화가 나거나 억울하거나 속이 부글부글 끓지 않습니다. '괴이다'는 '괴다'의 피동사.

40 이름을 다르게 바꾸고. 變名.

41 원문은 '부디'.

42 원문은 '주어줍시오'

43 묵연(默然)히 : 잠잠히 말도 없이.

44 신고(辛苦)하다 : 어려운 일을 당하여 몹시 애쓰다.

45 정말로.

46 공금을.

47 집안 : 가족을 구성으로 하여 살림을 꾸려 나가는 공동체, 또는 가까운 일가.

48 아니하더이다.

49 동정(動靜) : 행위, 움직임, 낌새.

에 평화를 얻지 못함을 아이들도 안 모양이올시다. 나는 그만 가슴을 에여 내는 듯이 아파서 재산은 어찌 되든지, 다만 마음의 평화를 사고자 하여 한 마음으로써 그때부터 이 성탄날 안으로는[51] 반드시 다 갚을 결심을 하였습니다. 오늘 그 돈을 가지고 왔으니 해를[52] 받은 사람의 이름도 다 써 넣었은즉, 원컨대 이것을 전하여 주십시오. 나는 이제 가난하여지더라도 참으로 모으면 됩니다. 평화한 마음으로 모웁니다. 이 갚는 돈 외에 여기 일천 불(1불은 대개 2원)은 따로 봉하였으니 이것은 신부 교회의 빈한한 사람들에게 분배하여 이 성탄제례를 즐겁게 지내게 하시기를 바라나이다. 안녕히 계십시오. 시간이 촉박하여 가니 부디 소청을 들어주십시오.”

하고 레노델은 급히 일어나 나간지라.[53] 신부는 이 의외의 일은 다만 꿈과 같이 여기나, 그러나 이런 부탁을 받았으니 그대로 놓아 둘 수가 없어 레노델의 놓고 간 것을 열어본즉, 20만, 30만의 가히 놀랄 만한 큰돈의 환전표에 각각 다 이름이 쓰여 있는데, 봉한 것이 대개 수십 봉이나 되고 빈한한 사람을 위하여 일천 불도 봉하여 있는지라. 신부는 이 의외의[54] 일을 당하여, 다만 망연히[55] 앉아 있다가 성탄을 당하여, 이런 좋은 일을 당함을 심중으로 감사하였더라.

‘아아 저 불쌍한 과부의 집도 즐겁게 할 수가 있게 되었도다. 평화의 값이여. 아아 이 어떻게 기쁜 성탄인고’ 하였더라.

해설

‘크리스마스의 기쁨’ 혹은 ‘크리스마의 선물’이라는 또 다른 제목을 부쳐주고 싶은 미담입니다. 이 작품의 경우, 미담의 형식으로 제시되었던 주제부가 없습니다. 인물, 배경, 사건도 구체적이고 현실적입니다. 프랑스의 한 본당에서 사목하는 물넴 신부와 그를 찾아 온 레노델을 통해 성탄의 의미를 생각하게 하는 미담입니다. 프랑스 파리 성삼성당의 본당 신부 물

---

50 원문은 ‘우에’.
51 원문은 ‘성탄날안헤로는’.
52 손해를.
53 나갔다.
54 원문은 ‘의외에’.
55 망연(茫然)히 : 아무 생각이 없이 멍한 태도로.

넴 신부는 50대의 중년으로 빈한한 사람에게 은덕을 베풀며 여생을 보냅니다. 본인 역시 가난한 신부이기에 추위에 떨고 굶주릴 비참한 과부 가족을 생각하며 그들을 돕지 못하는 처지를 괴로워합니다. 세상이 기쁨으로 가득할 성탄절에 그 가족들은 더욱 비참할 것임을 뮬렘 신부는 헤아리고 있었던 것입니다. 레노델은 부인이 죽은 후 방탕해져서 돈을 횡령하여 미국으로 도망쳤던 은행가였습니다. 그는 떠난 지 10년 만에 아내가 알고 지냈던 신부를 찾아와 도움을 청합니다.

작품의 후반부는 레노델이 돌아온 동기를 고백하는 내용입니다. 그는 돈을 갖고 도망친 후 하루도 마음 편한 날이 없었습니다. 힘써 일하고 또 그 덕분에 안정적인 삶을 살 수 있었지만, 죄의식 때문에 평화롭지 못했습니다. 레노델은 뮬렘 신부에게 손해를 끼쳤던 이들에게 돈을 돌려주고 또 가난한 이들이 즐겁게 성탄을 보낼 수 있도록 해달라며 큰돈을 맡기고 떠납니다. 덕분에 자신이 걱정했던 불쌍한 과부의 집도 도와줄 수 있게 된 뮬렘 신부는 그때서야 성탄을 기쁘게 맞이한다는 것으로 이 작품은 끝납니다.

이 미담은 성탄절을 맞이하는 두 인물을 통해 성탄의 의미를 되새기게 합니다. 가난한 이들을 돕고자 하나 자신 또한 가난하기에 고뇌하며 기도한 뮬렘 신부, 성탄절에는 자신의 죄를 벗고 참평화를 얻고자 했던 레노델이라는 죄인. 이 두 사람은 성탄을 준비하며 가난한 이들과 함께 하는 애덕과 재물만으로는 충족될 수 없는 평화를 찾습니다. 결국 평화의 값으로 내놓은 레노델의 재물이 가난한 이들과 피해자들에게 성탄의 기쁨으로 전해질 수 있었습니다. 성탄은 가난한 이와 죄인, 그리고 그들과 함께 하고자 하는 이들을 통해 기념되는 참 평화의 날입니다. 뮬렘 신부가 한 것처럼, 레노델이 한 것처럼 우리도 그 날을 맞이할 수 있어야 하겠습니다.

더 알아보기

본당 신부(本堂神父) 〔가〕 교구 재치권자(裁治權者)가 관할하고 있는 본당에 있어서 영적(靈的) 사목의 모든 의무와 권리를 교구 재치권자로부터 부여받은 사제. 합당하게 사제서품을 받은 사람에 한하여 소속 교구장이 지명권과 서임권을 갖고 본당에 합당한 사제를 임명한다. 교구사제가 아닌 수도회 소속 사제로서 본당 신부에 임명코자 할 경우에는 수도회 회헌에 명시된 장상이 관할 교구장에게 추거함으로써 임명되며, 면직될 경우에는 교구장 및 장상자로부터 임의로 면직될 수 있다. 본당 신부로 임명된 사제는 교구장이 정해 준 관할 본당 내 혹은 업무수행상 지장이 없는 인접한 사제관에 정주하여야 하고, 휴가를 포함하여 연속적으로 1주일 이상 부재일 경우에는 교구장에게 통고하여 승인을 받고 반드시 대리인으로 하여금 부재기간 동안 교회 업무를 관장할 수 있도록 하여야 한다. 또한 본당의 인장 및 각종 문서(교적, 세례증명서, 견진증명서, 혼배문서 등)들을 잘 보존하여야 하며 교회가 정해 준 일정한 때에 소속 교구장에게 보고해야만 한다. 본당 신부가 노령, 정신병, 무능 등으로 본당사목을 정확히 수행할 수 없을 때 교구장은 본당 신부를 대리할 사제를 임명할 수 있다.

재물을 탐하는 자는 그 마음을 잃어버리는도다

지물을탐ᄒᆞᆫ쟈는그ᄆᆞ음을일혀ᄇᆞ리ᄂᆞᆫ도다

예전에 한 사람이 있어 평생에 도무지 재물을 모으기로 마음을 전일히 하여,[1] 집이 비록 부요하나 남의 재물을 제 것 삼기로만 힘쓰고, 제 재물은 남에게 시사하지[2] 않더라. 하루는 아무 병과 연고도 없이 졸지에 죽거늘, 서양에서는[3] 이렇듯이 연고 없이 졸연히 죽는 이가 있으면 그 원인을 찾기 위하여 그 시체를 해부하는 법이라. 이러므로 그 부자 사람의 가족과 친척이 즉시 의사를 청하여 그 시체를 해부하고 오장육부를 자세히 살펴볼 때,[4] 아무 기관이 이상히 상한 것이 없으되 그 염통(마음)[5]이 없는지라. 모든 이가[6] 심히 놀라 그 집안을 다 뒤져볼 동안[7] 보화 담아둔 궤를 열고 보니, 한 마귀가 독한 용의 형상으로 그 보화 위에 앉아 그 부자 사람의 염통을 가지고 있다가 모든 이를 향하여 이르되, "이 염통은 내가 값을 주고 산 것이라. 이 보화는 이 염통의 값인즉, 이 부자 사람이 차지하고, 그 염통은 나의 물건이라" 함에, 모든 이가 놀라 물러가니라.

슬프다, 이 부자여. 그 마음이 재물에 미혹한 바가 되여 마음을 주고 재물을 샀으니, 재물도 제 것이 되지 못하고 그 마음은 마귀의 차지한 바가[8] 되었으니 경계할진져. 재물 탐하는 마음을 경계할진져.[9]

---

1   전념하여, 마음과 힘을 오직 한 곳만에서 써서. 전일(專一)하다 : 마음과 힘을 모아 오직 한 곳에서만 쓰다.

2   시사(施舍)하다 : 은덕을 베풀어 주다.

3   원문은 '셔양셔는'.

4   원문은 '싀'.

5   괄호는 원문에 있는 그대로 옮겼다. 원문에 염통 옆에 괄호를 하고 그 안에 마음이라 적혀 있다.

6   원문은 '모든이'.

7   원문은 '싀'.

8   원문은 '바'. 주격조사 '가'를 넣어 옮겼다.

짧지만 동화처럼 재미있는 미담입니다. 특히 지금은 잘 쓰지 않는 염통이라는 어휘가 눈에 뜁니다. 원문에 염통 옆에 괄호를 두고 그 괄호 안에 마음이라 적었습니다. 염통과 마음을 동일시한 것이지요. 염통은 지금은 심장이라는 어휘로 주로 쓰이는데, 이 미담에서는 염통이라는 고유어를 사용함으로써 생동감을 더했습니다. 이렇게 지금은 잘 쓰지 않는 어휘들, 표현들을 발견하는 것도 옛 미담을 읽는 즐거움의 하나입니다.

인색한 부자가 돌연사합니다. 그를 해부해 보니 염통이 없습니다. 그 사람의 염통은 집안 보물상자에서 발견되는데, 갑자기 마귀가 등장하여 자기가 산 염통이라고 주장합니다. 황당한 부분이기도 하고, 동화적 요소로도 읽히지만 이런 부분이 천주교 미담의 서사 전략이자 특징으로 볼 수 있습니다. 염통 즉 마음을 마귀에게 팔아버린 부자는 재물 역시 자신의 것이 될 수 없었습니다. 재물을 누릴 목숨을 잃었기 때문입니다. 재물에 현혹되어 마음을 잃어버리고 목숨까지 잃지 않도록 경계하라는 이 미담의 주제는 자본주의 사회인 오늘날의 우리에게도 여전히 유의미합니다.

---

9   경계할지어다. 경계(警戒)하다 : 옳지 않은 일이나 잘못된 일들을 하지 않도록 타일러서 주의하게 하다.

세 가지 영적에 심열성복

세가지령적에심열셩복

　예전에 한 성인이 있으니 이름은 가다고라. 수도원장이 되어 높은 덕이 출중함에 천주가 총애를 더하시어[1] 영적을[2] 행케 하시니 명망이[3] 일시에 현달하더라.[4] 그때에 한 무당이 있어 오래 사술을[5] 숭상한 고로, 성인의 덕을 의심하여 한번 시험을 한 후 영적이 없거든 돌아가서 모든 이 앞에 훼방하여 성인의 명성을 손상하고자 하더라.

　그 무녀가 이에 성인께 찾아가 은근히 뵈옵기를 청하거늘, 성인은 이미 그 무당의 행위를 아시는지라 유심히 후대하시며 말씀하시더라. 때는 정히 엄동설한이라. 모든 초목의 잎새가 다 떨어지고 말랐는데, 무당이 성인과 함께 문에 나오다가 마른 나무 한 주를[6] 보고 성인께 이르되, "청컨대 원장은 천주의 전능을 의지하여 이 마른 나무로 하여금 곧 잎새가 피게 하소서." 성인은 그 개과천선하기를 바라시는 마음으로 즉시 그 청함을 허락하시고 손을 들어 마른 나무를 향하여 십자성호를 그으시니, 홀연[7] 마른 나무가 잎새가 피여 무성한지라.[8] 무당이 이 영적을 보고 응당 부끄러워하며 성교를[9] 복종할 것이거늘 그렇지 아니하고 오히려 별 생각을[10] 두고 가라대, "당신이 능

1　원문은 '더ᄒᆞ샤'.

2　영적(靈蹟) : 신령스러운 사적. 기적의 옛말(『가톨릭대사전』).

3　명망(名望) : 명성(名聲)과 인망(人望)을 아울러 이르는 말.

4　현달(顯達)하다 : 벼슬, 명성, 덕망이 높아서 이름이 세상에 드러나다.

5　사술(邪術) : 바르지 못한 수단을 잘 둘러대는 요사스러운 술법.

6　그루를. 株.

7　갑자기.

8　무성하게 되었다.

9　가톨릭교, 천주교. 성교(聖敎) : 성스러운 종교, 가톨릭교(『한불자전』).

10　별다른 생각을, 다른 생각을.

히 마른 나무로 하여금 무성한 잎이 피게 하셨으니 또 과연 능히 꽃이 피게 하겠나이까?" 하고 성인을 향하여 그 꽃 피게 하기를 청하거늘, 성인이 그 청함을 허락하시고 또 나무를 향하여 한번 십자성호를 그으시니 그 나무에 아름다운 꽃이 만발하는지라.[11] 무당이 생각하되 능히 꽃이 피게 하였으니 또 능히 실과를[12] 열리게 하리라 하여, 흔연히[13] 성인을 향하여 실과 맺게 하시기를 청하거늘, 성인이 또 허락하시고 이에 손을 들어 십자성호를 그으시니 그 나무에 아름다운 실과가 맺히는지라. 성인이 이에 그 실과를 따서 무당에게 주어 맛보게 하시니 무당이 이에 할 말이 없고 전후 의심이 다 풀리는지라. 이에 심열성복하여[14] 전에 성교 훼방하던 입을 변하여[15] 성교의[16] 바른 덕을 송앙하고,[17] 이전 그른 행위를 고치며 성교를 봉행할 동안[18] 고신극기하며,[19] 수덕입공하여[20] 후의 사람의 가히 본받을 표양이 되니라.

　　한 무녀가 가다고라는 성인의 영적을 보고 회개하여 천주교를 믿고 수행하여 모범이 되었다는 미담입니다. 무당은 천주교의 반대 세력에 있는 사람입니다. 이 미담에 등장하는 무녀 역시 사술을 따르며 가다고 성인을 해하고자 했던 인물입니다. 그러나 무녀는 성경에서 악령 들렸던 이들이 예수님을 만나 치유되는 것처럼 가다고 성인을 만나 사술의 세계에서 벗어나 천주교인들의 표양으로 거듭납니다.

　　이 미담의 내용은 앞서 1911년 3월호(통권 225호)에 소개된 미담 5 「천주가 영적으로 성

11　꽃이 활짝 다 피어나는지라.

12　열매를.

13　흔연(欣然)히 : 기쁘거나 반가워 기분이 좋게.

14　심열성복(心悅誠服) : 마음속으로 기뻐하며 성심을 다하여 순종함.

15　입이 변해서.

16　천주교의 ☞ 주 9.

17　송앙(頌仰) : 칭송하여 우러름. 원문은 '송양'.

18　원문은 '싀'.

19　고신극기(苦辛克己) : 육체를 괴롭히면서 참아내는 고행. 그리스도교 전통에서는 자발적인 고통의 감수와 고신극기를 그리스도의 사랑을 모방하는 수단의 하나로 여겼다(『가톨릭대사전』 고통 편 참조).

20　수덕입공(修德入貢) : 덕을 닦고 조공을 바침. 즉 수도자처럼 덕을 닦고 하느님께 공을 바치는 것을 이른다.

교를 증거하심」의 전반부 내용과 유사합니다. 6년 만에 소재가 같은 미담이 발표된 예인데 천주교 미담 중에는 이런 작품이 몇 있습니다. 이런 경우 두 미담을 비교하면서 읽는 것도 작품 감상의 흥미를 더합니다.

　이 미담에서 무녀가 회개하는 데 결정적인 역할을 한 가다고 성인의 기적은 프란치스코 성인의 기적과 닮았습니다. 프란치스코 성인 관련 미담으로는 미담 54가 있습니다. 가다고 성인은 십자 성호의 기도로 마른 나무에 잎새가 무성하게 하였고, 꽃이 피게 하였고, 열매를 맺게 하였습니다. 자연의 세계를 관장하고 사술의 영을 거두는 하느님의 능력을 보여준 기적이며 천주가 생명의 주인임을 표현한 것이기도 합니다. 푸른 잎들과 만발한 꽃, 그리고 풍성한 열매를 맺은 나무 아래서 무녀가 보았을 생명의 나라를 상상해 봅니다☞ 미담 5, 미담 54 참조.

잠언

줌언

나의 아들아, 전에 교만이 가득한 도시에 불의한 일이 많을 때에 의인 세 사람이 있어 이 폐단을 없이 하려고 도모하였으니,[1]

그 한 사람은 천성이 급함으로 즉시 가장 못된 폭행을 하는 교만한 자에게 대하여 공격하는 화살을 쏘았으나 종종 그들의 성냄을 사고, 난행을[2] 더하게 할 뿐이었고

둘째 의인은 유순한 사람이라 악인을 기하고[3] 두려워하기를 독사같이 함에, 교만한 자는 그의 두려워함을 조소하여[4] 여전히 천주와 사람에게 범죄하기를 그치지 아니하였고

셋째 의인은 학자인 고로 "나라야[5] 개혁을 한다" 하고, 이제 교만한 자에게 향하여 대답을 할 여지가 없이 논박을 하였으나, 듣는 자가 없고, 교만한 자의 헛된 영화는 점점 더하여 그중 한 사람은 도리어[6] 큰 연설을 베풀어 그 박학함을 떨침에, 우매한 무리는 갈채하고 죄짓는 것으로써 명예를 삼더라.

해설

잠언(箴言)이란 가르쳐서 훈계하는 짧은 말입니다. 구약 성경 중에는 솔로몬 왕의 경계와

---

1 도모(圖謀)하다 : 어떤 일을 이루기 위하여 대책과 방법을 세우다.
2 난행(亂行) : 난폭한 행동.
3 기(忌)하다 : 꺼리거나 피하다.
4 빈정거리거나 업신여기어. 조소(嘲笑)하다.
5 '내가', '내가 있어야'의 의미. 원문에는 주격조사 'ㅣ'가 있어 '나ㅣ라야'이다.
6 원문은 '도로혀'.

교훈을 적은 『잠언』이 있습니다. 성경 『잠언』은 "지혜와 교훈을 터득하고 예지의 말씀을 이해하며 현철한 교훈과 정의와 공정과 정직을 얻게 하려는 것이다. 또한 어수룩한 이들에게 영리함을, 젊은이들에게 지식과 현명함을 베풀려는 것이니 지혜로운 이는 이것을 들어 견문을 더하고 슬기로운 이는 지도력을 얻으라(잠언1, 2-5)"라고 그 목적을 밝힙니다. 그리고 각 장마다 "아들아"라는 구절로 시작합니다.

이 미담의 제목 역시 잠언입니다. 본문도 "나의 아들아"로 시작합니다. 목적과 형식을 성경 『잠언』에서 빌려온 것입니다. 내용은 폐단을 고치지 못한 의인 세 사람에 대한 이야기입니다. 성격이 급한 사람, 유순한 사람, 학자 모두 의인이지만 불의로 가득한 도시의 폐단을 없애지 못합니다. 그들은 공격, 피하기, 논박을 통해 폐단을 없애려했지만 오히려 교만한 자의 헛된 영화만 더할 뿐이었습니다. 이 미담은 불의한 자들의 폐단뿐 아니라 이에 대처하는 의인들의 방법을 은연중에 비판합니다. 또한 도시에 만연한 불의와 폐단을 쉽게 없앨 수 없음을 강조합니다.

성경 『잠언』 1장 서두에서는 『잠언』 전체의 주제를 제시합니다. "주님을 경외함은 지식의 근원이다. 그러나 미련한 자들은 지혜와 교훈을 업신여긴다"(잠언1, 7). 이 미담의 주제 역시 마찬가지입니다. 의인일수록 주님을 경외하고 스스로 교만에 빠지지 않도록 경계하며, 폐단을 없애고자 하는 지향 못지않게 그 방법에 대해서도 더욱 신중해야 한다는 것입니다. 예나 지금이나 불의한 자가 득세하기는 변함이 없습니다. '우매한 무리는 갈채하고 죄짓는 것으로써 명예를 삼더라'라는 마지막 구절이 지금의 한국 사회를 말하는 듯합니다. 이런 때일수록 의로운 자들의 지혜가 더욱 필요합니다.

교오한 자를 경계함

교오흔쟈를경계홈

　　예전에 한 존귀한[1] 소년이[2] 있어,[3] 어떻게 교만하던지 그 본 지방 촌민들로 하여금 가까이 오지도 못하게 함에 모든 이가 이르기를, "이는 사람이 아니요 오직 이 세상에 천주라" 하며 촌민들이 문안을 드릴 때에도 가까이 가지 못하고 멀리 서서 드리더라. 하루는 그 존귀한 소년이 자기 기지[4] 안에 있는 못에서 거루를[5] 타고 선유하더니,[6] 별안간에 대풍이[7] 일어나 그 거루를 뒤집어엎음에 귀족 소년이 언덕으로 헤어나가지도 못하고[8] 할 수 없이[9] 못 가운데 있는 수초를 움켜잡고 혼겁하여[10] 있을 동안,[11] 성낸 풍파는 더욱 흉흉하여 자기 생명이 경각에 달렸더라. "사람 살려주시오, 살려 주시오" 하는 소리에 촌민이 몇이 왔으나, 그러나 그 불쌍한 대감을 감히 건져 주지 못하고 오직 언덕에 서서 모자를 벗고 몸을 굽혀 경례만 할 따름이라. 그 불쌍한 대감은 수차 소리를 질러 이르되, "친구여 나를 살려 주시오" 하되, 촌민들은 대답하기를, "대감님이여, 우리 비천한 손으로써 어찌 감히 당신 거룩한 몸을 만질 수 있습니까?" 하더니,

---

1　존귀(尊貴)하다 : 지위나 신분이 높고 귀하다.
2　청년. 원문은 '쇼년' → 소년(少年) : 젊음, 청년기(『한불자전』). 당시에는 청년을 소년으로 지칭하였다.
3　'존귀한 소년이 있었는데'의 의미.
4　기지(基地) : 여기서는 터전. 근거지의 의미.
5　거룻배.
6　뱃놀이 하더니. 선유(船遊)하다 : 뱃놀이하다.
7　대풍(大風) : 큰 바람, 모진 바람.
8　벗어나지도 못하고. 헤다 : 어려운 상태에서 벗어나려고 애쓰다. 헤치고 앞으로 나아가다.
9　원문은 '홀일업시'.
10　겁을 내어. 혼겁(魂怯)하다 : 혼이 빠지도록 겁을 내다.
11　원문은 '식'.

그리할 즈음에 그 지방 본당 신부가 지나가다가 그 광경을 보고 촌민들이 비루한[12] 모양으로 원수 갚는 것을 꾸짖고 소리 질러 바삐 구원하라 함에, 모든 촌민들이 바삐 힘써 그 불쌍한 대감을 건져낼 동안,[13] 그 소년은 벌써 기운이 탈진하여 강포한[14] 물결 중에서 정신과 몸을 수습하지 못하고 마침내 위험 중에서 자진할[15] 뻔하다가 간신히 살아나니라.

이 경계는[16] 비록 엄하기는 엄하나 그러나 후세 사람을[17] 크게 경계함이니, 대저 그 존귀한 소년이 죽을 위험을 당하여는 비로소 사람의 존귀와 세력이 다 헛것이요 또한 모든 사람이 천주 대전에는 다 같은 줄을 깨달았니라.[18]

해설

제목에 나오는 '교오한 자'는 교만하고 건방진 사람을 말합니다. 또한 당시 '소년'은 '청년'을 지칭합니다. 이 미담의 주제는 교만함을 경계하고 모든 사람들이 하느님 앞에서 평등한 존재임을 깨달으라는 것입니다. 신분이 높은 소년이 자신의 신분 때문에 교만하다가 죽을 위험에 처해 비로소 모든 사람이 귀하다는 것을 깨닫고 겨우 살아납니다. 그는 '존귀한 소년', '귀족 소년' '불쌍한 대감'으로 불립니다. 모두 비꼬는 표현입니다. 소년이 신분으로는 높은 계급이었을지 모르나 그 신분이 주는 권위는 갖추지 못했기 때문입니다. 소년을 '불쌍한 대감'이라고 부르는 부분이 특히 흥미롭습니다.

위급한 처지를 당하고서야 귀족 소년은 촌민들을 '친구'라고 부르며 도움을 요청합니다. 촌민들은 소년에게 '거룩한 몸을 만질 수 없다'고 말하며 그를 외면하다가 신부의 권고로 소년을 살려줍니다. 이웃들이 없었다면 소년은 살아나지 못했습니다. 권력이나 신분에 눈이 어두워져 소중한 이웃을 알아보지 못하는 어리석음을 범하지 말 것을 이 미담은 권고합니다.

---

12 비루(鄙陋)하다 : 행동이나 성질이 너절하고 더럽다.

13 원문은 '식'.

14 강포(強暴) : 몹시 우악스럽고 사나움.

15 물기 따위로 저절로 다 없어질 뻔하다가, 죽을 뻔하다가. 자진(自盡)하다.

16 경계(警戒) : 옳지 않은 일이나 잘못된 일들을 하지 않도록 타일러서 주의하게 함.

17 원문은 '후ㅅ사름'. 의미를 살려 '후세 사람'으로 옮김.

18 원문은 '씩드르니라'.

열교인이 겸손한 표양을 보고 회두함

렬교인이겸손흔표양을보고회두홈

전에 영국에 한 장로교 열교인이[1] 있어, 하루는 드랍비스도^{트라피스트} 수도원에 가서 심방할[2] 때,[3] 수도원장은 그 열교인으로 하여금 종신토록 말 아니하기로 허원한[4] 수사들을 차례로 다 보게 할 동안,[5] 그 수사들 중에 한 아이는 전에 속인으로서 병정이 되어 전장에 나가 싸울 때에 허원하기를, 내가 이 전장에서 살아나면 수사가 되리이다 허원을 하였다가, 과연 살아나서 얼마 전에 수도회에 들어와 수사가 된 이러라.[6]

원장은 이 수사로 하여금 겸손한 덕을 연습하게 하고자 하여,[7] 그 수사에게 가까이 가서 수사를 가리키며[8] 열교인에게 이르되, "당신은 이 불쌍한 병정을 보시오. 이는 세바스도볼 전장에서 대포의 철알을[9] 무서워하여 전장에서 제 나라 국기를 배반하고 도망하여 법국^{프랑스}에서 돌아온 후에 우리 수도회에 들어왔나이다" 하니 이러한 망증은[10] 남의 앞에 지극한 욕이요 대단한 망신이라. 그 수사가 이 말을 듣고는 별안간에 얼굴빛이 변하여 눈이 숯불같이 붉어져 번쩍이고 분이 폭발하여 죽을지 살지 모르고, 심중에 혹독한 싸움이 일어나서 손을 쥐었다 폈다 하며 팔까지 빼내더니[11] 별안간에

1　열교인(裂敎人) : 개신교인. 열교(裂敎) : 한국 가톨릭 교회에서 '개신교'를 이르는 말. 가톨릭 교회에서 분열되어 나간 교회라는 뜻이다.
2　심방(尋訪)하다 : 방문해서 찾아보다.
3　원문 '시'. '시'는 '때'나 '~동안'으로 옮길 수 있다. 여기서는 때로 옮겼다.
4　허원(許願) : 서원(誓願)의 옛날 용어.
5　☞ 주 3.
6　수사가 된 사람이었다.
7　원문은 '련습케코져ᄒ야'.
8　원문은 'ᄀᆞᆯ치며'. 현대 한국어의 의미를 전제로 '가리키며'로 옮겼다.
9　대포의 포, 총알을 지시하는 말로 원문에서는 '텰알'로 표기되어 있다.
10　증언은. 망증(妄證) : 정상을 벗어난 증언을 함. 또는 그 증언.

원장 가슴에 있는 고상을 한번 쳐다보고는 즉시 공손히 합장하고 지극히 겸손한 마음으로 원장 앞에 장궤하여 절 한 후에 묵묵히 나가니라.

이 광경을 보고 열교인은 심중에 크게 감동되어 원장에게 묻되,[12] "이 수사는 전에 비록 잘못하였을지라도 지금 수도회에 들어와서 천만고생을 감수하며 보속하거늘 어찌 이렇듯이 혹독한 망신을 시키시나이까?" 원장이 대답하되, "내가 이제 행한 일은 당신으로 하여금 천주 성교회에서 신덕 있는 사람들을 어떻게 엄히 교훈하는 줄을 밝히 증거하게 하고자[13] 함이외다. 이 수사는 과연 나라를 배반한 죄가 일정[14] 없고 오직 우리 수사들 중에 매우 열심한 수사외다. 그런고로 아까 내게 흉악한 망증을 받고 분이 폭발하다가, 즉시 겸손하며 복종함을 당신이 친히 목도하지 아니하였나이까?" 하니, 그 열교인이 마음에 크게 감동하여 속으로 이르되, '이는 실로 초월하고 기묘한 일이로다' 하고, 그때부터[15] 즉시 천주 성교회에로 회두하니라.[16]

1917년 8월 『경향잡지』 379호에는 이 미담을 비롯해서 세 편의 미담이 소개됩니다. 모두 '겸손'과 관련된 내용입니다. 그 첫 번째인 이 미담은 한 수사의 겸손함을 보고 개신교인이 천주교로 돌아왔다는 이야기입니다. 개신교나 천주교나 같은 그리스도교이지만, 개신교인이 천주교인이 된 것을 '회두'라고 표현한 점은 천주교가 개신교와 개신교인을 어떻게 바라보았는가를 알 수 있는 부분이기도 합니다. 당시 천주교인들은 개신교인을 찢어진 교인, 헤어진 교인이라는 의미로 열교인이라 불렀고, 그들이 천주교인이 되는 것을 배교하였다가 돌아오는 것으로 간주하였습니다.

이 미담은 영국의 트라피스트 수도원을 배경으로 합니다. 수도원장은 열교인이 보는 앞에서 한 수사님을 망신 주지만 그는 억울한 마음을 참고 원장 가슴에 달린 고상을 바라보며

---

11 원문은 '쏩내더니'. 여기서는 '뽑아내더니', '빼내더니'의 의미. 그 의미를 살려 '빼내더니'로 옮겼다.
12 원문은 '무른딕'.
13 원문은 '증거케코져'.
14 조금도. '일절'의 의미로 쓰인 듯하다. 원문은 '일뎡'.
15 원문은 '그시브터'.
16 회두(回頭) : 배교(背敎)하였다가 다시 돌아옴.

공손히 지나갑니다. 이 모습이 지금의 독자들에게는 부당한 것을 묵인하는 모습으로 비쳐질 수도 있습니다. 다만 이 미담에서는 억울한 누명을 쓰면서도 그것을 받아들이는 수사의 모습을 겸손이라는 잣대로 해석하였고, 이를 통해 겸손의 덕을 보여주고자 하였습니다. 두 번째 단락에서 자신에 대한 위증을 듣던 수사의 표정을 놓치지 마십시오. 당황한 그의 표정이 생생하게 묘사되어 있습니다.

더 알아보기

트라피스트회 [가] 1098년 프랑스의 시토(Citeaux)에 세워진 수도회, 즉 시토회 중 '엄률(嚴律) 시토회'의 주요 수도회. 1892년 시토수도원이 모원(母院)으로 회복될 때까지 라 트라프(La Trappe)가 엄률 시토회의 중심지였다. 이곳에 1664년 랑세(A.J. Le B. de Rance)에 의해 개혁의 물결이 일게 되었으며 이때 '트라피스트'란 이름이 생겨났다. 이는 이전의 시토회의 성격을 보유하면서 더욱 엄격성을 추가한 회였다. 트라피스트의 생활은 '기도와 참회, 침묵과 노동'으로 요약된다. 현재 85개 수도원에 3,100명의 회원이 있다.

영신 사정에도 겸손

령신ᄉ정에도겸손

　　서양에서는 아이들이 첫 번으로 영성체할 때에 여럿이 한가지로[1] 예비하여, 제일 좋은 복장을 입고 성대히 거행하는 법이라.

　　몇 해 전에 법국^{프랑스} 바리^{파리}경 성 술비치오 교구에서 이 예절을 찬란히 거행할 동안, 본당 신부는 첫 번으로 영성체할 모든 아이들을 지휘하여 제일 좋은 의복을 입고 성체거동에 배행하게[2] 하되, 바로 성체를 가까이 모셔 마치 오 주 예수의 친한 벗과 고이는[3] 신하와 같이 그 강복을 더욱 풍성히 받게 하고자 하였더라.

　　한 부귀한 집 동자도 첫 번 영성체할 차례로[4] 이 성체거동에 배행하기로 청함을 받았는데, 그날 아침에 그 모친이 제일 좋은 복장을 입혀주고자 하니 아이는 모친에게 이르기를, "어머님 날마다 입는 예사의복을 입혀 주시오." 모친 "네가 무슨 말을 하느냐? 네가 오늘 성체거동에 배행하는 줄을 생각하지 아니하느냐? 본당 신부의 부탁을 잊어 버렸느냐?" 아들 "어머님 관계치 않습니다. 예사의복[5] 입기를 원합니다." 모친 "어찌하여 그리하느냐?" 아들 "어머님께 말할 수 없사오나 그러나 어머님도 만일 아시면[6] 나와 같이 생각하시리이다." 모친 "내 아이야, 무슨 말이냐? 어미에게 말하지 못할 것이 무엇이 있느냐?" 아들 "어머님 내 생각에는 내가 부귀한 아이들 가운데 있지 않고 가난한 아이들과 한가지로 있으면 오 주 예수가 나를 더 사랑하시겠나이다. 가난한

1　함께.

2　배행(陪行)하다 : 윗사람을 모시고 따라가다. 떠나는 사람을 일정한 곳까지 따라가다.

3　사랑하는. 고이다 = 괴다 : (예스러운 표현으로) 특별히 귀여워하고 사랑하다.

4　원문은 '차로'. 차(次) : 차례, 번을 나타내는 말.

5　예사의복 : 평상복.

6　원문은 '알으시면'.

자 가운데 있어 오 주 예수께 정성을 바치면 오 주 예수가 가난한 자들을 더욱 사랑하여 돌아보실 터이니 받는 은혜가 더 많지 않겠습니까? 어머님 실로 그렇지 아니합니까?" 그 모친이 아들의 말을 듣고 기특히 여기며 감동하여 아들을 껴안고 친구하며,[7] 그 원의대로[8] 예사의복을 입혀 보내었더라.

이 미담은 예수님을 닮고자 했던 주인공 아이의 겸손하고 순수한 마음이 느껴지는 작품입니다. 지금도 첫영성체를 하는 날이면 아이들은 깨끗하고 아름다운 옷과 꽃으로 치장합니다. 이 미담에서 주인공의 어머니도 첫영성체를 맞는 아들에게 제일 좋은 복장을 입혀주려 합니다. 그러나 아들은 좋은 옷을 거절합니다. 가난한 아이들처럼 입는 것이 예수님의 마음을 닮는 일이라 여겼기 때문입니다.

가난함은 부유함을 흉내조차 내기 어렵습니다. 부요한 이들이 가난한 이들을 닮으려는 편이 낫습니다. 자신보다 더 가난한 이들과 기꺼이 같은 처지에서 어울릴 수 있는 마음, 그 마음을 아이는 예수님 안에서 잊지 않았습니다. 그 마음으로 선택한 아이의 '예사의복'은 그래서 더욱 빛나는 '예수님의 옷'이 될 수 있었습니다.

---

7   친구(親口) : 숭경의 대상에 대하여 존경과 복종을 나타내려고 입을 맞춤. 또는 그런 행동.
8   바라는 생각대로. 원의(願意) : 바라는 생각.

마귀가 제일 무서워하는 것은 겸손

마귀가뎨일무셔워ᄒᄂ것은겸손

마귀가 독수자[1] 성 마가리오^{마카리오}에게 나타나 장 낫을[2] 가지고 후려쳐도 천주가 막아주심으로 마귀가 할 일 없어지고 몹시 성내어 성인을 미워하며 욕하며 이르되, "마가리오^{마카리오}야 마가리오^{마카리오}야, 너가 어찌 그리 용맹히 나를 쳐 거꾸러치느냐? 나는 이제는 아무 계교도 부릴 수 없도다. 내가 너 하는 것은 다 한다. 네가 만일 깨어 있으면 나는 도무지 자지 않고, 네가 만일 재소하면[3] 나는 일정코[4] 먹지 않고, 네가 만일 헌 옷을 입으면 나는 아무 옷도 입지 않고, 네가 만일 조찰하면[5] 나는 여자가 되어 음욕이 없고, 네가 만일 사치와 부귀영화를 경홀히[6] 여기면 나도 또한 그런 것을 다 경홀히 여기나, 그러나 다만 한 가지 너와 같이 할 수 없어 너한테 지노라" 하거늘, 성인이 그 무슨 한 가지냐 강박히 물으시니, 마귀가 하릴없이[7] 억지로 대답하되, "너의 깊은 겸손이니, 내가 이것은 본받을 수 없어 하릴없이 너한테 지고 망신만 당하노라" 하며 보이지 아니하니라.

1　은수자(隱修者)의 옛말. 외딴 곳에서 혼자 사는 수도자.

2　긴 낫.

3　지쇼(齋素) : 금육, 금육과 단식(『한불자전』).

4　확실히, 틀림없이. 원문은 '일뎡코'. '일뎡(一定)하다'는 『한불자전』에 따르면 확실하다, 틀림없다는 뜻이다. 때문에 여기서는 '확실하게', '분명히'의 의미이다. 현대 한국어에서는 '일정(一定)하다'는 하나로 정하여져 있다, 한결같다, 규칙적이라는 뜻으로 쓰여 『한불자전』에서의 풀이와는 차이가 있다.

5　조찰(澡擦)하다 : 가톨릭에서 쓰는 용어로, 죄를 씻고 닦다.

6　부귀영화를 가벼이 여기면. 경홀(輕忽)하다 : 말이나 행동이 가볍고 탐탁하지 않다.

7　달리 어떻게 할 도리가 없이, 조금도 틀림이 없이. 원문은 '홀일업시'.

　겸손과 관련된 세 번째 미담입니다. 이 작품에 등장하는 '성 마가리오'는 사막의 은수자로 알려진 마카리오 성인으로 추정됩니다. 이후에 마카리오 성인이 등장하는 작품으로 「혼배자의 유명한 정덕」(미담 110, 1920.7, 450호)이 있습니다.

　마귀가 외딴 곳에 혼자 사는 수도자인 마카리오에게 나타나 마카리오가 하는 모든 것을 그대로 행할 수 있지만 그의 겸손만큼은 본받을 수 없다고 고백합니다. 겸손이야말로 마귀를 이길 수 있는 가장 큰 덕임을 이 미담은 알려줍니다. 겸손함은 마귀와 마귀 아닌 것을 식별할 수 있는 기준입니다.

마카리오(Macarius) ☞ 미담 110.

간린한 자의 벌[1]

간린흔쟈의벌

　예전에 한 사람이 지극히 간린하여[2] 제 재물을 가지고 산에 가서 땅 속에 파묻었더라. 그 근처에 한 사람은 극히 가난하여 아녀들을[3] 먹이고 입힐 것이 없음에 스스로 실망하여, 목매여 자살할 차로[4] 노끈을 가지고 산에로 가는데, 인자하신 천주는 그 가난한 사람을 어찌 불쌍히 여기지 아니하시리오. 그 가난한 사람이 노끈을 가지고 산으로[5] 가되, 하필 간린한 자가 돈 파묻은 곳에로 가서, 한 군데를[6] 밟으니 쑥 빠지는지라. 이러므로[7] 구덩이에 빠져 살펴본즉 보화 가득한지라. 가난한 자가 생각하되, 이는 천주가 나를 불쌍히 여기사 상급으로 주시는 것이라 하여 그 돈을 가지고 돌아올 동안[8] 목매기 위하여 가지고 갔던 노끈은 거기 내버리고 오니라.[9] 간린한 자가 며칠 후에 제 보화를 찾아보려 가본즉, 보화는 다 없어지고 어떤 노끈이 가까이 있는지라. 이에 분

1　간린한 것과 관련된 4편의 이야기가 이어짐.

2　간린(慳吝) : '가린'의 원말. 가톨릭에서 칠죄종(七罪宗)의 하나. 하는 짓이 소심하고 인색함을 이른다. 간린하다(가린하다) : 아니꼬울 만큼 몹시 인색하다.

3　아이들. '아녀'는 표준국어대사전에 의하면 아녀(兒女)와 아녀(阿女) 두 개의 단어가 있다. 앞의 것은 아녀자와 동의어로 여자를 낮잡아 이르는 말이거나 어린이와 여자를 아울러 이르는 말이다. 아녀(阿女)는 딸이나 여자를 이르는 말이다. 그런데 『한불자전』에 따르면 아녀(兒女)는 어린 소녀, 소년과 소녀, 아들과 딸, 아이들, 소년 또는 소녀를 의미한다. 문맥을 고려하고 당시 사전이었던 『한불자전』의 뜻풀이에 의한다면 이 글에서 아녀는 여아만을 지칭하기보다는 '아이들', '아들과 딸'이라고 보는 것이 타당하다.

4　차(次)로 : '목적으로'. 자살할 목적으로.

5　원문은 '에로'.

6　원문은 '곤듸'.

7　원문은 '이림으로'. 아마 '이럼으로'를 잘못 표기한 듯.

8　원문은 '싀'. 싀 → 사이. 여기서는 '동안'으로 옮겼다.

9　왔다.

하여 그 노끈으로 목매[10] 자살하였다 하니, 이는 간린 죄의 벌이러라.

간린으로써 부가가 되지 못하고 도리어[11] 더 가난하여지나니, 성 그레고리오 두로넨 시[12] 기록하였는데,[13] 한 늙은 걸인이 바닷가에 있는 포구에 가서 한 배 사람에게 몇 푼 애긍을[14] 애걸하였는데[15] 뱃사람이 성내어 이르되, "귀찮다, 우리 배에는 아무 것도 없고 돌덩이뿐이니 도무지 줄 것이 없다" 하는지라. 노인이 이르되, "배에 아무 것도 없고 돌덩이뿐이라 하니 원컨대 이 배에 있는 모든 물건이 다 돌덩이가 될지로다" 하였더니, 별안간 그때로부터[16] 배에 있던 모든 물건이 모양은 변치 아니하였어도 단단하기는 다 돌 같이 된지라.[17] 뱃사람이 이를 보고 걸인박대 한 것을 뉘우쳐 그 걸인을 아무리 찾아도 어찌 못하니라. 그 배에 있던 감람실과[18] 같은 그런 것이 다 단단하기 돌같이 된 것을 사방에 보내어 세상의 모든 간린 자를 경계케[19] 하니라.

간린 자의 악사[20]　　　성 벨날디노가 기록하였으되, 한 간린한 부자가 병들어 죽을 임시에[21] 그 돈과 보화 그런 물건을 다 제 앞에 갖다놓고 손으로 그 돈과 보물을 만지며 이르되, "나의 사랑하온 돈과 보화야, 나는 이제 죽는다. 네가[22] 나를 도와다고, 나를 따라와서 나를 도와다고. 슬프다 내 돈아 내 보화야. 내가 너를 하릴없이[23] 하직하는구나" 하고, 은으로 만든 그릇을 이빨로 힘써 깨물다가 이에 기운이 자진하여 죽었다 하였으니, 이는 간린한 부자들을 경계함이러라.[24]

10　원문은 '목매여'.

11　원문은 '도로혀' → 도리어 : 반대로, 오히려.

12　시(時) : 때.

13　원문은 '긔록ᄒ엿시되'. 문맥을 고려하여 '기록하였는데'로 옮겼다.

14　애긍(哀矜) : 적선, 자선활동(『한불자전』). 불쌍히 여김(『표준』). 원문은 '익궁'.

15　원문은 '익걸흔되'.

16　시(時)로부터 : 때로부터. 원문은 '그시로부터'.

17　되었다.

18　감람실(橄欖實) : 감람나무 열매.

19　경계(警戒)하다 : 옳지 않은 일이나 잘못된 일들을 하지 않도록 타일러서 주의하게 하다.

20　악사(惡死) : 문맥상 나쁜 죽음이라는 한자어로 보아야 한다.

21　임시(臨時)에 : 무렵에.

22　원문은 '너ㅣ'.

23　달리 어떻게 할 도리가 없이. 원문은 '흘일업시'.

24　경계(警戒)하다 : 옳지 않은 일이나 잘못된 일들을 하지 않도록 타일러서 주의하게 하다.

중한 변리 받던 자의 악사[25]　　예전에 비리의[26] 중한[27] 변리[28] 받는 자가 있거늘,[29] 신사와[30] 착한 벗들이 간간히 권하되, 이 비리의 영업을 끊고 통회보속하여[31] 영원대사를 돌아보라 하였는데,[32] 그가[33] 대답하기를 차차 회두[34]하기로만 미루더니 중병 들어 사경에 이른지라.[35] 이에 탁덕을[36] 청하여 고해를 하고자 하다가 실망하여 이르되, "애고,[37] 통회보속이 어디 있는고. 지금은 너무 늦도다. 어진 사람들이 그와 같이 나를 간권하여[38] 통회보속으로 영고를[39] 면하라 하는 말을 나는 경홀히[40] 여기고 미루기만 하였더니, 이제는 흉측하게[41] 죽는구나" 하고 숨이 떨어지니라.

부자와 간린한 자는 구령하기 어려우니 오 주 예수가 성 마두^{마태오} 19장 24절에 이르시되, 낙타가[42] 바늘구멍으로[43] 지나가는 것이 부자가 천국에 들어가는 것보다 더 쉽다 하심은 이런 부자와 간린한 자들을 이르심이니라.[44]

25　☞ 주 20 참조.

26　비리(非理) : 올바른 이치나 도리에서 어그러짐.

27　중(重)한 : 무거운.

28　변리(邊利) : 남에게 돈을 빌려 쓴 대가로 치르는 일정한 비율의 돈.

29　이 부분을 풀이하면 '예전에 이치지 맞지 않게 많은 이자를 받던 자가 있었는데'.

30　신사(信士) : 믿을 수 있는 사람.

31　죄를 뉘우치고 죄로 인한 나쁜 결과를 보상하는 일. 통회(痛悔) : 자기가 지은 죄를 뉘우치고 다시는 죄를 짓지 아니하겠다고 결심함. 또는 그런 일. 완전 통회와 불완전 통회로 나눈다. 보속(補贖) : (가톨릭) 죄로 인한 나쁜 결과를 보상하는 일.

32　원문은 '도라보라ᄒᆞᆫ듸'.

33　원문은 '뎌가'.

34　회개. 회두(回頭) : 배교(背敎)하였다가 다시 돌아옴.

35　이르게 되었다.

36　탁덕(鐸德) : 신부.

37　'아이고'의 준말. 원문은 '이고'.

38　간권(懇勸) 하다 : 간절히 권하다.

39　지옥영고(地獄永苦). 즉 지옥에서의 영원한 고통.

40　경홀(輕忽)히 : 가볍고 탐탁하지 않은 말이나 행동으로. 원문은 '경홀니'.

41　흉측(凶測)하다 : 흉악망측하다.

42　원문은 '략디'.

43　원문은 '바늘구녕에로'.

44　원문은 '닐ᄋ심이니라'.

　이 미담은 간린한 자와 관련된 4개의 에피소드로 구성되어 있습니다. 1단락부터 4단락까지는 각각 간린죄에 해당되는 일화를 소개합니다. 여기서 '간린'은 인색함을 말합니다. 마지막 단락은 주제부로 부자와 인색한 사람은 구원받기 어렵다는 것입니다. 천주교에서 간린죄는 칠죄종의 하나로 여겨질 만큼 큰 죄입니다.

　첫 번째 이야기는 간린한 자와 가난한 자의 처지가 뒤바뀜을 보여주는 미담입니다. 가난한 자는 부유하게 되고 간린한 자는 벌을 받아 자살을 합니다. 두 번째는 인색한 뱃사람이 걸인을 박대하다 더 가난해진 이야기이고, 세 번째는 인색했던 간린 자가 금은보화가 많았지만 결국 죽게 되었다는 이야기이며, 마지막 역시 이자를 많이 받던 자가 비리 영업을 끊으라는 권고를 듣지 않다가 중병에 걸려 죽고 만다는 이야기입니다. 각각 간린을 경계하는 내용입니다.

착한 부인

착ᄒᆞᆫ부인

  질투는 마귀로부터 시작되었으니, 대저[1] 마귀가 원조 아담 에와^{하와} 양위분이[2] 지당에서[3] 복 누리시는 것을 질투하고, 또한 인류가 장차 천당에 오름을 질투하여 원조를 유인하여 범죄하게[4] 함에, 지당의 복된 세계는 질병 환난의 괴로운 세상이 되고 또 죽음이 이 세상에 시작되었으니, 성경에 이르시되, 마귀의 질투로 말미암아 죽음이 이 세상에 들어왔다 하시니라. 악한 가인^{카인}은 제 아우 아벨이 천주께서 즐거워하시는[5] 제사 드리는 것을 질투하여, 제 아우를 들로 데리고 가서 죽였으며, 무죄한 성조 요셉의 형들은 그 아우가 부친께 총애 받는 것을 질투하여 이스마엘 약상들에게[6] 팔았으며, 사울 왕은 다위^{다윗}가 골니앗^{골리앗}을 쳐이기어 승전한 후에 백성들에게 사랑과 찬미[7] 받는 것을 질투하여 천방백계로[8] 핍박하며 창으로 찌르기까지 하였으나 헛찔렀으며, 바리세이^{바리사이}와 제관장들은[9] 오 주 예수가 모든 백성에게 공경과 사랑 받는 것을 질투하여 천방백계로 모해하다가[10] 마침내 십자가에 정살하였으며[11] 유데

1　대저(大抵) : 대체로 보아서. 대컨. 비슷한 말은 무릇. 『한불자전』에서는 이 단어를 '약, 거의, 그처럼, 책에서 이 단어는, 문장 첫 머리에서 명백히라는 라틴어에 부합한다'로 풀이한다.

2　아담과 하와 두 부부가. 양위(兩位)분 : 부모나 부모처럼 섬기는 사람의 내외분. 고인이 된 부부.

3　지당(地堂) : (가톨릭) 인류의 시조가 타락하기 전에 살았다는 곳. 복지(福地).

4　원문은 '범죄케'.

5　원문은 '텬주의즐겨ᄒᆞ시ᄂᆞᆫ'.

6　약상(藥商) : 약장수, 약장사.

7　찬미(讚美) : 아름답고 훌륭한 것이나 위대한 것 따위를 기리어 칭송함. 찬송.

8　천방백계(千方百計) : 천 가지 방책과 백 가지 계략이라는 뜻으로, 온갖 꾀를 이르는 말.

9　제사를 맡은 관원. 제사장. 제관(祭官).

10　꾀를 써서 남을 해치다가. 모해(謀害)하다.

11　원문은 '뎡살'. '정살'은 십자가에 못 박아 죽였다는 뜻으로 한자어 '釘殺'을 한글로 쓴 단어. 『한불자전』에 '뎡살하다'가 등재되어 있다. 뜻은 釘殺, 못 박아 죽이다, 십자가에 못 박아 죽이다.

아유다인들은 종도와[12] 문제들을 질투하여 핍박하고 성 스데파노스테파노 부제를 돌로 쳐죽였으니, 모든 죄가 다 마귀의 행실이나 그러나 질투는 곧 마귀의 본 행실이니, 우리는 질투지심을[13] 힘써 피할지로다.

예전에 바리파리경[14]에 한 착한 부인이 있어 사방에 빈궁고독한 자들을 찾아다니며 애긍시사를[15] 많이 베풀더라. 그러나 그 애긍[16] 받는 사람들은 제각각 혼자만 애긍을 받으려 하여 서로 질투하며 훼방하며 망증할[17] 동안,[18] 한 아이 그 부인에게 이르되, "부인이여 아까 당신께 애긍 받던 여인은 애긍 받기에 아주 부당하오니, 대저[19] 게을러서 도무지 일도 아니하고 공연히 당신께 음식을 얻어 먹는지이다" 하고, 다른 이는 이르되, "부인이여, 당신이 아까 가셨던 집 사람은 아주 악한 사람이니 당신이 만일 그 사람의 사정을 밝히 아시면 다시는 그 집에 가시지 아니하시리이다" 하고, 또 다른 이는 이르되, "당신이 일전에 애긍 준 사람은 아주 괴악하여[20] 제 자식들을 악하게 가르쳐 당신이 그 집에서 나오실 때에 그 자식들이 뒤에서 손가락질 하며 비웃으며 욕하더이다" 하고, 또 다른 이는 이르되,[21] "당신이 며칠 전에 찾아보시던 병자는 실로 병이 없는데 공연히 당신께 애긍을 받으려고 당신이 그 집에 가실 때에만 머리를 싸매고 누어서 꾀병을 앓다가 당신이 나오시면 즉시 일어나셔 잔치만[22] 하니, 다시는 그 집에 가시지 마시오" 하여 이와 같이 제 각각 서로 질투하며 훼방하며 망증하는지라.

그 착한 부인은 마침내 그 사람들의 질투하고 거짓말을 하는 것을 항상 들음에 귀

---

12 사도와. 종도(宗徒) : 가톨릭에서 예전에 사도(使道)를 이르던 말. 사도는 거룩한 일을 위하여 헌신하는 사람. 예수가 복음을 널리 전하기 위하여 특별히 뽑은 열두 제자.

13 질투지심(嫉妬之心) : 질투의 마음.

14 파리 경계에, 파리 근처에. 경(境) : 지경(地境). 나라나 지역 따위의 구간을 가르는 경계. 일정한 테두리 안의 땅.

15 애긍시사(哀矜施舍) : 불쌍히 여겨 은덕을 베풀어 줌.

16 적선. 애긍(哀矜) : 불쌍히 여김. 여기서는 자선(慈善)의 의미로 쓰였다. 적선, 자선활동(『한불자전』). 불쌍히 여김(『표준』). 원문은 '이긍'.

17 망증(妄證)하다 : 늙거나 정신이 흐려서 정상을 벗어난 증언을 하다.

18 원문은 '식' → 사이. '~동안', '~때'로 옮길 수 있다.

19 대체로 보아 ☞ 주 1.

20 말이나 행동이 이상야릇하고 흉악하여. 괴악(怪惡)하다.

21 원문은 '닐으딕'.

22 원문은 '잔치'.

찮고 성가셔서[23] 그 사람들을 다 한가지로[24] 불러 모으고 이르되, "벗들아, 너희 각 사람의 말을 듣건대,[25] 누구를 의논치말고[26] 다 질투하는 괴악한 심사를[27] 가졌으니, 애긍시사를[28] 받기에 부당한지라. 오늘부터는 나는 그대들을 다 버려두고 도무지 돌아보지 아니하리니 그리 알라" 하고 돌아오니라.[29]

그 사람들이 며칠 동안에 애긍을[30] 받지 못함에 다 굶어죽게 된지라.[31] 이에 제각각 착한 부인에게 편지를 보내며 혹 사람을 보내어 이르되, "다시는 질투하지 아니할 터이니 살려달라" 애걸하거늘, 그 인자한 부인은 차마 불쌍한 자들을 버려두지 못하고 다시 애긍시사하기를 시작하였는데, 그 빈궁고독한[32] 자들은 다행히 남을 질투하는 죄를 고쳐 다시는 훼방과 거짓말을 아니하니라.[33]

해설

질투를 주제로 한 미담입니다. 본 이야기에 들어가기에 앞서 첫 단락에서는 성경의 내용에 근거해서 질투에 대해 일괄합니다. 아담과 하와에게서부터 카인과 아벨, 요셉과 그의 형들, 사울왕과 다윗, 바리사이들 및 제관들과 예수님, 유다인들과 스테파노를 비롯한 사도들을 통해 질투가 마귀로부터 시작되었으며 우리가 질투를 피해야 함을 강조합니다. 이들이 성경에서 질투와 관련된 인물들이었다면 이 미담은 당시 파리에 살았던 착한 부인의 이야기로 이어집니다.

착한 부인이 빈궁고독한 자들에게 사랑을 실천합니다. 그런데 그들은 질투 때문에 부인에

---

23 원문은 '셩가스러워'이나 현대 한국어 맞춤법을 고려해 '성가셔서'로 옮겼다.

24 같이.

25 여기에서 'ㅡ대'는 어간이나 어미 뒤에 붙어 'ㅡ니까'의 뜻을 지닌 옛말이다.

26 원문은 '의론치말고'. 『한불자전』에서 '의논치말고'라는 표제어가 풀이되어 있다. 뜻은 구별 없이, 예외 없이.

27 마음을. 심사(心事) : 마음으로 생각하는 일.

28 불쌍히 여겨 은덕을 베풀어 줌☞ 주 15.

29 돌아왔다.

30 ☞ 주 16.

31 되었다.

32 빈궁고독(貧窮孤獨) : 가난하고 외로운 자들.

33 아니하였다.

게 서로를 헐뜯는 험담과 고자질을 합니다. 결국 부인은 애긍시사를 중단합니다. 그때서야 사람들이 회개하여 남을 질투하는 죄를 고쳐 훼방과 거짓말을 하지 않게 되었으며, 부인 역시 다시 자선을 베풀었다는 결말입니다. 특히 두 번째 단락에서 가난하고 고독한 이들이 서로 헐뜯고 시기하는 말들을 생생하게 전하고 있습니다. 예나 지금이나 사랑을 막는 것, 공동체를 분열시키는 것은 무엇보다 질투입니다. 아무리 가난하고 불쌍한 사람들이라 할지라도 그들의 질투가 과도하다면 하느님의 은총, 착한 부인의 사랑은 전해질 수 없음을 경계한 미담입니다.

질투와 반대되는 덕행

질투와반티되는덕힝

법국^{프랑스} 남편[1] 마실니아^{마르세유} 큰 항구에 두 장사가 이웃하여 사는데, 제 각각 흥성꾼[2]을 자기 상점으로[3] 당기기 위하여 서로 질투하고 서로 미워하여 원수같이 지내더니, 다행하도다,[4] 그 둘 중에 한 사람은 성사를[5] 받은 후에 자기 이웃 사람을 질투하고 미워하던 것을 크게 뉘우치고, 바른 양심의 인도함을 따라 서로 화목하기로 굳이[6] 정지한[7] 후에,[8] 이웃사람을 찾아가서 전에 잘못한 것을 진절히[9] 사과하며 용서하여 주기를 간청하되, 그 이웃 사람은 도무지 듣지 아니하고 화해하기를 거절하더라.

그 착한 사람은 아무쪼록 천방백계로[10] 화목하기를 힘쓰나 그 벗이 도무지 듣지 아니하는 고로, 하루는 어떤 지혜로운 친구를 찾아가서 화목할 묘책을 문의하였는데,[11] 그 지혜로운 친구가 한 좋은 방법을 가르쳐 이르되, 이후는 흥성꾼이 그대의 상점에

---

1   남쪽.

2   흥정꾼, 물건을 사고파는 사람. 원문은 '홍셩ㅅ군'. 홍셩 → 홍성(興盛) : 홍정.

3   원문은 '샹뎜에로'.

4   다행(多幸)하다 : 뜻밖에 일이 잘되어 운이 좋다.

5   고백성사.

6   단단한 마음으로 굳게, 고집을 구려 구태여. 원문에는 '굿이'로 표기되어 있다.

7   원문은 '뎡지'. 『한불자전』에 의하면 뎡지는 정지(定志)로 뜻은 '결정, 굳은 결심, 결의'이며 '뎡지ᄒ다'는 '결심하다'는 뜻. 『표준국어대사전』에서는 정지(定志)의 경우 한의학에서 쓰는 어휘로 '마음이나 정신을 안정시키는 일'이라 풀이하고 있다. 때문에 여기서 '정지'는 『한불자전』의 풀이에 따라야 한다.

8   '굳이 정지한 후에'는 '굳게 결심한 후에'이다.

9   열렬하고 성실하게. 원문은 '진졀히'. 진절하다의 부사형. 진절(眞切)ᄒ다 : 열렬하고 성실하다, 열성적이다. 진정한 열정(『한불자전』).

10 천방백계(千方百計) : 천 가지 방책과 백 가지 계략이라는 뜻으로, 온갖 꾀를 이르는 말.

11 원문은 '문의ᄒ디'.

오거든 누구를 의논치말고[12] 다 이웃 사람의 상점으로[13] 보내라 하는지라. 과연 그 훈수대로[14] 흥성하려오는 사람마다 그 이웃상점에로 지시하여 보내며 이르되, "그 장사는[15] 정직하여 도무지 속이지 않고 물건도 다 진품이니라" 하였더니, 그 화목하기 싫어하던 사람이 의외에 날마다 단골로 다니는 흥성군이[16] 많아짐을 보고 즐거워하며, 또한 이는 다 자기의 미워하는 이웃 사람이 지시하여 보내는 줄을 알고, 마침내 그 얼음[17] 같은 마음이 녹아져서 전에 화목하기를 거절한 것을 뉘우치고 화목하기를 정지한 후에,[18] 평생에 가기 싫어하던 이웃집에 달아가서 원수로 여기던 사람을 벗으로 일컬어[19] 부르며[20] 손을 내어 정답게[21] 인사하고 진절히[22] 화목한 후, 그때부터는 친절한 벗이 되니라.

해설

1917년 10월 『경향잡지』 383호에는 위 미담과 이어지는 또 하나의 미담이 소개됩니다. 둘 다 질투와 관련된 미담으로 1917년 9월에 발표된 미담과 대조적인 내용입니다. 「착한 부인」(1917.9, 382호)이 그 제목과 달리 질투하는 사람들의 악행과 회개를 다루었다면 이번 호에 소개되는 두 개의 미담 「질투와 반대되는 덕행」(81)과 「또 좋은 표양」(82)은 질투하지 않는 사람들을 주인공으로 그들의 선행을 구체적으로 보여 준 작품입니다.

그중 첫 번째 미담인 이 작품은 프랑스 남쪽 마르세유 항구가 배경입니다. 주인공은 자기 이웃의 장사치를 질투하지 않고 오히려 화목할 묘책을 간구해서 그와 평생 친절한 벗으로

---

12 원문은 '의론치말고'. 『한불자전』에서 '의논치말고'라는 표제어가 풀이되어 있다. 뜻은 구별 없이, 예외 없이.
13 원문은 '상뎜에로'.
14 훈수(訓手) : 남의 일에 끼어들어 이래라저래라 하는 말.
15 여기서는 '장사꾼'을 의미함.
16 홍정꾼 ☞ 주 2.
17 원문은 '어름'.
18 결심한 후에 ☞ 주 7.
19 원문은 '닐ㅋ라'.
20 원문은 '불으며'.
21 원문은 '정다히'.
22 열렬하고 성실하게 ☞ 주 9.

지내게 된다는 내용입니다. 이 미담의 주인공처럼 같은 물건을 팔며 장사를 하는 사람들이
화목하기란 쉽지 않습니다. 그러나 질투로 반목하고 경쟁하는 길이 아니라, 용서와 화해로
화목의 길을 가야 하는 사람들이 그리스도인임을 이 미담은 전해줍니다.

또 좋은 표양

쏘됴훈표양

　예전에 한 학교에 헨으리고^{헨리코}라 하는 생도는 총명이 출중함으로[1] 항상 시험에 급제와 최우등이 되고, 발도로메오^{바르톨로메오}라 하는 생도는 둘째가 되는지라. 발도로메오^{바르톨로메오}는 헨으리고^{헨리코}의 첫째 되는 것을 너무 질투하고, 아무쪼록 첫째가 되고자 하여 밤중까지 공부함으로 정신을 모손하고,[2] 또 너무 애쓰고 근심함으로 차차 병을 일우었더라.[3] 헨으리고^{헨리코}는 착한 학도이라 자기 사랑하는 동접이[4] 이 지경에 이름을 보고 불쌍히 여겨 시험 작문 할 때에 부러 한번 그르쳤더니 낙제가 되고, 발도로메오^{바르톨로메오}가 첫째가 된지라. 이에 어떻게 상쾌하고 즐겁든지 육신 병이 온전히 나았더라. 그러나 교사는 헨으리고^{헨리코}의 실제 한 것을 매우 이상히 여겨 그 연고를 물어보아도 사실을 토설치[5] 아니하고 오래도록 감추었으나, 그러나 그 사실은 자연 차차 드러나 헨으리고^{헨리코}의 동접을 진절히[6] 사랑함과 애덕으로써 질투를 대적한 아름다운 표양이 사방에 전파되니라.

해설

　앞의 미담에 이어 같은 호에 발표된 두 번째 미담으로 헨리코라는 학생이 주인공입니다.

1　출중(出衆) : 뛰어남. 원문은 '출등'.
2　모손(耗損)하다 : 닳아 없어지다.
3　이루다의 옛말. 병이 생기었더라.
4　친구. 동접(同接) : 같은 곳에서 함께 공부함. 또는 그런 사람이나 관계.
5　토설(吐說)하다 : 숨겼던 사실을 비로소 밝히어 말하다.
6　열렬하고 성실하게. 원문은 '진절히'. 진절하다의 부사형. 진절(眞切)하다 : 열렬하고 성실하다, 열성적이다. 진정한 열정(『한불자전』).

학생들이야말로 질투로 서로를 시기하기 쉽습니다. 성적 때문에 경쟁하다 질투심에 서로 반목하는 사이들이 많습니다. 이 미담에서도 늘 2등을 하는 바르톨로메오는 늘 1등하는 헨리코를 질투합니다. 이 사실을 안 헨리코의 선행을 보여주는 것이 이 미담입니다.

　질투를 오히려 사랑과 애덕으로 대적한 헨리코, 그는 진정한 친구요 학생이요 승리자였습니다. 질 줄 아는 사람이 챔피언입니다. 져주는 사람이 사랑하는 사람입니다.

탐도

  탐도는[1] 술이나 음식을 과히 사랑하여 과히 마심과 과히 먹음과 때 없이 많이 먹음과 육신 쾌락만 위하여 먹음과 분수에 지나게 잘 차려 먹음과 빨리 걸터듬하여[2] 먹는 것이 다 탐도죄니, 탐도죄 중 술 탐도가 제일 괴악하고 고치기 어려우니라.

  우리 교우는 음식을 먹을 때에 육신 생명을 보존하기 위하여 먹으며, 천주를 위하여 먹으며, 본분을 행하기 위하여 먹으며, 항상 반전반후 축문을[3] 정성으로 염하며 먹을지니라.

  탐도에서 나는[4] 해를[5] 의논하건대,[6] 그 해가 무수하니, 영신[7] 일에 해태하고[8] 재미없음과, 교중[9] 모든 본분을 소홀히 함과 대소재를[10] 궐함과,[11] 시비쟁투와 음담패설과 남의 명성을 문회침과[12] 육신을 상함과 가산을 패하여 가난하여짐과 바삐 죽음과 흉사와 객사 그런 것이니라.

---

1   탐도(貪饕) : 재물이나 음식을 탐냄. 가톨릭에서 칠죄종(七罪宗)의 하나. 먹고 마시기를 너무 지나치게 하며 재물을 탐내는 일을 이른다.
2   문맥상 '걸터듬하여'는 '대충', '아무렇게나'라는 뜻으로 사료됨. 그러나 정확한 의미는 확인할 수 없다.
3   반전반후 축문(飯前飯後 祝文) : 식사 전후기도.
4   나오는, 비롯되는.
5   해로움, 害.
6   원문은 '의론컨대'.
7   영신(靈神) : 가톨릭에서 영혼(靈魂)을 이르던 옛말.
8   해태(懈怠) : 게으름, 가톨릭에서 칠죄종(七罪宗)의 하나로 선행에 게으른 것을 이른다.
9   교중(敎中) : 한자어로 기독교, 기독교와 관련된 것(『한불자전』).
10 대소재(大小齋) : 가톨릭에서 대재와 소재를 아우르는 말. 대재는 '단식재' 소재는 '금육재'.
11 궐(闕)하다 : 마땅히 해야 할 일을 빠뜨리다.
12 문회치다 : 파괴하다, 전복시키다(『한불자전』).

탐도의[13] 죄를 피하려면 오 주 예수의 십사일 엄재[14] 지킴과 십자가상만 고중에[15] 쓰고 쓴 초와 쓸개 잡수심을 묵상하며, 은수고수[16]하는 수사들이 항상 대소재를 지키며 냉수와 풀뿌리로써 생명을 지내심을 생각하며, 또 술집과 술친구를 끊을지니라.

성경을 보건대 우리 원조 양위분은[17] 금한[18] 실과를[19] 탐식하심으로 만 가지 재앙을 인류에게 끼치시고[20] 이스라엘 백성은 광야에서 탐도하여 이단의 큰 죄를 범함으로 엄벌을 당하였고, 압살논은 잔치하다가 그 형을 죽였고, 에사우는 팥죽을[21] 탐함으로 장형의[22] 위를[23] 잃었고, 헤로데는 잔치하다가 성 요안 세자를 죽였고, 유다스는 삼십 은전을 탐함으로 구세주를 악당에게 팔았고, 성경 비유에 탕자는[24] 사치와 탐도로써 재물을 다 잃고 돼지[25] 먹는 것을 함께 먹었고, 또 성경 비유에 부자는 화려한 의복을 입고 날마다 잔치하면서 가난한 라자로에게는 아무것도 주지 않고 육신 쾌락만 누리다가 지옥에 묻혔으니, 이는 다 탐도죄의[26] 벌이니라.

이 미담부터 미담 87까지 탐도죄를 주제로 한 미담 다섯 편이 이어집니다. 특히 1917년 10월 『경향잡지』 385호에는 한 호에 '탐도죄'와 관련된 세 개의 미담이 실립니다. 그 첫 번째 작품이 이 미담인데, 이 미담은 인물과 사건을 중심으로 전개되는 이야기라기보다는 '탐

---

13 ☞ 주 1.
14 엄격한 단식(『한불자전』). 원문은 '엄직'.
15 고중(苦中)에 : 괴로움 중에, 고통 중에.
16 은수(隱修) : 숨어서 도를 닦음. 고수(苦修) : 고통을 참고 수행함.
17 양위(兩位)분 : 고인이 된 부부. 여기서는 아담과 하와를 지칭한다.
18 금하다. 여기서는 '먹지 말라고 한.'
19 열매, 實果.
20 원문은 '끼지시고'.
21 원문은 '퐛죽'.
22 큰형. 여기서는 맏아들의.
23 위(位)를 : 자리를.
24 탕자(蕩子) : 방탕한 사나이.
25 원문은 '도야지'.
26 탐도죄(貪饕罪) : 먹고 마시기를 너무 지나치게 하며 재물을 탐내는 죄 ☞ 주 1.

도죄'에 대한 정의와 성격, 피하는 방법 및 성경의 예를 개괄하고 설명합니다. 탐도와 관련된 작품들에 앞서 미리 밝히는 소개글이라고 볼 수 있습니다.

첫 단락은 탐도를 정의합니다. 술이나 음식을 과하게 먹거나 때 없이 많이 먹거나 육신쾌락만 위하여 먹고 분수에 안 맞게 잘 차려 먹고, 빨리 대충 먹는 것 모두가 탐도죄입니다. 두 번째 단락에서는 음식을 먹는 목적을 밝힙니다. 세 번째 단락에서는 탐도의 해로움을 소개합니다. 마지막 단락은 성경을 통해 탐도죄에 빠졌던 인물들을 개괄합니다. 현재에는 잘 사용하지 않는 어휘들이 많이 등장합니다.

이 미담에서는 특히 탐도죄를 성경을 통해 설명하는 것이 특징입니다. 아담과 하와도 탐도죄를 지었고, 광야에서 이스라엘 백성 역시 탐도죄에 빠졌으며 압살논, 에사오, 헤로데, 유다스, 탕자의 비유에 나오는 둘째 아들, 그리고 라자로에게는 아무것도 주지 않았던 부자 역시 탐도죄를 저지른 인물들입니다. 이처럼 탐도죄에 대해 개괄한 후, 다음 작품부터 탐도죄와 관련된 이야기들이 소개됩니다.

탐도 모병을 고친 표양

탐도모병을곳친표양

　예전에 한 아이는 탐도하는[1] 버릇이 있어 항상 부모 몰래 식장을[2] 열고 실과와[3] 떡 같은 것을 훔쳐 먹는지라. 그 부모는 자기 아들의 이 부끄러운 버릇을 고쳐주고자 하여, 하루는 좋은 떡을 하여 집안사람이 다 한가지로[4] 먹고, 비밀히 그와 같은 다른 떡을 만들되 그 속에는 모래와 톱밥을 섞어두고 그 떡 위에는 큰 글자로 글을 쓰되 "탐도하는 자는 이와 같이 속느니라" 하였더라. 이 거짓 떡을 식장에 두되 마치 좋은 떡을 두는 체하고, 그 식장 열쇠도 찾기 쉽게 그 근처에 둔 후에 부모와 형제와 자매와 하인들까지 다 함께 곁방에[5] 모여 가만히 엿보는 동안[6] 탐도하는 아이는 과연 미구에[7] 식방에[8] 들어가 식장 열쇠를 찾아가지고 식장을 열고 그 떡을 꺼내어 먹으려 할 즈음에, 모든 이가 함께 들어가서 그 속은 것을 보고 웃으며 비웃어 씰카스르니[9] 탐도하는 아이는 너무 부끄러워 옴을 이기지 못하여 울며 기절하는지라. 그 부모가 위로하며 일으킴에 그 아이가 부모에게 용서를 청하며 이후는 탐도의 버릇을 끊고 담박하기를[10] 다짐하는지라. 부모가 용서하여 주며 엄히 훈계하였더니, 그 후부터는 과연 그 언짢은

1　탐도(貪饕)하다 : (가톨릭) 칠죄종(七罪宗)의 하나. 먹고 마시기를 너무 지나치게 하며 재물을 탐내다.
2　식장(食欌) : 식기장.
3　실과(實果) : 과일.
4　함께, 같이.
5　안방에 딸린 작은 방. 곁붙은 방.
6　원문은 '엿볼시'. 이를 '엿보는 동안'으로 풀어 옮겼다.
7　미구(未久)에 : 오래지 않아.
8　식방(食房) : 음식을 먹거나 만드는 방.
9　원문 자체가 '씰카스르니'인데 이 단어의 뜻을 찾을 수 없다. 문맥상 이 부분은 실컷 비웃었다는 내용이다.
10　욕심이 없고 마음이 깨끗하다. 담박(淡泊)하다.

버릇을 고치고 담박한 사람이 되니라.

　같은 호에 실린 탐도죄와 관련된 두 번째 작품으로 주인공은 탐도 버릇이 있는 아이입니다. 이 아이는 부모 몰래 과일과 떡 등을 훔쳐 먹곤 했는데 이를 안 부모가 지혜롭게 그 버릇을 고치는 과정을 다룬 미담입니다. 맛난 떡일 줄 알고 먹었는데 모래와 톱밥임을 알고 실망했을 아이의 모습을 상상해 봅니다. 게다가 '탐도하는 자는 이와 같이 속느니라'는 글과 주위 사람들의 웃음 때문에 아이는 부끄러워 기절까지 합니다.

　어릴 때 식탐에 빠진 아이를 고쳐주는 것이 부모의 역할입니다. 어린 시절의 나쁜 습관은 잘 고쳐지지 않습니다. 그래서인지 탐도 관련 미담은 아이의 식탐 버릇 고치는 이야기로 시작됩니다.

술 탐도를 끊은 표양

술탐도를슨혼표양

예전에 가오로 궐열모는 브룬스윅 지방에 착한 공작이라. 하루는 들음에 술꾼들이 매양 주일날에 주막에 모여 미사 참예하는[1] 대신으로 술추렴만[2] 한다고 소문이 낭자한지라. 공작이 그자들을 한번 경계코자[3] 하여, 한 주일에는 본 복장 위에 변변치 아니한 사복을 덮쳐 입고, 일찌가니[4] 그 주막에 가서 앉았으니, 미구에[5] 성당에서는 견쟁한[6] 소리로써 모든 교우를 불러 미사참예에 대령케 하거늘, 탐도하는[7] 술꾼들은 성당을 비켜 놓고 주막으로 몰껴들어[8] 오는데, 그중에 한 아인 몸뚱이가 깎지동만하고[9] 얼굴은 울긋불긋하며 코에는 주독이 올라 시뻘게서[10] 도무지 험상스러우니, 누구든지 한번 쳐다보면 그 술꾼의 두목인 줄을 가히 알겠더라.

이 자가 호기 있게 들어와서 상좌에[11] 앉더니, 공작은 자기가[12] 모르는 사람인데 수인사도 할 사이도 없이 즉시 불러 제 옆에 앉히고, 모든 술꾼도 둘러앉힌 후에 주먹

---

1 참예(參詣) : 신이나 부처에게 나아가 뵘.

2 술추렴 : 술값을 여러 사람이 분담하고 술을 마심. 차례로 돌아가며 내는 술. 또는 그 술을 마심.

3 경계(警戒)하다 : 옳지 않은 일이나 잘못된 일들을 하지 않도록 타일러서 주의하게 하다.

4 '일찌감치'의 평안도 방언. 원문은 '일찍안이'.

5 미구(未久)에. 오래지 않아.

6 '견쟁하다'는 단어의 뜻을 찾을 수 없다. 문맥을 고려하여 한자어를 유추한다면 鏘囐(밝은 소리), 牽囐(끌어당기는 소리)으로 그 뜻을 추측할 수 있다.

7 탐도(貪饕) : (가톨릭) 칠죄종(七罪宗)의 하나. 먹고 마시기를 너무 지나치게 하며 재물을 탐내는 죄 = 탐도죄.

8 모두 한 곳으로 껴들어. '몰-' : 용언에 붙어 '모두 한 곳으로', '모두 한 곳에'의 뜻을 더하는 접두사.

9 작다는 의미.

10 원문은 '셧붉어'.

11 높은 자리. 上座.

12 원문은 '저가'. 여기서는 의미를 확실하게 하기 위해 3인칭 대명사 '자기'로 옮겼다.

으로 술상을 두드리며 주인을 부르니, 주막 주인은 서슴지도 않고 즉시 독한 소주 한 동이를 가져오더라. 이 두목은 잔도 없이 그저 두 손으로 동이째[13] 들고, 한참 들이켜다가,[14] 공작에게 주며 이르되, "옛다, 한참 들이켜고 네 옆에 사람에게 돌려라" 하는지라. 공작도 받아서 조금 마시는 체 한 후에 옆에 사람에게 돌리니, 술동이가 연하여[15] 한 바퀴를 돌아 또 두목에게 이른지라. 두목은 전과 같이 들이켜고 연하여 또 돌리니 모든 술꾼도 한참씩 들이켜며 돌려라돌려라 하며 희희낙락하더라.[16]

이와 같이 3차를 돌린 후에 공작이 별안간에 일어나서 겉옷을 헤쳐 버리고 본 복장을 드러내니, 모든 술꾼은 그 복장을 봄에 누구인지 가히 알겠더라. 그들이 황겁할[17] 즈음에 공작은 큰 소리로 호령하여 술동이를 연하여 돌리며 먹으라 하니, 술꾼 두목은 황황망조하여[18] 주저주저하거늘, 공작이 칼을 빼어들고 호령하여 이르되, "누구든지 제 옆의 사람을 때려가면서 술동이를 돌리지 아니하면 내가 상당한 벌을 할 터이니 조심하라" 엄포함에,[19] 그들이 억지로 술동이를 서로 돌려 5, 6차에 이르거늘 공작이 이에 그 술꾼들을 넉넉히 벌한 줄로 여겨 엄히 경계하고[20] 돌아오니라.

그 술꾼들은 다행히 그때부터 괴악한 술 탐도의[21] 버릇을 고친 고로, 그 다음 주일에는 한 사람도 주막에 가지 아니하고, 미사에만 참예할 뿐 아니라 오후에 성체강복에도 참예하며 그 흉악한 모병을[22] 고치니라.

해설

앞에서 탐도죄 중에 술 탐도가 가장 괴악하고 고치기 어렵다 했습니다. 이 미담은 바로 술

---

13 원문은 '치' → 째 : 그대로, 전부의 뜻을 더하는 접미사.
14 원문은 '드리켜다가'.
15 연(聯)하여 : 계속하여, 이어서.
16 희희낙락(喜喜樂樂) : 매우 기뻐하고 즐거워함.
17 황겁(惶怯)하다 : 겁이 나서 얼떨떨하다.
18 황황망조(遑遑罔措) : 마음이 급하여 어찌할 줄을 모르고 허둥지둥함.
19 엄포하다 : 실속 없이 호령이나 위협으로 으르다.
20 ☞ 주 3.
21 ☞ 주 7.
22 모병(毛病) : 결여, 악, 나쁜 습관.

탐도에 대한 내용입니다. 가오로쿨열모라는 공작은 주일에 미사도 가지 않고 주막에서 술판에 빠져 있는 술꾼들의 버릇을 고쳐주기 위해 변장을 하고 주막으로 갑니다. 이후 주막 풍경이 묘사됩니다. 작은 몸에 울긋불긋한 얼굴하며 주독이 올라 벌게진 술꾼 두목, 주먹으로 술상을 두드리며 술을 주문하는 모습, 술잔도 아닌 술동이를 들고 술을 들이키는 모습, 술잔 돌리듯이 술동이를 돌리며 희희낙낙한 술판 모습이 생동감 있게 표현되어 있습니다. 특히 '돌려라돌려라'라든지 '주저주저하거늘'과 같은 첩어들이 작품에서 묘사된 술판의 여흥과 긴장감을 재미있게 표현합니다. 공작이 자신의 신분을 밝히고 술꾼들의 버릇을 고치기 위해 내린 처방은 옆 사람을 때리면서 술동이를 돌리라는 것이었습니다. 서로 때리고 맞으며 멍들고 초췌해졌을 술꾼들의 모습을 상상해보는 것도 재미있습니다. 이후 술꾼들이 술 탐도의 버릇을 고쳐 주일에 미사도 참례하고 성체강복에도 참례하였다니 공작의 처방이 효과가 있었나 봅니다.

이렇게 1917년 10월『경향잡지』384호 미담 난에는 탐도죄에 대한 설명과 아이의 식탐 버릇, 가장 괴악한 술 탐도에 빠진 어른이 회개를 다룬 작품이 소개되었습니다. 다음 달 미담에서도 술 탐도의 예화들이 이어집니다. 술 탐도가 미사참례까지 궐하게 만들 만큼 위중한 죄이기 때문에 이를 경계하기 위해서 술 탐도 관련 미담들을 소개하였겠지만 독자 입장에서는 그 어느 미담보다도 재미있게 읽혔을 미담이기도 합니다. 술꾼들과 술판을 묘사하는 표현 때문입니다. 이런 표현들을 놓치지 마십시오.

술 탐도를 고친 좋은 표양

술탐도를고친됴흔표양

성 방지거^{프란치스코} 살네신^{살레시오} 주교 댁에 하인 한 아이 있으니, 술 탐도하는[1] 괴악한 버릇이 있어, 하루는 나가서 술을 만취하고 밤에 돌아올 때[2] 인사를 차리지 못하며[3] 잠근 문을 두드리며 소리를 질러 야단칠 동안 아무도 나가 보지 아니하는지라. 성인이 일어나 나가서 친히 문을 열어 주시며 보니, 그 자는 정신을 차리지 못하여 무엇을 하는지 무슨 말을 하는지 도무지 모르더라. 성인이 친히 끌어다가 제 방에 인도하시고 옷까지 벗겨 평상에 뉘어주시니라. 그 이튿날에 하인이 정신을 차려 어제 저녁에 지난 일을 다 알고 차마 부끄러워서 주교 댁 전에는[4] 보이지 아니하고 피하는지라. 성인은 부러[5] 그 자를 불러보시고 인자롭게[6] 이르시되, "너의 모양을 보니 어디가 편치 아니한 모양이로구나." 하인은 이 말씀을 들음에 마치 벽력 소리가 제 귀를 울리는 것 같아[7] 즉시 주교 대전에 꿇어 죄를 고하며 용서하시기를 천만 번 청하며 다시는 생전에 술을 아니 먹기로 다짐하거늘, 성인이 인자롭게 용서하시며 이르시되 "조심하고 조심하여라. 네 영혼이 어떻게 흉악한 지위에 있는 줄을 생각하여라. 술로써 네 육신을 상할 뿐 아니라 네 영혼을 상하고, 천주의 인자하신 마음을 상하고 남에게 악한 표양을 주니, 네가 그 지경에 죽었다면 네 영혼이 어느 지경에 이르렀겠느냐. 그러므로

---

1   탐도(貪饕)하다 : (가톨릭) 먹고 마시기를 너무 지나치게 하며 재물을 탐내다.
2   원문은 '시'. '때'나 '동안'으로 옮겼다.
3   '인사를 차리지 못하며'는 정신을 차리지 못하며, 인사불성(人事不省)의 의미.
4   前에는 : 앞에는.
5   일부러.
6   원문은 '인즈로히'.
7   원문은 '같아야'.

나가서 진실히 성찰통회를 한 후에 덕망이 있는 아무 탁덕에게 가서 고해하여라." 하인이 나가서 진심으로 성찰통회를 한 후에 주교 성인께 나와[8] 진절히[9] 고명하고,[10] 그 후는 괴악한 모병을[11] 고치고 주교를 충성으로 섬기며 착한 사람이 되니라.

1917년 11월 『경향잡지』 385호에도 두 편의 술 탐도와 관련된 미담이 실려 있습니다. 이 미담은 프란치스코 살레시오 성인이 술 탐도에 빠진 자신의 하인을 회개시켰다는 내용입니다. 이 미담에 등장하는 프란치스코 살레시오 성인은 실제로 사랑의 설교가로 알려져 있습니다. 이 미담에서도 술에 취한 하인을 옷까지 벗겨 방에 뉘어주고 정신이 들었을 때는 인자하면서도 논리적인 말로써 그에게 술 탐도의 해로움을 설파합니다.

이 미담은 술 탐도에 빠진 하인의 모습보다는 성인의 따뜻한 인간애와 언변을 확인할 수 있는 작품입니다. 성인의 인자함과 설교가 탐도죄에 빠진 하인을 회개시키고 충실하고 착한 사람으로 거듭나게 했습니다. "조심하고 조심하여라. 네 영혼이 어떻게 흉악한 지위에 있는 줄을 생각하여라." 지금도 우리에게 건네는 살레시오 성인의 말씀을 듣는 듯합니다.

프란치스코 살레시오 가 Salesius, Franciscus(1567~1622). 살(Sales)의 프란치스코라고도 한다. 성인. 축일은 1월 24일. 제네바의 주교. 교회학자. 이탈리아 귀족 출신으로 안네시(Annecy), 파리 및 파두아(Padua) 대학에서 수학하였고 1593년 사제 서품되었다. 칼빈주의로 개종한 샤블레(Chablais)에 첫 부임하여 4년간의 사랑의 설교를 실시, 대부분의 주민을 가톨릭으로 복귀하게 하였다. 1602년 제네바의 주교가 된 뒤 교구 개혁과 재조직에 전념하였고 1610년 과부 샹탈(St. Jeanne de Chantal)과 함께 성모방문 수도회를 창설하고 리옹의 한 방문 수도회에서 일생을 마쳤다. 『신심 생활의 입문(*Introduction a la vie*

---

8 원문은 '나아와'.
9 열렬하고 성실하게. 원문은 '진절히'. 진절하다의 부사형. 진절(眞切)ᄒ다 : 열렬하고 성실하다, 열성적이다. 진정한 열정(『한불자전』).
10 고명(告明)하다 : 가톨릭에서 '고백하다'의 전 용어.
11 모병(毛病) : 결여, 악, 나쁜 습관.

devote)』(초판 1609)과 『신애론(神愛論, *Trait de l'amour de Dieu*)』(초판 1616)을 저술하였는데, 후자는 인간의 삶 속에 있는 신에 대한 사랑을 다룬 가벼운 논문으로 그의 가장 뛰어난 저서이다. 또한 과학, 예술 및 프랑스어에 대한 관심으로 프랑스 아카데미(Academie Francaise)가 세워지기 이미 30년 전에 안네시에 아카데미(Academie Florimontane)를 세웠다. 교황 비오 11세는 그를 언론인과 저술가의 수호성인으로 선포하였다.

또 좋은 표양

쏘됴흔표양

　예전에 법국^{프랑스} 바리^{파리}경에[1] 한 사람이 있으니 소년 적부터[2] 큰 술꾼이라. 날마다 벌이는[3] 비록 많이 하나 그러나 모두 술집에 갖다 내버림에 그 부인은 어린 자녀들을 데리고 항상 눈물을 흘리며 한심과 탄식으로써 날을 지내더라. 이 부인은 본디[4] 열심한 부인이라. 날마다 체읍하여[5] 천주께 기구하며 자기 가장을 경계함에,[6] 그 가장은 몇천 번이나 술을 끊기로 허락은 하였으나 항상 여전히 술을 탐도하여[7] 집안 살림은 날로 패하여가더라.[8] 그 부인의 친정은 본디 브리다니아 지방 오라이인데 그곳에는 성부 안나로[9] 대주보를 삼아 바닷가에 성당이 있고 제대와 성상이 있어 모든 이 열심으로 공경하는지라. 그 부인은 자기 고향 주보 성부 안나께 자기 가장의 술 먹는 모병을[10] 고쳐 주시기를 항상 기구하였으나 성부 안나는 그 부인의 열심과 항심을 시험하고자 하사[11] 즉시 허락치 아니하시고 그 장부는[12] 여전히 술 탐도에 빠져 있더라.

　그러나 부인은 조금도 실망치 아니하고 항구히 기구하며 성부 안나께 부르짖어 이르

1　근처에.

2　소년 시절부터.

3　수입은.

4　원문은 '본듸'.

5　체읍(涕泣)하다 : 눈물을 흘리며 슬피 울다.

6　경계(警戒)하다 : 옳지 않은 일이나 잘못된 일들을 하지 않도록 타일러서 주의하게 하다.

7　탐도(貪饕)하다 : 물이나 음식을 탐내다. 먹고 마시기를 너무 지나치게 하며 재물을 탐내다.

8　패(敗)하다 : 살림이 거덜나거나 망하다.

9　여기서 '성부 안나'는 '성모 마리아의 부모 안나 즉 거룩한 부모 안나'라는 의미로 사용되었다.

10　모병(毛病) : 결여, 악, 나쁜 습관.

11　원문은 '시험코져ᄒᆞ샤'.

12　남편.

되[13] "사랑하오신 주보 성부 안나여, 내가 친히 네 성상 앞에 가서 구하리니 청컨대 내 가장의 흉악한 모병을 고쳐주소서" 하고 성부 안나 성상 앞에 가기로 정지하였더라.[14]

바리[파리]경에서 오라이까지 상거는[15] 천여 리라. 가난한 부인은 노자도 없이 빌어먹으며 가서 성부 안나 성상 앞에 열심으로 조배하며 기구하였더니, 성부 안나께서 마침내 허락하여 그 가장의 흉악한 모병을 고쳐주사 그 원의를 충만케 하셨도다. 부인이 조배하고 또한 걸식하며 집에 돌아오니 그 남편이 그 표양을 보고 마음에 회심하여 이르되 "착한 부인이여, 내가 이제부터는 아주 술을 끊으리이다" 하고 참으로 끊으니, 그 부인은 어떻게 감사하며 어떻게 마음에 감동되였을고. 이 큰 은혜를 감사하기 위하여 천여 리 험로를 불구하고 또한 걸식하며 가서 성부 안나께 감사하고 또한 자기 장부에게 항심 효덕[16] 주시기를 기구하고 빌어먹으며 돌아오니, 그 험악한 술꾼도 마음에 어떻게 감동하였든지 죽을 때까지 담박한 덕을 닦아 도무지 술을 입에 대지[17] 아니하고 물만 마셔 이전 죄를 보속하니라.

슬프다, 이는 예전에 된 일이어니와, 지금도 얼마나 많은 술꾼들이 가사를 탕진하며, 집안에 아내와 자녀들의 먹을 것과 입을 것을 돌아보지 아니하여, 불쌍한 처자의 괴로운 눈물을 재촉하며 긴 한숨과 설운 탄식을 재촉하는고. 이런 술꾼은 위에 말한 착한 표양을 보고 본받아 지겨운[18] 술 모병을[19] 고칠지로다.

해설

앞 작품에 이어 이번 미담도 술 탐도에 빠진 사람의 회개를 다룹니다. 이번 미담은 아내로 인해 남편이 회개하고 술 탐도에서 벗어나는 이야기입니다. 술꾼의 아내가 얼마나 힘들지는 현재 우리 주위에서도 볼 수 있습니다. 예나 지금이나 술 때문에 빚어지는 화가 여전합니다.

---

13 원문은 '닐ᄋ딕'. 여기서는 모두 '이르되'로 옮겼다.
14 원문은 '뎡지ᄒ다'. 뎡지(定志) : 결정, 굳은 결심, 결의. 정지하다 = 결심하다(『한불자전』).
15 상거(相距) : 떨어져 있는 두 곳의 거리.
16 효덕(孝德) : 부모를 잘 섬기는 마음.
17 원문은 '다히지'.
18 원문은 '즈긔여운'. 즈긔엽다 : 성가시다, 경멸하다 몹시 미워하다, 몹시 싫어하다(『한불자전』).
19 술병 ☞ 주 10.

무엇보다 가족들의 고통이 무척 큽니다.

이 작품에서 가난한 아내는 남편의 술 탐도 때문에 노자도 없이 구걸하며 먼 거리를 마다하지 않고 고향까지 가서 남편을 위해 기도합니다. 아내는 천 리 고향길을 두 번 다녀옵니다. 한 번은 남편의 술병을 고쳐 달라고, 또 한 번은 남편이 술병에서 벗어나 감사드리기 위해. 감사까지도 잊지 않는 그 정성이 갸륵합니다.

마지막 단락인 주제 단락에서처럼 술 때문에 고통 중에 있는 사람들을 위해 기도합니다. 가난한 아내와 함께 했던 성부 안나여, 술 탐도에 빠진 이들을 보살펴 주시고 불쌍한 처자들의 괴로운 눈물을 보시고 그들에게 회심의 은총을 허락하소서.

더 알아보기

안나 ㉠ 성모 마리아의 어머니. 성녀. 성모 마리아의 부모에 관해 성서에는 나타난 바가 없으나 신약 외경인 야고보 원복음서에 성 요아킴과 성녀 안나로 전해진다. 안나와 요아킴이 오랫동안 아기를 얻지 못하다가 열심한 기도로 천사의 약속을 얻어 아기를 낳은 이야기는 구약의 '한나'가 사무엘을 얻게 된 이야기(1사무 1 : 9-20)와 유사점이 많다. 안나(Ann, Anna)라는 이름도 히브리어 한나(Hannah)와 같은 이름이다. 안나와 요아킴은 구약의 메시아 기대의 상징이며, 마리아와 함께 신약에 소개된 것은 하느님이 인간이 되는 역사의 한 분기점을 형성했기 때문이다.

애긍하는 이는 진복자로다

의긍ᄒᄂᆫ이는진복쟈로다

　이태리국 네아뽈니 지방 호도리에 한 빈한한 노동자가 있으니, 슬하에 5남매를 두고 매일 노동으로써 연명을 하여 가더니, 하루는 불행히 높은 지붕에서 일을 하다가 땅에 떨어져 죽은지라. 그 아내는 의외에[1] 남편이 죽음을 인하여[2] 곧 호구할[3] 도리가 없으니, 어린 자식들하고 어찌 살아가리오. 모자 6인이 걸식을 할 수밖에 없음에 생각다 못하여 아이들을 데리고 정역소(면역소)로[4] 가서 자기의 형편을 호소하였더니 정역소에서는 이 말을 듣고 그 불쌍한 모자에게 다만 돈 5원을 주었더라.

　이 돈 5원이 어찌 이 모자 6인의 생명을 구하기에 족하리오.[5] 그러나 그것이라도 그 6인에게 당하여는 귀중한 돈인 고로 받아 간수한 후 아이들을 데리고 도로 오더라. 그 여인은 우연히 어느 작은 성당 앞으로[6] 지나는데, 그 성당에서는 마침 시체를 드려다 놓고 연미사를 시작하는지라. 그 여인은 아이들을 데리고 들어가 장궤하고 망자를[7] 위하여 기구하였으니,[8] 이상하도다 그 아이들은 고요히 있어 능히 조용하게[9] 기구하더라. 그러므로 여인은 연옥영혼을 깊이 생각하여 그 영혼들은 이 세상 사람이

1　의외(意外)에 : 뜻밖에.
2　인(因)하여 : 남편이 죽어서, 죽음으로 말미암아.
3　끼니를 이어나갈. 호구(糊口) : 입에 풀칠을 한다는 뜻에서 나온 말. 겨우 끼니를 이어 가다.
4　괄호에 있는 (면역소)는 원글에 있는 대로 옮긴 것이다. 원문은 '뎡역소(면역소)'. 면역소는 면역 관련 일을 보던 곳이다. 한국의 경우 면역(免役)은 조선시대에 특별한 사정이 있는 자에게 신역(身役)을 면제하여 주던 일을 이른다.
5　넉넉하리오, 모자람이 없어 더 바라는 바가 없으리오. 족(足)하다.
6　원문은 '에로'.
7　망자(亡者) : 망인(亡人), 돌아가신 이, 죽은 사람. 죽은 이.
8　기구(祈求) : 기도의 옛 용어.
9　종용(從容)하다 = 조용하다.

구조하여 주기를 간절히 바라고 있음을 눈으로 보는 것처럼 생각하기를 마지아니하였더라.

그 여인은 잠시 기구한 후 성당에서 나와 그곳 신부를 만났는데, 연옥영혼을 위하여 자기에게는 당장에 생명이라고 할 만한 돈 5원을 신부께 드리고 연미사를 드려달라고 청하였더라.

신부는 이를 보고 이 돈으로 미사를 드려달라 하느냐 하고 놀라기를 마지아니하니, 여인은 "예" 대답하고, 그것은 지금 정역소에서 시사한 돈이니, 결코 의심치 마시고 드려달라 하는지라. 신부는 그 여인의 성심을 보고 감동한 모양으로, "염려 마시오. 곧 미사를 드리겠소" 함에, 여인은 신부와 작별하고 나오는데 아침의 청명한 날빛은 환하게 네아뽈니 항구를 비추더라.

그 여인은 머리를 숙이고 다시 한심한 모양으로 길을 걷는데, 웬일인지[10] 5원을 가지고 있을 때보다 마음은 더욱 유쾌하여 매우 기쁨을 깨닫겠는지라. 길을 수삼 마장이나[11] 왔는데 우연히 부르는 사람이 있음으로 이상히 여겨 걸음을 멈추었더라. "여보, 당신을 불러서 미안은 하오마는 잠깐 기다리시오" 하는지라. 본즉 한 준수한 노인 선비라. "무슨 일이오니까." "예, 매우 미안하나 이 편지를 좀 나의 집까지 갖다가 주시오. 그리하고 꼭 친히 내 아들을 보고 전하여 주시오. 내 집은 아무 정 몇 번지오. 수고롭지마는 부디 전하여 주시오." 그 여인은 노인이 주는 편지를 받으며 별 부탁을 다하는 노인도 있다 하고 "예" 대답하고 분명히 허락하였더라. "부디…… 그러면……" 하고 노인은 작별함에 여인은 노인이 가르쳐준 대로 그곳을 찾아간즉, 확실히 그 집이 있는지라. 곧 문을 두드리니 그 집 하인 같은 사람이 나와 보고 이상히 보더니 무슨 일이냐 묻거늘, 주인을 보고 꼭 전할 것이 있다 함에, "전할 것이 있어요. 그러면 좀 기다리시오" 하며 들어간 지 미구에[12] 주인이 나오는데, 나이 40쯤 된 풍채가 좋은 선비라. "내가 주인이오. 무슨 일이오" 하고 온순하게 묻는지라. "예. 이 편지를 길에서 알지도 못하는 양반에게 받았습니다." "무엇이오. 알지도 못하는 양반에게……" 하

---

10 원문은 '우엔 일인지'.
11 마장 : 거리의 단위. 오 리나 십 리가 못 되는 거리를 이른다.
12 미구(未久)에 : 오래지 않아.

며 신사는 그 여인이 주는 편지를 받아본즉 그 편지는 5, 6년 전에 죽은 자기 부친의 필적이라. 재삼 보아도 확실함으로 놀람을 마지아니하였더라. 얼마 동안에는 아무 말도 없이 누구에게[13] 맞은 것 같이 묵묵히 있더니, 문득 이르되 "여보시오. 내가 이제야 말씀이오. 무엇을 은휘하겠소.[14] 이 편지를 쓴 이는 돌아가신 우리 부친이시오." 이 말을 들은 그 여인도 역시 놀람을 마지아니함에 무엇 그리 놀랄 것 없다 하며 편지 사연은 이렇다 하니 일렀으되,[15] "이 편지를 가지고 간 사람의 공덕으로 나는 연옥의 괴로움을 면하였다. 내 대신으로 이 사람을 친절히 대접하여다오"[16] 하였더라. 보기를 다하고 이르되, "보건대 어려우신 모양이니 안심하시오. 돌아가신 아버님[17] 대신으로 이제부터 내가 당신 평생을 담당하여 드리리다." 이와 같이 말하는 신사의 눈에는 깊이 신덕의 빛이 완연한지라. 그 여인은 감동함을 마지아니하며, 곧 무릎을 꿇고 성호를 그었더라.[18] 이를 보건대, 극빈한 부인이 자기 생명거리로써 신애긍을[19] 함에 신애긍과 형애긍[20]을 백 배나 받았으니, 오 주 예수의 이르신 바, 애긍하는[21] 이는 진복자로다.[22] 저희가 애긍함을 받으리로다 하심이 과연 진실하시도다.

한 가난한 여인의 이웃 사랑을 주제로 한 미담입니다. 이 미담에는 '신애긍'과 '형애긍'이

13　원문은 '뉘게'.

14　은휘(隱諱) : 꺼리어 감추거나 숨김.

15　말했으되. 원문은 '닐넛스되'.

16　원문은 '딕졉ᄒ여다고'.

17　원문은 '아부임'.

18　원문은 '노핫더라'. 문맥의 의미를 살려 '성호를 그었다'로 옮겼다.

19　신애긍(神哀矜) : 가톨릭에서 이웃에게 베푸는 일곱 가지 정신적 자선. 훈몽(訓蒙), 훈우(訓愚), 위환(慰患), 위수(慰愁), 관서(寬恕), 인모(忍侮), 애구(愛仇)를 이른다☞【더 알아보기】.

20　형애긍(形哀矜) : 가톨릭에서 이웃에 베푸는 물질적인 자선. 주린 이를 먹이고, 목마른 이를 마시게 하고, 벗은 이를 입히고, 병든 이와 갇힌 이를 돌아보고, 나그네를 대접하고, 사로잡힌 이를 속량하고, 죽은 이를 장사하는 일곱 가지 선행이다☞【더 알아보기】.

21　애긍(哀矜) : 적선, 자선활동(『한불자전』). 불쌍히 여김(『표준』). 원문은 '익긍'.

22　진복자(眞福者) : 가톨릭에서 예수가 선언한 복된 사람. 여덟 가지의 참된 행복을 누리는 사람으로서 이들만이 하느님의 나라를 차지할 수 있다고 한다.

라는 용어가 등장합니다. 한국 천주교에서는 이웃을 사랑하는 것을 정신적인 사랑인 신애긍과 물질적인 사랑인 형애긍으로 나누어 설명하고 이를 권하였습니다. 이 미담은 그런 예로 이탈리아의 가난한 과부의 이웃 사랑을 전합니다. 자기가 살기도 힘든 처지에 있는 매우 가난한 여인이 오히려 다른 이를 위해 자기 것을 내어놓습니다.

이 작품 속의 주인공인 가난한 여인은 자기의 생명거리 즉 자기가 살아야 할 재산 전부를 연옥영혼을 위한 연미사로 봉헌함으로써 오히려 신애긍과 형애긍을 백배나 더 받게 되었습니다. 이는 천주교인이 아니고는 납득하기 어려운 사건입니다. 사실 여부보다는 이야기 속의 의미에 초점을 맞춰 이해하고자 하는 태도가 필요합니다.

이 미담은 가난한 자도 애긍을 실천하는 데 예외가 될 수 없으며, 형제 사랑은 이승의 삶을 마친 연옥영혼을 위해서도 이어져야 함을 강조합니다. 또한 정신적으로든 물질적으로든 이웃사랑을 실천하는 사람이야말로 하느님 나라를 차지하는 진실로 복된 존재임을 알려줍니다. 천주교인들은 이런 미담을 읽으며 애긍의 삶을 기억하고 믿고 따랐을 것입니다.

더 알아보기

신애긍(信愛矜) [가] 19세기 이래 한국 천주교회에서 신자들의 일상생활상 실천해야 할 덕목으로 권장한 내용 중의 하나로, 이웃에 베푸는 정신적인 자선을 가리킨다. 즉 우몽한 이를 가르치고, 잘못한 이를 훈계하고, 환난당한 이를 위로하고, 근심하는 이를 돌보고, 나의 악한 행실을 너그러이 하고, 능모(陵侮)하는 이를 관사(寬赦)하고, 산 이와 죽은 이와 아울러 모든 원수를 위하여 정성으로 기도하는 것 등 일곱 가지 선행이다.

형애긍(形哀矜) [가] 이웃에게 베푸는 물질적인 자선. 이에 대하여 정신적인 자선을 신(神)애긍이라 한다. 이는 한국 초대 가톨릭 교회 이래 신자들이 일상생활 가운데 실천해야 할 덕행으로 권장되어 왔는데, 이를 사순절 기도문에 포함시켜 사순시기에 특별히 실천하도록 하였다. 형애긍의 내용은 "주린 이를 먹이고, 목마른 이를 마시게 하고, 벗은 이를 입히고, 병든 이와 갇힌 이를 돌아보고, 나그네를 대접하고, 사로잡힌 이를 속량(贖良)하고, 죽은 이를 장사" 하는 등 일곱 가지 선행이다.

분노

분노는 마음에 합치[1] 못한 일을 참지 못하고 강포한[2] 행동을 발하여[3] 원수 갚기를 도모하며 욕설과 악담과 구타와 및 모든 악행을 발하는 것이니라. 분 날 때에는 아무 일도 처결치 말고 오직 분이 꺼진 후에 처결할지니 그렇지 아니하면 크게 그르침을 면치 못하는도다.

성 암브로시오 주교 때에 테오도시오 황제는 어떤 읍내 백성이 민란을 일으켜 그 총독을 죽인 것을 분히 여겨 즉시 군대를 보내어 유죄자와 무죄자를 분변치[4] 않고 다 도륙하여[5] 하루에 7천명을 죽였도다. 죄 있는 자를 벌함은 가하거니와[6] 무죄한 자를 죽임은 정리를[7] 거스름이라. 그 황제는 암브로시오 주교께 보속을[8] 받고 그 잘못한 죄를 크게 뉘우치니라.

또 분노 날 때에는 어린 아이들을 벌하지 말지니 이는 분노 중에 너무 과히 벌할까 두려워함이라.[9] 예전에 한 사람은 10세 된 외아들을 두었는데 총명하고 순량하고 및 모든 재능과 착한 성정이 있으되, 다만 한 가지 모병이[10] 있으니 곧 고집하는 모병이

---

1   합(合)하다. : 맞다, 적당하다.
2   몹시 우악스럽고 사나운. 강포(强暴)하다.
3   발(發)하다 : ~을 일으켜 움직이다.
4   분변(分辨)하다 : 분별(分別)하다. 구별하여 가르다.
5   도륙(屠戮)하다 : 사람이나 짐승을 참혹하게 마구 죽이다.
6   원문은 '가커니와'. 이는 '가(可)하거니와'의 축약형. 옳거나 좋다.
7   정리(正理) : 올바른 도리.
8   보속(補贖) : 가톨릭에서 죄로 인한 나쁜 결과를 보상하는 일.
9   원문은 '두림이라'. '두리다'는 '두려워하다'의 옛말. 현대어 '두려워함'으로 옮겼다.
10   모병(毛病) : 결여, 악, 나쁜 습관.

라. 하루는 그 부친이 무슨 일을 시키되 고집하여 순명치 아니하거늘 그 부친은 자기 아들의 고집하는 모병을 고쳐주고자 하여 무섭게 엄포하며[11] 하인들을 명하여 아이를 잡아매고 때리게 하니, 아이가 별안간에 울지도 않고 소리도 아니 지르며 얼굴빛이 변하며 움직이지도 않더니 인하여[12] 좋은 정신을 잃어 그때부터 총명과 재주가 다 없어지고 얼빠진 병신이 되어 종래 고치지 못하니라. 이러므로 분 날 때에는 아이들을 벌하지 말고 너무 무섭게 혼내지도 말지니라.

예전에 한 부부가 있는데 그 가장이 항상 집안에서 분노하여 평안한 날이 도무지 없고 날마다 서로 다투니, 교우 집안의 모양은 아주 없고 마치 지옥에서 악신과 악인들이 서로 원망하며 서로 싸움 같더라. 그 부인은 몇 번이나 그 본당 신부께 가서 자기 장부의[13] 분노하는 사정을 여쭈며 그 모병을 고쳐 달라고 애걸하는지라. 하루는 신부가 이르되, 내가 분노 고치는 기묘한 약물 한 병을 줄 터이니 내가 가르쳐주는 대로 쓰면 일정코[14] 고치리니, 이 약물을 가지고 가서 그 대장부가 분노를 시작하거든 부인은 즉시 이 약물 한 모금을 입에 물고 있어 도무지[15] 뱉지[16] 말고 가만히 있으라 신신부탁하니,[17] 그 부인은 명대로 하기를 다짐하고 집으로[18] 돌아가더라.

부인이 겨우 집에 돌아가 문간에도 들어가기 전에 그 장부는 벌써 분노를 발하여 욕설하며 꾸짖으며 소리 지르며 야단치는지라. 그 부인은 즉시 신부가 가르친 대로[19] 그 약물 한 모금을 입에 물고 잠잠히 있으니 그 장부는 혼자 몇 마디 짓거리다가 또한 자연 고요히 있더라.

부인이 이를 보고 신부가[20] 주신 약은 참으로 신기한 약이라 하여, 그 후는 자기 장

---

11 엄포하다 : 실속 없이 호령이나 위협으로 으르다.
12 인(因)하여 : 어떤 사실로 말미암아.
13 장부(丈夫) : 남편.
14 확실히. 원문은 '일뎡코'. '일뎡(一定)하다'는 『한불자전』에 따르면 확실하다, 틀림없다는 뜻이다. 때문에 여기서는 '확실하게', '분명히'의 의미이다. 현대 한국어에서는 '일정(一定)하다'는 하나로 정하여져 있다. 한결같다, 규칙적이다는 뜻으로 쓰여 『한불자전』에서의 풀이와는 차이가 있다.
15 아무리 해도. 원문은 '도모지'.
16 원문은 '비앗지'.
17 신신부탁(申申付託) : 거듭하여 간곡히 하는 부탁.
18 원문은 '집에로'.
19 원문은 '신부의 ᄀᆞᄅ친대로'.

부가 분노를 시작할 때마다 즉시 그 약을 쓴즉, 백발백중 같이 분노병이 나아지며 집안이 편안하더라. 그 장부는 제가 분노할 때마다 자기 아내는 입에 물을 물고 말대답을 도무지 아니하는 것을 보고 자연 마음이 감동하여 분노하는 버릇을 차차 고친지라. 그 부인은 약물의 신기함을 보고 즐거움과 감촉함을 이기지 못하여 본당 신부께 달려가서 약 주신 은혜를 감사하여 이르되, "신부가 주신 약물은 참으로 예사약물이 아니요, 곧 영적수입니다.[21] 우리 가장은 아주 분노 모병을 고쳐 온 집안이 편안하게 지내나이다." 신부가 대답하여 이르되, "부인이여 내가 준 약물이 영적을 행치 않고 오직 부인의 혀가 영적을 이룬 줄을 깨닫지 못하느뇨? 내가 준 물은 부인의 혀로 하여금 말을 못하게 함이로다" 하니라.

이를 보건대 분노 날 때에 참는 것이 제일이오, 온화한 덕이 제일이로다. 속담에도 이르기를 두 손이 마주쳐야 소리가 나고 혼자는 소리를 내지 못한다 하나니, 분노할 때에 둘 중에 한 아이 묵묵하고 참으면 일정코[22] 분노의 불이 꺼질 것이오, 서로 대거리를[23] 하면 마치 불타는 섶에[24] 기름을 부음 같고, 한 아이 참고 말을 아니하면 마치 불타는 섶에 물을 부음 같으니라.

해설

　미담 중에는 신앙인들의 생활 규범을 가르쳐주는 설교와 같은 글들이 있습니다. 이 미담 또한 그런 글입니다. 생활하면서 화가 나는 경우가 있습니다. 이때 분노를 어떻게 처리해야 하는가를 이 작품은 세 편의 이야기를 통해 알려줍니다. 특히 분노의 정의와 실천원칙뿐 아니라 구체적인 예화를 통해 이해를 돕고자 했다는 점이 특징입니다.

　첫 번째 이야기는 화가 난 황제가 백성에게 주의해야 할 점, 두 번째 이야기는 화가 난 어른이 아이에게 주의해야 할 점, 세 번째 이야기는 남편이 화났을 때 부인의 대처법에 대한 내용

20　원문은 '신부의'. 조사 '－의'를 '가'로 고쳐서 옮겼다.
21　원문은 '령젹슈ㅣ러이다'. 령젹슈 → 영적수(靈的水). 즉 '매우 신령스러운 물, 영적인 물'이라는 뜻.
22　확실히 ☞ 주 14.
23　대(對)거리 : 대편에게 맞서서 대듦. 또는 그런 말이나 행동. 서로 상대의 행동이나 말에 응하여 행동이나 말을 주고받음. 또는 그 행동이나 말.
24　원문은 '셥헤'. 셥 → 섶 : 자른 나뭇가지, 땔나무, 작은 땔나무.

입니다. 왕은 화가 났다고 무죄한 자를 죽여서 안 되고, 어른은 화가 났다고 아이들을 벌하지 말아야 하며, 부부끼리는 화가 났을 때 침묵하는 것이 좋다는 것을 알려줍니다. 특히 세 번째 이야기가 양도 길뿐 아니라 가장 구체적입니다. 물약을 이용한 본당 신부님의 지혜가 부부 싸움을 막을 수 있는 계기가 됩니다.

분노가 날 때는 참으라고 강조하면서 마지막 단락에서는 "두 손뼉이 맞아야 소리가 난다"는 속담을 인용하였습니다. 속담이 천주교인의 신앙생활과 접목되는 부분이라 인상적입니다.

은수자의 양선한 표양

예전에 한 은수자가[1] 알렉산드리아 읍내에 이름에,[2] 악한 외인들이[3] 달려들어 무수[4] 즐욕하며[5] 물어 가라대, "나자렛 목수의 아들이 영적[6] 행한 것을 네가 무슨 법으로써 증거하겠느냐?" 착한 은수자는 양순하고 온화한 말로 대답하되, "너희들이 내게 이렇듯이 무리하게 악담하고 능욕하되 나는 아무 말로도 대척하지 아니하니 이것이 곧 그 영적 중에 하나이니라" 하심에, 악인들이 다시는 아무 말도 못하고 잠잠하였으니, 대저[7] 미치듯이 성내고 달려드는 자에게는 도무지[8] 대적치 아니하는 것이 제일 상책이라. 이럼으로 성 방지거 살네시오^{프란치스코 살레시오}가 이르시되, "성내는 자를 대적함은 마치 불에 기름을 부음 같고, 잠잠하여 대척하지 아니함은 불에 물을 부음 같다" 하시니라.

해설

1918년 1월 『경향잡지』 389호 미담 난에는 세 편의 미담이 소개됩니다. 모두 온순한 표양

---

1   은수자(隱修者) : 숨어서 도를 닦는 사람.
2   다다르다. 원문은 '니르매'. 니르다 : ~에 이르다, ~로 다다르다, ~에 도달하다(『한불자전』).
3   외인(外人)은 천주교를 믿지 않는 사람을 말한다.
4   무수히, 무수(無數) : 헤아릴 수 없음.
5   질욕(叱辱)하다 : 꾸짖으며 욕하다(『표준』). 욕하다, 악의적으로 꾸짖다, 비웃다, 질책하며 욕설을 퍼붓다(『한불자전』). 원문은 '즐욕ᄒ다'.
6   영적을. 영적(靈蹟) : 신령스러운 사적. 기적의 옛말(『가톨릭대사전』).
7   대저(大抵) : 대체로 보아서. 대컨. 비슷한 말은 무릇. 『한불자전』에서는 이 단어를 '약, 거의, 그처럼, 책에서 이 단어는, 문장 첫 머리에서 명백히라는 라틴어에 부합한다'로 풀이한다.
8   원문은 '도모지'.

과 관계된 내용으로 이 작품은 그중 첫 번째 미담입니다. 주인공은 은수자입니다. 은수자란 수도자의 전형으로 3~4세기경부터 교회에서 존재했다고 합니다.

이 작품은 은수자와 외교인의 대화를 통해 양순함과 온화함의 신앙적 가치를 설파합니다. 예수님을 믿는 자가 타인으로부터 능욕당해도 그를 대적하지 않는 것이 예수님의 영적이라는 주인공의 말이 인상적입니다.

분노하고 화내는 사람을 당장 응대하지 말고 일단 참고 기다린 연후에 신중하게 행동해야 하겠습니다. 그것이 신앙 선조들의 지혜입니다.

더 알아보기

은수자(隱修者) [가] 외딴 곳에 혼자 사는 수도자. 4세기 초부터 특히 동방의 그리스도 교도들에게는 이런 생활이 그리스도교적 금욕주의를 실천하는 방편으로 자연스럽게 받아들여졌다. 동방에서는 흔히 은수생활이 공주 생활보다 높이 평가되었으며 한때 은수사들 간에 극단적이고 때로는 과도한 내핍생활이 행해졌으나 후대에 교회적 권위가 은수 생활을 지배하게 되었고 은수사들로 하여금 수도원 근처에 살면서 상부의 지시를 받게 하였다. [전례] 종교적인 동기로 인해 광야에서 고독한 삶을 사는 성인을 가리키기 위하여 사용한 칭호이다. 은수자들은 아빠스에게 순명하면서 공동체와 떨어져 홀로 지내는 수도자들일 경우가 많았다. 은자 생활은 3세기경부터 시작되어 로마 제국이 분리될 당시에 그 절정에 달했다. 그 후 은자 생활은 사그라지기 시작하여 프로테스탄트 개혁 이후 서방 세계에서 완전히 사라졌지만 동방 세계에서는 오늘까지도 그대로 남아 있다. 현재도 존재하는 은수자들은 여전히 하느님께 봉헌된 생활을 하며 특히 세상에서 더욱 엄격히 분리된 삶을 산다. 그들은 고독한 생활을 하며 침묵을 지키고 철저한 기도와 참회에 몰두한다. 그들은 서원을 통해서 또는 교구 주교와 일치한 가운데 세 가지 복음적 권고를 고백하며 이 원칙에 따라 삶의 계획을 실행한다. [교회] 은수자는 아무도 없는 외딴곳에서 은수 생활(修道生活)을 하는 자를 말한다. 은수 생활은 금욕주의를 실천하는 방편으로, 수도 생활에 자연스럽게 받아들여졌다. 은수자는 주로 동방 교회에 많았으나, 12세기경 서방에도 많은 수도원이 있었다. 이는 영성 생활에도 많은 도움을 주었다. 【관련단어】 독수자, 수도자.

프란치스코 살레시오 ☞ 미담 86.

독수자의 온순한 표양

독슈쟈의온슌흔표양

　예전에 홍가리아국[형가리] 심산궁곡에[1] 한 독수자가[2] 있어 고신극기하며[3] 거룩히 닦음에, 몸은 비록 깊은 광야에 감추어 있으나 그 양선하고 온화한 덕은 사방에 전파되었더라. 한 패역한[4] 악인이 있어 그 성인이 인내하는 덕을 믿지 아니하고 성내며 소리질러 이르되, "이는 다 거짓말이오. 헛소문이라. 내가 한번 가서 그것 꾸미는 실상을 드러나게 하리라" 하고 그 이튿날 일찍이 길을 떠나 독수자를 찾아가는데, 그 독수자는 작은 개아체(강아지)[5] 한 마리를[6] 길러 산 짐승들이[7] 밤에 와서 자기 나물밭[8] 짖는[9] 것을 지키게 하였더라.[10] 이 강아지가[11] 낯모르는 그 악인을 보고 자연 짖으니,[12] 독수자가 즉시 굴에서 나와 귀한 손님을 인자하게[13] 영접할 동안, 악인은 벌써[14] 분이 폭발

1　심산궁곡((深山窮谷) : 깊은 산속의 험한 골짜기.

2　독수자(獨修者) : 홀로 도를 닦는 사람. 여기서는 은수자의 개념으로 사용되었다 ☞【더 알아보기】.

3　고신극기(苦辛克己) : 육체를 괴롭히면서 참아내는 고행. 그리스도교 전통에서는 자발적인 고통의 감수와 고신극기를 그리스도의 사랑을 모방하는 수단의 하나로 여겼다(『가톨릭대사전』 고통 편 참조).

4　패역(悖逆)하다 : 사람으로서 마땅히 하여야 할 도리에 어긋나고 순리를 거슬러 불순하다.

5　작은 강아지 한 마리. 이 부분의 원문은 '개ㅇ체(걍ㅇ지)'로 기록되어 있다. 강아지와 관련된 옛말로는 '개아지'도 있다.

6　원문은 '머리'.

7　원문은 '즘싱'.

8　채소밭(『한불자전』). 원문은 '나믈밧'. 나믈→나물 : 풀, 채소.

9　원문은 '즛닥이는'. 여기서는 '함부로 마구 눌러 짓이기는 것'의 의미이기 때문에 그 뜻을 살려 '짓뭉개는'으로 옮겼다. '즛닥여' ☞ 주 20.

10　이 구절을 의미를 살려 의역하면 '산 짐승들이 밤에 와서 자기 나물 밭에서 우는 것을 지키게 하였다'이다.

11　원문은 '개ㅇ치'.

12　원문은 '즛즈니'.

13　원문은 '인즈로히'.

하여[15] 그 강아지를[16] 즉각[17] 때려죽이더라. 독수자는 그 광경을 보고 즉시 악인의 발 아래 꿇어 사과하여 이르되, "내가 나물밭을 지키기 위하여 강아지 한 마리를 길렀더니, 천만 뜻밖에 당신을 보고 짖음으로써 당신의 진노를 촉범하였으니,[18] 내가 천만번 미안한지라. 청컨대 나의 잘못한 것을 관서하여[19] 주소서." 악인은 들은 체도 아니하고 독수자가 성내지 아니함을 보고 더욱 골이 나서, 성인이 손수 심은 바, 무성하고 연한 채소와 화초를 다 짓뭉개[20] 부수더라. 독수자는 더욱 온화한 모양으로 연하여[21] 사과하니, 악인은 성인이 분노치 아니함을 보고 더욱 골이 나서 곧 성인이 거처하시는 움막집을 다 뜯어 문회치고[22] 굴까지 헐어버리고 불을 놓으며 땀을 흘리거늘, 성인은 물을 떠다가 불 끌 생각은 아니하시고, 오직 그 땀을 흘리며 애쓰며 목말라 하는 것을 불쌍히 여겨 즉시 맑은 샘에 가서 시원한 냉수를 떠다가 그 괴이한[23] 원수에게 사랑스럽게[24] 바치니, 그 악인은 방금까지도 성인의 분노치 아니하심을 분히 여기며 애를 쓰다가 마침내 성인의 인내하심과 양선하심을 보고, 철석같이 굳은 마음과 얼음 같이 냉하던 마음이 이에 부드러워지고 더워져서 스스로 부끄러워하며[25] 뉘우치는[26] 마음이 솟아나는지라. 이에 눈물을 흘리며 통회하며 죄를 고하여 이르되, "착하신 수사여, 내가 당신께 잘못한 죄를 용서하여 주소서. 내가 이제야 천주가 당신과 함께 계신 줄을 아옵고 나는 극악 대죄인인 줄을 아나이다. 대저[27] 당신은 선으로써 악을 갚으시

---

14 원문은 '발셔'.

15 원문은 '복발ᄒ야'.

16 원문은 '개아치'. 강아지의 옛말은 '개아지'였으나 이 글에서는 '개이치', '개아체'로 표기되어 있다.

17 즉각, 당장에 곧. 원문은 '즉각에'.

18 촉범(觸犯)하다 : 꺼리고 피해야 할 일을 저지르다.

19 관서(寬恕)하다 : 죄나 허물 따위를 너그럽게 용서하다.

20 함부로 마구 문지르다. 이 단어는 원문에는 '즛닥여'로 나와 있다. '즛닥여'는 '즛 + 닥여'의 형태로 여기서 '닥여'는 '닥다→닦다'라 할 수 있다. '닦다'의 뜻에는 '비벼 문지르다'의 의미가 있으며, '짓 −'은 마구의 뜻을 지닌다. 이를 고려하여 여기서는 '짓뭉개'로 옮겼다.

21 연(聯)하여 : 계속해서.

22 문회치다 : 파괴하다, 전복시키다(『한불자전』). 지금은 쓰지 않는 단어.

23 이상야릇한. 괴이(怪異)하다 : 이상야릇하다.

24 원문은 'ᄉ랑스러히'.

25 원문은 '붓그리며'.

26 원문은 '뉘웃는'. 뉘웃다 : 뉘우치다, 회개하다(『한불자전』).

27 대저(大抵) : 대체로 보아서. 대컨. 비슷한 말은 무릇. 『한불자전』에서는 이 단어를 '약, 거의, 그처럼,

니, 이는 다만 천주가 홀로 사람의 마음에 묵계하시는[28] 바이로소이다" 하고 그때부터 회두하여[29] 집에 돌아가지 아니하고 그곳에 함께 머물며 성인의 교훈을 받고 새 사람이 되었으니, 이는 그 독수성인이 인내함과 양선한 덕으로써 그 영혼을 천주께 나아가게 하심이러라.[30]

　형가리를 배경으로 한 유일한 미담입니다. 형가리의 깊은 산속에서 홀로 수도하던 독수자의 인내와 온순함이 악인을 회개시키고 그를 천주께 향하게 했다는 내용입니다. 이 미담 역시 앞의 미담에 이어 인내와 온순함을 강조합니다. 자신이 소중하게 기르는 강아지를 죽이고 자신이 농사짓는 채소와 화초를 훼손하고 자신이 기거하는 굴마저 헐어버리고 불을 지르는 자에게 행하는 주인공의 모습이 미련하게 보일 뿐 아니라 이해할 수조차 없습니다. 독수자인들 악인의 부당함을 모를 리 없었을 것입니다.

　폭력을 폭력으로가 아니라 비폭력으로 대하는 것은 이 미담의 주인공이 독수생활을 통해 얻은 생활 방식이자 신앙이었습니다. 그는 세상 사람들이 행하는 처세와는 다른 방법으로 살아갑니다. 그러나 비폭력과 온순함이 부당함 앞에 침묵하고, 불의 앞에 비겁하게 살라는 것은 아닐 것입니다. 이 미담의 주인공이 당한 것처럼 조선 땅을 짓밟은 일제 강점기에 이 같은 미담을 읽으며 당시 조선 천주교인들의 반응은 어떠하였을지 궁금합니다. 폭력의 시대에 저항의 담론보다는 비폭력과 온화함을 강조한 이야기들이 당시 천주교 미담의 주조(主潮)였습니다.

독수자(獨修者) ☞ 은수자. 미담 90.

　책에서 이 단어는, 문장 첫 머리에서 명백히라는 라틴어에 부합한다'로 풀이한다.

28　원문은 '믁계ᄒ시는'. 믁계ᄒ다 → 묵계하다 : 내부적으로 조용히 드러내다. 영감을 불러일으키다, 영감으로 자극하다(『한불자전』). 『표준국어대사전』에서는 말 없는 가운데 뜻이 서로 맞다, 또는 그렇게 하여 약속이 성립하다로 풀이하고 있다.

29　회두(回頭) : 배교(背敎)하였다가 다시 돌아옴. 회개.

30　하심이다. 옛말의 투를 그대로 살려 '하심이러라'로 옮겼다.

루수 성왕의 인자한 표양

루수성왕의인ᄌᆞ훈표양

　　루수^{루도비코} 성인은 법국^{프랑스}의 성왕이라. 하루는 한 여인이 재판하다 지고 분이 폭발하여 왕에게까지 나아가 욕설하며, 그 면류관을[1] 쓰고 왕 노릇함이 부당한 줄로 능욕하거늘[2] 성왕이 대답하시되, "착한 부인이여, 그대 말이 옳도다. 내가 과연 면류관을 쓰고 곤룡포를 입고 용상에 앉음이 만만부당한지라.[3] 나의 무공무덕함을[4] 의논하건대, 나를 법국^{프랑스}에서뿐 아니라 온 세상에서 내쫓음이[5] 마땅하도다" 하시고 후한 애긍을[6] 주시니, 그 여인은 마음이 어떻게 심열성복이[7] 되었던지 왕께 엄한 벌을 받음보다 더 황송하고 부끄러워하여 물러 가니라.

해설

　　짧은 미담이지만 과연 이런 왕이 있었을까 싶을 정도로 인상적인 미담입니다. 자신을 능욕하고 욕설까지 하는 여인을 향한 왕의 말에서 오히려 그의 품위가 느껴집니다. 백성을 벌하는 권위가 아니라 백성을 사랑하는 권위를 이 미담의 왕에게서 봅니다.

　　이런 지도자의 모습이 지금 우리에게도 필요합니다. 지배하는 지도자가 아니라 섬기는 지도자, 권력을 이용해 처벌하기보다는 성찰의 지혜로 자신을 부끄러워할 줄 아는 지도자, 비

1　면류관(冕旒冠) : 제왕(帝王)의 정복(正服)에 갖추어 쓰던 관.
2　능욕(凌辱)하다 : 남을 업신여겨 욕보이다.
3　만만부당(萬萬不當) : 천부당만부당.
4　무공무덕(無功無德) : 공이 없고 덕이 없음.
5　원문은 '내여쫓침이'.
6　애긍(哀矜) : 적선, 자선활동(『한불자전』). 불쌍히 여김(『표준』). 원문은 '이긍'.
7　심열성복(心悅誠服) : 마음속으로 기뻐하며 성심을 다하여 순종함.

난조차 감수할 줄 아는 겸허하고 강인한 지도자가 필요합니다. 지도자라면 마음대로 휘두르는 권력보다는 누구 하나 허투루 여기지 않는 연민이 먼저입니다.

루도비코 개 Ludovicus(1214~1270). 성인. 프랑스왕 루이 9세. 일명 성왕(聖王, 재위 : 1224~1270). 축일은 8월 25일. 1226년 랭스(Reims)에서 즉위, 1242년에는 서부 프랑스의 앙즈뱅(Angevin)을 되찾기 위한 영국왕 헨리(Henry) 3세의 공격을 물리쳤다. 1248년 십자군 원정에 나섰으며 1270년 다시 십자군 원정을 떠났지만 그해 튀니스에서 이질로 사망하였다. 그는 중세 제왕의 이상형으로 평가되고 있는데 경건하고 신앙심이 강했으며 인간의 평등과 성지수호의 필요성을 절감하고 있었다. 그가 교회를 위해 한 일로는 그리스도의 가시관을 모시기 위한 생 샤펠(Sainte Chapelle) 성당(1245~1248)을 비롯한 여러 수도회 건물을 지은 것, 1257년 로베르 드 소르본(Robert de Sorbon)에 의해 창립된 신학교(소르본대학의 전신)를 지원한 일 등이 있다. 교황 보니파시오(Bonifatius) 3세에 의해 1277년 시성되었다.

해태

힝티

해태는[1] 분수에 지나게 놀기를 좋아하고 한가히 지내기를 사랑함이나 이로 인하여 모든 신공과[2] 모든 본분을 게을리 하며[3] 소홀히 하도다.

해태에서 나는 해가 무수하니 첫째,[4] 보배로운 세월을 허송함이요[5] 둘째, 한가함을 사랑하여 아무것도 하지 아니함이요 셋째, 마땅히 행할 본분은 다 물리치고 모든 해로운 것만 항상 상관함이요 넷째, 명오가[6] 둔하여지고 마음이 어두워져 야만의 사람이[7] 되게 함이요 다섯째, 천주 공경하는 본분과 구령대사를[8] 다 잊어버리게 하나니라.

비유로써 말하건대, 한가함은 동록[9] 같으니, 쇠로 만든 연장을 항상 쓰면 잘 보존하고 가만히 버려두면 결단나는도다.[10] 열쇠를 보라. 열쇠를 항상 쓰면 윤이 나고 깨끗하되 가만히 두기만 하면 녹이 슬어[11] 썩는도다.

---

1 게으름. 나태(『한불자전』). (가톨릭) 칠죄종(七罪宗)의 하나. 선행에 게으른 것(『표준』). 원문은 '힝태'.

2 신공(神功) : 기도와 선공(善功)을 통틀어 이르는 말.

3 원문은 '게얼니ᄒ며'.

4 원문에서는 한자어로 一 二 三 四 五로 표기하였으나 여기서는 첫째, 둘째, 셋째, 넷째, 다섯째로 옮겼다.

5 원문은 '－이오'이나 여기서는 연결형 어미를 이용해 모두 '－이요'로 옮겼다.

6 명오(明悟) : 사물에 대하여 밝게 깨달음. 또는 그런 힘.

7 원문에는 '야만엣사름이'로 표기되어 있다. 이를 '야만의 사람'으로 옮겼으며, '야만'의 뜻은 '미개하여 문화 수준이 낮은 상태, 또는 그런 종족, 교양이 없고 무례함 또는 그런 사람'이다.

8 구령대사 : 구원과 관련된 중요한 일. 『한불자전』에 따르면 구령은 '구원', '대ᄉ'는 큰일, 매우 중요한 일, 자식들의 결혼으로 풀이되어 있다. 구령(救靈) : 신앙의 힘으로 영혼을 구원하는 일. 대사(大赦) : 고해성사를 통하여 죄가 사면된 후에 남아 있는 벌을 교황이나 주교가 면제하여 줌. 또는 그런 일. 전대사와 한대사가 있다(『표준국어대사전』).

9 동록(銅綠) : 구리의 표면에 녹이 슬어 생기는 푸른빛의 물질.

10 결단나다 : 상하다, 사용할 수 없다, 낡다, 손상되다(『한불자전』).

11 원문은 '쓸어'. 슬다 : 쇠붙이에 녹이 생기다.

부지런함은 아름다운 꽃 같아 귀한 실과를 맺고, 한가함은 묵은 밭 같아[12] 쓸데없는 풀만 나게 하나니라.

부지런함은 항상 흐르는 맑은 물 같아 아름답고, 게으름은[13] 고여 있는 물과 같아 더럽고 쓸데없는 벌레만 나게 하나니라.

게으른 사람은 한가히 있음에 모병[14] 습관만 발생하게[15] 하고, 부지런한 사람은 꿀벌 같아 수고를 무릅쓰고[16] 사방으로 다니며 꽃분을 물어다가 단 꿀을 만드니라.

부지런한 사람은 자연 의식이[17] 걱정 없고, 게으른 사람은 항상 가난하니라.

성 가시아노카시아노가 이르시되, "부지런한 사람에게는 마귀가 하나만 따라다니고 게으른 사람에게는 무수한 마귀가 따라다닌다" 하시니라.

해설

1918년 2월 『경향잡지』 391호에는 해태와 관련된 두 편의 미담이 소개됩니다. 해태란 나태함, 게으름으로 천주교인들이 피해야 할 모습입니다. 이 미담에서는 조목조목 다섯 가지에 걸쳐 게으름의 해를 소개합니다. 그리고 비유법과 대조법을 통해 부지런함과 한가함을 설명합니다. 특별히 사건을 중심으로 한 이야기는 아닙니다. 구체적인 예화는 다음 미담을 통해 이어집니다.

미담 마지막 부분에서 카시아노 성인의 말씀이 인용됩니다. 부지런한 사람이라고 마귀가 따라다니지 않는 것은 아니지만 부지런한 사람에게 마귀 하나가 따라다닌다면 게으른 사람에게는 무수히 많은 마귀가 따라다닌다는 말씀이 인상적입니다. 부지런한 사람에게 따라다닌다는 마귀는 어떤 마귀일까 궁금합니다. '게으른 사람은 항상 가난하다'라는 말씀은 가난한 사람이 게으르다는 오해를 살 여지가 있어 문자 그대로 이해하지 말아야 하겠습니다.

카시아노 성인은 4세기 때 성인으로 여러 수도원을 설립하였고 수도 생활에 관한 저서들

---

12 원문은 '묵은밧곳하'. 묵다 : 밭이나 논 따위가 사용되지 않은 채 그대로 남다.

13 원문은 '게어름'.

14 모병(毛病) : 결여, 악, 나쁜 습관.

15 원문은 '발싱케'.

16 원문은 '무릅고'.

17 의식(衣食) : 의복과 음식.

을 남겼습니다. 그분은 베네딕토 성인에게도 영향을 준 인물이기도 합니다. 베네딕토 성인
은 카시아노 성인이 제정한 규칙들을 참조하여 수도원 개혁과 수도 규칙을 제정하였습니다.

카시아노(Cassianus, Joannes) 가 360?~435? 교부. 아빠스. 동방의 수도생활을 서양으
로 도입한 사람이며, 반(半)펠라지우스파의 원조(原組)로 간주되고 있다. 소(小)스키디
아(Scythia, 현재 루마니아령)에서 태어나 프랑스 마르세이유에서 죽었다. 젊었을 때
베들레헴의 수도원에서 금욕수도생활을 시작, 386년경 친구 제르마노(Germanus)와
함께 이집트를 여행, 이집트의 수도원 제도를 익히고 7년만에 팔레스티나로 돌아왔다.
얼마 후 그들은 다시 나일강 지역으로 가서 여러 수도단체를 방문하고 돌아왔다. 399년경
두 사람은 콘스탄티노플에서 성 크리소스토모와 접촉, 그에게서 카시아노는 부제(副祭)
로 서품되었다. 그 후 사제가 되어 415년경 마르세이유로 갔으며, 그곳에 성 베드로 및
성 빅토르 남자수도원과 성 사브와 여자수도원을 설립하였다. 그는 네스토리우스 및
그 이단을 반박하는 7편의 책(De incarnatione)을 저술하였다. 이보다 훨씬 중요하고,
수세기에 걸쳐 영향을 남긴 것은 수도생활에 관한 저서들이다. 그중에서도 『수도원제도에
관하여(*De institutione*)』(417~418)는 수도원 제도 및 죄의 근원(탐식, 사음, 탐욕, 분노,
질투, 나태, 오만)의 극복자를 논한 것이고, 『시조 대담(*Collationes Patrum*)』(419~420)
은 이집트에서의 수도사 시조와의 대화이다.

카시아노의 저서는 그 밖에도 많이 있고, 그리스도교적인 인생 지혜를 내포하고 있다.
그는 십자가의 희생 및 성체(聖體)의 희생은 지옥의 질곡(桎梏)으로부터 인간을 해방시키
기 위해서였다고 생각했다. 그는 천주의 성모인 마리아의 존엄과 우나 페르소나(Una
persona) 즉 신인(神人) 예수 그리스도의 불가분한 유일의 위격을 주장하였다.

해태와 근실의 비유

히틔와근실의비유

　한 공장이[1] 같은 쇠와 같은 기계로써 두 보습을[2] 만들었더라. 한 농부가 이 두 보습을 사다가 하나는[3] 광 구석에 버려두고, 하나는 장기에 메워서 가끔 밭을 갈다가, 한 팔구 삭 후에 광 구석에 두었던 보습을 내다가 놓으니, 두 보습이 서로 분별이 대단하여, 하나는 윤택하여 빛나기가 유리 같고 하나는 동록이 슬어[4] 아주 더럽게 된지라.[5] 동록[6] 슨[7] 보습이 기가 막혀 놀라며 소리 지르되, "이것이 어떻게 된 일이냐? 우리가 서로 똑같은 쌍둥이와 같았는데[8] 지금 너는 어찌하여 이렇듯이 빛나고 나는 어찌하여 이렇듯이 더러워졌느냐?" 빛난 보습이 대답하되, "너는 지금까지 놀기만 한 연고요 나는 날마다 일을 한 연고라" 하였더라.

해설

　이 작품은 앞의 작품과 같은 호에 실렸지만 목록에서도 누락된 작품입니다. 주제는 앞 작품과 같이 해태 즉, 게으름에 대한 경계입니다. 보습을 의인화해서 보습끼리 나누는 대화를 통해 게으름과 근실함을 대조적으로 보여준 점이 특징입니다.

1　공장(工匠) : 수공업에 종사하던 장인. 관공장(官工匠)과 사공장(私工匠)으로 나뉜다.
2　쟁기. 가래 따위 농기구의 술바닥에 끼우는, 넓적한 삽 모양의 쇳조각.
3　원문은 '흔아흔'.
4　원문은 '쓸어'.
5　되었다.
6　동록(銅綠) : 구리의 표면에 녹이 슬어 생기는 푸른빛의 물질.
7　원문은 '쓴'.
8　원문은 'ᄀᆞᆺ하엿ᄂᆞ딕'.

처음에는 같은 사람이 같은 재료로 만든 똑같은 보습이었지만 하나는 녹이 슬었고 다른 하나는 빛이 났습니다. 근실함 때문이었습니다. 부지런하고 진실함은 낫도 사람도 빛나게 하지만, 게으름은 낫도 사람도 녹슬게 합니다.

해태를 이긴 표양

히틔를이긘표양

　법국인^{프랑스인} 부퐁 씨는 생리학상에 큰 박사이라. 기록하여 이르되,[1] "내가 젊었을 때 잠이 항상 많아 아무리 일찍 일어나고자 하여도 이 해태를[2] 이기지 못하다가, 방지기[3] 요셉으로 더불어 약조하되, '네가 만일 아침 6시 전에 나를 일어나게 하여 주면, 월급 외에 매번 2법^{프랑}(대략 1원)을 더 주마' 함에 요셉은 약조대로 매일 아침에 일찍이 와서 나를 깨우나 나는 일어나지 않고 도리어[4] 그에게[5] 욕만 하였노라. 그러나 요셉은 매일 아침에 와서 나를 일어나게 함에 나는 욕을 하면서도 억지로 일어나고 또 약조대로 1원씩 주었는데, 하루 아침은[6] 또 와서 나를 깨우되 내가 일어나기를 싫어하니,[7] 요셉이가 이불을 벗겨버리고 옆에 있는 세숫물을 내 가슴에 들어붓고 도망하여 나가는지라. 내가 욕을 하면서도 하릴없이[8] 일어나서 즉시 전령으로써[9] 요셉을 불러 1원을 주고, 그 후부터는 이 게으른 모병을[10] 고쳤으니, 내가 생리학 여러 권을 저술하였으나 이는 내가 저술한 것이 아니요, 오직 요셉이가 저술한 것으로 여기노라" 하니라.

1　기록하여 말하기를, 기록을 통해 기술하기를.

2　해태(懈怠) : 게으름.

3　방을 지키는 사람. 예전에, 관아에 속한 심부름꾼. 방직(房直). 원문은 '방직이'.

4　원문은 '도로혀'.

5　원문은 '뎌의게' → 저에게 → 그에게.

6　'어느 날 아침은'으로 풀어쓸 수 있다.

7　원문은 '슬희여하니'.

8　달리 어떻게 할 도리가 없이, 할 수 없이. 원문은 '홀일업시'.

9　전령(傳令) : 명령이나 훈령, 고시 따위를 전하여 보냄. 또는 그 명령이나 훈령, 고시. 명령을 전하는 사람.

10　모병(毛病) : 결여, 악, 나쁜 습관.

생리학 저서를 여러 권 남긴 부퐁이라는 프랑스의 생리학 박사의 고백으로, 게으름을 고칠 수 있었던 사연을 소개한 내용입니다. 게으름에서 벗어나고자 한 열의, 부끄러운 치부까지도 솔직하게 고백하는 모습, 게다가 자신의 공적도 심부름꾼에게 돌리는 부퐁 박사의 겸손함이 돋보입니다. 박사와의 약속을 수행하기 위해 욕을 먹으면서도 자신의 일을 완벽하게 수행하는 요셉의 행동도 재미있게 읽힙니다.

자는 사람을 깨우는 것은 쉽지 않습니다. 이불도 벗겨버리고 세숫물을 들이부은 요셉은 깨워달라는 대로 하긴 했지만 두려움도 없지 않았을 것입니다. 그러니 도망을 쳤을 테지요. 요셉을 향한 부퐁 박사의 애정까지 느껴져서 독자의 가슴을 훈훈하게 해주는 미담이기도 합니다.

두려운 천벌

두려운텬벌

옛적에 불란서^{프랑스}에[1] 흉년이 들어 인민이 도탄에 빠져 고통 중에 있었더라.

마치 오늘날 우주전란으로[2] 어느 나라든지 물품이 적어 값이 폭등함에 무역하는 악한[3] 상고[4]가 여기저기 생김과 같이 그때에 불란서^{프랑스}에도 또한 그런 간상이[5] 벌 일듯하였더라.[6]

원래 그런 무리는 남의 생각은 조금도 함이 없이 다만 제 배만 살찌우면 좋고, 또 그 정부는 그들의 물건에[7] 의하여[8] 그다지 엄중히 감시를 아니하니,[9] 그 간상들은 점점 더하여, 이제 그때 세상에는 정의도 없고 인애도[10] 없다 하고 비탄할 뿐이더니, 다행히 하늘은 정의를 명명히[11] 비추사 호말도[12] 부정함을 허락하지 아니하였더라.

그때 바리^{파리}에 보리 장사가 있었으니 이 보리 장사는 매우 간악한 자이라. 그의 동료와 더불어[13] 이때를 타,[14] 무역으로써 큰 이익을 탐하기로 뜻을 정하고, 그 방면

---

1   프랑스를 '법국'이 아니라 '불란서'로 표기.

2   우주 전쟁의 난으로. 전란(戰亂) : 전쟁으로 인한 난리

3   악(惡)한 : 나쁜.

4   상인이. 원문은 '샹교' → 상고 : 상인, 장수, 거래(『한불자전』).

5   간상(奸商) : 간교한 상인. 간사한 짓을 하며 부당한 이익을 보려는 상인.

6   벌이 왕성해지듯. 벌이 갑자기 모여 떼 지어 붕붕거리는 모습을 연상할 수 있는 표현이다.

7   원문은 '물(物)'. 의미를 분명히 하기 위해서 '물건'으로 옮겼다.

8   '때문에'로 의역할 수 있다.

9   원문은 '아니ᄒᆞ매'. 의미를 고려하여 '아니하니'로 옮겼다.

10   인애(仁愛) : 어진 마음으로 사랑함, 또는 그런 마음.

11   명명히(明明)히 : 아주 환하게 밝게. 너무나 분명하여 의심할 바가 없이.

12   털끝만큼도, 아주 조금도. 호말(毫末) : 털끝. 아주 작은 일이나 적은 양을 비유적으로 이르는 말.

13   원문은 '뎌의동류로더브러'. 여기서 동류(同類)는 같은 종류나 부류, 같은 무리를 말한다. 이를 반영하여 현대어로 옮겼다.

에 관계되는 관리에게는 미리 약을 쓴 고로, 악마와 같은 간책을 마음대로 크게 쓰더라. 각설.[15] 무역을 마친 후 불과 10일에 물가가 오름이 점점 더하여 그칠 바를 알지 못하는 모양이라. 1원하던 물건이 3원이 되고 3원의 물건은 9원이 되어 이와 같은 속력으로써 올라가는지라.

이제 그만하면 족하리라 하고 그 악한 상고는 그 사두었던 물건을 차차 내풀기 시작하니, 인민은 이런 비싼 물건을 사먹기에 곤란이 막심한데, 이 상고는 매일 소나기 같은 황금이 내려 연회를 연다, 집을 건축한다, 동산을[16] 만든다, 각가지 사치를 다하여 유한이 없이[17] 제 근본을 들어내더라. 물론 이렇게 되면 돈이 만능이니 별로 천주나 교회나 관계할 것 없고 그 형세는 해가 돋아 오름과 다름이 없어, 어리석은 자의 부러워하는 목표가 되었으며, 어떤 자는 그윽이[18] 눈살을 찌푸리고 이런 사람이 이런 복된 생활을 하는 것은 천주도 없고 정의도 없다 하여, 고통을 깨닫게 하더라.

그러나 천주께서는 그의 행위를 보셨으되, 천주의 길은 전기와[19] 같이 빠르지 않고, 극히 정온하였으니[20] 마치 이 상고가[21] 무역한 것을 슬슬 내어 풀음과[22] 같이 슬슬 그 벌이 내렸더라.

어느 날은 전과 같이[23] 성대한 연회를 한 후에, 그 자는 공연히 심신이[24] 불편하고 조금 인후[25] 근처가 아프다 하여 헝겊으로[26] 매었더라. 그를 보는 그 옆에 추종자들은

---

14 이때를 이용해. 타다 : 어떤 조건이나 시간, 기회 등을 이용하다.

15 각설(却說) : 말이나 글 따위에서, 이제까지 다루던 내용을 그만두고 화제를 다른 쪽으로 돌림. 주로 글 따위에서, 화제를 돌려 다른 이야기를 꺼낼 때, 앞서 이야기하던 내용을 그만둔다는 뜻으로 다음 이야기의 첫머리에 쓰는 말. 차설.

16 동산(動産) : 형상, 성질 따위를 바꾸지 아니하고 옮길 수 있는 재산. 토지나 그 위에 고착된 건축물을 제외한 재산으로 돈, 증권, 세간 따위이다.

17 한계가 없이.

18 깊숙하여 아늑하고 고요하게, 뜻이나 생각 따위가 깊거나 간절하게, 은근한 느낌으로. 원문은 '그윽히'.

19 전기(電氣).

20 고요하고 평온하였으니. 정온(靜穩)하다.

21 상인이 ☞ 주 4.

22 원문은 '풂과'.

23 전(前)과 같이.

24 심신(心身)이 : 마음과 몸이.

25 인후(咽喉) : '목구멍'을 전문적으로 이르는 말.

26 원문은 '헌겁'.

모두 위로하는 모양으로 "아마 감기가 드셨나보오. 나도 2, 3일 전에 인후가 아팠으나 이제는 관계치 않습니다. 내일은 나으시겠지요" 하고 이와 같이 위로하고 그들은 마시며 요란하더라.

그러나 이 상인의 인후는 아무렇지도 아니한 것이 아니라 그 이튿날이 됨에 통통 부어서 거의 막히게 되어 물 한 점도 넘어가지 아니하니, 곧 대경하여[27] 명의란[28] 명의를 다 청하였으나 다 머리를 숙이고 의심하되, 일찍이 의학상에 없던 병이라 하여 도저히 약과 방법이 없다 하니, 이를 알지 못하는 병인은 어찌하든지 살려만 달라 하며 돈은 얼마든지 내마 하는지라. 한 정직한 의사는 이르되, 그러면 제일 높은 의사께 청하여 보라 하였으니 이 제일 높은 의사는 천주를 가르침이러라.

거의 2주일 동안 그 상고는 주림에[29] 빠져 전지도지하며[30] 몹시 고통을 겪는데,[31] 고난 시의[32] 천주라 하는 말 같이 그 양심은 바늘과 같이 그의 영혼을 찌르기 시작하여, 그때에 신앙하는 마음이 일어났더라.

이는 반드시 부정한[33] 일을 하여, 많은 빈민에게[34] 고통을 준 고로 천주의 벌이라 후회하고,[35] 신부를 청하여 고명하였더라.[36] 신부는 할 수 있는 대로 그를 위로하고 암만 악인이라도 진실히 그 죄를 통회하면 사하여진다 하고[37] 그의 죄를 사하였더라.

이제 상인은 이런 부정한 돈은 일 푼이라도[38] 쓸데없으니 다 빈민에게 주고 싶다고까지 통회하여, 그 처도 즉시 그대로 행하여 전과 같이 적은 상고로[39] 변하였으나, 상

---

27 크게 놀라서 대경(大驚)하다.

28 명의(名醫) : 병을 잘 고쳐 이름난 의원이나 의사.

29 주로 먹을 것을 제대로 먹지 못하여 주리는 일. 주리다 : 제대로 먹지 못하여 배를 곯다.

30 전지도지(顚之倒之) : 엎드러지고 곱드러지며 몹시 급히 달아나는 모양.

31 '몹시 고통을 겪는데'의 원문은 '고통ᄒᆞᄂᆞᆫ디'. 현재는 '고통하다'는 말은 없다. 그래서 옛말인 '고통하다'의 뜻을 살려 옮겼다. 고통ᄒᆞ다 : 몹시 고통을 겪다. 매우 아프다(『한불자전』).

32 고난 시(時)의 : 고난당할 때의.

33 부정(不正)한 : 옳지 않은.

34 빈민(貧民)에게 : 가난한 사람에게.

35 '많은 빈민에게 고통을 주었기 때문에 받은 천주의 벌이라 후회하고'로 옮길 수 있다.

36 고백하였더라. 고명(告明)하다 : (가톨릭) 고백하다의 이전 용어.

37 용서하여진다 하고. 사(赦)하다 : 지은 죄나 허물을 용서하다.

38 푼 : 돈을 세는 단위. 예전에 엽전을 세던 단위. 한 푼은 돈 한 닢을 이른다 : 원문은 '분'.

39 작은 상인으로. 지금으로 치면 '소상인(小商人)으로'의 의미 ☞ 주 4.

인은 드디어 먹고 싶어도 먹지 못하고 그대로 절식되었더라.[40] 그러나 그 부정한 돈은 빈민이라도 한 사람도 받는 자가 없었더라. 이는 어느 날 우연히 서적에서 본 것이나, 지금 그때 상고와 같이 간상이[41] 속출하니 두려운 일이라. 참천주는 어떠한 자에게든지 항상 벌을 베푸시나니 이런 상인은 미워할[42] 것이 아니라 차라리 불쌍히 여길 것이요 경계할[43] 것이로다.

　마지막 단락에서 밝힌 바에 따르면 이 미담은 저자가 '서적에서 본 것을 옮긴 것'입니다. 시기는 정확히 제시되어 있지 않으나 프랑스를 배경으로 한 미담으로 간사한 상인이 하느님의 벌을 받는 내용입니다. 간악한 상술로 부자가 된 상인은 자신의 부유함에 젖어 하느님을 잊고 살았으나 중병을 계기로 하느님께 향한 신앙을 회복합니다.

　1단락부터 4단락까지는 상인의 악행과 상술이 자세히 소개되어 있는데, 그 과정이 지금의 상술이라고 해도 될 만큼 현실적입니다. 부유해진 그를 한 편에서는 부러워하기도 하고 다른 한편에서는 '하느님도 없고 정의도 없다'고 탄식합니다. 지금도 부정한 방법으로 치부했을망정 부자들을 부러워하는 사람들도 많고, 악한 사람들이 현세에서 잘 사는 모습을 보며 하느님을 부정하는 이들도 많습니다. 때로는 신심이 깊은 이들도 '하느님의 정의'는 어디 있을까 한탄하게 되는 경우도 있습니다. 또 백성이나 국민이라는 표현이 아니라 '인민'이라는 어휘를 사용한 점도 눈에 띕니다.

　5단락부터는 반전입니다. 그가 병이 드는데 이를 미담 저자는 하느님이 '슬슬 벌을 내리신 것으로' 묘사합니다. 하느님의 벌을 '전기처럼 빠르지 않다'고 비유한 표현도 신선합니다. 7단락에 등장하는 정직한 의사는 하느님을 '제일 높은 의사'로 표현하기도 합니다. 그는 인간을 치유하시는 분은 '하느님'이라고 믿은 의사였습니다. 마지막 단락에서도 흥미로운 부분이 등장합니다. 회개한 상인이 돈을 빈민에게 모두 다 주고 싶어했으나 부정한 돈을 받는 자가 빈민에게서도 없었다는 점입니다. 돈이면 어떤 돈이든 다 좋다 여기는 배금만능사회에

40　숨이 끊어졌다, 죽었다. 절식(絶息) : 숨이 끊어짐.

41　간사한 상인.

42　원문은 '뮈워홀'.

43　주의할. 경계(警戒)하다 : 옳지 않은 일이나 잘못된 일들을 하지 않도록 타일러서 주의하게 하다.

점점 더 익숙해지는 우리들이 놓치지 말아야 할 구절입니다.

미담 마지막 부분에서 미담 저자는 참천주는 '어떠한 자에게든지 항상 벌을 베푸시나니 이런 상인은 미워할 것이 아니라 차라리 불쌍히 여길 것이요'라고 권고합니다. 벌을 내리시는 하느님을 두려워하라는 의미도 담았지만, 악인에게 미움보다는 연민으로 대할 것을 권하는 저자의 태도를 읽을 수 있습니다. 이는 하느님께 대한 신앙심에서 비롯될 수 있는 믿는 이들의 '포용력'이기도 합니다. 연민은 악인들에게 내릴 벌을 기다리기보다는 그들의 회개를 위해 기도할 수 있는 마음, 그들의 회개를 도울 수 있는 행동으로 이어져야 합니다. 우리는 여전히 이 미담의 주인공과 같은 간악한 상인들이 창궐하는 사회에 살고 있습니다.

신덕의 의심을 물리친 표양

신덕의의심을물리친표양

성교회의 신덕[1]도리는[2] 다 천주의 말씀인즉, 우리 사람이 그 도리를 궁구하지도 말고[3] 이치로써[4] 비기고, 추론하지도 말고 곧 순직한[5] 마음으로 진절히[6] 믿을 것이니라.

예전에 영국 애이란^{아일랜드} 지방에 한 순직한 교우가 있어 모든 신덕도리를 진심으로 믿고 수계를[7] 타당하게[8] 하더니, 마귀유감을 입었던지 차차 여러 가지 도리를 의심하기 시작하여 심히 괴로워하며, 또한 자기 구령사정까지[9] 의심하는지라. 그 이웃에 사는 한 열심교우가 그의 의심하는 것과 그 마음의 괴로움 당하는 것을 불쌍히 여겨 이 아래 이야기로써 그 의심을 없이하여 주니라.

라파륜^{나폴레옹} 황제가 하루는 군대를 시찰할 동안 그 말이 놓여 사방으로 뛰어다니는지라. 나열하고 있던 병졸 한 아이 쫓아가서 말을 끌어다가 황제께 드렸는데, 황제 이르되, “고맙다, 대위여”, 병졸이 이르되, “어느 연대의 대위이옵니까?”[10] “나의 호위대의 대위니라” 하고 관병식을[11] 마치니라.

---

1 신덕(信德) : 향주 삼덕의 하나. 하느님의 가르침을 굳게 믿는 덕.

2 바른 길은. 도리(道理) : 사람이 마땅히 행하여야 할 바른 길. 방도.

3 깊게 연구하지도 말고 궁구(窮寇)하다 : 속속들이 파고들어 깊게 연구하다.

4 이치(理致) : 도리에 맞는 취지.

5 마음이 순박하고 곧은, 마음이 온순하고 정직한. 순직(純直; 順直)하다. 『한불자전』에서는 ‘순직ᄒ다(純直)’가 표제어로 등재되어 있다. 그 풀이는 ‘온화하다, 소박하다, 유순하다, 끈기 있다, 친절하다, 온순하다, 믿을 만하다, 진지하다, 충직하다’이다.

6 열렬하고 성실하게. 원문은 ‘진절히’. ‘진절하다’의 부사형. 진절(眞切)ᄒ다 : 열렬하고 성실하다, 열성적이다, 진정한 열정(『한불자전』).

7 수계(守誡)를 : 계명을 지킴을.

8 원문은 ‘타당히’.

9 구원사정까지. 구령(救靈) : (가톨릭) 신앙의 힘으로 영혼을 구원하는 일.

10 원문은 ‘듸위오닛가’.

그 병정은 지금까지 예사 병정으로 있다가 황제의 말을 붙잡아다 드린 공로로 별안간에 대위에 오른지라. 즉시 총을 놓아두고 대장의 복장도 없이 참모 부대장들 있는 데로 뛰어가니 대장들이 보고 이르되, "이 사람이 무엇 하러 오느뇨?" 하거늘, 병졸이 당당한 말로 대답하되, "이 사람은 황상의 호위대 대위입니다."[12] 거기 있던 이가 다 소리 지르되, "어떻게 그대가 호위대 대위뇨?" 병정이 멀리 서 있는 황제를 가리키며[13] 이르되, "저기 있는 이가 나더러 대위라 하셨나니라" 하니 거기 모여 있던 이가 깜짝 놀라 즉시 군법대로 경계하니라.[14]

이 대위는 찬란한 복장도 없고 견장도 없고 군도 없이 다만 예사 병졸로 있으되, 황제가 친히 임명하였다 하는 말을 듣고는 모든 이가 즉시 의심 없이 믿어 대장으로 대접하였으니, 찬란한 복장보다 황제의 한 마디 말이 더욱 힘이 있고 미쁨이[15] 있도다.

열심교우가 그 의심하는 교우더러[16] 이르되, "이 세상 제왕은 비록 존귀하나 다 우리와 같이 죽을 인생이로되 사람들이 이 제왕의 말을 이렇듯이 진실히 믿거늘, 하물며 천상천하에 대왕이신 천주의 말씀을 의심할 것이 무엇이뇨?" 함에, 그 교우가 모든 의심을 즉각에[17] 다 물리치고 모든 신덕도리를 진심실정으로 확실히 믿으니라.

신덕의 상급[18]　　　고경은[19] 고사하고 복음 신경을[20] 보건대, 견고하고 생활한 신덕은 천주가 항상 칭찬하시고 그 구하는 바를 허락하셨도다.

성 마두^{마태오} 8장 5절 이하를 보건대, 오 주 예수가 백부장의 신덕을 칭찬하여 이르

11　관병식(觀兵式) : 지휘관이 군대를 사열하는 의식.

12　원문은 '대위니다'.

13　원문은 'ᄀᆞᄅᆞ치며'.

14　경계(警戒)하다 : 옳지 않은 일이나 잘못된 일들을 하지 않도록 타일러서 주의하게 하다.

15　믿음성이 있음. 원문은 '밋븜'.

16　원문은 '교우ᄃᆞ려'. ᄃᆞ려 → 더러, ~에게.

17　즉각(卽刻)에 : 당장에 곧.

18　새로운 글의 제목으로 보인다. 독립적인 글로 보는 것이 타당하다. 원문에는 앞글 다음 빈 줄 없이 바로 연결된다. 여기서는 한 줄 비우고 새로 시작하는 형식으로 옮겼다.

19　고경(古經) : 옛 경전. 가톨릭의 가장 기본적인 교리를 문답식으로 설명한 뒤에, 구약 성경의 '창세기'에 대한 내용을 한글로 필사한 책.

20　신경(信經) : 가톨릭의 신조를 기록한 경문. 사도신경.

시되, "내가 이스라엘 중에서 이러한 신덕을 얻어 보지 못하였노라" 하시고 백부장에게 이르시되, "가라, 네가 믿은 대로 될지어다" 하셨고,

성 마두^{마태오} 9장 2절 이하를 보건대 12년 동안 혈우병[21] 앓는 부인을 낫게 하심과 회당장의 딸을 부활케 하심과 두 소경을 낫게 하심도 다 그 신덕을 갚으심이오.

성 마두^{마태오} 15장 22절 이하를 보건대 가나네아^{가나안} 부인은 자기를 개에게 비기는 말씀을 들어도 상관치 아니하고 더욱 간절히 믿고 바란 고로 그 부마한[22] 딸을 낫게 하셨고

성 마두^{마태오} 21장 1절 이하를 보건대 간절한 신덕은 능히 산을 옮기리라 하셨더니 성 그레고리오 영적자[23] 같은 그런 성인들이 이 주의 말씀대로 행하셨고

성 말구^{마르코} 9장 22절 이하를 보건대 신덕이 있는 자는 구하여 얻지 못할 바가 없고 신덕이 없이는 구령하지[24] 못하는도다.

우리 교우들이 신덕도리를[25] 견고히 믿고 간절히 믿고 또 믿는 대로 행하면 생활한 신덕이요, 믿기만 하고 행치 아니하면 죽은 신덕이니, 죽은 신덕은 지옥에 악신과 악인들도 있으되 쓸데없나니 우리는 항상 생활한 신덕을 보존할지로다.

해설

1910년대 후반부로 오면서 미담 작품의 양이 대부분 길어집니다. 이 작품도 내용이 깁니다. 게다가 이 미담은 액자형 구조의 이야기를 서술 한 후, 또 다른 글이 이어집니다. 편집의 오류인지는 모르나 새로운 글로 표시되지 않은 채 이어지는 글이라 이를 같이 정리했습니다. '신덕의 상급' 이후 부분은 독립적인 글로 보아도 무방합니다. 다만 두 내용이 모두 '신덕'과 관련된 글이고, 새로운 글이라는 표식이 없어 하나의 글로 정리하였습니다. '신덕의 의심을 물리친 표양'이라는 제목은 첫 번째 미담에 적합한 제목입니다. 두 번째 글의 제목은

---

21 원문은 '혈우증'. 혈우증 → 혈우병 : 조그만 성처에도 쉽게 피가 나고, 잘 멎지 아니하는 유전병.
22 악마에 들린. 부마(負魔)ᄒ다 : 악마에 들리다, 악마 때문에 고통 받다.
23 영적자(靈蹟資) : 영적인 사람, 영적인 내력이 있는 사람.
24 구원하지, 구원받지.
25 신덕도리(信德道理). 신덕(信德) : 향주 삼덕의 하나. 하느님의 가르침을 굳게 믿는 덕. 도리(道理) : 사람이 마땅히 행하여야 할 바른 길.

'신덕의 상급'으로 보는 것이 타당하나 새 글로 편집이 되지 않아 그대로 옮깁니다. 글의 주제는 비슷하지만 서술 방식으로 볼 때는 두 작품으로 보아야 합니다.

첫 이야기의 1단락은 주제부입니다. 2단락은 배경을 소개하는데 다른 미담에서는 볼 수 없는 내용이 있습니다. 구원을 의심하는 이웃을 위해 한 교우가 '다음과 같은 이야기' 즉 이 작품으로 그 교우의 의심을 풀어주었다는 것입니다. 그렇다면 이 미담의 저자는 이 미담을 이웃에게 전한 교우이거나 교우에게 해 준 다른 사람입니다. 이를 이 미담의 서술자가 다시 옮긴 것입니다. 이처럼 천주교 미담의 저자는 적층의 특징을 보입니다. 듣고 옮기고 쓰고 또 번역하고 다시 윤색하는 과정을 거치면서 미담은 『경향잡지』에 소개됩니다. 이 작품은 이러한 천주교 미담의 성격을 그대로 보여준 작품이며, 이 같은 도입부를 통해 저자의 특징뿐 아니라 미담의 독자층과 집필 목적을 분명히 밝히고 있습니다. 이 미담은 구원을 의심하는 신자들을 대상으로 그들의 의심을 해소해 주기 위해 창작 혹은 서술되었습니다.

아일랜드 여인이 해 준 이야기는 프랑스를 배경으로 합니다. 프랑스 나폴레옹 황제 시절, 한 병정이 그에게 말을 가져다 준 공로로 대위가 되었습니다. 그 대위는 갑자기 대위가 되었기 때문에 복장도 견장도 없었지만 황제가 친히 임명하였다는 한 마디로 모든 이가 그를 대위로 대접했다는 것입니다. 이처럼 존귀한 사람의 말은 그 자체로 권위가 있는 것이므로 가장 존귀한 천주의 말씀을 순직하게 믿으라는 것이 이 미담의 주제입니다.

두 번째 이야기는 성경을 인용하면서 생활한 신덕 즉 살아있는 신덕과 죽은 신덕을 대조적으로 보여준 점이 특징입니다. 성경 말씀이 이렇게 여러 부분에서 인용된 경우는 이 작품이 처음입니다. 마태오 복음 8장 5절의 백부장의 신덕, 마태오 복음 9장 2절의 혈루증 앓는 부인의 신덕, 마태오 복음 15장 22절의 가나안 부인의 신덕, 마태오 복음 21장 1절의 말씀대로 행한 성 그레고리오 성인, 그리고 마르코 복음 9장 22절의 말씀이 인용되고 있습니다. 행하지 않는 믿음은 죽은 신덕이며, 믿은 바를 행하는 것이 살아있는 믿음이니, 생활한 신덕으로 살자는 것이 이 글의 주제입니다.

기사회생하는 성인

괴ᄉ회싱ᄒᄂ셩인

　　예전에 파란(볼노니아)[폴란드]국에 한 읍내 있으니 이름은 보시노라. 그 읍내 근처에 한 강이 있어 겨울에 단단히 어는 고로 사람들이 얼음 구멍을[1] 뚫고 물을 길어다 먹더라. 하루는 아이들이 그 강 빙판에서 놀 동안 한 외인[2] 아이 10세 된 자가 얼음 구멍에 빠져 얼음 속으로 들어간지라. 아이들이 일제히 부르짖고 강가에 사는 사람들도 일제히 모였으나 얼음 속에는 물이 깊어 빠진 아이 어디로 간지 모르는 고로, 가히 구할 법이 없고 시체도 찾을 법이 없더라. 마침 두 소년이[3] 지나가니 이는 예수회 수사이라. 많은 사람이 모인 연고로 아이가 빠진 사정을 알고 그 빠진 아이의 영혼사정을 애석히 여겨 그 두 수사는 일심으로 성 스다니슬나오[스타니슬라오]에게 간구하여 이르되, "청컨대 성인은 이 아이를 불쌍히 여기시고 부활하게 하사 그 영혼을 구하여 주소서" 빌기를[4] 마침에,[5] 빠진 아이 얼음물에 갈려[6] 쇄골분신[7] 되고 의복이 다 찢어진 것을 보고 사람들이 건져내어 강가에 놓으니 즉시 얼어 온전히 기절된지라.[8] 의사를 청하여 진찰한즉 이르되, 조금도 생기가 없으니 매장할 따름이오, 다른 방법이 없다 하더라. 예

1　원문은 '구녕'.

2　외교인(外敎人). 천주교인이 아닌 사람을 외인(外人)이라 불렀다. 원래 한국에서는 외인을 불교도가 아닌 사람을 지칭했다. 그러나 천주교 미담에서는 외인.

3　청년. 원문은 '쇼년' → 소년(少年) : 젊음, 청년기(『한불자전』). 당시에는 청년을 소년으로 지칭하였다.

4　기도하기를.

5　'마치자'로 옮기는 것이 더 문맥상 자연스럽다.

6　분리되어. 원문은 '갈녀' → 갈려. 갈니다 : 철회되다 바뀌다, 갈다의 피동형으로 변화를 받아들이다, 분리되다, 여러 가지로 나뉘다, 여러 갈래로 나뉘다(『한불자전』).

7　쇄골분신(碎骨粉身) = 분골쇄신(粉骨碎身) : 뼈가 가루가 되고 몸이 부서짐.

8　숨이 끊어져 죽게 되었다는 의미. 氣絶.

수회 수사 두 사람은 그 영혼을 구하기 위하여 더욱 간절히 기구하니[9] 미구에[10] 그 아이의 사지가 차차 움직이다가 이에 일어나는지라. 이 아이 이 신은을[11] 감격하여[12] 즉시 이단을 버리고 정도에[13] 돌아오며 그 부모도 성교에[14] 회두할[15] 마음이 있으나 다른 견련으로[16] 인하여, 용맹하게[17] 회두치 못하더라. 사방 사람이 이 성적의[18] 소문을 듣고, 무릇[19] 위험한 일을 당하면 성 스다니슬나오^{스타니슬라오} 성인께 구하여 은혜를 받으니, 이로 인하여 그 지방 사람들이 성인을 이름하여[20] 기사회생(起死回生)하는[21] 성인이라 일컫더라.[22]

스타니슬라오 성인에게 전구해서 10세 된 소년이 살아난 기적을 소개한 폴란드를 배경으로 한 미담입니다. '기사회생하는 성인'이라는 제목은 스타니슬라오 성인을 일컫습니다. 스타니슬라오 성인은 이미 「육신 부활의 증거」(미담 19, 『경향잡지』 245호, 1912.1)에서 소개된 바 있습니다. 그 미담에서도 성인은 죽은 사람을 부활시켜 위기에서 벗어납니다.

---

9 기구(祈求) : 기도의 옛 용어.

10 미구(未久)에 : 오래지 않아.

11 신은(神恩) : 신의 은혜.

12 마음에 깊이 느끼어 크게 감동하여, 고마움을 깊이 느끼어.

13 정도(正道) : 진실된, 옳은, 이성에 따른 가르침(『한불자전』). 올바른 길, 정당한 도리(『표준』). 원문은 '졍도'.

14 가톨릭교. 원문은 '셩교' → 성교(聖敎) : 성스러운 종교, 가톨릭교(『한불자전』).

15 회두(回頭) : 배교(背敎)하였다가 다시 돌아옴. 회개.

16 여기서는 '이런저런 사정으로 인하여' 정도의 뜻. 견련(牽聯) : 서로 얽혀 관련됨. 서로 끌어당겨 관련시킴.

17 원문은 '용밍히'.

18 성적(聖蹟) : 기적, 경이(『한불자전』). 『표준국어대사전』에서는 성적(聖蹟)이 성스러운 사적이나 고적으로 풀이되어 있다. 본문에서 '성적'은 문맥상 『한불자전』의 풀이대로 이해하는 것이 타당하다. 즉 기적. 원문은 '셩젹'.

19 여기서 '무릇'은 '특히'로 해석하는 것이 좋다. 무릇 : 대체로 헤아려 생각하건대(『표준』). 그러나 이 글에서는 이보다는 '므릇'을 '므릇'으로 쓴 것으로 보인다. 『한불자전』은 '므릇'을 '거의, 모두, 누구건, 그러나, 특히, 한마디로'의 뜻으로 풀이했다.

20 일컬어. 이름하다 : 다른 것과 구별하기 위하여 사물, 단체, 현상 따위에 부르는 말을 붙이다.

21 기사회생(起死回生) : 거의 죽을 뻔하다가 도로 살아남.

22 원문은 '닐쿳더라'. 닐큰다 : 일컫다. 이름 지어 부르다.

  성인이 직접 등장하지는 않지만 이 미담에서도 성인께 전구한 기도 덕분에 물에 빠졌던 한 아이가 살아납니다. 이처럼 스타니슬라오 성인은 살아있을 때나 죽음 후에나 죽은 자의 부활과 관련이 깊은 성인입니다. 그래서인지 생명의 위기 앞에 성인께 전구하는 사람들이 있었습니다. 이 미담에 등장하는 예수회 수사들처럼 예수회에서뿐 아니라 성인의 모국인 폴란드에서도 그러하였습니다. 스타니슬라오 성인을 비롯하여 성인들께 전구하는 것은 천주교 교회 공동체가 오랜 세월 이어온 기도의 전통입니다. 이 미담 역시 성인을 공경하고 성인께 전구하는 천주교회의 모습을 전하고자 한 작품입니다.

더 알아보기

스타니슬라오 ☞ 미담 19.

규구를 잘 지킨 표양

규구를잘직흰표양

　세속에 사는 범교우들은[1] 천주십계와[2] 성교사규[3] 그런 계명만 지킴이 족하되,[4] 각 수도회와 신품학원[5] 그런 회 중에서는 십계와 사규 외에 특별한 규구[6]가 있으니, 이런 회중에서 사는 이는 불가불[7] 본회 규구를 성실히 지켜야[8] 정직한 회원이 되고, 또한 그 거룩한 목적을 이루나니라.[9] 이런 규구는 다 천주성의로부터[10] 정한 것이요, 또한 천주가 친히 인허하여주신[11] 것과 같으니 대저[12] 천주가 가끔 영적을[13] 발현하사 규구 잘못 지키는 자를 벌하시고 잘 지키는 자는 현양하심이니라.[14]

　예전에 시스데르시엔시^{시토} 수도회 규구 중에 음식 먹을 때에 관한 규구 한 조목은 무릇[15] 수사들이 음식을 다 먹은 다음에[16] 식상에[17] 떨어진 면투[18] 부스러기를[19] 다

1　모든 교우들은. 범(汎) − : '전체를 아우르는', '모든'의 의미를 더하는 접두사.

2　천주십계(天主十誡) : 가톨릭에서, '십계명'을 이르는 말 = 십계.

3　성교사규(聖敎四規) : 가톨릭 교회의 네 가지 법규. 주일 미사에 참예하는 일, 단식재와 금육재를 지키는 일, 적어도 1년에 한 번은 고해성사를 하는 일, 적어도 1년에 한 번 부활 시기에 성체를 받아야 하는 일을 이른다 = 사규(四規).

4　충분하지만.

5　신품학원(神品學園) : 신학교(神學校).

6　규구(規矩) : 일상생활에서 지켜야 할 법도. 규범, 법, 규칙(『한불자전』).

7　부득불, 마땅히.

8　원문은 '직희여야'.

9　이룬다. 원문은 '일우ᄂ니라'.

10　천주성의(天主聖意) : 천주의 거룩한 뜻. 하느님의 뜻.

11　인정하여 허가하여 주신. 인허(認許)하다 : 인정하여 허가하다.

12　대저(大抵) : 대체로 보아서. 대컨. 비슷한 말은 무릇.『한불자전』에서는 이 단어를 '약, 거의, 그처럼, 책에서 이 단어는, 문장 첫 머리에서 명백히라는 라틴어에 부합한다'로 풀이한다.

13　영적(靈蹟) : 신령스러운 사적. 기적의 옛말(『가톨릭대사전』).

14　현양(顯揚)하다 : 이름, 지위 따위를 세상에 높이 드러내다.

모아[20] 혹 먹든지 혹 특별한 그릇에 담는 법이러라. 한 소년[21] 수사는 수도회 규구를 지극한 정성으로 지키더니 하루는 음식을 거의 다 먹은 후에 규구대로 식상에 떨어진 면투 부스러기를 다 모아 손에 쥐면서 겸하여 책 보는 소리를 또한 잠심하여(이런 회중에서는 음식 먹을 때에 도무지 말을 아니하고 한 사람이 항상 성경이나 혹 성서를 보는 법이라) 듣느라고, 면투 부스러기 처치하기를 잊어버렸는데, 강독자가[22] 책 보기를 뚝 그치니 모든 이 일제히 일어나 반후축문을[23] 염할 터이라.[24] 소년 수사가 이제야 그 손에 쥔 면투 부스러기를 생각하고 근심하여 속으로 헤아리되,[25] '이를 어찌할꼬.[26] 지금은 이것을 먹을 때도 아니요, 그릇에 넣을 때도 아니로다. 다른 법이 없으니 원장께 나아가 규구[27] 거스른 죄를 고하고 벌을 자청하리로다'[28] 하고 면투 부스러기를 주먹에[29] 쥐고 다른 이와 같이 반후축문을 염한 후, 원장 대전에 나아가 겸손하게[30] 장궤하고[31] 그 사정을 아뢰며 벌을 청하니, 원장은 이 사정의 경중을[32] 따라 경계한[33] 후 묻되,[34] "그러면 면투 부스러기를 어떻게 하였느뇨?" 대답하되 "지금까지 손에 쥐

15　특히. 무릇 : 대체로 헤아려 생각하건대(『표준국어대사전』). 그러나 이 글에서는 이보다는 '므릇'을 '므릇'으로 쓴 것으로 보인다. 『한불자전』은 '므릇'을 '거의, 모두, 누구건, 그러나, 특히, 한마디로' 의 뜻으로 풀이했다.

16　원문은 '대음에'.

17　식상(食床) : 밥상, 식탁.

18　빵. 면투 : 면두(麵頭). 밀로 만든 빵, 과자(『한불자전』). 지금은 쓰지 않는 단어.

19　잘게 부스러진 물건. 원문은 '부시럭이'.

20　원문은 '모화'.

21　청년. 원문은 '쇼년' → 소년(少年) : 젊음, 청년기(『한불자전』). 당시에는 청년을 소년으로 지칭하였다.

22　강독자(講讀者) : 책을 읽는 사람.

23　반후축문(飯後祝文) : 식사 후 기도. 원문은 '반후축문'.

24　이 구절을 현대어로 풀어 옮기면, '식사 후 기도를 하는 것이다.'

25　생각하되. 원문은 '혜ᄋ리되' → 헤아리되. 혜다 : '생각하다'의 옛말.

26　원문은 '엇지할고'.

27　규구(規矩) : 일상생활에서 지켜야 할 법도. 규범, 법, 규칙(『한불자전』).

28　자청(自請)하다 : 어떤 일에 나서기를 스스로 청하다.

29　원문은 '줌억'.

30　원문은 '겸손되히'.

31　무릎을 꿇고. 장궤(長跪) : (가톨릭) 몸을 세운 채 꿇어앉는 자세로 존경을 나타냄. 또는 그런 자세.

32　경중(輕重)을 : 가벼움과 무거움을.

33　경계(警戒)하다 : 옳지 않은 일이나 잘못된 일들을 하지 않도록 타일러서 주의하게 하다.

었나이다.” “그것을 내게 보여라.” 소년 수사가 이에 주먹을 펴니, 기묘하도다! 면투 부스러기가 아니요, 오직 보배로운 진주가 그 손 안에 가득한지라. 모든 이 보고 놀라 기이히 여기니라.

이는 그 소년 수사가 수도회 규구의 한 점과 한 획이라도 온전히 다 지키기로 정성을 갈진히 하는[35] 고로, 천주가 영적을[36] 아끼지 아니하시어[37] 그 정성을 현양하심이러라.[38]

시토회의 식사 시간을 배경으로 한 미담입니다. 시토회는 엄격한 규칙을 준수해야 하는 수도회로도 유명합니다. 이 미담에서도 빵 부스러기 하나도 버리지 않았던 시토회 식사시간을 보여줍니다. 밥을 먹으면서도 음식 부스러기도 소홀히 하지 않는 모습, 식사 시간에 수사님들이 모여 한 수사님이 책을 읽고 다른 분들이 이를 경청하는 모습, 그러다 떨어진 빵 부스러기를 손에 쥔 채 식사 후 기도를 해야 했던 수사님의 난감한 모습들이 그림처럼 묘사되어 있습니다.

수도회의 규칙을 정성스레 지키려던 청년 수사님은 그 과정에서 자신의 과실로 여겼던 빵 부스러기가 보배로운 진주로 변한 기적을 체험합니다. 빵 부스러기를 쥔 손을 펼쳤을 때 아름다운 빛으로 빛나는 진주를 발견했을 미담 속 청년 수사님과 그 주위 수사님들이 느꼈을 신기함과 기쁨을 상상해봅니다. 동화 속 이야기처럼 읽혀지지만 작은 일 하나도 정성을 다하는 삶의 자리에 하느님의 아름다운 현존이 함께 하심을 보여주고자 한 미담입니다.

시토회 [가] 라틴어 Ordo Cisterciensis 영어 Cistercians(O. Cist.) 1098년 프랑스 부르군드지

---

34 원문은 '무르딕'.

35 갈진(竭盡)하다 : 바닥이 드러날 정도로 다하여 없어지다. 하나도 남김없이 모두 없어지다. 여기서는 매우 정성을 드림을 이르는 표현.

36 ☞ 주 13.

37 원문은 '아니ᄒ샤'.

38 드러내심이다. 현양(顯揚)하다 ☞ 주 14.

방 시토(Citeaux)에서 성 로베르토(St. Robertus de Molesme, ?~1111)가 설립한
수도원에서 시작된 수도회. 회의 이름은 모원의 지명에서 비롯되었다. 성 베르나르도(St.
Bernardus de Clairvaux)의 기여로 크게 발전하였으며, 곧 서부유럽으로 확산되어 13세
기 중엽에는 680여 개의 소속대수도원들이 있었다. 은수적(隱修的)인 수도회의 생활양식
으로 교회, 제구(祭具), 제의(祭衣) 등이 매우 소박하며 성 베네딕토의 회칙을 기초로
한 규범을 준수하여 단식, 침묵, 단순노동 등이 매우 엄격하게 준수되었다. 1119년 교황
갈리스도(Callistus) 2세에 의해 인가된 '사랑의 헌장(Charta Caritatis)'이 회헌이 되었
으며 이런 시토의 규정들은 다른 중세수도원들, 특히 의전수도회에 큰 영향을 미쳤다.
17세기에 시토회에 각 국가단위의 구심점들이 형성되자 시토에 있는 수도원은 국외
시토회에 대한 통제력을 상실하였다. 그러나 초기의 엄격한 회칙을 문자 그대로 해석하려
는 운동이 시작되어 이것은 라 트라프(La Trappe)의 수사들에 의해 실현되었다. 1902년
레오(Leo) 13세 때 트라피스트회는 시토회에서 '엄률 시토회'로 분리하여 독립하였고,
이전의 시토회는 '성 시토회'로 존속하였다. 1898년 시토 대수도원이 복구되었을 때 엄률
을 채택하였으며 로마에 거주하는 시토의 아빠스는 엄률시토회의 총장이 되었다. 현재
11개 수족에 1,318명의 회원이 있다(1983년 교황청연감) ☞ 미담 76, 트라피스트회.

탐도의 벌[1]

예전에 한 부귀한 부인이 세속을 작별하고 한 수도회에 들어가서 수녀의 복색을[2] 받기로 결심하였더라. 이에 수도회에 들어가기 전에 마지막 화려한 잔치를 배설하고,[3] 친척과 벗과 모든 아는 자들을 청하였는데 수사도 몇을 청하였더라. 잔치할 때에 속인들은[4] 다 육찬으로[5] 대접하고 수도자들은 다 어찬과[6] 소찬으로[7] 대접하니, 대저[8] 수도자들은 흔히 항상 소재를[9] 지킴이러라. 수사 중에 플노리노라 하는 이는 평생에 소재를 지키다가 이때에 모든 객이[10] 아름다운 육찬 먹는 것을 보고 육찬을 먹고자 하는 탐욕을 이기지 못하여, 수도회 규구를[11] 상관치 아니하고 고기를 한 점을[12] 집어 입에 넣고 맛있게 씹어 삼키려 할 때에, 문득 고기 점이[13] 식도로 넘어가지 않고 목구

---

1   탐도(貪饕) : 재물이나 음식을 탐냄. (가톨릭) 칠죄종(七罪宗)의 하나. 먹고 마시기를 너무 지나치게 하며 재물을 탐내는 일을 이른다.
2   복색(服色) : 예전에, 신분이나 직업에 따라서 다르게 맞추어서 차려입던 옷의 꾸밈새와 빛깔. 의복의 빛깔.
3   잔치를 열고. 배설(排設)하다 : 연회나 의식(儀式)에 쓰는 물건을 차려 놓다.
4   속인(俗人) : 일반의 평범한 사람. 여기서는 수사나 수녀 등 수도자와 구별하기 위해 그들이 아닌 이들을 이렇게 썼다.
5   육찬(肉饌) : 고기로 만든 반찬.
6   어찬(魚饌) : 생선으로 만든 반찬.
7   소찬(素饌) : 고기나 생선이 들어 있지 아니한 반찬.
8   대저(大抵) : 대체로 보아서. 대컨. 비슷한 말은 무릇. 『한불자전』에서는 이 단어를 '약, 거의, 그처럼, 책에서 이 단어는, 문장 첫 머리에서 명백히라는 라틴어에 부합한다'로 풀이한다.
9   소재(小齋) : 금육재의 예전 용어.
10 객(客)이 : 손님이.
11 규구(規矩) : 일상생활에서 지켜야 할 법도. 규범, 법, 규칙(『한불자전』).
12 한 덩이를.
13 덩이가.

멍에[14] 가로질러[15] 넘어가지도 않고 토하여 뱉을[16] 수도 없어, 얼마 동안 호흡을 통치 못함에,[17] 눈이 뒤집히고 숨이 끊어질 지경이라. 모든 이 놀랄 즈음에, 그 동무수사가 보고 즉시 자기 주먹으로써 목 걸린 수사의 뒷덜미를 한번 단단히 냅다 치니, 고기 점이 입 밖으로 나오고, 이에 호흡을 통하여 살게 되니라. 이 광경을 보던 모든 이는 생각하되, 이는 필경 그 수사의 탐도죄를[18] 범함인 줄로 깨닫고, 탐도죄를 무서워하고 담박한[19] 덕을 귀중히 여기니라.

이는 예전에 된 일이거니와,[20] 조선에도 대략 이와 같은 일이 있었으니 어떤 지방에 부부 두 늙은이가 있어, 둘이 다 신문교우로서[21] 장부는[22] 열심수계하여[23] 대소재를[24] 깍듯이 다 지키고 그 부인은 수계는 하나 열심이 간절하지는[25] 아니하더라. 하루는 소재 날을[26] 당하여 이웃 외인의 집에서 고깃국을[27] 가져왔는데, 장부는 일정코[28] 먹지 못할 줄로 말하되, 그 로댁[29]은 소재 날을 상관치 아니하고 그 육찬국을[30] 먹었더니, 공교히[31] 그 입의 아래위턱이[32] 어그러져 각가지 약을 하여도 낫지 아니하고 고생

---

14 원문은 '목구녕'.

15 원문은 '가루질녀'.

16 원문은 '비앗홀'.

17 숨을 쉴 수 없었다는 의미.

18 탐도죄(貪饕罪) : 먹고 마시기를 너무 지나치게 하며 재물을 탐내는 죄 ☞ 주 1.

19 담박(淡泊)하다 : 담백하다. 욕심이 없고 마음이 깨끗하다.

20 원문은 '일이어니와'.

21 신문교우(新門敎友) : (가톨릭) 새로 입교한 사람을 이르는 말. 신문교, 신입 교우.

22 장부(丈夫) : 남편.

23 열심수계(熱心守誡) : 열심히 계명을 지킴.

24 대소재(大小齋) : 대재(大齋)와 소재(小齋)를 아울러 이르는 말. 대재는 단식재, 소재는 금육재.

25 원문은 '근졀치는'.

26 금육재의 날, 육식을 먹지 않는 날.

27 원문은 '고기국'.

28 확실히, 틀림없이. 원문은 '일뎡코'. '일뎡(一定)하다'는『한불자전』에 따르면 확실하다, 틀림없다는 뜻이다. 때문에 여기서는 '확실하게', '분명히'의 의미이다. 현대 한국어에서는 '일정(一定)하다'는 '하나로 정하여져 있다, 한결같다, 규칙적이다'는 뜻으로 쓰여『한불자전』에서의 풀이와는 차이가 있다.

29 그 부인은, 로댁(老宅) : 남의 늙은 아내를 높여 이르는 말, 현재는 북한어.

30 고기로 만든 반찬 국. 고깃국.

31 공교(工巧)히 : 교묘하게, 기이하게.

32 원문은 '아릐웃턱'. 현대 한국어에서는 아래위턱이 아랫사람과 윗사람의 구별이라는 뜻의 단어. 그

이 자심한지라.[33] 그 장부는 이르기를, "글쎄[34] 소재 날에 육찬을 먹지 말라고 당부하여도 순명치 아니하더니, 이는 의심 없이 소재를 범한 죄벌이니 통회하는 수 외에 다른 법이 없다" 하여 이와 같이 권면하더라.[35] 턱이 어그러지는 것을 합할 때에 흔히 당하는 일이요, 또 어그러질지라도 아래턱을 치면 즉시 낫는 법인데, 그 부인은 모든 약과 수술을 행하여도 낫지 아니하고 거의 한 주일 동안이나 고생하다가 이에 나았으니, 아마 소재 아니 지킨 벌인 듯하여, 모든 교우들에게 큰 경계가[36] 되니라.

해설

천주교인들의 일상생활을 통해 충실한 신앙생활을 독려한 미담입니다. 하나의 제목에 두 편의 미담이 소개되었습니다. 첫 번째 미담의 주인공은 수사이고 두 번째 미담의 주인공 미담은 평신도 여성입니다. 두 이야기 모두 탐도죄를 경계하고 교회가 정한 규칙을 잘 지킬 것을 주제로 합니다.

탐도에 대해서는 이미 여러 차례 나온 바 있습니다. 그만큼 일상생활에서 무분별하게 먹고 마시는 것에 대해 조심해야 함을 당시 천주 교회 공동체가 중시 여겼음을 알 수 있습니다. 이 미담도 '탐도의 벌'이라는 제목으로 지나치게 먹고 마시는 행동을 경계합니다. 첫 번째 미담은 수도회 규칙을 지켜야 하는 수사가 평생 소재를 지키다가 고기를 먹고 싶은 마음 때문에 이를 어겨서 벌을 받은 이야기이며, 두 번째 미담에서는 육식을 먹지 말라고 하는 소재 날에 한 부인이 고깃국을 먹어 벌을 받은 이야기입니다. 벌을 받는 장면이 재미있게 묘사되어 있어 흥미를 더합니다.

특히 이 미담은 첫 번째 이야기는 외국의 사례이고 두 번째 이야기는 이와 흡사한 조선의 이야기입니다. 미담을 통해 외국의 신앙생활과 조선의 신앙생활이 서로 융화되어 가는 과정을 이 미담을 통해서 확인할 수 있습니다. 미담의 저자는 외국의 사례를 소개한 후에 조선의 사례를 접목하는 방식을 시도합니다. 신앙을 머리로만 이해한 것이 아니라 일상에서 구체적으로 이해하고 실천해 나가고자 했던 옛 신앙 선조들의 삶을 이 같은 미담을 통해 확인할

러나 여기서는 아래턱과 위턱이다.

33 더욱 심했다. 자심(滋甚)하다.

34 원문은 '글세'.

35 권면(勸勉)하다 : 알아듣도록 권하고 격려하여 힘쓰게 하다.

36 경계(警戒) : 옳지 않은 일이나 잘못된 일들을 하지 않도록 타일러서 주의하게 함.

수 있습니다.

신문교우(新門敎友) 가 한국천주교회의 옛 용어로 영세한 지 얼마 안 되는 교우, 또는 영세하기를 원하는 예비자를 지칭한다. 이 말은 같은 뜻을 가진 신문교(新門敎)라는 말에서 파생되어 신문교와 똑같은 의미로 사용되다가 후에 예비자만을 지칭하는 말로 사용되었다. 1913년 대구교구장 드망즈(Demange, 安世華) 주교가 반포한 『회장본분(會長本分)』과 1923년 간행된 『회장직분(會長職分)』에서 이 말은 예비자만을 의미하는 말로 서술되어 있는데, 특히 『회장직분』에서는 신문교우를 '성사받기를 원하는 예비자'로 정의하고 있고, 또 신문교우의 자격에 대해 본당 신부가 인정하는 사람으로 40일이 지나야 영세할 수 있다고 규정하면서 신문교우의 실천사항으로 ① 온전한 마음과 행실로 이단사망(異端邪妄)을 끊어 버릴 것, ② 교리를 배워 익힐 것, ③ 교우다운 수계범절을 익힐 것 등을 언급하고 있다. 신문교, 신문교우는 오래된 교우라는 뜻의 구교(舊敎)와 대비되나, 현재 이 용어들은 모두 별로 사용되지 않는 말이다.

쉬운 일에 더욱 순명하라

쉬운일에더욱슌명ᄒ라

　예전에 나아만이라 하는 사람은 시리아 국왕의 총신이요,[1] 또한 부귀하고 세력 있는 대장으로서 불행히 나창병이[2] 들었더라. 하루는 이 대장이 들음에, 사마리아 지방에 엘니세오^{엘리사}라 하는 선지자가[3] 있어, 영적으로써[4] 모든 불치의 병을 낫게 하고 죽은 사람까지 부활하게 한다 하는지라. 이에 자기의 나창을 치료하기 위하여 이스라엘 왕께 간청하는 시리아 국왕의 서간을 얻어가지고 많은 거마와[5] 하인을 데리고 사마리아 지방에 가서 엘니세오^{엘리사} 선지자의 문에 이르러, 먼저 하인을 들여보내어 은혜를 간청하니, 선지자는 밖에 나와서 나아만을 보지도 아니하고, 다만 "욜단^{요르단} 강에 가서 일곱 번 목욕하라. 네 몸이 나아 조찰하리라"[6] 하는지라. 나아만이 이 말을 듣고 낙심하여 이르되, "나는 생각하기를 선지자가 나와서 성대한 체질로 그 천주의 성명을 부르며 자기 손으로 나의 나창을 먼저 고쳐줄 줄로 여겼더니, 문득 아무것도 행치 아니하고 다만 욜단^{요르단}강에 가서 목욕하라 하니 시리아국 다마스고^{다마스쿠스}에 있는 아바나 강물과 팔팔^{파르파르} 강물은 어찌 이스라엘 강물만 못하리오. 이러므로[7] 돌아가자. 내가 공연히 많은 수고를 들여 여기까지 왔도다" 하며 선지자의 명한 바가[8] 지극히 쉬운 일을 가볍게[9] 여기고 돌아가기를 예비하더니, 그 모시고 갔던 하인

1　총신(寵臣) : 임금의 총애를 받는 신하.
2　나창(癩瘡) : 나병(癩病), 나병종. 나병 환자의 살갗에 생기는 부스럼 같은 멍울. 원문은 '라창'.
3　선지자(先知者) : 예언자(『한불자전』). 원문은 '션지자'.
4　기적으로써. 영적(靈蹟) : 기적의 옛말(『가톨릭대사전』).
5　거마(車馬) : 수레와 말.
6　조찰(澡擦)하다 : (가톨릭) 죄를 씻고 닦다.
7　이러므로 : 그래서, 따라서, 그러한 연유로(『한불자전』). 현대 한국어에서는 쓰지 않는 단어. '이러므로'는 『표준국어대사전』에는 등재되어 있지 않다.

중에 지혜로운 자들이 있어 나와 아뢰되, "대감이여 생각하소서. 선지자가 어렵고 큰 일을 명하여도 대감이 곧 행하실 터인데, 이제 지극히 쉬운 일을 명하여, '목욕하라. 곧 나으리라' 하거늘, 어찌하여 행치 아니하니까?"[10] 하는지라. 대장이 잠잠히 생각함에 그 말이 과연 온전히 의리에 합당한지라. 이에 욜단^{요르단}강에 가서 일곱 번 목욕을 하니 과연 나창이 온전히 나아 그 살이 어린 아이의 살과 같이 아름다운지라. 이에 감사하고 돌아갔으니, 이는 미소하고[11] 경한[12] 일을 순명지덕으로써[13] 행한 고로 크고 기이한 은혜를 얻음이러라.

천주도 우리에게 쉬운 일을 명하신 것으로 하여금[14] 영혼을 구하고 천당을 얻게 하시나니, 곧 날마다 몇십 분 동안에 조만과와[15] 그런 경문을[16] 염하고,[17] 한 7일 동안에 한 번씩 주일과 파공을[18] 지키고, 몇 번씩 소재를[19] 지키고, 일 년에 몇 번씩 고해영성체하고, 몇 번씩 대재를[20] 지킴이라. 천주가 이렇듯이 쉬운 일을 명하시고 천당영복으로[21] 상[22] 주시기를 허락하셨거늘, 우리는 어찌 이 쉬운 일을 열심으로 행치 아니하리오. 천주가 만일 어려운 일을 명하시어 날마다 대소재를[23] 지키고 산중에 들어가서 은수고수[24]하라 하셨다면 우리가 마땅히 행할 것이 아니요? 이제 이 쉬운 본분을 더

8 　원문은 '바이'.
9 　원문은 '경이'. 경(輕)이 : 가볍게. 여기서는 그 의미를 살려 '가볍게'로 옮겼다.
10 　원문은 '아니ᄒᆞᄂᆞ잇가'.
11 　미소(微小)하고 : 작고.
12 　경(輕)한 : 가벼운, 사소한.
13 　순명지덕(順命之德) : 순명의 덕. 순명(順命) : 명령에 복종함.
14 　이 부분의 원문은 '명ᄒᆞ샤ᄒᆞ여곰'이다. 이를 '명ᄒᆞ샤'는 '명하신 것으로'로, 'ᄒᆞ여곰'은 '하여금'으로 옮겼다. 'ᄒᆞ여곰' : ~을 위해, ~하기 위하여, ~에 의해(『한불자전』).
15 　조만과(早晚課) : (가톨릭) 조과(早課)와 만과(晚課)를 아울러 이르는 말. 아침기도와 저녁기도의 이전 용어.
16 　경문(經文) : 기도문의 이전 용어.
17 　염(念)하다 : 기도문을 외우다. 여기서는 염경기도 하는 것을 이르는 말.
18 　파공(罷工) : (가톨릭) 주일과 지정된 축일에 육체노동을 금함.
19 　금육재.
20 　단직재.
21 　천당영복(天堂永福) : 천당에서 받는 영원한 복락.
22 　상(賞).
23 　대소재(大小齋) : 대재(大齋)와 소재(小齋)를 아울러 이르는 말. 대재는 단식재, 소재는 금육재.
24 　은수(隱修) : 숨어서 도를 닦음. 고수(苦修) : 고통을 참고 수행함.

욱 감사한[25] 마음으로 봉행할지로다.[26]

해설

　이 미담은 성경에 나오는 이야기와 흡사합니다. 『열왕기』 하권 5장에는 '엘리사가 나아만의 나병을 고쳐 주다'라는 제목의 말씀이 있습니다. 이 말씀과 이 미담은 주요인물이나 중심 사건은 동일하면서 주제와 결론은 달리 하고 있습니다. '쉬운 일에 더욱 순명하라'는 제목에 맞게 성경을 이용해서 새로운 미담을 창작한 것입니다.

　특히 이 미담에는 『열왕기』 하권 5장의 말씀 중에서 엘리사에게 치유를 받고 돌아가던 나아만을 뒤따라가서 은과 예복을 얻은 사건과 그 때문에 엘리사로부터 벌을 받아 나아만의 나병이 옮은 게하지의 이야기는 전혀 등장하지 않습니다. 『열왕기』 하권 5장 중 특정 부분을 중심으로 각색하여 새 주제로 새 미담을 창작한 것입니다. 성경 말씀이 치유를 주제로 엘리사와 하느님에 강조점이 있었다면 이 미담은 나아만을 중심으로 일상에서 지키고 따라야 할 신앙생활이 중심입니다. 이 둘을 서로 비교하며 읽어보는 것도 흥미롭습니다.

　이 미담은 나아만이 엘리사가 하라고 한 쉽고 단순한 명령을 따라 나병에서 치유될 수 있었던 것처럼 천주교인들도 천주가 명령한 쉬운 일들을 순명으로 따르라고 권고합니다. 그것은 아침기도와 저녁기도, 염경기도, 주일과 축일, 금육, 고해영성체, 단식입니다. 숨어서 도를 닦고 고통을 참고 수행하는 어려운 생활이 아니라 하느님이 명하신 쉽고 단순한 일들을 실천함으로써 천국에 들어갈 수 있다는 것이 이 미담의 주제입니다. '쉬운 일에 더욱 순명하라'는 제목처럼 이 미담은 쉬운 일을 어떻게 하느냐에 천주교인으로서의 신앙 여부가 좌우됨을, 천국행의 가부가 결정됨을 알려줍니다.

25　원문은 '감샤로온'.
26　봉행(奉行)하다 : 뜻을 받들어 행하다, 제사나 의식 따위를 치르다.

착한 모친과 착한 아들

착흔모친과착흔아들

갈투시아노^{카르투시오} 수도회에서¹ 디오니신^{디오니시오}라 하는 수사가 기록하여 이르되, 한 소년이² 이제 세속을 끊고 수도회에 들어가기를 간절히 원하는 동안³ 그 모친은 많은 이유로써 만류하여⁴ 그 뜻을 이루지 못하게 조당하더라.⁵ 그러나 그 소년은 굳센 마음으로 모친의 만류함을 듣지 아니하고 자기 지향을 변치 아니하며 이르되, "내 모친이여, 나는 내 구령사정을⁶ 튼튼히 안배하여 내 영혼을 구하기를 원하나이다" 하니, 그 모친이 자기 훈수와⁷ 만류함이 다 쓸데없는 줄을 보고 아들로 하여금 수도회에 입원하여⁸ 그 뜻을 이루기를 허락하니라.

그 소년이 이에 마음이 흡족하여 즉시 수도회에 들어가서 닦을 동안, 첫 번은 열심하다가 여러 해가 됨에 차차 냉하여 모든 본분을 소홀히 하고 게을리 할 동안에, 그 모친은 벌써 선종하고 이 수사는 위중한 병이 들었더라. 하루는 신목으로써⁹ 보니, 곧 자기가 천주의 엄한 대전에¹⁰ 나아가 심판을 받을 때¹¹ 자기 모친이 거기 계시고 또

---

1 카르투시오 수도회 ☞【더 알아보기】.

2 청년. 원문은 '쇼년' → 소년(少年) : 젊음, 청년기(『한불자전』). 당시에는 청년을 소년으로 지칭하였다.

3 원문은 '원홀시'. 여기서는 '원하는 동안'으로 풀어서 옮겼다.

4 만류(挽留)하다 : 붙들고 못 하게 말리다.

5 조당(阻擋)하다 : 나아가거나 다가오는 것을 막아서 가리다.

6 구원사정(久遠事情)을. 원문은 '구령ᄉ정'. 구령(救靈) : (가톨릭) 신앙의 힘으로 영혼을 구원하는 일.

7 훈수(訓手) : 남의 일에 끼어들어 이래라저래라 하는 말.

8 입회하여. 수도회에 들어가서.

9 신목(神目) : 영신(靈神)을 보는 눈.

10 원문은 '엄딕젼'. 여기서는 '엄(嚴)한 대전'으로 풀어 옮겼다. 대전(大殿)은 임금이 거처하는 궁전이나 여기서는 죽은 후 심판을 받는 공간인 하느님 나라.

11 원문은 'ᄉ'.

허다한 무리들이 둘러있어 하침의 결안을[12] 기다리는데, 자기도 또한 이 불행한 무리 중에 있더라. 그 모친이 자기 아들도 지옥에 하침할 무리 가운데 있음을 보고 크게 놀라며 황겁하여[13] 이르되, "내 사랑하온 아들아, 이것이 웬일이냐?[14] 어찌하여 이 악자들[15] 중에 있느냐? 너 이전에 내게 말했던 바[16] '나는 내 구령사정을[17] 튼튼히 안배하여 내 영혼을 구하기를 원하나이다' 하던 유명하고 아름다운 말이 이제 어디 있느냐? 네가 이를 위하여 세속을 끊고 수도회에 들어간 효험이 어디 있느냐?" 하니, 그 수사가 모친의 이 책망을 듣고 부끄럽고 황송하여 아무 말도 대답하지 못하니라.

그 수사가 이 무서운 발현을[18] 본 후에 다시 정신을 차릴 동안 그 중병이 또한 다 나은지라. 이에 잠잠히 생각하되, '이 발현은 곧 천주가 나를 경계하심이로다'[19] 하고 그제부터는 이전 잘못한 것을 회개하여, 날마다 체읍하는[20] 눈물로써 이전 죄를 씻으며 고신극기를[21] 어떻게 엄절히[22] 하던지,[23] 다른 수사들이 그 고공이[24] 너무 과함을[25] 보고 그 육신 건강에 해로울까 염려하여 고신극기를 절조[26] 있게 하며 조금 감하라[27] 권하는지라. 그 수사가 훈수를[28] 듣고 대답하되, "내가 인자한 모친의 꾸지람도 감당치 못하였거든 하물며 심판날에 지엄하신 천주의 엄책을[29] 어찌 감당하리오" 하

---

12 여기서 '하침의 결안'은 '지옥에 떨어지는 결정'이다. 하침(下沈)하다 : 지옥에 떨어지기, 지옥에 가다(『한불자전』). 결안(決案) : 결정된 안건.
13 황겁(惶怯)하다 : 겁이 나서 얼떨떨하다.
14 원문은 '우엔'.
15 악자(惡子) : 악한 사람들, 나쁜 사람들.
16 원문은 '닐ᄋ던바'.
17 구원사정을 ☞ 주 6.
18 발현(發現) : 속에 있거나 숨은 것이 밖으로 나타나거나 그렇게 나타나게 함. 또는 그런 결과.
19 경계(警戒)하다 : 옳지 않은 일이나 잘못된 일들을 하지 않도록 타일러서 주의하게 하다.
20 체읍(涕泣)하다 : 눈물을 흘리며 슬피 울다.
21 고신극기(苦辛克己) : 육체를 괴롭히면서 참아내는 고행. 그리스도교 전통에서는 자발적인 고통의 감수와 고신극기를 그리스도의 사랑을 모방하는 수단의 하나로 여겼다(『가톨릭대사전』 고통 편 참조).
22 엄절(嚴切)히 : 태도가 매우 엄격하게.
23 원문은 '하든지'. 그러나 현대 국어 어법에 맞게 '하던지'로 옮겼다.
24 고공(古功) : 고난과 공적(『한불자전』).
25 지나침을. 과(過)하다.
26 절조(節操) : (북한어) 법도에 맞고 바른 규모. 원문은 '절조'.
27 감(減)하라 : 줄이라.
28 ☞ 주 7.

고 그 고신극기[30] 하는 공부를 고치지 아니하여 선종할 때까지 항구히 지키니라.

이 표양을[31] 보건대, 사람이 착한 일을 시작함이 귀하지 아니하고, 오직 시작부터 끝까지 항구함이 귀하며, 또 부모 된 이는 어느 때든지 항상 그 자녀를 착히 인도할 것이요, 자녀 된 이는 어렸을 때나 장성할 때나, 세속에 있으나 수도회에 있으나, 항상 부모의 착히 인도하심과 거룩히 교훈하심을 명심불망하여[32] 순종하여야 영혼대사를[33] 그르치지 아니하나니라.

1910년대 마지막 미담 작품입니다. 1910년대 후반부 미담일수록 형식에서는 분량이 길어지고 내용에서는 무엇보다 일상에서의 신앙생활과 관련된 미담들이 많아졌습니다. 이 미담 역시 주인공이 수사이지만, 천주교 신자들의 신앙생활과 관련된 미담입니다.

서두는 미담의 출처, 즉 저자에 대한 정보를 밝히는 것에서 시작합니다. 이에 근거한다면 이 미담은 디오니시오 수사가 원저자이며 이를 번역하고 첨언하여 옮긴 작품입니다. 첫 단락은 수도회에 들어가기를 원하는 아들과 이를 반대한 어머니의 갈등과 화해를 소개합니다. 두 번째 단락은 수도회에서 생활하다 본분에 게을러진 수사가 병에 걸린 중에 심판을 받는 발현을 보게 된 사건을 다룹니다. 세 번째 단락은 발현 목격 이후 수사의 변한 생활을, 마지막 단락은 주제 단락으로 이 미담을 통해 저자가 강조하는 바를 전달합니다.

특히 첫 단락부터 세 번째 단락까지 매 단락마다 대화법을 통해 사건 전개 및 심리 묘사와 주제의식을 강화하였습니다. 첫 단락과 두 번째 단락에서 어머니와 아들의 대화를 대조적으로 제시하였습니다. 구원을 당당하게 원했던 아들에 대한 어머니의 실망과 걱정이 두 번째 단락에서 어머니의 대사를 통해 그대로 전달됩니다.

마지막 단락에서 언급하듯이 이 미담은 착한 일을 행하는 데 있어서 '항구함'의 중요성을 주장한 미담입니다. '사람이 착한 일을 시작함이 귀하지 아니하고, 오직 시작부터 끝까지 항

---

29 엄책(嚴責) : 엄하게 꾸짖음. 또는 그런 꾸중.

30 ☞ 주 21.

31 표양(表樣) : 모범, 예(『한불자전』). 『표준국어대사전』에서는 '겉으로 드러난 표정이나 모양'으로 풀이함.

32 명심불망(銘心不忘) : 마음에 깊이 새겨 두어 오래오래 잊지 아니함.

33 대사(大事) : 큰 일, 매우 중요한 일(『한불자전』). 원문은 '대亽'.

구함이 귀하'다는 구절이 인상적입니다. 착하게 시작한 일도 악으로 변하는 경우가 있고, 한 번 착한 일을 했지만 항구하지 못한 경우도 참 많습니다. '세속에 있으나 수도회에 있으나' 항상 착하게 살고 착하게 인도하고 착하게 따르는 것, 즉 어디에서든 항상 착하게! 물론 이는 쉽지 않습니다. 그러나 그 길이 영혼의 길이자 신앙의 길임을 말하며, 1910년대 미담은 막을 내립니다.

더 알아보기

카르투시오 수도회(The Carthusian Order) 창설자 : 부르노(Bruno, 1032~1101). 카르투시오회는 11세기 말 무렵 프랑스에서 생겨났다. 그 당시 유럽에는 사람의 발걸음이 닿지 않던 광활한 숲이 아직 많이 남아 있었는데 그 숲 속에는 오직 하느님 안에서 기도생활과 엄격한 삶을 꾸려나가는 은수자들이 있었다. 당시 저명했던 신학교수 성 브루노는 그러한 삶을 살고 싶은 열망에 카르투지아라고 불렸던 알프스 산악지대의 한 험준한 산으로 들어갔다. 그러나 혼자가 아니라 6명의 동료가 그와 함께 떠났다. 브루노 성인은 동료들이 함께 함으로 해서 각자가 정신적으로 도움을 얻고 또 순명을 실천할 수 있다는 점 때문에 은수생활은 여러 형제가 함께 하는 것이 더 안전하리라 생각했다. 이러한 관점 때문에 카르투시안 은수자들은 각자 독립된 작은 거처에서 생활한다. 그러나 이 거처들은 서로 가까이 붙어 있으며 모두가 하나의 회랑으로 연결되어 있어서 그것을 통해 수도원의 성당으로 쉽게 갈 수 있다. 각 수도승은 하루 종일 자신의 독수처에서 생활하지만 하루 세 번 독수처를 나와서 전례기도를 위해 성당에서 동료 형제들과 함께 한다.

카르투시오회는 먼저 유럽에서 퍼져 나갔고 20세기에 들어 미국과 라틴 아메리카등 유럽 이외의 지역에서 창립이 이루어졌다. 2000년경에는 한국에서의 창립에 착수 하였고 2004년 이래 한국에 있는 '성모의 카르투시오 수도원'은 성 브루노께서 물려주신 전통에 따라 삶을 시작하였다. 카르투시안의 삶을 선택하는 사람은 온전히 하느님만을 위하여 살기를 원하는 사람이다. 성서에서, 특히 신약에서, 그리스도교인들은 하느님과의 친밀한 결합 안에서 하느님에 의해 살아가도록 심오한 내적 변화로 불림 받은 사람들임을 볼 수 있다. 수도승은 스스로를 변화시키는 이 은총의 작용이 자신 안에 잘 일어나도록 최대한 자신을 내어 놓는 것 외에 다른 목표가 없다. 그는, 절도 있는 엄격과 결합된 기도생활을 통해 감히 말하자면 하느님과 사귐을 추구한다. 그는 이렇게 하느님의 내적 은총의 작용에 자신을 맡기며 다른 이들을 위한 신적 은총의 물고가 되기를 희망한다.

카르투시오 수도원들은 가능한 한 외지고 고요한 곳에 지어지며 그 수도승들은 온전히
관상생활에 봉헌된다. 그들의 고독한 삶의 형태는 그들에게 어떠한 사도직도 허용하지
않는다. 카르투시오 수도원은 또한 피정객을 받지 않는다. 자신의 성소에 대해 자문하며
카르투시안의 삶이 자신의 길인지를 가늠해 보고 싶은 성소자들에게만 방문이 허용된다.
한국의 카르투시오회 수도원은 안동교구의 남부에 위치해 있다.
【참고문헌】 카르투시오 수도회, '소개', http://chartreux.org/ko/houses/nd-coree/
index.php, 검색일 : 2014.4.9.

1920년대
미담

지엄한 보속으로 미죄를 벌[1]

지엄흔 보쇽으로미죄를벌

　예전 사기를[2] 보건대 으세비오^{에우세비오}와 암미아노라 하는 이는 둘이 다 성덕이[3] 출중한 수사들이라. 하루는 이 두 수사가 함께 복음성경을[4] 읽을 때,[5] 암미아노는 복음성경을 읽고 으세비오^{에우세비오}는 설명하더라. 암미아노가 복음성경을 읽다가 어려운 곳을 만나 으세비오^{에우세비오}에게 풀님하기를[6] 청하였는데,[7] 으세비오^{에우세비오}는 그때에 마침 성경 말씀 듣기에 착심치[8] 아니하고 그 근처에서 농부가 일하는 것을 쳐다보기로 분심[9] 들어 무슨 말을 읽었는지 기억치 못함으로 다시 읽기를 청하였는데, 암미아노가 엄책하여[10] 이르되,[11] "그대는 농부의 일 하는 것을 쳐다보기로 쾌락을 삼고 성경 말씀에는 잠심치[12] 아니하였도다." 으세비오^{에우세비오}가 이 책망을 듣고 어떻게 아파하고 부끄러워하였든지 종신토록 눈을 엄벌하여[13] 농부의 일하는 것을 쳐다보지 아니할 뿐 아니라 하늘과 및 별도 쳐다보기를 엄금하니라.[14]

1　목차 색인(연말에 있는 총정리 목차)에서 누락되어 있는 미담이다.
2　사기(史記) : 역사적 사실을 기록한 책.
3　성덕(聖德) : 성인(聖人)의 덕.
4　복음성경(福音聖經) : 하느님의 '기쁜 소식'을 전해 주는 성스러운 책이란 뜻으로 4복음서를 가리킨다. 『한불자전』(1880)에 수록되어 있다. 현재는 '복음서'로 불린다(『가톨릭』).
5　원문은 '싀'.
6　풀어주기를, 해설해주기를. 풀님 : 주석, 설명, 주해(『한불자전』).
7　원문은 '쳥흔듸'.
8　착심(着心)하다 : 어떤 일에 마음을 붙이다. (북한어) 마음을 다잡아 명심하다.
9　분심(分心) : 마음이 어수선하여 주의가 흩어짐.
10　엄책(嚴責)하다 : 엄하게 꾸짖다.
11　원문은 '닐ㅇ듸'.
12　잠심(潛心)하다 : 어떤 일에 마음을 두어 깊이 생각하다.
13　엄벌(嚴罰)하다 : 엄하게 벌을 주다.

이러므로 으세비오^{에우세비오}가 이날부터 지극히 궁벽한 산중에 들어가 극히 협착한[15] 움막에서 45년 동안을 보속할 때[16] 극중한[17] 쇠 테두리로써 허리 지경을[18] 묶고 또 더욱 중한 쇠 테두리로써 자기 목을 에우고 쇠사슬로 두 쇠 테두리를 당기어매니, 머리와 및 윗도리가[19] 불가불 땅에 굽어 다닐 수도 없고 전답을 쳐다볼 수도 없고 더구나 하늘을 쳐다볼 수 없게 하여, 이와 같이 45년의 장구한 세월에 엄히 보속하니라.

예전 성현들은 소죄와[20] 미죄도[21] 이렇듯이 엄히 보속하였으니 중죄와[22] 대죄를[23] 위하여는 더욱 엄히 보속함이 필요하도다. 연옥[24] 벌의 엄중함을 생각하면 죄 보속은 금세에서 못 다하면 후세에서 일정코[25] 면치 못하리니 우리는 금세에서 보속을 다하기로 힘쓸지로다.

해설

'보속'을 주제로 한 미담입니다. 작품 앞머리에서 이 미담의 기원을 밝히고 마지막 단락에서는 주제 및 교훈을 덧붙였습니다. 서두에 따르면 이 미담은 사기(史記)의 기록을 토대로 하였음을 알 수 있습니다. 사기 중에서도 성인전의 내용은 미담 창작의 원천이었습니다. 이 미담의 주인공인 에우세비오와 암미아노는 4세기경의 성인으로 기록에 남아 있는 인물입니다. 작품에서는 성덕이 출중한 수사로만 소개되어 있지만 기록에 따르면, 에우세비오 성인

---

14 엄금(嚴禁)하다 : 엄하게 금지하다.

15 협착(狹窄)하다 : 자리가 매우 좁다. 형편이 매우 어렵다.

16 원문은 '보쇽할시'. 보속(補贖) : 가톨릭에서 죄로 인한 나쁜 결과를 보상하는 일.

17 극중(極重)하다 : 극히 무겁다. 몹시 무겁다.

18 지경(地境) : 경계. 원문은 '디경'.

19 원문은 '웃도리'.

20 소죄(小罪) : 가톨릭에서 고해성사를 아니하고도 용서받을 수 있는 가벼운 죄.

21 미죄(微罪) : 사소한 죄 또는 대단치 아니한 죄.

22 중죄(重罪) : 무거운 죄.

23 대죄(大罪) : 큰 죄, 가톨릭에서 하느님을 거역하고 인간의 자유 의지로 행동하여 구원이 없는 죽음에 이르는 죄. 고해성사로 용서받을 수 있다 한다.

24 연옥(煉獄) : 죽은 사람의 영혼이 천국에 들어가기 전에 남은 죄를 씻기 위하여 불로써 단련 받는 곳.

25 확실히. 원문은 '일뎡코'. '일뎡(一定)하다'는 『한불자전』에 따르면 확실하다, 틀림없다는 뜻이다. 때문에 여기서는 '확실하게', '분명히'의 의미이다. 현대 한국어에서는 '일정(一定)하다'는 하나로 정하여져 있다, 한결같다, 규칙적이다는 뜻으로 쓰여 『한불자전』에서의 풀이와는 차이가 있다.

은 설득력 있는 설교자이자 은수자였습니다. 이 작품의 주인공인 에우세비오도 암미아노가 읽는 복음서의 내용을 풀이해 주는 인물로 등장합니다. 이런 점은 미담의 주인공인 두 수사가 실제 성인이었거나, 혹은 미담 작품 창작에서 인물을 설정을 할 때 인물의 이름에 따라 성격을 규정했다고 볼 수 있습니다.

1단락은 에우세비오 성인이 은수자가 된 배경에 대한 내용이라면 2단락은 그가 은수자가 되어 보속을 한 내용을 기술합니다. 에우세비오는 암미아노가 읽어주는 복음서에 귀기울이지 않았습니다. 농부가 일하는 모습 때문에 분심이 들었습니다. 이에 암미아노는 에우세비오를 엄하게 책망합니다. 이후 에우세비오는 좁은 움막에서 45년간 보속합니다. 3단락은 주제와 교훈을 제시하는 단락입니다. 소죄나 미죄에도 엄하게 보속하였던 에우세비오처럼 이승에서 보속을 다 할 수 있도록 힘쓰라고 강조합니다.

에우세비오의 보속 행위가 현재의 시점으로 본다면 너무나 가혹합니다. 실제로 초기 교회에서는 보속이 무척 엄격하였습니다. 지금은 그처럼 엄하게 행하지는 않지만 작은 죄에도 예민할 수 있는 신앙인, 죄를 지은 후에는 그 죄에 대해 스스로 보속하고자 하는 열의와 노력을 지닌 그리스도인으로 살아가라고 이 미담은 강조합니다.

더 알아보기

으세비오 ☞ 에우세비오(Eusebius) 축일 1월 23일, 성인, 신분 은수자, 활동지역 코리프산(Mount Coryphe), 활동연도 4세기, 성 에우세비오는 시리아의 안티오키아(Antiochia) 부근 코리프 산에서 은수자 공동체를 지도하며 살았다. 그는 매우 설득력 있는 설교자였으며, 4일에 한 번만 식사를 할 정도로 극도의 참회와 고행을 실천하였다.

암미아노(Ammianus) 축일 9월 4일, 활동년도 310년, 순교자, 성 테오도루스(Theodorus), 성 오케아누스(Oceanus), 성 암미아누스(또는 암미아노)와 성 율리아누스(Julianus)는 동로마 제국 막시미아누스 황제의 통치 중에 화형대 위에서 화형을 당해 순교하였다.

성덕(聖德) ☞ 미담 5.

복음성경(福音聖經) 가 하느님의 '기쁜 소식'을 전해 주는 성스러운 책이란 뜻으로 4복음서를 가리킨다 ☞ 복음서 : 신약의 마태오, 마르코, 루가, 요한 등 4개의 성서를 복음서라 부른다. 그러나 초대 교회시대에는 토마스 복음서, 히브리 복음서 등 정전 이외에도 복음서라 불리는 것들이 있었다고 알려지고 있다. 복음서라고 불리는 것은 그 내용과 형식이 다른 성경과 구별되기 때문이다. 복음서의 내용은 예수 그리스도께서 가르친 하느님의 나라에 대한 소식, 혹은 예수그리스도에 의한 구원의 소식이다. 여기에 신학적 해석이 첨가되고 선교를 위해 이야기체로 엮어졌다. 그리고 형식에 있어서도 문학적인 묘사보다는 구원의 메시지를 기록하는데 더 많은 관심이 주어졌다. 4권의 복음서 중에서 마르코 복음이 가장 먼저 서술되었으며, 마태오 복음서와 루가 복음서는 마르코 복음서와 상당한 부분이 서로 일치하기 때문에 3복음서를 공관복음서(共觀福音書)라고 부른다. 공관복음서보다 1세기 정도 늦게 씌어졌으리라고 생각되는 요한 복음서는 저자의 개성이 분명하게 드러나며, 세련되고 수준 높은 드라마를 연상케 한다. 이들 복음서는 초대 그리스도교 공동체 형성에 하나의 구심적 역할을 담당했고, 공동체 생활의 원동력이 되었다. 이방인 선교에 있어서도 마찬가지다.

우리나라 최초의 성서는 1795~1800년경 이가환(李家煥)과 정약종(丁若鍾) 두 사람이 번역한 성서로, 그 사실 여부는 알 수 없고, 기록으로만 남아 있다. 그 뒤 1892~1897년경 4복음서의 일부가 번역되어 『성경직해』란 서명으로 간행되었고, 1910년에는 불가타역의 4복음서를 번역한 한기근(韓基根, 바오로) 신부의 『사사성경』이 출판되었다. 한 신부는 또 1922년 『종도행전(宗徒行傳)』(사도행전의 번역서명)을 번역하였고, 신약성서의 나머지 부분은 1941년 덕원 베네딕토 수도원의 실라이허(A. Schleicher) 신부가 모두 번역하여 1971년까지 교회의 공인 역본으로 사용하였다. 그 뒤 교회일치운동의 일환으로 가톨릭과 개신교가 합동으로 성서공동번역에 착수하기로 하여 출간된 『공동번역성서』가 공인 성서로 사용되고 있다.

보속(補贖) ☞ 미담 18.

천신들이 기구하는 정성을 살펴보심

턴신들이긔구ㅎᄂ졍셩을ᄉᆞ펴보심

시스델시엔시^{시토} 수도회[1] 사기에[2] 기록하였으되, 하루는 성 벨나도^{베르나르도} 원장이[3] 당신 수사들로 더불어[4] 야과경(夜課經 경본의 한 부분)을[5] 통경하실[6] 때 보시니, 허다한 천신이[7] 발현하여[8] 수사들이 어떠한 정성과 어떠한 열심으로 염경하는지[9] 세밀히 살피시며, 또한 각 수사의 정성을 각각 기록하시더라. 어떤 수사들의 정성은 금글자로 기록하시고 어떤 수사들의 정성은 은 글자로 기록하시고 어떤 수사들의 정성은 다만 먹으로 기록하시고 어떤 수사들의 정성은 맹물로[10] 기록하시고 어떤 수사의 정성은 아무것도 기록하지 아니하시니, 이는 각 수사의 마음 정성과 조심함과 그 의향과 열심을 헤아려 기록하심이요, 아무것도 기록하지 아니하는 수사는 육신은 비록 통경하는 자들 중에 있으나 그 마음과 생각은 다른 곳에 있어 딴 사정에 분심함이러라. 경본을 거의 마쳐 사은찬미(데데움)를[11] 창할[12] 때에는 천신들이 더욱 세밀히 조사하

---

1 시스델시엔시 수도회는 현재의 '시토회'이다☞【더 알아보기】.

2 사기(史記) : 역사적 사실을 기록한 책.

3 베르나르도☞【더 알아보기】.

4 수사들과 함께.

5 야과경☞【더 알아보기】.

6 통경(通經)하다 : 가톨릭에서 두 사람 이상이 서로 번갈아 가며 소리를 내어 기도문을 읽다. 지금은 '응송'이라는 용어를 자주 사용한다.

7 천사.

8 발현(發現; 發顯)하다 : 속에 있거나 숨은 것이 밖으로 나타나다. 또는 나타나게 하다.

9 염경 : 기도문을 읽거나 외는 행위. 또는 그 기도문.

10 원문은 '민물'.

11 찬미(讚美) : 아름답고 훌륭한 것이나 위대한 것 따위를 기리어 칭송함. 찬송. 데데움→떼데움(Te Deum) ☞【더 알아보기】.

12 창(唱)하다 : 의식의 순서를 적은 것을 차례에 따라 소리 높여 읽다. 가락에 맞추어 높은 소리로 부르다.

여 이리저리 다니시며 각 수사들을 살펴보아 혹시 이 사은찬미가를[13] 정성되이 염하
는지[14] 알고자 하심이러라. 벨나도^{베르나르도} 성인이 이 기이한 발현을 보시며 함께 염
경하는[15] 수사들을 또한 살펴보시니 어떤 수사들은 어떠한 열정으로 경본을 염하는
지 곧 그 입에서 열심의 불꽃이 발함을 보시니라.

　우리도 묵상을[16] 하거나 염경을 하거나 혹 무슨 선공을[17] 행할 때에 천신이 우리 옆
에 계셔 우리 열심과 정성과 의향 두는 것을 낱낱이[18] 기록하시나니, 잘 하면 금빛이나
은빛으로 기록하실 것이요 잘못하면 맹물로도 기록하여 주시지 아니하시리니, 우리가
염경기구할[19] 때에 졸거나 기지개를 켜며 하품을 하거나 마음이 사방에로 흩어져 딴
사정에 분주하면 아무 상급도 받지 못하리니, 극히 조심하여 염경기구할지로다.[20]

해설

　염경기도를 할 때에 정성을 다하라는 주제를 담은 미담입니다. 천주교 전례에는 소리를 내
어 기도문을 읽거나 외는 염경기도가 많습니다. 평신도들뿐 아니라 이 미담에서 소개하고
있는 수도회의 수도자들의 경우도 마찬가지입니다. 그들은 정해진 시간마다 시편기도를 포
함해서 회원들과 함께 구송을 하며 기도문을 바치곤 합니다. 염경기도는 한 목소리로 같은
지향을 두고 기도함으로써 일치감을 이룰 수 있는 기도입니다. 반면 입으로 기도문을 줄줄
이 읽거나 외우면서도 다른 생각을 하며 분심에 쉽게 빠질 수 있는 단점도 있습니다.

　작품 서두에서 이 미담의 출처는 '시토회'의 역사기록이라고 밝힙니다. 역사적 사실은 미
담뿐 아니라 서사문학의 원천이 되곤 합니다. 역사소설의 경우가 대표적입니다. 미담 역시
이야기의 근원을 수도회 역사 기록에서 취하기도 하였습니다. '시토회'는 수도회 중에서도

---

13 사은찬미가(謝恩讚美歌) = 떼데움 ☞ 주 11. 원문에서는 어미 '−나'가 사용되어 '샤은찬미가나'로
　　표기되어 있다. '−를'을 '−나'로 오기한 듯하여 여기서는 '사은 찬미가를'로 옮겼다.

14 염하다 : 불경이나 진언 따위를 외우다. 원래는 불교에서 온 용어. 원문은 '념하다'.

15 ☞ 주 9.

16 묵상(黙想) : 눈을 감고 말없이 마음속으로 생각함. (가톨릭) 말없이 마음속으로 기도를 드림.

17 선공(善功) : 좋은 결과를 낳는 공덕.

18 원문은 '낫낫치'.

19 염경기도 ☞ 주 9.

20 염경기도를 하여야 한다.

가장 엄격한 수도회로 알려져 있습니다. 때문에 시토회 수도자들이 기도할 때 분심에 빠지리라고는 상상하기 힘듭니다. 이 작품은 시토회를 배경으로 정성껏 기도하는 것이 얼마나 어려운가를 강조하고 있습니다.

　시토회의 기도 시간이 영화의 한 장면처럼 등장합니다. 천사들이 기도하는 사람 옆에서 그 사람은 모르게 정성과 열심을 살펴 금, 은, 먹으로 기록하거나 아무것도 기록하지 않는 모습이 흥미롭습니다. 천사는 우리의 기도를 하늘로 전달해주는 기록자로 등장합니다. 열심과 열정으로 기도하는 수사의 입에서는 불꽃이 피어나기까지 합니다. 기도는 정성으로 하늘에 닿고자 하는 지향입니다. 습관이나 형식에 빠져 정성스러움과 그 노력을 잃어버린다면 헛일에 불과함을 당시의 독자들은 이 미담을 통해 느꼈을 터입니다.

시스델시엔시 수도회 ☞ 미담 99, 시토회.

베르나르도(Bernard) ☞ 미담 106.

야과경(夜課經) 〔가〕 성무일도(聖務日禱)의 첫 정시과(定時課). 우리나라에서는 야과경(夜課經)이라고도 하였다. 자정 직후부터 이른 아침까지 바쳐지던 기도였으나 제2차 바티칸 공의회의 전례개혁 때 독서의 기도(Office of Reading)로 바뀌었다. 독서의 기도는 3개의 시편(詩篇) 구절과 2개의 독서(讀書)로 구성되어 있는데 이 기도가 끝나면 바로 아침기도가 이어진다.

떼데움 〔전례〕 라틴어 Te Deum. 감사와 찬미의 노래 또는 찬미가의 라틴어 제목('하느님이신 당신'을 뜻하는 첫 두 단어)이며 우리말로 '사은 찬미가'라 부른다. 처음에 사은 찬미가는 암브로시오, 아우구스티노 또는 힐라리오의 작품으로 여겨졌으나 지금은 4세기 레메시아나의 주교 니체따스가 쓴 것으로 알려져 있다. 사은 찬미가는 기쁨과 감사를 표현하기 위하여 특별한 경우뿐 아니라 장엄한 의식과 전례 행사 때 사용된다. 전례 안에서 사은 찬미가는 사순 시기 이외의 주일, 예수성탄 대축일과 예수부활 대축일의 팔일 축제, 대축일과 축일의 말씀 기도를 마치면서 왼다.

본래 사은 찬미가의 본문은 세 개의 연으로 이루어진 시였다. 첫 구절은 주제를 언급하여 "찬미하나이다. 우리 천주여, 주님이신 당신을 찬미하나이다" 하고 말한다. 그렇기 때문에 사은 찬미가는 찬미의 노래이다. 세 개의 연은 명확히 구분되며 하느님, 삼위일체, 그리스도를 차례로 지적한다. 첫째 연은 하느님 흠숭으로 끝나고 둘째 연은 삼위일체께 대한 신앙의 기도로 끝나며 셋째 연은 그리스도께 마지막 탄원을 드리는 것으로 끝난다. 마지막 연에는 본디 이 찬미가의 일부가 아니었으나 시편 시구들에서 취한 일련의 청원 기도들이 한 부분으로 편입되어 있다. 이 부분을 찬미가에 덧붙일 수도 있으나 의무적으로 규정되어 있지는 않다.

성모상본을 공경함으로 회두함

성모샹본을공경홈으로회두홈

예전에 공살네스 실베이라라 이름하는[1] 신부는 아프리가^{아프리카} 모노모다바^{모노모}^{타파} 지방에서 전교할 때,[2] 항상 성모의 상본을 모셔 두고[3] 열심으로 공경하더니, 하루는 그 나라 대신이 와서 성모의 기이한 상본을[4] 뵈옵고 돌아가서 그 왕께 아뢰되, "전교사의[5] 집에는 절묘한 부인이 있음을 보았나이다." 왕이 이 말을 듣고 신부를 청하되, "집에 있는 부인을 함께 데리고 오라" 하는지라. 공살네스 신부가 성모상본을 공순히 모시고 대궐에 들어가니 왕이 보고 매우 신기히 여겨 그 상본을 자기 큰 방에 공경하여 모셔 두었더라. 왕이 잘 때에 성모가 발현하사 왕을 보시고 말씀을 하시나 그러나 왕은 그 말씀을 도무지[6] 알아들을 수가 없더라. 이와 같이 닷새 밤에 연이어 그 발현하심과 말씀하심을 보고 들으나 당초에[7] 알아들을 수가 없음에, 왕이 심히[8] 답답하여 전교신부를[9] 청한 후 그 사정을 자세히 말하거늘, 공살네스 신부가 이르되, "천상의 모황은[10] 천상에 것만 말씀하시나니, 천상의 것을 숭상하는 천주교인이 아니고는 알아들을 수 없는 일이니다." 왕이 이르되, "그러면 나도 성교를[11] 봉행하여[12] 천상의

---

1 일컬어지는. 이름하다 : 다른 것과 구별하기 위하여 사물, 단체, 현상 따위에 부르는 말을 붙이다.
2 선교할 때.
3 원문은 '뫼셔두고'.
4 그리스도, 성모 마리아, 천사, 성인 등의 모상(模像) ☞【더 알아보기】.
5 지금의 선교사. 전교사(傳敎師) : 원래는 불교 용어로 쓰임. 법등과 법맥을 전하는 사람 = 전법사(傳法師).
6 원문은 '도모지'.
7 당초(當初)에 = 당최 : 도무지, 영.
8 매우.
9 선교사 신부.
10 지금은 '천상의 모후'로 부른다 ☞【더 알아보기】.

모후를 즐겁게 하겠노라" 하고 성교도리를[13] 배운 후에 성세를[14] 받을 때 그 왕후와 대신들도 왕을 따라 영세입교하고[15] 성모 마리아께 성교에 나아오게 하신 막대한 은혜를 감사하니라.

　아프리카를 배경으로 한 성모발현 미담이자 영세 입교담입니다. 작품의 등장인물인 왕이 신기한 보물인 양 성모 상본을 모셔 놓은 후 성모님의 발현을 목격하면서도 성모님이 하시는 말씀을 알아들을 수 없었다는 설정이 흥미롭습니다. 성모님이 하시는 말씀을 알아듣기 위해 왕은 천주교에 입교합니다. 공살네스 신부는 왕의 질문에 자신의 해석을 제시하기보다는 '천상의 모황은 천상의 것만 말씀하시나니, 천상의 것을 숭상하는 천주교인이 아니고는 알아들을 수 없는 일'이라며 그를 천주교로 이끄는 계기를 마련합니다.

　성모님 발현의 은총과 선교 신부의 지혜로운 말로 미담의 주인공인 왕은 천주교로 입교할 수 있었습니다. 특히 공살네스 신부의 답변에서 천상의 것을 숭상하는 사람들로 천주교인을 정의한 부분이 인상적입니다. '천상의 모황'이나 '천상의 모후'와 같은 성모님을 부르는 호칭도 등장합니다.

상본(像本) ☞ 미담 24.

천상의 모황 ☞ 천상의 모후(天上母后) 〔가〕 라틴어 Regina Coeli 예수의 어머니인 마리아의
　　　칭호. 천상에 계시는 어머니라는 뜻이다. 티 없이 깨끗한 동정녀 마리아는 원죄에 물들지
　　　않았으며(비오 9세 칙서), 지상생활을 마친 후에 영혼과 육신이 천상 영광에로 부르심을

11　가톨릭교, 천주교. 성교(聖教) : 성스러운 종교, 가톨릭교(『한불자전』).

12　봉행(奉行)하다 : 뜻을 받들어 행하다.

13　성교회의 교리. 도리 : 이는 사람이 마땅히 지켜야 할 바른 길을 말하며, 하느님께서 주재하시는 세상
　　만물의 운행과 이치라고 할 수 있다. 그런데 옛 교우들은 이 말을 가톨릭의 '교리(教理)'라는 의미로
　　사용하였다(『가톨릭대사전』).

14　성세성사를, 영세를 ☞【더 알아보기】.

15　영세입교(領洗入教) : 세례를 받아 정식으로 신자가 되어 교회의 구성원이 됨. 종교를 믿기 시작함.

받아(비오 12세 헌장), 주님으로부터 천상 천하의 모후로 추대 받았다(교회헌장 59).

성세☞ 성세성사(聖洗聖事) 矛 성세 또는 세례. 물로 씻는 예식으로 이루어지는 세례. 가톨릭 교회의 성사이며 가견적(可見的) 교회 즉 그리스도를 믿는 신앙의 단체에 입적(入籍)하는 입문성사(入門聖事, 성세·견진·성체) 중 최초로 받는 성사이다. 따라서 이 성세를 받아야만 비로소 교회의 기타 성사들을 받을 자격을 갖추게 되는 기초적이며 기본적인 성사이다. 성세라는 관문을 통함으로써 영세한 자는 교회 공동체의 일원으로서 권리와 의무를 수행할 수 있다.

성모의 특은으로 구령함

성모의특은으로구령홈

　　예전에 벨나도^{베르나르도} 성인이 하루는 들음에,[1] 한 죄수가 사형선고를 받은 후 수레를 타고 범장으로[2] 나간다 하거늘, 성인이 그의[3] 영혼사정을 도와주고자 하사, 바삐 죄수 앞에 달아가서 이르시되, "네가 금방 죽을 터이니 구령사정을[4] 타당이 안배하라" 하시며 지성으로 권면하시나[5] 그러나 죄수는 고집하여 듣지 아니하는지라. 또 권하고 또 권하사 잠깐 당신과 한가지로[6] '생각하소서. 지인지자하신[7] 동신이신 마리아여 예로부터 운운.' 이 적은 경문을 외우자 하여도 도무지 듣지 아니하는지라. 성인이 이에 이 적은 경문을 써가지고 이르시되 "네가 나와 함께 이 경문을 입으로 외우기 싫거든 입으로 먹기나 하라" 하시고 그 입을 벌려 먹이려 할 즈음에 그 죄수가 성모의 특은으로[8] 마음이 회심하여 경문 외우기를 허락하는지라. 이에 성인이 죄수와 함께 지성으로 이 경문을 외울 때 그 사람이 통회의 눈물을 흘리는지라. 성인이 성모께 감사하시며 "고해신부를 청하여 주리니 진실히 고해하라" 하시더니 그 죄수가 진절한[9] 통회를[10] 발함으로 죄 사함을 받고 구령하니라.[11]

1　들었는데.

2　원문은 '범장에로'. 범장(犯場) : 사형장. 형장(刑場).

3　원문은 '뎌의' → 저의, 여기서는 현대 한국어로 3인칭 대명사 '그의'로 옮겼다.

4　구원사정. 구령(救靈) : 가톨릭에서 신앙의 힘으로 영혼을 구원하는 일.

5　권면(勸勉)하다 : 알아듣도록 권하고 격려하여 힘쓰게 하다.

6　같이, 함께.

7　지인지자(至仁至慈)하신 : 지극히 인자하시고 지극히 자애로우신.

8　특은(特恩) : 특별한 은혜. 가톨릭에서 성령이 특별히 내려 주는 은혜. 예언, 영의 식별, 기적 따위를 베푸는 능력을 이른다.

9　진절(眞切)한 : 진실하고 절실한.

10　통회(痛悔) : 몹시 뉘우침. 가톨릭에서 자기가 지은 죄를 뉘우치고 다시는 죄를 짓지 아니하겠다고

우리도 다 죄인이니 이 성월[12] 때에 죄인의 의탁이신 성모를 정성으로 공경하며 영신상[13] 모든 은혜를 구할지로다.

해설

성모님 공경을 주제로 한 작품입니다. 『경향잡지』 5월호에서 성모성월을 맞이하여 기획한 미담입니다. 이처럼 성월과 미담의 주제를 연결한 점이 이전 작품과 구분되는 이 작품의 특징이기도 합니다. 천주교에서는 특정한 달에 예수 그리스도와 성모 마리아, 혹은 성인께 기도하는 달로 정한 성월(聖月)이 있습니다. 5월은 성모성월로 특별히 성모님을 공경하는 달입니다. 성모성월은 13세기 말 처음으로 정해졌고, 1700년 이후 예수회 회원들에 의해 널리 행해지기 시작합니다. 1920년대 조선 천주교회에서도 성모성월의 관습이 행해지고 있었음을 이 미담을 통해 확인할 수 있습니다.

작품의 등장인물은 베르나르도 성인입니다. 베르나르도 성인은 「천신들이 기구하는 정성을 살펴보심」(미담 104, 1920.4, 443호)에서도 등장한 바 있으며, 이후 작품에서도 자주 등장하는 성인입니다(미담 107, 미담 154). 도미니코회 수도자로 베르나르도라는 인물이 등장하는 미담도 있었습니다.(미담 24, 미담 62, 미담 206). 각각의 작품에서 등장하는 베르나르도를 비교하면서 읽어보는 것도 흥미롭습니다. 이 작품에 등장하는 베르나르도 성인은 특히 성모님을 공경했던 성인이자 성모님의 발현을 목격한 성인으로 전해집니다.

베르나르도 성인에 대한 기록에 따르면 그는 성모 사랑에 열정적이었으며, "만일 당신이 하느님께 무엇을 바치려거든 먼저 그것을 마리아 손에 맡기십시오. 은혜를 구하려 하는 이는 마리아를 통하여 구하십시오. 은혜를 바라거나 구할 때에는 성모 마리아에게 의지하여 탄원하며 중재하여 주시기를 원한다면 확실히 들어주신다고 확신하십시오. 무언가 바라는 일이 있다면 성모님께 청하십시오, 성모님께서는 우리의 기도를 하나도 빠짐없이 주님께 전해주시는 분입니다. 그리고 주님께서는 그러한 어머니의 부탁을 꼭 들어주시는 분입니다. 가나 혼인잔치 때 어머니의 말씀을 받아들이셨던 것처럼, 주님께서는 성모님의 간구를 결코 거부하지 않으시기 때문입니다. 성모님을 통하여 은총 자체이신 구세주를 인류에게 주신 하

결심함. 또는 그런 일.

11　구원 ☞ 주 4.

12　5월이므로 성모성월을 이른다. 성월(聖月) : 하느님이나 성인을 특별히 공경하는 달 ☞【더 알아보기】.

13　영혼의, 영신(靈神) : 가톨릭에서 영혼을 이르는 말.

느님께서는 오늘날에도 성모 마리아의 청으로 많은 은총을 우리에게 주시고 계십니다"[14]라
는 글을 남겼습니다.

　이 작품에서 베르나르도 성인은 한 죄인의 통회를 위해 적극적인 인물로 등장합니다. 죄수
에게 성모님께 기도할 것을 간곡히 권하는 데 그치지 않고 그에게 기도문을 먹이려고까지
합니다. 비이성적인 행동으로 비쳐질 수 있지만 죄인의 회개를 구하고 성모께 대한 굳은 신
심으로 살았던 모습을 보여주는 장면입니다. 작품 말미에 '죄인의 의탁이신 성모'라는 명명
역시 이 미담의 주제에 맞갖은 성모님의 호칭입니다. 죄인인 인간이 기꺼이 의지하여 자신
을 맡길 수 있는 분, 그분이 천주교인에게는 성모님입니다.

더 알아보기

성월(聖月) 가 1년 중 어느 달을 예수 그리스도와 성모 마리아, 성인께 봉헌하여 특별한 전구(轉
求)와 은혜를 청하며 신자들이 모범을 따르도록 가톨릭 교회가 지정한 달을 말한다. 주로
축일(祝日)과 연관이 있도록 지정하여 한 달 동안 특별한 지향(志向)을 갖고서 기도하며
적절한 신심 행사를 갖는다. 교회 안에는 여러 가지의 신심의 전통이 남아 있는데 이는
하느님을 공경하는데, 어떤 한 가지의 신심행위로 완전히 채워질 수는 없다는 생각에서
비롯된 것이다. 한국 교회는 3월을 성 요셉 대축일(3월 19일)과 연관시켜 성 요셉 성월로,
5월을 성모성월로, 6월을 예수성심 대축일과 연관시켜 예수성심성월로, 9월을 한국 순교
성인 대축일(9월 20일)과 연관시켜 순교자 성월로, 10월을 로사리오 성모 기념일(10월
7일)과 연관시켜 로사리오 성월로, 11월을 위령의 날(11월 2일)과 연관시켜 위령성월로
각각 정해놓고 있다. 각 성월 동안 매일매일 읽고 묵상하며 기도할 수 있는 책이 있으며,
또한 교회는 각 성월에 특별히 정한 성월기도를 바칠 것을 권장한다.

성모성월(聖母聖月) 가 5월은 온 세상 어디에서나 가톨릭 신도들이 하늘의 모후께 신앙과 사랑
을 바치는 달이다. 그리스도인들은 성모 성월에 성당에서나 가정에서나 기도와 경의로써
마음으로부터 성모님께 열정과 사랑을 드린다. 5월에는 성모님을 통해 하느님의 자비가
우리에게 풍성히 내려온다(바오로 6세의 성모 성월 회칙 「멘세 마이오」 1항).
　이처럼 5월을 복되신 동정 마리아께 바치는 교회 관습은 13세기 말에 생겨났다. 이렇게
해서 교회는 당시에 있었던 세속 축제를 그리스도교화할 수 있었다. 16세기에는 서적들이

---

14 장긍선 예로니모 신부, 「성모 발현과 성인 이야기—성 베르나르도 아빠스에게 나타난 성모 마리아」,
월간 『레지오 마리애』, 2014년 1월호.

출판되어 성모 성월 신심을 촉진하였다. 성모 성월은 특히 예수회 회원들에 의해 대중 신심으로 발전하였다. 1700년 로마 예수회 기숙사의 학생들 사이에서 성모 성월이 시작되었고 얼마 후에는 로마의 예수 성당에서 공적으로 실천되었다. 성모 성월 신심은 여기서부터 전 세계로 확장되었다.

베르나르도(Bernardus, Claravallensis) 〔가〕 1090~1153. 클레르보(Clairvaux)의 성인. 축일은 8월 20일. 대수도원장. 신학자. 교회학자. 프랑스 디종(Dijon)의 귀족 출신. 1112년 부르군드의 30명의 젊은 귀족들과 함께 시토(Citeaux)회에 입회, 탁월성을 인정받고 3년 뒤 클레르보에 새 수도원을 세우고 원장이 되었는데, 이곳이 시토회의 주요 수도원 중의 하나가 되었다. 1128년 트로예(Troye) 시노드에 간사로 참가하였으며 1130년 교황 선거에서 뒤에 인노첸시오 2세가 된 인물을 지지하여 대립교황을 물리쳤으며 대신에 교황으로부터 시토회는 특전을 받았다. 상스(Sens) 공의회(1140년)에서 아벨라르(Abelard)를 단죄, 또한 랭스(Reims) 공의회(1148년)에서 신학적 문제로 포레(Gilbert dela Porree)를 공박하였다. 2차 십자군운동을 일으키는데 공헌하였으나 원정의 실패는 그에게 비탄을 안겨 주었다. 1174년 시성 1830년 교회학자로 선포되었다.

그가 당시 유럽에서 가장 영향력 있는 사람 중의 하나가 된 것은 지성뿐만 아니라 그의 성성(聖性)과 인격 때문이었다. 성 아우구스티노의 영향을 받은 논문 「은총과 자유의지에 대하여(De gratia et libero arbitrio)」는 자신의 시대에 보내는 중심적 메시지를 담고 있는데, 여기서 "자유의지를 버리면 구원될 것은 아무것도 없으며 은총을 버리면 구원의 방도가 없다. 그러므로 구원작업은 이 두 가지의 상호작용 없이는 성취될 수 없다"고 하였다. 또한 *De Diligendo Deo*는 중세의 가장 탁월한, 신비주의에 대한 저서 중 하나이다. 그는 스콜라 학파 이전의 신학자이며, 때로는 '마지막 교부'로 불리기도 한다. 그의 문장은 꿀벌통이고 양봉업(자)의 수호성인이다.

피에트로 페루지노, 〈성 베르나르도 아빠스에게 나타난 성모 마리아〉, 1488~1489.
뮌헨 알테 피나코테카 미술관.

성모의 기이한 도우심

성모의긔이훈도으심

　예전에 가경자[1] 가다리나카타리나 더바르는 세속을 기절하고[2] 수도회에 들어가 수녀 된지 미구에[3] 성모의 기이하신 도움을 받으셨으니, 대저[4] 이 수녀가 아직 세속에 계실 때에 한 대장이 그녀와[5] 혼인하기를 가장 원하고 꾀하였으나, 이 정녀는[6] 이미 오 주 예수의 정배가[7] 된 고로 힘써 거절하였더라. 그러므로[8] 이 대장이 분하여 죽이기로 꾀하거늘, 가다리나카타리나 수녀가 하릴없이[9] 피신하기로 경영하여[10] 성모의 도우심을 항구히 구하며, 마차에 짐을 많이 싣고 그 짐 속에 당신을[11] 숨기고 마차를 몰마갈 때,[12] 그 흉악한 대장이 이 사정을 어떻게 알고 군사들을 보내어 이한[13] 군도로써[14] 마차에 실은 짐을 무수[15] 난자하여[16] 죽이라 하더라. 군사들이 과연 예리한 환도

1　가경자(可敬者) : 로마 가톨릭 교회에서 신앙과 덕행이 뛰어난 사람이 죽었을 때 그에게 내리던 칭호. 시복 후보자에게 잠정적으로 주는 존칭 ☞【더 알아보기】.

2　버리고. 기절(棄絶)하다 : 파문당하다, 배척당하다, 따로 떼어놓다(『한불자전』).

3　미구(未久)에 : 오래지 않아.

4　대저(大抵) : 대체로 보아서. 대컨. 비슷한 말은 무릇. 『한불자전』에서는 이 단어를 '약, 거의, 그처럼, 책에서 이 단어는, 문장 첫 머리에서 명백히'라는 라틴어에 부합한다'로 풀이한다.

5　원문은 '뎌와'. 뎌→저→그(녀). 여기서는 수녀임을 고려하여 '그녀'로 옮겼다.

6　정녀(貞女) : 숫처녀. 여자.

7　정배(淨配) : 가톨릭에서 깨끗한 배필이라는 뜻으로, 그리스도와 교회의 관계를 이르는 말.

8　원문은 '그럼으로'.

9　할 수 없이. 원문은 '할일업시'.

10　경영하다 : 계획을 세워 어떤 일을 해 나가다.

11　자신을. 여기서는 카타리나 수녀를 지시한다.

12　원문은 '몰마갈식'. 여기서 '몰마'는 '마차를 몰다'의 의미로 보인다. 또는 '아'를 잘못 적은 '몰아갈'의 오타일 수 있다.

13　원문은 '리한'. 리(利)하다 : '이하다'의 북한어. 이익이나 이득이 되다.

14　군도(軍徒) : 군사(軍士), 군인, 군대.

로써[17] 짐 속에 숨은 수녀를 무수히 찔러 죽게 하였으나, 수녀는 이 위험 중에 항구히 성모께 의탁하고 기구하신[18] 고로, 조그마한 상처도 받지 아니하고 자기가 향하던 목적지에 무사히 도착하시니라.

이 사적을[19] 보건대, 성 벨나도^베르나르도의 이르신 바 "예로부터 네 의하에[20] 나아가는 자와 네 은우를[21] 간절히 구하는 자와 네 전달하심을[22] 구하는 자는 누구를 의론치말고[23] 네가[24] 끊어버리심은[25] 듣지 못한 일이로소이다" 하신 말씀이 실로 진실하도다.

성모님의 도움으로 위험을 모면하고 목숨을 구한 이야기입니다. 작품의 주인공 이름은 가경자 가타리나인데, 실제 인물인지는 확인할 수 없습니다. 가경자란 시복 후보자에게 주는 호칭입니다. 성모의 은혜 및 성모 공경과 관련된 이 미담에서도 베르나르도 성인의 말씀이 등장합니다. 앞의 미담 「성모의 특은으로 구령함」(미담 106, 1920.5, 446호)에서처럼 베르나르도 성인은 성모님을 사랑하고 그분께 은혜를 받은 대표적인 인물이기 때문입니다.

"예로부터 성모님께 나아가는 자와 성모님의 은혜를 간절히 구하는 자와 그분의 전구하심을 구하는 자는 누구든지 성모님이 거절하지 않는다"로 옮길 수 있는 베르나르도 성인의 말씀처럼 주인공인 카타리나는 오직 성모님께 의탁하여 그분의 도우심으로 군사의 칼에서 안전할 수 있었습니다.

---

15 무수히.

16 난자(亂刺)하다 : 칼이나 창 따위로 마구 찌르다.

17 환도(環刀) : 예전에 군복에 갖추어 차던 군도(軍刀).

18 기구(祈求) : 기도의 옛 용어.

19 사적(史蹟) : 역사적으로 중요한 사건이나 시설의 자취.

20 의하(意下)에 : 네 뜻 아래에. 여기서 '너', '네'는 성모를 지시한다.

21 은우(恩佑) : 가톨릭에서 하느님의 도움. 주님의 도움.

22 성모님의 전달하심을. 젼달(傳達)ᄒ다 : ~를 위해 중재하다(『한불자전』). 현재는 '전구하다'라는 표현을 쓴다.

23 누구든지. 의논치말고 : 예외 없이, 구별 없이(『한불자전』).

24 여기서 '네가'는 '성모님이'로 옮길 수 있다.

25 거절하심은.

가경자(可敬者) 〔가〕 시복(諡福) 후보자에게 잠정적으로 주어지는 존칭. 시복 조사가 교황청 예부성성에 접수되면 시복 후보자에게 이 존칭이 주어진다. 한국 교회는 1857년에 처음으로 82명의 가경자를 갖게 되었다. 한국 교회는 「1839년과 1846년에 조선왕국에서 발발한 박해 중에 그리스도의 신앙을 위하여 생명을 바친 순교자들의 전기」란 문헌을 교황청에 보냄으로써 시복 조사가 시작됐는데, 1847년에 이 문헌을 접수한 예부성성은 박해로 인해 한국 교회가 교구적 차원의 시복 조사를 할 수 없으나 이 문헌 자체가 순교자를 선정하는 데 매우 엄격했기 때문에 그것으로써 교회법에서 요구되는 교구 조사를 대치시킬 수 있다고 판단하고, 1857년 9월 23일 한국 교회의 시복 조사를 공식으로 접수하는 법령을 반포하였다. 이로써 82명의 가경자가 탄생하였다. 이 82명의 가경자 중 79명은 1925년에 복자가 되었고, 1984년에 79명 모두가 시성되었다.

이어 한국 교회는 1866년 병인박해의 순교자 중 26명에 대한 시복 조사를 시작했는데, 이 중 24명이 1968년에 복자가 되고, 1984년에 성인이 되었다. 이들도 복자가 되기 전에 잠시 가경자의 칭호를 받았을 것이 확실하지만, 1918년 새 교회법의 반포로 가경자의 기간이 아주 단축된 이후였으므로 이들에게 실제로 가경자 기간이 있었는지조차 알 수 없을 정도이다. 1983년 새 교회법의 반포와 더불어 시복·시성의 간소화를 위한 개혁으로 가경자의 의의가 더욱 약화되고 거의 유명무실해졌다.

황상의 어좌를 버리고 수도한 표양

황샹의어좌를ㅂ리고슈도훈표양

갈을노^{가를로} 제5위 황제는 만승천자¹ 위에² 있어 36년 동안에 전장에³ 골몰하다가, 도덕을 사모하여 황제 위를⁴ 사양하며 대신들을 작별하고 배에 올라 서반아국^{에스파냐}으로⁵ 향할 때, 그 육지에 도박하여⁶ 그 땅을 향하여 이르되, "우리 공번된⁷ 모친 되는 땅이여,⁸ 나의 사랑하고 원하는 땅이여, 마치 내가 모태에서⁹ 적신으로¹⁰ 남¹¹ 같이,¹² 이제 내가 다시 내 둘째 모친에게 적신으로 돌아오나이다. 이에 나의 몸을 받으소서. 이왕에¹³ 내게 많은 은혜 베풀어주심을 사례하고자 하오니, 이 나의 작은¹⁴ 몸을 받으소서" 하고 성 예로니모 수도회에 입원하여¹⁵ 침묵히¹⁶ 거하여,¹⁷ 보속¹⁸ 극

---

1 만승천자(萬乘天子) : 천자(天子)를 높이 이르는 말로, 천자란 천제(天帝)의 아들, 즉 하늘의 뜻을 받아 하늘을 대신하여 천하를 다스리는 사람이라는 뜻으로, 군주 국가의 최고 통치자를 이르는 말. 우리나라에서는 임금 또는 왕(王)이라고 하였다. 만승지존.

2 위(位)에 : 자리에, 위치에.

3 전장(戰場)에 : 전쟁에, 전쟁터에.

4 황제의 지위를.

5 서반아(西班牙) : 에스파냐의 음역어. 에스파냐. 스페인. 원문은 '서반아에로'.

6 도박(到泊)하다 : 항구나 일정한 곳에 배가 이르러 머무르다.

7 '공번되다'의 옛말. 공번되다 : 행동이나 일 처리가 사사롭거나 한쪽으로 치우치지 않고 공평하다.

8 원문은 '따히여'.

9 모태(母胎) : 어미의 태안. 태 : 태반이나 탯줄과 같이 태아를 둘러싸고 있는 여러 조직을 일상적으로 이르는 말.

10 적신(赤身) : 벌거벗은 알몸뚱이.

11 '나다' 혹은 '낳다'의 명사형이라 할 수 있다.

12 이 구절의 의미는 '내가 어머니 태에서 알몸뚱이로 낳음(태어남, 나타남)과 같이'의 의미.

13 그동안, 지금보다 이전에.

14 원문은 '적은'.

15 수도원에 들어가다. 입원(入院)하다. 지금은 '입회(入會)하다'라는 용어를 쓴다.

16 침묵으로, 아무 말도 없이 잠잠히. 원문은 '침묵히'.

기와[19] 염경묵상을[20] 행하며 세속영화를 경천히[21] 여기고 거룩히[22] 수도하니라.[23]

이 표양을 봄에 도덕은 황제의 영화와 은금보화보다도 더 귀한 줄을 가히 증거하는 도다. 거번[24] 전쟁에 종사하던 대장과 사관과 병사들도 전쟁 마친 후에 혹 신품학원에 나[25] 혹 수도회에 입원한[26] 이가 적지 아니하니, 이는 다 세속영화보다도 덕을 더욱 귀중히 여김이러라.

해설

황제로 사는 부귀영화를 버리고 수도원에 입회한 가를로 황제라는 인물이 주인공입니다. 36년 동안 전쟁에 골몰하던 그는 황제의 지위를 버리고 스페인에 있는 성 예로니모 수도원에 입회하여 침묵 중에 보속극기를 하며 거룩한 수도생활을 합니다. 그런데 그 이유나 배경이 무엇 때문이었는지는 자세히 소개되어 있지 않습니다. 다만 이 작품에서는 이와 관련하여 '도덕'과 '덕'을 언급할 뿐입니다.

이 작품의 주인공 가를로 황제는 도덕을 사모한 인물로 세속영화보다 '덕'을 더 귀중하게 여겼습니다. 그래서 자신이 누릴 수 있는 모든 것을 버리고 성 예로니모 수도회에서 거룩한 삶을 살 수 있었습니다. 세속의 부귀영화를 가볍게 여길 수 있는 자세, 거룩한 신앙의 삶으로 옮아갈 수 있는 결단을 무엇보다 '덕'으로 해석한 것이 이 미담의 특징입니다. 도덕이란 사회 구성원들이 양심, 사회적 여론, 관습 따위에 비추어 스스로 마땅히 지켜야 할 행동 준칙이나 규범의 총체이며, 덕은 그것을 실현해 나가는 인격적 능력이라 할 수 있습니다. 『한불자전』에서는 '덕'을 미덕, 장점, 선행, 친절, 봉사, 호의로 정의하기도 합니다.

이 미담에 따르면 천주교인들에게 덕은 인간들 사이에서의 바른 관계를 이끄는 내적 자질

---

17 거(居)하다 : 사람이 일정한 곳에 머물러 살다.

18 보속(補贖) : 가톨릭에서 죄로 인한 나쁜 결과를 보상하는 일.

19 극기(克己) : 자기의 감정이나 욕심, 충동 따위를 이성적 의지로 눌러 이김.

20 염경묵상(念經默想) : 염경기도와 묵상기도.

21 경천(輕賤)히 : 가볍고 천하게.

22 거룩하게.

23 수도(修道) : 도를 닦음.

24 거번(去番) : 지난번.

25 신품학원(神品學院) : 지금의 신학교 ☞【더 알아보기】.

26 ☞주 15.

일 뿐 아니라 근본적으로 하느님을 충실히 따르는 자가 갖추어야 할 조건이요 품성입니다. 세상의 부귀영화를 가볍고 천하게 여기며 거룩한 삶으로 옮아가는 행실이 '덕'입니다.

신품학원 ☞ 신학교 〔용어〕 신학교(神學校)란 성직자가 되고자 하는 이들에게 필요한 교육을 시키는 학교이다. 이는 라틴어로 세미나리움(Seminarium, 못자리)이라 한다. 313년부터 선교가 자유로워지자 많은 성직자가 필요하게 되어, 일정한 교육 과정이 제기되었다. 16세기 교황 식스토 6세는 로마의 대학에 신학부를 신설하였고, 1915년에는 교황청에 담당 성성이 설치되었으며, 1967년 교황 바오로 6세는 가톨릭 교육성(敎育省)으로 이를 개편하였다.

한국의 신학교는 1855년 충청도 배론에 성 요셉 신학교가 처음 설립되었다. 그러나 박해로 어려움을 겪다가 1885년 강원도 원주 부흥골에 예수성심 신학교가 설립되었다. 이것이 가톨릭 신학 대학의 전신이며, 1962년에는 광주 가톨릭 신학 대학이 설립되었다. 한편 대구에서는 1914년 성 유스티노 신학교가 설립되었다가 일제 탄압으로 폐교되었고, 1981년 선목 신학교로 설립 인가를 받아 운영해 오다, 1984년 대구 가톨릭 대학으로 명칭을 변경하였다. 그 외에도 수원, 부산, 대전, 인천 등에 가톨릭 신학 대학이 있다.

7년 동안 선종을 예비함

칠년동안선종을예비홈

　　예전 성 갓시오카시오 주교는 성직의 모든 본분을 다 위주하여[1] 열심 봉행하시더니[2] 하루 밤은[3] 천주가 이 주교의 탁덕 일위를[4] 불러 명하여 이르시되, "네가 주교께 가서 그 행하는 선공[5]을 더욱 거룩히 행하기로 부탁하라. 그 수족의[6] 덕금을[7] 나의 종 베드로 바오로 첨례날에[8] 상급하여[9] 갚으리라" 하시니라. 이 거룩한 주교의 선종은 7년 후에만 되었으나 그러나 해마다 이위종도[10] 첨례날을 당하면서 더욱 소심하여[11] 예비하시다가, 제7년 되던 해에 이위종도 첨례날을 당하여 미사성제를 거행하신 후, 모든 탁덕을 불러 하직하시며 서로 화목하며 선공을 세우라 간절히 부탁하신 후, 크게 소리 질러 이르시되, "때가 왔도다" 하시고 선종승천하시니라. 선종을 예비함을 어찌 7년 뿐이리오. 일평생에 예비하고 종신토록 예비함이 합당하도다.

1　위주(爲主)하여 : 주를 위하여.
2　봉행(奉行)하다 : 뜻을 받들어 행하다.
3　'어느 날 밤'으로 의역할 수 있다.
4　신부 한 분을. 탁덕(鐸德) : 신부. 일위(一位) : 한 분. 또는 한 사람.
5　선공(善功) : 좋은 결과를 낳는 공덕.
6　수족(手足) : 손과 발, 혹은 형제나 자식을 비유적으로 이르는 말. 원문은 '슈죡'.
7　여기서 '덕금'은 '덕기다'의 명사형이다. '덕기다'는 현대 한국어에서 '덖다'로 이 단어는 '굳은 살이 되다, 못이 박이다'라는 뜻의 옛말. 『한불자전』에 따르면, '덕기다'는 '피부가 가피로 굳어지다'라는 뜻이다.
8　베드로 바오로 축일에. 첨례(瞻禮) : 축일의 예전 용어.
9　상급(賞給)하다 : 상으로 주다.
10　이위종도(二位宗徒) : 이 두 분이 종도. 여기서는 베드로와 바오로 사도를 지칭한다. 종도(宗徒) : 가톨릭에서 예전에 사도(使道)를 이르던 말. 사도는 거룩한 일을 위하여 헌신하는 사람. 예수가 복음을 널리 전하기 위하여 특별히 뽑은 열두 제자.
11　지나치게 조심하여. 원문은 '쇼심하여'. 소심(小心)하다 : 대담하지 못하고 조심성이 지나치게 많다.

한 단락의 매우 짧은 미담입니다. 제목과 마지막 문장을 통해 선종을 잘 준비하라는 주제임을 알 수 있습니다. '착한 죽음', '거룩한 죽음'이란 뜻의 선종(善終)은 '선생복종(善生福終)', 즉 착하게 살다가 복되게 끝마치는 것을 의미하는 말로 한국 천주교에서 오래 전부터 사용되었습니다. 유교에서도 오복(五福)의 하나로 고종명(考終命) 즉 제명대로 살다가 편안히 죽는 것이 있을 정도로 잘 죽을 수 있기를 바라는 마음은 천주교인뿐 아니라 인간이라면 누구나 희구하는 바입니다. 그러나 특히 천주교인들에게 죽음은 마침이나 슬픔이 아니라 하느님 나라로 가는 길이요 일생을 기다려온 만남의 순간이며 그분이 주시는 상(賞)입니다. 때문에 단순히 복이나 운명으로 받아들이기보다는 잘 준비하여 맞이해야 하는 것으로 여겼습니다.

이 미담에서 주인공인 카시오 주교도 마찬가지입니다. 어느 날 그는 자신의 관할에 있는 신부로부터 선공을 더욱 거룩하게 하라는 천주의 말씀을 듣게 됩니다. 그렇게 하면 덕을 쌓느라 굳은살이 베긴 손과 발을 베드로 바오로 성인의 축일 즉 6월 29일에 천주께서 상으로 갚아주시겠다고 한 말씀도 듣습니다. 이 짧은 전언(傳言)을 주교는 자신의 선종일로 알아듣습니다. 그에게 천주께서 주시는 상급은 선종이었던 것입니다! 실제로 교회사에서는 성 베드로와 바오로 축일과 같은 날이 축일인 카시오 주교가 있습니다. 작품에서 카시오 주교는 하느님의 말씀을 전해들은 지 7년 만에 선종합니다. 7년뿐 아니라 평생 잘 준비한 자가 받는 하느님의 상급이 천주교인들에게는 죽음이요 선종입니다.

카시오(Cassius) 가 축일 6월 29일. 성인, 주교. 활동지역 나르니(Narni), 활동연도 538년. 성 카시오에 대한 기록은 거의 없고 교황 대 그레고리우스 1세(Gregorius I)의 전기 속에 조금 나오고 있다. 그레고리우스의 "대화" 속에서 나르니의 카시오 주교의 덕이 매우 뛰어났고, 특히 교구민 사목이나 가난한 사람들에 대한 남다른 자비심은 놀라울 정도였다고 찬양하고 있다. 카시오는 성 베드로(Petrus)와 바오로(Paulus) 축일에 로마(Roma)에서 운명하였다. 그런데 그는 로마에서 죽기를 늘 기도하였다고 한다. 이 때문에 그는 매년 성 베드로와 바오로 축일 전야에 이 도시를 순례하였는데, 여섯 번이나 허사로 끝나고 일곱 번째 그의 소원이 성취되었다는 것이다. 그가 여기서 미사를 봉헌하고 신자들에게 성체를 영해 준 뒤에 평화롭게 영면하였다. 로마를 향한 그의 열정에 대하여 하느님이 보상하신 것이다.

혼배자의 유명한 정덕

혼빅쟈의유명혼졍덕

　예전에 성 마가리오^{마카리오} 은수자는 광야에서 여러 해 동안 수도하시더니 하루는 들음에 소리 있어 이르되, "마가리오^{마카리오}야, 너의 수도함이 이웃 읍내에 사는 두 혼배한 부인의 정덕만 같지 못하고 또한 완전치 못하도다" 하시는지라. 마가리오^{마카리오} 성인이 심히[1] 기이히[2] 여겨 '이 어떠한 부인들인고' 하여 한번 찾아가서 뵈옵고 그 덕행의 길을 배우리라 하여, 이웃 읍내에 가서 천주의 지시하심으로 다행히 그 두 부인을 찾아보니, 두 부인은 서로 동서끼리라. 형제 되는 사람에게 각각 혼배한 지 11년 동안에 피차 지극한 화목으로 잘 살더니, 두 부인은 정덕을 지키기가 평생소원이라 각각 자기 장부에게[3] 정덕 지키기를 애걸간청 하였으나 얻지 못하고, 이에 부부 지위에 있으면서 지킬 만한 정결은 다 지키며 마음 정덕을 천주께 봉헌하고, 지극히 삼가고 삼가 생각으로나 말로나 행실로 도무지 천주의 마음을 상하지 아니하기로[4] 결심하고 맹서하여 지키더라. 마가리오^{마카리오} 성인이 이 열심한 두 부인을 본 후에 이르시되, "아무 지위에 있든지[5] 마음 정덕이 천주의 마음을 크게 즐겁게 하는지라. 혼배자의 정결한 덕이 동신자의[6] 정덕과 수도자의 정덕보다 더 나은 때가 있도다" 하시니라.

1　매우.
2　이상하게. 기이(奇異)하다 : 기묘하고 이상하다.
3　장부(丈夫)에게 : 남편에게.
4　원문은 '아니키로'.
5　어떠한 지위에 있든지, 여기서 '아무'는 '어떠한'의 의미로 읽을 수 있다.
6　동신자란 정결을 지킨 사람을 이른다. 동신(童身) : 이성(異性)과 한 번도 성적(性的)인 접촉을 한 적이 없는 순결한 몸. 『한불자전』에서는 동정의 아이 몸, 정조를 지킨 사람으로 풀이되어 있다.

이 미담은 지금 읽어도 손색이 없을 정도로 정덕에 대한 진일보한 주장이 담긴 작품입니다. 주인공은 광야에 사는 마카리오 성인과 마을에 사는 평범한 두 부인입니다. 교회사에서 마카리오 성인은 최초의 은수자이며, 매우 엄격한 생활로 은수생활을 한 인물로 전해집니다. 반면 이 작품에 등장하는 두 부인은 이름도 알려지지 않은 평범한 아낙입니다. 이 미담은 최초의 은수자로 공경을 받아 온 마카리오 성인을 평범한 두 여인의 삶과 대비하여 보여줍니다. 또한 독신자와 혼배자, 육체의 정덕과 마음의 정덕을 각각 대비하여 제시합니다. 대비하는 주체는 마카리오 성인이 어느 날 듣게 되는 '소리'입니다.

이 작품에서 '소리'는 성서에 등장하는 '소리'를 연상하게 합니다. 예수님이 세례 받으실 때 하늘에서 "너는 내 사랑하는 아들, 내 마음에 드는 아들이다" 하는 소리가 들려왔습니다 (마르 1 : 9-10, 마태 3 : 13-17, 루가 3 : 21-22). 주인공 마카리오 성인도 어느 날 '소리'를 듣습니다. '소리'는 하느님의 말씀입니다. 소리 즉 하느님은 마을에서 결혼하여 사는 두 부인의 정덕이 은수생활을 하며 독신으로 지내는 마카리오 성인의 정덕보다 낫다고 말씀하십니다.

정덕은 천주교에서 정결을 실천하는 덕행으로 절제의 덕에 속합니다. 현재는 정결 혹은 순결이라는 단어를 사용합니다. 남편과 함께 혼인 생활을 하는 두 부인의 정결함이 독신자의 그것보다 낫다는 것은 정결이 육체의 순결함만이 아니라 마음의 정결함에서 비롯되어야 하기 때문입니다. 이 작품은 육체적 순결보다 올곧이 하느님을 향해 살아가는 '마음 정덕'이 하느님을 더욱 즐겁게 함을 강조합니다. "아무 지위에 있든지 마음 정덕이 천주의 마음을 더욱 즐겁게 하는지라."

마카리오(Macarius) 〔가〕 축일 1월 15일. 성인, 수도원장, 은수자. 활동지역 이집트(Egypt). 활동연도 300~390년.

이집트 출신인 성 마카리우스(또는 마카리오)는 젊어서 가축을 돌보고 지냈으나, 하느님의 부르심을 인식하여 세속을 등지고 조그마한 움막에 혼자 살면서 매트를 만들며 기도생활에만 전념하였다. 그런 그에게 어느 부인을 폭행했다는 누명이 씌어지자 그는 길거리로 끌려 나가 매를 맞는 등 온갖 수모를 당하였다. 결국 그는 모든 시련을 인내한 뒤에야 혐의가 풀려 무죄함이 드러났다.

그 후 그는 30세 때에 스케트 사막으로 들어가 은수생활을 시작하였고 사제로 서품되었다. 그의 생활은 극히 엄격하여 한 주일에 한 번의 식사만 했고, 일부러 갈증을 느끼기 위해 물을 마시지도 않았다. 그는 항상 간단한 몇 마디로 제자들을 가르쳤고 거의 침묵 속에서 지냈다. "기도할 때에는 많은 말을 하지 말라. 다만 주님, 제게 자비를 베푸시고, 인도해 주소서 하는 말만 마음으로 되풀이 하여라." 한때 그의 제자였던 젊은 성 마카리우스(1월 2일)와 함께 그는 나일 강의 어느 섬으로 추방된 적이 있었는데, 결국 다시 돌아올 수 있었다. 그는 스케트 사막에서만 60년을 살다가 운명하였으며, 사막에 살았던 최초의 은수자로서 공경을 받고 있다.

성모의 특별히 도우심

성모의특별히도으심

　예전에 견사회(遣使會)^{빈첸시오회1} 수사 일위는[2] 여러 해 동안 병석에 누워 잠을 도무지[3] 이루지[4] 못하고 아프기[5] 극심하여, 기진맥진한 지경에라도 성모를 공경하기에는 열심이 비상하더라.[6] 하루 밤에는[7] 모든 수사들이 야과경을[8] 통경할[9] 때,[10] 성모가 광채를 띠시고[11] 병자 수사에게 발현하여 이르시되, "나는 이 수도회의 주보로서[12] 너를 마귀유감에서[13] 구하기 위하여 네게 왔노라. 저 간교한 마귀가 수사의 복색으로[14] 네게 와서 너를 꾀고[15] 너를 속이리니 너는 이 아래 말씀으로써 마귀를 방비하라. '없는 가운데로조차[16] 만물을 조성하신 천주 성부여, 내게 강복하소서. 당신 성혈로써 사

1　견사회(遣使會) : 지금의 빈첸시오회 ☞【더 알아보기】.
2　일위(一位)는 : 한 분은.
3　원문은 '도모지'.
4　원문은 '일우지'.
5　원문은 '앏흐기'.
6　예사롭지 않더라, 평범하지 아니하고 뛰어나더라. 비상(非常)하다.
7　어느 날 밤에는.
8　야과경(夜課經) : 독서의 기도(office of readings)의 옛 형태(『가톨릭대사전』) ☞【더 알아보기】.
9　통경(通經)하다 : 가톨릭에서 두 사람 이상이 서로 번갈아 가며 소리를 내어 기도문을 읽다. 지금은 '응송'이라는 용어를 자주 사용한다.
10　원문은 '시'. 의미를 살려서 '때'로 옮겼다.
11　원문은 '띄시고'.
12　주보(主保) : 가톨릭에서 '수호성인'의 이전 용어.
13　마귀의 유혹에서. 유감(誘感) : 유혹, 옛 교우들이 쓰던 말로 3구(三仇) 즉 마귀, 세속, 육신에 의해 유혹받는 것을 의미한다(『가톨릭대사전』).
14　복색(服色) : 예전에, 신분이나 직업에 따라서 다르게 맞추어서 차려입던 옷의 꾸밈새와 빛깔. 의복의 빛깔.
15　원문은 '꾀오고'. 꾀다 : 그럴듯한 말이나 행동으로 속이고 부추겨서 자기 생각대로 끌다.
16　원문은 '가운대로조차'. 없는 가운데에서부터.

람의 죄를 구속하신 천주 성자여, 내게 강복하소서. 모든 위로의 근원이신 천주 성신이여,[17] 내게 강복하소서' 하라. 또 너의 병세 오래가지 아니할 것이요, 네가 모든 수사들로 더불어 모여 있으리니 그때에 내가 또 네게 말할 것을 지시하리라" 하시고 홀연 보이지 아니하시니라. 이 병인[18] 수사가 다른 수사들이 야과경을 통경할 동안에는 잠을 잘 자다가 자가리아ᶻ가리아의 성가 '이스라엘의 주 천주를 찬송할지어다'에 이르러 깨어보니 마귀가 과연 수사의 복색을 입고 들어오는데 난쟁이[19] 같은 키가 별안간에 높은 집 천장에까지 닿는지라. 일찍이 성모 마리아의 가르쳐주신 말씀으로써 마귀를 물리치니 땅이 터지고 마귀가 하침하더라.[20] 며칠 후에 수사들이 전교하고[21] 돌아와 전례대로 먼지와 땀을 씻을 때, 성모가 또 병든 수사를 지시하사 이렇게 기구하게[22] 하시니 "오홉다[23] 전능하신 천주여, 착한 자의 선공을[24] 후하게 갚아주시는[25] 내 주여, 네 종들의 땀을 인자하신 눈으로 돌아보시는도다. 지금 무공무덕한[26] 네 종이 나로 하여금 저 착한 전교수사들과[27] 같이 한 몫을 얻게 하소서" 하고 더 착한 수사들의 땀과 먼지 씻은 물을 자기 머리 위에 부으니, 아프던 것이 다 없어진지라. 이에 모든 어려운 일을 다 감수인내하여[28] 착한 전교수사와 착한 강론자가 되니라.

해설

빈첸시오회를 배경으로 성모 발현을 주제로 한 미담입니다. 견사회는 빈첸시오회를 이르

---

17 현재는 '성신' 대신에 '성령'을 사용한다.
18 병인(病人) : 병자, 환자.
19 원문은 '난장이'.
20 하침(下沈)하다 : 밑으로 가라앉다.
21 전교(傳敎)하다 : 종교를 널리 전도하다. 지금은 '선교하다'라는 용어를 주로 사용한다.
22 기구(祈求) : 기도의 옛 용어.
23 오홉다 : 감탄하여 찬미할 때 내는 소리.
24 선공(善功) : 좋은 결과를 낳는 공덕.
25 원문은 '갑하주시는'.
26 '공도 없고, 덕도 없는'의 의미. 無功無德한.
27 선교 수사.
28 감수하고 인내하여. 감수(甘受)하다 : 책망이나 괴로움 따위를 달갑게 받아들이다. 인내(忍耐)하다 : 참다.

던 옛 명칭으로 가난한 이들을 위한 의료 혜택을 통해 사랑을 실천하는 수도회 중 하나입니다. 미담의 주인공도 환자 수사입니다. 환자들을 위해 사랑을 실천해야 할 빈첸시오회의 수사가 병에 걸렸으니 그는 육체적으로뿐 아니라 심적으로나 영적으로 고통이 더욱 컸을 것입니다.

성모님을 열심히 공경했던 환자 수사는 성모님의 발현을 체험합니다. 성모님은 환자 수사에게 마귀를 물리칠 수 있는 기도문과 치유의 은사를 가능하게 할 기도문을 알려주십니다. 이를 따른 수사는 병에서 치유되고 모든 어려움을 극복하여 착한 선교 수사와 착한 강론자가 되었다는 내용입니다.

성모님이 전해준 말씀 중에서 마귀가 수사의 옷을 입고 나타나리라는 경고가 흥미롭습니다. 가장 경건하고 가장 신실할 것 같은 존재의 탈을 쓰고 마귀가 나타날 수 있음을 경계한 것입니다. 수사처럼 나타난 마귀를 분별할 수 있는 눈은 이 미담에서처럼 성모님께 의탁하며 기도하는 가운데 가능함을 이 작품은 은연중에 주장합니다. 또한 같은 공동체 수사들의 선공과 선덕을 나누어 가질 수 있는 은총을 청함으로써 병에서 치유될 수 있었다는 전개도 주목해야 합니다.

성모님은 자신이 마귀를 물리치고 치유의 기적을 행하지 않으셨습니다. 마귀를 물리칠 수 있는 기도와 선공을 나누는 기도를 알려주셨고 이를 따름으로써 주인공 수사는 치유의 은총을 얻을 수 있었습니다. 성모님께 의탁하고 동료들의 선업에 의탁할 수 있었기에 그는 치유의 은총, 좋은 수사가 되는 은총을 얻습니다. 성모님께 의탁하는 믿음 때문에 성모님이 알려주신 길을 따를 수 있었고 성모님처럼 겸손하고 착한 수사요 말씀을 전할 수 있는 강론자로 거듭날 수 있었습니다. 성모님의 모범이 수사의 모범으로 이어진 셈입니다.

더 알아보기

견사회(견사회) ☞ 빈첸시오회 ㉮ 1633년 프랑스의 파리에서 뱅상 드 폴(Vincent de Paul) 신부와 그의 협조자 루이즈 드 마빌락(Luise de Mavillac)에 의해 창설되었다. 윤공희 주교의 초청으로 1964년 서독 파더본(Paderborn) 모원에서 수녀들이 한국을 답사한 후 1965년 1월 3명(M. Thelresia Henkemeyer, M. Adelheid Hinse, M. Ysentrud Noring)의 수녀가 내한하여, 수원(水原) 지동을 중심으로 활동하기 시작하였다. 1967년 6월에는 수원 지동 93번지에 성 빈센트병원을 개원하여 활동하고 있으며 1969년에는 수련원을 설치하여 1971년 국내에서 첫서원을 실시하였다. 가난해서 의료 혜택을 받고 있지 못한 이들을 위한 사회사업과 양로사업을 추진하고 있는 본 수녀회는 1983년 말 현재 아델하이드(Adelheid) 원장 수녀를 비롯한 102명의 회원들이 활동하고 있다☞ 빈첸시오 드 폴

빈첸시오 드 폴(Vincent de Paul, St., 1580~1660) 전례 프랑스 농부의 아들로 태어난 빈첸시오 드 폴은 초기 사제 생활을 부유한 가문의 담당 사제로 일했다. 그는 프란치스코 드 살과 다른 이들과 친교를 맺음으로써 영웅적인 사랑을 실천하는 삶을 살게 되었다. 그는 선교 사제회(빈첸시오회 또는 라자로회)를 창설하였고 요안나 프란치스카 드 샹탈과 함께 성모 방문 수녀회를 창설하였고 루이사 드 마릴락과 함께 까리따스 수녀회를 창설하였다. 그는 병원과 고아원을 세우고 노예들을 대신해 몸값을 지불하였으며 새로운 신학교를 세워 사제 양성 체계를 갖추고 영성 문제에 관해 많은 글을 썼다. 그는 사랑을 실천하는 단체들의 수호성인이다. 전례 거행은 9월 27일(기념일)이며 주제는 가난한 이들에게 사랑을 실천함이다.

야과경(夜課經) ☞ 미담 104.

천당 상급이 지극히 큼

턴댱샹급이지극히큼

예전에 성녀 글라라가[1] 임종 시에 신목[2]으로써 당신 평생 모든 죄의 사함과 및 받으실 바 천당복을 밝히 보시고 즐거움을 이기지 못하시며, 또한 사랑의 정과 열심의 치성함을 걷잡지[3] 못하여 부르짖어 이르시되, "오홉다,[4] 좋으신 예수여, 너를[5] 섬기는 자들에게 이렇듯이 큰 상급을 마련하셨나이까. 이 조그마한 충효를 위하여 이렇듯이 큰 상급을 주시나이까. 네 천당이 내게는 너무 크고 너무 만토소이다"[6] 하시며 영신과 육신이 주의 사랑 중에 즐기시며 혼미하시더라.[7]

진실로 우리가 닦는 바 공로는 극히 적고 받을 바 영상은[8] 지극히 크고 중하도다. 금세에서 몇 분 동안 인함으로써 천만금의 품값을 받을 양이면 아무도 몇 분 동안 일하기를 사양치 아니하리니, 속이지 못하시는 천주가 친히 허락하시기를, "너희가 잠시 수고하면 내가 영원한 영광의 중한[9] 상급을 주리라" 하셨거늘, 우리는 어찌 잠시 수고로써 영상[10] 얻기를 힘쓰지 아니하리오.

---

1   성녀 글라라 ☞【더 알아보기】.
2   신목 : 신앙으로 목격한 것.
3   원문은 '것잡지'. 걷잡다 : 한 방향으로 치우쳐 흘러가는 형세 따위를 붙들어 잡다. 마음을 진정하거나 억제하다.
4   오홉다 : 감탄하여 찬미할 때 내는 소리.
5   당신을. 원문 그대로 옮겼다. 당시에는 예수를 지시하는 대명사로 2인칭 대명사 '너'를 사용했다.
6   원문은 '만토소이다'.
7   혼미(昏迷)하다 : 의식이 흐리다.
8   영원한 상(賞)은.
9   귀중한, 소중한.
10   영원한 상급.

글라라 성녀의 이야기를 소재로 한 미담입니다. 이 작품에서는 임종 때 신앙의 눈으로 보게 된 천국에 대한 글라라 성녀의 감탄과 소감이 첫째 단락에, 또 이에 대한 미담 저자의 해설이 두 번째 단락에 소개됩니다.

조그마한 충효와 큰 상급, 지상과 천당, 잠시의 수고로움과 영원한 생명을 각각 대조하면서 이 미담은 후자의 것들을 강조합니다. 즉 천국에서의 영원한 상급을 위해서라면 지상에서의 잠시의 수고를 마다하지 말 것을 당부하는 내용입니다.

성녀의 말씀을 그대로 인용함으로써 천상상급에 대한 신뢰를 유도하고, 이를 통해 지상에서 수고하는 이들에게 용기를 주고자 한 미담이기도 합니다. 보이지 않는 영원한 상급보다는 현세에서의 고통스러운 수고로움에 묶여 있는 존재인 우리에게는 현세의 수고를 힘써 행할 수 있는 용기가 필요합니다.

글라라(Clara, 1194~1253) 가 성녀. 글라라회의 창설자. 축일은 8월 11일. 1212년경 아시시의 프란치스코 성인의 설교에 감동되어 가족 친지들의 반대를 무릅쓰고 수녀가 되었으며, 성인의 가르침을 따르려는 다른 여성들과 함께 성인의 도움을 받아 산 다미아노 (San Damino)에서 글라라회를 세웠다. 이 수도원은 1215년에 대수도원이 되었으며 자신은 세상을 떠날 때까지 원장을 지냈다. 1255년 교황 알렉산데르(Alexander) 4세에 의해 시성(諡聖)되었다.

간선자와 즉 승천하는 자가 적음

간션쟈와즉승텬ᄒᆞᄂᆞᆫ쟈ㅣ 젹음

전에 인노센시오^{인노첸시오} 제7위[1] 교황께옵서 홍의재상으로[2] 계실 때에, 유명 갈투시안 수도원을 찾아가서 덕망이 초월한 수사를 면회하고자 하여 수도원 문을 두드려도 아무 대답이 없는지라. 홍의재상을 모시고 간 시종[3] 하나가 문지기 수사의 방문을 열고 들어가 보니 문지기 수사가 정신이 혼몽하여[4] 묻는 말은 대답치 아니하고 오직 이르되, "불쌍하도다. 나 같은 불쌍한 자는 또 없도다. 대저[5] 이 큰 영적을[6] 보았음이로다" 하더라.

홍의재상이 그 연고를 물었는데,[7] 문지기 수사가 대답하되, "내가 아까 묵상하다가 신목으로[8] 보니, 내가 보는 동안에 지옥으로[9] 하침하는[10] 영혼은 마치 폭포수 같이 쏟아지는 빗방울 같고, 연옥으로[11] 가는 영혼은 드물게 내리는 눈송이 같고, 즉 승천하는 영혼은 겨우 셋이니 곧 주교 1위와 갈투시안 수도원장 1위와 로마부에 과부 하나이

---

1 원문에 '위'라 기록되어 있다. '위(位)'의 오타일 수도 있고 주교의 경우 '위' 대신 쓴 단위일 수도 있으나 확인이 불가하다. 뜻은 '세(歲)'로 여기서는 '인노첸시오 7세'라는 의미로 사용되었다.

2 홍의재상(紅衣宰相) : 가톨릭에서 홍의 주교. 붉은 옷을 입는 주교. 주교의 옷이 붉은 데서 유래된 듯하다.

3 여기서는 도와주는 사람의 의미. 현재의 '수행비서'와 같은 사람.

4 혼몽(昏懜)하다 : 정신이 흐릿하고 가물가물하다.

5 대저(大抵) : 대체로 보아서. 대컨. 비슷한 말은 무릇. 『한불자전』에서는 이 단어를 '약, 거의, 그처럼, 책에서 이 단어는, 문장 첫 머리에서 명백히라는 라틴어에 부합한다'로 풀이한다.

6 영적(靈蹟) : 신령스러운 사적. 기적의 옛말(『가톨릭대사전』).

7 원문은 '무른디'.

8 신목(神目) : 가톨릭에서 영신(靈神)의 일을 보는 눈.

9 원문은 '에로'.

10 하침(下沈)하다 : 밑으로 가라앉다.

11 원문은 '연옥에로'.

라"하며 이 세 사람의 거주와 성명을 밝히 대주는 고로, 즉시 사람으로 하여금 탐문하니,[12] 과연 이 세 위 다 문지기 수사가 묵상하던 시간에 세상을 버렸더라. 과연 불린 자는 많으나 간선자는[13] 적으니, 우리는 간선자 되기를 힘쓸지로다.

해설

인노첸시오 제7세 교황이 주교로 있던 시절의 일화라고 하니 이 미담은 1380년대를 배경으로 한 작품입니다. 인노첸시오 7세 교황은 갈투시안 수도원의 문지기 수사로부터 묵상 중에 보게 된 천상의 이야기를 전해 듣습니다. 미담은 그 이야기의 사실성을 증명하기 위해 문지기 수사가 말한 인물들이 실제로 수사가 묵상 중에 보았던 시간에 사망하였음을 전합니다. 믿기 어려운 이야기입니다. 때문에 미담에서도 '신목'을 언급했습니다. 이 미담 역시 신목의 눈으로 이해하고 그 의미를 깨닫는 것이 중요합니다.

지옥으로 떨어지는 영혼을 폭포수 같이 쏟아지는 빗방울로, 연옥으로 가는 영혼을 드물게 내리는 눈송이로 비유한 부분이 생생하게 전해집니다. 빗방울이나 눈송이들처럼 "떨어지는" 영혼이 되지 말고 "승천하는" 영혼이 되자는 의미일 터인데, 승천하는 자는 겨우 셋이었다 하니 천국으로 가는 길이 쉽지 않습니다. 저자는 마지막에 '간선자 되기를 힘쓸지로다'라는 당부의 말을 잊지 않습니다. 이것이 이 미담의 주제입니다. 천국행이 어려워서 포기하는 게 아니라 어렵기 때문에 이승에서 더욱더 노력하자는 것입니다.

더 알아보기

교황 인노첸시오 7세 교황 인노첸시오 7세(라틴어 : Innocentius PP. VII, 이탈리아어 : Papa Innocenzo VII)는 제204대 교황(재위 : 1404.10.17~1406.11.6)이다. 세속명은 코시모 데 미그리오라티(이탈리아어 : Cosimo de' Migliorati)이다.

1336년 이탈리아 나폴리의 술모나에서 태어나 볼로냐에서 법학을 공부한 후 페루자와 파도바에서 법학을 가르치는 교수가 되었다. 교황 우르바노 6세에 의해 영국에 파견되어

---

12 탐문(探問; 探聞)하다 : 알려지지 않은 사실이나 소식 따위를 알아내기 위하여 더듬어 찾아가서 묻거나 듣다.

13 간선자(簡選者) : 선택받은 사람.

10년간 교황청 징세관의 일을 하였다. 1387년 라벤나의 대주교가 된 후 1389년 볼로냐로 전보되었고 1390년에 추기경이 되어 이탈리아 북부의 사절로 일하였다. 1404년 교황이 되었으나 서방 교회의 분열로 인해 정치적으로 쌓인 문제가 많았다. 선출되기 전에 기독교의 일치를 이룩하는 데 필요하다면 교황직을 사임하겠다고 약속하였다. 그 약속을 이행하기 위하여 대립교황에게 제의하여 회의를 열고자 하였으나 대립교황 베네딕토 13세의 완고함과 교황의 조카 루도비코에 대한 로마 시민들의 반란으로 인한 인노첸시오 7세의 도주, 나폴리 왕국의 교황령 침입, 무엇보다도 인노첸시오 7세의 짧은 재위는 그의 모든 노력을 수포로 돌아가게 하였다.

1406년 3월 로마로 귀환하여 로마 대학교를 재조직할 계획을 세웠으나 급작스러운 사망으로 인해 그마저 무위로 돌아가고 말았다.

【출처】위키백과, '교황 인노첸시오 7세', https://ko.wikipedia.org/w/index.php?titl e=%EA%B5%90%ED%99%A9_%EC%9D%B8%EB%85%B8%EC%B2%B8%EC%8 B%9C%EC%98%A4_7%EC%84%B8&oldid=14473513, 검색일 : 2014.4.16.

기이하게 회두함

긔이ᄒ게회두홈

　　예전에 안드레아 성인 때에 니골나오^{니콜라오}라 하는 사람이 있으니, 나이 64에 이르러도 날마다 음란한 사욕편정에[1] 방종하여 세월을 보내더니, 하루는 교우의[2] 습관으로 몸에 복음성경을 지니고 음란한 곳에 가니 음란한 계집이 이르되, "그대는 여기 가까이 하지 말라. 대저[3] 그대 몸에 지닌 바는 오묘하고 기이하여 천상 것을 띠었음이니라." 니골나오^{니콜라오}가 이 말을 듣고 부끄럽고 마음이 아파 개과천선하기로[4] 뜻을 정하고 안드레아 성인께 가서 모병[5] 습관 빼어버릴[6] 모책을[7] 간청하였는데,[8] 성인이 그 노인을 대신하여 5일 동안에 염경기구와[9] 대재를[10] 지키사 그 노인에게 성총과[11] 및 정결한 덕을 얻어주기로 주 대전에 간구하시니,[12] 천주가 성인에게 이르시되,[13] "네가 저 늙은이를 대신하여 행한 선공을[14] 그도[15] 친히 행하여야 하리라" 하시는 고

1　사욕편정(邪慾偏情) : 가톨릭에서 바른 도리에 어긋나는 온갖 정욕. 음욕, 방종 따위를 이른다.

2　교우(敎友) : 가톨릭에서 같은 종교를 믿는 벗.

3　대저(大抵) : 대체로 보아서. 대컨. 비슷한 말은 무릇.『한불자전』에서는 이 단어를 '약, 거의, 그처럼, 책에서 이 단어는, 문장 첫 머리에서 명백히라는 라틴어에 부합한다'로 풀이한다.

4　개과천선(改過遷善) : 지난날의 잘못이나 허물을 고쳐 올바르고 착하게 됨.

5　모병(毛病) : 결여, 악, 나쁜 습관.

6　원문은 '쎅혀ㅂ릴'.

7　모책(謀策) : 어떤 일을 처리하거나 모면할 꾀를 세움. 또는 그 꾀.

8　원문은 '근쳥ᄒᄃ'.

9　염경기도와. 염경기도(念經祈禱) : 가톨릭에서 기도문을 읽거나 외면서 하는 기도.

10　대재(大齋) : 가톨릭에서 단식재, 단식을 지키는 것. 소재는 금육재.

11　성총(聖寵) : 가톨릭에서 은총, 하느님이 내리는 은혜.

12　간구(干求)하다 : 바라고 구하다.

13　천주가 직접 말씀하신 것. 당시에는 이런 기적이 많이 등장. 이런 것으로 교우들의 신앙을 독려한 듯.

14　선공(善功) : 좋은 결과를 낳는 공덕, 착한 공덕.

15　원문은 '뎌도'→저도→그도.

로, 성인이 그 노인을 보시고 천주가 말씀하신 명령을 전하시니 그 노인이 제 집에 돌아가서 6개월 동안에 열심 기구하며[16] 대소재를[17] 지키다가 선종한지라.[18] 천신이[19] 안드레아 성인에게 발현하사 이르시되, "저 늙은이가 선종하여 영복을 누림은 진정으로 회개하여 보속을[20] 행함이니라" 하여 성인을 안위하시니라.[21]

우리도 성경을 귀중히 여겨 항상 정성되이 볼 것이요, 또 죄를 범한 이는 불가불 통회보속함이 만분[22] 필요하니, 대저[23] 통회와 보속 없이 공연히 죄와 및 죄벌을 사함이 없음이니라.

인물과 사건 위주의 서사 단락과 주제부라 할 수 있는 서술자의 논평 단락으로 구성된 미담입니다. 이러한 2단 구성은 가장 대표적인 미담의 형식입니다. 주제 단락에 나와 있듯이 성경을 소중히 여기고 죄 사함을 위해서는 죄인의 통회 보속이 중요함을 주장한 미담입니다. 특히 이 작품에서 성경의 중요성을 주장했다는 점이 특이하고 새롭습니다. 그 외에도 몇 가지 흥미로운 점이 있습니다.

첫째 대화의 방향입니다. 이 작품의 등장인물은 안드레아 성인, 니콜라오라는 64세의 노인, 음란한 계집 그리고 천주가 등장합니다. 넷이 주고받은 대화가 서사의 전개를 주도합니다. 발단은 노인이 음란한 여인으로부터 '이야기'를 들음으로써 시작됩니다. 안드레아 성인은 천주와 대화할 수 있는 인물로 등장합니다. 천주는 안드레아 성인에게, 성인은 노인에게 말씀합니다. 말씀은 천주, 성인, 노인 남성으로 이어지는 하강 구조로 나타납니다. 반면 음란한 여인은 노인에게 성경에 대한 경고의 말을 하고, 노인은 안드레아 성인에게, 성인은 천주께 도움을 청하는 상승 구조가 나타납니다. 하강과 상승 구조의 가운데에 주인공인 노인이

---

16 기구(祈求) : 기도의 옛 용어.

17 대소재(大小齋) : 대재(大齋)와 소재(小齋)를 아울러 이르는 말. 대재는 단식재, 소재는 금육재.

18 선종하였다. 선종(善終) : 가톨릭에서 임종 때에 성사를 받아 큰 죄가 없는 상태에서 죽는 일. 선생복종(善生福終)에서 나온 말.

19 천사가. 천신(天神)은 천사의 옛 용어.

20 보속(補贖) : 가톨릭에서 죄로 인한 나쁜 결과를 보상하는 일.

21 안위(安慰)하다 : 몸을 편안하게 하고 마음을 위로하다.

22 만분(萬分) : 대단히 많이, 아주 충분히. 십분(十分)이나 백분(百分)을 과장하여 이르는 말.

23 ☞ 주 3.

있습니다. 하강이 하늘에서 오는 말씀이라면, 상승은 비천한 인간이 하늘로 향하는 간구와 탄원입니다. 노인은 성과 속, 하늘과 땅의 말들을 체험하면서 통회와 보속을 행할 수 있었습니다.

둘째, 음란한 계집이 복음성경의 의미를 먼저 알아챘다는 점입니다. "그대는 여기 가까이 하지 말라. 대저 그대 몸에 지닌 바는 오묘하고 기이하여 천상 것을 띠었음이니라"라고 노인을 각성시키는 계기를 제공한 존재는 '음란한 계집'이었습니다. 이 인물의 말을 통해 '복음성경'은 '음란'과 대칭을 이루는 성스러운 힘을 지닌 대상으로 자리합니다. 날마다 음란함에 빠진 64세의 노인이 회개의 길로 가게 되는 결정적 계기를 제공한 '음란한 계집', 그녀는 그 이후 어떻게 되었을까 궁금해집니다.

'음란한 계집'의 말에 부끄러움을 느끼고, 기꺼이 '안드레아 성인'을 찾아가 그의 말에 귀를 기울인 노인, 자신의 의견을 앞세우기보다는 하느님의 말씀에 귀 기울이며 먼저 기도하고 응답을 받은 '안드레아 성인', 그 분들이 하늘로부터 내려오는 '말씀'을 따를 수 있었던 것은 '귀 기울임'이 있었기 때문입니다. '음란한 계집'이 복음성경의 성스러움을 인지했다 하더라도 그 말씀에 귀 기울임이 없었다면 그녀는 '음란한 곳'에서 벗어나지 못하였을 것입니다. 이것이 이 미담에서 찾을 수 있는 또 하나의 주제입니다.

더 알아보기

복음성경(福音聖經) ☞ 미담 103.

병고를 감수하다가 선종

병고를감슈ᄒ다가선종

예전에 성녀 브리지다^{비르지타}가 친히 간호하시던 병자 하나는 3년 동안 장구한[1] 세월에 극히 아픈 병고를 받아 그 발에서도 농즙이[2] 흐르되, 이 겸손하고 감수 인내하는 병자는[3] 입으로 예수성명을[4] 열심으로 불러, "예수여 예수여 나를 불쌍히 여기소서"[5] 하며 마음이 즐거워하더니, 하룻밤은[6] 수사들이 기구하여[7] 주는 가운데서 선종하였더라. 성녀가 그 망자를[8] 위하여 기구하실[9] 때, 주가 발현하여 이르시되, "세속에 부귀공명한 양반과 관리들은 내게로 오기를 싫어하였으되,[10] 이 가난하고 비천한 자는 내게로 왔도다" 하사 그 선종승천함을 가르쳐주사 성녀를 위로하셨더라.

해설

성녀 비르지타에게 예수님이 발현하신 미담입니다. 등장인물은 성녀와 비천한 환자입니다. 환자는 겸손함과 어려움을 감내할 성품을 지닌 자로 등장합니다. '성녀를 위로하셨더라'는 표현에서 환자를 성심껏 간호하며 그의 병고와 죽음을 슬퍼하였을 성녀의 모습을 상상할

---

1 장구(長久)하다 : 매우 길고 오래다.
2 농즙(膿汁) : 고름.
3 환자는.
4 예수 이름을. 예수님을 부르며 하는 기도.
5 그 당시에는 성명 기도, 예수 호칭기도를 참 많이 했다는 점을 알 수 있다.
6 어떤 날 밤. 원문은 '하루밤'.
7 기도하여.
8 망자(亡子) : 죽은 자.
9 기도하실. 기구(祈求) : 기도의 옛 용어.
10 원문은 '슬희여ᄒ엿스되'.

수 있습니다.

이 작품에서 환자가 하는 기도는 예수성명 기도입니다. 미담에는 예수성명 기도가 자주 등장합니다. 예수의 이름을 부르는 것만으로도 기도라 여긴 교회의 기도 전통을 엿볼 수 있습니다. 단순한 기도로 자신을 불쌍히 여겨달라는 탄원을 올리는 환자, 그를 간호하며 그의 병고와 기도를 보았을 비르지타 성녀의 모습이 영화의 한 장면처럼 그려집니다. 비르지타 성녀는 살아있는 동안 여러 차례 특별한 환시를 체험하였고, 이 체험을 바탕으로 성녀의 말씀을 구술한 『계시』라는 책이 전해집니다.

더 알아보기

비르지타(Birgitta) ㉮ 축일 7월 23일. 과부, 설립자. 활동지역 : 스웨덴(Sweden). 활동연도 1303∼1373. 스웨덴의 수호 성녀.

1303년 스웨덴 우플란드(Uppland)의 총독이며 부유한 지주인 비르거(Birger)와 그의 두 번째 부인인 인게보르크(Ingeborg) 사이에서 태어난 성녀 비르지타는 12살 되던 해 어머니가 사망하였는데, 그때부터 계시를 체험하였다고 한다. 그녀는 불과 14살의 어린 나이로 훗날 네레시아 지방의 총독이 된 18세의 귀족 울프 구드마르손(Ulf Gudmarsson)과 결혼하여 8명의 자녀를 두었는데, 이들 중의 하나가 스웨덴의 성녀 카타리나(Catharina)이다.

1344년에 남편이 사망하자 그녀는 알바스트라의 시토회 수도원에서 극도로 엄격한 생활을 하면서 4년을 지냈다. 이때에도 그녀는 수많은 환시와 계시를 받았고, 고해신부는 그녀의 모든 환시가 올바르다고 보증해 주었다. 이러한 계시에 따라 그녀는 1346년에 바드스테나(Vadstena)에 '지극히 거룩한 구세주 수도회'를 세웠고, 마뉴스 왕도 여기에 거처하였다. 이것이 '삼위일체회(비르지타회)'의 시작이다.

그녀는 많은 시간을 로마에서 지내면서 매우 엄격한 생활과 빈민구제에 온 정열을 쏟았으며, 당시의 심각한 교회와 정치사이의 제 문제에 대하여 기탄없는 충고를 하였다. 그리하여 그녀 자신의 엄격한 생활과 성덕, 가난한 사람들과 순례자들에 대한 관심 및 교황의 로마 귀환에 대한 노력 등이 로마 전체를 들뜨게 만들었다. 그녀의 구술로 적은 『계시』라는 책에는 주로 그리스도의 고난과 미래의 사건들에 대한 내용으로 당대에 강한 반항을 불러일으켰다. 어떤 신학자들은 그녀가 정통 교리를 따르는 사람이 아니라고 역설한 반면, 또 다른 학자들은 그의 체험들은 모두가 진실하며 교리와도 부합된다고 갑론을박하였다. 그녀의 사후 트렌토(Trento) 공의회는 그녀의 『계시』를 세심히 검토하도록 하였는데, 결국 신자들이 읽어도 좋다는 판정을 내렸다. 그녀는 스웨덴의 수호성녀로서 공경을 받고 있다.

사치함을 통곡함

샤치흠을통곡흠

　예전에 밤보라 하는 수도원장이 하루는 알렉산드리아^{알렉산드리아} 읍내를 지나시다가 길에서 한 여자를 보니 지극히 사치하게 치장한지라.[1] 이에 스스로 통곡하니 제자들이 묻되,[2] "스승은 어찌하여 우십니까?"[3] 원장이 대답하여 이르되, "내게 앙화다.[4] 대저[5] 이 여자는 사람을 유인하기로 이렇게 힘써 치장하여 많은 사람을 지옥으로[6] 끌어내리거늘 나는 어찌하여 이렇게 힘써 덕을 닦아 사람을 천당으로 이끌지 못하는고" 하니라.

　방지거 사베리오^{프란치스코 하비에르} 성인도 역시 이렇듯이 탄식하셨으니 성인이 일본에 와 전교하실 때, 한 장사가 지극히 부지런히 장사하는지라. 성인이 보고 가라사대,[7] "이 사람은 장사하기로 이와 같이 부지런하니 나는 어찌하면[8] 천주의 복음을 이와 같이 힘써 전할꼬"[9] 하시니라.

　세속 사람이 육신 일과 세속의 재리와[10] 명리를[11] 위하여 수고하고 힘씀과 같이 우

1　치장하였다.
2　원문은 '무르딕'.
3　원문은 '울으시로ᄂ잇가'.
4　앙화(殃禍) : 어떤 일로 인하여 생기는 재난. 지은 죄의 앙갚음으로 받는 재앙.
5　대저(大抵) : 대체로 보아서. 대컨. 비슷한 말은 무릇. 『한불자전』에서는 이 단어를 '약, 거의, 그처럼, 책에서 이 단어는, 문장 첫 머리에서 명백히라는 라틴어에 부합한다'로 풀이한다.
6　원문은 '에로'.
7　말씀하시되. 가라사대 : '말씀하시되'의 뜻으로 쓰이는 말. '가로되'보다 높임의 뜻을 나타낸다.
8　원문은 '엇지면'.
9　원문은 '전할고'.
10　재리(財利) : 재물과 이익을 아울러 이르는 말.
11　명리(名利) : 명예와 이익을 아울러 이르는 말.

리 교우들도 사주구령하는[12] 본분에 그와 같이 힘쓰고 삼가고 부지런하면 의심없이[13] 열심교우 되고 또한 의심없이 구령하리로다.[14] 성경에 이르신 바, 세속의 아들과 광명의 아들이 각각 하는 바를 깊이 생각할지로다.

사람들이 세속의 이익을 위해 노력하는 것 못지않게 하느님을 섬기고 영혼을 구원하는 일에 힘쓰라는 주제의 미담입니다. 미담에서 자주 등장하는 대화법, 대조법을 통해 서사의 극적 효과를 보여주는 첫 번째 단락과 두 번째 단락이 본 이야기이고, 마지막 단락은 주제부입니다. 마지막 단락에서 '성경에 이르신 바'와 같은 표현을 통해 성경 말씀을 상기시키고 있는 점도 주목할 만합니다.

'사치함을 통곡함'이라는 제목이 흥미롭습니다. 여인의 사치스러운 복장을 보며 수도원장 밤보는 그녀가 힘써 치장하는 것과 같은 열성도 없는 자신의 모습을 반성합니다. 두 번째 이야기에 등장하는 하비에르 성인 역시 장사하는 사람들의 부지런함을 보며 자신을 성찰하고 반성합니다. 그것을 '통곡'이라고 표현하였습니다. 성찰과 반성이 있었기에 두 인물은 하느님 나라를 열정적으로 전할 수 있었습니다.

이 작품에서 치장하는 데 열심인 여인이나 장사하는 데 부지런한 사람이 '세속의 아들'이라면 밤보 수도원장이나 하비에르 성인은 '광명의 아들'이라 할 수 있습니다. 우리는 '세속의 아들'입니까, '광명의 아들'입니까?

프란치스코 사베리오(Francis Xavier) 〔가〕 축일 12월 3일. 성인, 선교사. 활동연도 1506~1552년. 에스파냐 출신으로 1528년에 파리 대학에서 학위를 받았으며, 그곳에서 예수회의 설립자인 로욜라(Loyola)의 성 이냐시오(Ignatius, 7월 31일)를 만났다. 처음에는 이냐시오의 생각에 반대했던 그는 생각을 바꾸어 예수회의 설립회원 7명 가운데 한 명이

---

12 사주구령((事主救靈) : 가톨릭에서 하느님을 섬기며 영혼을 구원하는 일.
13 틀림없이.
14 구원되리로다. 구령(救靈) : 구원. 신앙으로 영혼을 구원함.

되었다. 하비에르는 이냐시오와 다른 4명의 회원들과 함께 1537년 이탈리아의 베네치아 (Venezia)에서 서품을 받고, 그 다음해에 로마(Roma)로 파견되었으며, 예수회가 성좌로부터 공식 승인을 받은 1540년에는 예수회원으로서는 첫 번째 선교사로 임명되어 동인도로 파견되었다.

1541년 4월 7일 이후 인도 중서부 고아(Goa)에서 병자와 죄수들을 찾아보는 일과 어린이의 신앙교육 및 그곳의 포르투갈 사람들의 비도덕성을 바로잡는 일에 착수하였다. 인도의 남단 타밀나두(Tamil Nadu)에 있는 코모린 곶(Cape Comorin)에서 3년을 지내면서 파라바족(Paravas)을 사목하여 수천 명의 개종자를 얻었다. 1545년에 그는 말레이시아의 말라카(Malacca)를 찾아갔고, 1546년부터 1547년까지는 뉴기니(New Guinea)와 인접한 몰루카(Molucca) 제도와 필리핀과 가까운 모로타이(Morotai) 섬을, 1549년부터 1551년에는 일본까지 왕래하였다.

흔히 그는 사도 바오로(Paulus)에 버금가는 위대한 선교사로 불린다. 그는 수많은 위험과 역경을 딛고 상상할 수 없는 거리와 지역을 여행하였고, 그 자신이 개종시킨 교우 수만 하더라도 10만 명에 이를 것으로 추정한다. 그래서 그는 '인도의 사도', '일본의 사도'라고 불리며, 1619년 시복되고 바로 이어서 1622년 교황 그레고리우스 15세(Gregorius XV)에 의해 자신의 사부이자 동료인 예수회의 창설자 로욜라(Loyola)의 성 이냐시오 (Ignatius, 7월 31일)와 함께 시성되었다. 그리고 1927년 교황 비오 11세(Pius XI)는 그를 리지외(Lisieux)의 성녀 테레사(Teresia, 10월 1일)와 함께 '가톨릭 선교활동의 수호성인'으로 선포하였다.

성모의 특은으로 유감을 이기고 성덕에 나아감

성모의특은으로유감을이기고성덕에나아감

예전에 갈투시엔시 수도회에 한 수사는 유명한 성덕이[1] 있음으로 천주가 그를[2] 특별히 보호하사 하여금[3] 온전히 정결하고 순전하고[4] 완전하게 보존하신지라.[5] 이러므로 꿈에라도 무슨 사특한[6] 것을 당하지 아니하셨더라. 이 거룩한 수사는 성덕과 공로가 충만한 고로 임종 시를[7] 당하였는데, 원장과 모든 수사들이 곁에 모여 있을 때에 원장이 병자 수사를 명하여 이르되, "그대가 살 동안에 무슨 덕으로써 특별히 천주의 마음을 즐겁게 하였는지 말하라." 병자[8] 수사는 대답하여 아뢰되, "원장께서는[9] 지극히 어려운 일을 명하시나이다. 원장께서[10] 만일 순명지덕으로써 나를 명하지 아니하시면 나는 종신토록 비밀을 지킬 것이로되 이제 순명지덕으로써 명하시니 내가 순명하여 아뢰나이다. 내가 과연 아이 때부터 마귀유감의[11] 공격을 받아 극히 괴롭게 지내

---

1   성덕(聖德) : 성인(聖人)의 덕, 성스러운 덕.
2   원문은 '뎌를' → 저를 → 그를.
3   여기서는 '그로 하여금', '그를'의 의미로 읽을 수 있다.
4   순전(純全)하다 : 순수하고 완전하다.
5   이 문장을 현대어로 한 번 더 옮기면, '예전에 갈투시엔시 수도회에 성덕으로 널리 알려진 수사가 있었는데, 천주가 그를 특별히 보호하여 정결하고 순수하고 완전하게 그를 온전히 보존하셨다'라 할 수 있다.
6   사특(邪慝)하다 : 요사스럽고 간특하다.
7   임종 시(臨終 時) : 임종의 때.
8   병자(病者) : 환자.
9   원문은 '원쟝쥬는'. 여기서 '-쥬'는 경영주, 고용주, 건물주, 공장주와 같이 명사 뒤에 붙는 접미사 '-주(主)'로 여기서는 '원장께서는'으로 옮겼다.
10   원문은 '원쟝쥬ㅣ'. 여기서는 '원장께서'로 옮겼다.
11   마귀의 유혹에서. 유감(誘感) : 유혹, 옛 교우들이 쓰던 말로 3구(三仇) 즉 마귀, 세속, 육신에 의해 유혹받는 것을 의미한다(『가톨릭대사전』).

였사오나 그러나 나의 심중에 괴로움이 많을수록 오 주와 성모께 특은을[12] 많이 받아 내 영혼이 항상 신락[13] 중에 있었나이다. 내가 하루는 마귀의 지극히 혹독한 유감을[14] 당하여 가장 근심하고 아주 기진하여 피곤할 즈음에 천상의 모후이신 성모 마리아가 내게 발현하심에 모든 마귀가 도망하고 모든 혹독한 유감이 사라져버렸나이다. 성모가 이에 나를 위로하시며 면려하사[15] 하여금 더욱 항구히 성덕으로[16] 나아가라 하시며 이르시되,[17]

'나의 사랑하온 아들아, 내가 너로 하여금 성덕에 나아가기 위하여 내 성자 예수의 보배의 집에서 세 가지 보배를 네게 내어주노니, 네가 세 가지 보배로써 연습하면 천주를 즐겁게 할 것이요 마귀원수를 이기리라. 이 세 가지 보배는 다른 것이 아니라 곧 세 가지 겸손이니, 음식에 겸손함과 의복에 겸손함과 소임에 겸손함이라. 음식의 겸손을 의논컨대 언짢고 낮은 음식을 취하며, 의복의 겸손을 의논컨대 낮고 천한 것을 입으며, 소임의 겸손을 의논컨대 지극히 천하고 낮은 소임을 큰 영광으로 삼으며 대단한 유익으로 삼으며, 다른 사람들이 천히 여기고 싫어하는 것을[18] 너는 감심으로[19] 취하라' 하시고 문득 보이지 아니하시는지라. 나는 성모의 말씀을 아주 내 마음에 새겨두고[20] 그대로 준행함으로써[21] 내 영혼에 큰 신익을[22] 받았나이다" 하니라.

---

12 특은(特恩) : 특별한 은혜. 가톨릭에서 성령이 특별히 내려 주는 은혜. 예언, 영의 식별, 기적 따위를 베푸는 능력을 이른다.

13 신락(神樂) : 행복, 마음의 기쁨, 정신적인 즐거움(『한불자전』). 지금은 사용하지 않는 단어이다.

14 유혹을 ☞ 주 11.

15 면려(勉勵)하다 : 남을 고무하여 힘쓰게 하다; 노력하다. 힘차게 격려하다.(『한불자전』)

16 원문은 '성덕에로'.

17 원문은 '닐ㅇ시되'.

18 원문은 '슬희여ㅎ는것을'.

19 감심(甘心) : 괴로움이나 책망 따위를 기꺼이 받아들임. 또는 그런 마음.

20 원문은 '삭여두고'.

21 그대로 따르고 행함으로써. 준행(遵行)하다 : 전례나 명령 따위를 그대로 좇아서 행하다.

22 신익(神益) : 정신의 이익, 재능, 정신적인 이익(『한불자전』). 신령한 이익(『표준』).

성덕과 공로가 충만했던 한 수사가 임종 때 한 고백을 옮긴 미담입니다. 주인공 수사가 마귀를 비롯한 모든 유혹에서 벗어날 수 있었던 것은 성모님의 발현을 통해 들은 성모님 말씀을 그대로 따랐기 때문입니다.

작품의 후반부에서 소개되어 있는 성모님 말씀의 요체는 '겸손'입니다. 겸손은 하느님을 기쁘게 해드리는 일이며, 우리를 성덕으로 이끄는 길임을 이 미담은 강조합니다. 겸손에 대해 구체적으로 설명해 준 성모님의 말씀이 인상적입니다. 또한 이 미담에서 '천상의 모후이신 성모 마리아'라는 호칭이 등장합니다.

작품의 전반부가 주인공 수사를 소개하고 그의 겸손함을 보여준 내용이라면 작품의 후반부는 그의 겸손함이 어디에서 비롯되었는가를 성모님 말씀을 통해 전해주고 있습니다. 음식, 의복, 소임에서의 겸손. 이러한 일상에서의 겸손함이 천상의 모후가 알려주신 '신익' 즉 신령(神靈)한 길, 성화의 길입니다.

존경을 싫어해서 피하던 원장

존경을슬희여피ㅎ던원쟝[1]

예전 수도사들의 행적을 상고하건대[2] 삐누시오라 하는 수도원장은 에집도^{이집트} 어느 수도원에서 원장의 직분을 봉행할[3] 때,[4] 백발노인으로서 성덕이[5] 출중하여 모든 수사들에게 지극한 존경을 받더라. 그러나 성덕이 깊은 원장은 그 모든 존경을 싫어하고[6] 오직 모든 이에게 경천히[7] 여김과 박대함을[8] 받기가 평생 소원이라. 이러므로 하룻밤에는[9] 수도원에서 가만히 나와 속인의[10] 복장을 꾸미고 그 근처에 있는 성 바고미오[11] 수도원에 가서 속인과 같이 그 수도회에 입원하여[12] 초학연습자로[13] 닦기를 원하니, 대저[14] 그 수도원은 성덕과 열심이 출등하여[15] 사방에 명성이 자자함이러라.[16]

---

1   슬희여ㅎ다 : 내키지 않다, 마지못해 하다, 원하지 않다, 좋아하지 않다, 질색하다(『한불자전』).

2   상고(詳考)하다 : 꼼꼼하게 따져서 검토하거나 참고하다.

3   봉행(奉行)하다 : 뜻을 받들어 행하다.

4   원문은 '싀'.

5   성덕(聖德) : 성인(聖人)의 덕, 성스러운 덕.

6   원문은 '슬희여ㅎ고' ☞ 주 1.

7   경천(輕賤)히 : 가볍고 천하게. 경천(輕賤)ㅎ다 : 별로 중요하지 않다. 중시할 가치가 없다(『한불자전』).

8   박대(薄待) : 푸대접. 인정 없이 모질게 대함.

9   어떤 날 밤. 어느 날 밤. 원문은 '하루밤'.

10   속인(俗人) : 일반의 평범한 사람.

11   성 바고미오 아빠스, 5월 14일 축일.

12   입원(入院)하다 : 수도원에 들어가다. 지금은 '입회(入會)하다'라는 용어를 쓴다.

13   여기서 '초학연습자'란 현재로 보면, 수도회에 처음 들어간 입회자, 지원기·청원기 수도자로 볼 수 있다. 초학(初學) : 초심자들이 사용하는 첫 번째 공부, 기본 원리, 학문의 기초(『한불자전』).

14   대저(大抵) : 대체로 보아서. 대컨. 비슷한 말은 무릇. 『한불자전』에서는 이 단어를 '약, 거의, 그처럼, 책에서 이 단어는, 문장 첫 머리에서 명백히라는 라틴어에 부합한다'로 풀이한다.

15   출등(出等)하다 = 출중(出衆)하다 : 여러 사람 가운데서 특별히 두드러지다.

16   자자(藉藉)하다 : 여러 사람의 입에 오르내려 떠들썩하다. 명성이 자자하다, 칭찬이 자자하다.

삐누시오 원장은 이에 속인의 태도를 꾸며가지고 성 바고미오 수도원 문간에 가서 지극히 겸손된 마음과 겸손된 모양으로 그 수도회에 입원하기를[17] 애걸간청하며, 그 출입하는 모든 수사들의 발아래 굴복하여 또한 전달하여 주기를 지성으로 구하더라. 그 출입하는 모든 수사들은 이 애걸청원하는 노인을 돌아다보지도 않고 상관치도 아니하며 도리어[18] 원망하여 이르되, "이 늙은이는 늙기까지 세상 쾌락을 다 흡족히 누리고 이제 거진[19] 송장가음이[20] 됨에 여기 와서 입원하기를 청함은 천주와 및 남을 섬기고자 함이 아니요, 오직 자기가 남에게 섬김을 받아 늙은 후에[21] 음식과 의복이나 얻어 몸이나 의탁하고자 함이라" 하더라.

그러나 오랫동안 지성으로 간청함에 마침내 입원하는 허락을 받아 입원한 후에 맡은 소임은 동산을 돌아봄이니, 그 동산 맡은 으뜸[22] 수사에게 극진히 순명하여야 하겠더라. 이 초학수사는[23] 어떻게 기쁜 마음과 어떻게 겸손된 마음으로[24] 맡은 소임을 다 착실히 봉행한 외에, 다른 사람들이 하기 어려워하는 모든 일을 하여주고 이뿐 아니라 밤에 가만히 일어나 아무도 모르게 많은 일을 하여 놓았음에, 그 이튿날 수사들이 보고 누가 이 일을 하였는지 몰라 기이히[25] 여기더라. 3년 동안에 이와 같이 경천히[26] 여김과 수고함을 감심으로[27] 받음에, 그 심중에[28] 신락을[29] 측량치 못할러라.

본 수도원에서는 그 거룩한 원장을 부지중에[30] 잃어버리고, 3년 동안에 애통 근심

---

17 ☞ 주 12.
18 원문은 '도로혀'.
19 거의.
20 직역하면 '송장 재료가', '시체 재료가'이며, '송장이나 다름없이 됨에'로 의역할 수 있다. 송장 : 죽은 사람의 몸. 가음 : 재료(『한불자전』).
21 원문은 '로릭에'. 이를 '로래에'로 옮기지 않고, 그 뜻을 고려하여 '늙은 후에'로 옮겼다. 로 : 노인, 노령(『한불자전』). 릭 : ～후에, ～후의 것, 다음의(『한불자전』).
22 첫째.
23 수도원에 막 들어온 수사, 현재 지원기 수사라 할 수 있다 ☞ 주 13.
24 여기서 '어떻게'는 '엇더케'를 옮긴 것으로 '얼마나', '매우'의 의미이다. 불어에서 comment(영어의 how)에 해당되는 말.
25 기이(奇異)히 : 기묘하고 이상하게.
26 ☞ 주 7.
27 감심(甘心) : 괴로움이나 책망 따위를 기꺼이 받아들임. 또는 그런 마음.
28 심중(心中)에 : 마음에.
29 신락(神樂) : 행복, 마음의 기쁨, 정신적인 즐거움(『한불자전』). 지금은 사용하지 않는 단어이다.

하며 사방으로[31] 다니며 찾아도 얻지 못하고 아주 실망하여 찾을 생각도 두지 아니하더니, 한번은 우연히 성 바고미오 수도원에 와서 봄에, 주야에[32] 찾는 원장이 동산에서 거름을 주는지라. 곧 따라가 그 발아래 굴복하여 인사하니, 온 수도원 수사들이 그가 삐누시오 원장인 줄을 알고 놀라고 기가 막혀 전에 잘못 대접한 죄의 용서를 청하니라.

삐누시오 원장은 자기 종적이[33] 들어난 것을 원통히 여기며, 마귀의 질투로 자기 보배 잃은 것을 원통히 여기나, 하릴없이[34] 억지로 다시 본 수도원에 돌아갈 때,[35] 모든 수사들이 즐겨 용약하여[36] 영접하고, 혹시 또 원장을 잃을까 하여 항상 삼가 지키더라. 얼마 후에 삐누시오 원장은 또 가만히 뱃사람들과[37] 언약하고 수도원에서 나와 빨네스디나(예루사름) 팔레스티나 예루살렘 성지에 가서 가시아노 수도원에 이르렀더니, 천주는 겸손한 자를 현양하시는지라.[38] 본 회 수사 몇이 마침 성지에 조배[39] 왔다가 뜻밖에 자기네 원장을 만나 함께 모시고 돌아오니라.

예전 성현들은 당당히 받을 존경과 영광을 힘써 피하고 경천히[40] 여김을 자원감심하였거늘,[41] 우리는 어찌 분수에 지나는[42] 영광을 취하리오. (완)

삐누시오라는 수도원장의 겸손함을 보여주는 미담입니다. 그의 겸손함을 정리해 보면 다

---

30 부지중(不知中) : 알지 못하는 동안.

31 원문은 '사방에로'.

32 주야(晝夜)에, 밤낮으로.

33 종적(蹤迹) : 없어지거나 떠난 뒤에 남는 자취나 형상, 발자취.

34 할 수 없이. 원문은 '홀일업시'

35 원문은 '시'.

36 용약(踊躍)하다 : 좋아서 뛰다.

37 원문은 '빅사름'.

38 현양(顯揚)하다 : 이름, 지위 따위를 세상에 높이 드러내다.

39 조배(朝拜) : 가톨릭에서 예전에 '예배'를 이르던 말.

40 ☞ 주 7.

41 스스로 원하고 괴로움을 달갑게 받아들였거늘. 自願甘心.

42 분수(分數)에 넘치는, 분수에 넘는.

음과 같습니다. 성덕이 출중하여 자연스럽게 받게 된 존경도 싫어하고 오히려 천히 여겨지기를 바란 점. 수도원장이라는 직분을 누리기보다는 변장까지 하고 새 수도원에 입회하여 작은 소임도 충실히 해 나간 점, 노인으로 수도회에 입회할 때 주위로부터의 받게 된 오해를 감수한 점, 다시 또 자신의 종적을 숨기고 알려지지 않은 곳에서 미천하게 살려고 한 점 등입니다. 미담 마지막 단락인 주제부에서 밝힌 바처럼 그는 당당히 받을 존경과 영광을 힘써 피하고 천하게 여겨지기를 원하고 괴로움을 달게 받고자 하였습니다. 특히 나이 들어 입회를 간청하는 삐누시오에게 "이 늙은이는 늙기까지 세상 쾌락을 다 흡족히 누리고" 송장처럼 늙어서 섬김을 받으려 입회한다고 이르는 주위 수사들의 말이 요즘 세상의 시선과 다를 바가 없습니다.

지금은 이렇게 하고 싶어도 할 수 없습니다. 또 혹자는 수도원장이라는 소임을 버리고 다른 곳으로 숨어 들어간 점이 진정한 겸손의 표양이 될 수 없다고 해석할 수도 있습니다. 다만 이 미담은 이 같은 설정을 통해 존경과 영광을 받는 것을 당연히 여기기보다는 그것을 피하고자 했던 한 수도원장의 열성과 노력을 전하고자 하였습니다. 존경과 영광을 받기 위해 노력하는 사람은 많지만 그것을 뿌리치기 위해 애쓰는 사람은 거의 없습니다. 우리가 추구해야 할 모습은 후자입니다. 더 많은 존경과 더 높은 영광을 받기 위해서가 아니라 그것을 피하기 위해 노력해야 하는 사람들, 그들이 그리스도인임을 이 미담은 강조합니다.

귀여운 아기

귀여운ㅇ기

어머니가[1] 나이 4, 5세쯤 되는 어린 아이를 데리고 수녀원에 갔더라. 수녀원에서는 그때에 면병을[2] 만들고 있는 때라. 그 아이가 공경하는 모양으로 면병이 깨어질까 조심을 극진히 하여, 그 작은[3] 손으로 큰 면병을 짚어가지고 천신과 같은[4] 웃음을 머금고 공경스럽게[5] 면병을 친구하였다.[6] 이를 본 수녀는 "아가, 예수께서 아직 그 면형에는[7] 아니 계시다." 아이 "수녀님, 나도 압니다. 내일 신부께서 미사 때에 오 주 예수를 부르시면 예수께서는 이 면형에 꼭 오실 터이니 나의 이 친구함을 보시는 줄로 굳게[8] 믿습니다. 그렇지요 수녀님?" 수녀 "그러면 왜[9] 작은 것은 친구하지 아니하고 큰 면병을 친구하였나?" 아이 "그것은 친구를 크게 하려고요" 하였으니, 성체께 대하여 공경이 지극한 그 아이와 모친의 열심을 가히 알겠더라.

해설

짧은 동화 같은 미담입니다. 면병(麵餠)은 미사 때 예수님의 몸으로 바뀌기 전의 밀떡을

---

1 원문은 '어마니'. '어마니'는 '어머니'의 옛말.
2 면병(麵餠) : 가톨릭에서 미사 때, 성체를 이루기 위하여 쓰는 밀떡.
3 원문은 '적은'.
4 천사와 같은. 천신(天神) : 천사의 구칭.
5 원문은 '공경스러히'.
6 친구(親口)하다 : 가톨릭에서 숭경의 대상에 대하여 존경과 복종을 나타내려고 입을 맞추다.
7 면형(麵形) : 가톨릭에서 밀떡이 성체로 바뀐 후에도 그 모양을 그대로 가지고 있는 겉모양을 이르는 말.
8 원문은 '굿히'.
9 원문은 '우에'.

이릅니다. 면형(麵形)은 사전적 의미로는 면병과 약간 구분되지만 여기서는 성체로 바뀌기 전 밀가루 모양의 형태를 이릅니다. 1910년대 미담에서는 면병이나 면형을 '면투'라는 용어로 썼는데(참조 : 미담 40.(1913.11. 289호) 「금년에 된 루르드에 영적」) '면투' 대신에 '면형', '면병'이라는 용어가 사용되기 시작했음을 알 수 있습니다. 면형이나 면병은 지금도 사용되는 천주교 용어 중 하나입니다.

　수녀님들이 면병을 만드는 것을 보고 '귀여운 아기'라는 제목처럼 면병에 입을 맞추는 아이의 모습이 귀엽습니다. 수녀님과 아이의 대화도 정겹습니다. 미사 때 예수님이 오실 것이라 믿고 큰 면병에 미리 친구한다는 아이의 천진하면서도 순수한 믿음이 어디에서 비롯되었을지 궁금합니다. 누구보다 곁에서 그 아이를 키운, 이 작품에서 아이를 데리고 수녀원에 간, '어머니'의 믿음에서 비롯되었음을 마지막 결구에서 알 수 있습니다. 아이의 모습을 통해 어머니와 아이의 성체를 공경하는 순수하고 지극한 마음을 느낄 수 있는 미담입니다.

거울을 보지 않고도 장수

거울을보지안코도쟝슈

늙어 구부러진[1] 수녀 한 분이 금강축(수녀 된 지 만 60개년 축하)을 지낸 후, 다른 수녀원으로[2] 가 살라는 명을[3] 받았더라.

그가[4] 거할[5] 수도원은 수보를[6] 하는 중인 고로, 잠깐 임시 수도원에 있게 되었는데, 한 방에 들어서니 나이 많고 얼굴에는 천 주름이나 잡혔으며[7] 머리에는 녹지 아니하는 서리가 허옇게 있는 한 수녀가 서서 있다. 방에 들어간 그 수녀가 괴이히[8] 여겨 곁에 있는 젊은 수녀에게 묻기를 "저 늙은 수녀는 누구이오?" 젊은 수녀가 웃으면서 "아 – 그가 누구신가요. 다른 사람이 아니요 곧 당신이올시다." 노수녀 "아아 참 내 얼굴을 내가 몰랐구나" 하고 순직하게 대답하였다. 이 수녀는 금강축을 지내었어도 그전 전부터 거울을 본 일이 도무지 없었더라.

해설

짧지만 재미있는 작품입니다. 늙은 수녀와 젊은 수녀의 대화체가 작품의 흥미를 더해 줍니다. 자신의 얼굴도 알아보지 못한 늙은 수녀를 통해 외모에 관심을 두지 않고 청빈하게 살아

---

1   원문은 '늙어굽으러진'. '늙어 꼬부라진'으로 옮길 수 있다.
2   원문은 '–에로'.
3   명(命)을 : 명령을.
4   원문은 '그이'. 여기서는 '그(녀)가'. 수녀를 지시하는 대명사.
5   거(居)할 : 거처할, 지낼.
6   보수(補修) : 건물이나 시설 따위의 낡거나 부서진 것을 손보아 고침. 원문은 '슈보'.
7   얼굴에는 천 개의 주름이 잡혔으며, 주름이 천개나 잡혔으며.
8   괴이(怪異)히 : 이상하게.

온 수도자의 모습을 소개한 미담입니다. 천 개의 주름과 하얗게 샌 머리를 한 늙은이의 모습이 자신의 얼굴임을 알게 된 수녀는 어떤 심정이었을까 상상해 보십시오.

작품에 따르면 '금강축'은 수녀 된 지 60주년을 축하하는 기념일입니다. 금강축 외에도 교회에서는 수도자나 사제의 서원이나 서품 25주년을 기념하는 은경축(銀慶祝), 50주년을 기념하는 금경축(金慶祝)이 있습니다.

교만한 귀부인을 징계

교만훈귀부인을징계

문학자 불겟이란 사람은 자유사상을 주장하는 한 귀부인과 종교론으로써 싸운 일이 있었는데, 그때 귀부인은 드디어 말문이 막혔으나 남에게 지기를 싫어하여 말하기를 "천주교 중에는 신앙이나 도덕이나 좋은 일이 많으나 그 각가지 예배의식은 암만 하여도 아이들의 장난과 같지 아니하오. 그런 무익한 일을 함은 종교를 위하여 애석한 일이라." 불겟 씨는 이때까지 신사의 태도로 극히 예의를 삼갔는데 귀부인의 이 말을 듣고는 곧 일어서서 짐짓[1] 더러운 태도와 조소로써 대답하기를 "아 아무리 돼지[2] 같은 살찐 어리석은 부인아. 네가 얼마나 지식이 많으냐." 귀부인은 성을 내어 "그대는 나 같은 귀부인에게 대한 예모를[3] 잊었는가. 아아 무례가 막심하군." 불겟 씨는 머리를 두루혀[4] 진중하게 말하기를, "귀부인이여, 천주께 대한 예식을 요긴치[5] 않다고 생각 하면서, 당신께 대한 예식은 요긴하다고 하는 것을 나는 깨닫지 못하오. 그러나 귀부 인은 종교의 예배는 다만 사람이 무한히 높으신 자에게 드릴 바한[6] 예의와 존경인 줄 아시오." 이 한 말에 교만한 귀부인의 얼굴에는 붉고 빨간 물이 가득히 들었다.[7]

---

1   마음으로는 그렇지 아니하나 일부러 그렇게. 과연. 원문은 '진짓'.

2   원문은 '도야지'.

3   예모(禮貌) : 예절에 맞는 몸가짐.

4   여기서는 '머리를 흔들며', '머리를 뒤로 젖히며'의 의미. 두루히다 : 변모시키다, 바꾸다, 방향을 바 꾸다(『한불자전』).

5   요긴(要緊)하다 : 꼭 필요하고 중요하다. 매우 중요하다.

6   여기서 '바한'은 현재 어법에는 맞지 않다. 문맥상 '―만한'의 의미이다.

7   원문은 '붉홍물을ᄀ득히드렷다'인데 뜻을 살려 '붉고 빨간 물이 가득히 들었다'로 풀어 옮겼다. 얼굴 이 붉어진 모습을 묘사한 문장이다.

  문학자와 자유사상을 지닌 귀부인의 대화를 통해 예배 의식에 대한 가치를 강조한 미담입니다. 귀부인의 말처럼 '무익함'까지는 아니더라도 현재도 천주교의 미사 예식을 어려워하는 사람들이 많이 있습니다. 미사를 비롯한 천주교 전례 형식을 거룩하게 느끼는 사람들이 있는가 하면 천주교 예식에 거부감을 갖는 이들도 있습니다.

  작품에서 주인공인 볼겟은 문학자답게 귀부인의 태도에 비유를 이용해서 예배 의식의 중요함과 의미를 상기시켜 줍니다. 볼겟의 답변에 따르면 예배는 천주께 드리는 '예의와 존경'입니다. 이를 어떻게 표현할 것인가의 문제는 과거의 형식을 그대로 준수하는 것만이 아니라 끊임없이 갱신하고자 하는 노력을 통해 교회 공동체가 함께 풀어가야 합니다. 얼굴에 '붉고 빨간 물이 가득히 들었다'는 교만한 귀부인의 모습이 재미있습니다.

감춘 덕이 스스로 들어남

금초인덕이스스로드러남

예전에 일위 주교는[1] 거룩한 지위와 높은 직품[2]을 스스로 감추고 비천함과 경천히[3] 여김을 감심으로[4] 사랑하사, 하루는 주교 위와[5] 및 주교 복장을 다 버리고 비천한 노동꾼의[6] 옷을 입고 아무도 아는 사람이 없는 예루사름예루살렘으로[7] 가셨더라.

이에 남루한 옷을 입으시고 나라 역사하는[8] 데 가서, 미장이들에게[9] 조역하는[10] 품꾼이 되어 매일에 몇 푼씩 품값을 받아 생명을 자뢰하시더라.[11] 역사를[12] 감독하는 사람의 이름은 에프레미오인데 본디 열심하고 또한 지혜로운 사람이라. 이 자신의 신분을 숨긴[13] 주교 노동꾼을 자세히 살펴봄에, 자연 범상치 아니하고,[14] 또 더욱 괴이한 일은 이 노동꾼이 땅바닥에서 누워 잘 때에 이 품꾼의 몸에서부터 한 불기둥이 발하여[15] 하늘까지 삼았는지라.[16] 에프레미오가 이 영적을[17] 보고 놀라며 이상히 여겨 혼

1　주교 한 분은. 一位.

2　직과 품을. 직(職) : 직위나 직무. 품(品) : 품계의 순위를 나타내던 말☞【더 알아보기】. 원문은 '직픔'.

3　경천(輕賤)히 : 가볍고 천하게. 경천(輕賤)ᄒ다 : 별로 중요하지 않다. 중시할 가치가 없다(『한불자전』).

4　감심(甘心) : 괴로움이나 책망 따위를 기꺼이 받아들임. 또는 그런 마음.

5　주교 직위와.

6　원문은 '로동ㅅ군'.

7　원문은 '에로'.

8　역사(役事)하다 : 토목이나 건축 따위의 공사를 하다.

9　미장이 : 건축 공사에서 벽이나 천장, 바닥 따위에 흙, 회, 시멘트 따위를 바르는 일을 직업으로 하는 사람.

10　일을 거들어주는. 조역(助役)하다 : 일을 거들어주다.

11　자뢰(藉賴)하다 : 무엇을 빙자하여 의지하다.

12　공사(工事)를☞ 주 9.

13　원문은 '금초인'인데 그 뜻을 풀어 '자신의 신분을 숨긴'이라고 옮겼다. 금초다→감추다.

14　범상(凡常)하다 : 중요하게 여길 만하지 아니하고 예사롭다.

자 속으로 이르되, '이 사람이 가난하고 비천하여 매일 품 풀기로[18] 먼지와 회칠을 몸에 받아 그 모양이 망측하고, 또 두 발과 수염이 아주 상되어[19] 아무 특별한 표적이 없거늘, 이 영적이 그 몸에서 발현함은[20] 이 무슨 뜻이고?' 하여 깊이 궁구하고[21] 생각하다가 오랫동안에 참지 못하여, 하루는 그 노동꾼을 비밀히 불러가지고 은근히 묻되, "당신이 누구신지 내게 가르쳐주시오." 그 노동자가 대답하되, "나는 이 근방의 한 빈궁한 품꾼으로서 호구지책이[22] 전혀 없어 여기 와서 매일 노동함으로써 연명하노라" 하더라.

천주는 당신 종의 겸덕을[23] 드러내고자 하시는지라. 에프레미오가 그 노동꾼 주교의 대답하는 말을 한 번 들었으나 마음에 흡족치 못하여 2, 3차 다시 강청하며[24] 재촉하여 누구인지 바로 가르쳐달라 하는지라. 그 주교가 다시는 당신을 숨기지 못하시고 그 감역관과[25] 단단한 계약을 맺은 후에 이르시되,[26] "그대가 만일 생전에 아무 사람에게라도 나를 누설치 아니할 터이면 내가 누구인지 가르쳐 주마" 하셨는데,[27] 그 감역관이 쾌히 허락하는지라. 그 주교가 이에 바로 이르시되, "나는 아무 지방 주교로서 높은 지위의 존경과 영화를 피하기 위하여 나의 본디 지위와 종적을[28] 숨기고, 여기 와서 품 풀이를[29] 감심으로[30] 하노라" 하시니라.

---

15 발(發)하여 : 일어나서.
16 '불기둥이 일어나서 하늘까지 이르렀다' 는 의미.
17 영적(靈蹟) : 신령스러운 사적. 기적의 옛말(『가톨릭대사전』).
18 여기서 '품'은 어떤 일에 드는 힘이나 수고, 삯을 받고 하는 일을 뜻한다. '품을 풀기로'는 '일을 하느라' 정도로 의역할 수 있다.
19 상(常)되다 : 말이나 행동에 예의가 없어 보기에 천하다. 원문은 '샹ᄉ되여'. 샹(常) : 속되다, 상스럽다, 보잘 것 없다, 낮은, 저질의(『한불자전』).
20 발현(發現; 發顯)하다 : 숨은 것이 밖으로 나타나다.
21 궁구(窮究)하다 : 속속들이 파고들어 깊게 연구하다.
22 호구지책(糊口之策) : 가난한 살림에서 그저 겨우 먹고살아 가는 방책.
23 겸덕(謙德) : 겸손한 덕성.
24 강청(强請)하다 : 무리하게 억지로 청하다.
25 감역관(監役官) : 토목이나 건축 따위의 공사를 감독하는 사람. 조선시대 토목이나 건축 공사를 감독하던 종구품의 벼슬. 또는 그런 벼슬아치.
26 원문은 '닐ᄋ시되'.
27 원문은 'ᄒ신되'.
28 종적(蹤迹) : 자취, 행적, 행방, 발자취.

그 감역관이 누설치 아니하기로 단단히 계약하였으나 천주는 스스로 낮추는 자를 현양하시는[31] 고로, 이 미담이 금일에[32] 우리에게까지 전하여왔도다.

해설

신분을 숨기고 노동꾼이 된 주교의 덕행을 보여주는 미담입니다. 주인공인 주교는 자신의 신분을 감추고 노동꾼이 됩니다. 그는 존경받기보다는 천함과 괴로움을 원합니다. 직위나 신분에서 오는 기득권을 당연시 여기지 않았기 때문입니다.

천주교인들은 오직 하느님만이 알 수 있는 방법으로 덕행을 실천하는 것을 천주교인다운 삶으로 여겼습니다. 어떠한 기득권도 하느님 앞에서 당연시 여기지 않았습니다. 이 작품에서는 불기둥이 나타나는 영적을 통해 주인공인 주교가 자신을 낮추고자 할수록 천주가 그를 높이심을 보여줍니다.

천주교인은 덕행을 행하면서 스스로 떠벌리거나 자신의 공로로 여기지 않아야 합니다. 자신의 신분을 자랑하거나 기득권을 누리려 해서도 안 됩니다. 하느님이 높여주시는 것 말고는 어떤 존경이나 대접도 피하고자 애써야 합니다. 이 작품의 주인공인 주교는 그런 인물이었습니다.

더 알아보기

품(品) ☞ 미담 15.

---

29 일 하기를 ☞ 주 19.

30 기꺼이 받아들이는 마음으로, ☞ 주 5.

31 현양(顯揚)하다 : 이름, 지위 따위를 세상에 높이 드러내다.

32 금일(今日) : 오늘, 요사이.

숨은 덕행

숨은덕힝

　시내^{시나이} 산중에는 유명한 수도원에 성덕이[1] 출중한 수사들이 허다하더라.[2] 아나스다시오^{아나스타시오}라 하는 수사가 한 가지 감동되는 사정을 기록하여 우리에게 전하였으니, 그 글에 일렀으되,[3] 우리 수도원에 한 수사가 있는데 매일 행하는 범상한[4] 일에 완전한 덕이 없어 경본을 통경할[5] 때와 대소재를[6] 지킬 때와 모든 규구를[7] 지키는 그런 모든 일에 완전히 행치 못함으로, 모든 수사들이 그를[8] 열심하고 완전한 수사로 여기지 아니하더라.

　이 열심 없는 줄 여김을 받던 수사가 병들어 죽게 되었는데 항상 웃고 또한 기뻐하거늘 다른 수사들이 이르되, “그대는 평생에 열심이 없이 지내고 소홀하게 지내다가 이제 죽기를 당하여 어찌 웃고 또 기뻐하느뇨?” 병든 수사가 대답하되, “열위[9] 수사는[10] 이상히 여기지 마소서. 내가 웃고 기뻐함은 오 주 예수가 당신 천신을[11] 내게 보내시어[12] 나의 구령사정이[13] 일정[14] 의심 없이 된 줄을 알게 하시고, 또 당신이 세상에

1　성덕(聖德) : 성인(聖人)의 덕, 성스러운 덕.
2　허다(許多)하다 : 수효가 매우 많다.
3　원문은 ‘닐넛스되’.
4　범상(凡常)한 : 예사로운, 평범한.
5　통경(通經)하다 : 가톨릭에서 두 사람 이상이 서로 번갈아 가며 소리를 내어 기도문을 읽다. 지금은 ‘응송’이라는 용어를 자주 사용한다.
6　대소재(大小齋) : 대재(大齋)와 소재(小齋)를 아울러 이르는 말. 대재는 단식재, 소재는 금육재.
7　규구(規矩) : 일상생활에서 지켜야 할 법도. 규범, 법, 규칙(『한불자전』).
8　원문은 ‘뎌를’ → 저를 → 그를.
9　열위(列位) = 제위(諸位). ‘여러분’을 문어적으로 이르는 말.
10　‘열위 수사’를 ‘수사 여러분’으로 옮길 수 있다.
11　천사를.
12　원문은 ‘보내샤’.

계실 때에 허락하신 말씀을 시행하실 줄로 가르치시니, 곧 일러주신[15] 바, 너희들이 남을 죄로 판단하지 말라, 이에 죄로 판단함을 받지 아니할 것이오. 너희들이 남을 용서하여 주라, 이에 용서함을 받으리라 허락하신 말씀이니라. 내가 과연 평생에 육신이 연약하고 또한 소홀함을 인하여[16] 매일 행하는 일에 열심 없는 자로 보였으나, 그러나 내가 평생에 남을 도무지 판단하지 아니하고 남이 내게 잘못하는 것을 온전히 용서하여주어 잊어버리고, 남의 행하는 일이나 말하는 것을 그르게 판단하지 아니하고 항상 좋은 뜻으로 판단하였더니, 이제 임종 시를 당하여 인자하신 천주가 나의 구령사정이[17] 안온하게 된 줄을 알게 하신 고로, 내가 웃고 또 기뻐하노라" 하니라. 이를 보건대 사람의 겉모양을 보고 선하다 악하다 판단하지 못할 것이요, 깊은 양심사정과 숨은 덕행은 다만 천주가 밝히 보시고 밝히 갚으시나니, 우리는 남의 양심 속을 보지 못하고 그 숨은 덕행도 볼 수 없으니, 남을 짐작[18] 악하게 판단하지 말지로다.

해설

앞의 미담에 이어 숨은 덕행을 주제로 한 미담입니다. 덕행을 행할 때는 숨어서 남모르게 행하라는 내용에서 그치지 않고 숨은 덕행을 남을 쉽게 판단해서는 안 된다는 내용으로 연결시킨 미담입니다. 덕행은 오직 하느님만이 알 수 있고 판단할 수 있다는 것, 때문에 다른 사람들을 지레짐작으로 판단하는 우를 범하지 않아야 함을 이 미담은 강조합니다.

이 작품에서 미담 저자와 관련된 정보가 밝혀져 있습니다. 이 미담의 출처는 '아나스타시오'라는 수사의 기록입니다. 사기나 전설이 아니라 개인의 기록이 미담의 출처로 인용되었다는 점에서 주목해야 할 작품이기도 합니다.

---

13 구원사정. 구령(救靈) : 가톨릭에서 신앙의 힘으로 영혼을 구원하는 일.

14 일정(一定) : 확실히, 확신을 갖고(『한불자전』). 원문은 '일뎡'.

15 원문은 '닐ᄋ신'. 뜻을 풀어 '일러주신'으로 옮겼다.

16 인(因)하여 : 때문에.

17 ☞ 주 13.

18 짐작으로. 짐작(斟酌) : 사정이나 형편 따위를 어림잡아 헤아림.

헛된 영광을 피할 사

헛된영광을피홀수

　성 그레고리오가 기록하신 글에 이르시되, 엘네우테리오^{엘레우테리오}라 하는 한 수도원장은 성덕[1]이 많은 원장이라. 하루는 길을 가다가 날이 저물기에 이르되,[2] 여관을 얻지 못하고 한 수녀원에 가서 그 수녀원에 속한 한 방을 얻어 밤을 지냈을 때,[3] 그 방에는 부마한[4] 한 아이 있어 밤마다 마귀에게 해를[5] 받더라. 성덕이 많은 원장은 그 부마한 아이와 함께 밤을 지낸 후, 아침에 수녀들이 원장께 와 묻되,[6] 지난밤에 그 아이가 얼마나 야단하였는지 묻거늘, 원장이 대답하되, "아무 야단도 아니하더이다." 대답하니 수녀들이 이르되,[7] "이 아이는 부마하여 밤마다 악마에게 해를 받아 야단하더니 이제 당신 앞에서는 마귀가 감히 해치 못하니, 청컨대 원장은 이 아이를 당신 수도원으로[8] 데리고 가사, 하여금 악마의 해를 면케 하소서." 원장이 곧 허락하시고 그 아이를 데리고 오사, 오랫동안에 함께 머무르되 악한 마귀가 조금도 침범치 아니하는지라. 원장은 이 아이의 구령사정이[9] 안온하게[10] 됨을 과히 기뻐하여 당신 수사들에게 이르되, "형들아,[11] 이 아이가 수녀들에게 머물 때에는 마귀의 해를 심하게 받더니 이

1　성덕(聖德) : 성인의 덕, 성스러운 덕.
2　날이 저물어서 도착하되. 원문은 '져믈기에니르되'.
3　원문은 '지낸시'. 이를 '지냈을 때'로 풀어 옮겼다.
4　부마(付魔)하다 : 귀신이 들리다. (가톨릭) 마귀가 사람의 육신 속에 들어가서 그 사람의 여러 기능을 마비시키다.
5　해(害)를, 이롭지 아니하게 하거나 손상을 입힘을.
6　원문은 '무르되'.
7　원문은 '닐ᄋ되'.
8　원문은 '에로'.
9　구원사정. 구령(救靈) : (가톨릭) 신앙의 힘으로 영혼을 구원하는 일.
10　안온(安穩)하다 : 조용하고 편안하다. 바람이 없고 따뜻하다.

제 우리에게 온 후로는 마귀가 감히 이 아이를 침범치 못하는도다" 하여 마치 헛된 영광을 취함 같이 하니, 이 말을 마치자 곧 악마가 별안간에 다시 그 아이에게 달려들어 혹독히 형벌하는지라. 원장이 이 광경을 보고 이는 곧 자기가 헛된 영광을 취한 연고로 마귀가 다시 이 아이를 침범함이라 하여, 즉시 통곡체읍하며[12] 모든 수사들에게 엄히 분부하되, 마귀가 이 아이에게서 빠져나가기 전은 우리 모든 이가[13] 일체로[14] 음식을 끊고 기구하자[15] 하여, 모든 수사가 일제히 기구하며 엄재하여[16] 악한 마귀가 그 아이에게서 떠나게 하니라.

이 사적을[17] 보건대, 천주가 헛된 영광과 및 교오한[18] 마음을 어떻게[19] 싫어하시는 줄을 가히 알리로다. 엘네우테리오엘레우테리오 원장은 과연 악한 뜻이 없이 자기를 자랑하고 교만한 뜻이 없이 다만 자기 수사들을 위로하기 위하여 몇 마디 말을 하다가 천주의 밝히 징계하심을 받았으니, 우리는 교오한 생각과 헛된 영광과 자기 것을 자랑하는 그런 비꼬는[20] 뜻을 삼가 피할지로다.

해설

이 미담은 성 그레고리우스(Gregorius)가 남긴 『대화』의 기록을 기반으로 합니다. 주제는 마지막 단락에 밝힌 바와 같이 자기 자랑을 하지 말며 헛된 영광과 교만한 마음을 경계하라는 것입니다. 이 작품도 이야기의 전개가 흥미롭습니다. 특히 주인공인 엘레우테리오가 수도원 형제들에게 자랑을 하는 순간에 악마가 들어왔다는 설정이 재미있습니다. 악마가 기습

---

11 형제들아.
12 통곡하면서 슬피 울며. 체읍(涕泣): 눈물을 흘리며 슬피 욺.
13 우리 모두가.
14 일체(一切)로: 전부, 완전히, 일절.
15 기구(祈求): 기도의 옛 용어.
16 재란 심신의 건전한 관리를 위해 절식, 절주 내지는 금식, 금주하는 것을 말한다. 교회에서는 금식을 대재(大齋)라 하여 재의 수요일과 성금요일에 지키도록 하고 있다. 여기서 '엄재'는 엄격하게 재를 지킨다는 의미.
17 사적(史跡; 史蹟): 역사적으로 중요한 사건이나 시설의 자취.
18 교오(驕傲)하다: 교만하고 건방지다.
19 여기서는 '얼마나'의 의미. 프랑스어 'commenr'을 이렇게 번역한 것으로 보인다.
20 바르지 못한, 빈정거리는. 원문은 '빗곤'. 뜻을 고려해서 '비꼬는'으로 옮겼다.

하여 들어오는 찰나를 포착하여 주제를 강조한 것으로 볼 수 있습니다. 훗날 성인이 된 주인공 엘레우테리오라는 인물을 성인으로서가 아니라 평범한 수도원장으로 등장시킨 점도 특징입니다. 이는 성인전과 차별될 수 있는 미담이라는 양식의 장점이기도 합니다.

악마는 호시탐탐 노리고 있다가 교만해지는 찰나에 급습합니다. 그러나 엘레우테리오는 자신의 잘못을 알아채고 곧바로 회개합니다. 또 마귀가 든 아이를 위해 공동체와 함께 단식하며 기도합니다. 우리 역시 실수할 수 있습니다. 실수를 어떻게 만회해야 하는지를 이 미담의 주인공인 엘레우테리오에게서 배울 수 있습니다. 특히 자기 자랑은 그것이 선행과 관련된 일과 관련이 있다 하더라도 더욱 경계해야 할 일입니다.

더 알아보기

엘레우테리오(Eleutherius) ㉮ 축일 9월 6일. 성인, 수도원장. 활동지역 : 스폴레토(Spoleto). 활동연도 : + 6세기. '거룩한 사제이신 엘레우테리우스'란 호칭이 성 그레고리우스(Gregorius)의 『대화』 속에 여러 번 나온다. 성 엘레우테리우스(또는 엘레우테리오)는 이탈리아 스폴레토 교외 성 마르코 수도원의 원장이었다. 한번은 어느 수녀원에 유숙하였을 때 밤새도록 악령에 시달리는 어떤 소년을 돌보아 주도록 요청받았다. 성인은 그렇게 하겠다고 하였으나, 그 소년에게 아무런 일도 일어나지 않았다. 이때 그는 "악마가 수녀님들과 게임을 하고 있는 것입니다. 하느님의 성명을 부르면 악마는 얼씬하지 못할 것입니다" 하고 말하였다. 그런 다음 그 소년이 완전해질 때까지 밤새워 기도하였다.

또 한 번은 어느 해 성 토요일에 성 그레고리우스께서 병이 들어 매우 위험하였는데, 그는 엘레우테리우스에게 기도해 주기를 청하자 곧 병이 나았다고도 한다. 성인은 성 그레고리우스의 로마(Roma) 수도원에서 오랫동안 생활하다가 그곳에서 운명하였다.

쓴 것을 달게 먹음

쓴것을들게먹음

예전 수도자의 행적을[1] 보건대, 마음이 감동되는 일이 많으니, 스데파노^{스테파노}라 하는 원장은 늙은 후에[2] 중병 들어 앓을 때에, 병구완[3] 하는 수사가 무슨 별식을[4] 하여 드리고자 하여 밀가루로 떡을 만들어 올리브기름을[5] 바를 것이었는데,[6] 모르고 먹지 못하는 쓴 기름을 발라, 이와 같이 한 것을 모르고 그냥 원장께 갖다 드리니, 병으로 신고하는[7] 노인 원장은 이 떡을 감사히[8] 받아서 조금 떼어 먹고 도무지 아무 말도 하지 아니하시더라. 또 다른 날에 병 치료하는 수사는 또 같은 떡을 만들어 또한 쓴 기름을 발라가지고 원장께 가서 잡수시기를 청하였는데,[9] 병든 원장은 조금 맛만 보시고 먹고자 아니하거늘, 수사는 아무쪼록 원장을 권하여[10] 먹이고자 하여, 자기도 조금 떼어 먹으며 이르되, "원장주여,[11] 잡수십시오. 매우 맛있습니다" 할 때,[12] 그 떡이 쓰기가 소태맛[13] 같은지라. 이에 황겁하고[14] 놀라 부르짖어 이르되, "아이고 내가 사람 죽일

1 　행적(行蹟) : 행위의 실적이나 자취, 평생 동안 한 일이나 업적.
2 　원문은 '로릐에'. 이를 '로래에'로 옮기지 않고, 그 뜻을 고려하여 '늙은 후에'로 옮겼다. 로 : 노인, 노령(『한불자전』). 릐 : ~후에, ~후의 것, 다음의(『한불자전』).
3 　병구완 : 앓는 사람을 돌보아 주는 일.
4 　별식(別食) : 늘 먹는 음식과 다르게 만든 색다른 음식.
5 　원문은 '오리와기름'. 오리와나무 : 올리브(『한불자전』).
6 　원문은 '발을것인듸'.
7 　신고(辛苦)하다 : 어려운 일을 당하여 몹시 애쓰다.
8 　원문은 '감샤로히'.
9 　원문은 '쳥혼듸'.
10 　'원장에게 권하여'의 의미.
11 　원장님이여. 원문은 '원장쥬여'.
12 　원문은 '할시'.
13 　소태맛 : 소태처럼 몹시 쓴 맛. 소태 : 소태껍질, 소태나무.

뻔하였도다” 하니, 인자와[15] 극기하는 덕이 충만한 원장은 그 수사를 위로하여 이르시되, “아들아, 걱정하지 마라. 천주가 만일 너로 하여금 이 기름 바르는 사정에 그르치지 아니하기를[16] 원하셨으면 네가 일정코[17] 그르치지[18] 못하였을 터인데, 네가 이미 천주의 허락하심으로써 그르쳤으니 내가 어찌 이 괴로움을 받지 아니하리오” 하니라.

이 원장은 병중에[19] 음식에 대하여 잘못한 수사를 가히 책할 것이로되 책망하지 아니할 뿐 아니라, 아무 말도 아니하여 주의 의향만[20] 순종하며 고신극기[21] 하였도다. 다른 많은 성인들도 병중에 의원의[22] 그르치는 것과 간호자의[23] 그르치는 것을 참아 받고,[24] 어떤 때에는 병에 해로운 것이라도 참아 받았도다. 이런 행적은 참으로 성인의 행적이로다. 우리는 병중에 잘 치료하여 주는 자에게도 원망하며 짜증을 내며 욕을 하니, 예전 성인의 행적에 비겨 어떻게[25] 다른고.

구체적인 인물 정보를 밝히지 않았지만 수도자의 행적을 바탕으로 한 미담입니다. 수도원을 배경으로 늙고 병든 스테파노 원장 수사와 그를 돌보는 수사가 등장인물이며 그들의 대화를 통해 사건이 전개됩니다. 특히 괴로움을 달게 받았던 스테파노 원장의 언행을 그리스도인의 표양으로 제시합니다.

---

14 황겁(惶怯)하다 : 겁이 나서 얼떨떨하다.

15 인자(仁慈) : 마음이 어질고 자애로움, 또는 그 마음.

16 원문은 ‘그릇지치아니키를’.

17 확실히. 원문은 ‘일뎡코’. ‘일뎡(一定)하다’는 『한불자전』에 따르면 확실하다, 틀림없다는 뜻이다. 때문에 여기서는 ‘확실하게’, ‘분명히’의 의미이다. 현대 한국어에서는 ‘일정(一定)하다’는 하나로 정하여져 있다, 한결같다, 규칙적이다는 뜻으로 쓰여 『한불자전』에서의 풀이와는 차이가 있다.

18 원문은 ‘그릇치’.

19 병중(病中)에. 병을 앓고 있는 동안에.

20 의향(意向) : 마음이 향하는 바. 또는 무엇을 하려는 생각. 즉, ‘주의 의향만’은 ‘주의 뜻만’.

21 고신극기(苦辛克己) : 육체를 괴롭히면서 참아내는 고행. 그리스도교 전통에서는 자발적인 고통의 감수와 고신극기를 그리스도의 사랑을 모방하는 수단의 하나로 여겼다(『가톨릭대사전』 고통 편 참조).

22 의원(醫員) : 의사(醫師).

23 간호자(看護者) : 간호사(看護師).

24 ‘참고 받았다’는 의미.

25 여기서 ‘어떻게’는 ‘얼마나’의 뜻.

주인공인 원장 수사는 병구완을 하던 수사의 실수로 먹지 못할 떡을 달게 먹습니다. 그는 괴로웠지만 이를 천주의 허락하심으로 믿고 참아 견디어냅니다. 원장이기에 권위와 권력으로 수사의 실수를 더 질책할 수 있었지만 주인공은 그렇지 않았습니다. 오히려 어린 수사의 실수를 하느님의 의향으로 덮어줍니다.

특히 원장 수사가 어린 수사를 '아들아'라고 부르는 부분이 인상적입니다. 이는 수도 공동체가 가족과 같은 친분으로 결속되어 있음을 보여주는 호칭입니다. 이 작품에서 원장 수사의 말과 행실은 이 호칭처럼 어린 수사를 아들로 여기는 아버지다운 모습이었습니다.

작품의 마지막에 미담의 서술자는 병에 걸려 환자가 되었을 때 의사나 가족에게 원망하고 짜증내는 것을 경계해야 함을 강조합니다. 혹여 이 미담의 내용을 문자 그대로 적용하여 환자를 위험에 처하게 한 의료진이나 가족들의 악행이나 과실까지 하느님의 뜻으로 여기고 참아야 한다는 의미로 이해해서는 안 됩니다. 서로 조심하고 서로 사랑하며 하느님의 뜻을 구해야 하는 때가 병환 중임을 이 미담은 알려줍니다.

천주성의만 순종함

텬쥬셩의만슌죵홈

예전에 젤드루다^{제르트루다} 동정성녀는 천주성의를[1] 극진히 순종하시던지라.

하루는 오 주 예수가 한 손에는 건강을 가지시고 또 한 손에는 병고를 가지시고 성녀에게 발현하여 이르시되, "네가 마음대로 둘 중에 하나를 가려[2] 가지라." 성녀가 대답하시되, "주여, 나는 전심으로 네 의향만 원하고 내 의향은 돌아보지 아니하나이다" 하사 도무지 천주 의향대로만 받기를 원하시니라.

또 예전에 한 열심한 교우는 간두아리엔시 주교 치명[3] 성 도미를 특별히 공경하더니 한 번은 중병 들어 이 치명성인의[4] 무덤에 가서 병 낫게 하여 주시기를 간절히 구함에 과연 이 치명성인의 전달하심으로 병이 나은 후 집에 돌아오니라. 집에 돌아온 후 혼자 스스로 생각하되, '나의 병이 내 구령사정에[5] 유익할 터인데 내가 어찌 병 낫기를 구하였는고' 하여 이 생각이 점점 마음속에 깊이 박히는지라. 이에 다시 치명성인의 무덤에 가서 구하되, '전에 내 병이 내 구령사정에 유익할 터이면 그 병을 다시 내게 얻어주소서' 함에 천주가 이 사람의 간절한 정성을 보시고 그 병을 다시 주시니, 그 사람이 즐겨 돌아와 병고를 감수 인내함으로써 과연 자기 구령사정에 유익이 되게 하니라.

이런 표양을 보건대 예전 성인성녀들은 병드나 평안하나 사나 죽으나 도무지 천주성의대로 받기를 원하셨도다.

---

1   천주성의(天主聖意) : 천주의 거룩한 뜻. 하느님의 뜻.
2   원문은 '갈희여'.
3   치명(致命) : 가톨릭에서 예전에 '순교'를 이르던 말.
4   순교성인의.
5   구원사정. 구령(救靈) : (가톨릭) 신앙의 힘으로 영혼을 구원하는 일.

전편의 미담에 이어 병고를 배경으로 한 두 개의 이야기입니다. 제르트루다 성녀의 일화와 열심한 교우의 일화를 통해 이 작품은 병고 중에도 하느님의 뜻을 따르고자 했던 그리스도인의 모습을 소개합니다. "주여, 나는 전심으로 네 의향만 원하고 내 의향은 돌아보지 아니하나이다"라는 제르트루다 성녀의 말씀과 "나의 병이 내 구령사정에 유익할 터인데 내가 어찌 병낫기를 구하였는고"라는 열심교우의 고백이 인상적입니다. 특히 성녀의 일화보다 교우의 일화가 더 구체적입니다. 그만큼 미담은 평신도들의 이야기가 중심인 장르였습니다.

1910년대 병과 관련된 미담들은 병의 치유 기적담으로 이어지는 경우가 많았습니다. 1920년대 작품들은 병을 소재로 하더라도 그리스도인이 지녀야 할 삶의 지향과 자세를 강조합니다. 즉 치유나 기적보다는 천주성의, 천주의향에 일치하고자 하는 삶을 형상화합니다. 성인뿐 아니라 일반 교우도 예외가 될 수 없습니다. 이 미담에서 열심교우의 일화는 이러한 변화를 보여주는 좋은 예입니다.

제르트루다(Gertrude) 〔가〕 축일 1월 6일. 성녀, 동정녀, 신비가. 활동연도 : 1358년. 성녀 제르트루다(Gertrudis)는 원래 하녀였다가 네덜란드의 델프트에서 베긴회(Beguine)의 회원이 되었다. 베긴은 엄밀한 의미에서 수도자는 아니지만 독립된 집에서 공동으로 수도생활을 하며 정결과 순종서원을 발하는 사람들이다. 그들은 청빈 서원은 발하지 않고 2~3명씩 함께 생활하며 자선활동을 폈다. 그녀는 베긴회의 회원이 된 후부터 관상에만 전념하다가 1340년의 주님 수난 성 금요일에 그리스도의 다섯 성흔을 받았다. 그래서 교회는 그녀를 신비가의 한 사람으로 공경한다.

천주성의만 순종함

턴쥬셩의만슌죵홈[1]

성 베다스도^{베다스토} 주교 행적에 기록하였으되, 한 소경이 있어 성 베다스도^{베다스토} 의 성시를[2] 옮겨갈 때에 이 성인의 성해를[3] 육신 눈으로 한번 보기를 간절히 원하더니, 천주가 그 원의를 들어 허락하사, 그 눈을 낫게 하여 하여금 육신 눈으로 성인의 성해 를 보게 하셨더라. 이 소경이 영적으로[4] 눈이 나아 성인의 성해를 보았으니 오죽[5] 즐 거우리오마는, 혹 자기 구령사정에[6] 조당이[7] 될까 하여 다시 천주께 간구하되, "나의 눈 나은 것이 내 영혼사정에 해로울 터이면 다시 전과 같이 소경이 되게 하여 주소서" 하여 이와 같이 천주성의만[8] 복종하는 고로 천주가 다시 그 눈을 멀게 하여주시니라.

해설

이 미담은 앞서 발표된 미담 126과 제목과 주제가 같습니다. 병고(病苦) 중에도 천주성의 만을 따르고자 한 신앙인의 표양을 보여주는 미담입니다. 주인공은 소경입니다. 그는 눈을 뜨는 기적을 체험하지만 소망 성취 후 본 모습으로 돌아갑니다. 소경의 믿음을 들어주신 천 주가 소경의 눈을 또 다시 멀게 하셨다는 이 미담은 우리의 머리로는 도통 이해하기 힘듭니

1   경향잡지 웹진(http://zine.cbck.or.kr)에서는 이 미담의 해당 페이지가 누락되었다. 다행히 영인 본에 보존되어 있다.
2   성시(聖屍) : 예수의 시체, 성스러운 시체.
3   성해(聖骸) : 가톨릭에서 성인(聖人)의 유골.
4   영적(靈蹟) : 신령스러운 사적; 기적의 옛말(『가톨릭대사전』).
5   원문은 '오즉히'.
6   구원사정. 구령(救靈) : (가톨릭) 신앙의 힘으로 영혼을 구원하는 일.
7   조당(阻擋) : 방해, 지장, 장애 ☞【더 알아보기】.
8   천주성의(天主聖意) : 천주의 거룩한 뜻. 하느님의 뜻.

다. 하느님이 잔인하게 느껴질 수도 있습니다.

　그러나 이 미담이 전하고자 하는 바는 눈을 뜨고 말고의 사실성 여부보다는 하느님의 뜻과 구원의 길을 따르고자 한 소경의 원의입니다. 그 원의는 현실의 장애나 병고보다 중요합니다. 그리고 그 원의라면 하느님이 우리를 전폭적으로 도울 것임을 알려줍니다.

　소경이 세상을 볼 수 있는 것보다 더 큰 원은 없을 것입니다. 그런데 그 소망보다 더 중요한 소망이 구원이며, 하느님의 뜻을 실천하는 것임을 이 미담은 강조합니다. 또한 자신이 바라던 소망이 이루어졌을 때조차 그 결과에 머물지 말아야 함을 소경을 통해 배울 수 있습니다.

더 알아보기

베다스도 〔가〕 베다스토(Vedast). 축일 2월 6일. 성인, 주교. 활동지역 : 아라스(Arras). 활동연도 : 539년. 성 베다스투스(Vedastus, 또는 베다스토)는 젊어서 고향을 떠나 서부 프랑스 지방으로 갔다. 그는 툴(Toul) 교구에서 세상을 멀리하며 살고 있던 중에 주교의 눈에 띄어 사제직에 올랐다. 그 당시 프랑스 왕 클로비스가 랭스(Reims)로 가서 세례를 받고자 할 때, 그의 여행 중에 자신을 준비시켜 줄 수도자를 찾던 중에 성 베다스투스가 선발되었다. 그들이 길을 가던 중 엔(Aisne) 강을 건널 때 어떤 맹인이 그에게 눈을 낫게 해 달라고 애원하였다. 성 베다스투스는 하느님께 기도하고 그의 눈 위에 십자가를 그었는데, 그 즉시 시력이 회복되는 기적이 일어났다고 한다. 이 기적은 왕의 신앙을 더욱 굳게 하였을 뿐만 아니라 수많은 프랑스 사람들의 개종이 자연스럽게 이루어진 계기가 되었다. 그 후 성 베다스투스는 성 레미기우스(Remigius, 10월 1일) 주교를 돕다가 그로부터 아라스의 주교로 축성되었다. 그는 40년 동안 활동하다가 선종하였으며 바아스트(Vaast)로도 불린다.

조당(阻擋) ☞ 미담 5.

신덕의 열매

신덕의열민

남미 브레실^{브라질}에 한 부자¹ 열교인의² 딸이 있는데, 그 딸이 다행히 성교의³ 진리를 깨달아 누구든지 꺼림과⁴ 어려워함이 없이 공번되이⁵ 성교에 귀화하였더라. 그런데 그 부모는 이를 매우 싫어하여 시시로⁶ 노하는⁷ 원인이 되었는데, 하루는 조반상에⁸ 딸의 밥그릇 옆에 부친이 친필로 쓴 글 한 장이 있으니 그 글은 아래와 같이⁹ 기록하였다.

"너의 아비 내가 우리 집 재산을 분배할 때에는 너에게 분배할 돈이 오만 불(십만 원)이 있다. 그런데 네 아비가 종종 말함과 같이 천주교를 아주 버리지 아니하면 그 재산은 한 푼도 주지 아니할 뿐더러 부녀(夫와 女)의 관계까지 끊고 내쫓는다. 깊이 잘 생각하여 승낙 여부를 일주일 이내에 하여라."

1　부자(富者).
2　열교(裂敎) : 한국 가톨릭 교회에서 '개신교'를 이르는 말. 가톨릭 교회에서 분열되어 나간 교회라는 뜻이다. 열교인(裂敎人) = 개신교인.
3　가톨릭교, 천주교. 성교(聖敎) : 성스러운 종교, 가톨릭교(『한불자전』).
4　원문은 '쯔림' → 끄림 → 꺼림. 쯔리다 : 겁먹다, 두려워하다(『한불자전』).
5　공번되다 : '공변되다'의 옛말. 행동이나 일 처리가 사사롭거나 한쪽으로 치우치지 않고 공평하다. 올바르다, 공평하다, 공공의, 보편적인, 가톨릭의(『한불자전』). 천주교에서는 천주교를 '공번된 종교'라고 이른다.
6　시시(時時)로 : 때때로.
7　노(怒)하는 : 화나는, 화내는.
8　조반상(朝飯床) : 아침밥을 차린 상.
9　원문은 '자와굿히'. 즉 '왼쪽과 같이'라는 뜻이다. 그러나 여기서는 가로쓰기인 점을 고려하여 '아래와 같이'로 옮겼다.

하였다. 딸은 일주일 이내에 훌륭하게 대답하였다. 그 대답하기를

"아버님 나는 온 세계의 부귀를 다 잃을지라도 나의 영혼을 해할 수는 없습니다. 그럼으로 황송하오나 아버님의 요구에 응할 수 없습니다."

하고 태연자약하였다[10] 하니, 실로 그 대답은 성 마두복음^{마태오복음} 16장 26절에 사람이 만일 보천하를 다 얻을지라도 제 영혼에 해를 받으면 무엇이 유익하며, 또 사람이 무엇을 해주고 제 영혼을 다시 물러내겠느냐 하신 말씀을 잘 알고 준행함이로다.[11]

해설

이 미담에서 형식적인 변화가 보입니다. 아버지와 딸의 편지 내용을 직접 인용하면서 단락을 구분하여 본문의 다른 내용과 독립해서 처리한 표기법이 그것입니다. 1920년대 이후 미담은 내용뿐 아니라 표기법을 비롯한 형식의 변화를 꾀했습니다. 설명과 대화를 각각 구분하여 독립해서 표기한 것은 미담의 서사 전략이 성숙해 가는 과정이기도 합니다.

주인공은 남미 브라질을 배경으로 부유한 집안의 딸입니다. 그녀는 아버지의 반대에도 불구하고 천주교의 진리를 포기하지 않는 강인한 여성입니다. 재산을 주지 않을 뿐 아니라 부녀관계까지 끊고 내쫓으리라는 아버지의 협박에도 태연자약할 수 있었던 여인의 믿음이 이 미담의 주제입니다. 아버지는 딸의 답변을 듣고 어떻게 응대했을까요? 딸은 이후 어떻게 되었을까요?

신앙보다는 돈이 낫다고 여기는 이들이 많은 현대 자본주의 사회에서 주인공의 모습이 얼마나 호소력 있게 전달될 수 있을지 궁금합니다. 지금보다 더 어려웠을 여성의 처지를 고려한다면 주인공의 굳센 믿음이 신기하기조차 합니다. 성경에서처럼 미담에서도 굳센 여성들이 등장합니다. 이 미담도 그러한 여성을 통해 '신덕의 열매'는 '영혼에 해'가 되는 것을 물리치고 말씀을 '준행'하는 것임을 보여줍니다. 또 그녀가 연약한 딸이 아니라 굳센 영혼으로 살아가는 말씀의 열매임을 보여줍니다.

---

10 태연자약(泰然自若) : 마음에 어떠한 충동을 받아도 움직임이 없이 천연스러움.
11 준행(遵行)하다 : 전례나 명령 따위를 그대로 좇아서 행하다.

좋은 표양

둇은표양

　수에스^{수에즈} 운하에 근무하는 한 기사가 영국 론돈^{런던}에 유명한 안델돈이라는 신부에게 영세를 받아 그리스도 신자가 되었는데, 그 나라 신문에 게재한 것을 보면 그 기사의 회두한[1] 참 동기는 열심교우의 좋은 표양을 봄에 있으니 그 기사가 남을 대하여[2] 말하기를,

　"나를 참교회로 인도하여 준 자는 애이란^{아일랜드}의 여 하인들의[3] 정덕이외다.[4] 어느 때에 나는 잠시 애이란^{아일랜드}에 두류하여[5] 여러 곳 여관에 유한[6] 일이 있었는데, 여관에 고용하는 여 하인들은 다 극히 적은 월급을 받아 매우 가난한 모양이었으나, 그들과[7] 같이 겸손하고 정중하고 친절하고 부지런한 자는 다른 데서 보지 못하였습니다. 그리하고 웃긴[8] 이야기도 잘 하나, 그러나 만일 비루한[9] 객이[10] 있어서 조금이라도 그 정덕을 거슬리는 언어행동을 하면 저들은 즉시 여왕과 같은 위엄 있는 태도를 가져 그 자를 깊이 경멸하여 이를 방어합니다. 나는 여러 번 그런 사실을 목격하고 생각하기를 이와 같이 정덕을 함양하는 종교는 결코 미신이 없는 참종교라고 하여 마음

1　회두(回頭)는 가톨릭에서 배교하였다가 다시 돌아옴을 의미하지만 이 미담에서는 영세 받은 사실을 뜻한다.

2　남에게.

3　여자 하인들.

4　정덕(貞德) : 여자의 정숙한 덕.

5　두류(逗留; 逗遛)하다 : 체류하다. 머물다.

6　머문. 원문은 '류' → 유, 유(留)하다 : 어떤 곳에 머물러 묵다.

7　원문은 '뎌들과' → 저들과 → 그들과.

8　원문은 '우수은'.

9　비루(鄙陋)하다 : 행동이나 성질이 너절하고 더럽다.

10　객(客)이 : 손님이.

을 결단함에 이르렀습니다. 운운."

　전호에 이어 이번 호 미담에서도 편집과 관련된 형식적 변화가 보입니다. 원문을 확인하면 조판 디자인이 바뀌었고, 본문 디자인도 바뀌었습니다. 1924년 1월과 2월을 기점으로 표기법과 편집 방식 등 미담을 포함하여 『경향잡지』의 변화를 알 수 있습니다. 또 이 미담은 이야기의 출처가 신문입니다. 성인의 행적이나 교회의 기록에서가 아니라 영국 런던의 신문 기사의 내용을 토대로 합니다. 미담의 변화를 확인할 수 있는 작품입니다.

　내용은 더욱 파격적입니다. 주인공이 천주교로 귀의하여 영세를 받게 된 동기가 아일랜드 여자 하인들의 정덕 때문이었습니다. 당시 아일랜드의 여자 하인은 런던에서 최하층 사람들입니다. 아일랜드는 영국의 식민지였고, 식민지 국가에서 온 여자 하인은 그중에서도 최하층 사람들이었습니다. 최하층 사람들에게 감화되어 영국의 기사가 영세를 하였다는 것은 놀라운 내용입니다. 이 때문에 당시 신문에서도 기사화하였을 것입니다.

　아일랜드는 대부분의 국민이 가톨릭을 믿었던 국가입니다. 현재도 국민의 약 90퍼센트가 가톨릭을 믿는 가톨릭 국가입니다. 일제 강점기 한국의 잡지에서는 아일랜드를 '애란'이라 부르며 그곳의 문학과 역사를 소개하곤 했습니다. 아일랜드 역시 영국의 식민지였기 때문에 식민지 조선과의 공감대가 컸습니다. 천주교 미담에서도 '애란 사람'을 주인공으로 한 미담이 이 작품입니다. 아일랜드 여성들이 영국 땅에서 하인 노릇을 하면서 살았지만 그녀들의 정덕이 영국 런던의 신사를 천주교로 귀의시킵니다. 사회적인 신분에 의해서가 아니라 좋은 표양이 세상에서 천주교를 증거하는 것이자 선교의 방법임을 이 미담은 강조합니다. 더불어 최하층 하인들에게서도 감화될 수 있었던 주인공인 영국 신사 역시 진정한 신사였다 여겨집니다.

어린 아이와 첫영성체

어린 ᄋᆞ히와첫령셩테

수년 전에 지나에[1] 한 신부가 공소로[2] 다니며 전교할[3] 때에 영세 주기 전날에 영세 자와 첫영성체 지원자에게 도리를[4] 시험하였다.

그중에는 대머리 된 노인도 있고[5] 아직 어린 아이도 섞어 있었다. 신부는 그 이튿날 예식 받을 사람의 이름을 알려주었다. 그런데 한 구석에서 다섯 살 쯤 된 계집아이가 신부 앞에 나아와

"신부님 나도 내일 성체 영해도 좋아요?" 하고 묻는다.

"너는 누구냐. 벌써 문답을[6] 배웠느냐?"

"아직 나는 학교에도 다니지 아니합니다마는 예수께서 성체 안에 계시단 말을 많이 들어서 압니다. 내게도 예수성체를 주십시오. 나의 원이올소이다."

"네가 그렇게 예수를 사랑하고 사모하는 것은 참 좋은 일이다. 그러나 나이 어리니 한 해 더 기다려도 좋다. 아직 젖 먹던 이를 가지고 있으니 첫영성체가 이르다."

어린 아이의 얼굴은 그만 슬퍼하고 실망하는 빛이 나타나 그 두 눈에서 눈물이 뚝 뚝 듣는다.[7]

한 시 후에 그 아이가 다시 신부 앞에 급히 왔는데 본즉 눈에는 눈물이 가득하나

---

1 지나(支那) : 우리나라의 서북쪽, 아시아 동부에 있는 나라.
2 공소(公所) : 가톨릭에서 본당보다 작은 교회 단위. 본당 사목구에 속하여 있는, 신부가 상주하지 않는 예배소나 그 구역을 이른다.
3 전교(傳敎)할 : 선교할.
4 여기서 도리(道理)는 현재 사용하고 있는 '교리(敎理)'의 의미이다.
5 원문은 'ᄃᆡ아머리진로인'.
6 문답(問答) : 교리서(敎理書)를 가리키던 옛말 ☞ 미담 3.
7 듣다 : 눈물, 빗물 따위의 액체가 방울져 떨어지다.

얼굴은 기뻐하는 모양이 완연하여 웃음을 머금고 있다.

"신부님 이제는 걱정 없습니다. 내일 나는 성체를 영하게 되었습니다."

신부는 좀 엄한 모양으로 "내가 언제 네게 허락하였느냐?"

아이는 싱긋 웃으면서 "자아, 신부님 나도 젖 먹던 이가 없어졌어요. 자 보십시오" 하고 입을 열어 보이는데 입 안이 시뻘겋고 이는 한 개도 없다. 신부는 놀라서,

"너 이를 어떻게 하였니?"

"신부님이 젖 먹던 이가 있어서 첫영성체를 못한다고 하신고로 나는 돌로 이를 다 부수어 버리고 왔습니다. 신부님 이제는 성체를 영하여도[8] 좋지요?"

첫영성체를 주제로 아이의 천진함과 성체에 대한 순수한 믿음을 보여주는 미담입니다. 첫영성체란 가톨릭에서 영세자가 처음으로 영성체하는 것을 이릅니다. 어린이들의 경우 세례를 받은 이후라 해도 만 8세가 지나야 하며, 성체에 대한 지식과 열망을 교리 교육을 통해 배운 이후에 영성체를 할 수 있습니다.

이 미담의 주인공처럼 다섯 살이라면 아직 영성체를 할 수 없는 나이입니다. 나이가 어려서 영성체 할 수 없음을 신부님이 비유적으로 '젖 먹던 이'가 있어서 안 된다고 했더니 이 말을 곧이곧대로 듣고 자신의 이를 부수고 온 아이의 모습을 상상해 봅니다. 이야기로서야 재미있고 또 아이의 순수함과 열정에 감탄하게 되지만 실제로 그러하였다면 이를 빼고 온 아이를 보며 마음이 많이 아팠을 듯합니다. 지금도 미사에 참례한 아이들이 성체를 모시고 싶어 하고 또 궁금해 하는 경우를 많이 봅니다. 첫영성체 교육뿐 아니라 첫영성체를 하기 전의 유아 및 아이들을 위한 교회의 사목적 배려를 잊지 않아야 하겠습니다.

첫영성체 가 고대교회에서는 성세성사(聖洗聖事)의 마지막 부분에 그 절정으로 첫영성체가 이루어졌다(어린이들의 경우에도). 오늘날에도 동방교회에서는 성세성사와 함께 영성

---

8 영(領)하다 : 가톨릭에서 성체나 성혈을 받아 모시다.

체가 이루어지며 어린이들에게도 허용된다. 이에 비해 중세기에 서방교회에서는 영성체를 할 수 있는 '성숙성'이 요구되어 유아들의 영성체는 금지되었으며 1215년, 제4차 라테란(Lateran) 공의회는 이성(理性)을 쓸 수 있는 나이에 도달한 어린이가 고해성사(告解聖事)와 함께 첫영성체할 것을 결정하였다. 그러나 수세기 동안 얀세니즘(Jansenism)의 영향으로 실제적으로 시행되어 오지 못하다가 교황 성 비오(St. Pius) 10세(재위 : 1903~1914)에 의해 재주장되어 고해성사와 함께 첫영성체가 이루어지게 되었다. 축제의 성격을 가지는 공동의 첫영성체 의식은 17세기에 조직적인 교리 교수와 함께 이루어졌으며, 첫영성체는 사백주일(卸白主日)이 성세경신의 날로 여겨졌기 때문에 보통 이 날 행해졌다. 관습에 따라 초를 들고 행렬한다든지 여러 가지 방법으로 장엄하게 거행된다. 첫영성체는 영성체에 대한 열망과 지식을 갖출 수 있는 나이(일반적으로 8세 이상의 나이)의 어린이들이 적절한 교육을 받은 뒤에 이루어진다(새교회법 913조 1항). 본당 신부는 어린이들이 첫영성체에 대하여 충분히 준비하도록 배려할 의무를 지니며, 그 준비가 충분한가 아닌가의 판단은 고해신부 또는 양친, 후견인에 속한다(새교회법 914조). 그러나 죽을 위험에 있는 어린이들의 경우, 성체를 보통의 빵과 구별할 수 있고 성체에 대한 존경심을 갖추고 있는 한 영성체할 수 있으며, 사제는 성체를 영해주어야 한다(새교회법 913조 2항).

탁월한 고난

탁월흔고난

　천주께서 주시는 고통 환난과[1] 혹은 천주의 안배로[2] 남에게 받는 고통 환난을 참아 받는 것은 우리가 천주를 위하여 마음대로 가려[3] 행하는 어려운 일과 어려운 행실보다 멀리[4] 탁월하다. 그 연고를 말하면 가장 천주성의에[5] 합하고, 또는 우리 영혼에도 유익함이 무슨 일에 우리 마음대로 가리지 아니하는 까닭이다.
　—성 방지거 사베리오프란치스코 사베리오

해설

　이 미담은 잡지 본문에서는 '미담'이라는 구분이 없는 글입니다. 다만 『경향잡지』가 매해 12월호에 정리해서 발표한 목록에 미담으로 분류되어 있기 때문에[6] 여기서도 미담 작품의 하나로 소개하지만 다른 작품들과는 차이가 있습니다. 즉 서사적인 글이라기보다는 프란치스꼬 사베리오 성인의 말씀을 옮겨 놓은 것이기 때문입니다.
　미담으로 분류한 것이 목록상의 오류일 수도 있습니다. 다만 이 작품 외에도 다른 몇 개의 작품의 경우도 목록에서만 미담으로 분류, 소개된 작품들이 있어 일단은 미담으로 함께 소개합니다. 이를 미담으로 볼 것인지 여부는 추후 더 논의를 거쳐 확정되어야 하리라 봅니다.

1　환난(患難) : 근심과 재난을 통틀어 이르는 말.
2　안배(按排) : 알맞게 잘 배치하거나 처리함.
3　구별하여 골라서. 원문은 '갈희여'.
4　여기서는 '훨씬', '더욱 더' 의 의미이다.
5　천주성의(天主聖意) : 천주의 거룩한 뜻. 하느님의 뜻.
6　『경향잡지』 웹진(http://zine.cbck.or.kr) 서지 목차에서도 이 작품은 '미담'이라는 표시를 하지 않았다.

이 글은 프란치스코 성인의 말씀입니다. 프란치스코 성인은 자발적으로 선택해서 행하는 고행보다 외부에서 온 환난과 고통을 참는 과정에서 우리가 더욱 하느님과 일치할 수 있으며, 우리 영혼에도 유익할 수 있다고 말씀하십니다. 프란치스코 성인은 다른 글에서도 다음과 같은 말씀을 하신 것으로 전해집니다. "가난한 사람들을 위해 일 하고 봉사하는 사람들보다 가난한 사람들이 하느님과 더 가까이 있습니다."

신부와 의사

신부와의ᄉ

이것은 자기의 본분을 충실히 하여 자기와 일가족의 생명을 구하였다는 한 의사의 아름다운 이야기이다. ○[1] 옛날부터 신부와 의사는 관계가 가장 깊고 중하여 둘 다 우리 사람에게 진중하니[2] 하나는 사람의 혼에게 필요하고 하나는 사람의 육신을 위하여 힘쓰는 것이다. ○ 옛날 역사를 보면 신부들의 일이었으니, 이는 속인에게 사람의 생명을 맡길 수가 없다 함이다. 수백 년 동안 신부가 이 임무를 행하여 왔었으나 후에 의사와 신부의 직무가 나뉘게[3] 되었다. ○ 그 연고는 따로 전문이 되는 것이 좋겠다는 데 있음이나 그러나 그 임무가 각각 나뉘었으되 그 두 가지 직무는 항상 깊은 관계를 맺고 있다. ○ 왜[4] 그렇게 깊은 관계를 가졌는고? 이는 천주 공교의[5] 눈으로 보면 그 두 가지는 다 희생적 정신이 있어 신부는 남의 영혼을 위하여 직무를 다하고 의사는 남의 육신의 병을 위하여 진력한다. ○ 이런 귀중한 사람의 생명을 맡아 다스리는 직책을 다 가진 고로 아무리 가기 싫은 때, 마음에 맞지 아니하는 곳, 먼 곳, 가난한 사람을 물론하고[6] 반드시 싫어하지 못한다. ○ 이것은 한 5, 6년 전 사실이다. ○ 어떤 의사 하나가 오늘 저녁에는 오래간만에 집안 식구와 함께 연극 구경을 가기로 하여 저녁때부터 준비를 하였다. ○ 공교롭게[7] 노동자 한 아이 와서, "지금 집에 급한 병자가 있으

---

1 갑자기 이번 글부터 ○가 나온다. ○가 본문 중간 중간에 등장한다. 한두 문장 단위로 ○가 나타나는데, 이를 그대로 옮겨온다.
2 진중(珍重) : 진귀하고 소중하다.
3 원문은 '눈호이게'.
4 원문은 '우에'.
5 공교(公敎) : 가톨릭교를 달리 이르는 말. '공변된 종교'라는 뜻이다.
6 말할 것도 없고.
7 뜻하지 않게 우연히. 원문은 '공교로히'.

니 불가불[8] 선생님이 진찰을 하여 주셔야 하겠습니다" 하고 청한다. ○ 그 집을 물은 즉, 먼 동리서 일부러 찾아왔음으로 어찌하여 그 동리 의사를 청하지 아니하느냐 한즉 공교히[9] 없어서 못하였다 한다. ○ 제 가족들은 이제 연극 구경을 막 가려하는 차에 뜻밖에 희살꾼이[10] 왔다고 걱정을 하고 아들이나 처는 옆에서 거절하라고 청을 한다. ○ 그러나 이 의사는 의무심이 강한 사람인 고로, "아니다 그렇지 않다. 연극 구경은 오늘만 있는 것이 아니다. 연극과 사람의 생명을 바꿀 수는 없으니 연극 구경은 내일 로 하고 나는 잠깐 병자를 진찰하고 오마" 하고 그 노동자와 함께 나갔다.

그 병자는 의사의 덕으로 두시 후에 위태한 생명을 구하게 되어, 잠이 들어 쿨쿨 코를 골매 이제는 염려 없으니 내일 또 와 보겠노라 약속하고 돌아왔는데 그때는 아홉 시경이라. 별안간 사람들이 소동을 하고 종소리가 요란하여 놀라 보니 화재이다. ○ 어디 화재가 났느냐 한즉 이상하다, 아까 구경가려 하던 연극장이다. 집안사람들은 서로 얼굴만 쳐다보았다. 그때는 실심을[11] 하고 그 노동자를 원망하였더니, 지금 당하 여 보니 그 노동자는 우리를 구하러 온 천신이라[12] 하여, 자연 마음이 감동되어 엎디 어 감사하였다. ○ 나중에 들은즉 그때에 연극장에서 별안간 불이 나서 도망할 곳이 없어 사상자가 수백 명이라 한다.

이는 자기의 천직 하늘이 주신 직무를 충실히 하기 때문에 자기뿐 아니라 일가족의 위태한 생명을 구하였다는 이야기이니, 자기를 희생삼아 남을 위하여 힘을 쓰는 것은 매우 괴롭고 어려운 일이나, 그 갚음은 반드시 있어 이 세상에서 없었으면 물론 후세에 있을 것이니, 자기를 희생삼아 남을 위하여 힘쓰는 것은 천주성의에[13] 맞갖음이다.[14]

---

8 불가불(不可不) : 부득불(不得不), 하지 아니할 수 없어, 마지못하여.
9 공교(工巧)히 : 솜씨나 꾀 따위가 재치가 있고 교묘하게. 생각지 않았거나 뜻하지 않았던 사실이나 사건과 우연히 마주치는 것이 매우 기이하게.
10 훼방꾼. 원문은 '희살군'.
11 실심(失心) : 근심 걱정으로 맥이 빠지고 마음이 산란하여짐. 상심.
12 천신(天神) : 천사(天使).
13 천주성의(天主聖意) : 천주의 거룩한 뜻. 하느님의 뜻.
14 원문은 '맞가짐'. 맞갖다 : 마음이나 입맛에 꼭 맞다.

　서두에 밝힌 바와 같이 이 작품은 자기 본분을 충실히 함으로써 타인뿐 아니라 자신과 자신의 가족의 생명을 구한 의사의 '아름다운 이야기'입니다. 미담은 이 작품에서 설명했듯이 '아름다운 이야기', 당시의 천주교회가 '아름다움'으로 인정한 이야기입니다. 이 이야기에 따르면 천주교 미담에서 아름다움의 기준은 '희생'입니다. '희생'은 아름다움을 이루는 가장 중요한 요소입니다.

　주인공은 의사입니다. 신부가 영혼의 치유자라면, 의사는 육신의 치유자로 소개되며 두 직무의 연관성을 설명합니다. 무엇보다 둘 다 타인을 위한 '희생적 정신' 있어야 함을 강조하면서 희생의 일화를 소개합니다. 5, 6년 전 사실이라고 밝힌 이 미담에서 가족과 함께 연극을 보기로 한 약속한 주인공은 환자 때문에 약속을 지키지 못하고 왕진을 가게 됩니다. 그런데 이 일로 극장에서 발생한 화재를 피할 수 있었습니다. "연극과 사람의 생명을 바꿀 수는 없으니 연극 구경은 내일로 하고 나는 잠깐 병자를 진찰하고 오마"라는 의사의 말이 가장 의사다운 말이기도 했습니다.

　이 작품의 주인공 의사처럼 희생을 감수하면서까지 직무를 충실히 수행하기는커녕 직무를 이용해 자신 및 가족의 이익을 추구하는 사람들도 있습니다. 자신의 역할을 충실히 수행하는 것이 타인뿐 아니라 자신과 가족의 행복으로 이어질 수 있는 사회가 되었으면 합니다. 그 과정에서 감수해야 하는 희생이 행복의 밑거름이 된다면 희생은 아름다움으로 남을 수 있습니다.

　희생이 없는 사회는 아름다운 사회일 수 없습니다. 우리 사회가 희생의 가치를 개인의 몫으로뿐 아니라 사회의 몫으로 인정하고 보답할 수 있어야 하겠습니다. 천주의 거룩한 뜻을 따르고자 하는 그리스도인이 희생의 프로가 되어야 함은 물론입니다. 이 미담이 가르쳐주듯이 희생은 그리스도인의 아름다움이요, 그리스도인의 직무이기 때문입니다.

용맹한 병사

용밍흔병스

　우주 전쟁 때에 있던 한 병사가[1] 처음으로 영문에[2] 들어가 밤이 됨에 자기 전에 장궤를[3] 하고 만과를[4] 조용히 하였다.[5] 이를 본 못된 병졸 몇 사람은 조소를[6] 하여 저들의[7] 모자를 더지기도[8] 하고 웃기도 하고 입으로 쇳바람을[9] 불기도 하며 팔을 잡아당기기도 하여 방해를 하였다. 그러나 그를[10] 조금도 상관치 아니하고 신입병은[11] 태연하게 만과를 끝까지 마쳤다. 그 다음날[12] 밤이 됨에, 그 방의 벗들은 신입병이 어제와 같이 기구를[13] 하지 않는가 하여 즐겨서 기다리고 있으니, 신입병은 역시 장궤를 하고 만과를 함에, 방 속의 군사들은 더욱 크게 요란을 부려 방해를 하고 조소를 하였다. 셋째 날 밤에도 그와 같이 신공을[14] 하는데 그날은 방해가 적어졌고 그 다음날에는 아주 고요하였으며 제5일 되던 밤에는 어떤 군사가 큰소리로 이르되, "그는[15] 진실로

1　병사(兵士) : 군사(軍士), 군인, 사병.
2　영문(營門) : 병영의 문, 군대가 주둔하는 지역의 안. 막사.
3　장궤(長跪) : 가톨릭에서 몸을 세운 채 꿇어앉는 자세로 존경을 나타냄. 또는 그런 자세. 미사를 볼 때에 신자들이 갖는 자세이다.
4　만과(晩課) : 가톨릭에서 저녁기도의 예전 용어.
5　이제는 ○이 없고 문장 간 띄어쓰기를 의식하고 문장 사이와 사이를 띄어주고 있다. 표기법의 변화를 알 수 있는 부분.
6　조소(嘲笑) : 비웃음.
7　원문은 '뎌들의'. 여기서는 '자기들의'의 의미로 쓰였다.
8　더지다 : '던지다'의 방언.
9　쇳바람 : 휘파람의 방언.
10　그것을.
11　신입병(新入兵) : 새로 입대한 병사. 신병.
12　원문은 '대음날'.
13　기구(祈求) : 기도의 옛 용어.
14　여기서는 묵주신공을 이르는 말. 신공(神功) : (가톨릭) 기도와 선공(善功)을 통틀어 이르는 말.

확실한 영웅이다. 그는 전장에[16] 폭탄보다도 우리의 공격하는 불을 능히 견딘다. 참 장하다" 하고 감탄하였다. 누구든지 교우들은 이 군사의 용감을 모방하여 그 신앙을 꺼림없이[17] 공변되게[18] 드러내기를 바란다.

해설

　평신도가 주인공으로 등장하는 미담입니다. 한 병사가 전쟁 중에 주위 사람들의 방해에도 불구하고 기도하는 모습이 마침내 동료들의 인정을 받게 되었다는 내용입니다. 주제는 이 병사와 같이 어느 곳에서든 어느 때든 자신의 신앙을 용감하게 행하라는 것입니다.

　신앙생활을 하면서 타협보다 용기가 필요할 때가 있습니다. 그때를 놓치지 않아야 함을 이 미담은 강조합니다. 병사의 용맹함은 전쟁에서가 아니라 온갖 방해에도 태연하게 장궤를 하고 저녁기도를 하는 모습을 통해 형상화되었습니다. 이처럼 신앙은 용기 있는 결단이기도 합니다.

15　원문은 '뎌는' → 저는 → 그는.

16　전장(戰場) : 전쟁터.

17　꺼리지 않고, 숨기지 않고.

18　공변되다 : '공변되다'의 옛말. 행동이나 일 처리가 사사롭거나 한쪽으로 치우치지 않고 공평하다. 올바르다, 공평하다, 공공의, 보편적인, 가톨릭의(『한불자전』). 천주교에서는 천주교를 '공변된 종교'라고 이른다.

1925.6. 567호

유명한 피신유스의 성교 찬양

유명호피신유스의성교찬양

옛적 로마에 유명한 피신유스라 하는 사람은 한 처녀에게[1] 성교[2] 봉행하라는[3] 권면을[4] 듣고 입교하였는데, 그 후 서로 약혼을 맺은 후 피신유스는 그 처녀에게 아래와[5] 같이 글을 지어 주었다.

내가[6] 오늘날 성교를 알았으니
나의 원은[7] 이 세상에
허위 대신에 진실이 성하며[8]
미움 대신에 사랑이 성하며
죄악 대신에 인자가[9] 성하며
배역 대신에 충효가 성하며
보복 대신에 애덕이 성하기를 원함이라
그렇지 아니하면 내가 무슨 사람이라 하오리오

---

1   원문은 '의게'.
2   가톨릭교, 천주교. 성교(聖敎) : 성스러운 종교, 가톨릭교(『한불자전』).
3   봉행(奉行)하다 : 뜻을 받들어 행하다.
4   권면(勸勉) : 알아듣도록 권하고 격려하여 힘쓰게 함.
5   원문은 '자'. '왼편(左)'이라는 뜻. 왼편과 같이. 예전에는 가로 쓰기였으나 지금은 세로 쓰기로 표기법이 바뀌었기 때문에 이를 고려하여 '아래와 같이'로 옮겼다.
6   원문은 '나ㅣ'.
7   원(願)은 : 나의 소망은, 내가 원하는 바는.
8   성(盛)하다 : 기운이나 세력이 한창 왕성하다. 흥하다.
9   인자(仁慈) : 마음이 어질고 자애로움.

과연 다른 도도 혹 의를[10] 원하지마는

오직 너의 도가 사람의 마음을 옳게 하며

사람의 마음을 네 마음과 같이 조찰케[11] 하며

네 마음과 같이 충실하여지는도다

겸하여 그리스도께서 영생과 영복을 허락하셨으니 이외에

더 원할 것이 무엇이리오.

미담 중에서 가장 아름다운 글로 뽑을 수 있는 작품입니다. 피신유스가 약혼녀에게 쓴 글로 인용된 부분은 신앙 고백문이자 한 편의 시 같습니다. 또 교회에서 널리 알려진 프란치스코 성인의 '평화의 기도'와도 유사합니다.

이 글은 그리스도인이 지향해야 할 바가 무엇인가를 간결하면서도 호소력 있게 표현하였습니다. 성교회를 알게 된 기쁨, 새 삶에 대한 소망, 하느님으로 인한 충만함이 느껴지는 글입니다. 이 글을 쓴 약혼자와 이 글을 받은 약혼녀, 두 사람의 사랑도 이면에서 읽을 수 있습니다. 하느님을 향한 사랑이 두 사람의 사랑을 묶어주었을 것입니다. 약혼자가 쓴 글을 현대어로 윤색하면 다음과 같습니다.

"내가 오늘날 성교회를 알았으니
나의 소망은 이 세상에
거짓 대신 진실이
미움 대신 사랑이
죄악 대신 인자로움이
배반 대신 충효가
보복 대신 애덕이 성하기를 바람이라.
그렇지 아니하면 내가 사람이라 할 수 있으리오.
다른 종교도 의로움을 지향하지마는

---

10 의(義)를 : 옳음을.
11 조찰(澡擦)하다 : (가톨릭) 죄를 씻고 닦다.

오직 천주의 도가 사람의 마음을 옳게 하며
사람의 마음을 천주의 마음과 같이 씻어주며
천주의 마음과 같이 충실하게 하는구나.
또한 그리스도께서 영생과 영복을 허락하셨으니
더 원할 것이 무엇이리오."

꿈은 꿈이라도 좋은 꿈

쑴은쑴이라도됴흔쑴

어떤 공소에[1] 한 노파가 중병이 들어 물 한 방울을 못 먹게 됨에, 아들과 사위[2]를 성당에 보내어 성수를 갖다가 굳은 신덕과 무한히 기쁜 마음으로써 마시었다. 그 이튿날 신부가 가보니 그 노파가 앉아 이웃집 노파로 더불어 이야기 하고 있는데, 얼굴이 사상이 되고[3] 매우 곤한[4] 모양이며 신부를 보고 말하기를 "그 성수가 병을 낫게 하였다" 한다. 신부는 웃음의 말로 "아마 자손들을 놀라게 하려고 부러 그리하였지 무슨 병이 있다고? 그래도 관계없다, 며칠 후에는 전과 같이 사방으로 뛰어다닐 터이지" 하고 도로 왔다.

그 이튿날 신부가 미사를 드리려 하는데 의외에 노파의 사위가 달려와서 장모가 위중하니 종부를[5] 주어달라고 청하고, 밤중부터 꼼짝도 못하고 누워서 아무 말도 못하고 아무것도 먹지 못한다 하며, 숨이 아직 남아 있으니까 죽지 아니한 줄은 알겠으나 위태하다 한다.

신부가 즉시 가본즉, 노파가 아주 죽은 것 같은데 몇 마디 말로 권면을[6] 하니, 머리를 끄떡끄떡하여 분명히 알아듣는 모양이므로, 신부는 종부를 주고 즉시 미사를 드렸으나 아무것도 삼키지 못한즉, 노자성체를[7] 영하여[8] 줄 여부도 없었다. 그러나 이상하

---

1   공소(公所) : 가톨릭에서 본당보다 작은 교회 단위. 본당 사목구에 속하여 있는, 신부가 상주하지 않
     는 예배소나 그 구역을 이른다.
2   원문은 '사회'.
3   거의 죽게 되고. 사상(死狀) : 거의 죽게 된 상태, 죽을 조짐이 나타난 상.
4   기운이 없어 나른한.
5   종부(終傳) : (가톨릭) 병자성사의 이전 용어.
6   권면(勸勉) : 알아듣도록 권하고 격려하여 힘쓰게 함.
7   노자성체(路資聖體) : (가톨릭) 긴 여행을 위한 준비라는 뜻으로, 죽어 가는 환자가 마지막으로 하는

다. 그 노파가 정신이 나서 제법 말하기를 "이 아이들아 나 도로 왔다. 모니가모니카가 나를 위하여 기구하기를,[9] '이웃 고을 아들이 오늘 들어올 터이니 다시 만나보게 하여 주소서' 하여서, 천주께서 나를 아직 얼마 동안 살게 버려두신다.[10] 천당은 어찌 좋은 지 어떻게 말을 하여야 너희들이 알아들을는지 모르겠다.

이 세상에는 그와 비슷한 것도 없다. 천당은 광채가 찬란하고 좋은 매괴화가[11] 가득 하며 보는 것은 이 세상에서 보는 것처럼 보이는데 세상 같이 나무나 산에 막힐 것 없이 한량없이[12] 좋은 길이 있고, 그 양편에 촛대가 있고 촛대 위에 불 같은 것이 있는 데 불은 아니며, 더욱 기가 막히는 것은 천주이시니 어떻게 찬란하고 화려하신지 아아 참 너무도 좋으시니 기가 막혀 말을 못하겠다" 한다. 그 손자가 곁에서 그 말을 듣고, "할머니 천주를 보셨습니까?" 하고 물은즉 "보고말고. 신부가 종부 주실 때에 여기 계 셨고 성모 마리아와 두 위 천신도[13] 곁에 모셨으며[14] 나더러 말씀하시기를, '예비 잘 하여라. 네 죄를 통회하여라' 하셨다. 동정성녀는 어찌 그리 고운지 아이 참 천신들도 아이 참……[15] 과연 너희들은 깨닫지 못할 것이다. 그러나 나는 보았다. 참 이 세상에 도로 온 것이 원통하다. 그 늙은 모니가모니카가 아니면 지금도 천당에 있겠지. 그러나 그 간절한 기구로[16] 인하여 할 수 없이 도로 왔다. 이제는 눈에 세상의 좋은 것이 하나 도 없다. 세상 사람들은 왜[17] 이런 세상을 사랑하는고?"[18] 한다. 아들이 묻기를, "어머 님 천주는 어떠하십니까?" "천주? 어떻게 말할까. 천주는 태양 같으시고 황금의 복 을[19] 입으셨으며 그 얼굴은 뵈옵지 아니하여도 천주이신 줄을 알 것이다. 아무아모도

영성체.

8 영(領)하다 : (가톨릭) 성체나 성혈을 받아 모시다.

9 기구(祈求) : 기도의 옛 용어.

10 혼자 있게 남겨 놓다. 내버려두다. 원문은 '브려두다'.

11 장미꽃이. 현대국어에서는 '매괴', '매괴화'는 해당화, 해당화의 꽃으로 풀이되지만, 당시 천주교 미 담에서 매괴는 장미꽃을 이른다. 미괴 : 장미 나무, 묵주(『한불자전』).

12 한량(限量)없다 : 끝이나 한이 없다. 그지없다.

13 천사도.

14 원문은 '뫼셨으며'.

15 원문에는 쉼표 4개(,,,,)가 네 개 찍혀 있다.

16 기도로.

17 원문은 '우에'.

18 원문에 있는 물음표(?)를 그대로 옮겨왔다.

보았다" 하고 또 사십 세 된 과부를 보고 "자네 장부도[20] 보았네. 나더러 말하기를 자식들이 어미를 잘 돌아보지 아니하여서 쉬이 데리러 오겠다 하대" 한다. 이 말을 들은 과부는 놀라며 "왜 나는 아직 죽을 마음이 없는데……" 하더라. 그 노파가 또 이어 말하기를 "우리 남편도 보았는데 전보다 매우 곱더라" 한다. 신부는 이 말을 들을 때에 웃기를 마지아니하였다. 과연 그 장부는 못생긴 영감이요 수염은 여나무 개[21]밖에 없는데 꼭 고양이가 초를 먹는 것 같은 위인이었다. 그 후에 자손과 일가들을[22] 불러모아가지고 말하기를 "너희들은 성교를[23] 잘 봉행하여라.[24] 성교는 진도이다.[25] 신부의 가르치는 것과 특별히 성당에서 가르치는 것은 참말이니 믿고 봉행하여라. 요리문답의[26] 도리를[27] 잘 배워서 지키어라. 조찰히[28] 살아야 한다. 천당에서 만나본 우리 일가들은 시방[29] 어떻게 복되게 지내는지 그 얼굴만 보아도 알겠더라." 다른 사람이 말하기를 "그의[30] 얼굴이란이요? 그의 육신이 땅 속에 있는데……" 한즉, 노파가 대답하기를 "옳다. 과연 내가 본 일가들은 세상에서와 같은 육신을 가지고 있지 아니하고 그 형상뿐이다. 그래도 분명이 누구인지 알았다. 아이 참 훌륭도 하더라. 거기서 떠난 것이 어찌 섭섭한지. 그러나 인자하신 천주는 내 아들이 나간 뒤에는 나를 도로 데리러 오시겠다" 하였다. 모든 이는 다 그 강론을 신부의 강론보다 더 잘 들었다.

신부는 이 말을 듣고 그 아들에게 말하기를, "꿈을 꾸었다" 함에, 아들의 대답이 "그도 꿈이라" 하였더니, 그의 모친은 "꿈이다 무엇이냐?" 하고, "나도 꿈이라는 것은 무엇인지 안다. 나의 본 것은 참 것이다 하십니다" 한다. 신부는 "그러면 네가 집을 떠난

---

19 복(服)을 : 옷을.
20 장부(丈夫)도 : 남편도.
21 원문은 '여ㄴ문개'.
22 가족들을.
23 가톨릭교, 천주교. 성교(聖敎) : 성스러운 종교, 가톨릭교(『한불자전』).
24 봉행(奉行)하다 : 뜻을 받들어 행하다.
25 진도(眞道) : 참된 도리, 진정한 도.
26 요리문답(要理問答) : 교리문답.
27 교리를.
28 조찰(澡擦)하다 : (가톨릭) 죄를 씻고 닦다.
29 시방(時方) : 지금.
30 원문은 '뎌의' → 저의 → 그의.

후에 보자. 만일 그때에 너의 어머니가 도로 가면 꿈이 아닌 줄을 믿겠다. 그러나 너의 어머니의 그 말은 신덕을[31] 거스르는 것이 없고 재미있다. 또 집안사람들에게 신익이[32] 있으면 좋다” 하였다. 그 이튿날 아들이 또 집을 떠나갔으나 그 노파는 죽지 아니하고 항상 천당 잃은 것을 섭섭하여 한다.

독자제씨는[33] 이를 보실 때에 아마 악한 생각은 나지 아니하시고 좋은 생각을 발하실 줄로 믿고 기재하나이다.

병든 노파가 천당을 다녀온 내용의 미담입니다. 노파가 본 천당이 얼마나 좋았는지 이 세상에 돌아온 것을 섭섭해 합니다. 천주나 성모님을 보고 그분들의 이야기도 전합니다. 천당의 아름다움을 묘사하기도 하고 천당에서 만난 가족들 이야기도 전합니다. 마치 꿈을 꾼 것과 같은 내용이고 이 점을 작중 인물인 노파의 아들이나 신부도 언급하지만 노파는 꿈이 아니라 강변합니다. 노파는 천당에서 돌아온 것을 원통해 하고, 그 돌아온 이유가 이웃의 간절한 기도 때문이라고 고백합니다. 천당에 대한 노파의 말을 황당한 이야기쯤으로 폄하할 수도 있었지만 신익에 보탬이 된다면 그것으로 좋다는 신부의 말에서 인자함을 느낄 수 있습니다.

1925년을 전후해서 미담 서술 형식의 변화를 확인할 수 있는 작품이기도 합니다. 또한 독자제씨 이하 부분에서 미담의 목적을 알 수 있습니다. ‘좋은 생각을 발하게 하는 것.’ 그것이 천주교 미담을 발표한 목적입니다. 이 미담에서 좋은 생각은 천국에 대한 생각입니다. 즉 이 작품은 독자로 하여금 천국을 꿈꾸며 현세를 ‘조찰히 살아야 한다’는 것을 일깨우고자 하였습니다. 천국을 꿈꾸는 자, 그 꿈으로 현세를 살아가는 이들, 그들이 그리스도인입니다.

---

31 신덕(信德) : 향주 삼덕의 하나. 하느님의 가르침을 굳게 믿는 덕.
32 신익(神益) : 정신의 이익, 재능, 정신적인 이익(『한불자전』). 신령한 이익(『표준』).
33 독자제씨라는 표현이 나옴.

문답공부의 효과

거금[1] 30여 년 전에 어떤 공소에[2] 구교 집[3] 자손 형제가 사는데 형은 어려서 영세하고 아우는 병인년[4] 후에 나서 세를[5] 받지 못하고 외인의[6] 집으로[7] 장가를 갔다.

몇 해 동안 처가살이를 하다가 그의[8] 조상들이 봉행하던[9] 천주교를 봉행하고자하여 그 아내를 데리고 처갓집을 떠나 형이 사는 동리로 이사하였는데, 그 청년의 나이 그때 24세이요 성질이 양순하다.

이사한 후 즉시 성교[10]도리를[11] 열심으로 배우기를 시작하였고 또 아내까지 가르치기를 힘썼으나, 그 아내는 권면을[12] 듣지 않고 그 교가[13] 괴악하다[14] 하며 죽어도 봉행치 않겠다고[15] 하더니, 제 장부와[16] 시아주버니의 없는 틈을 타서 마귀유감에[17]

---

1   거금(距今) : 시간을 나타내는 말 앞에 쓰여 지금을 기준으로 지나간 어느 때까지 거슬러 올라가서.
2   공소(公所) : 가톨릭에서 본당보다 작은 교회 단위. 본당 사목구에 속하여 있는, 신부가 상주하지 않는 예배소나 그 구역을 이른다.
3   구교 집안. 구교(舊敎) : 로마 가톨릭교와 그리스 정교회를 신교(新敎)에 상대하여 이르는 말. 신교는 개신교라 부른다.
4   여기서 병인년은 1866년(고종 3년), 병인박해 때를 지시한다.
5   영세를.
6   외인(外人)은 천주교를 믿지 않는 사람을 말한다. 외교인(外敎人).
7   원문은 '에로'.
8   원문은 '뎌의'→저의→그의.
9   봉행(奉行)하다 : 뜻을 받들어 행하다.
10   가톨릭교, 천주교. 성교(聖敎) : 성스러운 종교, 가톨릭교(『한불자전』).
11   교리를. 도리(道理) : 사람이 마땅히 행하여야 할 바른 길. 방도. 여기서는 교리(敎理)를 이른다.
12   권면(勸勉) : 알아듣도록 권하고 격려하여 힘쓰게 함.
13   그 종교가, 즉 천주교가.
14   괴악(怪惡)하다 : 말이나 행동이 이상야릇하고 흉악하다.
15   원문은 '안켓다ᄒ더니'. 현대어 표기와 문맥을 살려 '않겠다고 하더니'로 옮겼다.

빠져 사약을 먹고 죽을 지경에 이르렀다. 이웃 사람이 이를 보고 즉시 그 시아주버니에게 알려주어 급히 와 토하게 하여 다행히 살게 하였는데 후에 또 그런 일이 있을까 하여 친가로 돌려보내었다.

그 장부는 타당히[18] 예비하여 영세를 하였는데 성교법에[19] 그 조당을[20] 끊는 수 있으니[21] 그 처에게 편지하라고 누가 권하면, 안 될 말이라 거절하고, "내 아내가 나에게 잘못한 것이 없으며 이때까지 서로 화목하게[22] 살아왔는데 다만 성교[23] 때문에 마음이 좀 상할 뿐이요 섭섭할 뿐이니, 천주께 기구[24] 많이 하면 필경 마음이 돌니리라"[25] 하였다.

과연 그 교우가 날마다 기구하여[26] 서로 갈닌지[27] 이태 만에[28] 그 아내가 스스로 시집으로[29] 도로 왔다. 봄 전교[30] 때에 그 사람의 집이 공소[31] 집이 되어 모든 예절을 그 집에서 행하니, 그 부인은 양반의 딸이요 모양도 얌전하고 예모도 분명한데, 그 부인은 미사 드리는 것을 보고 유심히 살피고 대단히 이상히 여기는 모양이 이따금 보였다. 그러나 가장은 아내를 가르치려도 아니하고 그대로 버려두었더니 가을 공소[32] 때

---

16 자기 남편과. 장부(丈夫) : 남편.
17 마귀의 유혹에서. 유감(誘感) : 유혹, 옛 교우들이 쓰던 말로 3구(三仇) 즉 마귀, 세속, 육신에 의해 유혹받는 것을 의미한다(『가톨릭대사전』).
18 타당하게, 합당하게.
19 성교법(聖敎法) : 교회법.
20 조당(阻擋) : 방해, 지장, 장애 ☞ 미담 127.
21 여기서는 '조당에 걸릴 수 있으니'라는 의미로 썼다.
22 원문은 '화목ᄒ고'이나 어미를 '-게'로 고쳐 옮겼다.
23 ☞ 주 10.
24 기구(祈求) : 기도의 옛 용어.
25 돌아오리라. 돌니다 : 돌아오다(『한불자전』).
26 기도하여.
27 분리된 지. 갈니다 : 분리되다, 여러가지로 나뉘다(『한불자전』).
28 두 해만에. 원문은 '잇ᄒ만에'.
29 원문은 '에로'.
30 전교(傳敎) : 종교를 널리 전도함. 교리를 전함. 여기서 '봄 전교'는 '봄 판공', '봄 공소'를 이른다 ☞ 【더 알아보기】.
31 공소(公所) : 가톨릭에서 본당보다 작은 교회 단위. 본당 사목구에 속하여 있는, 신부가 상주하지 않는 예배소나 그 구역을 이른다.
32 가을 판공 ☞ 【더 알아보기】.

에 장부가[33] 그 형(회장)으로 더불어 영세할 신문교우의[34] 발기를[35] 쓰는데 그 부인이 나아와 남편에게 공순히 말하기를,

"여보시오. 나도 신부 오시면 영세 받기를 원합니다" 한다.

남편은 그 아내가 비웃는 줄을 알고 큰 소리로 꾸짖어 말하기를,

"자네 그것이 무슨 말인가? 아무것도 배우지 않고 영세를 하겠다고 한단 말인가?"

"그렇지 않습니다. 다 배웠습니다. 다만 성체문답[36] 몇 조목만 못 배웠습니다."

"아이참 어데서! 누구에게?"[37] "혼자올시다. 당신이 주일날마다 사랑에서 문답을 외우실 때 내가 문 밖에 가만히 가 몰래 앉아서 다 배웠습니다. 몇 조목을 가르쳐 주시면 좋겠습니다" 한다.

그 남편이 이 말을 듣고 기쁨을 마지아니하여 홍 마리아를 청하여 마저 가르쳐서 과연 매우 타당이[38] 예비하여 공소[39] 때에 기쁜 마음으로 노세를[40] 받았다.

만일 그 청년이 다른 청년들과 같이 문답을 도모지 외우지 아니하였으면 그 아내는 어떻게 되었을꼬. 아— 문답들을 잘 배우시오. 착실히 공부하시오. 그 청년을 본받아 아무쪼록 사랑하온 자녀나 부모를 가르치시오.

　문답공부의 효과에 대한 미담으로, 한국을 배경으로 한 수작(秀作)입니다. 영세를 받지 못한 구교 집안의 청년이 외교인과 결혼한 후 본가로 돌아와 영세를 받고 문답을 외웁니다. 문답이란 교리를 문답 형식으로 기술한 책입니다. 조당에 걸린다고 아내와 헤어지지도 않고, 또 종교를 강요하지도 않은 채 다만 문답을 외우던 남편의 모습이 인상적입니다. 아내는

33　남편이 ☞ 주16.

34　신문교우(新門敎友) : (가톨릭) 새로 입교한 사람을 이르는 말. 신문교, 신입 교우.

35　발기 : 사람이나 물건의 이름을 죽 적어 놓은 글.

36　성체와 관련된 교리. ☞ 미담 3.

37　문장부호 느낌표가 처음 나왔다. 느낌표를 원문 그대로 옮겼다.

38　타당하게. 원문은 '타당히'.

39　앞에서 언급한 '가을 공소' 때를 말한다. 가을 판공 때.

40　노세(老洗) : 늦은 영세, 나이 먹어 하는 영세. 원문은 '로세'.

남편의 모습에 감화되어 스스로 문답을 공부하고 늦은 나이에 영세를 받는다는 해피엔딩입니다.

이 미담에서는 남편과 아내의 대사가 아름답고 감동적입니다. 처를 내쫓으려는 주위 사람들에게 "내 아내가 나에게 잘못한 것이 없으며 이때까지 서로 화목하게 살아왔는데 다만 성교 때문에 마음이 좀 상할 뿐이요 섭섭할 뿐이니, 천주께 기구 많이 하면 필경 마음이 돌니리라"라고 말하며 기도하는 남편의 모습, 교리공부도 하지 않았는데 어찌 영세를 받냐는 남편에게 "혼자올시다. 당신이 주일날마다 사랑에서 문답을 외우실 때 내가 문밖에 가만히 가 몰래 앉아서 다 배웠습니다. 몇 조목을 가르쳐 주시면 좋겠습니다"라고 대답하는 아내의 모습은 사랑으로 신앙의 길을 가는 부부의 모습입니다. 이들의 대화야말로 문답을 공부한 이들다운 대화법입니다.

천주교 신자들은 성가정을 이루는 것을 소망합니다. 그러나 강요가 아니라 신자가 먼저 된 이가 신앙에 충실함으로써 다른 가족들에게 신앙의 길을 이끌어 줄 수 있어야 함을 이 미담은 강조합니다. 또한 이 작품의 부부가 보여준 사랑과 배려는 문답을 통해 배워야 할 신앙의 핵심 교리이기도 합니다. 하느님 사랑과 이웃 사랑의 길을 부부의 모습을 통해 아름답게 소개한 작품이 이 미담입니다.

더 알아보기

봄 공소, 가을 공소 [가] 봄 판공, 가을 판공. 신부가 봄(가을)에 공소를 방문하는 것을 말한다. 한국 교회에서는 관례상 본당 신부가 1년에 두 번 춘추(春秋)로 공소를 방문하여 판공성사를 집전했기 때문에, 신부가 봄에 공소 방문하는 것을 봄 판공, 가을에 공소 방문하는 것을 가을 판공이라 부른다. 신자들이 적어도 1년에 한 번은 고해 영성체를 해야 하는 신자들의 의무를 다할 수 있도록 신부가 1년에 한 번만 공소를 방문해도 되었으나 농사일 같은 것으로 신자들이 이 의무를 궐하는 것을 막기 위해 한국 교회에서는 일찍부터 1년에 두 번 판공을 실시하였다.

견실한 처녀

견실흔 쳐녀

　서양서는 결혼할 때에 법관 앞에서 혼약을 하는 법인데 그리스도 신자들은 성교회법에[1] 의지하여야 효험이 있다. 오스드리아오스트리아국 어떤 열심한 교우집 처녀 하나는 한 청년 교우와 약혼을 하였는데 어찌하였든 성교회법대로 결혼하기를 약속하였다. 드디어 혼인을 하게 되어 두 사람이 정역소에[2] 가서 법률상 형식을 행하고 나왔는데, 신랑은 신부에게 향하여 "너는 이미 나의 처가 되었으니 내 집으로 가자" 한다. 그러므로 신부는 놀라서 "그것은 불가하다. 혼배성사를 둘이 받은 후이라야 한다" 하였다. "그러나 그 예식은 그렇게 요긴치 아니한 것이 아닌가. 이미 공변되게[3] 부부가 되었으니 그만이다." "그러나 천주와 성교회 앞에서는 아직 아니하였으니 아니 된다. 만일 당신 생각이 그럴진대 나는 친가로[4] 가겠노라" 하고 친가로 가버렸다.

　그 남자는 그 처녀를 비상히 사랑하여 어떻게 하든지 결혼을 하여야 하겠음으로 싫지마는 그 본당 신부에게 가 청하였다. 신부는 그 말을 듣고 그에게 대답하기를 "그대는 혼배성사를[5] 거절하였으니 나는 법관 앞에서 한 혼약을 유효하다고 인정할 수 없다" 하였다. 그 남자가 "나는 혼약한 처녀를 참으로 사랑하는데 그에게 실례를 하였으니 매우 후회가 납니다. 만일 그와 부부가 될 수 있으면 교회예식을 행하겠나이다" 하

1　聖敎會法.

2　원문은 '뎡역소'. 법적으로 혼인식을 하는 정해진 장소를 지칭하는 듯하다.

3　공변되다 : '공변되다'의 옛말. 행동이나 일 처리가 사사롭거나 한쪽으로 치우치지 않고 공평하다. 올바르다, 공평하다, 공공의, 보편적인, 가톨릭의(『한불자전』). 천주교에서는 천주교를 '공변된 종교'라고 이른다.

4　친정으로.

5　혼배성사(婚配聖事) : 혼인성사의 예전 용어. 성사(聖事) ☞【더 알아보기】.

였다. 신부는 "하여튼 그의 말을 들어보겠노라. 그러나 아마 아니 들을 걸." 과연 그
처녀는 신부의 말을 듣고는 굳은 마음으로써 "한번 약속을 어긴 남자에게는 신용할
수 없습니다. 그는 교우 본분에 열심이 없으니 나는 그와[6] 안심하고 복된 혼인생활이
못 될 듯합니다" 하였다. 남자 편에서는 또 각종 수단으로 혼인하기를 노력하였으나
마침내 혼인은 되지 못하였다.

남자는 또 신부에게 가서 주선하여 주기를 간원하며 처녀에게서 무슨 조건이 있든
지 다 듣겠노라 하였다. 신부는 그 뜻을 처녀에게 전하였더니 그는 말하기를 "나와 약
혼한 사람이 그렇게 나를 사랑할 터이면 이제부터 여섯 주일 동안 신부께 가서 문답공
부를[7] 하여 달라 하십시오. 그렇게 하면 즐겨 허락하겠습니다" 하였다. 남자는 이 말
을 듣고 크게 성을 내어 "나를 어린 아이 모양으로 대접하는 것이니 나의 신분으로
그런 공부는 할 수 없다" 하였다. 신부는[8] 그렇지 아니함을 설명하고 "내게 와서 성교
도리를[9] 배우는 것이 부끄러울 것 없다"고 하였다. 그 남자는 조금 싫어하는 빛으로
도로 갔는데 수일 후에 신부 집에 와서 과연 도리공부를[10] 시작하였다.

그런데 연구함을 따라[11] 차차 재미가 있어서 열심으로 공부하게 되어 타당한 예비
로 회개하여 성체를 영하였다. 그러므로 혼배성사를 받게 되어 얼마 후에 두 사람은
혼배를 하여 행복스러운 부부가 되고 남편은 평생에 그 처의 견실한 요구에 감복하였
다 한다.

해설

오스트리아를 배경으로 혼인성사와 문답공부를 연관시킨 미담입니다. 미담 136과 같은 호
에 실린 작품인데, 주제는 비슷하지만 인물 설정이 앞의 미담과 반대입니다. 이 미담은 아내

6　원문은 '뎌와' → 저와 → 그와.
7　교리공부.
8　신부(神父), 신부님, 사제.
9　천주교 교리.
10　도리공부(道理工夫) : 교리공부.
11　공부함에 따라.

가 천주교 신자입니다. 법률상 혼인을 했기에 결혼을 한 것으로 여겼던 신랑은 그 아내가 될 처녀 때문에 결국 문답공부를 시작합니다. 영세를 받지 않으면 법률로 혼인을 맺은 것도 아무 소용이 없다고 여긴 처녀의 단호함 때문이었습니다. 결국 신랑은 문답공부를 마친 후 영세를 받고 성당에서 혼배성사를 하여 처녀와 한 가족을 이룹니다.

신앙 앞에서 단호한 처녀의 모습, 처녀에게 감복하여 결국 교리공부를 시작한 신랑의 모습이 인상적인 미담입니다. 부부가 될 신랑 신부와 본당 신부가 나누는 대화가 조목조목 실감 납니다. 6주간의 문답공부라는 표현을 통해 당시 오스트리아에서 예비신자들의 문답공부 기간을 알 수 있었던 점도 흥미롭습니다.

고해 비밀을 위하여 치명

거금[1] 100년 전에 성 가밀노^{가밀로}회 수사의 영광스러운 치명사적을[2] 대개[3] 말하고자 한다.

때는 강생 후 1925년 9월인데 그때는 남아메리가^{남아메리카}에 있는 서반아^{스페인} 영지에서 서반아국^{스페인}을 배척하는 시대이다.

베루국^{페루} 갈나오^{칼라오}라[4] 하는 항구를 적군이 에워싼 지가 이미 아홉 달이 되었는데, 그 요색에[5] 가친[6] 서반아^{스페인}군사의 대장은 태몽로질이요, 군사를 보호하는 신부는 청년 수사 베드로 마리누사이었다.

수사는 힘대로[7] 성사를 베풀고 용맹을 고취하나 날이 가고 달이 가, 매병도[8] 침입하고 기갈이[9] 자심하여,[10] 모두 자연 실망지경에 이르렀다.[11]

로질 대장은 9월 23일 저녁 아홉 시에 무슨 음모가 폭발될 줄을 알았다.

그 음모에 신용 있는 자들이 들었고 그의[12] 제일 신용하는 수하 장수 몽데로는 그

---

1   거금(距今) : 시간을 나타내는 말 앞에 쓰여 지금을 기준으로 지나간 어느 때까지 거슬러 올라가서.
2   치명사적(致命史蹟) : 치명과 관련된 역사적 기록. 치명(致命) : 순교.
3   대강.
4   칼라오(Callao) : 페루 최대의 항구.
5   요색(要塞) : 요새, 군사적으로 중요한 곳에 튼튼하게 만들어 놓은 방어 시설. 또는 그런 시설을 한 곳.
6   원래 가친(家親)이라는 말은 자신의 아버지를 뜻하지만, 여기서는 자기 나라의 군대를 지칭한다.
7   힘이 닿는 대로.
8   매병(呆病) : 정신병의 하나. 정신 상태가 온전하지 못하여 하루 종일 말을 하지 않고, 음식을 먹지 않으며, 갑자기 웃기도 하고 울기도 하며, 사물을 잘 구분하지 못한다.
9   배고픔과 목마름.
10   매우 심하여, 자심(滋甚)하다.
11   실망지경(失望之境) : 실망했다.
12   원문은 '뎌의' → 저의, 그의, 그가.

음모의 괴수였다.[13]

　로질이 이를 알고 몽데로를 즉시 잡아 들였으나, 그 음모에 대한 일을 한 마디도 토설치[14] 아니하니, 그날 저녁 즉 폭동이 일어날 시간에 포살하게[15] 하였는데, 신부는 몽데로와 다른 이에게 고해성사를 주기 위하여 세 시간을 허락하였다.

　저녁 아홉 시에 군사 13명이 사형을 받아 천주 대전에 이르렀으나, 그러나 로질은 아직도 안심치 못하고 스스로 헤아리기를 고명[16] 받은 신부가 필경 그 음모사정을 낱낱이[17] 알리라 하고 군졸 하나를 불렀다. "이애 네가 어서 바삐 가서 신부를 찾아 데리고 오너라" 하니 얼마 아니 되어 신부가 들어왔다. 로질은 문을 굳게[18] 닫고 신부더러, "신부, 아까 그 역적들이 고명 시에[19] 당신께 그들의 모든 비밀한 계교와 보아줄 사람의 성명까지 다 고하였을 터이니, 내게 일러 주시오. 내가 대왕의 존명을[20] 의지하여 명하노니, 무슨 사정이든지 성명이든지 하나도 빼지 말고 다 낱낱이 말씀하여야 하겠나이다."

　신부 대답이 "상관이[21] 내게 청하는 것을 못할 것이올시다. 대저[22] 내 신자의 비밀을 드러냄으로 구령대사를[23] 그르칠 수 없나이다. 대왕이 친히 분부하셔도 주의 도우심으로 순명 아니하겠나이다" 하였다.

　이 대답을 들은 로질은 대노하여[24] 얼굴이 불같이 되어서 수사신부에게 대들어 그 팔을 붙잡고 몹시 흔들며 크게 소리하여

　로질 : "이 수사야, 다 말하여라. 그렇지 아니하면 총으로 쏘겠다!"

---

13 괴수(魁首) : 못된 일을 하는 무리의 우두머리.

14 토설(吐說)하다 : 숨겼던 사실을 비로소 밝히어 말하다.

15 포살(砲殺; 捕殺)하다 : 총살하다, 잡아 죽이다.

16 고명(告明) : (가톨릭) 고백(告白)의 이전 용어. 고백성사.

17 하나하나 빠짐없이 모두. 원문은 'ᄂᆞᆺᄂᆞᆺ히'.

18 원문은 '굿히'.

19 고백성사 때에 ☞ 주 16.

20 존명(尊命) : 남의 명령을 높여 이르는 말, 여기서는 대왕의 명령을 지시한다.

21 상관(上官) : 직책상 자기보다 더 높은 자리에 있는 사람.

22 대저(大抵) : 대체로 보아서. 대컨. 비슷한 말은 무릇. 『한불자전』에서는 이 단어를 '약, 거의, 그처럼, 책에서 이 단어는, 문장 첫 머리에서 명백히라는 라틴어에 부합한다'로 풀이한다.

23 구령대사(救靈大事) : 영혼을 구하는 큰 일. 구령(救靈) : 가톨릭에서 구원(救援)의 이전 용어.

24 크게 화가 나서.

신부는 아주 태연한 태도로,

신부: "만일 천주께서 치명을 허락하시면 그 성의대로 할 뿐이오. 탁덕은[25] 뉘게든지 아무 비밀도 드러내지 못하노라."

로질: "수사야, 네가 말하지 아니하면 네 웃어른, 네 국기, 네 왕을 배척하는 것이다."

수사: "아니오, 일정코[26] 다른 이 만치[27] 대왕과 국기를 공경하지마는 누구든지 내 주 천주를 배척하라는 권을[28] 가진 이는 없노라. 장관에게 순명 못하겠노라."

로질이 즉시 문을 열고,

로질: "이애 둘비도야, 이리 오너라. 군사 네 명으로 하여금 총을 재여가지고[29] 오게 하여라."

이와 같이 명하니 즉시 군사 네 명이 들어온다.

그때에 이 비극을 이루는 방안에 길고 큰 궤가[30] 많이 있는데, 그중 한 개는 성 밑으로 내어다 놓았다. 로질은 사나운[31] 짐승 같은 소리로

로질: "이 수사야, 무릎을 꿇어라."

하고 명하며 수사는 그 궤를 보고 자기의 관이 될 줄을 알고 그 옆에 장궤하였다. 로질은 군사를 향하여

로질: "겨냥하여라!"

하고 희생이 될 신부를 향하여 엄한 어조로,

로질: "마지막으로 대왕의 존명을 의지하여 명하노니, 다 고하여라."

하고 명하나 신부는 태연한 빛으로

신부: "주의 성명을 의지하여 말하기 싫다."

---

25 신부(神父). 탁덕 : 신부의 이전 용어 ☞ 미담 5.

26 확실히. 원문은 '일뎡코', '일뎡(一定)하다'는 『한불자전』에 따르면 확실하다, 틀림없다는 뜻이다. 때문에 여기서는 '확실하게', '분명히'의 의미이다. 현대 한국어에서는 '일정(一定)하다'는 하나로 정하여져 있다, 한결같다, 규칙적이다는 뜻으로 쓰여 『한불자전』에서의 풀이와는 차이가 있다.

27 다른 이 만큼.

28 권(權)을 : 권한을.

29 재다 : 총, 포 따위에 화약이나 탄환을 넣어 끼우다. '총을 장전해 가지고'의 의미.

30 궤(櫃) : 물건을 넣도록 나무로 네모나게 만든 그릇.

31 원문은 '사오나운'.

하니, 로질의 호령 한 마디에 베드로 마리누사의 가슴은 탄환에 꿰뚫려[32] 하늘을 우러러 보면서 땅에 넘어졌다. 때는 강생 후 1825년 9월 23일이었다.

해설

　고해의 비밀을 지키기 위해서 죽음을 달게 받은 베드로 마리누사 신부를 주인공으로 한 미담입니다. 에스파냐 영지에서 에스파냐를 배척할 때 요새에 갇힌 에스파냐 대장이었던 태몽로질은 군사를 보호하던 청년 수사신부인 베드로 마리누사에게 군인들의 음모가 있을까 싶어 고해를 들은 내용을 이야기 하라고 강요합니다. 그러나 이를 따르지 않은 마리누사 신부는 결국 탄환에 맞아 쓰러져 죽게 됩니다.

　이야기의 전개를 미담의 전형적인 수사법인 대화법을 이용해 박진감 있게 표현한 점이 특징입니다. 특히 대화내용이 길어지면서 작품의 양이 늘어납니다. 총부리 앞에서도 "주의 성명을 의지하여 말하기 싫다" 하고 대답한 마리누사 신부의 응답. 그 응답은 고백성사의 비밀을 지켜야 하는 본분에 충실하고자 한 고백이자 목숨까지 앗아간 순교의 고백이 되었습니다.

32　원문은 '쇠쏠녀'.

평화와 행복의 요리

평화와 힝복의요리

대저[1] 지선은[2] 천주로조차 나고[3] 천주와 결합함이니 곧 천당이다. 세상만물의 진실한 값은 천당에 관계가 있다.

복음은 미한[4] 세복을[5] 평화로 여기지 아니하니 참으로 성탄의 평화! 그리스도가 세상에 가져오신 평화! 천주 아들의 평화는 이 세상의 복과는 판이한 것이다.

평화는 선한 영혼을 두루 에운[6] 은우요,[7] 영혼에 속한 것이요, 유형한 생활에 속한 것이 아니다.

세속이 행복이라 하는 것은 거짓 낙이요 오관이[8] 특별히 깨닫는 것이니, 어찌 생각하면, 울[9] 안에 있는 것이 아니요 울 밖에 있는 것이다.

평화의 깊은 샘은 바른 양심에 있고, 행복은 생활이 넉넉하여 의식에 걱정이 없고 땅의 재물을 평안히 가짐에 있다.

평화는 특별히 자기가 가진 덕에 있고 행복은 자기가 가진 재물에 있다.

세상에서는 재물이 있어 풍족히 생활을 하고 쾌락을 누리는 자를 복되다 하되, 복

---

1   대저(大抵) : 대체로 보아서. 대컨. 비슷한 말은 무릇. 『한불자전』에서는 이 단어를 '약, 거의, 그처럼, 책에서 이 단어는, 문장 첫 머리에서 명백히라는 라틴어에 부합한다'로 풀이한다.
2   지선(至善) : 지극히 착함, 지극히 선함.
3   천주에게서부터 나고, 천주로부터 생기고.
4   미(微)한 : 미미한, 보잘 것 없이 아주 작은.
5   세상의 복을.
6   둘러싼. 에우다 : 사방을 빙 둘러싸다, 다른 길로 돌리다.
7   은우(恩佑) : (가톨릭) 하느님의 도움.
8   다섯 가지 감각 기관. 눈, 코, 귀, 혀, 피부를 이른다.
9   울타리.

음은 마음이 조찰하고,[10] 울고, 가난하고, 군난맛[11] 나는 자를 진복자라[12] 한다.

세속에서 금전을 극중히[13] 여기는 것은 금전을 인하여[14] 행복을 이루는 연고이요, 금전을 가지면 각색사특한[15] 쾌락을 사는 연고이니,[16] 그런 고로 세속이 금전을 사랑하고 그것을[17] 위하며 그것의 종교가 되고 그것의 주가 되어 금전을 보면 학질 앓는 자와 같이 떨며 숨이 가쁘게 잡으려고 달음질을 한다. 땅보다 높은 천상을 우러러 보지도 못하고 천상 일을 도무지 생각치도 아니하는 이 세상에는 평화를 얻지 못하는 자가 두 가지로 돌아가니, 하나는 수전노와 같이 금전을 많이 가지고도 불쌍한 자를 생각하지 아니하고 오히려 부족이 여기며 가진 것을 잃을까 주야[18] 걱정하는 자요, 둘은 매사에 불행하여 금전을 얻지 못하고 매양 원한으로 세월을 보내며 기어이 금전을 얻으려고 죄악과 추루한[19] 일을 기탄없이 행하는 자이다.

복음은 매양 금전을 의심하니, 만일 금전이 첫째로 사람의 마음속에 앉으면 금전이 앙화를[20] 줌이다. 금전이 사람으로 하여금 악행을 하게 하고 이기심을 강하게 함으로써, 그 마음을 다르게 하며 사특한 쾌락으로써 연약케 하고 더럽게 하는 연고이니, 과연 천주와 금전을 함께[21] 사랑할 수가 없다.

복음이 금전으로 선을 행할 수가 있는 고로 금전을 애덕의 능으로[22] 여겨 금하지 아니하나, 분명히 선을 행한 후에만 강복하시니, 만일 부자가 제 재물을 지혜롭고 유

---

10 조찰(澡擦)하다 : (가톨릭) 죄를 씻고 닦다.

11 여기서 '군난맛'이란 비유적인 표현으로 '군난의 맛' 즉 박해의 맛, 박해의 표양을 표현한 것이다. 군난(窘難) : 박해.

12 진복자(眞福者) : 가톨릭에서 예수가 선언한 복된 사람. 여덟 가지의 참된 행복을 누리는 사람으로서 이들만이 하느님의 나라를 차지할 수 있다고 한다.

13 매우 중하게.

14 금전으로 인해서, 금전 때문에.

15 갖가지의 요사스럽고 간특한, 각색(各色) : 각가지의 빛깔. 사특(邪慝)하다 : 요사스럽고 간특하다.

16 까닭이니.

17 원문은 '그를'. 여기서는 '금전을' 지시하기 때문에 '그것을'로 옮겼다. 이 문장에 3번 나오는 '그'는 모두 '그것'으로 옮겼다. 그를 → 그것을, 그의 → 그것의, 그의 → 그것의.

18 주야(晝夜) : 밤낮으로.

19 추루(醜陋)하다 : 누추하다.

20 앙화(殃禍) : 재난, 재앙.

21 원문은 '아울나' → 아울러.

22 능(能) : 능력, 재능.

익하게 써서 선하게 쓰고 구원하는 데 쓰고 애덕과 보호함으로 천주 안배하시는 것을 보아주는 경우에는 천주께서 강복을 하신다.

세속과 복음은 서로 합할 때가 없고 서로 말이 달라 통사정을 못하니, 생활과 만물의 이치를 다르게 여긴다. 그러나 세속이 스스로 속는 것이, 오 세인이[23] 탐하는 복은 참복이 아니다.

유형한 금전으로는 참복된 자를[24] 이루지 못하고 오직 평화가 복된 자를 이룬다. 그러나 세속이 평화를 중히[25] 여기지 아니하고 취하지 아니함으로 평화를 얻지 못한다.

재물이 있어도 평화가 없으면 복된 자가 되지 못하되 평화만 있으면 재물이 없어도 복을 누릴 수가 있다. 세인의 헛된 행복은 거죽으로[26] 이루는 것이니, 자기를 수렴치 않고 육신만 생각하여 자기의 바른 정신과 양심을 잊어버리고야 얻는다. 그런고로 세속 사람들이 화려한 연회와[27] 안락 중에서 영신상[28] 일을 어떻게 할지 모르니 답답할 뿐이다.

평화는 사람의 마음속에 있는 것이요 바깥에 있는 것이 아니니 누가 능히 빼앗지 못한다.

벳드름베들레헴 구유에는 일점의 행복은 없고 오직 평화뿐이었다.

그 구유에는 세상 사람들이 매양[29] 사랑하고, 찾고, 청하고, 탐하고, 자랑하고, 내 소유라 하는 것이 하나도 없다. 애처롭다마는[30] 교우들의 행동이여, 그들은 외교인의 악한 풍속을 따라 쾌락만 취하여 마치 이 세상에 영원히 머물러 있을 것 같이 한다.

그러나 이 세상을 한 번 아니 떠나지 못할 것이요 떠날 때에는 주의 평화 속에서 죽어야 할 터이니 그렇게 하려면 주의 평화에서 살아야 한다.

자손들이 부고를[31] 쓸 때에 주의 품에 선종하였다 하는 종이쪽의[32] 말뿐이면 쓸데

---

23 세인(世人) : 세상사람. 앞의 '오'는 감탄사로 본다.
24 진정으로 복된 자를.
25 중(重)히 : 중요하게.
26 겉부분으로, 겉으로.
27 잔치, 파티.
28 영신과 관련된, 영혼의. 영신(靈神) : (가톨릭) 영혼.
29 번번이, 항상.
30 원문은 '아쳐롭다만혼'. 아쳐롭다 : 유감스럽다, 가엾다, 애석하다, 매우 딱하다(『한불자전』).

있을까.

사람이 성탄 때에 천신들이[33] 찬양하던 노래의 평화를 얻으려면 좋은 뜻을 가져야
하니, 이번 돌아오는 성탄 때에 구유 앞에 가서 평화를 구하라.

이 미담은 발표 지면이 12월호인 점을 고려하여 성탄과 관련해서 그리스도가 세상에 주는
평화에 대해 기술한 미담입니다. 이야기의 서사성보다 강론 성격이 강한 미담이지만 그리스
도 신앙의 관점에서 평화를 기술한 내용이 감동을 줍니다.

종교를 찾는 많은 이들에게 입교 동기를 물으면 그 첫 번째가 '평화', 혹은 '마음의 평화'라
고 답합니다. '평화'의 사전적 의미는 전쟁이나 갈등이 없는 평온함, 평온하고 화목한 상태
를 이릅니다. 세상의 평화뿐 아니라 한 인간에게도 평화는 갈등이나 걱정이 없는 편안한 상
태, 행복한 상태라 할 수 있습니다.

그에 반해 이 작품에서는 천주교인들에게 '평화'는 어떤 것인가를 제시합니다. 복음에서의
평화가 세상의 복락을 의미하지 않음을 분명하게 밝힙니다. 유형한 생활에서 오는 것도 아
니고, 감각 기관을 통해 느끼는 것도 아닙니다. 재물로부터 오는 것도 아니요, 쾌락의 기쁨도
아닙니다. 무엇보다 금전, 즉 돈이 가져다 줄 수 있는 평화가 아님을 강조합니다. 평화를 금
전과의 연관성 속에서 기술한 점이 특히 인상적입니다.

'세속이 금전을 사랑하고 거짓을 위하여 그것의 종교가 되고 그것의 주가 되어 금전을 보
면 학질 앓는 자와 같이 떨며 숨이 가쁘게 잡으려고 달음질을 한다'라는 구절은 현대인들을
묘사한 부분이라 해도 틀리지 않을 듯합니다. 금전을 많이 가진 자는 그것을 잃을까 걱정하
며 수전노와 같이 살고 금전이 없는 자는 금전을 얻지 못해 항상 원한으로 세상을 살며 금전
을 얻으려고 죄악과 누추한 짓을 기탄없이 행한다는 분석도 우리에게 주는 울림이 큽니다.
돈만 있으면 안락하고 평화가 오리라 기대하지만 돈을 추구하는 것과 평화를 추구하는 것은
다릅니다.

복음은 항상 금전을 의심하라고 합니다. 베들레헴 구유에서 비롯된 평화는 '일점의 행복도

---

31 부고(訃告) : 사람의 죽음을 알림. 또는 그런 글.
32 종이 쪽지의.
33 천사들의.

없고 오직 평화뿐이었다' '그 구유에는 세상 사람들이 매양 사랑하고 찾고 청하고 탐하고 자랑하고 내 소유라 하는 것은 하나도 없다'는 단호한 가르침. 이것이 성탄이 알려준 그리스도의 평화이자 복음입니다. "복음은 마음이 조찰하고, 울고, 가난하고, 군난맛 나는 자를 진복자라 합니다." 그리스도의 평화는 그 가운데 있습니다.

착한 소학생

착혼쇼학싱

경성 종현 천주교 대성당[1] 내에 계성보통학교가[2] 있다. 그러한데 한 20여 일 전에 마침[3] 비가 많이 오는데, 그 학교 설립자 박 신부[4] 상사가[5] 나서 사람이 많이 출입하며 연도하려[6] 방안에 들어갈 때에, 자연 객들이 우산을 밖곁[7] 객실에 걸어둔다. 때에 한 작은[8] 학생이 볼일을 다 보고 맨 나중에 나와 본즉 다 해진[9] 제 우산 걸었던 자리에 제 우산은 없고 아주 좋은 새 우산이요 훌륭한 우산이 있다. 소학생은 이를 보고 기가 막혀, "아이고 이것 내 해[10] 아니야! 누가 내 해를[11] 가져갔구먼!" 자꾸 걱정을 하고 울거늘, 뉘가 이 모양을 보고, "그러면 너 그리 걱정할 것 있나? 네 우산을 누가 먼저 집어갔으니 너는 이 우산을 가져가도 무방하다"고 위로하나 학생의 말이 "아니요, 내 해는 아주 헌 것인데, 이 새것을 가져갈 수가 있나요? 이것 어떻게 하노!" 걱정하기를 마지아니하다가 마침내 그 새 우산 임자가 나섰더라.

---

1   종현 천주교 대성당☞【더 알아보기】.
2   계성보통학교☞【더 알아보기】.
3   원문은 '마참'.
4   당시의 교장은 1924년 4월에 취임한 제1대 교장 박준호(朴準鎬)이다. 이 글에서 박 신부가 실제 인물인지, 그렇다면 누구인지는 확실하지 않다. 계성학교 설립자는 백(블랑, Blanc) 신부이며, 오래전에 선종하였다. 교장인 박준호는 사제가 아니다. 당시 종현 성당(명동 성당)의 주임 신부는 포와넬 신부였다.
5   상사(喪事) : 사람이 죽은 사고.
6   연도(煉禱) : (가톨릭) 위령 기도. 연옥(煉獄)에 있는 이를 위하여 하는 기도.
7   원문은 '밧곁'. '밖과 가까운'이라는 의미.
8   원문은 '적은'.
9   원문은 '히여진'.
10 내 것. 원문은 '히'. 의존명사. 주로 사람을 나타내는 대명사 뒤에 쓰여, 그 사람의 소유물을 나타내는 말.
11 내 것을.

아아 착하다 이 소년이여! 어떤 사람은 이런 일을 다행으로 알기 쉬운데 이 소년은 그렇지 아니하여 욕심을 내지 아니하였으니 필경은 성품이 착한 아이려니와[12] 그 학교에서 교육을 잘 받은 효험일 줄 여기노라.

시공간적 배경이 1926년 당대 경성입니다. 미담 중에서 이 미담만이 유일하게 당대 조선을 배경으로 한 작품입니다. 실제 있었던 사건인지 아닌지는 확인할 수 없지만 시공간적 배경이 당대 경성이었으며 등장인물도 조선인이라는 점에서 중요한 작품입니다. 그런데 이 미담은 매해 12월 연말에 수록되어 있던 목록에서는 누락되었습니다. 고의적인 누락인지 실수인지는 알 수 없으나 당대 조선의 현실을 배경으로 조선인이 등장하는 유일한 작품으로 실재합니다.

서두에서는 배경 제시 및 묘사입니다. 비가 오는 날 장례 때문에 많은 손님들 사이에서 자기 우산을 잃어버렸지만 좋은 우산을 탐하지 않은 정직한 학생이 주인공입니다. 특별히 신앙적인 이야기는 부각시키지 않았지만 천주교에서 운영한 계성학교를 배경으로 천주교 학교 학생의 선행을 전한 작품입니다.

서술 방식이나 사건의 전개가 현재의 미담이라고 해도 손색이 없습니다. 당시 조선 천주교인의 일상을 만날 수 있다는 점에서도 의의가 있습니다. 자기 것을 잃었다 해서 남의 것을 함부로 취하지 않는 정직한 학생과 그를 통해 계성학교 및 천주교를 칭송한 작품입니다. 작품이 이어진다면 우산을 잃어버린 주인공은 이후 어떻게 되었을지 궁금합니다. 아마도 또 다른 미담이 이어지지 않았을까요?

종현 주교 대성당 ☞ 종현 성당(鐘峴聖堂) 용어 종현은 원래 명동 성당이 세워진 장소를 말한다. 정유재란 때 명나라 장군 양호가 이곳(당시 북달재, 북고개)에 진을 치고 남대문에 있는 종을 가져다 달았다고 해서 붙여진 이름이다. 그런데 이곳은 조선 천주교 창립에 공헌을 한 김범우의 집과 가까운 곳이었으며, 1880년 블랑 주교가 전교 회장 김 가밀로의 명의로

---

12 원문은 '아히려니와'.

이곳을 매입하였다.

이는 1887년 코스트 신부가 설계한 후, 6년 만인 1893년 5월 29일에 뮈텔 주교에 의해 봉헌되었다. 이 성당은 오늘날 명동 성당으로 바뀌어 서울 대교구 주교좌 성당이 되었다. 이는 1882년 설립된 한국 최초의 본당이다. 이곳의 신앙 공동체는 1784년 이벽의 집에서 세례식이 있은 다음해, 김범우의 집에서 이승훈 정약전과 함께 종교 집회를 가짐으로써 시작되었다☞ 명동 성당.

명동 성당 ㉮ 서울 대교구 주교좌 성당. 우리나라 최초의 본당이자 한국 천주교의 상징이며 심장인 본당이다. 본당이 설정된 것은 1882년경으로 알려지고 있지만 이곳에 신앙공동체가 형성된 것은 그보다 104년 전인 1784년의 일이다. 그해 가을부터 수표교(手標橋)의 이벽(李檗)의 집에서 영세식이 있었고, 다음 해에는 명례방(明禮坊; 현 명동 부근) 소재 중국어 역관(譯官) 김범우(金範禹, 토마스)의 집 대청마루에 모인 이승훈(李承薰, 베드로), 정약전(丁若銓)의 3형제, 권일신(權日身) 형제 등이 이벽을 지도자로 삼아 종교집회를 가짐으로써 조선에 교회를 창설하였던 것이다. 그러나 이 신앙공동체는 그 이듬해 형조금리(刑曹禁吏)에게 발간되어 김범우가 충청도로 유배되면서 해체되었고, 명동은 1882년에야 다시 교회와 인연을 맺게 된다. 한미수호조약이 체결(1882년)됨에 따라 종교의 자유를 얻게 될 것을 예견한 제7대 교구장 블랑(Blanc, 白圭三) 주교는 회장 김 가밀로에게 성당부지를 물색, 매입하게 하였다. 블랑 주교는 이곳에다 우선 종현서당을 설립, 운영하면서 예비신학생을 양성하는 한편 성당 건립을 추진하였다. 그러던 중 기지분쟁이 일어나 성당건립은 지연되었지만 신자 수는 계속 증가하여 1892년에는 남대문 밖에다 약현본당(현 중림동 본당)을 분리시켰다. 이후 한때 종현 성당은 문안 성당, 약현 성당은 문밖 성당이라고 불리기도 하였다. 약현본당의 분리와 함께 기지분쟁을 매듭지으면서 종현본당은 성당의 공사에 착수하였다. 코스트(Eugene Coste, 高宣善) 신부가 성당의 설계를 맡았고, 공사감독도 순수 지휘하였다. 그러던 중 1896년 코스트 신부가 선종하면서 프와넬(Poisnel, 朴道行) 신부가 본당을 맡아보면서 성당건축을 마무리지었다. 1898년 5월 29일 성당을 축성식과 함께 '원죄 없으신 잉태 마리아'께 봉헌하였다. 1900년 9월 10일 병인박해 때 순교한 순교자들의 유해를 용산신학교에서 옮겨와 지하묘지에 안장하였고, 1925년 3월 3대 주임으로 비에모(Villemot, 禹一謨) 신부가 부임하였고, 이듬해 10월 17일 백동본당(栢洞本堂, 현 혜화동 본당)을 분리시켰고, 1939년 2월 11일에는 문화관을 준공하였다. 1942년 한국인으로서는 처음으로 이기준(李起俊, 도마) 신부가 종현본당 주임신부로 부임하였고, 1944년에는 샤르트르 성 바오로 수녀회에서 파견한 전교수녀

2명을 맞아들여 사목에 박차를 가하였다. 1945년 광복과 더불어 종현본당은 성당명을 종현 성당에서 명동 대성당으로 바꾸고, 12월 8일 상해 임시정부 요인 귀국환영 미사를 봉헌하였다. (…중략…) 서울시 중구 명동 2가 1번지에 소재하고 있다.

계성학교(啓星學校) 가 한국 최초의 근대적인 초등 교육기관. 1836년부터 입국하여 선교 활동을 하던 프랑스 선교사들은 교회에 대한 박해 때문에 활발한 교육 사업을 벌이지 못하고 있다가 1822년 한미수호조약(韓美修好條約)이 체결됨에 따라 조만간 종교의 자유가 보장될 것을 예견한 블랑(Blanc, 白圭三) 주교가 종현 언덕을 사들이고 이곳에다 학교를 세웠는데 이것이 계성의 전신이다. 즉 부지를 마련한 블랑 주교는 학교를 세우게 하고 한문, 국어, 교리 등의 초등교육과 신학교에 들어갈 사람들을 위한 예비 교육을 실시케 하였다. 이 학교의 학생 중 최초의 신부는 김성학(金聖學) 신부였다. 그는 1883년 페낭신학교로 유학하여 1897년 서품되었다. 그 뒤를 이어 1884년에는 정규하(鄭圭夏), 한기근(韓基根), 최 바오로, 문 바오로 등 4명이 페낭으로 유학했다는 기록이 나온다. 또 1886년의 뮈텔문서는 당시 이 학교의 학생 수가 40여 명이었음을 알려 준다. 1895년 약현학교가 개설되기 전까지 이 학교는 '종현서당', '한문학원', '종현학원' 등으로 불렀다고 전해지고 있으나 종현학원이라는 명칭이 가장 적절한 것이다. 그 후 약현학교의 개설과 함께 약현학교를 문밖학교, 종현학교를 문안학교라 부르기도 하였다.

1906년부터는 성 바오로수녀회를 초청하여 교육에 박차를 가하였고, 1909년에는 정식으로 학교 설립 인가를 받아 수업연한 4년의 '계성학교'라는 이름을 정식으로 사용하였다. 이때 남녀학생을 구별하여 남학교를 '계성', 여학교를 '계명'이라 부르기도 하였다. 1924년에는 수업연한 6년의 계성보통학교로 교제와 명칭을 변경하였고, 1926년 늘어나는 학생으로 인하여 학교를 증축하였다. 1931년에는 계성심상소학교로, 1938년에는 계성국민학교로 교명이 각각 변경되었다. 1944년 현재의 계성여자중고등학교의 전신인 계성여자상업전수학교를 병설하였다. 발전을 거듭해오던 계성국민학교는 6·25동란 중인 1951년 25회 졸업생을 배출시킨 후 한때 폐교되었다가 1964년 다시 개교하였다.

꾸며낸 미담
성 요셉의 최후 수단으로 천당에 들어간 가련이
숨여낸미담[1]

성요셉의최후슈단으로텬당에드러간가련이

전에 한 사람이 있으니 이름은 가련이다. 불행히 냉담하여 선공과[2] 덕행은 하나도 닦지 않고 다만 사욕편정을[3] 방종하게[4] 하여, 마구[5] 팔방으로 살다가 죽을 기한이 임박하니, 그 영혼의 영원대사가 위급하게 되였더라. 가련이가 평생에 수계는[6] 아니하였으나 가끔 성 요셉을 공경한 일이 있는 고로 성 요셉의 은혜를 입어 임종 시에[7] 통회개과하며[8] 신부를 청하여 최후 성사를 받고 운명하여 영앙에 하침[9]을 면하였더라.

가련이가 이에 천당문에 들어가려 하니 천당 문지기 성 베드루[베드로]가 들어오지 못하게 혼금하며[10] 이르되, "네가 평생에 공로는 하나도 세운 것 없이 무슨 염치로 여기 들어오려 하느냐? 즉시 물러가라"고 호령을 추상같이[11] 하는지라.

가련이 할 말 없고 또한 하릴없이[12] 쫓겨났으나 그러나 사후에 가는 곳은 두 군데밖

---

1 실화가 아니라 지어냈다는 것.
2 선공(善功) : 좋은 결과를 낳는 공덕.
3 사욕편정(邪慾偏情) : (가톨릭) 바른 도리에 어긋나는 온갖 정욕. 음욕, 방종 따위를 이른다.
4 원문은 '방종히'.
5 원문은 '마고'. 마고 : '마구'의 옛말.
6 수계(守誡) : 계명을 지킴. 『한불자전』에 의하면, 수계는 ① 종교를 믿고 행하다. ② 계명을 지키다. ③ 교우로서의 본분을 다하다 등의 뜻이다.
7 임종 때에.
8 통회개과(痛悔改過) : 통회하고 잘못이나 허물을 뉘우쳐 고침.
9 지옥에 떨어짐. 하침(下沈) : 밑으로 가라앉음. 영앙(永殃) : 영원한 재앙(『한불자전』).
10 혼금(閽禁)하다 : 출입을 금지하다. 원뜻은 관아에서 잡인의 출입을 금지하다. 여기서는 천당의 출입을 금지하다로 쓰였다.
11 추상(秋霜)같이 : 호령 따위가 위엄이 있고 두려울 정도로 서슬이 푸르게.
12 할 수 없이. 원문은 '홀일업시'.

에 없으니 지옥에나 가보리라 하고 지옥을 찾아가서 들어가려 하니, 지옥 문지기가 들어가기를 금하며 이르되, "여보 당신이 이 길을 잘못 들었소. 여기는 당신이 들어올 곳이 아니니 물러가시오" 하더라.

가련이가 이에 갈 곳을 얻지 못하여 우민답답하다가[13] 홀연 생각하기를, '내가 세상에 살 때에 성 요셉을 힘대로 공경하였으니 성 요셉을 찾아가서 나의 사정을 품달하리라'[14] 하고 성 요셉께 가서 전후 사정을 낱낱이 아뢰며 애걸하니,

성 요셉이 측은히 여겨 도와주시기를 허락하시더라.

성 요셉이 이에 가련이를 데리고 천당 문간에 가서 수문장 성 베드로를 보고 아래와[15] 같이 간청하셨더라.

성 요셉 : 여보 성 베드로, 이 가련이를 천당에 들여보내 주시오.

성 베드로 : 못합니다. 세상에서 아무 공로도 세우지 않고 죄만 지은 자를 천당에 들여보낼 수 있습니까? 못합니다.

성 요셉 : 그러나 나의 낯을 보아 용서하여 주시오. 가련이 사정이 매우 측은하지 않습니까?

셍 베드로 : 못합니다. 그런 자를 천당에 들여보내면 천당의 가치가 없어지고 천당이 더러워집니다. 여보 성 요셉, 당신도 소연히[16] 다 아시면서[17] 그리하십니까? 글쎄 생각하여보시오. 세상에서 5, 60년 혹은 7, 80년 동안 산중에서 은수고수한[18] 이와 수도원에서 일평생을 거룩히 산 수도자들과 혹 세속에서 살지라도 모든 곤란을 감수하고 가난, 능욕, 천대, 외교인의 무수한 조당을[19] 받으면서, 죄를 피하고 공로를 세워서 이와 같이 천

---

13 우민하고 답답하다가. 우민(憂悶) : 근심하고 번민함.
14 품달하다 : 웃어른이나 상사에게 여쭈다. 원문은 '픔달하다'.
15 원문은 '자와'이나 여기서는 가로쓰기를 고려하여 '아래와 같이'로 옮겨 적었다. 자→좌(左).
16 소연(昭然)히 : 일이나 이치 따위가 밝고 선명하게.
17 원문은 '알으시면서'.
18 은수(隱修) : 숨어서 도를 닦음. 고수(苦修) : 고통을 참고 수행함.
19 조당(阻擋) : 방해, 지장, 장애.

당에 들어옴은 천만 의당한[20] 일이지오만은, 저 가련이는 평생에 죄만
짓고 마구 방탕히 살다가 죽을 때에 이름에[21] 세속과 육신도 섬기지 못
하게 되고 돌아다니며 죄도 짓지 못하게 되니까 천주를 다시 섬긴다 하
면서, 몇 번 한숨과 몇 방울 눈물을 흘리고서 이것을 빙자하여 천당에
들어오려 하니, 그런 염치가 어디 또 있겠습니까? 도무지 못 들여보내
겠습니다. 다른 이가 수문장이 된 후는 모르거니와 나는 허락하지[22] 못
하겠습니다.[23]

성 요셉은 그럴지라도 가련이를 불쌍히 여겨 성 베드로에게 수삼차 간청하시니, 성
베드로는 또한 굳세게 거절하다가 성 요셉의 소청도 거절하기가 난감한지라. 이에 천
당 문지기 소임을 사직코자 하여, 열쇠를 들고 천주 성부께 가서 사직청원을 넣었으나
성부가 허락하지 아니하심으로, 천당 문지기 소임을 면치 못하고 문간으로[24] 다시 나
오니, 성 요셉은 가시지 아니하고 기다리고 섰더라.

성 요셉 : 여보 성 베드로. 이 가련이를 천당에 들여 주지 아니하면 내가 최후 수단
　　　　이라도 써서 천당에 들어가게 하겠으니 깊이 생각하시오.
셍베드로 : 막무가내하을시다.[25] 당신이 최후 수단을 부려도 천당에 들여 줄 수 없
　　　　습니다.

성 요셉이 이에 아무 말도 아니하시고 천당에 들어가서 오 주 예수를 업고 성모 마
리아를 모시고 천당 문간에 나와 성 베드로를 보시고 이르시되
"여보, 성 베드로. 당신이 나의 소청을 도무지 듣지 아니하는 고로 나는 나의 아들과

20　의당(宜當)한 : 당연한.
21　죽을 때에 이르러, 죽을 때가 되어서.
22　원문은 '허락치' → 허락하지. 이후에도 이렇게 옮겼다.
23　참 리얼한 표현이다. 천당에 들어가기 위한 조건을 구체적이고 솔직하게 잘 표현하고 있다.
24　원문은 '문ㅅ간에로'→ 문간(門間)으로.
25　막무가내(莫無可奈) : 달리 어찌할 수 없음. 막가내하, 무가내, 무가내하.

나의 아내를 데리고 천당에서 나가겠소. 우리 세 식구가 천당에서 나가는 경우에도 당신네 천당이 남아 있나 좀 봅시다."

성 베드로는 다년 문지기로서 천당 사정을 투철히 아는 고로 성 요셉의 최후 수단을 보고 깜짝 놀라 생각함에, 성 요셉의 세 식구가 천당에서 나가시는 경우에는 천당이 남아 있지 못하겠는지라. '아이고, 이것 아니 되었다!' 하고 즉시 성 요셉의 세 식구 나가는 것을 밀막으며[26] 이르되,

"성 요셉 잠깐 참으시오. 당신 소청대로 가련이를 천당에 들여 줄 터이니, 어떻든지 천당에서 나가시지 마십시오" 하였더라.

이는 꾸며낸 우스운 담화이로되, 냉담자[27]에게 경계가[28] 될 만하고 또는 성 요셉을 힘대로[29] 공경하는 이는 그 보호하심을 입어 구령하기[30] 쉬울 줄을 가히 보리로다. 그런고로 아무 때라도 성 요셉을 정성으로 공경하고 특별히 성월과[31] 성 요셉 첨례날에는[32] 더욱 열심으로 공경할지로다.

해설

미담 초기부터 대부분의 미담들은 '사실성'을 강조했습니다. 이러한 사실성은 미담이 전하고자 한 내용의 진실성을 확보하기 위한 미담 저자의 전략이기도 했습니다. 그런데 이 미담은 제목에서부터 '꾸며낸 미담'이라고 밝힘으로써 미담의 허구성을 드러냅니다. 이 역시 독자의 신뢰를 얻기 위한 미담 저자의 전략입니다. 작품 내용이 천당을 배경으로 하였기에 '꾸며냄'이 전제되지 않는다면 그 진실 여부가 의심될 수 있기 때문입니다. 그렇다 하더라도 본격적으로 작품의 '허구성'을 드러내었다는 점에서 이 작품은 미담의 변화 과정을 보여주는 작품이기도 합니다. 실재 있었던 사건의 사실성 여부가 아니라 진실성을 위해 기꺼이 허

---

26 밀어서 막으며. 밀막다 : 밀어서 막다, 못 하게 하거나 말리다.
27 원문은 '링담자'.
28 경계(警戒) : 옳지 않은 일이나 잘못된 일들을 하지 않도록 타일러서 주의하게 함.
29 힘이 닿는 대로, 힘껏.
30 구령(救靈) : 구원(救援).
31 성월(聖月) : 천주나 성인을 특별히 공경하는 달. 성 요셉성월은 3월이다.
32 성 요셉 축일에는. 첨례날 : 축일의 옛 용어. 성 요셉 축일은 3월 19일이다.

구라는 서사문학의 성격을 속성을 표명하는 작품이기 때문입니다.

주요 인물은 베드로와 요셉, 마리아, 예수 그리고 '가련이'입니다. 가련이라는 이름이 한국 이름이라서 한국인을 주요 인물로 등장시켰다는 점도 중요합니다. 게다가 주인공의 이름인 '가련이'는 작품에 등장하는 가련이의 성격을 대표하는 명명입니다. 예수, 마리아, 요셉의 성 가정을 '요셉의 세 식구'라고 표현한 점도 재미있습니다. 작품의 주제는 요셉 성인 공경입니다.

냉담했던 가련이가 임종 때 성 요셉의 도움으로 지옥을 피할 수 있었던 점뿐 아니라 천당까지 들어갈 수 있게 되는 과정을 수문장 베드로와 요셉 성인의 대화를 통해 흥미진진하게 보여줍니다. 베드로 성인이 자신의 직분에 충실하면서 가련이를 천당에 들어오지 못하는 이유를 설명하는 장면, 요셉 성인이 가련이를 위해서 베드로 성인한테 협박을 하는 장면은 이 작품의 백미입니다. 예수를 업고 성모님을 모시고 베드로 앞에 나타난 요셉 성인, 그리고 베드로에게 자신의 청을 들어주지 않으면 차라리 '나의 아들과 나의 아내를 데리고 천당에서 나가겠소'라고 엄포를 놓는 요셉 성인의 모습은 성서에서는 만날 수 없었던 모습입니다.

이 미담은 무척 당당하고 굳센 요셉 성인, 바라는 이의 청을 끝까지 이루어주기 위해 애쓰는 요셉 성인을 전합니다. 그리고 그를 공경함으로써 얻을 수 있는 영혼의 이득을 강조합니다. 무엇보다 잊지 않아야 할 점은 요셉 성인이 '가련이'라는 한 영혼의 구원을 위해 최선을 다한 모습입니다. 살아서는 마리아와 예수에게 그러하였듯이 이 미담에 요셉 성인은 길 잃은 죽은 영혼을 위해서도 최선을 다합니다. 우리도 요셉 성인의 이 같은 모습을 닮을 수 있기를 기도합니다.

예수성심이 베푸신 영적

예수성심이베프신령적

　마실니아^{마르세유} 항구는 법국^{프랑스}에 둘째가는 큰 도시라. 1720년에 전염병이 창궐하여[1] 매일 죽는 자가 수백 명이라. 이 읍내 주교가 모든 신품과 교우들로 더불어 송경하며[2] 거리로 행렬하여 이 읍내를 예수성심께 바치며 불쌍히 여김을 간구함에 전염병이 즉시 그쳤고

　또 2년 후에 전염병이 다시 치성하거늘[3] 주교가 이 읍내 관원과 신사들로 더불어[4] 이 읍내를 예수성심께 봉헌하고 모든 이 한가지로[5] 거리에 행렬하며 예수성심도문을[6] 창하며[7] 예수성심께 의노[8] 그치시기를 애걸함에 혹독한 전염병이 즉각에[9] 그쳤더라.

　그 후부터 법국^{프랑스} 각 지방에서 예수성심을 더욱 특별히 공경하고 온 나라를 예수성심께 봉헌하고 바리^{파리}경[10] 치명산에는[11] 예수성심 성전을 화려굉장하게[12] 건축하였도다. 예수성심이 법국^{프랑스} 지방과 법국^{프랑스} 성녀에게 발현하시고 갖가지 특은을[13] 베푸심은 그 나라 사람들이 예수성심을 저렇듯 열성으로 공경함이니,[14] 우리

1　창궐(猖獗)하다 : 못된 세력이나 전염병 따위가 세차게 일어나 걷잡을 수 없이 퍼지다.
2　송경(誦經)하다 : 경문을 외다. 기도문을 외다.
3　치성(熾盛)하다 : 불길처럼 성하게 일어나다.
4　신사들과 함께.
5　같이, 함께.
6　예수성심 호칭기도. 도문(禱文) : 호칭기도의 옛말(『가톨릭대사전』).
7　창(唱)하다 : 높은 소리로 부르다. 소리 높여 읽다.
8　의노(義怒) : 의로운 분노.
9　당장에 곧. 원문은 '즉긱에'.
10　근처. 경(境) : 일정한 테두리 안의 땅.
11　치명산(致命山), 순교한 산.
12　화려하고 굉장하게.

도 예수성심을 저렇듯 열성으로 공경하면 같은 은혜를 어찌 받지 못하리오.

　예수성심을 공경하자는 미담입니다. 6월은 교회가 정한 예수성심성월입니다. 이 미담은 예수성심성월인 6월을 맞아 예수성심 공경을 주제로 소개된 작품입니다. 프랑스를 배경으로 예수성심을 공경함으로써 전염병에서 벗어날 수 있었다는 내용입니다. 전염병은 고통을 많은 이들에게 확산시키는 질병입니다. 그런 고통의 확산이 예수성심을 통해 치유되었다고 이 미담은 전합니다. 이는 예수님의 마음, 예수님의 존재야말로 고통을 치유하고 종식시킬 수 있는 분이라 믿고 따랐던 교회 공동체의 신앙을 반영합니다.

　마지막 단락에서는 프랑스 천주교회의 사례를 모범으로 삼아 조선 천주교회도 예수성심을 열성적으로 공경할 것을 당부합니다. 조선 천주교회는 프랑스의 영향을 크게 받습니다. 프랑스 선교사들의 영향이었습니다. 물론 프랑스의 예수성심과 한국의 예수성심이 다르지 않겠지만 말입니다. 예수님의 마음이야말로 고난 받는 이들의 위로처이자 의지처입니다. "우리도 예수성심을 저렇듯 열성으로 공경하면 같은 은혜를 어찌 받지 못하리오." 이 작품의 마지막 구절입니다. 우리 역시 예수성심의 은혜를 구하고 싶은 전염병이 있었던 것일까요? 1920년대 조선의 모습을 떠올려봅니다. 식민화와 가난, 병고 등 우리에게도 간절하게 예수성심께 의지하고 싶었던 수많은 병고와 고통이 있었습니다. 거기에서 벗어나고 싶었던 염원이 있었습니다.

예수성심(聖心) 가 초기 시대부터 예수성심에 관해 언급되었는데, 이는 신인(神人) 예수 그리스도의 인성(人性)을 이루는 한 구성요소로서였다. 오늘날의 의미에 있어 예수성심은 예수의 심장만을 분리해서 말하는 것이 아니라 강생(降生)의 신비와 수난과 죽음, 성체성사 설정 등을 통하여 보여 준 예수의 사랑의 마음을 일컫는다(마태 11 : 29 참조). 특히

---

13 특은(特恩) : 특별한 은혜. 가톨릭에서 성령이 특별히 내려 주는 은혜. 예언, 영의 식별, 기적 따위를 베푸는 능력을 이른다.

14 공경하기 때문이니.

교부들은 예수의 성심을 사랑과 은총의 샘으로 생각하여 십자가상에서 군사의 창에 찔리어 예수의 늑방에서 물과 피가 나온 것을(요한 19 : 34) 천상 보화의 창고에서 무수한 은혜가 쏟아져 나온 것에 비유하였다. 즉 심장에서 흘러내린 물은 영혼을 깨끗이 씻고 초자연적 생명을 부여하는 성세성사를 상징하며, 피는 그리스도와 일치를 이루게 하는 영혼의 양식인 성체성사를 상징한다는 것이다. 마치 에와가 아담의 늑방에서 나온 것처럼 교회는 그리스도의 신부로 예수의 늑방에서 나왔다는 것이다. 13세기 이래 독일의 신비주의에 영향을 받아 성심공경이 성하였다. 교황 비오 12세(재위 : 1939~1958)의 회칙에선 "구세주의 상한 성심에서 구원의 성혈을 나누어 주는 교회가 탄생하였다"고 언급하고 있다. 예수성심은 신인(神人) 그리스도의 원의와 인식, 사랑과 정서, 감정의 중추이며 인간에게 베푸시는 하느님 은총의 근원이며 사랑의 표현이다. 동시에 인간의 사랑의 응답을 바라시는 하느님의 원의이다.

성체께 대한 영적 (1)[1]

성톄씌디한령적

　성체께 대한 영적은[2] 일정한 신덕도리가[3] 아니요 오직 성인행적과 및 성교서적에 기록된 영적이니, 가히 교우들의 신덕과 열심을 감발케 하고[4] 성체를 설독하여[5] 모령하는[6] 대죄를[7] 깨닫게 하고 모령성체[8] 하는 대죄를 경계하기에[9] 유조하도다.

　△ 총교가[10] 처음 시작하던 300여 년 동안에 군난[11] 풍파가 혹독하였도다. 그때에는 교우들이 각각 성체를 집에 모시기도[12] 하고 몸에 모시고 다니기도 하였는데, 성녀 안도시안투사 치명하실 때에 몸에 성체를 모셨더니 형역들이[13] 성녀의 의복을 벗길 때에 성체가 땅에 떨어진지라.[14] 성녀가 즉시 성체를 집어 영하고자 하실 때,[15] 병졸이

1　같은 제목의 글이 연달아 있어 뒤에 숫자를 넣어 구분했다.

2　영적(靈蹟) : 신령스러운 사적. 기적의 옛말(『가톨릭대사전』).

3　신덕도리(信德道理). 신덕(信德) : 향주 삼덕의 하나. 하느님의 가르침을 굳게 믿는 덕. 도리(道理) : 사람이 마땅히 행하여야 할 바른 길.

4　감동하고 분발하게 하고. 감발(感發)하다 : 감동하여 분발하다.

5　설독(褻瀆)하다 : (가톨릭) 직접적으로, 또는 성인(聖人)이나 성물(聖物)을 통하여 하느님을 모욕하다.

6　모령(冒領)하다 : 성사를 모독하다, 신성을 모독하다(「한불자전」).

7　대죄(大罪) : 죽음에 이르는 죄. 교회 전통은 죄를 사죄와 경죄(輕罪)로 구별하여 왔다.

8　모령성체(冒領聖體) ☞【더 알아보기】.

9　경계(警戒)하다 : 옳지 않은 일이나 잘못된 일들을 하지 않도록 타일러서 주의하게 하다.

10　총교(寵敎) : 천주교 ☞【더 알아보기】.

11　군난((窘難) : 박해.

12　원문은 '뫼시다'.

13　형벌을 맡은 자. 현재는 사용하지 않는 단어. 『한불자전』에 등재되어 있지 않으며, 『표준국어』에서는 '형역(形役)'이 이 글의 문맥과는 다른 뜻(정신이 물질의 지배를 받음, 공명과 잇속에 얽매임)으로 풀이되어 있다.

14　떨어졌다.

15　원문은 '령ᄒ고져ᄒ실ᄉ'.

조당하며[16] 위협하거늘, 성녀가 이르시되, "네가 조심하여 만지지 마라. 이는 천지 대주재의[17] 성체시라. 우리 무리 항상 고배하고[18] 흠숭하노라.[19] 형관이[20] 억지로 성체를 빼앗음에 큰 불덩이가 나타나 형관과 병정을 중상하여[21] 크게 벌하니라.

△ 1위 부제는[22] 가슴에 항상 성체를 모시다가 치명하셨는데 형역들이 묻기를 네 가슴에 있는 것이 무엇이냐 하되 부제 죽을지언정 가르쳐주지 아니하시고 치명하셨는데, 그 치명하신 후 형역들이 그 시체를 아무리 살펴보아도 성체를 얻지 못하니라.

△ 성 시브리아노가 미사성제를 지내실 때에 한 연소한 여자가 대죄가 있으면서도 통회 고백함이[23] 없이 모령성체[24] 함으로 홀연 현벌을[25] 받아죽으니라.

△ 한 여교우는 대죄가 있으면서도 그대로 성체를 영하고자 하여 성체 모셨던 궤를 여니 홀연 한 불덩이가 나타나서 성체를 영치 못하게 하니라.

△ 예전에는 교우들이 영성체할 때에 먼저 손으로 받아서 영하였는데 한 남교우가 대죄를 품고 그대로 영성체하고자 하여 성체를 자기 손에 받음에 성체가 즉시 변하여 재가 되니라. 성 시브리아노가 이에 한 구절 말씀을 두어 이르시되, "이는 다 성체께 대한 영적이거니와[26] 성체는 본디 영혼을 양육하는 음식이로되 대죄를 품고 영하는 사람은 생명의 음식으로써 사약을 삼는다" 하시니라.

△ 제6세기 때에 성 아가베도^{아가피토} 교종이[27] 곤스단디노플^{콘스타니노플} 성에[28] 계

---

16 조당((阻擋) : 방해, 지장, 장애.

17 대주재(大主宰) : 주재자.

18 고배(叩拜)하다 : 무릎을 꿇고 머리를 조아리며 절하다.

19 흠숭(欽崇) = 흠숭지례(欽崇之禮). (가톨릭) 하느님에게만 드리는 흠모와 공경.

20 형역이. 형벌을 맡은 자 ☞ 주 13.

21 중상(重傷) : 아주 심하게 다치다.

22 첫째 부제는, 첫 번째 부제는. 부제 ☞【더 알아보기】.

23 통회하고 고백함이. 죄를 뉘우치고 고백함. 여기서 고백은 고백성사를 의미한다. 통회(痛悔) : 자기가 지은 죄를 뉘우치고 다시는 죄를 짓지 아니하겠다고 결심함. 또는 그런 일. 완전 통회와 불완전 통회로 나눈다.

24 ☞【더 알아보기】.

25 하늘의 당연한 처벌, 분명하고 초자연적인 벌. 여기서 현벌은 顯罰로 표준국어대사전에 쓰여 있는 懸罰이 아니다. 현벌(懸罰)은 궁중에서 죄가 있는 사람의 두 손을 묶어 나무에 매달던 형벌인데, 그 의미로 해석되지 않는다. 『한불자전』에 의하면 현벌(顯罰)은 '하늘의 당연한 처벌', '분명하고 초자연적인 벌', '가시적인 벌'이라는 뜻이다.

26 원문은 '령적이어니와'. 영적 ☞ 주 2.

실 때에 한 나창 들고[29] 태생 벙어리 교우 하나가 있는지라. 모든 교우가 교종께 전구하심을[30] 구하여 그 두 가지 병신을 낫게 하고자[31] 하거늘, 성인이 모든 이를 향하여 이르시되, "너희는 이 병자가 능히 나을 줄을 믿느뇨?" 모든 이 대답하되, "천주의 인자와[32] 교황의 전구하심으로 이 병자가 일정[33] 나을 줄을 믿나이다." 성인이 모든 교우의 신덕을[34] 기이히 여기사 그 병신에게 성체를 영하여 주시니, 그 사람의 두 가지 병이 즉각에[35] 다 나으니라.

△ 성 막시모 주교가 다른 이로 더불어 큰 바다를 건너실 때, 배가 뒤쳐 파선 지경에 이른지라. 성인 등이 성체와 성혈을 영하시니 풍랑이 즉시 그치니라.

△ 한 교우는 극변원방에[36] 사로잡혀 간지라.[37] 그 처자가 매 주일 내에 한 번씩 장부를[38] 위하여 미사를 드렸는데, 주의 묵유를[39] 받아 미사를 드리는 매차에 그 결박한 사슬이 스스로 풀린 줄을 아니라.

이번 호부터 1929년 12월까지 『경향잡지』 '미담' 난에는 '성체께 대한 영적'이라는 제목의 미담이 22회에 걸쳐 연재됩니다. 성체에 대한 신심은 천주교의 핵심입니다. '성체께 대한 영적'은 각 호마다 성체와 관련된 기적들을 짧은 에피소드로 요약하여 전해줍니다. 이 작품

---

27 교종(敎宗) : (가톨릭) 예전에 교회 내에서, 특히 기도서에서 교황을 이르던 말.

28 성(城)에.

29 나창에 걸리고. 원문은 '라창'. 나창(癩瘡) : 나병(癩病), 나병종. 나병 환자의 살갗에 생기는 부스럼 같은 멍울.

30 전구(傳求)하다 : (가톨릭) 나를 대신하여 다른 사람이 은혜를 구하다.

31 원문은 '코져'.

32 인자(仁慈) : 어질고 자애로움.

33 일정(一定) : 확실히, 확신을 갖고 (『한불자전』). 원문은 '일뎡'.

34 ☞ 주 3.

35 당장에 곧, 원문은 '즉긱에'.

36 원문은 '극병원방'인데 '극병'을 '극변'의 오기로 보고 '극변'으로 옮겼다. 극변(極邊) : 중심이 되는 곳에서 아주 멀리 떨어져 있는 변경, 원방(遠方) : 먼 지방, 번 곳.

37 갔다. 사로잡혀 갔다. 붙들려 갔다.

38 남편을.

39 묵유(默諭) : 하느님이 말없이 가르침. 말없이 가르치다. 원문은 '믁유'.

첫 단락에 밝힌 바와 같이 성체 관련 기적들을 소개한 목적은 신자들에게 '신덕과 열심'을
독려하고 성체를 모욕하는 대죄를 저지르지 않도록 돕기 위해서입니다.

이번 호에서는 여덟 개의 성체 기적을 소개합니다. 서사성을 살린 이야기로서보다는 사건
의 개요를 요약한 형식입니다. 마지막 에피소드는 성체 그 자체보다는 미사의 기적을 성체
기적으로 소개한 점이 다른 에피소드들과는 구분됩니다. 각각을 간단하게 정리하면 다음과
같습니다.

첫째, 성녀 안투사가 치명하실 때 몸에 성체를 모셨는데 형관이 억지로 성체 빼앗으니 성체
가 큰 불덩이가 되어 나타나 형관과 병정이 중상을 입는다.

둘째, 부제가 가슴에 항상 성체 모시다가 치명했는데, 치명하신 후 형역들이 이를 찾으려
고 시체를 아무리 살펴보아도 찾을 수 없었다.

셋째, 성 시브리아노가 미사성제를 지낼 때 모령영성체한 여자가 벌을 받아 죽는다.

넷째, 한 여교우가 대죄 중에 성체 영하고자 하여 성체를 모신 궤를 여니 불덩이가 나타나
성체를 모시지 못하였다.

다섯째, 한 남교우가 대죄를 품고 성체를 자기 손에 받으려 하자 성체가 변해서 재가 되었다.

여섯째, 6세기 때 나병에 걸린 벙어리가 교황으로부터 성체를 모시고 믿음으로 나았다.

일곱째, 파선 지경에 이른 배에서 주교가 성체를 영한 후 풍랑이 그친다.

여덟째, 멀리 변경으로 사로잡혀 간 남편을 위해 미사를 드린 한 교우가 있었는데, 미사
드릴 때 결박한 사슬이 저절로 풀렸다.

더 알아보기

모령성체(冒領聖體) [가] 성체성사를 모령하여 받음으로써 성립되는 중죄(重罪). 영성체는 그리
스도의 거룩한 몸과 피를 나누어 먹고 마심으로써 일치와 사랑을 드러내고 구현하는
것이므로 영성체를 하기 위해서는 은총의 지위가 필요하다. 은총의 지위에 있지 않은
신자가 스스로 중죄 중에 있음을 의식하면서 영성체를 하는 경우 모령성체가 된다.

총교 [가] 『한불자전』에 수록되어 있는 옛 교회용어로 원뜻은 사랑의 계율, 은총의 계율을 의미하
지만 일반적으로 사랑을 가르치는 종교라는 의미로 사용되어 천주교(天主敎)를 지칭했었
다. 현재는 사용되지 않는 말이다.

부제(副祭) [가] 과거 칠품(七品) 중 대품의 하나인 6품, 즉 부제품을 받은 자. 사제의 아래이고
차부제(次副祭)의 위. 교회에 봉사직으로 서품을 받은 남자. 임무는 설교, 세례, 결혼식

주관, 본당의 운영, 그 외 사제를 보좌하는 일이다. 부제의 위치와 임무는 사도시대 이후 변해 왔다. 1세기 글레멘스 시대에서 교부시대에 이르기까지 부제는 주교 아래에서 여러 가지 일을 수행하고 그 범위는 상당히 광범한 것이었다. 말씀의 전례 중 서간과 복음서를 읽고, 신도의 봉헌예물을 거두며, 기증자의 이름을 2매씩 판에 적어 미사 중에 그들을 위해 기도하고, 주교를 도와 성체를 나눠 주고, 성체를 병자의 집에 전달하며, 기도를 선창하고, 주교의 허가를 받아 세례를 행하고, 박해 때 탈락한 자들을 받아들였다. 부제의 수는 원래 교구마다 7인씩으로 한정시켰고, 오늘날에도 로마에는 7인의 부추기경이라는 형태로 전통을 지키고 있다. 중세에는 아씨시의 성 프란치스코(Franciscus Assisiensis)와 같은 저명한 부제가 있었지만 일시적인 지위로 떨어져 있다. 제2차 바티칸 공의회 이후 사제직을 준비하는 일시적 부제뿐 아니라 초대 교회의 임무를 염두에 둔 종신부제 제도도 두게 되었다.

성체께 대한 영적 (2)

성톄쯰대흔령적

　△ 예전에 어떤 봉교국[1] 사신이 로마부에 와서 성 대 그레고리오 교황께 무슨 성해를[2] 청하였더라. 그때 교우들이 성해를 청하는 자가 너무 많음으로 다 성해를 나누어 주지 못하고 결백한 백포[3] 조각을 치명성인[4] 성해에 문질러 주사 성물을[5] 삼게 하시는데, 그 사신에게는 미사성제에 쓰시던 성체포의 한 조각을 베어주시니, 그 사신이 마치 경한[6] 성물로 여겨 마음에 흡족치 못하게 여기거늘, 교황께서 아무 말씀도 하지 아니하시고 작은 칼로 그 성체포를 찌르시니 선연한 피 흐르는지라. 그 사신이 놀라고 기이히 여겨 모시고 가니라.

　△ 예전에 성 말셀노^마르첼리노 주교가 신품과[7] 교우들을 데리고 한 섬에 가실 때, 풍랑으로 인하여 득달치[8] 못하시고 또 그때는 부활대첨례[9]날인데, 미사를 지내지 못함을 원통히 여기사 그 근처 작은 섬 포구에 배를 대고[10] 미사를 시작하여 천주경을[11]

1 　봉교국(奉敎國) : 천주교를 믿는 나라.
2 　성해(聖骸) : (가톨릭) 성인(聖人)의 유골.
3 　백포(白布) : 흰 베. 흰 천.
4 　순교한 성인.
5 　성물(聖物) : 종교 의식에 쓰는 여러 가지의 신성하고 거룩한 물건. 십자가, 십자고상, 묵주, 성모상 따위와 미사 제구들이 여기에 속한다.
6 　경(輕)한 : 대단하지 않은, 소중하지 않은.
7 　사제. 신부. 신품성사(神品聖事)에서 온 말.
8 　득달(得達)하다 : 목적한 곳에 도달하다.
9 　부활대축일. 첨례(瞻禮) : 축일의 옛 용어.
10 　원문은 '딕히고'.
11 　천주경(天主經) : 주의 기도의 옛 용어.

염하기에[12] 이르렀는데, 홀연 물이 크게 움직이어 배가 엎치게[13] 되는지라. 사람들이 살펴보니 큰 고래가 야단하는 연고이라. 모든 이 다 죽을 줄로 여기여 놀라거늘 성인이 두려워하지[14] 아니하시고 모든 이에게 이르시되, "전에 고래가 요나 선지자를 3일 동안에 삼켜 그 생명을 구하여 주었거늘 우리는 어찌 고래를 두려워하리오" 하시고 성인이 손에 성체를 드시고 고래를 향하여 이르시되, "내가 성체의 성명을 의지하여 네게 명하노니 네가[15] 가만히 있어 미사 마치기까지 움직이지 말라" 하심에, 고래가 곧 순명하는지라. 모든 이 이 성적을[16] 보고 함께 염경하였으며 미사 후에는 주교가 모든 이에게 이르시되, "고래가 다시 우리를 해하지[17] 아니하리라" 하시더니, 과연 바다를 건널 동안에 아무 위험이 없었으며, 모든 이 함께 노래하여 이르되, "고래와 바다는 주를 찬송할지어다" 하시니라.

해설

두 편의 성체 기적담입니다. 첫 번째 이야기는 성체포에서 피가 흐른 기적 이야기이고, 두 번째 이야기는 풍랑 중에 미사를 드리다 성체를 들고 고래의 요동을 잠재울 수 있었다는 이야기입니다. 두 번째 미담은 미사 전례 중에 '성체를 드시고'나 '성체의 성명을 의지하여'라는 성체 강조를 통해 성체 기적담으로 소개됩니다.

성인들의 성해를 공경하던 풍습과 욥기의 요나 이야기도 인용됩니다. 고래를 향하여 기도했던 모습을 상상해 보는 것도 흥미를 더해 줍니다. 풍랑을 잠재우신 복음의 말씀이 이 작품에서는 주교의 기도를 통해 또 다른 기적의 미담으로 전해집니다.

---

12 염(念)하다 : 기도물을 외우다.
13 엎치다 : 배를 바닥쪽으로 깔다. 엎다를 강조하는 말.
14 원문은 '두리지'.
15 원문은 '너ㅣ'.
16 성적(聖跡; 聖蹟) : 성스러운 사적이나 고적.
17 원문은 '해치'. 해하다. 손상을 입히다.

성체께 대한 영적 (3)

셩톄씌디ᄒᆞᆫ령젹

공스단듸노쏠^{콘스탄티노플}(지금 토이기^{터키} 수부)[1] 셩에 예전 풍속은 미사셩졔를 마친 후에 축셩한[2] 면병이[3] 많이 남으면 동자[4] 학생들을 불러 영하여[5] 주었더라.

그런데 강생 후 552년경에 미사 후 거룩한 면형이[6] 많이 남은 고로 학생들을 불러 영하여 줄 때, 그중에는 유데아인 동자 하나가[7] 있었는데, 이는 유리 굽는 자의 아들이었더라.

이 아이가[8] 영셩체한 후 감사하고 집에 돌아가는 고로 자연 지체되었더라. 그 부친이 연고를 묻는 고로 아이 낱낱이 고하였더니 부친이 대노하여 그 아들을 유리 굽는 불가마에 넣었더라. 그 모친이 아들을 보지 못함에 심중에 근심하여 3일 동안 두루 찾다가 유리 굽는 불가마에 가 보니 사람의 음성이 들리더라.

즉시 불가마의 문을 열고 봄에 아이가 불가마 속에서 호말도[9] 손상함이 없이 있다가 뛰어나오며 이르되, "내가 불 속에 있을 때에 한 여자가 홍의를[10] 입고 와서 나의 옆에 서 불을 꺼 주시고 또 나의 주림을 보시고 음식을 주시는 고로 평안히 있었노라"

---

1 수부(首府) : 수도. 서울.
2 축셩(祝聖) : 사람이나 물건을 하느님께 봉헌하여 거룩하게 하는 일.
3 면병(麵餅) : (가톨릭) 미사 때, 성체를 이루기 위하여 쓰는 밀떡.
4 동자(童子) : 남자 아이.
5 영(領)하다 : (가톨릭) 성체나 성혈을 받아 모시다.
6 면형(麵形) : (가톨릭) 밀떡이 성체로 바뀐 후에도 그 모양을 그대로 가지고 있는 겉모양을 이르는 말.
7 원문은 '하나히'.
8 원문은 '오히가'.
9 조금도.
10 홍의(紅衣) : 붉은 빛깔의 옷.

하니라. 그 후 유스디노^{유스티노} 총왕이 이 사정을 알고 그 아이의 모친으로 하여금 성세를[11] 받게 하고 그 부친은 사형에 처하니라.

터키를 배경으로 한 미담입니다. 영성체 때문에 죽게 된 아이가 불가마 속에서도 살아남았다는 기적담입니다. 황당한 옛날이야기처럼 읽힐 수 있습니다. 재미는 있지만 영성체 때문에 늦게 왔다고 아들을 불가마에 넣었다는 아버지가 실재했다고 믿어지지는 않습니다. 이 이야기는 신앙 때문에 일어날 수 있는 가족의 갈등 이야기로 재해석할 수 있습니다.

신앙 때문에 부모로부터 박해받는 아이들이 지금도 있습니다. 유대인들은 예수성체를 믿지 않으니 이런 설정도 가능했습니다. 아들이 자신이 인정하지 않는 종교를 믿는 것을 안 아버지의 분노가 불가마에 아들을 넣는 이야기로 극화되었습니다. 그러나 육신의 아버지가 자신을 박해해도 영성체로 새로 난 몸은 예수님과 성모님의 보호하심에서 안전할 수 있음을 이 미담은 전합니다. 이를 믿고 흔들리지 않는 신앙을 독려한 이야기이기도 합니다.

---

11 성세(聖洗) : 영세.

성체께 대한 영적 (4)

성톄씌디흔령젹

△ 제7세기에 동방에 한 대주교가 계시더니, 어떤 사람이 주교 성작[1] 안에 독약을 두었더라. 주교는 그 성작 안에 독약 둔 것을 알지 못하시고 그대로 포도주를 담아 성혈을[2] 이루어 영하셨어도 영적으로써[3] 조금도 해를 받지 아니하시니라.

△ 예전에 제을지오라 하는 교우는 황상께[4] 범죄한 줄로 모함을[5] 받아 관졸에게 잡혀 쇠사슬로 결박함을 받고 경성에 포가왕한테로 압령하여[6] 갈 때 역로에[7] 성 테오도로를 만나 영성체하여 주시기를 간청하니, 성인이 형역에게[8] 잠시 그 결박한 쇠사슬을 풀어주라 하시되, 형역은 죄수 제을지오가 도망할까 두려워[9] 풀어주지 아니하더라. 성 테오도로가 그대로 제을지오에게 성체를 영하여 주실 때, 그 결박한 쇠사슬이 스스로 풀리더라. 제을지오가 정성되어 성체를 받고 풀렸던 쇠사슬을 스스로 자기 몸에 가지고 형역을 따라가니라.

---

1   성작(聖爵) : (가톨릭) 미사 제구(祭具)의 하나로, 포도주를 담는 잔.
2   성혈(聖血) : (가톨릭) 미사 때에 봉헌되는 포도주를 이르는 말. 예수의 피를 상징하며 신자들은 이것을 받아 마심으로써 그리스도와 하나가 된다.
3   기적으로써. 기적을 통해.
4   황상(皇上) : 현재 살아서 나라를 다스리고 있는 황제(皇帝)를 이르는 말.
5   원문은 '무함을'.
6   압령(押領)하다 : 죄인을 맡아서 데리고 오다.
7   지나가는 길. 역로(歷路).
8   형벌을 맡은 자. 현재는 사용하지 않는 단어.
9   원문은 '두려'.

△ 예전에 한 노인 탁덕이[10] 미사를 지내실 때[11] 허다한[12] 천신이 옆에 계시더라. 이 신부는 전에 이교인 지방에서 미사경을[13] 배웠는데,[14] 한 6품 부제가[15] 신부께 아뢰되, "당신이 염하는 미사경은 조금 그릇된 것이 있나이다." 신부가 대답하되, "만일 그릇된 것이 있으면 천신이[16] 반드시 깨우쳐주시리라" 하고 그 후 천신에게 물어봄에 과연 조금 그릇된 것이 있었더라. 그런즉 천신이라도 노인 신부를 책망치 아니함은 오 주 예수를 대신함을 인함이요[17] 또 그 그르치는[18] 것은 크게 관계함이 없음이러라.[19]

세 편의 성체 관련 미담입니다. 첫 번째 이야기는 독약을 둔 성작에서도 성혈은 온전하게 변화되었다는 미담, 두 번째는 성체를 제대로 모실 수 있도록 죄수의 쇠사슬이 저절로 풀어졌다는 미담, 세 번째는 노인 신부님이 미사 기도문을 잘못 수행했다 하더라도 별 문제가 되지 않는다는 미담입니다. 성체 기적과 관련해서 세 편이 각각 성작과 성혈, 신자와 영성체, 사제와 미사에 초점을 맞춰 기술된 미담입니다.

특히 세 번째 미담은 성체 기적이라기보다는 미사 관련 이야기입니다. 미사 안에서 사제가 예수를 대신한다는 것 자체가 기적이라는 신앙 고백으로 볼 수 있습니다. 사제 입장에서보다는 사제가 아닌 사람들의 입장에서 사제의 잘못을 관대하게 보아줄 수 있는 근거로 참고할 수 있습니다. 천주교에서는 미사를 비롯하여 모든 성사(聖事)는 사제가 예수를 대신해서 행하는 것으로, 예수가 친히 행하신다고 믿습니다. 때문에 이 미담을 사제는 잘못해도 된다는 식으로 오독해서는 안 됩니다.

---

10 탁덕(鐸德) : 예전에, 덕을 행할 수 있도록 지도하는 사람이라는 뜻으로, '신부(神父)'를 이르던 말.
11 원문은 '지낼실시'.
12 허다(許多)한 : 매우 많은.
13 미사 기도문. 미사경본.
14 원문은 '비홧는디'.
15 부제는 6품에 해당된다 ☞【더 알아보기】.
16 천사의 옛 용어.
17 이 구절은 '예수를 대신하기 때문이요'로 옮길 수 있다.
18 원문은 '그릇치는'. 잘못하여 일을 그릇되게 하다.
19 없기 때문이다.

품(品) ☞ 미담 14.

부제(副祭) ☞ 미담 143.

성체께 대한 영적 (5)

성톄씌디흔령젹

△ 전에 한 교우는 비록 남의 노복이[1] 되었으나 열심수계하더라.[2] 하루는 성당에 가서 성체를 영하고 또 그때 풍속대로 성체를 손으로 받아다가 자기 궤[3] 속에 모셔 두었더니, 하루는 그 주인이 궤를 열어봄에 거기 모셔 두었던 거룩한 면형이[4] 가시 모양으로 보임에 그 주인이 감히 건드리지 못하니라.

△ 예전에 실니시아 지방에 두 사람이 있으니 1인은 교우이요 1인은 이교인이라. 이 두 사람이 각각 수중에 축성한[5] 면병을[6] 모셨는데, 이교인이 가졌던 거룩한 면형은 물에 넣음에 즉시 풀어져버리고, 교우가 모셨던 거룩한 면형은 물에 넣음에 풀어지지 아니할 뿐 아니라 물에 젖지도 아니하니라.

△ 전에 한 은수사가 있으니 이름은 이시도로이라. 항상 체읍하여[7] 자기 죄를 통회하며 울거늘, 한 사람이 그 연고를 물었는데[8] 대답하되, "내가 전에 세속에 있어 이단을 숭상하고 나의 아내는 천주를 공경하는 고로 하루는 이웃집 여교우와 함께 가서 성체를 영하는지라. 내가 즉시 쫓아가서 나의 아내가 성체 받는 것을 보고 즉시 빼앗

---

1   노복(奴僕) : 사내종.
2   열심수계(熱心守誡) : 열심히 계명을 지킴.
3   궤(櫃) : 물건을 넣도록 나무로 네모나게 만든 그릇.
4   면형(麵形) : (가톨릭) 밀떡이 성체로 바뀐 후에도 그 모양을 그대로 가지고 있는 겉모양을 이르는 말.
5   축성(祝聖) : 사람이나 물건을 하느님께 봉헌하여 거룩하게 하는 일.
6   면병(麵餠) : (가톨릭) 미사 때, 성체를 이루기 위하여 쓰는 밀떡.
7   체읍(涕泣)하다 : 눈물을 흘리며 슬피 울다.
8   원문은 '무른듸'.

으라[9] 재촉하여 그 빼앗은 거룩한 면형을 더러운 시궁창에 던졌더니, 홀연 즉시 광채가 발하고 성체는 천상으로[10] 올라가신지라. 내가 가히[11] 큰 죄 범한 것을 생각하고 항상 체읍하노라" 하니라.

세 편의 성체 기적이 소개됩니다. 첫 번째 이야기는 성체 그 자체의 신령한 힘을 보여주는 미담입니다. 두 번째 이야기는 똑같은 성체였지만 그것을 누가 모셨느냐에 따라 다른 결과를 보여준 기적 사건을 소개합니다. 즉 성체를 믿은 교우에게 성체 기적이 일어난다는 이야기로 이 미담은 믿음을 강조합니다. 마지막 이야기는 성체 기적을 체험함으로써 이단을 숭상하던 이가 통회의 삶을 살게 된 은수사 이시도로의 이야기입니다. 천주를 공경하던 아내를 못살게 굴었을 이시도로의 모습이 짧지만 실감나게 묘사되어 있습니다. 시궁창에 던져졌던 성체가 광채를 발하며 하늘로 올라가는 장면을 상상해 보는 것도 독자에게 이 미담의 재미를 더합니다.

9　원문은 '비앗흐라'.
10　원문은 '턴상에로'.
11　원문은 '가이'.

성체께 대한 영적 (6)

셩톄쯰디흔령젹

△ 예전에 한 영해는[1] 중병든지라.[2] 그 부친이 안고 성 로마노 대전에 가니 성인이 그때 풍속대로 거룩한 면병의 작은 분자를[3] 병든 아이에게[4] 영하여 주심에 아이 병이 즉각 나으니라.

△ 전에 한 6품 부제는 영신으로 [5]천상에 올라 노닐 때 보니, 잔치를 예비하는데 곁에 사람이 묻되,[6] "그대는 어찌하여 좌석에 앉지 아니하느냐" 하더라. 그때에 성 알노 주교가 별세하신지 오래지 아니하였는데 대답하여 이르시되, "우리들이 로말니 수사의 도착하기를 기다리니 대저 그이가[7] 오늘 이곳에 득달할[8] 터이라" 하시더라. 그때에 허다한 청년들이 수도원 문전에 있어 산상과[9] 그 근방을 바라보니 한 수사의 방에 채색구름이 둘러 있는데, 그때는 강생 후 653년 12월 8일 이른 아침이더라. 수사 8인이 로말니 수사의 방에 들어가 봄에, 그가[10] 당장 운명하여 가는 고로 즉시 그 앞에 가 이르되, "로말니 수사여 조금 천천히 운명하라. 우리들이[11] 그대에게 노자성체를[12]

---

1   영해(嬰孩) : 어린 아이.
2   큰 병에 걸렸다.
3   여기서는 작은 입자, 작은 조각을 이른다.
4   원문은 '아희의게'.
5   영신(靈神) : (가톨릭) 영혼(靈魂).
6   원문은 '무르디'.
7   원문은 '뎌ㅣ가'.
8   도착할. 득달(得達)하다.
9   산상(山上) : 산의 위.
10   원문은 '뎌ㅣ'.
11   원문은 '우리등이'.

영하여 주겠노라." 죽어가던 병자 수사가 즉시 깨어 성체를 영한 후에 안연히[13] 선종하고 둘러있던 채색구름이 흩어져 버리더라. 수사들이 공중으로 바라봄에 큰 광채가 발하고 한 불덩이 같은 것이 천상에 올라가니 이는 로말니 수사가 승천하는 빙거이러라.[14]

△ 전에 한 탁덕은[15] 좋지 아니한 표양이 있는 고로 그 본주교가 미사 지내기를 금하셨더라. 그러나 그 탁덕은 순명치 아니하고 감히 미사를 지내려 제대로[16] 올라가다 졸연히 엎더져[17] 죽으니라.

해설

3편의 성체 기적 미담입니다. 처음과 마지막 미담은 기적 사건을 요약해서 전달한 것이고 두 번째 미담은 대화를 이용해서 좀 더 구체적으로 기적 사건을 소개합니다. 각각 성체를 치유와 승천, 그리고 죽음과 연관된 기적 이야기로 전합니다.

첫 번째 성체 기적은 치유 기적이며, 두 번째 성체 기적은 죽어가던 수사가 노자성체를 영하자 그 방에 둘러졌던 채색 구름이 사라지면서 큰 불덩이가 하늘로 올라갔다는 이적을 소개합니다. 마지막은 미사를 금지 당한 신부가 미사를 드리려 하자 제대 앞에서 신부가 죽었다는 사건입니다. 이 미담은 앞서 소개되었던 예처럼 성체에 대한 기적이라기보다 미사와 관련된 미담으로, 미사와 성체성사를 동일시했음을 알 수 있습니다.

더 알아보기

제대(祭臺) ☞ 제단(祭壇) 〔가〕 이 말은 '제사(祭事)의 장소'라는 뜻의 히브리어에서 유래. 가톨릭

---

12 노자성체(路資聖體) : (가톨릭) 긴 여행을 위한 준비라는 뜻으로, 죽어 가는 환자가 마지막으로 하는 영성체.

13 편안하게. 안연(晏然)하다 : 불안해하거나 초조해하지 아니하고 차분하고 침착하다. 평화롭고 걱정 없이 편안하다.

14 빙거(憑據) : 사실을 증명할 근거를 댐. 또는 그 근거.

15 신부.

16 제대 : 미사를 드릴 때 사용하는 탁자. 제단의 이전 용어 ☞【더 알아보기】.

17 앞으로 넘어져, 엎더지다 : '엎드러지다'의 준말.

교회에서 미사성제가 봉헌되는 단(壇)을 말한다. 순교자의 유해(遺骸)가 그 안에 안치되기도 하는데, 이는 초기 교회나 카타콤바(Catacombae), 즉 지하묘지에서 순교자의 무덤 위에 돌로 세운 벽감(壁嵌)에서 의식을 행하던 것에서 유래하였기 때문이다. 제2차 바티칸 공의회 이후 전례상의 개혁으로, 교황청은 미사 드리는 성당의 정리와 장식에 대한 로마미사경본의 총 지침(1969, No.260~270)을 발표하였는데 이에 의하면 제단은 고정(固定)제단일 수도 있고, 이동(移動)제단일 수도 있다. 거룩한 장소가 아니면 예외적으로 보통 상 위에 흰 보와 성체포를 깔고 미사를 드릴 수 있다. 공의회 이전에는 신자를 등진 상태로 미사의식을 행하였으나 지금은 사제가 주제단(主祭壇)의 주위를 자유로이 걸어 다니고 신자를 마주볼 수 있도록 벽과 충분한 공간을 유지할 것을 권장한다. 보통 주제단은 견고하고 품위가 있어야 하며 고정되고 축성된 것이어야 한다. 또한 제단에 성인의 유해를 두는 관습이 권장되고 있는데 먼저 유해의 확실성이 검증되어야 한다.

성체께 대한 영적 (7)

성톄씌디혼령젹

△ 제8세기에 법국^{프랑스} 상이라 하는 읍내 대주교는 성 호브랭이시라. 성인이 한 번은 선상에서[1] 미사성제를 드리기로 예비하실 때,[2] 6품 부제가 실수하여 성반을[3] 바다 가운데 빠뜨린지라.[4]

성인이 부제를 책망하시지 아니하시고 다만 잠잠히 천주께 기구하신 후에[5] 부제를 명하사 바닷물[6] 가운데 손을 넣어 성반을 짚으라 하사, 부제가 바닷물에 손을 넣음에 성반이 스스로 와 그 수중에 잡히는지라. 이에 주교께 드려 미사성제를 드리시니라. 그 배 안에 있던 모든 이 영적을 보고 천주께 감사하였으며 이 성반은 법국^{프랑스} 혁명 전까지 어느 성당에 보존하여 기념성물을[7] 삼으니라.

△ 예전에 삭손 지방 위드겐 소왕이[8] 갈을노 대제에게[9] 패하여 강화를[10] 청하게 되 었더라. 하루는 소왕이 걸인의 복장을 입고 갈을노 대제의 영문에[11] 가만히 들어가

---

1   선상(船上)에서 : 배 위에서.
2   준비하실 때.
3   성반(聖盤) : (가톨릭) 미사 때에 성체를 모셔 두는, 금이나 은으로 만든 쟁반. 또는 쟁반 모양의 제구.
4   원문은 '쌔치운지라'. 빠치다 : 빠뜨리다.
5   기도하신 후에.
6   원문은 '바다물'.
7   성물(聖物) : 종교 의식에 쓰는 여러 가지의 신성하고 거룩한 물건. 십자가, 십자고상, 묵주, 성모상 따위와 미사 제구들이 여기에 속한다.
8   작은 왕이. 소왕(小王).
9   원문은 '대데의게'.
10 강화(講和) : 싸우던 두 편이 싸움을 그치고 평화로운 상태가 됨.
11 영문(營門) : 병영의 문, 지역의 문.

모든 것을 살피고자 하였더라. 때는 성7일[12] 동안이라 갈을노 대왕이 모든 장졸로 더불어 성당에서 예수고난을 공경하고 부활첨례날에는[13] 모든 이가 공식으로 성체를 영하였더라.

소왕이 이 모든 예절을 보고 기이히 여기다가 필경은[14] 사람들에게 탄로되어 삭손 소왕으로 드러난지라. 사람들이 이르되, "어찌하여 걸인 모양을 꾸미고 우리 진중에 들어와 우리 대왕을 엿보느뇨." 소왕이 이유를 대답치 아니하고 다만 갈을노 대왕 뵈옵기를 청하였더라.

소왕이 이에 갈을노 대왕을 뵈올 때 대왕이 묻되,[15] "왕은 어찌하여 폐의파립으로[16] 왔나이까." 소왕이 대답하되, "내가 이 모양으로 오지 아니하고는 대왕의 천안을[17] 능히 자세히 보지 못할 것이오. 또한 귀교의[18] 모든 예절을 자세히 보지 못하였겠나이다."

갈을노 대제가 놀라고 기이히 여겨 다시 묻되, "왕이 보던 중에 무슨 사정이 제일 왕의 마음을 감동케 하였나이까?" 대답하되, "나의 마음을 제일 감동케 하던 바는 이러하오니, 두어 날 동안에 봄에 대왕이 크게는 근심하시는 모양이라. 내가 생각하되 대왕이 무슨 슬픈 사정이 있는가 하였더니 며칠 후에 봄에 대왕이 탁덕[19] 앞에 나아가 그 수중으로부터 작은 면병을[20] 받으시고는 면상에[21] 큰 기쁨을 발현하시는지라. 저 두 가지 광경은 내가 실로 깨닫지 못하나이다."

갈을노 대왕이 듣고 기이히 여기며 소왕에게 성교[22] 신덕도리를[23] 설명하여 이르되, "우리들이 성7일 동안에는 천주 예수가 만민을 구속하시기 위하여 만고를[24] 받으

---

12 성주간. 예수의 수난과 부활을 기념하는 부활 축일 전의 일주일.
13 부활대축일에는. 첨례(瞻禮) : 축일의 이전 용어.
14 필경(畢竟)은 : 끝장에 가서는, 결국에는.
15 원문은 '무르되'.
16 폐의파립(敝衣破笠) : 헤어진 옷과 부서진 갓이란 뜻으로, 초라한 차림새를 비유적으로 이르는 말.
17 천안(天眼) : 임금의 눈을 높여 이르는 말.
18 여기서는 상대편의 종교를 이르는 말로 쓰임. 즉 '당신의 종교를'의 의미.
19 신부.
20 면병(麵餅) : (가톨릭) 미사 때, 성체를 이루기 위하여 쓰는 밀떡.
21 면상(面相)에 : 얼굴에.
22 성교(聖敎) : 천주교.
23 신덕도리(信德道理) : 믿을 교리 ☞【더 알아보기】.
24 만고(萬苦) : 온갖 괴로움을.

시고 십자가에 정사하심을[25] 생각하여 근심하며 슬퍼하며 또한 우리 죄를 통곡하다가, 구세주가 영화로이 부활하신 날에는 천신의[26] 양식을 받음에 성체성사가[27] 우리를 안위하시고[28] 우리를 비추시고 우리를 견고케 하심에 우리들이 즐거워함이로라.”

소왕이 천신의 양식이라 말을 듣고 물어 가라대, “탁덕이 찬란한 예복을 입고 작은 면병을 나눠줄 때에 내가 봄에[29] 그 작은 면병에 한 아름다운 아이가 있어 극히 기뻐하는 모양으로 대왕의 입에 들어가고 다른 장졸의 입에 들어갈 때에 어떤 사람의 입에는 들어가기는 들어가나 기뻐하지 아니하고 싫어하는[30] 모양으로 들어가더이다.”

갈을노 대왕이 가라대, “면병에 나타나던 아름다운 아이는 구세주가 성체성사에 계심이니, 이는 천주의 대은이요[31] 우리들의[32] 큰 복이어니와 천주가 또 귀왕을[33] 기다리시니 귀왕은 이 특은을[34] 명백히 알라” 하고 대제가 소왕에게 좋은 의복을 입혀 자기 방에 인도하고 성체도리와 및 다른 도리를[35] 가르치니라.

위디겐 소왕이 이르되, “나도 교우되기를 원하오니 청컨대 대왕은 신부 일위를[36] 보내사 우리 지방에 성교를[37] 전하게 하소서. 갈을노 대왕이 일위주교를[38] 삭손 지방에 보내니, 이는 성 애릉바 주교이시러라. 이 주교 성인이 위드겐 왕에게 성세를 주실 때 갈을노 대제가 그 대부가[39] 되고 그 지방 인민을 권화하여[40] 하여금 이단사망을[41]

---

25 정사(釘死)하심을 : 못 박혀 돌아가심을.

26 천사의.

27 ☞【더 알아보기】.

28 안위(安慰)하다 : 몸을 편안하게 하고 마음을 위로하다.

29 내가 보니.

30 원문은 ‘슬희여ᄒᆞᄂᆞᆫ’.

31 대은(大恩) : 넓고 큰 은혜.

32 원문은 ‘우리등의’이나 여기서는 ‘우리들의’로 옮겼다.

33 귀왕(貴王)을 : 당신을. 이 문장에서 소왕인 상대편 왕을 높여 이르는 말.

34 특은(特恩) : 특별한 은혜. 성령이 특별히 내려주는 은혜.

35 성체교리와 기타 다른 교리를.

36 일위(一位)를 : 한 분을.

37 ☞ 주 22.

38 첫째가는 주교를. 혹은 주교 한 분을.

39 대부(代父) : 영세나 견진성사를 받을 때에, 신앙의 증인으로 세우는 종교상의 남자 후견인 ☞【더 알아보기】.

40 천주교를 믿게 하여. ‘권화하다’는 원래 불교용어로 불교를 믿지 않는 사람을 설득하여 불도에 들게

기절하고[42] 진주를[43] 알아 공경케하니라. 이를 보건대 오 주 예수가 성체성사에 계셔 당신 몸을 영화로이 드러내사 왕과 및 백성으로 하여금 진주를 알아 공경케 하심이러라.

2편의 미담인데 두 번째 미담이 작품으로서의 독립성을 갖춘 긴 미담 작품입니다. 첫 번째 미담은 자연에서 일어난 이적으로 배 위에서 미사성제를 드릴 때 물에 빠진 성반이 저절로 손 안으로 들어온 기적을 소개합니다. 미사를 성체성사와 동일하게 여기기 때문에 미사에서 일어난 기적 역시 성체께 대한 기적으로 소개한 것입니다.

두 번째 미담은 성주간을 배경으로 한 미담입니다. 성주간에 대한 자세한 묘사와 설명이 있는 점이 특징입니다. 삭손 지방의 위드겐 소왕이 가를로 대제 영에 들어와 성주간 그들의 전례를 몰래 보다가 발각됩니다. 천주교인이 아니었던 소왕의 눈에 비친 광경에 대해 갈을로 대제는 설명을 해줍니다.

"그 작은 면병에 한 아름다운 아이가 있어 극히 기뻐하는 모양으로 대왕의 입에 들어가고 다른 장졸의 입에 들어갈 때에 어떤 사람의 입에는 들어가기는 들어가나 기뻐하지 아니하고 싫어하는 모양으로 들어가더이다."

소왕이 목격한 영성체 장면입니다. 기적 이야기이기도 하지만 면병 속에 감추어진 예수님의 형상을 영신적인 눈으로 볼 수 있었던 장면입니다. 아름다운 아이가 어떤 이에게는 '기뻐하는 모양'으로 또 어떤 이에게는 '싫어하는 모양'으로 들어간다는 표현이 인상적입니다. 예수님을 맞이하는 영성체를 문학적으로 표현한 것으로도 읽을 수 있습니다. 아름다운 아이 즉 예수가 싫어하는 모양으로 오시지 않도록 우리 자신을 아름다운 성전으로 준비해야 함을 이 미담은 또한 가르쳐줍니다.

하는 것을 의미한다. 그러나 여기서는 천주교를 믿지 않은 사람을 설득하여 천주교를 믿게 하는 것을 뜻한다.

41 이단사망(異端邪妄).
42 기절(棄絶)하고 : 끊어버리고.
43 진주(眞主)를 : 참주를.

신덕도리(信德道理) 〔가〕교리 중에서 반드시 신앙으로 받아들여야 하는 교리 즉 그 교리를 믿지 않으면 이단자가 되는 중요한 교리로 교의(教義)를 말한다. 성서와 성전에 기초를 둔 믿을 교리를 의미하며, 교회가 그리스도께 받은 권한으로 신자들에게 믿으라고 가르치는 진리들이다.

성체성사(聖體聖事) 〔전례〕감사를 뜻하는 그리스어에서 나온 이 단어는 미사를 지칭하는 전문 용어가 되었다. 예수께서 최후 만찬 때 성체성사를 제정하면서 하느님께 감사드리시고, 당신 생명을 희생 제물로 바쳐 하느님께 드리는 그리스도인들의 최상의 감사 행위를 봉헌하셨기 때문이다. 예수께서는 십자가의 희생 제사를 영속시키시면서 우리에게 자비의 끈이며 일치의 표지인 사랑의 성사를 남겨 주셨다. 그러므로 성체성사는 성사이며 동시에 희생 제사이다. 성체성사는 그리스도께서 골고타 언덕에서 바치신 유일무이한 희생 제사가 영속적인 그리스도의 실재적 현존과 더불어 가시적으로 현존하고 작용하는 상징 행위이다.

대부 대모(代父 代母) 어떤 이들은 대부 대모와 후견인을 구분한다. 대부 대모는 사목자의 의견을 들어 입교 예식 동안 선발된 예비신자들을 동반하도록 예비신자들이 선택한다. 후견인은 교리 교육 시기 때 받아들여지기를 원하는 후보자들을 동반하여 선발 예식이 있을 때까지 그들을 보호하며 대부 대모가 될 수도 있다. 통상적으로 대부 대모와 후견인은 혼용해서 쓸 수 있는 단어이며 세례성사와 견진성사 때 성사의 의미에 충실히 머물도록 확실히 도와주려는 뜻으로 후보자들을 추천하는 사람들을 가리킨다.

대부 대모의 기능은 유아 세례 때 가장 명백히 드러난다. 이때 후견인은 유아에게 성사를 줄 것을 청하고 세례 서약에 동의하며 신앙고백을 확인한다. 부모가 죽거나 도와 줄 수 없을 때 대부 대모는 세례 받은 이를 그리스도인으로 교육시키는 데 확실히 도와 줄 것으로 기대된다. 따라서 대부 대모는 책임을 질 수 있을 만큼 충분히 성숙한 사람이어야 하며 입문 성사를 받고 가톨릭 신앙을 실천하는 사람이어야 하고 교회법적으로 자신의 직무를 완수할 능력을 갖춘 사람이어야 한다. 대부나 대모 가운데 한 사람만을 두도록 규정하고 있으나 대부 대모를 모두 둘 수도 있다. 그러나 대부와 대모는 같은 성(性)이어서는 안 된다. 다른 종파의 그리스도인은 후견인이 될 수 없지만 가톨릭 후견인과 함께 세례성사의 증인이 될 수는 있다.

성체께 대한 영적 (8)

셩톄씌ᄃᆞ흔령젹

 △ 제9세기에 네스도리오 열교당[1] 중 한 사람이 기록하였으되, 한 사람이 담 무너지는 데 치여 전신이 상하여 미란한지라.[2] 어떤 대주교가 미사 중에 성작 씻은 물을 가져 그 상처에 발라 주심에 즉시 온전히 나으니라.

 △ 강생 후 87년경에 공스단디노블콘스탄티노플 총주교 성 이냐시오가 미사성제를 지내실 때, 성체성사가 모든 이 앞에 큰 불덩이와 같이 발현하사 번갯빛보다 더 찬란하시니, 천주가 이 영적을 나타내심은 모든 교우의 신덕을 견고하게 하심으로써[3] 군난을[4] 감수하게 하심이니, 장래에 과연 성교회 군난을 당하여 주교가 귀향가시고 열교도 들어오니라.

 △ 예전에 1위 신부가 있으니 이름은 벨내시래이라. 면주[5] 형상 안에 계신 오 주 예수를 육목으로[6] 뵈옵기를 간절히 원하니, 이는 성체성사를 의심함이 아니요 오직 열심으로 조차옴이라.[7] 오 주 예수를 한 번 뵈온 후는 산업과 가옥을 일제히 버려 온전히 천주께 봉헌하고자[8] 하더라. 하루는 미사 중 성체를 이룬 후에 꿇어 오 주께 구하여

---

1   개신교인. 열교(裂敎) : 한국 가톨릭 교회에서 '개신교'를 이르는 말. 가톨릭 교회에서 분열되어 나간 교회라는 뜻이다.
2   미란(迷亂)하다 : 정신이 혼미하여 어지럽다.
3   원문은 '견고케ᄒᆞ샤써'.
4   박해를. 군난(窘難) : 박해를 뜻하는 옛말.
5   면주(麵酒) : 미사 때에, 성체와 성혈을 이루는 데에 쓰는 밀떡과 포도주를 아울러 이르는 말.
6   여기서는 '육신의 눈'이라는 의미. 육목(肉目).
7   추구함이다. 좇다 : '쫓다'의 옛말. 목표, 이상, 행복 따위를 추구하다.

이르되, "네가[9] 내 육목에 보이시어[10] 내가 능히 친손으로 너를 만지기를 마치 전에 네 성모가 팔로 너를 안음과 같이 하게 하소서." 예수영해[11] 과연 그 기구를 들으사 제대상에 발현하여 계신지라.

그 신부가 마치 전에 성 시메온과 같이 두 손으로 예수를 받들어 가슴에 모시다가 다시 예수께 면형 안에 감추시기를[12] 구함에 오 주가 또한 그 기구를 허락하여 보이지 아니하시니라.

세 편의 성체 기적 이야기입니다. 앞의 두 편은 기적 사건을 요약한 것이고 마지막 한 편이 이야기의 형태를 갖춘 미담입니다. 첫 번째 기적은 대주교가 성작 씻은 물로 환자를 치유했다는 것이고 두 번째 기적은 미사에서 성체가 불덩이처럼 변한 것을 전합니다. 마지막은 밸내시래 신부가 마사 중에 성체 안에 계신 예수님을 뵙기를 원하였더니 예수님이 발현하셨다는 내용입니다. 자신의 눈으로 예수님을 직접 보고자 했고, 자신의 손으로 성모님처럼 예수님을 만지기 원했던 신부는 아기 예수를 만납니다.

성체 치유 기적, 성체의 초자연적인 이적 그리고 성체의 발현 기적을 소개하고 있는 이 미담에서 기적의 진위는 알 수 없습니다. 그러나 이런 미담을 통해 성체에 대한 신심을 키워온 교회 공동체의 신앙 여정을 확인할 수 있습니다. 성체 기적은 성체를 통해 예수님을 만나길 원했고, 또 만났던 고백이기도 합니다. 기적 체험을 현재의 독자인 우리가 할 수 있을지는 알 수 없지만, 성체 안에서 예수님을 바라보았던 간절한 마음과 원의는 품을 수 있습니다. 이를 지향함이 성체 기적 미담의 목적이자 주제이기도 합니다.

---

8   원문은 '봉헌코져'.
9   원문은 '너ㅣ'.
10 원문은 '보이샤'.
11 영해(嬰孩) : 어린 아이.
12 원문은 '금초이시기를'.

성체께 대한 영적 (9)

성톄끠디흔령젹

제10세기에 서양에 한 열교인이[1] 있으니, 이름은 시고이라. 오 주 예수가 성체성사에 계심을 의심하여 믿지 아니하고 영국에 가서 그 열교를 전파하고자[2] 하였더라. 간도바리 주교가 미사성제를 드리실 때 오 주 예수께 발현하시기를 간구하여, 그 열교인으로 하여금 의심을 풀고 회두하기를[3] 바라시더니, 오 주 예수가 그 기구를[4] 윤허하사[5] 발현하심에 열교인들이 이 영적을[6] 목도하고[7] 회두하여 제 본 지방으로[8] 돌아가니라.

예전에 한 은수사[9] 신부는 미사성제를 거행하여 거양성체[10] 한 후, 한 손에는 성작을[11] 잡고, 또 한 손가락으로 성작가를[12] 만지며 심중에 생각하되, 포도주가 과연 변하여 예수의 성혈이 되셨는가 하더니, 성작 안의 성혈이 홀연 곤곤히[13] 흘러 그 신부의 손가락 닿은 데까지 올라와 그 손가락을 선연한 피로써 적시니라. 그 성작은 지금

1　열교(裂敎) : 한국 가톨릭 교회에서 '개신교'를 이르는 말. 가톨릭 교회에서 분열되어 나간 교회라는 뜻이다. 열교인(裂敎人) = 개신교인.
2　원문은 '젼파코져'.
3　회개하기를.
4　기구(祈求) : 기도의 옛 용어.
5　청을 허락하사. 윤허(允許)하다.
6　영적(靈蹟) : 신령스러운 사적. 기적의 옛말(『가톨릭대사전』).
7　목도(目睹)하고 : 목격하고.
8　원문은 '에로'.
9　숨어서 도를 닦는 수사. 은수사(隱修士)
10　거양성체(擧揚聖體) : (가톨릭) 미사 때에, 사제가 성체로 변한 빵의 형상을 높이 쳐드는 일.
11　성작(聖爵) : (가톨릭) 미사 제구(祭具)의 하나로, 포도주를 담는 잔.
12　성작 가장자리를. 원문은 '셩쟉가흘'.
13　곤곤(滾滾)히 : 흐르는 큰물이 출렁출렁 넘칠 듯하게. 물이 솟아오르는 모양이 세차게.

까지 성당에 보존하여 두고 그 은수사신부는 황공하고 겸손한 마음으로 다시는 미사 성체를 드리지 아니하니라.

두 개의 성체 기적이 소개됩니다. 하나는 10세기경 서양에서 성체를 의심한 개신교 신자가 목격한 성체 기적이고, 다른 하나는 성작에 있는 포도주가 과연 성혈이 될까를 의심한 신부가 성혈로 변한 기적을 체험한 이야기입니다. 개신교 신자이든 천주교 신부이든 성체성혈을 의심할 수 있음과 성체 기적을 통해 그들의 의심을 믿음으로 바꾸는 예수님의 자비를 느낄 수 있는 미담이기도 합니다.

성체께 대한 영적 (10)

성톄의디흔령젹

　예전 법국^{프랑스} 어느 촌 성당에서 신부가 미사성제를 거행하여 영성체 임시에[1] 거룩한 면형[2]과 주형이[3] 도무지 보이지 아니하거늘, 신부가 자세히 자세히 살펴보니 살과 피가 있는지라. 신부가 크게 놀라고 기이히 여겨 즉시 수사들을 불러 보게 하고 또한 교우들을 불러 이 영적을[4] 보게 할 때, 어떤 후작이 또한 와서 보았고 그 성작과 성반은 그 성당 대제대에[5] 보존하여 두어 거룩한 기념품을 삼으니라.

　제11세기에 성 안셀모가 수도원장이 되었을 때에 한 부자 노인의 아들이 나창[6] 병이 들었는데, 천주의 묵시[7]를 받아 성 안셀모 수도원에 가서 성인 원장이 미사 중에 세수한 물을 얻어 마시면 곧 나을 줄을 알았더라. 그 부자 노인이 성인께 와서 청하나 그러나 성인은 겸손한 마음으로 허락하지[8] 아니하시더니 그 노인이 재삼 간청하는 고로 하릴없이[9] 허락하여 그대로 행함에 나창이 즉각에 나으니라.

　이보 성인이 미사를 지내실 때 그 미사에 참여하는 자가 적지 아니하고 그중에는 몇 사람이 오 주 예수가 참으로 이 성체에 계신가 의심하는지라. 천주가 그들을[10] 불

1　임시(臨時) : (흔히 '－을 임시에' 구성으로 쓰여) 정해진 시간에 이름. 또는 그 무렵.
2　면형(麵形) : 가톨릭에서 밀떡이 성체로 바뀐 후에도 그 모양을 그대로 가지고 있는 겉모양을 이르는 말.
3　주형(酒形) : 예수님의 피인 성혈로 변할 술을 지시한다.
4　영적(靈蹟) : 신령스러운 사적; 기적의 옛말(『가톨릭대사전』).
5　예전에 성당 중앙에 있는 제대를 '대제대'라 불렀다. 회랑에 있는 것은 '소제대'라 부름.
6　나창(癩瘡) : 나병(癩病), 나병종. 나병 환자의 살갗에 생기는 부스럼 같은 멍울. 원문은 '라창'
7　묵시(默示) : 직접적으로 말이나 행동으로 드러내지 않고 은연중에 뜻을 나타내 보임. (기독교)하나님이 계시를 내려 그의 뜻이나 진리를 알게 해 주는 일. 원문은 '믁시'.
8　원문은 '허락치'.
9　할 수 없이. 원문은 '홀일업시'.
10　원문은 '뎌들을' → 저들을 → 그들을.

쌍히 여기사 한 영적을 주실 때,[11] 성인이 성체와 성혈을 이루실 때부터 지극히 광명한 한 둥근 형체가 성인의 머리 위에 나타나 머물다가 성인이 성체와 성혈을 다 영하신 후는 홀연 보이지 아니하니, 의심하던 자가 다 그 의심을 버리고 진실히 믿으니라.

해설

　세 개의 성체 기적을 소개합니다. 프랑스 시골 성당에서 신부가 미사 거행할 때 살과 피가 나타난 기적, 11세기 성 안셀모 수도원에서 미사에서 세수한 물로 병이 치유된 기적, 이보 성인이 미사를 행할 때 의심하는 신자들 앞에서 일어난 성변화 때의 기적 이야기입니다. 두 번째 이야기는 미사와 관련한 기적 이야기라 할 수 있는데, 이를 성체 기적의 하나로 전하고 있습니다. 이 같은 예는 이전의 미담에서도 있었습니다. 미사의 기적은 성체 기적과 같은 것으로 간주되었습니다. 세 편의 이야기 모두 서사성은 떨어지고 각각 사건 요약으로 전합니다. 이야기가 줄 수 있는 감동보다는 '기적' 자체에 대한 소개에 목적이 있었기 때문입니다.

11　원문은 '식'.

성체께 대한 영적 (11)

성톄의딕훈령젹

△ 예전에 한 주교는 미사 중에 우연히 의심이 얼어나 예수가 진실로 성체성사 안에 계신가 하더니, 미사 중에 절대로 면형을[1] 나눌 때에 홀연 봄에 자기 수중에 생활하신[2] 살과 임림한[3] 피가 계신지라. 이제 의심이 온전히 사라지니라.

△ 전에 어떤 수도원 내에 원장이 병들어 오랫동안 앓을 때, 수사들로 하여금 병상을 이리저리 끌어옮겨 다른 수사들로 더불어 염경,[4] 묵상, 미사참례, 그런 신공을[5] 다 함께 통경하더라.[6]

하루는 모든 이와 함께 미사에 참예할 때,[7] 병자 원장이 미사경을 크게 염하여 마치 전에 자기가 미사를 지냄같이 함에, 모든 이 자연 염증을[8] 내여 듣기를 싫어하더라. 원장이 이와 같이 미사경을 염하다가 영성체 임시하여[9] 옆에 있는 사람에게 술을 조금 청하여 해갈하고자[10] 하여 조금 마시고 미사를 마친 후에 또 같은 술을 조금 청하여 마시더니 이르되, "이 술을 아까 마시던 술과 일정코[11] 같지 아니하다" 하는지라. 곁에

---

1 면형(麵形) : 가톨릭에서 밀떡이 성체로 바뀐 후에도 그 모양을 그대로 가지고 있는 겉모양을 이르는 말.

2 살아있는.

3 임림하다 : 임림(淋淋)하다 : 비 또는 물방울이 떨어지는 듯하다. 원문은 '림림하다'

4 염경기도(念經祈禱) : 가톨릭에서 기도문을 읽거나 외면서 하는 기도.

5 묵주신공. 신공(申供) : 정성을 드려 소원을 빎.

6 통경(通經)하다 : 가톨릭에서 두 사람 이상이 서로 번갈아 가며 소리를 내어 기도문을 읽다. 지금은 '응송'이라는 용어를 자주 사용한다.

7 원문은 '시'.

8 염증(厭症) : 싫증.

9 할 시간에 이르러. 임시(臨時) : (흔히 '-을 임시에' 구성으로 쓰여) 정해진 시간에 이름. 또는 그 무렵.

10 원문은 '히갈코져' 해갈(解渴)하다 : 목마름을 해소하다.

11 확실히. 원문은 '일뎡코', '일뎡(一定)하다'는 『한불자전』에 따르면 확실하다, 틀림없다는 뜻이다.

있던 사람들이 생각하되, 원장이 첫 번 마시던 술은 미사 때의 술이라 천주가 일정코 신묘한 맛을 주심이라 하여 이에 원장에게 대답하되, "천주가 특별히 다시 주시지 아니하면 얻을 수 없다" 하니 병자 원장이 부끄러움을 머금고 속으로 이르되, "천주가 내게 베푸신 특은을[12] 다른 사람들이 다 알았도다" 하니라.

△ 전에 한 유데아인^{유대인}은 악한 마음을 일으켜 성체를 발로 천답하고자[13] 하여 교우들로 더불어 성당에 가서 함께 성체를 받고 가만히 성체를 그 입에서 꺼내고자 할 때, 홀연 그 입이 대단히 아파 소리를 지르며 야단을 하거늘 교우들이 그의[14] 입을 살펴봄에, 한 불칼이 그 입을 찌르더라.

신부가 오사, 그 입에서 성체를 꺼내어 천답함을 면하게 하시니라.

세 개의 기적 이야기입니다. 한 주교가 미사 중에 면형을 나눌 때 성체에서 피가 떨어지는 기적, 병에 걸린 수도원장이 미사 중에 갈증 때문에 마신 술과 미사 마친 후에 마신 술이 같은 술이었지만 그 맛이 다르더라는 기적, 마지막으로 한 유대인이 성체를 모욕할 목적으로 성체를 영한 것을 알고 교우들이 그의 입에서 성체를 꺼내고자 하였더니 불칼이 그의 입을 찌르고 있었다는 기적입니다.

때문에 여기서는 '확실하게', '분명히'의 의미이다. 현대 한국어에서는 '일정(一定)하다'는 하나로 정하여져 있다, 한결같다, 규칙적이다는 뜻으로 쓰여 『한불자전』에서의 풀이와는 차이가 있다.

12 특은(特恩) : 특별한 은혜. 가톨릭에서 성령이 특별히 내려 주는 은혜. 예언, 영의 식별, 기적 따위를 베푸는 능력을 이른다.

13 천답(踐踏)하다 : 발로 짓밟다. 함부로 마구 밟다.

14 원문은 '뎌의'.

성체께 대한 영적 (12)

셩톄씌디훈령젹

△ 제12세기에 성 놀벨도^{노르베르토}가 허다한[1] 이단자들을 귀화시키셨는데, 그중에 한 괴이한 자 하나가 있어 성체를 영한 후에 제 입에서 꺼내어 땅 속에 파묻었더라. 오랜 후에 그 사정을 알고 그곳에 가서 땅을 파보니 거룩한 면형이[2] 완전히 있어 15년이 지나도록 조금도 썩지 아니하였더라.

△ 예전에 한 부마한[3] 자가 있는지라. 사람들이 붙잡아 가지고 성 벨나도^{베르나르도} 앞에 대령시키거늘, 성인이 성체를 성작에 담아가지고 그 마귀 들린 자 머리 위에 모시니, 마귀가 즉시 그 사람을 버리고 나가니라.

△ 성 벨나도^{베르나르도}가 원장으로 계실 때에 한번은 어떤 수사에게 영성체하기를 금하셨는데 그 수사가 순명치 아니하고 성체를 영하였더니 면형을 도모지 삼킬 수 없는지라. 즉시 죄를 고하고 사함을 받은 후에는 순순히 삼키니라.

△ 전에 한 신품자는[4] 품행과 학문은 다 범상치 아니하되 다만 예수 성체성사에 계심을 믿지 아니하는지라. 주교가 여러 번 권하시되, 듣지 아니하거늘 하릴없이 벌에 처하셨더니 그가 도리어[5] 억설로써[6] 제 말이[7] 옳다 하는지라. 주교가 이르시되, "내가 바라노니 네 말이 옳은지 천주가 증거하여 주시리라" 하시니라. 그 사람이 제 집에로

---

1   허다(許多)한 : 많은.
2   면형(麵形) : 가톨릭에서 밀떡이 성체로 바뀐 후에도 그 모양을 그대로 가지고 있는 겉모양을 이르는 말.
3   귀신들린. 부마(付魔) : 귀신이 들림. (가톨릭) 마귀가 사람의 육신 속에 들어가서 그 사람의 여러 기능을 마비시킴.
4   신품성사 받은 자. 새 사제.
5   원문은 '도로혀'.
6   억설(臆說) : 근거도 없이 억지로 고집을 세워서 우겨 댐. 또는 그런 말.
7   자기 말이.

돌아갔는데 홀연 어떤 사람이 그를 땅에 거꾸러트려 압복하니[8] 그가 비로소 그 잘못함을 자복하고[9] 개과하니라.[10]

네 개의 성체 기적이 소개됩니다. 12세기에 노르베르토 성인이 귀화시킨 이단자 중 한 명이 입에서 꺼내 땅에 묻은 성체가 15년이 지나도 그대로 있었다는 기적, 마귀 들린 자가 성체 덕분에 마귀에서 벗어난 기적, 영성체를 금하도록 명령을 받은 수사가 몰래 성체를 영하려고 했지만 삼킬 수 없었다는 기적, 성체를 믿지 못한 새 사제가 잘못을 깨닫고 뉘우친 기적입니다.

노르베르토(Norbert) 〔가〕 축일 6월 6일. 활동연도 : 1080~1134. 독일 산튼(Xanten)의 귀족 가문에서 태어난 성 노르베르투스(Norbertus, 또는 노르베르토)는 하인리히 5세 황제의 궁전에서 하사품을 관리하는 차부제로 지내며 물려받은 많은 재산을 가지고 방탕한 생활을 하였다. 그러던 어느 날 예식에 참석하고자 말을 타고 가다가 번개를 맞아 땅에 떨어졌다. 얼마 후 의식이 회복되자 방탕했던 지난 생활에 대해 깊이 통회하며 "주님, 저로 하여금 무엇을 하길 원하십니까?" 하고 옛날의 사도 바오로(Paulus)처럼 주님께 여쭈어 보았다. "악을 피하고 선을 행하라"는 음성이 들리는 것 같았다. 이를 구체적으로 알기 위해 그는 쾰른 근처 지그부르크의 한 수도원에 들어가 기도와 단식으로 시간을 보냈었다. 결국 주님의 뜻을 확신한 그는 쾰른 시로 나와 사제 서품을 준비하고 1115년에 사제품을 받았다. 서품 후 그는 전혀 다른 사람이 되어 전에 있던 곳으로 돌아왔으나 환영받지 못하였다가 북부 프랑스를 다니며 주님의 말씀을 설교한 것이 큰 효과를 내게 되어 그는 매우 유명한 설교가로 변신하였다.

1120년 1월 25일 그는 13명의 동료들과 함께 프레몽트레(Premontre)에서 성 마르티누

8 　압복(壓服; 壓伏)하다 : 힘으로 눌러서 복종시키다.
9 　자복(自服)하다 : 저지른 죄를 자백하고 복종하다.
10 　개과(改過)하다 : 잘못이나 허물을 뉘우쳐 고치다.

스(Martinus)의 율수 수도회를 개혁하여 새 수도회를 설립하였다. 그는 생전에 8개의 대수도원과 2곳의 수도원을 세웠고, 교황 호노리우스 2세(Honorius II)로부터 1125년에 공식 인가를 받았다. (…중략…) 1132년 그는 황제 대관식에 참석하고자 로마에 갔다가 중병에 걸려 4개월 간 병상에 눕게 되었으나 그 후 교구로 돌아와 2년 간 직무를 수행하다가 1134년 54세로 선종하였다. 1582년 시성되었다.

성체께 대한 영적 (13)

성톄쯰디흔령젹

　△ 천주강생 후 1153년경에 한 유데아[유대]인이 고교를[1] 버리고 총교에[2] 회두하였더라.[3] 그 아들 소년이[4] 부활첨례날에[5] 성당에 가서 성체를 받은 후 악한 마음을 내어 제 입에서 성체를 꺼내거늘, 한 교우가 보고 그를 따라가 보니 성체를 흙구덩이에 버리더라. 그 교우가 즉시 신부를 청하여 함께 가서 신부가 성체를 거두어 손에 모심에 홀연 지극히 광명하고 찬란한 영해예수가[6] 발현하셨다가 천상에 올라가 다시 보이지 아니하니라.

　△ 빨네스디나[팔레스티나] 지방에는 유데아[유대]인이 많고 그중에는 한 유명한 처녀 규수가[7] 있는지라. 그 지방 공작이[8] 혼인을 청하되, 그 규수는 고교에 고집함으로 응낙치 아니하거늘 공작이 사람으로 하여금 그 처녀에게 성교도리를[9] 가르치게 함에 그 처녀가 성교의[10] 모든 도리를 다 믿되, 성체도리는[11] 믿지 아니하고 이르되, "예수가

1　고교(古教) : (기독교) 모세교.

2　총교(寵教) : 천주교, 천주교를 사랑의 종교라는 뜻으로 이르는 말☞미담 143.

3　회두(回頭) : 머리를 돌린다는 뜻으로, 뱃머리를 돌려 진로를 바꿈을 이르는 말. (가톨릭) 배교(背教)하였다가 다시 돌아옴.

4　청년. 원문은 '쇼년' → 소년(少年) : 젊음, 청년기(『한불자전』). 당시에는 청년을 소년으로 지칭하였다.

5　부활 축일에.

6　아기 예수. 영해(嬰孩) : 어린 아이.

7　규수(閨秀) : 남의 집 처녀. 학문과 재주가 뛰어난 여자.

8　공작(公爵) : 귀족의 작위 가운데 첫째 작위. 후작보다 위.

9　성교회의 교리. 도리 : 이는 사람이 마땅히 지켜야 할 바른 길을 말하며, 하느님께서 주재하시는 세상 만물의 운행과 이치라고 할 수 있다. 그런데 옛 교우들은 이 말을 가톨릭의 '교리(教理)'라는 의미로 사용하였다(『가톨릭대사전』).

10　천주교의.

만일 면형[12] 속에 계시면 어찌하여 어떤 때에 우리에게 실상으로 발현치 아니하시느뇨? 나는 도무지 믿지 아니하노라" 하시더라. 공작이 모든 교우를 청하여 함께 천주께 기구하다가[13] 한 대첨례날에[14] 모든 교우가 유데아(유대)인으로 더불어 함께 미사에 참례하여 거양성체[15] 때에 이름에 예수영해가[16] 발현하여 보이시니라. 그 처녀가 이 영적을[17] 보고 그 의심 하던 죄를 뉘우치며 성세를 받은 후 공작과 성혼하고[18] 다른 유데아(유대)인들도 허다히[19] 기사귀정하니라.[20]

두 개의 기적을 소개합니다. 하나는 1153년경 한 유대인 아들 소년이 성체를 흙구덩이에 버렸는데 나중에 교우가 이를 거두어 모시니 아기 예수가 발현했다는 기적이고, 다른 하나는 팔레스티나 지방에 한 유명한 유대인 처녀가 있었는데 성체 교리를 믿지 않자 미사 때에 아기 예수가 발현하였다는 기적입니다. 성체 기적을 아기 예수의 발현 기적과 연결한 점이 특이합니다.

---

11 성체교리.

12 면형(麵形) : 가톨릭에서 밀떡이 성체로 바뀐 후에도 그 모양을 그대로 가지고 있는 겉모양을 이르는 말.

13 기구(祈求) : 기도의 옛 용어.

14 대축일에.

15 거양성체(擧揚聖體) : (가톨릭) 미사 때에, 사제가 성체로 변한 빵의 형상을 높이 쳐드는 일.

16 아기 예수 ☞ 주 6.

17 영적(靈蹟) : 신령스러운 사적. 기적의 옛말(『가톨릭대사전』).

18 결혼하고. 성혼(成婚) : 혼인이 이루어짐. 또는 혼임을 함.

19 허다(許多)히 : 많이.

20 기사귀정(其捨歸正) : 그것을(의심을) 버리고 바른 길로 돌아왔다는 의미.

성체께 대한 영적 (14)

성톄의뒤흔령젹

△ 루수루도비코 성왕은 법국프랑스에 유명한 임금이라.[1] 한 번은 중병 들어 신부가 성체를 모시고 오시거늘 성왕이 이르되, "내가 어찌 감히 오 주 예수가 내 병상 앞에 임하심을 당하리오" 하고 즉시 일어나 의복을 입고, 두어 사람으로 하여금 붙들게 하여 이와 같이 궁중 성당에 이르러 장궤하고 성체를 영하시니, 궁중에 있는 모든 이 이러한 열심을 보고 감동하여 눈물을 흘리지 아니하는 이 없더라. 성왕이 성체를 영하시고 꿇어 감사하신 후는 사람의 부축을 받지 않고 병실로 가시지도 않고 곧 사무소로 가셨는데, 병이 온전히 나은 고로 더욱 천주께 감사하시니라.

△ 예전에 성 테오필노테오필로 주교는 당신 교구 내에 남교우들이[2] 봉재성시[3]를 잘 지키지 아니하는지라. 그 남교우들을 벌하여 부활첨례 본일에는[4] 영성체하기를 금하시고, 다만 부활1부 첨례날에 영하게 하셨더라. 한 남교우가 주교의 이 금령을 지키지 아니하고 자기 본당 신부께 알게도 아니하고 오직 부인의 복장을 바꿔 입고[5] 부활 본일에 성체를 감히 영하였더라. 이상하도다, 성체가 그 입에 들어가심에 그 사람의 전신이 몹시 아파 견딜 수 없는 고로 성체를 다시 토할 때 또한 피가 함께 나온지라.[6] 그 사람이 여복을 바꿔 입고 모령성체[7] 한 사실을 모든 이 앞에 자백하니, 듣던 모든

1　루도비코 성왕에 대한 미담은 「루수 성왕의 인자한 표양」(미담 92, 1918.1, 389호)에서도 나온 바 있다.

2　남자 교우들이.

3　사순시기. 원문은 '봉지셩시'.

4　'부활축일 본날에는'. '부활축일 날에는'의 의미.

5　원문은 '밧고아닙고' → 받고와입고 → 바꿔입고.

6　나왔다.

7　모령성체(冒領聖體) : 성체성사를 모령하여 받음으로써 성립되는 중죄 ☞ 미담 143.

이는 주교 명령을 범한 연고로 이 현벌이[8] 나타남을 알아듣고 더욱 두려워하니라.

　두 개의 성체 기적 이야기가 소개됩니다. 첫 번째 기적은 프랑스 루도비코 왕이 중병에 걸렸는데 성체를 영한 후 병에서 나았다는 치유 기적으로 이 내용은 「루수 성왕의 인자한 표양」이라는 제목으로 1918년 1월(미담 92, 『경향잡지』 389호)에 소개된 바 있는 내용입니다.

　다른 하나는 테오필로 성인이 주교로 있을 때 남교우들이 사순 시기를 제대로 지키지 않아 부활절에 성체를 모시지 못하게 금하였으나 이를 거역하고 모령성체를 하려고 했던 신자들이 벌을 받은 기적입니다. 모령성체를 금하고자 한 이야기라 여겨집니다.

8　『한불자전』에 의하면 현벌(顯罰)은 '하늘의 당연한 처벌', '분명하고 초자연적인 벌', '가시적인 벌'이라는 뜻이다.

성체께 대한 영적 (15)

성톄씌디흔령젹

　△ 천주강생 후 1183년경에 한 교우가 있어 목축업을 숭상하여 양을 많이 기를 때, 자기 양을 이리가[1] 항상 물어가는지라. 이 목자가 미련하고 또는 순직한 생각을 발하여[2] 한 해에는 부활첨례를 당하여 성체를 영한 후 성체를 취하여 자기가 가지고 다니는 양 모는 지팡이를[3] 땅에 꽂고 그 지팡이 꼭대기에 성체를 모셔둠으로써[4] 이와 같이 양을 호수코자[5] 하였더라. 과연 밤이 되면 그 지팡이 꼭대기에서 큰 광채가 발해 싀랑이[6] 가까이 오지 못함에 양과 사람이 다 평안히 지내었더라. 그 후 본당 신부가 그 사정을 아시고 주교께 품함에[7] 주교가 친히 가사 그 지팡이를 취하여 성당에 모셔 두었는데 성적이[8] 또한 많이 나타나니라.

　△ 천주강생 후 1199년경에 한 여교우 부인이 있어 성체를 영한 후 그 성체를 취하여 밀로써 오목한 그릇 같은 합을 만들고 그 밀합 속에 성체를 5년 동안이나 이와 같이 모셔 두었더니, 그 후 심중에[9] 불안함을 깨닫고 본당 신부께 그 잘못한 죄를 고하였더라. 신부가 그 밀합을[10] 열어봄에 한 살점이 있는지라. 모셔다가 성당에 보존할 때,

---

1　원문은 '일회' → 이리 : 늑대.
2　발(發)하다 : 일어나다, 드러나다.
3　원문은 '집행이'.
4　원문은 '뫼셔두어써'. 이를 '모셔 둠으로써'로 풀어 옮겼다.
5　호수(護守)코자 : 지키고자, 수호하고자.
6　싀랑이 : 개와 닮은 야생동물, 늑대(『한불자전』).
7　품(稟)하다 : 웃어른이나 상사에게 어떤 일의 가부나 의견 따위를 글이나 말로 묻다.
8　성적(聖蹟) : 기적, 경이(『한불자전』). 『표준국어대사전』에서는 성적(聖蹟)이 성스러운 사적이나 고적으로 풀이되어 있다. 본문에서 '성적'은 문맥상 『한불자전』의 풀이대로 이해하는 것이 타당하다. 즉 기적. 원문은 '셩젹'.
9　심중(心中)에 : 마음에.

미사 중 거양성체[11] 시에는 그 살점이 활발하여 밀합 속에서 나오거늘, 주교가 그 살점을 성체합에 모셔 성당 감실 안에 모셔 두고 조배할 때, 성적을[12] 얻은 자가 허다하니라.

두 개의 기적 이야기입니다. 첫 번째 기적은 1183년경 목축업 하는 교우가 성체를 지팡이 끝에 두었더니 거기서 큰 빛이 비쳐져서 늑대로부터 양을 보호할 수 있었다는 사건을 전합니다.

두 번째 기적은 1193년 한 여교우가 성체를 5년 동안 상자에 보관하였는데 그 상자를 열어 보니 살점이 하나 있었다는 내용입니다. 이를 성당 감실에 옮기니 이후 이를 조배하던 신자들 중에 기적을 체험한 이가 많았다는 후일담이 덧붙여져 있습니다.

---

10 밀로 만든 그릇.

11 거양성체(擧揚聖體) : (가톨릭) 미사 때에, 사제가 성체로 변한 **빵**의 형상을 높이 쳐드는 일.

12 ☞ 주 8.

성체께 대한 영적 (16)

성톄씌디흔령젹

제13세기에 한 이단인이 있으니 이름은 게아드이라. 자기 지방에서 세력도 있고 각양 도리에도 명백하나,[1] 고집하여 성체를 믿지 아니하고 그 당시 안도니^{안토니오} 성인으로 더불어 변론하여도 일정코[2] 성인을 이길 줄로 여겼으나, 모든 이 앞에서 부끄러움을 당하고 회두하니라.[3]

사실을 전설하건대[4] 그이가 성인께 와서 이르되, "우리가 말로만 변론하여 볼 것이 아니라 오직 실행으로 변론하여 볼 것이니, 내가 나귀 한 필이 있는데 3일 동안에 굶기고 제3일에 당신은 성체를 손에 들고 오라. 내가 굶은 나귀 쥐동 앞에[5] 성체를 대어주어 먹게 하여도 먹지 아니하고 나귀가 당신께로만 향하고 내게로 향하지 아니하면, 내가 항복하여 성교로[6] 회두하리라" 하니라.

제3일에 과연 이단인은 굶은 나귀를 끌어오고 성인은 성체를 모시고 와서 성인이 나귀를 향하여 이르시되, "내가 내 손에 계신 천주 예수의 성명을 의지하여 네게 명하노니 네가 땅에 꿇어 성체께 조배하여 이단의 사람으로 하여금 무령한[7] 짐승도 천지 대주를 알아 공경함을 보게 하라" 하시니라. 이단인이 제 굶은 나귀를 끌어 축성한 면

---

1 '각기 다른 여러 가지에서 도리를 확실히 아나'의 의미.

2 확실히, 원문은 '일뎡코', '일뎡(一定)하다'는 『한불자전』에 따르면 확실하다, 틀림없다는 뜻이다. 때문에 여기서는 '확실하게', '분명히'의 의미이다. 현대 한국어에서는 '일정(一定)하다'는 하나로 정하여져 있다, 한결같다, 규칙적이다는 뜻으로 쓰여 『한불자전』에서의 풀이와는 차이가 있다.

3 회두(回頭) : 머리를 돌린다는 뜻으로, 뱃머리를 돌려 진로를 바꿈을 이르는 말. (가톨릭) 배교(背敎)하였다가 다시 돌아옴.

4 전설(傳說)하건대 : 전하건대, 전언하건대.

5 주둥이 앞에.

6 가톨릭교, 천주교. 성교(聖敎) : 성스러운 종교, 가톨릭교(『한불자전』).

7 무령(無靈)한 : 영혼이 없는.

병을[8] 먹게 하여도 도무지 먹지 아니하고 땅에 꿇어 제 머리를 성인의 발아래 의지하니, 모든 이 보고 십분 감동하며 그 이단인도 굴복하여 성체를 믿고 제 가족과 및 허다한 이단인으로 더불어 개과하여[9] 성교에[10] 회두하고, 그 영적[11] 나타나던 곳에는 성당을 건축하여 성 베드로를 모셔 그 성당 주보를[12] 삼으니라.

그 후 그 회두한 이단인의 조카가 또한 작은 성당을 건축하고 그 영적의 사실을 보석으로 꾸민 성당 벽상에 새겨두는지라. 성인이 그 성당을 향하여 장궤하시고 조배하실 때, 그 성당의 벽이 환하게 열려 미사성제 드리는 것을 다 완전하게 보시니라.

성체와 관련된 미담 중에서 이 작품은 한 편의 독립된 이야기 구조를 갖추고 있습니다. 첫째 단락은 배경과 인물 소개, 둘째와 셋째 단락은 본 이야기, 마지막 단락은 후일담입니다. 이 미담에 등장하는 안토이오 성인은 은수자의 아버지라 불린 안토니오 성인이 아니라 13세기에 활동했다는 점을 고려할 때 파두아의 안토이오 성인입니다.

13세기에 안토니오 성인은 게아드르라는 이단인과 성체를 두고 내기를 하게 됩니다. 이단인은 성체를 믿지 않았기에 3일 동안 나귀를 굶긴 후에도 그 나귀가 성체를 먹지 않으면 성체를 믿겠노라고 합니다. 이에 안토이오 성인은 나귀에게 짐승도 천주를 공경함을 보이라 명하는데 이 명을 받은 나귀가 성체를 공경하더라는 내용입니다. 이후 주인공인 이단인 게아드뿐 아니라 그 가족과 많은 이단인들이 회개하여 천주교를 믿게 되었고 기적이 나타난 곳에는 성당이 지어집니다.

이 작품은 짐승도 성체를 알아보고 공경하였다는 기적 이야기를 통해 성체 신심을 전하고자 한 미담입니다. 또한 성체의 영적 힘이 인간뿐 아니라 동식물의 세계에도 미침을 보여줍니다. 이 같은 예는 다른 미담에서도 발견됩니다.

---

8 면병(麵餅) : 가톨릭에서 미사 때, 성체를 이루기 위하여 쓰는 밀떡.

9 개과(改過)하여 : 잘못과 허물을 뉘우쳐 고치고.

10 ☞ 주 6.

11 영적(靈蹟) : 신령스러운 사적. 기적의 옛말(『가톨릭대사전』).

12 성당의 수호성인. 主保.

안토니오 성인(St. Athanasius) 가 파두아의 안토니오(A. de Padua, 1195~1231). 성인, 프란치스코회 사제, 교회학자. 축일 6월 13일. 포르투갈의 귀족 출신으로 궁정 후원 하에 있는 자신의 아우구스티노 참사회(慘事會)의 수도정신에 실망, 모로코에서의 순교의 열망 속에 산 안토니오(San Antonio)의 프란치스코회에 가입하여 자원해서 모로코로 출발하였으나 병으로 곧 귀국하였다. 서품에 즈음하여 설교가로서의 소명을 자각하고 북부 이탈리아의 이단에 대하여(1222~1224, 1227~1230년), 남부 프랑스의 알비파에 대하여(1224년) 설교하였으며, 1231년에는 파두아에서 매일 연설하였다. 1223년 성 프란치스코(St. Francis of Assisi)에 의해 프란치스코 신학교의 첫 신학교수로 임명되었으며 성 아우구스티노의 신학을 그곳에 소개하였다. 그러나 정열적인 활동은 병약한 그의 육체를 크게 해쳐서 36세의 나이로 영면하였다. 1232년 그레고리오 9세에 의해 시성되었으며, 비오 12세는 'Doctor evangelicus'라는 칭호와 함께 교회박사로 선포하였다. 그는 영육적 필요에 대한 사랑의 사도로서 잃어버린 물건을 되찾아 주는 이, 연인과 결혼과 임신부, 그리고 과부의 주보성인이다. 파두아에서는 그에 대한 숭배가 성 안토니오 축일에 절정에 오르는데 사람들은 그의 통공을 비는 뜻에서 '성 안토니오의 빵'을 그의 이름으로 가난한 이들에게 준다.

성체께 대한 영적 (17)

성톄씌디호령젹

거번에[1] 대양주의 성교[2] 역사를 대략 말하였거니와 대양주에 처음 교우들은 거의 다 애이란드^{아일랜드}(히베르니아) 사람인데, 영국 정부에서 귀향 보낸 사람들이라. 성당도 없고 신부도 없으되 수천 명 교우가 신덕을 보존하며 도마스^{토마스}라 하는 교우 집에 모여 기구하며[3] 목자 주시기를 간청하더니, 1817년에 폴닌 신부주가[4] 한 수사로 더불어 와서 교우들을 돌아보심에 성교가 점점 흥왕하였으나, 정부에서는 이를 알고 신부를 지경 밖으로[5] 쫓아내는지라. 신부가 급히 쫓겨 가실 때에 도마스^{토마스} 집에 성체 모신 것을 거둘 겨를이 없었더라.

교우들은 신부를 잃은 후 다만 성체만 모시고 항상 조배하기를 2년 동안에 하며 위로를 삼았더니 2년 후에 법국^{프랑스} 신부 1위가[6] 와서 시드내 읍내 도마스^{토마스} 교우 집에 2년 동안 성체가 계시다 함을 듣고 즉시 가서 영하셨다.[7] 면형이[8] 조금도 상하지 아니하였더라.

축성한 면병이[9] 부패하거나 썩거나 하면 성체가 계시지 아니하는 법인데, 오 주 예

---

1   거번(去番)에 : 지난번에.
2   가톨릭교, 천주교. 성교(聖敎) : 성스러운 종교, 가톨릭교(『한불자전』).
3   기구(祈求) : 기도의 옛 용어.
4   신부님이, 신부 한 분이. 원문은 '신부쥬ㅣ'. 主. 한자어로 주인, 주(『한불자전』).
5   원문은 '밧게로'.
6   한 분이.
7   원문은 '령호셧는라'인데 그 의미를 살려 '영하셨다'로 옮겼다. 원문에서 '는'은 현재시제를 의미한다.
8   원문에는 '명형'이라 표기되어 있는데 이는 '면형'의 오기(誤記)로 보인다. 면형(麵形) : 가톨릭에서 밀떡이 성체로 바뀐 후에도 그 모양을 그대로 가지고 있는 겉모양을 이르는 말.
9   면병(麵餅) : 가톨릭에서 미사 때, 성체를 이루기 위하여 쓰는 밀떡.

수가 그 고독한 교우들을 불쌍히 여기사 면형이 2년 동안에 상치[10] 아니하게 하시고 당신 성체로써 그 교우를 위로하심이러라.

△ 예전에 어떤 신부는 미사를 지내기로 제병을[11] 성포[12] 우에 놓으니 홀연 없어지는지라. 신부가 생각하되, 이는 바람에나 혹 기침할 때에 불려감이라 하여 재차 그 제병을 집어 성포 위에 놓으니 또한 전 같이[13] 피하는지라. 부득이 다른 제병을 성포 위에 놓으니 이제는 무사하여 미사성제를 거행하였는데, 그 후 사람들이 그 없어지던 면병을[14] 가져 자세히 살펴보니, 그 면병에 허다한 미생충이 있어 미사의 제품이 되지 못할 뿐 아니라 또한 사람을 크게 해할[15] 위험이 있었더라. 이는 천주가 미사성제를 위하여 또한 사람을 위하여 이 같은 성적을[16] 행하심이러라.

해설

　두 편의 성체 기적이 소개되어 있습니다. 첫째 미담은 독립된 이야기라 해도 되며, 다른 한 편은 사건의 개요를 요약하여 전달해줍니다. 두 기적 모두 성체가 건재함을 하느님이 허락하신 기적으로 이해한 사건을 다룹니다.

　첫째 기적은 영국에서 귀향 간 아일랜드 사람들이 영국 정부의 압력에도 불구하고 천주교 신앙을 믿던 시절을 배경으로 합니다. 성당도 신부도 없던 1817년에 폴린 신부와 수사가 한 교우 집에서 교우들을 돌보았지만 영국 정부는 그들을 내쫓습니다. 그런데 신부가 두고 간 성체만이 2년 동안 상하지 않고 그대로 지켜질 수 있었습니다. 이를 우연이나 행운으로 이해하지 않고 '고독한 교우들을 불쌍히 여기신' 예수의 위로로 이해한 점이 이 사건을 성체 기적

10　상하지.

11　제병(祭餠) : (가톨릭) 성체성사에 쓰는, 누룩 없이 만든 둥근 빵.

12　성포(聖布) : 성체포의 예전 용어.

13　전(前)과 같이.

14　☞주 9. 여기서는 제병과 같은 의미로 쓰였다.

15　해(害)할. 해하다 : 이롭지 아니하게 하거나 손상을 입히다.

16　성적(聖蹟) : 기적, 경이(『한불자전』). 『표준국어대사전』에서는 성적(聖蹟)이 성스러운 사적이나 고적으로 풀이되어 있다. 본문에서 '성적'은 문맥상 『한불자전』의 풀이대로 이해하는 것이 타당하다. 즉 기적. 원문은 '셩적'.

으로 본 이유입니다.

두 번째 기적 이야기 역시 신자들의 안위를 배려해주신 천주의 사랑을 보여준 성체 기적으로 미사 거행 시 미생충이 많았던 제병이 사라진 사건을 소개합니다. 두 사건 모두 성체와 관련된 기적이기도 하지만 이 미담들은 기이한 사건을 신앙의 눈으로 이해하고 깨달은 천주교 신앙 공동체의 고백이기도 합니다.

성체께 대한 영적 (18)

성톄쯰딕ᄒᆞᆫ령젹

　강생 후 1231년경에 서반아국스페인인 신부 구래스가 사로잡혀 회회교도의[1] 왕 마르시 앞에 이르러 왕에게 이르시되, "나는 천주 성교회의 신부로라.[2] 능히 미사성제를 거행하여 면병을[3] 변하여 천주 예수의 성체가 되게 하노라" 하시니 왕이 이르되, "내가 한 번 시험하여 보고자 하노라" 하고 좌우를 명하여 그 근처 성당에 가서 제병과 성작과 및 미사제구를 가져왔더라. 신부가 미사를 시작하시다가 보니 고상이[4] 없는지라. 신부가 의아하실 즈음에 홀연 양위천신이[5] 고상을 모셔다가 걸었거늘 신부가 미사를 연속하여 거양성체 시에[6] 이름에, 극히 미려하신[7] 예수영해[8] 나타나시고 광휘가 찬란하시니, 왕과 및 신하가 이 영적을[9] 보고 기사귀정하니라.[10]

　△ 예전에 성녀 글라라 수녀원이 회회교도에게[11] 둘러싸일 시에[12] 성녀가 성체를 모시고 오 주 예수께 애걸하시더니 오 주가 윤허하심으로[13] 회회교 무리들이 성체를

---

1 회회교(回回敎) : 이슬람교.
2 신부이다.
3 면병(麵餠) : 가톨릭에서 미사 때, 성체를 이루기 위하여 쓰는 밀떡.
4 고상(苦像) : 십자고상(『가톨릭대사전』).
5 양위천신(兩位天神) : 두 천사.
6 거양성체(擧揚聖體) : (가톨릭) 미사 때에, 사제가 성체로 변한 빵의 형상을 높이 쳐드는 일.
7 미려(美麗)하신 : 아름답고 고운.
8 예수영해(嬰孩) : 아기 예수.
9 영적(靈蹟) : 신령스러운 사적. 기적의 옛말(『가톨릭대사전』).
10 기사귀정(其事歸正) : 그 일이 바른 길로 돌아갔다.
11 이슬람교에게 ☞ 주 1.
12 시(時)에 : 때에.

보고 황겁하여[14] 다[15] 도망하니라.

이러므로 성녀 글라라 상본에[16] 성녀가 광휘[17] 발하는 성광[18](성체 모셨던 성광)을 손으로 잡고 계심은 이 성적을[19] 표함이니라. 강생 후 1832년 9월 19일에 사람들이 성녀 거쳐하시던 방 담벽에서[20] 한 귀중한 그릇을 얻으니, 곧 도은한[21] 상아 그릇인데 성포로 싸서 담벽 속에 감춘 것이라. 이는 성녀가 이 성광에 성체를 모셔가지시고 회회적군을[22] 방어하시던 성광인 줄로 인정하나니라. 이 성광은 금일까지[23] 아씨시아^{아시시} 읍내에 성녀 글라라의 유물 진열하여 둔 방에 있는지라. 본 기자도 그곳에 참배 갔을 때에 다행히 목도하였노라.[24]

이슬람교인들 사이에서 일어난 성체 기적 사건 두 개를 소개합니다. 하나는 1231년 스페인의 신부가 이슬람교도의 왕 앞에서 미사를 드릴 때 성체에서 빛이 나고 아기 예수가 나타난 기적을 소개하고 있습니다.

나른 하나는 글라라 성녀가 성체께 의지하여 이슬람교도의 위협에서부터 수도원을 지킨 일화입니다. 당시 성체를 모셨던 상아 그릇이 1832년에 발견되었으며 지금까지도 그 유물이 전해진다는 후일담을 통해 기적의 사실성을 강조합니다.

---

13 허락하심으로. 윤허(允許)하다 : 청을 허락하다.
14 황겁(惶怯)하다 : 겁이 나서 얼떨떨하다.
15 모두.
16 상본(像本) : (가톨릭) 그리스도, 성모 마리아, 천사, 성인 등의 모상(模像).
17 광휘(光輝) : 환하고 아름답게 눈이 부심. 또는 그 빛.
18 성광(聖光) : (가톨릭) 성체 강복 때에 성체를 보여 주는 데 쓰는 제구(祭具).
19 성적(聖蹟) : 기적, 경이(『한불자전』). 『표준국어대사전』에서는 성적(聖蹟)이 성스러운 사적이나 고적으로 풀이되어 있다. 본문에서 '성적'은 문맥상 『한불자전』의 풀이대로 이해하는 것이 타당하다. 즉 기적. 원문은 '셩격'.
20 남벼락.
21 도은(鍍銀)한 : 은으로 도금(鍍金)한.
22 이슬람교도 적군을.
23 금일(今日)까지 : 지금까지.
24 목도(目睹)하다 : 목격하다.

성체께 대한 영적 (19)

성톄의디흔령젹

성 시몬스독^{시몬스톡}은[1] 갈멜 성의회 총원장이러니, 하루는 미사성제를 거행하실 때, 미사주병[2]을 살펴보시니 술이 붉은 물로 변한 것 같아 쓰지 못할 것 같은지라. 성인이 즉시 천주께 기구하시며[3] 또 그 술병을 향하여 십자성호를 그으시고 다시 그 병의 술을 살펴보시니 지극히 맑고 지극히 좋은 술이 된지라. 이에 안심하여 미사성제를 거행하시니라.

△ 천주강생 후 1263년에 극히 열심한 덕국인^{독일인} 신부 1위는 이태리국 세나촌에 가시니 이는 해변이오. 또한 호비에드 읍내에서 멀지 아니하더라. 그 신부가 성당에서 미사를 지내실 때[4] 홀연 의심이 발하여 예수가 실상으로 면형[5] 속에 계신가 하시더니 미사 중 축성한 면병을[6] 나누실 때에 홀연 성체에서 선연한 성혈이 흘러 성체와 성작 수건을 다 적시고 또한 제대 발판에까지 흘러 명명히[7] 오 주 예수가 축성한 면병 속에 실상으로 계심을 증명하시고 또 그 신부의 사심을 온전히 없이하신지라. 그 신부가 극히 놀라고 혼접하여 땅에 혼도하여[8] 미사를 정지하시니라.

그때에 교황 울바노 제4위 마침 호비에드 읍내에 계시더니 이 소문을 들으시고 그

---

1   시몬스독 : 시몬 스톡(Simon Stock) ☞【더 알아보기】.
2   미사주병(Missa酒瓶) : 미사주를 담은 병.
3   기구(祈求) : 기도의 옛 용어.
4   원문은 '시'.
5   면형(麵形) : 가톨릭에서 밀떡이 성체로 바뀐 후에도 그 모양을 그대로 가지고 있는 겉모양을 이르는 말.
6   면병(麵餅) : 가톨릭에서 미사 때, 성체를 이루기 위하여 쓰는 밀떡.
7   명명(明明)히 : 아주 환하게 밝게. 너무나 분명하여 의심할 바가 없이.
8   혼도(昏倒)하다 : 정신이 어지러워 쓰러지다.

영적의[9] 사실을 조사하신 후 순은과 순금으로 보배로운 그릇을 만들어 그 축성한 면병과[10] 및 성혈에 젖은 성포와 성작 수건을 다 그 속에 모셔[11] 두게 하셨는데, 그때에 성 도마스토마스 학자가 또한 그 참 성적인[12] 줄로 상고하시니라.[13]

미사 중에 일어난 두 개의 성체 기적을 소개합니다. 첫째는 가르멜회 총원장 성 시몬 스톡 신부님이 미사를 거행할 때 물이 맑고 좋은 술로 변한 이야기입니다.

두 번째는 1263년 독일인 신부가 이탈리아에 가서 미사 드릴 때 면형 속에 예수님이 있는지를 의심하였더니 미사 중에 면형에서 성혈이 흘러넘쳤다는 이야기입니다. 이 기적은 울바노 교황과 성 토마스 학자에 의해 기적으로 확인되었음을 이 미담의 저자는 마지막에 강조합니다.

시몬스톡 ☞ 시몬 스톡(Simon Stock) 〔가〕 축일 5월 16일. 활동연도 : 1165~1265년. 영국 잉글랜드(England) 켄트(Kent) 지방의 에일즈포드(Aylesford)에서 태어난 성 시몬 스톡은 처음에 은수자로 지내다가 예루살렘을 순례하던 중 카르멜 회원이 되었으며, 1247년에는 케임브리지 카르멜회의 원장으로 선출되었다. 그는 수도회의 확장을 위하여 혼신의 노력을 함으로써 잉글랜드, 아일랜드, 스코틀랜드, 프랑스 그리고 이탈리아에 새 수도원을 건설했고, 규칙을 개정하여 교황 인노켄티우스 4세(Innocentius IV)의 승인을 받았다. 성 시몬은 1251년 7월 16일 성모 마리아의 계시를 통하여 마리아께서 그에게 주신 갈색 스카풀라를 두른 모든 카르멜 회원들은 구원하겠다는 약속을 받았다고 한다. 이 계시는

---

9 영적(靈蹟) : 신령스러운 사적. 기적의 옛말(『가톨릭대사전』).

10 ☞ 주 6.

11 원문은 '뫼셔'.

12 성적(聖蹟) : 기적, 경이(『한불자전』). 『표준국어대사전』에서는 성적(聖蹟)이 성스러운 사적이나 고적으로 풀이되어 있다. 본문에서 '성적'은 문맥상 『한불자전』의 풀이대로 이해하는 것이 타당하다. 즉 기적. 원문은 '셩적'.

13 상고(上告)하다 : 윗사람에게 알리다.

그때부터 그가 성모 신심을 널리 전하는 결정적인 계기가 되었다. 성 시몬은 1254년 런던 카르멜회의 총장으로 선출되었고, 1265년 5월 16일 프랑스 보르도(Bordeaux)에 서 사망하였다. 스톡이란 별명은 그가 어린 시절 한때 나무 그루터기 속에 살았기 때문에 생긴 별명이다. 성 시몬은 공식적으로 시성되지는 않았으나 중세 때 몇몇 카르멜회 관구에 서 공경 예절이 거행되었고, 1564년부터는 교황청의 허가를 받아 모든 카르멜회와 몇몇 교구에서 축일 행사가 공식적으로 기념되었다. 그의 유해는 1951년에 에일즈포드로 옮겨져 안장되었다.

성체께 대한 영적 (20)

셩톄의뒤흔령젹

천주강생 후 1370년에 백이의국^{벨기에}에서 한 악인이[1] 성체를 감히 도적하여 성체가 악인의 수중에 이르심에 선연한 피가 솟아 흐르는지라. 교우들이 그 성체를 빼앗아 어떤 수도원에 모시고 공경하며 기구함에[2] 허다한 성적이[3] 나타나니라. 안나라 하는 3세 여아는 날 때부터 사지를 쓰지 못하고 움직이지도 못하여 의약으로 치료하여도 고칠 법이[4] 없더라. 그 모친이 저 성체 모신 대전에[5] 가서 9일 기구를[6] 행하니, 때는 5월 4일에 예수승천첨례[7] 때러라. 9일 기구를 제5일에 마치고 그 성체대전에 켜는 장명등에서[8] 기름을 조금 취하여 안나에게 발라주니 안나가 모친 품에서 뛰어나와 능히 서고 능히 행보하여 집에까지 걸어가니, 모든 이 보고 기이히 여기며 감사하였으며, 영적으로[9] 나은 안나는 그 후 모병[10] 습관이 없이 선생복종[11] 하니라.

---

1   악인(惡人)이 : 악한 사람이.
2   기구(祈求) : 기도의 옛 용어.
3   성적(聖蹟) : 기적, 경이(『한불자전』). 『표준국어대사전』에서는 성적(聖蹟)이 성스러운 사적이나 고적으로 풀이되어 있다. 본문에서 '성적'은 문맥상 『한불자전』의 풀이대로 이해하는 것이 타당하다. 즉 기적. 원문은 '셩젹'.
4   고칠 방법이, 치료법이, 원문은 '곳칠법이'로 표기되어 있다.
5   대전(大殿) : 원래는 임금이 거처하는 궁전을 말하지만 여기서는 성체가 모셔져 있는 성당을 이른다.
6   9일 기도를.
7   예수승천 대축일 : 그리스도교 신자의 주된 축일 중에 하나인데 부활주일로부터 6번째 목요일, 즉 40일째 되는 날에 기념된다. 그러나 이날이 의무적 축일이 아닌 나라에서는 다음 일요일에 지내며 한국에서도 그렇게 하고 있다(『가톨릭대사전』).
8   여기서는 '성체등'을 의미한다. 감실 앞에 켜진 등으로 성체를 모셔 둔 것을 알리고 성체께 존경을 표시하는 의미로 켜 두는 작은 등.
9   영적(靈蹟) : 신령스러운 사적. 기적의 옛말(『가톨릭대사전』).
10 모병(毛病) : 결여, 악, 나쁜 습관.
11 선생복종(善生服從) : 착하게 살다가 복되게 끝마치는 것 = 선종(善終).

△ 예전에 한 유데아인^{유대인}이 축성한 제병을 취하여 칼로써 3처를[12] 찔렀더라. 그 후 그 악인이 회두하고,[13] 그 축성한 제병은 순금으로 만든 함의 4방을 진주와 보옥으로 꾸미고 그 속에 모셔 서반아국^{스페인} 도래도^{톨레도} 대성당에 모셔 379년 동안에 보존하여 내려오나니라.

△ 이전에 한 병자가[14] 영성체한 후 대단히 고통스러워하다가[15] 성체를 토하였는데, 면형이[16] 조금도 손상치 아니하고, 결백하기[17] 전과 같은지라. 신부가 그 성체를 취하여 성당에 모셨더니 교우들이 와서 공경할 때, 오 주 예수가 발현하시는지라. 모든 이[18] 금전을 수합하여 작은 성당을 짓고 또한 보배로운 감실[19]을 만들어 그 속에 모셔 두니라.

해설

성체 기적과 관련된 세 개의 사건을 전합니다. 첫 번째는 1370년 벨기에에서 한 악인이 성체를 훔쳤는데 그 성체에서 피가 흘러서 이후 성체를 수도원에 모셔 공경하였더니 많은 기적이 일어났으며 그중 안나라는 3세 여자 아이가 치유된 사건입니다. 아이의 엄마는 아이를 위해 9일 기도를 드리는 중에 성체등의 기름을 아이에게 발랐는데 아이가 치유됩니다. 성체등의 기름이 성체 기적의 소재로 쓰인 점이 특이합니다.

두 번째는 한 유대인이 축성된 성체를 칼로 세 군데나 찔렀는데 이후 이 성체를 스페인 톨레토 대성당에 모셔 379년 동안 보존하였다는 이야기, 마지막은 한 병자가 영성체 한 후 이를 토했는데 면형이 그대로 있어서 이를 성당에 모셨더니 예수님이 발현하셨다는 이야기입니다.

---

12 세 군데를.

13 머리를 돌린다는 뜻으로, 뱃머리를 돌려 진로를 바꿈을 이르는 말. (가톨릭) 배교(背敎)하였다가 다시 돌아옴.

14 병자(病者)가 : 환자가.

15 원문은 '고통ᄒ다가'이나 그 의미를 살려 '고통스러워하다가'로 옮겼다.

16 면형(麵形) : 가톨릭에서 밀떡이 성체로 바뀐 후에도 그 모양을 그대로 가지고 있는 겉모양을 이르는 말.

17 결백하기가, 깨끗하고 희기가.

18 모두.

19 성당 안에 성체를 모셔둔 곳.

성체께 대한 영적 (21)

성톄의딕흔령적

△ 예전에 한 유데아인^{유대인}은 어떤 성당지기에게 금전을 많이 주고 성체 모신 합을[1] 훔쳐내어 제 집에 갖다 두고 성체께 무수한 능욕을 하다가, 한 15일 후에 어떤 자객에게 암살을 당하여 죽었더라. 그 처가 이는 천주의 벌인 줄을 알고 그 성체합을 다른 유데아인^{유대인}에게 주었더니 그 자가 또 성체께 능욕을 하며 칼로써 성체를 찌름에 홀연 선연한 피가 흐르는지라. 그 악인이 이 성적을[2] 보고 뉘우쳐 그 성체합을 다른 동향[3] 사람에게 주었더니, 그 자 역시 또한 성체를 무수히 능욕하니라.[4]

그 나라 임금은 열심 봉교하더니[5] 이 사정을 알고 그 악인을 잡아 불살라 죽이고, 성체는 합안에 계셔 기묘한 광채를 발하실 때, 그때 그 지방에 독한 전염병이 대치하거늘,[6] 그 성체합을 모시고 성중에[7] 거동함에[8] 독한 전염병이 즉시 그치니라. 그 읍내에 유명한 성당을 건축하고 그 성체합을 모셔 두니라.

△ 예전에 영국에 허다한[9] 교우가 불행히 이단에 침윤하는지라.[10] 그곳 대주교가

---

1   합(盒)을 : 그릇을.
2   성적(聖蹟) : 기적, 경이(『한불자전』). 『표준국어대사전』에서는 성적(聖蹟)이 성스러운 사적이나 고적으로 풀이되어 있다. 본문에서 '성적'은 문맥상 『한불자전』의 풀이대로 이해하는 것이 타당하다. 즉 기적. 원문은 '셩적'.
3   동향(同鄕) : 고향이 같음. 같은 고향.
4   능욕(凌辱)하다 : 업신여겨 욕보이다.
5   봉교(奉敎)하다 : 가톨릭을 믿고 그 교리를 좇아 행하다.
6   대치(大熾)하다 : 기세가 아주 성하다.
7   성중(城中) : 성(城) 안. 성내(城內).
8   성안으로 거동하였더니.
9   허다(許多)한 : 많은.

성체께 영적을[11] 발현하사 저들을[12] 감화케 하여 주시기를 간구하더니, 하루는 미사 성제를 드리실 때에 면형[13] 나누는 예절을 행하시니 선연한 피 흘러 모든 이[14] 성적을[15] 보고 회두개과한[16] 자가 또한 많았나니라.

　성체 기적 관련 두 개의 사건을 전해주고 있습니다. 첫 번째 미담은 살인사건이 삽입된 처참한 이야기입니다. 유대인은 예수님의 존재를 부인했기에 성체를 인정하지 않습니다. 그래서 성체와 관련된 미담에는 유대인들과의 갈등을 보여주는 예들이 많이 등장합니다. 이 미담도 마찬가지입니다. 성체를 능욕한 유대인이 암살을 당하고 또 다른 유대인은 임금에게 처형을 당합니다. 이후 성체를 공경하면서 그 지방의 전염병이 치유되는 치유 기적과 연결된 미담입니다.

　두 번째 미담은 영국을 배경으로 영국의 대주교가 성체께 기적을 구하자 미사 중 면형에서 피가 흘렀다는 기적을 전해줍니다. 이들 미담은 사실성보다는 성체 신심을 강조하기 위해서 기적담을 수사적 기법으로 활용한 예로 볼 수도 있습니다.

10　침윤(浸潤)하다 : 사상이나 분위기 따위가 사람들에게 번져 나가다.

11　영적(靈蹟) : 신령스러운 사적. 기적의 옛말(『가톨릭대사전』).

12　그들을.

13　면형(麵形) : 가톨릭에서 밀떡이 성체로 바뀐 후에도 그 모양을 그대로 가지고 있는 겉모양을 이르는 말.

14　모두.

15　☞ 주 2.

16　회개하고 잘못과 허물을 뉘우쳐 고침. 회두개과(回頭改過) : 회두는 머리를 돌린다는 뜻으로, 뱃머리를 돌려 진로를 바꿈을 이르는 말. (가톨릭) 배교(背敎)하였다가 다시 돌아옴. 개과(改過) : 잘못과 허물을 뉘우쳐 고침.

성체께 대한 영적 (22)

성톄씌디혼령젹

　예전에 한 도적이[1] 성당에 와서 성체 모신 성합을 도적하여 가니, 이는 그 성체합을 순금으로 만든 줄로 여김이러라. 그러나 도적한 후에 자세히 살펴봄에 순금이 아니요 오직 도금만 한 것이라. 도적이 이에 그 성체 모신 성합을 어느 못[2] 가운데 던져버렸더니 홀연 그 못 가운데 기이한 광채가 주야로[3] 발하는지라.[4] 주교가 그곳에 가서 성체 모신 성합을 거두어다가 그 본 성당에 모시고 한 성당을 건축하여 영구한[5] 기념을 삼으니라.

　예전에 성녀 가다리나카타리나는 오 주의 묵주를[6] 받아 어느 곳에 성체가 계시고 혹 아니 계심을 스스로 아시더니,[7] 한 번은 중병[8] 들어 아무것도 먹을 수 없으되 성체는 능히 영할[9] 만하시더라. 그러나 신부는 그 성체를 영치 못할까 두려[10] 축성치 아니한 예사 제병을 주어 시험할 때, 성녀가 그 성체가 아닌 줄을 아시고 이르시되, "이는 성체가 아니라. 나는 성체 영하기를 절원하노라"[11] 하시니라.

1　도둑이.
2　연못.
3　주야(晝夜)로 : 밤낮으로.
4　발(發)하다 : 빛, 소리, 냄새, 열, 기운, 감정 따위가 일어나다. 또는 그렇게 되게 하다.
5　영원한, 무한한. 영구(永久)하다 : 시간상으로 무한히 이어진 상태이다.
6　묵주(默珠) : (가톨릭) 묵주 기도를 드릴 때에 쓰는 성물. 큰 구슬 5개, 작은 구슬 54개를 줄에 꿰고 끝에 십자가를 단다. 로사리오.
7　원문은 '알으시더니'.
8　중병(重病) : 목숨이 위태로울 정도로 몹시 앓는 병. 위중한 병.
9　영(領)하다 : (가톨릭) 성체나 성혈을 받아 모시다.
10　두려워서, 걱정이 되어서.
11　절원(切願)하다 : 간절히 바라다.

두 개의 성체 관련 기적을 소개합니다. 첫 번째는 성합이 순금인 줄 알고 성당에서 이것을 훔친 도적이 순금이 아니라서 성합을 연못에 버렸더니 성합에서 광채가 밤낮으로 비추었다는 이야기, 두 번째는 카타리나 성녀가 병중이라 성체를 모시지 못할까 염려하여 신부가 준 예사 제병이 축성하지 않은 성체임을 알았다는 내용입니다.

도적에게든 성녀에게든 성체는 위급하거나 필요한 순간에 자신의 존재를 드러내는 기적을 보여주었음을 이 내용을 통해 확인할 수 있습니다.

이상과 같이 1920년대 후반기 미담 난에는 성체에 대한 기적 관련 이야기들이 22회에 걸쳐 집중적으로 소개됩니다. 서사적 구조나 사건에 대한 구체적인 정황을 통해 독자들에게 이야기로서의 감동을 구현할 수는 없었지만 '기적 이야기'라는 형식을 통해 성체 신심을 강조하고 이를 전파하고자 한 의도였습니다.

천주교가 개신교와 다른 점 중 하나는 성체에 대한 믿음입니다. 이를 통해 천주교 신앙의 핵심을 전하고자 한 작품들이 '성체께 대한 영적' 연작입니다. 이는 1930년대 초 미담 난을 통해서도 계속 이어집니다. 미담 저자나 당시의 교회 지도자들은 성체 신심을 전파하기 위해서는 기적 이야기라는 형식이 가장 효과적인 방법이라 여긴 듯합니다. 당시 개신교에 대한 조선 천주교회의 경계심이 성체 신심의 강화로 이어지기도 했습니다. '성체께 대한 영적'을 통해 나타난 성체 안에 살아계신 예수님에 대한 믿음과 고백은 삶을 통해 완성되어야 할 천주교인들의 신앙 표현입니다. †

이 장에서는 1928년 11월 『경향잡지』 650호에서부터 등장한 '군난 때 미담' 난에 발표된 군난 때 미담을 소개한다. 1920년대 이 난을 통해 발표된 미담은 총 13편이며, 이후 '군난 때 미담' 난은 1929년 5월호 『경향잡지』 661호를 마지막으로 사라진다. 1931년에는 '군난 때 미담' 난 없이 기존에 있었던 '미담' 난에 군난 때 미담 4편이 추가로 발표된다. 이 장에서는 1920년대 '군난 때 미담' 난에 소개되었던 미담 13편을 함께 싣는다.

키가 작아서 치명을 못함

크가젹어셔치명을못홈

우리 성교회의 군난사적은[1] 비록 수천 년 이후라도 들을 때마다 우리 마음을 감동하는도다. 조선 군난 때에 치명하던 모양이[2] 여럿인데 옥중치명이 참수치명보다 더욱 많았으니 옥중에서 형벌 받은 상처로, 기갈로, 병고로 기진맥진하여 치명하신 이가 허다하였고 그 다음은[3] 장하(杖下)치명(때려 죽임)과 교수(絞首)치명(노호로[4] 목을 졸라서 죽임)인데 교수치명은 대략 두 가지 모양으로 하였더라.

1은 천장 대들보에 단단한 노끈을 일자로 나가면서 드문드문 매달아 느리우고 그 방바닥에는 널판을 또한 느리운 노끈을 따라나가면서 놓되, 널판 밑에는 큰 복침 같은 토막나무를 드문드믄 고여 놓아, 이와 같이 널판을 고여 놓은 후 뒤, 결박한 치명자를 갖다가 고여 놓은 널판 위에 축축 나가며 세우고, 대들보에서 느리운 노끈으로써 그 목을 각각 잡아맨 후에 큰 몽치로써 널판 고였던 목침을 탁탁 쳐내버리니, 치명자들이 밟고 섰던 널판이 다 무너짐에 치명자들은 자연 공중에 매달려 불과 몇 분 후에는 붉은 화관을 쓰시고 승천하셨도다. 이 형벌은 악인의 안목에도 극히 즈긔여운[5] 것인 고로 낮에는 행치 아니하고 흔히 어두운 밤에 불도 밝히지 않고 행한 후 문을 잠가 두었다가 익일 새벽에 그 거룩한 시체들을 오예물[6] 같이 수레에 실어다가 수구문(光熙門)[7]

---

1   박해 시절의 역사적 사건. 군난(窘難) : 박해. 사적(史跡; 史蹟) : 역사적으로 중요한 사건이나 시설의 자취.

2   조선 천주교 박해 시절에 순교하던 모습이.

3   원문은 '그대음은'.

4   노 : 실, 삼, 종이 따위를 가늘게 비비거나 꼬아 만든 줄. 놓.

5   혐오스러운. 즈그엽다 : 성가시다, 경멸하다, 몹시 미워하다, 몹시 싫어하다, 혐오감을 일으키다(『한불자전』).

6   오예물(汚穢物) : 지저분하고 더러운 물건. 오예지물.

밖 산에 갔다가 버렸더라.

2는 나무 판장으로 한 담 벽에 가로 일 자로 나가면서 드문드문 구녕을[8] 뚫고 판장 벽 밖에는 긴 장대를 각 구녕을 향하여 둔 후에 방안에서 뒤, 결박한 치명자를 갖다가 각 구녕 아래 벽을 등지어 앉게 하고[9] 각 사람의 목을 올가미로[10] 얽어, 올가미 끝을 구녕 밖으로[11] 내보내면 밖에 있던 악당은 그 올가미 끈을 각각 다 장대에 잡아매고 큰 보라를 장대와 벽 사이에 끼우고 단단히 뚜드려[12] 박으면 올가미가 자연 경겨[13] 치명자들의 생명은 불과 몇 분 사이에 끊어지는도다. 이 형벌도 극히 즈긔여운 일인 고로 낮에는 행치 아니하고 캄캄한 밤에 등불도 없이 행하였더라.

그런데 한 치명자는 여러 동반으로 더불어[14] 위에 말한 이 형벌을 받을 때 키가 보통 사람보다 대단히 작았던 고로 올가미 구녕 밑에 갖다가 앉게 할[15] 때에 이마만 겨우 올가미 구녕에 닿았더라. 형역이 올가미로써 모든 치명자의 목을 얽어 구녕 밖으로 내보낼 때에 이 교우는 다만 이마만 올가미에 얽혀나갔던 고로 밖에서 올가미를 켕겨[16] 조일 때에 이마는 대단히 아팠으나 죽지는 아니하고 좌우에 있는 동무들은 불과 몇 분 사이에 생명이 끊어져 치명화관[17] 받는 것을 신목으로[18] 보면서 그 거룩한 시체 사이에서 앉아 밤을 새웠더라.

익일 새벽 캄캄한 때에 형역이 문을 열고 들어와서 모든 시체를 수레에 싣고 수구

7　수구문(水口門) : '광희문'의 다른 이름. 광희문(光熙門) : 서울 중구 광희동에 있는 조선 시대의 성문. 사소문(四小門)의 하나로, 조선 태조 5년(1396)에 건립하였고 서소문과 함께 시체를 내보내던 문이며, 지금의 것은 1975년에 개축한 것이다.

8　구녕 : 구멍의 방언.

9　원문은 '안치우고'이나 문맥을 고려하여 '앉게 하고'로 옮겼다.

10　원문은 '올긔미'.

11　원문은 '밧게로'.

12　원문은 '쑤드려'.

13　얽혀.

14　여러 사람과 함께. 동반(同伴) : 일을 하거나 길을 가는 따위의 행동을 할 때 함께 짝을 함. 또는 그 짝.

15　원문은 '안치울' ☞ 주 9.

16　원문은 '켱겨' 켕기다 : 단단하고 팽팽하게 되다. 맞당기어 팽팽하게 만들다.

17　치명화관(致命花冠). 치명을 당함을 치명의 화관을 받는 것이라고 표현한 말.

18　신앙의 눈으로. 신목(神目) : (가톨릭) 영신(靈神)의 일을 보는 눈.

문 밖으로 내버리려 나갈 때에 치명에 불참된 작은[19] 교우도 모든 시체와 함께 수레에 실려 수구문 밖 산에 이르렀는데, 그때는 날이 밝아진 고로 형역이 그 죽지 아니함을 발견하고 "너 이놈 죽지 아니하였고나! 어떻게 살았느냐?" 그 교우가 사연을 다 말하니, 그 자인즉 교우로서 잡힌 후에 배교하고 포청에 있어 그 따위 생업을 하고 사는데, 교우의 심정은 다 없어지고 외인과[20] 같은 고로 피차간 위로와 통사정이 없이 다만 "얼른 도망하여가라" 할 뿐이었더라. 치명을 못 한 이 교우는 차차 정신과 기운을 차려 도망하여 살아났는데, 그 후 다른 교우들에게 이야기할 때 "나는 키가 작아서 치명을 못 하였노라" 하였더라.

△ 치명자의 기념성지

우리 치명자들이 갇히셨던 옥과 최후 형벌을 받으시던 치명장은 어떻게 거룩하며 기념할 만한 곳인고.[21] 대저 이곳에서 천주를 위하여 천만 고난을 받으시고 마지막 칼을 받으셨도다. 그러나 이런 성지를 우리 교회에서 차지하여 성당 하나도 짓지 못함을 철천지한이로다.[22] 그 옥의 이름과 그 법장의[23] 이름이나 우리 기함에[24] 담아두고 달게 기억하며 아무쪼록 성지를 삼아 참배하기로 그 이름을 아래에[25] 기록하노라.

△ 치명자의 옥

1. 의금부(義禁府)　이는 왕의 명의로 고등대관들이 유명한 역적과 관인범죄자들을 추국하던[26] 왕부(王府)인 고로 성교회의 주교 신부와 유명한 두령들만이 옥에서 추국과 혹형을[27] 받으셨도다. 금부에 구류되고 추국 받으신 이는 신유년에

19　원문은 '젹은'. 키가 작은.
20　외교인(外敎人). 여기서는 천주교를 믿지 않는 사람.
21　원문은 '긔념ㅎ염즉ㅎ곳인고'.
22　철천지한(徹天之恨) : 하늘에 사무치는 크나큰 원한. 철지지원, 철천지원.
23　법장(法場) : 사형장.
24　기함(記含) : (가톨릭) '기억'을 달리 이르는 말. 원문은 '긔함'.
25　원문은 '자'. 즉 좌(左)로 '왼쪽'을 의미한다. 세로쓰기였던 점을 고려하여 여기서는 가로쓰기에 맞추어 '아래에'로 옮겼다.
26　추국(推鞫) : 조선 시대에, 의금부에서 임금의 특명에 따라 중한 죄인을 신문하던 일.
27　혹형(酷刑) : 가혹한 벌.

야고보 주(周) 신부,[28] 기해년에 복자[29] 로렌조 범(范) 주교,[30] 복자 베드로 라
(羅) 신부,[31] 복자 야고보 정(鄭) 신부,[32] 복자 바오로 정하상(丁夏祥), 복자 아오
스딩아우구스티노 유진길(劉進吉), 복자 가오로가를로 조신철, 복자 바스디아노세바
스티아노 남이관, 복자 이나시오이냐시오 김제준, 병인년에 시메온 장(張) 주교,[33]
유도시몬 백(白) 신부,[34] 루수루이스 서(徐) 신부,[35] 헨으리고헨리 김(金) 신부,[36]
요안 남종삼(南鍾三) 승지, 말구마르코 정의배(丁義培) 회장, 도마토마스 홍봉주
(洪鳳周), 베드로 최형(崔炯) 치장이, 요안 전장운(全長雲) 증언이오.

2. 형조(刑曹)　교중에 적이 유명한 이는 많이 여기서 문목,[37] 수형,[38] 치사하였고[39]

28　주문모 야고보 신부. 신유년(1801)에 순교.

29　복자(福者) : (가톨릭) 죽은 사람의 덕행과 신앙을 증거하여 공경의 대상이 될 만하다고 교황청에서
공식적으로 지정하여 발표한 사람을 높여 이르는 말.

30　앵베르 주교. 한국명 범세형.

31　모방 신부.

32　샤스탕 야고보 신부. 기해박해로 순교한 성인.

33　베르뇌 주교(Berneux, Simeon Francois, 1814~1866). 파리 외방전교회 선교사. 제4대 조선(朝
鮮) 교구장. 한국명 장경일(張敬一). 1866 2월 23일 체포되어 3월 7일 새남터에서 브르트니에르(de
Bretenieres, 白) 신부, 도리(Dorie, 金) 신부, 볼리외(Beaulieu, 徐沒禮) 신부 등과 함께 군문효수
형(軍門梟首刑)을 받고 순교하였다. 1984년 시성.

34　브르트니에르 신부(Bretenieres, Simon Marie Antoine Just Ranfer de, 1838~1866). 성인.
1866년 병인(丙寅)박해 때 순교한 파리 외방전교회 선교사. 신부. 한국성(姓)은 백(白). 1984년 5월
6일 한국 천주교 200주년 기념을 위해 방한(訪韓)한 교황 요한 바오로 2세에 의해 성인의 반열에
올랐다.

35　블리외 신부(Beaulieu, Bernard Louis, 1840~1866). 1866년 병인(丙寅)박해 때 순교한 파리 외
방전교회 선교사. 신부. 한국명 서몰레(徐沒禮). 베르뇌(Beneux, 張敬一) 주교가 체포되었다는 소
식을 듣고 경기도 광주(廣州) 근처의 교우집에 피신해 있던 중 1866년 2월 27일 체포되어 3월 7일
새남터에서 베르뇌 주교, 브르트니에르 신부, 도리 신부와 함께 군문효수(軍門梟首)형을 받고 순교.
1984년 5월 6일 시성(諡聖).

36　도리 신부(Dorie, Pierre Henri, 1839~1866). 1866년 병인(丙寅)박해 때 순교한 파리 외방전교
회 선교사, 신부. 한국 성은 김(金). 1864년 5월 21일 사제서품을 받았고 그 즉시 조선의 선교사로
임명되어 이듬해 5월 브르트니에르(Bretenieres), 볼리외(Beaulieu), 위앵(Huin) 신부 등과 함께
조선에 입국하였다. 입국 후 경기도 용인(龍仁)의 손골(孫谷里)에 배속되어 선교하던 중 1866년 2월
27일 체포되어 3월 7일 새남터에서 베르뇌(Berneux) 주교, 브르트니에르 신부, 볼리외 신부 등과
함께 군문효수(軍門梟首)형을 받고 순교. 1984년 시성.

37　문목(問目) : 죄인을 신문하는 조목(條目).

38　수형(受刑) : 형벌을 받음.

39　치사(致死) : 죽음에 이름. 또는 죽게 함.

3. 좌포청(左捕廳)

4. 우포청(右捕廳)　이 두 옥에서 무수한 교우가 갇히고, 형별 받고, 장하치명,[40] 교수치명이[41] 제일 많았고

5. 전옥(典獄)　이 옥에서 허다한 교우가 구류되고, 또한 옥중치명하셨도다.

△ 치명장

1. 새남터　여기서는 성교회의 주교 신부와 유명한 두령들만 치명하셨나니 신유년에 야고버 주(周) 신부, 기해년에 복자 로렌조 범(范) 주교, 복자 베드로 라(羅) 신부, 복자 야고보 정(鄭) 신부, 복자 안드레아 김(金) 신부,[42] 복자 가오로가를로 현석문(玄錫文), 병인년에 시메온 장(張) 주교, 안도니안토니오 신(申) 신부 부감목, 미가엘미카엘 박(朴) 신부, 유도시몬 백(白) 신부, 헨으리고헨리 김(金) 신부, 루수루이스 서(徐) 신부, 요안 남종삼(南鍾三) 승지, 말구마르코 정의배(丁義培) 회장, 도마토마스 홍봉주(洪鳳周), 아리수알렉시오 우세영(禹世英) 세필이었고

2. 당고개　여기서는 교중에 적이 유명한 이만치명하셨고

3. 서소문 밖 사거리　여기서 제일 많이 참수치명하셨고

4. 양화진(楊花津)　여기서는 병인년 가을 9월부터만 시작하여 허다한 교우가 치명하셨으니 이는 마지막 치명장이로다.

△ 시골 치명장

5. 충청도 고마 수영(水營)[43]　지금은 보령군 오천면 영보리(保寧郡 鰲川面 永保里)라 하는데 병인년에 안도니안토니오 안(安) 주교,[44] 루가루카 민(閔) 신부,[45] 베드

---

40 장하치명(杖下致命) : 곤장을 맞고 그 자리에서 목숨이 끊어짐.

41 교수치명(絞首致命) : 교수형을 받아 순교함.

42 김대건 안드레아 신부 ☞【더 알아보기】.

43 지금의 갈매못 성지이다.

44 다블뤼 주교(Daveluy, Marie Antoine Nicolas, 1818~1866). 순교자. 성인. 한국명 안돈이(安敦伊). 파리 외방전교회원. 주교. 조선교구 제5대 교구장. 그의 가장 큰 업적은 한국 천주교회사와 조선 순교사의 편찬이었다. 그러나 이 중요하고도 어려운 일을 교구장으로부터 위촉받고 1857년부터 이를 위해 새 자료를 발굴하여 그것을 프랑스어로 옮기었으며 목격증인을 찾아 증언을 수집하는 데

로 오(吳) 신부,[46] 루가루카 황(黃)재건, 요셉 장(張)락소가 치명하셨는데 이 성지(대략 20평)는 레오 정(鄭) 신부주가[47] 부여군 소양이 계실 때에 조사하고 매득하여 성교회의 소유가 되었도다.

6. 전주옥 가전주 서문 밖 숲머리　병인년에 베드로 조(趙)화서, 베드로 이(李)명서, 발도로메오바르톨로메오 정(鄭)문호, 베드로 손(孫)선지 회장, 한(韓) 요셉, 베드로 정(鄭)원지, 조(趙) 요셉은 베드로 조화서의 아들인데 전주옥에서 치명하셨고

7. 대구옥　병인년에 이(李)요왕이 치명하시고

8. 평양　베드로 류(柳)정률이 병인년에 치명하셨도다.

이외에도 시골 각처 옥에서나 혹 훈련 마당에서 허다한 교우가 치명하셨으니 그곳 교우 제씨는 이런 성지를 아무쪼록 기억하여 두시며 할 수 있는 대로 매수하여 우리 교중 소유를 삼아서[48] 법답게[49] 성지를 만들고 천추만대에 참배하며 기념하사이다.

해설

　1928년 11월(통권 650호)부터 『경향잡지』에서는 '군난 때 미담'이라는 난을 마련하여 이 난을 통해 14회에 걸쳐 조선을 배경으로 조선 사람이 등장하는 13편의 군난 때 미담을 소개합니다.[50] 드디어 조선 사람을 등장인물로 조선을 배경으로, 또 조선에서의 사건을 소재로 한 조선의 이야기가 본격적으로 등장한 것입니다. 그 첫 번째 작품인 이 작품 「키가 작아 치명을 못함」은 조선 천주교회의 박해 역사를 개괄하고 있으며 당시 박해의 실상 및 순교 장소,

---

　힘썼다. 1984년 시성.

45　위앵(Huin, 閔) 신부.

46　오메트르(Aumaitre, 吳) 신부.

47　정규량 신부.

48　원문은 '삼아써'. 즉 삼음으로써, 여기서는 문맥을 고려하여 '삼아서'로 옮겼다.

49　원문은 '법다히'. 법답다 : 법에 맞다. 합법적이다.

50　졸고, 「천주교 박해 체험의 서사화」, 『우리문학연구』 44, 우리문학회, 2014.10, 423면. 군난 때 미담에 대해서는 이 글을 참고할 것.

순교자의 기념 성지 등을 설명하는 중에 삽입된 이야기입니다.

이 미담은 제목에서 알 수 있듯이 치명터에서 한 천주교인이 키가 작아서 형벌을 받지 못하고 살아남은 이야기입니다. 이 이야기 앞뒤로 군난사적에 대한 설명이 있는데 이는 '군난 때 미담' 연재를 시작하면서 군난 사적과 관련된 정보를 전달하고 군난 시절에 대한 이해를 돕고자 한『경향잡지』편집자 및 군난 때 미담 필진들의 의도로 여겨집니다. 특히 이 글들은 교회사에서 역사적 자료로서의 가치가 있는 글이라 할 수 있습니다. 또한 군난 때 미담은 박해 시절 천주교인들의 일상을 만날 수 있다는 점에서 한국 천주교 서사문학의 유산 중 하나로 그 가치가 빛나는 작품들입니다.

제목과 직접적인 관련이 있는 본 이야기, 즉 천주교 미담이라 할 수 있는 내용은 두 단락에 불과합니다. 주인공은 치명하지 못한 천주교인입니다. 그는 키가 작아 치명자들의 목을 매던 구멍에 고개가 들어가지 않았습니다. 그래서 좌우 동무들이 죽을 때도 살아남습니다. 치명자가 아닌 치명의 순간에 살아남은 사람들의 이야기, 그들의 애환까지 담고자 했던 것이 군난 때 미담입니다. 이 부분이 순교사화와 다른 점이기도 합니다.

특히 이 이야기에서는 형역으로 등장하는 인물이 주인공이 도망가도록 돕는 인물로 등장하는데, 이런 경우는 이 작품이 유일합니다. 군난 때 미담에서 형역이나 포교는 천주교인들을 괴롭히는 가장 대표적인 인물로 등장합니다.

더 알아보기

병인박해(丙寅迫害) 〔가〕 조선조 말기인 1866년(고종 3년)에 시작되어 1873년 대원군이 실각할 때까지 계속되었던 박해를 말한다. 피로 얼룩진 한국 교회사를 통해서도 병인박해는 그 규모와 가혹함과 희생자의 수에 있어서 유례를 찾아볼 수 없는 대박해였다. (…중략…) 이 기간 동안 조선교회는 근거를 잃고 처참하게 무너졌다. 처형된 순교자만도 8,000~2만여 명으로 추정되며, 그나마 살아남은 신도들은 집과 재산을 잃고 초근목피로 생계를 이어갔다. 그러나 순교자들의 피로 자라난 조선교회는 1886년 한불조약 이후 다시 생기를 되찾게 되었으며 1890년 제8대 조선교구장으로 임명된 뮈텔(Mutel, 閔德孝) 주교는 시복 수속을 위해 병인박해 순교자들의 기록을 모아『치명일기』를 간행하였다.『치명일기』에 수록된 877명의 순교자 중 24위는 1968년 복자위(福者位)에, 그리고 1984년에는 성인(聖人)의 반열에 올랐다.

김대건(金大建) 〔가〕 1821~1846. 최초의 한국인 신부. 순교자. 성인(聖人). 축일은 9월 20일.

세례명 안드레아. 1846년 9월 16일 새남터에서 순교.

김대건은 1821년 8월 21일 충청도 솔뫼(현 충남 당진군 우강면 송산리)에서 천주교 신자 김제준(金濟俊)과 고 우르술라의 아들로 태어났다. 이 집안은 부유하고 지체 높은 양반 집안이었으나 천주교로 말미암아 전락하였다. 그러나 모범적 신앙생활과 순교자들들을 배출함으로써 한국교회사에서 유명한 집안이 되었다. 김대건의 증조부인 김진후(金震厚)는 1791년의 박해 때부터 체포되어 관가에서 신앙을 고백했고, 1801년에는 유배되었으며 1805년 해미(海美)에서 다시 잡혀 10년 동안의 감옥살이 끝에 1814년 옥사 순교하였다.

김대건은 1846년 8월 17일 상해 부근 김가항(金家巷)에서 페렝올 주교로부터 사제서품을 받았으며, 만당(萬堂) 신학교 성당에서 다블뤼 신부의 보좌를 받으며 첫 미사를 올렸다. 김 신부는 라파엘호에 페레올 주교, 다블뤼 신부와 함께 8월 31일 상해를 출항함으로써 귀국길에 올랐다. 제주도에 표착하는 등 큰 위험이 없지 않았으나 40여 일 동안의 모험 끝에 10월 12일 강경(江景) 부근 황산포(黃山浦)에 상륙할 수 있었다. 10년 만에 어머니를 만났으나 9월 16일 새남터에서 군문효수형을 받고 순교하였다.

김대건 신부는 1857년에 가경자, 1925년에 복자가 되었고, 1984년 한국 교회 창설 200주년을 계기로 방한한 교황 요한 바오로 2세에 의해 다른 한국 순교자 102명과 함께 시성됨으로써 성인위에 올랐다. 또한 김 신부는 한국 교회의 모든 성직자의 주보이다.

꿩 잡는 핑계로 포교의 손을 벗어남

셩잡는핑계로포교의손을버셔남

병인년 군난 때에 한 소년 교우가[1] 포교에게[2] 잡혀 손에 수갑을 차고[3] 포교와 함께 길을 가면서 도망할 계교를 자탁[4] 우사하다가[5] 포교를 향하여

교우 : "여보 나리님,[6] 뒤 좀 보게 이 수갑을 잠깐 풀어주시오."[7]

포교 : "그리 하여라. 수갑을 풀어줄 것이니 얼른 뒤 보아라. 길이 바쁘다."

교우가 실상 뒤를 보았는지 아니 보았는지는 모르거니와, 조금 멀리 가서 앉았고 포교는 몇 보 상거[8] 밖에 서서 지킨다. 교우가 볼 일을 다 본체하고 일어서서 허리띠를 만만히 졸라맨 후에 수상한 모양으로 자기 앞을 향하여 기웃기웃 쳐다보다가 얼른 돌멩이[9] 한 개를 집어가지고 뒤에 서 있는[10] 포교를 돌아보며 가만히 있으라 하는 의미로 은근히 손짓을 하면서 나직한 소리로

1　청년 교우가. 원문은 '쇼년' → 소년(少年) : 젊음, 청년기(『한불자전』). 당시에는 청년을 소년으로 지칭하였다.

2　원문은 '의게'.

3　원문은 '집니이고'. '집다'라는 말에서 온 듯하나, 문맥을 고려하여 '차고'로 옮겼다.

4　자탁(藉托) : 다른 구실을 내세워 핑계를 댐. 자칭(藉稱).

5　도망할 계교를 핑계대고 또 생각하다가. '우사하다가'의 원문은 '우ᄉᄒᆞ다가'. 여기서는 '또 생각하다가'의 의미로 한자이 '우사(又思)하다'로 보인다.

6　원문은 '라리님'.

7　여기서 '뒤를 본다'는 것은 '볼일을 보다'로 용변을 보는 것을 뜻한다.

8　상거(相距) : 서로 떨어짐. 떨어져 있는 두 곳의 거리.

9　원문은 '돌멍이'.

10　원문은 '셧는'. 문맥을 고려하여 '서 있는'으로 옮겼다.

교우 : "나리님! 잠깐 가만히 계시오. 내 앞에 꿩 한 마리가 알을 품고 앉았으니 이
　　　돌로 때려잡겠소."
포교 : "네 따위가 꿩을 잡아! 재주껏 하여 보아라."

교우가 손에 든 돌멩이를 둘러메치고자 하는 모양을 하면서 앞으로 성큼성큼 몇 보를 나아가며 돌멩이를 던져 헛 꿩을 때리고는 모든 힘을 다 합하여 장달음질을 하였더라.

포교는 기가 막혀 "저런 망할 놈!"[11] 하면서 그 속은 것과 뜻밖에 당한 일을 이상히 여겨 어름어름하다가 다시 붙잡기로 쫓았으나, 벌써 교우와 포교 사이의 상거는[12] 수십 보가 되었는데 교우는 모든 힘을 다하여 달음질을 함으로 포교를 떼어버렸더라.

　병인박해를 배경으로 한 미담입니다. 포교에게 붙잡혀가던 소년교우가 꾀를 내어 포교의 손에서 벗어난 이야기입니다. 여기서 '소년'은 '청년'을 말합니다. 포교의 위협에서 벗어나는 이야기는 군난 때 미담에서 자주 등장하는 소재입니다. 당시 일상에서 교우들이 처한 어려움은 무엇보다 포교들의 감시와 위협에서 벗어나는 일이었습니다.

　이 미담에서 주인공은 '뒤 좀 보게 수갑을 풀어달라'고 꾀를 낸 후 꿩을 잡겠다고 하며 포교에게서 도망칩니다. 포교와 소년의 대화가 흥미진진하게 서술되어 있습니다. 박해 시절을 배경으로 하지만 비극미보다는 '흥미'가 서사의 흐름을 압도하는 점이 특징입니다. 흥미, 즉 희극적 요소를 통해 감동을 주고자 함은 이 작품을 포함하여 '군난 때 미담'의 특징이요 의의입니다.

11　원문은 '뎌런망흔놈!'
12　서로의 거리 ☞ 주 8.

표고와 포교는 음이 비슷하기 때문에 혼겁하여 공소를 폐지할 뻔

표고와포교는음이비슷ㅎ기새문에혼겁ㅎ야공소를폐지홀번

　　표고(표蔴 버섯이름) 포교(捕校 포청관속),[1] 이 두 말은 음이 거의 같고 또 빨리 말할 때에는 분변하기가[2] 어려운 말이라. 이전 위험한 군난시대에는 교중에[3] 어른이나 아이나 포교 혹 포청이라 말만 들어도 가슴이 놀라고 눈이 휘둥그러지고 정신을 잃었더라.

　　그러한데 군난 시절에 서울 어떤 교우집에서 신부를 모셔 봄 공소를[4] 치르는데 소재 날을[5] 당하여 신부께 국수를 예비하여 드릴 차로 10여 세 된 아이에게 반찬가가에 가서 표고를 사오라 하니 서울서는 소찬국수를 잘 예비하려면 표고버섯을 넣어서 예비함이러라.

　　공소 주인 : "놈아 (군난 때에는 마음대로 본명을 부르지 못하던 고로 도마를 놈아로 부름) 저 반찬가가[6]에 가서 표고 좀 사오너라."

　　도마 : "네" 하고 그릇을 들고 반찬가가에 가서

1　괄호 표시 및 괄호 안의 한자 표기는 원문을 그대로 옮겼다.

2　분변(分辨)하다 : 분별하다.

3　교중(敎中) : (가톨릭) 여러 교우(敎友)를 통틀어 이르는 말.

4　여기서는 봄 판공을 이른다. 신부가 봄에 공소를 방문하는 것. 한국 교회에서는 관례상 본당 신부가 1년에 두 번 춘추(春秋)로 공소를 방문하여 판공성사를 집전했기 때문에, 신부가 봄에 공소 방문하는 것을 봄 판공, 가을에 공소 방문하는 것을 가을 판공이라 부른다. 공소(公所) : 가톨릭에서 본당보다 작은 교회 단위. 본당 사목구에 속하여 있는, 신부가 상주하지 않는 예배소나 그 구역을 이른다.

5　금육하는 날. 소재(小齋) : 금육재의 옛 용어. 춘계소재(春季小齋) : 사계소재(四季小齋) 중 봄에 지키던 소재로 사순절(四旬節) 제1주 후의 수요일, 금요일, 토요일에 시켰다. 지금은 폐지되었다(『가톨릭대사전』).

6　반찬가게.

도마 : "표고 주시오."

하니 거기 앉았던 실없는 자들이 농담으로 "너 포교를 찾지? 포청에 가서 달라 하여라. 금방 포교 수십 명이 금방 쏟아져 나오리라." 도마^{토마}는 포청과 포교 수십 명이 쏟아져 나온단 말을 듣고 겁이 나서 가슴이 두근거리며 눈물이 나는 것을 억지로 참고 표고를 받아가지고 집에 돌아와서 눈이 휘둥그러니 말하기를 "아이고! 반찬가게 사람들이 말하기를 '포교 수십 명이 금방 쏟아져 나온다' 하여요."[7] 모든 이 이 말을 듣고 "포청에서 우리 공소하는 것을 어떻게 알고 잡으려 오는고나! 이 일을 어찌할꼬!" 하며 신부도 놀라시며 복사는 미사 물건을 거두어 급히 피하기로 부산분주하다, 공소 주인은 지혜가 있는 사람이라 얼른 반찬가가에 가서 이렇게 저렇게 뜨개질을 하여 알아보리라 하고 반찬가가에 가서

공소 주인 : "아 여보! 아까 표고 사러왔던 아이를 왜 때려주고 욕을 하였소? 그 아이가 울며 돌아왔소!"
가가사람 : "이게 무슨 수작이오? 욕도 아니하고 다만 여기 있던 실없는 사람들이 그 표고 달라는 것을 농담으로 너 포교를 찾거든 포청에 가서 찾아라. 금방 수십 명이 쏟아져 나오리라 말밖에는 아니하였소."

공소 주인이 이 말을 들음에 은근히 속에 근심이 풀리고 가슴이 시원하여 얼른 꾸며 말하기를 "인제 알아듣겠소. 우리 놈아란 놈이 오다가 필경 길에서 넘어져 다치고 울면서 바로 말을 아니하고 매맞고 온 것처럼 하였소그려. 엇지 여기지 마시오.[8] 오히려 내가 실수하였오. 그 자식이 키는 엄부렁하여도 아무 철따구니 없소그려! 가가사람들이 그거 무어 아이들이 거짓말하기가 예사지오."

공소 주인이 바삐 집에 돌아와서 그 이허를[9] 다 설파하니,[10] 신부와 모든 이가 근심

을 풀고 묶어가던 미사 짐을 다시 풀고 성사를 잘 받아 공소를 태평히 지내였더라. 군
난 시절 교우들은 이러한 환경에 열심수계하였거늘[11] 우리는 이제 종로 사거리에 앉
아서 신공을[12] 한들 누가 금하리오. 그러나 저때와 이때의 열심을 서로 비겨봅시다![13]

해설

　포교와 표고가 발음이 비슷해서 생긴 에피소드를 소재로 한 미담입니다. 군난 시절에는
'포교'라는 말만 들어도 신자들이 얼마나 긴장했는가를 알 수 있는 미담입니다. 또한 천주교
박해 시절 봄 공소를 하던 신자 공동체의 일상을 알 수 있습니다.

　신자들의 봄 판공성사를 위해 몰래 공소를 찾은 신부님, 그런 신부님을 위해 음식을 준비하
는 교우들의 모습이 아름답습니다. '표고'와 '포교'의 발음이 비슷해 벌어진 사건이 재미있
으면서도 당시의 긴장감을 상상하게 합니다. 포교의 위협에서 미사 짐을 싸고 다시 풀던 모
습도 그림처럼 묘사되어 있습니다.

　특히 본명을 부르는 것도 쉽지 않아 토마를 '놈아'로 불렀다는 일화가 재미있으면서도 그
시절의 어려움을 보여줍니다. 이 작품은 어려운 외중에도 신앙생활에 충실하려 애쓰던 옛
교우들의 모습을 통해 현재 교우들의 신앙생활을 독려하고자 한 미담입니다.

9　이허(裏許) : 속내. 원문은 '리허'.

10　설파(說破)하다 : 어떤 내용을 듣는 사람이 납득하도록 분명하게 드러내어 말하다.

11　열심수계(熱心守誡) : 열심히 계명을 지킴.

12　신공(神功) : (가톨릭) 기도와 선공(善功)을 통틀어 이르는 말. 여기서는 묵주신공.

13　비기다 : 서로 견주어 보다. 비교해 보다.

사슬엽전을 뿌림으로써 포교를 피함

스슬엽젼을샏림으로써포교를피홈

　병인년에 조선에 주교 2위 신부 10위 합 12위가 계시더니,[1] 그해 군난에 주교 2위 신부 7위가 치명하시고 신부 3위는 생존하시니 곧 권 신부, 이 신부, 강 신부시라.[2] 그러나 남은 신부 3위도 조선에 부지할 수 없어 권 신부는 인도 지방 전교신부로 갈려 가시고, 이 신부는 조선 교우들을 구제하시기로 청국에 가셨다가 그 후 조선 주교가 되어 조선에 다시 나오셨으나 또 잡혀 청국에 압송되어 그 후 법국프랑스에서 선종하시고, 강 신부는 법국프랑스에 돌아가 수사 되어[3] 선종하셨더라. 병인(1866)년부터 조선에서 주교 신부가 10년 동안 끊어졌다가 병자(1876)년에 백 신부(그 후 주교)가[4] 위돌 최 신부와[5] 함께 나오시니라.

　그러한데 병인군난에 남아계시던 3위 신부는 무수한 곤란을 당하셨으니 대저[6] 어떤 때에는 혼자서 교우촌과 교우집을 찾아다님이라. 전에 성사 주러 다니실 때에는 항상 짐꾼과 복사만 따라다니고 또한 방립을 쓰고 길바닥만 보고 다녔으니 어떻게 혼자서 교우집을 찾을 수 있으며 또 어떻게 주막에 들어가 음식을 사먹으며 또 혹 교우촌과 교우집을 찾아갈지라도 다 망하여 없어졌음이러라.[7]

　노인 교우들이 전설하여[8] 이르기를, 강 신부가 위에 말함 같이 혼자 다니실 때에

1　여기서 '위(位)'는 '분'을 이른다. 주교 두 분, 신부 열 분, 합 열두 분.
2　권 신부는 페롱 신부, 이 신부는 리델 주교, 강 신부는 칼레 신부이다☞【더 알아보기】.
3　수사(修士)가 되어. 원문은 '슈亽되여'.
4　블랑 주교☞【더 알아보기】.
5　드게트 신부☞【더 알아보기】.
6　대저(大抵) : 대체로 보아서. 대컨. 비슷한 말은 무릇. 『한불자전』에서는 이 단어를 '약, 거의, 그처럼, 책에서 이 단어는, 문장 첫 머리에서 명백히라는 라틴어에 부합한다'로 풀이한다.
7　'없어졌음이더라', '없어졌다'의 의미인데, 여기서는 고어투를 살려 '─러라'를 모두 그대로 두었다.

한 번은 포교가 알고 뒤에 쫓아오는지라. 강 신부가 허리에[9] 차고 다니시던 엽전이 있더니, 이것을 한 움큼 빼어 사슬 돈으로 길바닥에 뿌리시니, 그때에 엽전 한 푼은 지금 5전 가격이 되던지라. 포교놈들이 쫓아오다가 그 엽전을 줍기로 지체하는 동안에 신부는 점점 앞으로[10] 더 가시고 또 한참 가시다가 또 돈을 빼어 길에 뿌리시니 또 포교놈들이 또 이것을 줍기로 지체하는 동안에 신부는 다행 이와 같이 포교의 손을 피하셨다 하는도다.

이와 같이 천신만고하며 밤중에 산중 어느 교우집을 찾아가서 문앞에서 주인을 부르시니 그 교우는 잡혀가지 않고 살아있으나 중병 들어 죽게 되었더라. 그는 열심한 교우이라. 종부성사[11] 받기를 절원하나 그때 형편에는 바랄 수도 없던 사정이러라. 그러나 신부가 문간에서 주인을 찾으실 때에 그 병자가 집 사람을 데려 이르되 "신부 오셨으니 얼른 나가보라" 하여 지극한 위로를 받고 선종하였더라.

3위 신부가 이와 같이 고생을 하시다가 병인년 양력 6월에만 서로 만나시니 그 반갑고 슬픔이 어떠하셨을고. 병인년 군난을 겪은 노인들은 강 신부를 지금도 기억하여 말하는 이 많고, 또 강 신부께서 쓰신 작은 책이 있으니 이름은 『강신부 말씀』이라 하는 작은 책인데 교우들이 범상한 일로써 매일 착히 지내는 법을 권면하신[12] 것이라 지금도 아마 어떤 구교우 집에는 있을 듯하고, 또 강 신부가 안성[13] 미리내 살으실 때에 집 옆에 캐어다 심은 머루(산포도) 나무는 금일까지 무성하게 살아있더라.

해설

병인박해시기에 포교의 추적을 지혜로 벗어난 신부님의 일화를 소재로 한 미담입니다. 병인박해 후 교우촌과 교우들의 일상, 당시 조선 천주교회의 주교와 신부님들의 상황을 배경

---

8   전설(傳說)하다 : 전언(傳言)하나. 말을 전하다.

9   원문은 '헤리'.

10   원문은 '에로'.

11   종부성사(終傅聖事) : (가톨릭) '병자성사'의 전 용어.

12   권면(勸勉) : 알아듣도록 권하고 격려하여 힘쓰게 함.

13   원문은 '양셩'.

으로 합니다. 미담에 등장하는 권 신부, 이 신부, 강 신부, 백 신부, 위돌 최 신부는 모두 실존
인물이며 당시 조선 천주교회에 파견된 프랑스 외방선교회 소속 사제입니다. 그중에서 이
미담의 주인공은 강 신부 즉 칼레 신부님입니다.

 강 신부가 쫓아오는 포교의 추적을 벗어나기 위해 엽전을 길바닥에 뿌리면서 도망하였다
는 이야기는 이 미담에서뿐 아니라 이후 천주교 군난소설인 『은화』에서도 나오는 장면입니
다. 포교를 피해 밤중에 교우촌을 찾아다니며 성사를 주던 강 신부님의 모습은 가감 없이
한국 천주교회에 전해지던 미담 그 자체였을 터입니다. 신자들과 고난을 함께 했던 신부님
에 대한 교우들의 신망이 『강신부 말씀』이나 '머루 나무'의 기억을 통해 이어졌습니다. 이처
럼 '군난 때 미담'은 조선의 천주교회가 겪었던 고난을 이야기의 형식을 빌러 생생하게 기억
하고자 했던 신앙기록이기도 했습니다.

더 알아보기

페롱(Feron, Stanislas, 1827~1903) 〔가〕 조선교구와 인도의 퐁티세리에서 전교한 선교사.
한국성 권(權). 프랑스의 세즈(Sez)에서 태어나 그곳 대신학교를 나와 연령미달이었지만
특별배려로 1850년 12월 21일 사제서품을 받고, 1854년 10월 14일 파리 외방전교회에
들어가 1년간 수련한 다음 1856년 1월 23일 프랑스를 떠나 14개월 만에 한국에 도착하였
다. 그는 곧 몽소승천지방 즉 경상도 서북부지방을 맡아 전교활동을 시작하였다. 그러나
곧 박해의 불꽃이 타올라, 2명의 주교와 7명의 성직자가 순교하는 비운을 맞게 되었다.
요행히도 살아남게 된 페롱 신부는 한국 교회의 장상이 되어, 하나밖에 남지 않은 동료인
칼레(Calais) 신부를 중국으로 피신시키고 스스로는 한국을 떠나려 하지 않았다. 그러나
본국으로 송환된 그는 1870년 인도(印度)의 퐁티세리로 파견되었고, 그 뒤 30년간을
그곳에서 사랑의 복음을 전하다가, 젊은 시절 그가 봉사했던 한국 교회가 기적적으로
되살아나는 걸 보고 만족해하면서 1903년 6월에 77세의 고령으로 선종하였다.

칼레(Calais, Alphonse, 1833~1884) 〔가〕 신부, 파리 외방전교회 소속 선교사. 한국성(韓國
姓)은 강(姜). 파리 외방전교회 신학교를 졸업한 뒤 1860년 7월 5일 사제서품을 받고
한국의 선교사로 이듬해 4월 7일 한국에 입국, 1866년까지 5년 동안 경상도의 서부지역에
서 전교활동을 벌였다. 1866년 병인(丙寅)박해로 여러 차례 위험을 넘기고 산 속에 피신해
있다가 이해 10월 페롱(Feron, 權) 신부와 함께 한국을 탈출, 중국으로 피신하였고,
이듬해부터 여러 번 한국 입국을 시도하였으나 실패하였다. 병인박해 때 얻은 병이 악화되

어 부득이 프랑스로 귀국하였다. 1869년 4월 시토회 수도자가 되어 모벡(Maubec) 수도원에서 한국 교회를 위해 기도하며 일생을 마쳤다. 주요 저술로는 『강신부 훈계』(필사본)가 있다.

리델(Ridel, Felix Clair, 1830~1884) 〔가〕 조선교구 제6대 교구장(재위 : 1869~1884). 주교. 한국명 이복명(李福明). 1830년 7월 7일 프랑스 낭트(Nantes) 교구에서 태어난 그는 1857년 12월에 사제품을 받고 잠시 교구사제로 일하였다. 1859년 이방인에게 전교할 뜻을 품고 파리 외방전교회에 들어가 1860년 7월 27일에 한국을 향해 조국을 떠났다. 1861년 3월 31일에 조선 입국에 성공하여, 베르뇌(Berneus, 張敬一) 주교와 다블뤼(Daveluy, 安敦伊) 보좌주교를 만나고 곧 충청도 공주(公州)의 진밧 지방을 맡아 전교에 종사하기 시작하였다. 그러던 중 병인년(丙寅年)에 일어난 대박해로 두 주교와 5명의 동료신부를 잃게 되었으나 리델 신부는 다행히도 피신하여 체포를 면할 수가 있었다. 이에 살아남은 페롱(Feron, 權) 신부, 칼레(Calais, 姜) 신부와 의논하여, 박해로 주교와 여러 성직자를 잃은 조선 교회의 사정을 알리고 새로이 성직자를 청하고자 세 사람 중 한 사람이 중국으로 탈출키로 하였다. 연장자인 리델 신부가 그 임무를 맡고 탈출하는데 성공하여, 1866년 7월 7일 중국 치푸(芝罘)에 도착해서 프랑스 함대사령관 로즈(Roze)를 만나 구원을 요청하였다. 리델 신부의 요청에 따라 칼레 신부와 페롱 신부를 구출코자 로즈제독은 3척의 군함을 이끌고 9월 20일 인천 앞바다에 이르니 이것을 병인양요(丙寅洋擾)라 일컫는다. 이때 칼레와 페롱 두 신부는 군함을 만나지 못하고 따로 청국으로 피신함으로써, 조선에는 한 명의 신부도 없게 되었다. 그 뒤 리델 신부는 다시금 조선으로 들어가기 위해 새로이 조선교구에 배속된 여러 신부들과 함께 일본·만주 등 여러 곳을 찾아갔으나 끝내 뜻을 이루지 못하고 있던 중 1869년 6월 25일 조선교구의 제6대 교구장으로 임명되었다. 주교로 임명된 리델 주교는 1870년 초에 로마로 가 그곳에서 6월 5일 주교 성성식을 갖는 동시에 제1차 바티칸 공의회에도 참석하였다. 1871년 7월에 다시 상해로 돌아왔다.

여기서 그는 조선 입국 시도를 잠시 중단하고 한불자전의 완성과 교리문답책을 편찬하는데 전심하였다. 1876년 4월에 블랑(Blanc, 白圭三) 신부와 드게트(Deguette) 신부를 데리고 조선 입국을 위해 다시금 배를 타고 조선을 향해 떠났다. 5월 8일 서해안에 닿은 주교는 조선 교우들의 요청에 따라 신교의 자유를 얻도록 하는 일에 전심하기 위해 상해로 되돌아가기로 하고 두 신부만을 상륙시켰다. 이로써 조선 교회는 10년 만에 다시 목자를 갖게 되었는데, 중국에 돌아온 리델 주교는 일본·만주를 돌아다니며 자유롭게 조선에 들어갈 수 있는 길을 트고자 애쓰던 때에 새로 두세(Doucet), 로베르(Robert), 뮈텔(Mutel), 코스트(Coste)의 네 신부를 새로 배속 받아 그중 두세, 로베르 두 신부와 함께 중국배를 타고 조선으로 건너와 9월 23일 황해도에 상륙하는데 성공하였다. 이렇게 해서 조선을 떠난 지 11년, 주교로 임명된 지 8년 만에 서울에 들어온 주교는 감시의 눈을 피해가면서 전교에 전심하였다. 그해 10월, 이러한 교회 형편을 알리기 위해 한 교우에게 편지를 주어 만주로 가서 코스트나 뮈텔 신부에게 이를 전하도록 하였던 바, 불행히도 잡혀 주교의 입국사실이 탄로되었다. 이 때문에 1878년 1월 28일 그는 잡히는 몸이 되어 5개월 동안 옥중에 갇혔으나 북경 주재 프랑스 공사의 교섭으로, 중국정부의 주선에 의해 6월 5일 옥에서 풀려나, 7월 12일 만주로 추방되었다. 그간 코스트 신부에게 맡겼던 『한불자전』과 『한어문전』이 완성되어 일본 나가사키(長崎)로 건너가 이를 인쇄에 붙이니, 1880년 말과 1881년 봄에 걸쳐 두 책이 다 나오게 되었다. 이때 그는 중풍의 치료를 위해 홍콩으로 건너갔으나 별 효과가 없었으므로 블랑 신부를 보좌주교로 선정하고 그해 11월에 고향인 반느(Bannes)로 돌아가 1884년 6월 20일 54세로 선종하였다.

【참고문헌】 Arthur Piacentini, *Mgr Ridel*, Lyon, 1890.

블랑(Blanc, Jean Marie Gustave, 1844~1890) 〈가〉 파리 외방전교회원. 제7대 조선교구장. 주교. 한국명 백규삼(白圭三). 1866년 12월 22일에 파리 외방전교회 신학교에서 신품성사를 받고 이듬해 2월 15일, 파리를 떠나 만주로 갔다. 그곳에서 병인(丙寅)박해로 두 조교를 함께 잃고 중국으로 탈출한 리델(Ridel) 신부를 만나, 함께 조선입국을 위해 백방으로 노력하였으나 뜻을 이루지 못하고, 그 뒤 10년 동안 리델 주교를 도와 교리책의 번역과 『한불자전(韓佛字典)』의 편찬 등으로 세월을 보냈다. 1876년 리델 주교, 드게트(Deguette) 신부와 함께 배를 타고 조선을 향해 떠나, 5월 8일 리델 주교를 다시 청국으로 되돌려 보낸 다음 조선땅에 상륙하여 서울로 들어갔다. 조선 땅을 숨어 다니면서 그는 전교에 힘쓰는 한편, 다시 주교를 맞을 준비를 착착 진행시켰다. 그 결과 1877년 9월에 리델 주교를 다시 맞게 되었으나 곧 주교가 잡히는 몸이 되어 추방되자 주교 없는 한국 교회를 지켜나갔다. 그러는 가운데 1882년 조선교구장으로 임명되었고, 1883년 7월 8일 일본 나가사키에서 주교 성성식을 갖고 조선에 돌아와 더욱 전교에 힘써 1887년 말에는 14명의 성직자 14명의 신학생과 신자수 1만 5,000명을 헤아릴 수 있게 되어, 박해로 거의 다 쓰러져가던 조선 교회를 재건하는 데 성공하였다.

이어 1887년 9월 21일에는 조선 교회의 지도서를 공포하여 통일된 법전을 갖고 규칙에 따라 교회 행사를 집행할 수 있게 했고, 1888년 6월 8일에 조선교구를 예수성심께 봉헌하는 장엄한 미사를 올려 신교의 자유를 얻게 된 최후의 승리를 감사드렸다. 한편 방인 성직자 양성에 힘써 1885년에 강원도 부흥골에 신학교를 설치하여 페낭유학생을 포함한 신학생을 수용하였고, 2년 뒤에는 용산으로 옮기었는데 그때의 신학생수는 21명이었다. 고아와 노인들을 위한 사회사업도 활발히 전개하여 1885년에 서울에 고아원과 양로원을 세우고 40명의 노인과 100명의 고아를 돌보게 하였는데, 이 사업을 위해 성 바오로 수녀회 에 요청하여 4명의 수녀를 파견받아 그들로 하여금 이를 맡아보게 하였다. 그리고는 새로운 성당을 짓기 위한 대지를 사들여 1887년부터는 종현(鐘峴)의 산등을 깎아 1890년 성당을 지을 수 있게 되었다. 그리하여 2월 2일 이를 감사하는 미사를 드리고 곧 주교관을 세우려 했으나 갑자기 중병을 얻어 2월 21일 46세로 선종하였다.

【참고문헌】 *Compte Rendu*(1890), Paris, 1981.

드게트(Deguette, Victor Marie, 1848~1889) 개 조선교구 선교사, 한국명 최동진(崔東 鎭). 그의 동료 신부였던 프와넬(Poisnel, 朴道行) 신부에 의하면, 그는 사제서품을 받고는 수년 동안 자기 교구 내에서 봉사하다가 1875년에야 파리 외방전교회에 들어가 1년간 수련한 후, 평소의 소원이던 한국으로 파견되었다고 한다. 당시 그것은 순교를 하라는 부름이나 다름없었는데, 1876년 2월 27일 프랑스를 떠나 만주에 도착하자, 때마침 3명의 신부를 거느리고 다시 한국으로 들어가려는 리델(Ridel, 李福明) 주교를 만나 짐을 풀 사이도 없이 그 이튿날 주교와 블랑(Blanc, 白圭三) 신부와 함께 배를 타고 한국으로 향하였다. 도중에 세 사람이 함께 입국하기란 더욱 어렵다는 조선교우의 말에 따라, 주교를 중국으로 다시 가게 한 다음, 남은 두 사람만이 항해를 계속하여 5월 10일 밤에는 서울에서 약 4㎞쯤 떨어진 곳에 상륙하는데 성공하였다. 서울에 들어오자마자 병석에 눕게 되어 그 이듬해에 건강을 되찾아 용인(龍仁)지방으로 내려가 성사를 집전하게 되었다. 그러나 곧 거처가 관헌에게 알려져, 그는 충청도 지방으로 피신하였다. 그러는 동안, 리델 주교가 두세(Doucet, 丁加彌), 로베르(Robert, 金保祿) 신부를 데리고 다시 한국에 들어왔다 곧 이어 다시 체포되었다는 소식을 연이어 듣게 되었다.

1878년 6월에 주교가 풀려나 중국으로 추방됨을 계기로 박해가 일시 멈추는 듯하자, 그는 은신처에서 빠져나와 전교활동을 계속하였는데, 곧 체포되는 몸이 되고, 서울로 압송되어 3개월 농안 감옥에서 신음히다가 9월에 중국으로 추방당하였다. 만주에서 리델 주교와 다시 만나 한나자전(韓羅字典)에 착수하다가 1881년에 일본 나가사끼(長崎)로 건너가, 한국 선교에 필요한 교회서적 인쇄에 종사하였다. 1883년 블랑 주교의 요청에 따라 다시 한국에 들어가, 강원도 지방의 전교를 맡아 1889년까지 6년간 이천(伊川),

원산(元山)을 근거지로 하여 교세 확장에 힘썼다. 1889년 4월 주교의 명에 따라 서울에 올라온 그는, 그동안 쇠약해진 데다가 장티푸스까지 겹쳐, 끝내 치유치 못하고 4월 29일 선종하였다.

생나모칼(生木項鎖) 좀 써보아라

싱나모칼(生木項鎖) 좀써보아라

　병인년 군난 시에 한년부력 강한 소년[1] 교우가 포교에게 잡혀 수갑으로 두 손을 결박한고로 팔도 내두루지 못하고 비틀비틀 따라가며 포교놈을 자세히 살펴보니, 기운으로 하면 그따위 포교놈 둘은 능히 저당하겠으나[2] 굵은 노끈으로 두 손을 꼭 잡아매었으니 어찌 할 수 없고 또는 법이라 하는 것은 사람의 자유를 결박할 뿐 아니라 육신까지 결박하는구나![3] 순량한 고양같이[4] 저놈에게 끌려갈 수밖에 다른 방법이 없도다!

　이와 같이 좋은 마음으로 포교를 따라가다가 또 여역이[5] 과인하고[6] 혈기가 상생한 그 소년심중에서는[7] 가끔가끔 억제치 못할 억울지심과[8] 아니꼬운 역정이[9] 폭발하여 견딜 수 없는지라.

　어떻게 이 포교놈을 항거하고 빠져날고?[10] 그러나 항거하다가 성사치 못하면 형벌은 몇 배로 더 받을 터이지! 그렇지만 형벌을 많이 받거나 적게 받거나 죽기는 매일반

1　청년. 원문은 '쇼년' → 소년(少年) : 젊음, 청년기(『한불자전』). 당시에는 청년을 소년으로 지칭하였다. 여기서 소년을 수식하는 '한년부력 강한'의 의미는 정확히 알 수 없으나 힘이 센 청년이라는 뜻으로 이해된다.

2　저당(抵當)하다 : 맞서서 겨루다. 볼모로 삼다.

3　원문은 '결박ᄒᆞᄂᆞᆫ고나'.

4　어린 양같이. 고양(羔羊) : (기독교) '어린 양'의 이전 용어.

5　여역(餘力)이 : 남은 힘이.

6　과인(過人)하다 : 능력, 재주, 지식, 덕망 따위가 보통 사람보다 뛰어나다.

7　소년심중(少年心中)에서는 : 소년의 마음에서는.

8　억울지심(抑鬱之心)과 : 억울한 마음과.

9　역정(逆情) : 몹시 언짢거나 못마땅하여서 내는 성.

10　빠져나갈까?

이라 하여 격투하여 볼 생각이 점점 치성하나 두 손을 다 잡아 매었으니 아무 묘책이 없었더라.

　이런 생각 저런 생각을 하며 가기 싫은 길을 마지못하여 따라가다가 한 수풀가로 지나가는데 흘낏 쳐다보니 석가래 재목보다 훨씬 더 굵은 소나무가[11] 둘이 나란히 붙어 섰는지라. 소년 교우는 이것을 보고 무슨 묵계나[12] 받은 듯이 속으로 이르되,[13] '옳다! 되었다! 성불성[14] 간하여보자!'[15] 하고 우뚝 서서

교우 : "여보시오 나리. 이 수갑 좀 풀어주시오. 더 참을 수는 없오."

포교 : "수갑은 왜 풀어?"

교우 : "긴급한 일이지오. 구태여[16] 물어볼 것이 무엇입니까?"

포교 : "망한 놈! 물은 왜 그리 많이 먹었니?"

교우 : "사람이 물 안 먹고 어떻게 산단 말이오? 술 한 잔도 못 먹었소."

포교 : "우수꽝스러운 놈! 술 못 먹었다고 한탄하네! 수갑 풀어주니 얼른…… 벌써
　　　　몇 번째……!"

교우가 수갑을 벗고 볼일을 다 보는 체하고 신발도 잘 잡아매고 바지도 추켜서 허리띠도 단단히 매고 돌아서니

포교 : "이리 오너라 얼른 수갑 받아라."

교우 : "오냐. 너는 생나무 칼 좀 써 보아라."

11　원문은 '솔나무'.

12　말 없는 가운데 뜻이 서로 맞음. 원문은 '믁계'. 묵계하다 : 내부적으로 조용히 드러내다. 영감을 불러 일으키다, 영감으로 자극하다(『한불자전』). 『표준국어대사전』에서는 말 없는 가운데 뜻이 서로 맞다, 또는 그렇게 하여 약속이 성립하다로 풀이하고 있다.

13　원문은 '날ᄋᆞ되'.

14　성불성(成不成) : 일이 되고 안 됨.

15　'되는지 안 되는지 한번 시험해 보자'라는 의미.

16　원문은 '굿ᄒᆞ야'.

하고 모든 용력을[17] 분발하여 포교 뒤로 가서 그놈의 가슴을 두 팔과 겹쳐 잔뜩 껴안고, 두 나무 붙어 섰는데 가서 항우 같은 장사의 여력으로 두 나무를 얼른 벌리고[18] 포교의 모가지를 그 가운데 끼운 후 나무를 둘 다 놓으니, 그것이 생나무 칼[19] 쓰는 것이러라.

교우는 다행히 성공하고 걸음을 들날려 멀리 도망하여 큰 장 거리에 가서 어느 여관에 들어가 음식을 사먹고 일락서산에[20] 갈 곳이 없어 그 여관에서 유숙하는데, 저물기에 이르러 두 행객이 또한 그 여관에 들어와 유숙하며 다른 이와 함께 설화하기를,[21] "아 오늘 참 별일 다 보았지. 여기서 한 40리 되는 데 한 수풀이 있지 않소? 거기를 오니까 어떤 자가 제 모가지를 두 나무 틈에 끼우고 죽어가는 소리로 사람 살리시오. 사람 살리시오 합데다. 내가 묻기를,[22] 그대가 이게 무슨 짓이오? 하니까. 그 자는 그저 바삐 모가지를 빼놓아 달라고 애걸하기에 우리 둘이서 두 나무를 벌리고 빼어주니까 그 자는 천만 사례하며 말하기를, 제가 포교로서 천주학장이 한 놈을 잡아가지고 가는데 그 흉악한 놈이 나를 이렇게 하였습니다. 아이고 고맙습니다 사례합니다! 이제는 당신 양반님네 덕택으로 살았습니다! 합대라……. 아무튼지 그 자는 그 근처 동리에 들어가서 며칠 조섭하여야[23] 죽지 않고 제 집에 찾아갈 듯하고, 또 포교 구실은 다 다녔습데다.[24] 또 그 천주학장이로 말하면 기운도 세거니와 담대한 자이 의심 없습데다." 듣는 자들이 말하기를, "사나이 대장부가 기운만 있으면 그렇게라도 하여볼 것이지 죽을 지경을 당하여 무엇을 시험치 아니하겠소."……교우는 그 설화를 듣고 속으로 무슨 생각을 하였을꼬?

---

17 용력(勇力) : 씩씩한 힘. 또는 뛰어난 역량.
18 원문은 '버리고'.
19 칼 : 죄인에게 씌우던 형틀. 두껍고 긴 널빤지의 한끝에 구멍을 뚫어 죄인의 목을 끼우고 비녀장을 질렀다.
20 일락서산(日落西山)에 : 해가 떨어지는 서쪽 산에.
21 설화(說話)하기를 : 말하기를, 재미있게 말하기를.
22 원문은 '나ㅣ 묻기를'.
23 조섭(調攝)하다 : 조리하다. 건강이 회복되도록 몸을 보살피고 병을 다스리다.
24 포교는 이제 못 하게 됐다는 의미.

병인년 박해 때 청년 교우가 포교에게 잡혀 끌려가다가 꾀를 내서 자신의 힘으로 포교를 나무 사이에 묶고 도망친 내용의 미담입니다. 포교와 일반 신자의 갈등과 대결을 통해 박해 시절 교우들의 삶을 보여주는 작품입니다.

주인공은 힘이 센 청년인데 신앙과 지혜와 힘을 갖춘 인물입니다. 그가 꾀를 내서 죄수들에게 칼을 씌우듯이 나무 사이에 포교의 목을 묶어놓고 도망치는 모습이 재미있습니다. 이 미담은 주인공 인물의 심리를 묘사하는 장면, 박진감 있는 사건 전개, 주인공과 포교의 극적인 대화 장면을 통해 작품성을 살린 수작입니다.

주인공은 포교로부터 빠져나갈 방법을 찾아 죽기를 각오하고 포교와 법의 포박에서 벗어납니다. 그가 자신을 구한 꾀는 '생나무 칼'을 쓰는 것이었습니다. 칼은 죄수들을 씌우던 형틀로 박해시기 천주교인들의 모습을 연상시킵니다. 그런데 이 작품에서 생나무 칼이란 곁에서 가지모양으로 벌어진 두 나무를 비유적으로 표현한 말입니다. 주인공은 이를 포교를 묶을 수 있는 형틀처럼 이용해 포교에게서 벗어납니다.

천주교인들이 받은 칼은 죽음의 칼이었다면 이 작품에서 생나무 칼은 주인공을 살게 한 칼이었습니다. 생나무 칼이라는 표현이 재미있으면서도 상징적입니다. 박해 시절 천주교인들의 처지와 경험을 살려 생나무 칼로 포교에서 벗어났다는 점이 특히 인상적입니다.

내가 네 할아비다

나 | 가네할아비다

특별히 병인년 군난 시에 부부간에 피차 종적을 잃고 그 생사와 거처를 알지 못하여[1] 종신토록 독신생활하는 이가 혹시 금일까지도 있으며 부모자녀간과 형제자매간에도 서로 갈린 후 금세에서는 영영 상봉치 못하고 후세에서만 상봉면회하기만 바라는 이도 있으며 혹시는 수십 년 후에 다행히 서로 만난 이도 있었도다.

그러한데 한 노인은 군난 시에 자기 아들을 잃고 수십 년 동안 산지사방으로[2] 찾아다닐 때, 그렁저렁 군난이 침식되어 교우들이 마음 놓고 살 때에 이르렀더라. 이 노인이 각처각방에 교우를 찾아다니며 어떻게어떻게[3] 연줄을 찾아 자기 아들이 아무 곳에 살아있고 또 그동안에 혼취하여[4] 자녀까지 낳은 줄을 알았으나 그 손자손녀를 도무지 생면치 못함은[5] 자연한 일이러라.[6] 아무 고을 아무 동리 교우촌에 자기 아들이 어느 편 어느 집에 산다는 말을 다 똑똑히 알았더라.

하루는 자기 아들이 사는 동리를 찾아가고 또 그 집까지 찾아가서 주인을 찾으니 어른은 아무도 없고 다만 한 십여 세 된 동자가 그 마당에서 노는지라.

노인 : "이 아이야, 네가 이 집 주인이냐?"
동자 : "네. 이게 우리집이여요."

---

1   원문은 '아지못ᄒᆞ야'.
2   원문은 '三디四방'. '삼지사방'은 '산지사방'이다. 흩어져 있는 각 방향. 사방으로 흩어짐.
3   여기서는 '어찌어찌'의 의미.
4   혼취(婚娶)하다 : 혼인하다.
5   생면하지 못함은. 생면(生面)하다 : 처음으로 대하다.
6   자연스러운 일이었다.

노인 : "너의 어른들은 다 어디 가셨니?"

동자 : "다 들에 김매려 가셨어요."

노인 : "네가 이집 주인의 아들이냐?"

동자 : "네. 그렇습니다."

그 노인이 이 아이는 일정[7] 자기 손자인 줄 알고, 일희일비의[8] 감동지심을[9] 금치 못하여 그 아이를 껴안으며

노인 : "아이고! 내가 네 할아비다! 이제야 너를 보겠구나!"

그 아이는 뜻밖에 이런 이상한 일을 당함에 그 껴안는 것을 내치며[10]

동자 : "이런 망할 놈의 영감! 지나가는 영감이 왜 나를 보고 욕을 해?"

노인과 아이가 이 같은 연극을 할 즈음에 그 아이 부친이 들에서 일을 하고 점심을 먹으러 집에 들어와서 이 광경을 보고 부친, 아들, 손자와 및 온 집안이 울음과 웃음으로 수십 년 동안 그립던 회포를 설화하였더라.[11]

해설

　이 미담은 군난 시절의 애환을 다룬 작품으로 병인년 군난으로 헤어진 후 수십 년 동안 만나지 못한 가족의 재회담입니다. 한 노인이 군난 때 아들을 잃어버려 수십 년 동안 찾아다니다가 드디어 아들의 거처를 알게 되어 찾아갑니다. 혼자 마당에서 놀고 있는 아이가 손자인

7　확실히, 확신을 갖고(『한불자전』). 원문은 '일뎡'.

8　일희일비(一喜一悲) : 한편으로는 기뻐하고 한편으로는 슬퍼함. 또는 기쁨과 슬픔이 번갈아 일어남.

9　감동지심(感動之心) : 감동하는 마음.

10　원문은 '내쌧치며'. 문맥을 살려 현대어로 '내치며'로 옮겼다.

11　말하였다. 재미있게 말하였다. 설화(說話)하다.

것을 알아차리고 노인은 반가운 마음에 아이를 껴안으려 하자 아이는 '망할 놈의 영감'이라
며 노인을 내칩니다. 다행히 그 순간 노인의 아들이자 아이의 아버지가 들어와서 서로 알아
보고 울음과 웃음으로 회포를 풀게 되었다는 해피엔딩입니다. 주제나 교훈을 직설적으로 제
시하지 않은 채 이야기가 주는 감동을 통해 병인박해 당시 조선 천주교인들의 애환을 전해
준 작품입니다.

미사성제를 도적하여 엿보다가 구원의 길에 들어감

미사셩졔를도적ᄒ야엿보다가구령길에드러감

이전 군난 시절에 외인 총중에[1] 살던 교우들이 신부를 모셔 성사를 받을 때에 거의 모든 일을 다 밤중에 하여, 성사 보러 오는 교우들도 밤중에 들어오고 밤중에 나가며 신부도 밤중에 들어오시고 밤중에 떠나사, 이와 같이 비밀히 하였으나 이 일이 한두 번이 아니요 여러 해 동안에 이와 같이 계속하였는 고로 한 동리에 살던 외인들이 모를 수 없어 눈치로, 짐작으로 다 알았더라.

그러한데 어떤 외인 동리에 사는 교우들이 신부를 모셔 비밀히비밀히 공소를[2] 치르는데 그 동네에 사는 어떤 외인 하나는 호기지심(好奇之心 무엇이든지 알아보고자 하는 성벽)이 대단하여 벌써 눈치를 채고[3] 이번에는 어떻든지 엿보리라 하고 잠을 자지 않고 있다가, 밤중이 조금 지난 후에 가만가만히 공소 집에 가서 보니 밖에는 한 사람도 없고 다 방에 들어가 사방이 고요하며 방에 불을 켰으나 문을 다 가려[4] 등장의 광채를 막았더라. 옳다! 이제는 어떻든지 알아보리라 하고 곁에로 들어가서 가린[5] 창 구녕으로[6] 등불의 광이 조금 비추는[7] 곳을 찾아서 손가락에 침을 발라가지고 창 바른 종이에 구녕을 뚫고 들여다보니 참으로 전에 보지 못하던 광경이러라.

여러 쌍 촛불은 온 방안을 비추고 좌우에 갈라 앉은 남자와 여자는 정제히 엄숙하

---

1 천주교를 믿지 않는 사람들 가운데. 외인(外人) : 외교인(外敎人). 총중(叢中) : 한 떼의 가운데.
2 공소(公所) : 가톨릭에서 본당보다 작은 교회 단위. 본당 사목구에 속하여 있는, 신부가 상주하지 않는 예배소나 그 구역을 이른다.
3 원문은 '발셔눈치를치우고'.
4 원문은 '가리워'.
5 원문은 'ᄀ리운'.
6 창구멍으로. 구녕 : 구멍의 방언.
7 원문은 '빗쵀는'.

게 끓어 무슨 기도를 드리는 모양인데 부인들은 결백한 수건으로 머리를 덮었더라.[8] 눈의 시선을 이리저리 둘러보니 전에 보지 못하던 양인이[9] 찬란하고 별스러운 옷을 입고서 무슨 예절을 행하는 모양이며 그 양인이 향하여 선[10] 벽을 바라보니 찬란한 화복을 입은 부인(성모의 상본)이 있는데 이는 듣지도 보지도 못하던 선녀이나 혹 천상신녀라. 재미있게 잠심하여 구경하는 중에 뜻밖에 그 찬란한 화상을 보고 깜짝 놀라 겁이 나고 가슴이 두근거려 견딜[11] 수 없는 고로 기겁하여 얼른 제 집에로 돌아갔더라.

그자가 제 집에 돌아가서 구경을 잘 하였음으로써 제 호기심 채운 것을 매우 흡족히 여겼으나 그 구경하다가 깜짝 놀람으로써 병이 되어 신음신음[12] 앓기를 시작하여 여러 날이 지나도 낫지 아니하는 고로 의사의 진찰과 처방과 약을 써도 도무지 무효에 돌아가는지라. 이에 하릴없이[13] 공소 주인에게 가서 그 모든 사실을 다 설파함에 공소 주인이 그 사람에게 성교를[14] 가르쳐 그 사람이 진실히 믿고 배워 영세 예비를 하는 동안에 병이 차차 나아 완인이[15] 되고 그 후 영세하여 열심수계하였더라.

군난 시절 숨어서 지내야 했던 천주교인들의 일상을 소재로 한 미담입니다. 천주교인이 아닌 사람들의 눈을 피해 은밀하게 밤 공소를 치르는 천주교인의 모습, 신부님 모습, 성모상 모습이 천주교 신자가 아닌 사람들 즉 외교인의 시선을 통해 묘사되어 있습니다. 외교인의 눈에 성모님이 선녀 혹은 천상신녀로 이해된 점도 재미있습니다. 제의를 입은 신부님 모습은 '찬란하고 별스러운 옷'을 입은 것으로 묘사됩니다.

---

8   원문은 '덥헛더라'.
9   서양 사람이.
10 원문은 '섯는'.
11 원문은 '결딜'.
12 신음(呻吟) : 앓는 소리를 냄. 또는 그 소리. 고통이나 괴로움으로 고생하며 허덕임.
13 달리 어떻게 할 도리가 없이. 원문은 '홀일업시'.
14 가톨릭교, 천주교. 성교(聖敎) : 성스러운 종교, 가톨릭교(『한불자전』).
15 완인(完人) : 병이 완전히 나은 사람.

　성모상을 보고 외교인은 놀라 병이 납니다. 그 이유가 구체적으로 나오지는 않으나 이는 그가 영세하게 되는 계기로 작용하고 이후 이 미담은 외교인의 영세담으로 이어집니다.
　성모 신심과 성모님과 관련된 기적 이야기는 천주교 미담에서는 주요한 소재였습니다. 그러나 '군난 때 미담'에서 성모님 관련 미담은 흔하지 않았습니다. 이 미담은 '군난 때 미담' 중에서 성모상을 매개로 성모님과 관련된 일화를 담은 유일한 미담입니다. 또 외교인이 세례를 받게 되는 내용으로도 유일한 '군난 때 미담'입니다.

말도 못하는 유다스

말도못ᄒᆞᄂᆞᆫ유다스

　병인년 동절에[1] 남녀교우들이 젖먹이 아이들을 혹 업으며 혹 안고 산중에서 밤을 새우며 추위를 견디지 못하여 바위굴 같은 데 불을 놓고 쪼일 때에 굴속에 침복하였던[2] 구렁이들은 뜨겁다고 소래를 찍찍 지르고, 어린 아이들은 군난이 무엇인지, 포교가 무엇인지, 잡혀가서 죽는 것이 무엇인지 다 상관치 않고 다만 배고프고 춥고 그런 불편한 것만 상관하여 울기만 하니, 아이 우는 소리를 듣고 포교들이 쫓아 오겠는지라. 그 부모는 힘써 달래어도 듣지 아니하는 고로 자연 역정이 나서 그 사랑하는 자녀들을 욕하며 이르되,[3] "다른 것이 유다스가 아니라 내가 유다스이다" 하였으니. 오죽이 답답하여 이런 말을 발하였으리오.

해설

　『경향잡지』 1929년 3월호(통권 658호)에는 천주교 박해 시절의 일상을 담은 4편의 미담이 소개됩니다. 길지 않은 내용으로 당시 천주교인들의 고통스러운 일상을 다룬 작품들입니다.
　그중 첫 번째인 「말도 못하는 유다스」는 병인년 겨울에 남녀교우들이 바위굴에 피난해서 지내던 일화를 소재로 한 미담입니다. 포교들에게 들킬까 조심해야 했던 때에 어린 아이가 울음을 멈추지 않자 부모는 아이에게 예수님을 배신했던 유다와 같다고 말합니다. 천주교 박해는 박해가 무엇인지도 모르는 천진한 아이들에게도 역경이었습니다.

1　동절(冬節)에 : 겨울철에.
2　밑에 엎드려 있던. 침복(沈伏)하다 : 밑으로 내려앉아 엎드린다. 뜻을 이루지 못하고 조용히 묻혀 지내다.
3　원문은 '닐ᄋ딗'.

사슴도 많다 총 있으면 한 마리 잡겠다

ᄉ심도만타총잇스면ᄒ머리잡겟다

교우들과 한 동리에 사는 외인 1인은 교우들이 주일마다 함께 모여 무엇을 하는지 한번 엿보고자 하였더라. 한번은 교우들이 봉재 전 3주일에[1] 모여서 성경을 보니 곧 집 주인이 품꾼 사는 사정이라. '사심이오 사심이오' 하는 구절이 한 7, 8차 거푸 있었는 고로 그때에 호기지심이 많은 그 외인이 가만히 가서 듣는데 성경 말씀이 다 조선말이지만은 당초에 무슨 말인지 알아듣지 못하고 다만 '사심이오 사심이오' 하는 말은 산짐승 사슴인 줄로 알아듣고 그 자가 본디 건방지고 짓궂은 자이였던 고로 부러 교우들이 들으라고 "아! 사슴도 많다. 총이 있으면 한 마리 잡겠네" 하고 달아났더라.

해설

재미있는 미담입니다. 천주교인들과 한 동네에 사는 외교인 한 사람이 주일에 천주교인들이 모여 있는 것을 엿보면서 일어난 일화입니다. '사심이오 사심이오'는 '~을 사다'라는 의미의 말이었을 터인데 이를 사슴으로 알아듣고 '아! 사슴도 많다. 총이 있으면 한 마리 잡겠네' 하며 외교인이 달아납니다. 말장난 같은 언어유희가 작품의 흥미를 배가 시키는 효과를 가져왔습니다. 이것은 '군난 때 미담'에서 나타나는 특징입니다. 다만 이웃이 듣지 못할 정도로 작은 소리로 서로 성경을 읽고 성사를 보던 옛 천주교인들의 모습이 웃음 뒤에 여운으로 남는 작품이기도 합니다.

---

1   원문은 '봉지젼三쥬일의'. 봉재(封齋) : 사순절의 옛 용어.

조물조물 모친이여 구석구석 모친이여

조물조물모친이여구석구석모친이여

위에 말한 외인과 같이 호기지심이[1] 많은 외인이 교우들의 만과통경하는[2] 것을 몰래 가서 듣는데 무슨 말인지 당최[3] 알아들을 수가 없고 다만 덕서도문에[4] 모친이여 모친이여 하는 말은 알아들었더라. 그러한데 조물주의 모친이여, 구세주의 모친이여 하는 말을 조물조물 모친이여 구석구석 모친이여로 알아듣고 그 자도 역시 짓궂은[5] 자이였던 고로 "조물조물 모친이여 구석구석 모친이여" 하며 도망하였더라.

해설

천주교 박해 시절 천주교인들의 일상을 소재로 한 작품입니다. 천주교인이 아닌 사람이 천주교인들이 모여 저녁기도를 하면서 기도문을 응송하는 것을 몰래 엿듣고 기도문의 일부로 말장난을 하며 도망갔다는 내용입니다. '조물주의 모친이여 구세주의 모친이여'라는 기도문을 '조물조물 모친이여 구석구석 모친이여'로 장난치며 도망가는 모습이 재미있게 그려졌습니다. 천주교인들의 모습과 기도문이 다른 이들에게는 호기심의 대상이었음도 알 수 있습니다. 무엇보다 천주교인들에게는 신앙 선조들이 모여 성모 호칭기도를 하던 모습을 확인할 수 있는 미담입니다.

---

1   호기지심(好奇之心) : 호기심.
2   저녁기도. 만과(晩課) : (가톨릭) '저녁 기도'의 전 용어. 통경(通經) : (가톨릭) 두 사람 이상이 서로 번갈아 가며 소리를 내어 기도문을 읽음. 또는 그 기도문.
3   도무지. 원문은 '당초에'.
4   원문은 '덕셔도문'. 덕셔도문(德敍禱文) : 성모 덕서도문의 준말. 성모 호칭기도의 옛말(『가톨릭대사전』).
5   원문은 '짓궂진'.

걸레지짐이

걸네지짐이

신부께서 공소를[1] 다 마치고 떠나시는 날 새벽에 진지상을 올리고 냄비에 고기를 지진 것을 가져왔는데 복사가 그 지진 고기를 칼로 베여도 베이지 않고 또 양념 냄새는 훌륭하나 고기냄새는 없는지라. 이에 크게 의심이 나서 등잔불 앞에 가지고 가서 살펴보니 고기가 아니요 그릇 닦는 걸레이었더라! 그때는 전등이나 석유등잔도 없던 때이며 또는 외인의 눈이 무서워서 관솔불도 환하게 켜지 못하였던 고로 걸레를 고기로 알고 지졌더라. 회장은 식모를 책하고 다른 이는 킥킥 웃었으나 걸레지짐이는 고기지짐이가 되지 못하고 금일까지 기억하는 재료가 되었도다.

독자제군이여 본 주필이 군난 겪은 노인들에게 들은 것은 이제 다 기록하였나이다. 누구시든지 가히 기록할 만한 군난 때 기사가 있거든 보내시옵소서.

해설

1929년 3월호(통권 658호)에 소개된 네 편의 군난 때 미담 중에서 마지막 작품입니다. 작품 말미에는 '독자제군'에게 남기는 글이 덧붙여져 있습니다. 군난 때 미담의 출처가 군난 시절을 경험한 '노인들'의 이야기에서 채록한 것임을 알 수 있습니다. '군난 때 미담'난이 고정 코너로 이어지지 못한 것은 채록의 어려움 때문이었음도 짐작할 수 있습니다. 이후 1920년대에는 2편의 군난 때 미담이 더 소개되며, 1930년대에는 미담 난에서 4편의 군난

---

1   여기서는 공소 예절로 봄 판공, 가을 판공과 같은 것으로 썼다. 공소(公所) : 가톨릭에서 본당보다 작은 교회 단위. 본당 사목구에 속하여 있는, 신부가 상주하지 않는 예배소나 그 구역.

때 미담이 이어집니다.

「걸레지짐이」라는 제목의 이 미담은 공소를 중심으로 천주교인들의 신앙생활의 일면을 볼 수 있는 작품입니다. 숨어서 신앙생활을 해야 했기에 관솔불도 피우지 못하고 음식을 준비해야 했던 애환이 언어유희를 통해 소개되어 있습니다. 불을 밝히지 못하고 음식 준비를 하다 보니 걸레를 고기로 알고 지졌던 것입니다. 이는 박해 시절이라 가능할 수 있었던 미담이기도 합니다. 또한 이 미담은 '외인의 눈'을 피하려 했던 신앙 공동체의 고충, 사제를 극진히 모시고자 했던 교우들의 정성, 걸레지짐이를 통해 군난 시절의 애환과 신앙 공동체의 결속을 느끼게 해 주는 미담입니다.

군난시대를 감상케 하는 제천 배론 (원주읍 정신부) (1)

군난시딕를감샹케ㅎᄂᆫ뎨쳔빅론 (원주읍정신부)

배론의 역사

충청북도 제천군 봉양면 구학리(배론 舟論)은 조선 성교[1] 역사 중 유명한 편이니 전선교우 중에 모르는 이가 드물도다. 배론 교우촌이 시작하기는 조선에 성교가 나온 후 몇 해 만에 곧 시작된 것이 분명하니 대저[2] 아륵산델^{알렉시오} 황진사 사영공이[3] 지금 으로부터 130년 전에 이 배론 점촌지 굴속에서 백서(면주편지)를 쓰다가 잡혀 1801 년에 치명하셨도다. 또 조선의 최초 신품학원도 이제로부터 75년(병인년 전 11년)에 이 배론촌에 시작되었고 신학원장 안도니오^{안토니오} 신 신부[4] 감목과[5] 신사 미가엘^{미카} ^엘 박 신부[6] 양위도[7] 배론학원에서 잡혀 새남터에서 치명하시고 학당주인 요셉 장 회

---

1 가톨릭교, 천주교. 성교(聖敎) : 성스러운 종교, 가톨릭교(『한불자전』).

2 대저(大抵) : 대체로 보아서. 대컨. 비슷한 말은 무릇. 『한불자전』에서는 이 단어를 '약, 거의, 그처럼, 책에서 이 단어는, 문장 첫 머리에서 명백히라는 라틴어에 부합한다'로 풀이한다.

3 여기서 황진사 사영공은 황사영을 이른다. 영공(令公) : 영감.

4 푸르티에 신부(Pourthie, Jean Antoine, 1830~1866). 순교자. 파리 외방전교회 소속 선교사. 한 국명 신 요안(申妖案). 1856년 베르뇌(Berneux, 張敬一) 주교, 프티니콜라(Petitnicolas, 朴) 신부 와 함께 상해(上海)를 거쳐 해로(海路)로 한국에 잠입, 충청도 배론(舟論)의 성 요셉신학교 교장으로 한국인 신학생 양성을 위해 일하다가 1866년 병인박해(丙寅迫害) 때 신학교 교수 프티니콜라 신부, 신학교 주임 장주기(張周基, 요셉)와 함께 체포되어 그해 3월 11일 새남터에서 군문효수(軍門梟首) 로 순교하였다. 유해는 순교 직후 교우들에 의해 왜고개에 안장되었다가 1899년 용산 예수성심 신학 교로 이장되었고, 1900년 다시 명동 대성당으로 옮겨졌다.

5 감목(監牧) : 양을 치는 목자(牧者)의 뜻으로 비유하여 주교(主敎)를 가리키는 말. 그러나 감목은 정 식 교구의 주교가 아니라 포교지 교구의 교구장인 주교를 말한다. (『가톨릭대사전』)

6 프티니콜라 신부(Petitnicolas, Michel Alexandre, 1828~1866). 순교자. 파리 외방전교회 소속 선교사. 한국성(韓國姓)은 박(朴). 1856년 3월 베르뇌(Berneux, 張敬一) 주교, 푸르티에(Pourtie, 申) 신부와 함께 한국에 입국, 충청도지방에서 사목하였고 1862년부터는 배론신학교의 교수로 재직 하였다. 1866년 병인박해로 신학교 교장 푸르티에 신부와 함께 배론에서 체포되어 이 해 3월 11일 새남터에서 군문효수당하여 순교하였다. 유해는 순교 직후 교우들에 의해 왜고개에 안장되었다가

장[8] 낙소공도 2위 신부와 한날한시에 여기서 잡혀 고마수영에[9] 가서 치명하셨도다. 병인년 전 배론이 6동으로 구별되어 아래 배론, 중담배론, 웃배론, 점촌배론, 박달나무골, 비득재, 6동에 70여 호 교우가 살았더라. 금일은 30호가량이 살고 외인들은 2배 이상이 살더라.

배론의 지형

배론촌 인근에는 태산준령과 층암절벽이 많으나 배론 교우촌은 직경이 한 십 리 되는 산곡이요, 전후좌우를 다 산으로 둘러막았으되, 산이 순하고 또는 바위와 돌도 별로 없는 육산이니[10] 교우들이 농사하며 살기에 아주 적당하도다. 교우들이 이런 유벽한 산골에 살기를 시작하기는 조선 성교 첫 군난 후부터 시작하였으니 이는 알아듣기 쉬운 일이라. 이런 산 중에는 외인의 눈과 상종을 피하기 쉽고 은수독수와[11] 같이 수계하기가 순편하고 농사하기가 괴롭기는 하나 본전이 많이 들지 아니함이러라.

이런 산중에서 열심수계하며 건땅에 부지런히 농사를 잘 함에 외인들이 천주학장이는 농리편(農理篇)이 있어 농사를 잘 한다 하며 이 책을 한번 보기를 원하며 조르는도다. 교우들이 산중에 살기 시작한 것도 군난소치어니와[12] 토기점 영업을 숭상함도 군난소치이니 대저[13] 토기점은 가끔 이리저리 옮겨다니고 또 그릇을 지고 팔러 돌아다니기로 성교를 숨기기 쉬움이러라.

배론 학당

조선 성교회의 최초 신생[14]은 기해년에 치명하신 복자 정 바로^{바오로}이시나[15] 신학

1899년 용한 예수성심 신학교로 이장되었고 1900년 다시 명동 대성당으로 옮겨졌다.

7 두 분도.

8 장주기 요셉.

9 현재의 갈매못 성지.

10 육산(肉山) : 바위가 없는, 돌이 없는 산(『한불자전』).

11 숨어서 도를 닦고 홀로 도를 닦는 것. 은수독수(隱修獨修).

12 군난 때문에 생긴 일. 군난소치(窘亂所致).

13 ☞ 주 2.

14 신학생을 신생이라고 하였다.

원은 없이 다만 복자 범 주교께[16] 혹은 다른 복자 신부께 신품 공부를 일정하셨고 최초 신학원은 강생 후 1855년(을묘, 병인년 전 11년)에 이 배론촌에 시작되었으니 이는 조선 신학원의 원조이로다. 신학원 으뜸 신부는 위에 말함 같이 부감목 신(申) 신부시오[17] 신사는 박 신부신데[18] 박 신부는 또한 배론 지방 본당 신부를 겸하여 그 근방 교우들에게 성사를 주시다가 2위가 다 여기서 피착되어 상경치명하셨더라.[19]

그때에 신생수효는[20] 얼마이었는지 일정한 수를 모르나 많지는 않고 아마 한 10여 명 되었을 듯한데, 그때 배론 동리에서 살던 최 빌나바경 신 씨 지금 82세 노인에게 들은즉 그때에는 본명을 부르지 못하던 때인 고로 속명으로 권귀동, 박비리버, 림(속명도 부지) 신생, 바오로 송덕초, 이만돌(아마 바오로), 로렌죠 김성철 이외에는 아는 이가 없고, 전하는 말을 들음에 신생들이 품을 받아 장백의를 입고 예절하는 것을 보았노라 하는 이가 있으나, 성교역사에 아무 빙거도[21] 없고 오직 치명사기에 부감목 신 신부는 10년 동안 학당 으뜸 신부로 계셨고 박 신부주는 5년 동안 학당 신부로 계셨다하니 근 10년 동안인 고로 대품은[22] 몰라도 아마 소품은[23] 받았을 듯하나, 이도 분명치 못하도다.

배론 학당의 남아 있는 가옥과 변작된 형상

본 신부는(원주읍 정신부) 배론을 지나가다가 예전 군난 시대의 감상을 금치 못하

---

15 정하상 바오로 ☞【더 알아보기】.

16 앵베르 라우렌시오 주교. 한국명은 범세형이다. 1839년 9월 21일에 순교하였으며, 1925년 7월 5일 교황 비오 11세(Pius XI)에 의해 시복되었고, 1984년 5월 6일 한국 천주교회 창설 200주년을 기해 방한한 교황 요한 바오로 2세(Joannes Paulus II)에 의해 시성되었다.

17 푸르티에 신부 ☞ 주 4.

18 프티니콜라 신부 ☞ 주 6.

19 상경치명(上京致命) : 서울로 올라가 순교하셨다.

20 신생(神生)수효 : 신학생 숫자.

21 빙거(憑據)도 : 증거도.

22 대품(大品) : (가톨릭) 상삼품(上三品). 성직에 오르기 위하여 서품되어야 할 7가지 품(品) 가운데 상위 3품. 차부제품, 부제품, 사제품을 이른다.

23 소품(小品) : (가톨릭) 하사품(下四品). 시종품, 구마품, 강경품, 수문품의 네 품을 상삼품(上三品)에 상대하여 이르는 말. 새 제도에서 수문품과 구마품이 없어지고, 다른 품은 독서직과 시종직으로 바꾸었다 ≒ 사소품.

여 조선의 최초 신학원을 자세히 심방하였는데,[24] 배론 학당의 원채 가옥 5, 6간이 금일까지 남아 있으니 이는 귀한 가옥이요 우리 교회의 큰 기념적 건축물이어늘, 우리 교회나 혹은 교우의 소유가 되지 못하고 불행히 냉담자의 소유로 남아 있도다! 이러므로 나는 비감지심을[25] 금치 못하며 이 냉담자 학당 주인(그 집 주인)을 청하여 수인사한[26] 후에 그 집을 잠시 살펴볼 허가를 청원하니 용이히[27] 허가를 승낙하며 함께 들어가 방문까지 다 열어 보이더라. 한 30분 동안 두루 자세히 살펴보니 학당의 몸채 5, 6간은 금일까지 보존되어 있는데 벽과 문 그런 것은 다 소간변작된[28] 형상이 완연하고 행랑 헛간, 그런 것은 다 헐어버리고 그 대신 울타리를 하였으며, 남아 있는 5, 6간 집은 산골제도의[29] 집이라 예사 눈에는 선묘한[30] 것이 아니로되 우리 눈에는 기묘하고 반가워 더운 눈물을 재촉하였더라. 대저[31] 이 집에서 2위 신부와 여러 신생이 여러 해 동안 여기 숨어서 거룩한 공부를 하였고 장 주교와[32] 안 주교께서도[33] 누차 내림하여 체류하시며 미사를 드리셨을 것이요 도마^{토마스} 최 신부도[34] 누차 이 집을 심방하셨으리로다.

어찌면[35] 이 귀하고 기념적의 가옥을 사서 우리 성교회의 귀중품을 삼을꼬! 어찌하여 내 주머니에는 수백 원 금액이 없느냐? (미완)

---

24 방문하여 찾아보았는데. 심방(尋訪)하다.

25 비감지심(悲感之心) : 슬픈 마음.

26 수인사(修人事) : 인사를 차림. 인사를 함.

27 용이(容易)히 : 어렵지 않고 매우 쉽게.

28 작은 칸들이 변조된. 변작(變作) : 변조.

29 여기서는 '산골의'의 의미. 제도(諸道) : 행정구역의 모든 도. 여러 도.

30 선묘(鮮妙)하다 : 곱고 묘하다.

31 ☞주 2.

32 베르뇌(1818~1866) 주교. 한국녕 장경일(張敬一). 파리 외방 전교회원. 조선교구 4대 교구장☞【더 알아보기】.

33 다블뤼(1818~1866) 주교. 한국명 안돈이(安敦伊). 파리 외방 전교회원. 조선교구 5대 교구장☞【더 알아보기】.

34 최양업 토마스 신부☞【더 알아보기】.

35 어떻게 하면.

　1929년 4월 통권 659호와 660호, 2회에 걸쳐 베론 성지에 대한 내용의 미담을 소개합니다. 이것은 배론과 관련된 역사적 사실과 정보를 전달해주는 소개글에 가깝습니다. 필자가 '원주읍 정 신부'로 밝히고 있는 점도 의미가 있습니다. 정 신부는 1929년 원주 성당의 주임 신부인 정규량(1883~1952) 레오 신부입니다.[36]

　배론은 한국 천주교회의 대표적인 성지입니다. 대표적인 천주교 교우촌이기도 했던 이곳은 미담 내용 중에도 밝히고 있듯이 황사영이 백서를 쓴 곳이고, 최초의 신학교가 자리하던 곳입니다. 프리티에 안 신부와 프티니콜라 박 신부 두 분이 배론 신학교를 운영하시다 잡혀 치명하셨고, 장주기 요셉 회장이 두 분과 함께 갈매못 성지에서 치명하십니다. 천주교사에서 유서가 깊은 배론을 찾은 정규량 신부는 이 글을 통해 신학교의 역사와 순교하신 신부님들, 최양업 신부님 및 교우촌의 자취를 기록합니다. 그리고 배론을 성교회의 귀중품으로 삼기를 희구하며 경제적 어려움을 한탄하면서 다음 호로 배론의 이야기를 이어갑니다.

더 알아보기

정하상 바오로(丁夏祥 Paul) 〔가〕 축일 9월 20일. 성인, 신학생, 순교자, 활동연도 1795~1839년.

성 정하상 바오로(Paulus)는 남인 양반의 후예로 경기도 양근 지방 마재에서 태어났다. 아버지는 정씨 가문에서 최초로 신앙을 받아들인 정약종 아우구스티누스(Augustinus)이며, 1801년에 그의 맏아들 정철상 카롤루스와 함께 순교하였고, 어머니 유 체칠리아는 1839년 11월 순교하였다. 아버지가 순교할 때에 그는 겨우 일곱 살로 그의 모친과 누이 정 엘리사벳(Elisabeth)과 함께 풀려났다.

그러나 가산이 모두 몰수당하자 살길이 막연하여 경기도 양근 지방 마재에 있던 그의 숙부인 정약용 요한에게 의지하고 살았다. 그러나 숙부가 전라도 강진으로 귀양 가 있던 때였으므로 외교인 친척들로부터 천대와 냉대를 받았지만, 바오로는 어려서부터 어머니로부터 기도와 교리를 배웠다. 하지만 외교인들 틈바구니 속에서는 신자의 본분을 지키기가 어려워 20세 때에 서울로 올라와 조증이 바르바라(Barbara)의 집에 머물면서 목자 없는 조선교회의 현실을 안타까워하며 교회 재건을 모색하였다.

그는 함경도에 귀양 가 있던 한학자 조동섬 유스티아누스에게서 학문을 배우고, 자신의

---

[36]　이에 대해서는 졸고, 「천주교 박해 체험의 서사화」, 『우리문학연구』 44호, 우리문학회, 2014.10, 455~456면 참조.

목적을 달성하기 위하여 양반 신분을 감추고 어떤 역관의 집에 하인으로 들어가 살다가 북경에 가서 성세와 견진과 성체성사를 받고 주교에게 성직자 한 분을 요청했으나 실패하였다. 그러나 실망하지 않고 계속해서 북경까지 9회, 변문까지는 11회나 왕래하였다. 그는 유진길, 조신철 그리고 강진에 유배 가 있는 삼촌 정약용의 자문과 후원으로 끊임없이 성직자 영입 운동을 전개했다. 그들은 로마 교황에게 탄원서를 보내는 한편, 북경 주교에게도 서신 등을 보냄으로써 마침내 조선교회가 파리 외방전교회에 위임되고, 동시에 조선 독립교구가 설정되었다. 마침내 그는 유방제(劉方濟, 파치피코) 신부를 모셔 들이고, 모방, 샤스탕 신부와 앵베르 범 주교까지 모셔 들여 자신의 집에 모셨다.

앵베르 주교는 바오로가 사제가 되기에 적당하다고 여겨 라틴어와 신학을 가르치던 중 박해가 일어나자 그는 주교를 피신시키고 순교의 때를 기다렸다. 이때 그는 체포될 경우를 대비하여 「상재상서」를 작성했는데, 이것은 조선교회 최초의 호교론이다. 그는 이 속에 박해의 부당성을 뛰어난 문장으로 논박했기 때문에 조정에서까지 이 글에 대하여 놀라움을 감추지 못했다고 한다.

1839년 7월 11일, 포졸들이 바오로의 집에 달려들어 그와 노모 그리고 누이를 잡아 포도청에 압송하여 바오로와 4대 조상까지의 이름을 명부에 올리고 옥에 가두었다. 이튿날 상재상서를 포장대리에게 주니 사흘 후 문초를 시작하였다. 1839년 9월 22일, 서양 신을 나라에 끌어들인 모반죄와 부도의 죄명으로 서소문 밖에서 순교하였다. 이때 그의 나이는 45세였다. 그는 1925년 7월 5일 교황 비오 11세(Pius XI)에 의해 시복되었고, 1984년 5월 6일 한국 천주교회 창설 200주년을 기해 방한한 교황 요한 바오로 2세(Joannes Paulus II)에 의해 시성되었다.

베르뇌(Berneux, Simeon Francois, 1814~1866) ㉮ 성인. 축일은 9월 20일. 파리 외방전교회 선교사. 제4대 조선(朝鮮) 교구장. 한국명 장경일(張敬一). 프랑스 르망(Le Mans)교구 소속 샤토 뒤 르와르(Chateau-de-Loir)라는 마을에서 태어났다. 르망 교구의 소신학교와 대신학교에서 수학했고 1837년 5월 20일 사제서품을 받은 후 르망 대신학교에서 철학교수로 재직하던 중 1839년 파리 외방전교회에 입회하였다. 1841년 베트남의 통킹에 도착하여 전교활동을 벌이다가 체포되어 사형선고를 받았으나 2년간의 옥살이 끝에 구조되었고, 그 후 중국으로 건너가 만주(滿洲) 교구에서 12년 동안 전교하였다. 1854년 만주교구 보좌주교로 임명되어 이해 12월 27일 주교로 성성되었고, 이듬해 다시 제4대 조선교구장으로 임명되어 1856년 조선에 입국하였다. 그 후 순교하기까지 10년 동안을 조선 교회의 발전을 위해 헌신적으로 노력, 배론(舟論) 신학교를 세우고, 서울에 2개의 인쇄소를 차리는 외에 교세를 확장하는 등 조선 교회의 발전에 큰 공헌을 남겼다. 그러나 1866 2월 23일 체포되어 3월 7일 새남터에서 브르트니에르(de Bretenieres, 白) 신부, 도리(Dorie, 金) 신부, 볼리외(Beaulieu, 徐沒禮) 신부 등과 함께 군문효수형(軍門梟首刑)을 받고 순교하였다. 1968년 10월 6일 로마 성 베드로 대성당에서 교황 바오로 6세에 의해 복자위에 올랐고 1984년 5월 6일 한국 천주교 200주년 기념을 위해 방한(訪韓)한 교황 요한 바오로 2세에 의해 성인의 반열에 올랐다.

다블뤼 주교(Daveluy, Marie Antoine Nicolas, 1818~1866) ㉠ 순교자. 성인. 한국명 안돈이(安敦伊). 파리 외방전교회원. 주교. 조선교구 제5대 교구장. 프랑스 아미앙(Amiens)에서 태어나 이시(Issy)와 생슐피스(Saint-Sulpice) 소신학교를 거쳐 1841년에 1년 반 이상 교구사제로 활약한 뒤 1843년 외방전교회에 들어가 몇 달 동안의 수련을 거쳐 1844년 2월 류우뀨(琉球)의 선교사로 임명되어 고국들 떠나 1844년 9월말에 마카오에 도착하였다. 그러나 이곳에서 조선교구의 제3대 교구장인 페레올(Ferreol) 주교를 만나 그의 요청으로 조선 선교사에 임명되어 그와 함께 조선에 들어가기 위해 1845년 7월 하순에 상해(上海)로 갔다. 때마침 이곳에 다시 온 김대건(金大建) 신부와 함께 배를 타고 조선으로 향하여 10월 12일에 충청도 강경(江景)의 황산포(黃山浦)란 작은 포구에 닻을 내릴 수 있었다. 그는 이때부터 1866년 3월 순교하기까지 21년 동안(신부로서 12년, 주교로서 9년) 조선의 선교사로 활약, 당시 가장 오랫동안 조선에서 활동한 선교사가 되었으며 동시에 조선의 언어와 풍습에도 가장 능통하였다.

황산포에 도착하여 주교는 서울로 올라가고, 자신은 강경지방에서 조선말을 배워 이듬해 1월부터 전교활동을 시작하였다. 그러던 중 김대건 신부가 체포되어 서양인 성직자의 입국사실이 알려짐으로써 그는 박해를 피해 더욱 외딴 곳으로 숨어 다니며 전교에 힘썼다. 한편 교황청으로부터 성모무염시태를 조선 교회의 새 주보로 받게 되었고, 또 그동안 성모로부터 받은 은혜에 감사하고자 파리에 본부를 둔 성모성심회에 가입하기로 결정하고 1846년 11월 2일 충청도의 '수리치골'(현재 公主郡 新豊面 鳳甲里)에서 교우들과 같이 미사를 올리고 조선에 '성모성심회'를 창설하였다. 또 2년 뒤에는 신학생들의 지도를 맡았다. 1853년 그와 함께 입국한 페레올 주교를 잃었으나 슬픔을 딛고 일어서서 전교에 더욱 힘을 쏟았으며 틈틈이 『한한불자전(漢韓佛字典)』을 편찬하였다. 또 조선사연표를 번역하고 교우들을 위해 교리서와 신심서를 번역·저술하였다. 1857년 3월 25일에는 베르뇌(Berneux) 주교로부터 보좌주교로 선출되어 서울에서 아콘(Acones) 명의주교로 성성되었다.

그의 가장 큰 업적은 한국 천주교회사와 조선 순교사의 편찬이었다. 그러나 이 중요하고도
어려운 일을 교구장으로부터 위촉받고 1857년부터 이를 위해 새 자료를 발굴하여 그것을
프랑스어로 옮기었으며 목격증인을 찾아 증언을 수집하는 데 힘썼다. 특히 1859년을
전후하여 그는 윤지충(尹持忠) 등 주요 순교자들의 전기를 파리본부로 보내는 한편 조선
천주교회사의 편찬을 위해 조선사에 관한 비망기와 조선 순교사에 관한 비망기를 저술하
여 모두 1862년에 파리로 보냄으로써 후세의 귀중한 사료가 될 수 있었으니, 이것이
바탕이 되어 후일 달레(Dallet)의 유명한 『한국천주교회사』가 저술되기에 이르렀다.
더욱이 1863년에 그의 집에 불이 나 조선말과 한문으로 된 치명일기와 주석책 등 귀중한
자료가 모두 타 버렸기 때문에 이 책은 한층 가치 있는 것이 되었다.

1861년에 그는 경상도지방에서 전교하였는데 외교인들의 적개심에도 불구하고 많은
개종자를 얻었다. 1865년에 들어서면서 박해가 더욱 가혹해져 마침내 그해 2월 2일
베르뇌 주교가 먼저 잡히고, 그도 3월 11일 전교 중 잡히는 몸이 되었다. 그는 옥중에서
갖은 고문을 받고 충청도 보령(保寧)의 수영(水營)으로 압송되어 3월 30일 참수를 당하였
다. 베르뇌 주교를 도와 9년 동안을 부주교로서, 그리고 주교의 순교 후 조선교구의 제5대
주교가 된 지 21일 만에 순교한 것이다.

그 뒤 1968년 10월 6일 교황 바오로 6세에 의해 로마의 성베드로 대성당에서 복자위(福者
位)에 올랐으며, 1984년 5월 6일 한국 천주교 200주년을 기념하기 위해 방한(訪韓)한
교황 요한 바오로 2세에 의해 여의도 현지에서 시성(諡聖)되었다. 그의 저서로는 『신명초
행』, 『회죄직지』, 『영세대의』, 『성찰기략』, *Parvum Vocabularium Latino-Coreanum* 등이
있으며 이 밖에 『성교요리문답』, 『천주성교예규』, 『천당직로』 등도 그가 번역한 것으로
전해진다.

최양업(崔良業, 1821~1861) 두 번째 한국인 신부. 세례명 토마스. 양업(良業)은 아명(兒名)이
고 관명(冠名)은 정구(鼎九), 본관은 경주. 충청도 다락골에서 출생.

최양업은 독실한 천주교 신자 최경환(崔京煥)과 이성례(李聖禮)의 장남으로 태어나 부모
로부터 철저한 신앙교육과 신앙생활의 영향을 받으며 자랐다. 그의 가족은 이미 증조부
때 이존창(李存昌)의 권고로 천주교에 입교했었다. 본시 서울에서 살았는데 조부 때 박해
를 피해 낙향, 당시 홍주(洪州) 땅인 다락골에 정착하게 되었나고 한다. 여기서 최양업의
부친 최경환이 출생하였다. 최경환은 이성례와 결혼함으로써 김대건 신부 일가와 친척관
계를 맺게 되었다(최양업과 김대건은 진외 6촌간).

다락골에서 점차 생활이 넉넉해지고 또 외교인 친척들과의 접촉으로 인해 신앙생활이

해이해지자 최경환은 보다 자유로운 신앙생활을 영위하고자 형제들을 설득하고 그들과 같이 서울로 이주하였다. 그러나 3년 만에 천주교 집안인 것이 탄로되어 서울을 떠나야 했는데 이 때 최경환은 과천(果川)의 수리산 뒤듬리로 피신하였다. 여기서 그는 산지를 개간하며 연명해 나아갔는데, 틀림없이 이 곳 수리산에서 최양업이 신학생으로 발탁되었을 것이다.

1836년 초 입국에 성공한 모방(Maubant, 羅伯多祿) 신부는 즉시 방인(邦人) 성직자 양성을 위해 신학생 선발에 착수했는데, 맨 먼저 최양업이 발탁되었고, 이어 최방제(崔方濟)와 김대건이 발탁되었다. 최양업 등 세 소년은 서울의 모방 신부 곁에서 라틴어를 배우며 출발을 기다렸다. 왜냐하면 모방 신부는 그들을 국외로 내보내어 성직자로 양성할 계획이었기 때문이다.

(…중략…) 1849년 최양업은 백령도를 통해 입국을 네 번째로 시도했으나 또 실패하였다. 상해로 돌아온 그는 4월 15일 강남교구장 마레스카(Maresca) 주교로부터 숙원인 사제품을 받고 동료 김대건에 이어 두 번째 한국인 신부가 되었다. 최 신부는 다시 육로 입국을 시도하고자 5월 요동으로 떠났다. 연말을 기다리며 7개월 동안 베르뇌 부주교를 도우며 사목경험을 쌓았다. 12월 변문으로 떠났고, 이번에는 입국에 성공했다. 그러나 메스트르 신부와 같이 입국하지는 못했다. 실로 입국길에 오른 지 7년 6개월, 입국의 시도를 거듭하기 다섯 번만의 성공이었다.

2. 사목활동 : 귀국하자 최양업 신부는 휴식을 취할 겨를도 없이 5개도를 두루 다니며, 그것도 선교사들이 들어갈 수 없는 산간벽지만을 찾아다니며 교우들을 심방하고 성사를 집전하였다. 1년간 7천여 리를 찾아다니며 4,000여 명의 고해를 들었다. 그는 건강한 편이었으나 워낙 그가 맡고 있던 지역이 넓고 전국적으로 산재해 있어서 여간 힘들지가 않았다. (…중략…) 최 신부는 박해 때문에 밀린 공소를 너무 무리하게 추진시켰다. 그는 하루에 80리 내지 100리를 걸었고 밤에는 고해성사를 주고, 날이 새기 전에 다른 공소로 떠났다. 그러면서 그는 한 달 동안 나흘밤밖에 수면을 취하지 못하였다. 이렇게 성사집전을 끝낸 그는 주교에게 보고차 상경하던 중 1861년 6월 과로로 경상도 문경(聞慶, 충청도 진천으로 보는 견해도 있다)에서 쓰러져 장티푸스로 보름 만에 사망하였다. 최양업 신부 집안에 전해지는 구전에 의하면, 쇠고기에 체해 사망했다고 하는데 아마 처음의 식중독이 겹친 과로로 합병증을 일으켜 장티푸스로 사망한 것 같다. 최 신부는 이렇게 사목활동 12년 만에 기진맥진한 끝에 순직하였다.

장례식은 베르뇌 주교의 집전으로 선교사들이 참석한 가운데 배론 신학교에서 장엄하게 거행되었고, 신학교 산기슭에 매장되었다. 최 신부의 사망은 조선교회를 위해 그가 유일한 한국인 신부였고, 열렬한 선교열에 학덕을 겸비한 모범적 사제였다는 점에서 당장은 그 무엇으로써도 보충하기 어려운 가장 큰 손실이었다. 교구장을 위시하여 선교사들이 한결같이 그의 유덕을 추모해 마지않았다.

3. 저술활동 : 최양업 신부는 19통의 라틴어 서한(그중 1통은 유실)을 남겼다. 그는 라틴어를 정확하게 말하고 쓸 수 있을 뿐 아니라 미사여구를 구사할 정도였다. 또한 그는 라틴어 작문 2통을 남겼다. 최 신부의 서한들은 최 신부 자신에 관해서는 물론이거니와 한국교회사 연구에 필요불가결의 기본자료이고 또한 한국 근세사 연구에도 적지 않은 도움이 될 것이다. 또한 최 신부는 그의 부모의 순교사적을 위시하여 한국 순교자에 관한 증언과 자료도 수집했는데 다블뤼(Daveluy, 安敦尹) 보좌주교는 그것을 그의 비망기(備忘記)에 수록했고, 달레(Dallet)는 그것을 그의 『한국천주교회사』에 수록하였다.

최 신부는 또한 보다 완전하고 보다 정확한 교리문답의 출판을 준비했는데, 이것이 1864년 목판본으로 간행된 『성교요리문답』이었을 것이고, 주요 기도서도 번역했는데, 그것은 틀림없이 같은 해 간행된 『천주성교공과』였을 것이다.

최 신부는 또한 사향가, 사심판가, 공심판가 등 많은 천주가사(天主歌辭)를 저술했다고 하는데 그 확실한 저자성(著者性)에 관해서는 좀 더 객관적이고 서지학적(書誌學的)인 연구의 뒷받침이 있어야 할 것으로 사료된다.

4. 사상과 영성(靈性) : 그의 성성(聖性)은 베르뇌 주교와 다블뤼 보좌주교의 찬사에서처럼 굳건한 신심, 드문 덕행, 구령(救靈)을 위한 불같은 열심 등으로 요약될 수 있다. 그의 덕행 중에서 첫째로 그의 겸덕(謙德)을 들어야 할 것이다. 이 겸덕은 하느님과의 관계에서는 자신을 완전히 하느님의 뜻에 맡기고, 순명을 기다리는 것이었고(이것은 그의 7여 년에 걸친 입국시도에서 여실히 드러났다), 대인(對人)관계에서는 인간을 인간의 존엄성에서 올바로 판단할 수 있는 기준을 의미하였다.

영혼을 구하기 위한 최 신부의 지칠 줄 모르는 열성은 그의 12년간의 사목활동에서 여실히 입증되었다. 그의 동료 김대건 신부의 성성이 한마디로 피의 증거(순교)였다면 최신부의 일생은 땀의 증거(순교)였다.

최 신부의 선교정책은 세 가지 점에서 매우 예언자적인 것이었다. 첫째로 그는 교회와 국가의 장래를 위해 양반제도의 폐지를 주장해 마지않았다. 양반제도는 모든 악의 근원으로서 교회 내에서는 분열을 초래하여 교회에 큰 손실을 가져오고, 국가를 위해서는 인재등용에서 인권이 무시되기 때문이었다. 둘째로 선교사에 관해 최 신부는 그들이 사전에

조선의 실정과 풍속을 익혀야 할 것을 주장했고, 셋째로 한국적인 선교대책으로서 조속한
종교자유의 획득과 이를 위한 프랑스 정부 측으로부터 조선정부에 대한 적극적인 외교활
동의 필요성을 강조하였다. (崔奭祐)

군난시대를 감상케 하는 제천 배론 (원주읍 정신부) (2)[1]

군난시디를감샹케ᄒᆞᄂᆞ데쳔비론 (원주읍정신부)

배론에 도마 최 신부 묘소

도마 최 신부는[2] 조선 신품의 제2대이시오 복자 안드레아 김 신부[3]의 동창생이시다. 10여 세에 김 신부와 함께 고국을 떠나 타국까지 동행하여 청국 오문(막가오마카오)에 가서 함께 공부하셨는데 김 신부는 최 신부보다 5년 전 1845년에 먼저 신품을 받으시고 천만신고하시며 주교 신부를 조선에 영접하여 들어오게 하시며, 성교회를 위하여 진심 갈력하시다가[4] 신부되신지 불과 2년에 위주치명하시고[5] 최 신부는 1849년에 탁덕성 품을[6] 받고 조선에 돌아와 12년간 거의 항상 길로 다니시며 전교하였도다.

최 신부는 조선 사람으로서 얼굴이 유표치 아니하신 고로 서양 신부가 다니시기에 위험한 공소[7]는 다 다니셨으니, 조선 8도에 교우 있는 곳은 다 다니셨더라. 노인들에게 들으니 항상 길로 다니시는 고로 얼굴이 항상 글고[8] 갓끈 자리에 완연히 표가 드러나더라 하더이다. 이렇게 전교하시다가 진천군 어느 공소에서 병 드사 부감목 신 신부께[9] 최후 성사를 받으시고 선종하셨는데 그 귀한 시체는 배론 학당 뒤 산 중턱에 안장

1　원문에는 제목이 없이 소제목인 '배론에 도마 최신부 묘소'로 시작되나 여기서는 혼동을 막기 위해 전호에 있었던 제목을 밝혔다.
2　최양업 신부.
3　김대건 신부. ☞군난 때 미담 1 【더 알아보기】.
4　진심갈력(盡心竭力) : 마음과 힘을 있는 대로 다함.
5　위주치명(爲主致命) : 하느님을 위해서 순교함.
6　신품성사. 신부로 서품 받으시고.
7　공소(公所) : 가톨릭에서 본당보다 작은 교회 단위. 본당 사목구에 속하여 있는, 신부가 상주하지 않는 예배소나 그 구역을 이른다.
8　글다 : '그을다'의 준말. 얼굴이 검게 되다.
9　푸르티에 신부.

한 후 병인년 군난 후 수십 년 동안은 실전되었더니[10] 10여 년 전에 다시 찾을 때에 무주고총과[11] 같이 그 분 묘 위에 수목이 성림한[12] 것을 벌목개초하여[13] 지금까지 그 곳에 계셔 부활기약을 기다리시더라.

이 기념적 배론을 경성교구 재단법인으로

토지 측량할 때에 배론 교우들이 이 배론 범위 임야를 다 측량하여 배론 교우들의 공동소유를 삼았는데, 그 소유자들은 그 후에 많이 떠나고 지금은 몇 명이 남아있지 아닌 중 이 646정보(근 200만 평)의 거대한 임야를 간수하기 어렵고 혹은 팔아먹자 하는 이도 있으며 여러 소유자들이 합심하기도 어려워 잘못하면 관청이나 면소의 소유가 되기 쉬운지라. 만일 이 임야를 잃으면 교우들이 이 귀한 배론에 살지도 못하게 될지니 이런 한심처량한 일이 어디 다시 있으리오. 원주읍 본당 레오 정 신부주와 용소막 본당 방지거^{프란치스코} 이 신부주가[14] 서로 의논하고 또한 비용금 근 300원을 2위 신부가 자담하여 이 배론 임야를 다 경성교구 유지재단법인에게 증여하여 이동증명 수속을 한 후 임야 증여자 베드로 이윤상 씨로 더불어 계약하기를, 이 임야에서 나는 수입금액의 10분의 8은 배론 공소[15] 혹은 이후 신부 본당이 되면 본당 교중 사업에 쓰기로 하고 산림 조합비며 기타 비용은 일반 동중에서[16] 부담하고 임야에 달린 전답에서 수입되는 금액은 배론 본당 유지재산으로 가입하기로 작정하였더라. 이는 임시로 정한 것이어니와 온전히 성교회의 소유이니 성교회에서 임의로 안배하시리로다.

지금은 이 임야에서 나는 소출이 많지 아니하나 차차 수목을 양성하고 또는 달린 전답도 있고 또는 면적이 근 200만 평이나 되니 장차는 소출이 적지 아닐지라. 차차

---

10 실전(失傳)되다 : 묘지나 고적 따위에 관련되어 전하여 오던 사실을 알 수 없게 되다.
11 무주고총(無主古塚) : 자손이나 거두어 주는 사람이 없는 옛 무덤.
12 성림(成林) : 무성함.
13 나무를 베고 벌초했다는 의미. 원래 '개초(蓋草)하다'는 집 지붕에 덮는 큰 풀, 집 지붕을 짚이나 풀로 덮다, 보수하다의 의미.
14 이철연 프란치스코 신부.
15 공소(公所) : 가톨릭에서 본당보다 작은 교회 단위. 본당 사목구에 속하여 있는, 신부가 상주하지 않는 예배소나 그 구역을 이른다.
16 동중(洞中)에서 : 동네에서.

신부 본당도 되기 쉽고 또는 교우들이 영구히 이 배론에서 살면서 열심수계하고 이전 군난을 감수하시던[17] 선대조상을 효법하리로다.[18]

지난 호에 이어서 배론에 대한 내용이 소개됩니다. 이번 호에서는 토마스 최양업 신부님에 대한 소개와 배론 지역을 구매한 후 이를 운영하게 될 원칙에 대해 밝히고 있습니다. 두 번째 장에서는 배론이 지금과 같은 배론 성지가 될 수 있게 된 내력을 확인할 수 있습니다.

배론 성지에는 최양업 신부님의 묘소가 있습니다. 이에 대한 내용과 함께 최양업 신부님의 일대기가 소개됩니다. 이 글의 필자인 정 신부가 배론 성지뿐 아니라 최양업 신부님에 대한 존경이 돈독했음을 알 수 있으며, 그분을 천주교회가 기억하기를 바라는 염원을 느낄 수 있습니다. 신품을 받고 조선에 돌아와 '12년 동안 거의 항상 길로 다니시며' 전교하시고 '조선 사람이었기 때문에 서양신부가 다니기 위험한 공소는 모두 다 다니셨으니 조선 8도 교우 있는 곳은 다 다니셨다'으며 항상 '길로 다녀서 얼굴이 그을고 갓끈 자리가 표가 났다'는 내용, 결국 병이 들어 병사하신 신부님의 삶보다 조선교회에서 더 아름다운 미담은 없을 것입니다. 이 미담이 전해주는 최양업 신부님의 이야기가 눈물겹습니다. 그분이 잠든 곳이 배론입니다.

최양업 신부님과 같은 신앙 선조가 잠들어 있던 곳, 옛 교우들이 신앙을 삶으로 이어나갔던 곳, 배론. 배론을 기억하며 열심수계하고 박해를 달게 받으셨던 신앙 선조들의 길을 따라야 하겠습니다.

---

17 감수(甘受)하다 : 책망이나 비난 따위를 달갑게 받아들이다.
18 효법(效法)하다 : 모범을 따르다. 발자취를 따라 걷다, 본받다(『한불자전』).

복사가 신부께 능욕을 함으로 둘이 다 포교에게 잡히지 않음

복스가신부쓰룡욕을흠으로둘히다포교의게잡히지아님

병인년 군난 때에 신부가 복사와 한가지로[1] 어느 공소를[2] 찾아가시는데 복사가 뒤를 돌아다보니 포교놈들이 뒤에 오는지라. 이를 어찌할꼬![3] 큰일 났구나! 포교들이 신부께 말을 붙여 조사를 하면 어찌할꼬! 언어와 용모와 모발을 어떻게 숨길 수 있으리오? 하다가

복사 : "신부님 큰일 났습니다! 저 뒤에 포교놈들이 옵니다!"
신부 : "그러면 어찌할꼬?"
복사 : "신부님 얼른 저 건너편에 가서 방립을 쓰신 대로 앉아서 뒤보시는 체하십시오."

신부는 복사의 말대로 방립도 벗지 않고 쭈그려 앉았고 포교들은 거의거의 가까이 올 때에 복사가 신부를 건너다보며 욕을 하여 이르되,

"저런 괴악한 놈 보아라! 부모의 소중한 몽상의 방립을 쓴 채로 뒤를 보는구나!"
막 욕을 할 즈음에 포교들이 가까이 왔는데 포교배들은 흔히 남의 시비도 참간하며, 남의 시비를 가로 맡아가지고[4] 논란도 하며, 이면경계를[5] 따라 말 잘하는 것도 자랑하는 버릇이 있는지라. 포교들이 복사 가까이 와서는

1　함께.
2　공소(公所) : 가톨릭에서 본당보다 작은 교회 단위. 본당 사목구에 속하여 있는, 신부가 상주하지 않는 예배소나 그 구역을 이른다.
3　원문은 '엇지흘고!' 이하에서도 같은 경우 모두 '어찌할꼬'로 옮겼다.
4　원문은 '가루맛타가지고'.
5　경계(警戒) : 옳지 않은 일이나 잘못된 일들을 하지 않도록 타일러서 주의하게 함.

포교 : "아! 이 친구! 왜 뒤 보는 상대를 보고 욕설을 하오?"

복사는 그때에 아무쪼록 포교놈들의 정신과 마음을 다른 사정으로 끌어 성교를 조사할 생각도 나지 못하게 할 뜻으로 대단히 성낸 모양으로

복사 : "아! 세상에 저런 무례하고 무식한 놈이 있단 말이오? 백주에 제 부모의 소중한 몽상의[6] 의관을 쓴 채로 앉아서 뒤를 보는 놈은 처음 보겠소!"

포교는 자연 복사의 말을 반대하며 비웃고 기롱하는[7] 뜻으로

포교 : "앗다! 그 친구 효성도 지극한 체한다! 설사 같은 급한 경우에도 부모의 몽상을 생각할 겨를이 있을 터인가?"

다른 포교도 또 제 말 잘하는 것을 자랑하기 위하여 제 동무를 반대하여 이르되,

다른 포교 : "자네 말은 의리에 당치 아니하이![8] 급한 경우에는 부모의 몽상을 생각할 겨를이 없다 하는 말은 무식한 말일세?[9] 내 말 좀 들어보게. 저 상제가 상립을 쓴 채로 뒤 보는 뜻은 구린 내암새가[10] 하느님께로[11] 올라가지 못하게 막는 뜻일세. 하느님이 더 중한가? 부모의 몽상이 더 중한가? 자 내 말을 반대할 수 있거든 반대하여 보게! 말을 하려거든 나와 같이 이치답게 말하게. 허 허."

하며 가장 재담을 잘한 체 하였더라.

복사 : "당신 말을 들으니 오히려 내가 잘못하였오. 하느님이 더 중하시지 부모의 몽상이 더 중하겠소. 이에 대하여는 내가 가리굴어굴하여[12] 아무 말도 못하겠소."

---

6 몽상(蒙喪) : 부모상을 당하고 상복을 입음.
7 기롱(欺弄)하다 : 남을 속이거나 비웃으며 놀리다.
8 원문은 '아니ᄒ에!'
9 '말일까?'의 의미.
10 구린 냄새가, 구린내가.
11 원문은 '하늘님씌로'.

하였더라. 포교놈들은 건방지게 말자랑하기로 성교는[13] 조사할 생각도 두지 못하고 지나갔음에 신부와 복사가 천만 다행으로 포교에게 잡히지 아니하셨더라.

1920년대 발표된 '군난 때 미담' 마지막 작품입니다. 이 작품을 끝으로 더 이상 '군난 때 미담'을 실었던 고정 난은 사라집니다. 무엇보다 채록의 어려움 때문이었습니다.

이 미담은 복사가 꾀를 내어 신부와 교우가 함께 포교의 위협에서 벗어나는 이야기입니다. 극적인 설정과 대화체의 활용으로 재미있으면서도 병인박해 시절 천주교인들의 고충을 느낄 수 있는 미담이기도 합니다. 특히 복사가 신부에게 '괴악한 놈, 무식한 놈'이라고 욕을 하는 장면이 생생하게 묘사되어 있어서 독자의 흥미를 끌 뿐 아니라 당시의 절박한 상황을 전할 수 있었습니다.

포교들의 등쌀에서 신앙생활을 해야 했던 신앙선조들의 삶이 눈물겹습니다. 이 작품을 읽었을 당시의 독자들은 포교에서 순사를, 지금의 독자들 역시 포교에서 권력자들을 상기하지 않을까요? 천주교인으로 산다는 것은 권력을 가진 이들의 길과는 다른 길입니다.

---

12 원문은 '나ㅣ가리굴어굴ᄒᆞ야'. '내 말이 이치에 맞지 않아'의 의미이다. 어미를 제외하고 원문을 그대로 옮겼다.

13 가톨릭교, 천주교. 성교(聖敎) : 성스러운 종교, 가톨릭교(『한불자전』).

1930년대
미담

성체께 대한 영적 (23)

성톄ᄭᅴᄃᆡᄒᆞᆫ령젹

　천주강생 1330년에 덕국독일 어느 성당에서 1위 신부가[1] 미사를 시작하여 거양성체[2] 한 후에 불행히 성작이[3] 성체포[4] 위에 넘어졌는데, 홀연 자관을[5] 쓰신 오 주 예수의 머리가 성체포 위에 나타나시고 그 머리에서는 선연한 피가 방울방울 나타나는지라. 그 신부가 황겁하여[6] 그 성체포를 접어서 제대 성석[7] 밑에 감추었더라. 미구에[8] 그 신부가 중병이 들어 고해성사를 받을 때, 고해신부께 그 사정을 다 고하였더니 고해신부가 가서 과연 그 영적의[9] 성체포를 발견하고 또한 허다한 병자를 낫게 하였더라.

　교황께서 이 소문을 들으시고 그 성체포를 로마로 보셔 오게 하여 임밀히 조사하신 후 사실임을 보시고, 그곳에[10] 한 성당 짓게 하신 후 영적의 성체포를 보배로운 합에 모셔 두게 하셨는데, 오 주의 머리형상은 60년 동안 은은히[11] 계셨더라. 매양[12] 성삼주일부터[13] 강림 후 제4주일까지는 제대상에 모셔서 교우들로 하여금 조배케 하고,

---

1　일위 신부가 : 신부 한 분이.
2　거양성체(擧揚聖體) : (가톨릭) 미사 때에, 사제가 성체로 변한 **빵**의 형상을 높이 쳐드는 일.
3　성작(聖爵) : (가톨릭) 미사 제구(祭具)의 하나로, 포도주를 담는 잔.
4　성체포(聖體布) : (가톨릭) 미사 때, 성체와 성작(聖爵)을 올려놓기 위하여 제대 위에 펴 놓은 네모꼴의 아마포.
5　자관(刺冠) : 가시관, 가시면류관.
6　황겁(惶怯)하다 : 겁이 나서 얼떨떨하다.
7　성석(聖石) : 거룩한 돌로 가톨릭에서 순교자의 유해를 모신 돌 판. 제대 가운데에 안치한다.
8　미구(未久)에 : 오래지 않아.
9　영적(靈蹟) : 신령스러운 사적. 기적의 옛말(『가톨릭대사전』).
10　원문은 '뎌곳에'.
11　은은(隱隱)히 : 겉으로 뚜렷하게 드러나지 아니하고 어슴푸레하며 흐릿하게.
12　매양 : 매 때마다, 번번히.
13　성삼일 주일부터, 성삼일(聖三日)은 성주간 중에서 부활주일 직전 성 목요일, 성 금요일, 성 토요일을

또 전대사를[14] 반포하여 조배함으로써 이 전대사를 입은 자는 1만 5천 인에 달하니라.

강생 후 1345년에 파란국^{폴란드} 어느 성당에는 한 도적이 들어와 성궤[15] 문을 열고 성체합을[16] 도적하여 가는데 성합에서 광채가 발하는지라. 성합이 순금인 줄로 여겨 자세히 살펴보아[17] 도금의 광채가 나니라. 이에 성체는 다 물 가운데 쏟아버리고 성합만 가졌는데, 그 물 가운데서 광채가 항상 발하는 고로 교우들이 가서 성체를 거두어 모셨고 그때에 왕이 이 사정을 알고 그곳에 한 찬란한 성당을 건축하여[18] 영구한 기념을 삼으니라.

성체 기적 사건이 1920년대에 이어 1930년 8월호까지 11회에 걸쳐 이어집니다. 이 호에서는 두 개의 성체 기적 사건을 전합니다. 하나는 1330년 독일 어느 성당에서 일어난 일로 성작이 성체포 위에 넘어졌는데 성체포에 예수님의 머리가 나타나는 기적이 일어나며 이 성체포는 이후 많은 병자들의 치유 기적으로 이어집니다.

두 번째는 1345년에 폴란드에서 일어난 성체 기적 사건인데 이 사건은 앞서 바로 전호인 1929년 12월호(675호)에 소개되었던 도적 이야기와 같은 내용입니다. 675호의 미담 난에 소개될 때는 특정 시기와 배경 국가가 나오지 않았었는데 이번 호에 다시 게재되면서는 1345년 폴란드에서 일어났음을 밝히고 있습니다. 두 개가 별개의 기적 이야기일 수도 있으나 사건 내용은 똑같습니다. 즉 순금인 줄 알고 도적질을 한 성합이 도금이라는 사실을 알고 연못에 버리자 성합에 있던 성체에서 광채가 났으며 이후 왕이 이 성체를 성당에 모셔 공경하였다는 내용입니다. 즉 성체 기적이 성당 건축으로 이어진 예입니다.

이른다.

14 전대사(全大赦) : (가톨릭) 대사의 하나로 잠벌(暫罰)을 모두 없애 주는 일.

15 성궤(聖櫃) : (가톨릭) 가톨릭 교회에서 미사 후에 아픈 사람을 위하여 성별(聖別)한 빵을 보존하여 두는 상자.

16 성체합 : 성체를 모셔두는 합(盒), 성체 모셔두는 그릇. 성합.

17 자세히 살펴보니.

18 원문은 '건축ㅎ야써'. 즉 '건축함으로써'이나 여기서는 '건축하여'로 옮겼다.

성체께 대한 영적 (24)

성톄의디혼령적

천주강생 후 1345년에 화란국네덜란드[1] 암스텔담 성내[2] 한 교우가 병들어, 종부와 임종 시[3] 노수성체를[4] 영한 후 즉시 구역이[5] 나서 모든 것을 다 토할 때에 거룩한 면형까지[6] 토하였더라. 한 부인이 그 토한 것을 다 화로에 넣어버렸다가 그 익일[7] 화로의 재를 버릴 때에 그 재 가운데 성체가 계셔 광채를 발하는지라. 모든 이[8] 기이히 여기며 일위 신부는 그 성체를 공경하여 거두어 성당에 모셨더라.

그 읍내 주교가 자세히 살펴보신 후 확실히 성적인[9] 줄을 아시고[10] 그곳에 한 작은 성당을 특별히 건축하여 그 성체를 모셨더니, 1452년에 그 인근에 화재가 나서 그 작은 성당까지 다 소화되었으나[11] 영적의[12] 성체와 그 성체 모신 성궤는[13] 조금도 손해

---

1 원문은 '회란'으로 표기되어 있다. 이는 '화란'의 오타로 보인다. 화란(和蘭)은 네덜란드의 음역어이다.

2 성내(城內) : 성 안에.

3 시(時). 임종 때에.

4 죽음에 임박한 사람이 모시는 영성체. 원문은 '로슈성톄'로 이는 '노자성체'를 이른다. '노수성체'는 『한불자전』에서도 등재되어 있지 않다. 문맥상 여기서 노수성체가 노자성체임을 알 수 있으나 노자성체를 노수성체로 불렀다는 기록을 현재 『한불자전』, 『가톨릭대사전』, 『표준국어대사전』에서도 찾을 수 없다☞【더 알아보기】.

5 구역질.

6 면형(麵形) : 가톨릭에서 밀떡이 성체로 바뀐 후에도 그 모양을 그대로 가지고 있는 겉모양을 이르는 말.

7 익일(翌日) : 다음날, 이튿날.

8 모두.

9 성적(聖蹟) : 기적, 경이(『한불자전』). 『표준국어대사전』에서는 성적(聖蹟)이 성스러운 사적이나 고적으로 풀이되어 있다. 본문에서 '성적'은 문맥상 『한불자전』의 풀이대로 이해하는 것이 타당하다. 즉 기적. 원문은 '성적'.

10 원문은 '알으시고'.

11 불에 탔으나. 소화(消火)되다.

12 영적(靈蹟) : 신령스러운 사적. 기적의 옛말(『가톨릭대사전』).

를 받지 아니하셨더라.

해설

  1345년 네덜란드 암스텔담 성당의 한 병든 교우가 노자성체를 모신 후 토하였는데, 성체는 화로의 재 가운데서도 타지 않고 빛을 발했다는 기적입니다. 이후 이 기적 이야기는 성당 건축 이야기로 이어지며 다시 성당이 화재가 났음에도 그 성체를 모신 성궤는 손해를 당하지 않았다는 기적으로 이어집니다. 특히 이 작품에서는 불보다 강한 성체의 생명력을 보여 줍니다.

  성체를 토한 후에도 성체는 상하지 않았다는 내용의 기적은 1929년 9월호(669호)에 소개한 미담 중에도 이미 있었습니다. 1929년 9월호에 소개된 내용보다는 이 작품에서 좀더 구체적으로 기적의 상황이 서술되었음을 알 수 있습니다.

더 알아보기

노자성체(路資聖體) ㉮ 라틴어 어원은 '긴 여행을 위한 준비'라는 뜻으로 이 말은 일찍부터 삶과 죽음 의 두 가지 대(大)여행을 위한 영적인 준비, 즉 세례와 마지막 영성체를 의미하였다. 또한 초기 교회에서는 임종하는 이를 위한 다른 종교적 의식과 기도를 모두 포함하는 넓은 의미로 사용되었다. 지금은 죽음의 위험에 처한 신자에게 마지막으로 영해 주는 성체만을 뜻한다. 노자 성체의 분배는 특히 사제와 부제의 의무이다. 그 밖에 합법적으로 시종직을 받은 사람도 비통상 성체 분배자가 된다. 교구장은 사제나 부제나 시종이 없을 때 신자들의 필요에 따라 다른 사람들에게도 성체 분배의 특권을 부여할 수 있다. 노자성체에 사용되는 성체는 미사 후에 남겨 두었던 성체이며, 병자의 가족들은 병자가 완전히 의식을 잃기 전에 노자성체를 영할 수 있게 해야 한다. 노자성체의 경우에는 공복재를 지키지 않아도 된다. 죽을 위험이 임박한 병자에게는 먼저 고백성사를 주고 임종 전 대사를 베풀고 필요하면 견진성사를 집전하고 병자성사를 준 후 노자성체를 영해 준다. 노자성체는 병자성사처럼 한 번 이상 영할 수도 있다. 【관련단어】 병자영성체.

---

13 성궤(聖櫃) : (가톨릭) 가톨릭 교회에서 미사 후에 아픈 사람을 위하여 성별(聖別)한 빵을 보존하여 두는 상자.

성체께 대한 영적 (제15세기) (25)

성톄씌디흔령젹 (제15세기)

△ 천주강생 후 1500년경에 백이의국[벨기에]에 성체포의[1] 일분자를[2] 보존하여 내려 오는데, 이는 축성한 면병이[3] 성혈로 변하여 이 성체포에 묻은 것이라. 그 지방 주교가 이 성체포를 성궤[4] 안에 모셔 보존하는데, 허다한 성적이[5] 발현하는 중 소경이 기구함에[6] 즉시 그 눈이 밝아지니라.

△ 어떤 청년은 7세로부터 벙어리 되었더니 부활대첨례날에[7] 공순히 성체를 영하고 크게 말하며 부르짖어 가로되, "주의 성명으로[8] 나았노라" 하니라.

△ 법국[프랑스] 어떤 지방은 장마의 수재로[9] 인하여 성체 모신 성당이 위태하게 된지라. 성체를 다른 곳으로[10] 옮겨 모시려할 때 기이하도다! 성당 안에 물이 4척이나 높

---

1 성체포(聖體布) : (가톨릭) 미사 때, 성체와 성작(聖爵)을 올려놓기 위하여 제대 위에 펴 놓은 네모꼴의 아마포.

2 하나를. 일분자(一分子) : 어떤 조직체를 이루는 무리 속의 한 구성원.

3 면병(麵餠) : 가톨릭에서 미사 때, 성체를 이루기 위하여 쓰는 밀떡.

4 성궤(聖櫃) : (가톨릭) 가톨릭 교회에서 미사 후에 아픈 사람을 위하여 성별(聖別)한 빵을 보존하여 두는 상자.

5 많은 기적이. 허다(許多)하다 : 많다. 성적(聖蹟) : 기적, 경이(『한불자전』). 『표준국어대사전』에서는 성적(聖蹟)이 성스러운 사적이나 고적으로 풀이되어 있다. 본문에서 '성적'은 문맥상 『한불자전』의 풀이대로 이해하는 것이 타당하다. 즉 기적. 원문은 '셩젹'.

6 기구(祈求) : 기도의 옛 용어.

7 부활 대축일에.

8 성명(聖名) : (가톨릭) 하느님, 천사, 성인의 거룩한 이름.

9 수재(水災) : 홍수나 장마 따위로 인한 재난. 물난리.

10 원문은 '곳에로'.

게 들어왔으되 성체 모신 전후좌우에는 물이 범람치 못하였고, 또 성당 문에서 성체대전으로[11] 들어가는 길도 물이 없이 건조하여, 마치 예전에 홍해 바다의 물이 상하로 갈라짐 같았더라.

이번 호부터는 제목을 통해 15세기, 16세기, 17세기 각 시기별로 분류해서 성체 기적 사건을 전해줍니다. 이번 호에서는 15세기 성제 기적 사건으로 세 개의 기적을 소개합니다. 첫 번째는 1500년경 벨기에에서 축성한 성체가 성혈로 변해 성체포에 묻은 이야기, 두 번째는 7세부터 벙어리였던 청년이 부활 대축일에 성체를 영하고 치유된 이야기, 세 번째는 프랑스에서 장마로 성체를 모신 성당이 위태롭게 되었지만 성체를 모신 주변은 모두 건조해서 마치 홍해처럼 물이 상하로 갈라졌다는 이야기입니다.

---

11 원문은 '성테대전에로'.

성체께 대한 영적 (제15세기) (26)

성톄끠딕흔령젹 (제15세기)

△ 한 도적이 여러 가지 물건을 도적하여 작은 나귀에 실어가지고 한 성당 앞으로[1] 지나갈 때,[2] 나귀가 머물러서고 가지 아니하는지라. 한 교우가 보니 그 실은 여러 물건 중에는 한 봉성체합이[3] 있어 반쯤 열리고 반쯤 닫혔는데, 그 열린 편에서 한 제병이 나와 지극찬란한[4] 광휘를 발하며 공중에 달려 머무는지라. 그 지방 주교가 아시고[5] 성체를 거두어 당신 성당에 모신 후 허다한 교우가 와서 조배하고 많은 냉담자는 그 기이한 영적을[6] 보고 회두개과하니라.[7]

△ 준주성범을[8] 저술한 줄로 추측하는 성 도마아, 겜삐스토마스 아 켐피스가 전하여 이르시되, "그 수도원 중에 한 수사는 혹독한 복통증을[9] 얻어 백약이 무효하더니, 원장이 명하여 성당에 가서 성체대전에 부복케[10] 함에 즉각에 그 병이 나았다" 하시니라. (미완)

---

1 원문은 '압헤로'.
2 원문은 '시'.
3 봉성체합 : 봉성체를 하기 위해 성체를 담아둔 함(그릇)을 말한다. 봉성체 ☞【더 알아보기】.
4 지극히 찬란한.
5 원문은 '알으시고'.
6 영적(靈蹟) : 신령스러운 사적. 기적의 옛말(『가톨릭대사전』).
7 회개하고 잘못과 허물을 뉘우쳐 고쳤다. 회두개과(回頭改過) : 회두는 머리를 돌린다는 뜻으로, 뱃머리를 돌려 진로를 바꿈을 이르는 말. (가톨릭) 배교(背敎)하였다가 다시 돌아옴. 개과(改過) : 잘못과 허물을 뉘우쳐 고침.
8 준주성범(遵主聖範) : 라틴어로 씌어진 15세기의 신심서 ☞【더 알아보기】.
9 복통증(腹痛症) : 복부에 일어나는 통증.
10 부복(俯伏)하다 : 고개를 숙이고 엎드리다.

 15세기에 나타난 성체 기적 두 개를 소개합니다. 하나는 도둑이 성체합을 도둑질 하여 가던 중 제병이 찬란하게 광채를 비추어 이후 그 성체를 성당에 모셨다는 이야기, 다른 하나는 복통을 호소하던 수사가 성체대전에 부복하자 병이 나은 기적입니다. 특히 두 번째 기적은 『준주성범』을 지은 토마스 아 캠피스가 전하였음을 밝혀 그 사실성을 확보하고자 하였습니다. 이 미담에 따르면 성체 기적은 많은 이들의 회개로 혹은 병자의 치유로 이어지는 결과를 낳습니다.

봉성체(奉聖體) 〔가〕『한불자전(韓佛字典)』에 의하면 '봉성체하다'는 성체를 영한다는 뜻이다. 죽음의 위험에 있는 자나 병자들, 기타 성당에 와서 미사에 참례하여 성체를 영할 수 없는 처지의 신자들에게 사제가 공식적으로 혹은 사적으로 성체를 모셔가 영해주는 것을 말한다. 봉성체의 경우는 공심재(空心齋)를 지키지 않아도 좋으며, 필요에 따라 여러 번 행해질 수 있다. 〔표〕병자인 교우 또는 미사에 참례하여 성체를 영할 수 없는 처지의 신자에게 사제가 성체를 모셔 가 영하여 주는 일.

준주성범(遵主聖範) 〔가〕라틴어로 씌어진 15세기의 신심서(信心書). 저자는 토마스 아 캠피스(Thomas a Kempis, 1380~1471)로 알려져 있다. 모두 4편으로 구성되어 있는데 1편의 제목은 '영적 생활에 유익한 훈계' 2편의 제목은 '내적 생활을 지도하는 훈계', 3편은 '내적 위안을 얻는 법' 4편의 제목은 '성체성사에 대한 훈계'이며, 1, 2편은 주로 묵상과 기도로 이루어져 있고, 3, 4편은 대화(對話)로 구성되어 있다. 이 책은 그리스도 교인 생활의 기본원리들을 명백히 밝혀 주는 영신지도서로서 교회 신심에 많은 영향을 주어 일찍부터 세계 각국어로 번역되었을 뿐만 아니라 이냐시오(Ignatius de Royola)의 『영신수련』에 이용되었고, 또 17세기에 일어난 프로테스탄트의 경건주의(敬虔主義, pietismus) 운동에도 영향을 주었다. 우리나라에는 중국에서 활동하던 서양선교사들이 한역(漢譯)한 『경세금서(經世金書)』, 『준주성범』이 전해져 두 책 모두 한글로 번역 필사되었고, 1938년 연길교구 소속 오삭조(吳朔朝, 요셉) 신부가 라틴어 원본을 번역한 『준주성범』이 간행되었으며 그 뒤 1954년 윤을수(尹乙洙) 신부가 새로 번역한 『준주성범』이 경향잡지사에서 간행되어 현재까지 널리 읽히고 있다. 이 책은 전 세계적으로 성서 다음 많이 읽히는 책이다.

성체께 대한 영적 (제15세기) (27)

성톄쯰딕흔령젹 (제15세기)

△ 예전에 오국^{오스트리아} 어떤 교우는 산협에서[1] 떨어져 치료할 법이 없는지라. 낙상한 자가 다만 천주께 의탁하고 신부께 영성체하기를 청하여, 마지막 성체나 영하고 세상 떠나기를 간절히 바랐더라. 신부가 성체를 보이시고[2] 산중으로 향하여 한반이[3] 나가실 때, 낙상한 자가 성체께 불쌍히 여기시기를 고로이[4] 구하더니, 홀연 소리 있어 이르되, "안심하고 나를 따라오라" 하시는지라. 그 병자가 과연 평지[5]에 행함과 같이 돌아와 온전히 나으니라.

△ 강생 후 1532년에(제16세기) 법국^{프랑스} 땅에 한 도적이 성당에 들어가 성체합을 도적하여, 성체는 그 성당 근처 가시덤불에 버렸더라. 한 8일 후에 한 교우가 지나다가 보니 눈 덮인 땅 위에 한 틈이 있고 거기는 한 제병이 있는지라.

신부께 고하여 그 성체를 거두어 성당에 모시고 성체 버렸던 곳에는 큰 십자가를 세워 기념물을 지었는데, 와서 조배하는[6] 자가 허다하고 성적이[7] 또한 많이 나타나니라. (미완)[8]

---

1   산협(山峽) : 산속의 골짜기.
2   원문은 '뵈시고'.
3   가운데로 질러서.
4   고로이 : '괴로이'의 옛말.
5   평디 → 평지(平地) : 바닥이 평평한 땅.
6   이는 성체조배를 이른다☞【더 알아보기】.
7   성적(聖蹟) : 기적, 경이(『한불자전』). 『표준국어대사전』에서는 성적(聖蹟)이 성스러운 사적이나 고적으로 풀이되어 있다. 본문에서 '성적'은 문맥상 『한불자전』의 풀이대로 이해하는 것이 타당하다. 즉 기적. 원문은 '셩젹'.
8   여기서 '미완'은 성체께 때한 기적 이야기 연재가 이어진다는 의미에서의 미완이다.

두 개의 성체 기적입니다. 하나는 오스트리아에서 어떤 교우가 산속 골짜기에서 떨어져 치료할 법이 없었는데 성체를 보고 기도하여 치유된 기적입니다. 다른 하나는 프랑스에서 도둑이 성체합을 도둑질하고 성체를 가시덤불에 버렸는데, 이를 본 교우가 신부께 전해 성당에 모시고 성체 버렸던 곳에 십자가를 세웠더니 그곳에서 많은 기적이 이어졌다는 내용입니다.

성체조배(聖體朝拜) ☞ 미담 52.

성체께 대한 영적 (제16세기) (28)

성톄씌되ᄒ령젹 (제16세기)

　△ 성 바스칼 바일논^{파스칼 바일론}(5월 19일)이[1] 어려서 들에서 양을 칠 때에 성당에서 거양성체[2] 하는 종소리를 들으면 말에서 내려 조배하더니, 천주가 그 열심을 갚고자 하사 천신으로[3] 하여금 성체를 모셔 보게 하시고, 그 사후에는 성교회에서 성체 주보를 삼고 그 시체는 성당 내에 묻혀 있는데, 매양[4] 거양성체 할 때에는 그 관곽이[5] 소리를 발하나라.

해설

　파스칼 바일론 성인이 어릴 때부터 성체를 공경하는 일에 열심이었는데 천주가 그 열심을 갚아주시고, 성인이 죽은 후에는 성체주보로 삼았다는 이야기입니다. 그래서인지 성인이 죽은 후에도 거양성체할 때마다 성당 내에 묻혀있던 관이 소리를 냈다는 점이 기적으로 부각되어 소개됩니다. 조금은 황당한 이야기로 읽힐 수 있지만 파스칼 성인이 얼마나 성체를 흠숭하였는가를 알 수 있는 미담입니다.

1　괄호 안에 5월 19일은 성인의 축일을 나타내는 날이나, 이 성인의 축일을 잘못 적었다☞【더 알아보기】.
2　거양성체(擧揚聖體) : (가톨릭) 미사 때에, 사제가 성체로 변한 빵의 형상을 높이 쳐드는 일.
3　천사로 하여금, 천신(天神) : 천사.
4　항상, 번번이.
5　관곽(棺槨) : 시체를 넣은 곽.

바스칼 바일논☞ 성 파스칼 바일론(Paschal Bailon). ㉮ 축일 5월 17일. 성인, 수사, 증거자.
활동연도 : 1540~1592년. 1540년 5월 24일 에스파냐 북동부 아라곤(Aragun)의 토레에르모사(Torre-Hermosa)에서 가난한 농부의 아들로 태어난 성 파스칼 바일론(Paschalis Bailon)은 어려서부터 목동으로 일하면서 스스로 읽기와 쓰기를 익혔다. 그는 18세 때에 몬포르테(Monforte)에 있는 작은 형제회에 입회하려 했으나 거절당하였다가, 24세 때인 1564년에 재차 입회를 신청하여 허락을 받았다. 그는 장상으로부터 사제가 될 것을 권유받았으나 이를 거절하고 일생 동안 평수사로 지내면서 에스파냐의 여러 수도원을 돌며 문지기와 주방 일 등을 하였다. 그는 극기와 애덕 그리고 병자와 가난한 사람들에 대한 남다른 사랑으로 인해 많은 이들로부터 칭송을 받았다.

성 파스칼은 특히 성체께 대한 특별한 사랑으로 불탔는데, 이 신심으로 그는 프랑스의 칼뱅교파 지도자를 상대로 논쟁을 일으켜 큰 성공을 거두었고, 그의 영적 자질을 높이 평가받는 계기가 되었다. 많은 고행으로 쇠약해진 그는 1592년 5월 17일 카스테욘(Castellon)에 있는 비야레알(Villarreal)의 로사리아 성모 수도원에서 세상을 떠났다. 그는 세상을 떠난 지 26년이 지난 후인 1618년 10월 29일 교황 바오로 5세(Paulus V)에 의해 시복되었고, 1690년 10월 16일 교황 알렉산데르 8세(Alexander VIII)에 의해 시성되었다. 그리고 1897년 11월 28일 교황 레오 13세(Leo XIII)는 그의 성체 신심을 기려 성체 대회 및 그 준비 위원회의 수호성인으로 그를 선포하였다. 그의 무덤이 있는 비야레알에서는 무수한 기적들이 일어났다고 한다.

성체께 대한 영적 (제16세기) (29)

성톄쯰딕흔령젹 (제16세기)

△ 예전에 이태리국^{이탈리아} 한 교우는 이교인의 속임과 및 악한 부탁을 받아 성체를 받은 후 수건에 토하여 싸가지고 집에 와서 수건을 펴보니, 선연한 피 수건에 가득한지라.[1] 즉시 놀라 통회개과하고[2] 성 아벨니노께 가서 고해하여 그 명하신 보속을 행하고 좋은 교우 되니라.

△ 성 방지거 보르지아^{프란치스코 보르자}가[3] 성인품에 오르실 제,[4] 그 행실 문적에[5] 기록하였으되, 성인이 천주께 격외[6] 총광을[7] 받아, 멀리서도 성체가 어느 곳에 계신 줄을 알고, 또 성당에 성체등과 성궤휘장[8] 그런 것을 살피지 아니하고도 그 성당에 성체가 계신지 아니 계신지 아셨다[9] 하였더라.

△ 성녀 데레사가[10] 이르시되, "내가 영성체하려 나아갈 때에 육신이 건강 상쾌하고 영신이[11] 광명하고 애욕이 치성하다가, 영성체한 후는 영혼 육신의 신력과[12] 건강

---

1 실제로 보는 것처럼 생생한 피가 수건에 가득하였다.
2 통회개과(痛悔改過) : 통회하고 잘못이나 허물을 뉘우쳐 고침.
3 스페인의 성인 ☞【더 알아보기】.
4 오르실 적에. 제 : '적에'가 줄어든 말.
5 문적(文籍) : 책, 서적.
6 격외(格外) : 보통의 격식이나 관례에서 벗어남. 또는 그런 정도.
7 총광(寵光) : 은총이나 총애를 받는 영광.
8 성궤를 빙 둘러치는 장막. 성궤(聖櫃) : (가톨릭) 가톨릭 교회에서 미사 후에 아픈 사람을 위하여 성별(聖別)한 빵을 보존하여 두는 상자. 휘장(揮帳) : 빙 둘러치는 장막.
9 원문은 '알으셨다'.
10 16세기에 활동한 데레사 성녀는 아빌라의 데레사이다 ☞【더 알아보기】.

이 더욱 흡족하며 원만하다" 하시니라. (미완)

　이번 호에는 이탈리아 교우와 스페인의 성인인 프란치스코 보르자와 데레사 성녀에게 나타난 성체 기적 3편을 소개합니다.
　첫 번째는 아탈리아의 교우가 성체 받은 후 수건에 토했는데 수건에 피가 가득하여 통회하고 좋은 교우가 되었다는 이야기, 두 번째는 프란치스코 보르자 성인이 성인품에 오를 때 천주께 총애를 얻어 성체가 어디 있는지 아셨다는 내용, 마지막은 성녀 데레사가 전한 말씀으로 성체를 영하면 영혼 육신의 신력과 건강이 더 흡족하여졌다는 고백입니다.

프란치스코 보르자(Francis Borgia) ㉮ 축일 10월 10일. 성인. 활동지역 : 아라곤(Aragun). 활동연도 : 1510~1572년. 성 프란치스코 보르자(Franciscus Borgia, 또는 프란체스코)는 간디아(Gandia)의 세 번째 공작인 후안(Juan)과 아라곤의 페르디난도 5세의 비합법적인 딸인 후아나(Juana)의 14명의 자녀 중 맏이로 에스파냐의 발렌시아(Valencia) 근교 간디아에서 태어났다. 1546년 그의 아내가 8명의 자녀들을 남기고 사망했을 때 그는 수도생활을 추구하려는 결심을 하게 되었다. 그래서 1548년에 예수회에 입회하려고 결정하였다. 1550년에 그가 로마(Roma)로 갔다가 다음 해에 자신의 재산 상속 문제로 에스파냐로 돌아왔다. 그 이후 그는 사제로 서품되었다. 그는 에스파냐와 포르투갈로 설교 여행을 다녔는데, 그의 설교에는 수많은 군중들이 모이기가 일쑤였다. 1554년 그는 로욜라(Loyola)의 성 이냐시오(Ignatius, 7월 31일)에 의해 에스파냐 예수회의 총대리로 임명되었다. 성 프란치스코 보르자는 수많은 수도원과 대학 그리고 건물들을 세웠으며, 1565년에는 예수회의 총장으로 선출되었다.
　7년 동안 총장직에 재임하는 동안 그는 예수회를 가톨릭 개혁운동의 기수로 만들었으며, 외국 선교사업에 예수회의 참가를 독려하고, 그레고리안 대학교 설립의 책임자 중의

11　영신(靈神) : (가톨릭) 영혼.
12　신력(信力) : 신앙이나 신념의 힘.

한 사람이 됨은 물론 폴란드 관구 설정, 프랑스의 대학 설립, 아메리카 선교 개시 등 수많은 업적을 남겼다. 1567년 그는 예수회의 회칙을 개정하였고, 1571년에는 보넬리 (Bonelli) 추기경을 수행하여 에스파냐 전역을 선교 여행하다가 로마로 돌아온 지 이틀 만인 1572년 9월 30일에 운명하였다. 예수회를 그토록 왕성하고 생기 있는 수도회로 만든 이유 때문에, 그는 흔히 제2의 설립자로 불린다. 그는 1671년 교황 클레멘스 10세 (Clemens X)에 의해 시성되었다.

데레사(Theresa) ㉮ 아빌라의 데레사(1515~1582). 성녀. '맨발의 가르멜회' 창시자. 스페인 아빌라의 명문 출신. 축일은 10월 15일. '예수의 데레사'로 불려진다. 20세에 규칙이 완화된 가르멜 강생수녀원에 입회, 건강의 악화에도 불구하고 영성적으로 점차 깊은 신비체험을 가졌으며 신의 사랑의 창으로 가슴을 찔려 마침내는 '영적 결혼'의 상태를 경험하였다(1572년). 중년기에 알칸타라의 성 베드로(St. Peter of Alcantara) 등에게서 용기를 얻어 초기 가르멜의 엄격성을 부활시킨 맨발의 가르멜회를 창설하였는데 첫 수도원은 1562년 아빌라의 성 요셉수도원이었다. 그 뒤 20년 동안 스페인 전역을 여행, 도합 17개의 남녀 수도원을 세웠다. 그 생애는 깊은 명상생활이 현실적인 활동과 양립될 수 있음을 보여준 고전적이고도 실증적 예이다. 개혁가와 조직가로서 뿐만 아니라 영성작가로서 큰 업적을 남겼는데, 산만한 명상과 탈혼 사이와 중재적 기도상태를 지적하고, 명상에서 소위 신비적인 결혼에 이르는 기도자의 전생애를 과학적으로 묘사한 최초의 인물이었다. 1622년 시성, 1970년 교회박사로 선포되었다. 주요 저서로는 1562년까지의 자서전 *Cartes*(영역 *Life*)와 수녀를 위한 지침서 *Way of Perfection*, *Book of Foundation*, *Castilio interior*(영역 *Castle*) 등이 있다.

성체께 대한 영적 (제16세기) (30)

성톄씌딕흔령젹 (제16세기)

△ 서력 1594년경에 서반아국에스파냐 알갈나알깔라읍 성당에서 있었던 신부가 고해를 받는데,

한 사람이 그 고해소에 와서 한 면병을[1] 주며 이르되, "이는 내가 성당에서 도적을 한 바이라"[2] 하고 갔더라. 신부가 그 면병을 받아 보니까 아직 성하고[3] 또 자세히 살펴보니 발에 밟힌 흔적이 있는 것 같은지라. 한 곳에 머물러 두어 수개월이 지나도 전 같이[4] 항상 성하여 변치 아니함은 실로 기이한 일인 고로 그 지방 주교가 축성치 아니한 면병 4개와 및 그 면병과 함께 얼마동안 젖은 땅에 두었다가 얼마 후 살펴보니, 4개 면병은 다 상하였으되 그 면병은 전 같이 성한지라. 이는 분명히 성체인 줄을 알고 성당에 모셔 두어 매년 부활 후 2주일에 모시고 거동하는데 조배하는 자가 극다하니라.[5]

△ 제17세기에 어떤 교우가 성회례의 첨례날에[6] 이교인들을 만나 그들이[7] 잔치에 청하거늘 교우가 이르되, "나는 오늘 대재를[8] 지키고 또 미사에 참례할 터인 고로 잔치에 참례치 못하겠노라." 그들이[9] 그 교우를 억지로 데리고 가서 잔치하며 미사성제

---

1   면병(麵餅) : 가톨릭에서 미사 때, 성체를 이루기 위하여 쓰는 밀떡.
2   것이다.
3   성하다 : 본디 모습대로 멀쩡하다. 병이나 탈이 없다.
4   이전과 같이.
5   극다(極多)하다 : 아주 많다.
6   재의 수요일. 첨례(瞻禮) : (가톨릭) 축일의 옛 용어. 성회례(聖灰禮) : (가톨릭) 지난해에 사용한 성지를 태운 재를 축성하는 의식. '재의 수요일'에 사제가 이 재를 축성하여 신자의 이마에 바른다. 성회(聖灰) : 성회례에 사용하는 재 ☞【더 알아보기】.
7   원문은 '뎌들이' → 저들이 → 그들이.
8   대재(大齋) : (가톨릭) 단식재의 이전 용어.

를 희롱하여 이르되, "그대가 성당에 갈 것 없이 여기서 우리 미사에 참례하라" 하면서
실과접시를[10] 두 손으로 쳐들어 거양성체[11] 함을 흉내 내더니 천주가 즉시 그를 벌하
시어[12] 그 쳐들었던 두 팔이 다시는 내려오지 못하고 차차 기절하여 죽었으니, 이는
미사성제를 희롱한 죄벌이러라.

16세기의 성체 기적과 17세기 성체 기적이 한 편씩 소개되어 있습니다. 첫 번째 기적은
고백소에서 도둑질한 것이라고 건네받은 면병이 수개월이 지나도 상하지 않았을 뿐더러 젖
은 땅에 두어도 상하지 않아 성체인 줄 알고 이를 보관하고 조배하였다는 내용입니다. 축성
한 성체와 축성하지 않은 면병의 비교를 통해 축성한 성체가 면병과 다름을 강조합니다.
두 번째 기적은 17세기에 일어난 일로 거양성체를 흉내를 낸 사람이 미사성제를 희롱한
죄로 죽었다는 내용입니다. 미사성제 특히 성체를 모독한 죄는 큰 벌을 받음을 강조한 이야
기입니다. 재의 수요일의 옛 용어인 '성회례의 첨례날'이라는 표현이 눈에 띕니다.

성회(聖灰) 가 전년도 성지주일에 사용한 종려나무 가지를 태워서 얻은 재. 재의 수요일 미사
중에 축성되고, 신자들은 이 재를 이마에 바른다. 이것은 인간이 죽음을 생각하고, 사순절
중에는 특히 통회가 필요하다는 것을 생각해야 한다는 것을 상기시켜 주기 위해 행해진다.
겸허함과 슬픔의 표현으로서 재가 사용된 것은, 고대 여러 종교의 일반적인 현상이었다.
구약성서에도 여러 번 언급되거니와 특히 초기 교회시대에는 유태교에서 그리스도교로
개종한 자들이 회개의 표시로 재를 뒤집어썼다. 그 뒤에도 재는 죄를 지은 자가 자기는
회개 중이라는 사실을 알리기 위해 재를 뒤집어썼다. 오늘날 재의 수요일이 되면 "회심하고
복음을 믿으십시오" 혹은 "사람은 흙에서 왔으니 흙으로 다시 돌아갈 것을 생각하십시오"

---

9   원문은 '뎌들이'. 뎌들→저들→그들.
10 과일 접시. 실과(實果) : 과일.
11 거양성체(擧揚聖體) : (가톨릭) 미사 때에, 사제가 성체로 변한 빵의 형상을 높이 쳐드는 일.
12 원문은 '벌ᄒ샤'.

라는 말과 함께 재가 이마에 뿌려진다. 재를 축성하는 것은 준성사 (準聖事)의 하나이며,
성회는 이 밖에도 헌당식이나 벽을 청결히 할 때 사용된다.

성체께 대한 영적 (제17세기) (31)

△ 셩톄씌딕혼령젹

전에 법국^{프랑스} 성 분도^{베네딕도} 수도원에서 제대상에서 성체를 봉안하였는데[1] 어떻게 조심치 못함으로 화재가 일어나 제대가 소화되는[2] 동시에 성체를 봉안하였던 성광은[3] 조금도 화재를 당치 아니하고 위로 솟아올라 공중에 달려 있고, 또 제대 전면에 교황의 윤음을[4] 붙여두었던 것도 불에 타지 아니하였더라. 이 광경을 목도하여[5] 본 이는 1만 인이나 되었고 또 대략 하루 반 동안에 제대를 다시 예비하고 꾸며 놓음에 공중에 달려 있던 성체 모신 성광이 천천히 스스로 내려와 제대상에 전과 같이 좌정하였더라.[6] 이 성적을[7] 영구히 기념코자하여 작은 성당을 특별히 건축하고 매년 성신강림[8] 때 1부에 성대한 예절을 거행하나니라.

△ 예전에 복녀[9] 마리안나는 매일에 성체를 영하시어 심중에[10] 결합하시더니, 한번

---

1 봉안(奉安) : 신주(神主)나 화상(畫像)을 받들어 모심. 시신을 화장하여 그 유골을 그릇이나 봉안당에 모심.
2 불이 나다. 소화(小火) : 작은 불, 또는 작은 화재.
3 성광(聖光) : (가톨릭) 성체 강복 때에 성체를 보여 주는 데 쓰는 제구(祭具).
4 원문은 '륜음' → 윤음(綸音) : 임금이 신하나 백성에게 내리는 말. 오늘날의 법령과 같은 위력을 지닌다.
5 목도(目睹)하다 : 충격적인 광경을 보다. 목격하다.
6 좌정(坐定)하다 : 자리 잡아 앉다.
7 성적(聖蹟) : 기적, 경이(『한불자전』). 『표준국어대사전』에서는 성적(聖蹟)이 성스러운 사적이나 고적으로 풀이되어 있다. 본문에서 '성적'은 문맥상 『한불자전』의 풀이대로 이해하는 것이 타당하다. 즉 기적. 원문은 '셩젹'.
8 성령강림대축일 ☞【더 알아보기】.
9 복녀 : 가톨릭 지역교회나 단체에서 공식적으로 공경하는 여성 인물.
10 심중(心中)에 : 마음속에.

은 신부가 그 실영성체[11] 하기를 감하게 하고[12] 다만 신영성체[13] 하기를 분부하시는 지라. 복녀가 즉시 순명하시더니 미구에[14] 중병 든지라.[15] 다른 신부가 그 병든 연고를 알고 찾아가 문병하며 이르되, "내가 명일에[16] 성당에서 기다려 그대에게 성체를 영하여 주리니, 청컨대 와서 성체를 영하라. 과연 그 익일 성 요안 세자^{세례자 요한} 첨례 날에[17] 중병 든 수녀가 능히 성당에 나아가 성체를 영하고 모든 병이 온전히 나았는데, 의사들이 진찰하여 그 병이 나은 원인을 자연적으로 설명치 못하고 다만 영적으로[18] 판단하며 기이히 여기니라.

해설

17세기 프랑스를 배경으로 한 성체 기적담입니다. 수도원에서 화재가 났는데 성체를 모셨던 성광이 저절로 위로 솟았다는 이야기, 복녀 마리안나가 성체를 영하고 병에서 치유되었다는 치유담입니다.

더 알아보기

성신강림 ☞ 성령강림대축일(聖靈降臨大祝日). 용에 예수부활 후 50일째 되는 날, 성령이 사도들에게 강림한 것을 기념하는 이동 축일(移動祝日)이다(사도 2, 1-13). 이로써 교회가 설립되었고, 선교의 시대가 시작되었다. 원래 성령이 강림한 오순절(五旬節)은 추수 감사절이었다(麥秋節 : 민수 28, 26).

신영성체(神領聖體) 가 실제적인 영성체가 아니라, 성체를 모시고자 하는 간절한 열망에서

---

11 실제 영성체라는 의미로 이 문장에서는 후에 나오는 '신영성체'와 대조적으로 사용되었다. 원문은 '실령성체'.
12 줄이게 하고. 감(減)하다.
13 신영성체 ← 신령성체(神領聖體) : 마음으로 하는 영성체 ☞【더 알아보기】.
14 미구(未久)에 : 오래지 않아.
15 중병이 들었다. 중병(重病) : 위중한 병.
16 명일(明日) : 내일.
17 성 요한 세례자 대축일 : 세례자 요한의 탄생일을 대축일로 지낸다. 6월 24일 ☞【더 알아보기】.
18 영적(靈蹟) : 신령스러운 사적. 기적의 옛말(『가톨릭대사전』).

마음으로부터 영성체하는 것을 말한다. 신령성체는 그날 하루 동안의 모든 행위를 신앙과 사랑으로써 할 수 있게 하기에 교회는 모든 신자들에게 신령성체를 적극 권장한다. 트리엔트 공의회는 성체성사에 관한 교의에서 다음과 같이 언급했었다. "신령성체를 하고자 하는 사람은, 모든 행위를 애덕으로써 가능케 하고 천상 양식을 얻고자하는 열망을 불러일으키는, 생생히 살아있는 신앙을 가진 자이며 이들은 성체로부터 풍부한 은혜를 받을 수 있다."

성체께 대한 영적 (제17세기) (32)

셩톄씌디흔령젹

△ 예전에 서반아국^{에스파냐}에 한 교우는 성당에서 성체등에[1] 불을 켜는데 신부는 그 사람이 두 발이 다 있는 줄로 보시되, 다른 사람들은 그 사람이 한 발만 있는 줄로 보니, 대저[2] 그 사람의 한 발은 병으로 인하여 쓰지 못함이러라. 후에 성체등에서 기름을 취하여 병든 발에 바름에[3] 병이 즉시 나으니라.

△ 예전 법^{프랑스} 경성[4] 바리^{파리}에 한 교우는 중병이 들어 의사가 고치지 못할 줄로 판단하는지라. 신부가 그 병자에게 임종 시 노수성체를[5] 영하여 주심에 병자가 성체를 영한 후 그 육신 병이 온전히 나으니라.

△ 1668년에 어떤 성당에서 성체강복을 거행할 때 신부가 봄에[6] 성체가 한 사람으로 변하여 극히 찬란하고 위엄하여 모든 교우가 이 영적을[7] 대략 1객[8] 동안이나 보았

---

1 성체가 모셔진 곳을 밝히는 등. 성당 감실 앞 지금도 성체등을 켜 놓는다☞【더 알아보기】.
2 대저(大抵) : 대체로 보아서. 대컨. 비슷한 말은 무릇. 『한불자전』에서는 이 단어를 '약, 거의, 그처럼, 책에서 이 단어는, 문장 첫 머리에서 명백히라는 라틴어에 부합한다'로 풀이한다.
3 바르니까, 발랐더니.
4 서울, 수도.
5 죽음에 임박한 사람이 모시는 영성체. 원문은 '로슈셩톄'로 이는 '노자성체'를 이른다. '노수성체'는 『한불자전』에서도 등재되어 있지 않다. 문맥상 여기서 노수성체가 노자성체임을 알 수 있으나 노자성체를 노수성체로 불렀다는 기록을 현재 『한불자전』, 『가톨릭대사전』, 『표준국어대사전』에서도 찾을 수 없다☞미담 166.
6 보니까.
7 영적(靈蹟) : 신령스러운 사적. 기적의 옛말(『가톨릭대사전』).
8 원문은 '긱'. 일각 : 한 시간을 넷으로 나눈 가운데 첫째 시각. 곧, 한 시간의 4분의 1인 15분을 뜻한다.

더라. 그 후는 회색구름이 덮여 그느르다가[9] 구름이 흩어짐에 성체는 전 모양으로[10] 계시니 그 지방 주교가 조사한 후 확실한 영적으로 준정하시니라.[11] (미완)[12]

세 개의 성체 기적을 소개합니다. 첫 번째와 두 번째는 성체 치유 기적으로 첫 번째는 스페인의 한 교우가 성체등에 있는 기름을 바른 것만으로도 병든 발이 나았다는 내용이고 두 번째 기적은 프랑스 파리의 한 교우가 성체를 영한 후 병에서 나은 사건입니다.

세 번째 기적은 성체강복 때 성체가 사람으로 변하였다가 구름 모양으로 머문 기적입니다. 기적이 일어난 지방의 주교가 조사한 후 기적으로 인정했다는 후일담을 통해 기적에 대한 신뢰도를 높이고자 하였습니다.

성체등(聖體燈) 〔가〕 성당 안의 성체가 모셔진 감실(龕室) 앞에서 밤낮으로 켜져 있는 등(燈). 보통 빨간 유리 용기(容器) 안에 석유등을 켜 두거나 작은 전등을 켜둔다. 성체등은 그리스도의 항구한 사랑의 상징이며, 신자들에게 성체에 현존(現存)하는 그리스도에 대한 흠숭(欽崇)과 사랑을 일깨워 준다.

---

9 그느르다 : 돌보고 보살펴 주다. 흠이나 잘못을 덮어 주다.
10 여기서 전 모양은 이전(以前) 모양, 즉 앞에서 언급한 한 사람 모양으로 이해된다.
11 원문은 '준뎡'. 여기서 준정(准定)하다는 기적으로 인준하여 정하였다는 의미.
12 여기서 미완은 원문 그대로 옮긴 것으로, 앞의 이야기가 끝나지 않았다는 의미가 아니라 17세기 성체께 대한 영적 시리즈가 미완이라는 의미로 표기되었다.

성체께 대한 영적 (제17세기) (33)

성톄쯰디흔령젹

　천주강생 후 1608년 5월 26일에 법국^{프랑스} 어느 성당에서 밤에 제대상에 성체를 봉안하고[1] 교우들로 하여금 조배하게 할 때,[2] 밤중에 이르러 성당지기가 봄에[3] 조배한 교우들이 없는지라. 촛불 몇 개 외에는 다 끄고 성당 문을 잠그고 집에 갔다가 그 익일[4] 새벽에 돌아와 성당 문을 열어보니 검은 연기가 성당에 가득하여 독한 냄새[5] 촉비하며[6] 대제대와[7] 성체 성궤가[8] 다 소화되어 재가 되었더라.

　날이 완전히 밝은 후 살펴보니 성체봉안하였던 성광은[9] 공중에 달려 있는지라. 모든 교우가 모여 와 그 영적을[10] 목도할 때, 성광이 공중에 달려 있기를 한 낮 한 밤을 넘어한지라. 그 지방 주교가 자세히 조사하실 때. 그 영적을 목도하고 증거한 이는 50인이며 그 성광은 지금까지 보존되어 있는데 교황 비오 제9위께서 조사하신 후 또한 영적으로 인증하시니라.

1　모시고. 봉안(奉安)하다 : 신주(神主)나 화상(畵像)을 받들어 모시다.

2　원문은 '죠비케홀시'.

3　보니까.

4　익일(翌日) : 다음날.

5　원문은 '내음시'.

6　촉비(觸鼻)하다 : 냄새가 코를 찌르다.

7　성당의 중심이 되는 큰 제대 ☞【더 알아보기】.

8　성궤(聖櫃) : (가톨릭) 가톨릭 교회에서 미사 후에 아픈 사람을 위하여 성별(聖別)한 빵을 보존하여 두는 상자.

9　성광(聖光) : (가톨릭) 성체 강복 때에 성체를 보여 주는 데 쓰는 제구(祭具).

10　영적(靈蹟) : 신령스러운 사적. 기적의 옛말(『가톨릭대사전』).

　1930년 7월에 발표된 미담 173과 비슷한 기적을 다룹니다. 프랑스 어느 성당에서 화재가 났지만 성체를 모셨던 성광이 불을 피해 공중에 달려져 성체가 상하지 않았다는 기적입니다. 이 광경을 본 증인이 50명이었고 교황 비오 9세가 이를 기적으로 인정하였음을 밝힙니다.

　이번 호로 1927년 8월호(통권 617호)부터 연재된 「성체께 대한 영적」 연작이 끝납니다. 1920년대 22회, 1930년대 11회, 모두 33회 연재로 성체 기적 미담이 소개되었습니다. 미담을 통해 성체 신심을 고양하고자 하였음을 알 수 있습니다.

제대☞ 제단(祭壇). 〔가〕이 말은 '제사(祭事)의 장소'라는 뜻의 히브리어에서 유래. 가톨릭 교회에서 미사성제가 봉헌되는 단(壇)을 말한다. 순교자의 유해(遺骸)가 그 안에 안치되기도 하는데, 이는 초기 교회나 카타콤바(Catacombae), 즉 지하묘지에서 순교자의 무덤 위에 돌로 세운 벽감(壁嵌)에서 의식을 행하던 것에서 유래하였기 때문이다. 보통 주 제단은 견고하고 품위기 있어야 하며 고정되고 축성된 것이어야 한다. 또한 제단에 성인의 유해를 두는 관습이 권장되고 있는데 먼저 유해의 확실성이 검증되어야 한다. 〔전〕미사를 봉헌할 때 사용하는 탁자이다. 가톨릭 신도들에게 제대는 신도들의 증언, 독서, 강론 그리고 기도로 이루어진 희생 제사의 만찬을 나누는 곳이며 가장 중요한 성체성사가 거행되는 곳이다. 하느님을 찬양하는 본질적 요인은 그리스도교 공동체이기 때문에 성체성사는 다양한 장소에서 거행될 수 있어야 한다. 그렇지만 제대는 성체성사 거행의 중심점이며 모든 이의 주의를 집중할 수 있어야 한다.

7세 아이라도 그 죽은 후에 기도하여 줄 것

○ 七세ㅇ라도그죽은후에긔구ㄹ여줄ㅅ

성부[1] 벨베두아 행적을[2] 보건대 성부가 7세 된 어린 동생이 있더니 불행히 얼굴에 창질로[3] 인하여 죽었는데, 성부가 생각하시되, '7세 아이가[4] 무슨 보속할[5] 것이 있으리오. 즉시 승천하였으리라' 하고 수년 동안 특별히 기구하여[6] 주지 아니하셨더라.

천주가 그 아이를 불쌍히 여기시고 또는 세인으로[7] 하여금 심판의 지엄함을[8] 알게 하고자[9] 하사, 성부로 하여금 묵시[10] 중에 그 어린 동생을 보게 하신지라.[11] 성부가 보심에 한 캄캄한 곳에서 허다한[12] 사람이 있고 어린 동생도 그중에 있어 구갈이[13] 극심하여, 입이 타고 얼굴에는 창질이 아직 있어 흙빛 같고, 큰 물항아리가 있으나 너무 높아 물을 퍼 마실 수 없고 성부가 가까이[14] 가 그 측은한 동생을 위로하고자[15] 하나, 크고 깊은 굴헝이가[16] 가로질러 피차 간 상접하지[17] 못할너라. 성부가 주의 묵시

---

1 원문은 '셩부'. 셩부(聖父) : 아버지, 성 삼위일체 중 첫 번째 위격(『한불자전』). 여기서 성부는 '하느님'을 지시하는 것이 아니라 '아버지', 수도회의 장상(長上)을 의미한다.
2 여기서 행적(行蹟)은 벨베두아가 남긴 실적 및 자취를 이른다.
3 창질(瘡疾) : 창병(瘡病), 피부에 나는 질병을 통틀어 이르는 말.
4 원문은 'ㅇ가'.
5 보속(補贖) : 가톨릭에서 죄로 인한 나쁜 결과를 보상하는 일.
6 기구(祈求) : 기도의 옛 용어.
7 세인(世人) : 세상사람.
8 지엄(至嚴)하다 : 매두 엄하다.
9 원문은 '알게코져'.
10 묵시(默示) : 직접적으로 말이나 행동으로 드러내지 않고 은연중에 뜻을 나타내 보임.
11 보게 하셨다.
12 허다(許多)한 : 많은.
13 구갈(口渴) : 목이 마름.
14 원문은 '갓가히'.
15 원문은 '위로코져'.

로[18] 이 사정을 스스로 알아들으시니, 캄캄한 곳은 연옥이요 구갈이 극심함은 연옥불이요,[19] 얼굴에 창질과 흙빛은 혼연령의 근심 빛이요, 물항아리가 있어도 너무 높아서 퍼 마시지 못함은 연령이 세상 사람의 도와줌만 기다리고 스스로 공을 세우지 못함이러라.

성부가 열심으로 많은 공을 행하여 불쌍한 동생을 도와주더니, 수일 후 다시 봄에 그 암흑하던 곳은 광명하여지고, 어린 아우의 온몸이 청결하며 화려한 복장을 입고 얼굴의 창질과 흙빛이 도무지 없어 서늘한 곳에 노니며, 구갈이 도무지 없음은 높던 물항아리가 낮아져서 임의로 물을 퍼마시니, 이는 성부가 선공으로써[20] 도와주심이라. 어린 동생이 흔희[21] 용약하며[22] 승천하여 천복을 누리니라. 그런즉 어린 아이라도 철나서 죽었거든 미사를 드려주며 갖가지 선공으로써 도와줄지니라.

해설

연옥영혼을 위해 기도해야 함을 강조한 미담입니다. 미담의 주인공은 수도원의 장상과 7세에 죽은 그의 어린 동생입니다. 첫 단락은 인물과 배경 소개, 두 번째 단락과 세 번째 단락은 미담의 주 내용 부분입니다.

일곱 살에 죽은 어린 동생에게 무슨 죄가 있을까 하고 몇 년 동안 기도하지 않았던 수도원의 장상인 벨베두아는 천주의 은총으로 연옥에 있는 아우를 보게 됩니다. 두 번째 단락에 묘사된 연옥 장면이 인상적입니다. 연옥 장면은 상징 기법으로 묘사되었으며 이를 해석함으로써 벨베두아는 아우의 처지를 이해하고 그를 위해 기도와 선공을 합니다. 마지막 단락에서는 이 도움으로 어린 동생이 천복을 누리는 장면이 묘사되어 있습니다.

제목에서 강조하듯이 이 미담은 어린 아이들이라도 죽은 후에는 그 어린 아이를 위해 기도

---

16 굴헝 : '구렁'의 방언. 굴헝 : 개울의 깊은 하상, 골짜기, 도랑, 구덩이, 낭떠러지(『한불자전』).

17 원문은 '샹졉치'. 상접(相接)하다 : 서로 한데 닿거나 붙다.

18 ☞ 주 10.

19 미담 본문에 쉼표(,)가 등장한다.

20 선공(善功) : 좋은 결과를 낳는 공덕

21 흔희(欣喜) = 환희(歡喜). 흔희하다 : 기뻐하다(『한불자전』).

22 용약(踊躍)하다 : 좋아서 뛰다. 이 문장에서 '흔희용약하며'는 '흔희하고 용약하며' 즉 '기뻐하고 좋아하며'로 이해할 수 있다.

하고 선공을 해 주어야 함을 강조합니다. 큰 죄 없이 죽었을 어린 아이도 스스로 연옥의 고통에서 해방될 수 없다면 그보다 오래 살다 죽은 영혼들을 위해서는 더 많은 기도가 있어야 합니다. 연옥이 아무리 고통스럽더라도 우리의 기도가 그들을 잊지 않는다면 연옥의 고통은 천국의 기쁨으로 이어질 수 있음을 이 미담은 알려줍니다.

연령기구

△ 련령긔구

　전에 성녀 가다리나카타리나는 누가 죽었다 소식을 들으시면 항상 기구하여[1] 주시며, 고공을[2] 행하여, 하여금[3] 바삐 연옥을 면케 하셨더라. 한 번은 어떤 수사원에서[4] 한 수사가 사망을 하였는데 그 수사는 본디[5] 대덕의[6] 명성이 파다하였던 고로 성녀가 생각하시되, 그런 대덕의 수사는 필경 벌써 승천하였으리니 도와주는 것이 필요치 않은 줄로 여기시고 기구하여 주지 아니하셨더라.

　남의 영혼사정을 어찌 밝히 알리오? 그 수사가 성녀께 발현하여 괴이히 여기며 이르되, "당신은 본디 모든 연령을[7] 위하여 기구하여 주시는 습관이 계시거늘 어찌하여 나를 위하여는 기구하여 주지 아니하시나이까? 바삐 나를 도와주셔서 승천케 하소서" 하였더라.

　각 사람의 영혼사정은 극히 비밀하여[8] 다만 전지하신[9] 천주만 밝히 아시고[10] 또한 그대로 엄밀히 처결하시나니, 아무리 열심하던 망자를[11] 위하여도 기구하여 줄 것이요, 수십 년 전에 죽은 부모와 또는 7, 8세에 죽은 망자를 위하여도 미사를 드려주며,

---

1　기구(祈求) : 기도의 옛 용어. 원문은 '긔구'.
2　고공(古功) : 고난과 공적(『한불자전』).
3　'그렇게 함으로써'의 의미.
4　수사원(修士院) : 수도원.
5　원문은 '본딕'. 의미를 살려 '본디'로 옮겼다. 본딕 : 원래, 처음부터, 원칙적으로(『한불자전』).
6　대덕(大德) : 넓고 큰 덕. 또는 그런 덕을 가진 사람.
7　연령(煉靈) : (가톨릭) 연옥에 있는 영혼들.
8　비밀(秘密)하다 : 밝혀지거나 알려지지 않은 실상이 있다.
9　모든 것을 아시는. 전지(全知)하다.
10　원문은 '알으시고'.
11　망자(亡者) : 생명이 끊어진 사람. '돌아가신 이', '죽은 사람', '죽은 이'로 순화.

애긍시사를[12] 하며 기구할지니라. 설혹 위하여 도와주는 연령이 벌써 승천하였을지라도 드려 준 미사와 모든 선공이[13] 헛되지 아니하리니, 대저[14] 다른 연령에게로 돌아감이라. 이러므로 우리가 연령기구[15] 할 때마다 맨 끝에는 "죽은 모든 믿는 자들의 영혼이 천주의 인자하심으로 평안함에 쉬여지이다"[16] 하지 아니하느뇨.

　제목인 「연령기구」란 연령 즉 연옥에 있는 영혼을 위한 기도라는 뜻으로 같은 제목의 미담이 『경향잡지』에 여러 편 소개되어 있습니다. 연옥영혼을 위한 기도를 신자들에게 강조하기 위한 천주교 교회의 가르침이 반영된 예라 할 수 있습니다. 특히 이 미담에서처럼 생전에 바르게 살았다고 여겨지는 사람들도 연옥의 고통을 피할 수 없음을 강조함으로써 죽은 이들을 위한 기도의 중요성을 부각시킵니다.

　이 미담의 주인공은 덕망이 있던 수사입니다. 그러나 그는 죽은 이들을 위해 늘 기도하던 카타리나 성녀에게 나타나 자신을 위해 기도해 줄 것을 부탁합니다. 그 역시 연옥을 피할 수 없었기 때문입니다. 그렇다면 왜 덕망이 있던 수사도 천국에 바로 갈 수 없었을까요? 여기서 성찰해 볼 수 있는 점은 연옥을 피할 수 없다는 사실보다는 인간의 관점과 하느님의 관점이 다를 수 있다는 것에 대한 긍정입니다. 연옥은 하느님의 관점으로 우리의 인생을 재조명하는 곳일 수 있습니다.

　마지막 단락에서 미담의 저자는 수십 년 전에 죽은 부모, 7세나 8세에 죽은 어린 아이를 위해서도 기도할 것을 당부합니다. 또한 기도로 도와주던 연옥영혼이 승천했다면 그 기도는 다른 영혼들에게 돌아가니 헛되지 않음을 설명합니다.

---

12 애긍시사(哀矜施舍) : 불쌍히 여겨 은덕을 베풀어 줌.

13 선공(善功) : 좋은 결과를 낳는 공덕

14 대저(大抵) : 대체로 보아서. 대컨. 비슷한 말은 무릇. 『한불자전』에서는 이 단어를 '약, 거의, 그처럼, 책에서 이 단어는, 문장 첫 머리에서 명백히라는 라틴어에 부합한다'로 풀이한다.

15 연옥에 있는 영혼을 위한 기도를 ☞주 7.

16 쉽니다.

연령기구

△ 련령긔구

　　예전에 현녀[1] 방지가^프란치스카는 항상 연령을[2] 불쌍히 여겨 매일 선공과[3] 기구를[4] 행하더니, 하루는 대단히 피곤하여 연령기구 하는 선공을 행치 아니하였더라. 홀연 한 불쌍한 사람이 문간에 오래 기다리거늘 현녀가 그 연고를 물었는데[5] 대답하되, "나 는 불쌍한 연령인데 당신의 피곤함을 보고 감히 번거로이 구하지 못하고 기다리기만 하노라" 하는지라. 방지가^프란치스카가 크게 깨닫고 그 후부터는 아무리 곤핍할지라도[6] 연령을 먼저 도와주고 후에 다른 일을 하니라.

　　△ 예전에 한 병사는[7] 비록 군인이나 열심 사주하는[8] 고로, 어디서든지 성당을 만나 면 아무리 위급한 일이 있을지라도 반듯이 성당에 들어가 조배하며 연령을 위하여 천 주경[9] 한번 염하더라.[10] 한번은 전장에[11] 나가 싸우는데 모든 병정이 죽고 상하고 도 망하는 중 자기도 하릴없이[12] 도주하다가 성당을 만나 들어가서 조배하며 연령기구 를 하고자 하나, 적병이[13] 뒤에 쫓아와 붙잡힐 지경이라. 그러나 나의 정성을 저버리

1　현녀(賢女) : 어질고 현명한 여자.
2　연령(煉靈) : (가톨릭) 연옥에 있는 영혼들.
3　선공(善功) : 좋은 결과를 낳는 공덕.
4　기구(祈求) : 기도의 옛 용어.
5　원문은 '무른듸'.
6　곤핍(困乏)하다 : 아무것도 할 기력이 없을 만큼 지쳐 몹시 고단하다.
7　병사(兵士) : 군사, 사병, 군인.
8　사주(事主)하다 : (가톨릭) 하느님을 섬기다.
9　천주경(天主經) : '주의 기도'의 예전 용어.
10　염(念)하다 : 조용히 불경이나 진언 따위를 외우다. 여기서는 '주의기도를 외우며 기도하다'라는 의미.
11　전장(戰場) : 싸움터. 전쟁터.
12　할 수 없이, 어쩔 수 없이.

지 못하리라 하고 성당에 들어가 연령기구를 하는데 적병이 성당에 돌입하여[14] 잡고 자 하였으나, 감히 가까이 하지도 못함은 기구하는[15] 병사 전후좌우에 허다한[16] 장졸 이 호위하고 있음이었더라.

그 후 현인이[17] 이르되, "그 병사를 보호하던 장졸들은 다 연령이라" 하였으니 연령 들이 그 은인을 호위하여 보호함이러라.

앞 미담에 이어 이번 호에서도 연옥영혼을 위한 기도와 관련한 내용인 「연령기구」 입니다. 두 개의 이야기가 소개되어 있는데, 둘 다 연옥영혼을 위해 기도하는 사람과 그 사람에게 나타난 연옥영혼의 통교가 돋보이는 내용입니다.

첫 번째 이야기는 항상 연옥영혼을 위해 기도한 프란치스카가 피곤하여 기도하지 않았더 니 한 연옥영혼이 나타나 그의 기도를 기다린다는 말을 듣는 장면입니다. 다른 하나는 늘 연옥영혼을 위해 성당에 들어가 조배하고 주의 기도를 하던 병사가 후에 연령들의 도움으로 적군으로부터 안전할 수 있었던 일화를 소개합니다.

적병의 추격을 받으면서도 성당에 들어가 기도하던 병사, 그리고 병사가 기도하던 순간을 병사 곁에서 전후좌우로 지켜주는 영혼들의 모습, 상상만으로도 참 아름답게 전해집니다. 기도를 통한 통교, 그 통교는 죽음도 연옥도 가로막지 못합니다. 이것이 천주교인들의 사귐 입니다.

---

13 적병(敵兵) : 적군의 병사.
14 돌입(突入)하다 : 세찬 기세로 갑자기 뛰어들다.
15 기도하는☞ 주 4.
16 허다(許多)한 : 많은.
17 현인(賢人) : 어질고 총명하여 성인에 다음가는 사람.

연령기구

△ 련령긔구

　　예전에 현녀[1] 바로시는 부친상을 당한 후 그 영혼을 위하여 선공을[2] 행하다가 부친이 이미 승천하였으리라 하여 선공을 그쳤더니, 성녀 가다리나카타리나가 발현하시어[3] 바로시를 데리고 가서 연옥을 보게 하시니, 그 부친이 그때까지 지극한 괴로움을 당하는지라. 그 형상을 보고 기겁하여 성녀께 크게 부르짖어 자기 부친의 연고를[4] 구하여 달라 청함에 성녀가 그 연령을 구하여 주시니라.

　　예전에 한 수사는 선공으로써 연령을[5] 구하여 주지 아니하더니, 사후에 발현하여 이르되, "내가 지금 지극히 고통함은[6] 전에 연령을 구하여 주지 아님이라.[7] 내가 죽은 후에 다른 이가 나를 구하여 주는 이 없음은 천주가 나로 하여금 구제를 받지 못하게 안배하심이라"[8] 하니라.

해설

　　연옥영혼을 위한 기도와 관련된 두 개의 이야기를 소개합니다. 하나는 아버지가 승천했으리라 믿고 기도를 멈춘 바로시라는 여인이 카타리나 성녀의 도움으로 부친의 연옥 고통을

1　현녀(賢女) : 어질고 현명한 여자.
2　선공(善功) : 좋은 결과를 낳는 공덕.
3　원문은 '발현ᄒ샤'.
4　연고(煉苦) : 연옥의 고통.
5　연령(煉靈) : (가톨릭) 연옥에 있는 영혼들.
6　고통스러운 것은.
7　연령을 구하여주지 않았기 때문이다.
8　안배(按配)하다 : 알맞게 잘 배치하거나 처리하다.

면하게 하였다는 내용입니다. 두 번째는 생전에 연옥영혼을 위해 기도하지 않은 수사가 죽은 후 자신을 위해 기도해 주는 이가 없어 고통당하고 있음을 발현하여 알려준 사건을 전합니다.

두 이야기 모두 살아있을 때 연옥영혼을 위한 기도를 게을리 하지 말아야 함을 주제로 합니다. 특히 연옥과 관련해서 카타리나 성녀가 미담에 자주 등장합니다. 성녀는 일찍이 발현을 체험했으며 성녀의 축일 전례는 그리스도의 죽음의 신비를 공유함을 주제로 합니다. 때문에 연옥을 배경으로 한 미담에는 카타리나 성녀가 자주 등장하는 것으로 여겨집니다.

헛맹세를 발한 자가 엄벌을 받음

◎ 헛밍셔를발흔쟈ㅣ엄벌을밧음

　　예전에 이태리국이탈리아 변경에[1] 한 섬이 있고, 그 섬 중에는 한 과부가 있어 장부가[2] 끼쳐 준[3] 은전 300이 있으나, 그 과부는 친척도 없어 이 은전을 안온히[4] 보존치 못하고, 혹은 도적에게 잃을까 염려하여 이웃 사람에게 맡길 때, 과부는 본디[5] 순직한 고로 아무 문서도 없이 말로만 맡겼더라.

　　여러 해 후에 과부가 자기 딸이 시집가게 된 고로 혼수 흥정을 하기 위하여 이웃사람에게 맡긴 돈을 달라 하니, 슬프다 그 사람이 이제 양심을 속이고 천주도 두려워하지[6] 아니하여, 감히 이르되, "그대가 언제 내게 돈을 맡겼느뇨? 만일 내게 맡겼다 하는 돈을 강박하여[7] 받고자 하거든 함께 관전에[8] 가서 재판을 청하자" 하는지라.

　　과부가 억울하고 답답하나 빙거할[9] 문적이[10] 도무지 없는지라. 그럴지라도 함께 관전에 가서 재판을 청할 때, 이 송사에[11] 증인을 서줄 만한 사람은 다만 그 사람의 아내인데 제 장부와 같이 양심을 속이고 비리를[12] 따라가더라. 관장이 이에 시비곡직을[13]

1　변경(邊境) : 나라의 경계가 되는 변두리의 땅.
2　장부(丈夫) : 남편.
3　남겨 준. 끼치다 : 영향, 해, 은혜 따위를 당하거나 입게 하다. 어떠한 일을 후세에 남기다.
4　안온(安穩)히 : 조용하고 편안하게.
5　원문은 '본듸'.
6　원문은 '두리지'.
7　강요하여, 억지로. 강박(强迫)하다 : 남의 뜻을 무리하게 내리누르거나 자기 뜻에 억지로 따르게 하다.
8　관리의 면전에. 관전(官前) : 관리의 면전에서, 관리와 마주보고(『한불자전』).
9　빙거(憑據)하다 : 사실을 증명할 근거를 대다.
10　문적(文蹟) : 문서와 장부.
11　송사(訟事) : 소송(訴訟). 백성끼리 분쟁이 있을 때, 관부에 호소하여 판결을 구하던 일.
12　비리(非理) : 올바른 이치나 도리에서 어그러짐.

분변할[14] 수가 없어 최후 수단으로 맹서하기를[15] 명하니, 그 사람의 의심 없이 맹서하여 가로되, "내가 만일 이 과부의 돈을 맡고도 아니 맡았노라 하면 나의 온 집안이 함께 재앙을 받으리다"[16] 하고 그 아내도 그와 같이 맹서하고 함께 집으로[17] 돌아가니라.

이와 같이 양심을 속이는 자가 어찌 벌을 받지 아니하리오. 그 사람이 아들 3형제가 있어 막둥이는 겨우 난지 2개월이요, 가운데 자는[18] 5세이요, 장자는[19] 25세러라. 부부가 함께 비리의 헛맹세를 발하고[20] 집에 돌아오니, 2개월 된 어린 아이가 제 형에게 눌려 죽었는지라.

아내가 분하여[21] 칼로써 5세 아들을 죽였더니, 장부가 그 광경을 보고 또 분하여 그 칼을 빼앗아가지고 제 아내를 죽일 때, 이에 이웃사람들이 와서 들레고,[22] 또한 순사가 와서 그 사람을 관전으로[23] 잡아가 관원이 사형에 처하여 죽이고자 할 때, 망나니가[24] 아직 오지 아니하였는데, 맏아들이 봄에 제 아우 둘이 다 죽고 또 제 모친이 부친에게 죽은 것을 통분히 여겨 애통과 원한이 폭발하여 제 손으로 제 부친을 죽여버렸더라.

그러나 천주의 벌은 아직 그치지 아니하였는지라. 맏아들이 제 부모와 형제가 다 참혹히 죽은 것을 애통하고 실망하여 제 부모가 죽던 칼로써 제가 또한 자살하니, 이는 그 부부 두 사람이 남의 재물을 비리로 빼앗기 위하여 천주 대전과 사람 앞에서 헛맹세를 발한 현벌이러라.[25]

---

13 시비곡직(是非曲直) : 옳고 그르고 굽고 곧음.
14 분별할.
15 맹서(盟誓) : 맹세의 원말. 원문은 '맹셔'.
16 원문은 '밧으리이다'.
17 조사 '－으로'로 썼다. '－에로'가 아니라 '－으로'의 조사 사용.
18 자(子)는 : 아들은.
19 장자(長子) : 맏아들.
20 발(發)하다 : 어떤 내용을 공개적으로 펴서 알리다.
21 분(憤)하다 : 억울한 일을 당하여 화나고 원통하다.
22 아주 어수선하고 시끄럽게 떠들다. 원문은 '들네다'.
23 관리 앞으로 ☞ 주 8.
24 예전에 사형을 집행할 때에 죄인의 목을 베던 사람. 원문은 '망난이'.
25 현벌(顯罰) : 하늘의 당연한 처벌, 분명하고 초자연적인 벌, 가시적인 벌(『한불자전』).

　　1931년 6월호부터 「성체께 대한 미담」이나 「연령기구」와 같은 연재물이 끝나고 독립적인 미담이 다시 연재되기 시작합니다. 연재미담의 주요 서술방식이었던 요약보다는 인물과 사건을 중심으로 한 이야기가 펼쳐집니다.

　　이 미담은 이탈리아를 배경으로 과부와 그 이웃이 등장인물입니다. 남편도 친척도 없이 딸을 키웠을 과부의 처지가 안타깝습니다. 누구보다 자신의 처지를 곁에서 보고 알던 이웃으로부터 배신까지 당했을 때 과부의 심경은 어떠하였을까요?

　　과부의 재산을 갈취하기 위해 헛맹세까지 한 이웃 부부의 모습이 가증스럽습니다. 작품의 후반부는 헛맹세를 한 후 닥친 이웃의 불행이 소개되어 있습니다. 특히 이 미담은 헛맹세가 불러온 재앙을 강조합니다. 헛맹세는 인간뿐 아니라 하느님을 속이는 것이기 때문입니다.

　　자신의 이익을 위해 타인을 속이고 하느님까지 이용하는 자들이 여전히 존재합니다. 불쌍한 사람들, 사회적 약자를 더 궁지로 내모는 파렴치한 인간들이 있습니다. 이 미담은 그들의 자멸을 천주의 벌로 묘사합니다. 그러나 그 벌은 그들의 불행으로만 그치지 않습니다. 사회적 약자를 보호하지 않고 자신의 이익만을 위해 인간과 신을 이용하는 자들이 넘치는 사회는 이미 지옥이요, 인류의 종말과 다를 바 없습니다. 이제 우리는 어떻게 해야 할까요? 이것이 2000년대 독자에게 던지는 이 미담의 주제이자 물음입니다.

주일과 파공첨례에 미사참예를 행한 자와 범한 자의 분별

△ 쥬일과파공첨례에미사참예를힝흔쟈와범흔쟈의분별

예전에 장사하는 3인이 있어 함께 외방에[1] 가서 장사하다가 집에 돌아오기로 의논할 때, 길을 떠나고자 하던 날은 마침 주일이라 1인은 이르되, "금일은 주일이니 이 읍내에서 미사에 참례하며 주일을 지키고 명일에[2] 떠나가자" 하고, 2인은 이르되, "아니라. 주일에라도 돌아가야 되겠다" 하여 2인은 주일날 새벽에 길을 떠났더라.

1인은 주일을 지키고 그 익일에 길을 떠나오다가 한 하수를[3] 건널 때에 보니 두 시체가 하수가에[4] 있는지라. 자세히 살펴보니 곧 자기의 두 동무이라. 크게 놀라 그 지방 사람에게 그 연고를 물은즉 대답하되, "작일[5] 아침에 두 행인이 이 물을 타고 하수 다리를 지날 때에 큰 비가 쏟아져 강물이 창일범람하여[6] 다리에 충돌하여 다리가 무너질 때에 그 행인이 둘 다 빠져 가진 바 재물을 다 잃어버리고, 대단히 위험할 때에 그 지방 사람들이 그 두 사람을 건졌으나 살지 못하고 미구에[7] 숨이 끊어졌다 하더라.

그 사람이 고향에 돌아가 그 모든 사실을 죽은 두 사람의 친척들에게 자세히 전설함에[8] 친척들이 가서 시체를 거두어 장사하고, 그 친척과 그 동리 사람들은 이는 주일을 아니 지킨 죄벌인가 하여, 그로써 경계를[9] 삼아, 주일과 파공첨례를[10] 법답게[11] 지

1　외방(外方) : 서울 이외의 지방, 외지(外地).
2　명일(明日) : 내일, 다음날.
3　하수(河水) : 냇물, 강물.
4　하수가 : 냇물의 가장자리.
5　작일(昨日) : 어제.
6　창일범람(漲溢汎濫) : 물이 불어 넘치고 큰물이 흘러넘침.
7　미구(未久) : 얼마 오래지 않아.
8　전설(傳說)하다 : 말을 전하다.
9　경계(警戒) : 옳지 않은 일이나 잘못된 일들을 하지 않도록 타일러서 주의하게 함.

키니라.

이런 표양은 어찌 옛 사람만 경계함이리오.[12] 지금도 온전히 같은 형편과 같은 표양이 많도다. 농시에[13] 아무리 일이 바쁘고 아무리 일이 급할지라도 그 급하고 바쁜 것만 생각하지 말고 먼저 천주계명의 엄중함과 영신사정의[14] 거룩하고 귀중함을 더욱 생각하여 만사만물을[15] 다 차례대로 하고 법대로 지키면 영혼과 및 육신에 천주의 강복을 풍후히[16] 받으리로다.

해설

주일 미사참례의 중요성을 주제로 한 미담입니다. 아무리 바빠도 주일 미사참례할 것을 당부한 이 작품은 주일을 지킨 사람과 그렇지 않은 사람의 상반된 운명을 보여줍니다. 주일을 지킬 것을 강조하기 위한 서술 전개 방식이라 할 수 있습니다.

물론 주일을 지키고 싶어도 못 지키는 이들도 있습니다. 때문에 주일 미사를 결하면 무조건 벌을 받는다는 것으로 이해하기보다는 "아무리 바쁘고 아무리 일이 급할지라도 그 급하고 바쁜 것만 생각하지 말고" 천주와 영혼의 일을 소홀히 여기는지 돌아볼 일입니다. "천주계명의 엄중함"과 "영신사정의 거룩하고 귀중함"을 믿고 사는 이들이 천주교인들이기 때문입니다.

---

10 파공첨례(罷工瞻禮) : 의무적 축일의 옛말(『가톨릭대사전』).
11 원문은 '법다히'.
12 ☞ 주 9.
13 농시(農時)에 : 농사철에.
14 영신사정(靈神事情) : 영혼의 형편이나 일.
15 만사만물(萬事萬物) : 모든 일과 모든 것들.
16 풍후히(豊厚)히 : 풍성하게.

사랑의 기갈

◎ 스랑의긔갈

어느 날 저녁 일이다. 복잡한 바리[파리]경[1] 뒤, 후미진[2] 길에 신부 한 분이 급히 지나가니 이는 그 전에 종부성사를[3] 주러갔다가 늦게야 돌아오는 길이다. 그 길은 낮에도 재미없는 곳인데 마침 강도가 날 시각인 고로, 신부는 곧 그 뒤에서 시뻘건 얼굴로 힘센 놈이 쫓아오지나 아니하는가 하여 마음이 조려서 무너져가는 돌담 밑으로 달음질을 하다시피 하는데, 무엇인지 한 모퉁이에 꾸부리고 있는 것이 발길에 차이는데,[4]

"아이고 아파!" 하거늘

자세히 살펴본즉 한 아이인데 무릎을 껴안은 것처럼 하고 땅에 엎디어 있다.

"아아 잘못하였다 용서하여라. 매우 아프지?"

"물어보기는 무엇을 물어보오? 실컷 발로 밟고서."

"참아다고.[5] 모르고 그리하였다. 그런데 너는 이런 데서 또 어두운 데서 무엇을 하고 있느냐? 집으로 가거라. 벌써 저물었으니 너의 어머니께서 걱정을 아니하겠니?"

"응."

"우에 어머니가 아니 계시냐?"

"있지."

"그러면……."

"경찰서 놈이 데려갔어요."

---

1   파리 근처.
2   아주 구석지고 으슥하다. 원문은 '휘미진'.
3   종부성사(終傅聖事) : (가톨릭) '병자성사'의 전 용어.
4   원문은 '치이는듸'. 채이다 : 차이다.
5   '참아다오'의 의미.

"아아 그러냐. 그러나 아버지는 계시겠지?"

"아버지도 없어."

"그러면 집에는 아무도 없느냐?"

"형과 누이는 있지마는…… 오늘 아침에 경찰서 녀석이 다 끌어갔단다…… 아아 분해! 하기는 잘하고 하였는데…… 행순이[6] 왔구나! 생각한 고로 곧 도망하여 여기 왔단다."

신부는 당신에게 미칠는지도 모르는 위험을 아주 잊어버리고 이 불쌍한 아이, 때가 까만 얼굴에 눈만 반짝반짝하는 이 아이를 불쌍하다고 곰곰이 생각하였다.

"그런데 네 이름이 무엇이냐."

"집푸라고 하지. 다들 그렇게 부르니까…….."

"다른 이름은 없느냐."

"없어."

"영세는?"

"그런 것 몰라."

"아무도 천주와 영해예수와[7] 그리고 성모 마리아님의 이야기를 해주지 않더냐."

"응, 그런 사람들은 조금도 몰라. 들어본 적도 없어."

"나이 몇 살이냐."

"여덟 살."

"밤에는 어디서 자니?"

"여기서 자지. 여기서는 아무에게도[8] 들키지 아니 할 테니 걱정이 없어. 행순사가 오면 곧 도망할 테니까 좋아."

"그러면 나를 따라오너라. 따뜻한 난로 있는 데서 자게 하여 주마. 그 뒤 일은 그 뒤에 하기로 하고 응…… 자, 일어서."

"싫어. 일어서지 못해."

"우에 다리를 다쳤니. 병은 안 들었지?"

“그렇지만 내가 일어서면 다 웃으니까 싫어.”

“무슨 말인지 아주 알 수 없구나. 까닭을 좀 말하여라.”

“싫어싫어. 너라도 꼭 웃을 테니까.”

“웃을 리가 있나. 이애[9] 자세히 보아라, 내 얼굴을.”

신부는 그 아이의 습관적으로 의심이 깊은 눈을 온화하게 바라보시며 그 창백한 얼굴을 쓰다듬어 주었다. 한참 신부를 쳐다보고 있던 아이의 얼굴은 차차 순해지기 시작하였다.

(미완)

재미있는 미담입니다. 무엇보다 대화 위주의 작품 전개가 작품의 흥미를 더해주었습니다. 다음 호까지 연재되는데, 그중 전반부입니다. 등장인물은 신부와 집푸라는 8살 소년입니다. 종부성사를 주고 가는 길에 신부는 길모퉁이에 앉아 있던 소년을 실수로 발로 찹니다. 이를 사과하면서 신부와 집푸의 대화가 이어집니다.

소년의 사정을 하나하나 물어보는 신부의 태도는 다정하면서도 겸손합니다. 반면 소년의 대답은 간결하면서도 무뚝뚝합니다. 어머니와 형과 누이가 모두 경찰서 순사에게 붙잡혀 가고 홀로 남은 집푸의 처지는 말씨부터 바꾸어 놓았을 겁니다. 신부는 소년을 보호처로 데리고 가려 합니다. 그런데 소년은 반응이 의외입니다. 소년은 신부가 웃을 거라며 일어나지 않으려 합니다. 그 이유는 다음 호에 이어집니다.

어두운 거리에서 만난 불쌍한 이웃을 외면하지 않은 신부, 그는 착한 사마리아 사람의 행동과 닮았습니다.

9　원문은 ‘이익’. 어른이 아이를 부르거나 같은 또래끼리 서로 부르는 말. 준말 ‘애’.

사랑의 기갈 (속)

◎ 스랑의긔갈 (쇽)

"그래서 어째 그리하는지 말 좀 하여라."

"실상은 내 바지의 꽁무니가[1] 빠졌어요. 그래서 일어서기가 싫단 말이야."

아이는 또 의심이 깊은 눈으로 신부를 바라보더니 신부 얼굴의 냉소하는[2] 그림자도 비치지 아니함을 보고, 겨우 신용하는 모양으로 아이스러운[3] 태도로 변하여 설명을 시작하였다.

"내 바지는 벌써 퍽 오래된 것이야. 그래서 못에 조금만 걸리면 곧 발발[4] 해요."

"아 그래. 그러면 바지도 하나 주마, 응. 자 같이 가자. 이까 말한 것과 같이 국도 줄 터이야. 그리고 오늘 밤은 이불을 덮고 편안히 자란 말이다, 응."

아이가 생각하기를 '이 사람의 말이 참말인지 모르겠다. 돈도 받지 않고 국도 준다, 바지도 준다, 어찌하여 참 이상하다. 너무 친절한 걸. 이렇게 꾀여서 경찰서로 데리고 가려함이나 아닌가.'

아이는 "돈을 얻으려면 신부를 속이는 것이 제일이라"고 항상 말하던 제 어머니의 말을 생각하였다. 그 어머니는 그 주장하는 말을 철저하게 실행하여 그 아이의 누이 주리를 두 성당에 가서 두 번이나 영세를 시켰다. 두 군데서 기저기와 쇠고기표를 받으려고 -. 그러나 그 아이는 더 똑똑히 알아보지 아니하면 안심이 못 되겠다 하여 말하기를,

"너그럽게 선한 모양을 하지마는 실상은 행순하는 순사이지. 나를 감옥에 집어넣

---

1   엉덩이를 중심으로 한, 몸의 뒷부분. 원문은 '쏭문이'.
2   냉소(冷笑)하다 : 쌀쌀한 태도로 비웃다.
3   아이다운.
4   발발 : 매우 삭은 종이나 헝겊이 손을 대자마자 쉽게 찢어지는 모양을 나타내는 말.

으려고 온 것이 아닌가."

"그럴 리가 있나. 좀 잘 생각하여 보아라. 내가 순사이면 곧 네 멱살을 잡아당기며 가자고 할 터이지. 그러면 벌써 너는 지금 껌껌한 옥에 있을 터이다. 그렇지 아니하냐? 신부는 신부이지 결코 순사는 아니다."

집푸는 겨우 안심을 하고 일어섰다. 오랫동안 수작을 하느라고 다리가 매우 저리었다. 신부는 슬쩍 그 아이의 옷을 바라보니 밤이기 다행이다 하고 아이를 위하여 기뻐하였다.

다 넘어진 한 집 앞을 지날 때에 아이는 싫어하는 모양으로

"여보시오. 경찰서 녀석이 꼭 저기 숨어 있어요."

"아무도 없다. 자 얼른 가자. 내 옆에 꼭 붙어서 이렇게 하면 숨어진다. 바지가 찢어졌는들[5] 누가 알겠느냐."

신부는 성 원선시오^{빈첸시오}와 같은 고풍으로 망토자락을[6] 끌어올려 불쌍한 아이를 가리면서[7] "시사하는[8] 집"이라 하는 어떤 자선회 사무소로 데리고 갔다.

벌써 밤이 늦은 고로 일 보는 사람들과 함께 돌아갈 준비를 하고 있는 원장인 말다^{마르타}에게 신부는 소리를 질러,

"잠깐 기다리시오. 집 없는 양 하나를 데리고 왔으니."

아이는 알지 못하는 부인들을 흘금흘금 보며 어떤 사람들인가 알고자 하였는데, 이 부인들은 그의[9] 어머니와 같이 구리 귀걸이도[10] 없고, 짧게[11] 자른 검은 머리를 한 가운데 갈라 붙이고,[12] 푸른 얼굴에 입시울만[13] 연지로 바른 제 누이 주리와도 전혀 같지 아니하다.

---

5   찢어졌다고 한들. 원문은 '찌어젓슨들'.

6   원문은 '만쏘자락'. 망토 : 소매가 없이 어깨 위로 걸쳐 둘러 입도록 만든 외투.

7   원문은 '가리우면서'.

8   시사(施舍)하다 : 은덕을 베풀어 주다.

9   여기서는 아이의, 아이를 지시한다. 원문은 '뎌의' → 저의 → 그의.

10   원문은 '귀밋고리'.

11   원문은 '짜르게'이나 의미를 살려서 여기서는 '짧게'로 옮겼다.

12   원문은 '갈나부치고'.

13   입술만.

"아 불쌍하여라."

"자 얼른 들어오소."

생각지도 못하던 따뜻한 정에 부딪쳐서 차차 유순하여진 아이의 마음에는 이 신부와 부인들은 그만 남으로 여기지 아니하게 되었다. 아주 이전부터 알고 사랑하여 주던 사람으로 생각할 수밖에 달리 생각할 수 없었다.

"내가 어떻게 급하게 걸어왔던지 아무 동리 모퉁이에서 아이를 발로 밟았소이다." 하고 신부는 설명을 하였다.

"이 아이의 부모는 오늘 아침에 경찰서에 다 잡혀갔다고 하오. 그래서 이 무죄한 아이는 불쌍하게 있을 곳이 없다 합니다. 어찌되었던 오늘밤은 어디서 좀 재워주시오. 그런데 이대로는 다닐 수가 없습니다. 바지가 대단히 찢어져서……."

집푸는 그 말을 듣고 손으로 얼굴을 가리었으나[14] 그러나 울지는 아니하였다. 눈물은 부잣집 자식의 것이다. 고통에 익은 이 아이는 눈물 같은 것은 옛날 것으로 아주 잊어버리고, 마치 쫓겨 오는 짐승이 물려고 주위를 압박하는 원수에게 반항할 힘이 없이 하릴없이[15] 도망하여 숨으려고 하는 것과 같았다.

이 부인들은 어찌하여 냉소를 아니하는가? 어찌하여 욕을 아니하는가? 어찌하여 압박을 아니하는가? 하고 한쪽 눈을 열고 보니 거기는 얼굴에 동정이 넘치는 온화가 있을 뿐이었다.

"참으로 불쌍한 아이다. 부끄러워할 것 없다. 이제 무엇이든지 찾아 줄 터이니, 응."

그렇게 말은 하고 원장인 말다^{마르타}는 좀 걱정이 되었다. 오늘은 매우 많이 시사를[16] 하였으니 탁자에 남은 것은 번번치 않다.[17] '이 아이 몸에 맞는 옷이 있으면 좋으련마는……' 하고 그중에 한 부인은 발판을 가지고 와서 탁자 위를 찾기 시작하더니 "있다있다! 푸르고 작은 바지가……" 물론 새것은 아니지마는 얼마 동안 입을 만하다. 그리고 이리저리 더 찾아본즉 저고리, 양말, 아직 넉넉히 신을 만한 신, 더구나 해군모

---

14 원문은 '가리웠스나'.

15 할 수 없이.

16 ☞ 주 8.

17 번번하다 : 구김살이나 울퉁불퉁한 데가 없이 편편하고 번듯하다. 생김새가 음전하고 미끈하다. 물건 따위가 멀끔하여 보기도 괜찮고 제법 쓸 만하다.

자와 반망토까지[18] 갖추었다.

그런데 이것만 집어내면 그만 탁자 위에는 볼 것이 남지 아니하였다. 그러나 천주의 안배만 믿겠다. 탁자는 다 비어도 천신과[19] 동정자들은 즉시 이 탁자가 차게 하여 주시리로다.

"이것을 바꿔 입자. 지금 입은 것은 내버릴 터이니 소용되는 무슨 물건이 있으면 주머니에서 꺼내어라."

이렇게 말하면서 말다^{마르타}는 땅에 큰 종이를 펴고 그 위에 그 입었던 남루한 것을 다 벗겼다. 대개 이런 아이의 입었던 것에는 작은 기생충(이, 벼룩)[20] 같은 것이 있는 것이 보통인 고로 위생상 모두 그대로 불살라버리고자 함이다.

집푸는 이 빠진 주머니 칼, 부서진 시계, 약합,[21] 부러진 쇳조각, 길거리에서 주어 넣은 것을 제 주머니에서 귀중하게 꺼내었다. 입었던 옷보다 백 배나 깨끗한 것을 바꿔[22] 입고 이리 저리 보고 또 보고 하였다.

"아이 깨끗하여졌다. 춥지 않지. 매우 좋지. 이제 이만하면 다른 것은 바랄 것이 없지, 응?"

집푸는 갑자기 "으아" 하고 울기 시작하였다. 본래 굳게 얼어붙은 그 마음은 태양의 따뜻한 광선을 받은 꽃과 같이 이제 갑자기 벌어져서 이때까지 그가[23] 그것에 목마르고 주리던 것을 알지 못하고 있던 "사랑"을 굳세게 굳세게 구한 것이다.

"왜[24] 그러니?[25] 왜 그래? 무엇이 더 가지고 싶은 것이 있으면 주저 말고 말하여라."

집푸는 이 친절한 신부와 부인들 앞에서 두 팔을 벌려 내밀고, 마음속에서 비틀어 짜내는 것 같은 소리로 부르짖었다.

"나도…… 나도 사랑을 받고 싶다."(끝)

---

18 원문은 '반만쏘' ☞ 주 6.

19 천사와. 천신(天神) : 천사의 옛말.

20 원문은 '베룩'.

21 약상자.

22 원문은 '밧고아'.

23 원문은 '뎌가' → 저가, 그가.

24 원문은 '우에'.

25 원문은 '그리늬'.

전편에 이어지는 후속편입니다. 전편에서 신부의 권고에 소년이 응하지 않았던 이유가 밝혀집니다. '바지의 꽁무니'가 **빠졌**기 때문이라는 집푸의 대답이 우스우면서도 슬프고 애처롭습니다. 엉덩이 부분이 없을 정도로 헌 바지를 입고 있던 집푸.

신부님을 따라 '시사하는 집'으로 온 집푸는 부인들의 친절한 환대를 받습니다. 시사하는 집의 풍경과 집푸를 환대하는 모습이 구체적으로 소개되어 있습니다. 신부는 빈첸시오 성인에 비유됩니다. '눈물은 부잣집 자식의 것이다'라 여겼던 집푸는 환대를 받으며 울음을 터뜨립니다. 그 울음은 비로소 사랑을 얻은 자의 눈물이었습니다. '사랑받고 싶다'고 울부짖었던 집푸, 가슴이 얼어붙어 있던 집푸의 마음이 풀리고, 눈물도 잊고 사랑도 잊은 아이들이 '태양의 따뜻한 광선'을 받은 꽃들처럼 피어나는 모습을 이 미담은 집푸와 신부, 여인들을 통해 그립니다.

'나도, 나도 사랑받고 싶다'는 집푸의 마지막 절규, 그 절규에 응답하는 이들, 이 세상에 버려진 집푸들을 외면하지 않는 이들이 사랑을 행하는 자입니다.

빈첸시오☞ 빈첸시오 아 바오로(Vincentius a Paulo, 1580?~1660). 가 라자리스트회와 자선수녀회의 창설자. 축일은 9월 27일. 남서 프랑스 랑퀴엔(Ranquine) 출신의 농부 아들. 툴루즈(Toulouse)에서 신학을 배우고 1600년 서품되었다. 1608년 파리에서 드 베륄(De Berulle) 신부의 영향으로 일생을 자선활동에 바칠 것을 결심, 노예선 선장 곤디(Gondi) 백작의 집안에서 가정교사를 하며 죄수들의 고통을 덜어 주기 위해 노력하였다(1613~1625년). 병자와 빈자의 간호를 담당하는 첫 여자수도회인 자선수녀회를 성 루이즈 드 마빌락(St. Louise de Mavillac)과 함께 창설함으로써 프란치스코 드 살레시오에 의해 이미 시작되었던 계획을 완수하였다. 프롱드전쟁 때에는 고통 받는 사람들에게 위안을 주기 위한 장기적 안목의 계획을 세우고, 또 얀센주의를 단죄하는 활동에도 적극 참여하였다. 1737년 시성. 1833년에 '성 빈첸시오 아 바오로회'가 자유사상가들로부터 가톨릭 진리를 수호하기 위하여 오자남(Ozanam) 등에 의해 창설되었다.

평일에도 미사참례 하는 자가 대은을 받음

◎ 평일에도미사참예ᄒᄂᆞᆫ쟈ㅣ 대은을밧음

　예전에 한 열심교우는[1] 비록 가난한 노동꾼이나 매일[2] 열심으로[3] 미사에 참례하더니, 하루는 일찍이 성당에 가서 미사참례하고 나와서 누가 일꾼으로 불러가기를 기다려도 한 사람도 불러가는 이 없는지라. 또 성당에 들어가서 2차 미사참례하고 나와서 누가 불러 가기를 바랐으나 다른 일꾼들은 다 불러갔으되, 자기 하나만 그날 품을 팔지 못하게 된 고로 하릴없이[4] 근심하며 집에로 돌아가더라.

　길에서 한 부자 늙은이가 있어 그 근심하는 얼굴을 보고 연고를 묻거늘 자기의 사정을 다 말하니, 그 노인이 이윽히[5] 쳐다보다가 그 순직하고 열심한 사람인 줄을 알고 말하기를, "그대가 오늘 품을 팔지 못하게 되었으니 나를 위하여 성당에 가서 미사참례 한 대를 하여주면 품값과 상당한 돈을 주겠노라" 그 사람이 성당에 가서 거행하는 바, 모든 미사를 다 참례하고 그 부자 노인에게 오니 그 노인이 돈 140전을 주더라.

　이 돈을 받아가지고 집으로 돌아올 때,[6] 좋은 의복을 입은 한 위엄한 사람이(오 주 예수)[7] 나타나 묻기를, "네가 오늘 부자 늙은이를 위하여 미사참례를 하여주고 값을 얼마나 받았느뇨?" "140전을 받았나이다." "이는 너무 적으니 그 부잣집에 가서 네가 길에서 당한 일을 말하며 상급을 더 청하라." 그 사람이 부잣집에 가서 노중에서[8] 당

1　신앙생활에 열정적이고 성실한 교우이다. 교우☞【더 알아보기】.
2　원문은 '믹일에'.
3　열심히.
4　달리 어떻게 할 도리가 없이. 원문은 '홀일업시'.
5　얼마동안. 원문은 '니윽히'. 이윽하다 : 지난 시간이 얼마간 오래다, 시간이 조금 흐르다(『한불자전』).
6　원문은 '시'.
7　원문에 있는 괄호이다. (오쥬예수).
8　노중(路中)에서 : 길을 오가는 동안.

한 사정을 전설하니,[9] 부자 노인이 60전을 더 주는지라 받아가지고 오니라.

그 위엄한 사람이 또 나타나 물어 가로되,[10] "그 부자가 돈을 얼마나 주더뇨?" "60전을 더 주더이다." "어찌 이렇듯이 적게 주었는고?" 하며 이르되, "네가 다시 부자에게 가서 도중에서 당한 일을 전하고 상급을 더 청하라." 그 사람이 순명하여 다시 그 부자를 찾아가서 그와 같이 하니 그 부자가 기이히 여겨 돈 1,000전과 좋은 의복 1숩[11]을 주는 고로 받아가지고 기뻐하며 집에 돌아가니라.

그런즉[12] 미사참례는 자기에게도 신익하고[13] 또 남을 위하여 참례하면 남에게도 신익하도다. 부자 늙은이가 잘 때에 오 주 예수가 나타나 이르시되, "네가 중죄로 인하여 이 밤에 졸연히[14] 죽을 터인데, 품 파는 사람이 너를 위하여 미사참례한 공로로 졸사를[15] 면하였나니라" 하시니라. 그 부자는 즉시 전죄를[16] 회개하고 생명을 새롭게 하여 살다가 선종하니라.[17]

미사의 유익함을 전하는 미담입니다. 가난한 하루 품팔이 노동자이지만 매일 미사참례를 하던 교우가 주인공입니다. 일을 찾지 못한 주인공은 품을 팔지 못하고 근심하며 집으로 가는 도중 부자 늙은이를 만납니다.

그의 근심을 알아 본 부자 늙은이의 혜안도 돋보입니다. 그에게 하루 품삯을 미사참례의 대가로 줄 수 있었을 뿐 아니라 예수를 만났다는 그의 말을 믿고 더한 요구도 들어줍니다.

---

9 전하니. 원문은 '견설ᄒ니'. 전설(傳說)하다 : 전언(傳言)하다. 말을 전하다.
10 원문은 '글ᄋ디'.
11 원문은 '숩; → 슢 → 숟. '슐'은 머리털 따위의 부피나 분량. 혹은 '술'의 북한어로 책, 종이, 피륙 따위의 포갠 부피를 말한다. 문맥상 위 글에서는 옷 한 벌, 옷 한 덩어리의 의미로 쓰였기 때문에 '술'의 북한어인 '숱'의 고어로 볼 수 있다.
12 그러므로.
13 신익(神益) : 정신의 이익, 재능, 정신적인 이익(『한불자전』). 신령한 이익(『표준』).
14 졸연(猝然; 卒然) : 갑작스럽게, 갑자기.
15 졸사(猝死) : 갑자기 죽음.
16 전죄(前罪; 全罪) : 이전에 지은 죄 혹은 모든 죄.
17 선종(善終)하다 : (가톨릭) 임종 때에 성사를 받아 큰 죄가 없는 상태에서 죽다. '선생복종(善生福終)'에서 나온 말.

이 같은 부자가 지금도 있을까 싶습니다.

　미사의 이익이라는 표면적 주제 외에도 가난한 품꾼에게 품값 이상의 삯을 줄 수 있는 마음과 실천, 그게 이 미담이 전하는 이면의 주제이기도 합니다.

교우(敎友) ☞ 미담 14.

사형 죄수의 첫영성체

◎ ᄉ형죄슈의첫령성테

　맑고 맑은 천공으로조차[1] 풍성하게 아낌없이 땅에 내리쪼이는 태양의 빛은 모든 이를 비추고, 청쾌하게[2] 솔솔 부는 바람은 극히 상쾌하며, 뻗어가는[3] 힘의 모양과 같이 춤추고 있는 푸른 나뭇잎새 중에는 근심을 모르는 행복의 사람들이 발길이 가볍게 운전하는 번화한 거리가 있겠지마는,[4] 그런 것들과 온전히 떨어져 있는 컴컴하고 찌는 듯한 형무소 한 독방에 새로[5] 갇히어 있는 젊은 사형죄수가 있었다. 그는[6] 무슨 사정 때문인지[7] 간단없이[8] 쫓기고 압박을 당하는 것 같은 생각으로 앉든지 서든지 견딜 수 없을만치 두려움을 느끼고, 일분 동안도 진정할 수가 없어 방안에서 빙빙 헤매는데 그 얼굴은 마음의 고민으로 인하여[9] 초췌하였다.

　'여기서 나아갈 날은 언제인고? 아아! 그런데 그 날은 꼭 결박을 당하고 끌려 나가서 강도 살인이란 죄명 하에 교수대(絞首臺 목을 졸라 죽이는 형틀)에 올라갈 때가 아닌가?

　그러나 만일 죽기를 면할 경우가 된다면…….

　그렇다 할지라도 마찬가지다. 무기징역 다른 말로 종신징역으로 일생에 태양도 못

1　원문은 '텬공'. 끝없이 열린 하늘. 천공(天空).
2　맑고 상쾌하게. 청쾌(晴快)하다.
3　원문은 '버더가는'.
4　원문은 '잇것마는'인데 문맥을 고려하여 '있겠지마는'으로 옮겼다.
5　원문은 '새로히'.
6　원문은 '뎌는'→저는→그는.
7　원문은 'ᄉ졍의게인지'.
8　끊임없이.
9　원문은 '인ᄒ야'.

보고 여기서 지낼 것이다.'

　그는 날카로운 눈으로 둘러보니 아모, 아모, 아모가 사형집행을 당하여 딴 세상으로[10] 간 사람들의 이름이 죽— 벌려 있다. 멀거니 쳐다보고 있은즉, 그 악담하는 듯한 글자가 하나씩 둘씩[11] 움직여 나아와 자기를 둘러싸고 춤을 추며 "네 차례다, 네 차례다" 하고 제각각 부르짖는다…….

　죄수는 몸이 떨려서 눈을 감았는데 이제는 꿈결같이 지나간 22년 동안 모든 생각이 뒤얼크러진[12] 머릿속에 이상하게도 순서를 찾아 떠오른다. 그런데 그것도 보통 사람의 생각과는 달라서 조그마한 즐거움도 섞이지 아니하고 생각나는 것은 다만 무섭고 악한 것뿐이다…….

　평화와 사랑을 무정하게 용서 없이 **빼앗긴** 아이 시대는 인생의 서광이라고 할 만한 그때에 벌써 죄악의 유혹은 그의 주위를 엄습하기를 시작하였다. 그리고 커갈수록 배우는 주색잡기! 차차 깊이 떨어져가기 시작하여서 시험적으로 해 본 모든 못된 짓이 예기[13] 이상의 성공을 하여 그런 것을 그윽이[14] 칭찬하여 준 못된 무리들의 소리와 그로 인하여 버릇을 얻어서 연속하여 범한 갖가지[15] 죄악! 그로부터[16] 드디어 최종점에 이른 것이 곧 살인이었다!

　그런데 목적의 보석을 손에 넣기 전에 벌써 그의 어깨는 굳센 손에 의하여 눌리어 있었다. 피투성이 된 손을 그대로…… 칼을 입에 물린 채로…… 피해자의 임종하는 고민을 눈앞에서 보니…… 아 그때의 그의 눈! 괴로움을 못 이기여 크게 흘겨보던 그의 눈! 그것은 곧 그에게 사형선고를 내리게 한 것이었었다.[17]

　죄수는 아직도 생각이 새로워[18] 법정에서 당하던 광경을 뇌 속에서 다시 생각하니

10　원문은 '에로'.
11　원문은 '하나식둘식'.
12　뒤얼크러지다 : 현재는 북한어로 '마구 얼크러지다'의 뜻.
13　예기(豫期) : 앞으로 닥쳐올 일에 대하여 미리 생각하고 기다림.
14　깊숙하여 아늑하고 고요하게. 뜻이나 생각 따위가 깊거나 간절하게. 은근한 느낌으로. 원문은 '그윽히'.
15　원문은 '각가지'.
16　원문은 '그로조차'.
17　원문은 'ᄉ형선고를ᄂ리게ᄒ것이엿섯다'.
18　원문은 '새로와'.

길지 아니하였지만 급하게 찌르는 듯한 무서운 문초, 아니라고 할 수 없는 증거물품의 여러 가지 날카로운 검사의 논고, 그리고 그 앞에는 아무 저항도 할 수 없는 변호사의 힘없는 변론, 배심원의 평의,[19] 그 다음에는[20] 드디어 사형선고!

사형선고를 받은 죄수는 시시각각으로 닥쳐오는 죽을 날을 생각하고 두려움에 싸여서 정신이 미칠 것 같았다. 별안간 누가

"여보시오 왜 그리시오."

하니 이는 어느 틈에 왔는지 형무소에 한 노인 신부가 온화한 얼굴로 서서 권면한다.[21]

"그만두어! 어찌하든지 내 마음이지."

하며 놀라서 쳐다보는 죄수는 밉살스러운 모양으로 소리를 지른다.

"여보시오, 당신을 조금이라도 위로를 시켜드리려고 합니다."

"위로고 무엇이고 다 그만두어."

"어머니 말씀도 듣기 싫소?"

"어머니! 어머니는 나를 버렸는데 아아 귀찮으니 어서 가라니깐."

"첫영성체 한 것은 생각이 나시오?"

죄수는 조금 떨리는 모양이었다. 그리고 다소간 수그러지는 모양으로

"첫영성체인지 무엇인지 부자의 자식이 할 것이다."

"그러면 성체를 영하여 보지 못하였소?"

"못하였어."

"그러면 어떻겠소. 첫영성체를 하였다면 기뻤겠다고 생각지 아니하시오?"

"그야 참으로 기쁘겠지요."

"그러면 이제 한번 하여봅시다 그려."

"여기서?"

"그렇지, 여기서."

"실없는 말 마시요."

---

19 평의(評議) : 의견을 서로 교환하여 평가하거나 심의하거나 의논함. 또는 그런 결과.

20 원문은 '그대음에는'.

21 권면(勸勉)하다 : 알아듣도록 권하고 격려하여 힘쓰게 하다.

"아니 참말이오, 한마디 하겠다고만 하면 그만이오, 그리하면 영하게 되는 것이오."

천주의 거룩한 이름은 다만 설독하는[22] 말 가운데서만 듣고, 영혼을 거룩하게 하고 위대하게 하는 말은 다만 부끄러워할 만한 이야기 중에서만 들어, 22년이란 세월을 지내온 이 불행한 청년에게 지금 당하여서 교리를 가르쳐 넣어주는 것은 여간 어려운 일이 아니었다. 이 약하고 천한 인생을 굳세게 하고 높여서 천주의 의자가[23] 되게 하는 성세의 성사와 예수 그리스도께서 당신 몸을 우리에게 주시는 성체성사에 대하여 그는 전혀 아무것도 알지 못하였다. 신부의 가르침을 받으면서도 이 신문교우는[24] "그 것도 몰랐다, 이것도 듣지 못하였다, 아아 그런 것을 좀 일찍이 알았다면!" 하면서 간단없이[25] 뉘우치고[26] 있었다. 그리고 서투른 입으로 "하늘에 계신 우리 아비신 자여"[27]를 몇 번이나 하고 또 하여 일심으로 배우기를 힘쓰고 있었다.

"우리 아비신 자! 참으로 천주께서는 우리 아버지이십니까?"

"그렇고말고."

"하늘에 계신 우리 아비신 자여…… 천당이라니 좋은 곳이겠지. 나는 지금까지 그런 것을 조금도 알지 못하였구나!"

날마다 공부를 계속하여 이 신문교우는 잘 배웠다. 신부는 아무쪼록 이 청년이 첫 영성체의 행복을 받을 때까지 사형집행일이 당하지 않도록 공부를 마치고 저녁 때[28] 돌아가는 길에서 걱정을 하면서 기구하였다.[29] 그 기구를 천주가 들어주심인지 드디어 그 행복의 거룩한 날이 당하여 왔다.

신부는 죽을 죄수 있는 방에 우리 죄로 인하여 죽으시고 우리의 행복을 위하여 살아계신 예수성체를 모시고 가서 거친 나무 교의 위에[30] 촛대 한 쌍을 켜놓고[31] 성체포

22　설독(褻瀆)하다 : (가톨릭) 직접적으로 또는 성신이나 성물을 통하여 하느님을 모독하다.

23　의자(義子) : 의붓아들, 수양아들, 의로 맺은 아들.

24　신문교우(新門敎友) : (가톨릭)새로 입교한 사람을 이르는 말. 신문교, 신입 교우.

25　끊임없이.

26　원문은 '뉘웇고'. '뉘웇다 → 뉘웇다 → 뉘우츠다'의 변형과정에서 '뉘웇다'가 '뉘웃다'로 표기되어 나타난 형태.

27　현재는 '하늘에 계신 우리 아버지'이나 당시에는 '하늘에 계신 우리 아비신 자여'였음을 알 수 있다. 이를 살려서 옮겼다.

28　원문은 '때에'.

29　기도하였다. 기구(祈求) : 기도의 옛 용어.

를[32] 펴기만 하여 변변치 아니하나마 감동할 만한 옥좌 위에 공경스럽게 모셨다. 그 곁에 무릎을 꿇고[33] 있는 죄수는 차마 견디지 못하여 그만 소리쳐 운다. 신부의 눈에도 눈물이 돌았다. 그리고 철문이 잠긴 이 감옥 방에 무수한 천신들이[34] 모셔 조배한다.[35] 이러한 이 감옥 가운데서 마음으로부터[36] 통회하면서 원본죄의[37] 온전히 사함을[38] 받아 말할 수 없는 행복이 가득히 찬 청년 죄수에게 예수 그리스도께서는 처음으로 당신 몸을 주셨다. (완)

　이 미담은 한 편의 단편소설과 같습니다. 분량뿐 아니라 서술기법과 서사구조가 단편소설과 같은 독립성을 지닌 작품입니다. 인물은 살인죄를 저지른 사형수와 형무소로 그를 찾아간 신부입니다. 주인공인 사형수는 한 노신부의 도움으로 22년 동안의 삶을 회개하고 성세성사와 성체성사에 대한 교리를 받은 후 첫영성체를 하게 됩니다.

　미담의 첫 단락에서는 주인공인 사형수가 갇혀 있는 형무소를 묘사하고 있으며, 초췌한 외모에 불안에 떠는 주인공인 사형수를 소개합니다. 배경과 인물에 대한 외양 묘사 후에는 인물의 내적 심리 상태와 고민을 기술합니다. 사형수가 되기까지의 이력뿐 아니라 그의 고뇌를 통해 주인공의 처지를 보여줍니다. 대화를 통해 사형수와 신부의 긴장과 갈등을 극적으로 서술합니다. 주인공의 세례를 받는 감격적인 날과 대조를 이루며 이날의 기쁨을 극대화합니다. 그에게 세례와 첫영성체는 새로운 탄생과도 같은 의미였습니다.

　작품 후반부에서 신앙과 관련해서 주목할 만한 표현들이 있습니다. 성세성사를 '약하고 천

---

30 나무 의자 위에. 원문은 '나모교의우혜' ☞ 교의(交椅) : 의자, 제사를 지낼 때 신주(神主)를 모시는 다리가 긴 의자.

31 원문은 '혀노코'.

32 성체포(聖體布) : (가톨릭) 미사 때, 성체와 성작(聖爵)을 올려놓기 위하여 제대 위에 펴 놓은 네모꼴의 아마포.

33 원문은 '쑬고'.

34 천사들이.

35 천사들이 와서 함께 성체를 조배하고 예수님께 예배한다는 의미. 조배(朝拜)하다 : 가톨릭에서 예전에 '예배하다'를 이르던 말 ☞【더 알아보기】.

36 원문은 '마음으로조차'.

37 원본죄(原本罪) : 원죄의.

38 용서함. 사(赦)하다 : 지은 죄나 허물을 용서하다.

한 인생을 굳세게 하고 높여서 천주의 의자가 되게 하는 성세의 성사'로 정의합니다. 또 '주의 기도문' 중 일부가 소개되어 있습니다. 현재는 '하늘에 계신 우리 아버지'라고 시작하지만 당시 주의 기도는 '하늘에 계신 우리 아비신 자여'라고 시작되었음을 알 수 있습니다. 같은 내용이지만 예스러운 표현을 통해 신앙 선조들의 기도문을 음미할 수 있습니다. 또 미담 저자는 성체를 '당신 몸을 우리에게 주시는 성체성사'로 표현하였을 뿐 아니라 '우리 죄로 인하여 죽으시고 우리의 행복을 위하여 살아계신 예수성체'로 기술합니다. 이를 통해 미담 저자의 성체에 대한 신심을 확인할 수 있습니다.

마지막으로 죄수의 첫영성체 장면인 '이러한 이 감옥 가운데서 마음으로부터 통회하면서 원본죄의 온전히 사함을 받아 말할 수 없는 행복이 가득히 찬 청년 죄수에게 예수 그리스도께서는 처음으로 당신 몸을 주셨다'라는 문장도 아름다운 표현으로 꼽고 싶습니다. 예수께서 당신 몸을 주셨다는 문장은 예수를 향한 미담 저자와 교회 공동체의 신앙을 표현한 것입니다. '성체를 받아 모셨다'와 달리 '예수께서 오셨다'는 표현에 담긴 맛과 깊이를 이해할 때 이 미담이 주는 감동도 더해질 수 있습니다.

12년간 냉담자가 고해하고 선종

◎ 12년간링담쟈ㅣ고희ㅎ고션종

남아메리가^{남아메리카}에는 열심교우가 많으나 또한 냉담자도 있더라. 한 청년 마리노라 하는 교우는 본시 열심가의[1] 출신이나, 어려서는 착한 교육을 받지 못하고, 장성하여 가면서는 악한 친구와 세속의 모든 악풍악[2] 속에 얽혀 12년간 성사를 궐하고[3] 열심한 어른과 벗들의 금옥 같은 권면도[4] 배척하였더라.

이런 냉담자에게인들 죽음이 어찌 대들지 아니하리오. 비록 년부[5] 역강한[6] 장정이나 극중한[7] 심장병에 걸려 위태하게 되었는지라. 그 본당 신부는 그 가족의 전하는 말을 듣고 즉시 가서 권면 훈계하시니, 그 청년이 비록 오래 냉담하였으나 어려서부터 마음에 박힌 신덕은 아직 남아 있는 고로, 슬피 회심하여 고해를[8] 하고자 하여 양심을 성찰할 때, 여러 해 동안에 지은 모든 죄악을 졸지에 다 기억하기 어려워 매우 초민한[9] 모양이라.

신부는 그 성찰하기에 곤란함을 보시고 이르시되, "그대의 병이 위급치는 아니하

---

1   열심가(熱心家) : 열심한 신자 집안.
2   나쁜 음악. 악풍악(惡風樂). 여기서는 음악이라기보다는 풍류의 의미로 읽는 게 좋다. 악한 풍류, 악하게 노는 것.
3   궐(闕)하다 : 마땅히 해야 할 일을 빠뜨리다.
4   권면(勸勉) : 알아듣도록 권하고 격려하여 힘쓰게 함.
5   이 부분의 원문은 '비록년부력강흔'이다. 이를 '비록 연부 역강한'으로 분절하여 이해하고 옮겼다. 여기서 '연부'의 의미가 무엇인지 분명하지 않으나 해가 갈수록, 해마다의 의미로 이해할 수 있다. 원래 '연부년(年復年)'은 해마다의 뜻을 지닌 단어인데, '연부'가 '년부년'의 줄임말이거나 유사어로 보인다.
6   역강(力强)하다 : 힘이 세고 기력이 왕성하다.
7   극중(極重)한 : 매우 중한.
8   고해(告解) : 가톨릭에서 '고해성사'의 준말. 현재는 '고백성사'로 칭한다.
9   초민(焦悶)하다 : 속이 타도록 몹시 고민하다. 몹시 민망하게 여기다.

니 내일까지 찬찬히 성찰하라. 내가 내일 저녁 때에 와서 고해를 듣겠노라" 하시고 이에 문간으로[10] 나오시는데, 홀연 무엇인지 앞에서 길을 막아 도무지 나갈 수가 없는지라. 그 신부는 지혜로운 노인인 고로 즉시 알아들으시고 다시 들어가 병자를 권하여 고해하기를 명하여 이르시되, "그대가 지금 생각나는 대로만 성찰하여 고하고 일생 죄악을 일체로 다 통회하라. 혹시 빠지는 죄가 있을지라도 이는 부러 빠치움이[11] 아니니 모고해가[12] 아니요, 오직 모든 죄의 사함을 온전히 받으리라" 하셨는데[13] 그 청년이 이에 생각나는 죄를 다 고하고 빠지는 죄까지 다 통회정개하여[14] 타당한 고해를 하였더라.

신부는 또한 노자성체와[15] 종부까지[16] 주시려 하여 종부 물건을 가지고 또한 봉성체까지[17] 할 차로[18] 그 집에서 나오실 때, 병자는 홀연 운명이 가까워지는 고로 다시 들어가 그[19] 임종을 도와 선종케 하였더라. 이를 보건대 냉담자가 성사 받을 기회가 있거든 즉시 성사를 받을 것이요, 1일과 1시라도 미루지 말지니 생명이 떨어지는 시간을 누가 능히 알리오?

남아메리카 교우를 주인공으로 한 미담으로 12년간 성사도 지키지 않고 권면도 배척하던

---

10 원문은 '에로'.

11 빠뜨림이. 빠치다: 빠뜨리다, 현재는 북한어로 '빠뜨리다'를 구어적으로 이르는 말.

12 모고해(冒告解): 고해성사를 모독함, 또는 그런 행위. 고해성사 중에 고의로 자신의 죄를 숨기는 경우에 해당된다☞【더 알아보기】.

13 원문은 'ᄒ신디'.

14 통회하고 정개함. 통회(痛悔): (가톨릭)자기가 지은 죄를 뉘우치고 다시는 죄를 짓지 아니하겠다고 결심함. 또는 그런 일. 정개(定改): 다시 죄를 짓지 아니하기로 결심하는 일. 고해성사의 다섯 요건 중 하나.

15 노자성체(路資聖體): (가톨릭) 긴 여행을 위한 준비라는 뜻으로, 죽어 가는 환자가 마지막으로 하는 영성체.

16 종부(終傅): (가톨릭) 병자성사의 이전 용어.

17 봉성체(奉聖體): (가톨릭) 병자인 교우 또는 미사에 참례하여 성체를 영할 수 없는 처지의 신자에게 사제가 성체를 모셔가 영하여 주는 일.

18 차(次)로: 목적으로,

19 '그'라는 대명사가 등장했다.

냉담자 마리노가 본당 신부로부터 고백성사를 받고 선종하게 되었다는 미담입니다. 냉담자
는 성사 받을 기회가 있을 때는 한시라도 미루지 말라는 것이 이 미담의 주제입니다.

　12년간 냉담을 하였지만 어린 시절 박힌 '신덕'이 변함이 없었다는 마리노, 그가 선종할
수 있었던 것은 하느님의 은총이었지만 신부의 도움이 컸습니다. 그의 어려움을 자비로이
대해 준 이 작품의 등장인물인 신부. 신부의 자애로움과 신속한 대처가 마리노를 은총의 자
리로 이어주었습니다.

　이 미담은 냉담자로 머물러 있는 많은 이들이 이 미담의 주인공처럼 냉담을 풀고 교회 공동
체로든 선종의 은혜로든 은총의 자리로 돌아오기를 바라는 교회의 희망을 품은 이야기입니
다. 이 미담의 주인공처럼 냉담자들이 자애로운 신부님과 그들을 보듬어 줄 수 있는 신자들
을 만날 수 있기를 바랍니다. 냉담자를 품어줄 수 있는 교회 공동체, 지금 이 시대 한국 교회
의 과제입니다.

더 알아보기

모고해(冒告解) ☞ 미담 18.

억지로 포교의 손에서 빠져남 (병인군난시)

◎ 억지로포교의손에서쌔져남 (병인군난시)

서양에도 3백 년 동안 지독한 군난이[1] 있었지마는 벌써 1500여 년 전부터 성교가[2] 광양대행하여[3] 도시와 향촌에 장엄한 대소[4] 성당이 서 있고, 그 외외한[5] 종탑에서 견견 쟁쟁한[6] 종소리는 교우를 부르며, 성읍 중 대시가에서[7] 아무 조당이[8] 없이 성체거동까지[9] 행하건마는, 병인년 조선 지방에서는 천주성명을[10] 드러나게 부를 수도 없는 중에 험악한[11] 군난이 치성하여 교우들이 접족할 곳을[12] 얻지 못하고 유리개걸하였도다.[13]

임 요셉이라 하는 교우는 고상과[14] 성서를 보에[15] 싸 짊어지고 향방 없이[16] 다니는데 포교배는[17] 가로와 주막에서 행객의 봇짐을 임의로 수탐하더라.[18] 요셉이 그 성물

---

1 군난(窘亂) : 박해를 뜻하는 옛말 ☞ 미담 3.

2 가톨릭교, 천주교. 성교(聖教) : 성스러운 종교, 가톨릭교(『한불자전』).

3 크게 퍼지고 널리 알려져서. 여기서 '광양대행'은 지금은 쓰지 않거나 뜻이 달라진 말이다. 광양(廣揚)ᄒ다 : 퍼지다, 넓어지고 눈에 띄다, 크게 되다(『한불자전』). 대힝ᄒ다 : 널리 알려지다, 크게 되다, 일반적인 것이 되다(『한불자전』).

4 대소(大小) : 크고 작은.

5 우뚝 선. 외외(巍巍)하다 : 산이나 바위 따위가 매우 높고 우뚝하다. 고결하다, 숭고하가, 아주 고귀하다(『한불자전』).

6 소리가 밝고 맑은. 견(鵑) : 밝다, 맑다. 쟁쟁(錚錚)하다. 쇠붙이 따위가 맞부딪쳐 울리는 소리가 맑다.

7 대시가(大市街) : 큰 거리.

8 조당(阻擋) : 방해, 지장, 장애 ☞ 미담 127.

9 성체거동(聖體擧動) : (가톨릭) 성체를 모시고 성당 밖을 행렬하는 행사 ☞ 미담 41.

10 천주의 이름을.

11 험악(險惡)하다 : 험하고 나쁘다, 매우 나쁘다, 흉악하다.

12 원문은 '접족하다' → 접족하다 : 어느 곳으로 움직이기 위해 발을 붙임.

13 유리개걸(流離丐乞) : 유리걸식(流離乞食). 정처없이 떠돌아다니며 빌어먹음.

14 고상(苦像)과 : 십자가상과.

15 보(褓)에 : 보자기에, 포대기에.

16 향방(向方)없이 : 방향 없이.

봇짐을 지고 서울서 한 15리 되는 홍제원 고개에 당도하니, 한 포교가 마주 오다가 요셉의 머리부터 발끝까지 한번 훑어보더니,

　　포교 : "여보 영감, 그 봇짐을 내려놓으시오."[19]

　　요셉이가 심이 뜨끔하며 속으로 생각하되, '내가 잡혔구나! 순량하고[20] 양같이 잡힐까? 그러나 치명은 내 힘으로 하지 못하고 내 마음과 내 신덕을 내가 믿을 수 없다! 치명을 잘 하였으면 다행이지마는…… 만일 그렇지 못하여…… 면 어찌 할고? 최후 수단을 써보다가 잡혀도 잡히리라' 하고 사나운[21] 눈으로 포교를 쳐다보며 벽력같이[22] 호령한다.

　　요셉 : "이놈! 죽일 놈 같으니 봇짐은 왜?"

　　포교 : "이런 철부지 보아라! 지금 운현대감(雲峴大監 대원군)의 지엄한 분부를 몰라? 어디서든지 누구든지 다 기찰(譏察 정탐)하는데[23] 그게 다 무슨 수작이야?"

　　요셉이 봇짐을 얼른 벗어서 포교의 앙가슴에[24] 냅다 팽개치면서

　　요셉 : "엿다! 펴 보아라! 네― 이놈, 그 봇짐에서 증거물을 찾아내지 못하면 너는 죽고 남지 못하리라. 가난한 양반이 폐의[25] 파립에[26] 지팡이를 끌고 다니니까 나를 누구로 알고? 봇짐을 풀어보려니와 네 성명은 먼저 대라."[27]

　　이와 같이 추상(秋霜) 같은[28] 호령을 하면서 얼른[29] 땅바닥에 책상다리로 도사리고[30] 앉아서 성명을…… 하면서 지필 먹을[31] 꺼낸다. 지금 같으면 만년필이나 적어도

17　포교 무리. 배(輩) : 무리를 이룬 사람의 뜻을 더하는 접미사.
18　수탐(搜探)하다 : 무엇을 알아내거나 찾기 위하여 조사하거나 엿보다.
19　원문은 '느려노시오'.
20　순량(純良)하다 : 성질이 순진하고 선량하다.
21　원문은 '사오나운'.
22　벽력(霹靂)같다 : 목소리가 매우 크고 우렁차다.
23　기찰(譏察) : 행동 따위를 넌지시 살핌. 예전에 범인을 체포하려고 수소문하고 염탐하며 행인을 검문하던 일.
24　두 젖 사이의 가운데. 원문은 '앙가심'.
25　폐(廢) : 못 쓰게 된.
26　파립(破笠) : 해어지거나 찢어져 못 쓰게 된 갓.
27　원문은 '듸여라'.
28　추상(秋霜)같다 : 호령 따위가 위엄이 있고 서슬이 푸르다.
29　시간을 끌지 않고 바로. 원문은 '얼는'.

연필도막이라도 가졌겠지마는 그때는 그런 것이 없었다. 면경을[32] 꺼내서 그 뚜껑 내면에 춤을[33] 투투[34] 받고, 먹 조각을 꺼내서 먹을 갈고 부지쌈지에[35] 끼어둔 초필을[36] 꺼내며 종이 조각을 들고 벽역[37] 같은 소리로

요[38] : "네 성명이 무엇이야? 또 좌변포교냐?[39] 우변포교냐?"

포교는 그 호령과 엄포로[40] 성명을 대라 하는 통에 기가 질려서 제 앞에 떨어진 봇짐을 훑어보기는 고사하고 정신이 황망하여 속으로 생각하되, '저자가 사실상 천주학 군과 같을 양이면 지금 형편에 저렇듯이 담대히 대들지 못할 터인데…… 그러면 내가 실수를 하였나? 내가 수십 년간 죄인을 기찰할 때에 관기모자(觀其眸子)하여[41] 잡으면 실수하여 본 때가 없었는데…… 이 봇짐을 풀어보고 증거물을 잡아내면 다행이지마는 그렇지 못하면…… 또 저자가 정말 양반이면…… 양민포착하였다[42] 사부능욕하였다[43] 하고 귀향이나 적어도 구실낙사(落士)를 당할 터이지…….[44] 이 봇짐을 풀어볼까 말까? 아서라![45] 지자천려에필유일실(智者千慮에 必有一矢)이란[46] 말과 같이 아마 이번에 내가 실수하였나보다! 굴복하고 빌 수밖에 다른 방법이 없다' 하고 제 앞에

---

30 원문은 '되사리다' → 도사리다 : 두 다리를 꼬부려 각각 한쪽 발을 다른 한쪽 무릎 아래에 괴고 앉다.

31 지필(紙筆) 먹 : 종이와 붓과 먹물.

32 면경(面鏡) : 주로 얼굴을 비추어 보는 작은 거울.

33 춤 : '침'의 방언 또는 옛말.

34 침 뱉는 소리 또는 모양. 퉤퉤.

35 종이 쌈지. 부지(付紙) : 종이 판지(『한불자전』). 쌈이 → 쌈지 : 작은 주머니. 가죽, 종이, 헝겊 따위로 만든다.

36 초필(抄筆) : 잔글씨를 쓰는, 작고 가느다란 붓.

37 매우 크고 우렁찬. 원문은 '벽역'.

38 여기서부터 원문의 대화 표시 부분에서 '요셉'은 '요'로, '포교'는 '포'로 표기되었다. 이 글도 원문의 표기를 따랐다.

39 원문은 '자변'. 좌변포교(左邊捕校) : 왼편 포교 혹은 좌포도청 포교. 우변포교(右邊捕校) : 오른편 포교 혹은 우포도청 포교.

40 엄포 : 실속 없이 호령이나 위협으로 으름.

41 관기모자(觀其眸子) : 그 눈동자를 보다.

42 양민포착(良民捕捉) : 양민을 잡았다.

43 사부능욕(士夫凌辱) : 사대부를 능욕하였다.

44 구실낙사(口實落士) : 핑계김에 선비에서 떨어짐을 당하겠지.

45 원문은 '아셔라'.

46 지혜로운 사람은 여러 생각에 반드시 하나를 잃는다.

떨어진 봇짐을 집어서 공순히 양반님 앞에 갖다 놓으며

　포 : "생원님 진정하십시오. 그저 소인이 죽을 때라 잘못하였습니다!"

　요셉은 포교가 수그러지는 기색을 보고 더욱 기승하여 호령을 한다.

　요 : "이놈 잔말 말고 성명을 대어라!"

　포 : "예 김 아무개올시다."[47]

　요 : "우변이냐? 좌변이냐?"

　포 : "예 우변포교올시다."

　요 : "그렇지만 네가 거짓말을 아니하였는가 보자. 네가 요패(腰牌)가[48] 있겠지. 요
　　　패를 보자."

　포교가 제 허리띠에 차고 다니는 요패를 풀어 공순히 생원님 앞에 갖다 놓는다.

　요 : "오냐, 옳다. 우변 포도부장 김 아무개! 네가 2, 3일간에 의주월강을 하겠느냐?
　　　두만강을 건너겠느냐? 좀 당해 보아라."

　포 : "그저 생원님! 덕택으로 살려주십시오. 80된 제 어미와 처자식들이 저 하나 바
　　　라고 삽니다. 소인이 죽든지, 귀향을 가든지, 구실낙사가 되면 7, 8 식솔이 다
　　　죽겠습니다."

　요 : "아 이놈 양민포착하며 양반능욕은 네 마음대로 한 후에 살려달라고!"

　포 : "그저 생원님 후덕만[49] 바랍니다."

　요 : "듣기 싫다! 가거라. 네 이놈, 다시 고런 버릇을 하였다가는."

　이와 같이 용서하여 주는 듯 기하며[50] 포교를 훈계하여 보내고, 속으로는 '다행하
나 이런 일을 또 몇 번이나 당할는지' 하며 피신하여 다니다가 잡히지 않고 살아나서,
병인년 치명자의[51] 사적을[52] 조사할 때에 수차 증인으로 불려 증거하고, 그 후 세상을

47　원문은 '아모기'.

48　요패(腰牌) : 조선 시대에, 군졸·사령·별배 등이 신분을 나타내기 위하여 허리에 차던 패. 나무로
　　만들어 패의 위쪽에 '엄금(嚴禁)'이라고 새겼다.

49　후덕(厚德) : 덕이 후함. 도타운 덕.

50　기(起)하며 : 일어나며.

51　치명자(致命者) : (가톨릭) 가톨릭에서, 예전에 '순교자'를 이르던 말.

하직하였더라. (완)

　병인년, 즉 1884년 조선 천주교 박해 시대를 배경으로 한 군난 때 미담입니다. 1920년대 말에 등장한 '군난 때 미담' 난이 사라지고 1930년대 이후에는 '미담' 난에 군난 때 미담이 함께 실립니다. 독자적인 난을 개설하기에는 군난 때 미담 작품 수가 적었기 때문입니다.

　주인공은 '임 요셉'입니다. 배경은 병인년으로 당시 조선에서는 천주성명을 부를 수도 없는 험악한 박해가 치성을 부립니다. 고상이나 성서를 지니는 것 자체가 신변의 위험이었음을 이 미담의 주인공을 통해 알 수 있습니다. 임 요셉은 고상과 성서를 보자기에 싸서 다니다가 포교에게 잡혔으나 지혜를 발휘하여 포교의 감찰을 피할 수 있었습니다. 포교와 대결하는 그의 호기로운 처사가 재미있게 묘사되었습니다.

　한 번 잡히지 않았다 해서 다행일리 없는 어려움의 연속, 피신을 다녀야 하는 박해 시절의 천주교인들의 삶, 양반 앞에서 혹여 잘못될까봐 떠는 포교의 모습까지 연민으로 다가옵니다. 노모와 처자식을 부양해야 했던 포교의 처지도 그다지 나아보이지 않습니다. 피해야 하는 자도 감시하고 잡아야 하는 자도 어느 누구 하나 인간다운 존엄을 살 수 없었던 시절, 이 작품은 그 시절의 고난을 그립니다. 때문에 그 고난으로부터의 해방은 천주교인뿐 아니라 포교에게까지 전해져야 할 구원이었습니다.

　1920년대 군난 때 미담이 그러하였듯이 1930년대 군난 때 미담은 조선의 천주교 박해 시절을 배경으로 조선인이 등장하는 조선의 이야기입니다. 특히 이들은 천주교 서사문학으로서 미담의 발전과 성장을 보여줍니다. 교훈조의 설명이나 훈계는 사라지고 갈등이 부각된 사건 전개와 인물들 간의 대화 및 심리묘사가 두드러집니다. 특히 이 작품은 두려움을 숨기고 포교에게 당당하게 맞서는 천주교인의 모습이 호기롭게 등장하여 쾌감을 줍니다.

52　사적(史跡; 史蹟) : 역사적으로 중요한 사건이나 시설의 자취.

임종 시에 성체를 영하고 죽고자 하거든 성녀 발바라께 구하라

△ 림종시에성톄를령ᄒ고죽고져ᄒ거든셩녀발ᄇ라ᄭ구ᄒ라

이 사적을 보건대 임종 시에[1] 성체를 영하는 복을 얻고자 하는 이는 생시에[2] 성녀 발바라^{바르바라}께 열심으로 기구할지니[3] 성 스다니슬나오^{스타니슬라오}도 성녀께 기구함으로 임종 시에 성체를 영하고 선종하셨고 다른 이도 이 같은 은혜를 많이 받았더라.

하란국^{네덜란드} 사람 헨느리고^{헨리코}라 하는 이는 평생에 성녀 발바라^{바르바라}를 정성으로 공경하더니 하루는 방안에 화재가 일어나 사면에 불이 치성함으로 살아나갈 틈이 없어 생명이 호흡에 달렸더라.

헨느리고^{헨리코}가 이때에 살 바람이[4] 도무지 없는 줄을 알고 발바라^{바르바라} 성녀께 다만 영성체하고 죽기를 간구하더라.

홀연 성녀가 발현하사 그 입으셨던 겉옷으로써 불을 다 끄시고 헨느리고^{헨리코}를 이끌어 안온한 곳에 두시며 이르시되, "네가 평생에 나를 공경하며 이 특은을[5] 구한 고로 천주가 네게 생명을 늘리어 이 은혜를 허락하시니 명일에 고해영성체와 종부성사를[6] 다 받으리라" 하시니라.

그리하자 친척과 인근 사람들이 모여와서 헨느리고^{헨리코}가 어떻게 그 화염 중에 살아난 것을 기이히 여길 때 헨느리고^{헨리코}는 그 당한 영적을[7] 다 전설하며[8] 그 사람들

---

1   임종 때에. 시(時)에.
2   생시(生時) : 살아있는 동안.
3   기구(祈求) : 기도의 옛 용어.
4   살아날 희망이.
5   특은(特恩) : 특별한 은혜. 가톨릭에서 성령이 특별히 내려 주는 은혜. 예언, 영의 식별, 기적 따위를 베푸는 능력을 이른다.
6   종부성사((終傅聖事) : (가톨릭) '병자성사'의 전 용어.
7   영적(靈蹟) : 신령스러운 사적. 기적의 옛말(『가톨릭대사전』).

을 권하여 성녀 발바라^{바르바라}를 공경하라 한 후, 갖은 성사를 다 열심 영수하고[9] 선종 하니라.

제목과 서두 부분에 나와 있듯이 성녀 바르바라에게 기도할 것을 권하는 미담입니다. 네덜란드 사람 헨리코는 평생 바르바라 성녀를 공경하였는데, 그 공경 덕분에 화재로 죽게 되었을 때 성녀의 도움을 받아 죽음을 면할 수 있었다는 내용입니다. 바르바라 성녀는 중세 시대 가장 대중적인 성녀 중 한 명으로 이 미담의 내용에서처럼 '번개나 광산과 포탄으로 인해 갑작스럽게 죽음을 맞이하는 이들의 수호성인'으로 알려져 있습니다. 이 미담의 주인공 헨리코도 성녀의 도움으로 화재에서 안전할 수 있었습니다.

이 작품에서처럼 천주교에서는 성인들을 공경하는 것을 신앙생활의 하나로 여겨 왔습니다. 특히 특정 상황이나 특정한 사람들의 주보성인을 정해둠으로써 신자들이 자신에게 필요한 도움을 특정 성인에게 청할 수 있게 하였습니다. 이 미담 역시 성인 공경의 동기를 독려한 작품이기도 합니다.

발바라 ☞ 바르바라 ㉮ 축일 12월 4일. 활동연도 : + 306년? 성녀 바르바라는 중세 시대에 가장 인기 있던 14명의 수호성인 중 한 명으로 대중적인 성녀이다. 그녀의 출생과 생애에 대한 정확한 기록은 없지만 전설에 의하면, 이교도인 디오스코루스(Dioscorus)의 딸로서 뛰어난 미모를 지니고 있었다. 성녀의 부친은 수많은 청혼자들을 물리치고 세상에 의해 딸이 더럽혀지는 것을 막기 위해 높은 탑 속에 그녀를 가두었다고 한다.

어느 날 부친은 성녀 바르바라가 세례를 받고 그리스도인이 된 것을 알고는 격분한 나머지 그녀를 죽이려고 하였다. 그녀는 아버지에 의해 재판관 막시미누스 다자(Maximinus Daja)에게 넘겨져 모진 고문을 당하였고, 배교하라는 요구를 끝까지 거부하여 결국 사형 선고를 받았다. 이때 아버지 디오스코루스가 직접 성녀 바르바라를 참수했는데, 그는

---

8 전설(傳說)하다 : 전언(傳言)하다. 말을 전하다.
9 영수(領收; 領受)하다 : 받다. 받아들이다.

집으로 돌아오는 길에 번개에 맞아 죽었다고 한다. 그녀는 306년경에 순교한 것으로 여겨진다.

성녀 바르바라는 번개나 광산과 포탄으로 인해 갑작스럽게 죽음을 맞이하는 이들의 수호 성인이었다. 이는 그녀의 아버지가 번개에 맞아 죽음을 당한 것에 근거하며, 이러한 공경이 더욱 확산되어 후에 성녀 바르바라는 영국을 비롯한 많은 국가들의 포병대의 수호자로서 공경을 받았다. 또한 15~16세기에는 플랑드르의 작가와 이탈리아의 많은 건축가들의 작품 소재가 되기도 했다. 그래서 성녀 바르바라는 포병, 건축가의 수호성인으로 공경을 받고 있다.

스타니슬라오(Stanislaus) ☞ 미담 19.

병인군난에 신부와 교우가 포교와 함께 배에 올라 마음이 조리던 형상

△ 병인군난에신부와교우가포교와흠씌비에올나ㅁ음이조리던형샹

병인년 3월경에 주교 신부 교우들을 함부로 도륙하던[1] 때에 이 신부(그 후 주교)께서는[2] 장 주교의[3] 치명하신 소식을 들으시고 몇 교우와 한가지로[4] 공주 진밭[5] 당신 본댁으로 가시는 중 나루를 건널 차로[6] 배에 오르셨는데, 그 배에는 공교히[7] 포교도 올랐더라. 이는 공교한 일이라 하나 그때에는 포교가 각처에 흩어져 다녀[8] 어디든지 만나기가 쉬운 일이었더라.

신부께서는 상제복장을[9] 하신 고로 배이물[10] 근처에 앉으시어[11] 배 가는 앞길만 바라보시니, 이는 남의 눈앞에 얼굴이 들어날까 두려워하심이라.[12] 조선 풍속에 행세하는 점잖은 상제는 어디서든지 방립을 쓰고 포선으로[13] 얼굴을 가리고[14] 있으면, 다른

---

1   마구 죽이던. 도륙(屠戮)하다 : 사람이나 짐승을 함부로 참혹하게 마구 죽이다.
2   리델 주교(Ridel, Felix Clair, 1830~1884). 조선교구 제6대 교구장(재위 : 1869~1884). 주교. 한국명 이복명(李福明) ☞【더 알아보기】.
3   베르뇌 주교(Berneux, Simeon Francois, 1814~1866). 파리 외방전교회 선교사. 제4대 조선(朝鮮) 교구장. 한국명 장경일(張敬一). 1866 2월 23일 체포되어 3월 7일 새남터에서 브르트니에르(de Bretenieres, 白) 신부, 도리(Dorie, 金) 신부, 볼리외(Beaulieu, 徐沒禮) 신부 등과 함께 군문효수형(軍門梟首刑)을 받고 순교하였다. 1984년 시성.
4   함께.
5   원문은 '진밧'. 진밭은 공주 지역에 있었던 교우들의 은거지 중 하나였다.
6   건널 목적으로. 차(次)로.
7   공교롭게도, 뜻하지 않게도.
8   원문은 '다니어'.
9   상제복장(喪制服裝) : 부모나 조부모가 세상을 떠나서 거상 중에 있는 사람이 입는 복장.
10   현재 '배이물'은 '이물'의 방언, 혹은 북한말이다. '이물'은 배의 앞부분.
11   원문은 '안지샤'.
12   원문은 '두리심'.
13   포선(布扇) : 상제가 외출할 때에 얼굴을 가리기 위하여 가지고 다니던 물건. 네모난 베 조각 양쪽에

사람이 임의로 수작하려 대들지도 아니하는 법이었으니 이도 큰 다행이었더라.

그때는 어디서든지 천주학쟁이[15] 잡아 죽인다는 이야기가 예사 이야기였다. 포교가 먼저 이 이야기를 꺼낸다.

"아 그 서양 놈들 잡으려 다니기에 밤낮 정신을 차릴 수 없다! 아 그 괴악한 놈들……."

그 이야기가 나오니까 모든 선객이 귀를 기울여 듣는 중…… 한 사람이

"어디서 또 잡혔군……. 어떻게 잡았소?"

"제천 배론서 잡았지."

"아 그 제천 있는 것을 어떻게 알았소?"

"서울서 알고 몇 패 나그네를 데리고 내려가서 잡았지."

"제천에도 서양 놈이 있었다! 참 그놈들……."

"있어도 두 놈씩이나 있었단 말이야."

"잡았으면 왜 아니 데리고 오오? 구경 좀 할 걸……."

"다른 포교들이 다 데리고 오지…… 나는 먼저 서울 가서 잡았다고 장계를[16] 하여야지……."

"그놈들의 계집도 잡혔겠군……."

"그놈들이 계집은 없대여……."

"계집이 없다니? 계집이 없으면 세간살이는[17] 어떻게 하누?"

"앗다 요렇게 간간이 묻는 것 처음 보겠네! 없다니까 없는 줄 알지…… 내가 아나? 정말 똑똑히[18] 알고 싶거든 가서 그자들한테 물어보아!"[19]

신부께서는 이 말을 들으시고 "신 신부[20] 부감목과[21] 박 신부가[22] 잡히셨구나! 이

대로 된 자루를 붙였다.

14 원문은 '그리우고'.

15 가톨릭교도를 속되게 이르는 말. 원문은 '텬쥬학쟝이'.

16 장계(狀啓) : 왕명을 받고 지방에 나가 있는 신하가 자기 관하(管下)의 중요한 일을 왕에게 보고하던 일. 또는 그런 문서.

17 살림살이, 살림을 꾸려나가는 것. 현재 '세간살이'는 북한어이다.

18 분명하게. 원문은 '쪽쪽이'.

19 참 대화가 실감나고 재미있다.

20 푸르티에 신부 ☞【더 알아보기】.

21 감목(監牧) : 감목관. (가톨릭) 정식 자립 교구로 설정되기 전에 포교하는 지역에서 교황을 대리하여

는 의심 없는 일로다. 아! 천주여 네 의향대로 되어지이다……!" 하시고 그자들의 수
작하는 말을 들으시고 조심하시며 힘써 마음에서 솟아나는 감동지심을 억제하시고,
교우들은 거의 죽어가는 근심이 얼굴에 드러나는 것을 또한 억지로[23] 참았더라.

그럭저럭 배가 저편 언덕에 닿음에 모든 이 흩어지고 이 신부께서는 교우들과 함께
진밭 공소에[24] 가서 몇 교우들에게 성사를 주시고 책과 모든 물건을 파묻고 3월 12일
에 어디로 가실 향방도 없이 떠나셨더라.

해설

군난 때 미담으로 병인박해 시절을 배경으로 신앙생활의 어려움을 소재로 한 작품입니다.
공주 진밭, 제천 배론과 같은 천주교 교우촌이 등장하고, 병인박해 당시 실존 인물들이 거론
됩니다. 베르뇌 주교, 푸르티에 신부, 프티니콜라 신부와 이 미담의 주인공인 리델 신부는
모두 병인박해 당시 조선에서 살던 프랑스 외방선교회 사제들입니다. 리델 신부는 후에 제6
대 조선교구장이 되었고 『한불자전』을 완성하여 발행합니다.

이 미담은 리델 신부가 포교의 감시를 피하여 공소를 방문해야 했던 고충과 심정을 보여줍
니다. 특히 작은 배에서 포교와 함께 강을 건너야 했던 상황을 통해 감시의 긴장감이 고조됩
니다. 포교들이 신부를 '서양 놈', '서양 것'으로 부르는 장면을 포함해서 포교와 선객들의
대화를 통해 당시 정황이 재미있으면서도 실감나게 묘사되어 있습니다. 신부들이 잡혔다는
소식에 '그놈들의 계집도 잡혔겠군' 하는 대사도 재미있습니다. 결혼하지 않고 살아가는 신
부들의 모습이 조선의 관습으로서는 이해하기 힘들었을 것입니다.

주인공인 이 신부는 '아! 천주여, 네 의향대로 되어지이다!'라는 기도문으로 마음의 괴로
움을 '억제하시고', 교우들은 '억지로 참았다'라는 표현에서 박해시기 천주교인들의 심정이
서술되어 있습니다. 괴로움을 억제하고 참아야 했던 것은 병인박해 때뿐 아니라 이 미담을
읽었던 일제 강점기 때도, 지금도 있습니다. 권력에 대항하여 싸우는 것뿐 아니라 억제하고
참는 것의 어려움을 이 작품을 통해 느낄 수 있습니다. '책과 모든 물건을 파묻고 3월 12일에

교구 행정 책임을 맡은 교구장.
22 프티니콜라 신부 ☞【더 알아보기】.
23 원문은 '억제로'.
24 공소(公所) : 가톨릭에서 본당보다 작은 교회 단위. 본당 사목구에 속하여 있는, 신부가 상주하지 않
    는 예배소나 그 구역을 이른다.

어디로 가실 향방도 없이 떠나셨더라'라는 마지막 구절이 여운으로 남습니다.

리델(Ridel, Felix Clair) 주교 〔가〕 1830~1884. 조선교구 제6대 교구장(재위 : 1869~1884). 주교. 한국명 이복명(李福明) ☞ 군난 때 미담 4.

푸르티에(Pourthie, Jean Antoine) 신부 〔가〕 1830~1866. 순교자, 파리 외방전교회 소속 선교사. 한국명 신요안(申妖案). 1830년 12월 20일 프랑스 알비(Albi) 교구의 '발랑스 앙 알비즈와(Valence en Albigeois) 지방에서 출생. 1854년 6월 11일 알비 교구 소속으로 사제서품을 받고 즉시 파리 외방전교회에 입회하여 1855년 중국 귀주(貴州) 지방의 선교사로 파견되었으나 포교지가 한국으로 변경되어 1856년 베르뇌(Berneux, 張敬一) 주교, 프티니콜라(Petitnicolas, 朴) 신부와 함께 상해(上海)를 거쳐 해로(海路)로 한국에 잠입, 충청도 배론(舟論)의 성 요셉신학교 교장으로 한국인 신학생 양성을 위해 일하다가 1866년 병인박해(丙寅迫害) 때 신학교 교수 프티니콜라 신부, 신학교 주임 장주기(張周基, 요셉)와 함께 체포되어 그해 3월 11일 새남터에서 군문효수(軍門梟首)로 순교하였다. 유해는 순교 직후 교우들에 의해 왜고개에 안장되었다가 1899년 용산 예수성심 신학교로 이장되었고, 1900년 다시 명동 대성당으로 옮겨졌다.

프티니콜라(Petitnicolas, Michel Alexandre) 신부 〔가〕 1828~1866. 순교자, 파리 외방전교회 소속 선교사. 한국성(韓國姓)은 박(朴). 1828년 8월 21일 프랑스 생디에(Saint Die) 교구의 코앵시(Coinches)에서 출생. 샤텔 쉬르 모젤의 소신학교를 거쳐 생디에 교구의 대신학교에서 수학하던 중, 1850년 차부제(次副祭)로 파리 외방전교회에 입회했다. 10월 병 때문에 외방전교회를 나와 1852년 생 디에 교구 소속으로 사제 서품을 받고 1853년 6월 다시 외방전교회에 들어가 인도, 홍콩 등지에서 포교하다가 1856년 3월 베르뇌(Berneux, 張敬一) 주교, 푸르티에(Pourtie, 申) 신부와 함께 한국에 입국, 충청도지방에서 사목하였고 1862년부터는 배론신학교의 교수로 재직하였다. 18676년 병인박해로 신학교 교장 푸르티에 신부와 함께 배론에서 체포되어 이 해 3월 11일 새남터에서 군문효수당하여 순교하였다. 유해는 순교 직후 교우들에 의해 왜고개에 안장되었다가 1899년 용한 예수성심 신학교로 이장되었고 1900년 다시 명동 대성당으로 옮겨졌다.

12세 이하 3남매가 잔인하게 치명할 의논을 함 (병인년)

◎ 十二셰이하三남믹가잔잉ᄒ게치명홀의론을홈 (병인년)

거번[1] 잡지에 기재함과 같이, 이 신부께서는[2] 데리고 가시던 교우와 함께 배에서 포교와 함께 있어 마음이 조리다가 무사히 공주 진밭 본당에 가서 성사를 주시고, 성물을[3] 다 파묻고 3월 12일에 향방 없이 떠나셨는데, 그 후 들으신즉 바로 그날 밤에 경포교들이[4] 와서 서양인을 잡으려 하였으나 교우들만 잡아갔더라.

이 신부께서는 당신 집 주인 이 안드레아와 그 식구를 데리시고 이곳저곳으로 다니시다가 한 깊은 산중 어느 교우 집에서 월여간[5] 피신하실 때, 염병 앓는 사람 옆에서 15일을 지내시다가 찾아오는 사람이 많음으로 하릴없이[6] 나무가리[7] 속에서 지내시는데, 여기서 부활첨례[8] 이튿날을 당하여 안 주교의[9] 치명하신 소식을 들으셨더라.

신부와 교우들이 그 치명하신 소식을 들으시고 근심하며 슬퍼하는 광경을 아이들

---

1   거번(去番) : 지난번.
2   리델 주교(Ridel, Felix Clair, 1830~1884). 조선교구 제6대 교구장(재위 : 1869~1884). 주교.
     한국명 이복명(李福明).
3   성물(聖物) : 신성한 물건이나 제물(祭物). 종교 의식에 쓰는 여러 가지의 신성하고 거룩한 물건. 십
     자가, 십자고상, 묵주, 성모상 따위와 미사 제구들이 여기에 속한다.
4   경포교(京捕校) : 조선 시대에, 좌우 포도청의 포교를 이르던 말.
5   달포동안. 월여(月餘) : 한 달 남짓, 달포. 한 달이 조금 넘는 시간.
6   할 수 없이. 원문은 '홀일없이'.
7   나뭇가지.
8   부활 대축일. 첨례(瞻禮) : 축일(祝日)의 이전 용어.
9   다블뤼 주교(Daveluy, Marie Antoine Nicolas, 1818~1866). 순교자. 성인. 한국명 안돈이(安敦
     伊). 파리 외방전교회원. 주교. 조선교구 제5대 교구장. 그의 가장 큰 업적은 한국 천주교회사와 조선
     순교사의 편찬이었다. 그러나 이 중요하고도 어려운 일을 교구장으로부터 위촉받고 1857년부터 이
     를 위해 새 자료를 발굴하여 그것을 프랑스어로 옮기었으며 목격증인을 찾아 증언을 수집하는 데
     힘썼다. 1984년 시성.

도 다 보고 들은지라. 이 신부께서 밤에 나무가리 속에서 들으시니 이 안드레아 딸 12세 된 안나가 제 남동생 둘을 데리고 이 아래와 같이 치명할 공론을 한다.

"아이고! 포교들이 조금 있다가 와서 우리 신부 우리 아버지 우리 어머니를 다 잡아가겠지! 우리를 잡아다 놓고는 이놈들 성교[10] 배반해라! 배교 아니하면 모두 목을 베겠다 할 터이니 우리는 그때에 어떻게 해야 옳겠니?"

조금 큰 동생이 먼저 말하기를 나는 이렇게 대답하겠다.

"마음대로 하시오. 나는 우리 아버지와 같이 하고 천주도 아니 배반하겠소. 만일 목을 베면 나는 천주께로 가겠소."

이 말을 듣고 작은 동생은 말하기를 나는 이렇게 말하겠다.

"나는 천당으로만 가려고 하오. 당신도 성교를 하면 천당에 가겠지마는 성교는 아니하고 교우들을 잡아다가 죽이니까 지옥으로 가지."

안나가 두 어린 동생의 말을 듣고 두 아이를 껴안으며 말하기를

"옳다! 너희 말이 옳다! 우리가 다 잡혀가서 죽자ㅡ. 한번 죽기만 하면 천당에 들어가지! 그러나 신공을[11] 잘하여야 한다. 신부 말씀이 신공 잘하라고 아니하시디? 잡혀가면 우리 머리털을 다 뽑고 이빨도 빼고 방망이로 두드린단다! 신부 말씀이 신공을 잘못하면 이런 형벌을 견디지 못한다고 하지 않디?"

안나의 작은[12] 동생은 지금 겨우 한 돌이 지난 제 어린 동생을 생각하고 어머니한테로 뛰어가서

"어머니! 어머니! 우리 아기만큼 한 갓난애도 잡아다 죽이나?"

그 모친은 그 어린 것들을 위로하기 위하여 말하기를

"이애 걱정 말아! 그런 것을 무얼 죽여? 갓난아이는 안 죽인다더라. 걱정 말고 신공이나 잘 하여라!"

이 신부께서는 나무가리 속에서 그 잔인한 아이들의 수작하는[13] 것을 들으시고, 기

---

10 가톨릭교, 천주교. 성교(聖敎) : 성스러운 종교, 가톨릭교(『한불자전』).
11 신공(神功) : (가톨릭) 기도와 선공(善功)을 통틀어 이르는 말.
12 원문은 '젹은'.
13 수작(酬酌)하다 : 서로 말을 주고받다.

특히 여기시며 위로도 되여 그 아이들이 수작하던 일을 기록하사 금일까지 전래하였도다. 1개월 반 동안이나 그 집에서 지내시며 다른 이와 함께 치명에 참례치 못하심을 원통히 여기시고 다만 "네 거룩하신 뜻이 하늘에서 이룸같이 땅에서 또한 이루어지이다" 하셨더라.

다행히 『로마치명사기』 한 책을 보존하여 가지셨던 고로 그 책에 실린 사기를 날마다 보니 지금 조선 군난은 예전 로마 군난에 비길만하고 당신이 나무가리 속에 숨어계심은 마치 로마 교우들이 가다곰바^{카타콤바}(지하묘지)에서[14] 피난하던 모양이신 줄을 묵상하셨더라. 5월 8일에 비로소 권 신부의[15] 소식을 들으셨는데 아직 생존하여 그 근처 몇 리 밖에 계신 줄을 아시고 15일에 밤중에 길을 행하여 가서 피차 반가이[16] 만나보셨더라.

병인군난을 배경으로 '이 신부' 즉 리델 주교와 관련된 작품입니다. 앞의 미담에 이어지는 미담으로도 볼 수 있지만 독자적인 제목과 함께 새 작품으로 제시되어 있습니다. 이 신부가 듣게 된 한 교우 가족들의 슬픈 대화가 중심입니다. 세상의 잣대로는 슬프고 처참한 대화이지만 천주교인들에게는 아름다운 이야기이기에 미담으로 전해질 수 있었습니다. 12살의 '안나'가 자기보다 어린 두 남동생과 서로 배교하지 않고 치명하겠다고 이야기를 나눕니다. 그 약속이 지켜지지 않을까봐 안나는 동생들에게 신공을 부지런히 해야 한다고 당부까지 합니다.

"네 거룩하신 뜻이 하늘에서와 같이 땅에서 또한 이루어지리다"라는 주의 기도문이나 카타콤바에 비유된 조선천주교회 모습이 아이들의 천진하지만 굳센 신앙 고백을 통해 그려집니다. 자기는 치명하겠다고 하면서도 자기보다 더 어린 아기 동생을 걱정하며 갓난애도 잡아다 죽이냐 묻는 작은 동생의 물음이 슬픔을 더해줍니다. 이를 지켜보는 어미와 신부의 심정은 어떠하였을지 상상해봅니다.

---

14 카타콤바☞【더 알아보기】.

15 페롱(Feron, Stanislas, 1827~1903). (가톨릭) 조선교구와 인도의 퐁티세리에서 전교한 선교사. 한국성 권(權)☞【더 알아보기】.

16 원문은 '반가히'.

카타콤바 〔가〕 초대 교회시대 그리스도 교인들의 지하묘소, 박해 때에는 피난처로 사용했고, 여기서 전례를 행하였다. 로마의 전형적인 묘이긴 하지만 나폴리나 시칠리아, 북아프리카, 소아시아, 파리 등지에서도 그 유적이 발견된다. 이 말은 묘지를 의미하는 coemeterium과 동의어(同義語)이지만 coemeterium이 모든 묘지를 지칭하는 것임에 비해 cata-combae는 그중에서도 특히 그리스도 교인의 무덤을 가리킨다. 지하에 묘를 설치하는 관습이 박해 때문에 생긴 것인지는 확실하지 않지만 박해에 의해 촉진된 것만은 사실이다. 최초의 카타콤바는 1세기에 설치되었다고 하나 확실한 것은 아니고 2세기초부터 설치되기 시작했다는 것이 통설이다. 처음에는 가족묘소로 출발했고, 3세기경부터 신자공동묘지(S. Callisto)가 나타난다. (…중략…) 카타콤바 벽에는 당시 그리스도 교인들의 신앙을 엿볼 수 있는 많은 벽화들이 남아 있다. 즉 초기 신자들의 종말론적 사상을 표현한 그림들이 많다. 중심적인 주제는 대체로 하느님에 의한 구원, 천국에의 희망을 암시적으로 나타내는 것들로 구세(救世), 내세의 신앙, 그리스도의 신성(神聖), 세례, 성체, 죽은 이를 위한 전구(轉求), 모든 성인의 통공(通功)들을 표현하고 있다.

권 신부, 페롱(Feron, Stanislas, 1827~1903) ☞ 군난 때 미담 4.

천주가 이단인을 회두시키기 위하사 영적을 아끼지 아니하심

◎ 텬쥬 | 이단인을회두식이기위ᄒ샤령젹을앗기지아니ᄒ심

천주는 당신을 거룩히 섬기는 자에게 당신 전능을 상통하여[1] 주시는도다! 예전에 가다고라 하는 대덕의[2] 수도원장은 몸이 비록 그윽한 수도원 봉쇄 안에 계시나 그 성덕의[3] 명성은 일세에[4] 현양되었더라. 그때에 한 무당은 이단과 미신에 고혹하여[5] 성인께 영적[6] 행하기를 시험으로 청하여, 만일 영적을 행치 못하거든 모든 이 앞에 비방하여 그 거룩한 명성을 문회쳐버리고자[7] 하였더라.

이러므로 하루는 성인께 와 뵈옵기를 청하거늘, 성인은 그 이단 사술에[8] 침몰한 인생을 더욱 유심하여[9] 대접하셨더라. 시는[10] 엄동설한에 초목의 잎새가 다 떨어진 때라. 무당이 성인께 함께 밖에 나가기를 청하여 잎새 없이 말라진 나무를 가르치며 이르되, "당신이 천주의 전능으로써 이 나무에 잎새가 피게 하소서."

성인은 그 회두하기를[11] 위하여 마른 나무를 향하여 한 십자성호를 그으시니 그 마른 나무가 즉각[12] 무성하고 창창한 잎새가 만발하니라.

---

1   상통(相通)하다 : 서로 막힘이 없이 길이 트이다. 서로 마음과 뜻이 통하다.

2   대덕(大德) : 넓고 큰 덕. 또는 그런 덕을 가진 사람.

3   성덕(聖德) : 성인(聖人)의 덕, 성스러운 덕.

4   일세(一世) : 한 시대, 한 세대.

5   정신을 못 차려서, 고혹(蠱惑)하다 : 아름다움이나 매력 같은 것에 홀려서 정신을 못 차리다.

6   영적(靈蹟) : 신령스러운 사적. 기적의 옛말(『가톨릭대사전』).

7   문회치다 : 파괴하다, 전복시키다 (『한불자전』).

8   사술(邪術) : 바르지 못한 수단을 잘 둘러대는 요사스러운 술법.

9   마음을 써서, 유심(有心)하다 : 속뜻이 있다. 주의가 깊다.

10   시(時)는 : 때는.

11   머리를 돌린다는 뜻으로, 뱃머리를 돌려 진로를 바꿈을 이르는 말. (가톨릭) 배교(背敎)하였다가 다시 돌아옴.

12   원문은 '즉긱에'.

그 무당은 응당 심열성복하여[13] 성교를[14] 봉행할[15] 것이로되, 그렇지 않고 또 그 나무에 꽃이 피기를 청하거늘 성인이 또 그 나무를 향하여 십자성호를 그으시니 향기롭고 아름다운 꽃이 만발하니라. 그 무당이 생각하되, '마른 나무로 하여금 잎과 꽃이 피게 하였으니 어찌 실과를 맺지 못하게 하리오' 하고, 또 성인께 실과 맺게 하기를 청하거늘, 성인이 또 십자성호를 그음으로써 아름다운 실과를 맺게 하시고 실과 하나를 따서 무당에게 맛보라 주시니 무당이 그제야 심열성복하여 모든 이단사망을[16] 끊어버리고 성교를 열심 봉행하여 훗[17] 사람의 표양이 되니라.

해설

무당이 성인의 기적을 목격하고 이단을 끊고 천주교를 믿게 되었다는 이야기입니다. 이 작품에 등장하는 '가다고'라는 성인은 프란치스코 성인을 연상하게 합니다. 가다고는 엄동설한에 나무에 잎이 나고 꽃이 피고 열매를 맺게 하는 기적을 행합니다. 가다고가 기도에서 시작해서 하나하나 기적을 행하는 장면들이 아름답게 묘사되어 있습니다.

이 미담의 제목은 이러한 기적의 의미를 밝히고 있습니다. 즉 기적을 행하는 주체는 하느님이시고, 그 목적은 이단자를 회개하기 위함입니다. 이를 행하기 위해 하느님이 선택한 도구가 '가다고 성인'이었습니다. 작품에 등장하는 가다고 성인이야말로 그분의 뜻을 온전히 실행할 수 있는 덕망 있는 사람이었기 때문입니다.

천주의 뜻을 지상에 실현시키는 자가 가다고 성인이라면 성인을 통해 이단자를 향한 사랑을 하느님은 보여주십니다. 사랑의 기적을 경험한 자가 이어가야 할 삶은 회개와 봉행, 즉 실천임을 작품 마지막에서 밝히고 있습니다.

---

13 심열성복(心悅誠服) : 마음속으로 기뻐하며 성심을 다하여 순종함.

14 가톨릭교, 천주교. 성교(聖敎) : 성스러운 종교, 가톨릭교(『한불자전』).

15 봉행(奉行)하다 : 뜻을 받들어 행하다.

16 여기서 '이단사망'이란 현재 쓰지 않는 단어다. 이단(異端)과 사망(邪妄)의 한자어로 이단과 요사스러운 사술과 망령으로 여겨진다.

17 후의.

강 신부의 고생하신 미담 (병인년)

◎ 강신부의고싱ᄒ신미담 (병인년)

병인년 군난에[1] 주교 신부 합 9위가[2] 위주치명하시고[3] 남아 있는 이는 다만 권, 이, 강 3위 신부인데,[4] 피차 생사를 알지 못하다가 6, 7월경에 이르러서야 비로소 피차 소식을 알았더라. 3위 신부가 다 위험과 고생을 무수히 당하셨지마는 그중에 강 신부가 제일 더 많이 당하셨더라.

병인년 군난이 일어날 때에 강 신부는 경상도 문경읍 어떤 교우 집에 숨으셨더니, 미구에[5] 그 숨은 종적이 탄로되어 불가불[6] 피하여야 하겠는 고로, 급히 밤중에 호실이라 하는 공소를[7] 찾아 가시는데 큰길로 가지 못하고 소로로[8] 돌아서 갈 때에 기갈과 노고는 형언할 수 없었더라.

작은 봇짐을 짊어지시고 며칠을 굶으면서 호실 교우촌에 당도하시니 포교 4명이 교우를 잡으려 온 고로, 남교우들은 다 산으로 도망하고 다만 여교우 4인이 문간에 있는지라. 포교 4명이 당장 거기 있음에 도망하기도 너무 늦은 고로 하릴없이[9] 그대로 들어가니, 포교들이 신부의 봇짐을 잡아 벗기며,

---

1 군난(窘亂) : 박해를 뜻하는 옛말 ☞ 미담 3.
2 모두 9분이.
3 위주치명(爲主致命) : 하느님을 위해서 순교함.
4 권 신부는 페롱 신부, 이 신부는 리델 신부, 강 신부는 칼레 신부이다 ☞ 군난 때 미담 4.
5 미구(未久)에 : 오래지 않아.
6 불가불(不可不) : 부득불.
7 공소(公所) : 가톨릭에서 본당보다 작은 교회 단위. 본당 사목구에 속하여 있는, 신부가 상주하지 않는 예배소나 그 구역을 이른다.
8 소로(小路) : 작은 길.
9 할 수 없이. 원문은 '할일없이'.

"네가 누구냐? 어디서 오느냐? 또 어디로 가느냐?"

힐난하는데 포교들이 양인인[10] 줄을 몰라보는 모양인 고로, 신부는 도무지 아무 말도 아니하고 그대로 병신처럼 우두커니 있음에 여교우들이 즉시 임시처변으로[11]

"아이고! 딱해라! 그 어른은 우리 시부신데[12] 듣지도 못하고 말도 못하는 병신이랍니다. 보대[13] 모릅니까? 무슨 말을 할 것이 있으면 내게 말하시오. 대신 말하리다."

하고 즉시 도망하여 가서 숨어 있는 남정들을 부르러 갔더라. 그동안에 포교놈들은 신부를 붙잡고 욕을 하며 주먹으로 쥐여 지르며 신부 귀에 대고 소리를 지르면서

"이놈아 듣느냐? 이놈아 말하여라!"

하며 힐난을 하여도 양인인 줄을 알지[14] 못하더라. 얼마 후에 도망하였던 남교우들이 신부가 포교에게 붙잡혔다 소식을 여교우들한테 듣고 다 집으로 와 보니, 그자들은 포교가 아니요 오직 교우촌에 다니며 돈을 탈취하는 도적놈들이라.

남교우 여럿이 와서 그놈들을 쫓아 보내었더라.

강 신부께서 호실 공소에서[15] 교우들에게 성사를 주시고 며칠 계시더니 포교들이 알고 잡으려온다 하는지라. 교우 유 도마토마를 데리시고 다른 교우촌을 찾아갈 때, 한 주막거리를 지나게 되어 빨리빨리 지나가는데 그때는 포교들이 사방에 있는 고로 그 주막거리에 포교 5명이 있다가 그 빨리 지나가는 것을 보고 수상히 여겨 쫓아와서 신부를 전후좌우로 다 살펴보고 양인인 줄로 의심하며

"네가 누구냐? 어디로 가느냐?"

하며 주막으로 끌고 가서 자세히 묻고자 하는지라. 유 도마토마가 사세[16] 위급함을 보고 모든 힘을 다하여 어떻게 강포하게 대적하였던지 그자들이 혼자서 잡지 못할 줄을 알고 주막에 있는 제 동무를 부르러 가는지라. 신부는 그동안에 빨리 도망하시고 유

---

10 양인(洋人) : 서양 사람.
11 임시처변(臨時處變) : 임시변통.
12 시부(媤夫) : 시아버지.
13 원문은 '보듸'. 이 부분의 구절은 '보았는데 모릅니까?'의 의미.
14 원문은 '아지'.
15 ☞ 주 7.
16 사세(事勢) : 일이 되어 가는 형세.

도마^{토마}는 부러[17] 머물러 있는데, 그자들이 다시 신부를 쫓아와 거의거의 붙잡히게 되는지라. 강 신부는 흔히 길 다니실 때에 당신이 돈을 가지지 아니하시고 항상 복사가[18] 가지고 다니더니, 그날은 공교히[19] 신부가 허리에 엽전 10량을 가지셨더라. 이에 엽전을 사슬로 뽑아서 쫓아오는 포교들이 오는 길 옆에 와 돌자가리[20] 그런 데 뿌리시니라.

그때 엽전 1푼은 지금 10전 가격이나 되는지라. 포교들이 그 뿌린 엽전을 주우며 풀 속과 돌틈에 떨어진 것을 찾기로[21] 지체하는 동안에 신부는 힘을 다하여 점점 멀리 도주하여 한 교우촌에 이르렀으나 감히 집에 거처하지 못하시고, 두 열심교우와 한가지로[22] 산중 아주 험악한 굴에서 8일 동안을 지낼 때, 여기는 호랑이도 침범치 못할 곳이며 맨땅으로 평상을 삼고 돌을 벼개하며[23] 명랑한 달과 별로 꾸민 하늘로써 이불을 삼고 이와 같이 8일을 경과하셨더라. [24]

여기서 8일 동안을 지내다가 또 피하여 솜박골 공소로[25] 갈 때에 주막에서 여러 외인[26] 틈에서 여러 번 밤을 지내며 가셨으되, 주은으로[27] 위험을 면하시고 솜박골 공소에서 성사를 주는데, 예비자 2인은 당장 교우를 잡아 죽이는 때라도 성세를 간청하는 고로 성세를 주면서 큰 위로를 받으셨더라. 호실서 강 신부를 모시고 가던 유 도마^{토마}는 포교에게 잡혀 갔는데 마침 신부의 라틴어 복음성경을 가졌던 고로 수차 혹형과 문초를 당하여도 신부를 대지 아니하는 고로 필경은[28] 방송되었더라.[29]

---

17 원문은 '부러'.
18 복사(服事) : 미사를 돕는 사람. 한국 천주교 초기에는 복사는 미사만이 아니라 일상생활 중에서도 신부를 도왔다☞【더 알아보기】.
19 공교롭게도.
20 돌자갈. '자갈'은 북한어에서는 현재 '자가리'의 준말. 자갈은 돌멩이. 이 글에서 '돌자가리'는 돌멩이라는 의미.
21 찾으려고.
22 함께.
23 벼개 : '베개'의 옛말. 여기서는 베개 대신 돌을 베고 누웠다는 의미.
24 맨땅에 누워서 돌로 베개를 삼고 노숙하였다는 표현을 생생하게 묘사했다.
25 ☞주 7.
26 외인(外人) : 외교인(外敎人). 천주교 신자가 아닌 사람들을 이르던 말.
27 주은(主恩) : (가톨릭) 주님의 은혜.
28 필경(畢竟) : 마침내, 결국에는.

　병인박해 때를 배경으로 한 군난 때 미담의 하나입니다. 이 미담의 배경은 병인박해 시절 교우촌 특히 호실 공소와 숨밧골 공소입니다. 당시 천주교 신자 공동체에서 사목한 신부는 권 신부, 이 신부, 강 신부입니다. 이 분들은 파리외방선교회에서 파견된 선교사로 조선에서 순교한 성인입니다. 특히 조선인들이 가장 사랑을 많이 했다고 전해지는 강 신부의 일화를 중심으로 이 미담은 강 신부의 고생담과 강 신부가 어려운 여정 중에서도 성세를 베풀면서 위로를 얻는 내용입니다.

　이 미담은 1929년 1월(『경향잡지』654호)에 발표되었던 「사슬엽전을 뿌림으로써 포교를 피함」이라는 작품과 동일한 내용이 있으며 이를 더 구체적으로 서술하고 다른 내용을 추가 하였습니다. 이 미담에서는 포교뿐 아니라 포교로 위장한 도적들과의 갈등을 다룬 점이 흥미롭습니다. 포교인양 하고 천주교인들을 괴롭히던 도적들까지 있었다고 하니, 그 당시 천주교인들의 삶이 얼마나 고단했을지 추측할 수 있습니다.

　이곳저곳 숨어 지내기도 하고 며칠을 굶기도 하고, 포교를 피해 다니면서도 영세를 베풀며 조선 교우들과 함께 했던 강 신부. 또 신부를 모시며 신앙의 고난에 동참했던 조선의 교우들. 이 작품은 강 신부와 조선 교우들의 돈독한 우정과 신앙을 통해 병인박해 시절 조선 천주교회 공동체의 모습을 이야기의 형식으로 복원합니다.

더 알아보기

복사(服事) ⑦ 미사, 성체강복식, 혼인성사, 성체성사 등을 거행할 때 집전하는 사제를 도와 의식이 원활하게 진행될 수 있도록 보조하는 사람으로 보미사라고도 불렀다. (…중략…) 우리나라의 초대교회에 있어서 복사의 역할은 상당한 중요성을 가지고 있었다. 미사를 보조하는 역할 이외에도 프랑스 선교사의 한국어 교사, 길 안내자, 번역가, 하인의 역할까지 모두 복사가 담당하였고, 아예 선교사와 함께 숙식을 같이 하기도 하였다. 성인 황석두 (黃錫斗, 루가) 같은 이가 초대교회 복사의 대표적인 인물이다. ☞ 미담 62.

29　방송(放送) : 죄인을 감옥에서 나가도록 풀어 주던 일.

무령한 짐승이라도 천주 성교의 진교됨을 증거함이라

△ 무령흔즘싱이라도텬쥬셩교의진교됨을증거흠이라

예전에 2위 전교신부가 인도로조차[1] 그 근방 타국에 가 전교할 때, 일일은[2] 이교국 왕 앞에서 천주 성교가 진교[3] 됨을 강론하여 봉교하기를[4] 권하니, 국왕이 성심으로 들으나 결심치 못하고 모든 신하에게 물었는데[5] 대답하되, "마땅히 진교를 받들 것이오나 어느 교가 진교인지 어떻게 아나이까?[6]" 왕이 이르되, "내가 어느 교가 진교인지 알게 하리라" 하고 이에 모든 교의 이름을 각각 종이에 써서 한 그릇에 담고, 그곳은 열대 지방인 고로 원숭이가 많은 중 영리한[7] 것도 많은지라.

이에 원숭이를 명하여, "그릇에서 진교 기록한 종이를 찾아내어라" 하니 원숭이가 처음에 한 교 기록한 종이를 그릇에서 집어내어 펴보니 곧 사신교이라.[8] 마치 추한 냄새가[9] 나는 것 같이 여겨 발로 천답하고[10] 이빨로 물어 뜯으니라.

이에 다시 다른 종이를 꺼내어 펴보니 또한 진교가 아닌 고로 경만히[11] 여기고 다시 한 장을 꺼내어 펴보니 유태교이라. 원숭이가 능멸치는 않고 그대로 땅에 버려두고

---

1 인도에서부터.

2 하루는.

3 진교(眞敎) : (가톨릭) 참된 종교라는 뜻으로, '가톨릭교'를 달리 이르는 말. 진정한 교의, 가톨릭교 (『한불자전』).

4 봉교(奉敎)하다 : 가톨릭을 믿고 그 교리를 좇아 행하다.

5 원문은 '무른디'.

6 원문은 '알니잇가'인데 어미를 살려서 '아나이까'로 옮겼다.

7 원문은 '령리흔'.

8 사신교(邪神敎) : 사신이나 우상을 믿고 받드는 종교.

9 원문은 '내암싀'.

10 천답(踐踏)하다 : 발로 짓밟다.

11 경만(輕慢)히 : 남을 하찮게 여기는 교만한 마음으로. 하찮게.

이에 다시 한 장을 꺼내어 펴보니 곧 천주 성교이라.[12] 원숭이가 기뻐하는 모양을 들어내며 존중히 여기는지라. 모든 이 보고 열복하여[13] 기뻐하나, 오직 국왕은 허다한 일락과[14] 죄악에 빠져 봉교하기를[15] 결심치 못하고 다시 시험코자 하니라.

이에 한 대신으로 하여금 천주 성교 기록한 종이는 감추게 하고 모든 교 기록한 종이를 한 그릇에 담은 후에 원숭이로 하여금 진교 기록한 종이를 찾아내게 하니, 원숭이가 낱낱이[16] 다 꺼내어 보아도 천주 성교 기록한 종이가 없는지라.

원숭이가 머뭇거리며 왔다갔다하다가 각 사람에게 가서 냄새를 맡아보다가, 천주 성교 기록한 종이 감춘 대신에게 가서 맡아보고는 곧 두 발로 그 대신의 손을 붙잡고 마치 감춘 종이를 내놓으라 하는 모양을 하는 고로 대신이 하릴없이[17] 내어주니 원숭이가 기뻐하며 춤추는지라.

왕과 대신이 흠복하여[18] 영을 내려 전교사[19]를 누구든지 조당치[20] 말고 오직 후대 경례하게[21] 하니라.

사서 인민이[22] 영세 봉교하는 이 많으나 오직 국왕은 많은 죄악에 얽혀 성교에 나아오지 못하고 다만 누구든지 봉교하는 자는 금하지 아니하니라. 육신 쾌락과 재물과 모든 죄악은 구령하기에[23] 어떻게 조당이 되는고? 무령한[24] 짐승이 천주 성교를 진교로 증거하는 영적을[25] 보고도 봉행지[26] 못하는도다!

---

12 성교(聖敎) : 성스러운 종교, 가톨릭교(『한불자전』).

13 열복(悅服)하다 : 기쁜 마음으로 복종하다.

14 많은 쾌락과. 일락(逸樂) : 편안히 놀기를 즐김. 또는 쾌락을 즐겨 멋대로 놂.

15 ☞ 주 4.

16 하나하나 빠짐없이 모두. 원문은 '낫낫치'.

17 할 수 없이. 원문은 '홀일업시'.

18 흠복(欽服)하다 : 마음속 깊이 존경하여 복종하다.

19 (오늘날) 선교사.

20 조당(阻擋) : 방해, 지장, 장애 ☞ 미담 127.

21 아주 잘 대접하고 공경하게. 후대(厚待) 아주 잘 대접함. 경례(敬禮) : 공경의 뜻을 나타내기 위하여 인사하는 일.

22 일반 백성이. 사서(士庶) : 일반 백성. 인민(人民) : 국가나 사회를 구성하고 있는 사람들. 대체로 지배자에 대한 피지배자를 이른다.

23 구령(救靈) : 구원. 구령(救靈)하다 : (가톨릭) 신앙의 힘으로 영혼을 구원하다.

24 무령(無靈)한 : 영혼이 없는.

25 영적(靈蹟) : 신령스러운 사적. 기적의 옛말(『가톨릭대사전』).

　인도를 배경으로 동물이 등장하는 동물우화 기적담이라 할 수 있습니다. 천주교를 믿지 않은 왕이 원숭이를 통해 참된 종교를 알아보고자 시험합니다. 원숭이가 천주교를 알아보는 과정이 재미있게 묘사되어 있습니다. 특히 천주교가 진교라는 종이 앞에서 원숭이가 덩실덩실 춤을 추고 기뻐하는 장면이 재미있습니다. 무령한 짐승도 천주교가 참된 종교인 것을 알아본다는 영적을 통해 천주교를 참 종교임을 주장한 미담입니다.

　기적을 경험했다 하더라도 육신 쾌락과 재물, 권력은 천주교로 나아가는 데 걸림돌이 되기 쉽습니다. 이 작품의 주인공이기도 한 인도국 왕은 이를 보여주는 인물입니다. 한갓 짐승이 천주교의 진의를 알아보는 것보다 한 인간의 회개가 더욱 어려운 일입니다. 회개는 그 어떤 기적보다 더 어려운 기적인가 봅니다.

26　봉행(奉行)하다 : 뜻을 받들어 행하다.

연령에 대한 미담

○ 련령에디흔미담

　　금월은[1] 연령성월이로다.[2] 우리가 연옥상본을[3] 혹시 보았거니와 맹렬한 불 가운데서 허다한 연령들이 체읍애통하며[4] 도와주기를 애걸간청하는도다.[5] 우리는 어찌 귀를 막고 듣지 못하는 체할까? 혹 미사를 드려주며, 영성체를 하며, 대소재를[6] 지키며, 애긍 구제를[7] 하며, 고공과[8] 극기로써 그 간청함을 윤허하사이다.[9] 애긍을 행한 자라야 이후에 이 애긍을 받는다 하는 의리를 잊지 말 일이다.[10]

　　△ 예전에 한 수도자는 평생에 수도 직분을 다하며 언행에 가히 책할 것이 없었더라. 세상을 버린 후 그 모든 벗이 잊지 않고 연연히[11] 사랑하더니, 하루는 수도원 성당 지기한테 발현하여 이르되, "내가 세상에 있을 때에 수도 규칙을 지키며 큰 죄를 범치 아니하였으나 심중에[12] 헛된 영화를 좋아하며 6품 부제 성품을[13] 받았더니, 이로 인

1　금월(今月) : 이달.
2　위령성월을 연령성월이라 했음.
3　여기서 '연옥상본'이란 연옥영혼들을 그린 상본이다. 상본(像本) : 그리스도, 성모 마리아, 천사, 성인 등의 모상(模像).
4　눈물을 흘리며 슬피 울고 애통해하며. 체읍(涕泣) : 눈물을 흘리며 슬피 욺. 애통(哀痛) : 몹시 슬퍼함.
5　간절하게 청하다. 애걸(哀乞) : 소원을 들어달라고 애처롭게 빌다. 간청(懇請) : 간절히 청함.
6　대소재(大小齋) : 대재(大齋)와 소재(小齋)를 아울러 이르는 말. 대재는 단식재, 소재는 금육재.
7　애긍 구제(哀矜 救濟) : 불쌍히 여겨 어려운 사람을 도와 줌.
8　고통을 달게 받는 것. 일부러 고통을 당하는 것으로 수행의 한 방법. 고공(古功) : 고난과 공적(『한불자전』).
9　윤허(輪許)하다 : 청을 허락하다.
10　원문은 '마스이다'. 의미를 고려해서 '말 일이다'로 고쳐 옮겼다.
11　연연(戀戀)히 : 애틋할 정도로 그립게.
12　심중(心中)에 : 마음 속에.

하여 천주가 나를 연옥에 벌하시어 이에 보속을[14] 하는 중, 천주가 인자하심으로 내게 허락하심으로써[15] 네게 와서 기구를[16] 간청케 하셨으니 청컨대 벗은 내 사정을 원장과 및 모든 수사에게 고하여 나를 속히 구제케 하라” 하였더라.

그러나 성당지기는 그 발현 사정을 비밀에 부치고 한 사람에게도 설치[17] 아니하였더니, 그 연령이 다시 발현하여 애걸하여 이르되, “그대는 어찌 이렇듯이 몰인정 하뇨? 속히 속히 나를 구하여 달라” 하고 보이지 아니하니라. 그제야 성당지기가 모든 이에게 고함에 다 놀라 대소재와[18] 모든 고공을[19] 행하며 기구하여 주었더라.

해설

위령성월을 맞아 연옥영혼을 위한 기도를 주제로 한 미담입니다. 과거에는 위령성월을 '연령성월'이라고 불렀음을 알 수 있습니다. 천주교회에서는 매해 11월을 위령성월로 제정하여 연옥영혼들을 위해 기도하는 달로 지내고 있습니다.

첫 단락은 주제 단락이자 도입부입니다. 연옥영혼을 위해 기도할 것과 그들을 위해 기도하고 애긍을 베푼 자가 이후에 자신도 애긍을 받을 수 있으며, 이를 신앙의 '의리'라고 표현합니다.

이후 이와 관련한 예화가 이어지는데, 수도원 성당지기에게 나타난 수도자의 발현사화입니다. 직분에 충실하고 언행에 부족함이 없었던 수도자가 마음에 품었던 죄 때문에 연옥에서 고통을 당하여 이 때문에 수도원의 성당지기에게 나타나 기도를 구하는 이야기입니다. 그런데 그가 마음에 품었던 죄가 '헛된 영화를 좋아해서' 부제품을 받았다는 점이 주목할 만합니다. 이 미담의 저자는 성직을 개인적인 헛된 영화 때문에 추구하는 것은 죄라 여겼음을 알 수 있습니다.

---

13 부제 성품(副祭 聖品) : (가톨릭) 부제품(副祭品). 부제품은 과거 7품 성사 중에서 6품성사였다☞ 【더 알아보기】.

14 보속(補贖) : (가톨릭) 죄로 인한 나쁜 결과를 보상하는 일☞ 미담 18.

15 원문은 '허락ㅎ샤써'이며, 의미를 살려 풀어 옮겼다.

16 기구(祈求) : 기도의 옛 용어.

17 설(說)치 : 발설하지, 입 밖으로 말하지.

18 ☞ 주 6.

19 ☞ 주 8.

“그대는 어찌 이리 몰인정 하뇨? 속히 속히 나를 구하여 달라” 하는 수도자 영혼의 말이 절절합니다. ‘속히 속히’를 반복하여 쓴 표현이 그의 다급함을 전해줍니다. 연옥영혼에 대한 미담은 연옥과 그곳에 있는 영혼들을 위한 기도가 필요하다는 천주교 교회의 가르침을 독자인 신자들에게 믿게 하고 독려하는 역할을 하기도 하였습니다. 연옥영혼에 대한 일화를 성경에서는 찾을 수 없으며, 또 연옥을 경험한 사람들의 증언도 어렵기에 미담이야말로 연옥에 대한 교리를 전할 수 있는 도구가 될 수도 있었습니다.

더 알아보기

부제품(副祭品) ⑦ 7품 중의 제6품급으로 미사예절 때 예절을 도울 수 있는 권한과 강론 및 성체를 영해줄 수 있는 권한을 주기 위하여 주어지는 품. 상삼품 중의 하나이며 만22세 이상이 되어야 서품될 수 있다. 【관련단어】 칠품.

칠품(七品) ☞ 미담 15, 품(品).

부랑 씨의 선공[1]

◎ 부랑씨의선공

　렌누[렌느]시의 재판소 수석판사 모리스 부랑 씨가 공무를 띠고 후니스델로 출장을 하였을 때에는 아직 철도를 놓지 아니한 고로 마차를 이용할 수밖에 없었다. 만사에 정확한 부랑 씨는 마차 떠나는 시간보다 매우 일찍 와서 짐 싣는 것을 본 후에 좋은 자리를 가려[2] 우산과 담요와 포도주와 닭고기 등 물건 싼 봉지를 맛있어 보이게 자기 옆에 벌려[3] 놓았다.

　문득 시간이 당도하여 차장은 사람 수효를 세어 보았는데 아직 한 사람의 자리가 남았으나 혀를 차면서[4] 떠나려 하였다. 무거운 차가 방금 떠나려 할 때에 한 여인이 열 살 쯤 된 사내아이의 손목을 잡고 숨이 턱에 닿도록 달려왔다.

　"얼른 타시오."

하며 차장은 급히 뒤의 작은 문을 열고 아이를 태웠다. 모친인 듯한 여인은 불다니유 지방 풍속의 작은 수건을 쓰고 뜨거운 눈물을 흘리면서 차에 치일 위험도 불구하고 아이를 안고 차마 떠나지를 못하는 모양으로

　"조심해라. 나는 간다. 장아 어미를 잊지 말아" 하고 모친은 눈물을 씻으면서 조그 맣게 종이에 싼 것을 아이 손에 쥐어주며 "내가 일러준 말을 잊지 말아라. 자— 가지고 가거라. 조금이지만은 그대로 써라. 이것이라도 소용될는지 모른다. 그리고 거기 가 거든 감독님에게 잘 청하여라. 아버지를 생각하여 주십사[5] 하고 그리고 너의 안부를

1　선공(善功) : 좋은 결과를 낳는 공덕.
2　원문은 '갈희여'. 갈희다 : 현재는 '가리다'의 방언(제주도).
3　원문은 '버려'.
4　원문은 '치면서'. 혀를 차다 : 마음이 언짢거나 유감의 뜻을 나타냄.
5　원문은 '아버지를싱각ᄒ여줍시샤ᄒ고'.

편지하여라."

마차는 삐걱삐걱 소리를 하고 그만 떠난다.

"어머니를 잊지 말아. 걱정이 많으니, 그리고 기구[6] 많이 해라. 감독님께 편지대로 청하여라. 응."

목소리를 다하여 소리를 지르며 손을 내젓던 여인의 형체는 미구에[7] 사라져 버렸다. 부랑 씨는 구석에서 추워서 웅크리고[8] 앉아서 '왜[9] 저런 어린 아이를 혼자 길을 가게 하는고? 감독은 대체 누구인가' 하고 생각하고 있었다.

이 수석 판사는 잠깐 보면서 허수아비처럼 쓸쓸한 얼굴로 있었으나 그것은 직무상 감정을 들어내지 않도록 여러 해 동안 근무하는 중에 드디어 그렇게 버릇이 되어버렸으나, 마음은 극히 친절한 사람이었으니 불다니유 지방 가난한 사람들에게 물어보면 즉시 안다. 저들은 부랑시의 인정이 두터움과 아끼지 않고 시사함을[10] 극구 찬양할 것이다.

한 시간 반이나 흔들리고 흔들려 첫 숙소에 이름에[11] 승객들은 동짓달 추위에 수족이 오므라들어[12] 펼 수가 없음으로 차에서 내렸다. 부랑 씨도 내리려고 차의 뒤 칸을 바라본즉, 아까 그 아이가 점잖은 태도로 앉아서 틈으로 들어오는 찬 바람에 푸르게 질린 손을 입으로 불고 있다.

"이애, 너 매우 춥지?"

"예."

아이는 이상스럽게 알지도 못하는 신사를 쳐다본다.

"보니까 어린 아이가 혼자 어디를 가느냐?"

"블레스도에 갑니다."

---

6 기구(祈求) : 기도의 옛 용어.

7 미구(未久)에 : 오래지 않아.

8 원문은 '움크리고'.

9 원문은 '우에'.

10 시사(施舍)하다 : 은덕을 베풀어 주다.

11 도착함에, 이르다(致).

12 원문은 '옴으러들어'.

"블레스도라고? 아직도 매우 멀구나. 여기 있으면 거기까지 가기 전에 얼어 죽는다. 상관없으니 내게 오너라."

부랑 씨는 아이를 안아서 차 앞 편으로 상등실에 앉히고 차비를 더 줄 돈을 치렀다. 그리고 아주 친아버지처럼 담요를 펴서 얼어빠지는 듯한 아이 발을 싸준다, 포도주를 먹인다 하여 눈이 반득인다.

"아까 부레스도로[13] 간다 하였지."

"예."

"무엇하려 가니?"

"배에 뽀이가[14] 되려갑니다."

"뽀이라니, 네 나이 몇이니?"

"열한 살이여요."

"거기 누가 주선하여 줄 사람이 있니?"

"아니요, 편지를 가지고 가요. 우리 아버지께서 수군으로[15] 군함이 침몰되어 죽으셨어요. 그때 받은 표를 해군 감독에게 보이면 불쌍하다고 꼭 배에 붙여 주리라고[16] 어머님께서 말씀하셨어요."

"그런가. 용돈은 가졌니?"

"이것을 어머님이 주셨어요."

하고 차 탈 때 받은 채로 손에 쥐고 있던 종이뭉치를 내어보인다. 펴본즉 1프랑 14전 동전이 들었다. 34전―. 부랑 씨의 눈은 붉어지고 아이는 좀 부끄러운 모양으로

"그밖에 집에 없습니다. 그런데 내가 다 가져서 어머니는 분명히 내일 빵 살 돈도 없겠습니다."

"어머니는 무엇을 하시니?"

---

13 원문에 앞에서는 '불레스도'로 표기되어 있고 이 부분에서는 '부레스도'로 표기되어 있다. 통일되지 않음.

14 '보이(boy)'를 이른다. 식당이나 호텔에서 이 글에서는 배에서 접대하는 남자 아이.

15 수군(水軍) : 해군(海軍).

16 여기서 '붙여주다'는 '배 보이로 합격하게 해주다'라는 의미로 쓰였다. 원문은 '부쳐주리'로 표기되어 있다. 부쳐 → 붙여. 붙다 : 합격하다.

"모든 심부름을 합니다. 쓰레질도[17] 하고 시장에 가서 조역도[18] 하고요."

"너는 어머니를 사랑하니?"

"사랑하고말고요 아저씨, 세상에 제일…….."

아이는 눈을 반짝이며 가장 사랑하는 모친의 형용을 찾는 듯이 공중을 바라보았다.

"그런가, 그래. 귀여운 애다. 걱정마라. 너의 일은 이 아저씨가 담당하였다. 그러니까 이제는 아무 걱정을 말고 자거라."

쟝은 그 말대로 곧 잠이 들어 해 돋을 때까지 깨지 아니하였다.

부레스도에 이름에[19] 부랑 씨는 쟝을 데리고 제일 상등호텔에 들었다. 그리고 자기 친아들처럼 정성으로 그 소년을[20] 돌보아 주었다.

이튿날 재판소 관계인들이 부랑 씨 처소로 인사하러 와서 그 옆에 변변치 아니한 의복을 입고 있는 소년을 이상히 여겼다.

"매우 귀여운 동행이 있습니다그려."

하고 한 사람이 물었다.

"아 저 아이 말이오. 그것은 나의 선공이오.[21] 여러분도 한 팔을 도와달라고 생각합니다."

부랑 씨는 미소를 하면서 간단히 길에서 생긴 일을 말하였다. 모든 이는 마치 의논한 것처럼 주머니를 뒤져서 말 끝난 뒤에 상 위에 20프랑 금화가 여덟이나 벌여 있다.[22]

"고맙습니다. 나는 당신네들의 자선심을 믿었습니다. 이것으로써 우리들의 보호를 받을 자에게 옷을 지어 입히겠소."

그때 쟝은 구석에서 나와

"아저씨 그 돈을 어머니께 보내주십시오."

---

17 쓰레질 : 비로 쓸어서 집안을 깨끗하게 하는 일. 청소 일.

18 조역(助役) : 일을 도와서 거들어 줌.

19 도착함에.

20 청년. 원문은 '쇼년' → 소년(少年) : 젊음, 청년기(『한불자전』). 당시에는 청년을 소년으로 지칭하였다.

21 선공(善功) : 좋은 결과를 낳는 공덕.

22 원문은 '별녀잇다'. 문맥의 의미를 고려하여 금화과 늘어져 있다는 의미로 '벌여 있다'로 옮겼다.

"그리하지. 그래 걱정마라. 어머니께도 보낼 터이니" 하고 부랑 씨는 또 법관들에게 향하여 "제군은 필경 이 부레스도에 아는 사람 많으리라고 생각하니 청컨대 이 아이에게 적당한 선장 하나를 찾아주시오. 나도 특별히 청합니다."

그 후 오래지 아니하여 여러 사람의 진력함으로 부랑 씨의 소원대로 마음이 좋은 선장을 얻었다. 부랑 씨는 쟝에게 의복 한 벌을 갖추어 준 뒤에 50프랑의 소절수를[23] 그 아이 모친에게 보냈다. 그 소절수를 편지에 넣어 봉하기 전에 쟝은 눈물로써 그 돈표를 몇 번이나 친구하였다.

그 후 모리스 부랑 씨는 공무를 마치고 렌누렌느로 돌아갔는데 2, 3주일이 지난 뒤에는 그 선공을[24] 아주 잊어버렸다. 그 후 긴 세월이 지나갔다. 부랑 씨는 또 뜻밖에 어떤 사건의 재판장으로 부레스도에 출장하게 되었는데 그때는 벌써 철도가 부설되어 옛날 며칠이나 마차에 몸이 흔들려 가던 길을 겨우 몇 시간에 목적지에 득달하였다.

2, 3일 전부터 계속 하고 있던 공판의 쉬는 시간을 이용하여 부랑 씨는 법관의 복장을 입은 채로 산보를 하고 있는데 한 청년이 머뭇머뭇 하고 앞섰다 뒤섰다 하며 그윽이 자기를 살피고 있는 것을 깨달았다. 나이 22나 많아도 4에 넘지 못한 모양이요, 먼 바닷길로조차[25] 온 모양으로 조수와 바람에 시달리고 태양에 걸은 얼굴에 비상히 맑은 눈을 가진 청년이었다. 불프랑스의 해군 복장에 붉은 나사[26] 띠를 띠고 손에는 해군 모자를 구겨 쥐고 있다. 부랑 씨는 그 쳐다보는 것에 불쾌를 느껴 무엇이라고 말을 하려고 생각하였는데 그 청년이 악하여 보이지 아니한데 주저주저 하고 있더니 청년은 용기를 낸 듯이 갑자기 가까이 와서 말을 한다.

"실례올시다마는 당신은 부랑 씨가 아닙니까?"

"그렇소. 나는 부랑이오."

"렌누렌느에 계신 모리스 부랑 씨지요?"

"그렇소. 그런데 무슨 일이 있소?"

---

23 소절수(小切手) : 수표.
24 선공(善功) : 좋은 결과를 낳는 공덕
25 먼 바닷길로부터.
26 양털 또는 거기에 무명, 명주, 인조 견사 따위를 섞어서 짠 모직물. 보온성이 풍부하여 겨울용 양복감, 코트감으로 쓰인다. 두꺼운 모직물을 통틀어 이르는 말. 원문은 '라사'.

청년은 기뻐하며

"아아! 이제 보이겠습니다. 천주께 감사합니다."

"당신은 사람을 잘못 알아보고 이렇게 아니하시오? 나는 당신을 알지 못하겠오."

청년은 전 일에[27] 너무 감격되어서 손과 목소리를 떨면서

"아니올시다. 아시고말고요! 아시고말고요! 자세히 보십시오. 저는 뽀이의 쟝이올시다. 당신 덕택으로 즉시 선장이 되었습니다. 잊으셨습니까! 옛날 마차 가운데서 구제하여 주신 쟝이올시다. 나는 하루라도 선생님 은혜를 잊은 적이 없습니다. 또 하루라도 선생님을 위하여 기구하기를[28] 궐한 적이 없습니다. 속히 감사한 말씀을 하려고 하였으나 배로 인해서 아무리 하여도 렌누렌느에를 가지 못하였습니다. 여기서 이렇게 뵈옵게 된 것은 꼭 천주의 안배이올시다. 그때 일은 너무 감사합니다. 지금 진정으로 예사를[29] 올립니다."

"그렇던가. 네가 그때 조그맣던 쟝이더냐. 퍽 컸다 퍽 컸어. 나는 기쁘다! 참으로 이런 기쁜 일은 없겠다."

하고 판사는 자극되는 감격에 눈물이 돌고 말문이 막혔다.

"만일 아직도 네게 요긴한 것이 있으면 나는 즐겨서 힘을 쓰겠다. 사양 말고 말해라."

쟝은 부랑 씨의 내미는 손을 부서질 듯이 쥐고, 그 시꺼멓게 건 얼굴에는 눈물이 흐르려 하자마자 급히 울음으로 변하였다.

"소원이 한 가지 있으나 차마 여쭙기 어렵습니다."

"사양 말고 말해라."

"그러면 한 번 친구하기를[30] 허락해 주십시오. 제게 당하여는 이것이 훈장이올시다."

부랑 씨는 아무 말도 못하고 두 팔을 벌렸다. 청년은 거기 몸을 던지고 사랑이 가득한 두 마음은 함께 합하였다.

---

27 모든 일에.

28 ☞ 주 6.

29 예사(禮謝) : 고마움을 표하기 위하여 사례함.

30 친구(親口)하다 : (가톨릭) 숭경의 대상에 대하여 존경과 복종을 나타내려고 입을 맞추다.

한 편의 소설이라고 해도 부족함이 없을 작품입니다. 제목이 말하는 바처럼 선공(善功) 즉 좋은 결과를 낳는 공덕을 주제로 흥미와 감동을 겸한 수작입니다.

등장인물은 부랑과 쟝입니다. 판사인 모리스 부랑 씨는 만사에 정확할 뿐 아니라 가난한 사람들에게 인정을 베푸는 인물입니다. 어느날 공무로 출장을 가던 길에 한 여인과 10살쯤 된 소년을 만납니다. 눈물겨운 모자의 이별 장면을 목격한 부랑 씨는 홀로 일자리를 찾아 떠나는 소년이었던 쟝에게 자선을 베풀게 되고, 십여 년이 지난 후 청년이 된 쟝을 다시 만나 감격적인 해후를 하게 된다는 내용입니다.

어려움에 있었던 쟝을 알아보고 그에게 자선을 베풀었던 인물이 부랑이었다면 훗날 이 은혜를 잊지 않고 부랑 씨를 알아본 인물은 청년 쟝입니다. 작품에서 쟝은 어린 나이에도 불구하고 어머니를 걱정하는 듬직한 소년이었고 자신이 받은 은혜를 항상 잊지 않고 그를 위해 기도하던 청년이었으며 마침내 은인을 알아보고 그와의 해후를 훈장으로 여기는 마음 따뜻한 해군으로 등장합니다.

이 미담은 별도의 주제부나 교훈을 제시하지 않습니다. 그러나 인물 묘사와 대사, 그들의 행동을 통해 감동을 전해주는 작품입니다. 소년을 세심하게 보살펴 주었던 부랑 씨의 자상함, 어려운 처지에서도 자신을 위해 모인 돈을 "아저씨 그 돈을 어머니께 보내주십시오"라고 말하는 소년의 효성, 십여 년이 지나 다시 해후하는 두 사람의 만남이 아름답게 전해집니다. 부랑 씨는 자신의 선공을 잊었지만 하루도 잊지 않고 그를 기억하며 기도하였다는 쟝, 이들의 해후는 선(善)함이 낳은 아름다운 열매였습니다.

연령에 대한 미담

◎ 련령에딕흔미담

△ 천주강생 후 1461년에 방지거^프란치스코회 수사 비아라 하는 이는 죽은 지 얼마 후에 그 벗에게 발현하였는데, 그 전신이 다 불이라. 벗에게 이르되, "천주의 인자하심으로 승천할 간선은[1] 받았으나 지금 연옥불 가운데서 고통을 당하는데, 그 괴로움은 치명의[2] 괴로움보다 더 맹렬하도다! 내가 생시에 「연령일과경」을[3] 염하되,[4] 유심하여 염치 아니한 고로[5] 이 괴로움을 받노라" 하고 보이지 아니하더라.

△ 예전에 고르소라 하는 수사는 재덕이[6] 유명하던 사람이었더라. 사후[7] 며칠 만에 동회[8] 우 간호부에게 발현하여 이르되, "천주의 홍은으로[9] 영고지옥을[10] 면하였으나 생시에 미소한 허물을 고치지 아니하였음으로 지금 연옥에 있노라." 간호부 수사가 그 말을 듣고 이르되 "형이 세상에 있을 때에 허다한 고공을[11] 행하였거늘 어찌하여 이제 연벌을[12] 당하느뇨?" 대답하되 "내가 수도원에 입회한 후에 재물을 모음으로써[13] 장구지책을[14] 경영하였는데, 이 일이 수도 규칙과 신빈지덕에[15] 거슬리는지 의

---

1   간선(揀選) : 가려서 뽑음.
2   치명(致命) : 죽을 지경에 이름. '순교'의 이전 용어.
3   연령일과경(煉靈日課經) : 연령을 위한 기도. 일과경(日課經) : '성무일도'의 이전 용어.
4   염(念)하다 : 조용히 불경이나 진언(眞言) 따위를 외우다. 이 글에서는 '염경기도를 하다'는 의미이다.
5   '주의 깊게 염경기도 하지 않은 고로'의 의미. 유심(有心)하다 : 속뜻이 있다. 주의가 깊다.
6   재덕(才德) : 재주와 덕행을 아울러 이르던 말.
7   사후(死後) : 죽은 후.
8   같은 수도회, 동회(同會) : 같은 회.
9   홍은(鴻恩) : 넓고 큰 은혜.
10 지옥영고(地獄永苦). 즉 지옥에서의 영원한 고통.
11 고통을 달게 받는 것. 일부러 고통을 당하는 것으로 수행의 한 방법. 고공(古功) : 고난과 공적(『한불자전』).
12 연옥 벌.

심이 있어도 유식한 장상과 벗에게 문의치 아니하였음으로 이 곤란을 당하노라." 간호 수사가 묻되,[16] "연옥 괴로움이 어떠하뇨?" 대답하되, "전체에 받는 각고도[17] 견디기 어렵거니와 천주를 뵈옵지 못하는 실고는[18] 만 배나 더하노라" 하고 홀연 보이지 아니하니라.

해설

'연령에 대한 미담'이 다시 등장하였습니다. 수사로 살았던 연옥영혼에 대한 두 개의 짧은 이야기를 소개합니다. 두 이야기 모두 수사가 죽은 후에 동료에게 발현하여 연옥의 고통을 고백하는 글입니다. 첫 번째 이야기는 기도를 정성껏 하지 않아서, 두 번째 이야기는 수도원 입회 후 재물을 모아서 연옥 고통을 당합니다. 하느님을 뵙지 못하는 고통을 '실고(失苦)'로 일컫는 부분이 인상적입니다. 대화체가 이용되기는 하였지만 발현 후 연옥 고통에 대한 전달 위주의 글입니다.

---

13 원문은 '모화써'.

14 장구지책(長久之策) = 장구지계(長久之計) : 어떤 일이 오래 계속되도록 꾀하는 계책.

15 신빈지덕(神貧之德) : 가난을 참는 덕. 신빈(神貧) : (가톨릭) 하느님을 위하여 가난을 참는 일.

16 원문은 '무르되'.

17 『한불자전』에 의하면 각고(覺苦)는 고통의 느낌, 지옥 같은 감각의 고통이다. 현대 한국어에서는 다음과 같이 풀이한다. 각고(覺苦) : (가톨릭) 지옥에 떨어진 사람의 영혼과 그 부활한 육신이 받는 형벌. 지옥의 이 대 형벌 가운데 하나이다.

18 실고(失苦) : (가톨릭) 하늘나라에서의 영원한 생명을 잃어버린 데서 오는 고통. 지옥에서 받는 영원한 벌의 하나이다.

10세 아동이 정덕을 위하여 치명함

◎ 십셰♀동이정덕을위ᄒ야치명홈

예전에 회회야만이[1] 허다한 교우들을 잡아다가 노복을 삼았는데 그중에는 주교 1위도[2] 있었더라. 주교가 다른 노복으로써 당신 몸을 속량하기를[3] 회회왕에게 청하셨는데[4] 회회왕이 허락하는지라. 이에 당신 조카 10세 아이로써[5] 볼모를 삼아 다른 노복이 올 때까지 머물러 두고 주교는 속량함을 얻어 돌아오셨는데, 다른 노복이 오지 아니함으로 주교의 조카 베지예는 3년 반 동안이나 볼모로 있게 되었더라.

베지예 비록 10세 아동이요 몸은 비록 옥중에 있으나 영신은[6] 천상에 노니며, 기구와[7] 재소로[8] 낙을 삼고 용모가 단정하며 언어가 온후하고 평화하여 사람의 마음을 감발하게[9] 하더라.

하루는 회회왕이 잔치를 배설하고[10] 신하들로 더불어 앉았을 때에 한 신하가 주교의 어린 조카의 얼굴이 아름답고 그 언어는 능히 사람의 마음을 감동케 하는 그런 사정을 말하니, 왕이 기뻐하여 즉시 좋은 의복을 입혀 연석에 불러오기를 명하고 물어 가라대 "네가 즐겨 배교하면 부귀영화를 줄 터이니 네 마음이 어떠하냐?" 유동이[11]

---

1 이슬람교도가. 회회(回回) : 이슬람교. 야만(野蠻) : 교양이 없고 무례한 종족.

2 1위(位)도 : 한 분도.

3 속량(贖良) : 몸값을 받고 노비를 풀어 양민이 되게 하던 일. 속죄.

4 원문은 '쳥ᄒ신딕'.

5 원문은 '♀로써'. 여기서 '♀'는 '아이'를 이른다. 이를 반영해서 '아이'로 옮겼다.

6 영신(靈神) : 영혼.

7 기구(祈求) : 기도의 옛 용어.

8 재소(齋素) : (가톨릭) 단식재와 금육재를 지키는 일.

9 원문은 '감발케'. 감발(感發)하다 : 감동하여 분발하다.

10 배설(排設)하다 : 연회나 의식(儀式)에 쓰는 물건을 차려 놓다.

11 유동(幼童) : 어린 사내아이. 여기서는 베지예를 지시한다.

한참 생각하다가 용감히 대답하되, "천주가 내게 주시고자 하시는 바는 제왕에 비겨[12] 더욱 낫지 아니하겠습니까?[13]" 왕이 비록 듣기 싫으나 성을 내지 않고 사랑하는 마음으로 유동을 껴안고 얼굴을 함께 대고자 하거늘, 유동이 노하며 책하여 이르되, "왕은 어찌 음란한 얼굴로써 감히 정동의[14] 낮을[15] 가까이 하고자 합니까?[16] 하고 손으로써 밀쳐버리고 또 그 주었던 좋은 의복을 찢어버리니라.

왕이 노하여 이 유동을 관원에게 붙여 달래고 항복받게 하였으나 다 무익하여, 이 성동의[17] 용덕을[18] 이기지 못하니라. 왕이 성내어 이르되, "네가 순명치 아니하면 죽도록 편태하리라.[19]" 하고 형역에게[20] 붙여 무수히 편달하되,[21] 성동은 호말도[22] 두지 않고 더욱 형벌하기를 원하니, 왕이 집게로써 그 살을 뜯어내며 칼로써 살을 베게 하고 또한 두발을[23] 베이고 전신을 상하여 유혈이 낭자하되, 성동은 세 시 동안이나[24] 얼굴이 자약하며[25] 쌍수를[26] 들어 천주께 기구하되,[27] "천주여 나를 도와주소서" 하시니라. 형역이 또 그 두 손을 베고 또한 머리를 베고 그 시체를 다 하수에[28] 넣었더니, 교우들이 공경하여 거두어 모시니라.

---

12 비교하여.

13 원문은 '아니ᄒ니잇가'.

14 정동(貞童) : 정숙한 사내아이.

15 얼굴을.

16 원문은 'ᄒᄂ잇가'.

17 성동(聖童) : 거룩한 사내아이.

18 용덕(勇德) : (가톨릭) 사추덕(四樞德)의 하나. 어떠한 위험이라도 무릅쓰고 착한 일을 하는 덕을 이른다.

19 편태(鞭笞) : 채찍, 회초리, 몽둥이.

20 형벌을 맡은 자. 현재는 사용하지 않는 단어. 『한불자전』에 등재되어 있지 않으며, 『표준국어』에서는 '형역(形役)'이 이 글의 문맥과는 다른 뜻(정신이 물질의 지배를 받음, 공명과 잇속에 얽매임)으로 풀이되어 있다.

21 편달(鞭撻)하다 : 채찍으로 때리다.

22 조금도, 털끝만큼도. 호말(毫末) : 아주 작은 일이나 적은 양을 비유적으로 이르는 말.

23 두발(頭髮) : 머리털.

24 세 시간 동안이나.

25 자약(自若)하다 : 큰일을 당해서도 놀라지 아니하고 보통 때처럼 침착하다.

26 쌍수(雙手) : 두 손.

27 '기구하되' 부분이 원문에는 인쇄가 지워져 있다. 이를 보완해서 넣었다.

28 하수(下水) : 집 등에서 쓰고 버리는 더러운 물. 하수도.

아름답다, 이 성동의 표양이여. 나이 적어도 만고를[29] 감수하고 마음이 금석같이 견고하여 그 정결한 덕을 잃지 아니하였으니, 유동이나 장년이나 다 이 표양을 본받아 예수유동의[30] 마음을 즐겁게 할지로다.

해설

이 미담의 주인공은 주교의 조카로 주교 대신에 이슬람교의 볼모로 잡힌 10세 소년 베지예입니다. 이 주인공을 '사내 아이', '유동', '정동', '성동'으로 각각 일컬으면서 이야기가 전개되는 점이 흥미롭습니다. 이 작품은 사건의 정황 및 베지예가 볼모로 잡힌 연유, 볼모로 잡힌 이후의 사건, 주제 단락으로 전개되며, 주인공 베지예는 어린 나이에도 불구하고 고문을 달게 받고 순교합니다.

3년 반 동안이나 볼모로 잡힌 베지예는 왕이 참석한 잔치에서 왕으로부터 배교를 권유받습니다. 왕은 어린 소년 베지예를 성적으로 유혹합니다. 그러나 주인공 소년의 강한 거부 때문에 왕은 이후에는 혹독한 고문으로 주인공을 위협합니다. 왕의 유혹 장면이나 소년이 고문을 낭하는 장면이 생생하게 묘사됨으로써 유혹의 치졸함과 고문의 처절함이 전해집니다. 그 가운데서도 어린 나이에도 불구하고 왕에게 거칠 것 없이 자신의 의견을 피력하는 모습, 혹독한 고문 앞에서 하느님께 기도하는 주인공 베지예의 모습이 '성동(聖童)'으로서의 거룩한 면모를 부각시킵니다.

음란한 모습으로 자신을 껴안고 얼굴을 대고자 하는 왕을 물리치고 그가 주었던 의복마저 찢어버린 주인공의 모습을 상상해 봅니다. 어린 소년에게 성적 희롱을 마다하지 않은 왕의 모습이 왕이기 이전에 어른으로서 부끄럽습니다. 두 손을 들어 '천주여 나를 도와주소서'라 호소하며 기도한 소년 베지예, 두 손을 베이고 머리를 베이고 하수구에 버려진 그의 시체. 비록 정결의 덕을 잃지 않은 표양으로 이 미담에서는 소개되고 있지만 소년에게마저 정결의 덕을 추앙해야 하는 세상은 결코 어느 곳에서도 있어서는 안 될 것입니다.

미담은 '예수유동' 즉 아기 예수의 즐거운 마음으로 끝납니다. 그러나 이 미담이 현실이라면 어린 소년이 감당해야 했던 비참한 현실 앞에서 누구보다 아기 예수, 소년 예수가 함께 고통당하며 절규했으리라 여겨집니다. 지금도 어른의 희롱으로 불행을 겪어야 하는 어린 아

---

29 만고(萬苦) : 온갖 괴로움.
30 '예수유동'을 '아기 예수', '소년 예수'로 의역할 수 있다.

이들이 있다면 우리는 그들을 구해야 합니다. 아이들의 불행은 우리가 사는 사회가 드러내는 야만의 얼굴입니다.

연령에 대한 미담

◎ 련령에디흔미담

성 도밍고도미니코회 수사 1인은 평생에 고신극기를[1] 지엄히[2] 하여, 이로써 병을 이루어 1년 내에 병고가 또한 적지 아니한 중, 하루는 천주께 그 영혼 거두어 주시기를 간구하였더라. 천주가 천신을[3] 보내어 그에게 이르되 "너가 3일 동안 연옥 괴로움을 받으려 하느냐? 혹 일 년 동안 병고를 받으려 하느냐? 네가 스스로 간택하라."[4] 수사가 대답하되, "차라리 연옥 괴로움을 3일 동안 받을지언정 1년 동안 병고는 받지 아니하겠나이다"[5] 하니라.

이와 같이 문답한지 몇 시 후에[6] 수사가 죽어 연옥에 갔더라. 그 연옥에 간지 1일이 되지 못하여 천신이 연옥에 내려가 심방하니,[7] 수사가 꾸짖어 이르되, "너는 천신이 아니요 곧 마귀로다. 네가 나에게 3일 후 승천하기를 허락하더니 이제 여러 해가 지나도록 나를 연옥에 버려두느뇨?" 천신이 대답하되, "네가 연옥에 간지 아직 하루도 되지 아니하였으되 연고의 혹독함을 인하여 네가 여러 해가 지난 줄로 여기는도다! 천주가 너로 하여금 다시 살게 하사 1년간 병고로써 네 보속을[8] 하게 하신다" 하니 그

---

1 고신극기(苦辛克己) : 육체를 괴롭히면서 참아내는 고행. 그리스도교 전통에서는 자발적인 고통의 감수와 고신극기를 그리스도의 사랑을 모방하는 수단의 하나로 여겼다(『가톨릭대사전』 고통 편 참조).

2 지엄(至嚴)히 : 매우 엄하게.

3 천사를. 천신(天神) : 천사의 옛 호칭.

4 선택하라. 간택(簡擇)하다 : 여럿 중에서 골라내다.

5 이 대화 부분에서 시작 기호 '「'는 원문에 없다. 끝나는 기호 '」'가 있음을 고려해서 실수로 빠진 것으로 여겨 시작할 때 '「' 기호를 기재하여 옮겼다. 또한 대화를 표시한 원문의 기호 「 」는 모두 인용부호로 옮겼다.

6 이와 같이 대화한지 몇 시간이 지난 후에.

7 심방(尋訪)하다 : 방문해서 찾아보다.

8 보속(補贖) : 가톨릭에서 죄로 인한 나쁜 결과를 보상하는 일.

수사가 다시 살아 1년간 병고를 감수함으로 보속을 다 하고 선종하였더라. 괴로움은
한 시가[9] 만 년 같고 즐거움은 만 년이 한 시 같음을[10] 깊이 생각할지로다.

해설

　연옥영혼에 대한 미담입니다. 도미니코회 수사님이 주인공으로 이 미담에서는 '시간'에 대
한 대조를 통해 연옥을 소개한 점이 특징입니다. 연옥에서의 1일은 지상에서의 1일과 같지
않으며 여러 해처럼 주인공에게 느껴집니다. 이런 화소는 앞서 다른 연옥영혼에 대한 미담
에서도 소개된 바 있습니다.

　미담 끝에서는 이 같은 시간차가 '괴로움' 때문임을 밝힙니다. '괴로움은 한 시간이 만년
같고 즐거움은 만 년이 한 시간 같다'는 말로써 연옥에서의 괴로움이 얼마나 크며 그곳에서
의 시간이 얼마나 느리게 흐르는지를 서술합니다. 주인공 수사는 연옥에서의 하루 대신에
지상에서 1년간의 병고를 선택합니다.

9　한 시(時)가 : 한 시간이.
10　원문은 '갓흠'.

예수성용의 위엄

◎ 예수성용의위엄

옛적에 벨누국^{페루} 왕이 서반아^{에스파냐}인으로 더불어 싸워 여러 번 패한지라. 국왕이 괴이히 여겨 묻되, "어찌하여 그는 항상 이기고 나는 항상 패하는고." 한 신하가 대답하되, "저들이 그 공경하는 천주를 의지하여 싸우는 연고이니다." 국왕이 그 말을 듣고 천주의 상을 보고자 하되 얻지 못하더니 그때에 한 사람이 인도 지방으로부터 왔는데 이미 영세입교하고 몸에 예수고상을 모셨더라.

국왕이 이 말을 듣고 심히 기뻐하여 화려한 궁중 안의 고대신과[1] 장관 300여 인으로 하여금 시위하게[2] 한 후, 그 교우를 불러올 때, 그 천주의 상을 몸에 모셨다 하는 고로 국왕이 심히[3] 경외하며 천주의 상이 어디 있느냐 묻거늘 그 교우가 몸에 모셨던 예수고상을 보였는데,[4] 국왕이 심히 의아하며 이르되, "이것이 과연 천주의 상이냐? 실로 곤핍한[5] 자의 상이로다. 내가 감히 경만히[6] 여기리라" 하고 드디어 고상에 침을[7] 뱉어[8] 내던지는지라. 그 교우가 고상을 집어가지고 나올 때, 고상이 노한 위엄으로 한 번 국왕과 관인들을 쳐다보시니 국왕과 대신이 다 혼겁하여 땅에 거꾸러져 3시[9] 동안이나 죽은 자와 같이 움직이지 못하니라.

---

1 고대신(高大臣)과 : 높은 대신과. 지위가 높은 신하를 이른다.
2 원문은 '시위케'. 시위(侍衛)하다 : 임금이나 어떤 모임의 우두머리를 모시어 호위하다.
3 매우.
4 원문은 '보인딕'.
5 곤핍(困乏)하다 : 아무것도 할 기력이 없을 만큼 지쳐 몹시 고단하다.
6 경만하게, 하찮게. 경만(輕慢)하다 : 교만한 마음에서 남을 하찮게 여기다.
7 원문은 '춤'.
8 원문은 '비앗타'.
9 3시간.

3시가 지난 후 차차 다시 살아나 큰 소리로 이르되, "천주는 크시고 또한 인자하시도나. 내가 경만하였으되, 나를 죽이지 아니하시는도다" 하고 드디어 큰 성당을 건축하고 그 고상을 모시고자 할 때, 어떻게 모시는 규칙을 몰라 그 교우에게 물으니 대답하되, "나도 신입교우인[10] 고로 역시 성교[11] 규칙을 자세히 모르노라. 우리나라에 전교하는 신부가 있으니 가서 문의함이 가하니다"[12] 하니라.

국왕이 대신 6인과 및 6세 된 태자와 한가지로[13] 수레를 타고 먼 길을 행하여 예수회 성당에 가서 원장을 뵈옵고 전교신부를 자기 나라에 보냄으로써[14] 성교 가르치기를 간청하니, 원장이 대답하되, "이는 총원장의 본직이라[15] 내가 총원장께 품달하여[16] 그 회답을 받으려 하면 한 2개월이 지체될 터이니 기다릴 수밖에 다른 방법이 없나이다" 하니라.

왕은 자기가 오래 타국에 체재하는 동안에 자기 본 나라에 무슨 사변이 있을까 염려하여 원장을 하직하고 돌아올 때 태자는 거기 머물러 성교요리를[17] 배워 영세하게 하니라.

2개월 후에 왕이 다시 예수회 원장을 찾아가서 신부를 만나 친절히 문답하며 성교요리를 배우더니 뜻밖에 중병에 걸려 성체를 받고 미구에[18] 안연선종하니라.[19] 예수 고상 위엄이 이 같으니 공심판[20] 날에 구름을 타시고 오시는 천주 예수의 위엄이 어떠할꼬. 우리는 그 엄위하신 성용을[21] 반가이 뵈옵기로 지금부터 예비할지로다.

---

10 신입교우(新入敎友) : 입교한 지 얼마 되지 않은 교우. 새 신자.
11 가톨릭교, 천주교. 성교(聖敎) : 성스러운 종교, 가톨릭교(『한불자전』).
12 가능합니다. 가(可)하다.
13 함께.
14 원문은 '보내여써'.
15 총원장의 본업이라, 총원장이 해야 할 일이라.
16 품달(稟達)하다 : 웃어른이나 상사에게 여쭈다.
17 가톨릭 교리. 성교요리(聖敎要理) : 천주교의 교리를 문답식으로 풀이한 일종의 교리서(『가톨릭대사전』) ☞ 미담 2.
18 미구(未久)에 : 얼마 지나지 않아, 오래지 않아.
19 편안하게 선종하니라. 晏然善終. 안연(晏然)하다 : 불안해하거나 초조해하지 아니하고 차분하고 침착하다. 민심이 평화롭고 걱정 없이 편안하다.
20 공심판(公審判) : 최후의 심판.
21 성용(聖容) : (가톨릭) 예수의 얼굴. 성면(聖面).

이 미담은 미담 14편에서 소개한 「예수고상의 성적으로 일후 심판의 그 엄위를 앎」(1911.8, 235호)과 같은 내용의 작품입니다. 표현이 달라진 것이 있고 제목도 변경되었고 내용에서도 추가 혹은 달라진 부분이 있습니다. 무엇보다 관점이 다릅니다. 때문에 두 작품을 비교하면서 읽어보는 것도 좋습니다.

페루는 스페인의 식민지였습니다. 페루와 스페인의 전쟁을 배경으로 한 이 작품은 예수고상과 관련된 내용입니다. 예수고상 즉 예수의 십자고상을 처음 본 페루의 국왕이 곤핍한 고상의 모습을 보고 실언을 하였다가 벌을 받는 장면은 동화에나 나올 법한 이야기 같습니다. 이야기의 사실성보다는 예수고상을 포함하여 예수의 얼굴을 공경하고 또 공심판 때 그분의 모습을 반갑게 볼 수 있도록 준비하자는 주제를 담고자 한 의도로 읽어야 합니다.

고통 받는 예수의 상, 그 상이 지닌 위엄은 세상의 가치로는 이해할 수 없지만 그것을 공경하고 믿는 자들이 그리스도인입니다. 예수고상은 고통의 형상이자 구원의 형상입니다☞ 미담 14.

연령에 대한 미담

○ 련령에되흔미담

△ 예전에 한 수사는 죽은 지 몇 시 후에 그 벗에게 발현하여 노한 얼굴로 꾸짖어 가로되 "너와 나 사이에 정의가 어디 있느뇨? 네가 전에 나와 함께 언약하기를 둘 중에 하나가 먼저 죽거든 남아 있는 이가 미사를 지내여 주기로 언약치 아니하였느냐? 그런데 내가 죽은지가 벌써 1년이 되도록 미사를 드려주지 아니하느냐?" 벗이 대답하되 "네가 죽은지가 아직 반일이 되지 아니하였거늘 어찌 1년이 지났다 하느뇨? 네가 믿지 않거든 아무 공청에 와 보라. 네 시체가 아직 그 방에 있도다!" 죽은 자가 이르되, "슬프다 연옥 괴로움이 어찌 이렇듯이 괴로운고! 몇 시가 1년 같도다" 하고 보이지 아니하니라.

해설

연옥영혼에 대한 미담입니다. 이미 여러 차례 발표되었던 '연령에 대한 미담'에서처럼 이 작품에서도 연옥의 고통 중에 있는 인물이 발현하여 기도를 청하는 내용입니다.

이 작품의 등장인물인 연옥에 있는 수사는 이승에서 하루도 되지 않은 시간을 연옥에서는 1년과 같다고 느낍니다. 그만큼 연옥에서 고통을 견디는 시간이 힘듦을 강조한 것이라 할 수 있습니다. 또 연옥은 현세의 시공간적 질서와는 다른 곳임도 알 수 있습니다.

극악 대죄인이 성모를 공경함으로 구령함 2

○극악대죄인이셩모를공경홈으로구령홈 二

예전에 한 병정은 냉담에 침익하여[1] 사음투도와[2] 살인강도 그런 악을 기탄없이 행함으로 주의 엄벌을 받아 영앙에[3] 빠지게 되였더라. 그 아내는 열심하고 현숙한 부인이라. 일일은[4] 그 장부의[5] 악행이 너무 중대함을 보고 체성하여[6] 이르되, "그대도 양심이 있거니와 모든 죄악으로 인하여[7] 구령하기를[8] 극난하게[9] 되었으니 급히 성모께 부르짖으며 매 첨례 7에[10] 재소를[11] 지키고 또한 어디서든지 성모상을 만나거든 '성모경 한 번'을 열심으로[12] 염하며 성모께 간구하라" 정녕 부탁하였더라.

그 병정이[13] 개과할[14] 마음이 없는 고로, 그 아내의 간절히 부탁하는 말을 귀에 담아두지 아니하면서도 그 말과 마음을 거역하기 어려워하여 그대로 하기를 허락하고, 매 토요일에 재소는 지키지 못하나 성모상을 만날 때에는 성모경은 혹시[15] 염하였더라.[16]

1　침익(浸溺)하여 : 빠져서.

2　사음투도(邪淫偸盗) : 음란한 짓과 도둑질.

3　영앙(永殃) : 영원한 재앙.

4　일일(一日)은 : 하루는.

5　장부(丈夫) : 남편.

6　원문은 '톄셩하다'. '체성(體性)'은 사람이 본디부터 가진 성질로 이 글에서는 '성질을 내며' 혹은 '본성대로'로 의역할 수 있다.

7　모든 죄악 때문에.

8　구원하기를. 여기서는 '구원 받는 것'이라는 의미다. 구령(救靈) : 구원. 신앙으로 영혼을 구함.

9　극난(極難)하게 : 무척 어렵게.

10　'첨례 7'이란 첫 토요일 신심을 말한다. 매월 첫 주간에 특별한 지향을 갖고 미사, 고해성사, 영성체 등을 하였는데, 첫 첨례 7은 첫 토요일 신심으로 마리아 공경을 이른다☞【더 알아보기】.

11　재소(齋素) : 금육, 단식과 금육(『한불자전』).

12　열심히.

13　병정(兵丁) : 병역에 복무하는 장정.

14　개과(改過)하다 : 잘못을 뉘우치고 고치다.

행실을 여전히 방종히[17] 하며 하루는 먼 길을 행하니, 이도 또한 비리행사를[18] 하기 위함이러라. 길을 행하다가[19] 한 성당을 만나 자기 아내의 간절히 부탁한 말을 생각하고 잠시 성당에 들어가 조배하고 또한 성모상 앞에 가서 성모경을 염할 때, 그 상은 성모포영상인데[20] 그 안으신 아들이 전신에 유혈이 낭자하고 상처가 무수하여 성모가 그 상처에서 흐르는 피를 씻고 또 씻어도 여전히 피가 흘러 그치지 아니하더라.

병졸이[21] 이에 자기가 범한 바 모든 죄악을 생각하고 성모께 구하여 주시기를 간청하니 성모가 대답하시되, "내가 너의 모친이요 또한 인자한 모친이나 그러나 네가 무수한 죄로써 나의 성자를 이렇듯이 상해하고 또 나의 마음을 우민케[22] 하였으니 내가 어떻게 나의 성자께 전구하겠느냐." 병졸이 더욱 애걸하여 이르되, "내가 과연 불효하여 너의[23] 성자를 상해하고 또 네 마음을 촉범하였사오나[24] 너는 이미 죄인의 의탁이시니 나를 끊어버리지 마옵소서."

인자하신 성모가 이에 그 병졸을 불쌍히 여겨 당신 성자께 전구하셨는데,[25] 예수가 이르시되, "모친의 구하시는 바를 시행키 어렵도소이다. 내가 오리와올리브 산에서 고난의 잔을 면하기로 성부께 구하였으되 성부가 윤허치 아니하셨으니 어찌 모친의 전구로써 이 대죄인을 사하리이까?" 성모가 또 전구하여 이르시되, "성자는 이왕 나의 태중에서 9개월이나 거쳐하였음을 기억하소서. 또 내가 너를 낳은 후 양육하며 보호하고 갈바리아 산상까지 따라갈 때에 칼이 내 마음을 찌르듯이 애통함은 다 너를 인하여[26] 받았음이오니, 이제 이를 생각하시고 그를[27] 용서하소서."

---

15 혹시(或時) : 어쩌다가, 어떠한 때에.

16 염(念)하다 : 염경기도하다. 여기서는 조용히 기도문을 외우며 기도한다는 뜻.

17 방종하게, 방종(放縱) : 아무 거리낌이 없이 마음대로.

18 비리행사(非理行事) : 올바른 도리에서 어긋나는 행동이나 짓.

19 길을 가다가.

20 성모자상. 지금은 쓰지 않는 단어. 사전에도 등재되어 있지 않다. 한자어로 성모포영(聖母抱嬰)인데 이는 아기 예수를 안은 성모라는 뜻이다. 즉 성모포영상은 아기 예수를 안은 성모님 상을 말한다.

21 위에서 언급한 병정 즉 이 작품의 주인공을 이른다.

22 우민(憂悶) : 근심하고 번민함.

23 성모님을 '너'라로 지칭하고 있다. 2인칭 대명사로서 '너'이며, 현대어로 고친다면 '당신'으로 옮길 수 있으나 여기서는 '너'라는 표현을 그대로 두었다.

24 촉범(觸犯)하다 : 꺼리고 피해야 할 일을 저지르다.

25 원문은 '젼구ᄒ신듸'.

예수가 대답하시되, "내가 산원기도[28] 할 때에 고난의 잔을 면하기로 2차나 성부께 구하였으되 성부가 윤허치 아니하셨으니, 이는 공의에[29] 속한 일이라. 어찌 그를 용서하리이까?" 성모가 더욱 간구하여 이르시되, "나의 구함은 인자이요 공의가 아니오니, 인자하심으로 그의 죄를 사하소서. 성자가 십자가상에서 너를 못 박는 악당을 위하여 성부께 구하지 아니하셨나이까? 지금도 이 죄인을 불쌍히 여기소서."

예수가 이르시되, "전에 나를 십자가에 정살하던[30] 자들은 나를 알지 못하던 자들이어니와 지금 이 죄인은 나를 천주로 알면서도 허다[31] 죄악으로써 나를 상해하였으니 어찌 사하리이까. 나의 모친은 차라리 다른 것을 청하소서. 내가 오리와^{올리브} 산원에서[32] 고난의 잔을 면하기로 3차이나[33] 성부께 구하였으되 윤허함을 얻지 못하였나이다" 하시는지라.

이때에 병졸이 봄에 예수가 3차이나 성모의 청하심을 물리치시는지라. 거의 실망할 듯하나 성모의 인자하심을 믿고 의연히 성모께 애걸하니, 성모가 예수를 높은 대상에[34] 모시고 그 앞에 부복하여 간구하시되, "이 죄인이 당연히 주의 의노를 받을 것이오나 그러나 너그러이 용서하소서. 만일 허락하지 아니하면 내가 여기 꿇어 있어 도무지 일어나지 아니하리이다." 오 주가 그 모친의 말씀을 듣고 이르시되, "모친은 일어나소서. 모친 때문에 그를 용서하나이다" 하시니라.

---

26 너로 인하여, 너 때문에.

27 원문은 '뎌를' → 저를 → 그를.

28 올리브 산에서 기도할 때에, '산원기도'가 정확히 무슨 뜻인지는 확인할 수 없다. 다만 문맥상 '산에서 드린 원망(願望)의 기도'라는 의미로 산원기도(山願祈禱) 혹은 '산에서 드린 억울함을 호소하는 기도'라는 의미로 산원기도(山怨祈禱) 혹은 '탄원기도(歎願祈禱)'의 오타라 할 수 있다. 사정을 호소하고 도와주기를 간절히 바란다는 의미의 '탄원기도'의 오기로 보는 것도 가능하다. 오타가 아니라면 '오리와 산원에서'라는 말이 다시 등장하는 것으로 보아 '산원기도'는 올리브 산에서 드린 기도라는 의미로 보는 것이 적절하다. 각주 32) 참조.

29 공의(公義) : 공평하고 의로운 도의. (가톨릭) 선악의 제재를 공평하게 하는 하느님의 적극적인 품성. 가톨릭의 사회 정의 이론이 여기서 나왔다.

30 십자가에 못 박아 죽였다는 뜻으로 한자어 '釘殺'을 한글로 쓴 단어. 원문은 '뎡살'. 『한불자전』에 '뎡살하다'가 등재되어 있다. 뜻은 釘殺, 못 박아 죽이다, 십자가에 못 박아 죽이다.

31 허다(許多) : 많은.

32 산원(山園) : 산에서.

33 세 번이나.

34 대상(臺上)에 : 높은 대의 위에.

성모가 이에 예수 전체의 모든 상처의 피를 씻으시니 상처가 이에 다 없어지는지라. 이에 병졸을 불러 예수 상처의 흔적을 친구하게[35] 하심에 병졸이 눈물을 흘리며 전전긍긍하여 나아가 예수의 상처를 친구하니라. 이에 성모포영상이 전과 같이 본자리에 계시고 그 병정은 감화회심하여[36] 집에 돌아가 당한 바 영적의[37] 사정을 일일이 아내에게 고함에, 그 부인이 감사체읍하고[38] 그 장부는 비리행사의 재물을 다 보환하고[39] 그 남은 바 재물을 다 애긍[40] 구제한[41] 후 부부 양인이[42] 그 영육까지 천주께 다 봉헌하여 부는[43] 수사원에, 부는[44] 수녀원에 입회하여 남은 생명을 거룩히 지내며 선생복종[45] 하니라.

이에 묵을 해를 보내고 새해를 영접하는 기회에 모든 냉담자들은[46] 이 표양을 보고 아무리 냉담 중에 지내는 동안에라도 성모경 한 번이라도 염하여 인자하신 성모를 잊어버리지 말지어다. "생각하소서. 지인지자하신[47] 동신이신 마리아여! 예로부터 네 의하에[48] 나아가는 자와 네 은우를[49] 간절히 구하는 자와 네 전달하심을 구하는 자는 누구를 의논치 말고[50] 네가 끊어버리심은 듣지 못한 일이로소이다!"

---

35 친구(親口) : (가톨릭) 숭경의 대상에 대하여 존경과 복종을 나타내려고 입을 맞춤. 또는 그런 행동.

36 감화하고 회심하여. 감화(感化) : 좋은 영향을 받아 생각이나 감정이 바람직하게 변화함. 또는 그렇게 변하게 함. 회심(回心) : 마음을 돌려먹음, (기독교) 과거의 생활을 뉘우쳐 고치고 신앙에 눈을 뜸.

37 영적(靈蹟) : 신령스러운 사적. 기적의 옛말(『가톨릭대사전』).

38 감사하면서 슬피 울며. 체읍(涕泣) : 눈물을 흘리며 슬피 욺.

39 갚아 돌려주고. 보환(報還) : 갚아 돌려줌.

40 애긍(哀矜) : 불쌍히 여김.

41 구제(救濟)하다 : 자연적인 재해나 사회적인 피해를 당하여 어려운 처지에 있는 사람을 도와주다.

42 양인(兩人)이 : 두 사람이.

43 부(夫)는 : 남편은.

44 부(婦)는 : 아내는.

45 선생복종(善生福終) : 선종(善終).

46 냉담자(冷淡者) : 어떤 대상에 흥미나 관심을 보이지 않는 자. (가톨릭) 종교에서 떠난 자. 냉담 교우 ≠ 열심자.

47 지인지자(至仁至慈) : 지극히 인자하고 지극히 자애로운, 더없이 인자한.

48 의하(意下)에 : 뜻 아래에.

49 은우(恩佑) : 은혜와 도움.

50 불문(不問)하고, 가리지 말고.

 냉담자를 주인공으로 성모 공경을 주제로 한 미담입니다. 주인공은 음란한 짓과 도둑질, 살인 강도짓까지 저지르던 냉담자인 병졸입니다. 그의 아내는 주인공에게 성모상을 지날 때 '성모송'으로 기도해 달라고 간청하고 그는 때때로 이를 행합니다. 이 단순한 청과 짧은 성모송 덕분에 주인공은 죄에서 벗어나 선생복종하게 되었다는 내용입니다.

 이야기 전개에서 미담의 양식을 빌어 묘사된 장면들이 몇 개 있습니다. 주인공인 병정이 성모자상에 안겨있는 예수 아기의 상에서 유혈이 낭자한 모습을 보게 되는 장면, 성모와 병졸의 대화 장면, 성모와 예수의 대화 장면입니다. 이것들은 기도 중에 일어난 환시일 수도 있고 아니면 상상력의 소산일 수도 있습니다. 이 장면들을 구체적으로 묘사하고 전달한 것이 이 미담의 특징입니다. 특히 주인공과 성모의 대화, 성모와 예수의 대화들이 실감나게 기술되어 있습니다.

 현재 표기법으로 바꾼다면 '당신'이나 '성모님께서'라고 고쳐야 하겠지만 성모님과 주인공 병정이 서로를 2인칭 대명사 '너'라고 부른다거나 성모님이 예수님을 '너'라고 부르는 장면은 옛 글에서 만날 수 있는 표현이기도 합니다. 예수님께 간청하는 성모님의 모습도 한 단계 한 단계 구체화되고 심화되면서 전개됩니다. '모친 때문에 그를 용서하나이다'라는 예수의 대답은 성모신심의 중요성을 보여주는 대목이기도 합니다.

 마지막 단락은 이 미담의 주제부로, 아내가 온갖 못된 짓을 하는 냉담자인 남편에게 했던 부탁처럼 냉담 중인 사람일지라도 성모경을 한 번이라도 염해 달라는 당부를 덧붙입니다. 맘에 들지 않는 사람, 하물며 극악무도한 죄인은 단죄하기 쉽지 그에게 기도하라고 청하기는 불편하고 귀찮고 어렵습니다. 설사 그가 기도한다 해도 그의 기도를 믿지도 않고 달갑지도 않은 게 인간적인 마음입니다. 그러나 죄인의 행실을 단죄하기보다 성모님의 은총과 성부 성자 성령의 자비를 믿고 거기에 희망을 두는 것이 기도입니다. 죄인을 기도로 초대하는 것, 그것이 사랑이고 신앙입니다. 누구보다 자기 자신을 죄인으로 여긴다면 기도로의 초대는 자신부터 시작되어야 합니다. 성모송처럼 짧은 기도가 우리를 변화시킬 수 있음을 이 미담은 전해줍니다.

 예수님 앞에 엎드려 "이 죄인이 당연히 주의 의노를 받을 것이오나 그러나 너그러이 용서하소서. 만일 허락하지 아니하면 내가 여기 꿇어 있어 도무지 일어나지 아니하리이다"라고 예수님께 죄인의 용서를 청하는 성모님의 모습은 기도하는 자가 '흉내라도 내야 할' 모범입니다. 타인을 위해서뿐 아니라 나 자신을 위해서라도 이렇듯 간절하게 기도했는지 돌아보아야 하겠습니다. 다른 이를 위한 기도와 삶이 어떠해야 하는가를 성모님의 모습에서 찾아야 하겠습니다.

첫첨례 7 ☞ 첫요일 신심. 용에 교회에서는 연중을 통해서 삼위 일체, 강생 구속, 성령 강림 등의 신비를 시기별로 나누어, 찬미와 영광을 드려 오고 있다. 그래서 그리스도, 마리아, 성인과 관련된 축일(예전에는 瞻禮라 함)을 지낸다. 그 외에도 성월(聖月)을 정하여 그 달에 특별한 신심 행사를 하여 오고 있다. 또한 매월 첫 주간에 특별한 지향을 갖고 미사, 고해성사, 영성체 등을 했다. 첫 주간은 매월 첫 축일(첨례)이므로, 첫 첨례 5(첫 목요일 신심, 성직자 수도자를 위한 지향), 첫 첨례 6(첫 금요일 신심, 예수성심 공경), 첫 첨례 7(첫토요일 신심, 마리아 공경)이라 하였다. 지금은 첫첨례 7(첫토요일 신심)만 남아 있는데, 이 신심은 1917년 파티마의 성모 발현 후 시작되었다. 그 외에도 주간을 각각 나누어 주일은 천주 성삼의 신비를, 월요일은 성인들을, 화요일은 연옥영혼을, 수요일은 성 요셉을, 목요일은 성직자와 수도자를, 금요일은 예수성심을, 토요일은 성모님을 공경하거나 기도를 드렸다.

연령에 대한 미담

◎ 련령에 되 흔 미담

　△ 예전에 가이봉이라 하는 지방에 한 귀족이 있어 평생에 열심수계하며[1] 많은 선공을[2] 행할 뿐 아니라 또한 병사를 거느리고 야만의 침략을 방어하였더라. 죽은 지 30년 만에 성녀 애비리아께 발현하여 구조를 청하거늘, 성녀가 그 뉘며[3] 그 종향[4] 사정을 물으셨는데[5] 대답하되, "나는 아무의 영혼인데 생시에 성당에 들어가 미사와 모든 예절에 참예할 때에 화려한 복장을 입고 모든 이 앞에 화려함을 좋아하였던 고로 연옥에서 보속하기를[6] 30년에 이르렀노라" 하고 보이지 아니하니라.

　△ 루비 수도원에 한 수사는 주방 소임을 맡았는데 이 소임은 본디[7] 매우 분주 분망한[8] 소임이라. 음식도 다른 이와 함께 먹지 못하고 또 먹은 후는 다른 이와 같이 긴 성영을[9] 염하지 않고 자의로 간단한 성영(성영 50편 대신으로 성영 제129편)을 염하였더라. 그 죽은 후 하루는 주방에서 무슨 괴이한 소리가 나는 고로, 모든 이 가서 보니 죽은 주방 수사가 발현하여 이르되, "내가 생시에 짧은[10] 경문으로써[11] 긴 경문을 대

1　열심히 가르침을 받으며. 수계(受戒) : 가르침을 받드는 사람이 지켜야 할 계율을 받음.

2　선공(善功) : 좋은 결과를 낳는 공덕.

3　누구며.

4　종향(終向) : 끝, 종말, 목표, 계획을 품는, 지향하는 동기(『한불자전』).

5　원문은 '무르신되'.

6　보속(補贖) : 가톨릭에서 죄로 인한 나쁜 결과를 보상하는 일.

7　원문은 '본되'.

8　분주하고 바쁜. 분망(奔忙)하다 : 바쁘다.

9　성영(聖詠) : (가톨릭) 예전에 구약 성경의 시편(詩篇)을 이르던 말.

10　원문은 '졀은'. '졀은'이라는 단어의 정확한 뜻을 확인할 수 없어 여기서는 문맥의 의미를 살려서 '짧은' 혹은 '줄인'으로 의역하여 옮겼다.

신하여 염하였던 연고로 연옥 괴로움을 당하노라" 하고 다시 보이지 아니하였더라. 그 수도원에서는 그 망자[12] 수사를 대신하여 매일에 통회 성영[13] 제4편(성영 제50편)을[14] 염하여 주기를 1년 동안에 하니라.

해설

　연옥영혼을 위한 기도를 주제로 한 두 편의 미담입니다. 첫 번째 미담은 화려함을 좋아했던 한 귀족이 발현하여 연옥에서 30년 동안 보속하고 있다는 고백을 소개하고 두 번째 미담은 긴 기도문 대신 짧은 기도문으로 기도하던 수도원의 주방 수사가 발현하여 연옥의 고통을 고백한 내용입니다. 두 편의 주인공 모두 큰 죄를 지었다 여겨지지 않을 수 있지만 연옥의 고통은 이러한 것마저 예외가 될 수 없음을 이 미담은 강조합니다.

---

11 기도문.
12 망자(亡子) : 죽은 사람.
13 통회 시편.
14 ☞주 9.

모고해 하다가 회두하여 수사가 됨

○모고히ᄒ다가회두ᄒ야슈ᄉ가됨

　예전에 히스바니아^{에스파냐}국에 한 부자가 있어 주색잡기에 침익하여[1] 회개할 마음이 없는지라. 천주가 그를 벌하시어[2] 노름으로써 모든 재물을 탕진하니 이후 생활은 고사하고 당장 호구지책이[3] 없는지라. 이 사람이 천주를 원망하며 더욱 악심을[4] 방사히[5] 하더라.

　하루는 고해 예비하는 책을 보니 모고해[6] 하는 사정이 있어, 모고해 하는 자는 천주께 더욱 득죄한다 하였는지라. 이에 가서 모고해 하고 또한 수차 모고해 하여 더욱 천주를 촉범하고자[7] 하였더라. 하루는 또 모고해 할 때 탁덕이[8] 그 심중에 요란함이 마치 해중[9] 풍랑 같음을 보고 온유한 말로 위로하여 이르되, "네가 안심하여 모든 죄를 다 고하고 조금도 염려하지 말라. 천주는 지인지자하사[10] 고해성사를 세우시고 사죄하는 대권을[11] 탁덕에게 주셨나니라."

　그 사람의 철석같던 마음이 이에 감동하여 체읍통곡하며[12] 이르되, "내가 허다하

1　침익(浸溺)하여 : 빠져서.
2　원문은 '벌ᄒ샤'.
3　호구지책(糊口之策) : 가난한 살림에서 그저 겨우 먹고살아 가는 방책. 호구지계, 호구지방, 호구책.
4　악심(惡心)을 : 나쁜 마음을, 악의를.
5　방사하게, 제멋대로. 방사(放肆)하다 : 제멋대로 행동하며 거리끼고 어려워하는 데가 없다.
6　모고해(冒告解) : (가톨릭) 고해성사를 모독함. 또는 그런 행위. 고해성사 중에 고의로 자신의 죄를 숨기는 경우가 이에 해당한다.
7　촉범(觸犯)하다 : 꺼리고 피해야 할 일을 저지르다.
8　신부가. 탁덕(鐸德) : 예전에, 덕을 행할 수 있도록 지도하는 사람이라는 뜻으로, '신부(神父)'를 이르던 말.
9　해중(海中) : 바다 가운데.
10　지인지자(至仁至慈) : 지극히 인자하시고.
11　대권(大權) : 큰 권한.

고[13] 막중한 죄를 범하였거늘 오히려 주께 사하심을 바랄 수 있으리이까?" 탁덕이 이르되, "천주의 인자는 무한량[14] 하신 고로 어떠한 죄인이든지 진심으로 통회정개하면[15] 천주가 반드시 용서하시나니라."

그 사람이 이에 눈물을 비와 같이 내리며 그 허다하고 중대한 죄를 다 고명하여[16] 사죄지은을[17] 받은 후 또한 그 죄 보속하기[18] 위하여 고수원에[19] 들어가서 모든 고공을[20] 행한지 3년 만에 중병에 걸려 손에 예수고상을 받들고 이르되, "나를 구속하신 천주 예수여, 내가 전에 무수중대한 죄악을 네게 범하였사오나 지금은 지극히 애통하나이다. 너의 무한인자가 아니었다면[21] 내가 어디로조차[22] 용서함을 얻었으리이까" 하여 정히[23] 이 말을 하는 동시에 안연선종하였더라.[24]

이를 보건대 비록 극악 대죄인이라도 주의 인자하심을 의지하여 곧 고해소에 나아가 사죄지은을 얻을지로다. 고해하기를 미루며 냉담 중에 지체하는 이는 크게 경책하여[25] 시와 날을[26] 미루지 말지로다.

---

12 체읍통곡(涕泣痛哭) : 눈물을 흘리며 통곡하며.

13 허다(許多)하다 : 많다.

14 무한량(無限量) : 한계가 없다.

15 통회하고 정개함. 통회(痛悔) : (가톨릭) 자기가 지은 죄를 뉘우치고 다시는 죄를 짓지 아니하겠다고 결심함. 또는 그런 일. 정개(定改) : 다시 죄를 짓지 아니하기로 결심하는 일. 고해성사의 다섯 요건 중 하나.

16 고명(告明)하다 : (가톨릭) '고백하다'의 이전 용어.

17 사죄지은(赦罪之恩) : (가톨릭) 죄를 용서하여 주는 하느님의 은혜.

18 보속(補贖) : 가톨릭에서 죄로 인한 나쁜 결과를 보상하는 일.

19 수원. 수원(修院) : 수도원의 준말. '수원' 앞에 있는 '고'는 고(高)나 고(孤)로 높은 수도원 혹은 고독한 수도원이라 할 수 있다.

20 고통을 달게 받는 것. 일부러 고통을 당하는 것으로 수행의 한 방법. 고공(苦功) : 고난과 공적(『한불자전』).

21 당신(예수님)의 무한하신 인자로움이 아니었다면, 예수님을 2인칭 대명사인 '너'로 대신했다.

22 어디로부터.

23 정(正)히, 정(整)히. '바르게', '가지런하게'의 의미다.

24 안연선종(晏然善終) : 편안하게 선종하였다. 안연(晏然)하다 : 불안해하거나 초조해하지 아니하고 차분하고 침착하다. 민심이 평화롭고 걱정 없이 편안하다.

25 경책(警責)하다 : 정신을 차리도록 꾸짖다.

26 시(時)와 날을 : 시간과 날짜를.

　고해의 중요성을 강조하고 모고해를 경계하는 미담입니다. 모고해란 고해성사를 모독하는 것으로 고의로 자신의 죄를 숨기고 고백 성사를 하는 것을 이릅니다. 특히 이 미담에서는 아무리 큰 죄를 지은 죄인이라도 주의 인자하심에 의지할 것과 고해성사를 미루지 말 것을 당부합니다.

　미담에 등장하는 인자한 신부님의 말씀이 인상적입니다. 고해성사 앞에서 천주교인들은 긴장하고 두려워하는 경우가 많습니다. 작품에 등장하는 탁덕, 즉 신부님처럼 고해성사는 두려움을 완화시켜주고 화해의 시간으로 인도해 줄 수 있는 이의 도움이 더욱 필요한 성사이기도 합니다.

영육에 대한 지극한 애덕

△ 령육에딕ᄒᆞᆫ지극ᄒᆞᆫᄋᆡ덕

　이전 히스바니아(서반아^{에스파냐})국에 한 성인이 계시니 곧 요왕^{요한} 성인이라. 이왕[1] 세속에 있을 때에 대장이러니, 그 후는 예수의 용병이[2] 되사 용맹히[3] 모든 간난을[4] 인내하여 육신을 괴롭게 함으로써 오 주의 지극한 사랑을 보답하고자 하사 병원에 들어가 노복의[5] 사역을 감심 정원으로[6] 행하셨더라.

　한번은 병원에서 화재가 나서 모든 병자가 화염 중에 타 죽게 되거늘 성인이 황망[7] 중에 그 운동치 못하는 환자들을 불 가운데서 구하고자 화염을 무릅쓰고 병실마다 들어가서 불쌍한 병자들을 업어내어 안온한 곳에 옮겨두고, 또한 중요한 물건을 다 창문 밖으로[8] 내던질 때, 이같이 치성한 불[9] 가운데로 출입하시기를 한 시[10] 동안이나 하셨으되, 성인의 몸은 호발도[11] 상치 아니하였음에 모든 이 그 성덕에[12] 감복되어 천주를 찬양하니라.

　성인이 사람의 영육을 구하시기에 한 시도 간단이 없고[13] 힘을 갈진히[14] 하사 사방

1　이왕(已往) : 지금보다 이전, 이왕에.
2　용병(勇兵) : 용감한 병사.
3　용맹하게.
4　간난(艱難) : 몹시 힘들고 고생스러움.
5　노복(老僕) : 늙은 사내종.
6　감심(甘心) : 괴로움이나 책망 따위를 기꺼이 받아들임. 또는 그런 마음.
7　황망(慌忙) : 몹시 급하여 당황하고 허둥지둥 하는 면이 있음.
8　원문은 '밧게로'.
9　불길이 활활 타오르는 모습을 묘사한 것. 치성(熾盛)하다 : 불길같이 성하게 일어나다.
10　한 시간.
11　조금도. 호발(毫髮) : 원래는 가늘고 짧은 털, 아주 작은 물건을 이르는 말.
12　성덕(聖德) : 성인(聖人)의 덕, 성스러운 덕.

에 다니시며 구걸하여 무의무탁한 환자를 구제하시니라.

여러 번 한 노파 부인에게 가서 구걸하실 때, 그 부인은 비록 가세가 넉넉하지는[15] 못하나 열심 애인하는[16] 고로 한번은 만둣국 한 그릇을 애긍하고[17] 어떤 때는 돈푼도[18] 주고 한번은 시사할[19] 물건이 없고 다만 소금이 조금 있는지, 이에 소금 한 움큼을 시사하였는데 성인은 많으나 적으나 다 감사로이 받아다가 환자들을 도와주시니라.

그 노파 부인은 애지중지 하는 외아들이 있더니 청년의 호활한 마음으로 병정 노릇 하기를 좋아하여 이에 서반아에스파냐를 떠나 이태리국이탈리아에 가서 병정 노릇을 하다가 그 후 영문을[20] 하직하고 집에로 돌아올 때, 수천 리 원로에[21] 노수가[22] 핍절함에[23] 하릴없이[24] 역로에서 구걸하며 고향 본집에 돌아왔더라. 그 모친은 사랑하는 아들을 만남에 어떻게[25] 즐거우리오. 모자 앉아서 밤이 깊도록 서로 그립던[26] 회포를 피차 설화할 때,[27] 모친이 그 영문에 지내던 사정과 구걸하며 돌아오던 모든 일을 물으니 아들이 대답하되, "빌어먹으며 돌아올 때에 어떤 이는 만둣국 한 그릇을 주고 어떤 이는 돈푼도 주고 어떤 이는 줄 것이 없어서 소금을 한 움큼을 주었는데 다 받아서 유조이[28] 썼나이다" 하는지라. 모친이 기이히 여겨 그 물건의 모양과 다과를 자세히 물어봄에 아들이 다 그 모양대로 대였는데 모친이 생각하여 본즉, 자기가 전에 요왕요한 성인

---

13 간단(間斷)없다 : 끊임없다.

14 갈진(竭盡)하다 : 바닥이 드러날 정도로 다하여 없어지다.

15 원문은 '넉넉치는'.

16 열심히 남을 사랑하는.

17 애긍(哀矜) : 불쌍히 여김. 여기서는 자선을 베풀다는 의미로 쓰임. 적선, 자선활동(『한불자전』). 불쌍히 여김(『표준』). 원문은 '익긍'.

18 돈푼 : 흔히 '돈푼이나'의 꼴로 쓰여, 쉽사리 헤아릴 만큼 그다지 많지 아니한 돈.

19 시사(施舍)하다 : 은덕을 베풀어 주다.

20 영문(營門) : 병영의 문.

21 원로(遠路) : 먼 길.

22 노수(路需) : 노자(路資), 먼 길을 오가는 데 드는 돈. 여비.

23 핍절(乏絶)하다 : 극도로 가난하다.

24 할 수 없이. 원문은 '할 일없이'.

25 얼마나.

26 원문은 '그리우던'.

27 서로 재미있게 이야기 할 때. 설화(說話) : 재미있게 말하다.

28 도움이 되게. 유조(有助)하다 : 도움이 있다.

에게 애긍한[29] 것과 온전히 같은지라. 부인이 황연히[30] 생각하되, "이는 천주가 나의 애긍한 것을 내 아들에게 갚아 주심이로다! 당신이 일찍이 이르신 바 '애긍하는 이는 진복자로다.[31] 저희가 애긍함을 받으리라' 하신 말을 실험케 하심이로다" 하니라.

요왕^{요한} 성인의 가난 구제심은[32] 항상 여일하여[33] 하루는 빈궁환자를[34] 위하여 한 부자에게 가서 애긍을 청하시니, 그 부자가 마침 벗으로 더불어[35] 바둑을 두다가 이르되, "당신이 지금 오심은 시간을 맞추지[36] 못하였습니다. 나는 이제 남을 이기고 돈을 얻고자 하거늘 당신은 이제 내 돈을 가져가고자 하십니까?" 하고 마지못하여 22개 금전을 성인께 드리고 성인이 이 돈으로 어떻게 시사하는가[37] 시험코자 하여 바둑은 그만두고 즉시 걸인 복장을 차리고 성인이 지나가실 길에 앞질러 가 있다가 성인을 만나 구걸하여 이르되, "나는 멀리서 온 나그네올시다. 집이 본디 부요하더니 송사로 인하여 다 탕진하고 당장 요긴한 것도 없사오니 천주를 위하여 내게 애긍하소서."[38] 성인이 즉시 측은히 여기사 금전 22개를 주시니 그 부자가 이에 성인의 구제심이 광대지공함을[39] 알았더라.

부자가 집에 돌아가서 사람을 병원에 보내어 요왕^{요한} 성인께 심방하러[40] 감을 미리 고하고 이에 가서 성인께 이르되, "성인이 작일에[41] 도적을 맞으셨다 말이 옳습니까?"[42] 대답하시되, "아니라, 천주성명을[43] 위하여 애긍 청하는 자를 구제하였노라"

---

29 ☞ 주 17.

30 황연(晃然)히 : 환히 깨닫는 모양.

31 진복자(眞福者) : 가톨릭에서 예수가 선언한 복된 사람. 여덟 가지의 참된 행복을 누리는 사람으로서 이들만이 하느님의 나라를 차지할 수 있다고 한다.

32 구제심(救濟心) : 자연적인 재해나 사회적인 피해를 당하여 어려운 처지에 있는 사람을 도와주는 마음.

33 여일(如一)하다 : 같다. 처음부터 끝까지 한결 같다.

34 가난하고 궁색한 환자. 빈궁(貧窮) : 가난하고 궁색함.

35 벗과 함께.

36 원문은 '마치다'.

37 시사(施舍)하다 : 은덕을 베풀어 주다.

38 적선하소서 ☞ 주 17.

39 크고 넓고 공정함을. 지공(至公)하다 : 지공무사(至公無私)하다. 지극히 공정하여 사사로움이 없다.

40 심방(尋訪)하다 : 방문하여 찾아보다.

41 작일(昨日) : 어제.

42 성인이 어제 도적을 맞았다는 말이 옳습니까(맞습니까)?라는 의미이다. 원문은 '셩인이작일에도적을마지셧다말이올흠닛가'.

하시고, 그 이른 바[44] '도적맞았다' 하는 말이 뜻이 있는 줄을 짐작하셨더니, 부자가[45] 22개 금전과 및 50개를 성인께 더 드리며 이르되, "내 재산을 다 당신께 드리오니 가끔 오사 가져가소서" 하는 고로 그 후 성인이 쓰실 일이 있으면 가끔 가서 돈을 얻어 애긍시사하시기를[46] 그 부자의 원의[47] 대로 하시니라.

성인이 하루는 먼 길을 행하실 때, 길에서 한 동자를[48] 만나시니, 그 얼굴이 심히[49] 아름다우나 의복이 남루하고 신이 없는 고로 발을 얼음에[50] 상하여 행보치 못하는지라. 성인이 애련히 여겨 업고 가실 때 그 무게가 대단하여 성인이 머리와 얼굴에 땀이 비 오듯하는데 그 동자는 그 등에서 수건으로써 가끔 씻어주더라. 성인이 업고 가시다가 기운이 탈진하고 기갈이[51] 자심하여[52] 길옆에 한 샘에 가서 물을 마시더니, 그 동자가 홀연 영화로운 몸에 광채가 발하며 손에 한 석류를 가지셨는데 그 실과에[53] 한 십자가 있더라. 성인을 향하여 이르되, "요왕^{요한}아 이 석류는 네 읍내이요(성인의 본읍이 그라나덴^{그라나다}시니[54] 곧 석류라는 뜻이라) 십자는 네가 이 읍내에서 마땅히 짊어지고 공을 세울 것이니라" 하시고 홀연 보이지 아니하니, 성인이 그 오 주 예수인 줄을 깨닫고 심히[55] 기뻐하시니라.

성인이 또 부정한 부녀와 및 창녀를 회두시키실[56] 때, 그 권면경계하시는[57] 말씀이

---

43 성명(聖名) : 하느님의 거룩한 이름.
44 원문은 '그닐은 바'.
45 부자(富者). 재물이 넉넉한 사람.
46 애긍시사(哀矜施舍) : 불쌍히 여겨 은덕을 베풀어 줌.
47 원의(願意) : 바라는 생각.
48 동자(童子) : 사내 아이.
49 심(甚)히 : 매우, 정도가 지나치게.
50 몸의 한 부분이 얼어서 신경이 마비된 것. 동상에 걸린 것이라 할 수 있다.
51 기갈(飢渴) : 배고픔과 목마름을 아울러 이르는 말.
52 자심(滋甚)하여 : 매우 심하여.
53 실과(實果) : 열매에.
54 그라나다(Granada) : 스페인의 도시로, 그 이름이 '석류'라는 스페인어 그라나다에서 유래한 것으로 추정된다.
55 매우.
56 머리를 돌린다는 뜻으로, 뱃머리를 돌려 진로를 바꿈을 이르는 말. (가톨릭) 배교(背敎)하였다가 다시 돌아옴.
57 권면(勸勉) : 알아듣도록 권하고 격려하여 힘쓰게 함. 징계(懲戒) : 허물이나 잘못을 뉘우치도록 나

간절하고 격렬하여 그 말씀을 듣는 창녀가 마음이 감동하여 개과천선하였는데, 그 후에 연극을 꾸미는 사람이 성인이 창녀에게 대하여 강론하시던 말씀으로써 연극을 꾸미 관람자들 앞에 그 연극을 행할 때에 창녀들과 부정한 부녀들이 또한 구경하러 왔다가 홀지에[58] 개과천선할 마음이 감동하여, 모든 이 앞에 꿇어 그 잘못함을 자백하고 회두하니라.[59] 이를 보면 성인이 형신[60] 두 가지 애긍에 어떻게[61] 열절하셨음을[62] 가히 추측할 터라.[63]

스페인의 성인 성 요한이라는 인물을 주인공으로 한 미담입니다. 작품에 등장하는 행적을 보건대 이 작품의 주인공인 요한 성인은 천주의 요한 성인으로 보입니다. 스페인의 성인으로 세속에서 대장이었고 후에 병원에서 활동한 점, 구걸을 하며 무의무탁한 환자를 돌본 점, 작품 후반에 예수가 발현한 이야기와 관련해서 '그라나다의 요한'으로 언급한 점에서 천주의 성 요한을 연상하게 합니다.

천주의 성 요한은 1495년 포르투갈에서 출생하였으며, 목동, 군인, 노동자 등을 전전하다 45세에 그라나다에서 십자가의 성 요한의 강론을 들으며 회개한 후 가난한 이, 장애인, 병자, 부랑인 고아 등을 돌보며 지냈다고 합니다. 매일 구걸을 다니기도 했고, 왕립 병원에 불이 났을 때 불길 속에 들어가 사람들을 구하기도 했으며, 열렬하게 하느님 사랑에 투신했던 성인입니다. 그가 죽은 후 그의 영성을 이어받은 이들이 천주의 성 요한 의료 봉사 수도회를 창설하였으며 한국에도 1958년 아일랜드에서 5명의 수도사들이 진출하여 지금까지 활동하고 있습니다.

이 미담에서도 성 요한의 성인전에 나오는 이야기들과 비슷한 일화들이 소개되어 있습니다. 불길 속에서 병자들을 구하는 모습, 무의무탁한 환자를 돕기 위해 구걸을 마다하지 않는

무라며 경계함.

58 매우 갑작스럽게. 원문은 '홀디에'.
59 회두(回頭) : 회개(悔改), 잘못을 뉘우치고 바로잡음.
60 육체와 정신.
61 얼마나.
62 열절(熱切)ᄒ다 : 열의, 열심, 열정, 열심이다, 열성적이다, 열렬하다(『한불자전』).
63 추측할 것이다. 추측할 수 있다.

모습, 자신이 구걸하여 얻은 돈마저 길에서 만난 가난한 이의 호소에 모두 그에게 주는 모습, 또 신발도 없는 어린 아이를 업어주었다가 예수님을 만나는 발현 이야기 등이 그것입니다.

뿐만 아니라 요한 성인께 재산을 희사했던 인물들과 관련된 내용도 소개됩니다. 어려운 중에서도 자기 형편대로 요한 성인을 도왔던 노파가 후에 자신의 아들이 그 갚음을 받았음을 알게 되는 이야기, 요한 성인께 금 22개를 주고 그를 시험했던 부자가 그에게 감복하여 그를 돕게 된 이야기인데 이런 주변 인물들의 이야기들이 이 미담의 흥미와 감동을 더해 줍니다. 부정한 부녀와 창녀까지도 요한 성인의 열절한 사랑에 개과천선하였고, 이를 연극으로 만들었더니 관람자로 왔던 여인들이 회개하였다 합니다. 하느님을 향한 한 인물의 열절한 사랑의 영향력이 얼마나 지대한지를 이 미담을 통해 알 수 있습니다.

천주가 선인의 받는 망증을 벗겨주기 위해 큰 영적을 행하심

◎ 텬쥬 │ 션인의밧는망증을벗겨주기위ᄒ샤큰령젹을힝ᄒ심

예전에 스다니슬나오^{스타니슬라오} 주교 성인은[1] 성당을 짓기 위하여 베드루^{베드로}라 하는 교우에게 전지를[2] 사고 땅값을 온전히 다 갚으셨으나 피차 양심을 지키는 착한 사람인 고로 지금과 같이 매도 증명과[3] 가격을 받은 영수증 그런 격식은 하지 아니하였으니, 조선에도 예전에 사람들이 다 착하고 양순할 때에는 무슨 문서와 증명서와 영수증 같은 것을 하지 아니하고 다만 양심만 의지하여 말로만 행하였도다.

베드루^{베드로}가 죽은 후에 그 손자 3인이 전에 아무 문서와 영수증 그런 것이 없었음을 빙자하고[4] 협잡으로써 주교 성인께 전지값을[5] 받고자 하는 중, 마침 그때에 성인이 왕의 악행을 누차 간하심에 왕이 성인을 미워할 때이라. 베드루^{베드로}의 손자들이 그 기회를 알고 좋아하여 주교 성인이 그들의[6] 전지를 강탈하고 값을 주지 아니하신 줄로 왕께 무소재판을[7] 청하였는데,[8] 주교 성인은 가히 발명할[9] 문적이[10] 없었더라.

성인이 무소재판을 당하여 왕의 앞에 나가시어 그 전지 매매사건을 핵변하실[11] 때, 그 사건을 족히[12] 발명하여 줄 사람이 아직도 많이 있으나 왕의 권세와 위험을 꺼려

---

1 스타니슬라오☞미담 188.
2 전지(田地) : 논밭.
3 매도(賣渡) : 팔아넘김. 값을 받고 물건의 소유권을 다른 사람에게 넘김.
4 빙자(憑藉)하다 : 말막음을 위하여 핑계로 세우다. 남의 힘을 빌려서 의지하다.
5 땅값을, 논밭 값을☞주 2.
6 원문은 '뎌희' → 저희, 여기서는 '그들의'로 옮겼다.
7 허위로 고소해서 하게 된 재판. 무소(誣訴) : 없은 일을 꾸며서 관청에 고소함.
8 원문은 '쳥ᄒᆞᆫ딕'.
9 발명(發明)하다 : 죄나 잘못이 없음을 말하여 밝히다.
10 문적(文籍) : 책, 문서.
11 핵변(覈辨)하다 : 사실에 근거하여 밝히다. 사실을 조사하다.

증인 증참을[13] 바로 서주지 아니할 줄을 성인이 아시고,[14] 왕께 아뢰되, "이 사건은 변백하기[15] 어려우니 3일 말미를[16] 주시면 내가 베드로를 명하여 데리고 와서 핵변케[17] 하리이다" 하시니 왕은 베드로가 죽은지가 벌써 3년이 지난 줄을 아는 고로 3일 말미를 쉽게 허락하며 속으로 생각하되, 3일 후에 주교가 이굴[18] 억울하여 재판에 지거든 더욱 성인을 기소하고 모욕코자 하였더라.

성인이 집에 돌아가시어 모든 신부로 더불어 3일 동안 엄재를[19] 지키며 천주께 기구한[20] 후, 제3일에 모든 탁덕과 교우로 더불어 거동하여 베드루^{베드로}의 무덤가에 가서 베드루^{베드로}의 무덤을 파게 한 후 성인이 땅에 꿇어 하늘을 향하여 천주께 간구하신 후, 지팡이로써 베드로의 백골을 적이[21] 치시니, 천주는 착하고 무죄한 사람의 받는 망증을[22] 벗겨 주시기 위하여 부활함과 같이 발현하기를 허락하신 고로 재와 먼지 같이 된 살이 다 뼈에 붙는지라. 성인이 또 삼위일체이신 천주의 성명을 인하여[23] 일어나라 명하시니 베드루^{베드로}가 즉시 일어나니라.

베드루^{베드로}가 이에 주교와 모든 이를 따라 성당에 가서 함께 기구한 후에 성인이 베드루^{베드로}를 명하사 왕께 가서 이전 전지의 값 받은 일을 증명하라 하시니, 베드루^{베드로}가 허락하고 갈 때, 무수한 사람이 이 큰 영적을[24] 기이히 여기며 따라가더라. 혹 이 왕께 가서 이 사정을 보고하되, 왕이 믿지 아니하더니 베드루^{베드로}가 왕의 앞에

---

12 족(足)히 : 충분히, 넉넉하게, 더 바라는 바가 없이.

13 증인으로 참석함. 증인(證人) : 증명을 하는 사람. 증참(證參) : 참고가 될 만한 증거. 증인으로 참석함 또는 그 증인.

14 원문은 '알으시고'.

15 변백(辨白)하다 : 옳고 그름을 가려 사리를 밝히다.

16 겨를을, 틈을.

17 ☞ 주 11.

18 이굴 : 이치에 어그러져 바르지 못함. 원문은 '리굴'.

19 재란 심신의 건전한 관리를 위해 절식, 절주 내지는 금식, 금주하는 것을 말한다. 교회에서는 금식을 대재(大齋)라 하여 재의 수요일과 성금요일에 지키도록 하고 있다. 여기서 '엄재'는 엄격하게 재를 지킨다는 의미.

20 기구(祈求) : 기도의 옛 용어.

21 적이 : 꽤 어지간한 정도로. 원문은 '젹이'.

22 망증(妄證)하다 : 늙거나 정신이 흐려서 정상을 벗어난 증언을 하다.

23 어떤 사실로 말미암아, 당연한 결과로 어떤 일에 이어지거나 뒤를 따라서.

24 영적(靈蹟) : 신령스러운 사적. 기적의 옛말(『가톨릭대사전』).

가서 이전에 주교께 밭을 팔고 값을 온전히 다 받은 일을 증거하고 또 근자 3인을 엄책하여 이르되, "너희가 일후에 또 이 같은 비리의 일을 꾸미면 천주께 엄벌을 받아 죽으리라" 하니라.

주교 성인이 조정에서 선언하여 이르시되, "천주가 베드루^{베드로}를 명하사 그 전지 사정을 증거케 하셨으니 그 말이 참말이요 속임이 없는지라. 이후에 이 영적을 잊어버리고 망녕 되이 땅값을 아니 갚았다 말하지 말라" 하시니 왕과 대신과 모든 이가 이 큰 성적을[25] 보고 기이히 여겨 묵묵하고 아무 말도 대답치 못하니라.

주교 성인이 베드루^{베드로}와 함께 나오시어 베드루^{베드로}의 입에서 나오는 말로써 모든 이를 경계코자 하사 베드루^{베드로}더러 이르시되, "네가 이 세상에서 수년을 더 살고자 하느냐?" 대답하되, "내가 이제 연옥에 있으니 나의 천복이 완정하고[26] 또한 가깝거늘 어찌 이 티끌 세상에 살아 영혼 잃을 위험에 자처 하리이까? 주교와 및 모든 교우에게 간청하건대 나를 위하여 천주께 기구하여 바삐 승천케 하소서" 하니라. 주교와 및 모든 이 그를[27] 위하여 기구할 때, 마치 망자를 장례함과 같이 하니 베드루^{베드로}가 이에 무덤에 다시 들어가니라. 이 성적을 보건대 천주가 착하고 무죄한 사람의 망증[28] 받는 것을 발명하여[29] 주시기 위하여 큰 영적을 아끼지 아니하시는도다! 이 영적은 실상 부활이 아니요 오직 왕과 및 악한 손자 3인으로 하여금 이굴[30] 억울케 하기 위하여 무덤에서 부활하여 나옴과 같이 하였으나, 실상은 발현뿐이로다. 베드루^{베드로}의 말이 연옥에 있노라 하였으니 사심판을 벌써 받았음이 의심 없는 일이오, 또 한 번 받은 심판은 도무지 변경치 못함일새로다.

---

25   성적(聖蹟) : 기적, 경이(『한불자전』). 『표준국어대사전』에서는 성적(聖蹟)이 성스러운 사적이나 고적으로 풀이되어 있다. 본문에서 '성적'은 문맥상 『한불자전』의 풀이대로 이해하는 것이 타당하다. 즉 기적. 원문은 '성적'.

26   완정(完定)하다 : 완전히 결정하다.

27   원문은 '뎌를' → 저를 → 그를.

28   망증(妄證) : 늙거나 정신이 흐려서 정상을 벗어난 증언을 함 또는 그 증언.

29   ☞ 주 9.

30   ☞ 주 18.

　이 미담은 1910년대에 소개된 미담과 같은 내용입니다. 미담 19 「육신 부활의 증거」(1912년 1월호, 통권 245호)와 동일한 사건을 다루며 표현이나 분량의 변화가 있을 뿐입니다. 두 작품을 비교하면서 읽는 것도 좋습니다. 특히 1910년대보다 이번 작품에서 표현이 구체화되었을 뿐 아니라 '조선'을 비교함으로써 조선과 연관시켜 미담의 이해를 돕고자 한 점도 흥미롭습니다.

　스타니슬라오 주교와 베드로라는 인물이 등장하는 이 미담은 스타니슬라오의 억울함을 해결하기 위해 3년 전에 죽은 베드로가 다시 살아나는 기적을 다룬 작품입니다. 이러한 기적을 부활이 아니라 발현이라고 평하면서 이 미담은 부활과 발현을 구분하고자 합니다. 베드로가 지상에 살기보다는 빨리 승천하기를 원하며 다시 무덤으로 들어간 점도 흥미롭습니다. 미담 저자는 베드로가 다시 살아난 것을 부활이 아니라 일시적인 소생으로 규정합니다. 신학적인 차원에서 분란이 될 소지가 있는 부활 논쟁을 피하려 한 미담 저자의 의도적인 전략으로 볼 수 있습니다.

　억울한 재판을 당한 데다 자신을 변호해 줄 사람 한 명 없었던 주인공 '스타니슬라오 성인'은 하느님의 권능으로 억울함을 해결할 수 있었습니다. 법정 앞에 선 억울하고 무력한 이들이 지금도 있습니다. 그들에게 기적이 되어줄 '베드로'는 누구일까, 이 미담은 오늘 우리에게 묻는 듯합니다.☞ 미담 19.

두 동자의 순량무죄함

○ 두동ㅈ의슌량무죄홈

예전에 성 도밍고회^{도미티코회} 수도원에 벨나도^{베르나르도}라 하는 수사신부는 그 수도원의 성당 소임을 맡은 이러라. 그 수도원 근처에 사는 두 동자는[1] 본성이 온화양순하며[2] 실로 무죄한 아이들이러라.[3]

날마다 점심을 싸 가지고 이 수도원에 와서 공부하며 아침에는 보미사[4]도 하더라. 수사신부가 그 두 아이의 순박무죄함을 사랑하시어 공부시킬 때에 항상 착히 훈계하며 열절히[5] 신공하기[6]를 가르쳤더라.

두 아이가 날마다 아침에 와서 보미사하고 공부하다가 점심때가 되면 한 작은 방에서 아침에 가지고 왔던 점심을 먹는데, 그 방에는 성모포영상이[7] 있는 고로 그 앞에서 두 아이가 점심을 먹는데, 점심을 먹을 때에는 성모 품에 안긴 예수영해가[8] 내려와서 두 아이의 먹는 것을 얻어먹으니, 오 주 예수가 이 두 아이의 무죄함을 어떻게[9] 사랑하시는 줄을 가히 알러라.[10]

예수영해가 가끔 내려와서 그 먹는 것을 얻어먹되,[11] 두 아이는 조금도 싫어하지

---

1   동자(童子) : 사내 아이.
2   온화양순(溫和良順) : 온화하고 양순하며.
3   죄가 없는 아이들이었다.
4   보미사 : 미사를 돕는 것.
5   열절(熱切)ᄒ다 : 열의, 열심, 열정, 열심이다, 열성적이다, 열렬하다(『한불자전』).
6   신공(神功) : (가톨릭) 기도와 선공(善功)을 통틀어 이르는 말.
7   성모가 아기 예수를 안은 모습을 담은 상.
8   예수영해(嬰孩) : 예수 아기, 아기 예수.
9   얼마나.
10 알리로다. 알 수 있다. 원문은 '알너라'.
11 원문은 '엇어먹으되'.

아니하고 나눠 먹으며 하루는 두 아이가 그 스승 벨나도[베르나르도] 신부께 그 사정을 자세히 고하되, "성모 품에 안긴 아해가 항상 내려와서 우리가 먹는 것을 얻어먹되, 제 것은 한 번도 우리게 주지 아니하더이다" 하니 벨나도[베르나르도] 신부는 오 주 예수가 그 아이들을 어떻게[12] 간절히 사랑하시는 줄을 알아듣고 아이들에게 대답하되, "너희가 먹을 때에 그 아이가 또 와서 얻어먹고자 하거든 너희들이 그 아이에게 이르되, 너는 가끔 와서 우리가 먹는 것을 얻어먹으면서도 너의 음식은 한 번도 우리게 주지 아니하느냐? 청컨대 우리 선생님과 우리 두 아이로 하여금 너의 부친의 잔치에 한번 참예케 하라" 하니라.

며칠 후에 두 아이가 또 점심을 먹을 때에 성모 품에 안겼던 아이가 또 내려와서 얻어먹고자 하거늘 두 아이가 그 선생의 가르쳐준 대로 말하니 예수영해가 대답하되, "승천첨례가[13] 가까오니 그 날에 너희 두 사람과 및 너의 스승으로 하여금 나의 잔치에 참례케 할 터이니 너의 선생에게 이와 같이 전하여 잔치 참예하기를 예비케 하라" 하니라.

두 아이가 기뻐하여 즉시 가서 그 선생에게 그와 같이 전하니 벨나도[베르나르도] 신부는 천주가 장차 그 영혼을 거두실 줄을 밝히 알고 성당 모든 일을 안배한 후에 그 사정을 자기 고해신부께 다 자세히 고한 후 승천첨례날 아침에 일찍이 일어나 경본을 다 본 후 제의를 입고 미사를 드릴 때, 두 아이들이 전 같이 보미사하여 미사를 다 마친 후 3인이 제대 앞에 엎디어[14] 성체후송의[15] 기구를 행하며[16] 천주께 데려가시기를 간구할 때, 천주가 그 3인의 영혼을 거두어 승천향복하게[17] 하시니라. 수사들이 그 시체를 거두어 안장하였는데 그 분묘 앞에는 기이한 향기가 그치지 아니하니라.

---

12 얼마나.
13 승천축일. 예수승천대축일.
14 원문은 '업디여'.
15 원문은 '후숑' → 후송 : 後誦(『한불자전』).
16 현대역하면 '영성체 후 기도를 행하며'의 의미이다.
17 승천하여 복을 누리게 하시니. 향복(享福) : 복을 누림. 원문은 '승텬향복케ᄒ시니'.

　이 미담은 전에 소개되었던 미담 24 「천주가 선인에게 천복을 주시는 증거」(1912.2, 250호)의 내용과 같습니다. 같은 내용의 작품이 다시 소개되는 이유는 편집자가 시간이 흐르면서 게재되었던 사실을 잊었을 가능성, 이전에는 읽지 않은 독자를 위한 배려, 작가 입장에서는 개작의 결과 등으로 여겨집니다.

　이 작품은 1910년대 작품인 미담 24보다 사건 서술이 구체화되었으며 관점이 바뀌었습니다. 제목에서 나타나듯 천주의 입장에서 아이들 즉 인간의 입장으로 변화되었습니다. 아이들의 순수한 마음이 아기예수와 벗하고 그와 함께 식사를 나누는 기적을 체험합니다. 그들은 결국 하늘의 잔치에 초대받습니다☞ 미담 24 【해설】.

대죄인이 회두하기를 미루면 임종 시에 위험함

◉ 대죄인이회두ᄒ기를밀우면림종시에위엄홈

　예전에 한 부귀한 사람이 있어 평생에 허다한[1] 죄를 범하고 회두치[2] 아니하며 성사 받기를 거절하더니, 불행히 중병에 걸려 생명이 위태케 되었더라. 집안과 친척이 탁덕을[3] 청하여 성사 받기를 권면하니[4] 병자가 대답하대, "성사는 고사하고 급히 의약을[5] 써야 하겠노라" 하는지라. 탁덕이 재삼 권면하되 도무지 듣지 아니하는 고로 하릴없이[6] 슬피 돌아갔더라.

　이 불행한 병자의 친구 한 사람은 그를 지옥에서 구하고자 하여 수도원에 가서 성덕이[7] 유명한 수사신부를 청하여 왔는데 수사신부가 환자를 권하여 가라대, "그대의 생명이 위태하게 되었으니 급히 통회고해하라."[8] 대답하대, "나는 평생에 허다하고 중대한 죄를 범하였으니 이제 어떻게 뉘우치고[9] 어떻게 고하겠나이까?" 신부가 지성으로 간권하시되, "그대의 생명이 경각에[10] 달렸으니 급히 통회하고 고해하라. 그렇지 않으면 지옥이 너를 삼킬지라. 지금 마귀가 너를 끌어가기로 여기서 기다리는 것을

1　허다(許多)한 : 많은.
2　머리를 돌린다는 뜻으로, 뱃머리를 돌려 진로를 바꿈을 이르는 말. (가톨릭) 배교(背敎)하였다가 다시 돌아옴.
3　탁덕(鐸德) : 신부☞ 미담 5.
4　권면(勸勉) : 알아듣도록 권하고 격려하여 힘쓰게 함.
5　의약(醫藥) : 병을 고치는 데 쓰는 약. 의술과 약을 아울러 이르는 말.
6　할 수 없이, 어쩔 수 없이. 원문은 '홀일업시'.
7　성덕(聖德) : 성인(聖人)의 덕, 성스러운 덕.
8　통회하고 고해성사를 하여라. 통회(痛悔) : (가톨릭) 자기가 지은 죄를 뉘우치고 다시는 죄를 짓지 아니하겠다고 결심함. 또는 그런 일. 고해(告解) : 고해성사의 준말.
9　원문은 '뉘웃고'.
10　눈 깜빡할 사이, 아주 짧은 시간. 원문은 '경긱'.

보지 못하느뇨?"

병자가 울며 이르되, "고해를 한들 나의 무수한 죄를 어떻게 다 보속하겠나이까."[11] 신부가 이르되, "너의 보속은 내가 대신 할 것이니 실망치 말고 고해를 하라." 병자가 적이[12] 감동하며 묻되,[13] "과연 나의 보속을 대신하실 수 있나이까?" 대답하시되, "나의 대소재,[14] 염경기구,[15] 편태고복 모든 선공,[16] 미사성체를 네 죄 보속으로 천주께 드리겠노라" 허락하시고 병자의 신덕과 망덕을 견고하게 하고자 하여[17] 대신 보속할 계약서를 써서 수결을[18] 놓고 도장을 쳐 보이니 병자가 그 신부의 남의 영혼 구하려는 이 같은 열성을 보고 크게 회심하고 감동하여 우는지라. 신부가 이르시되, "내가 네 죄를 보속하려면 각 죄의 수와 유와[19] 모든 연유를 다 알아야 맞갖게 보속하여 줄 터이니 이대로 고하라."

그 환자가 참으로 마음이 감동되어 눈물을 나리우며[20] 고해하는지라. 신부가 그 죄를 사하시고 최후 성사까지 다 주셨더니 그 사람이 미구에[21] 운명하였더라. 신부는 그 사람이 주의 특은으로[22] 지옥은 면하였으니 마음이 놓이고 대신 보속 행하여 주기를 계약서에 기록한 대로 하여 1년 동안 항상 행하시더라.

이와 같이 1년 동아 보속을 행할 때, 하루는 천주가 한 천신을[23] 보내어 이르시되, "네가 병자의 보속은 의당히 40년 동안에 행할 것인데, 네가 남의 영혼 구하려는 열성

---

11 보속(補贖) : 가톨릭에서 죄로 인한 나쁜 결과를 보상하는 일.

12 꽤 어지간한 정도로. 원문은 '적이'.

13 원문은 '무르되'.

14 대소재(大小齋) : 대재(大齋)와 소재(小齋)를 아울러 이르는 말. 대재는 단식재, 소재는 금육재.

15 염경기도(念經祈禱) : 가톨릭에서 기도문을 읽거나 외면서 하는 기도.

16 선공(善功) : 좋은 결과를 낳는 공덕. 편태(鞭笞) : 채찍, 회초리. 여기서 '고복'은 '고공'의 오기인 듯하다. 고공 : 고통을 달게 받는 것.

17 원문은 '견고케코져ㅎ야'.

18 수결(手決) : 예전에, 자기의 성명이나 직함 아래에 도장 대신에 자필로 글자를 직접 쓰던 일. 또는 그 글자.

19 유(類)와 : 종류와. 원문은 '류'.

20 내리다 : 눈, 비, 서리 이슬 따위가 오다. 여기서는 눈물을 흘린다는 의미.

21 미구(未久)에 : 곧, 오래지 않아.

22 특은(特恩) : 특별한 은혜. 가톨릭에서 성령이 특별히 내려 주는 은혜. 예언, 영의 식별, 기적 따위를 베푸는 능력을 이른다.

23 천신(天神) : 천사의 옛 호칭.

이 불 같고 애인지심이[24] 지극함을 인하여 너의 고공과[25] 너의 선공을[26] 몇 배로 더 늘려 40년 보속을 다 면하여 주노라" 하시고 천신이 홀연 보이지 아니하니라. 그 수사신부는 천주의 홍은으로 40년 보속 면함을 감사하고 또한 그 불쌍한 죄인의 영혼 구함을 생각하여 크게 위로를 받으니라.

이를 보건대, 극악 대죄인이라도[27] 실망치 말고 다만 천주의 인자하심을 더욱 바랄 것이요, 또 남의 영혼을 구하고 남의 죄 보속을 대신 행함을 천주가 지극히 기뻐하심을 가히 알지로다.

고해 및 보속과 관련한 미담입니다. 등장인물은 부귀한 사람으로 불행에 처한 병자와 그와 함께 한 수사신부입니다. 많은 죄를 짓고 중병에 걸려 생명이 위태로운 처지에 처한 병자는 고해성사나 보속에 대해 희망을 갖지 않았습니다. 자신의 죄가 너무 크다고 여겼기 때문입니다. 그에게 자기가 대신 보속하겠다는 한 신부의 열성으로 병자는 고해성사를 하고 세상을 뜰 수 있었습니다. 신부는 그가 죽은 후에도 보속을 이어갑니다. 병자에게 죄를 고백하라고 용기를 주고, 그가 죽은 이후에는 1년 동안 그를 위해 보속을 이어갔던 신부님의 모습이 인상적입니다. 수사신부에게 나타나 40년 보속을 1년으로 감하여 준 천사는 타인을 위한 보속행위가 하느님을 기쁘게 하는 행위임을 상징합니다.

이 미담은 아무리 큰 죄라 하더라도 낙담하지 말고 고백하는 일과 다른 이의 영혼을 구하기 위해 애쓰는 일, 타인의 죄 보속을 대신하는 일이 하느님을 기쁘게 하는 일이라고 강조합니다. 무엇보다 죄인을 위해 기도하고 보속했던 자비롭고 아름다웠던 수사신부를 만날 수 있는 미담입니다. 수사신부에게 죄인은 미워할 대상이 아니라 함께해 주어야 할 이웃이었습니다.

---

24 애인지심(愛人之心) : 사람을 사랑하는 마음.

25 고통을 달게 받는 것. 일부러 고통을 당하는 것으로 수행의 한 방법. 고공(古功) : 고난과 공적(『한불자전』).

26 선공(善功) : 좋은 결과를 낳는 공덕.

27 극악 대죄인(極惡大罪人)이라도 : 가장 나쁜 대죄인이라도.

비리로 부자된 자가 끝끝내 실망함

△ 비리로부쟈된쟈ㅣ 긋긋너실망홈

성교역사를[1] 보았거니와 빨네스디나팔레스티나 성지 교우들을 구하기 위하여 8차나 십자군이 있었도다.[2] 그 십자군을 일으킬 때에는 교황께서 군비를 기부하는 교우들에게 은사를 베푸시고 십자성의를[3] 주셨더라.

한 십자군 때에는 서양에 한 부자가 있는데 흔히 다른 부자들과 같이 비리로써 재물을 모아 부자가 되었는 고로 다른 교우들이 그를 권하여 십자군비를 기부하게 함에 그 부자가 간린한 고로[4] 기부를 많이 하지 않고 겨우 은전 4개를 기부하였으나, 이것도 감심으로[5] 하지 아니하여 남의 권면과[6] 체면으로 하고 십자성의를 받아 입었더라.

그 후 그 부자가 하루는 술집에 가서 놀 때, 성지 전장에[7] 나갈 십자군병을 만나 기롱하여[8] 이르되, "그대 등은 공연히 많은 재물을 허비하며 수천 리 험로를 발섭하여[9] 회회야만을[10] 대적하여 싸우고자 하니 어찌 죽기를 두리지[11] 아니하느냐. 차라리 나와 같이 한가히 노는 것만 같지 못하도다……. 그 십자군병은 들은 체 만 체 하고 지나

1　성교역사(聖敎歷史) : 성교회의 역사. 교회사.

2　원문은 '잇셧도다'.

3　십자성의(十字聖衣) : 십자군이 입었던 성스러운 옷이라는 의미로 쓰였다. 원래 '성의'는 예수님의 옷을 뜻함.

4　간린(慳吝) : (가톨릭) 칠죄종(七罪宗)의 하나. 하는 짓이 소심하고 인색함을 이른다.

5　감심(甘心) : 괴로움이나 책망 따위를 기꺼이 받아들임. 또는 그런 마음.

6　권면(勸勉) : 알아듣도록 권하고 격려하여 힘쓰게 함.

7　성지 전장(聖地 戰場) : 여기서는 팔레스티나 전쟁터, 십자군 전쟁터를 의미한다.

8　기롱(欺弄; 譏弄)하다 : 남을 속이거나 비웃으며 놀리다. 실없는 말로 놀리다.

9　발섭(跋涉)하다 : 산을 넘고 물을 건너 길을 가다. 여러 곳을 두루 돌아다니다.

10　회회야만(回回野蠻) : 이슬람야만족. 이슬람교도들을 비하한 표현이다.

11　두려워하지. 두리다 : '두려워하다'의 옛말.

갔으나 천주는 그 부자의 악의를[12] 들으시고 벌을 내리기고 정하셨더라.

하루는 그 부자가 집안사람들로 더불어 편안히 자는데 밤중에 홀연 들으니 맷돌 간에[13] 맷돌질 하는 소리가 들리는지라. 그 부자가 자기 아들더러 나가 살펴보라 하여 그 아들이 맷돌 간에 가서 문을 열어보니 무슨 시꺼먼[14] 형상이 있어 아무것도 살피지 못하고 놀라 돌아와 그 부친에게 그 무서운 사정을 말하니 부친이 일어나며 이르되, "설사 마귀가 있을지라도 내가 가보겠다" 하고 십자성의를 입고 맷돌 간으로 가니라.

맷돌 간에 가서 문을 열고 보니 두 흑마가 맷돌을 돌리고 한 흑인은 옆에 있다가 이르되, "이 흑마는 너를 위하여 예비한 말이다. 네가 당장 십자성의를 벗고 이 흑마를 타라" 하는데 말도 시꺼멓고 그 사람도 검어 보기에 아주 흉측한지라. 전신이 떨리고 기겁하여 엎디어졌더라.[15]

그 흑인이 달려들어 십자성의를 벗기고 강박하여[16] 말을 태워가지고 한 형벌하는 곳으로[17] 달려갔는데, 그 형벌하는 곳에는 제 부모가 있고 또 싸우다 죽은 병졸 하나는 황소 두 뿔 위에 걸쳐 있는데 흑인이 창으로써 그 황소의 배를 찌르더라. 이는 무슨 일이냐 물으니 대답하되, "이 사람이 생시에 무의무탁하고 빈약한 과부의 소를 빼앗아 제 물건을 삼은 고로 이런 형벌을 받으니 너도 3일 후에 여기 오리라" 하며 이 말을 한 후에 그대로 버려두니라.

처자들이 그 돌아오지 않음을 괴이히 여겨 맷돌 간에 가보니 기절하여 땅바닥에 넘어져 거의 죽게 되고 말을 도무지 하지 못하는지라. 떠메어다가[18] 방에 평상에 누이고 바삐 고해하여 선종을 예비하라 권하며 즉시 신부를 청하여 옴에, 신부가 그 사람에게 간절히 권면하여[19] 이르시되, "그대의 죄가 많고 중하나 이제 바삐 통회고해하라.[20]

---

12 악의(惡意) : 나쁜 마음, 좋지 않은 뜻.
13 칸에. 건물 따위에서 일정한 규격으로 둘러막아 생긴 공간.
14 원문은 '식검은' → 시꺼믄 → 시꺼먼. '시꺼멓다'의 옛 형태.
15 원문은 '업더지다'. 엎디다 : '엎드리다'의 준말. 배를 바닥에 붙이거나 팔다리를 짚고 몸 전체를 길게 뻗다.
16 강박(强拍)하다 : 남의 뜻을 무리하게 내리누르거나 뜻에 억지로 따르게 하다.
17 원문은 '에로'.
18 원문은 '써메여다가'. 떠메다 : 무거운 짐 따위를 쳐들어서 어깨에 걸치거나 올려놓다.

무한인자하신[21] 천주가 과연 용서하시리라." 병자가 실망하여 주의 인자하심을 바라지 아니하고 고해하기를 거절하는지라. 탁덕이 지성으로 권면제성[22] 하시되 종내 무익하고 그 불쌍한 자는 3일 동안이나 실망 중에 울울답답하다가 그대로 죽어 마귀의 말대로 흉사하고 그 벌을 받으니라.

이를 보건대 비록 중대한 죄악이 있을지라도 실망하지 말고 회두하여[23] 고해할지니 대저[24] 실망죄는 제일 마지막 영혼의 생명을 끊어 죽이는 죄로다! 이런 죄를 어찌 두리지[25] 아니하며 피하지[26] 아니하리오?

해설

앞서 소개된 미담 207인 「대죄인이 회두하기를 미루면 임종 시에 위험함」(1932.4, 731호)과 대조적인 내용의 미담입니다. 앞의 작품이 대죄인이라도 신부의 권고를 듣고 고백성사를 통해 은사를 얻었던 반면 이번 호의 작품은 끝까지 권고를 듣지 않은 인물의 종말을 보여주는 작품입니다. 이를 이 작품에서는 '실망죄'로 명명하여 소개합니다.

팔레스티나 지역의 십자군전쟁 시기를 배경으로 한 이 미담은 비리로 재물을 모으고도 십자군비를 기부하는 데 인색했던 인물이 천주의 발현을 목격한 후에도 회개하기보다는 실망에 빠져 비극적인 종말을 맞는다는 내용입니다. '중대한 죄악을 있을지라도 실망하지 말고 회개하여 고해'할 것과 '실망죄는 제일 마지막 영혼의 생명을 끊어 죽이는 죄'라고 강조합니다.

영혼의 생명을 죽이는 죄라 여긴 실망죄. 이 죄야말로 그리스도인에게는 최악의 죄요, 최후의 죄입니다. 어떤 처지에서든 그리스도인에게는 예수 그리스도라는 희망이 있기 때문입니다. '실망죄'는 '예수 그리스도'를 잊은 죄입니다. 인간은 누구나 예기치 못한 상황에서 실

---

19 권면(勸勉) : 알아듣도록 권하고 격려하여 힘쓰게 함.

20 통회하고 고해성사를 하여라. 통회(痛悔) : (가톨릭) 자기가 지은 죄를 뉘우치고 다시는 죄를 짓지 아니하겠다고 결심함. 또는 그런 일. 고해(告解) : 고해성사의 준말.

21 무한인자(無限仁慈)하신 : 무한히 인자하신, 무한히 어질고 자애로우신.

22 권면제성(勸勉提醒) : 권면하고 제성함. 알아듣도록 권하고 격려하며 잊어버렸던 것을 깨우치게 함.

23 회두(回頭) : 배교(背敎)하였다가 다시 돌아옴.

24 대저(大抵) : 대체로 보아서. 대컨. 비슷한 말은 무릇. 『한불자전』에서는 이 단어를 '약, 거의, 그처럼, 책에서 이 단어는, 문장 첫 머리에서 명백히라는 라틴어에 부합한다'로 풀이한다.

25 두려워하지 ☞ 주 11.

26 원문은 '피치'.

망할 수 있습니다. 그러나 예수 그리스도에게 희망을 두기보다는 자기 판단으로 자기 자신을 스스로 나락에 떨어뜨리는 게 실망이라면, 그 역시 죄입니다.

성수로써 황충을 없이함

○ 셩슈로써황츙을업시흠

예전에 스데파노^{스테파노}라 이름하는 전교신부는[1] 중국에 와서 전교할 때에 그 지방 한 교우촌은 농사로써 업을 삼는데 한 해는 황충(蝗蟲 메뚜기)[2]이 전답의 곡식을 해하여[3] 큰 충재를[4] 당하는지라. 신부가 그 농촌 교우들을 불쌍히 여겨 전답 가운데 가서 성상을 모시고 기구하신[5] 후, 성수를 전답에 두루 뿌리시니 모든 메뚜기가 다 공중으로 날라 가니라. 이리 할 즈음에 이단인이[6] 보고 이르되, "이는 사술이라"[7] 기롱하더니[8] 황충이가[9] 다 없어짐을 본 후는 기롱하던 것을 뉘우쳤으나, 제 전답에 황충의 해를 면하지[10] 못하니라.

해설

 성수와 관련된 세 편의 미담이 이어집니다. 그중 첫 번째 미담인 이 작품은 중국을 배경으로 하며, 주인공은 선교 사제인 스테파노 신부입니다. 중국이 배경이어서인지 농삿일과 관련해서 벌레로 인한 재해와 여기에서 벗어나게 된 사건을 소개한 짧은 미담입니다. 재해 중

---

1   전교신부(傳敎神父) : 종교를 전교하는 신부. 지금의 선교 사제.
2   원문은 '뫼쒸기'.
3   해(害)하여, 해를 끼쳐서.
4   충재(蟲災) : 벌레로 인한 재해.
5   기도하신 후. 기구(祈求) : 기도의 옛 용어.
6   이단인(異端人) : 이단을 믿는 사람, 여기서는 천주교가 아닌 다른 이단을 믿는 사람을 지시한다.
7   사술(邪術) : 바르지 못한 수단을 잘 둘러대는 요사스러운 술법.
8   기롱(欺弄; 譏弄)하다 : 남을 속이거나 비웃으며 놀리다. 실없는 말로 놀리다.
9   황충(蝗蟲)이 : 풀무치. 메뚜깃과의 곤충.
10 원문은 '면치'.

에 하느님의 도움을 청한 신부와 농촌 교우들이 충재(蟲災)에서 벗어나는 기적을 체험한 반면 이를 보고도 사술로 여긴 이단인의 처지가 대조를 이룹니다.

다만 제목처럼 성수로 벌레를 없애버렸다는 내용을 사실 그대로 여겨 성수와 관련된 미신적인 행위가 이어져서는 안 될 것입니다. 이 작품은 어려운 재난에 처해서도 하느님을 향한 믿음과 고백이 은총으로 이어질 수 있음을 전하는 미담입니다.

성수로써 흉가를 안온케 함

△ 셩슈로써흉가를안온케홈

마두리^{이 마태오} 신부께서 중국에 전교하실 때에 한 가옥을 광구하여[1] 거처하며 전교코자 하시더니, 그 지방관원이 이 신부께 말하되, "아무 곳에 큰 가옥이 있으나 그 집에 귀신이 있어 사람을 해하니 신부가 능히 거처하시겠거든 그 집을 증여하나이다." 신부가 이르시되, "천주를 진심으로 믿고 공경하는 이는 마귀를 두리지 않고[2] 해도 받지 아니하나이다" 하고 그 흉가에 들어가 제대를 건설하고 기구한[3] 후, 각 방에 성수를 뿌리며 강복하신 후 밤을 지낼 때, 그 지방 인민은 밤에 신부와 모든 교우가 해 받는 광경을 구경하고자[4] 하여 밤새도록 멀리서 바라보았으나 아무것도 보지 못하고 그 익일에 다 평안 무사함을 보고는 놀라 기이히 여기며 성교에[5] 나아온 자가 허다하니라.[6]

해설

앞서 발표된 작품에 이어 성수와 관련된 미담입니다. 이 작품의 배경도 중국입니다. 주인공 이 마태오 신부가 귀신이 나온다는 흉가에 성수를 뿌리고 강복하였더니 무탈하였다는 일화를 소개하는 미담입니다.

---

1 광구(匡救)하다 : 잘못된 것을 바로잡다.
2 두려워하지 않고.
3 기구(祈求) : 기도의 옛 용어.
4 원문은 '구경코져'.
5 가톨릭교, 천주교. 성교(聖敎) : 성스러운 종교, 가톨릭교(『한불자전』).
6 허다(許多)하다 : 매우 많다.

“천주를 진심으로 공경하는 이는 마귀를 두려워하지 않고 해도 받지 아니 합니다”라는 이 마태오 신부의 고백이 감동적입니다. 이것이 이 작품의 주제이기도 합니다.

성수가 능히 눈을 낫게 함

△ 셩슈가능히눈을낫게홈

중국에서 한 여교우 부인은 한 사랑하는 아들이 있더니,[1] 불행히 눈병이 나서 한 눈이 미구에[2] 멀게 되었는 중, 이웃집 외교인은[3] 기롱하여[4] 이르되, "천주를 공경하면 무슨 소용이 있느뇨. 아무 신당에[5] 가서 정성을 들여 눈병을 고치는 것이 어찌 다행치 아니하냐?" 하더라. 그 여교우는 신덕이 굳고 생활한[6] 부인이라. 외교인의 기롱과 사망한 말을[7] 치지도외하고[8] 주은만[9] 바라던 중, 다른 성한 눈이 또한 멀게 되어 외교인의 기롱과 비방이 더욱 심한지라. 이에 통회를 발하고[10] 열절히[11] 기구한[12] 후 병든 눈에 성수를 한 방울씩 넣었더니 기이하도다! 두 눈이 온전히 다 나아 밝히 보니, 외교인이 기롱하기를 그치고 이웃과 친우들은 그 눈 나은 설명을 들은 후 성교도리에[13] 심열성복하여[14] 정도에[15] 돌아온 자가 많으니라.

---

1 있었는데.

2 미구(未久)에 : 오래지 않아, 곧.

3 외교인(外敎人) : 천주교를 믿지 않는 사람.

4 기롱(欺弄; 譏弄)하다 : 남을 속이거나 비웃으며 놀리다. 실없는 말로 놀리다.

5 신당(神堂) : 신령을 모신 집.

6 신덕이 굳세고 신덕이 살아있는.

7 '사망한 말'이라 함은 '죽은 말' 즉 '쓸데없는 말'로 의역할 수 있다.

8 치지도외(置之度外) : 마음에 두지 아니함.

9 주은(主恩) : (가톨릭) 주님의 은혜.

10 발(發)하다 : 어떤 내용을 공개적으로 펴서 알리다. 여기서는 '공개적으로 통회를 하였다'는 의미.

11 열절(熱切)ᄒ다 : 열의, 열심, 열정, 열심이다, 열성적이다, 열렬하다(『한불자전』).

12 기구(祈求) : 기도의 옛 용어.

13 성교회의 교리. 도리 : 이는 사람이 마땅히 지켜야 할 바른 길을 말하며, 하느님께서 주재하시는 세상 만물의 운행과 이치라고 할 수 있다. 그런데 옛 교우들은 이 말을 가톨릭의 '교리(敎理)'라는 의미로 사용하였다(『가톨릭대사전』).

14 심열성복(心悅誠服) : 마음속으로 기뻐하며 성심을 다하여 순종함.

중국을 배경으로 한 성수 관련 세 번째 미담입니다. 이번에는 성수를 통한 치유 기적 이야기입니다. 외교인들의 놀림에도 불구하고 주님의 은혜를 믿고 간구하던 주인공 여인은 성수를 아들의 병든 눈에 넣어 치유의 기적을 체험하게 됩니다.

성수 관련 다른 미담에서처럼 성수가 신비한 물이라는 점이 강조되기보다는 인물의 신실함, 기적이 일어나기 전 간절한 기도, 기적 후 사람들의 반응을 놓치지 않고 기술합니다. 그 가운데 성수를 통한 기적이 행하여졌음을 미담의 저자는 간과하지 않고 있습니다. 성수는 거룩한 물이지만 그 물 자체가 기적수로 작용하는 것은 아니기 때문입니다. 기적보다는 기도가 먼저입니다. 기도보다는 믿음이 먼저입니다.

---

15 정도(正道) : 바른 도리. 여기서는 '천주교'를 의미한다.

성체를 조배한 당나귀

○ 성톄를죠비혼당나귀

유데아인^{유다인} 한 사람이 성 안도니^{안토니오}한테 와서 말하기를

"어찌하여서 성체 안에 예수께서 계시다고 하는지요?" 하였다.

이 유데아인^{유다인}은 마음이 완고하고 천주교인을 학대하며 천주의 말씀을 믿지 아니하는 사람이었다.

안도니^{안토니오} 성인은 심중으로[1] 기구하되[2]

"천주여 이 사람은 참 천주를 믿으니 또한 당신 말씀도 믿고 성체 안에 예수께서 참으로 계신 줄을 알게 하여 주시옵소서" 하면서 그 유데아인^{유다인}을 향하여 이르시되

"당신은 하늘이나 땅이나 이 세상이 다 어떻게 된 줄로 아시오?" 하고 물었습니다.

"그것은 천주께서 만드셨겠지요."

"그렇지요 천주께서 '빛이 될지어다' 하심에 빛이 생기고 '하늘과 땅이 나누이라' 하심에 천지가 생겨서 이 세상이 된 것이지요."

"그것은 다 압니다마는 그것과 성체와는 다릅니다."

"마찬가지요. 천주께서 '이는 내 몸이다, 내 피다' 하신즉,[3] 빵과 포도주가 주의 몸과 피가 되는 것은 당연치 아니한가요? 예수께서 죽은 사람에게 한 말씀으로 '살아나라' 하신 때에 죽은 사람이 도로 살아났습니다. 그리고 빵 5개로 5천 인을 먹이고도 남지 아니하였습니까."

---

1   심중(心中)으로 : 마음 속으로.
2   기구(祈求) : 기도의 옛 용어.
3   원문은 '하셧슨즉'. 여기서 '하셧슨'은 '하셨은'으로 옮겨야 하나 문맥의 의미를 살려 '하신'으로 옮겼다.

"그것은 참 그러하였지요만, 그런 영적을[4] 이 눈으로 보지 아니하고서는 작은 빵 안에 예수께서 계시다는 것은 믿을 수가 없어요. 아아 그러면 이렇게 하십시다. 3일 동안 우리 나귀를 굶겨 끌고 오기로 하되, 저 너른 마당이 좋을까요? 어디서든지 다 볼 만한 곳에 끌고 와서 나는 그 나귀 앞에 먹이를 내어놓고 안도니[안토니오]께서는 성체를 모시고 계시기로 합시다. 만일 내 나귀가 보리를 보고도 먹지 않고 성체 앞에 엎디어 절하면 그때에는 당신이 말씀하는 대로 내가 믿기로 합시다. 어떻습니까?"

자— 이런 내기를 시작하는 것이 좋겠습니까? 성 안도니[안토니오]는 생각하여 보셨습니다. 어째서 그런지 천주께서 승낙하라고 하시는 것 같은 생각이 듦으로

"좋다 그러면 그렇게 해봅시다!" 하였습니다.

그리고 그날부터 3일간은 성 안도니[안토니오]께서는 대재를[5] 지키시고 천주께 "세상 사람들이 성체성사 중에 예수가 참으로 계심을 믿도록 영적을 행하여 주소서" 하고 열심으로 기구하고 또 힘대로 많은 이에게 기구하여 달라고 청하셨다.

문득 3일간 굶긴 나귀를 끌고 왔는데 많은 유데아인[유다인]들이 이 말을 듣고 모여들어 떠들썩하게 이야기를 하고 있다. 성 안도니[안토니오]도 약속한 대로 성체를 모시고 들어오셨다. 아이와 교우들은 성체를 찬양하는 노래 〈땅에 엎디어〉, 〈세상을 구하시는 희생이여〉 같은 성가[6]를 읊고 속마음으로는 기구를[7] 하면서 왔다. 안도니[안토니오] 성인께서 앞으로 나오시어[8]

"굶은 나귀야, 내가 주의 이름을 의지하여 네게 명하니, 와서 너를 조성하신[9] 천주께 조배하여라" 하셨습니다.

모든 이가 어떻게 되는가 하고 아주 고요하게 기다리고 있다. 유데아인[유다인]은 그때에 나귀 앞에 보리 담은 그릇을 내어놓았다. 그런데 어떠합니까! 배가 고픈 나귀는 그 먹음직한 보리를 못 본 체하고 즉시 성 안도니[안토니오] 앞으로 가서 무릎을 꿇고 성

---

4   영적(靈蹟) : 신령스러운 사적. 기적의 옛말(『가톨릭대사전』).

5   대재(大齋) : 단식재.

6   당시 성가의 제목.

7   기도를 ☞ 주 2.

8   원문은 '나아오샤'.

9   조성(造成)하다 : 만들어서 이루다.

체를 조배하였다. 모든 이가 다 엄숙하게 있었다. 성 안도니[안토니오]와 모든 교우들의 눈에서는 기쁜 눈물이 떨어졌다. 이때부터 많은 유데아인[유다인]도 성사 안에 예수가 참으로 계심을 믿게 되었으니 이 요구를 한 사람도 물론 그 한 사람이었다. 대저[10] 성체는 무엇이뇨? 여러분은 다 아시겠지요. 성체는 예수의 몸과 피외다. 그러면 성체성사 안에 나자렛 고을에서 나신 예수께서 계신가요? 성체를 영한 아이와 미사를 드린 신부께 여쭈어보시오. 다 성체성사 안에 계신 예수는 얼마나 마음이 양선하시고 즐거우신 어른이신지!

"내 심중에 예수가 계십니다! 예수께서는 내 일을 갖가지로 생각하시는 고로 내가 예수를 생각하고 있습니다" 하고 성체를 영

3일 굶은 나귀가 보리를 안 먹고 성체께 조배

한 아이가 말하였습니다. 예수는 이 세상에 계실 때에 특별히 아이들을 사랑하시고 돌보셨습니다. 그러므로 지금은 우리가 예수를 사랑하고 섬길 차례가 아닙니까? 적어도 일 년에 몇 번은 예수를 사랑합시다. 그리고 예수가 계신 성당에 가서 의좋게 이야기합시다!

해설

작품 본문에 미담 내용과 관련된 삽화가 삽입되어 있는 유일한 미담입니다. 당나귀가 성체를 알아보고 조배했다는 영적을 소개한 미담으로 성체 신심을 주제로 한 작품입니다. 성체

---

10 대저(大抵) : 대체로 보아서. 대컨. 비슷한 말은 무릇. 『한불자전』에서는 이 단어를 '약, 거의, 그처럼, 책에서 이 단어는, 문장 첫 머리에서 명백히라는 라틴어에 부합한다'로 풀이한다.

를 믿지 않는 유대인을 안토니오 성인이 설득하는 과정에서 당나귀의 영적이 일어납니다. 한갓 짐승인 나귀도 알아보는 성체의 신비를 인간인 우리도 믿을 것을 강조합니다. 내용 중에 성가가 인용되고 특히 표기의 변화가 두드러집니다. 어미 활용이 현대 한국어에 가까워졌음을 확인할 수 있습니다.

유대인은 예수님을 믿지 않습니다. 따라서 성체에 대한 믿음도 없습니다. 그래서 이 작품에서는 그들을 '참천주를 믿으나 성체를 믿지 않는 자'로 설명합니다. 저자는 성체를 사랑하는 것이 예수님을 사랑하는 것이라 여깁니다.

이 미담의 감동은 작품의 마지막 부분, 아이의 고백에서 절창을 이룹니다. "내 심중에 예수가 계십니다! 예수께서는 내 일을 갖가지로 생각하시는 고로 내가 예수를 생각하고 있습니다." 이 아이처럼 예수님을 내 마음의 중심에 모시고 성체를 통해 예수를 사랑하고 섬기자는 것이 이 작품의 참주제입니다.

효도 극진한 아들이 그 모친을 부활케 함

◎ 효도극직흔아들이그모친을부활케흠

　　예전 중국 땅에 분도[베네딕도]라 하는 동자는[1] 어려서부터 심지가[2] 청결하여 추악한 세속의 더러움에 조금도 물들지 아니할 뿐 아니라, 자아시로[3] 그 편친[4] 어머니께 효도를 극진히 함은 마치 천성으로 타고난 것 같아 모친 봉양하기에 심신을 갈진히 하고[5] 모든 힘과 모든 방법을 다하여 섬겼더라.

　　그 후 모친이 병들어 이 괴로운 세상을 버리니 효도하는 아들의 애통 절박함은 극도에 이르렀는데, 이는 그 모친에게 양육지은을[6] 갚지 못함을 한탄할 뿐 아니라 모친이 임종 시에 고해성사와 다른 모든 성사를 영치 못하고[7] 별세함이러라. 친척 붕우와 모든 교우들이 와서 기구한[8] 후 시신을 염할 때에 분도[베네딕도]의 가슴은 초민답답함을[9] 이기지 못하며 주께 기구할 때, 그 기구하는 중에 홀연 천주의 비추심을 받아 모친이 비록 죽었으나 또한 천주의 권능으로 부활할 만한 줄을 깨달은지라. 이에 친척 붕우들에게 열심기구하여 주기시를 간청함으로써[10] 부활의 은혜를 얻고자 하며 모든

1　동자(童子) : 사내 아이.

2　심지(心地) : 마음의 본바탕.

3　어릴 때부터. '즈아시로'는 국한문혼용체 '自兒時로'로 어린 시절부터, 어릴 때부터로 번역할 수 있다. 여기서 자(自)는 ~로부터라는 뜻의 어조사로 쓰였다.

4　편친(偏親) : 홀어버이. 이 작품에서는 홀어머니를 의미한다.

5　'진력을 다 하고', '있는 힘을 다 하고'의 의미. 갈진(竭盡)하다 : 바닥이 드러날 정도로 다하여 없어지다.

6　양육지은(養育之恩) : 아이를 보살펴서 자라게 한 은혜. 키워준 은혜.

7　여기서는 성체성사를 하지 못함을 의미. 성체나 성혈을 영(領)하지 못하고.

8　기구(祈求) : 기도의 옛 용어.

9　속이 타고 답답함. 초민(焦悶) : 속이 타도록 몹시 고민함. 또는 그런 고민.

10　원문은 '간청ᄒ아써'.

이 일제히 기구할 때, 분도^{베네딕도}는 더욱 간절히 기구하다가 이에 성수를 그 모친의 입에 뿌리니 신기하도다! 그 죽었던 모친이 다시 살아났더라. 이 기이한 영적을[11] 본 외교인이[12] 허다하였는데 900여 명은 즉시 이단사망을[13] 끊고 성교에[14] 나아왔더라.

이는 천주가 분도^{베네딕도}의 효성을 갚아주시며 그 효성을 모든 이에게 들어내심이어니와 이 세상에 부모에게 효도하는 자녀들도 있지마는 부모에게 불효한 자녀가 어떻게 많은고! 부모에게 양육지은을 보답하기는 고사하고 그 마음을 찌르며 상하며 근심과 걱정을 부모에게 퍼부어 그 뜨거운 눈물을 흘리게 하며 한숨과 탄식으로 세월을 보내게 하여 그 생명을 재촉하여 빨리 죽게 하는도다! 이러한 자녀들은 용맹히 그른 행실을 고쳐 부모에게 즐거움을 이루어 드리기로 힘쓸지어다!

해설

중국을 배경으로 효를 주제로 한 미담입니다. 주인공 베네딕도의 지극한 효성으로 그의 어머니가 부활합니다. 이를 계기로 900여 명이 입교합니다. 한 사람의 효성스러움이 많은 이를 구원의 길로 이끄는 매개가 됩니다. 특히 중국을 비롯한 동양 사회에서 가장 중요한 이념이기도 했던 '효'와 그리스도교 신앙이 만나는 미담입니다.

작품 후반부에서 불효하는 자식들에 대한 질책과 권고가 이어집니다. 부모를 섬기는 일이 하느님을 섬기는 길과 다르지 않습니다.

---

11 영적(靈蹟) : 신령스러운 사적. 기적의 옛말(『가톨릭대사전』).
12 외교인(外敎人) : 천주교를 믿지 않는 사람들.
13 이단사망(異端詐妄) : 이단과 속임.
14 가톨릭교, 천주교. 성교(聖敎) : 성스러운 종교, 가톨릭교(『한불자전』).

종내 죄악을 고치지 아니하면 영앙을 면치 못함

◎ 종닉죄악을곳치지아니ᄒ면영앙을면치못흠

예전에 한 악인은 천주성명을 능욕하고 또 허다한 죄로 인하여 옥에 갇혔더라. 옥중에서도 회개할 마음이 없는데 때는 오 주 예수의 고난주일을 당한지라. 그 본당 신부는 그의 영혼을 불쌍히 여겨 옥중에 들어가서 통회개과하기를[1] 지성으로 권면하니[2] 그는 회개치 아니할 뿐 아니라 도리어[3] 성을 내여 대적하며 이후는 더욱 악행을 하리라 하더라.

신부는 권면하다가 종내 무익함을 보고 눈물을 머금고 돌아오시고, 그 죄인은 땅에 드러누웠더니 곧 마귀가 발현하여 하나는 등불을 가지고 하나는 빈손으로 와서 빈손으로 온 자가 여러 번 그 악인을 공중에 치들어[4] 땅에 떨어진 후는 매번 그 입시울을[5] 부수고[6] 또 그 입시울과 혀를 꿰매어 말을 하지 못하게 하였더라.

신부는 그 소식을 듣고 다시 가서 통회하고 고해하기를 지성으로 간권하되, 그 악인이 도무지 듣지 아니하여 고해하기를 거절하다가 그대로 죄 중에서 참혹히 죽으니라. 우리가 가끔 말하는 바 '성신불사지죄'라[7] 하는 죄는 다른 죄가 아니라 곧 끝끝내 회개치 아니하는 죄로다.

아무리 극중한 죄라도, 아무리 많은 죄라도 진절히[8] 뉘우치고[9] 통회고해하면 무한

---

1   통회개과(痛悔改過) : 통회하고 잘못이나 허물을 뉘우쳐 고침.
2   권면(勸勉) : 알아듣도록 권하고 격려하여 힘쓰게 함.
3   원문은 '도로혀'.
4   원문은 '치드려'. 치들다 : 치켜들다. 위로 올려 들다.
5   입술을.
6   원문은 '바수고'.
7   성신불사지죄(聖神不仕之罪) : 성령을 따르지 않는 죄. 성령을 거스르는 죄라 할 수 있다.
8   원문은 '진절히'. 진절(眞切)하다 : 열성적이다, 열렬하고 성실하다(『한불자전』).

인자하신 천주가 다 사하여 주시나니, 오 주 예수가 친히 이르시되, "나는 죄인의 죽음을 원치 아니하고 오직 그 회두하여 살기를 원하노라" 하시고 또 이르시되, "나는 의인만을 부르러 오지 아니하고 오직 죄인을 부르러왔다" 하셨으니 죄인이 이런 말씀을 믿고 회두하면 사하지[10] 못할 죄가 없고 실망낙담할 이유가 도무지 없나니, 우리는 끝끝내 회개치 아니하는 완악하고[11] 고집하는 마음을 멀리멀리 피할지로다.

　회개하지 않고 완고한 마음을 경계한 미담입니다. 아무리 큰 죄를 지었다 하더라도 인자하진 하느님을 믿고 회개할 것을 촉구한 이 미담은 하느님의 무한한 인자하심을 강조한 작품이기도 합니다.

　특히 이 작품에서는 '성신불사지죄'라는 용어가 등장합니다. 이는 지금은 쓰지 않는 용어인데 성령을 따르지 않고 거스르는 죄를 이릅니다. 성신불사지죄는 성령을 거스르는 죄이며, 회개하지 않는 죄, 하느님의 인자하심에 자신을 내어맡기지 않는 죄라 할 수 있습니다. 주인공처럼 완고한 마음 때문에 성령을 거스르지 않아야 함을 경계한 미담입니다.

9　원문은 '뉘웃고'.
10　용서하지. 사(赦)하다 : 지은 죄나 허물을 용서하다.
11　완악(頑惡)하다 : 성질이 억세게 고집스럽고 사납다.

주일에 미사참례를 한 이는 은혜를 받고
미사참례를 아니한 이는 벌을 받음

◎ 쥬일에미사참예를흔이는은혜를밧고미사참예를아니흔이는벌을밧음

예전에 친구 2인이 있어 함께 사냥 다니기를 좋아하는 중 1인은 열심하고 1인은 그와 반대였더라. 하루는 주일을 당하여 또 사냥가기를 피차[1] 의론 중에 하나는 말하기를 미사참례를 하고 가도 늦지 아니하니 미사 후에 가자하고, 하나는 말하기를 미사 후에 가면 너무 늦겠다 하여 미사참례도 아니하고 사냥하러 갔더라.

이 두 사람이 피차 친구인 고로 그 후 어떤 날에 함께 산중에 가서 사슴과 노루를 만나 말을 달리며 쾌활하게 사냥하더니, 미구에[2] 청천백일이[3] 홀연 흐려지며 흑운이[4] 공중을 덮고 뇌성벽력이[5] 진동하며 전광이[6] 번쩍이는 가운데 풍우가[7] 대작할[8] 때에 공중에서 들리되, "쳐라! 쳐라!" 하더니 벼락이 2인 중 1인을 쳐 즉살하였는데,[9] 이는 주일에 미사를 궐하고 사냥 다니기를 좋아하던 자이러라.

또 공중에서 "쳐라! 쳐라!" 하는데 남아 있던 1인은 창황망조[10] 중 도망하여 안온한[11] 곳을 찾고자 하며 분주분망할[12] 때에 공중에서 또 들리되, "치지 말라!" 그가 금

---

1   피차(彼此) : 서로.
2   미구(未久)에 : 얼마 오래지 않아.
3   청천백일(靑天白日) : 하늘이 맑게 갠 대낮. 맑은 하늘에 뜬 해.
4   흑운(黑雲)이 : 검은 구름이, 먹구름이.
5   뇌성벽력(雷聲霹靂) : 천둥소리와 벼락을 이르는 말.
6   전광(電光) : 번갯불. 전등의 불빛.
7   풍우(風雨) : 바람과 비.
8   대작(大作)하다 : 바람, 구름, 아우성 따위가 크게 일어나다.
9   즉살(卽殺)하다 : 그 자리에서 바로 죽이다.
10 창황망조(蒼黃罔措) : 너무 급하여 어찌할 수가 없음.
11 안온(安穩)하다 : 조용하고 편안하다. 날씨가 바람이 없고 따뜻하다.
12 분주분망(奔走奔忙) : 매우 바쁠 때.

일에 미사참례할 때에 탁덕이 마지막 성경을 염하여[13] "이에 천주 성자는 강생하여" 하며 절할 때까지 정성으로 이 성경 말씀을 들었으니 그를 치지 말라 하였더라.

주일에 미사참례와 할 본분을 다 한 후에 사냥이나 천렵이나 그런 소일함을 금한 바가 아니나 미사참례와 할 본분을 치지도외하고[14] 소일하는 것은 만만불가한[15] 일이로다. 이 미담에 벼락을 면한 사람은 주일에 미사를 참례하며 주일이 아닌 날에도 미사참례를 하고 사냥 갔기에 큰 환을[16] 면하였도다.

주일을 어떻게 지내야 할까는 그리스도 신자들의 고민입니다. 당연히 미사참례를 해야 하겠지만, 다른 일들도 주일에 많습니다. 그 일 중에는 유희, 취미활동도 예외는 아닙니다. 이 미담은 그 자체를 금하는 것이 아니라 주일의 의무를 다한 후에 그것들을 하라고 권고합니다. 그런 면에서 현재 우리의 신앙생활에도 지침이 될 수 있는 작품입니다.

다만 예화로 작품 전반부에 소개된 이야기는 현재적 관점에서는 단순하고 유치한 이야기로 읽힐 수 있습니다. 사냥을 좋아하던 두 사람이 미사에 참례했는지의 여부에 따라 벼락을 맞아 즉사하기도 하고 살아남기도 했다는 설정은 극단적이고 도식적이기 때문입니다. 독자들은 이를 미담의 창작전략으로 전제하고 그 안에서 드러나는 주제를 이해하고, 장면이나 대화에 나타난 희극적인 요소들을 감상하는 게 미담을 재미있게 읽을 수 있는 방법입니다.

공중에서 "쳐라! 쳐라" 하는 소리가 들리는 장면이나 "치지 말라! 치지 말라!" 하는 장면은 사실성 여부보다는 미담의 재미이며, 미사참례의 중요성을 강조하기 위한 이야기 방식으로 이해할 수 있습니다. 이 미담이 강조하는 것은 미사를 결하지 않는 것입니다. 천주교인은 미사의 은혜를 믿고, 거기에 의지하며, 그 힘으로 살아가는 사람들이기 때문입니다.

---

13 염(念)하다 : 조용히 경을 외우며 기도하다.
14 치지도외(置之度外) : 마음에 두지 아니함.
15 만만불가(萬萬不可) : 천만불가(千萬不可). 전혀 옳지 아니함.
16 환(患) : 환난(患難). 근심과 재난.

진심으로 원수를 사랑하는 자는 주의 특은을 받음

○ 진심으로원슈를ᄉ랑ᄒᆞᆫ쟈는쥬의특은을밧음

예전 젤마니아국에서 한 부귀한 사람의 제2자[1]가 시골 사람에게 무리하게 죽임을 당하였더라. 이 피살자의 형은 장교인데 하루는 병정을 거느리고 살인한 자를 찾아다니다가 길에서 만나 칼을 빼어 죽이고자 할 즈음에 살인자가 땅에 부복하여 빌기를 "천주 성자가 강생하사 너와 나를 다 구속하셨으니 이 구속지은을[2] 감사하기 위하여 나를 용서하라." 장교가 마음이 감동하여 칼을 거두고 용서하였더라.

따르는 자가[3] 그 죽이지 아니함을 보고 이르되, "나약하고 담겁하다"[4] 비소하거늘[5] 장교가 다시 분이 폭발하여[6] 칼을 들고 원수를 죽이려 달려드니, 살인한 자가 또 땅에 엎디어 애걸하여 이르되, "천주가 네 죄를 용서하시니 너도 나의 죄를 용서하라." 장교가 또 측은지심을 발하여 칼을 거두고 용서하였더라.

따르던 자가 장교의 분을 돋우어[7] 이르되, "원수를 얻지 못할 때는 찾아다니고 이미 찾아 얻은 후는 용서하니 이 무슨 일이뇨? 졸장부의 행위로다!" 장교가 다시 분을 발하여 죽이고자 할 때 살인한 자가 또 부복하여 빌어 가라대 "이후 심판 때에 천주의 엄벌을 면하기 위하여 나를 살려주시오" 하는지라. 장교가 깊이 심중에 감동되어 슬피 이르되, "내가 결단코 너를 죽이지 아니하리니 빨리 가라" 하니라.

---

1 둘째 아들.
2 구속지은(救贖之恩) : 구원의 은혜.
3 원문은 'ᄯᅩ로는쟈가'.
4 담력이 약하다는 의미인 듯. 겁이 많다는 의미. 담겁(膽怯)하다.
5 비소(誹笑)하다 : 남을 비방하거나 비난하며 웃다.
6 원문은 '복발하다'.
7 원문은 '도도아'. 도도 : '돋우어'의 옛말.

장교가 그 모신 자와 함께 성당에 들어가 미사 2대를 참례하며 예수고상 앞에 엎디어 기구하였더라. 그 성당에는 한 대덕의[8] 수사가 있어 홀연 봄에 오 주의 고상이 3차이나[9] 그 장교를 향하여 머리를 숙이셨는데 그러나 장교는 이를 보지 못하고 알지 못하였더라.

미사를 다 참례하고 나갈 때에 수사가 먼저 나가서 그 장교를 보고 묻되,[10] "당신은 뉘시니까?" "나는 사관이올시다." "당신이 평생에 무슨 공로를 세워 천주께 이 특은을[11] 받으니까?" "나는 평생에 특별한 공로 세운 것이 없고 다만 금일 새벽에 나의 아우를 살해한 원수를 용서하여 주었을 뿐입니다." 수사가 본 바를 다 가르쳐주고 수도원에 들어가기로 면려한[12] 후 즉시 작별하니라.

원수를 진심으로 용서한 이는 이런 은혜를 받거니와 원수를 용서치 아니한 자는 은혜를 받지 못하나니, 전에 한 탁덕이[13] 성당에 들어가 고상 대전에서 어떤 망자를[14] 위하여 기구할[15] 때, 고상을 홀연 쳐다보니 오 주의 고상이 두 손으로 귀를 막으며 이르시되, "네가 위하여 기구하는 자는 내 명을 듣지 아니하고 원수를 용서치 아니하였으니 나는 그를 위하여 너의 기구를 들을 수 없노라" 하시니라.

오 주가 성경에 이르시되 "너희들이 만일 진심으로 너의 제형들을 용서치 아니하면 하늘에 계신 나의 성부가 너희를 용서치 아니하시리라" 하셨으니 이 명백한 주의 훈계를 만만코[16] 잊지 마사이다.

8 　대덕(大德) : 넓고 큰 덕.
9 　세 번이나.
10 　원문은 '물으딕'.
11 　특은(特恩) : 특별한 은혜. 가톨릭에서 성령이 특별히 내려 주는 은혜. 예언, 영의 식별, 기적 따위를 베푸는 능력을 이른다.
12 　면려(勉勵)하다 : 남을 고무하여 힘쓰게 하다.
13 　탁덕(鐸德) : 신부(神父)의 옛 호칭.
14 　망자(亡者) : 죽은 사람.
15 　기구(祈求) : 기도의 옛 용어.
16 　만만코 : 만 번 확실히(『한불자전』).

　제목에서 알 수 있듯이 이 미담의 주제는 원수를 용서하고 사랑하라는 것입니다. 1단락에서 5단락까지는 이야기를, 6단락과 7단락은 교훈을 중심으로 구성되어 있는데 교훈을 강조한 주제부에서 한 번 더 짧은 예화가 소개되어 있습니다. 마지막에는 성경의 말씀도 인용합니다.

　중심인물은 젤마니국의 장교와 그의 동생을 죽인 살인자입니다. 장교는 주위의 조롱에도 불구하고 살인자를 용서합니다. 살인자의 애원 때문이었습니다. 살인자는 '하느님의 구원하심을 감사하기 위해', '천주가 용서해 주심과 같이', '심판 때 천주의 엄벌을 면하기 위해'라는 근거를 대며 자신을 용서해 달라고 간청합니다. 살인자인 주제에 하느님을 거론하는 것이 더욱 못마땅할 만도 한데, 장교는 그의 애원함을 들어줍니다. 작품을 통해서는 알 수 없지만 살인자는 왜 주인공의 동생을 죽였는지, 그 사연도 궁금합니다.

　용서할 수 있는 용기와 사랑도 위대하지만 살인자의 말에 귀 기울였던 주인공의 모습이 인상적입니다. 살인자의 말도 경청하였던 그였기에 하느님의 말씀을 듣는 것에도 충실했을 것입니다. 원수를 용서한 주인공을 비웃는 주위 사람들의 반응 또한 현실감이 있습니다.

　사람들은 자신이 하지 못하는 일을 타인이 할 때 존경하기보다는 비웃거나 다른 속셈을 억지로 캐내기도 합니다. 인간으로서 하기 힘든 용서를 행하는 데 속셈이 있다면 그것은 사랑입니다. 대가가 있다면 그 역시 하느님이 주시는 특은 외에는 없습니다. 이를 보여준 것이 이 작품입니다.

3형제가 지성으로 모친께 효도함

三형뎨가지셩으로모친씌효도홈

    예전 일본국에 모자 4인의 한 가족이 있었는데 가세 극빈하여[1] 아들 3형제가 주야에[2] 노동을 부지런히 하여도 그 모친을 넉넉히 공궤하지[3] 못하던 차에, 한번은 국왕이 영을 내리되 누구든지 아무 도적을 산 이로 잡아 받치면[4] 후한 상급을 주리라 하였더라.

    형제 3인이 그 영을[5] 듣고 생각하되, 우리 3형제 중에서 1인은 도적이 되고 2인은 그 도적을 잡아 바치면 후한 상급을 받아 모친을 공궤하리라 하여 계책을 꾸밀 때, 3형제 중 뉘가 도적이 되는지 결단치 못하여 이에 제비를 뽑을 때, 막내 동생이 도적으로 뽑혔도다.

    이에 두 형이 막동 아우를 도적으로 잡고 결박하여 관가에 바치니[6] 관원이 기뻐하여 후한 상급을 주고 도적은 감옥에 구류하더라.[7] 두 형이 상급을 받아가지고 돌아올 때 감옥에 가서 어린 동생을 껴안고 울며 하직하였는데 관인과 옥졸이 그 하직하는 기색을 보고 수상하게 여겨 뒤로 사람을 보내어 두 사람을 살피게 하였더라.

    형제 2인이 집에 돌아와 모친을 보고 그 모든 사정을 다 아뢰니 모친이 근심하며 이르되, "너희들이 다시 관가에 가서 어린 동생을 데려오라. 그렇지 아니하면 내가 굶어 죽으리라" 하니라. 엿보려 따라갔던 아전이[8] 그 모자간 서로 이야기 하는 것을 다

---

1   가세 극빈(家勢 極貧)하여 : 집안 형편이 아주 가난하여.

2   주야(晝夜)에 : 밤낮으로.

3   공궤(供饋)하다 : 음식을 주다.

4   '산 이로 잡아받치면'은 '생포하면'의 의미다.

5   영(令)을 : 명령을.

6   원문은 '밧치니'.

7   구류(拘留)하다 : 구금하다. 죄인을 옥에 가두어 자유를 구속하다.

8   아전(衙前) : 조선 시대에, 중앙과 지방의 관아에 속한 구실아치. 각 벼슬아치 밑에서 일을 보던 사람.

듣고 돌아와 관원에게 고하니, 관원이 매우 의심하여 옥에 갇힌 자를 대령시키고 문초하였는데[9] 거짓도적이 그 꾸민 사정을 실상으로 다 고하니라.

관원이 대단히 놀라며 기이히 여겨 그 모든 사실을 다 왕께 상달하였더니,[10] 왕이 그 3형제를 불러 보시고 그 꾸민 사단의 죄를 책벌치 아니할 뿐 아니라 오직 그 효도를 기특히 여기며, 그 가난함을 불쌍히 여겨 그 어린동생에게 한 벼슬을 주어 매년에 1,500은전의 녹을 받게 하고, 그 두 형에게도 각각 벼슬을 시킴에 년에 각각 500은전의 봉급을 받게 하였더라.

이러므로 그 후 3형제가 그 받는 연봉으로써 그 모친을 넉넉히 봉양하였으니, 그 3형제가 꾸민 일은 위태하고 또한 속이는 사정이었으나 순전한 효성으로써 한 고로, 천주가 후하게 갚으심이러라.

일본을 배경으로 효성을 주제로 한 미담입니다. 가난한 세 형제가 어머니를 모시기 위해 한 명은 도적으로 다른 두 명은 도적을 잡은 의인으로 자처하여 왕과 국가를 속였으나 왕의 용서를 받고 네 모자가 모두 넉넉하게 살아갈 수 있었다는 내용입니다.

어머니를 모시기 위한 가난한 세 형제의 처지와 노력, 어머니의 자애, 이 모두를 알게 된 후에 베푼 국왕의 용서가 죄보다 사람이 먼저임을 보여줍니다. 또한 작품의 말미에서 모든 은혜를 천주의 은혜로 이해함으로써 네 모자의 신앙심과 효를 은총을 베푸시는 하느님의 자애로 부각시킵니다.

---

9 원문은 '문초흔디'.

10 상달(上達)하다 : 윗사람에게 말이나 글로 여쭈어 알려 드리다.

영신사정에는 미소한 것이라도 조심하여야 대죄를 면함

◎ 령신ᄉ정에는미쇼ᄒ것이라도조심ᄒ여야대죄를면ᄒ

　　예전에 1위 주교는 평생에 성 안드레아 종도를[1] 특별히 공경하며 미소한[2] 사정이라도 극히 조심함으로 공덕을 많이 세웠더라. 그러나 천주는 그로 하여금 더욱 정밀히 닦기를 위하여 크게 시험하신 사정은 아래와[3] 같으니라.

　　하루는 마귀가 교묘한 간계로써[4] 그 주교를 죄에 떨어지게 하고자 하여,[5] 한 아름다운 여자의 태도를 꾸미고 나그네 형상으로 주교 댁 문감을[6] 찾아와서 고해성사를 청하는 고로, 주교는 한 탁덕에게[7] 위임하여 그 나그네 여자의 고해를 받게 하였더라.

　　그 여자가 다시 문감으로 말미암아 주교께 품하되,[8] 내가 멀리서 여기까지 옴은 불가불 주교께 고해를 하고 또한 막중한 사정을 문의코자 함이니 불가불[9] 주교를 뵈옵고자 하노라 하더라.

　　문감이 이대로 주교께 아뢰니, 주교가 이에 보기를 허락하여 그 여자가 들어왔는데 아름답고도 단정 순직한 태도로 인사하여 주교의 마음을 기쁘게 하여 암수를[10] 베풀

1　종도(宗徒) : 가톨릭에서 예전에 사도(使道)를 이르던 말. 사도는 거룩한 일을 위하여 헌신하는 사람. 예수가 복음을 널리 전하기 위하여 특별히 뽑은 열두 제자.

2　미소(微小; 微少)하다 : 아주 작다. 아주 적다.

3　원문은 '자와'. 좌(左)를 뜻하지만 가로쓰기를 고려하여 '아래와'로 옮겼다.

4　간계(奸計) : 간사한 꾀.

5　원문은 '써러지게코쪄ᄒ야'.

6　문감(門鑑) = 문표(門標) : 궁궐 병영 따위의 문에 드나드는 것을 허락하여 주던 표. 여기서는 문을 지키는 수위의 의미로 쓰였다.

7　탁덕(鐸德) : 신부.

8　품(稟)하다 : 웃어른이나 상사에게 어떤 일의 가부나 의견 따위를 글이나 말로 묻다. 원문은 '품하다'.

9　불가불(不可不) : 부득불(不得不). 하지 아니할 수 없어, 마지못하여.

10　남을 꾀어서 속임 또는 그런 방법. 원문은 '암슈'.

며 아뢰되, "나는 아무 나라 공주(公主 왕의 딸)로서[11] 평생에 동정 지키기로 맹서하였더니, 궁중 친척이 강제로 나를 출가시키고자 하는 고로 가만히 도망하여 주교께 와서 고해도 하고 또한 이 막중한 사정을 문의코자 하오니 청컨대 나의 고해를 받으시고 또한 고요한 방 한 칸을 주시면 수일간 피정하며[12] 주의 성지를[13] 받아 후사를[14] 마련코자 하나이다."

주교가 그 말을 듣고 아무 의심도 없이 이르되, "공주가 이런 착한 뜻을 품음은 천주의 홍은이니[15] 아무쪼록 타당히[16] 지시하려니와 금일에[17] 나와 함께 점심에 참예함이 어떠하뇨?" 대답하되, "주교가 나와 함께 동석음식함을[18] 사람들이 보면 불미한 비평을 면치 못하겠나이다." 주교가 대답하되 "나와 공주 두 사람이 아니요. 많은 빈객이[19] 참석하리니 무슨 비평이 없을 줄로 여기노라." 그 여자가 이에 허락하니라.

주교가 이에 그 여자와 많은 빈객으로 더불어 동석하여 유쾌히 수작하며[20] 즐길 즈음에, 누가 주교 댁 문을 크게 두드리는지라. 그러나 많은 빈객이 모여 있음으로 대답치도 않고 불러들이지도 않았는데 2, 3차 문을 더 크게 두드리더니 문지기가 들어와 아뢰되, "어떤 객이 와서 주교 뵈옵기를 청하나이다" 하는지라. 주교가 속으로 그 객의 존귀를 알지 못하나 공주보다 더 존귀할까? 만일 불러들이면 공주에게 욕이 되지 아니할까? 공주가 허락하실까? 이와 같이 주저하다가 결단치 못하고 공주에게 문의하였는데[21] 대답하되, "내가 두어 가지 도리를 물어보아 능히 대답하면 들어오기를 허락할 것이라" 하는 고로 주교가 그대로 하라 하였더라.

---

11 ( )를 표시하고 그 내용을 기입한 원문 그대로 옮겼다.
12 피정(避靜) : (가톨릭) 일상생활에서 벗어나 성당이나 수도원 같은 곳에서 묵상이나 기도를 통하여 자신을 살피는 일.
13 성지(聖志) : 성인(聖人)의 뜻. 여기서는 주님의 뜻. 하느님의 뜻이라는 의미로 쓰였다.
14 후사(後事) : 뒷일. 죽은 뒤의 일.
15 홍은(鴻恩) : 넓고 큰 은혜.
16 타당하게.
17 금일(今日) : 오늘.
18 같은 자리에서 음식을 먹으면, 동석음식(同席飮食).
19 빈객(賓客) : 귀한 손님.
20 수작(酬酌)하다 : 술잔을 서로 주고받다. 서로 말을 주고받다.
21 원문은 '문의혼디'.

공주가 이에 묻되[22] "이 세상에 범상한 만사 중에 천주의 기묘하신 공부를 제일 드러내는 것은 무엇이뇨." 문감이 나가서 객에게 이 말을 물어보니 객이 즉시 대답하되, "이는 사람의 얼굴이니라. 대저[23] 천주가 사람을 조성하신 이래에 억 천만 인의 얼굴이 다 각각 달라 온전히 같은 얼굴은 도무지 없음이니라." 문지기가 들어와 객의 대답을 전하니 공주가 가로되, "옳도다" 하고 다시 더 어려운 문제를 시험코자 하였더라.

이러므로 공주가 또 묻되 "이 세상에 제일 높은 땅이 모든 하늘보다 얼마나 더 높으뇨?" 문지기가 나가서 이 말을 물으니 객이 즉시 대답하되 "이 세상에서 제일 높은 땅은 모든 하늘 위에 무한히 초월하니라." 문감이 들어와 객의 대답을 보하니[24] 공주가 듣고 기이히 여겨 이르되, "이 사람이 누구관대[25] 명오가[26] 이 같은고? 대저 오 주의 인성을 의논하면 그 육신은 흙이신데 이제 승천하여 천당에 계시니 모든 하늘 위에 무한히 초월하심이로다" 하고 공주가 다시 한 가지를 물어보아 만일 대답하거든 들어오기를 허락하고자 하고, 만당 빈객은[27] 피차 문답함을 기이히 여기더라. 이제 공주 또 묻되, "땅에서부터 하늘까지 얼마이뇨? 몇 길이나 되느뇨?" 문지기가 나가서 이 말을 물었는데, 객이 즉시 대답하되, "그(공주)는 지옥의 으뜸[28] 루지뿌리의 보낸 자이니, 이전에 천당에서부터 지옥까지 떨어질 때에 실지로 경험하였은즉, 그 상거가[29] 얼마인지 알고자 하거든 이전에 떨어져 내려오던 것을 다시 계산하라" 하였더라. 문지기가 들어와 이 대답을 고하니 소위 공주라 하던 여자가 즉시 없어져 보이지 아니하니라.

식당에 앉아서 듣고 보던 모든 이 다 놀라고 기이히 여겨 그 객이 누구인지 알고자 하였으나 객도 또한 즉시 보이지 아니하니라. 모든 이 그 연고를 알지 못하고 주교도 또한 그러하여, 즉시 교서를[30] 발하여[31] 모든 교우로 하여금 엄재를[32] 지키며 그 객이

---

22 원문은 '물으되'.
23 대저(大抵) : 대체로 보아서. 대컨. 비슷한 말은 무릇. 『한불자전』에서는 이 단어를 '약, 거의, 그처럼, 책에서 이 단어는, 문장 첫 머리에서 명백히라는 라틴어에 부합한다'로 풀이한다.
24 보(報)하니 : 알리니.
25 원문은 '뉘완대'. '뉘기에', '누구이기에'의 의미.
26 명오(明悟) : (가톨릭) 사물에 대하여 밝게 깨달음. 또는 그런 힘.
27 가득찬 손님들은. 만당(滿堂) : 사람들로 꽉 찬 방이나 강당. 방이나 강당, 대청 따위에 가득함. 또는 가득한 사람들.
28 원문은 '웃등'.
29 상거(相距) : 서로의 거리. 천당에서부터 지옥까지의 거리.

누구인지 천주께 가르쳐 주시기를 간구케 하였더라. 그날 밤에 주교가 침상에 누울 때에 천주가 보여 이르시되, "객은 네가 평생에 공경하던 안드레아 종도이라.[33] 특별히 발현하여 너를 깨닫지 못한 위험에서 구하였나니라" 하시니라.

주교가 이에 주은을[34] 감사하고 그 후는 모든 미소한 일에도 항상 조심하여 큰 해를 면하였으니 우리도 마땅히 모든 일에 조심하여 대죄의 위험을 면할지로다.

평생 성 안드레아 사도를 공경하던 주교가 안드레아 성인의 도움으로 마귀의 유혹에서 벗어난 내용의 미담입니다. 주교도 마귀에 현혹될 수 있으며, 누구나 미소한 것 때문에 유혹에 빠질 수 있음을 이 미담은 강조합니다.

종도, 동정, 피정, 지옥 등 종교어들이 등장하며, 공주로 변모하여 나타난 마귀가 주교를 유혹하는 장면, 안드레아 성인이 손님으로 변모하여 질문과 대답을 통해 공주와 대적하는 장면은 이 작품의 백미입니다. 공주로 위장한 마귀와 손님으로 위장한 안드레아 사도의 대화 내용이 흥미로우면서도 의미가 깊습니다.

천주의 기묘하신 공부를 가장 잘 드러내는 것은 '사람의 얼굴'이라는 답변, 땅에서부터 하늘까지의 거리를 묻는 질문에 대해 마귀인 공주의 정체를 드러내게 하는 답변은 성인의 지혜를 보여줍니다. 이 미담은 작품 마지막 단락에서 설명하듯이 아주 작은 일에서도 조심하여 마귀의 유혹에 빠지지 말아야 함을 경계하는 작품입니다. 또한 성인 공경의 이로움을 알린 미담이기도 합니다.

---

30 교서(敎書) : (가톨릭) 공식으로 발표하는, 신앙과 교리에 관한 서한.

31 발(發)하여 : 발표하여.

32 재란 심신의 건전한 관리를 위해 절식, 절주 내지는 금식, 금주하는 것을 말한다. 교회에서는 금식을 대재(大齋)라 하여 재의 수요일과 성금요일에 지키도록 하고 있다. 여기서 '엄재'는 엄격하게 재를 지킨다는 의미.

33 종도(宗徒) : 가톨릭에서 예전에 사도(使道)를 이르던 말. 사도는 거룩한 일을 위하여 헌신하는 사람. 예수가 복음을 널리 전하기 위하여 특별히 뽑은 열두 제자.

34 주은(主恩) : (가톨릭) 주님의 은혜.

안드레아 가 열두 사도의 하나이며 시몬 베드로의 동생. 벳사이다 출신(요한 1 : 44)의 어부이며 예수를 처음 만나 몇 시간 동안 함께 지냈을 때는 세례자 요한의 제자였다. 이튿날형 시몬 베드로를 데리고 예수를 찾았을 때 "너는 요한의 아들 시몬이 아니냐? 앞으로는너를 게파라 부르겠다"라는 말씀을 들었다(요한 1 : 35-42). 이들 형제는 갈릴리아 호수에서 예수님의 부르심을 받고 사도가 되었다(마르 1 : 16-18). 예수를 뵙게 하여 달라는그리스 사람들의 간청을 들어 필립보와 함께 예수께 말씀드린 사실(요한 12 : 20-34)에서 두드러진 지위를 엿볼 수 있다. 예수님을 집에 모셨고(마르 1 : 29) 예루살렘의 멸망과세상의 종말이 언제 일어나는지를 예수께 질문했고(마르 13 : 3-4) 5,000명을 먹인 기적에서 한 소년이 빵 다섯 개와 물고기 두 마리를 가졌다고 보고하였다(요한 6 : 5-10).

지옥 가 일반적인 용법으로는, 못 견디게 고통스럽거나 더없이 참담한 형편이나 환경을 비유하여 이르는 말이다. 불교에서는 '극락(極樂)'의 반대말로서, 현세에서 악업(惡業)을 행한자가 죽어서 가는 곳인데, 염마대왕(閻魔大王)이 다스리며 죄인에게 갖은 고통을 준다는'naraka(奈落)'이다. 그리스도교에서는 큰 죄를 지은 채 죽은 사람의 영혼이 신에게 떠나악마와 함께 영원히 벌을 받는 곳이며, '천당', '천국'의 반대말이기도 하다. 가톨릭 신학상으로 '지옥'은 악마건 인간이건 저주받은 자가 영벌(永罰, eternal punishment)을 받는곳이다. 즉 타락한 천사와, 의식적으로 신의 사랑으로부터 떠난 상태로 죽은 인간이 영원한벌을 받는 장소와 상태를 지칭한다. 지옥에는 두 가지의 벌이 있다. 하나는 하느님의지복직관(至福直觀)을 잃어버린 고통이고, 다른 하나는, 외계의 물질로부터 가해지는감각적인 고통이다. 지옥의 벌은 영원한 것이다.

음란한 말을 하는 자와 듣는 자는 다 경계할 일

◎ 음란흔 말을ᄒᆞᄂᆞᆫ쟈와듯ᄂᆞᆫ쟈는다경계홀ᄉᆞ

예전에 젤마니국에 한 동자가[1] 있어 예수회 신부께 내왕하며[2] 공부할 때, 그 정결함이 천신[3] 같았더라. 하루는 공부하고 집에 돌아가 언어행동이 여전하고 아무 병도 없었더라.

그 익일에[4] 시간이 늦도록 일어나지 아니하는 고로, 그 부친이 그 침상에 가서 깨울 때, 벌써 죽은 지 오래되었더라.[5] 그 부친이 경겁함과[6] 애통함을 이기지 못하며 즉시 그 선생 신부께 가서 그 죽음을 고하니, 그 신부가 아이의 정결함을 본디 아는 고로 비록 슬퍼하나 이미 승천하였으리라 하여 그 부친에게 이르되, "아이의 영혼이 본디 정결하여 대죄가 없어 천당에 간 줄로 여기노라. 그러나 혹시 연죄소에[7] 갔는지도 모르니 연미사를[8] 즉금[9] 드리겠노라."

그리한 후 제의방에 가서 제의를 입고 성당으로 들어갈 때, 문득 누가 은근히 앞길을 막아 못 가게 하기를 두 번이나 하는지라. 신부가 놀라고 이상히 여겨 이에 예수의 성명을 의지하여 이르되,[10] "내가 네게 명하노니 누구인지 말하여라. 어찌 감히 나를

---

1   동자(童子) : 사내 아이.

2   내왕(來往)하다 : 오고 가다.

3   천신(天神) : 천사의 옛말.

4   익일(翌日) : 다음날.

5   원문은 '오랏더라'.

6   경겁(驚怯)하다 : 놀라서 겁을 내다.

7   원문은 '련죄소'. 여기서는 '연옥'을 말한다. 연죄(煉罪) : 자신의 죄로부터 정화되다. 속죄하다.

8   연(煉)미사 : (가톨릭) 위령미사의 이전 용어 ☞【더 알아보기】.

9   즉금(卽今) : 지금 당장.

10   이르되.

저항하느뇨?” 그때에 한 검은 형상이 나타나 이르되, “나는 어젯밤에 죽은 아이올시다.” “네가 어찌하여 나로 하여금 너를 위하여 미사 드리기를 원치 아니하느냐?” “무익한 연고입니다.” “그러면 네가 천당에 올라갔냐?” “아니올시다. 나는 전에는 정결하야 중죄가 없더니 우연히 어젯날에 음란한 말을 듣고 잘 때에 다시 즐겨 생각하며 밝는 날에는 시험코자 하였더니, 천주가 즉시 나를 벌하시어 즉사한 후 지금 지옥에 있나이다” 하고 즉시 보이지 아니하니라.

아이가 지옥에 감은 음란한 말을 들은 연고이니 지옥에서 그 음란한 말 발하던 사람을 어떻게 한 할꼬? 마구 음담패설을 발하는 자는 천만경척[11]할 것이오, 듣는 자도 천만조심할지로다.

음란함, 음담패설을 경계한 미담입니다. 주인공은 정결하고 청결한 소년이었지만 음란한 말을 듣고 그것을 생각한 것만으로 지옥에 갑니다. 이 미담에 따르면 음란한 말을 하는 것뿐 아니라 듣고 생각하는 것도 조심해야 합니다. 지나친 정결주의라 할 수도 있지만 온갖 매체를 통해 성이 범람하고 있는 현대 사회에서 성에 대해 그리스도인들은 어떻게 생각하고 행동해야 할지를 성찰하게 하는 미담이기도 합니다.

이 작품에서 성년도 아닌 아이가 지옥을 면치 못했다는 점을 생각할 때, 성인이 되기 전부터 성과 관련된 바른 이해와 태도를 아이들에게 가르치고 따를 수 있도록 도와야 하는 책임이 어른에게 있음을 잊지 않아야 하겠습니다. 음란함은 성적 자유의 하나가 아닙니다. 성(性)이 아름답고 바른 사회에서 아이들이 성장할 수 있어야 합니다. 벌을 받아 지옥에 가지 않더라도 성적으로 건강하지 않은 사회는 지옥이나 다를 바 없습니다. 그런 지옥을 만들지 말라는 당부로 이 미담의 주제를 재해석할 수 있습니다.

---

11 천만경척 : 매우 경계하라. 두려워하라. 현재 경척(驚惕)은 북한어로 ‘몹시 놀라고 두렵게 함’이라는 뜻이다. 원문은 ‘경턱’.

연미사, 위령미사 ㉮ 연옥(煉獄, purgatory)에 있는 이를 위해 드리는 미사를 가리키는 옛말이다. 연옥이란 의인(義人)의 영혼이 천국에 들어가기 전에 소죄(小罪)가 정화(淨化)되는 상태 또는 장소이다. '연미사'에 대하여 『한불자전(韓佛字典)』(1880)은 ① 연옥에서 신음하는 영혼들을 위한 미사, ② 축도(祝禱)미사, ③ 마법의 의식 등으로 풀이하고 있다. 이 연미사를 다른 말로는 '사자(死者)의 미사(Missa defunctorum 또는 Missa de Requie 혹은 Requiem)'라고도 번역되어 일본에서 사용되기도 하였으며, 사자미사 때 쓰이는 검은 제복(祭服)의 빛깔에서 '흑(黑)미사'라고도 지칭되었다. 중세에는 네 가지의 정식(定式)이 있어서, 봉교자(奉敎者)로서 죽은 자의 기념일 미사, 사망 또는 장례식 날의 미사, 연기(年忌)미사, 사자의 보통 미사 등으로 나누어 적용되어 왔으나, 성 비오 5세 때 결정적으로 하나로 제한되어 묶어졌다. 오늘날 천주교 용어로는 '위령(慰靈)미사'라는 말로 바뀌어졌으며, '사자의 미사'라는 말은 사용하지 않는다.

도적질을 경계할 일

◎ 도적질을경계홀일

　예전에 한 부귀공명한 집에 열심 정녀가[1] 있어 평생에 동정을 지키고자 하나 그 부모는 강제로 출가시키고자 하는지라. 동정녀가[2] 천주께 간절히 구하되, '이 티끌 세속에 물들지 말게 하여주소서' 하였더라.

　천주가 그 간절한 기구를[3] 허락하사 그 혼배하기 전날에 우연히 병들어 세상을 하직케 하신지라. 그 부모가 극히 애통하여 성대한 예로 장례를 지낼 때, 모든 능라수의와[4] 모든 금은패물을 다 관 속에 넣으니 이것이 무슨 소용이리요. 보는 자의 눈을 놀라게 하고[5] 그 탐심을[6] 야기할 따름이러라.

　이와 같이 성당 안에 안장하였는데 이 장례에 참례하던 자 하나가 이 보물을 도직코자 하여 밤중에 비밀히 성당에 들어가 그 무덤을 열고 모든 보화를 꺼낼 때, 홀연 그 시체의 손이 도적에 팔을 단단히 잡고 놓지 아니하니 도적이 놀라고 황공하여[7] 그 정녀에게 용서를 청하였더라.

　정녀가 대책하여[8] 이르되, "네가 어찌 재물만 탐하여 스스로 묘구[9] 도적이 되느뇨?

1　정녀(貞女) : 숫처녀. 정숙한 여자. 슬기롭고 절개가 굳은 아내 또는 여자.
2　동정녀(童貞女) : 숫처녀. (가톨릭) 성모 마리아를 이르는 말. 혹은 성모 마리아처럼 결혼하지 않고 그분을 따르는 여인들.
3　기구(祈求) : 기도의 옛 용어.
4　비단 수의. 능라(綾羅) : 두꺼운 비단과 얇은 비단. 수의(壽衣) : 시체에 입히는 옷.
5　원문은 '놀래고'.
6　탐심(貪心) : 탐내는 마음, 탐욕스러운 마음.
7　황공(惶恐)하다 : 위엄이나 지위 따위에 눌리어 두렵다.
8　대책(大責)하다 : 몹시 꾸짖다.
9　묘구(墓寇) : 무덤 도둑.

네가 장차 큰 벌을 받으리라." 도적이 더욱 간구하니 정녀가 이르되, "네가 이 죄벌로 인하여 금일에 나와 같이 무덤 속에 들어가리라." 도적이 제 악행을 고치기로 맹세하며 용서를 더욱 청하니라.

정녀가 그 죽기를 용서하고 그 대신으로 어느 수도원에 들어가 평생을 보속하기를[10] 명하니라. 도적이 이에 세속을 하직하고 어느 수도원에 가서 입원하기를[11] 청하니 수도원장이 한번 살펴봄에 모든 것이 다 세속 태도이라. 은근히 이르되, 수도생활은 용이한 일이 아니니 차라리 다시 세속에 가서 열심수계하며 살기를 권하니라.

이 사람이 가지 아니하고 항구히 입원하기를 간청하니 원장이 하릴없이[12] 입원시켰는데 그 사람이 과연 중도에 폐치[13] 아니하고 항구히 수도하니라.

정결에서 시작한 내용이 도둑의 회개와 수도원 입회로 이어진 미담입니다. 정결, 회개, 수도원은 천주교 미담에 자주 등장하는 소재입니다. 이 미담은 정결, 회개, 수도원 입회 및 선종에 대한 이야기가 각각 전반부 중반부 후반부를 구성하며 동정녀의 발현 이야기가 더해집니다.

동정을 지키고자 했던 처녀와 그녀의 죽음, 장례 후 동정녀의 무덤을 도굴하던 도둑이 환생한 동정녀와 만나 회개하고 보속으로 수도원에 입회하여 수도생활을 항구히 하게 되었다는 내용입니다. 도둑이 수도원에 들어가고자 했을 때 수도원장은 처음에는 '수도생활은 용이한 일이 아니니 차라리 다시 세속에 나가 열심수계하며 살기'를 권합니다.

회개하기 위해 수도원에 입회하는 인물이 미담에는 자주 등장합니다. 죄인들이 가는 곳이 수도원으로 비쳐질 수도 있습니다. 그러나 천주교 미담에 등장하는 '죄인'은 세상에서 살아가는 그리스도인을 상징하며, 수도원 생활은 속죄가 궁극적 목표라기보다는 참된 삶, 하느님 나라의 현시를 지향합니다. 참된 삶은 '이 티끌 세속에 물들지 말게 하여 주소서'라고 기도하는 주인공 동정녀처럼 세속에 물들지 않으려는 기도에서 시작됩니다.

---

10 보속(補贖) : 가톨릭에서 죄로 인한 나쁜 결과를 보상하는 일.
11 입원(入院)하다 : 수도원에 들어가다. 지금은 '입회(入會)하다'라는 용어를 쓴다.
12 할 수 없이, 어쩔 수 없이. 원문은 '홀일업시'.
13 폐(廢)하다 : 그만두다.

주여 내 생명을 받으소서

주여내생명을밧으소서[1]   吳 神父 요셉

남아메리카 띠리^{칠레}에[2] 작은 한 성당이 있다. 거기에는 오래 전부터 열심이 비상한 레오 비길도 수사가 본당 신부하고 거룩한 생활을 보내고 있더니, 별안간 죽어 그 무덤 앞에는 성명만 희미하게 써 놓은 십자비석이 서 있을 뿐이다. 방지거회^{프란치스코회} 수도자 사망명부에도[3] 역시 '형년 60세, 임종 시 종부를 받고, 병은 위암'이란 이 간단한 일생의 약력이 소개되었을 뿐이다. 다시 되풀이하는 말을 쓴다면 결코 그 수사는 보통병이[4] 아니었다. 그 오직 남의 생명을 구원하려는 독특한 희생심 아래에서 공전절후에[5] 다시 얻어 볼 수 없으리만치 훌륭한 영웅적 별세였던 것이다.

이야기의 전말을 말하면 그 어느 날 레오 비길도 수사가 무슨 사정이 있어서 성당에 다닐 적에 잘 알았던 어느 부인의 가정을 방문하게 되었다. 그러나 천만 의외에도 병상에 누워 불행에 울고 고통에 애처로운 생명을 겨우 계속하는데 암만하여도 '내일'이라는 시간은 벌써 '영원'을 언도하는 최후의 날일 것 같았다. 숨이 끊어질 듯 끊어질 듯하는 부인 머리맡에는 고만큼 고만큼 한 어린애들이 수두룩한데 모두 숨 넘어가려는 어머니의 창백한 얼굴을 들여다보고 뜨거운 눈물을 흘리는 것을 목격하는 이 수사

---

1 목차 목록에는 제목이 '미담과 실화'로 이 난의 제목이 적혀 있다. 본문 중에는 미담이라고 적혀있음. 실화라는 장 제목으로 몇 개의 글이 이어지는데, 이는 미담에서 제외하였다.

2 '띠리'는 현재의 칠레이다. 칠레라는 지명은 18세기 스페인 연대기 작가 디에고 데 로살레스가 제시한 가설에 따르자면, 페루의 잉카인들이 아콩카과 산을 'Chili'라고 불렀는데, 15세기 잉카의 정복기에 이 지역을 지배한 피쿤체 족 족장('cacique')의 이름 Tili가 와전된 것이라는 것이다. 이 외에도 다른 설이 있다.(『위키백과』) 다만 칠레라는 지명이 한국에서는 구개음화 법칙이 지켜지지 않았던 당시 '띠리'로 표기되었다 할 수 있다.

3 사망자의 이름을 적어 놓은 장부. 명부(名簿) : 이름, 주소, 직업 따위를 적어 놓은 장부.

4 보통 생기는 병이 아니라 특별한 병, 위중한 병이었다는 의미.

5 공전절후(空前絶後) : 전무후무(前無後無). 이전에도 없었고 앞으로도 없음.

의 눈에는 동정의 피눈물이라도 아낄 수 없이 처량하게 모든 경상은[6] 그의 마음을 사뭇[7]찔렀다. 동정의 눈물 끝에 굳은 결심을 하였다. '나는 이 가련한 생명을 위하여 무용한 이 늙은 생명을 희생으로 천주께 바쳐야겠다!' 하고 천주께 허원을[8] 바치게 되었다. "여보세요! 나는 보시는 바와 같이 쭈그렁밤송이 같이 다 늙어빠진 늙은이고 또 언제나 혼자 몸으로 지내는 수사가 아닙니까? 어린애들이 많은 당신과 같이 소중하고 책임이 중한 몸은 아니여요! 그렇지 않아도 이 몸이 천주 대전에 백골로 스러질 날도 당신 보담 그리 멀지 않았다고 생각합니다. 나는 이제 한 깨달음이 있습니다! 천주께서는 내 좋은 생각을 실현시켜 주실 줄을 확실히 믿습니다" 하고 여러 가지로 그 부인과 어린애들을 무한히 동정하는 나머지 위로를 극진이 하였다. 문을 닫고 성당으로[9] 돌아오는 수사의 발길에는 하염없이 떨어지는 조락의 누런 나무 잎새가 툭툭 채이었다. 성당에 돌아온 수사는 곧 성당 문을 열었다. 처량한 공기가 가득 찬 그윽하고 적막한 성당이었다. 장명등의[10] 잔약한[11] 불꽃이 그 오직 적막을 깨뜨리려고 반짝이고 있을 뿐이다. 아무도 없는 성당 저편 제대 아래 새까만 흑포로[12] 덮은 듯한 누가 하나 땅에 엎디었다. '저 가련한 부인 대신 당장이라도 나의 생명을 거두어 주십소서!' 하고 열정의 기구를[13] 바치고 있는 그[14] 수사였다. 오래 동안 엎드려 기구하던[15] 몸을 서서히 일으키는 수사의 얼굴에는 기쁨의 웃음이 숨어 흘렀다. 그것은 꼭 천주께서 자기 기구를 들어주셨다는 것을 깨달은 것이었다. 그 즉시 신부에게 가서 곧 종부성사를[16] 달라고 청하였다. 신부는 깜짝 놀랐다.

---

6   경상(境上) : 상태, 상황(『한불자전』).

7   원문은 '亽뭇'→사맛→사뭇 : 거리낌 없이 마구, 마음에 사무치도록 매우.

8   허원(許願) : 서원(誓願)의 옛날 용어.

9   원문은 '에로'.

10   여기서는 성당 안에 있는 작은 등이다. 성체등으로 보인다. 장명등(長明燈) : 대문 밖이나 처마 끝에 달아 두고 밤에 불을 켜는 등, 무덤 앞이나 절 안에 돌로 만들어 세우는 등.

11   잔약(孱弱)하다 : 갸날프고 약하다.

12   흑포(黑布) : 검은 천.

13   기구(祈求) : 기도의 옛 용어.

14   원문은 '뎌'→저→그.

15   기도하던. 원문은 '기구하든'.

16   종부성사((終傅聖事) : (가톨릭) '병자성사'의 전 용어.

신부 "아니! 본시 위병이[17] 수사에게 있긴 있지만 그렇게 중태에 든 병은 아닌
데…… 그런 걱정은 소용없어요. 죽지 않을 테니 안심하세요! 네!"

수사 "아니올시다. 신부님이 제 자신처럼은 내 생명에 대하여 잘 모르실지는 모르
겠습니다만…… 꼭 종부를 주서야겠어요! 농담의 말씀이 아니올시다" 하고
졸라대었다.

신부는 여러 가지 이유로 그렇지 않다는 것을 말하였으나 결국 마지막 죽을 순간을
위하여 애걸 간청하는 수사의 말에 신부는 지게 되었다. 그리하여 하는 수 없이 최후
로 수사에게 고해성사를 주고 노자성체와 종부성사까지 다 주게 되었든 것이다. 과연
놀랄[18] 것은 최후성사를 받을 때도 아무 이상이 없던 수사가 마지막 성사를 보고 나자
곧 그의 태도는 전연 달라지기 시작하였다. 성사 배령이[19] 끝나자 숨은 턱에 닿았다.
얼굴은 창백하여졌다.

"내 영혼을 주여 네 손에 맡기나이다. 그리고 나는 영원히 너를 사랑하므로……."
이것이 숨이 지기 전 그의 최후의 한마디였다.

이때까지 죽을 위험 중에 헤매던 그 부인은 어떻게 되었을까? 이상스럽게도 의사
의 절망의 초점이 되었던 그 부인의 중병이 전쾌되는[20] 행복을 주었다. 회생전쾌한
부인은 그 수사의 실지의 죽음을 들었다. 얼마 전에 자기 집에 와서 자기 옆에서 하던
그 말, 즉 자기를 대신하여 병을 앓다 영혼을 천주께 희생으로 바치겠다는 소리를 다
시금 회억하면서[21] 감개처량한[22] 한숨을 쉬었다. 그 두 눈에서는 말없이 흐르는 눈물
이 옷자락을 적시었다. 무엇보다도 이 천한 자기를 위하여 전교사업에 큰 활약을 하고
있는 거룩한 수사가 대신 그 생명을 희생한 것을 무한이 애석히 생각하는 나머지 미안
함을 이기지 못하였다. 결국 혼자서의 이 번민고통을 참을 길이 없어서 본당 신부에게

---

17 위의 병, 위장병.
18 놀라운. 원문은 '놀랠'.
19 배령(拜領) : 배수(拜手). 공경하는 마음으로 삼가 받음.
20 전쾌(全快) : 완쾌(完快). 병이 완전히 나음.
21 회억(回憶) : 돌이켜 생각함.
22 감개(感慨) : 어떤 감동이나 느낌이 마음 깊은 곳에서 배어 나옴. 또는 그 감동이나 느낌. 처량(凄凉)
    : 마음이 구슬퍼질 정도로 외롭거나 쓸쓸하다. 초라하고 가엾다.

나가서 사실의 전말을 역역히[23] 말하였다. 본당 신부는 천만의외의[24] 이야기를 듣자 한없이 놀랐다.[25] 과연 졸지에 이 세상을 떠난 레오 비길도 수사의 죽음은 이런 신비스러운 매듭을 옹매놓고[26] '남을 자기 같이 사랑하기 위하여' 희생적 일상면이[27] 숨어 있던 것이다!

"누구든지 제 친우를 위하여 자기 생명을 버리는 사랑보다 더 큰 사랑을 가진 자는 없느니라!" 하신 그리스도께서 그의[28] 거룩한 희생을 받으신 이상 끝없이 기뻐하였던 것만은 사실이다. 본당 신부는 여러 가지로 부인을 위로하였다. 그리고 천주의 무한한 자비를 감사하며 그 수사를 위하여 열정의 기구를 하여 주기를 권고하였을 뿐이다. 다른 사람이 도탄 중에 빠진 것을 구해주기 위하여 자진하여 자기의 생명을 좋은 마음으로 희생하였던 것이다. 거룩한 레오 비길도 수사는 지금도 띄리국 론기마이평야 저편에 병대묘지(兵隊墓地)[29] 한 모퉁이에서 영원한 평화의 잠을 길이길이 자고 있는 것이다. 그 앞을 지나는 자마다 그 옛날의 그의 영웅적 사랑을 다시 회억하면서[30] 레오 비길도 수사의 인자한 얼굴을 추억하는 것이다.

해설

1930년대 후반의 미담입니다. 1933년 11월부터 1937년까지 『경향잡지』에서는 천주교 미담이 발표되지 않았습니다. 1938년 1월, 이 작품으로 다시 발표된 천주교 미담은 몇 가지 변화가 눈에 띕니다. 우선 미담 저자가 실명으로 제시되어 있습니다. 이 미담의 저자로 제시된 '오 신부 요셉'은 오기선 신부입니다. 미담에서 실명 저자가 등장한 것입니다. 또 현대 한국어에 가까운 표기법으로 바뀌었습니다. 초기 작품의 경우 띄어쓰기가 없었던 형식에서

---

23 여기서는 '있는 힘을 다하여', '힘써'의 의미로 보인다. 역역(役役)하다 : 몸과 마음을 아끼지 아니하고 일에만 힘을 쓰다.

24 전혀 의외의.

25 원문은 '놀내엿다' → 놀랬다 → 놀랐다.

26 매듭을 마디로 매어 놓았다, 매듭지었다는 의미, 옹 : 나무의 마디(『한불자전』).

27 일상이.

28 원문은 '뎌의'.

29 병대묘지(兵隊墓地) : 군인 묘지. 원문에 괄호로 한자가 병기되어 있다.

30 회억(回憶) : 돌이켜 생각하다.

차츰 문장 단위로 띄어쓰기가 나타나더니 이 작품에서는 어절 단위로 띄어쓰기가 거의 지켜
지고 있습니다.

  이 작품은 남아프리카 칠레를 배경으로 한 미담으로, 오기선 신부가 듣거나 읽은 내용을
번역 혹은 번안한 작품으로 보입니다. 주인공은 레오 비길도 수사입니다. 그는 어린 아이들
을 둔 여인의 병고 앞에서 자신이 그 여인을 대신하여 죽을 수 있기를 기도합니다. 작품의
전반부는 레오 비길도 수사의 지향과 죽음을, 작품 후반부는 여인이 병에서 완쾌한 후 전모
가 드러나는 과정을 중심으로 전개됩니다. '다른 사람이 도탄 중에 빠진 것을 구해주기 위해
자진하여 자기의 생명을 희생한' 레오 비길도 수사, 그처럼 희생을 통해 이웃을 사랑하는
선한 영혼들이 교회를 이어가는 기둥이요, 생명력입니다.

묵주가 낳은 행복

믁주가나흔행복   吳基先 神父

　정화(精華)의[1] 극단을 걷고 있는 불란서^{프랑스}[2] 파리 거리거리에는 오월의 초하신록(初夏新綠)이[3] 짙어가는 어린 여름이 찾아들었다. 지금으로부터 70년 전 옛 그날의 한 장면을 기억에 살려주는[4] 파리의 복잡한 가두의 각도(各道)와 각도를 구비쳐 들어가는 수레소리가 요란히 들린다. 마차 속에 선생님과 학생 단 둘이 고요하고 정숙하게 이야기를 하며, 몸이 흔들흔들 하는 것을 때때로 잡아 중심을 찾기에 바쁘다. 시가를 뒤에 두고 조그마한 언덕을 달리는 마차 소리는 장단 맞춰 뚜벅뚜벅 떨떨떨떨 어린 녹음을 어루만지고 간다. 언덕 중턱에는 다— 쓰러진 양떼들의 마구간이 엉성한 모양으로 고대로 먼지투성이에 괴지지한[5] 눈물에 군데군데 갈린 초조한 얼굴 꼴에 통통 부은 발에 철철 흐르는 피(발에)에 쪼들린[6] 한 작은 어린 아이의 생명이 깃드리는 보금자리가 되어 가련도 하게 처량도 하게 이 두 길손의 시선을 움직였다. 하염없이 울부짖는[7] 이 어린 아이의 눈은 만리장성 창공에 갈 곳을 몰라 뭉게뭉게 떠나드는 흰 구름을 동정함인지 하늘을 향하였고 가로 쪽 째진 입술이 가만가만히 움직일 때 더러운 때와 먼지에 절은 어린 손가락에는 묵주 알이 하나씩 둘씩 소리 없이 넘어간다. 어린 손가락이 야트막한 뼈마디 고개를…… 뚜벅뚜벅 노상을 달리든 마차는 스톱을[8]

1　정화(精華) : 깨끗하고 순수한 알짜. 정수가 될 만한 뛰어난 부분.
2　법국 대신에 불란서라는 말이 처음 나옴.
3　초여름 신록이.
4　원문은 '살여주는'.
5　괴지지 : 차림새나 생김새 따위가 조금 궁상스럽거나 더럽고 지저분한 모양.
6　원문은 '쪼달린'. 쪼들리다 : 어떤 일이나 사람에 시달리거나 부대끼어 괴롭게 지내다.
7　원문은 '울붓는'.
8　스톱, stop. 스톱을 하였다, 멈추었다.

하였다. 어린 학생이 곧 뛰어내렸다. 가까이 가서 그의 가련한 경상의[9] 곡절을 물었다. 아버지를 잃고 어머니만을 모신 구구한 이 생명을 연이어 가려고 우유배급소에 밥통을 달고 매일매일 저—기 저 파리 읍내로 우유배달을 나가던 길에 불행 중 대불행으로 우유마차가 전복이 되면서 자기는 마차 바퀴 속으로 들어가 천만다행으로 목숨을 건졌으나 전신이 성한 데 없이 크고 작은 상처를 받은 중 이 발이 이렇게 소복하게 붓고 피가 나도록 부상이 되어 꼼짝달싹[10]할 수 없으니, "다 쓰러진 내 집인들 어떻게 찾아가리까!" 하고 목을 놓고 운다. 학생은 동정의 눈물을 아니 흘릴 수 없다. 그의 심장은 두근거리고 두 눈은 필요 이상으로 끔적거린다. 그 옆에 졸졸 흐르는 시내로 가서 모자를 벗어가지고 꾹꾹 눌러 물을 길어다가 먼지투성이 피투성이 된 어린 생명의 주인공을 씻기기에 땀을 흘렸다. 머리도 얼굴도 손도 발도 깨끗해졌다. 손에 발에는 하—얀 손수건이 붕대의 활역을[11] 하느라고 칭칭 감기게 되었다.

학생 : 애! 너의 집은 어디냐?

소년 : 우리 집은 이 고개 너머 저편인데

학생 : 그래도 너 혼자서 너의 집을 어떻게 가겠니? 그러지 말고 여기서 얼마 안 되는 저편 병원으로 가자! 가면 너는 며칠 안 지나서 손도 발도 다— 나아가지고 불쌍한 너의 엄마를 벌어먹이게 될 터이니…… 응?

소년은 기가 막혔다. 무인지경 이곳에서 이게 꿈인가 생시인가. 의아하여 눈을 끔적끔적하고 보고 또 보아도 암만해도 생시긴 생시이다. 꿈같은 이 생시이다. 너무 의외의 일이라 그저 고개만 끄덕이자 그 즉시 마차 한 편 자리에 몸을 기대고 마차가 흔들리는 대로 몸을 흔들고 가는 길손이 되었다.

선생 : 요아킴아! 너 이 소년을 병원으로 데리고 가면 어떻게 하려고 그러니? 응 딱

---

9   경상(境上) : 상태, 상황(『한불자전』).
10 원문은 '꼼작달싹'.
11 활역→역활→역할 : 임무, 할 일.

한 노릇이 아니냐?

학생 : 선생님! 그런 걱정 마서요. 그 동리는 전부 교우들이 사니까 이 모자를 들고 문전문전[12] 다기면서 동정금을 모집해서라도 이 소년의 생명을 구해주려고 결심하였습니다! 그렇지 않으면 어떻게 이 불쌍한 소년을 길바닥에 내버리고 차마 제 발이 떨어지겠습니까? 그렇다면 이 소년의 생명을 제가 끊어버린 거나 진배없는 죄를 진 것 같아서…….

선생 : 너의 부모들이 꾸중하실 터인데…….

학생 : 아! 내가 이런 자선을 한 행동을 부모님이 꾸중하시다니요! 우리 엄마! 아버지는 그런 분은 아닙니다! 절대로!

하고 두 주먹을 부르쥐었다.

학생 : 선생님! 저렇게 불행한 사람들을 구제하는 것이 무슨 또 이상한 것입니까? 으레히[13] 할 것이니까요! 누구든지!

씩씩한 이 말에 선생도 아름다운 웃음을 짓고 기특하다는 듯이 어깨를 툭툭 치며 머리를 어루만졌다. 마차는 길 위에 달리고 있다. 산천은 움직인다. 땅은 마차 바퀴 속에 유린을 당하고 있다. 파릇파릇한 어린 녹음이 짙어가는 산기슭을 지나고 첫여름에 아양피는 웃음 치는 꽃밭을 지나 학생 집 성문에 말굽소리는 스톱하였다. 문을 열고 아들을 맞아 나오든 어머니는 놀랐다.[14] 붕대를 모양 험하게 이리저리 동처매고 얼굴에는 금시 죽죽― 흐르고 있는 피가 무엇보다도 어머니의 말초신경을[15] 칼날 같이 예리케 하였다. 마차에서 내려 곧 어머니 치맛자락을 만적만적 하면서 일의 경과를 자백하는 학생의 얼굴은 변한다. 기쁨, 의아, 공포, 주저, 동정의 기색이 얼굴빛을 조

---

12 문앞 문앞을, 집집마다.
13 으레히 → 으레 : 당연히.
14 원문은 '놀내엿다'.
15 원문은 '말소신경'.

명등 색깔 변하듯 하고 있다. 어머니는 아무 소리도 안 하고 고개를 끄덕끄덕 하면서 학생의 머리를 어루만지면서 얼굴빛이 감동, 기쁨, 만족의 세 가지 감정을 표현하고 있다. 요아킴(학생)의 두 눈은 빛이 난다. 창공에 반짝이는 여름밤의 별빛같이…….

요아킴 : 어머니! 내가 잘했지! 응.
어머니 : 그래! 참 용타!

하고 작은 아들을 힘껏 안았다. 요아킴의 두 눈에서는 기쁨의 눈물이 주르르 흘렀다. 몇 시간이 지나서는 마차가 가난한 소년의 오막살이 집 앞에 서게 되었다. 요아킴이 친히 병원으로 데리고 가서 의사를 보여주고 진찰을 받게 하여 치료가 많이 오래 걸리지 않겠으니 안심하라는 말을 소년의 어머니에게 전하면서, 여러 가지로 불행의 초조한 모자 두 마음을 위로하여 주었다. 소년의 어머니는 감개무량하여 웃어야 될는지 울어야 될는지 주저의아하였다.[16]

"그러면 과히 걱정 마십시오! 그리고[17] 이것을 가지시고 매일 병원에 가셔서 치료를 받도록 하십시오! 그리 위험치는 않으니 절대로 안심하서요 네!"
하고 학생은 공순히 봉투(붕긋한) 하나를 이 소년의 어머니 손에 쥐어주고 깡충깡충 뛰면서 휘파람을 불면서 자기 집을 찾아 돌아가는 학생의 옷깃이 바람에 가볍게 날리면서 산모퉁이에 사라졌다.

"위대한 영웅들의 뒤에는 어머니의 그림자가 어른거린다"[18]는 말씀을 잘 기억하시는 가톨릭 모성(母性)들이시여! 이 요아킴 학생이 과연 장래의 어떠한 위인(偉人)이 되었겠습니까? 여러 가지로 은혜를 받은 불행한 소년의 어머니는 요아킴에게 무엇으로 사례하여야 되겠습니까? 돈도 옷도 장난감도 아무것도 없는 그는 다만

"아! 착한 아이야. 난 네게 줄 게 없구나! 난 이 묵주밖에 없다. 그럼 네 은혜를 생각하고 언제든지 너를 위하여 이 묵주신공이나[19] 바치겠다!"

---

16 주저하고 의아해 했다.
17 원문은 '그라구'.
18 원문은 '얼는거린다'.

의 약속을 해드려 보내면서 힘 있게 무슨 예언이나 하는 듯이 자신 있게

"이 과부의 묵주는 장차 너를 위대한 행복의 주인공을 만들어 줄 터이다!" 하였다. 이 소년의 어머니가 말한 요아킴 학생은 과연 위대한 인물이 되었습니다. 그 머리에는 삼층관이 씌어졌고 그 손에는 삼층지팡이가 쥐어졌고 그의 몸은 무류지권의[20] 심벌인[21] 베드로 옥좌에 앉게 되었고, 그의 목소리는 서에서 극동까지 3억 5천만 가톨릭 대중을 지휘하는 그 우렁찬 소리였습니다. 그러면 그는 누구일까요! 백작 요아킴, 뻭치, 레오 13세 교황이었습니다. 그의 배후에는 위대한 어머니의 손이 어른거렸고, 그 손은 아들의 손에 이 행복, 이 기쁨을 쥐어주고야 말았습니다!

(지방명을 조금 변경해 쓴 것을 양해하시기를 무망[22] — 필자)

1938년 4월 30일

「성모성월을 앞두고」

이전 미담에 이어 오기선 신부가 쓴 작품입니다. 프랑스를 배경으로 실존 인물인 레오 13세 교황의 어린 시절을 소재로 하였습니다. 불쌍한 소년을 도와준 요아킴이 소년의 어머니의 묵주신공에 힘입어 성장한 후 레오 13세 교황이 된다는 내용으로 자선과 모성을 묵주 기도라는 주제로 결합시킨 미담입니다. 실제로 레오 13세는 묵주 기도 성월을 제정한 교황입니다. 그분은 가톨릭 교회에서 노동헌장으로 불리는 '새로운 사태'를 반포한 교황으로도 유명합니다.

몇 가지 표현들에 주목해 보면, 우선 작품 서두에서 '초여름'을 '어린 여름'으로 하였고, 프랑스를 '법국'으로 부르지 않고 '불란서'로 명명한 것들이 눈에 띕니다. '가톨릭 모성(母性)'이라는 표현도 신선합니다. '위대한 영웅들의 뒤에는 어머니의 그림자가 어른거린다는 말씀을 잘 기억하시는 가톨릭의 모성들이시여!'라며 모성을 찬양한 부분도 인상적입니다. '아! 착한 아이야, 난 네게 줄 게 없구나! 난 이 묵주밖에 없다', '이 과부의 묵주는 장차 너를 위대

---

19 묵주 기도나. 신공(神功) : (가톨릭) 기도와 선공(善功)을 통틀어 이르는 말.

20 무류지권(無謬之權) : 무류의 권한. 무류(無謬) : 잘못이 없음. 교황은 무류지권을 갖는다.

21 상징인. 원문은 '심볼'. symbol.

22 양해 바란다는 의미. 무망(務望) : 힘써서 바람.

한 행복의 주인공을 만들어 줄 터이다'라는 소년의 어머니가 하는 고백은 가난함과 간절함, 신실함이 배어 있습니다.

　이 작품에서 가톨릭 모성이란 소년의 어머니, 또 주인공 요아킴의 어머니를 통해 형상화되었습니다. 자애로운 어머니이자 기도하는 어머니입니다. 이런 어머니들이 예수의 어머니인 성모님과 결합하여 이어가는 기도가 묵주 기도입니다. 작품 마지막 부분에서 '위대한 어머니의 손'이라는 표현도 같은 맥락입니다. 기도하는 어머니의 손, 자식에게 행복을, 기쁨을 쥐어주는 어머니의 손, 그 어머니의 손들이 비록 눈에 보이지 않더라도 교회와 세상을 지탱하고 있는 '가톨릭의 모성'입니다.

더 알아보기

레오 13세 교황 가 교황 레오 13세(1878~1903년 재위)는 10월을 묵주 기도 성월로 정하고, 성모 호칭기도에 '묵주 기도의 모후'를 추가하였으며, 묵주 기도 신심을 적극적으로 장려하였다. 마리아론을 발전시킨 대표적 인물이다.

교황 레오 13세는 1891년에 '가톨릭 사회주의의 대헌장' 또는 '노동헌장'이라 불리는 교황 칙서 「새로운 사태」를 반포하여 근로 대중을 위한 사회의 개선을 요구한 교황이기도 하다. 이 칙서는 널리 유포되기 시작한 마르크스의 사회주의운동을 어느 정도 저지하고 그리스도교 노동조합을 창설, 발전시키며 가톨릭 정신이 구현되는 사회를 이룩하기 위한 그리스도교적 정당을 탄생시켰다.

레오 13세 교황은 '레오 기도문'도 책정하였다. 레오 기도문은 옛날에 교황 레오 13세 (1884년)의 명에 따라 소미사 끝에 사제와 백성이 모국어로 외던 기도이다. 성모송을 세 번 외고 나서 여왕 찬양송, 계응시구, 응답 그리고 죄인들의 회개와 교회의 자유와 현양을 위한 기도를 바쳤다. 1886년 레오 교황은 대천사 성 미카엘에게 바치는 기도를 첨가하였고 1904년 교황 비오 10세는 예수성심께 바치는 기도를 덧붙였다. 이 기도를 바친 본래 이유는 교황의 지위가 상실되면서 생긴 잘못을 바로잡으려는 것이었다. 1928년 라테라노 조약에서 공평한 해결을 보게 되자 교황 비오 11세는 기도의 방향을 바꾸어 러시아의 회개를 위해 계속해서 이 기도를 바치게 하였다.

전례학자들은 이 기도를 사용하는 것에 대해 항상 반대하여 왔다. 그 이유는 미사 전체는 어떤 지향에도 적용될 수 있는 기도이며 '과외의' 기도가 있을 필요가 없다는 것이다. 제2차 바티칸 공의회에서 전례를 쇄신하면서 이 기도들은 1964년 9월 26일 예부성성에서

반포한 훈령 '전례 헌장의 올바른 이해에 관한 제1차 시행령'인 인떼르 외꾸메니치에
의해 삭제되었다.

나의 위대한 기쁨 (1)

나의위대한기쁨 (一)

神父 吳基先

창백한 달빛이 옥 창문 너머로 한 가닥씩 두 가닥씩 새어 들어온다. 멀리서는 개 짖는 소리가 죽은 듯, 한 동리를 울리고 하나씩 둘씩 바람결에 날리는 나무 잎새는 뒷 동산 기슭을 스치고, 흘러가는 강물에 유유히 매암을[1] 돌고 있는 늦은 가을도 불란서 프랑스 한 작은 마을에 여위어 간다. 옥! 어두침침한 옥 안에서는 굵고 가는 두 울음소 리가 달빛을 타고 새어나온다.

"어머니! 이게 웬일이오."

"오 나의 사랑하는 딸아! 너는 왜 그리 우니. 엄마도 안 울게. 너도 울지 마라 웅!"

"아니요. 난 엄마하고 죽어도 같이 죽고 살아도 같이 살 테예요."

오! 한때의 꿈같이 슬퍼지는 인간에게는 언제나 비애와 환멸은 쫓아다니는 것이다. 신앙의 나라 열심의 터전인 불란서에도 악마의 검은 손이 날카로운 손톱을 알크려쥐 고[2] 동에서 서에로 남에서 북으로[3] 횡행하는 흉폭한 발꿈치에 유린을 당하는 그리스 찬크리스찬의 아까운 생명이 그 얼마나 무찔러져 거리에 물큰물큰 내품는 피비린내가 동리와 시가를 저리고 있었는가!

단 모녀가 단란한 살림에 행복된 신앙생활을 하여오던 그 어느 날, 세상 모르고 꿈 나라에 헤매는 12세밖에 안 된 마리아가 눈을 뜨자 즉각적으로 무슨 큰 불행을 느끼는 감이 가슴에 떠올랐다. 어머니를 불렀다. 세상에 제일 사랑하던 어머니의 소리가 들 리지 않는다. 공포에 눌린 마리아는 불을 켜고 사방을 두루 살펴도 어머니는 간 곳이

---

1   매암 : 맴. 제자리에 서서 뱅뱅 도는 장난.
2   문맥을 고려할 때 '움켜쥐고'의 의미.
3   원문은 '에로'.

없다. 신발도 있다. 의복도 있다. 방바닥에는 남자의 무지스런 구두 자욱이 매대기질
을[4] 쳤으며, 군데군데는 어머니의 머리카락이 몽탕몽탕 뽑혀진 형적만[5] 문에 띄었다.
일 났다. 집집이서는 통곡의 소리가 났다. 초상집 이상으로……. 그 집들은 다 신자의
가정이었다. 헛소문이 도는 줄 알았더니 과연 혹독한 군란이 일어난 것이다. 그 공리
의 모모한 교우를 전부 암암칠야를[6] 틈타서 포교들이 다 잡아 간 것이다. 마리아는 갈
팡질팡 엄마 잡혀 간 곳을 찾아 나섰다. 떼로 묶여 가더라는 산골길을 어둔 밤에 나섰
다. 산천이 울리도록 어머니를 부르짖는 그 울음소리 엄마를 찾는 갈매기 소리 늦은
가을을 탄식하는 들귀뚜라미의 소리 그 어느 것이나 슬프지 않은 것이 없다. 마리아는
시내를 지나고 산등을 넘어 벌판으로 강변으로[7] 산모퉁이로 허매여[8] 엄마를 찾아간
다. 오! 무시무시한 산골길에 12세 된 마리아의 처량한 소리! 밤을 새어[9] 찾아가는 그
의 앞에는 벌써 먼동이 트고 동천에는 해가 돋도록 엄마를 찾지 못하였다. 거리를 닥
쳤다.[10] 울고 가던 그에게는 한 군사가 날카로운 창을 꽂은 총을 메고 터벅터벅 거리
로 온다. 그의 어머니 간 곳을 아느냐고 묻는 마리아에게는[11] 어머니의 성명을 묻더니
“응 그년! 저 옥에 갖다가 두었지” 하고 멀리 뵈는 옥을 가르쳐 주며[12] “너도 같이 죽으
려거든 어디 가 보아라” 하고 코웃음을 치고 가버린다. 엄마가 있다는 바람에 단숨에
옥으로 찾아갔다. 옥을 막은 쇠창살에 붙어 달려서 어둠 컴컴한 옥안을 흘겨보니 자기
의 가장 사랑하는 어머니의 손과 발과 목에는 굵은 쇠사슬이 결박을 짓고 있다. 이 광
경을 본 마리아의 가슴은 터질 듯이 뛰놀았다. 그는 오직 신앙을 위하여 그와[13] 같은
옥안에 결박을 당한 거룩한[14] 어머니다. 마리아는 울었다. 이 정상을[15] 내다보는 컴컴

---

4 매대기질 : 반죽이나 진흙 따위의 질척한 것을 함부로 뒤바르는 일. 정신없이 아무렇게나 하는 몸짓.
원문은 '매닥이질'.

5 형적(形迹) : 남은 흔적, 사물의 형상과 자취를 아울러 이르는 말.

6 어둡고 캄캄한 밤. 암암(黯黯)하다 : 어두컴컴하다. 칠야(漆夜) : 아주 캄캄한 밤.

7 원문은 '벌판에로 강변에로'.

8 헤매.

9 원문은 '새여'.

10 막다른 골목, 피할 수 없는 적국이 있는 거리에 왔다는 의미.

11 원문은 '마리아게는'.

12 원문은 '가르켜주며'.

13 원문은 '뎌와'.

한 옥 안의 어머니의 눈에는 피눈물이 핑글 돌더니 샘과 같이 쏟아져 나온다. "젖도 떨어지기 전에 저의 아버지를 잃고 겨우겨우 그날그날의 생활을 단 둘이 하여오든 판에 내가 이 모양이 되고 보니 내가 죽은 담엔 누가 저것을 기를까! 일가친척 하나도 없는 저것이 필연코 문전걸식이나 하는 걸인이 되겠지!

오! 이제라도 이 쇠사슬을 배척하고 신앙을 짓밟고 이 옥을 튀어나가서 이것을 데리고 남은 여생을 보낼까? 눈을 딱 감고 모른 척하고 단두대에 오를까? 어떻게 할까?"

이런 생각을 할 때에 어머니의 마음은 더욱 괴로웠다. 그러나 어머니는 굳은 결심을 하였다.

"아니다. 자식을 위하여 천주를 희생하다니 안 될 것이다. 자식은 공중에 나는 새도 먹여 살리시는 천주께서 생양보존하실 테니[16] 나는 이대로 내 천주를 위하여 내 자식을 위하여 붉은 피를 흘려 치명의 죽음을 짓는 수밖에 없다. 오! 나는 순교를 한다. 나는 행복자이다" 하고 종일 옥사장이에게 졸라 밤이 어두운 연후에야 겨우 승낙을 얻어 딸을 옥 안에까지 들어오도록 하였다. 그는 아직 남은 자기의 책임, 남의 모성으로서의 할 책임을 못다 한 것을 칼 아래 한 방울 이슬로 목숨이 사라지기 진에 다하고 이 세상을 떠나려 하였다. 무슨 책임이겠느냐? 마리아의 의식주의 문제일까? 그의 앞날의 생활문제이냐 무엇이냐? 아니다. 마리아는 12세가 되도록 겨우 고해밖에 못하였다. 아직 영성체를 못하였다. "내가 죽기 전에 저것을 첫영성체까지 시켜놓고 죽어야지! 그냥 두고 죽으면 온갖 유감과[17] 고통에 막다른 골목에 이를 때는 냉담자가 될 것은 정한 이치고, 일생을 냉하게 사는 자는 죽을 때도 냉담자로[18] 죽는 것이니 악하게 죽은 자를 거룩하게 죽은 어머니가 영원히[19] 만날 수 없는 것이니, 차라리 이제의 육정을 버리고 내 자식을 영원히 다시 만날 방도를 차리는 것이 내 책임이 아니고 누구의 책임일까!" 하고 다시 장탄식의 한숨을 쉬었다. 왜 그러냐? 이런 생각을 여기까

---

14 원문에는 '그륵한'.
15 정상(情狀) : 있는 그대로의 사정과 형편. 딱하거나 가엾은 상태.
16 생양보존(生養保存)하실 테니 : 기르시고 보호하실 테니.
17 유감(遺憾) : 마음에 차지 아니하여 섭섭하거나 불만스럽게 남아 있는 느낌.
18 원문은 '랭담 로'이다. 여기서 '자' 글자가 누락되어 있는 것으로 보고, '냉담자로'로 옮겼다.
19 원문은 '영원이'.

지 하였지만 이 생각의 실현이 어려운 문제이다.

오기선 신부가 쓴 「나의 위대한 기쁨」이라는 미담의 전편입니다. 이 미담은 다음호에 이어진 연작으로 양으로나 질로나 단편 소설과 같은 작품으로 순교한 어머니와 그 딸의 이야기입니다.

프랑스 박해 시절을 배경으로 12살 마리아와 그녀의 어머니가 주인공입니다. 아버지 없이 홀로 자란 딸을 두고 옥에 갇히고 또 죽어야 하는 어머니의 사정과 심정, 그리고 절박한 순간 어머니가 택한 삶의 여정이 슬프면서도 아름답게 그려진 미담입니다.

마리아의 어머니는 '오직 신앙 때문에 옥안에 결박을 당한 거룩한 어머니'입니다. 마리아와 그 모친이 살던 동네는 천주교 박해로 통곡 소리가 그치지 않습니다. 천주교 교우들이 잡혀가고 그중 마리아의 어머니도 잡혀갑니다. 어머니가 사라진 것을 알게 된 마리아는 한 군인의 도움으로 어머니가 갇힌 옥을 찾게 되고 어머니와 상봉합니다.

젖떼기 전에 아버지를 잃은 딸이 이제는 자신마저 죽으면 그 후 걸인으로 살아가게 될 생각에 어머니는 신앙을 배반하고 딸과 살아야 할 것인가 갈등하기도 합니다. 그러나 자식을 위해 천주를 희생하기보다는 천주와 자식을 위해 치명을 결심합니다. 죽음을 피하려 하기보다는 죽음을 달게 받겠다는 어머니.

어머니에게는 오직 죽기 전에 해야 할 한 가지 의무가 남아 있을 뿐입니다. '자기의 책임', '남의 모성으로서의 책임'은 딸에게 '첫영성체'를 하게 하는 일입니다. 과연 감옥에 갇힌 어머니는 그 책임을 다할 수 있을까요? 후편에 이어집니다.

나의 위대한 기쁨 (2)

나의위대한기쁨 (二)   神父 吳基先

　　자기는 쇠사슬에 얽매인 몸이 되고 장소는 옥이다. 앞으로는 죽음이요 뒤로는 굳은 옥의 담벽밖에는 없다. 성당에도 갈 수 없고 신부도 만날 수 없다. 신부라고는 모두 종적을 감추고 숨어버린 혹독한 군난 때이다. 하여간 자기 딸을 끌어안고 창틈으로 새어 들어오는 달빛에 자기 치마 속에 몰래 숨겨가지고 온 문답을[1] 꺼내어들고, 한 마디 한 마디 영성체 조목을 가르친다. 간간이 무수한 별이 깜빡이는 하늘을 우러러 보며 잠잠히 기구를[2] 하였다. 자기 딸이 첫영성체를 하는 것을 보고 죽게 하여 달라고……. 그러나 사정은 거의 될 수 없는 사실이 아니냐! 어머니는 마리아 귀에다 입을 대었다. 무엇을 속삭인다. 무엇을 속삭였을까? 아무 거리 몇 번지를 찾아가면 다 쓰러져가는 오두막집에 까릉이란 노인 신부가 숨어 계실 테니, 그 신부께 네 엄마가 옥에 갇혀서 오래지 않아 죽을 터이라고 가서 말씀드리라는 부탁이었다. 마리아는 엄마의 소원을 얼른얼른 채워나 드리려고 떨어지기 싫지마는 곧 어두운 옥을 나섰다. 어두운 밤길에 더듬더듬 어머니 말씀 하시던 집을 겨우 찾았다. 불도 없다. 오직 방 속에서 굼뜬 숨소리가 문틈으로 겨우 들려온다. 문을 여는 마리아의 눈에는 무엇이 보일까! 하얀 수염이 가슴까지 내려 덥인 까릉 신부가 고상 대전에 핍박을 당하는 자기 교우들을 위하여 기구를 하면서 자기의 장차 잡히면 밟아갈 치명준비를 하고 있다. 마리아는 가만가만히 신부 앞으로 가서 귀에다가 어머니의 사정을 이야기 하니까, 신부는 고개를 끄덕끄덕 하더니 마리아의 귀에 대고 무엇이라고 가만가만히 말씀하였다. 내일 첫 새벽에 오면 어머니의 소원이 풀리겠다는 기쁜 소리다. 방안은 고요하여졌다. 마리아

1　교리문답. 문답(問答) : 물음과 대답의 뜻으로 예전 가톨릭 교리 책을 의미한다.
2　기구(祈求) : 기도의 옛 용어.

는 자기 집으로[3] 가만히[4] 돌아와서 제일 좋은 옷으로만 찾아 입고, 밤새기를 기다려서 첫닭이 울기 전에 까름 신부 집을 찾아갔다. 신부는 벌써 그 방에서 혼자 미사를 지내고 제병 둘을 축성하여 놓고 마리아가 올 때만 기다리면서 장궤하고 성체대전에 조배를 하고 있었다. 문이 방긋이 열리면서 마리아가 들어온다. 신부는 즉시 성낭(聖囊)에[5] 두 축성한 면형을[6] 넣어서 마리아 가슴 속에 다독다독 감추어주면서 "옥으로 곧 뫼시고 가서 너도 영하고 네 엄마도 영하게 해라! 웅! 그렇게 너는 네 엄마한테서 첫영성체를 하게 된다!" 하고 마리아를 떠나보냈습니다.

옥문은 비걱비걱 소리를 낸다. 타박타박 걸어들어 오는 마리아는 천국에서 내려오는 천신과[7] 같이 아름다웠다. 아주 거룩한 천신 같았었다. 둘이 무릎을 꿇고 속으로 "오 주 천능하신……" 고죄경을[8] 염하고, 어머니는 일어나서 희미하게 옥창 틈으로 들어 비추이는 달빛에 겨우 흐릿하게 뵈는 마리아 입에 첫 번으로 성체를 영하여 주었다. 그리고 나중에는 자기 손으로 자기가 성체를 영하였다. (예전 군난 시는 서양서 교우끼리 성체를 영하여 주던 예가 많았다.) 옥안은 광채가 빛날 만큼 그 두 마음과 얼굴은 달빛에 더욱 빛났다. 서로 마주 무릎을 꿇고 반시 동안[9]이나 잠잠한 속에 오주 예수께 어머니는 딸을 맡기었고 딸은 어머니를 맡겼다. 그러고 나니 마음은 성한 물결이 충천하던 바다가 순풍에 잔잔하듯 안온하였다. 옥사장이가 깨기 전에 딸 마리아를 돌려보내면서 내일 또 오라고 부탁하였다. 마리아는 어머니의 치맛자락을 꼭 부둥켜안고[10] 놓지를 않았다. 그러나 할 수 없는 사정이다. 하는 수 없이 어머니 손을 꼭 마지막으로 쥘 적에 어머니는 마리아 두 뺨에 얼굴을 대여 최후의 어머니로서의 영별인사를[11] 주고받았다. 옥문을 방그시 열고 나가는 마리아의 뒷모양을 희미하게

3 　원문은 '에로'.

4 　원문은 '가만이'.

5 　성낭(聖囊) : 성체를 담는 주머니.

6 　면형(麵形) : 가톨릭에서 밀떡이 성체로 바뀐 후에도 그 모양을 그대로 가지고 있는 겉모양을 이르는 말.

7 　천신(天神) : 천사의 옛 용어.

8 　고죄경(告罪經) : (가톨릭) 고백의 기도의 이전 용어.

9 　반시간 동안, 삼십 분 동안.

10 　두 팔로 꼭 끌어안고. 원문은 '부듸켜안고'.

11 　영별(永別) : 영이별, 다시는 만나지 못하고 영원히 헤어짐.

바라보는 어머니의 가슴은 터질 듯 기뻤다.

"오! 인제는 남의 어머니된 책임을 다 하였으니 죽어도 원이 없다. 아! 인자하신 천주여 네게 영원토록 감사하려 나아가기 전에 이 땅에서 마지막으로 감사하나이다!" 하였다.

그 이튿날 어머니의 얼굴을 다시 보러 옥문 앞에 나타나는 딸 마리아의 눈에는 어머니의 형적은 뵈지 않고 다만 텅 빈 옥뿐이었다. 어머니의 피 묻은 겉옷이 저편 구석에 밀어닥쳐 있고 최후로 자기 가르쳐주시던 문답이 발기발기 찢어져 사방에 흩어져[12] 있을 뿐이다. 마리아의 어머니는 어디를 갔을까? 마리아 찾아오기 전 반시 전에 어머니는 이 옥문을 나갔다. 맑게 갠[13] 가을 하늘에 몽기몽기 피인 흰 구름이 떠오르는 서편 산 너머로[14] 가녀린[15] 12세밖에 안 된 마리아를 자기 집에 연상하면서[16] "오! 나의 위대한 기쁨이여! 오 주 예수여 이것으로 나의 모든 모성의 의무와 책임을 끝막았사오니, 주여 나는 당신께로 떠나가오니 저 불쌍한 마리아를……" 하면서 단두대 위에 한 점 이슬로 사라져 버린 어머니의 피는 거룩한 순교자의 아름다운 기록을 천국에 아로새겼다.

(1938년 9월 4일 조선의 순교 9월을 맞으면서)

해설

전편에 이어 후편은 어머니가 딸 마리아에게 첫영성체 하는 내용을 중심으로 전개됩니다. 옥에 갇힌 채 어린 딸을 두고 죽어야 하는 어머니, 그녀가 마지막으로 남기고자 했던 것은 신앙이었습니다. 이 미담은 박해 시절 순교자들이 처했던 상황과 그들이 지켜나갔던 신앙, 그리고 고결한 신심을 그리고 있습니다.

옥에서 어머니는 딸에게 교리문답을 가르치고, 또 숨어 지내는 '까룽' 신부를 찾아가 축성

12 　원문은 '허트러져'.
13 　원문은 '개인'.
14 　원문은 '넘어로'.
15 　원문은 '간열핀'이나 문맥의 뜻을 고려하여 '가녀린'으로 현대역했다.
16 　'마리아를 자기집에 연상하면서'는 원문 그대로 표현을 옮긴 것이다. 문장이 현재 관점에서는 정확하지 않지만 맥락상 마리아와 자기 집을 떠올렸다는 의미로 이해할 수 있다.

된 영성체를 얻어오게 합니다. 어머니는 마리에게 처음이자 마지막으로 영성체를 전해주고 죽습니다. '남의 어머니 된 책임'을 다했기에 죽어도 원이 없다는 고백과 함께 형장의 이슬로 사라진 어머니의 모습. 자식마저도 '남'이라 칭하는 부분이 냉정하게 읽힐 수도 있으나 자기 소유보다는 타자화할 수 있었던 모성을 이 미담은 신앙과 연결시킵니다.

또한 '고죄경'이라는 표현, 박해 시절 교우들끼리 영성체 하는 모습 등 옛 교우들의 삶을 만날 수 있습니다. 마지막에 '조선의 순교 9월을 맞으면서'라는 글을 덧붙였는데, 이것이 이 미담을 발표한 목적입니다. 순교자 성월을 맞아 순교자의 신앙을 전하고자 했던 것입니다. 특히 이름 모를 필부 안에서 순교의 영성을 기억하고자 했던 점이 이 미담의 장점입니다. 평범했던 어머니를 통해, 그녀가 어머니로서, 신앙인으로서 지키고자 했던 책임과 의무는 무엇이었으며 '위대한 기쁨'은 무엇이었는지를 이 미담은 독자에게 묻습니다.

루르드 성모

루르드성모

　조심하여 방문을 열고 들어선 그는 무거운 걸음을 조심스레[1] 옮겨 딸의 병상 옆에 와 서서 22세의 꽃다운 나이도 보람 없이 시드는 그의 얼굴을 한참동안이나 물끄러미 내려다보더니

　"루르드에서는 불치의 병자도 전쾌되는[2] 수가 많다더라마는……."

　이렇게 혼자 말처럼 중얼거리고는 가만히 한숨을 지었다. 벌써 오래 전부터 병상에 포로가 되어 지금도 만사가 귀찮다는 듯이 맥이 풀린 채 눈을 감고 누웠던 제르마니는 아버지의 이 말에 약간 정신이 나는 듯 눈을 뜨고 아버지의 침울한 얼굴을 바리보며 무슨 설명이 더 있기를 기다리는 모양이다.

　제르마니는 이미 3년 전부터 결핵성 관절염에 걸려 백방으로 치료를 하여 보았으나 아무런 효험도 보지 못하여 이제는 그만 석고로 다리를 싸매고 병상에 눕게 되었는데, 결핵은 점점 전신으로 퍼져나가고 또 화불단행(禍不單行)이라는[3] 말과 같이 그에 따라 얼마 전부터 신장병까지도 생겨서 오줌으로는 무수한 결핵균이 나옴은 물론이요 고름도 나오고 피도 나오고 하여, 그를 치료하던 바르테네 박사는 드디어 인력으로는 이 세상에서 어찌할 수 없다고 최후의 진단을 내리고 또 괴로운 세상이나따나[4] 이제는 5, 6개월을 더 살 수 없다고 마지막 선언을 내렸음으로 그 후부터 이 가련한 제르마니는 마치 의지할 데라고는 실낱같은 것도 없이 혼자서 깊은 구렁으로[5] 빠져 들어

1　원문은 '조심스러히'.
2　전쾌(全快)되다 : 완쾌되다. 병이 모두 낫다.
3　화불단행(禍不單行) : 재앙은 번번이 겹쳐 옴.
4　세상이나마. −나따나 : −나마, −더라도의 방언 혹은 옛날 말.
5　원문은 '굴헝에로'.

가는 것처럼 모든 희망과 위로를 잃고 캄캄한 수심에 잠긴 채 그날그날을 헤이고 있는 중인만큼 다른 말은 모두 시들하게 귀 너머로 넘겨 보내고 말으나, 지금 아버지의 말씀과 같이 큰 병도 어떻게 낫는다는 말이나 혹시 듣게 되면 살고자 하는 본능적 충동으로 그런 말에는 솔곳이[6] 귀를 기우리게 되는 것이었다.

그러나 아버지의 입에서는 다른 말이 더 나올 기색이 없음을 본 제르마니는 "아버지 루르드는 어디예요?" 하고 말문을 열었다. 아버지는 대수롭지 않게 생각하는 태도로

"루르드는 천주교인들이 마리아를 공경하는 곳인데……. 아까 발레 박사의 강연을 들어보니까 무어 그곳에서는 인력으로 치료할 수 없는 불치의 환자도 마리아가 고쳐 준다고 하더라마는 무어 우리가 그런 것을 다 믿을 수가 있나……."

이렇게 아무 흥미도 느끼지 않는 표정으로 간단히 대답만 하였을 뿐 더 자세한 설명은 나오지 아니할 모양이다. 그도 그럴 것이 열교를[7] 신봉하는 그로서는 그런 마리아 공경 문제 같은 것은 응당 반대하는 것이요 더구나 그에게[8] 기도하여 병의 완치를 얻는다는 것은 생각도 하기 싫은 것이다. 열교인의 가정에서 자라난 제르마니 역시 아주 생소한 이 문제에는 더 물어볼 꼬투리도 발견할 수 없고 또 아버지의 그처럼 냉정한 태도에 눌려 다시 더 물어볼 용기를 잃고 그만 눈을 감아버리고 생각에 잠긴다.

그 후부터 제르마니의 마음은 이상하게도 루르드에로 끌리고 있어 이 세상에서는 최후 수단으로 꼭 한번 루르드를 방문하였으면 하는 생각이 그의 가슴에 뿌리를 내리기 시작하여 점점 깊이 들어가고 있었다. 그리하여 종종 아버지에게 하소연하여 보면 그는 언제나

"우리로서는 그런 문제에 귀를 기울이기도 싫고 또 네가 루르드에 간다는 것은 병을 고치기는 고사하고 도리어 중태에 빠질 위험이 있는 것이니 그런 어리석은 생각은 다시 하지 말아라."

이렇게 준절히[9] 거절할 뿐이요 좀체로[10] 들어줄 기색은 찾아볼 수 없다. 병문을[11]

---

6 솔곳이 : 현재는 북한어. 은연중에 조용히.
7 열교(裂敎) : 한국 가톨릭 교회에서 '개신교'를 이르는 말. 가톨릭 교회에서 분열되어 나간 교회라는 뜻이다. 열교인(裂敎人) : 개신교인.
8 여기서는 '마리아'를 지시한다. 그녀에게.
9 준절(峻節)히 : 매우 위엄있고 정중하게.

하려오는 역시 열교인 친우들도 누구나 다 아주 냉소하는 태도로 "글쎄 루르드에는 무엇 하러 간다고 그러시오. 그래 당신은 그런 것을 다 믿으시우. 참 이제는 마음까지 변하여지는구려" 하며 그런 말에는 상대도 하기 싫어한다.

그러나 이런 말은 제르마니의 마음에 터럭끝만 한[12] 영향도 주지 못할 뿐 아니라 도리어 그는 반드시 적응한[13] 존경을 받아야만 할 것 같은 예수의 어머니가 이렇게 자기 교회에서 배척을 당하고 계시다는 것이 어쩐지 마음에 섭섭하고, 또 오 주 예수 께서는 이 세상에 계실 때 죄인을 용서하고 병자를 낫게 하시고 불쌍한 사람을 위로하 시고 하여 갖은 인자를 다 베푸셨으니 그러면 이렇게 인자한 아들을 낳으신 그의 어머 니는 또 얼마나 더 인자하랴 하는 생각과 그 인자하신 어머니가 자기를 불쌍히 여기사 당신 아들에게 한마디 말씀만 하신다면 다른 죄인들의 기구까지[14] 감심으로[15] 윤허하 신[16] 그처럼 인자하신 예수께서 당신 모친의 청하는 바를 어찌 거절하시랴. 오히려 가나촌에서 하신 것처럼 더욱 감심으로 그 말을 들으시고 자기에게도 은혜를 내리실 것은 틀림없을 사실이 아니냐고 이런 생각만이 가슴 깊이 파고들 뿐이었다.

아버지는 처음 몇 번은 말도 부쳐보기 어렵게스리[17] 엄친의 위엄을 베풀어가며 거 절하여 왔으나, 자기 딸이 자나 깨나 오직 '루르드 성모'만 생각하고 있고 또 얼마 남 지 아니한 자기 생명이 끝나기 전에 오직 하나 남은 일생의 소원이 루르드에 가는 것 뿐이라 하고 여러 번 그 안타까운 가슴을 하소연함을 듣게 됨에, 그처럼 굳은 마음도 차차로 풀려 달리 생각을 돌리게 되었다.

"딸은 이왕 죽는 사람이요 죽는 바에는 집에서 죽으나 길에서 죽으나 마찬가지 아 니냐. 그리고 며칠 동안을 더 살거나 덜 살거나 그것이 무슨 두드러진 분별이 될 것 있느냐.[18] 루르드에 간댔자 아무 효험도 없을 것은 더 생각하여 볼 필요도 다시없지만

---

10 좀처럼, 좀체.

11 병문안(病問安).

12 '털끝만 한'을 의미하며, 아주 적거나 사소한 것을 비유적으로 이르는 말.

13 여기서 '적응한'의 의미는 '환경에 맞추어 알맞게'의 의미로 이해할 수 있다.

14 기도까지.

15 감심(甘心) : 괴로움이나 책망 따위를 기꺼이 받아들임. 또는 그런 마음.

16 윤허(允許)하다 : 청을 허락하다.

17 어렵게.

은 그래도 그것이 미구에[19] 영별할[20] 딸에게 오직 최후로 남은 한 가지 간절한 소원이라 하면, 더구나 지금 같이 의약이나 음식이나 의복이나 다른 아무것도 더하여 줄 것이 남지 않은 이런 막다른 골목에 들어서는 그의 소원이나 풀어주는 것이 어버이의 본분일 것이요, 세상을 떠날 자에게 대한 인사일 것이며 또 이렇게 하여 주어야 그가 영원으로[21] 떠난 다음에도 한 되는 일이 없을 것이다.”

그는 이렇게 생각하고 딸에게 루르드에 가기를 허락하고 모든 준비를 하여 주었다. 그리하여 제르마니는 노중의[22] 곤란도 깨닫지 못하는 듯이 즐거운 마음으로 루르드로[23] 운반되어 오기는 바로 작년 1937년 9월 초순이었다. 그리하여 들것에 담긴 채로 생천 처음 가톨릭 성당에 들어와 보았는데 때는 마침 성체강복이[24] 거행되고 있었다.

그 크나큰 성당에 사람이 그처럼 많이 모였어도 한 사람 떠들거나 지껄이는 일도 없고 몸짓 한 번 함부로 하는 일 없이 누구나 다 제대를 향하여 무릎을 꿇고 있는 그 공순하고 경건한 태도, 그 장중하고 거룩한 정숙……. 천신의 입에서 나올 수 있는 신비로운 성가 소리……. 하늘을 향하고 봉오리봉오리 피어오르는 색색의 유향 연기……. 그 어느 것이나 제르마니의 마음을 감동시키지 않는 것은 없었다. 그는 깊은 감격에 잠겨 “오호! 루르드 성모의 품은 이렇게 거룩하고 좋은 곳이런가. 이제 나는 죽어도 한이 없겠다”고 마음속으로 부르짖고 있을 때 홀연 이상한 감각이 돌며 자기 병은 나았다는 것을 깨닫게 되었다! 아픈 곳은 분명히 없으나 과연 이것이 꿈인가 생시인가. 오직 정신이 얼떨떨한 중 일행과 함께 집에로 돌아갔다. 그를 다시 진찰하여 본 바르테네 박사는 놀라는 얼굴로 어찌된 일인지 알 수 없으나 병은 확실히 없어졌다고 단언하였다.[25]

---

18 차이가 있겠느냐.
19 미구(未久)에 : 오래지 않아, 곧.
20 영별(永別)하다 : 영원히 이별하다.
21 원문은 ‘영원에로’.
22 노중(路中) : 길의 가운데, 도중.
23 원문은 ‘루르드에로’.
24 성체강복(聖體降福) : (가톨릭) 주일이나 어떤 특정한 날에 사제가 성체로써 강복하여 주는 일 ☞ 【더 알아보기】.
25 ‘−고 단언하였다’의 표현에서 지금과 같은 간접인용문이 서술되었음을 알 수 있다.

1년이 지난 후 제르마니가 다시 루르드에 갔을 때 검정소장[26] 발렉 박사를 비롯하여 19인의 박사들이 엄밀히 진찰하여 본 후 완전한 건강체라는 진단을 내리는 동시에 자연법칙으로 될 수 없는 일이라는 것을 일치하여 성명하였다.[27] 과연 제르마니는 루르드 성모의 특은을[28] 입었던 것이다.

성모의 애호를 받은 제르마니가 전처럼 성모를 모르고 지낼 리도 없고 제르마니의 육신을 구하신 성모께서 그의 영혼을 그대로 버려두실 리도 없는 것이다. 그것이 바로 금년 1938년 9월 4일 주일이다. 제르마니는 콜레 주교의 손에서 초영성체를[29] 하게 되었다. 성당 안에 모든 교우는 병자들까지 자기 고통은 잊어버리고 모두 다 이 제르마니에게 내리신 은혜를 감사하는 〈마니피캇 성모찬천주가〉를[30] 합창하였다. 거룩한 노래 소리는 높이 구름을 뚫고 하늘에 사무치는[31] 중 고개를 숙인 제르마니의 눈에서는 오직 감격에 넘치는 눈물이 고요히 흘러내리고 있었다. (끝)

해설

루르드에서의 치유 기적을 다룬 미담입니다. 주인공 및 등장인물은 개신교 신자들입니다. 주인공 제르마니가 성모님의 은혜로 기적을 체험한 후 개신교에서 천주교로 개종하게 되는 내용입니다. 작품의 시대적 배경은 1937년 10월부터 1938년 9월로 이 미담이 발표된 1938년 10월과 거의 같은 시기입니다. 루르드는 성모님의 발현지입니다. 그곳은 병자들의 치유 기적이 많이 일어나는 곳으로 유명합니다.

개신교와 천주교 사이에 주요한 차이 중 하나는 성모 마리아입니다. 개신교 즉 이 미담에서 열교인으로 표현된 이들과 천주교인 사이에는 지금까지도 마리아에 대해 다른 입장입니다.

---

26 여기서 '검정소장'은 루르드에 있는 검정하는 곳에서 일하는 사람을 뜻한다. 검정소는 루르드에 있는 보건소나 병원과 같은 곳으로 환자들의 병과 치유를 진단하여 치유 기적을 판정하던 곳이다. 檢定所將.

27 성명(聲明)하다 : 어떤 일에 대한 자기의 입장이나 견해 또는 방침 따위를 공개적으로 발표하다.

28 특은(特恩) : 특별한 은혜. 가톨릭에서 성령이 특별히 내려 주는 은혜. 예언, 영의 식별, 기적 따위를 베푸는 능력을 이른다.

29 초영성체(初領聖體) : 첫영성체. 처음으로 하는 영성체.

30 마니피캇 : 성모의 노래 ☞【더 알아보기】.

31 깊이 스며들거나 멀리까지 미치다. 원문은 '사맛치다'.

혹자는 천주교를 마리아교로 오해할 정도로 천주교는 성모 마리아를 공경합니다. 반면 개신교에서는 마리아에 대한 공경이 따로 없습니다. 때문에 성모님과 관련된 기적이나 이와 관련된 이야기도 있을 리 없습니다.

　주인공 제르마니는 개신교인이었지만 성모 마리아에 대해 부정적이지 않았습니다. 루르드의 기적을 들었을 때 루르드에 가기를 원하였고, 성모님 공경의 이유를 스스로 생각할 줄 알았으며, 루르드에 도착하여 처음 가본 성당에서 '죽어도 한이 없'을 정도로 감동을 받습니다. 그리고 그녀는 치유 기적의 주인공이 됩니다. 제르마니는 천주교 신자는 아니었지만 기적 체험에서 제외되지 않았으며 이후 천주교인이 됩니다. 이 부분은 개신교를 의식한 내용이라 여겨집니다. 1930년대 조선의 천주교회는 개신교와 경쟁관계이기도 했습니다.

　미담 222부터 이어진 어머니와 관련된 작품들이 루르드 성모님의 기적 이야기로 일단락됩니다. 「묵주가 낳은 행복」, 「나의 위대한 기쁨」, 「루르드의 성모」는 모두 지상의 어머니와 천상의 어머니에 대한 작품이었습니다. 이들 미담에서처럼 어머니의 사랑이 천주교회의 은사를 더욱 풍요롭게 합니다.

더 알아보기

성체강복(聖體降福) ㉮ 가톨릭 교회에서 성체에 대한 신심의 표현으로, 성체를 현시(顯示)하여 신자들이 조배(朝拜)하게 하고 사제가 성체로써 강복해 주는 것을 말한다. 성체강복은 주요 축일(祝日)과 일요일, 사순절, 피정(避靜), 40시간의 성체조배 중에 행해지며, 각 주교들이 지정하는 다른 날에도 행해진다. 제2차 바티칸 공의회 이후에 전통적 의식이 단순화되었고 신자들이 좀 더 주의 깊게 성체를 조배할 수 일도록 기도와 성가, 낭독 등의 다양한 방법 등이 허용되었다. 또한 사제가 없는 가운데서도 수도자나 평신도들에 의해 성체가 현시되는 것이 허용되었다. 단 강복은 사제만이 할 수 있다.

초영성체 ☞ 첫영성체. 미담 130.

마니피캇 성모찬천주가 ☞ 미담 55, 마리아의 노래.

인연 끊었던 생명

인연끈헛던생명   神父 吳基先

　새파란 녹음이 단풍에 스러진[1] 지도 오래고 오직 가냘픈[2] 달빛이 나뭇가지에 걸쳐 애상을 자아내는 드높은 집 창틈으로 새어 들어가고 있습니다. 그 방안에 앉은 로사는 백만장자의 귀한 딸로 세상을 비웃는 행복된 장미꽃을 뿌리는 호화스러운 생활을 하고 있습니다. 재주로는 천재, 특재로는 음악에 예리한 수재였습니다. 더욱이 그의 아름다운 용모 때문에 어둔 거리를 비추는 별이라는 별명까지 받게 되었답니다. 이 아름다운 딸을 둔 그의 부모는 수심이 가득 찬 가슴에도 이 딸을 한번 보면 곧 웃음이 꽃피게 되었습니다. 그리하여 그의 요구는 무엇이든지 거절하는 법이 없었습니다. "아! 그 아이는 얼마나 행복된 아인가" 하는 감탄사는 비단 그의 동무들뿐 아니라 베링 공장 주인 그녀의[3] 아버지를 아는 이면 다 같은 감탄사를 입에 침이 마르도록 외우게 되었습니다.

　그러나 외부적으로 큰 행복덩이 위에를[4] 나앉은 그의 마음속도 행복스러웠을까요? 제 아무리 좋은 물건을 갖고 제 아무리 행복에 또 큰 행복을 받아도 오직 그의 마음은 저 달, 마른 나뭇가지에 목을 매고 애련한 울음을 자연 위에 흘리는 달빛 같이 적막하고 처량한 슬픈 마음이었습니다. 하루는 피아노 위에를 나앉아 재미있는 소곡(小曲)을 둥당당 치더니 고만 갑자기 가슴이 써늘하여 피아노 덮개를 힘없이 덮더니, 막연한 꿈속에 잠긴 유령 같이 멀거니 앉아 멀리 기러기 떼가 지나가는 남쪽 하늘을 한없이

1　원문은 '슬허진'.
2　원문은 '간열픈'.
3　원문은 '저의' → 그의. 여기서는 로사를 받는 지시대명사이므로 '그녀의'로 옮겼다.
4　원문은 '우혜를'.

바라보고 앉았습니다. 처량한 이 마음속에 용솟음쳐 오르는 것은 곧 그의 오빠 생각이었습니다.

로사는 네 살 되었을 때 수병복(水兵服)을[5] 입고 언제나 언제나 재미있게 재미있게 놀려주던[6] 오빠가 생각났습니다. "오! 내 오빠는 지금 어디 있을까?" "죽었을까? 아직도 하늘 어느 아래에 살아있을까?" 아버지 어머니에게 이 궁금증을 풀기 위해 물어보면 못들은 척하여 버리곤 하였습니다. 오늘도 참다못하여 아버지에게 오빠가 어디 있는지 좀 가르쳐 달라니까 아버지는 대노하여 "나는 너 하나 외에는 자식이라곤 아무도 없다. 아 다음엔 당초에 그런 것을 물으면 안 된다" 하고 야단야단 하며 꾸중을 하셨습니다.

로사는 어따 대고 위안과 안위를 받을 데가 없었습니다. 그것은 천주와 영혼에 관한 사정이나 영원한 행복 문제나 다 들어본 적도 없고 추호도 알지 못하였습니다. 하루는 음악 선생님이 성가곡을 치는 것을 유일한 재미로 취미 있게 듣고 있었더랍니다. 그럴 적에 그 무서운 아버지가 문을 열고 들어오시더니

"여긴 성당이 아니니 당초에 그런 곡과 성가를 가르칠 것이 아니고 다른 피아노곡이나 가르쳐주십시오" 하고 눈을 부라리고 로사를 흘겨보면서 선생을 간접으로 책망하였습니다. 그리고는 나아가는 아버지를 흘끗 쳐다보시면서 선생님은

"오! 불상한 로사야. 네가 만일 종교에 대한 이야기를 조금이라도 들어 참다운 종교 생활을 한다면 네 마음에 산적한 그 애수, 근심, 번민, 실망, 초조는 순간에 사라져 버리고 참된 마음의 평화를 얻을 것이지만…… 오! 너는 그지없이 가련한 신세로구나……" 하며 로사의 등을 어루만졌습니다. 과연 로사는 언제나 종교는 정신 이상에 걸린 자나 믿는 것이고 미련하고 반편이나 믿는 것이다, 가난하고 천한 자들이나 믿을 것이지 너 같은 아이는 절대로 안 된다고 아버지에게 들어왔기 때문에 그도 역시 같은 사상을 가지고 커나게[7] 되었습니다. 그래도 종교에 대한 이야기를 들을 적마다 로사는 무엇이라고 해석할 수 없는 느낌을 느꼈습니다. 동정하는 어떤 느낌을— 그래도

---

5   수병(水兵)들이 입는 군복. 세일러복.
6   원문은 '놀려주든'.
7   커나가게, 성장하게, 크게.

아버지가 무서워서 성당에 가본 적이 없었답니다. 하루는 베―링 공장 주인의 친구가 자기 아들과 로사와의 결혼문제를 꺼내게[8] 되었습니다. 로사의 부친은 쾌히 승낙하고 로사의 동의를 강청하다시피[9] 하였습니다. 그러나 어찌된 셈인지[10] 그에게는 말할 수 없는 염오증과 불만한 감이 생겨 시기를 연기하자고 애원하였습니다. 그래도 뻣뻣한 아버지는 달래기도 하고 엄포와[11] 위협도 하여 결국 로사의 의사를 꺾어버렸습니다. 그리하여 결혼식일까지 결정이 되어 수백 가지 귀하고 아름다운 물품은 문이 미어져라[12] 하고 그 집 문간을 들락날락하였습니다. 거리거리의 사람들은 로사를 큰 행복자로 훌륭한 왕녀와도 같이 떠받들고 귀애하고 부러워하였으나, 로사의 마음 속 깊이는 번민과 고통의 찬한숨 자락이 감돌고 있었습니다. 양친의 강박, 무정한 세월의 흐름, 정한 시각을 찍어 당기는 시계바늘은 날이 가고 달이 가 어언간 정한 날도 명일로[13] 박도하였습니다.[14] 그럴수록 신랑에 대한 이 로사의 염증 염오증 불만한 느낌은 점점 커져서 견딜 수가 없었습니다. 이것을 쳐 이기고 잊어버리려고 그는 대지에 어스름 황혼이 내려 덥히고 몽롱한 달빛이 산천을 어루만지던 어느 날 밤에 급행열차를 집어 타고 "내 고향아 잘 있거라. 나는 간다. 나의 부모님이여 저는 가요 안녕하셔요!" 하고 집을 떠나버렸습니다. 정처 없이 어딘지 가다가 내려 큰 정거장 문 앞에 나서서 갈 길이 망연하여 주저하던 김에 "에라 아무 데로나 가자" 하고 이리저리 한 종일 돌아다니자니까 무정한 세월은 정처 없는 행객을 거리에 남겨둔 채 황혼을 몰아 그 큰 도시에도 밤의 막이 내려 덮였습니다. 그리고 애꿎은 비는 오락가락 그의 마음은 더욱 서글펐습니다. 하룻밤을 자야 될 이 가련한 로사의 발길은 어느덧 멈추었습니다. 머리를 들어 쳐다보니 오― 창공을 찌를 듯이 높이 솟은 종각! 여기가 성당 앞이었습니다. 오늘까지 교회, 종교에 대하여 가진 주의와 사상 때문에 여기를 들어가 볼까말까 망설이

---

8   원문은 '끄내게'.
9   강요하다시피. 여기서 강청(強請)은 '강하게 청하다, 굳세게 요구하다'의 의미로 쓰였다.
10   원문은 '엇진셈인지'.
11   엄포 : 실속 없이 호령이나 위협으로 으르는 짓.
12   원문은 '메여져라'. 미어지다 : 가득 차서 터질 듯하다.
13   명일(明日) : 내일.
14   박도(迫到)하다 : 가까이 닥쳐오다.

게 되었습니다. 그때 바로 성당 어구에 붙은 광고를 보게 되었습니다.

묵상회 — 금일부터 2일간

강론— 오전 6시 반, 오후 2시, 7시

지도신부— 베링 신부

(미완)

오기선 신부의 작품입니다. 그의 창작이라고 하기에는 군이 배경을 프랑스로 한 이유를 알수 없습니다. 윤색을 가한 번역, 혹은 번안 작품일 수도 있으나 이는 연구를 통해 밝혀져야할 부분입니다.

다음 호까지 이어지는 연재 미담인데, 현대적인 표현과 표기법이 쓰였습니다. 게다가 이작품이 발표된 1939년 1월(『경향잡지』 894호)부터는 천주교 군난소설 『은화』가 연재되기시작합니다. 천주교 미담의 비중이 그만큼 약화되기 시작한 시기이기도 합니다.

주인공은 베링 공장주의 딸 로사입니다. 남들이 다 부러워할 호사스러운 생활을 하는 그녀는 4살 때 헤어진 오빠를 그리워하는 인물입니다. 이 미담은 두 오누이의 재회담을 그린 작품입니다. 천주교를 좋아하지 않는 부모 아래서 종교 때문에 헤어져야 했던 오누이가 극적으로 다시 만나는 이야기입니다. 이번 호는 그 전반부로 인물과 배경, 그리고 사건의 발단부분까지의 내용이 소개되었습니다.

로사의 아버지는 부유한 공장주이지만 종교를 거부하는 인물입니다. 종교는 정신 이상에걸린 자, 미련하고 가난하고 천한 사람들이 믿는 것이라고 로사에게 가르칩니다. 또 로사가원하지 않는 남자와의 결혼을 주선하기도 합니다. 결국 로사는 결혼을 앞두고 가출하게 되고 우연히 성당 앞에 도착하는데, 성당 어구에 붙은 광고를 보면서 이번 호는 끝납니다. 성당의 신부 이름이 자신의 이름과 같았습니다. 과연 그 신부는 누구일까요? 다른 연재 미담에서처럼 이 작품도 독자의 호기심을 자극하며 다음 호를 기약합니다.

인연 끊었던 생명 (완)

인연끈헛던생명 (완)   神父 吳基先

자기 이름과 똑같은 신부가 강론을 하신다는 광고에 호기심이 바짝 나서 하여간에 한번 들어갈 것이라고 성당 정문을 썩 들어서게 되었습니다. 이것이 생전 처음 성당에 들어온 것입니다. 장엄, 엄숙하고 신성한 기분이 썩 도는 거룩한 성당 속, 그 안에는 참 정성되이 무릎을 꾼 신자들이 입추여지가 없이[1] 꽉 들어차서 성당 중앙 강대에서 열변을 토하고 있는 어떤 젊은 신부님의 말씀을 가장 정성되이 백열적으로[2] 열중하여 듣는 그들을 볼 적에 로사의 마음에는 곧 울고 싶었습니다. 마음이 이상하여지면서 눈물이 앞을 가렸습니다.

"주여 내 마음이 네게 쉬여지기 전에는 언제나 이 마음이 평화를 느낄 수가 없나이다."

또박또박 마음속까지 찔러주는 강론 신부의 이 말이 예리한 그녀의[3] 신경에 번갯불같이 번쩍하고 지나쳐 갔습니다. 과연 쾌락의 흙탕물 속에서 그날그날을 보내며 속세적 명예와 재리, 권리와 행복을 부르짖던 아오스딩아우구스티노의 양심의 애원이 아니었습니까? 이것이 과연 현세의 더러운 쾌락 속에서 참된 쓴맛을 맛보고 진심으로 그 모든 것을 박차버린 대성인의[4] 거룩한 말씀이 아니었습니까? 어찌 전 세계의 모든 재미, 쾌락, 행복이 천주께서 사랑하시는 영혼에게 직접 자기 속에서 떠주시는 행복에 비할 수가 있겠습니까!

별천지에 들어온 느낌을 되새기고 되새기는[5] 로사의 심리는 극도로 예민하여지고

1　입추여지(立錐餘地)가 없이 : 송곳의 끝을 세울 만한 빈 데도 없다는 뜻으로 많은 사람들이 꽉 들어찼다는 말.

2　백열적(白熱的) : 힘의 정도나 열정이 극도에 다다른. 또는 그런 것.

3　원문은 '저의'.

4　대성인(大聖人) : 지극히 높은 성인.

신경은 날카로워졌습니다. 암담한 거리에서 광명의 나라에 발을 들어 놓은 듯하였습니다. 그때 자기 양심 속에 "네 마음을 신부에게 열어밝혀라"는 소리를 깨달았습니다. 강론이 끝난 후 성체강복이 시작되었습니다. 오! 언젠가 많이 듣던 성가곡이 유량하고[6] 우렁차게 흘러나오는 그 당장에 감격의 눈물은 옷자락을 말없이 적시었습니다. 강복이 끝난 다음에 신부를 면회하게 되었습니다. 그때 참으로 자기의 밟아온 짤막하고도 아기자기한 일생을 다 솔직하게 고백하였습니다. 그를[7] 듣던 신부는 크게 흥분이 되고 감격한 나머지 "오! 가련한 내 누이동생,[8] 아! 나는 네 오빠이다." 그때 서로서로 바라보는 눈에는 서로서로의 뚜렷한 얼굴이 눈물에 반영이 되어 흐릿하게밖에 보이지 않고 입에서는 한숨 섞인 울음이 나왔습니다. 로사의 그 기쁨은 어떠하였을까요? 그리고 늘 양친에게 물어 와도 늘 거절만 당하던 일만 가지 문제를 그 오빠에게 죄다 듣게 되었습니다.

오빠: "내가 소학교를 졸업할 때 너는 겨우 네 살이었더니 이렇게 몰라보게 컸구나! 응! 그때 우리 집은 이 읍내에 있었단다."

로사: "오빠! 참 그래요! 바로 성당 옆에 우리 집이 있을 적에 저녁에나 아침에나 저 아름다운 종소리를 나도 듣지 않았수? 왜? 그런데 이게 웬 일이우? 응!"

오빠: "아버지는 참으로 종교를 극단으로 반대하셨단다. 그래서 어쨌든지 내 마음과 정신에서 종교심을 빼어버릴라고 무한 애를 쓰신 게 아니다. 그러나 아저씨는 늘 성화나 교회서적을 몰래몰래 내게 많이 사주셨단다. 언젠가 내가 신부가 되고 싶다고 아저씨에게 그랬더니 그 옆에 앉으셨던 아버지는 대번에 크게 화를 내시면서 '넌 이제부터 절대로 성당엘 가면 안 된다. 만약 그렇다면 나는 너와 인연을 끊고 집에서 쫓아낼 테야!' 하고 위협을 하셨단다. 암만 애원간청을 해도 종시 나를 엄포만[9] 하시고 필경 최후로는 나와 자기간의 부자의 정리를 아주 칼로 끊듯 끊고 집에서 몽둥이로 때려 내쫓으셨단다. 집에

---

5 원문은 '되삭이고 되삭이는'.
6 유량(流量)하다: 음악 소리가 맑으며 또렷하다.
7 그것을, 그 이야기를.
8 원문은 '뉘동생'.
9 엄포: 실속 없이 호령이나 위협으로 으르는 짓.

서 쫓겨난 이 신세를 오직 아저씨만이 가련히 보셨든지 신학생으로서의 나의 모든 학비를 대주셔서 나는 공부를 하게 되었다. 그러는 동안에 집에서 포학한 네로와 같이 종교 압박을 자녀에게 하고 계신 아버지와 그 압박을 당하는 너를 위하여 '기구와 희생'을 얼마나 많이 천주께 드렸는지 전지하신 천주께서만 아실 것이다. 이제 나의 기구의 일부분을 들어주시는 것을 깨닫게 되었다. 과연 묵상회중에[10] 네가 비에 막혀 이 성당을 찾게 되고 나를 찾아 만나게 된 것이 다 천주의 무한한 사랑의 안배이신 것이다"

하고 신부는 벽에 걸려 "목마르다, 내게 마실 물을 달라!"고 하시는 듯한 오 주 예수의 고상을 바라볼 적에 감격한 감사의 눈물이 하염없이 수단 소매를 적시었습니다. 그 집에서는 급자기[11] 없어진 처녀 로사의 행방을 수색하기에 오직 당황하였다. "이것은 너무 내가 위협을 하여서 그만 세상을 비관하고 자살한 것이 아닌가?" 하는 생각이 떠도는 부모의 심장은 타는 듯하였습니다. '오…… 너는 천주만 저버릴 뿐 아니라 네 자식까지도 저버린 패악무도한 놈이야! 네 딸을 무종교자를[12] 만들고 더러운 죄악의 모델이 된 너 자신이 네 딸 로사의 자살 죄의 책임을 져라! 오늘까지 이 부패한 속세의 행복만을 위하여 노력하고 영원한 행복을 등한시한다면 너의 그 썩어진 행복은 영원히 멸망을 당할 것이다' 하는 양심의 질책이 떠날 새 없이 그의 부친의 마음을 괴롭게 하였습니다. 경찰의 손을 빌어 물샐틈없이 수색하여 보았으나 아무 효과를 내지 못하였습니다. 바야흐로 요 이 극도의 고통은 베링 공장 주인의 마음에 회개의 싹을 틔게 하였던 것이다. 로사의 오빠의 끝없는 '기구와 희생'은 오랜 세월이 지나도록 잠자던 부친의 신앙심에 다시 나팔을 대고 불어 일깨웠고 새로운 참회의 눈물구멍을 쪼아파냈던 것입니다. 그때서야 "나 중죄인을[13] 불쌍히 여기소서" 하는 소리는 굳은 그의[14] 마음속에서 터져 나오게 되었습니다. 10년 만에 그는 자기 아내와 '천주경'을 외워보게 되었습니다. "우리 죄를 면하여 주심을……" 이 구절을 외울 제 터져가는 가슴을

---

10 회중(會中) : 모임을 갖는 도중. 모임에 온 모든 사람.
11 미처 생각할 겨를도 없이 매우 급히, 갑자기. 원문은 '급작이'.
12 무종교자(無宗敎者) : 종교가 없는 사람.
13 중죄인(重罪人) : 무거운 죄를 지은 사람.
14 원문은 '저의'.

짓찢으면서[15] 참다운 통회의 눈물을 휘뿌렸습니다.[16]

3일이 지난 다저녁때 한 젊은 신부 한 분과 아주 젊은 여자가 공장 주인집 현관에서 초인종을 눌렀습니다. 늙은 공장 주인은 이 두 손님을 보자마자,[17]

"오! 요왕요한아! 오! 로사야! 옳지, 인제 돌아왔구나. 왔어…… 응! 이게 웬일이냐…… 응."

하면서 둘을 얼싸 안았습니다. 둘은 눈물겨운 목소리로 "아버지—" 하였습니다. 그의 어머니의 즐거움은 어떠하였겠습니까? 천주께서는 부모에게 의절을 당하고 쫓겨나가 눈물겨운 애처로운 일생을 보내면서 꾸준히 바치던[18] 요왕요한의 기구와 희생을 어여삐 보시고 찬바람이 획획 돌던 가정에 참된 평화와 행복의 봄바람이 불게 하시고 굳은 신앙을 다시 그 가정에 재건설하신 후 그 위에 '기구와 희생'의 깃발을 날리셨던 것입니다. (끝)

해설

종교 때문에 집을 나왔던 로사의 오빠 요한은 신부님이 되었습니다. 신부님이 된 오빠와 가출한 누이가 재회하는 장면에서 이번 호는 시작합니다. 은인의 도움으로 신부가 된 이후 요한 신부는 아버지와 동생을 위해 기도와 희생을 해 왔음을 고백합니다. 딸의 가출 후 아버지도 회개하고 3일 만에 로사는 오빠와 함께 집으로 돌아가 온 가족이 다시 만납니다.

이 미담은 신앙 때문에 헤어졌던 가족이 신앙을 통해 재회하는 해피엔딩입니다. 박해 시절이 지나고 종교의 자유가 보장되었다 하더라도 신앙생활이 평탄하기만 한 것은 아닙니다. 박해는 일상생활 중에, 누구보다 가족으로부터 올 수 있습니다.

주인공인 요한 신부는 신앙 때문에 가족을 떠나야했습니다. 그러나 그의 기도와 희생, 그의 신앙은 그를 다시 가족과 결합시킵니다. 재회한 가족은 구성원은 같지만 이전의 가족은 아닙니다. 혈육이 아니라 신앙으로 결합한 새 가족입니다. 따라서 이 미담은 신앙으로 새로 태어난 요한 가족의 재탄생 이야기라고도 할 수 있습니다.

---

15 원문은 '짓찌면서'.
16 현재는 북한어로 눈, 비 따위가 세차게 뿌리다. 무엇을 흩어지게 뿌리거나 마구 뿌리다 = 홀뿌리다.
17 원문은 '보자말자'.
18 원문은 '쑤준이밧치던'.

'굳은 신앙을 다시 그 가정에 재건설하신 후 그 위에 기도와 희생의 깃발을 날리셨다'는 마지막 문장은 천주교가 지향하는 가족의 조건을 알려줍니다. 굳은 신앙과 기도, 그리고 희생! 이 세 가지가 가족의 뿌리이며 가족의 지표(指標)입니다.

새봄에 새로운 구원 (1)

새봄에새로운구원 (一)   神父 吳基先

파릇파릇한 풀꽃이 온난한[1] 봄바람에 향훈을[2] 나부끼는 드높은 언덕, 그리고 그 아래는 만리장강의 푸른 물결이 감돌고 있다. 메마른 가지에 잎새를 싹트고 꺾어진 줄기에 꽃 몽우리를 배태한[3] 아름드리나무에 기대어 하염없이 물속을 들여다보다가, 봄하늘 남쪽 기슭에 감도는 노을을 그리워하는 12세 된 소녀 알렌이 가볍게 웃음을 짓고 또 다시 물속을 맥 놓고 드려다 본다. 출렁거리는 물결의 파문을 따라 얼비친 그의 얼굴도 출렁출렁거린다. 맑은 물을 가지고 장난을[4] 하려고 허리를 굽히는 알렌에게는 오! 위기일발의 공포와 난관이 돌발하였다. 그것은 물속에서 생전 보지도 듣지도 못한 크고 흉칙스런 물짐승이 뛰어나오면서 대번에 그를[5] 집어 삼키려고 덤벼든다. 앞으로 도망하려니 만경창파는 노한 듯이 출렁거리고 뒤로 도망하려니 당장에 집어삼키는 것 같아서 돌아설 수도 없고, 뿐만 아니라 밀대같이 들어선 나무숲을 뚫고 도망갈 수도 없는 진퇴유곡의 가련한 한 작은 생명은 오직 바르르 떨고 얼굴을 새파랗게 질리고 호흡은 마디마디를[6] 끊는 것이었다. 바로 그때이다. 한 위풍이 늠름한 노인, 몸에는 갈색 망토를[7] 두르고 손에는 긴 지팡이를 들은 노인이 갑자기 어디서인지 와서 한 손으로 이 소녀를 끌어내면서 "아! 얘야! 글쎄 넌 뭘 하니? 어서 도망하거라.[8]

---

1   원문은 '온란한'. 온난(溫暖)하다 : 날씨가 따뜻하다.
2   향훈(香薰) : 향내.
3   배태(胚胎)하다 : 아이나 새끼를 배다. 어떤 현상이나 사물이 발생하거나 일어날 원인을 속으로 가지다.
4   원문은 '작난'.
5   원문은 '뎌를'. 이후 '뎌'는 '그'로 옮긴다.
6   원문은 '마대마대'.
7   소매 없이 어깨 위로 걸쳐 둘러 입는 옷. 원문은 '만도'.
8   도망치거라.

어서! 어서!" 하였다. 겨우 이 노인의 격려와 구원의 손을 빌어 위험을 면하고 한참 동안 도망을 하다 보니, 다시는 그의 종적조차 볼 수 없으리만치 없어지고 말았다. 수수께끼의 이 노인을 연상하면서 집으로 돌아오는 알렌을 본 그의 어머님은 놀랐다. 알렌의 얼굴 머리 눈에 크나큰 공포와 위협에서 겨우겨우 **빠져나온** 애처로운 그의 광경을 즉각적으로 엿볼 수 있었다. 자기 생명의 위태하였던 사정으로부터 어떤 노인의 자애로운 구원의 사실 전말을 다 말하였다. 이 말을 들은 그의 어머님은 곧 하인 수명을[9] 시켜 이 미지(未知)의 노인을 찾게 하였다. 그리하여 자기 딸의 생명을 구원하여 준 은혜를 감사하고자 하였던 것이다. 그러나 모든 수고는 수포로 돌아갈 뿐이요 노인은 종시 발각하지[10] 못하였던 것이다. 13세 된 이 알렌 소녀? 에탄, 알렌이라는 아메리가^{아메리카}의 한 장교의 귀한 딸이었다. 그러나 불행 중 대불행으로 열교하는[11] 가정에서 고고한 성을 발한 이 아이의 장래는 어떠하였을까? 열교에서 무종교로 무종교에서 방종으로 방종에서 비윤리 비도덕적 탈선과 타락으로 구르고 굴러 날이 가고 해가 지날수록[12] 멈출 줄을 모르고 속도에 속도를 거듭하여 사욕과 편정에 노예가 되었다. 사귀는 것이 악마의 사자(使者)라고 볼 수 있는 첨단과 유행을 걷는 패륜남녀들, 읽는 것이 더럽고 추잡한 썩은 소설, 그리워하고 붙잡는[13] 것이 세속이었다. 어둠의 길을 걷는 이 작은 캄캄한 영혼에게 진리의 횃불이 힘 있게 비칠 수는 없었을까? 그를 영원히 이 죄악 세상에서 구할 절대적 힘과 그의 마음에 끝없는 평화와 위안을 줄 그는 과연 누구였을까? 그냥 심한 가뭄에 여린 싹같이 애처롭게 시들어버리고 말 그의 운명일까?

어떤 이의 소개로 빌마리(Villemarie)읍에 있는 어느 수녀원에 가게 되었다. 거기서 한 수녀에게 불란서^{프랑스} 말을 연구하게 되어 늘 시간 교수를 개인으로 받게까지 되었던 것이다. 그러나 그와 수녀 사이에는 무엇이 있는가? 한편에는 진리의 광명!

---

9   여러 명을.
10   드러나지. 원문은 '발각지'.
11   열교(裂敎) : 한국 가톨릭 교회에서 '개신교'를 이르는 말. 가톨릭 교회에서 분열되어 나간 교회라는 뜻이다. 열교인(裂敎人) : 개신교인.
12   원문은 '해고지날수록'. '－고'는 'ㄱ(가)'의 오타로 보인다.
13   원문은 '붓좃는'.

한편에는 캄캄한 어둠의 그늘! 광명과 어둠 사이에는 암암리에 투쟁이 생기었다. 광명은 어둠을 살아버릴라고! 어둠은 광명을 휩싸 질식시키려고![14]

해설

　오기선 신부가 쓴 또 한 편의 미담입니다. 1939년에는 4회에 걸쳐 두 편의 미담이 소개되는데 모두 오기선 신부의 작품입니다. 이번 호의 미담은 다음 호로 이어지는 연재 미담의 전편입니다.

　주인공은 아메리카 장교의 딸로 등장하는 에탄 알렌이라는 소녀입니다. 그녀는 12세 때 물에서 죽을 위기에 처했지만 한 노인의 도움으로 안전할 수 있었습니다. 그러나 이 노인이 누군지 찾을 수 없었으며 이 부분이 후편으로 이어지는 복선입니다.

　천주교인이 아니었던 알렌은 13세가 되었고, 방종과 타락에 빠져 사욕과 편정의 노예로 살았습니다. 그러던 중 한 수녀원에서 수녀로부터 프랑스 말을 공부하게 되면서 이번 호는 끝납니다. 이후 알렌에게 어떤 일이 일어날까요? 작품에서는 알렌을 캄캄한 어둠의 그늘로, 수녀를 진리의 광명으로 표현합니다. 진리 대 그늘, 광명 대 어둠을 대조하면서 두 세계 간의 갈등을 예고합니다. 과연 진리와 광명은 어둠과 그늘을 이길 수 있을까요? 다음 호에 이어집니다.

14　원문은 '휩싸질식시킬나고!'

새봄에 새로운 구원 (2)

새봄에새로운구원 (二)   神父 吳基先

　이러한 상태로 내려오던 바로 어느 날, 그 선생 수녀는 알렌이 프레센트로[1] 가져온 꽃묶음을 그에게 주면서 저 성당 제대 앞에 꽂아놓고 오라고 시켰다. 그리고 잠깐만 성체대전에서 오 주 예수께 조배를 하고 오라고 하였다. 속으로는 가소롭게 생각하고 비소하는 태도로 "하여간 꽃이나 갖다 두고 얼른 나와 버려야지. 조배는 무슨 조배! 흥!" 하면서 꽃묶음을 안고 성당 문을 열었다. 성당 문을 열어 재낀 알렌의 눈은 커지고 입은 자기도 모르는 사이에 벌어지면서 온몸에는 찬물을 끼얹는 것 같이 전율하였다. 성당 안으로[2] 들어가려고 하였다. 그러나 이상하다. 발이 떨어지지 않았다. 세 번이나 용기를 내어 발을 성당 안에로 들여놓으려 하였으나 전연 발이 무슨 기계에 꽉 채인 것 이상으로 꼼짝달싹 할 수 없었다. 하는 수 없이 그 자리에 장궤를 하고 수녀가 시킨 대로 오 주 예수께 조배를 하였다. 그제서야 성체 안에 예수의 실재(實在) 도리를 속마음으로부터 승인하면서 교만과 항거의 투구를 벗고 머리를 겸손되이 숙이게 되었다. 다시 일어나서 발을 옮겨보니 여전이 잘 걸을 수 있었다. 한 걸음 두 걸음 성당 감실을 항하여 조심스럽게 사뿐사뿐 걷는 발자욱에는 일생을 참회하는 뜨거운 눈물이 흘렀다. 꽃묶음을 가지고 들어선 알렌은 악마 같은 알렌이었지만 그것을 제대 앞에 꽂고 옷깃을 적시며 나오는 그는 무엇에다 비할 수 있었을까? 천신과 같은[3] 그라고 할 것이다.

　"오! 나는 이제부터 가톨릭 신자가 된다!"

1　present. 선물을 영어 발음으로 썼다.
2　원문은 '에로'.
3　천사와 같은. 천신(天神) : 천사의 옛 용어.

"만일 될 수 있다면 한 거룩한 수도자로까지 자처하겠다"고 입을 앙 물었다. 두 손을 힘 있게 쥐었다. 그 주먹은 바르르 떨리었다. 과연 알렌은 참된 진리의 광명을 드날리는 횃불 앞으로 다가섰다. 그의 전신에서는 암흑이 사라졌다. 갱생의 세를[4] 받은 알렌의 마음은 전적으로 통쾌하였고 즐거웠다. 그리고 세속이 맛볼 수 없는 평화를 느꼈다. 진리가 홀로 줄 수 있는 만나 같은 단 이 평화! 그는 절대한 인생행로에 고달픈 신경이 안식처를 진선미의 천원 속에서 구하였던 것이다. 영세를 받고 이 귀화의 대은을 사례하기 위하여 이 성당 저 성당에 조배를 하러 다니기를 결심하였다. 그리하여 호뗄되 성당에 나아가 조배하려고 정문을 열었다. 그리고 중앙 제대로 시선을 뻗친 알렌은 또 다시 한번 놀랐다. 왜 그러냐? 하면 그때 제대 위에는 산 사람[5] 같이 훌륭한 대걸작의 성가상본이[6] 안치되어 있다. 그중에 요셉 성인을 바라볼 적에 또 한 번 놀라[7] 눈을 다시 비벼가며 똑똑히[8] 쳐다보았다. 눈은 점점 커진다. 가슴은 두근거린다. 신경은 극도로 긴장하였다. 지나간 오래고도 똑똑한 그날을 다시금 추억치 않을 수 없었다. 알렌은 그 옆에 있던 자기 어머님에게로 달려들었다. 놀란 어조로

"어머니? 어머니? 저것 좀 봐요! 저것 좀! 네! 바로 저 요셉 성인을…… 열세 살 적에 강가에서 흉측한 물짐승에게서 날 구원해 주던 그 노인은 바로 저 요셉 성인과 조금도 틀림없었어요![9] 네! 어머니? 아이구! 어쩌면……."
하는 알렌의 목소리는 떨리었다. 똑똑히 뵈던 상본은 어느덧 눈물에 가리어 희미해진다. 그러나 그 옛날의 기억은 또박또박하여질 뿐이었다.

과연 저 무서운 열교,[10] 무종교, 방종, 사욕타락의 흉측한 물짐승 입에서 가련한 알렌의 영혼을 영원히 구원하여 주려던 요셉 성인의 자애 깊은 심벌이었을 것이다.

그는 그 후에 즉 1808년에 거룩한 수도자로 허원식을[11] 행하고 열교인 귀화에 적극

---

4   세례를.
5   살아있는 사람.
6   성가정상. 성가(聖家) 상본(像本).
7   원문은 '놀내여'.
8   원문은 '똑똑이'.
9   원문은 '틀림이 업섯서요!'
10   열교(裂敎) : 한국 가톨릭 교회에서 '개신교'를 이르는 말. 가톨릭 교회에서 분열되어 나간 교회라는
     뜻이다. 열교인(裂敎人) : 개신교인.

적으로 활동하여 수많은 영혼들을 흉측한 죄악 속에서 구원해내었다. (끝)

해설

전편에 이어집니다. 알렌은 선생 수녀의 심부름으로 성당에 가게 되고 그곳에서 회심하여 가톨릭 신자가 될 것을 결심합니다. 알렌에게는 두 번의 기적이 일어나는데 첫 번째는 이 같은 회심의 기적이고 다른 하나는 요셉 성인을 알아보는 기적입니다. 알렌은 영세를 받은 후 귀화의 대은을 사례하기 위해 이 성당 저 성당으로 조배하러 다니는 과정에서 자신을 물에서 건져 준 노인이 요셉 성인이었음을 알게 됩니다.

알렌은 요셉 성인이야말로 자신을 물속의 무서운 물짐승으로부터 구해주었을 뿐 아니라 열교, 무종교, 방종, 사욕, 타락에서 구해주었음을 고백하며, 1808년 수도원에서 서원하고 개신교인들의 귀화에 헌신하였다는 후일담으로 이 미담은 끝납니다.

이 작품에서 몇 가지 특징이 있습니다. 우선 전편에 발표되었던 시기인 3월이 요셉성월이라는 점을 염두에 둔다면 이 미담은 요셉성월을 맞아 요셉 성인의 은혜를 주제로 한 작품입니다.

또한 종교가 없는 사람들보다 개신교인들의 회심에 중점을 둔 작품입니다. 1938년 10월 발표되었던 「루르드의 성모」 역시 개신교를 경계한 작품이었습니다. 이러한 작품들의 등장은 1930년대 후반 점점 영향력이 커졌던 개신교에 대한 가톨릭계의 긴장을 반영한 것이라 할 수 있습니다.

마지막으로 이 작품에서는 '프레젠트'라든가 '심벌' 등 영어에서 온 외국어의 한국어 표기가 눈에 띕니다. 서양 언어의 영향력, 특히 프랑스어뿐 아니라 영어의 영향력을 확인할 수 있는 예입니다.

작품은 내용 전개나 작품 구조에 교술적 성격에서 벗어나 독립적인 양식을 따르게 되었지만 이미 천주교 미담은 『경향잡지』에서도 영향력이 약화되기 시작하였습니다. 다만 기명 저자의 출현은 1930년대 후반 천주교 미담의 변화요 성과였다 할 수 있습니다. 대표적인 저자가 이 작품의 저자이기도 한 오기선 신부입니다.

---

11 서언식. 허원(許願) : 서원(誓願)의 옛날 용어.

1940년대
미담

약혼자

　어떤 청년이 자기 친척 되는 수사를 찾아가 그동안 자기는 아무 여자와 약혼한 사실을 말하였다.

　"그러면 자네는 그 여자가 어떠한 사람인지 잘 알아보았겠지?"

　"예, 알아보고말고요. 참 인물도 퍽 잘나고 또 애교도 있고……."

　수사는 무표정한 얼굴로 옆에 있는 종이를 집어 그 위에다 연필로 공(○)을 하나 치고 나서

　"그런데 또 어떻단 말인가?"

하며 청년을 물끄러미 쳐다본다.

　청년은 아주 득의한[1] 얼굴로

　"그리고 문벌도 상당히 높은 집안인데 아주 근처에서 이름 있는 집안이더군요!"[2]

　수사는 손에 든 연필을 다시 움직여 먼저 쳐놓은 ○ 옆에다 또 한 개 ○을 쳐두었다.

　"그런데……."

　"그런데 또 상당한 재산가의 딸이거든요, 그 아버지는 부근에서 굴지하는[3] 부호인데 큰 회사의 사장이고 또 그뿐 아니라 그이가 경영하는 농장, 금광 같은 것도 여러 곳에 있는데 모두 성적이 참 좋다고들[4] 말하더군요."

　수사는 무거운 눈동자를 다시 종이 위에로 떨어뜨려 셋째 ○을 그렸다.

1　득의(得意)하다 : 일이 뜻대로 이루어져 만족해하거나 뽐내다.
2　원문은 '이름잇는 집안이던군요!'.
3　손꼽히는. 굴지(屈指)하다 : 무엇을 셀 때, 손가락을 꼽다. 매우 뛰어나 수많은 가운데서 손꼽히다.
4　원문은 '조타구덜'.

"또……."

"또는요, 여자가 지식도 상당하여요. ×전문을 마치고 ×대학을 아주 우등으로 졸업한 수재입니다."

종이 위에는 넷째 ○이 나타났다.

"그리고 예술 방면에도 출중해서 아주 글 잘 짓고 피아노 잘 치고 자수 잘 놓기로도 학교에서 제일이었다고요. 그러니 어디 이런 여자가 흔할 수 있어요!"

말도 떨어지기 전에 ○은 또 하나 늘었다. 이렇게 얼마동안 나간 끝에 수사는

"이제 그뿐인가?"

하며 고개를 들어 동정함에 가까운 눈으로 청년을 바라본다.

"그런데 그러한 문벌, 그러한 재산가에 태어나 공부도 그처럼 하였지만 참 열심이라거든요, 가끔 고해영성체하고 매일 준주성범[5] 한 조목씩 읽고 겸손하고 인내하고 양선하고 책임감이 강하고 아주 뭐[6] 수도자에 비길 덕행에 가졌다고 칭송이 자자하답니다."

수사의 얼굴은 환하게 펴지면서 ○를 모두 지우고 그 대신 一자를 써서 합계를 매겨 청년 앞에 내주면서

"그렇다면 자네는 온 세상을 얻은 것보다 다행한 사람일세. 이후 자네 가정이 행복되기를[7] 축원한다는 것보다도 나는 그것을 확신하여 의심치 않네!"

해설

1940년대부터 『경향잡지』는 한 달에 한 번 발행됩니다. 1940년대 본격화된 일제의 전시 체제의 영향에서 『경향잡지』도 예외가 될 수 없었기 때문입니다. 1940년 『조선일보』와 『동아일보』가 폐간되었으며 1942년은 조선어학회 사건이 발발하여 조선어학회가 해체되었고, 1943년부터는 한국어 과목이 학교 교육에서 폐지됩니다. 각종 매체들의 발행이 중단되거나 축소되었습니다. 정간되지는 않았지만 『경향잡지』도 발행 횟수와 지면이 축소되었고 미담

---

5   준주성범 : 라틴어로 씌어진 15세기의 신심서 ☞ 미담 168.
6   원문은 '무어'.
7   행복하기를.

발표 지면은 더욱 줄어듭니다.

1940년대 천주교 미담은 4회에 걸쳐 다섯 편의 미담이 발표됩니다. 1940년 6월, 7월, 8월에 각각 한 편의 미담이 발표되었으며 5년 만인 1945년 3월에 두 편의 미담이 한 호에 발표됩니다. 박해 시절을 배경으로 하지 않았으며, 주로 일상생활과 신앙의 문제를 내용으로 한 미담들입니다. 결혼과 관련된 내용이 압도적입니다.

「약혼자」는 결혼의 조건 중 '신앙'이 제일 중요함을 주제로 한 미담입니다. 작품의 구체적인 배경은 제시되지 않습니다. 한국이 배경인지 아닌지 알 수 없습니다. 한국이 배경이라면 1940년대의 현실을 일상의 편린으로 회피한 이야기들로 읽힐 수 있습니다. 한국을 배경으로 하지 않았다면 우리의 이야기로 성장하던 천주교 미담이 우리의 시공간을 다시 잃은 셈입니다. 실제로 이후 작품들은 박해시기의 조선을 포함하여 한국과 한국인을 구체적인 배경이나 인물로 등장시키지 않습니다. 즉 1940년대 천주교 미담은 쇠퇴기였으며 1945년을 마지막으로 『경향잡지』에서 미담 난도 사라집니다.

이 작품의 등장인물은 약혼을 하게 된 청년과 수사입니다. 청년은 수사에게 자신의 약혼자에 대한 자랑을 늘어놓습니다. 인물, 애교, 문벌, 재산, 지식, 예술 모든 방면에서 뛰어난 약혼자이지만 수사에게는 그 어떤 조건보다도 신앙이 제일 중요합니다. 수도자에 비길 덕행을 지녔다는 말에 수사는 그때서야 청년에게 세상을 얻은 것보다 다행이며, 그의 가정이 행복하리라 확신합니다. 작품에서 ○표를 찍어나가는 수사의 모습이 인상적입니다. 세상에서 중요하다 여기는 가치가 그에게는 0점에 불과했던 모양입니다.

1940. 7. 924호

성의를 잘 입은 표양

성의를잘입은표양

전에 서양 어느 신학교에서 된 일이다.[1]

저녁만과[2] 후 얼마 있다가 선생 신부는 자기 방에서 나와 학생들의 침실을 순회하기 시작하였다.

학생들의 단잠에 방해될까 하여 자기 발자취 소리를 죽여 가며 침대 사이로 돌다가, 혹시 이불을 차 던지고 자는 학생이 있으면 이불을 끌어 잘 덮어주고 베개를 비뚜로 베고 자는 학생이 있으면 그것을 바로[3] 고쳐주고 침대에서 떨어질 듯한 학생이 있으면 바로 잘 눕혀주고 하여, 어머니 같은 시중을 들면서 침대와 침대 사이를 돌아가던 중 한 침대에 이르러 보니 한 학생이 아직 잠도 자지 않고 근심스러운 얼굴로 번민하고 있으므로 신부는 몸을 굽혀 소년을[4] 바라다보며

"어찌하여 지금까지 잠을 안자고 있느냐?"

고 물었다. 소년은 반가운 듯이 신부를 쳐다보며

"신부님 아까 옷을 갈아입을 때 그만 실수하여 성의가[5] 헌옷 속에 싸여 빨래하는 곳으로 갔습니다. 지금 나는 성의가 없습니다. 어떻게나 섭섭한지 잠을 이루지 못하겠습니다. 규칙에 의하여 지금 내가 성의를 찾아 올 수는 없고 신부님이 좀……."

---

1   여기서 '된'은 '일어난'의 의미로 이 문장은 '전에 서양 어느 신학교에서 일어난 일이다'로 옮길 수 있다.

2   저녁 기도. 만과(晚課) : (가톨릭) '저녁 기도'의 전 용어.

3   원문은 '바루'.

4   청년. 원문은 '쇼년' → 소년(少年) : 젊음, 청년기(『한불자전』). 당시에는 청년을 소년으로 지칭하였다.

5   성의(聖衣) : (가톨릭) 예수가 입었던 옷. 여기서는 신학생들이 입는 수단과 같은 옷을 뜻한다.

하며 성의를 찾아오게 하여 나아고[6] 탄원하였다.

"무얼 그래, 내일 다시 찾으면 그만이지. 어서 잠이나 잘 자거라. 그래야 내일 또 공부하지."

하고 신부는 순회를 계속하여 마치고 방으로[7] 돌아왔다.

그러나 웬일인지 아까 그 소년의 얼굴에 서리어 있던 거룩한 긴장을 잊을 수가 없고, 또 그의 진정에서 나오는 탄원을 무시하기가 어려우므로 하인을 보내어 소년의 성의를 찾아오게 하였다.

그리하여 자기의 자는 시간도 이미 지났으나 그 소년의 성의를 손에 들고 다시 소년의 침대에 찾아갔다.

그때까지 섭섭한 눈동자를 또릿또릿 굴리며 걱정하고 있던 소년은 성의를 받아들고 참새처럼 기뻐하며 신부께 감사하다는 예를 하고는 얼굴 가득히 만족한 미소를 띠우고 성의를 정성스럽게 친구하여[8] 메이고는[9] 자리에 누웠다.

이튿날 아침—

조과[10] 시간이 되어 모든 학생이 경당에 모여 있으나 어젯밤 그 학생의 자리는 비어 있다.

이를 본 신부는 양 미간을 찌푸리고 쿵쿵 걸어 학생의 침실로 들어가 그 침대를 다시 찾았다.

그러나 침대 위에는……?

소년은 천신[11] 같은 거룩하고 평화스러운 얼굴에 두 손으로는 가슴에 모신 성의를 꼭 붙잡은 채 숨소리도 없이 누워 있다.

그의 영혼은 이미 성모의 품으로[12] 달려간 것이다![13]

6　찾아오게 하여 달라고. 원문은 '차저오게하여나아고'.

7　원문은 '방에로'.

8　친구(親口) : 숭경의 대상에 대하여 존경과 복종을 나타내려고 입을 맞춤. 또는 그런 행동.

9　메이다 : '메다'의 피동형. 여기서는 '올려놓다'의 의미.

10　조과(早課) : (가톨릭) '아침 기도'의 이전 용어.

11　천신(天神) : 천사의 이전 용어.

12　원문은 '에로'.

13　원문은 '다라간것이다!' 다라가다 : 현재는 '달려가다'의 함경도 방언.

미담 중에서 신학교를 배경으로 한 유일한 미담입니다. 서양의 어느 신학교를 배경으로 성의를 소중하게 여겼던 신학생이 주인공입니다. 신학교의 일상을 알 수 있는 내용이면서 성의를 소중히 여긴 신학생의 순수한 마음을 그리고 있습니다.

결말은 사실이라 믿기지 않습니다. 신학생의 죽음의 원인을 구체적으로 제시하지도 않습니다. 다만 성의 즉 수단과 같이 신학생들에게 거룩한 옷이라 여겨지는 옷을 실수로 빨래통에 넣은 신학생이 그것 때문에 잠 못 이루는 장면, 그것을 다시 찾아 기뻐하는 장면, 이후 그 옷을 가슴에 간직한 채 하늘나라로 떠난 장면이 그림처럼 묘사되어 있습니다.

특별히 주제를 강조하거나 교훈을 제시하지 않았지만 한 편의 이야기 안에서 잔잔한 감동을 느낄 수 있는 미담입니다. 신학생의 안타까운 죽음을 '성모의 품으로 달려간 것'이라고 아름답게 표현한 아이러니한 결말, 우리는 그 안에서 천주교 미담이 전하고자 했던 신앙의 신비를 읽을 수 있습니다. 신앙의 옷이 그에게 성모의 품, 천국으로 가는 날개가 되었다는 것을 말입니다.

첫날밤

첫날밤

그렇게 탐스럽고 아름답던 사라의 얼굴도 얼마 전부터는 날마다 염통을[1] 좀 먹는 듯한 무서운 수심으로 인하여 이제는 여윌 대로 여위었다.

그에 따라 성질까지 변하여지는 모양이어서 온 세상이 도시[2] 귀찮기만 하고 자나 깨나 오직 짜증만 늘어가고 있다.

거기에다 집안에 부리는 하녀들까지 자기 앞에 버릇이 부쩍[3] 못되어져 자기를 업신 여기는[4] 건방진 태도가 완연할 뿐 아니라 모여 앉으면 능히 자기 귀로 들을 수 있도록 함부로 흉보고 비웃는 것을 못 본 체, 못 들은 체하고 참아 넘기자니 그 고통도 여간이 아니었다.

오늘도 하녀의 버릇이 너무도 고약함으로 사라는 참다못하여 소리를 질러 크게 꾸 짖었더니 하녀는 도리어[5] 성을 벌컥 내며

"아니, 서방을 일곱씩이나 잡아먹고 이제는 나까지 잡아먹으려 드는 게유?"
하며 대어든다.

이 말에 사라는 몽둥이로 머리를 얻어맞은 듯 정신이 아찔하며 꼼짝도 못하고 있다. 새파랗게 질린 얼굴에 경련이 일어난다.

하녀가 눈을 흘리며 나간 다음에도 사라는 한참동안 넋을 잃은 듯 그 자리에 앉아 있다가 벌떡 일어나 위층 자기 방으로[6] 올라갔다.

---

1   염통 : 심장.
2   도시(都是) : (주로 부정을 나타내는 말과 함께 쓰여) 도무지.
3   원문은 '벗적'.
4   원문은 '업수히 여기는'.
5   원문은 '도로혀'.

자기 침대 위에 고꾸라지듯 머리를 파묻고 또 울기를 시작한다.

그도 그럴 것이, 사라는 자기 신상에 가장 괴상하고 가장 무서운 일을 당하고 있는 것이다.

처음에 자기 부친 라귈이 백 사람 천 사람 중에서 골라내었다는 남자와 혼인을 하게 되었다. 부모도 좋은 사위를 얻었다고 기뻐하고 동내 처녀들까지 "어쩌면 저런 사내를!" 하며 모두 부러워하는 중 혼례식을 행하였다.

그와 함께 신방에 들어가 첫날밤을 지내고 아침에 일어나보니 신랑은 언제 죽었던지 벌써 송장이 되어 나무때기처럼[7] 굳어졌다.

"아이구 어머니!" 소리를 치며 사라가 뛰어나오고 연이어 온 집안이 벌컥 뒤집혔었다.

그 후 라귈은 자기 딸의 우울해진 심정을 풀어주기 위하여서는[8] 다른 배필을 얻어줄 수밖에 없는 것이라고 또 서둘러 혼례를 시켰다. 사라 역시 그런 일은 일장춘몽으로[9] 돌려보내고 신방에 들어가 첫날밤을 잤다. 아침에 일어나 자기는 역시 싸늘하게 벌써 식어진 송장 옆에 누워 그 밤을 지냈음을 발견할 때 온몸의 피가 어는 듯하였다.

셋째 신랑, 넷째 신랑도 꼭 첫날밤에는 송장이 되어버렸고 다섯째, 여섯째 신랑도 신방에 들어와서는 영락없이 죽어 뻐드러졌다. 그럴 때마다 사라의 목숨은 10년씩은 감수되었을 것이다.

동네 사람들은 그것은 천주의 벌이라 거니, 마귀 장난이라 거니 또한 사라의 불측한 짓이라 거니 하여 혀를 내두른다.

라귈은 어떻게 해서든지 자기 가정의 이 불명예를 벗기 위하여 천하에 가장 담력 있고 가장 힘센 젊은이를 고르고 골라 자기 재산 전부를 허락하여 가며 혼례를 시켜보았으나, 이제 첫날밤을 마지막 밤으로 한 이 일곱째 신랑을 광중에[10] 파묻고 온 일꾼들이 어이없는 침통한 얼굴로 지금 막[11] 점심상을 받고 있는 때다.

---

6 원문은 '에로'.

7 원문은 '나뭇대기'.

8 원문은 '위하여는'.

9 일장춘몽(一場春夢) : 한바탕의 봄꿈이라는 뜻으로, 헛된 영화나 덧없는 일을 비유적으로 이르는 말.

10 광중(壙中) : 시체가 놓이는 무덤의 구덩이 부분을 이르는 말.

11 원문은 '마악'.

라귈도 이제는 자기 딸을 위로할 말도 남지 않았고 그 불쌍한 딸을 멸시하는 종들을 꾸짖을 용기조차 없다.

침상에 엎드린 사라의 어깨는 여전히 들썩거리고 있다.

"주여 나는 음욕으로 그들을 대하지 않고 오직 너를[12] 경외하는 마음으로 그들을 받아드렸사온데, 내가 그들에게 합당치 못한 자이오니까? 혹 그들이 내게 합당치 못한 자이오니까? 주여 네[13] 자비를 베푸소서……."

사라는 이렇게 기구하다가[14] 울고, 울다가는 기구하면서 밤낮 사흘 동안 눈 한번 부치지도 않고 물 한 모금 넘기는 일도 없이 문을 꼭 닫고 방구석에 처박혀만 있다.

납덩어리 같은 무거운 기분이 온 집안을 내려 누른다.

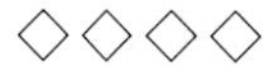

늙은 부친의 빚을 받아오려고 벌써 며칠 째 먼 길을 걸어온 도비아 소년이[15] 강가에 앉아 발을 씻다가 별안간 질겁하여 "사람 살려주!" 하고 외마디 소리를 쳤다. 그 앞에는 커다란 물고기가 입을 딱 벌리고 소년을 삼킬 듯 덤비는 것이다.

도비아 소년을 따라온 청년은 의외로 껄껄 웃으며

"이 사람아 그렇게 겁이 많은가. 무서워하지 말고 얼른 그놈을 붙잡아내게." 하고 명하였다. 이는 처음부터 소년을 도우러 청년으로 변장하고 따라 선 라파엘 천신이다.[16]

이 말에 용기를 얻은 소년은 약빠르게[17] 그놈을 움켜잡아[18] 모래밭으로[19] 끌어다

---

12 주를. 2인칭 대명사로 여기서는 주 예수를 지시한다.
13 당신의. 2인칭 대명사.
14 기구(祈求) : 기도의 옛 용어.
15 청년. 원문은 '쇼년' → 소년(少年) : 젊음, 청년기(『한불자전』). 당시에는 청년을 소년으로 지칭하였다.
16 라파엘 천사다. 천신(天神) : '천사'의 이전 용어.
17 재빠르게. 약빠르다 : 약아서 눈치나 행동 따위가 재빠르다.
18 원문은 '웅켜잡아'.
19 원문은 '에로'. 이 글에서 이후 '−에로'는 모두 '으로'로 고쳐 옮겼다.

놓았다. 엎치락뒤치락 뛰는 놈을 소년은 청년이 시키는 대로 타고 올라앉아 그놈의
배를 가르고 염통이랑 간이랑 쓸개를 꺼내놓았다.

"그게 모두 참 좋은 겔세. 쓸개는 눈먼 데 약이 되고 그 염통은 불에 살러 연기를
피우면 마귀를 쫓아내는 겔세. 그러니 어서 굽고 소금에 저리고 해서 보따리에 싸게.
길이 바쁘네."

하며 재촉하는 청년의 말을 들을 때 소년은 잠깐 자기 부친의 눈먼 것을 생각하였으나
그 다음 말은 무슨 의미인지 어리둥절한 중 하여간 시키는 대로 하였다.

뙤약볕 내리쪼이는 한길[20] 위에는 두 사람의 바쁜 그림자가 다시 우쭐거린다.

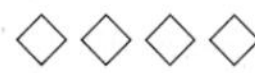

해가 서천에[21] 척[22] 길어졌을 때[23] 소년은 "참 오늘밤은 또 어디서 자고 가야 하나
요?" 하고 청년을 바라본다.

"응, 걱정 말게. 저기 산 밑으로 읍내가 보이지 않나? 라귈이란 사람이 거기 사는데
그이가 바로 자네 일가일세. 그 집에서 자고 갈 터인데, 그이에게 사라라고 하는 외딸
이 있으니 그와 혼인하겠다고 조르게!"

소년은 가던 걸음을 딱 멈추고

"아니, 그럼 그이가 바로 아까 정자나무 밑에서 쉴 때 그 동내 사람들이 말하던 그이
아녀요?"

"왜 아녀, 바로 그 사람이지."

"아이고 그럼 그 사라와 혼인하는 신랑은 일곱 사람이나 모두 첫날밤에 마귀 장난
으로 죽어나갔다는데…… 나는 늙은 부모를 모신 외아들로서"

도비아는 말을 더 계속할 용기를 잃은 듯, 핼쑥하게 질린[24] 얼굴에는 무서움 가득한

---

20 원문은 '행길'.
21 서천(西天)에 : 서쪽 하늘에.
22 척 : 느슨하게 휘어지거나 늘어진 모양.
23 원문은 '길우어졋슬째'.
24 파리하게 질린. 원문은 '햇숙질린'. 의미를 살려 '핼쑥하게 질린'으로 옮겼다. 핼쑥하다 : 얼굴에 핏

두 눈동자가 놀지도[25] 않는다.

"아따, 이 사람! 글쎄 나 시키는 대로만 하면 된다니까……."

청년은 아무렇지도 않다는 듯 도비아의 어깨를 툭 치더니 또 걷기를 시작하면서 말을 계속한다.

"혼인할 때 천주는 꿈에도 생각지 않고 영혼 없는 나귀나 말처럼 제 정욕만 채우려 드는 놈들을 마귀가 의례히 깔보는[26] 게니까……!"

흉가집이라고 동네 사람들까지 발을 끊던 라귈의 집에 실로 오래간만에 어떤 손님이 찾아와 문간에서 찾는다.

……하필 이런 경황없는 때 이건 또 무슨 귀찮은 손님일까…….

하며 라귈이 이마를 찌푸리고 나가 알아보니, 이것은 천만 꿈밖의 일로서, 이 세상에 살아서는 못 보리라고 믿었던 자기 일가 노도비아의 아들 소도비아이다.

그를 얼싸안고 들어와 집안 식구에게 소개하며 무척 반가워하였다. 처음에는 부끄럽다고 안 나오던 사라까지 내려와 앉았다. 오래간만에 양미간이 약간 펴졌다.

라귈은 하인들을 불러 누구는 양을 몇 마리 잡고 누구는 닭을 몇 마리 잡으라고 지휘하기에 분주하다.

얼마 후 풍성히 차린 만찬상을 중심으로 여럿이 즐거운 얼굴로 둘러앉았을 때 소년은 라귈을 향하여

"당신 따님 저 사라를 나하고 혼인시키지 않는다면 나는 아무것도 못 먹겠소."

하고 선언한다. 소년답지 않게 엄숙하다. 이 말에 라귈의 머리는 폭 숙여진다. 다른 식구들의 얼굴도 갑자기 모두 빛을 잃는다.

기가 없고 파리하다.

25　움직이지도.

26　원문은 '깐이보는'. 의미를 살려 '깔보는'으로 옮겼다. 깔보다 : 얕잡아보다. 깐 : 일의 형편 따위를 속으로 헤아려 보는 생각이나 가늠.

첫째 신랑의 송장으로부터 일곱째까지 모두 들것에 실리어 광중으로[27] 떠메어 가던 끔찍한 모양이 하나씩 하나씩 차례로 눈앞에 나타난다.

온몸에 소름이 꽉 끼친다.

노랗게 질린 얼굴을 푹 숙이고 한숨만 이따금씩 내쉴 뿐 아무 말도 못하는 라귈을 향하여 청년이 입을 열었다.

"걱정 마시오.[28] 우리는 댁의 사정을 다 알고서 찾아왔고 댁의 사정을 먼저 알고서 청하는 것이니까 무어 염려 말고 따님의 혼인을 허락하여 주시오."

라귈이 이 말을 듣고서는 하참 생각하더니 마침내 얼굴을 들어 이마에 내배인 진땀을 씻으면서 한숨을 크게 내쉬고는

"우리 일가집이 원체 천주를 열심으로 공경하는 집안이니까, 이제는 천주께서도 우리 기구를 들어주실 줄 믿겠소" 하며 혼인을 허락하였다.

그리고 이왕 허락한 바에야 청년의 재촉도 있고 하므로 아주 혼례를 행하는 뜻으로 자기 왼편에 앉아 울고 있는 사라의 손을 잡고 오른편에 앉은 소도비아의 손을 잡아 서로 잡고 있게 한 후

"아바람의 천주시오 이사악의 천주시오 야곱의 천주이신 자 너희와 함께 계실지며 너희를 결합시킬지며 너희에게 풍성한 강복을 베푸실지어다."
하며 떨리는 목소리로 겨우 더듬었다.

상 심부름하려고 둘러섰다가 이 광경을 바라보던 하녀들이 서로 옆구리를 찌르며 낄낄대고 부엌에로 숨는다.

◇ ◇ ◇ ◇

구름 한 점 없는 어두운 하늘에는 별들이 유난스러히[29] 깜박거린다.

소도비아와 사라는, 횃불을 켜들은 하녀들의 안내를 받아 신방으로 첫날밤을 지내

---

27 ☞ 주 10.
28 원문은 '걱정 말으시오'.
29 유난스럽게.

려[30] 한다. 방문만 보아도 사라의 가슴은 내려앉는다.

하녀들은 이제 내일 아침이면 여덟째 송장이 되어서야 나오게 될 소년의 뒷모양이 방안으로 완전히 사라지는 것을 보고서 입을 삐쭉거리며 돌아섰다.

얼마쯤 가만가만 걸어 나오면서 "너 내일 아침거리 넉넉히 장만했니?" "아따! 그애는[31] 여덟 번째 당하는 장삿날을 범연히[32] 준비했겠니." "그 작자도 참 불쌍하다!" 이런 소리로 수근 거리다가 멀찌감치[33] 와서는 마치 금방 뒤에 송장이나 쫓아오는 듯 화닥닥 뛰어 각기 제 방으로 들어갔다.

라귈도 자리에 눕기는 하였으나 그 밤이 다가도록 한잠도 못 잤다. 그는 새벽에 닭 우는 소리를 듣고는 그만 벌떡 일어나 행낭께로 가서 하인들을 깨웠다.

하인들은 주인이 깨우는 것을 보고 물을 것도 없다는 듯이 일어나는 길로 연장을 메고는 미리 광중을 파놓으러 나서는 품이 서툴지도 않다.

집안 식구가 모두 침통한 얼굴로 그 끔찍한 광경을 또 기다리고 있는 중

아침 햇볕이 지붕마루에 비칠 때 쯤 뜻밖에 소도비아와 사라의 평화스런 모양이 나타났다.

집안 식구들은 비록 잠깐일망정 이게 꿈이 아닐까하고 생각해야만 되었다.

소도비아는 과연 천신이 시킨 대로 하였던 것이다.

신방에 들어가 먼저 물고기의 염통과 간을 불에 태워서 연기를 피우면서 그것들이 표현하는 기구를[34] 시작하였다.

"여보 사라! 천주의 자녀인 우리로서 어찌 천주를 모르는 저 외인들처럼[35] 혼인해서야 쓰겠소. 그러니 우리는 오늘 밤 하고 내일 밤 하고 모레 밤까지 거룩한 기구를 함께 드리는 중 먼저 천주 대전에 우리가 영신상으로[36] 깨끗이 결합하고 그 다음에……."

---

30 원문은 '지내려'.
31 '기어이'의 방언(강원도). 원문은 '기애' → 그애.
32 범연(泛然)히 : 차근차근한 맛이 없게 데면데면하게.
33 원문은 '멀즉암치'.
34 기도를.
35 외교인(外敎人)들처럼. 외교인(外敎人) : 천주교를 믿지 않는 사람들을 의미한다.
36 영혼으로. 영신(靈神) : (가톨릭) 영혼.

이 말을 듣는 사라는 이제야 열심한 장부를[37] 얻었다고 감격한 눈물을 흘리며 둘이 진심으로 천주께 기구를 드리는 동안 라파엘 천신은 마귀를 잡아내어 쫓아버렸던 것이다.

화려하게 벌려진 혼인잔치에 온 읍내가 다 즐거워하였다.

소도비아는 받을 빚을 받고, 처갓집 재산의 반분을 받고, 또 장인장모 죽은 다음에는 그의 남은 재산을 다 상속할 증서까지 받아가지고 자기 아내 사라와 함께 집에 돌아와 늙은 아버지의 먼 눈을 뜨게 하여 드렸다.

그 후 소도비아 집안에는 영육 간[38] 모든 행복이 조수 밀리듯 찾아 들었다. 소도비아와 사라는 서로 금슬도 좋게 이런 행복 가운데 파묻혀 살면서 제 눈으로 5대손까지 보도록 다손다복한[39] 자들이 되었다.

지금도 사람들이 소도비아의 세복을[40] 일컬을 때는 그 행복된 일생의 시작인 두 부부의 거룩한 첫날밤을 가슴 속에 은근이 기억한다.

해설

『경향잡지』에 소개된 미담 중에서 가장 긴 미담입니다. 게다가 연재도 하지 않고 한 호에 전편이 다 실린 작품입니다. 직설적인 주제 설명보다는 스토리 위주의 전개가 돋보이는 미담이기도 합니다. 성경에 나오는 과부 이야기를 차용하여 이를 미담으로 바꾸었습니다.

주인공은 사라입니다. 그녀는 일곱 번 결혼한 여인으로 결혼할 때마다 첫날밤에 남편이 죽은 비운의 여성이었습니다. 사라는 여덟 번째 신랑 도비아를 맞아 마침내 행복한 결혼 생활을 시작하게 된다는 해피엔딩입니다. 도비아가 다른 신랑들과 달랐던 점이 이 미담이 담고자 한 주제입니다. 도비아는 라파엘 천사의 말을 믿고 사라와 결혼합니다. 라파엘 천사의 권고대로 첫날밤 기도를 하여 라파엘 천사의 도움으로 마귀를 쫓아내고 첫날밤을 무사히 넘길 수 있었습니다. 작품 내용 중에 신방에 들어가 도비아가 아내 사라에게 하는 대사가 이 작품의 주제를 나타내는 부분입니다.

---

37 장부(丈夫) : 남편.

38 영혼에서부터 육신까지. 천주교에서 통상으로 쓰는 말이다. 영육(靈肉) : 영혼과 육신.

39 다손다복(多孫多福) : 자손이 많고 복이 많음.

40 세복(世福) : 삼복의 하나. 충, 효, 인 따위와 같은 세상의 윤리 도덕을 지킴으로써 얻는 복을 이른다.

"여보 사라! 천주의 자녀인 우리로서 어찌 천주를 모르는 저 외인들처럼 혼인해서야 쓰겠소. 그러니 우리는 오늘 밤하고 내일 밤하고 모레 밤까지 거룩한 기구를 함께 드리는 중 먼저 천주 대전에 우리가 영신상으로 깨끗이 결합하고 그 다음에……."

즉 도비아는 길거리에서 청년으로 변신한 라파엘 천사가 '혼인할 때 천주는 꿈에도 생각지 않고 영혼 없는 나귀나 말처럼 정욕만 채우려드는 놈들을 마귀가 의례히 깔보는 게니까!'라고 한 말을 기억하며 천주와의 일치 안에서 결혼생활을 시작하고자 했기에 첫날밤을 무사히 보낼 수 있었습니다. 천주를 잊지 않는 결혼생활이 이 미담의 주제입니다.

'오래간만에 양미간이 약간 펴졌다'로 묘사한 부분에서 도비아를 처음 본 사라의 수줍음과 호의가 느껴지고, "당신 따님 저 사라를 나하고 혼인시키지 않는다면 나는 아무것도 못 먹겠소"라고 말하는 모습에서 도비아의 박력 있으면서도 단호한 성격이 부각됩니다. 사라를 두고 뒤에서 수근거리는 사람들의 대화도 이 작품의 흥미를 더해 줍니다. 인물들의 외양묘사는 구체화되고 대사와 행동을 통한 갈등과 주제 암시가 소설과 비슷한 작품입니다.

1. 남편을 이기는 약

一, 남편을이기는약

　　노인 본당 신부가 한가롭게 신문을 펴들고 읽는데 문을 딱딱 두드리고 들어서는 한 중년 부인이 있다.

　　그는 본당에서 수다스럽기로 둘째가라면 아주 슬퍼할 만한 발바라 부인이다.

　　그는 신부께 인사를 하고서는 한숨을 내쉬면서 자기 신세타령을 또 내놓는다. 그 말을 들어보면 그 장부는[1] 날마다 밖에 나갔다가 돌아오면 공연히 생트집을 잡아 자기를 달달 볶는다는 것이다.

　　하도 기가 막혀서 대구를 하여 보면 영락없이 내외 싸움이 벌어지곤 하니, 하루 이틀 아니고 이 일을 어떻게 하면 좋냐[2] 하는 것이다.

　　"그래도 당신이 참아야지 별 수 있소?"

하고 신부는 신문을 놓고 담배에 불을 붙인다.

　　"아 송장이 아닌 다음에야 그런 꼴을 보고 어떻게 참아요 글쎄! 그놈의 첨지를[3] 꼼짝도 못하게 이기는 재주는 그래 없을까요?"

　　부인은 금방 싸움이 벌어진 듯 씩씩 거린다.

　　"그런 재주가 있다 한들 지금 당신 나이에 그걸 배울 수는 없을 게고…… 꼼짝 못하게 이기는 약이 내게도 있기는 하지마는 그걸 당신 같은 이는 못 쓸게요."

　　"아이구 신부님, 사람 좀 살리시는 셈 치고 그 약 좀 주세요. 내 평생 신부님 은혜 잊을 수 없을 터이니……."

1　　장부(丈夫) : 남편.
2　　원문은 '조흐냐'. 이를 '좋으냐' 혹은 '좋겠냐'로 옮길 수도 있으니 맞춤법에 따라 '좋냐'로 옮겼다.
3　　첨지(僉知) : 나이 많은 남자를 낮잡아 이르는 말.

"그 약을 쓰자면 힘이 여간 드는 것이 아닌데 당신 같은 이가 어디 그럴 결심이 있을 것 같지 않구려."

"아이구 신부님! 힘 아니라 무엇이 들든지 간에 ○○[4] 이기게만 된다면 어떻게든지 쓰겠으니 좀 주십시오."

신부는 부인을 물끄러미 쳐다보다가 윗방으로[5] 넘어가서는 큼직한 양약 병에 냉수를 붓고 포도주를 조금 타고서는 마개를 꼭 막아가지고 나와서 부인 앞에 놓으며

"당신 남편이 트집을 할 때마다 당신은 얼른 이 약을 입에 물고 계시오. 그러면 그 약 기운으로 당신 남편의 말이 막히게 되는데 그 막힐 때까지 물고 있다가 삼켜야지 그 전에 뱉거나 삼키거나 하면 공연히 큰일 나요!"

하고 눈을 둥그렇게 뜬다.

부인은 꼭 그렇게 쓰겠다는 약속을 단단히 하고 집에로 돌아갔다.

그로부터 한 달이 지난 다음 발바리는 약 써 본 보고를 드리려 신부께로 왔다.

"참 힘은 들지만 약은 좋긴 하더군요. 글쎄 그 약만 입에 물고 있으면 자기 혼자 한참 떠들다가 제풀에 식어지고 말겠지요. 그래 지금은 내외 싸움도[6] 없어졌습니다. 그러니까 내가 그 약으로 남편을 기어코 이긴 것이지요?"

하고 신부를 쳐다본다.

신부는 껄껄 웃으면서

"거 보. 좀 신통한 약인가!"

1940대 미담으로 마지막 두 작품이 1945년 3월호(975호)에 발표됩니다. 1940년 8월호이후 약 5년만의 발표이자 1940년대 마지막 발표이기도 했습니다. 이 두 작품을 끝으로 미담 난은 사라집니다. 미담 난에 발표된 작품으로는 두 작품이 마지막 작품입니다. 그러므로 이

---

4 글자 안 보임. 자신의 남편을 지시하는 대명사가 왔을 듯하다. 예를 든다면 '그를'.
5 원문은 '에로' → 으로. 이후 이 글에서 '에로'는 '으로'로 옮겼다.
6 부부 싸움. 내외(內外) : 부부.

두 개의 작품을『경향잡지』미담의 마지막 작품으로 볼 수도 있습니다. 1950년대에도 몇 편의 작품이 남아있지만 미담 난이 아니라 연말에『경향잡지』부록으로 게재했던 목차 목록에 '미담'으로 제시되어 있을 뿐이기 때문입니다. 게다가 기존의 미담과는 전혀 다른 종류의 글도 포함되어 있어 1950년대의 작품들은 미담에서 제외될 수도 있습니다.

두 개의 작품 모두 결혼생활을 소재로 했습니다. 첫 번째 작품인 「남편을 이기는 약」은 남편과 아내의 부부싸움을 소재로 한 작품입니다. 수다스러운 발바리 부인이 늘 남편과 부부싸움을 하곤 했는데 이를 안 본당 신부님의 지혜로 부부싸움에서 벗어나게 된 이야기입니다.

남편이 트집을 잡을 때마다 입에 물고 있다가 남편의 말이 막히면 삼키라고 한 본당 신부의 처방을 그대로 믿은 발바리는 한 달 만에 부부싸움에서 벗어날 수 있었습니다. 한 편의 콩트 같은 이 작품에서는 신앙적인 교훈이 직접 제시되어 있지는 않지만, 작품을 통해 신부의 권고를 따르던 교우들의 모습과 부부싸움을 할 때 말을 참는 것이 필요함을 재미있게 전해 준 작품입니다.

2. 시어머니를 죽이는 비방

二. 시어머니를죽이는비방

자기 집에 단골로 다니는 박물장사 노파에게 주인 여자가 자기 시어머니에게 대한 원한을 함빡 쏟아놓고 나서

"이건 참 둘 중에 누구 하나 죽어야지 정 못살겠어!" 하고 얼굴이 붉으락푸르락 하여진다.

노파는 동정하는 얼굴로 다 듣고 나더니

"거 참 주인댁 견디시기 퍽 어렵겠수!"

하고 사방을 한번 살피고 나서 바싹 다가앉더니 나직한 소리로

"이건 참 주인댁이니까 믿고 말하는 것인데, 내 말대로만 하면 시어머니가 참 감쪽같이 아무 수상스러워 보이는 일도 없이 얼른 세상을 떠나게 될 터인데, 한번 해보시려우?" 하고 주인댁의 기색을 살핀다. 주인댁이 아무 말 없이 노파를 쳐다보기나 하는 눈에는 그대로 하여보겠다는 뜻이 완연히 나타나 있다.

노파는 주인댁에 입을 대고서 한참 수군거리고 나더니

"이건 참 주인댁하고 나하고만 알고 있어야지 공연히 다른 사람이 알았다가는 우리 둘 다 이거 달아나는 판이오."

하면서 손가락을 자기 목에 대어보이고는 박물봇짐을 하고서 나가버린다.

주인댁은 이튿날 조반 짓는 물에 밤 세 톨을 고소하게 구워서 작은 접시에 담아들고서는 시어머니 방에로 가면서 '……이건 잘 눈치 채지 말아야 하고 또 좋은 마음으로 받아먹어야 약이 된다니 잘 해야겠다…….'

생각하면서 방문을 열고 들어가

"밤새 어떻게 잘 주무셨어요? 아침밥은 아직 덜 되었으니 그동안 이것이나 잡수십

시오.”

하고 아주 상냥스러운 얼굴로 밤 접시를 앞에 놓고서는 “두 달은 감수되겠지” 하고 혼자 생각하면서 물러나왔다. 그 후 날마다 꼭 이렇게 계속하여 나간다.

시어머니가 생각하니 며느리가 여간 정성이 아니다. 실로 기특한 일이다. 그로부터 며느리 대하는 얼굴이 온화하여지고 이웃집 마실가면[1] 지금까지 며느리 흉보던 대신 며느리 칭찬이 점점 늘어간다. 이 말이 굴러 주인댁 귀에 들어가니 주인댁 마음도 풀려간다.

몇 달 지난 다음 어느 날, 그 박물장사 노파가 또 들어와 사방을 한 번 둘러보고는 주인댁 귀에 대고 “참 시어머니가 아직도 즉사 안 혔오?” 하고 기색을 살핀다.

“아 왜 남이 봉양하는 시어머니를 죽으라고 하오. 글쎄 내 참 별꼴 다 보겠네!” 하고 주인댁은 빨끈[2] 성을 낸다.

해설

이 작품은 제목부터 기존의 미담과는 다릅니다. 거룩함은 고사하고 살벌하기까지 합니다. 그러나 대중들의 흥미를 고려한 제목이기도 합니다.

결혼생활의 어려움 중에서 고부간의 갈등은 빠질 수 없습니다. 심지어 이 작품에서 주인공인 며느리는 시어머니가 죽기를 바라기까지 합니다. 이런 마음을 미담에서 소개하고 또 이를 단죄하기보다는 노파를 통해 지혜롭게 극복해가는 사건 전개가 흥미로우면서도 감동을 줍니다. 상냥함과 친절로 대하기 시작했더니 서로가 마음이 풀려 관계가 좋아진 며느리와 시어머니, 몇 달 후 다시 만난 박물장사 노파에게 화를 내는 며느리의 모습이 재미있습니다.

가족과 관련된 평범한 이야기인데, 작품 앞뒤 어디에도 교훈적인 권고를 하는 부분이 없을 뿐 아니라 종교성도 찾을 수 없는 작품입니다. 신부도 수녀도 등장하지 않습니다. 이 작품의 인물들이 천주교 신자라는 언급도 없습니다. 가족의 평범한 이야기 안에서 친절함이 고부간의 갈등을 해결하는 길임을 알려주는 이야기로, 일상의 감동을 전할 뿐입니다.

---

1 놀러가면. 마실가다 : '놀러가다'의 방언.
2 원문은 '쌜끈'.

1950년대
미담

가톨릭 신부는 위대하다!

가톨릭신부는위대하다!

1950년 10월 초순 북한으로[1] 진격하는 유엔군이[2] 원산시에 육박하였다. 이에 창황망조한[3] 공산군은 동시를[4] 철거하기 전에, 이미 체포하여 두었던 민족진영의 인사들을 학살하는 것을 잊지 않았고, 물 셀 틈 없이 조직적으로 실행하였다. 어느 날 밤도 이슥히 깊었는데, 감옥 안에 갇혀 있던[5] 약 4백 명의 인사들을 끌고 도당부[6] 뒤에 있는 반공호 속으로 몰아넣었다. 이들은 모두 두 손이 결박되어 있었음은 물론이다.

공산군은 그들에게 차례차례 일렬로 땅바닥에 죽[7] 엎드리기를 명하였다. 그리고는 이편 첫 사람의 등을 밟고서 권총을 들어 그의 머리를 쏘았다. 다음에는 같은 모양으로 둘째 사람을 쏘아, 이렇게 저편 끝까지 나간 다음에는, 혹시나 실수가 있었을까 하여 그 시체를 다발총으로 다르륵 갈기었다. 다음에는 다른 사람들을 다음 자리에 일렬로 엎드리게 한 후 같은 모양으로 죽여 나갔다. 땅바닥이 가뜩 찬 다음에는 남은 이들을 시체 위에 엎드리게 한 후 역시 꼭 같은 방식으로 죽여 나갔다. 시체가 켜켜로 싸인다.

이렇게 진행 중 한준명(韓俊明) 목사가 권총을 맞을 차례가 되었다. 공산군이 그의 등을 밟고서 권총으로 막[8] 그의 머리를 쏘려 하던 순간, 조금 전에 먼저 총을 맞았던

---

1   원문은 '북한에로'. 이후 이 글에서 '-에로'는 '-으로'로 옮긴다.
2   원문은 「유엔」이라 적혀 있다. 이 호의 이 작품부터 외래어의 경우 밑줄 대신 낫표(「 」)로 표시되어 있다. 이 책에서는 이와 같은 경우 기호를 생략하고 이전의 경우와 통일하기 위해 고딕체로 옮겼다.
3   창황망조(蒼黃罔措) : 너무 급하여 어찌할 수가 없음.
4   여기서는 앞에서 거론된 '원산시'를 지시한다.
5   원문은 '가쳐있던'.
6   도당부(道黨部) : 도당 위원회나 그 사무실을 이르는 말.
7   원문은 '주욱'.
8   원문은 '마악'.

사람이 설맞았든지 몸을 움직이며 일어나는 듯하므로, 공산군은 "이 새끼 아직 안 죽었구나!" 하고는 도로 거기로 가서 총질을 하고 와서는, 자리를 헛짚어 한명준 목사 옆에 있는 이의 등을 밟고서 쏘아나갔다. 한 목사는 다발총질에 무사하였다. 이렇게 되어 피투성이 시체들 가운데 여러 시간 동안 죽은 듯 끼어 있다가, 공산군이 철거한 직후 세상에 나왔다.

한 목사는 그 후, 전 덕원 천주교 비서 겸 원산 해성국민학교장 요셉 오병주 씨를 만나 이상 사실을 말하는 동시, 다음과 같이 이야기 하였다.

"가톨릭은 위대하고, 특히 가톨릭 신부는 위대합니다. 원산 감옥에는 강원도 이천 김 마오로(金貴容)[9] 신부와 양양 이 디모테오(李光在) 신부[10]도 우리와 함께 있었습니다. 모두들 영양 부족에 햇빛을 못 보아 창백한 얼굴이 초췌(憔悴)하긴 일반이지만, 다른 이들의 표정에는 언제나 공포, 번민, 불평이 물결치고 있었지만, 가톨릭 신부님들은 마치 올 곳에 와 있다는 듯이 태연자약하였고,[11] 다른 이들은 그런 중에도 조그마한 불편이라도 면하여 보려는 듯 틈을 보아 꾀를 내어 다리도 뻗어보고 기대어보기도 하지만, 가톨릭 신부님들은 단정하게 무릎을 꿇고 있는 것이 가장 편한 자세인양 온종일 의젓하게 배겨냅니다.[12] 이 신부님은 한탄하는 빛 조금도 없이 눈을 내리뜨고 시시로 입술을 가볍게 사분사분 움직입니다. 끊임없이 기도를 드리는 것이었습니다…….

두 분 신부님도 방공호 속에 같이 끌려 들어갔습니다. 공산군이 자기 할 일을 다 하고 나간 다음, 무덤 속 같은 방공호 안에서는 아직 목숨이 붙어 있는 이들의 입에서 이따금씩 신음소리가 흘러나옵니다. "아이고, 목말라! 물 좀 먹었으면……" 하는 소리가 들리면 거기에 응하여 저편 구석에선 "내가 물을 떠다 드리지요. 아이구 그런데 내

---

9 이것은 이름을 잘못 안 듯하다. 당시 실제로 김봉식(金鳳植) 마오로 신부가 방공호에서 숨을 거둔다. 그는 왜관 베네딕도 수사신부로, 원산 등지에서 흩어져 있던 교우들을 순회하며 사목하였다고 한다.

10 이광재 디모테오 신부를 말한다. 김봉식 신부와 함께 1950년 공산당에게 살해당한다. 당시 양양 본당 주임신부였으나 교우들을 돌보기 위해 순회하다 공산당에 붙잡혀 방공호에서 총살당한다. 당시의 상황은 살아남은 한준명 목사에 의해 증언되었다.

11 태연자약(泰然自若) : 마음에 어떠한 충동을 받아도 움직임이 없이 천연스러움.

12 잘 참고 견디어 냅니다. 백이다→ 배기다 : 참기 어려운 일을 잘 참고 견디다.

가 일어날 수가 없군요!” 하는 것이 분명히 디모테오 신부님의 목소리였습니다. 얼마 있다가 다른 데서 “나 좀 살려주시오……!” 하면 거기에 응하여 “내가 살려드리지요, 그런데 내가 일어날 수가 없군요!” 하는 것도 분명 이 신부님의 목소리였습니다. 그때마다 정신없는 내 가슴도 화끈하였습니다. 당신도 피를 흘리면서, 그리고 겹겹 싸인 시체 밑에 눌려 있으면서 어떻게 일어날 수가 있었겠습니까만, 마지막 순간까지 그처럼 남을 생각해주는 그 정신은 정말 위대합니다. 다른 이의 신음소리가 먼저 그쳤고, 새벽녘부터는 이 신부님의 인기척도 마침내 그쳐버렸습니다……!”

한 목사의 말에 의하면 그때 살아난 사람은 자기와 원산 이 분도베네딕토, 평강 권요셉 3인뿐이라는데, 이 교우들은 누구인지 알 수 없다. 한 목사의 말을 들은 원산 교우들은 무진 애쓴 다음 두 분 신부들의 시체를 찾아냈다. 김 신부는 의복을 보아서, 이 신부는 손가락을 보아서 알아냈다. 이 신부는 소년 시절에 실수로 작도(斫刀)에 오른 손 식지[13] 끝을 가죽만 한편 남긴 채 끊기었는데, 곧 붙이기에 성공했지만, 비뚜로 잘못 붙어서 유표하였다.[14] 두 분 신부의 시체는 원산 명석동 성당 뒷산에 안장되어 있다.

1950년대에도 네 편의 미담이 이어집니다. 1950년대를 마지막으로 『경향잡지』에서 미담은 사라집니다. 1950년대에도 미담은 이전과는 다른 형식과 역할을 하였습니다. 본문 중에는 미담이라는 제시도 빠져 있어서 연말에 『경향잡지』가 수록한 목차가 아니라면 굳이 미담이라고 하지 않아도 될 작품이기도 합니다. 내용에서도 기존의 미담과 다른 양상을 띱니다. 「가톨릭 신부는 위대하다」는 한국 전쟁 당시 실화를 소개한 기사와 비슷합니다. 제목에서는 띄어쓰기를 지키지 않았지만 본문의 경우 띄어쓰기를 포함하여 표기법은 거의 현대어 수준입니다. 이 미담은 한준명 목사가 오병주라는 인물에게 증언한 내용을 소개하는 것으로 1950년 전쟁 당시 방공호에서 죽어가면서도 애덕을 실천한 김봉식 마오로 신부와 이광재

---

13 식지(食指) : 집게손가락.
14 유표(有標)하다 : 어떤 표지가 있다.

디모테오 신부의 이야기입니다. 다만 본문에서 김 마오로 신부의 본명을 김귀용으로 전한 것은 증언자의 착각이나 착오가 있었던 것으로 여겨집니다. 김봉식 마오로 신부는 왜관 베네딕도 수사신부로 원산 등지에서 흩어져 있던 교우들을 순회하며 사목하였다고 전해집니다.

방공호에서도 단정하게 무릎을 꿇고 온종일 배겨내는 모습, 신음하는 이들의 애원에 응답하는 모습들 안에서 목자의 모습을 발견합니다. 이 두 분의 시체를 찾아내 원산 명석동 성당 뒷산에 안장한 교우들의 후일담도 흐뭇합니다. 이 미담이 아름다운 이야기로만 읽히지 않는 것은 아직도 이어지고 있는 분단 현실 때문일 것입니다. 분단 국가 한국, 신앙생활을 자유로이 할 수 없을 북한의 교인들, 한국의 천주교회가 민족의 화해와 일치를 위해 해야 할 임무가 무엇인가를 다시 돌아보게 하는 미담입니다.

원문을 보면 이번 호부터 외래어를 표기하는 방법이 밑줄 대신에 낫표(「」)가 이용되고 있음을 알 수 있습니다. 마침표도 분명하게 표기하였는데 현재와 조금 다른 형태인 작은 동그라미(ㅇ)로 표기된 점도 확인할 수 있습니다.

더 알아보기

김봉식(金鳳植) **마오로 신부(1913.8.24~1950.10.8)** 북간도 훈천 태평촌 출생. 첫 서원 : 1939년 3월 26일. 사제수품 : 1942년 4월 5일. 소임 : 연길대목구 팔도구본당 보좌, 훈춘본당 보좌, 도문본당 주임, 함경도 지역 순회사목. 체포일자 및 장소 : 1950년 6월 24일 원산. 순교일자 및 장소 : 1950년 10월 9일 원산.

김봉식(마오로) 신부는 성 베네딕도회 연길 성 십자가 수도원 소속 첫 한국인 성직 수사이다. 그는 1913년 8월 24일 북간도 훈춘 지방 팔지 육도포 작은 마을 태평촌에서 태어났다. 그는 연길 수도원 첫 번째 한국인 성직 지망 수련수사로서 1942년 4월 5일 예수부활대축일에 연길 수도원 성당에서 테오도로 브레허 주교 아빠스로부터 사제품을 받았다. 팔도구본당 보좌로 부임한 김봉식 신부는 갖은 박해를 받았으며, 해방 후에는 소련군이 성당을 약탈하여 신변의 위협을 느끼기도 하였다. 훈춘본당 보좌로 있던 시절 1946년 4월말 체포되기도 했다. 1946년 5월말 중국 공산당에 의해 연길 수도원이 폐쇄되고 모든 독일인 수도자들이 남평수용소로 감금된 후 김 신부는 도문 성당으로 돌아와 신자들을 돌봤다. 도문과 훈춘 지역을 다니며 신자들을 돌보던 김봉식 신부는 1947년 7월 모든 종교에 반대하는 대규모 선동이 시작되고 공포 통치가 8개월간 지속되자 견딜 수 없어 한국인 수녀들과 함께 덕원 수도원으로 갔다.

덕원 수도원으로 온 김 신부는 순회 사목자가 됐다. 그는 함경남북도 지역을 순회하며 '평신도 묵상회'를 개최, 신자들이 공산주의 이데올로기에 맞설 수 있도록 교육했다. 1949년 이천본당 임시 주임으로 부임한 김봉식 신부는 6·25전쟁이 일어나기 하루 전날인 1950년 6월 24일 정치보위부원에게 체포돼 원산 와우동에 있는 교화소에 수감됐다. 유엔군 참전으로 전세가 역전되자 북한군은 1950년 10월 9일 원산 교화소에 수감돼 있던 400여 명의 인사들을 교화소 뒷산 대방공호 속에서 무참히 학살했다. 김봉식 신부와 춘천교구 이광재(티모테오) 신부가 순교했다.

이들 두 신부의 시신은 다음날 살육 현장에서 기적적으로 살아남은 한준명 목사의 말을 듣고 원산본당 신자들이 시체더미에서 찾아냈다. 김 신부는 의복으로, 이광재 신부는 어릴 적 다친 손가락으로 신원을 확인할 수 있었다. 김봉식 신부 시신은 등 뒤로 손이 포박된 채 머리에 총상을 입은 처참한 모습이었다.

순교자인 두 사제의 유해는 10월 23일 유엔군 군종신부인 존 머피 신부와 패트릭 오코너 신부가 주례한 장례미사 후 원산 성당 뒷동산에 있는 본당 묘지에 안장됐다.

【출처】 리길재 기자, 「덕원의 순교자들 19－김봉식(마오로) 신부 : 신학교 입학 위해 140km 걸어간 의지의 성직수사」, 『평화신문』 2013.11.3; 요한네스 마르, 이종한 역, 『덕원의 순교자들』, 분도출판사, 2012.9, 360~371면.

이광재(李光在) 디도테오 신부(1909.6.9~1950.10.9) 이 신부님은 농부이신 아버지 이 가브리엘과 어머니 김 수산나의 차남으로 강원도 이천군에서 태어났다. 어린 시절, 가정 형편이 어려웠지만 어려운 일이나 괴로운 일을 할 때도 불평 없이 열심이셨고 특히 부모님에 대한 효성이 지극하였다. 가난하게 살면서도 기쁘게 지냈던 것은 바로 가족이 매일 묵주기도를 바쳤기 때문이었다. 그리고 신부님께서는 형과 함께 20리를 걸어 매일미사를 거르지 않고 참례하였다.

당시 신학생 자격으로 이곳을 방문해 지도하던 노기남 신학생(후에 서울 대주교가 되심)은 어린 티모테오에게 깊은 감동을 받고 은연중에 티모테오를 장래의 사제감으로 생각하게 되었다. 그렇게 노기남 신학생의 주선으로 이광재 티모테오는 용산신학교에 입학하게 되었다. 신부님께서는 소학교를 다니지 않고 신학교에 진학했기 때문에 여러모로 학교생활에 대한 적응이 쉽지 않았다. 뿐만 아니라 자신의 협소한 외모로 생긴 '작은 촌놈'이라는 별명은 항상 붙어 다녔다. 그러나 시간이 흐르면서 동급생들은 그를 존경하기 시작했고, 무엇보다 그의 피나는 열성과 그리스도에 대한 간절함에 감화되어 그를 '8품 신부'(사제품인 7품을 넘어서는 인품을 가졌기에 8품을 받았다고 여겨 붙여진 이광재 티모테오 신부님의 별명)라고 부르게 되었다. 언제나 반듯한 태도로 주의 깊게 남의 말을 경청하는 자세에서 그를 신뢰하는 사람들이 늘어갔다.

1936년 3월 28일 사제가 되어서 풍수원 성당의 보좌신부로 임명되었다. 이 시기에 선배인 오기선 신부님과 함께 수도명 '안토니오'라는 본명을 가지고 우리나라 최초로 재속 프란치스코 3회에 입회하여 청빈, 겸손, 정결의 생활을 하게 되었다. (…중략…)

1939년에 티모테오 신부님은 양양본당 주임신부로 부임 하였다. 신부님은 고해성사를 주기 위해 강원도 산골 마을을 누비며 신자들의 영혼을 돌보셨다. (…중략…) 북한이 공산화되면서 종교에 대한 박해가 심해지자, 양양 성당 주임이였던 신부님께서는 평신도들과 함께 탄압을 피해 남쪽으로 가는 성직자, 수도자들을 도와 주셨다. 1950년, 본격적으로 전쟁이 일어나고 여기저기서 신부님들이 잡히고 순교하신 소식을 듣자, 티모테오 신부님은 공산당의 눈을 피해 신자들을 돌보러 다니셨다. (…중략…) 1948년 6월 중순, 공산당은 38도선 이북 천주교 성직자들을 모두 검거하여 평안북도 강제수용소에 감금하였고, 원산 성당을 몰수하여 종각 십자가를 파괴하고 성당 내부 제대를 처분하였다. 신부님들이 납치된 후에도 양양 성당의 티모테오 신부님께서는 무명 양복에 고무신을 신은 사복 차림으로 이천 김 바오로 신부님과 번갈아 북한 일대의 목자 잃은 양들을 먹여 살리러 다니셨다. 한국전쟁이 터지기 전, 사백 리 북쪽의 신자들로부터 그들을 방문해 달라는 연락을 받았다. 티모테오 신부님은 양양에 있는 신자들에게 마지막 강복을 주고 행복한 나날이 다가올 것이니 계속 살아있으라고 말씀하시고는 북쪽으로 떠나셨다. 그러나 공산당은 티모테오 신부님이 도착하기를 기다렸다가 형무소에 수감시켰다. 신부님은 감옥에서도 사제로서의 품위를 잃지 않았으며, 기도생활을 게을리 하지 않으셨다. 그리고 불편한 감옥 안에서도 이웃을 위해 기꺼이 희생하셨다. 그해 10월 8일 늦은 밤 원산의 방공호에서 인민군의 총에 맞은 후, 다음날 10월 9일 새벽녘에 하느님의 품에 오르셨다.

【출처】 천주교 춘천교구 『춘천주보』, '신앙의 증인, 이광재 편', http://www.cccatholic.or.kr/index.php?mid=signofcatholic&page=2&document_srl=12227, 검색일 : 2014.5.18.

기구를 청하는 연령[1]

1878년에 백이[벨기에]의 루뱅시에서는[2] 예수회 비비버·숍 신부가 세상을 떠났다.[3] 이 신부는 안뻴시에서 전교할 때[4] 자기가 겪은 다음과 같은 사실을 종종 이야기하였다.

어느 날 청년 2인이 10여 세 된 수척한 아이를 데리고 왔다. 이 아이는 밤마다 누구의 발현을 보는데, 이 때문에 걱정되어 이처럼 수척하여진즉, 어떻게 함이 좋으냐고 문의하러 온 것이다. 신부는 청년들에게 열심으로 고해와 성체성사를 받고, 아이에게는 열심으로 만과를[5] 드리고 안심하고서 자게 하도록 일러 주었다.

한 보름 지난 다음 두 청년은 다시 찾아와 "신부께서 말씀하신 대로 실행하였지만 역시 지금도 나타난다 합니다" 하고 보고하였다. 신부는 만일 이 다음에도 나타나거든 천주의 이름에 의하여 그가 누구인지, 언제 어디서 살았고 죽었으며, 또 무슨 목적으로 나타나는지 묻게 하고, 그 대답을 종이에 적어오라고 부탁하였다.

그 후 청년들은 그대로 실행한 종이쪽을[6] 가지고 신부께 왔다. 청년들은 그때부터는 자기들도 그 발현을 보았다고 말하였다. 나타난 것은 노인의 상반신뿐이었는데, 그는 안뻴시에 살았고 은행의 두취[7]이었으며, 1636년에 죽었고, 지금까지 연옥에 있는데, 이 집에 사는 이들은 자기를 위하여 고해영성체하고 루뱅시와 굴구세르시에 있

---

1   본문 제목에 미담이라는 제목명은 없고, 목차에만 분류됨. 같은 제목으로 두 개의 미담이 소개됨. 띄어쓰기 정확.
2   외래어를 표기하는 방법으로 밑줄 대신에 낫표(「」)가 이용되고 있다.
3   마침표를 확실하게 표기하였다. 마침표는 작은 동그라미(ㅇ)로 표기.
4   선교할 때, 전교(傳敎) : 종교를 널리 전도함.
5   만과(晚課) : (가톨릭) 저녁 기도의 이전 용어.
6   종이쪽지를.
7   두취(頭取) : 우두머리. 예전에 '은행장'을 이르던 말.

는 성모성당에 조배하며 특별히 기구하여[8] 주기를 청하였다 하며, 청년들은 곧 안뻴시의 사료(史料)를 조사하여 보니, 그 노인의 말이 사실인 것을 발견하였다고 보고하였다.

신부는 청년들에게 그대로 기구하여 주라고 부탁하면서, 만일 이 다음에도 나타나거든 다른 말을 시작하기 전에 먼저 천주경, 성모경, 종도신경을[9] 염하라고[10] 말하였다.

청년들은 신부의 말씀대로 실행한 다음 다시 찾아와 다음과 같이 보고하였다.

"신부님, 나타난 노인은 어떻게 말로 표시할 수 없는 열심으로 우리와 함께 그 경문을 염하였습니다. 그렇게 열심한 기도는 우리들이 아직 한 번도 보지 못하였습니다! 천주경을 외울 때의 그 존경! 성모경을 외울 때의 그 사랑! 종도신경을[11] 외울 때의 그 확신! 기구는 어떻게 하여야 되는지 지금 알았습니다.

우리들의 기구로 약간 도움을 받은 노인은 우리에게 감사하다는 표시를 하였습니다. 그리고는 상점에 일 보는 아무 처녀는 지금 같이 그런 모고해를[12] 한 상태에 있어서는 구령하지[13] 못할 것이라고 말하였습니다.

우리가 그 처녀에게 이런 말을 하였더니 그는 얼굴이 새파랗게 질려가지고 그런 사실이 있다고 말하면서 곧 고해신부께 달려가서 타당한 고해성사를 받고 왔습니다……."

그 후부터 노인은 다시 나타나지 않았고, 그 집에 사는 가족은 비상히[14] 행복된[15] 생활을 하였으며, 두 청년은 열심한 모범적 교우가 되었고, 그 누이는 수도원에 들어

---

8 기구(祈求) : 기도의 옛 용어.

9 사도신경(使徒信經) : (가톨릭) 미사 때 외움으로써 신앙 고백의 수단으로 삼는 것. 기독교의 신앙 고백으로서 기독교의 기본적인 교리를 요약한 것. 창조주 하느님, 예수의 동정녀 탄생, 십자가 죽음, 부활에 대한 고백이 들어 있다. 종도(宗徒) : 가톨릭에서 예전에 사도(使道)를 이르던 말. 사도는 거룩한 일을 위하여 헌신하는 사람. 예수가 복음을 널리 전하기 위하여 특별히 뽑은 열두 제자.

10 염경기도를 하라. 염(念)하다 : 조용히 불경이나 진언 따위를 외우다. 염경기도(念經祈禱) : (가톨릭) 어떤 기도문을 마음속으로 뜻을 생각하며 입으로 외는 기도. 주의 기도, 성모송, 영광송, 시편, 삼종경, 묵주의 기도 따위를 낭송한다. 구송 기도, 염경 기구.

11 사도신경.

12 모고해(冒告解) : (가톨릭) 고해성사를 모독함. 또는 그런 행위. 고해성사 중에 고의로 자신의 죄를 숨기는 경우가 이에 해당한다.

13 구령(救靈) : 신앙으로 영혼을 구원함. 구원.

14 비상(非常)히 : 예사롭지 아니하게. 평범하지 아니하고 뛰어나게.

15 행복한.

가 나중에는 원장까지 되었다.

연옥영혼의 발현을 모티브로 한 미담입니다. 몇 개의 삽화가 연결되어 있는데 이 미담은 연옥영혼을 위해 기도할 것과 모고해의 위험성을 알리고 있습니다.

1878년을 전후해서 벨기에의 예수회 신부 비비버 숍이 겪은 일이 이 미담의 소재입니다. 한 죽은 노인이 아이와 청년에게 나타났는데 그 영혼은 1636년에 실제 죽은 인물입니다. 그는 발현하여 청년들과 함께 기도도 하고, 모고해를 하면 구원받지 못함을 알리라고 청년들에게 조언합니다.

연옥영혼을 위해 기도할 것을 당부하는 미담은 천주교 미담에서 자주 등장합니다. 이 미담 역시 마찬가지입니다. 예전에는 '연령기구'라는 제목으로 등장하던 주제가 1950년대에는 '기구를 청하는 연령'이라는 제목의 미담으로 소개됩니다.

특히 노인이 열심히 기도하던 모습을 전하면서 '천주경을 외울 때의 그 존경! 성모경을 외울 때의 그 사랑! 종도신경을 외울 때의 그 확신!'이라고 표현한 부분이 인상적입니다. 천주경은 존경으로, 성모경은 사랑으로, 종도신경 즉 사도신경은 확신으로 하는 기도임을, 이 미담의 노인에게서 배웁니다.

1953. 11. 1028호

기구를 청하는 연령

불란서^{프랑스} 바리^{파리} 어떤 성 방지거^{프란치스코} 수도원에서는, 성덕이[1] 높아 '천신' 이라는[2] 별명을 듣던 수사가 세상을 떠났다. 그의 친구인 신학 박사 한 분은 규칙적으로 그를 위하여 드릴 미사 세 대를 필요 없다 하여 그만 두었다.

며칠 지난 다음 박사가 수도원 뜰에 거닐고 있을 때 그 수사는 불 속에 타는 형상으로 그에게 나타나 슬픈 목소리로 "나를 불쌍히 여겨주시기를 간청합니다. 그 미사를 드려주셔야 내가 천국에 들어갈 수 있습니다" 하고 애원하였다.

박사는 "어떻게 당신처럼 모범적 수도생활을 한 이를 위하여 기구함이[3] 필요한지 꿈에도 생각지 못하였습니다. 어떻게 된 일입니까" 하고 물은즉, 불속에 있는 수사는 다음과 같이 대답하였다.

"천주의 심판이 얼마나 지엄하신지 아무도 상상 못합니다. 한량없이[4] 거룩하신 천주 대전에는, 우리들이 가장 완전하다고 인정하는 그런 행동 가운데에서도 부족이 발견됩니다. 천주 대전에는 천신들도 부족합니다. 어떻게 우리 같은 사람들에게 부족이 없겠습니까……!"

---

1   성덕(聖德) : 성인(聖人)의 덕, 성스러운 덕.
2   천신(天神) : 천사(天使)의 이전 용어.
3   기구(祈求) : 기도의 옛 용어.
4   한량(限量) : 끝이나 한이 없이.

앞의 작품에 이어 같은 호에 같은 제목으로 발표된 미담인데 여기서는 독립적인 미담으로 따로 제시하였습니다. 프랑스 파리 프란치스코 수도회를 배경으로 천사라 불릴 정도로 덕망이 높던 수사도 연옥 불에서는 예외가 되지 않음을 강조한 미담입니다. '거룩한 천주 대전에는 우리들이 가장 완전하다고 인정하는 그런 행동 가운데에서도 부족이 발견됩니다'라고 주인공 수사는 말합니다. 그것은 표면적으로는 천주 심판의 엄격함을 의미하는 것이지만 천주의 관점과 우리의 관점이 다르다는 것을 기억하라는 의미이기도 합니다. 이는 단죄의 기준이기보다는 보이는 것에서 해방되어 보이지 않는 관점까지, 자신 혹은 인간의 기준 그 너머까지를 성찰하라는 부르심이기도 합니다.

『경향잡지』에 소개된 연옥영혼과 관련된 미담을 읽으면서 천주교인은 연옥과 이승의 통공, 보이는 것과 보이지 않는 존재들의 화해, 인간의 관점뿐 아니라 그 너머의 관점으로까지 세상을 바라볼 줄 아는 혜안을 갖춘 존재로 초대받았음을 기억하였으면 합니다. 이렇게 불림 받은 이들, 이를 삶으로 이어가는 이들이 천주교 미담이 전하는 그리스도인이기 때문입니다.

임종하는 이의 주보[1]

　성 요셉은 오 주 예수와 성모 마리아 대전에서 고요히 선종하셨다. 얼마나 거룩하고 안전한 죽음이런가! 고로 성 요셉은 모든 임종하는 이의 주보가 되셨다. 우리도 각자가 선종하는 은혜를 지금부터 성 요셉께 구할 것이다.

　이 아래 이야기는 지금으로부터 50여 년 전에 미국에서 실제로 있었던 사실담이다.

　마닐라 대주교로 계셨던 에레미아 하아티 대주교가 미국 센트, 루이스시 성 네오 성당에 본당 신부로 있을 때의 일이었다. 하아티 신부는 열심한 모범 신부이었으므로 모든 교우들로부터 특별한 존경을 받고 있었다.

　비, 바람 몹시 후려갈기는 어떤 날 저녁때이었다. 어떤 병자가 종부성사를[2] 청한다는 말을 듣고 하아티 신부는 조금도 주저하는 기색도 없이 곧 달려가 종부성사를 주고서 돌아왔다. 벌써 캄캄한 밤이 되었다. 신부의 옷은 함빡 젖어 있었다. 피곤한 다리를 끌며 위층으로 올라가 자기 방문을 열고 들어서자마자

　"따르릉 따르릉……."

　초인종이 요란히 운다.

　창문을 열고 내려다보며

　"그 누구요? 무슨 일로……?"

하고 신부는 물었다.

　"종부 청하여 오라는 심부름 왔습니다. 하아티 신부님 어디 계십니까?"

　"내가 하아티 신부요. 그렇지만 나는 방금 종부성사를 주고 오는 길이요. 옷도 젖고

1　연말 목차에서만 미담으로 분류됨.

2　종부성사(終傅聖事) : (가톨릭) '병자성사'의 전 용어.

몸도 고단하니 그럼 다른 신부님을 소개하여 드리겠습니다.”

“안 됩니다. 미안하지만 꼭 본당 신부님을 모시고 가야만 되겠습니다.”

어딘지 압력 있는 목소리라 거절할 용기가 없어져

“그럼 갑세다. 곧 내려가리다.” 대답하고서 옷도 갈아입지 않고 그대로 외투를 두르고 내려가 성체를 모시러 성당에 들어가게 되었다.

성당 문을 열기 전에 종각 밑 전등을 켜고 보니 종부 청하러 온 사람이 거기 있었다. 수염을 기른 중늙은이인데 그 얼굴은 상본에서 흔히 볼 수 있는 요셉 성인 비슷하다.

신부는 성체를 모시고 나와서 그를 따라갔다. 두 사람을 묵묵히 얼마 걸어가다가 23가에서 길을 돌려 북쪽을 향하고 올라갔다. 몇 집 지나지 않아서 그 노인은

“신부님! 바로 저기 저 집입니다.”

하고 어떤 집을 가리키었다.

신부는 그 부근 집들을 잘 알고 있었는데 그 가리키는 집은 빈 집이었다. 그래서

“아니, 저 집은 아무도 살지 않는 빈 집이 아니요?”

물으면서 돌아다보니 그 노인은 간데온데없이 사라져버렸다.

신부는 깜짝 놀라 어리둥절하고 있는데 빈 집 지하실에서 무슨 신음소리가 들리는 듯하였다.

신부는 층층대를 더듬어 내려가 지하실 문을 여니[3] 그 속에서

“신부님 오셨습니까?”

하는 가냘픈[4] 소리가 들린다.

“그렇소. 내가 신부요. 왜 나를 찾았소?”

“천주님께 감사하고 요셉 성인께 감사합니다. 내가 임종 때는 꼭 신부님을 모실 수 있도록 일평생 기구하였더니 나의 이 기구를 과연 들어주셨습니다. 나는 지금 죽어갑니다.”

“그럼 내가 가서 성초를[5] 가져올 터이니 잠깐 기다리십시오.”

---

3   원문은 ‘열으니’.
4   원문은 ‘가녈핀’.
5   성(聖)초 : 성스러운 초.

신부는 급히 성당으로 돌아가서 성초를 갖다가 불을 켜고 보니 남루한 의복을 입은 한 노인이 누워 있다.

신부는 가까이 가서 고해성사를 주고 노자성체를 영하여 준 다음 종부성사를 주었다. 그리고 임종경을 염하는 동안 노인은 고요히 숨을 거두었다!

다음날 아침 신부는 다시 그곳에 가서 그가 누구인지 두루 탐문하여 보았으나 아는 사람은 하나도 없었다.

신부는 그 무의무탁한 노인의 시체를 맡아서 장례미사를 지내고 교회묘지에 안장하여 주었다.

장례미사 때 하아티 신부는 다른 강론 대신으로 요셉 성인께서 어떻게 이 망자에게[6] 최후 성사를 받도록 인도하여 주셨는지 그 경로를 말하여 일동에게 깊은 감명을 주었다.

1957년 3월호에 발표된 미담입니다. 3월은 요셉성월입니다. 3월호에 실린 이 미담은 요셉성월을 맞아 요셉 성인과 관련된 작품을 발표한 것입니다. 첫 단락에서는 요셉 성인이 임종하는 이들의 주보성인이 된 내력이 소개됩니다. 예수와 성모 마리아 곁에서 선종할 수 있었기에 요셉 성인은 모든 임종하는 이들을 지켜주는 주보가 될 수 있었습니다.

본이야기는 요셉 성인의 도움으로 선종하게 한 망자의 이야기가 소개됩니다. '50여 년 전 미국에서 실제로 일어난 사실담'이라는 전제를 밝힙니다. '사실'이라는 강조를 통해 신앙의 진실을 전하고자 한 이야기, 그것이 천주교 미담입니다. 이 미담 역시 이러한 점을 독자에게 알리고자 하였음을 알 수 있습니다. 미담의 출처는 마닐라 대주교로 계셨던 에레미아 하아티 대주교가 미국 센트 루이스 시 네오 성당 본당 신부로 있을 때의 이야기이며, 당시 하아티 신부가 망자의 장례미사에서 한 강론에서 비롯한 미담입니다.

미담의 중심내용은 본당 신부가 한 노인의 요청에 따라 무의무탁한 노인의 거처에 가서 고해성사와 노자성체, 종부성사 그리고 장례미사까지 하게 된 내용입니다. 본당 신부와 노인의 대화, 본당 신부와 죽음 직전에 있었던 또 한 명의 노인의 대화가 이 미담의 중심이며

---

6 망자(亡者) : 망인(亡人), 생명이 끊어진 사람, 돌아가신 이. 죽은 사람.

주제를 드러내는 부분이기도 합니다. 이 미담은 요셉 성월의 의미를 새기고 그분께 대한 공경의 마음을 촉구하고자 한 작품입니다.

'천주님께 감사하고 요셉 성인께 감사합니다. 내가 임종 때는 꼭 신부님을 모실 수 있도록 일평생 기구하였더니 나의 이 기구를 과연 들어주셨습니다. 나는 지금 죽어갑니다'라는 노인의 고백은 자신의 임종을 가능하게 해 준 '어느 노인'이 요셉 성인이었음을 알려주는 주인공의 신앙 고백이자 이 미담의 주제입니다.

예수성심의 허락하신 은혜

1. 내 성심을 공경하는 자들의 지위에 요긴한 모든 성총을[1] 줄 것이요,

2. 그들의[2] 가정에 평화를 주겠으며,

3. 그들의 모든 근심걱정 중에 나 그들을 위로하여 줄 것이요,

4. 그들이 살아있을 때와 특별히 죽을 때에 나 그들의 의탁이 될 것이며,

5. 그들이 경영하는 모든 사업에 풍성히 강복할 것이요,

6. 죄인들은 내 성심의 무한한 인자의 샘과 바다를 얻을 것이요,

7. 냉담하여진 자는 열심하여질 것이요,

8. 열심한 자는 빨리 큰 완덕에 나아갈 것이요,

9. 내 성심 상본을 모시고 공경하는 가정에 강복하여 줄 것이요,

10. 신부들에게는 극히 완악한[3] 마음이라도 감동시키는 은혜를 줄 것이며,

11. 내 성심 공경을 전파하는 자들의 이름을 내 마음에 새겨 도무지 없어지지 않게
    할 것이요,

12. 누구든지 아홉 달 동안 연하여 첫 첨례(매월 첫 금요일)에[4] 영성체하는 자에게
    는 마지막 통회의 은혜를 주어 성총 지위에 죽게 할 것이며, 그 마지막 시간에
    나 그의 의탁이 되리라.

---

1   성총(聖寵) : (가톨릭) 은총.
2   원문은 '뎌들의'. 뎌들→저들→그들. 이하 '뎌'는 모두 '그'로 옮겼다.
3   완악(頑惡)하다 : 성질이 억세게 고집스럽고 사납다.
4   첨례(瞻禮) : 예배하는 일. 축일(祝日)의 이전 용어.

—오 주 예수께서 성녀 말가리다에게 나타나서 하신 말씀—

　이 미담은 말가리다 성녀에게 나타난 예수님의 말씀을 기록한 내용입니다. 기존의 미담과는 성격이 달라 미담으로 분류해야 하는가에 대해 이론이 있을 수 있습니다. 여기서는 당시 『경향잡지』 연말 목록에 미담으로 정리되어 있는 것을 인정하여 미담으로 함께 소개합니다. 이렇게 볼 때 이 미담은 1950년대 마지막 미담입니다.

　이 미담은 예수성심성월인 6월을 맞이하여 예수성심과 관련된 내용입니다. 6월은 천주교회에서 예수성심을 공경하는 달입니다. 그런데 예수성심과 관련이 있는 성인이 말가리다 성녀입니다. 말가리다 성녀는 예수성심성월 제정과 유래가 깊은 분입니다.

　성녀는 1673년부터 1675년까지 네 번에 걸쳐 예수성심 발현을 체험합니다. 예수님의 발현 중 들은 메시지가 이 미담에서 소개된 말씀입니다. 이 내용의 주제는 '성심 공경'입니다. 특히 이 미담이 발표되기 전해인 1956년에 교황 비오 12세(재위 1939~1958)는 예수성심 신심의 교리적 근거와 기원을 신학적으로 제시한 회칙 「물을 길으리라(Haurietis Aquas)」를 발표합니다. 이러한 시대적 분위기와 더불어 『경향잡지』 6월호에 예수성심성월을 맞아 말가리다 성녀가 예수님 발현에서 들은 성심의 메시지가 소개되었다 할 수 있습니다.

　예수님 마음을 공경하자는 말씀을 마지막으로 『경향잡지』 천주교 미담 연재가 끝납니다. 성심, 즉 예수님의 마음에 머물며, 그 마음을 닮고, 그 마음으로 행동할 수 있는 사람들, 그들이 그리스도인입니다.

마르가리타 마리아 알라코크(Margaret Mary Alacoque) 〔가〕 축일 10월 16일. 성녀, 환시자.
　활동연도 : 1647~1690년. 클로드 알라코크와 필리베르트 라멩의 딸인 성녀 마르가리타 마리아 알라코크(Margarita Maria Alacoque)는 1647년 6월 22일 프랑스 샤롤레 지방 베로브르의 로트쿠르에서 태어났고, 그녀가 8살이 되던 해에 아버지가 죽자 샤롤레의 성녀 클라라(Clara) 수녀회의 기숙학교에 보내졌다. 그러나 15세가 될 때까지 5년 동안은 류머티즘 열로 인하여 자리에 누워서 지냈는데, 어릴 때부터 성체께 대한 신심은 남달리

뛰어났다. 그녀는 결혼을 거절하고 1671년 6월 20일 파레르모니알(Paray-le-Monial)의 성모 방문 수녀회에 입회하였고, 그 이듬해 11월 6일 '마르가리타 마리아'라는 수도명으로 수도서약을 하였다. 그녀는 모범적인 수녀였으나 유머 없는 수녀로 통했던 것 같다. 그녀는 1673년부터 1675년 사이에 그리스도의 환시를 4번이나 경험하였다. 이러한 환시에서 그리스도는 그녀에게 당신의 성심께 대한 신심을 널리 전하는 도구로 선택되었음을 알렸고, 특별히 첫 번째 금요일에 영성체할 것과 매주 목요일 밤에 성시간을 갖고 구속사업에 참여하라는 신심을 그녀에게 교육시켰으며, 예수성심 축일의 제정을 요구하셨다. 그녀는 자신이 환시 중에 받은 교육을 따르려는 노력 중에 장상으로부터 수많은 퇴짜를 받았으나, 조금도 굴하지 않고 노력하여 온갖 장애를 극복하였으나, 신학자들은 그리스도의 발현 문제에 대해서는 확신할 수 없다는 태도였다. 뿐만 아니라 그녀는 당신의 수녀회원들로부터도 지지를 받지 못했다.

그녀는 당시 수녀원의 고해신부였던 성 클로드 드 라 콜롱비에르(Claude de la Colombiere, 2월 15일) 신부의 도움을 받게 되었다. 콜롱비에르 신부는 파레르모니알의 예수회 원장이었는데, 그는 마르가리타의 환시가 올바르다고 선언하였다. 1684년 멀랭 수녀가 원장으로 선출되었을 때 수도원 내의 반대도 종식되었으며, 후일 그녀는 수련장이 되었다. 1686년 초에는 수녀원에서 예수성심 축일을 거행하는 광경을 목격하게 되었고, 2년 후에는 예수성심께 봉헌된 경당이 수녀원 뜰에 세워졌고, 곧이어 예수성심 축일을 지내는 관습이 전세계의 성모 방문 수녀회로 파급되기 시작하였다. 마르가리타 마리아는 1690년 10월 17일 수녀원에서 사망했다.

그녀는 1864년 9월 18일에 시복되었으며, 1920년 5월 13일 교황 베네딕투스 15세(Benedictus XV)에 의해 시성되었다. 성녀 마르가리타와 성 요한 에우데스(Joannes Eudes, 8월 19일) 그리고 성 클로드 드 라 콜롱비에르는 '성심의 성인들'로 불린다. 예수성심에 대한 신심은 1765년에 교황 클레멘스 13세(Clemens XIII)에 의해 선포되었으니, 그녀의 사후 75년 만의 일이었다.

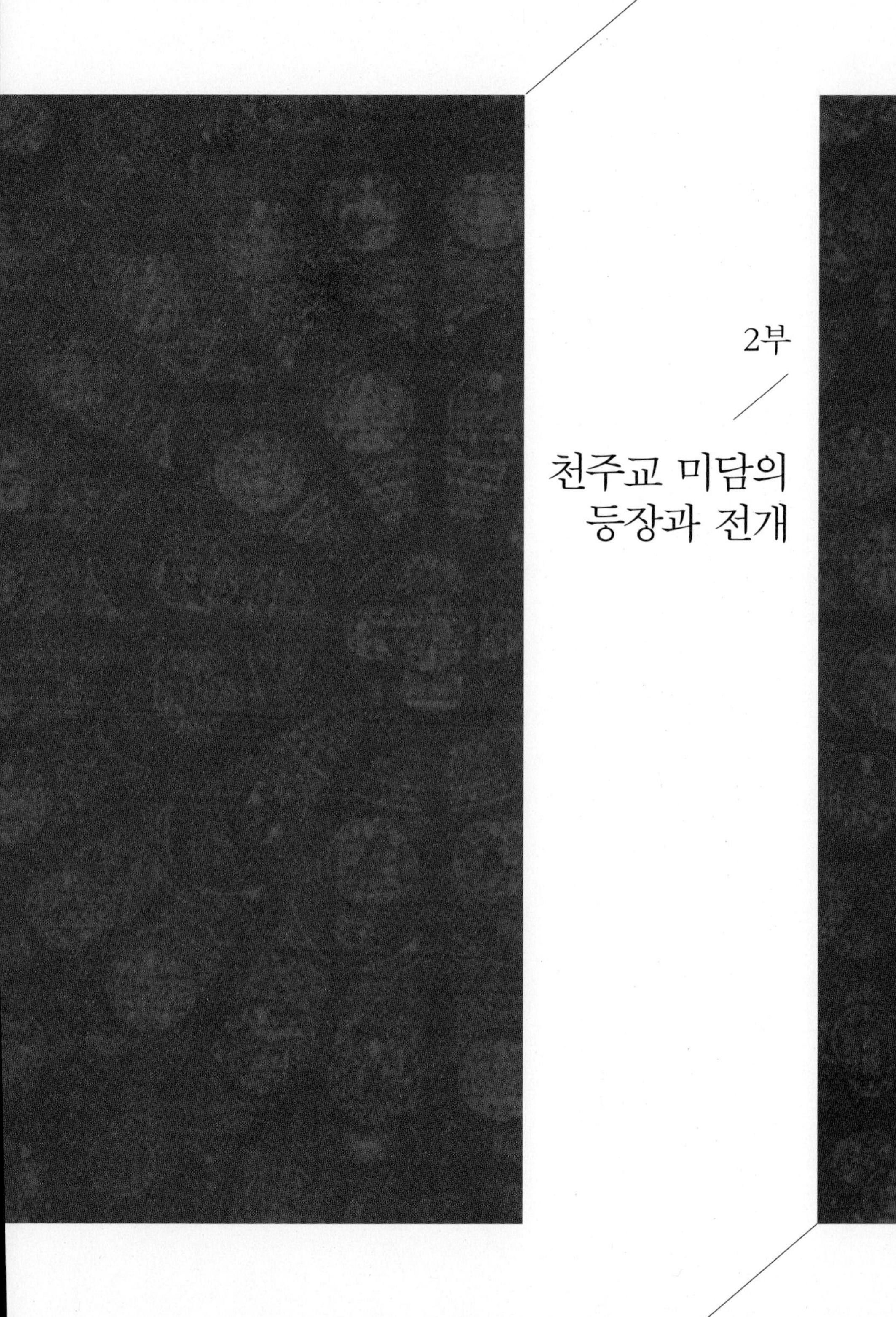

2부

천주교 미담의
등장과 전개

1. 천주교 미담의 등장 배경

'천주교 미담'은 천주교의 아름다운 이야기이다. 이 책에서는 천주교 신자들의 신앙 고취를 목적으로 1911년부터 1957년까지『경향잡지』미담 난을 통해 소개된 글들을 '천주교 미담'으로 한정하여 각 작품들을 소개하고 풀이하였다. '미담'은 천주교회에서만 통용되는 글은 아니다. 그것은 특정 사회 특정 시기를 막론하고 '사람을 감동시키는 아름다운 내용의 이야기'로 지금도 회자된다. 그러나 천주교의 경우 1910년대부터 1950년대 사이에 미담이라는 형식으로 300여 편에 이르는 작품들이 창작·전파·향유되었다. 이 책은 바로 이 '특정 시기' 즉 1911년부터 1957년까지『경향잡지』'미담' 난을 통해 연재된 작품들을 '천주교 미담'이라 명명하고 이 작품들에 주목한다. 당시의 천주교 미담은 천주교인들의 신앙 고취를 위한 종교담의 일종이었지만, 이 미담을 전파하고 향유했던 한국 천주교에서뿐 아니라 한국 문학, 구체적으로는 종교와 문학이라는 영역에서 천주교 미담이 한국 천주교 서사문학의 하나로 규명되고 그 가치가 밝혀져야 하기 때문이다.

『경향잡지』에 발표된 천주교 미담은 한국 천주교회에서 구전되던 이야기, 성인전, 그리고 외국 선교사들에 의해 전해진 다른 나라의 종교담들이 한글로 정착하는 과정을 거치면서 한국 천주교 문학으로 성장한다. 당시의 천주교 미담은 기존의 근대적인 문학 장르를 전제할 때 하나의 양식으로 귀속시키기 어렵다. 번역, 번안, 소개글, 요약문, 기도문, 일화 등이 서사성을 강조한 이야기들과 혼용되어 있기 때문이다. 그러나 다양한 형식들의 혼재에도 불구하고 천주교 미담의 첫 번째 특징은 이야기가 지니는 서사성과 산문성이다. 이것이 천주교 미담이 천주교 서사문학으로 성장할 수 있었던 힘이다. 이 과정에서 천주교 미담이 보여주었던 불일치의 여러 면모들은 근대적 장르 개념에서는 한계이자 단점일 수 있으나 다른 한 편 천주교 미담의 내적 특성이요 과도기적 현상이며 또 다른 가능성으로 해석될 여지도 있다. 이 책은 전자뿐 아니라 후자 역시 간과하지 않았다.

『경향잡지』는 한국에서 '가장 오래된 정기 간행물'로 현재는 한국 천주교 주교회의의 기관지로 매 달 한 번씩 발행되고 있다. 한국 천주교에서는 이 잡지를 '신앙인의 100년지기'로 표현한다. 『경향잡지』는 『경향신문』이 창간된 1906년을 창간 시기로 삼는다. 『경향신문』이 『경향잡지』의 모태이기 때문이다. 『경향잡지』라는 제호로 1911년 속간되었으니 이때부터를 창간으로 보아도 이미 100여년이 넘게 지속된 잡지이니 '100년지기(百年知己)'라는 표현이 과장은 아니다. 『경향잡지』는 2015년 10월호 현재 통권 1771호에 육박하고 있다.

1906년 창간된 『경향신문』이 1910년 폐간 당한 후 1911년 속간된 『경향잡지』는 한국 천주교의 근현대를 함께 한 매체이며 한국의 대표적인 종교지이다. 그런데 『경향잡지』는 1911년 1월호 첫 호에서부터 '미담'이라는 고정적인 난을 마련하여 지속적으로 미담 작품들을 소개한다. 당시의 다른 어떤 매체에서도 찾아볼 수 없는 기획이었다. 미담 난, 그리고 거기에 소개된 미담들이야말로 『경향잡지』의 성격을 단적으로 보여주는 글들이었던 셈이다. 그렇다면 『경향잡지』는 왜 '미담' 난을 마련하여 이 난을 통해 미담들을 소개하였던 것일까? '미담' 난의 기획 배경 및 천주교 미담의 등장 배경에 대해서부터 알아보자.

『경향신문』에서 『경향잡지』로

『경향잡지』는 '미담' 난을 고정 배치하여 미담을 소개하게 된 배경이나 그 목적을 사설이나 사고(社告), 권두언 등을 통해 글로 분명하게 밝히지 않았다.

이는 오랫동안 '미담' 난을 유지한 점을 고려할 때 의아스러운 점이다. 그러나 당시의 시대 상황을 염두에 둔다면 경향잡지사가 고의적으로 이를 밝히지 않았다고 여겨진다. 『경향잡지』는 『경향신문』의 정간이라는 불운을 딛고 일제의 간섭을 의식하면서 발행되었다. 이 점이 경향잡지사가 천주교 미담에 대한 비중에도 불구하고 그에 대한 구체적이고 직설적인 언급이 없는 것을 고의적 은폐로 볼 수 있는 단초이다. 때문에 '미담' 난의 출현과 천주교 미담에 대한 논의는 당시 시대적 상황 특히 『경향잡지』의 모태가 되었던 『경향신문』과의 연관성 하에서의 추적이 필요하다.

『경향잡지』는 현재도 그 창간일을 1911년 1월이 아니라 1906년 10월 19일로 삼는다. 이는 4년여의 기간을 더해 잡지 발행의 장수함을 자랑하기 위해서이기보다는 『경향신문』과의 연속성을 강조하고 전신이었던 『경향신문』을 통해 『경향잡지』의 정체성을 확보하려 하기 때문이다. 무엇보다도 『경향잡지』는 『경향신문』과의 연속성을 첫 호부터 지금까지 자신들의 전통으로 여기고 있다. 때문에 『경향신문』과 『경향잡지』의 '연속성'은 『경향잡지』의 성격을 이해하는 데 필수적이다. 천주교 미담의 경우도 마찬가지다. 『경향신문』과 『경향잡지』의 연속성하에서 천주교 미담의 출현 배경과 목적이 규명되어야 하며, 또 규명될 수 있다.

이제 『경향잡지』의 전신이었던 『경향신문』의 성격과 두 매체의 '연속성'에 대해 살펴보자. 1910년 한일 합방 후 『경향신문』은 순종교지만을 강요한 일제의 탄압으로 폐간된다. 이후 『경향신문』의 제호와 통권 호수를 이어받아 속간된 잡지가 『경향잡지』다. 『경향신문』이 주간 '신문'이었다면 『경향잡지』는 월 2회 발행되는 '잡지'로 출발하였다. 형식은 바뀌었지만 『경향잡지』는 『경향신문』 폐간이 초래한 '단절'을 극복하고자 한 매체였다. 즉 『경향잡지』는 『경향신문』의 '경향'이라는 제호와 통권호수만이 아니라 『경향신문』의 '성격'을 잇고

자 했다. 물론 두 매체의 표면적인 형식은 다르다. 『경향신문』이 천주교회에서 발행된 매체이지만 시사 주간 신문이었다면, 『경향잡지』는 종교 잡지였다. 그러나 이러한 외형적 차이가 외부의 압박에 의한 수사적 장치로 비유될 수 있다면 이 차이에도 불구하고 이어 가고자 했던 『경향신문』의 성격, 정신이 『경향잡지』가 견지하고자 했던 '연속성'이자 '정체성'이었다. 그 구현 방식의 하나가 바로 천주교 미담이다.

그동안 한국천주교회와 학계서는 『경향잡지』가 『경향신문』 제호의 일부분을 잇되 성격은 『경향신문』의 부록이었던 『보감』을 잇는 매체로 보는 게 통설이었다. 이러한 통설은 『경향신문』의 부록이었던 『보감』을 마치 『경향신문』과 분리된 또 다른 매체로 전제하는 듯 보인다. 또 그 연속성을 제호, 통권호수, 잡지의 체제라는 형식적 특성으로만 한정하게 한다. 이는 『경향잡지』과 『경향신문』의 '연속성'을 표면적인 특징에서만 찾는 한계를 스스로 고백하는 것과 다르지 않다.

『경향신문』의 부록 『보감』

1906년 10월 19일에 창간된 『경향신문』의 대표는 프랑스 신부 드망쥬(F. Demange, 한국명 : 안세화) 신부였다. 그는 프랑스 외방 전교회 소속 사제 선교사로 『경향신문』의 발행인 겸 주필과 사장이었다.[1] 대표가 외국인이었기 때문에 일제가 1907년에 공표한 '신문지법'과 1908년에 공표한 '신문지 규칙'에서 『경향신문』은 다른 신문에 비해 언론의 자유를 확보할 수 있었다. 그러나 1910

---

1   윤세민, 「한국 최장수 잡지 『경향잡지』 연구」, 『한국출판학연구』 51, 한국출판학회, 2006, 273면.

년 한일 합방 이후 일제는 한국인 경영의 신문들을 매수하거나 폐간시켰으며 프랑스 신부가 대표였던 『경향신문』도 예외로 두지 않았다. 특히 『경향신문』은 종교지로 한정되지 않은 종합지의 성격을 지닌 매체였으며 사회비판적인 성격이 강했다. 일제는 서구 세력을 배제한 독점적 지배를 지향하고 있었기 때문에 서구세력과 연계되어 있는 종교계 신문이자 사회비판적인 성격이 강한 신문이었던 『경향신문』에 대한 탄압을 본격화한다. 『경향신문』은 184호 2면에 실린 「금수굿흔 헌병과 보조원」이라는 기사가 직접적인 원인이 되어 압수처분을 당한다. 이어 1910년 12월 30일 자에 "본지로서 종간, 明年부터는 京鄕雜誌로 改題 月2回刊(15日과 30日)"라는 사고를 통해 『경향잡지』의 발행을 예고한 후 1910년 12월 30일 통권 220호를 마지막으로 폐간된다.

　『경향잡지』의 모태로 평해지는 『보감』은 『경향신문』 창간호부터 발행된 『경향신문』의 부록이다. 당연히 『경향신문』의 폐간과 함께 『보감』도 발행되지 않는다. 이후 '경향'이라는 제호와 『경향신문』의 통권호수를 이어받고 『보감』의 체제와 내용을 이어받아 1911년 1월부터 『경향잡지』라는 순종교지가 출현한다.[2] 순종교지가 될 수밖에 없었던 이유는 종교적 내용만 실어야 출판을 허가한 일제의 요구 때문이었다. 이런 맥락에서 『보감』은 『경향잡지』의 모태로 평해져 왔던 것이다. 이후 『경향잡지』에 대해서는 이상과 같은 해제와 논의를 그대로 답습했다.

　그러나 『경향잡지』는 『경향신문』에서 제호와 통권을 이어받고, 체제와 내용은 『보감』을 계승했다는 통설은 재해석되어야 한다. 이는 일제의 탄압을 의식해야 했던 『경향잡지』 발행인과 편집인들의 방어적인 태도를 반성 없이 반복한 결과이다. 이미 지적한 바와 같이 『경향신문』과 그 부록으로 발행되었던 『보감』을 구분하여 이분화 하는 것도 타당하지 않다. 『경향신문』의 '사고(社告)'에

2　최석우, 「해제」, 한국교회사연구소 편, 『경향잡지』(영인본), 한국천주교중앙협의회, 1984, VIII면.

서도『경향잡지』가『보감』의 후속편이 아니라『경향신문』의 후속편으로 발행될 것임을 명시하였다. 무엇보다『경향신문』의 내용을 확인하면, 『경향잡지』는『보감』을 포함해서『경향신문』을 상당 부분 계승하고자 하였음을 알 수 있다. 이를 증명하기 위해『경향신문』의 발간 취지부터 확인해 보자.

『경향신문』의 발간 취지 즉 발행목적은 네 가지였다. 첫째는 대한과 타국의 소문을 드러냄, 둘째는 관계있는 소문의 대소를 판단함이다. 셋째는 요긴한 지식 전파이며, 넷째는 모든 사람이 알아듣기 쉬운 신문을 만드는 것[3]이었다. 부록으로 발행된『보감』은 이 중에서도 세 번째 목적인 '요긴한 지식 전파'를 위해 기획되었다. 여기서 요긴한 지식이란 일반 학문에 대한 지식이 아니라 인류의 기원과 목적 등에 관한 요긴한 도리 곧 인생철학을 의미했다.[4] 인생철학을 알리기 위해『보감』은 '논설'과 '법률문답' 및 '대한성교사기' 난을 기획하고 연재한다. 다음 글은『보감』에 실린 첫 번째 논설 중 일부이다.

이와 ᄀᆞᆺ치 이 세상에 강흔 나라도 잇고 약흔 나라도 잇서 이 약흔 나라가 미양 노복이 되고 ᄎᆞᄎᆞ 업서지ᄂᆞ니라 강흐고 약흔 인민의 분별을 말흘진딕 춤기화를 흔 나라

---

3 「경향신문을 내는 본 뜻이라」,『경향신문』1호, 1906.10.19, 논설 난. 해당 내용의 논설을 간략하게 현대어로 소개하면 다음과 같다. "경향신문을 낼 연고가 네 가지 있으니, 대한과 타국 소문을 들어냄이 하나이요, 관계있는 소문의 대소를 판단함이 둘이요, 요긴한 지식을 나타냄이 셋이요, 모든 사람이 알아듣기 쉬운 신문을 만듦이 넷이다. (…중략…) 그 셋은 요긴한 지식을 나타냄이니 아무 나라 백성이든지 좋은 지식을 알면 그 나라도 유명하여지나니 이 지식 중에 어떤 것은 선비만 배울 것이로되, 어떤 것은 뭇사람이 다 알아야하겠기에, 이 신문상에 이 뭇사람에게 요긴한 도리를 들어 말하니, 매양 이런 것은 예사소문과 같이 여겨 한 번만 보고 잊어버릴 것이 아닌 즉, 달리 유별하게 이 신문 속장에 두고 책 모양으로 하여 보존할 만하게 하노라. 그 보존할 것은 대개 세 가지, 하나는 바로 요긴한 지식이니 신문 제일 호 속장에 있는 논설을 보면 알 것이요, 둘은 국법이니 백성이 자기 본나라 법대로 행할 것이라. (…중략…) 이런 즉 이 신문에 법률문답을 세워 대한형법대전 차례로 제목을 두고 풀림도 하여줄 것이요, (…중략…) 셋은 대한사기에 유명한 이야기를 가려서 기재할 것이니, 이런 것은 이전 갸륵한 행실을 보아 아는 것이 재미있겠고 또 근래 사람들에게는 좋은 표양이 되며 더욱 유익함이 되리로다."

4 최석우, 앞의 글, VI면.

혼 강ᄒ고 참기화를 취ᄒ지 못한 나라혼 약ᄒ니 그 기화를 일우는 거슨 지식이라 이 지식이 ᄆᄋᆷ의 큰 량식이 되여 사름이 이 지식을 가지면 강혼 사름이오 이 지식을 가지지 못ᄒ면 약혼 사름이 되ᄂ니라 일국 빅셩이 모혀 혼 나라히 된 즉 사름마다 이 지식이 잇스면 모든 스름의 ᄆᄋᆷ이 모히여 강혼 나라히 될지니 이러므로 기화혼 나라헤 모든 사름이 이 지식을 ᄎ져야 할지라 (…중략…) 시방 여러분으로 ᄒ여곰 지식을 빅호라 ᄒᄂ 거슨 그러케 빅호기 어려운 지식이 아니오 다만 혼가지 지식이 엇스니 이ᄂ 빅호기도 쉽고 오래도록 공부홀 것도 아니니 곳 사름이 ᄌ긔를 다스리ᄂ 법과 바른 리치를 ᄯ라 힝ᄒᄂ 규구를 ᄀᄅ치는 지식인 즉 사름의 본셩이 엇더케 됨과 사름이 어듸셔 와 어듸로 감과 무론 군신상하 귀쳔남녀로쇼 ᄒ고 다 맛당이 엇더케 힝ᄒ여야 복되이 살거슬 ᄀᄅ치는 거시라

(…중략…) 근릐에 대한 본국에도 새로 난 지식이 만히 들어왓ᄂ듸 참지식과 거짓 지식이 잇ᄂ 고로 이 신문지에 참지식을 들어 뵈고져ᄒ야 바른 리치대로 되ᄂ 도리를 볽히 닐ᄋ기를 힘씀이니 우리 신문 보시ᄂ 쳠군ᄌᄂ 깁히 싱각ᄒ고 리치대로 되ᄂ 슈단을 살펴 그대로 힝ᄒ며 그 요긴혼 도리를 혼번만 보고 니져빅릴 거시 아니오 번번이 보고 각금 싱각홀 거시니 일노 인ᄒ야 신문 쇽쟝마다 별달니 판각ᄒ야 쳭이라도 믹기 쉽게 ᄒ겟스니 혼번 열람혼 후로 잘 보존ᄒ면 일년동안 쳭 혼 권이 되여 그 후라도 요긴히 치용홀 만ᄒ니 원컨대 이 신문 보시ᄂ 이들은 <u>거즛지식을 면하고 ᄆᄋᆷ의 됴혼 량식과 굿혼 참지식</u>을 밧아 ᄆᄋᆷ의 힘이 든든ᄒ고 복 되이 살므로 온 나라 기화가 참되여 부강홈을 바라노라 [5] (띄어쓰기 및 밑줄은 인용자)

이 논설은 『보감』의 발간 목적과 방향을 제시한다. 논설의 내용은 크게 세 가지로 나뉠 수 있는데, 첫째와 둘째는 전제이고 이를 바탕으로 세 번째가 본론

---

[5] 「요긴혼지식이라」, 『경향신문—보감』 제1호, 1906.10.19, 논설 난. 원문을 그대로 옮기되, 가독성을 위해 인용자가 띄어쓰기를 했다.

이다. 각 내용을 요약하면 다음과 같다. 첫째, 세계를 강한 나라와 약한 나라로 구분하고 있다. 약한 나무가 강한 나무 밑에서는 자라지 못하고 죽게 되듯이, 또 약한 짐승이 강한 짐승에게 잡아먹히는 것과 같이, 국가도 약한 국가는 다른 나라의 노복이 되거나 사라지게 된다. 둘째, 강한 나라의 요건은 지식이요, 그 지식은 참지식과 거짓지식으로 나뉜다. 참지식 즉 좋은 지식은 자기를 다스리는 법과 바른 이치에 따라 행하는 규칙을 가르치는 지식이다. 이는 사람의 본성과 사람의 기원과 종말, 그리고 모든 사람이 복되게 살아가는 것을 가르치는 지식이다.

셋째, 『보감』은 참지식을 밝힐 것이며, 일 년을 단위로 책 한 권으로 제책할 수 있게 발행할 것이다. 그러니 독자는 요긴한 지식, 참지식을 반복하여 읽어 달라. 또한 참지식을 통해 온 나라가 개화하여 부강할 수 있기를 바란다는 내용이다.

이상의 내용에 따르면 『보감』은 백성이 거짓지식에 빠지지 않도록 하며, 참지식을 전파하여 나라의 개화를 이루고자 발간되었다. 인생철학이라는 표현을 쓰기는 했지만 천주교는 물론이거니와 종교를 언급하는 내용이나 용어도 없다. 『보감』은 『경향신문』의 부록으로 『경향신문』의 내용 중에서 '영구히 보관하고 반복해서 읽을 만한 가치가 있는 글들'을 따로 모아 묶을 것이라고만 밝히고 있다.

그렇다면 '영구히 보관하고 반복해서 읽을 만한 가치가 있는 글', 『보감』이 지향한 '참지식'은 무엇인가? 그것이 종교인가? 이 논설에서는 참지식은 가난하고 무식한 사람도 모두 배울 수 있는 지식이며, '마음의 좋은 양식과 같은'[6]

---

6 이 부분은 주의를 요한다. 선행 연구자인 윤세민은 이 부분을 현대역하면서 '마음의 양식과 같은 참지식'을 '마음의 좋은 양식과 참지식'으로 오역한다. 원문에 있는 '같은(갓흔)'을 누락시킨 결과다. 이렇게 오역한 결과 이 부분을 『보감』이 주장하는 요긴한 지식이 일반 학문에 대한 지식이 아니라 인류의 보편적인 윤리와 철학에 기초한 마음의 좋은 양식과 참지식이라고 분석한다. 이는 수정되

지식이다. 참지식은 새 시대에 걸맞은 지식으로 약육강식의 시대에 맞설 수 있는 '마음의 양식'이다.

　이를 위해『보감』은 '논설', '법률문답', '대한성교사기' 난을 통해 참지식을 전하는 글들을 소개한다. '논설' 난이 요긴한 도리 즉 인생철학에 대한 글들을 발표한 난이었다면 '법률문답'은 한국 최초의 지상 법률상담[7] 난이었다. '법률문답' 난은 국법에 관한 문제를 문답 형식의 글로 싣는데 이는 법률 지식을 계몽하기 위해 쓴 글들이다. '대한성교사기'는 달레 신부가[8] 프랑스어로 쓴『한국교회사』[9]를 번역하여 연재한 난이다. '논설', '법률문답', '대한성교사기' 즉, 인생철학과 법과 교회사를 통해『보감』은 참지식의 전파를 위해 발행된 것이다. 1년 후인 1908년부터『보감』은 '우연히 수작이라'는 난을 더하여 네 개의 난으

어야 한다. 마음의 좋은 양식과 참지식을 둘로 구분한 것이 아니라 지식을 마음의 양식과 같은 것으로 규정한 것이『보감』의 참지식관이다. 윤세민, 「한국 최장수 잡지『경향잡지』연구」,『한국출판학연구』51, 한국출판학회, 2006, 275~276면 참조.

7　최석우, 앞의 글, VII면.

8　"달레(Claude Charles Dallet, 1829~1878)는 프랑스 파리 외방전교회 소속의 사제 선교사로 1852년 사제서품을 받은 후, 두 차례에 걸쳐 인도에서 선교활동을 하였으며 이후 20여 년 동안 프랑스 각지에서 시무했다. 1872년 여러 차례 박해를 받은 적이 있는 조선교구에서 전달된 자료를 보고 이에 대한 집필을 결심하였다. 특히 다블뤼(Marie Nicilas Antoine Daveluy, 1818~1866, 한국명 : 안돈이) 신부가 프랑스어로 번역하여 전달한 자료를 중심으로 1874년『조선교회사』2권을 출판한다. 그는 1877년 파리 외방전교회사의 편찬을 위한 자료수집의 목적으로 파리를 떠났으나 조선에는 들어오지 못하고 일본 만주 북경 등지를 다니며 선교활동을 벌이다 1878년 이질에 걸려 안남(安南)에서 사망한다. 시인으로도 활약하여 시 '선교사의 출발에 부치는 노래'에 친구 구노가 곡을 붙인 것도 있다"(김인섭, 「천주교 문학사전」,『한국문학과 천주교』, 보고사, 2002, 143~144면). 그가 북경에 있을 때 신학생이었던 최양업 신부가 그의 저술을 도왔다고도 한다.

9　『한국교회사(*Histoire de L'Eglise de Coree*)』(Paris, 1874)를 저술한 달레는 한 번도 한국에 온 적이 없다. 1836년 한국에 입국한 프랑스 신부들은 한국어를 학습하고 연구하였으며, 1843년에 입국한 다블뤼(M. A. N. Davluy, 한국명 : 안돈이) 신부가 라틴어와 한국어의 대역사전을 1851년 12월에 완성한다. 그는 달레(Dallet, C. C.)에게『한국교회사』를 저술케 하는 데 큰 협조자가 되었다. 달래 저술의 근본사료가 된 여러 자료들은 그 대부분이 다블뤼 신부가 한국에서 수집한 것을 파리 외방전교회로 발송한 것들이었다. 저작자인 달레는 외방전교회 선교사였으며, 한국에 주재하는 여러 선교사들의 협력으로 오랜 기간에 걸쳐 저술을 완료했다. 내용은 지리 역사 정치 어문학 사회 관습 종교 산업 등 한국에 대한 개괄적인 안내를 하고 나서, 한국 선교의 유래, 한국 주재 선교사들의 활동상황, 박해와 순교의 상황 등을 자세히 소개하였다. 그래서 한국 초기 천주교회의 전모를 파악하는 데 귀중한 자료이다. 위의 글, 220~221면.

로 구성되었으며, 이 체제를 1910년 폐간 때까지 지속한다.

『보감』의 체제를 이어받은 것이 『경향잡지』라면 『경향잡지』도 서너 개의 난을 통해 구성되어야 했다. 그런데 『보감』의 체제를 이어받았다는 『경향잡지』는 처음부터 『보감』과 달랐다. 가장 큰 차이는 기사 난이 훨씬 다양했다. '평론', '논설', '문교의 요지', '경문과 관면', '우연히 수작', '미담', '해의 문답', '고담', '법률문답', '천주교에 관한 문적', '학문 이야기', '각색문제', '조선성교사기', '상본과 초상', '재담' 등의 난들이 새로 구성되었다. 그리고 이들 중에서 가장 두드러진 변화가 '미담' 난의 출현이다.

소설에서 미담으로

『경향잡지』에서 미담 난을 비롯한 고담 난, 재담 난들을 기획한 의도와 편집 방향을 알기 위해서 『경향잡지』의 첫 번째 글 「동행ᄒᆞ옵시다」를 살펴보자.[10] 이 글은 『경향잡지』 첫 호의 첫 번째 글로 권두언이나 논설은 아니지만 새로 발행된 『경향잡지』의 편집 방향과 목적 등을 알 수 있는 글이다. 또한 앞서 인용했던 『보감』의 논설 「요긴ᄒᆞᆫ지식이라」의 내용과도 비교할 수 있는 글이다.

> 우리 죠션에 ᄀᆞᆺᄒᆞᆫ 길로 ᄀᆞᄂᆞᆫ 이들이 만흐나 서로 모로ᄂᆞᆫ 이가 만흔듸 힝인 ᄒᆞ나히 그길노 가ᄂᆞᆫ 사름의게 와 뭇기를 당신은 어듸로 가시오 나는 텬당에로 가오 나도 그길노 가니 동힝합시다
>
> 뉘듹이시오 나는 경향잡지오 경향잡지가 누구신가 하 당신이 나를 모르시겟ᄂᆞ요

---

10 「동행ᄒᆞ옵시다」라는 글의 제목 앞에는 이 글의 종류를 알 수 있는 난 이름이 없다. 연말에 정리해서 펴낸 목록에 따르면 편집자들은 이 글을 평론으로 분류하였다.

나는 그 전에 경향신문이라 ᄒᆞ엿지오 하츰 이제는 알겟소 그러나 일홈도 고치시고
복싁도 밧고셧소그려 그리 ᄒᆞ엿소마는 밧고이지 아닌 것이 ᄒᆞᆫ가지 잇지오 무엇인가
요 텬당에로 가는 동ᄒᆡᆼ들을 ᄉᆞ랑ᄒᆞᄂᆞᆫ ᄆᆞᄋᆞᆷ이니 이는 변치 못ᄒᆞᄀᆡᆺ지오 하츰 고마운
일이오마는 우에 그 일홈과 옷슬 고치셧ᄂᆞ요 그것은 여러가지 연고가 잇지오 처음에
는 그 일홈을 가지고 그 옷슬 닙어도 관계가 업더니 즉금은 드러와 잇는 길의 규측이
젼과 달나 그 일홈을 가지고 그 오슬 닙으면 길에셔 어려움을 당하는 ᄭᆞ닭이지오 하
하 그런 줄을 몰낫소 그러나 그러케 고친 것이 해롭지나 안켓소 내 직분대로만 ᄒᆞ면
해 될 것이 잇슬 수가 업지오 당신 직분은 무엇인가요 나의 가는 길 ᄉᆞᆺ헤 계신 텬당의
님ᄌᆞ가 보내신 쟈는 나ㅣ니 곳 그가ᄂᆞᆫ 길희 사ᄅᆞᆷ들을 ᄀᆞᄅᆞ치고 도아주는 것이 나의
직분이지오 젼에는 다른 길노 가는 사ᄅᆞᆷ들을 우리 길노 인도ᄒᆞ기 위ᄒᆞ야 다른 일홈
도 쓰고 다른 옷도 닙엇스니 이것이 유익ᄒᆞᆫ 일이 되엿스나 그러나 해로운 일도 ᄒᆞᆫ
가지 잇셥습닌다 무슨 일인가요 이상ᄒᆞᆫ 일이여요 그 일홈과 옷슬 보고 우리와 ᄀᆞᆺ흔
길노 가는 사ᄅᆞᆷ이라도 내 ᄆᆞᄋᆞᆷ을 모로고 나와 ᄒᆞᆫ가지로 가기를 슬타ᄒᆞᄂᆞᆫ 이가 잇섯
소 그럴 수가 잇ᄂᆞ요 춤으로 그러ᄒᆞ엿지오 그런 사ᄅᆞᆷ들이 나를 가지고 말ᄒᆞ기를 그
ᄂᆞᆫ 쟝ᄉᆞ하는 쟈이요 돈만 상관ᄒᆞᄂᆞᆫ 쟈라 ᄒᆞ엿ᄂᆞᆫ 것을요 알 수 업ᄂᆞᆫ일이지오 우리 동
ᄒᆡᆼ보다 다른 길노 가는 여러 사ᄅᆞᆷ이 나를 밋고 ᄉᆞ랑ᄒᆞ엿스나 이제 내 일홈과 옷슬
밧고앗스니 즉금은 우리 동포들이 나를 밋을ᄂᆞᆫ지 모로겟소 걱정마시오 나와ᄀᆞᆺ히 혼
쟈 ᄃᆞ니는 이가 만혼 즉 당신을 알면 ᄆᆡ우 즐거워ᄒᆞ야 ᄀᆞᆺ히 가기를 일뎡 원ᄒᆞ리이다
그러면 의심 업시 동ᄒᆡᆼᄒᆞᆸ시다[11] (띄어쓰기는 인용자)

「동행하옵시다」는『경향잡지』의 권두언과 같은 글로 문답식으로 서술되었
다. '나'로 의인화된『경향잡지』와 그와 동행하는 '당신'이라고 호명되는 독자
가 서로 묻고 대답한다. 주요 내용을 확인해 보면 다음과 같다. '내'가 경향잡지

---

11 『경향잡지』 221호, 1911.1, 1면.

라고 하니 독자인 '당신'은 내가 누구인지 모른다. 그러자 글에서 '나'는 그 전에 『경향신문』이었다고 자신을 소개한다. 즉 『경향신문』이 『경향잡지』의 전신임을 밝히며, 『경향신문』과 『경향잡지』의 연속성을 강조한다. 『경향신문』에서 『경향잡지』로 바뀐 것을 '다른 이름을 쓰고 다른 옷을 입은 것'으로 비유하였고, 그 이유를 '규칙이 달라져서', '그 이름과 그 옷을 입으면 어려움을 당하는 까닭'이라고 밝힌다. 이는 앞서 밝힌 바와 같이 1910년대를 전후한 정세변화, 일제의 언론탄압을 지시하는 말이다.

인용에서 '직분대로만 할 것'이라는 말이나 '천당으로 가는 길의 사람들을 가르치고 도와주는 것'에 충실하겠다는 것이 『경향신문』과는 다르게 『경향잡지』가 종교잡지임을 천명한 부분이다. 애국계몽운동에 동참하면서 천주교 신자들에게 올바른 교리뿐 아니라 시사 문제에 대해서도 알리고, 천주교인이 아닌 일반인들까지 독자로 확보하고자 했던 『경향신문』을 교회 중심으로, 교인을 위해서, 교회와 관련된 내용만 다루는 매체로 바꾸고자 한 것이 『경향잡지』이다. 『경향신문』이 종교성을 외적으로 드러내지 않고 많은 독자들과 함께 개화를 통한 부강한 국가를 위한 의지와 노력을 고취한 매체였다면 『경향잡지』는 종교성을 앞세워 『경향신문』이 보여주었던 사회적·정치적 맥락을 배제하고자 하였다. 그러나 이것은 표면적인 차이이기도 하다.

『경향잡지』의 체제와 내용의 변화를 외부 압력에 의한 경향잡지사의 소극적 대처에 지나지 않았다고만 평가할 수는 없다. 『경향잡지』가 종교성만을 고수하고자 했다면 『경향신문』의 부록인 『보감』을 유지하면 되었다. 그러나 본보기가 될 귀중한 일들을 모아 적은 책이라는 뜻의 『보감』 대신 『경향잡지』라는 이름을 달고 양적으로나 질적으로 『보감』보다 훨씬 풍부한 잡지를 발간한 것은 더 이상 발간할 수 없었던 『경향신문』의 성격과 취지를 종교성과 결부시켜 계승하려는 의도 때문이다. 시의성 있는 대사회적인 기사를 실을 수는 없었지만

『경향잡지』는 『경향신문』의 발간 취지와 발행 목적 및 성격 등을 종교성이라는 '옷을 입혀' 계승하고자 했다. 이를 잘 반영한 것이 『경향잡지』에 새로 등장한 '미담'이다.

『경향잡지』는 미담을 비롯해서 재담, 고담, 명담 등을 발표한다. 그런데 이런 '—담'이라 불린 글들은 『경향잡지』에서 갑자기 등장한 글들이 아니다. 이미 『경향신문』에서는 재담이나 고담 등이 '쇼셜(소설)' 난을 통해 발표되고 있었다.

『경향신문』에서 '쇼셜' 난의 글들은 매우 중요한 글로 간주되었다. 이 난을 통해 1906년 11월 30일(7호)부터 58편에 이르는 '쇼셜' 작품들이 『경향신문』에 발표된다. 『경향신문』이 당대 다른 신문들과 구별되는 가장 큰 특징이 바로 '쇼셜' 난을 고정 설치했다는 점이기도 했다. 게다가 1907년 10월 18일 자(53호)부터는 아예 '쇼셜' 난이 제1면에 자리한다.[12] 그만큼 『경향신문』이 '쇼셜' 난을 중요하게 여겼기 때문이다. '쇼셜' 난을 통해 발표된 글들 대부분은 옛이야기인 고담이나 야담, 우언이었으며, 직·간접적으로 당대 현실을 담았다.[13] 이런 종류의 글들은 『경향신문』의 부록 『보감』에서는 전혀 없었다. 따라서 '미담' 난은 『경향신문』의 '쇼셜' 난을 『경향잡지』를 통해 계승한 것이다. 『경향신문』의 '쇼셜' 난을 통해 독자들이 느꼈을 흥미와 감흥을 종교적으로 이어가고자 했던 기획이 바로 『경향잡지』의 '미담' 난이었다.

『경향잡지』 '미담' 난을 통해 발표된 천주교 미담은 『경향신문』 '쇼셜' 난을 통해 발표된 작품들, 『경향신문』에 따르면 '소설'이 사라진 이후 등장하여, 1939년 천주교 소설 『은화』가 연재되면서 '미담' 난이 축소되다가 1950년대

---

12 정가람은 소설 난을 1면에 고정 배치한 이유를 쉽게 시선을 모으는 집중의 효과, 고담이나 우화와 같은 익숙한 이야기들을 제시함으로써 독자들의 흥미를 자연스럽게 유발, 신문 독자의 대상을 일반 국민 모두로 삼음, 천주교 교리나 계몽적 담론, 혹은 이중의 의미를 포함한 담론까지도 거부감 없이 받아들이게 하기 위한 의도적 장치로 작용했다고 분석한다. 정가람, 「근대계몽기 『경향신문』 소재 '쇼셜'의 특성 연구」, 『현대소설연구』 24, 한국현대소설학회, 2004, 147면.
13 위의 글, 141면.

이후 아예 없어진다. 굳이 미담을 발표해야 할 필요성이 소멸되었기 때문이다. 이러한 사실이 간과되었기 때문에 그동안 문학 연구뿐 아니라『경향잡지』연구에서조차 천주가사에 대한 논의는 있어도 천주교 미담에 대한 관심과 논의가 부재했다.『경향잡지』를 통해서 발표된 천주교 미담은『경향신문』의 '쇼셜' 난을 통해 발표된 소설 작품들에 이어 천주교 서사문학 전개 및 발전을 보여주는 작품들이다. 이를 제외하고 한국 천주교 서사문학 및 천주교 문학사는 완성될 수 없다. 이는 100여년이 지난 현재 이 책을 통해 천주교 미담을 다시 호명하는 이유이기도 하다. 이제 구체적으로 천주교 미담의 전개양상과 특성을 살펴보도록 하자.

2. 천주교 미담의 전개양상

1911년 1월부터 1957년까지 6월까지『경향잡지』에서 미담은 253회에 걸쳐 301편[14]이 발표된다. 이 같은 미담 편수는 1911년『경향잡지』이후 '미담' 난을 통해 발표된 미담 288편과 1928년 11월(통권 650호)부터 1929년 5월(통권 661호)까지 연재된 '군난 때 미담' 난의 미담 작품 13편[15]을 더한 것이며,

---

14 횟수와 편수가 다른 것은 한 회에 여러 편의 미담이 소개된 경우도 있고, 하나의 작품을 몇 회에 걸쳐 연재한 경우도 있기 때문이다. 또 본문에는 미담으로 게재되었는데, 연말 총목록에서 빠진 것(1920년 1월호(438호)에 발표된「지엄한 보속으로 미죄를 벌」)도 있었고 반대로 본문에는 미담이라는 표제가 없지만 연말 총목차에 미담으로 분류된 작품도 있었다. 이를 모두 보완하여 편수를 합한 것이다.
15 14회에 걸쳐 발표되었으나, 1편은 연재라서 '군난 때 미담' 난을 통해 발표된 미담 수는 13편이다. '군난 때 미담' 난을 통해 발표된 것은 아니지만, 이후 1930년대에는 4편의 군난을 배경으로 한 미담이 있다. 때문에 군난 때 미담은 총 17편이다.

1950년 '미담' 난은 사라졌지만, 연말에 게재된 1년 단위 목차[16]에서 경향잡지사가 미담으로 분류한 5편을 포함한 수이다. 또한 본문에는 미담으로 소개되었는데 목록에서 빠져 있는 작품[17]까지도 모두 합한 수이다.

연대별로 미담을 개괄한다면, 1911년부터 1919년까지는 천주교 미담의 탄생기이다. 1910년대 『경향잡지』는 『경향신문』에서의 소설 난을 미담 난으로 대체하고 이곳을 통해 일종의 단형서사라 할 수 있는 미담 작품들을 발표한다. 이를 통해 『경향잡지』는 종교적인 내용을 다루되 『경향신문』에서 강조했던 소설 난의 영향력을 계승하고자 한다.

『경향신문』에서 소설은 식민지 조선 사회에 대한 현실인식을 전제로 이에 대한 대응을 지향한 글쓰기이자 천주교 신자 이외의 대중을 독자로 확보하고자 한 전략적 글쓰기였다. 이 때문에 『경향잡지』에서는 소설 난은 유지할 수 없었다. 『경향신문』이 강조한 소설의 지니는 사회성과 시대성은 일제의 검열 때문에 『경향잡지』 발행 자체를 위협하는 요소가 될 수 있었다. 또한 종교지여야만 한다는 일제의 요구는 일반 독자를 배려한 글을 제외해야 했기 때문이다. 그러나 『경향잡지』는 『경향신문』에서 소설 난을 통해 얻은 효과와 전략을 쉽게 포기할 수는 없었다. 그래서 나타난 것이 미담 난이며 천주교 미담들이다. 분명 기사 난의 제목은 바뀌었지만 미담 난에 실린 글들은 형식적인 면에서 '쇼설' 난에 소개된 소설들과 유사했다. 『경향잡지』는 미담 난을 비롯하여 『경향신문』에서도 있었던 '재담' 난, '고담' 난, '노인담' 난과 '우슴거리' 난들을 증설해 나갔으며 이 난들을 통해 '-담(談)' 즉 이야기들을 꾸준히 발표한다.[18]

---

16 『경향잡지』는 『보감』 시절부터 연말이 되면 12월호에 한 해의 글들을 분류하여 목차를 제공하였다. 이 목차와 함께 1년 치 『보감』을 묶으면 그대로 책이 될 수 있게 하기 위한 체제였다. 반면 책이 나올 때는 책 앞에 차례를 제공하지는 않았다. 이 같은 체제는 『경향잡지』에서도 그대로 유지된다.

17 『경향잡지』 1918.2(391호)에 발표된 미담 「해태와 근실의 비유」는 제목도 있고 앞에 소개된 미담과 다른 글임에도 1918년 12월에 발표된 목록에는 빠져 있는 작품이다.

18 근대 이전에도 천주교 신도들이 엮은 수상록과 전기들이 있었다. 예를 들어, 1801년 신유박해 후로

<표 1> 연대별 미담 발표 횟수 및 미담 작품 수

기간	발표 횟수		미담 수	
1911~1919	102		103	
1920~1929	76	62	112	99
		14(군난)		13(군난)
1930~1939	65		76	
1940~1945	5		5	
1953~1957	5		5	
총	253		301	

<표 2> 연도별 미담 발표 횟수 및 미담 작품 수

시기	발표 횟수	미담 수	시기	발표 횟수	미담 수
1911	18	19	1928	8	19
1912	15	11[19]	1929	6	13
1913	8	7		14 (군난)	13
1914	7	7	1930	14	26
1915	4	4	1931	23	24
1916	18	16	1932	13	14
1917	19	24	1933	6	6
1918	9	10	1934	0	0
1919	4	5[20]	1935	0	0
1920	15	16	1936	0	0
1921	10	11	1937	0	0
1922	0	0	1938	5	4
1923	0	0	1939	4	2
1924	6	6	1940	3	3
1925	6	6	1945	2	2
1926	2	2	1953	3	3
1927	9	26	1957	2	2
총 발표 횟수	253		총 미담 수	301	

추정되는 저자 미상의 『즈칙』과 을해교난 때 순교자들의 전기를 엮은 『을해일기』, 전기류로 『최도마 양업신부 이력셔』, 『뎡산일긔』, 『병인순교자전』, 「金안당스긔」 등이다.

　〈표 1〉과 〈표 2〉는 『경향잡지』에 실린 연대별·연도별 미담 발표 횟수와 작품 수이다. 〈표 1〉과 〈표 2〉에 따르면, 미담은 1910년대부터 1930년대까지는 꾸준히 발표되었음을 알 수 있다. 게재 횟수와 작품 수를 단편적으로 본다면, 1910년대가 미담이 가장 많이 발표된 시기다. 그러나 당시의 미담은 사건 요약이나 소개로 그친 경우가 많다. 실제로는 미담 작품 수는 줄었지만, 1910년대보다 1920년대와 1930년대의 미담이 서사 양식의 성숙을 보여준다. 따라서 이 시기를 미담의 발전기 및 성숙기라고 할 수 있다.

　1928년에는 '군난 때 미담'이라는 난이 마련되어 조선 천주교 박해 시절을 배경으로 한 작품들이 소개된다. 이는 조선을 배경으로 조선 사람들을 주인공으로 했다는 점에서 중요하다. 군난 때 미담은 미담이 한국 천주교회의 서사 양식으로 정착하였음을 보여준다.[21] 이로부터 10년 후 『경향잡지』에 첫 소설이 등장하는데, 이 역시 군난 즉 박해시절을 배경으로 한 『은화』였다. 『은화』는 군난소설로 소개된다.

　병인박해시기를 배경으로 한 군난 때 미담은 조선 사회를 반영한 소설을 발표할 수 없어서 등장한 미담이 조선을 배경으로 한 조선의 이야기로서의 '조선성'을 회복하였음을 보여주었다. 또한 박해시기 순교자들의 미담을 통해 일제라는 또 다른 환난의 시기를 살고 있던 천주교 신자들에게 영적 힘을 줄 수 있었다.[22]

19　1912년에는 연재 미담이 여러 편 있었다. 특히 1912년 5월 253호와 254호의 「애덕을 발하는 법」과 1912년 6월 256호와 257호에 발표된 「애덕의 표양」은 제목은 다르지만 모두 시몬이라는 한 가족의 미담을 다룬다. 이를 모두 1편이라고 하면 4회에 걸쳐 연재한 것으로 계산할 수 있으나, 본고에서는 두 미담이 제목이 다르고 주인공이 「애덕을 발하는 법」은 시몬이고 「애덕의 표양」에서는 시몬의 아내이기 때문에 다른 작품으로 인정하여 2편의 미담으로 계산하였다.

20　1919년 6월(424호)에 발표된 「탐도의 벌」의 경우 수사가 주인공인 이야기와 조선의 늙은 부인이 주인공인 이야기가 실려 있다. 다른 미담 작품과의 형평성을 고려하여 두 편의 미담으로 계산했다.

21　그로부터 10년 후 『경향잡지』에 첫 소설이 등장하는데, 이 역시 군난 즉 박해시절을 배경으로 한 『은화』였다. 『은화』는 군난소설로 소개된다.

22　군난 때 미담에 대해서는 졸고, 「천주교 박해 체험의 서사화―군난 때 미담의 전개와 의미」(『우리문학연구』 44, 우리문학회, 2014.10)를 참고할 것.

미담은 대부분의 작품이 저자 불명이다.[23] 그런데 1930년대 말에는 저자를 밝힌 미담이 등장하며, 분량도 길어진다. 또한 〈표 2〉에서 1920년대와 1930년대 중 빈칸으로 남아있는 시기 즉 1934년부터 1937년의 경우, 실제로는 다른 종류의 단형서사들이 출현한다. 1928년에는 「천주교 동화」가 연재를 시작했으며, 1934년부터는 「명담」, 「촌화」, 「부시어낸 항아리」, 『은화』[24] 등이 발표되기 시작한다. 미담 수는 줄었지만 『경향잡지』에는 장편소설을 포함하여 다양한 서사물들이 등장했던 것이다.

연도별로 정리한 〈표 2〉에 따르면 미담의 전성기는 1928년을 전후한 시기부터 1932년을 전후한 시기까지다. 작품의 수로나 작품의 질로나 이 시기 『경향잡지』의 천주교 미담이 가장 발전적인 모습을 보여준다.

〈표 3〉은 미담 중에서 공간적 배경이 제시된 작품을 대상으로 공간적 배경이 된 국가와 장소를 수치화한 것이다. 미담에서 가장 많이 등장하는 국가는 프랑스이다. 때문에 천주교 미담의 경우 프랑스의 천주교 및 프랑스 문학과의 관련성이 가장 높을 것으로 사료된다. 배경 국가를 구체적으로 알 수 없는 미담도 대부분 프랑스를 배경으로 한 작품들로 추정되는 작품이 많아 『경향잡지』에 소개된 미담들 대다수가 프랑스에 그 연원을 두고 채록, 번역의 과정을 거쳤을 것으로 예상된다. 이에 대한 구체적인 분석은 차후 프랑스 문학과의 비교 연구를 통해 규명되어야 한다.

미담의 배경이 된 국가를 알 수 있는 경우, 1910년대 미담의 배경은 프랑스와 일본에 치중해 있다. 프랑스가 당시 조선 천주교에 영향력이 지대했던 프랑스 선교사들의 조국이었다면, 일본은 식민지 조선의 종주국이었다. 일본은 『경

---

23 이는 『경향신문』 '쇼셜' 난에 발표된 소설도 마찬가지였다. 저자를 알 수 없는 작품들이었다. 소설이나 미담 등 종교담의 저자 문자는 이후 연구 과제이기도 하다.

24 본고에서는 미담 외에 재담, 고담, 명담, 촌화, 부시어낸 항아리, 미담 등 『경향잡지』에 나타난 다른 서사물에 대해서는 논의에서 제외했다. 그러나 추후 이런 모든 서사물에 대한 연구를 이어갈 예정이다.

향잡지』도 검열의 대상에서 예외가 될 수 없었던 검열의 주체이기도 하였다. 결국 식민화 과정에서 일본 국가 권력 및 일본의 천주교가 조선의 천주교에 영향을 끼쳤던 것이다.

1920년대에는 배경 국가의 편중성이 감소되면서 다양한 국가들이 배경으로 제시되고 또 배경이 구체화된다. 천주교와 관련된 수도원, 성당, 공소, 무덤, 하늘나라가 등장하기도 하고, 신앙을 믿는 특정 가정이 소개된다. 특히 1928년부터 발표된 군난 때 미담은 전편이 모두 조선을 배경으로 한 작품들로 이로써 조선을 배경으로 한 미담 수가 22편으로 늘어난다. 시공간적 배경이 구체화되고 인물 제시 역시 구체화될 뿐 아니라 작품 전개에서는 대화체가 활용되기도 한다. 미담의 시간적 배경은 '옛적에', '옛적', '예전' 등 막연한 경우가 대부분이지만 특별히 구체적인 연도를 제시해 주는 경우도 있다. 이 경우 1600년대에서 1700년대가 가장 자주 등장한다. 이 역시 당대보다는 과거의 시간을 소급하여 제시함으로써 동시대성을 확보하지 못했던 미담의 특성을 보여준다. 미담은 더 먼 과거이든 좀더 가까운 과거이든 종교와 관련된 '옛날이야기'였던 셈이다.

그러나 시공간을 배경으로 주인공을 비롯해 구체적인 인물들을 통한 사건이 전개되면서 천주교 미담은 신의 이야기 혹은 천상의 이야기가 아닌 신과 인간이 만나는 지상의 이야기, 천주를 믿는 인간들의 이야기가 될 수 있었다. 서사성이 강화되면서 작품의 분량은 길어지고, 초기 미담에 정형적으로 등장하던 주제부 혹은 교훈을 직설적으로 요약한 제시부는 축소되거나 생략되는 경우가 증가한다. 작품의 주제는 직설적인 서술이 아닌 구체적인 사건과 묘사를 통해 구현된다. 천주교 미담이 논설 혹은 논설적 서사가 아닌 서사의 독자성을 확보해 나가게 된 것이다. 각 시대별 천주교 미담의 특징과 전개 양상을 정리하면 다음과 같다.

〈표 3〉 미담의 공간적 배경 1 : 국가별 배경 현황[25]

공간적 배경	미담 수					
	총 수	1910년대	1920년대	1930년대	1940년대	1950년대
조선, 한국	22	2(+1)	15	4		1(한국)
일본	17	15	1	1		
중국	9	3	1	5		
프랑스	41	16(+9)	3	10(+2)		1
독일	2		1	1		
인도	2	1		1		
스페인	13	5	4	4		
이스라엘	7	3	4			
이탈리아	8	4	2	2		
페루	3	1	1	1		
벨기에	5	1	1	1(+1)		1
영국	6	3	3			
이집트	2	1	1			
미국	3	1		1		1
남아메리카	1			1		
헝가리	1	1				
폴란드	3	1		2		
브라질	1		1			
오스트리아	1		1			
네덜란드	2			2		
젤마니국	2			2		

25 이 표에서 조선의 경우 공간적 배경이 아니더라도 조선이 등장한 작품도 수에 넣었음을 밝힌다. 1910년대 작품에서 1912년 1월호(246호)에 발표된 「일본인의 두 부자 치명」의 배경은 일본이지만 작품에서 조선국 노예에 대한 서술이 나와 이도 조선이 등장한 것으로 산정하였다. 또 두 개의 국가가 나와 있는 경우도 함께 배경으로 인정하였다. 〈표 3〉과〈표 4〉는 작품에서 공간적 배경 국가를 확실히 제시한 경우와 그렇지 않은 경우를 나눈 것이다. 또 배경 국가를 확실히 밝힌 작품과 그렇지 않은 작품에서 다른 화소로 배경 국가를 추정할 수 있는 경우 〈표 3〉에서는 괄호 안에 그 수를 더하였다. 배경을 알 수 없는 미담이 차후 공간적 배경을 추정할 수 있게 된다면, 이 표의 내용은 보완될 것이다.

<표 4> 미담의 공간적 배경 2 : 국명 제외된 작품의 경우

국가명 제외	미담 수					
	총 수	1910년대	1920년대	1930년대	1940년대	1950년대
서양	8	5	1	1	1	
아프리카	2		1	1		
지방명	10	9	1			
알 수 없음	65	26	34		4	1
수도회(원)수녀원	10		8	2		
성인무덤	1		1			
공소, 성당	2		2			
하늘나라	1		1			
집	2			2		

(1) 1911년~1919년 : 미담의 탄생기

1910년대는 문학 작품으로서 천주교 미담의 탄생기이다. 이 시기는 『경향잡지』의 발간과 함께 미담 난을 통해 천주교 미담이 작품으로 발표되기 시작한다. 한 달에 두 번 발행되던 『경향잡지』에서 미담 난이 고정 난으로 마련되어 이 난을 통해 미담 작품들이 102회에 걸쳐 103편 발표된다. 1910년대는 횟수나 작품 편수로 보면 가장 많은 미담이 소개된 시기이다.

미담의 배경 국가는 프랑스와 일본이 가장 많았으며, '옛적에', '예전에', '전에'라고 막연하게 시간적 배경을 밝힌 작품이 50편 이상이다. 미담의 구성은 주제 단락을 제시하고 미담으로 이어지는 2단 구성이 대부분이며, 미담을 마치면서는 주제를 부각하는 결구를 덧붙이기도 했다. 미담 작품 중에서 조선이 등장하는 경우는 1911년 1월호(222호)에 「즈아시로 단정한 자는 반드시 구원받음」과 1912년 1월호(246호)에 「일본인의 두 부즈 치명」이다. 이 두 작품에서 주요 배경은 일본이지만 첫 작품은 1596년 일본으로 끌려 간 조선인이 주인공이고 두 번째 작품은 일본인 주인공이 죽을 때 조선국에서 일본에 포로로 끌려온 자도 함께 죽었다는 언급이 나온다.

1919년 6월호(424호)에 「탐도의 벌」이라는 미담에서 조선 어떤 지방의 미담이 소개되는데, 작품으로서의 완결성을 확보하지는 못했다. 내용도 조선의 늙은 부인이 소재를 지키지 않고 육찬국 즉 고깃국을 먹다 벌을 받은 이야기로 탐도죄를 경계한 내용이라 조선의 이미지가 긍정적으로 그려진 작품은 아니다. 1910년대 미담에서는 일본의 검열과 통제를 강하게 의식한 탓인지 조선을 배경으로 한 조선인의 이야기들은 배제되었으며 간헐적으로 등장하는 경우에도 긍정적인 내용이 아니다.

이 시기 미담의 주요 내용은 신덕과 구원, 성체성사, 치명의 은혜, 천주성삼의 신비, 거짓교와 참교인 천주교 비교, 연옥의 괴로움, 모고해에 위험, 선종의 은혜, 애덕, 미사참례, 루르드의 기적, 발현사화, 헛맹세 경계, 성물 관련 기적, 기도의 효력, 불목의 경계, 주일 지키지 않은 벌, 교만과 질투, 욕심, 술탐도, 분노, 해태(게으름) 경계, 매괴경(묵주기도)의 은혜, 성인 및 수도회 소개 등으로 신앙생활과 관련된 미담들이 대부분이었다. 특히 치명 순교한 이야기들이 많이 등장했으며 기적 사화로는 루르드의 기적이 여러 편 소개된다. 내용은 크게 기적과 관련된 내용, 신앙생활에 대한 내용으로 신앙생활에서 권장할 것과 경계할 것이다. 또 적은 편수이기는 하지만 수도회나 성인을 소개하는 작품도 있다. 소개 된 성인으로는 아우구스티노(224호), 야고보(234호), 베르나르도(250호) 성인 등이다.

서사와 논설의 혼합

『경향잡지』에서 소개된 미담은 모두 제목이 있고 1938년도와 1939년도에 발표된 오기선 신부가 쓴 다섯 편의 작품을 제외하고는 저자 표시가 없다. 서술 특성은 서사에 논설적 요소가 혼합된 양식이다. 논설적 요소의 혼재는 현재적 관점에서는 미담의 미학적 성취를 약화시키는 요소다. 그러나 1910년대 한국에서 논설은 지배적인 글쓰기 양식이었다. 근대 서구의 예술적 글쓰기 양식이 이입되는 과정에서도 논설은 서사 양식에 혼재되어 나타난다. 천주교 미담 역시 마찬가지였다. 특히 1910년대 미담 구성에서 주제부, 혹은 교훈부에 해당되는 부분에서 논설적 요소가 강했다.

당시 미담의 구성은 서사를 주축으로 주제문과 미담 소개를 통한 2단 구성, 혹은 미담 소개와 교훈을 알려주는 2단 구성이 가장 많았고 주제문과 미담과 교훈의 3단 구성과 요약식 1단 구성도 있었다. 이 당시 대표적인 미담 서술 구조의 특성을 확인해 보면 다음과 같다.

텬쥬ㅣ 위틱혼 디경에 잇눈 쟈를 안위ᄒ심

대개 신덕의 은혜는 쥬 친히 주샤써 모든 위틱혼 디경에 잇눈 쟈를 안위ᄒ시니 그런 즉 우리는 맛당히 브즈런 흠으로써 엇고 듯게 직휠 것임을 가히 알지라

이에 녯적 일 혼가지를 기록ᄒ여써 우리 표양을 삼노니 텬쥬 강싱 일쳔륙빅십ᄉ년에 일본에 혼 벼슬둔니눈 사름이 잇서 셩교를 준힝ᄒ니 일홈이 뎨독이라 (…중략…)

일로 보면 사름이 스스로 신덕을 일혼진대 공심판 쌔에 엇지 붓그럽지 아니ᄒ리오[26] (띄어쓰기는 인용자)

이 작품은 『경향잡지』에 수록된 첫 번째 미담이다. 일제를 의식해서인지 배경은 일본이며 주제는 믿음을 강조한 신덕(信德)이다. 주인공은 일본의 한 제독

으로 그는 천주교 신앙을 배교하라는 왕의 명령을 따르지 않아 어린 아들과 딸, 맏아들, 아내까지 차례로 잃는다. 그러나 죽음 앞에서도 배교하지 않은 주인공의 믿음과 의지를 보고 왕은 그를 살려주었으며 죽은 줄 알았던 가족과 함께 그를 다시 집으로 돌려보낸다. 왕은 주인공의 신덕을 통해 그와 그의 가족뿐 아니라 다른 이들에게도 천주교를 금하지 않아 천주교[27]를 자유롭게 믿을 수 있게 되었다는 결말은 한 사람의 믿음이 가져온 놀라운 결과를 강조한다. 주인공의 굳센 믿음이 본인은 물론이거니와 가족과 한 사회를 천주교를 믿을 수 있는 신앙의 자유로 이끌었던 것이다.

작품의 형식은 제목이 제시된 후 내용에서 주제문, 본 이야기, 주제 강조를 위한 결구로 전형적인 미담의 서술 구조를 따른다. 주제부와 주제 강조의 결구 사이에 본 이야기가 끼어있는 구조이기 때문에 액자형 구조라고도 할 수 있다. 인용한 부분은 미담 본 이야기의 앞과 뒤 부분이다. 주제를 소개하고 본 이야기로 이어지는 이 같은 서술 형식은 1910년대 초기 대부분의 미담의 전형적인 형식이다. 주제를 제시하고 미담이 소개된 후 결구로 주제를 부각한다. 이는 이야기를 통한 감동보다는 주제를 분명하게 전달하고자 의도가 강했기 때문이다. 그러나 이 같은 형식은 점차 서사성이 강조되는 미담들로 변화된다. 1920년대 후반부 미담에서는 전반부의 주제 단락이 없는 작품이 많아지고, 1930년대 후반부 미담에서는 작품의 분량이 길어진다.[28]

1910년대 미담 중 내용이 긴 작품의 경우 대화가 등장하기도 한다. 이런 예가 되는 작품은 1916년 8월호(356호)에 발표된 「다이스」와 1917년 1월호(366

---

27 이 글을 비롯하여 당시 미담에서는 천주교를 지칭할 때 '성교(聖敎)'라고 칭한다.

28 『경향신문』에 소개된 소설 역시 완벽한 서사적 양식을 구현하지는 못하였다. 편집자가 교훈을 설파하고 주제를 드러내고 있어서 소설이라기보다는 서사적 논설의 단계를 벗어나지 못하였다. 서사와 논설의 미분리는 근대계몽기 서사문학의 특징이기도 하다. 근대적 서사양식은 서사적 논설에서 출발하여 중심 서사의 내용이 풍부해지고 논설이 탈각되는 방향으로 발전한다. 정가람, 앞의 글, 153면 참조.

호)에 발표된 「평화의 값」이다. 「다이스」는 200자 원고지 약 24장에 해당되며 동방교회에서 9월 8일이 축일인 성녀라고 소개된 다이스를 주인공으로 한 작품이다. 다이스는 성경에 등장하는 막달레나와 유사한 인물이며, 이 작품은 창녀인 다이스의 회개가 주제다.

「평화의 값」은 원고지 16장이 넘는 분량으로 도둑의 회개가 주제이다. 주인공은 프랑스에 사는 도둑으로 10년 만에 훔친 돈을 갚고 가난한 사람들을 위해 자신의 재산을 봉헌한다. 특히 주인공과 등장인물인 신부의 대화를 통해 작품의 긴장감과 흥미를 더했다. 대화체의 삽입은 1920년대 미담에서는 더 적극적으로 활용된다.

1910년대 미담은 신덕의 중요성, 이와 관련된 기적, 신앙생활과 관련해서 모든 탐욕을 경계하는 내용들이 많다. 특히 일본의 박해시대를 배경으로 배교하지 않은 신앙인의 모범을 보여주는 이야기들이 여러 편 소개된다. 1910년대 후반으로 갈수록 일본 관련 미담은 줄어들고 전반적으로 현세에서의 죽음을 두려워하지 않는 태도가 강조된다.

(2) 1920년 ~ 1929년 : 미담의 발전기

연재 미담

1920년대 미담은 1910년대 미담과 비슷한 소재를 다루면서도, 신앙생활에 초점을 맞춘 내용들이 대부분이다. 새로운 변화는 같은 제목의 연재 미담이 출현한 점이다. 1920년대 연재 미담은 같은 작품을 몇 회에 걸쳐 연재한 미담이 아니라, 주제가 같은 서로 다른 미담을 연달아서 발표한 경우를 말한다. 즉 같은 주제의 서로 다른 작품들이 하나의 제목으로 연달아서 소개된 것으로 각각의 작품을 독자적인 제목으로 구분해서 보여주기보다는 제목을 주제 하나로 통일시킨 작품들이다. 이전 시기인 1910년대에도 연재되어 발표된 미담이 8편 있었다. 이 작품들은 하나의 작품을 몇 회에 걸쳐서 연재한 경우이다. 또 1910년대에는 한 호에 각각의 제목으로 2편 이상의 미담이 소개된 경우도 있었다. 379호(1917.8)에 3편, 383호(1917.10)에 2편, 384호(1917.11)에 3편, 385호(1917.11)에 3편, 389호(1917.1)에 3편의 미담이 소개되었다.

이에 비해 1920년대는 서로 다른 내용의 작품인데도 동일 제목으로 연재되는 미담이 나타난다는 점에서 1910년대와 다르다. 동일 제목이 연재되었다 함은 미담 작품이 연이어 발표된 것을 이른다.[29] 이러한 형식의 연재 미담이 등장한 것은 1921년 8월호(475호)와 1921년 12월호(483호)의 「천주성의만 순종함」이 처음이다. 이 작품의 경우 발표 월호는 8월과 12월이지만 9월호, 10월호, 11월호에는 미담이 발표되지 않았다. 1920년대에는 같은 제목으로 여러 호에 걸쳐 여러 개의 미담이 집중 소개되는 동시에 한 호에 같은 제목으로 여러 편의 미담이 중첩되어 소개되는 현상이 나타난다. 1920년대 한 호에 독립적인 두 개의 미담이 실린 경우는 546호(1924.7)에 「신부와 의사」와 555호(1924.12)에 「용맹한 병사」의 경우뿐이다.

특히 1920년대 후반부에는 동일 제목의 서로 다른 미담들이 집중적으로 연재되는데, 「성체께 대한 영적」의 경우가 그렇다. 「성체께 대한 영적」이라는 제목으로 1927년 8월호(619호)부터 1929년 12월호(675호)까지 22회에 걸쳐 연재미담이 이어진다. 1930년대에도 1월호부터 1930년 8월호까지 11회가 연재되어 「성체께 대한 영적」은 총 33회가 이어지는데, 작품 수로는 27년부터 29년까지 57편, 30년에 22편으로 총 79편이 연달아 소개된다. 성체성사와 성체에 대한 신심은 천주교 신앙생활의 핵심이다. 성체와 관련된 기적을 다룬 이 미담

---

29 부록의 천주교 미담 목록을 참조할 것.

들은 이를 신자들에게 강조하기 위한 작품들이었다.

한 호에 하나의 제목으로 여러 편의 미담이 소개된 경우도 있었다. 앞서 제시한 「성체께 대한 영적」의 경우에도 1928년 3월호(634호), 4월호(635호와 646호), 5월호(638호), 6월호(639호와 640호), 7월호(641호)에 각각 2개에서 4개의 미담이 함께 발표된다. 이 외에도 1920년 11월호(458호)에 「사치함을 통곡함」은 알렉산드리아 읍내를 배경으로 한 밤보 수도원장의 미담과 일본을 배경으로 한 사베리오 성인과 평신도의 미담을 소개한다. 1921년 8월호(475호)에 발표된 「천주성의만 순종함」의 미담도 2편의 이야기 즉 젤뚜르다 성녀 미담과 신실한 교우의 미담이 함께 소개되고 있다. 이런 경우 각 미담들은 서사성을 구체적으로 서술하기보다는 사건을 요약해서 짧게 기술하는 작품들이 대부분이다.

대화체 활용과 정덕 강조

1920년대 미담은 다양한 서술 방식이 시도되고 있다는 점 또한 특징이다. 1910년대 미담들처럼 미담과 주제 단락으로 이어지는 2단 구성의 작품들도 있었다. 미담을 여러 편 소개하기 위해 요약문으로 사건의 핵심만 전달하는 짧은 미담들과 논설적 요소가 강한 주제 단락이 빠진 채 미담만 독립적으로 제시하여 독자의 감동과 판단에만 의지하는 미담들도 많아졌다. 대화체가 1910년대보다 적극적으로 미담 서술에 활용되어 흥미와 감동을 배가시켰다는 점 역시 주목할 만하다. 「탁월한 고난」(1924.7, 545호)의 경우처럼 사건 서술 없이 성인의 말씀을 그대로 옮긴 미담[30]이 있는가 하면 「유명한 피닌유스의 성교찬양」

---

30 「탁월한 고난」(1924.7, 545호)은 성 프란치스코 사베리오의 말씀을 그대로 옮긴 미담이다. 그래서 인지 본문 중에는 '미담'이라는 난 제목이 없다. 그러나 연말 목차에 '미담'으로 분류되어 있는 미담이다. 이 같은 미담은 『경향잡지』에 소개된 마지막 미담 작품인 1957년 6월호(1071호)에 발표된 「예수성심의 허락하신 은혜」도 마찬가지다. 이 미담도 해당 호 본문에는 '미담'이라는 난 제목이 없으며 연말 총 목차에서만 미담으로 분류되었다. 이 미담의 경우 사건의 개요가 전혀 없이 말가리다 성녀에게 발현하신 예수님의 말씀만으로 서술되었다.

(1925.6, 567호)처럼 찬양시를 미담으로 소개하기도 하였다.

1924년 7월호(546호) 「신부와 의사」부터는 행갈이를 표시하는 ○와 같은 기호가 이용되기도 하고 문장과 문장 사이를 표시하기 위해 띄어쓰기가 사용되는 등 표기법의 변화도 나타났다. 1925년 7월호(569호)에 발표된 「꿈은 꿈이라도 좋은 꿈」에서는 문장부호로 물음표가 처음으로 등장하였고, 쉼표도 사용되었다.[31] 「어린아이와 첫영성체」(1924.5, 542호), 「평화와 행복의 요리」(1925.12, 579호) 등 신앙적 가치를 내용으로 하면서도 작품성이 뛰어난 미담들이 소개되었다.

예를 들어 「혼배자의 유명한 정덕」(1920.7, 450호)은 정덕(貞德)에 대한 진일보한 내용을 담고 있다. 결혼한 지 11년이 된 두 동서는 각자 자신들의 남편에게 정덕을 지키자고 간청하지만 이를 허락받지 못하여 갈등하다 결국 마음 정덕 지키기에 헌신한다. 이 두 여인에게 마카리오 성인은 어느 지위에 있든지 마음 정덕이 천주의 마음을 크게 즐겁게 하는 것이며, 혼배자의 정덕이 독신자나 수도자의 정덕보다 더 나은 때가 있다고 말한다. 이 작품의 내용은 복음 3덕 중에 '정결'이라 할 수 있는 정덕이 육체의 순결에 국한되지 않고 마음의 순결함을 우선시해야 함을 강조한다. 1920년대 식민지 조선 사회의 다른 매체에서도 순결이나 정결과 관련된 내용들이 등장하였지만 여성의 순결만이 아닌 결혼 전 남성의 순결을 주장하는 내용들이 그나마 진일보한 내용이었다. 여기서 순결은 당연히 육체적 순결을 말했고, 이를 명명할 때도 '정덕'이라는 단어가 아니라 '정조'라는 용어를 사용했다. 그러나 이 미담에서는 육체적 순결을 의미하는 '정조'가 아닌 마음의 '정덕'까지 논하고 있으며, 혼배자의 정덕이 독신자나 수도자의 정덕보다 뛰어날 수 있음을 제기한다.

정덕이 순결을 지키며 육체적 쾌락을 끊고 독신으로 하느님께 헌신하는 덕행만을 의미하는 것이 아니라, 여자의 정숙한 덕 일반을 가리키며 특히 마음의 정

---

31 이 작품에서는 '독자 제씨'라는 표현이 등장하기도 한다.

덕을 강조한다는 점이 이 시기 천주교 미담에 나타나는 정덕, 순결에 대한 내용
이다. 그래서인지 수도자보다 결혼한 여인 혹은 평신도 여인들의 정덕이 적극
적으로 소개되고 있다. 1924년 2월(535호)에 발표된 「좋은 표양」은 수에즈 운
하에 근무하는 영국의 한 남자가 아일랜드 여인들의 정덕을 보고 천주교에 입
교하게 되는 내용인데 그의 입교 동기는 정덕을 잘 지키는 여인들 때문으로 제
시된다. 당시 아일랜드는 영국의 식민지였는데, 식민지 국가의 여인 그중에서
도 가장 비천한 하인 신분의 여인들을 통해 정덕을 강조한다. 정덕은 신분과 계
층을 초월하여 지킬 수 있는 덕이며, 천주 신앙을 표현하는 삶의 자세였던 것이
다. 또한 이 작품은 신문 기사를 이용한 미담이라는 점에서도 특이하다. 이를
통해 이 시기 미담의 출처들이 다양해졌음을 알 수 있다.

꾸며낸 미담, 허구성 인정

1920년대 미담은 미담의 허구성이 인정된다. 1926년 2월(584호)에 발표된
미담의 제목은 「꾸며낸 미담, 성 요셉의 최후 수단으로 천당에 들어간 가련이」
이다. 원고지 14.5장(약 2,400자)으로 분량이 긴 이 미담은 제목에서 '꾸며낸'
미담이라고 밝힌다. 천주교 미담은 소설과는 달리 허구가 아니라 사실담, 실제
있었던 이야기임을 강조하는 경향이 강했다. 그러나 이 작품은 제목에서부터
이야기의 사실성, 실제의 경험을 부정한다. 이는 이 작품의 내용이 죽음 이후의
이야기이기 때문이다.

냉담자로 등장한 주인공 '가련이'는 임종 때 성 요셉의 도움으로 지옥에는 가
지 않았으나 천당에는 들어갈 수 없었다. 하늘나라를 배경으로 가련이는 요셉
성인께 간청하고, 요셉 성인의 도움으로 천당에 들어가게 된다. 이 과정이 요셉
성인과 베드로 성인의 대화를 통해 진행된다. 이는 죽음 이후의 이야기이기 때
문에 미담이 강조했던 실제 경험을 토대로 어느 누구도 쓸 수 없는 내용이다.

결국 미담은 실재 그 자체보다는 허구적인 창작을 통해서라도 신앙의 진실을 보여주어야 했다. 이를 위해 미담은 서사문학으로서 다음 단계로 나아간다. 사실 그 자체보다는 신앙의 진실이 더욱 중요하게 된 것이다. 천주교 미담은 실재 경험, 혹은 사실의 강조에서 벗어나 신앙의 진실을 보여줄 수 있는 문학성을 확보해 나간다. 이를 보여주는 작품이 「꾸며낸 미담, 성 요셉의 최후 수단으로 천당에 들어간 가련이」이다.

평신도들이 주인공으로

미담의 내용도 다양해진다. 성인성녀를 중심으로 한 기적이나 성인들의 표양을 위주로 한 미담에서 평신도의 표양을 보여주는 미담이 다수 등장하고. 평신도들의 생활을 소재로 결혼생활, 문답공부에 대한 미담이 소개된다. 이처럼 평신도를 주인공으로 그들의 신앙생활을 다룬 미담이 많이 등장하는 것도 1920년대 천주교 미담의 특징이다. 또한 천주교 미담이 성인성녀전과 같은 위인전이 아닌 필부들의 이야기임을 보여주는 근거이기도 하다.

평신도를 주인공으로 한 미담으로는 「혼배자의 유명한 정덕」(1920.7, 450호), 「신덕의 열매」(1924.1, 533호), 「좋은 표양」(1924.2, 535호), 「어린 아이와 첫영성체(1924.5, 542호), 「신부와 의사」(1924.7, 546호), 「용맹한 병사」(1924.12, 555호), 「견실한 처녀」(1925.8, 571호) 등이다. 이 작품들은 평신도들의 일상적인 신앙생활을 내용으로 한다. 성월(聖月)과 관련된 미담들이 등장하기도 한다. 5월 성모성월을 맞이하여 소개된 성모님 공경 미담, 6월의 예수성심성월에 맞춰 나온 예수성심을 공경하자는 미담, 3월 요셉 성월엔 요셉 성인을 공경하자는 미담 등이 소개된다.

미담의 배경이 되는 시공간도 다양해진다. 그중에서도 조선을 배경으로 한 미담이 등장했다는 것이 가장 중요한 변화이다. 1910년대 미담의 경우 조선이 등장한 작품도 드물었지만, 등장한 경우에도 작품의 주배경이 아니라 소재에 그쳤다. 그러나 1920년대는 조선을 배경으로 하는 미담이 16회에 걸쳐 15편이 소개된다. 첫 작품은 1925년 8월(571호)에 발표된「문답공부의 효과」이다. 시간적 배경은 '30여 년 전'이라 했으니 1800년대 후반이고, 공간적 배경은 '조선'이라고 분명하게 제시된다. 영세를 받지 않았던 구교 집안 청년이 외교인과 결혼한 후 본가로 돌아와 영세를 받은 후 문답을 외우곤 한다. 여기서 문답(問答)이란 천주교 교리 문답공부를 말한다. 1925년의 미담이라는 것을 염두에 둔다면 그가 외웠을 문답은『성교요리문답』이거나 '대문답'이라고도 불린 1925년에 간행된『천주교 요리』이다.『성교요리문답』은 한국 천주교회가 최초로 채택한 교리서로 1864년 4대 조선교구장 베르뇌(Berneux, 張敬一) 주교가 목판인쇄로 간행하였다. 이 책은 한문본『聖敎要理問答』을 번역한 것으로 천주교의 근본교리를 문답식으로 풀이하였다. 1864년 초판이 나온 이래 목판 또는 활판으로, 순한글 또는 국한문혼용으로 수없이 판을 거듭하면서, 1934년에 새로운 교리서인『천주교요리문답』이 나오기까지 70여 년 동안 한국교회의 유일무이한 교리서였다. 1925년에는 르장드르(Le Gendre, 崔昌根) 신부가 편찬한『천주교요리(天主敎要理)』가 간행되기도 하였는데, 조선 주교회의는 1926년 11월 15일『천주교 요리』를 조선 교회의 공식 문답으로 반포하기도 하였다.[32]

「문답공부의 효과」에서 주인공의 아내는 과거에는 미신에 빠지기도 했던 인물이다. 그녀는 남편이 문답을 외우는 것을 문 밖에서 들으면서 스스로 교리 공부를 하고 자신도 영세를 받는다. 남편의 문답공부가 아내를 천주교로 이끈 것이다. 이처럼 이 미담의 주제는 천주교 문답공부의 효과와 중요성이다. 무엇보다 배경, 인물, 사건이 모두 조선을 중심으로 전개되었다는 점에서 이 작품은 한국 천주교 미담이 한국 천주교 서사문학으로 발전해 가는 전환점이 되었다.

---

[32] 『천주교대사전』(교회사연구소, 1996)과「개정한 문답 반포」(『경향잡지』601호, 1926.11.15) 참조.

조선의 이야기, 군난 때 미담

「문답공부의 효과」와 「착한 소학생」에 이어 한국의 서사문학으로 정착한 미담이 군난 때 미담이다. 여기서 군난이란 박해를 이르는 옛 용어이다. 군난 때 미담은 1928년 11월호부터 '미담' 난과는 별도로 '군난 때 미담' 난이 생기면서 발표된다. 이 난에 소개된 군난 때 미담은 모두 조선을 배경으로 조선인을 등장인물로 한 작품들이다. 이런 차이를 부각시키고자 『경향잡지』는 '미담' 난과는 별도로 '군난 때 미담' 난을 마련하였다. 그리고 이 난을 통해 한국을 배경으로 한 한국인의 미담들이 본격적으로 소개되기 시작한 것이다. 군난 때 미담은 천주교 미담이 시간적 배경과 공간적 배경을 구체화하는 과정에서 다시 한국적인 서사로 정착하는 과정을 보여준다.

『경향잡지』는 1928년 11월호(653호)부터 1929년 5월호까지 미담 난과는 별도로 '군난 때 미담'이라는 난을 추가하여 14회에 걸쳐 13편의 군난 때 미담을 소개한다. 이후 '군난 때 미담' 난이 지속되지는 않지만, 『경향잡지』 715호(1931. 8) 미담 난에 「억지로 포교의 손에서 **빠져남**(병인군난시)」이라는 미담 외 715호부터 717호와 719호에 4편[33]의 군난 시절을 배경으로 한 미담이 더 소개된다. 이 미담들은 모두 병인박해시기 조선을 배경으로 한 천주교인들의 신앙생활을 소재로 한 미담이다. 박해시기의 한국인들의 신앙생활을 채록하여 미담으로 재창조한 것이 군난 때 미담이다.

조선을 배경으로 조선 사람들의 삶을 내용으로 한 군난 때 미담은 구체적인 시공간과 함께 일상생활의 구체적인 사건들이 형상화되면서 작품의 흥미를 확보한다. 표고와 포교의 발음이 비슷하여 일어난 사건, 성경을 알아들을 수 없어

---

33 1930년대 군난 때의 미담은 715호(1931.8)의 「억지로 포교의 손에서 **빠져남**(병인군난시)」과 「병인군난에 신부와 교우가 포교와 함께 배에 올라 마음이 조리던 형상」과 717호(1931.9)에 발표된 「12세 이하 3남매가 잔인하게 치명할 의논을 함(병인년)」과 719호(1931.10)에 발표된 「강신부의 고생하신 미담(병인년)」이다.

서 생긴 일화, 외교인의 눈에 비친 천주교인들의 일상, 외교인 몰래 신앙생활을 하는 데서 오는 어려움 등이 흥미롭게 그려진다. 군난 때 미담은 소재나 주제, 그리고 작품의 배경이 조선이었다는 점 외에도 대화를 통해 사건을 전개하고, 유머를 통해 독자의 흥미를 유도하는 등 극적 요소와 대화체를 중심으로 미학적 효과를 거둘 수 있었다. 특히 길이가 긴 미담에서 대화는 사건 전개에 핵심적인 부분을 담당한다. 이런 작품에서 주제나 교훈을 직설적으로 서술하는 주제부나 교훈부는 없다. 오직 작품을 통해서 독자의 감동을 꾀했다.

그러나 '군난 때 미담' 난은 계속 이어지지 않는다. 미담의 소재를 찾기 힘들었고, 군난 때 미담을 창작할 수 있는 작가층이 확보되지 않았기 때문이다. 실제로 1929년 3월 『경향잡지』 658호에는 '군난 때 미담' 난 마지막 부분에서 "독쟈제군이여 본쥬필이 군난 격은 로인들에게 드른 것은 이제 다 긔록ᄒ엿ᄂ이다 누구시든지 가히 긔록홀 만흔 군난 째 긔ᄉ가 잇거든 보내시옵쇼셔"라는 기사가 있었다. 이 글에 따르면 군난 때 미담은 이를 경험한 노인들의 이야기, 신앙인들의 목격담을 채록하여 이를 바탕으로 주필이 각색, 창작한 것이라 할 수 있다. 채록의 어려움은 군난 때 미담을 지속할 수 없었던 주요한 원인이었다.

이후 군난 때 미담은 1930년대 '미담' 난을 통해 4편이 더 소개되다가 군난소설로 발전한다. 『경향잡지』에서 최초로 등장하는 소설은 1939년 1월부터 연재된 『은화』이다. 저자는 윤의병 신부로 그는 병인박해를 체험한 가톨릭 신자들을 만나 그들의 증언을 취재하는 작업을 거쳐 이 작품을 창작하였으며 1839년에 있었던 기해박해 100주년을 기념하여 1939년부터 『경향잡지』에 연재를 시작한다. 이 작품은 '군난소설'이라는 난에서 연재되는데, 1866년 병인박해 시절을 배경으로 충청도 지역 순교자들의 삶을 그린 신앙소설이다.

일제 통치하에서 종교 탄압의 근거가 되는 현실성과 사회성을 배제하기 위해 『경향신문』의 '쇼셜' 난이 사라지면서 『경향잡지』 '미담' 난을 통해 발표된 천주교 미담은 군난 때 미담, 군난소설로 이어지는 천주교 서사문학의 계보를 형성한다. 군난 때 미담은 1866년 병인박해시기를 배경으로 함으로써 당대 식민지 조선의 현실을 담아내지는 못했지만 다시 한국의 이야기로 시공간을 구체화하게 되는 전환점이 되었다. 이는 한편으로는 한국 천주교 서사문학의 쾌거이기도 했다. 또한 박해시기 조선 천주교인들의 고난과 극복의 미담을 읽었을 독자들에게 비록 종교적 박해시기는 아니었지만 민족의 고난기였던 일제 강점기를 견디어 낼 수 있는 영향을 주었을 것으로 사료된다.

군난 때 미담을 비롯하여 『경향잡지』에 발표된 미담들은 일제 강점기를 배경으로 당대 현실에서의 문제의식을 형상화한 작품은 아니었다. 때문에 천주교 미담이 일제에 종속적인 서사였으며, 현실 도피적 작품들이었다는 비판을 배제하기 어렵다. 그러나 이 비판은 순종교지가 아니면 존속할 수 없었던 상황에서 『경향잡지』가 선택한 서사 전략이 무엇이었나에 대한 물음을 통해 재고되어야 한다. 천주교 미담의 한계뿐 아니라 천주교 미담이 보여 준 가능성도 묵인되어서는 안 되기 때문이다. 이상과 같이 다양한 작품군의 등장과 함께 군난 때 미담의 출현으로 끝나는 1920년대는 천주교 미담의 발전기이자 천주교 서사문학의 분수령이 된 시기였다.[34]

(3) 1930년~1939년 : 미담의 성숙기

미담 서술의 다양화와 변주

1930년대 천주교 미담은 1929년에 이어서 성체 기적과 관련된 미담 연재를

---

[34] 군난 때 미담과 관련해서는 졸고, 앞의 글 참조.

시작으로, 군난 때 미담이 네 편 더 소개된다. 특히 1930년대 미담은 연옥과 관련된 내용과 이와 관련해서 연령을 위한 기도를 권장하는 내용의 미담이 많다. 앞에서 제시한 〈표 2〉에서와 같이 1930년대 미담은 1933년까지의 전반기 미담과 1938년 이후 후반기 미담으로 나뉜다. 1934년부터 1937년까지는 미담난이 없었던 공백기이다. 그러나 이 시기에는 '명담', '춘화', '부수어진 항아리'라는 새로운 난들이 『경향잡지』에 등장한 시기이기도 하다. 미담에서 출발한 천주교 서사 양식이 다양하게 형식적 변주를 시도한 시기라 할 수 있다. 공백기를 거쳐 1930년대 말에 등장한 미담은 1930년대 전반기까지의 미담과는 차별적인 특성들을 보여준다. 1930년대 전반기와 후반기 미담의 특성 및 전개양상을 정리하면 다음과 같다.

1933년까지 1930년대 전반기의 미담은 형식적인 면에서는 1920년대 미담의 성취를 이어가고 있다. 같은 제목으로 여러 편의 미담이 이어지는 연재미담, 내용 전개에서 사건 전달에만 치중하는 요약식 미담, 분량이 길어지면서 대화체의 활용, 주제부의 소멸과 서사성의 극대화를 통한 소설적 성취를 보여주는 미담들이 나타난다. 1931년 6월(712호)에서 1931년 7월(713호)까지 2회에 걸쳐 연재되어 발표된 「사랑의 기갈」은 논설적 요소 없이 대화와 사건을 통해 거리에서 버려진 주인공 아이와 이 아이를 구원하는 신부의 감동적인 이야기이다. 이외에도 1931년 7월(714호)에 발표된 「사형죄수의 첫영성체」와 1931년 11월(721호)에 발표된 「부랑씨의 선공」, 1932년 4월에 발표된 「대죄인의 회두하기를 미루면 임종시에 위험함」(731호), 1932년 8월(739호)에 발표된 「성체를 조배한 당나귀」 등이 작품성이 높은 미담이다. 「성체를 조배한 당나귀」에는 성체에 대한 설명이 대화를 통해 기술되는 데 삽화가 삽입되어 있다는 점이 특이하다. 「부랑씨의 선공」은 평신도 부랑 씨의 자선행위를 통해 천주의 은혜를 주제로 한 미담으로 원고용지 23.3장(4,070여 자)나 되는 분량의 미담이다.

'군난 때 미담' 난은 아니지만 미담 난에 소개된 4편의 군난 때 미담은 성모와 예수의 대화 장면, 구체적인 형벌 묘사, 생생하게 묘사된 부활 장면 등을 통해 미학적 성취를 보여주며, 작품의 예술미를 고양시킨다. 그 외 1930년대 미담의 주제와 내용으로는 성체와 관련된 기적, 연령에 대한 미담, 헛맹세 경계, 주일 엄수, 자선, 미사참례의 은혜, 사형죄수의 첫영성체, 냉담자 회개, 성녀 발바리를 통한 선종을 위한 기도, 천주교가 진교임을 보여준 기적, 연옥영혼 및 연옥 관련 미담, 성모공경, 모고해의 죄, 요왕 성인과 애덕 실천, 수도자 베드로의 부활 기적, 아기 예수의 발현, 통회고해, 실망죄, 성수 기적, 성체 조배, 효성으로 어머니 부활시킴, 원수를 용서함, 성인 공경, 음단패설 조심, 도둑의 보속과 관련된 미담이 이어진다. 1933년 8월(763호)에 발표된 「영신사정에는 미소한 것도 조심하여야 대죄를 면함」이라는 미담에는 처음으로 '피정'이라는 단어가 사용되기도 한다.

저자 등장

1930년대 미담에서 가장 중요한 특징은 저자가 밝혀진 작품의 등장이다. 『경향신문』의 소설 난에 발표된 소설들도 저자를 밝힌 작품은 없었다. 그러나 1930년대 후반 천주교 미담에서 저자를 밝힌 미담이 나타난다. 1938년부터 다시 게재된 1930년대 후반기 미담은 모두 6편으로 「주여 내 생명을 받으소서」(1938.1, 869호), 「묵주가 나의 행복」(1938.5, 876호), 「나의 위대한 기쁨」(1938.9~10, 885호, 886호), 「루르드 성모」(1938.10, 887호), 「인연 끊었던 생명」(1939.1~2, 894호, 895호), 「새봄에 새로운 구원」(1939.3~4, 898호, 899호)이다. 모두 분량이 긴 미담이며, 「루르드 성모」를 제외하고 5편은 천주교 미담에서 처음으로 저자가 등장하는 미담들이다. 저자는 오기선 요셉 신부이며, 저자 표시 외에도 저자의 변(辯)과 작품을 쓴 날짜를 밝히기도 한다. 특히 서술 방식에서 두드러진 특징은 대화뿐 아니라 묘사가 적극 활용되고 있다는 점이다. 「나의 위대한 기쁨」, 「인연 끊었던 생명」, 「새봄에 새로운 구원」의 경우 배경 묘사로 시작하거나 마무리하면서 작품 속에서 '공간'에 대한 의식이 부각된다.

한국을 배경으로 하지는 않지만 「루르드 성모」는 1938년 10월호에 발표된 미담인데 시간적 배경이 1938년 9월이다. 작품이 현실의 시간과 가까워졌던 것이다. 공간과 시간에 대한 구체성의 확보를 통해 미담은 옛날이야기이거나 현실 세계와 분리된 영적 세계를 다루는 이야기에 머물지 않고 현실에서 살아가는 인간들의 이야기로 발전한다.

1939년 1월호(894호)와 1939년 2월호(895호)에 연재 발표된 「인연 끊었던 생명」은 부모로부터 신앙 때문에 쫓겨난 요왕이 신부가 된 후에 부모와 여동생을 다시 만나게 된다는 가족 재회담이다. 이 작품은 배경 묘사와 심리 묘사가 뛰어날 뿐만 아니라 사건의 전개와 작품의 분량 면에서도 더 이상 단형서사라 할 수 없는 완결성을 보여주는 작품이다.

「새봄에 새로운 구원」이라는 미담은 아메리카를 배경으로 미국인들이 주요 인물로 등장한다. 아메리카 한 장교의 딸인 알렌은 12세 때 물속에서 물짐승이 뛰어나와 위기를 맞는데 당시 지팡이를 든 노인이 나타나 구해준다. 그 후 무종교에 빠지기도 했던 알렌이 자신을 구해주었던 노인이 요셉 성인임을 알게 되는 과정이 이 작품의 주서사이며 이후 수도자가 되었다는 후일담이 이어진다. 이 미담들은 오기선 신부의 작품임에도 불구하고 그 배경이 프랑스와 미국인 점이 특이하다.

이상 1930년대 천주교 미담은 단형서사가 보여주었던 논설적 요소가 사라지면서 서사문학의 미학적 성취를 확보해 나간다. 지금까지 미담이 보여주었던 서사문학으로서의 가능성과 성숙은 1920년대 군난 때 미담을 잇는 죽총 윤의병 신부의 군난소설, 『은화』의 연재를 통해 가시화된다.

군난소설의 등장

우리 거룩한 잡지에도 과연 소설을 실릴 수 잇을가 하고 편집자는 자못 신중히 생각하여 보앗다 그러나 소설이라고 반드시 모두 속된 것이라고 할 수 업고 도리어 조흔 소설은 독자의 정신을 기르는 훌륭한 자양분을 품고 잇스므로 이런 범위안의 소설은 우리 잡지의 거룩한 성질을 손상치 안흘 것이라고 생각하야 드디어 이 군난소설을 본지 상에 계속하야 실리기로 결정을 지엇다

작자 신부의 말에 의하면 여기에 나오는 사건은 그것이 작가의 생각으로 만들어 낸 것이 아니오 여러 해 동안 각처에 전교할 때 수집한 교중전설을 기초로 하야 전에 한번 잇섯던 여러 사실을 한 뭇금에 역거노핫슴에 불과하다 하니 이점이 특히 우리의 주목을 씌는 바이오 이 점이 우리로 하여금 일종의 경의를 품고 군난 째 교우들을 회상케 하는 바이다

순교 백주년 중에 사는 우리는 이 소설을 읽어나갈 째 예전 우리 조선들의 발자최를[35] 차자 다니며 당시의 그들이 얼마나 무거운 공기를 호흡하고 얼마나 가슴 조리든 생활을 하고 잇섯는지 그 생애의 한 폭을 우리 눈압헤 펼쳐보는 동시에 그 속에 깁히 숨은 그들의 신덕, 그들의 망덕, 그들의 애덕이 얼마나 견실한가를 익히 생각하여보아 우리 신앙 생활상 한 가지 참고로 삼는 것은 실로 의미잇는 일이오 쏘 우리영혼에 적잔흔 힘을 주는 것이라고 밋는 바이다. ㅡ편집자ㅡ[36]

인용은 『은화』를 연재하면서 서두에 밝힌 편집자의 서술이다. 『경향신문』의 강제 폐간과 함께 사라졌던 소설이 『경향잡지』에 다시 게재되면서 『경향잡지』는 소설을 신게 된 경위와 목적, 작품의 창작 과정을 밝힌다. 이 인용문을 정리하면 다음과 같다. 첫째, 소설이라고 해서 다 속된 것이 아니라 '독자의 정

---

35 '우리 조선들의 발자최'에서 '조선'은 문맥상 '조상'의 오타이거나 '조상'의 의미로 쓴 것으로 보인다.
36 『경향잡지』 893호, 1939.1, 21면.

신을 기르는 훌륭한 자양분을 품고 있'을 수 있다는 자각을 언급한다. 여기서 속되다는 표현은 신앙과 구별되는 세속적인 것을 지시한다. 인용문 서두에서 밝히듯이 『경향잡지』는 '거룩한' 잡지였고, 소설의 '세속성'은 그 거룩함에 어울리지 않다고 여겨졌다. 그러나 『경향잡지』는 '세속성'을 '정신의 자양분'으로 재해석함으로써 소설 난을 재계할 수 있었다. 사실 『경향신문』 소설 난이 사라진 제일 중요한 이유는 현실 세계를 담을 수 없었던 시대상황, 소설이 지닌 '세속성' 때문이었다. 그러나 미담을 통해 이어진 천주교 서사문학은 1939년 기해박해 100주년이 되던 해, 순교자 현양 운동에 힘입어 『경향잡지』 안에서 소설의 재등장을 가능하게 했다. 『경향잡지』에는 다시 소설이 연재되기 시작한다. 바로 군난소설 『은화』였다. 그러나 그 『은화』는 어느 날 갑자기 나타난 것이 아니라 천주교 미담의 전개 속에서 등장할 수 있었던 것이다.

둘째 군난소설은 천주교 미담 중에서도 군난 때 미담이 있었기에 가능했다. 1920년대 미담에 대한 특징에서 기술한 바와 같이 군난 때 미담은 천주교 미담 중에서도 한국 천주교 서사문학으로 발전된 작품들이다. 외국을 배경으로, 외국인이 등장하는 이야기가 아닌 '군난 때 미담'을 통해 조선을 배경으로 조선인이 등장하는 조선의 이야기가 가능할 수 있었다. 이를 계승한 것이 군난소설 『은화』이다.

셋째 군난소설의 창작 과정 및 특성에 대한 언급이다. 실제 있었던 사실의 구전인 교중전설이 군난 때 미담을 거쳐 군난소설로 이어졌다. 교중전설(敎中傳說)이란 천주교 여러 교우들 사이에서 이어져 온 이야기이다. 『경향잡지』 편집자는 군난소설은 단순히 허구가 아니라 교중전설을 기초로 있었던 사실을 묶어놓은 이야기임을 밝힌다. 즉 군난소설의 '사실성'을 강조한다. 『경향잡지』가 강조한 사실성은 천주교 박해시기 천주교인들에게 있었던 실재 이야기와 군난소설의 이야기의 일치를 언급한다. 즉 군난소설은 '허구', '꾸며낸 이야기'로서보다는 실제로 있었던 '사실'이다. 이러한 사실성이야말로 군난소설이 지니는 감동의 근거이자 교회가 군난소설을 인정할 수 있었던 근거이기도 하다.

마지막으로 소설을 읽는 목적이다. 『경향잡지』 편집자는 독자는 군난소설을 읽음으로써 신앙 선조들의 발자취를 따라가게 되고, 그들의 생애를 보게 되고, 그 속에 숨어있는 신망애의 덕을 생각하게 되며, 신앙생활에 참고가 되고 영혼의 힘을 얻을 수 있다고 기술한다. 『경향신문』에 발표된 군난소설은 신앙선조들의 신앙여정을 통해 신앙의 내적 힘을 키우는 데 그 목적이 있다.

군난소설의 등장은 『경향잡지』에서 이어진 천주교 미담 특히 군난 때 미담이 있었기에 가능했다. 군난소설 『은화』를 통해 1930년대 한국의 천주교는 천주교 소설이라는 새로운 장을 열 수 있었다.[37] 이후에도 천주교 미담이 몇 편 더 발표되지만 『은화』의 등장과 함께 천주교 미담의 시대는 끝났다고 할 수 있다.

(4) 1940년 ~ 1957년 : 미담의 쇠퇴

1940년대는 1차 세계 대전으로 『경향잡지』의 발행이 순조롭지 못했다. 1940년부터 『경향잡지』는 한 달에 한 번 발행되었고, 잡지 각 호의 지면도 줄어 미담을 비롯해서 『경향잡지』에 실릴 글들의 지면 확보가 어려웠다. 『경향잡지』는 축소된 지면에서 미담보다는 군난소설 『은화』의 연재에 충실했다. 1940년대 미담은 해방 전까지 5편이 발표된다. 1940년 6 · 7 · 8월호(923 · 924 · 925호)에 각각 한 편씩 모두 세 편의 미담과 1945년 3월호(975호)에 2편의 미담이 소개된다. 1940년대 발표된 5편의 미담 중에서 4편이 부부 관계에 대한 내용이라

---

37 이 책에서는 군난소설 『은화』에 대한 구체적인 소개와 분석은 하지 않는다. 후속 저술을 통해 이어가겠다.

는 점도 특기할 만하다.

1940년대를 마지막으로 미담 난은 『경향잡지』에서 사라진다. 무엇보다 소설이 등장했으며, 해방 후에는 미담 난의 출현 배경이었던 일제의 검열도 사라졌기 때문이다. 1950년대에 한국 전쟁 이후 5편의 미담이 추가로 발표되었지만 미담 난을 통해서는 아니었으며 글의 성격 역시 기존의 미담과 달랐다.

신학교 생활과 가정생활

해방 전 1940년대 미담은 1940년에 발표된 「약혼자」, 「성의를 잘 입은 표양」, 「첫날밤」과 1945년 3월에 발표된 「남편을 이기는 약」과 「시어머니를 죽이는 비방」이다. 「약혼자」는 수사와 약혼을 앞둔 청년의 대화를 통해 약혼자의 조건 중에 신앙이 첫째임을 강조한 작품이다.

「성의를 잘 입은 표양」은 신학교 생활을 배경으로 한 미담이다. 주인공인 신학생이 실수로 성의를 헌옷 속에 싸서 빨래하는 곳에 보냈다. 이를 알고 근심하며 잠을 못 자는 것을 본 선생 신부가 그 옷을 찾아오게 했는데, 신학생은 다음 날 침대 위에서 성의를 두 손에 붙잡은 채 선종하여 성모님의 품으로 갔다는 내용이다.

「첫날밤」은 6장으로 미담 중 가장 분량이 긴 작품이다. 두 부부의 거룩한 첫날밤에 대한 내용으로 주인공 사라는 결혼을 일곱 번 한 여자다. 여섯 번째 남편까지 첫 날 밤에 잃는데, 그의 일곱 번째 남편이 된 소도비아는 사라와 결혼하고 천신 라파엘의 지시를 실행해서 죽지 않고 아내와 해로한다는 해피엔딩이다. 「남편을 이기는 약」이나 「시어머니를 이기는 법」은 제목이 지시하는 것처럼 부부 관계와 가족 관계를 소재로 한 미담으로 부부싸움과 고부갈등에 대한 내용이다. 부부관계나 고부관계에서 일어나는 가족 갈등의 해결책은 무엇보다 사랑과 인내임을 강조한다.

미담 난의 소멸

해방과 전쟁을 거친 후 『경향잡지』에서 미담 난은 사라진다. 추후에 연말 목록에서 미담으로 분류된 5편이 있었으나 작품 서두에 밝혔던 '미담'이라는 표제어도 없으며 글의 성격으로도 기존의 미담과 다른 작품도 포함되었다. 5편의 작품은 각각 「가톨릭 신부는 위대하다」(1953.9, 1026호), 「기구를 청하는 연령」(1953.11, 1028호) 2편, 「임종하는 이의 주보」(1957.3, 1068호), 마지막으로 「예수성심의 허락하신 은혜」(1957.6, 1071호)이다.

「가톨릭 신부는 위대하다」는 한국 전쟁 중 반공호에 숨어 있던 상황에서도 타의 모범을 보여 준 김귀곡 마오로 신부와 이광재 디모테오 신부의 이야기다. 「기구를 청하는 연령」은 연옥영혼을 위한 기도의 필요성을 다룬 내용을 싣고 있고, 「임종하는 이의 주보」는 요셉 성인께 기도하여 선종의 은혜를 받게 된 미국에서 일어난 사실담이라고 밝힌 작품이다. 이들 작품은 이전의 미담들과 그리 다르지 않으나, 마지막 작품인 「예수성심의 허락하신 은혜」는 미담이라 보기 어렵다. 예수께서 말가리다 성녀에게 발현하여 하신 말씀이 일련번호로 나열돼서 소개되었기 때문이다. 이는 서사성보다는 종교적인 내용이라는 기준으로 미담으로 분류된 것으로 여겨진다.

이상 5편을 마지막으로 『경향잡지』에서 미담은 사라진다. 그러나 미담은 다시 소설로 이어져 군난소설이었던 『은화』가 연재되어 『경향잡지』에서 소설의 시대를 재개했으며, 1959년 12월호(1101호)부터는 '연재소설'이라는 난이 생겨 「단두대 밑의 마지막 여자」를 연재한다. 작가와 번역자를 밝히고 있으며, 한국인의 창작은 아니지만 프랑스 혁명을 배경으로 한 역사소설이라는 점에서 이 작품 역시 군난소설과 연관이 있다. 1960년대에는 신앙수기 난이 마련되어 신앙수기를 발표하는데, 이 역시 식민지 시기 『경향잡지』의 미담 난의 또 다른 계승이기도 하였다.

3. 천주교 미담의 의의 및 남은 과제

이 글에서는 1910년대부터 1950년대까지『경향잡지』를 통해 발표된 천주교 미담의 발생 배경과 전개 양상을 일괄하였다. 마지막으로 천주교 미담의 의의 및 남은 과제를 정리하면 다음과 같다.

첫째, 천주교 미담은 한국 근대 천주교 서사문학의 출발이자 한국 근대 종교문학의 가능성을 연 종교담이다. 천주교 미담은 1910년대 한국 근대 문학의 출발과 함께하지만 고전소설과 유사했다. 그러나 근대화 과정에서 사회적 압력으로 왜곡과 변화의 과정을 겪으며 천주교 미담은 새로운 양식의 문학 갈래로 성장한다. 천주교라는 종교적 가치를 내용으로 이에 걸맞은 신앙 이야기들을 채록하고 문자화하면서 이전 시기의 천주교 종교담과 구분되는 한국 천주교 서사문학으로의 장을 열었던 것이다. 천주교 미담은 외국에서 들어온 번역을 포함해서 구전, 전설 특히 교중전설이 천주교 소설로 나아가는 중간 가교가 되었으며, 이로부터 한국 근대 천주교 서사문학이 시작될 수 있었다.

천주교 미담은 성인전, 순교자전과 달랐다. 성인전이 천주교 문학의 고전 문학이라 한다면 천주교 미담은 한국의 근대 천주교 문학의 시작이었다. 등장인물은 다양해졌고, 비범한 인물이 아닌 평범한 신자들이 주인공으로 등장하였다. 대화, 유머, 극적 요소 등 서술 방식이 활용되었으며, 배경과 구성도 구체적이고 입체적으로 변화하였다. 무엇보다 천주교 미담은 식민화와 근대화가 함께 진행된 한국의 역사적 현실에서 한국 천주교회가 풀어낼 수 있었던 문학적 응전이었다. 천주교를 국교로 삼았던 서양과 다른 천주교의 토착화된 서사문학의 가능성과 그 연속성이 천주교 미담을 통해 가능했다. 그러므로 천주교 미담 없이 한국 천주교 문학사는 기술될 수 없다. 앞으로 천주교 미담과 이와 관련된 연구들이 이어져야 할 이유이다.

둘째, 천주교 미담은 일제 강점기 한국 천주교회사에 대한 새로운 시각을 열어준다. 천주교 미담은 일제의 통제와 검열 등 작품 창작 및 잡지 발행에 대한 현실의 제약 속에서도 서사의 힘을 고수하고자 했던 『경향잡지』 편집인들이 포기하지 않은 노력의 결과물이었다. 또한 천주교 미담은 현실의 제약을 종교를 통해 극복하려는 의지적 글쓰기이기도 했다. 『경향신문』 '쇼셜' 난이 지켜나가고자 했던 서사문학으로서의 가능성을 포기하지 않고 이어간 것이 천주교 미담이었다. 때문에 일제에 협력한 근거로 제시되기도 하는 『경향잡지』 논설 난의 친일적인 글들과 달랐다. 『경향잡지』 미담은 일제 강점기 일제의 종교 통제 속에서 현실을 견디고 극복하고자 했던 신앙 여정을 담론화・서사화하였다. 이에 대한 평가는 일제 강점기 『경향잡지』 내지는 한국 천주교회에 대한 친일 성향을 재고하게 한다. 친일적 행각을 변명하자는 것이 아니라 일제에 협력했던 교회의 담론 이면에 거기에 거리를 두고 비판하며 교회의 길을 모색하고자 했던 노력에 대해서도 인정해야 한다는 점이다. 교회가 보여준 서사적 글쓰기의 노력 역시 간과되어서는 안 될 것이다.

『경향잡지』는 논설적 글쓰기 외에도 서사적 글쓰기가 있었다. 아니 서사적 글쓰기가야말로 『경향잡지』가 포기하지 못한 글쓰기였다. 이 점에서 논설적 글보다 서사적 글쓰기, 즉 천주교 미담이 더욱 교회의 내면화된 목소리를 대변한다고 할 수 있다면, 교회의 진실은 논설적 글보다 서사적 글에 있었을 가능성이 더 크다. 서사의 힘은 비록 미약하였지만, 교회 지배 담론의 이면이자 속내를 보여주었다. 더구나 그 이야기의 주체가 평범한 신자들이었다는 것을 고려한다면 천주교 서사문학이 지닌 역사성과 의미는 교회사적으로도 누락되어서는 안 될 것이다.

셋째, 천주교 미담은 한국 천주교인들에게 종교적 가치를 전파하고 그들을 교화하기 위한 글이기도 하였다. 천주교 미담은 천주교와 관련된 내용을 담론화하면서 전개된다. 따라서 당시 천주교가 중요하게 여긴 종교적 가치가 무엇이었는가를 천주교 미담을 통해 확인할 수 있다. 이 점은 천주교 미담이 천주교 문학으로서뿐 아니라 다른 제반 천주교 관련 연구에서도 소중한 사료적 가치로 활용될 수 있는 근거이다. 천주교 미담은 일제 강점기 한국 천주교 연구에 기여할 수 있다. 한국 천주교회가 당시 신자들에게 교화하고자 했던 메시지는 무엇이었는가에 대한 연구에서 천주교 미담이 답할 수 있는 논의들을 문학 연구에서뿐 아니라 제반 다른 학문 분야에서도 밝혀야 할 것이다. 그리고 이는 앞으로 한국 천주교가 나아가야 할 방향에 대한 비전을 제시해 줄 것이다.

넷째, 천주교 미담은 한국 천주교인들에게 내적 성숙 및 천주교인들의 공동체 의식을 강화하는 데 기여할 수 있었다. 그것은 조선의 천주교에 머물지 않고 세계의 천주교와 만나는 장에서 형성되었다. 천주교 미담에는 외국 천주교인들의 신앙과 삶, 기적에 대한 내용이 소개되었다. 프랑스를 비롯해서 다른 나라 천주교인들의 신앙 이야기가 대다수였던 천주교 미담을 읽는 것은 한국의 천주교인들에게 국경 너머, 다른 세계의 천주교 특히 서방 세계의 천주교를 접할 수 있는 기회이기도 했다.

식민화와 함께 진행되었던 근대화 속에서 식민지 조선의 천주교인들은『경향잡지』를 비롯한 교회 매체를 통한 글과 외국에서 선교사로 온 성직자와 수도자들과의 만남을 통해 국외 체험을 할 수 있었다. 이 경험은 민족과 국경의 경계를 넘어 천주교인으로서의 정체성과 공동체성을 형성하고 강화하는 데 기여하였다. 천주교 미담 중 외국을 배경으로 한 작품들 역시 이러한 체험의 장을 제공하였다. 그것은 천주교인들이 공유할 수 있었던 또 하나의 근대적 체험이었다.

다섯째, 천주교 미담은 천주교의 한국화, 토착화에도 기여하였다. 특히 '군난 때 미담'은 한국 천주교인들의 역사와 일상을 서사화하였다. 이것은 1939년 천주교의 첫 장편 소설이기도 한 군난소설『은화』로 이어졌다. 이는 천주교 미담이 외국인의 이야기에서 한국인의 이야기로 토착화되어 가는 과정의 결과였다. 이는 천주교인의 삶에서도 마찬가지였다. 외국 천주교인들의 삶의 표양이 '감상'의 차원이 아니라 우리 삶의 문제로 '환기'되었으며 천주교가 한국인의 종교와 삶으로 융화되어 나갔다. 이를 보여주는 서사의 과정이 천주교 미담이기도 하였다.

여섯째, 천주교 미담은 한국 천주교 신앙 선조들과 그 후손들을 이어주는 신앙의 가교이며 만남의 장이다. 천주교 미담은『경향잡지』발간을 통해 한국의 천주교인들이 정기적으로 읽었던 글이다.『성경』과 달리 천주교 미담은 한국인이 한국어로 쓴 신앙 기록을 소재로 한 작품이기도 하였다.『경향잡지』가 교회의 대표 매체로 발간되면서 1920년대 5,700부가 판매되었다. 판매부수 이상으로 당시 더 많은 천주교인들이 이 매체를 접했을 것이다.『경향잡지』, 그중에서도 천주교 미담이 당시의 독자들에게 신앙 선조들의 삶과 자신들의 삶을 매개시켜 주었듯이 지금 이 미담을 읽는 것은 천주교 신앙 선조들의 삶을 만나고 그들의 경험을 공유하며 또 신앙적 가치를 계승할 수 있는 방법이다.

일곱째 천주교 미담은 한국문학에도 기여하는 바가 있다. 그것은 애국계몽기 단형서사 양식의 하나였으며, 이 시기 단형서사 연구를 비롯한 한국문학 연구에 포함되어야 한다. 동시에 일제 강점기 천주교 미담은 프랑스 천주교 자료와의 비교 연구가 이루어져야 한다. 당시『경향잡지』발행인이 프랑스 외방선교회 소속 사제였으며 여러 명의 프랑스 사제들이 선교사로 활동하고 있었다. 때문에『경향잡지』는 프랑스 천주교의 영향이 컸으리라 사료된다. 이를 밝히기 위한 프랑스 천주교와의 비교 연구 및 번역 연구, 영향관계에 대한 실증적 연구가 이어져야 할 것이다. 특히 당시 미담들의 출처를 정확하게 밝히는 일은 한국 천주교 미담 연구를 완성하는 것이자 이 시기 번역 문학사를 보완하기 위해서도 필요하다. 천주교 미담에 혼재되어 있는 번역, 번안, 창작의 경계를 분명히 하기 위해 프랑스 천주교회의 문헌 자료를 통한 비교 연구가 필요하다.

마지막으로 천주교 미담은 천주교에서 아름다움에 대한 깨달음과 삶에 대한 미학을 보여주었다는 점에서 의의가 있다. 모든 예술은 아름다움을 지향한다. 한국 근대 천주교 문학의 첫 출발이었던 천주교 미담 역시 예술이 지향하는 아름다움을 지향하였다. 특히 '아름다운 이야기'라는 의미로 '미담(美談)'이라고 명명함으로써 천주교 미담은 그 어느 장르보다도 어떤 이야기가 아름다운 이야기인가를 종교와 한국 사회에 던졌다. 천주교 미담이 지향한 아름다움은 다른 여타 문학의 아름다움과는 다르다. 그 차이야말로 천주교 문학이 갖는 미적 특징이기도 하다. 이러한 특징을 논리화하고 이를 통해 천주교 미담의 미적 가치를 규명할 수 있어야 한다. 이를 통해 천주교 미담은 천주교뿐 아니라 한국문학에 그 존재 가치를 드러내게 될 것이다.

천주교 미담이 형상화한 아름다운 삶은 세속적인 부귀영화와는 거리가 멀었으며 무엇보다 신앙에 뿌리를 둔 삶에서 비롯되었다. 죽음이나 병고, 모든 환난이 미담 안에서 새롭게 의미화 되었다. 고통의 상황에서도 실망하지 않고 신망애 3덕을 추구하는 삶, 기적이나 영적을 포함하여 신의 섭리와 은혜를 알아볼 수 있는 삶, 신을 향한 신앙과 이웃을 향한 사랑을 통해 새로운 신앙 공동체를 이어가고자 했던 삶, 그런 삶이야말로 천주교인이 추구해야 할 아름다움임을 글을 통해 형상화하고자 했던 것이 천주교 미담이었다.

비록 일제 강점기라는 시대적 환난과 한계에 적극적으로 저항하지 못했으며, 그것을 극복하려는 의지를 구체적으로 형상화하는 데까지는 미치지 못했지만 천주교 미담이 보여 준 미적 가치로서의 의의는 간과되어서는 안 될 것이다. 천주교 미담이 지녔던 가치와 의미는 당대 문학의 하나로서뿐 아니라 천주교 서사문학인 천주교 소설을 통해 혹은 수기를 통해 현재까지도 이어지고 있다. 따라서 한국 천주교 문학, 종교 문학의 미학을 체계화하기 위해서도 천주교 미담에 대한 연구가 더욱 활성화되어야 한다.

현재까지의 연구로는 천주교 미담과 당시 독자층이었던 천주교인들의 영향 관계를 분명하게 제시할 수는 없다. 그러나 여타의 다른 문학 작품처럼 천주교 미담도 주 독자층이었던 당시의 천주교인들에게 그들이 하루하루 일상을 살아가는 데 힘이 되기도 하고, 고난의 현장에서 위로가 되기도 하였을 것이다. 무엇보다 아름다움으로 표현된 신앙의 가치를 재발견하며 그들 역시 신앙인으로서의 삶을 살아가고자 하는 노력으로 이어졌을 것이다. 천주교 미담을 통해 펼쳐진 아름다운 이야기는 아름다운 삶에서 나왔고 다시 아름다운 삶을 지향했다. 이야기는, 문학은 삶과 분리될 수 없다. 종교 역시 마찬가지다. 문학 형식으로 종교적 가치를 형상화한 천주교 미담은 한국의 근대 천주교에서 종교와 문학이 만나는 접점이었다. 서구적 문학론에서는 미완의 과도기적 형식이었지만 문학과 종교가 만나 현실을 견인하고자 한 천주교인들의 삶의 열매이기도 하였다. 천주교 미담이 추구하고 형상화하고자 했던 아름다움은 누구보다도 천주교인들의 삶과 문학으로 계승되어야 한다. 동시에 삶의 아름다움, 문학의 아름다움에 대한 추구는 천주교 미담이 천주교인을 비롯하여 평범하지만 세속성에 갇히지 않으려는 인간들과 연대할 수 있는 가치로 이어질 것이다. 그것이 천주교 미담의 목표이자, 종교 문학으로서 천주교 문학이 자리해야 할 좌표이다.

『경향신문』, 『경향잡지』

구중서, 『한국 천주교문학사』, 소명출판, 2014.
김우규, 『기독교와 문학』, 종로서적, 1992.
김인섭, 『한국문학과 천주교』, 보고서, 2002.
박도식, 『순교자들의 신앙』, 바오로딸, 2003.
유홍렬, 『한국의 천주교』, 세종대왕기념사업회, 2000.
윤병의, 『은화』 상·하, 한국교회사연구소, 1977(1판); 2007(5판).
윤선자, 『일제의 종교정책과 천주교회』, 경인문화사, 2001.
이길연, 『한국 근·현대 기독교문학 연구』, 국학자료원, 2001.
장동하, 『한국근대사와 천주교회』, 가톨릭출판사, 2006.
조광, 『조선 후기 천주교사 연구』, 고려대 민족문화연구원, 1998.
한국교회사연구소 편, 『한국천주교회사』 1~5, 한국교회사연구소, 2014.

김윤선, 「『경향잡지』 게재 천주교 미담(美談)의 전개 양상 및 가치」, 『인문언어』 15-2, 국제언어인문
        학회, 2013.8.
_____, 「천주교 박해 체험의 서사화-'군난 때 미담'의 전개와 의미」, 『우리문학연구』 44, 우리문학
        회, 2014.10.
강헌구, 「미담집 미담의 서사 전략」, 『인문콘텐츠』 16, 인문콘텐츠학회, 2009.11.
권은영, 「미담 기사를 활용한 한국어 쓰기 수업 연구」, 『대학작문』 5, 대학작문학회, 2012.
김영민, 「근대계몽기 단형(短型)서사문학 자료연구」, 『현대소설연구』 17, 현대소설학회, 2002.
_____, 「동서양 근대소설의 발생과 그 특질 비교연구」, 『현대문학의 연구』 21, 한국문학연구학회,
        2003.
_____, 「근대 계몽기 기독교 신문과 한국 근대 서사문학-『죠션크리스도인회보』와 『그리스도신
        문』을 중심으로」, 연세대 국학연구원, 『동방학지』 127, 2004.
김영희, 「일제 지배시기 한국인의 신문접촉 경향」, 『한국언론학보』 46-1, 한국언론학회, 2001.
김인섭, 「천주교 문학사전」, 『한국문학과 천주교』, 보고사, 2002.

김종수, 「『가톨릭 靑年』의 문학의식과 문학사적 가치 연구」, 『교회사연구』 27, 한국교회사연구소, 2006.

김종회, 「개화기 천주가사의 세계」, 『현대문학이론연구』 26, 현대문학이론학회, 2005.

박수미, 「개화기 『경향신문』 소설과 프랑스 문학의 비교문학적 검토」, 『인문과학』 38, 성균관대 인문과학연구소, 2006.

송병선, 『미니픽션—21세기 문학의 새로운 지평』, 『Latin 21(www.latin21.com)』, 2003.10.22.

윤선자, 「1920년대 국제정세와 한국 종교계의 관계」, 『역사학 연구』 28, 호남사학회, 2006.

윤세민, 「한국 최장수 잡지 『경향잡지』 연구」, 한국출판학회, 『한국출판학연구』 51, 2006.12.

이혜정, 「천주가사의 저작배경과 내용의 변화」, 『종교연구』 34, 한국종교학회, 2004.

정가람, 「근대계몽기 『경향신문』 소재 "쇼셜"의 특성 연구」, 『현대소설연구』 24, 한국현대소설학회, 2004.

______, 「근대계몽기 『경향신문』 소재 소설 「히외고학」의 근대적 특성 연구」, 『현대문학의 연구』 25, 한국문학연구학회, 2005.

조지형, 「1906~1910년 『경향신문』 소재 천주가사의 특성과 그 지향」, 『국어문학』 46, 국어문학회, 2009.

조현범, 「일제 강점기 조선 천주교회의 정체성」, 『정신문화연구』 87, 2002 여름.

홍순애, 「근대계몽기 단형서사에 나타난 법의식 연구—『경향신문』의 "쇼셜"란을 중심으로」, 『한민족문화연구』 23, 한민족문화학회, 2007.

부록

1910년대 미담

	연도	호	제목	주제 개요 및 키워드	배경	
					공간적(국가, 기타)	시간적(시대)
1	1911.1	221	천주가 위태한 지경에 있는 자를 안위하심	신덕의 은혜, 애주, 치명총은, 천당영복	일본	1614
2	1911.1	222	자아시로 단정한 자는 반드시 구원받음	구원, 천주의 인도하심, 세례, 예수성상, 단정 강조	조선-일본 예수회 성당	1596
3	1911.2	223	체약한 자라도 신덕이 있으면 두려울 것 없음	성체성사. 성체, 성체 등 보존과 관련된 이야기. 믿음 강조	법국(프랑스)	대혁명시기, 120년 전
4	1911.2	224	깊은 도리는 너무 캐지 말 일	천주성삼의 오묘한 도리는 다 알 수 없음	아미푸가	옛적
5	1911.3	225	천주가 영적으로 성교를 증거하심	영적(기적). 성덕, 성교, 성호, 탁덕, 성명, 조당	인도	옛적
6	1911.3	226	마귀를 물리치는 표양	마귀 경계, 성영, 오만, 겸손, 친구, 고해성사, 선종	서반아국(스페인)	전에
7	1911.4	227	호수천신을 공경하는 효험	수호천사에 대한 믿음, 호수천신, 허원, 수원	콘스탄틴	옛적
8	1911.4	228	동정의 귀함	정결을 지킴, 동정	외국	옛적
9	1911.5	229	치명자들은 예수의 강생구속하신 은혜를 생각함으로써 힘입어 담대히 목숨을 버림.	치명, 치명은혜, 예수 마리아 성명 기도	일본	옛적
10	1911.6	231	고난 중에 예수 수난을 묵상하는 표	위주치명, 괴로움, 예수의 수난, 구속, 대재, 편태	일본	박해 시절
11	1911.6	232	연령이 받는 괴로움이 중함	연옥 영혼, 기구(=기도), 미사, 천국	수도원	옛적
12	1911.7	233	영복부활	고통을 통한 영복부활. 구령승천, 위주치명, 예수회, 프란치스코회	일본	옛적
13	1911.7	234	성 차 야고버의 치명승천	작은 아고보 성인의 순교. 종도(=사도), 고교장로(바리사이), 파스카, 대첨례	예루살렘	예수 시절

	연도	호	제목	주제 개요 및 키워드	배경	
					공간적(국가, 기타)	시간적(시대)
14	1911.8	235	예수고상의 성적으로 일후 심판의 그 엄위를 앎	예수 고상(성물) 에 관한 기적. 공심판, 고상, 교우	베루국(페루) 서반아국(스페인)	전에
15	1911.9	238	성신이 백합 모양으로 발현하셔서 주교를 선택하심	주교, 백합(비둘기), 성령, 주교, 품	콘스탄틴의 고을	옛적
16	1911.10	239	일본인 네오의 위주치명	치명순교, 묵주	일본	옛적
17	1911.11	241	선인이 서로 통공함	착한 사람의 선공이 죄인을 통회개과하게 함. 통공, 사주구령, 묵조	일본국	옛적
18	1911.11	242	사죄지권	고해성사의 중요함, 모고해, 통회, 보속	서반아국(스페인)	옛적
19	1912.1	245	육신 부활의 증거	베드로의 부활로 스타니슬라오 주교가 위기에서 벗어남. 공심판, 영적 (=기적), 베드로 영혼, 연옥, 천당, 성체대례	폴란드	옛적
20	1912.1	246	일본인의 두 부자 치명	참수 치명 당한 이야기	일본(조선국)	옛적, 군난 시절
21	1912.1	247	일본인의 치명	화산에서 시메온이 형벌을 당하고 치명당함. 편태. 엄재. 육신 있는 천 신. 친구	일본	군난 시절
22	1912.2	248	일본인의 치명 (속)			
23	1912.3	249	일본인의 치명	프란치스코의 위주치명. 고편, 엄재, 봉교, 성교, 친구	일본	옛적. 1624
24	1912.3	250	천주가 선인에게 천복을 주시는 증거	베르나르도 수사와 아이들에게 선종의 기적. 성 도미니코회, 수사, 보미 사, 성모포영상본, 상본, 첨례, 선종, 예수승천 첨례날, 영해예수	성 도미니코 수도회	옛적
25	1912.4	251	죽을지언정 천주께 죄짓지 못함	요한의 위주치명. 예수회, 탁덕	일본	옛적(군난 시절)
26	1912.4.	252	실망한 자의 벌	가장 큰 죄는 실망. 실망죄, 교종, 대사, 회회왕(이슬람왕), 성처	성처 (예루살렘 성지)	옛적 (십자군전쟁)
27	1912.5	253	애덕을 발하는 법 (1)	애덕. 시몬과 시몬 가족의 치명선종	일본	옛적. 1603
28	1912.5	254	애덕을 발하는 법 (2)			
29	1912.6	256	애덕의 표양	시몬과 시몬 가족의 치명, 예수 자관상, 치명은혜, 교우, 묵주. 미담 25 와 27 · 28 · 29 · 30을 한 편의 미담으로 볼 수 있음. 같은 소재의 3편 의 미담		
30	1912.7	257	애덕의 표양 (속)			
31	1912.8	259	남을 사랑할지어다	스페인의 요한 성인이 사람을 사랑하고 도움 필요한 이를 즉시 도와주 고 영혼을 구함. 형애긍, 신애긍	서반아국(스페인)	옛적
32	1912.8	260	남을 사랑할지어다 (속)			
33	1912.9	261	어린 아이의 항심	어린 아이가 항심으로 배교하지 않고 십계를 지킴. 십계. 성교요리, 예 수회, 고상	중국 광동, 마카오	옛적

	연도	호	제목	주제 개요 및 키워드	배경	
					공간적(국가, 기타)	시간적(시대)
34	1913.1	269	천주 성총을 믿을지어다	바오로와 그 아들들의 위주치명, 성체현양	일본	옛적. 1630
35	1913.7	281	미사참례는 영육의 큰 은혜	미사 참례의 은혜	포르투갈	1271~1336
36	1913.8	284	성수의 효험	성수가 마귀 제어, 리마두(이마두), 마테오리치, 성수	중국	이전에. 중국에서 처음 전교할 때
37	1913.9	285	성수의 효험 (속)	성수로 병 치유. 성수로 부활	중국	옛적
38	1913.9	286	주명을 순종하는 표양	에우스타키오가 고난 중에도 주 명을 순종. 한결같이 주께 순종. 예수 발현. 영세 입교, 천상화관	로마(이탈리아)	118년경
39	1913.10	287	주명을 순종하는 표양 (속)			
40	1913.11	289	금년에 된 루르드에 영적	루르드 기적. 기적(영적)은 주님이 전선하심과 전능하심 보이는 증거	루르드, 법국 비치 (프랑스 VICHY)	금년(1913)
41	1913.11	290	금년에 된 루르드의 영적	루르드 기적, 병자 치유. 루르드의 성모, 종부성사, 성체거동	백이의(벨기에)	작년 8.31 (1912)
42	1914.1	293	마술의 해로움	재물 탐하지 말 것. 마귀, 마술	로마(이탈리아)	옛적
43	1914.1	294	헛맹세를 말라	헛맹세를 하면 중벌을 받음. 헛맹세, 중벌	이탈리아	옛적
44	1914.3	298	천주의 성명을 훼욕하지 말라	천주의 이름을 욕하는 자는 벌을 받음. 예수 성명. 예수고난주일, 탁덕, 마귀, 고해. 악습	프랑스	옛적
45	1914.4	300	미사 참례의 이익	항상 미사 참례하는 자는 은혜를 얻음. 미사, 선종		옛적
46	1914.8	308	부모를 효도로 섬김이라	부모에게 효도하라. 효도, 효성	일본	전에
47	1914.9	310	첨례날을 잘 지키면 주의 은총을 입음이라	축일을 정성으로 지키면 은총을 얻음. 미사 참례, 영성체, 묵상, 성경, 주보성인 첨례날, 엄재, 신공, 고공. 은총	일본	옛적
48	1914.12	316	가히 두려운 현벌	악인들이 벌을 받음. 현벌, 천재지변, 신부, 권고, 교우들	서반아국(스페인) 몬시라 지방	본년 4월 24일 (1914.4.24)
49	1915.8	331	배교한 자는 현벌을 받음	배교한 자는 현벌 받음. 지인지자. 현벌, 영벌, 주명	법국(프랑스)	예전
50	1915.10	335	헛맹세를 조심할 일	헛맹세한자 천주가 현벌로 경계함. 현벌, 천주, 수도회, 수사, 허원, 천주성명	법국(프랑스)	1600여 년

	연도	호	제목	주제 개요 및 키워드	배경	
					공간적(국가, 기타)	시간적(시대)
51	1915.11	337	흉년도 주의 벌	흉년도 주의 벌. 천주의 의노	브리다니아 놀폴시아도(영국)	
52	1915.12	339	벌들이 성체 조배	성체 기적. 성당, 성체, 제대, 감실, 강복, 신부, 성체조배, 성체거동		
53	1916.1	341	동정녀의 묘책	동정성원을 지키고 치명당함. 부정한 쾌락 경계. 허원, 정덕, 묵계, 동정화관, 치명화관, 묵계		옛적에 군난 시절
54	1916.1	342	기구의 효력	프란치스코 성인의 기도. 기도의 효력. 기구(기도), 신공, 순명, 결정, 가난. 세 허원	이탈리아 알벌노 산장	1182?~1226
55	1916.3	345	교오하다가 겸손함	겸손과 교만함. 교오, 겸손, 마리아의 노래	서국(서양국)	옛적
56	1916.3	346	사랑의 포도	수사님들의 애덕 실천. 애덕, 수도원, 동포, 사랑의 포도	수십 년 된 수도원	
57	1916.4	347	신덕으로써 병이 나음	루르드 치유 기적 사화, 루르드, 주성모의 은혜, 신덕. 검증소, 매괴성당	법국 갈바도스리시우 (프랑스)	1908
58	1916.4	348	라자로의 부활과 같은 영적	루르드 치유 기적 사회, 루르드. 성체거동	빠지에, 루르드	1906
59	1916.4	349	라자로의 부활과 같은 영적 (속)			
60	1916.5	350	유명한 음악사의 눈이 나음	루르드 치유 기적 사회, 매괴경, 묵주신공	법국 바리경(프랑스 파리) 루르드	1856~1904
61	1916.6	351	유명한 음악사의 눈이 나음 (속)			
62	1916.7	353	예수 영해를 먹인 상급	베르나르도 신부를 돕던 아이들이 아기 예수와 밥을 나눔. 예수 영해, 보미사, 복사. 성모포영상. 미담 24와 같은 소재	성 도미니코 수도회	
63	1916.7	354	주일을 지키지 아니하는 자의 벌	주일첨례, 주일 첨례 파공날	태서 베르스부(서양)	
64	1916.8	355	불효자의 벌	부모의 뜻을 거스르지 말라. 불효	바로나 지방	1250
65	1916.8	356	다이스	창녀의 회개. 타이스(Thais) 성녀, 동방교회, 수도회, 은수소. 천국, 사음죄, 절조, 투도죄	알렉산드리아(이집트 북편의 큰 도회)	옛적
66	1916.9	357	두렵도다 불목이여	불목하는 자를 경계함. 완고함. 진복자		예전
67	1916.9	358	음탐한 죄의 벌	음탄함을 경계, 지옥 형벌	태서(서양), 지옥	
68	1916.10	359	매괴경의 은혜	묵주기도를 즐겨하던 수사에게 성모발현, 매괴경, 성모포 영상, 성모 발현. 선종승천	수도회	

	연도	호	제목	주제 개요 및 키워드	배경	
					공간적(국가, 기타)	시간적(시대)
69	1916.11	361	비리의 재물을 모은 벌	비리로 재물을 모은 자가 자손에게 남긴 죄와 그들이 맞게 될 지옥의 형상. 지옥 형벌	태서(서양), 지옥	
70	1916.12	363	망중의 벌	나에시소이 성인이 세 악인의 망증을 피해 은수함	태서	
71	1917.1	366	평화의 값	성탄의 참 선물은 평화. 성탄 첨례, 본당 신부	법국 바리 (프랑스 파리) 아메리가(미국)	성탄 즈음
72	1917.2	367	재물을 탐하는 자는 그 마음을 잃어버리는도다	인색함의 불행을 통해 재물 탐하는 마음 경계, 염통, 마음	서양	예전
73	1917.3	370	세 가지 영적에 심열성복	무당을 회개시킨 성인 가다고. 고신극기, 수덕입공	수도원	예전
74	1917.4	371	잠언	의인이라 칭하는 세 사람의 교만함을 경계함	교만이 가득한 도시	전에
75	1917.7	378	교오한 자를 경계함	교만함을 경계하고 모든 사람들이 하느님 앞에서 평등한 존재임을 깨달아야 함	촌	예전
76	1917.8	379	열교인이 겸손한 표양을 보고 회두함	한 수사의 겸손함이 개신교인을 천주교로 개종시킴. 겸손, 열교인, 허원, 트라피스트, 회두	영국 트라피스트 수도원, 법국(프랑스)	전에
77	1917.8		영신사정에도 겸손	첫 영성체하는 어린이의 겸손함. 친구, 원의, 예사의복	서양 법국 바리경(프랑스 파리) 술비치오 교구	몇 해 전
78	1917.8		마귀가 제일 무서워하는 것은 겸손	마귀가 독수자의 겸손함을 이길 수 없어 물러남. 겸손, 독수자		
79	1917.8	380	간린한 자의 벌	인색한 자가 구원받지 못하고 벌 받음. 4편의 미담. 통회보속, 간린죄, 마태오 19장 24절.		예전
80	1917.9	382	착한 부인	질투 경계. 애긍시사, 질투, 찬미, 하와, 카인, 지당, 다윗, 골리앗, 바리사이, 예수, 십자가	바리경(파리 근처)	예전
81	1917.10	383	질투와 반대되는 덕행	질투에서 벗어나 경쟁자들이 벗이 되어 지냄. 질투, 화목	법국 남편 마실니아 큰 항구(프랑스 남쪽 마르세유 항구)	
82	1917.10		또 좋은 표양	성적으로 반목하던 학생들이 질투에서 벗어나 애덕실천. 사랑, 애덕	한 학교	예전

	연도	호	제목	주제 개요 및 키워드	배경	
					공간적(국가, 기타)	시간적(시대)
83	1917.10		탐도	탐도죄를 정의하고 이를 성경을 통해 설명. 술탐도가 제일 괴악. 반전반후 축문(식사전후기도), 교우, 영신, 교중, 대소재, 십자가상, 은수고수, 탐도죄		
84	1917.10	384	탐도 모병을 고친 표양	탐도 버릇에 빠진 아이가 부모의 지혜로 탐도 버릇을 끊음. 탐도, 식장, 식방. 담박한 사람		예전
85	1917.10		술 탐도를 끊은 표양	술판에 빠져 주일도 거르는 술꾼들의 버릇을 고침. 술탐도, 주일, 성체강복, 모병	브룬스윅 지방	예전
86	1917.10		술 탐도를 고친 좋은 표양	프란치스코 살레시오 성인이 술탐도에 빠진 하인을 회개시킴. 주교, 성찰통회, 탁덕, 고해. 고명	성 프란치스코 살레시오 주교 댁(제네바)	1567~1622
87	1917.10	385	또 좋은 표양	술탐도에 빠진 남편을 기도로 구한 아내. 모병, 효덕, 술병, 안나	법국 바리경 (프랑스 파리)	예전
88	1917.10		애긍하는 이는 진복자로다	가난한 여인의 이웃 사랑. 애긍, 연옥영혼, 연미사, 성당, 신부, 성심, 성호, 형애긍, 신애긍, 진복자	이태리국 네아뽈리 지방 호도리 (이탈리아)	
89	1917.11	386	분노	분노할 때는 참는 것이 제일이요, 온화한 덕이 제일임을 황제가 백성에게, 어른이 아이에게, 부부가이의 경우를 예화를 들어 경계함, 보속, 모병, 대거리, 본당 신부, 분노병, 영적수	어떤 읍내	성암브로시오 주교 때
					어느 집안	예전
					어느 집안	예전
90	1918.1		은수자의 양선한 표양	성내고 달려드는 자에게 대적하지 말 것. 은수자, 분노, 성 프란치스코 살레시오	알렉산드리아 읍내	예전
91	1918.1	389	독수자의 온순한 표양	독수자의 인내와 온순함이 악인을 회개시키고 그를 천주께 회두함. 분노, 광야, 고신극기, 인내, 양선, 독수성인	헝가리	예전
92	1918.1		루수 성왕의 인자한 표양	루스 성왕이 자신을 능욕하는 여인에게 후한 애긍을 보여 그녀를 부끄럽게 함. 심열성복, 애긍	법국(프랑스)	루스 왕정 시절
93	1918.2	391	해태	해태를 정의하고 그 해로움을 소개. 해태. 한가함, 부지런함, 게으름, 신공, 구령대사, 카시아노 성인		
94	1918.2		해태와 근실의 비유	보습을 의인화하여 게으름 경계. 해태, 근실		

	연도	호	제목	주제 개요 및 키워드	배경	
					공간적(국가, 기타)	시간적(시대)
95	1918.4	396	해태를 이긴 표양	생리학 박사 부퐁 씨가 방지기의 도움으로 게으름에서 벗어남. 해태	법국(프랑스)	
96	1918.6	400	두려운 천벌	간악한 상인을 불쌍히 여기고 경계할 것. 상고, 간상, 전기, 무역, 인민. 빈민. 고명, 통회	불란서(프랑스) 바리(파리)	옛적
97	1918.7	402	신덕의 의심을 물리친 표양	천주의 말씀을 충실하게 믿어라. 교우, 신덕도리, 의심, 천주의 말씀	영국 애이란 지방 (아일랜드), 프랑스	예전, 나폴레옹 황제 시절
				생활한 신덕과 죽은 신덕을 성경을 통해 밝힘. 신덕의 상급, 복음 신경, 마태오 복음, 마르코 복음, 영적자 성 그레고리오, 생활한 신덕	마태 8 : 5, 9 : 2, 15 : 22, 21 : 1 마르 9 : 22 인용.	
98	1918.9	405	기사회생하는 성인	스타니슬라오 성인에게 전구해서 10세 소년이 살아님. 예수회, 스타니슬나오 성인, 성적, 기사회생	파란(볼노니아)(폴란드) 읍내 보시노	예전
99	1919.3	417	규구를 잘 지킨 표양	규칙을 잘 지킨 시토회 식사시간에 일어난 기적. 천주십계, 성교사규, 수도회, 신품학원, 시스데르시엔시 수도회(시토회), 반후축문, 장궤, 면투, 정성	(프랑스)	예전
100	1919.6	424	탐도의 벌	탐도를 경계하고 신앙생활의 규칙 준수. 수사가 소재를 지키지 않아 벌을 받음. 소재(금육) 수도회 규구	수도회	예전
				탐도를 경계하고 신앙생활의 규칙 준수. 조선의 한 신문교우인 아내가 소재를 지키지 않아 벌을 받음. 신문교우, 대소재, 열심수계	조선 어떤 지방	예전
101	1919.9	430	쉬운 일에 더욱 순명하라	나아만이 엘시사의 명령을 따라 나병에서 치유되었듯이 천주교인들은 천주의 일들을 순명으로 따르라. 조찰, 순명지덕, 조만과, 주일, 파공, 고해영성체, 소재, 대재, 천당영복, 봉행. 나아만	시리아 사마리아 지방, 요르단강, 이스라엘	예전
102	1919.12	435	착한 모친과 착한 아들	착한 일을 항구하게 행하는 것이 중요함. 조당, 구령사정, 수도회, 입원, 신목, 발현, 회개, 고신극기, 수사, 엄책, 항구함. 영혼 대사, 착함	갈투시아노(카르투시오) 수도회	

1920년대 미담

	연도	호	제목	주제 개요 및 키워드	배경	
					공간적(국가, 기타)	시간적(시대)
103	1920.1	438	지엄한 보속으로 미죄를 벌	성현들의 보속의 모범을 따라 죄를 보속하고자 하는 열의와 노력을 갖자. 복음성경, 성덕, 소죄, 미죄, 대죄, 보속	에우세비오와 암미아노 수사에 대한 사기(史記)	예전
104	1920.4	443	천신들이 기구하는 정성을 살펴보심	염경기도를 할 때 정성을 다하라. 성 베르나르도, 야과경, 통경, 사은찬미가(데데움), 묵상, 염경, 선공, 열심, 정성, 의향, 천신, 염경기구	시토회 사기(史記)	1090~1153
105	1920.5	444	성모상본을 공경함으로 회두함	성모발현, 영세입교담. 전교, 성모상본, 성모 발현, 천상의 모황, 천상의 모후, 성세	아프리가 모도모다바(모노모타파) 지방	예전에
106	1920.5	446	성모의 특은으로 구령함	성모성월에 성모를 정성으로 공경하여 영신상의 은혜를 얻자. 죄인의 의탁이신 성모, 베르나르도, 경문, 성인, 고해 신부, 성모, 성월, 영신	(프랑스)	예전에
107	1920.6	447	성모의 기이한 도우심	성모의 도움으로 위험을 면하고 목숨을 구한 가경자 카타리나. 성모, 가경자, 정녀, 정배, 베르나르도		예전에
108	1920.6	448	황상의 어좌를 버리고 수도한 표양	도덕은 황제의 영화와 은금보화보다 더 귀하다. 보속극기, 염경묵상. 신품학원, 수도회. 세속영화	서반어국(스페인) 성 예로니모 수도회	
109	1920.7	449	7년 동안 선종을 예비함	선종을 평생 예비해야 한다. 선종승천, 베드로 바오로 첨례날, 이위종도 첨례날. 미사성제, 선공. 탁덕, 카시오		예전
110	1920.7	450	혼배자의 유명한 정덕	혼배자의 정덕이 동신자가 수도자의 정덕보다 더 나은 때가 있음. 소리, 정덕, 마음 정덕, 동신자, 혼배자, 마카리오, 은수자	광야	예전. 300~390
111	1920.8	451	성모의 특별한 도우심	빈첸시오회 수사가 발현하신 성모님의 도움으로 병에서 치유됨. 전교 수사, 착한 강론자 견사회(빈첸시오회), 자가리아(즈가리아), 빈첸시오 드 폴, 야과경		예전에
112	1920.8	452	천당 상급이 지극히 큼	천국에서 받을 영원한 상을 받도록 애써라. 천당상급, 성녀 글라라, 신목, 영상, 천당복	(글라라 수녀원)	예전에(1253)
113	1920.9	453	간선자와 즉 승천하는 자가 적음	하느님께 선택받은 사람이 되자. 인노센시오(인노첸시오) 7세 교황, 묵상, 지옥, 연옥, 승천, 영혼	갈투시안 수도원	예전 인노센시오 제7세 교황 때(1380년대)

	연도	호	제목	주제 개요 및 키워드	배경	
					공간적(국가, 기타)	시간적(시대)
114	1920.9	454	기이하게 회두함	성경을 소중히 여기고 죄 사함을 위해 죄인의 통회 보속이 중요하다. 안드레아 성인, 성경, 통회 보속, 복음성경, 음란한 계집	성경	예전에 안드레아 성인 때(약 30년대)
115	1920.10	456	병고를 감수하다가 선종	환자를 간호하던 비르지타 성녀에게 발현하신 예수. 선종승천, 주 발현		예전
116	1920.11	458	사치함을 통곡함	하느님을 섬기고 영혼을 구원하는 일에 힘쓰라. 사치, 치장, 앙화, 프란치스코 하비에르, 사주구령	알렉산드리아 읍내	예전
					일본	일본에 전교하실 때 (1549~1551)
117	1920.12	459	성모의 특은으로 유감을 이기고 성덕에 나아감	성모님이 발현하여 말씀하신 바를 따라 유혹에서 벗어난 수사. 겸손 강조. 성덕, 천상의 모후 성모 마리아, 겸손. 신익, 감심. 순명지덕	갈투시엔시 수도회	예전
118	1921.3	465	존경을 싫어해서 피하던 원장	삐누시오 수도원장의 겸손함. 초학수사, 팔레스티나 예루살렘 성지, 조배, 존경, 경천. 자원감심	에집트에 있는 수도원, 바고미오 수도원, 팔레스티나(빨네스디나(예루살렘))	예전
119	1921.3	466	귀여운 아기	성체에 대한 아이의 순수한 믿음. 성체공경, 면병, 큰 면병, 친구, 면형, 미사, 신부	수녀원	
120	1921.4	467	거울을 보지 않고도 장수	외모에 관심을 두지 않고 청빈하게 산 수녀. 금강축(수녀 60주년)	수녀원	
121	1921.4	468	교만한 귀부인을 징계	종교의 예배의식을 존중하라. 자유사상, 종교론, 예배의식. 종교		
122	1921.6	471	감초인 덕이 스스로 들어남	천주는 스스로 낮춘 자를 현양하심. 숨은 덕행. 영적, 예루살렘, 겸덕	예루살렘	예전
123	1921.6	472	숨은 덕행	숨은 덕행 예수가 보니, 남을 악하게 판단하지 말라. 구령사정, 숨은 덕행, 구령. 아나스타시오	(프랑스) 시내 유명 수도원. 아나스타시오 수사의 글	
124	1921.7	473	헛된 영광을 피할 사	헛된 영광과 교만한 마음을 경계하라. 교오, 그레고리오, 엘레우테리오	성 그레고리오의 글	
125	1921.7	474	쓴 것을 달게 먹음	병고 중에도 고신극기 했던 성인들의 본을 받자. 성인의 행적. 고신극기, 간호자	수도자의 행적	예전

연도	호	제목	주제 개요 및 키워드	배경	
				공간적(국가, 기타)	시간적(시대)
126	1921.8	475	천주 성의만 순종함	병고 중에도 천주성의와 천주의향만 따른 젤드루다 성녀와 또 한 교우의 예화 소개. 젤드루다, 도미, 천주성의, 치명, 구령	네덜란드 간두아리엔시 성 도미의 치명무덤	예전(1358년경) 예전
127	1921.12	483	천주성의만 순종함	병고 중에도 치유보다는 천주의 뜻만을 따름. 성시, 성해, 구원사정, 조당	베다스토 주교 행적	(530년경)
128	1924.1	533	신덕의 열매	아버지의 협박에도 불구하고 신앙을 지킨 딸. 열고, 성교, 부귀, 영혼, 마태오 복음 16 : 26	남미 브레실(브라질)	
129	1924.2	535	좋은 표양	여자 하인의 표양을 보고 영세를 받은 기사. 표양, 정덕	영국, 애이란 (아일랜드), 런던, 수에즈 운하. 신문	
130	1924.5	542	어린 아이와 첫영성체	첫 영성체를 주제로 성체에 대한 아이의 순수한 믿음. 첫영성체, 도리, 문답, 예수 성체	지나, 공소	수년 전
131	1924.7	545	탁월한 고난	고통을 참아 받는 것이 자발적으로 행하는 고행보다 더 훌륭하다	성 프란치스코 사베리오 어록	
132	1924.7	546	신부와 의사	천직을 충실히 하여 자신과 가족을 구함. 신부, 의사, 본분, 직무, 천직	(사실)	5~6년 전
133	1924.12	555	용맹한 병사	신앙을 거리낌 없이 공번되게 드러내라. 장궤, 신공, 만과		우주 전쟁 때
134	1925.6	567	유명한 피신유스의 성교 찬양	천주교에 입교한 약혼자의 천주교 찬양의 글. 성교, 진실, 사랑, 인자, 충효, 애덕, 천주, 마음	로마	옛적
135	1925.7	569	꿈은 꿈이라도 좋은 꿈	병든 노파가 꿈에서 천당을 다녀 옴. 공소, 노파, 종부, 천당, 예비, 진도, 신익	공소	
136	1925.8	571	문답공부의 효과	문답 공부를 하는 남편을 본받아 아내가 스스로 입교함. 공소, 구교, 병인년, 외인, 조당, 문답, 영세, 봄공소	조선, 공소	30여 년 전
137	1925.8	571	견실한 처녀	법률혼보다는 혼배성사를 중요하게 여긴 처녀. 문답공부. 교회법, 혼배성사, 성교도리. 법률	오스트리아	
138	1925.11	577	고해 비밀을 위하여 치명	성 가밀로회 수사의 치명사적으로 고해의 비밀을 지키기 위해 치명당한 베드로 마리누사 신부.	서반아국(스페인)	100년 전, 1825년 9월
139	1925.12	579	평화와 행복의 요리	복음의 복과 세속의 복은 복음은 세복을 평화로 여기지 않는다. 복음, 지선, 행복, 평화, 세속, 복음. 베들레헴 구유		

연도	호	제목	주제 개요 및 키워드	배경 공간적(국가, 기타)	배경 시간적(시대)
140	1926.1	581	착한 소학생	계성보통학교 학생의 선행. 우산. 학교, 학생, 교육	경성 종현 천주교 대성당 계성보통학교	1926
141	1926.2	584	꾸며낸 미담, 성 요셉의 최후 수단으로 천당에 들어간 가련이	냉담했던 가련이가 성 요셉의 도움으로 천당에 들어감. 성 요셉 공경. 수문장 베드로, 천당	하늘나라(천당)	전에
142	1927.6	616	예수 성심이 베푼 신영적	예수 성심을 공경하자, 도문, 예수 성심 도문, 특은	법국 마르세유 항구 (프랑스)	1720
143	1927.8	619	성체께 대한 영적 (1)	8편의 성체 기적 사건 소개. 총교, 영적, 신덕도리, 모령성체, 묵유, 군난. 부제.	(로마) 콘스타니노플	천주교 시작~300. 군난 시절 6세기
144	1927.8	620	성체께 대한 영적 (2)	2편의 성체 기적담. 성해, 치명성인, 성물. 신품. 성체. 미사. 주교. 성명	로마	예전 예전
145	1927.9	621	성체께 대한 영적 (3)	성체 기적. 영성체, 불가마, 미사성제, 면형, 성세	터키 콘스탄티노플	522년경
146	1927.9	622	성체께 대한 영적 (4)	3편의 성체 기적담. 성작, 영성체, 탁덕, 미사, 품, 부제	동방	7세기 예전 예전
147	1927.10	623	성체께 대한 영적 (5)	3편의 성체 기적담. 면형. 축성, 면병, 은수자. 천상	실니시아 지방	전에 예전에 전에

	연도	호	제목	주제 개요 및 키워드	배경	
					공간적(국가, 기타)	시간적(시대)
148	1927.10	624	성체께 대한 영적 (6)	3편의 성체 기적담. 면병, 6품 부제, 수사. 채색구름, 수사, 노자성체, 탁덕, 표양. 미사.	로마노 대전	예전
					천상, 수도원	전에
					성당	전에
149	1927.11	625	성체께 대한 영적 (7)	2편의 성체 기적담. 미사성제, 성반, 기념성물, 성당, 성7일, 탁덕, 부활 첨례날, 면병, 예수, 천신의 양식, 구세주, 진주.	프랑스 선상(船上)	
					삭손 지방	예전에, 성주간
150	1927.11	626	성체께 대한 영적 (8)	3편의 성체 기적담. 열교인, 성작, 미사, 미사성제, 신덕, 군난, 성교회, 면주, 성체성사, 예수 영해, 면형		9세기
					콘스탄티노플	87년경
						예전
151	1928.3	634	성체께 대한 영적 (9)	예수가 발현한 성체 기적과 포도주가 성혈로 변한 기적(미담 2). 미사 성제, 은수자, 거양성체, 성작, 성작가, 포도주, 성혈	서양	10세기
					영국	
152	1928.4	635	성체께 대한 영적 (10)	3개의 성체 기적 소개. 미사 때의 기적, 성체 성혈, 세수물 기적, 면형, 주형, 대제대, 나창, 묵시	법국 촌성당	예전
					안셀모 수도원	11세기
						미사 중
153	1928.4	636	성체께 대한 영적 (11)	3개의 성체 기적 소개. 미사 때 기적, 성체 기적. 면형, 통경, 성체.	미사 중에	예전
					수도원	전에
					성당	예전
154	1928.5	638	성체께 대한 영적 (12)	4개의 성체 기적. 부마, 면형, 신품성사, 놀벨도(노르베르토), 벨나도 (베르나를도)		12세기
						예전
						성 베르나르도 시절
						전에
155	1928.6	639	성체께 대한 영적 (13)	2개의 기적, 예수영해 발현기적. 고교, 총교, 소년, 아기 예수, 도리, 면형, 성체		1153
					팔레시티나	

	연도	호	제목	주제 개요 및 키워드	배경	
					공간적(국가, 기타)	시간적(시대)
156	1928.6	640	성체께 대한 영적 (14)	2개의 성체 기적. 성체로 병 나음, 모령성체로 벌받아 병 걸림. 남교우, 봉재성시, 모령성체, 현벌	법국 성 테오필로 주교 교구	예전
157	1928.7	641	성체께 대한 영적 (15)	2개의 성체 기적. 성체에서 빛 나고, 5년 동안 보관한 성체가 살점으로 변함		1183 1199
158	1928.12	651	성체께 대한 영적 (16)	안토니오 성인이 이단인과 성체 내기를 하여 이김. 성체기적, 동물도 알아봄		13세기
159	1929.1	654	성체께 대한 영적 (17)	2개의 성체 기적, 성체가 부패하지 않거나, 균있는 것 피함. 성체, 면병, 교우집, 제병, 성포	대양주 애이란드	거번에, 1817 예전
160	1929.2	655	성체께 대한 영적 (18)	이슬람교인들 사이에서 일어난 성체 기적 2개. 회회교, 면병, 고상, 거양성체, 예수영해	서반어국 글라라 수녀원	1231 예전 1832
161	1929.3	657	성체께 대한 영적 (19)	미사 중에 일어난 2개의 성체 기적 소개. 물이 술로 변함. 면병에서 성혈 흐름. 미사성제, 미사주병, 십자성호, 술, 면형, 면병, 성체, 성작수건, 갈멜, 시몬 스톡	가르멜회 이탈리아, 덕국(독일)	1165~1265 1263
162	1929.9	669	성체께 대한 영적 (20)	3개의 성체 기적. 성체에서 피 흐름, 세 군데 찔린 성체 보존, 토한 후에도 면형이 보존됨. 예수승천첨례, 모병, 제병, 면형, 감실	백이의국(벨기에) 서반아국 (스페인) 톨레도	1370 예전 이전
163	1929.11	674	성체께 대한 영적 (21)	2개의 성체 기적. 성체를 인정하지 않은 유대인의 죽음과 성체 치유, 면형에서 피 흐르는 기적. 성체합, 이단, 미사성제	유대 영국	예전 예전
164	1929.12	675	성체께 대한 영적 (22)	도금한 성체합에서 광채가 남. 카타리나 성녀가 성체를 알아 봄. 성체, 성합, 축성		예전 예전

	연도	호	제목	주제 개요 및 키워드	배경 공간적(국가, 기타)	배경 시간적(시대)
169	1930.3	681	성체께 대한 영적 (제15세기) (27)	2개의 성체 기적. 성체 영하고 병에서 나음. 버려진 성체를 모신 성당에서 기적이 생김. 성체조배	오국(오스트리아)	예전
					법국(프랑스)	1532(16세기)
170	1930.3	682	성체께 대한 영적 (제16세기) (28)	파스칼 바일론 성인이 성체 주보가 됨. 거양성체	스페인	1540~1592
171	1930.5	685	성체께 대한 영적 (제16세기) (29)	3개의 성체 기적, 성체에서 피가 남. 프란치스코 보르자 성인이 성체가 어디있는지 앎. 데레사 성녀의 말씀으로 영성체로 신력과 건강이 흡족해짐. 성궤휘장, 영성체	이탈리아	예전
					스페인	
					스페인	
172	1930.5	685	성체께 대한 영적 (제16세기) (30)	2개의 성체 기적, 도둑질 한 성체가 상하지 않음. 거양성체 흉내내다 미사성제 희롱죄로 벌 받음. 면병, 성회례의 첨례날. 성회	서반어국(스페인)	1594
						17세기
173	1930.7	689	성체께 대한 영적 (제17세기) (31)	2개의 성체 기적. 화재 나도 불에 타지 않고 스스로 솟아오르는 성체, 성체 모시고 병 나은 복녀. 신영성체. 봉안, 성광. 성신강림. 실영성체, 신영성체. 성 요한 세례자	법국 성분도수도원	전에
						예전
174	1930.8	691	성체께 대한 영적 (제17세기) (32)	3개의 성체 기적. 성체등에서 기름 취하여 병든 발 나음, 로수성체 후 병 나음. 성체가 사람모양으로 변함. 성체등.	서반아국(스페인)	예전
					법국 파리(프랑스)	예전
					어떤 성당	1668
175	1930.8	692	성체께 대한 영적 (제17세기) (33)	성광이 불에 안 타고 공중에 매달려 있던 기적. 성광, 제대	법국 성당(프랑스)	1606
176	1930.11	698	7세 아이라도 그 죽은 후에 기구하여 줄 사	어린 아이라도 죽은 후에는 그 아이를 위해 기도해주고 선공을 할 것. 연옥 영혼을 위한 기도 권고. 연령, 아이, 여옥, 벨베두아 행적		
177	1930.12	699	연령기구	바르게 살았다 여겨지는 사람을 위해서도 연옥 영혼을 위한 기도를 해야 한다. 연령기구, 연령, 선공, 애긍시사. 성녀 카타리나		전에
178	1930.12	700	연령기구	두 개의 미담. 연옥 영혼을 위해 기도하라. 기도를 받았던 연옥영혼이 기도하는 자 보호해줌. 연령기구, 방지가(프란치스카)		예전
						예전
179	1931.1	701	연령기구	살아있을 때 연령을 위한 기도를 게을리 하지 말아야 한다는 두 개의 미담. 카타리나 성녀		예전
						예전
180	1931.6	711	헛맹세를 발한 자는 엄벌을 받음	헛맹세 하지 마라. 맹서. 현벌	이태리(이탈리아)	예전
181	1931.6	712	주일과 파공첨례에 미사참예를 행한 자와 범한 자의 분별	주일 미사 참례의 중요성. 파공첨례. 영신사정. 교우		예전

	연도	호	제목	주제 개요 및 키워드	배경	
					공간적(국가, 기타)	시간적(시대)
182	1931.6	712	사랑의 기갈	사랑에 주린 아이가 사랑을 받게 된 이야기로 자선의 아름다움과 사랑 받을 권리. 사랑. 시사	바리(파리)	어느 날 저녁
183	1931.7	713	사랑의 기갈 (속)			
184	1931.7	714	평일에도 미사참례 하는 자 대은을 받음	미사참례의 은혜. 교우, 미사참례, 신익		예전
185	1931.7	714	사형죄수의 첫영성체	사형죄수가 첫영성체 받음, 평화, 사랑, 형무소, 독방, 사형수, 죄수, 첫영성체, 신문교우, 성체. 무기징역, 종신징역, 교수대	형무소 독방	
186	1931.8	715	12년간 냉담자가 고해하고 선종	냉담자는 즉시 성사를 받아라. 냉담자, 신부, 회심, 고해, 성찰, 선종. 모고해, 노자성체, 종부, 봉성체	남아메리가 (남아메리카)	
187	1931.8	715	억지로 포교의 손에서 빠져남 (병인군난시)	병인년 피신하며 다니다 살아남은 이야기. 군난, 천주성명, 성체거동, 고상, 성서,	조선지방	병인년
188	1931.8	715	임종 시에 성체를 영하고 죽고자 하거든 성녀 발바라께 구하라	성녀 바르바나를 공경하자. 바르바나, 화재, 종부성사, 영성체. 스타니슬라오	하란국(네덜란드)	306년경
189	1931.8	715	병인군난에 신부와 교우가 포교와 함께 배에 올라 마음이 조리던 형상	병인군난 때 신부가 포교가 함께 탄 배에 올라 어려움 겪으심. 병인년, 상제복장, 이 신부, 제천 베론, 진밧 신 신부 부감목, 박 신부, 성사.	조선, 진밧	병인년(1866) 3월경
190	1931.9	717	12세 이하 3남매가 잔인하게 치명할 의논을 함 (병인년)	이 신부(리델 주교)와 관련된 미담으로 아이들이 치명당할지라도 배교치 않겠다고 대화함. 리델, 안 주교(다블뤼 주교), 로마치명사기, 치명, 조선 군난, 가다곰바(카타콤바, 지하묘지), 권 신부	조선, 산중. 교우 집	병인년 3월~5월
191	1931.9	717	천주가 이단자를 회두시키기 위하사 영적을 아끼지 아니하심	천주가 가다고를 통해 기적을 행하여 무당을 회개시키고 무당은 성교를 봉행하게 됨. 이단, 봉행.영적, 십자성호		예전, 엄동설한.
192	1931.10	719	강신부의 고생하신 미담 (병인년)	강 신부의 고생한 이야기. 권 신부, 이 신부, 강 신부. 위주치명. 병인년	조선, 문경, 호실 공소, 숨박골 공소	병인년
193	1931.10	720	무령한 짐생이라도 천주성교의 진교됨을 증거함이라	원숭이가 천주교가 진교임을 증명하는 동물우화 기적담. 전교자. 조당. 진교. 봉행	인도	예전
194	1931.11	721	연령에 대한 미담	연옥 영혼을 위한 기도. 연령성월, 연옥 상본, 부제 성품, 발현, 기구, 고공. 대소재	수도원	예전
195	1931.11	721	부랑 씨의 선공	평신도, 부랑 씨의 자선행위로 좋은 결과를 낳는 공덕	프랑스 렌누 시, 블레스도(부레스도)	

	연도	호	제목	주제 개요 및 키워드	배경	
					공간적(국가, 기타)	시간적(시대)
196	1931.11	722	연령에 대한 미담	연옥 영혼의 발현과 그들을 위한 기도의 필요성. 연령 일과경, 연옥, 영고지옥, 연벌, 신빈지덕, 수도규칙, 장상, 각고, 실고	프란치스코 수도회 / 수도회	1461 / 예전
197	1931.11	722	10세 아동이 정덕을 위하여 치명함	정덕, 아이가 고문 달게 받고 배교하지 않은 미담. 속량, 영신, 용덕, 예수유동	회회야만(이슬람) 왕의 잔치	예전
198	1931.12	723	연령에 대한 미담	연옥에 간 수사가 하루가 지나지 않았는데 수년이 지난 것처럼 느낌	도미니코 수도회, 연옥	
199	1931.12	723	예수 성용의 위엄	예수 고상에 대해 실언을 한 왕이 벌을 받음. 고통 받는 예수를 공경하자. 고상, 신입교우, 성교요리, 공심판. *미담 14와 비교.	성당	옛적
200	1931.12	724	연령에 대한 미담	연옥의 고통 중에 있는 인물이 친구에게 발현하여 미사와 기도를 청함.		예전
201	1931.12	724	극악 대죄인이 성모를 공경함으로 구령함 2	성모공경. 냉담자가 성모님의 은혜로 주께 용서받음. 연옥영혼발현, 냉담, 성모상, 첨례7, 성모포영상, 산원기도, 정살, 친구, 선생복종. 냉담자, 성모경	벨누국(페루), 서반아(스페인). 페루 궁전, 예수회 성당	예전
202	1932.1	726	연령에 대한 미담	생시에 작은 잘못 때문에 연옥 고통을 받게 된 이야기로 연옥 영혼을 위한 기도를 강조. 연옥, 종향, 소임. 경문, 성영	가이봉이라는 지방 / 루비 수도원	예전
203	1932.1	726	모고해 하다가 회두하여 수사가 됨	고해의 중요성과 모고해를 경계. 모고해, 지인지자, 통회, 고명, 사죄지은, 보속, 고공, 안연선종	히스바니아국(서반아국)(스페인)	예전
204	1932.2	727	영육에 대한 지극한 애덕	스페인의 요한 성인이 애덕 실천에 열정하심을 보여주는 미담. 애긍, 구제심, 성명, 심방, 애긍시사	히스바니아국(서반아국)(스페인)	이전
205	1932.2	728	천주가 선인의 받는 망증을 벗겨주시 위하사 큰 영적을 행하심	스타니슬라오 주교의 억울함을 해결하기 위해 죽은 베드로가 발현함. 스타니슬라오, 조선, 탁덕, 교우, 망증, 발현. *미담 19, 「육신 부활의 증거」(1912. 1, 245호)와 동일한 제재	(폴란드) *조선 언급	예전
206	1932.3	730	두 동자의 순량무죄함	두 동자에게 발현하신 아기 예수와 두 아이와 베르나르도 성인의 승천 기적, 동자, 보미사, 승천첨례, 승천향복. *미담 24, 「천주가 선인에게 천복을 주시는 증거」(1912.2, 250호)와 동일한 제재	성 도밍고(도미니코) 수도원	예전
207	1932.4	731	대죄인이 회두하기를 미루면 임종시에 위험함	영혼을 구하고 죄를 대신 보속함을 천주가 기뻐하심. 탁덕, 통회고해, 보속, 특은, 수사신부	수도원	예전

	연도	호	제목	주제 개요 및 키워드	배경	
					공간적(국가, 기타)	시간적(시대)
208	1932.5	733	비리로 부자된 자가 끝끝내 실망함	중대한 죄라도 실망하지 말고 고해하라. 실망죄, 기부, 십자성의, 통회 고해, 용서	서양	십자군 때
209	1932.6	736	성수로써 황충을 없이함	중국에서 전교할 때 성수로 벌레의 해를 면함. 충재, 교우촌, 중국	중국	예전, 중국 전교할 때
210	1932.7	737	성수로써 흉가를 안온케 함	천주를 믿고 공경하는 이는 마귀가 해치지 않음. 중국, 귀신, 흉가	중국	중국 전교할 때
211	1932.7	737	성수가 능히 눈을 낫게 함	성수를 통한 치유기적으로 간절한 기도로 눈병 나음. 주은, 성교도리, 심열성복, 정도	중국	
212	1932.8	739	성체를 조배한 당나귀	3일 굶은 나귀가 성체를 알아보고 조배함. 성체를 사랑하는 것이 예수 님을 사랑하는 것. 성체, 예수, 심중, 아이, 사랑. 성가	유다	
213	1932.9	741	효도 극진한 아들이 그 모친을 부활케 함	베네딕도의 지극한 효성으로 그의 어머니가 부활하고 이를 본 외교인 900명이 성교회로 나옴. 효성	중국	예전
214	1932.9	742	종내 죄악을 고치지 아니하면 영앙을 면치 못함	회개하지 않는 완악한 마음을 피하라. 성신불사지죄, 회개, 고난주일, 통회개과		예전
215	1933.3	753	주일에 미사참례를 한 이는 은혜를 받고 미사참례 를 아니한 이는 벌을 받음	주일에 미사참례를 하고 다른 일을 해라. 미사참례, 주일	산	예전
216	1933.6	759	진심으로 원수를 사랑하는 자는 주의 특은을 받음	동생을 죽인 원수를 용서한 장교가 주 은혜를 받음	젤마니아국	예전
217	1933.6	760	3형제가 지성으로 모친께 효도함	3형제의 효성을 천주가 후하게 갚으심	일본	예전
218	1933.8	763	영신사정에는 미소한 것이라도 조심하여야 대죄 를 면함	평생 성 안드레아 사도를 공경하던 주교가 안드레아 성인의 도움으로 마귀의 유혹에서 벗어남. 미소한 것 때문에 유혹에 빠지지 않도록 조심 하라. 종도, 안드레아, 교서, 탁덕, 마귀, 주교	주교 댁	예전
219	1933.9	766	음란한 말을 하는 자와 듣는 자는 다 경계할 일	음란한 말을 조심하여야 한다. 연죄소, 연미사, 음담패설	젤마니국, 예수회	
220	1933.10	767	도적질을 경계할 일	도둑이 보속하기 위해 수도원에 들어감. 세속에 들지 않으려는 노력. 정녀, 동정녀, 정결, 회개, 수도원	부귀공명한 집	예전
221	1938.1	869	주여 내 생명을 받으소서 — 오 신부 요셉	레오 비길도 수사가 어린 아이들을 둔 여인 대신 죽기를 바라고 죽음. 희생을 통한 이웃 사랑. 친우, 생명, 사랑	남아프리카 띠리(칠레) 작은 성당	

	연도	호	제목	주제 개요 및 키워드	배경	
					공간적(국가, 기타)	시간적(시대)
222	1938.4	876	묵주가 낳은 행복 — 오기선 신부	요아킴 뻭치 레오 13세 교황의 학생 시절 미담. 불행한 소년을 도와주고 과부인 그 소년의 어머니로부터 묵주신공 받음. 가톨릭모성, 묵주신공	불란서 파리(프랑스)	오월 초여름. 70년 전
223	1938.9	885	나의 위대한 기쁨 (1) — 신부 오기선	어머니가 죽기 직전 딸에게 첫영성체를 하게 함으로써 모성의 책임을 다하고 치명 순교함. 첫영성세, 치명 순교. 모성. 문답, 고죄경	불란서 한 작은 마을, 옥중(프랑스)	늦은 가을 군난 때
224	1938.9	886	나의 위대한 기쁨 (2) — 신부 오기선			
225	1938.10	887	루르드 성모	루르드에서의 치유기적과 개신교 신자의 개종. 초영성체, 열교, 마니피캇 성모찬 천주가, 루르드, 성체강복, 특은, 마니피캇	루르드(프랑스)	1937년 9월 초순 전후~1년 동안
226	1939.1	894	인연 끊었던 생명 — 신부 오기선	부모로부터 신앙 때문에 쫓겨난 요한이 신부가 된 이후에 가족을 다시 만나는 재회의 은총을 얻는다. 신앙, 신앙심, 기구, 희생, 가족, 신부, 신학생, 묵상회, 수단, 회개	집, 성당	어느 가을
227	1939.2	895	인연 끊었던 생명 (완) — 신부 오기선			
228	1939.3	898	새봄에 새로운 구원 (1) — 신부 오기선	개신교인이었던 알렌이 요셉 성인의 도움으로 회심하여 천주교인이 된 후 개신교인 귀화에 헌신하게 됨. 영혼 구원, 요셉성인 . 조배, 장궤, 성당감실, 만나 같은 평화, 열교, 열교인	빌마리 읍, 블란서, 아메리카, 호뗄되 성당	봄
229	1939.4	899	새봄에 새로운 구원 (2) — 신부 오기선			

1940년대 미담

	연도	호	제목	주제 개요 및 키워드	배경	
					공간적(국가, 기타)	시간적(시대)
230	1940.6	923	약혼자	약혼 및 결혼의 조건 중에서 제일은 '신앙'이다. 약혼, 고해영성체, 준주성범, 덕행, 가정		
231	1940.7	924	성의를 잘 입은 표양	성의를 소중히 여겼던 신학생이 성의를 입고 선종. 신학교 모습, 생활, 저녁만과, 성의, 조과, 성모	서양 어느 신학교	전에
232	1940.8	925	첫날밤	천주와의 일치 안에서 결혼생활을 시작하여 재앙을 피함. 부부의 거룩한 첫날 밤과 천주를 잊지 않는 결혼생활을 강조. 외교인, 혼인, 첫날밤. 영신, 영육, 부부	신방, 라퀼의 집	얼마 전

번호	연도	호	제목	주제 개요 및 키워드	배경 공간적(국가, 기타)	배경 시간적(시대)
233	1945.3	975	남편을 이기는 약	부부 싸움은 참는 게 이기는 것. 장부, 내외싸움	본당	
234	1945.3	975	시어머니를 죽이는 비방	고부간의 갈등이 먼저 친절을 베풀어 해결되다. 교훈성, 종교성 없음. 고부간, 친절		

1950년대 미담

번호	연도	호	제목	주제 개요 및 키워드	배경 공간적(국가, 기타)	배경 시간적(시대)
235	1953.9	1026	가톨릭 신부는 위대하다	전쟁 중 반공호에 숨어 있으면서도 타의 모범을 보여준 두 신부(김봉식 신부와 김 마오로 신부)의 이야기. 가톨릭, 신부, 유표, 공산군, 방공호	한국, 북한 원산 반공호, 원산 감옥	6월 25일. 1950년 10월 초순
236	1953.11	1028	기구를 청하는 연령	연옥영혼을 위해 기도하고 모고해를 금할 것. 연옥영혼, 모고해, 천주경, 성모경, 종도신경	백이의 루뱅시와 안뻴시(벨기에)	1878, 1636
237	1953.11	1028	기구를 청하는 연령	천신 수사라 불린 사람도 연옥불을 면하지 못하였으니 연옥 영혼을 위해 기도해야 함. 성덕, 천신, 기구, 연령, 천주의 심판. 천주대전	블란서 파리 방지거 수도원(프랑스 파리의 프란치스코 수도원)	
238	1957.3	1068	임종하는 이의 주보	요셉 성인과 관련 미담. 임종, 성 요셉, 종부, 종부성사, 신부	미국 센트루이스시 성 네오성당	50여 년 전, 하아티 대주교가 성네오 성당 신부로 있을 때
239	1957.6	1071	예수 성심의 허락하신 은혜	주 예수께서 성녀 말가리다에게 하신 말씀 12.		

천주교 미담의 이해를 위해 인명, 지역명, 천주교 관련 용어들의 표기법을 정리하였다.
천주교 세례명의 경우 표기가 달라진 세례명을 중심으로 과거 표기와 현대 표기를 비교하였다. 그
외의 인명은 찾아보기를 참조하십시오.

현재의 이름	옛 표기	현재의 이름	옛 표기
가브리엘	감열	프란치스카	방지가
라우렌지오	노렌조	베르나르도	밸나도
니콜라오	니고나오	베르나데트	벨라뎃다
타대오	다두	베네딕타	분다
토마스	도마	베네딕도	분도
도미니코	도밍고	비르지타	비르짓다
루도비코	루수	필립보	비리버
마태오	마두	빅토르	빅돌
마티아	마지아	체실리아	세시리아
마르가리타	말가리다	스테파노	스더왕
마르코	말구	알렉시오	아릭수
마르첼로	말셀로	아우구스티노	아오스팅
마르첼리노	말셀리노	안토니오	안당
마르티나	말지나	알렉시오	알렉스
마르티노	말징	요한	요왕
바르나바	발나바	요한 크리소스토모	요왕금구
바르톨로메오	발도로메오	빈첸시오	원선시오
바르바라	발바라	에우세비오	으세비오
프란치스코	방지거	제르트루다	젤드루다

천주교 미담에 등장하는 천주교 관련 주요 용어를 지금은 잘 사용하지 않는 예전 용어 및 예전 용례를 중심으로 정리하였다. 구체적인 뜻풀이는 미담 작품의 주석을 통해 확인하십시오.

용어	현대어 및 풀이
6품부제	부제
9일기구	9일기도
가경자	시복 후보자에게 잠정적으로 주는 존칭
가을공소	가을 판공
간린죄	인색함에서 오는 죄. 가톨릭에서 칠죄종의 하나
간선자	선택받은 사람
감람실	감실, 휴감실. 성당 안에 성체를 모셔두는 곳
감심	괴로움이나 책망 따위를 기꺼이 받아들임, 또는 그런 마음
결정	정결(貞潔)
고경하다	고해하다. 죄를 고백하다
고공	고통을 달게 받는 수행의 하나
고교	구가톨릭교. 구약 또는 구약성서
고명하다	고백하다
고신극기	그리스도를 따르기 위해 육신의 괴로움을 이김
고죄경	고백의 기도
공교	가톨릭교를 달리 이르는 말. '공변된 종교'라는 뜻. 公敎
교종	교황
구교	로마 가톨릭교와 그리스 정교회를 신교(新敎)에 상대적으로 이르는 말. 舊敎
구령	구원. 신앙의 힘으로 영혼을 구원하는 일
군난	박해
규구	규칙, 법
기구	기도
노세	늙은 나이에 받은 영세
노수성체	노자성체

용어	현대어 및 풀이
당	성당
대소재	대재(大齋)와 소재(小齋)를 아울러 이르는 말. 대재는 단식재, 소재는 금육재
대첨례	대축일
대품	5품에서 7품까지의 품
덕서도문	성모호칭기도
도리	교리
도문	기도문
독수자	홀로 도를 닦는 사람. 은수자
동신자	정결을 지킨 사람. 동정을 지킨 사람
동정허원	동정서원
마술	주술. 마귀의 술책
만과	저녁기도
만과통경	저녁기도. 저녁에 소리 내어 기도문을 읽으며 하는 기도
매괴경	묵주의 기도. 로사리아
면두, 면투, 면병	밀로 만든 빵. 제병
면형	가톨릭에서 밀떡이 성체로 바뀐 후에도 그 모양을 그대로 가지고 있는 겉모양을 이르는 말
모고해	고해성사를 모독함, 또는 그런 행위
모령성체	성체성사를 모령하여 받음으로써 성립되는 중죄(重罪)
모병	결여, 악, 나쁜 습관
모이스교	모세교
문답	교리서(敎理書)를 가리키던 옛 말
반전반후축묵	식사 전후 기도문
반후축문	식사 후 기도문
발원	발현
보미사	복사. 사제가 성사를 행할 때 사제를 돕는 사람
복음신경	사도신경
봄공소	봄에 하는 판공성사
봄전교	봄 판공. 부활 전 판공
봉교	천주교를 믿음
봉교국	천주교를 믿는 나라
봉교인	천주교인
봉재	사순절

용어	현대어 및 풀이
봉재성시	사순시기
봉행	뜻을 받들어 행함. 실천
부마, 부마하다	마귀가 사람의 육신 속에 들어가서 그 사람의 여러 기능을 마비시키다
부제6품	부제
부활대첨례, 부활첨례	부활대축일
사사원	수도원
사술	바르지 못한 수단을 잘 둘러대는 요사스러운 술법
사신교	사신이나 우상을 믿고 받드는 종교. 邪神敎
사은찬미(떼데움)	사은찬미가
사음죄	간음죄
사주구령	구원. 그리스도를 신앙하고 그리스도의 모범을 따라 생활하여 영혼을 구한다는 뜻으로 옛 교우들이 흔히 사용하던 말
사주하다	주를 섬기다
사후영복	죽은 후에 받는 영원한 복
산원기도	산에서 드리는 기도. 올리브 산에서 드린 기도
성교	성교회
성교규칙	성교회의 규칙
성교도리	성교회의 교리
성교사규	가톨릭교회의 네 가지 법규. 聖敎四規
성교요리	천주교의 교리를 문답식으로 풀이한 일종의 교리서
성교인	천주교인
성모도문	성모님께 드리는 기도
성모찬천주가	마니피캇. 성모찬송기도
성모포영상	성모자상. 아기 예수를 안은 성모님 상
성모포영상본	아기 예수를 안은 성모님을 그린 상
성신불사지죄	성령 모독죄
성영 (시편)	시편
성요셉 첨례날	성요셉 대축일
성용(聖容)	예수님의 얼굴. 성면(聖面)
성우	하느님의 사랑과 은혜
성체 등잔불	성체등
성체후송의 기구	영성체 후 기도
성초	제대 위에 있는 초. 제대 초

용어	현대어 및 풀이
성총	은총
성칠일	성주간
성탄첨례	성탄 대축일
수원	수도원
신공	묵주기도. 기도와 선공을 이르는 말
신교	개신교
신문	입교
신문교우	새로 입교한 사람. 신입교우
신생	신학생
신애긍	믿음의 덕. 신망애 삼덕 중 하나
신입교우	새 교우. 새로 입문한 교우
신품	새사제
신품자	사제품을 받게 된 새 사제
신품학원	신학교
신학원	신학교
실영성체	실제 영성체
신영성체	신령성체. 마음으로 하는 영성체. 지금은 쓰지 않는다
심방(하다)	방문(하다)
연령	죽은 영혼
연령기구	연령기도
연령성월	위령성월
연죄소	연옥
열교, 열교인	개신교, 개신교인
열심교우	신앙생활에 충실한 교우
염경, 염경기구	염경기도. 기도문을 읽거가 외면서 하는 기도
영고, 영고지옥	지옥영고(地獄永苦). 지옥에서의 영원한 고통
영벌	영원한 벌. 지옥 벌.
영복	영원한 복락
영상	영원한 상. 천국에서의 부활의 삶
영앙	영원한 재앙
영적	기적
영적수	기적수
영적자	영적인 사람. 영적인 내력이 있는 사람

용어	현대어 및 풀이
영해예수	아기예수
예수성심도문	예수성심호칭기도
예수성영	아기예수. 성영(聖嬰)
예수성용	예수님의 얼굴. 성면(聖面)
예수승천 첨례일	예수승천 대축일
예수신교	개신교
예수유동	아기 예수, 소년 예수
외교인, 외인	천주교를 믿지 않는 사람
요리문답	교리문답, 교리
원본죄	원죄
위주치명	한국 천주교회가 박해를 당하던 시기에 교우들에 의해 만들어진 말로 주를 위해 목숨을 바친다는 의미, 즉 순교
이위종도	두 분의 사도, 베드로와 바오로
입원(하다)	입회(하다). 수도회에 들어가다
자관	가시관
저녁만과	저녁기도
전교, 전교사	선교, 선교사
전죄	모든 죄
조과	아침기도
조만과	아침기도와 저녁기도
조물주	창조주
종도	사도
종도신경	사도신경
주보성인	수호성인
주은	주님의 은혜
진교	천주교를 이르던 말. 참된 종교. 眞敎
진복	참행복
진복자	가톨릭에서 예수가 선언한 복된 사람. 여덟 가지의 참된 행복을 누리는 사람
참교	천주교를 이르던 말
천상신녀	하늘의 천사
천상의 모황	천상의 모후, 성모 마리아
천신	천사
천주경	주님의 기도

용어	현대어 및 풀이
천주학쟁이	천주교인을 속되게 이르던 말
첨례	축일
첨례7	첫 토요일 신심
첫번 영성체, 초영성체	첫영성체
초학수사	수도원에 막 들어온 수사. 지원기의 수사
총광	은총이나 총애를 받는 영광
총교	천주교. 천주교를 사랑의 종교라는 뜻으로 이르는 말
총수원장	수도원의 총원장
치명총은	치명은총
탁덕	신부
탐도, 탐도죄	가톨릭에서 칠죄종(七罪宗)의 하나. 먹고 마시기를 너무 지나치게 하며 재물을 탐내는 일
통경, 통경하다	기도하다. 두 사람 이상이 서로 번갈아 가며 소리를 내어 기도문을 읽음. 또는 그 기도문
투도죄	절도죄
파공, 파공날	가톨릭에서 주일과 지정된 대축일에 육체노동을 금함. 쉬는 날, 안식일의 의미
바스과	파스카
현벌	하늘의 당연한 처벌. 분명하고 초자연적인 벌. 顯罰
형애긍	형제애
호수천신	수호천사
홍은	넓고 큰 은혜, 하느님의 은혜
환어하다	환궁하다, 성당으로 돌아오다
회두	회개
휴감실, 감실	감실

국가 및 지역의 이름을 정리하였다. 현대어 표기를 먼저 제시하고 음차를 비롯하여 과거의 표기를 더했으며, 이 경우 일본식 혹은 중국식 국명에서 유래한 경우도 포함하였다. 찾아보기에서는 작품 표기를 기준으로 정리하였다.

현재의 지명	옛 표기	현재의 지명	옛 표기
그리스	희랍, 기리시아	에콰도르	액과다
네덜란드	화란, 화란국, 화란타, 아란타, 오란다	에스파냐, 스페인	서반아
노르웨이	낙위, 나위, 능류영	영국, 대영제국	잉글랜드, 영격란, 영길리, 대불렬돈, 그레이트 브리튼
뉴질랜드	신서란	오스트레일리아	호주
덴마크	정말, 연마	오스트리아	오지리, 오태리
도이칠란트, 독일	덕국, 덕의지, 덕일, 독국	요르단	약단
러시아	아라사, 로서아, 노서아, 노시아, 노국, 아국, 나선	워싱턴	화성돈
런던	윤돈	유럽	구라파
로마	나마	이집트	애굽, 애굽, 애입다
로스앤젤레스	나성	이탈리아	이태리
루마니아	나마니아	인도네시아	인도니서아, 인니
마르세유	마이새	인디아	인도
말레이시아	마래서아	일본	왜국, 왜
멕시코	묵서가	제네바	수부
모나코	마납가	칠레	씌리, 지리
몽골	몽고, 모와아	차이나	지나
미국, 아메리카, 아메리카합중국	아묵리가, 아미리가, 아미리가합중국, 미리가, 미리견	체코	체극, 첩고
바티칸	화지관, 범체강	캄보디아	간보채
베를린	백림	캐나다	가나다, 가나태, 가연방
베트남	월남	콜롬비아	가륜비아, 고륜비아, 고로비아

현재의 지명	옛 표기	현재의 지명	옛 표기
벨기에	백이의	타이	타일랜드, 태, 태국
볼리비아	모국, 모리비아, 보리비옥, 파리비, 파리비아	타이완	대만
브라질	백랄서이, 무량고, 파서, 파서국	터키	터어키, 토이기, 토이고
블라디보스토크	해삼위	페루	비로, 백로
샌프란시스코	상항	페르시아	파사
스웨덴	서전	포르투갈	포도아
스위스	서서, 서사	폴란드	파란
스코틀랜드	소격란	프랑스	블란서, 법국
시리아	서리아	핀란드	분란, 분란토
싱가포르	신가파, 소남, 성항	필리핀	비율빈, 비력빈, 비립빈
아르헨티나	아이연정	할리우드	성림
아시아	아세아	헝가리	홍아리, 흉아리
아이슬란드	빙도, 빙주, 애사란	헤이그	해아
아일랜드	애란, 애륜, 애란토, 애이란	홍콩	향항

인명

천주교 미담에 등장하는 인물의 이름을 정리하였다. 현대어 표기를 알 수 있는 경우 현대어로 쓴 인명을 병기하였으며, 성명 앞에 있는 '성' '성녀' '복자' '복녀'는 생략하였다. 그 외의 호칭은 원문에 있는 것을 그대로 옮겼다.

에프레미오   466, 467
엘네우테리오, 엘레우테리오   471, 472
엘니사벳, 엘리사벳   182
엘니세오, 엘리사   399
오기선 신부   810, 815, 822, 826, 836, 840,
     845, 848
오메트르 신부, 베드로 오 신부   592
오병주   875
오상 방지거, 아씨시의 프란치스코   247
요나   536
요셉   334, 377, 522~525, 849, 885~887
요셉 장락소   593
요아킴   816, 818, 819
요안 세자, 세례자 요한   344, 661
요안나   159, 160
요왕, 요한   88~90, 125, 126, 144~146, 159,
     160, 164, 167, 171, 759~762, 843
우세영 아리수, 우세영 알렉시오   592
원선시오, 빈첸시오   685
위드겐   547, 549
위엥 신부, 루가 민 신부, 루카 민 신부   592
유 도마, 유 토마   720, 721
유다스, 유다   344, 618
유스디노, 유스티노   538
유진길 아오스딩, 유진길 아우구스티노   591
으세비오, 에우세비오   408, 409
이 마태오 신부, 마두리   781
이 분도, 이 베네딕도   876
이광재 디모테오 신부   875, 876
이나시오, 이냐시오   178~180, 552
이명서 베드로   593
이보   556
이사악   863
이스마엘   334
이시도로   542
이철연 프란치스코 신부   635

인노센시오 7세 교황, 인노첸시오 제7세 교황
     441
임 요셉   701, 702, 704

: ㅈ :

자가리아, 즈가리아   436
장주기 요셉, 장 회장   623
쟝   732~734
전장운 요안   591
정규량 레오 신부   593, 635
정문호 발도로메오, 정문호 바르톨로메오   593
정원지 베드로   593
정의배 말구, 정의배 마르코   591, 592
정하상 바오로   591, 627
제르마니   830~834
제을지오   539
젤드루다, 제르트루다   477
조 요셉   593
조나, 요나   79, 80
조신철 가오로, 조신철 가를로   591
조화서 베드로   593
주문모 신부, 야고버 주 신부   592
집푸   682, 685~687

: ㅊ :

차야고버, 작은 야고보   92
최양업 신부   626, 634
최형 베드로   591

: ㅋ :

카시아노 성인, 가시아노   373, 458
칼레 신부, 강 신부   601, 602, 719~721
코스트 신부   520, 605
콜레 주교   834

국가명

천주교 미담에 등장하는 대표적인 국가명을 작품에 실린 원문을 기준으로 정리하였으며, 현대어 표기를 알 수 있는 경우 병기하였다.

: ㄷ :

덕국, 독일　577, 642
띠리, 칠레　810, 813

: ㅁ :

미국　885

: ㅂ :

백이의국, 벨기에　209, 210, 580, 646, 880
법국, 불란서, 프랑스　44, 47, 204, 221, 235,
　　238, 260, 272, 310, 323, 326, 338, 354,
　　370, 377, 379, 527, 547, 556, 565, 572,
　　601, 646, 650, 660, 665, 815, 822, 846,
　　883
베루국, 벨누국, 페루　98, 509, 744
브레실, 브라질　481
브리다니아, 영국　240, 323, 354, 384, 483,
　　554, 572, 582

: ㅅ :

서반아국, 히스바니아, 스페인, 에스파냐　60,
　　98, 116, 167, 168, 233, 427, 509, 575,
　　581, 657, 663, 744, 756, 759, 760
시리아　399

: ㅇ :

아메리가, 아메리카　310, 509, 698, 810, 846
아프리가, 아프리카　416
애급, 에집도, 이집트　196, 288, 289, 456
애이란, 애이란드, 히베르니아, 아일랜드　384,
　　483, 572
오국, 오스드리아, 오스트리아　506, 650
이스라엘　344, 386, 399, 436
이태리, 이탈리아　168, 218, 357, 577, 654,
　　676, 760
인도　55, 98, 601, 723, 744
일본　34, 39, 40, 73, 74, 79, 88, 108, 112,
　　125, 128, 136, 144, 152, 153, 178, 228,
　　230, 450, 798

: ㅈ :

젤마니아국　795
조선　39, 40, 127, 396, 588, 601, 619, 623~
　　626, 634, 701, 709, 715, 765, 828
중국　174, 187, 188, 192, 193, 779, 781, 783,
　　789

: ㅌ :

토이기, 터키　537

: ㅍ :

파란(볼노니아), 파란국, 폴란드　388, 643

계 164

『계시』 448, 449

고공 231, 403, 670, 726, 727, 736, 757, 774

고교 56, 93, 94, 563

고난 70, 80, 88, 129, 133, 176, 196, 231, 257,
381, 590, 749, 750

고난주일 791

고대 80, 248

고명(하다), 고백 352, 381, 510, 757

고상 99, 117, 133, 156, 175, 231, 324, 575,
701, 744, 745, 796, 826, 842

고신극기 317, 367, 403, 404, 475, 742

고죄경 827

고통 266, 267, 308, 379, 380, 381, 488, 581,
674, 686, 736, 810, 824, 834, 838, 842,
858

고해 60, 61, 113, 128, 193, 220, 332, 352,
419, 654, 657, 698, 699, 756, 757, 772,
773, 776, 777, 791, 800, 801, 824, 880

고해성사 62, 117, 510, 642, 756, 789, 800,
812, 881, 887

고해소 657, 757

고해신부 141, 419, 642, 770, 881

고해영성체 282, 400, 706, 853, 880

공경 56, 60, 65, 66, 74, 79, 89, 98, 137, 138,
141, 156, 157, 189, 192, 195, 230, 253,
258, 334, 354, 372, 416, 420, 435, 460,
477, 511, 522, 523, 525, 527, 528, 542,
548, 550, 569, 580, 581, 644, 696, 706,
707, 739, 744, 781, 783, 800, 803, 831,
863, 889

공교 60, 61, 108, 109, 396, 490, 491, 709,
721

공궤(하다) 798

공덕 47, 84, 136, 197, 256, 359, 800

공부 256, 341, 404, 504, 507, 625, 626, 634,
695, 769, 802, 805, 842, 853, 856

공산군 874, 875

공소 485, 498, 502~504, 599, 600, 615, 621,
634, 635, 637, 711, 719~721

공소 주인 598, 599, 616

공심판 36, 98, 100, 120, 122, 745

공의 224, 750

관서(하다) 368

관차 74, 75, 160, 219, 229

광명 129, 451, 557, 563, 654, 668, 841, 846,
847, 849

광야 256, 344, 367, 432

교만 319, 321, 464, 472, 848

교서 802

교오(하다) 251, 253, 254, 472

교우 40, 44, 45, 68, 70, 89, 98, 99, 103, 122,
125, 144, 147, 155, 167, 175, 178, 187,
194, 233, 235, 260, 265, 272, 284, 343,
348, 362, 384~386, 397, 444, 451, 477,
494, 503, 506, 507, 515, 527, 530~532,
535, 539, 542, 549, 552, 556, 559, 563,
564, 567, 572, 573, 580~582, 589, 590,
592, 593, 596, 597, 600~602, 608~
610, 612, 615, 619, 620, 624~626, 634
~636, 642~644, 648, 650, 654, 657,
663, 665, 698, 701, 709, 711, 713~715,
719~721, 738, 739, 744, 745, 765~
767, 775, 779, 781, 786, 787, 789, 802,
817, 823, 826, 827, 834, 876, 881, 885

교우집 506, 572, 598, 601, 602

교우촌 601, 612, 623, 624, 720, 721, 779

교자 205

교종 147, 531, 532

교중자매 291

교황 441, 532, 535, 577, 642, 660, 665, 775,
819